Der Autor

Bernhard Kay, Jahrgang 1930, gelernter Schriftsetzer, beschäftigte sich schon in den Sechzigerjahren mit technischer EDV und war in den 70ern massgebend an der Entwicklung erster elektronischer Fotosatzprogramme beteiligt. Arbeitete in deutschen und schweizerischen Medienkonzernen. 1978 Herausgabe des ersten Computer-Fachbuches in deutscher Sprache für die Graphische Industrie. Seit 1994 pensioniert.

Seine Passion war Hochseesegeln, meist mit seiner Frau. Als erfahrener Hochseeskipper wirkte er nebenberuflich als Ausbilder für terrestrische und astronomische Navigation. Schriftstellerische Tätigkeit seit 1984: Artikel und Vorträge zu historischen und nautischen Themen; seit 1994 Buchautor und freier Publizist. Kay ist Mitbegründer des Seemannschors «Thetis-Crew» und lebt in Lachen am Oberen Zürichsee.

Cover

Die Fregatte *Friedrich Wilhelm zu Pferde,* 50 Geschütze, kurbrandenburgische Marine in der Zeit von 1684 bis 1693. Im Top weht die weisse Flagge mit dem roten Adler.

Auf dem Buchrücken: *Kurfürstlich Brandenburgische Kriegsflagge* zur Zeit des Grossen Kurfürsten. Von den brandenburgischen Kriegsschiffen bis 1701 geführt.

Grafische Gestaltung Oliver Kay, Wädenswil.

Zweite verbesserte Ausgabe.
ISBN 978-3-033-07026-4

Für Cäthy

Zu diesem Buch

Am Anfang des 17. Jahrhunderts machte sich in den Niederlanden die junge Republik der «Sieben Vereinigten Provinzen» auf, um zur Welthandelsmacht aufzusteigen. Holland will der mächtigsten Seemacht England die Stirn bieten. Zur gleichen Zeit will es der junge Harm Jansen von der ostfriesischen Insel Borkum seinem älteren Bruder Jan gleichmachen und reist nach Amsterdam, um Heuer auf enem Walfangschiff zu nehmen. Aber der Unerfahrene wird *geshanghait* und landet als Schiffsjunge auf der *«Modiadeen»*, einem Kriegsschiff der «Vereenigden Oostindischen Compagnie».

Friedrich Wilhelm, der Kurfürst von Brandenburg, regiert über ein armes, vom Dreissigjährigen Krieg verwüstetes Land. Um das Kurfürstentum vor dem Ruin zu retten, gründet er, wie andere Staaten auch, in Afrika Kolonien: der Afrikahandel verspricht lukrative Gewinne – vor allem mit Sklaven. Er kommt damit den marktbeherrschenden Holländern in die Quere, die einen unerbittlichen Kolonialkrieg anzetteln.

Doch zunächst unbemerkt vollzog sich ein kultureller Wandel. Bestärkt durch die Ideen der Aufklärung, die auch am preussischen Hofe Einzug fanden, lehnte der Nachfolger des Kurfürsten, König Friedrich II., den Sklavenhandel ab und wollte die afrikanischen Besitzungen aufgeben. Dass er dadurch auch enorme Kosten sparen und das Geld in die anspruchsvollen architektonischen Umwandlungen Berlins lenken konnte, war ein gewollter Nebeneffekt. Am Leiden und Sterben seiner Soldaten in Guinea war er kaum interessiert.

Aus diesen Gegensätzen der preussischen und der holländischen Interessen wächst die Geschichte der Brüder Harm und Jan Jansen. Die beiden geraten im Lauf der politischen Veränderungen in die gegensätzlichen Lager Holland und Brandenburg und sie setzen sich mit aller Kraft für die Interessen ihrer Brotgeber ein. Die handelnden Personen erleben die Vergangenheit noch als Gegenwart. Sie können – im Gegensatz zu uns – nicht wissen, was daraus wird. Wir aber ahnen, dass ihnen Politik und falsche Entscheidungen verhängnisvolle Schicksale bereithalten könnten.

Ebbe und Flut ist ein fesselnder Roman von Freundschaft und Liebe, Verrat und Treue, Schiffbruch und Verfolgung – voller Spannung und atmosphärischer Tiefe!

Niederländische Fleute (um 1660)

Inhaltsverzeichnis

Teil 1: Holland allezeit

Teil 2: Roter Adler – Schwarzes Land

Anhang

Kartendarstellungen:

Teil 1: «Holland allezeit!»

Wenn auch die Flut
dich noch so vorwärts führt,
die Ebbe gleich wird dich zurücke reissen.
(J. W. Goethe)

Vollschiff-Fregatte, ca. 1800

Kapitel 1: Der Seelenverkäufer

Die Wohnküche war ein warmes Nest. Draussen um die Insel herum heulte der Nordostwind. Auf dem tief liegenden Wiesenland, das bis ans östliche Ufer mit Schnee bedeckt war und wo sich – mehr erahnt als wahrnehmbar – die unscheinbare Silhouette von Memmertsand kaum über den Horizont erhob, fand er keinen Widerstand. Kaum ein Baum bot den Häusern Schutz, die sich eng zusammendrängten und vergeblich trachteten, den kahlen Gärtchen dazwischen ein Schutzwall zu sein. Die Schiffe hatten aus Furcht vor dem Sturm die Reede verlassen und am Festland – etwa in der Leybucht, in Emden oder dem holländischen Delfzijl Schutz gesucht. Nur eine einzige Schmacke lag dort mit abgetakelten Masten und schaukelte, doppelt vertäut, gefährlich über ihren verkatteten Ankern. Die kleinen Fischerboote im engen, seichten Hafen hinter der Schleuse waren hoffnungslos eingefroren, und auf den niedrigen Wiesengründen der Südseite dehnte sich ein breites Eisfeld aus, in dem aber durch die Gezeiten gefährliche Trümmer und Risse entstanden waren. An den meisten Häusern blieben jetzt die Fensterläden geschlossen, um die Wärme des Herdfeuers am Entweichen zu hindern.

An solchen Tagen wurde die gute Stube mit ihren getäfelten Wänden, ihren Wandbrettern mit blau geädertem Porzellan darauf, den Schränken und dem gerahmten Spiegel nicht bewohnt, weil der altertümliche, offene Kamin zu viel Torf frass. Nur an hohen Feiertagen wie Weihnachten versammelte sich hier die Familie, aber der Raum war meist zu ausgekühlt, um trotz des seit dem Vormittag flackernden Torffeuers gemütlich warm zu sein. Die Tradition gebot, dass der Vater das Lukasevangelium von Jesu Geburt vorlas, dann wurden, nach einem geistlichen Lied, gebratenes Schweinefleisch und geräucherter Fisch, weisses Brot und Süssmilchkäse, Teekanne und Kuchenschüssel, auch Kaffee, zu einem herrlichen Mahl von der Mutter hereingetragen. Doch nach dem Essen dauerte es nicht lange, da sass man wieder in der warmen und geräumigen Wohnküche und der Vater rauchte dort seine lange Pfeife und schlürfte behaglich sein Deventer Bier aus dem Zinnkrug.

Manchmal auch sonntags, wenn Mutter an der Reihe war, das Teekränzchen zu empfangen, war die gute Stube auf ein paar Stunden geöffnet. Um der Beschämung zu entgehen, bei diesen regelmässigen Zusammenkünften übergangen zu werden, oder durch eine weniger reich gedeckte Tafel oder eine weniger freigebige Aufforderung zum Zugreifen die Achtung der anderen Frauen zu verlieren, musste Mutter die ganze Woche sparen. Darum hausten sie alle zusammen in der Küche und darum stand oft auf dem kleinen, eisernen Öfchen nichts anderes als ein Topf Erdäpfel und eine dünne Brühe, wozu dann höchstens noch ein kleiner Fisch gekocht wurde, wenn Vaters Fang nicht allzu gering ausgefallen war.

Dann hatten die Niederländer mit der Jagd auf Wale begonnen, bald auch deutsche Schiffe aus Hamburg. Das war lukrativ, denn der Tran des Wals war ein wichtiger Grundstoff für künstliche Beleuchtung. Daneben wurden aus ihm Seifen, Salben, Suppen, Farben, Gelatine oder Speisefette sowie Schuh- und Lederpflegemittel gewonnen. So hatten vor wenigen Jahren auch die Borkumer Männer mit dem Walfang angefangen. Sie hatten es – wie vieles, was an Bedeutung gewann – den Holländern abgeschaut. Im Frühling, nach dem Eisgang, brachen sie in Richtung Grönland auf, im Herbst kehrten sie zurück. Aber nicht immer als Lebende! Der Wal wehrte sich, zerschlug häufig genug mit seiner mächtigen Schwanzflosse die kleinen Harpunierboote, und nicht alle der Männer kamen heil davon. Auf dem kleinen Friedhof bei der Kirche konnte man auf manchem Grabstein lesen: «Geblieben im Eis . . .» Darum war die Mutter entschieden dagegen, dass der Vater mit ins Eismeer fuhr.

Sie stammte aus einer Familie angesehener, wenn auch bescheiden lebender Inselbewohner. Sie hatte gegen deren Willen den einfachen Fischer aus Greetsiel geheiratet und war viel zu stolz, um jemals nach

Aussen merken zu lassen, wie sie wahre Wunder an Sparsamkeit vollbringen musste, um mit hundert Lappen die sich rasch abnützenden Kleider der Kinder instand zu halten. Die Zeiten waren stets voller Sorgen. Zwar fehlte es nicht an der Tüchtigkeit ihres Mannes, der in den ersten Ehejahren so viel zu ersparen wusste, dass er erst ein Hundertachtundzwanzigstel-, dann ein Vierundsechzigstel- und schliesslich sogar ein Zweiunddreissigstel-Anteil an einem Ostindienfahrer hatte kaufen können. Das Katastrophenjahr 1657, als englische Kaperer 140 niederländische Schiffe verbrannten, hatte diese Anteile in Rauch aufgehen lassen. Harm war mit seinen drei Jahren noch zu klein und hat keine Erinnerung daran, wohl aber der sechsjährige Jan! Vier Jahre später, als Sturm und Überschwemmung sogar die Schleuse weggespült hatten, mussten die Mutter und Jan, während der Vater mit Mühe und Not sein schwer beschädigtes Schiff rettete, vor ihren eigenen Augen zwei Kühen ertrinken sehen, und die dritte hatten sie nur unter Lebensgefahr auf den Deich in Sicherheit bringen können.

Und als wieder ein Jahr später, 1664, die Niederländer mit einer schlagkräftigen Truppe von 37 Kompanien Infanterie und 20 Schwadronen Kavallerie unter dem Prinzen von Oranien nach Ostfriesland einmarschierten, die Dieler Schanze an der Ems besetzten und 280 000 Reichstaler Kontribution forderten, hatte diese Kriegssteuer ihren Finanzen den Todesstoss versetzt. Seitdem herrscht trotz des nach Aussen bewahrten Scheins in der Familie oft ärgere Armut als bei manchen Leuten, die die öffentliche Lebensmittelverteilung beanspruchten. Zwar verbarg die Mutter ihre Not geschickt. In der voll gestopften Wohnküche wurde gekocht, gewohnt und geschlafen, und am liebsten liess sie keine neugierigen Nachbarn herein. Harm litt noch nicht darunter, sein gesunder Magen verarbeitete auch die gröbste Nahrung, sein Körper war, wenn er draussen spielte, in so fortwährender Bewegung, dass er auch in der bittersten Kälte den Mangel an warmer Wäsche kaum spürte. Und drinnen war die Wohnküche ein wesentlich unbeschwerterer Spielplatz als die schöne gute Stube, wo jedes Möbelstück seinen bestimmten Platz hatte und wo man jeden Augenblick in Gefahr schwebte, eine der Kostbarkeiten zu beschädigen.

Harm lebte, in Kindheitsträumereien befangen, sorglos von Tag zu Tag und entwickelte, statt die Mühsal der Familie zu spüren, ein grosses Interesse für Tiere. Immer wieder erbarmte er sich einer Möwe mit einem lahmen Flügel, einer Katze mit einer gebrochenen Pfote oder eines zu früh aus dem Nest gefallenen Vogeljungen; er brachte die Tiere nach Hause und bemühte sich, sie zu heilen. Und wo wäre dann in der schönen guten Stube für die jungen, frei herumfliegenden, neugierigen und naschhaften Elstern, die zahmen Mäuse und das andere Getier Platz gewesen, das einander in der manchmal schon recht unordentlichen Wohnküche ablöste? Mutter brummte bisweilen darüber, aber Vater, der vielleicht besser zum Bauern als zum Fischer getaugt hätte, teilte Harms Interesse für alles, was Tier hiess, und konnte abends mit seinen steifen Fingern gebrochene Vogelfüsschen schienen, und das viel geschickter, als mancher Bader mit Menschenfüssen umging.

Nur einmal, als er an einem Nachmittag in die warme Küche kam, wäre seine Fürsorglichkeit fast in ein Unglück gekehrt worden. Es war Harms erste Frage, als er an diesem Nachmittag mit seinem Fund – einem vor Kälte erstarrten Vogel mit gebrochenem Fuss – in die warme Wohnstube kam: «Wo ist Vater?»

Mutter hatte viel Arbeit mit Waschen und Bügeln, und schenkte so dem zitternden Vogelkörper in Harms Händen nicht viel Aufmerksamkeit. Mit leichtem Achselzucken sagte sie: «Vater ist vor dem Südheller auf dem Eis, um Netze auszulegen, warte, bis er nach Hause kommt.»

Harm setzte sich beim Ofen nieder, um den Vogel ein wenig zu sich kommen zu lassen, dann sah er das hilflose Zucken des verletzten Beinchens und stand auf, um aus dem Flickkorb einen wollenen Lappen zu holen, in den er den Vogel einwickelte. Er liess das Päckchen in den tiefen Sack seiner weiten Hose gleiten und sagte:

«Ich gehe Vater entgegen, Mama!» Im Eifer ihrer Arbeit dauerte es eine Zeitlang, bis ihr das, was er gesagt hatte, zu Bewusstsein kam. Er war schon draussen und das Geräusch seiner Holzschuhe, das noch eben auf der Holzbrücke zu hören gewesen, war schon verklungen. Schnell stellte sie das Bügeleisen auf den Ziegel und schlug eilig ihr Tuch um.

Eilig zog sie in der Einfahrt ihre Pantoffeln an. Sie erinnerte sich, was ihr Mann am Morgen gesagt hatte: «Wir nehmen zur Sicherheit die Jolle mit, das Eis ist durch die Gezeiten an manchen Stellen so schwach, dass es keinen Strohhalm trägt.» Guter Gott, dachte sie, der Junge wird doch nicht auf den Heller hinaus wollen?

Als sie den Deich erreichte und seine Krone erklettert hatte, sah sie ganz weit draussen die Jolle ihres Mannes und etwas näher auf dem spröden, blauen Eis den Jungen. Vergeblich schrie sie gegen den Wind. Mit den Pantoffeln an den Füssen war es aussichtslos, den eilig dahinlaufenden Jungen einzuholen. Und ausserdem würde sie sicher dort durchbrechen, wo das Eis den leichten Jungenkörper noch tragen konnte. Mit Herzklopfen und keuchend von dem schnellen Laufen lehnte sie sich an einen Pfahl.

Ein paar Fischer kamen nun auch auf den Deich und schauten in dieselbe Richtung.»Rotznase» fluchte einer von ihnen, «er läuft direkt auf die Spalte los!»

Sie schrie durch ihre trichterförmig gebogenen Hände, um die Aufmerksamkeit ihres Mannes auf sich zu lenken, aber der war mit seinen Netzen beschäftigt, hörte im Gegenwind nichts und achtete nicht auf die Menschen auf der Deichkrone.

Der eine Fischer packte Mutters Hand. «Du kannst Gott danken» sagte er heiser, «er ist über die Wake hinaus, weiter draussen ist das Eis fester.»

Der Vater bemerkte ihn erst, als er mit dem zitternden Vöglein in seinen Händen plötzlich neben ihm auftauchte. In erschrecktem Zorn schimpfte er ihm den Buckel voll, aber als er den flehenden Blick des Jungen bemerkte, sagte er nur noch: «Nun, gib das Viech her», und begann mit seinen kalten Fingern das Bein zu schienen. «Da hast du deinen Schatz und steck ihn jetzt wieder in deinen Sack. Und nächstens denk daran, dass ein ertrunkener Junge ärger ist als ein gebrochenes Vogelbein! Deine Mutter hätte sich tot gegrämt, wenn du ersoffen wärst.»

Dann hat er die Netze durch die ins Eis gehackten Löcher heraufgezogen und die Jolle über das Eis zum Strand geschoben. Ein paar Mal krachte es bedenklich und einmal musste er gar in die Jolle springen, die im hochquillenden Wasser aufschwamm.

«Schimpf nicht, Mutter» sagte Vater, als sie endlich mit ihrem Fang zu Hause waren. «Er hat es begriffen und wird es nicht wieder tun. Es war ein dummer Streich, aber das Motiv nicht schlecht: Mitleid für ein anderes Wesen, und ein Herz, das keine Angst kennt. Es hätte ärger sein können.»

Und es war der Vater, der eines Tages mit dem Pastor verhandelte und gegen eine regelmässige Lieferung von Fischen und Krabben dafür sorgte, dass seine beiden Jungen bei dem Dorfgeistlichen Lesen, Schreiben und Rechnen lernen sollten. Die Mutter war zwar skeptisch und fragte, ob sich das auf Borkum lohne. «Nicht, wer wenig hat, ist arm», hatte er zur Mutter gesagt, «sondern wer wenig weiss.» Da taten sich beide durch besondere Begabungen hervor, und schon bald konnten sie die Bibel lesen wie der Pastor sonntags in der Kirche. Auch Rechnen und Schreiben bereitete kaum Mühe, nachdem sie die Bedeutung der Zahlen und Buchstaben begriffen hatten. Die Eltern, denen diese Kunst nicht gegeben war, beobachteten den Eifer ihrer Söhne mit Respekt, und wenn die Jungen über ihren Aufgaben sassen, legte Mutter die Handarbeit beiseite, auch der Vater liess die Hände im Schoss, so dass das Quietschen des Griffels auf der Schiefertafel oft das einzige Geräusch war, das die Stube erfüllte.

Jan war drei Jahre älter als sein Bruder und musste dem Vater schon tüchtig zur Hand gehen. Er hat den Kampf, den die Eltern gegen die Armut führten, früher als Harm erkannt. Das hat ihn ernst und verschlossen werden lassen. Jan durchlebte als Heranwachsender diese Jahre mit zunehmender Verwirrung. Wenn er dem Vater beim Netzflicken oder Tauespleissen zur Hand ging, sah er seine Zukunft nicht auf einem Fischerboot, er wird – da ist er sich sicher – bei der «Oostindischen» anheuern und zur See fahren, er wird ferne Länder besuchen, das heisse Afrika, das zauberhafte Indien und das noch fernere Batavia sehen! Immer blauen Himmel und warmes Wetter erleben statt die feuchte Kühle der Nordsee. Und als Steuermann wird er zurückkommen – vielleicht gar als Kapitän? Hingerissen lauschte er den Geschichten, die von den befahrenen Matrosen, Maaten, Steuermännern und von alten Seebären über die Kaperschiffe von Dünkirchen und St. Malo hörte. Ihre Augen blitzten dann vor Begeisterung über die Heldentaten, die sie erlebt hatten, und scherzend prahlten sie, wie sie in Indien tausend Kriegsgefangene auf einer unbewohnten Insel ausgeschifft und zurückgelassen hätten, die dann wohl vor Hunger umgekommen wären. Viele trugen noch ein Brandmal von der Strafe für Rauferei und Totschlag auf der Stirn. Kielholen, bei dem der Bestrafte am Seil ins Wasser geworfen wurde, unter dem Kiel durchtauchen musste, um dann an der anderen Seite wieder heraufgezogen zu werden, wurde von ihnen höchstens als eine raue Unterhaltung betrachtet. Für Jan war klar, dass er nicht als armseliger Borkumer Fischer sein Leben verbringen werde.

Aber dann, nachdem der Vater in einer stürmischen Nacht im Mai 1666 Schiff und Leben vor der Dollartmündung verloren hatte, mussten sie wirklich schmal unten durch. Bald hingen keine geräucherten Schinken und keine Stücke Rauchfleisch vom eigenen Schwein mehr an der blank gescheuerten Decke aus Kiefernholz. Trotzdem hatte es Mutter nicht über sich bringen können, ihren Anteil an den Lebensmitteln zu beanspruchen, die von den grossen Schiffsherren unter die anerkannt Bedürftigen verteilt wurden. Aber sie dachte auch nie daran, den goldig blitzenden Fusswärmer aus schwerem Messing zu Geld zu machen, mit dem sie beim Gottesdienst oder bei Nachbarsbesuchen den Neid der anderen Frauen erweckte, oder vielleicht ihre brokatene Bügeltasche oder das silberne Nähzeug aus ihren Jungmädchentagen auch nur eine Woche lang zu verpfänden. Und so waren, wenn sie am Sonntag zur Kirche ging, ihre Strümpfe von feinstem seidig glänzenden Garn, ihr gefalteter Rock aus gutem flandrischen Wollstoff und der Umhang, der das ganze Gewand bis zu den Füssen bedeckte, noch immer aus bester brabanter Wolle, wie ihn auch die Frauen der Kaufleute oder Schiffsherren trugen.

*

Bald nach Vaters Tod hatte der sechzehnjährige Jan sein Bündel geschnürt und war, nach sprödem Abschied von Mutter und Bruder, nach Holland abgereist. Dirk Boosmanns hatte Frachtorder in Delfzijl, und so ist Jan auf Boosmanns Tjalk mitgereist. Bald war noch ein Brief gekommen, worin er berichtet hatte, dass er an Bord eines Ostindienfahrers nach Afrika auslaufe, sich wohl befinde und dass er der Mutter – sobald es ihm möglich sei – ein paar Stüber, vielleicht gar Florin, wie die Gulden in Holland hiessen, beisteuern werde. Aber dann verging ein Jahr, in dem sich die Mutter heimlich um ihren Ältesten sorgte, auch wenn sie kaum davon sprach. Dank des Stückchen Ackerlandes, von dem sie Rüben, Kohl und Zwiebeln ernten konnten, sowie ein paar Schafen, die das spröde Gras des Hellers am Ufer des Wattenmeeres abweideten und das karge Futter mit etwas Milch belohnten, hielten sie die ärgste Not von sich fern. Bei gutem Wetter konnten Harm und die Mutter den Pierwurm im Schlick ausgraben, den die Fischer am kleinen Hafen gerne als Köder gegen ein paar Schollen oder Flundern eintauschten.

Aber dann war das Wunder doch geschehen. Eines Tages im Mai oder Juni lief mit der Flut ein holländischer Botter in den Hafen und hatte ein in Packpapier geschlagenes Päckchen gebracht. Der Schiffer hatte es dem alten Fokko Ulfs übergeben, der dort immer herumlungerte, und Fokko war damit voller Wichtigkeit ins Dorf herübergelaufen. «Ein Brief von Jan Jansen!» hat er immer wieder ausgerufen, «Ein Brief von Jan Jansen!» Die Mutter war vor Schreck wie gelähmt; bleich und mit zitternder Hand hatte sie das Päckchen entgegengenommen, hat es hin und her gewendet, von allen Seiten angeschaut und dann wie ratlos Harm und Fokko angesehen.

«Mach es auf», hatte Harm endlich geraten. Vorsichtig hat die Mutter die Verschnürung gelöst, das Siegel gebrochen und das Papier abgewickelt. Sie fanden fünf blanke Guldenstücke, jedes einzeln in einen Stofffetzen gewickelt, und einen gefalteten Papierbogen: der Brief von Jan.

Aber die Mutter musste sich erst setzen, ganz taumelig war ihr zumute wegen der unvermuteten Plötzlichkeit des Ereignisses. Der alte Fokko starrte mit zahnlosem Mund auf die Goldstücke: Welch ein Glück, wer hätte das gedacht, davon kann die Witwe Jansen fast ein Jahr ihr Auskommen bestreiten! Aber das hatte die Mutter da noch nicht begriffen. Ein Brief von Jan, der erste Brief überhaupt, der sie im Leben erreichte, war eingetroffen!

«Harm, lies vor!» sagte sie mit zitternder Stimme und hielt ihm das Papier hin.

Der Sohn nahm es entgegen, faltete den Bogen auf und las laut:

«Geliebte Mutter und Harm, Gottes Gruss vorweg und Ihr sollt wissen, dass ich gesund und wohlbehalten in Afrika angekommen bin. Hier ist es sehr heiss. Die Negers sind viel schwärzer als ich mir vorgestellt habe. Wir kreuzen an der Küste eines Landes, das sie Guinea nennen und machen mit den schwarzen Königen gute Geschäfte, weil die Negers dämlich sind und nicht wissen, was ihr Elfenbein und die anderen wertvollen Sachen, so sie haben, wert sind, so dass wir alles gegen bunten Kattun, rote Zipfelmützen, einfache Glaskugelketten und anderen billigen Tand eintauschen können. Vielleicht komme ich übernächstes Jahr zum Winter wieder nach Borkum. Manchmal ist es hier so heiss, dass ich an den Winter zu Hause denke. Auch schicke ich fünf Florin, die Ihr wohl gebrauchen könnt, aber ich habe jeden einzeln eingewickelt, damit das Geld nicht klimpert und nicht einen Dieb aufmerksam macht. Ich habe gespart, denn jetzt bin ich schon Maat, weil der vorige an der roten Ruhr gestorben ist, aber ich bin gesund, was ich auch von Euch hoffe. Also vielleicht im übernächsten

*Winter, so wir uns eine gute Reise und Heimkehr unter Gottes Schutz wünschen!
Euer Euch liebender Sohn und Bruder Jan.»*
Und dann hatte er noch ein Postskriptum angefügt:
«Wenn ich nach Hause komme, will ich in Amsterdam den Steuermann studieren!»

*

Kapitän Thees Visser ging in der Kabine auf und ab. Er ahnte nichts Gutes. Vor zwei Tagen war er mit der *Den Helder* von England zurückgekehrt und konnte die wunderbare Nachricht vom Sieg nach Amsterdam tragen. Er hat mit ein paar Tagen der Ruhe gerechnet, in denen er Schiff und Mannschaft wieder auf Vordermann hätte bringen können. Aber gerade hatte ihm ein Ausläufer der VOC einen Brief überbracht, der ihn aufforderte, der «Kapitain Visser möge sich heute zur vierten Stunde im Hauptkontor der hochmächtigen Vereenigden Oostindischen Compagnie einfinden, wo allda ihm Instructionen für weitere Activitaeten der *Den Helder* mitgetheilet werden.»
Visser, schon um die Sechzig mit leicht angegrautem, etwas schütterem Haar, aber ein Mann von immer noch kräftiger Statur und entschlossenem Blick, las die kurze Mitteilung immer und immer wieder, dabei überlegte er, was es damit auf sich haben könnte. Die *Den Helder* war einer der schnellsten Segler in der nicht gerade kleinen Flotte der VOC, die 135 Kriegsschiffe mit einer Besatzung von 20 000 Offizieren, Seeleuten und Marinesoldaten umfasste. Wie viele Handelsschiffe dazu kamen, wusste Kapitän Visser nicht genau, unter den Kapitänen wurden Zahlen zwischen 700 und 1000 herumgeboten.
Er seufzte, ging zur Tür und sagte dem wachhabenden Schildermann: «Geh' Er und beordere Er den Ersten Offizier zu mir.»
Der Posten salutierte und verschwand in Richtung Niedergang zu den Offiziersquartieren.
Kurz darauf klopfte der Vizekapitän an die Tür und trat auf Vissers Ruf «Nur zu!» ein.
Er wartete, bis sein Stellvertreter die Tür hinter sich geschlossen hatte. «Seht her, Gerrit, kam vor 'ner halben Stunde.» Visser hielt das Papier dem Offizier hin. «Was haltet Ihr davon?»
Gerrit Scheepers überflog es rasch. Er stand «mitten im Leben»; der Zweiundvierzigjährige war seit vier Jahren der Stellvertreter des Kapitäns und würde wohl bald ein eigenes Kommando übernehmen. Gross und schlank stand er vor Visser und schaute seinem Chef in die Augen. «Keine Ahnung, Baas. Wird wohl neue Arbeit geben!»

«Die *Den Helder* ist vom letzten Einsatz her noch etwas ramponiert; ausserdem sind wir mit der jetzigen Mannschaft unterbesetzt. Ich hoffe, dass ich das den Herren in der VOC klar machen kann.»

Scheepers merkte, dass Visser nervös wurde. «Ist vielleicht ganz harmlos», sagte er beruhigend. «Wahrscheinlich geht es um Instruktionen zur Siegesfeier.»

Visser kannte seinen Vize. «Ja, ja», antwortete er, «wahrscheinlich.» Er ging zum Wandschrank, kramte darin herum und zog eine weisse, sorgfältig bezopfte Perücke hervor. Er stülpte sie auf sein umfangreiches Haupt, schnallte den Degen um und setzte den Dreispitz, der auf dem Tisch lag, auf. Seit man mit den Franzosen gegen die Engländer verbündet war, haben die Kavaliere und wohlhabenden Kaufleute rasch diese neumodische ›französische Albernheit‹ übernommen, auch die Herren des Staatsrats und der VOC. Sie sahen es gerne, wenn auch die Kapitäne wie die Papageien aufgeputzt daherkamen. Visser seufzte. Hat ein Heidengeld gekostet! Lieber wäre er mit dem traditionellen schwarzen Schlapphut, der ihn als Führer eines Kriegsschiffes auswies, an Land gegangen. Auf See trug er sowieso meist nur den topfartigen Seemannshut mit der kleinen Krempe, aber heute ging's nicht anders. Der Kapitän hasste diese neumodische Kopfbedeckung ebenso wie die weisse Perücke.

«Na, dann will ich mal» knurrte er. Gemeinsam traten sie auf den Gang. «Kapitänssalut» sagte Scheepers zum Schildermann; der hastete davon. Als sie das Gangbord erreichten und zur Gangway gingen, ertönte die Pfeife des Bootsmanns, Matrosen und Seekadetten bildeten ein Spalier und standen in strammer Haltung.

«Ach, Erster», sagte Visser, bevor er von Bord ging, «beauftragt einen Heuerbaas, er soll sich nach arbeitslosen Matrosen umsehen. Und achtet darauf, dass er kein Strandgut anschleppt. Wir brauchen gute Männer!»

«Jawohl, Kapitein!» Vizekapitän Scheepers grüsste zeremoniell und sah dem Kapitän nach, bis die Kutsche, die er unten bestieg, mit ihm davongefahren war. «Lasst wegtreten, Bootsmann!»

Schon eine Stunde später kehrte Visser zurück. Ächzend entstieg er der Kalesche, hastete über die Gangway an Deck und winkte den Bootsmann ab, der schon zum Kapitänssalut blasen wollte. «Ruft Scheepers! Er soll in meine Kabine kommen.»

«Wir sind so schlau wie vorher», rief er ihm entgegen, als der Vize seine Kammer betrat. «Merkwürdige Geschichte! Wir müssen seeklar machen und nach Elmina in See gehen. Dort erfahren wir mehr. Lebensmittel, Munition, allerlei Zusatzausrüstung wie Segel, Trossen usw. wird auf Anforderung geliefert. Lasst sofort alles an Bord sichten und Listen aufstellen, was wir brauchen.»

«Jawohl, Mijnheer!» Visser fragte nicht viel. Soldaten erhalten Befehle, die ausgeführt werden müssen. Zum Nachsinnieren und Werweissen wird auf See

Zeit genug sein. Er kehrte sich zur Tür, als ihm Visser nachrief: «Gerrit!» Wenn sie unter sich waren, liess der Kapitän manchmal die Förmlichkeiten beiseite.

«Baas?»

«Und vergesst den Seelenverkäufer nicht.»

«Nein, Kapitein, die Order ist schon erteilt.»

*

Da die Mutter nun dank Jans Goldstücken keine Not leiden musste, überredete Harm sie, endlich auch ihn ziehen zu lassen. Das Geld hatten sie Pastor Korte in Verwahrung gegeben, der die anfallenden Rechnungen des Krämers und der anderen Lieferanten kontrollierte und treuhänderisch beglich.

Für einen jungen und kräftigen Mann, der eine Heuer suchte, bot Amsterdam die besten Aussichten. Nachdem sein Entschluss einmal gefasst war, machte sich Harm daran, zuerst einmal ein Schiff mit einem Kapitän zu finden, der ihn von Borkum mitzunehmen geneigt war. Noch lieber wäre er in die «Nautische Akademie in den Docks zu Hamburg, gegründet zum Zwecke der Erziehung junger Leute zum Seedienst» eingetreten, wo er in Französisch, Tanzen, Fechten und «im Gebrauch des Gewehrs», aber auch in Mathematik unterrichtet worden wäre. Harm hätte ab und zu heimkommen können, um bei der Mutter zum Rechten zu sehen, aber Hamburg war zu teuer, denn Geld stand für seinen Start ins Leben nicht zur Verfügung. Ausserdem war er zu jung. Die Flottenakademie liess einen jungen Mann erst als Seekadetten fahren, wenn er sechzehn Jahre alt war. Dies entsprach nicht Harms Absichten, er hatte keine Lust, noch zwei Jahre zu warten. Da ging er besser gleich zur See. Zwei Jahre auf einem Schiff würden ihm genug beibringen, dass er schon mit siebzehn als fertiger Seemann gelten konnte!

Ein Schiff wurde ausfindig gemacht: die *Myrtha*, eine seetüchtige Kufftjalk mit flachem Boden, voll und breit geformtem Vorschiff und mächtigen Seitenschwertern. Kapitän Cornelis Bokelmann, ein alter Freund von Jans Vater, war bereit, den Knaben mitzunehmen. So hatte Harm, wie viele der jungen Männer, die auf der Insel kein Auskommen fanden, im September 1668 Abschied genommen und war nach Amsterdam gesegelt.

Für die Überfahrt hatte er sich als Kajütjunge verdingt und musste dem Kapitän zur Aufwartung dienen. Die Überfahrt gefiel Harm. Er hatte genug Zeit, frei an Bord herumzustreifen. Das Schiff war breit und imposant und trug ein grossflächiges Gaffelsegel sowie einen Klüver am Vorstag. Von aussen sah es freundlich aus mit seinen farbigen Streifen und den vergoldeten Schnörkeln; innen war es ganz dunkelrot angestrichen. Harms knabenhafte Phantasie entzündete sich. Hier muss er wohl den ersten Antrieb zu seiner Leidenschaft fürs Seemannsleben empfangen haben, die weder Härten noch Unrecht je ganz zu ersticken vermochten. Am besten gefiel es ihm an Deck am besten, wenn er in die grossen weissen Segelflächen hinaufschaute und im Gewirr des Takelwerkes die Bestimmung jedes einzelnen Taues, jeder Reepschnur und aller Blöcke und Taljen zu ergründen suchte. Aber Amsterdam lag nah, und schon nach wenigen Tagen liefen sie durch die riesigen Sieltore, die vor den wechselnden Gezeiten schützten, in den inneren Hafen ein.

Sie hatten kaum Zeit, die *Myrtha* am alten Handelspier richtig zu vertäuen, weil ihre Aufmerksamkeit von einer malerischen Zeremonie gefesselt wurde. Gleich gegenüber an der Hauptkaje lagen zwei grosse prächtige Orlogschiffe Bord an Bord. Das grössere war mit Hunderten von Marinesoldaten in roten Röcken und engen weissen Hosen besetzt, die alle ihre Gewehre in Habtachtstellung salutierten. Auf dem etwas Kleineren – Harm fand es ein wenig ramponiert – standen weissgekleidete Kadetten in Reih und Glied angetreten; ein Bootsmann, dessen goldene Ankerknöpfe, silberne Kette und ebensolche Trillerpfeife in der Sonne glitzerten, stand bereit und gab das Signal zum Spalierstehen. Die Mannschaft verharrte in Achtungsstellung, und die Offiziere standen ebenso stramm auf dem Achterdeck. Aller Augen hefteten sich auf die göttergleiche Gestalt eines Mannes in leuchtender Uniform, der erhaben vom Kai über die Laufplanke an Bord schritt; es herrschte Totenstille, unterbrochen vom feierlichen Pfiff des Bootsmannes. Auf dem Achterdeck wurde salutiert; der Admiral wandte sich in majestätischer Haltung seiner Kabine zu und entzog sich menschlichen Augen.

»Wer war das?» fragte Harm den Skipper.

»Hast du ein Glück, Junge!» Cornelis Bokelmann spuckte über Bord. »Bist noch nicht mal an Land, und schon kriegst du Hollands grössten Seehelden zu Gesicht. Das war Michelis Adriaanszoon de Ruyter, der Held vom Medway!»

Harm hatte Schiffe dieser Grösse noch nie gesehen und konnte sich vor Staunen fast nicht auf seine Arbeit konzentrieren, aber Bokelmann trieb ihn an: «Harm, belege die Achterleine, los, los.»

Der Kapitän – ein väterlich-strenger Mann – hätte den aufgeweckten, vierzehnjährigen Harm gerne behalten und wollte ihn überreden, auf seine nächste Reise nach Brügge und Antwerpen mitzukommen. Aber Harm hegte die Hoffnung, auf einem Handelssegler in die Ostsee, durchs Kattegatt nach Jütland und vielleicht weiter nach Russland anzuheuern. Wenn sich diese Gelegenheit nicht ergeben sollte, wollte er auf einem Walfischfänger anmustern, denn dort verdiente man viel Geld – schliesslich wollte er seinem Bruder nacheifern und der Mutter so rasch als möglich einen rechten Batzen zukommen lassen.

So packte er sein Bündel und schlenderte bald über das Damrak, halb betäubt von dem ungewohnten Verkehr, manchmal schnell einer dahergaloppierenden Karosse oder dem Schlitten eines Rollfuhrmannes ausweichend. In der Tasche klimperten ein paar Stüber, zwei Silberpfennige und drei Heller, die ihm die Mutter als Wegzehrung mitgegeben hatte. Harm fühlte sich reich.

Seine Augen konnten den Wald der Masten am Kai, die reiche Kleidung der Kaufleute, die Überfülle von Waren, die überall vor den Lagerhäusern aufgestapelt lagen, gar nicht auf einmal fassen. Aus schwarzen Kellerlöchern stieg der Duft von Spezereien auf, es roch nach Stockfisch, Wein und Tran, nach Weihrauch, Kaffee, Tabak und Fellen, das Glockenspiel der alten Kirche streute wie Zuckermandeln seine Klänge über die Stadt, eine abziehende Schützenpatrouille hämmerte mit ihren Stiefeln die Pflastersteine, Verkäufer boten laut schreiend ihre Waren an, und Strassenjungen johlten hinter ein paar vornehmen, in grüne Talare gekleideten Türken her, die unberührt ihres Weges gingen. Die starren Fenster des Rathauses schauten gleichgültig auf das Gesumme des Dams herab. Hausfrauen, mit dem Einkaufskorb am Arm, kehrten, von der Magd gefolgt, vom Markt zurück. Gleich einem Schwarm schwarzer Krähen drängten sich die Makler aus der Börse, und Träger mit blauen und gelben Hüten schleppten Tragen voll roter Käse von der Waage zum Kai.

Harm blieb bei einer Gruppe stehen, die einem Spassmacher zuhörte. Mit kaum verhüllten Anspielungen, so als ob er ein Ereignis erzählte, hechelte der den neuesten Stadtskandal durch: einer der Bürgermeister hatte für zwölf Jahre seinen eigenen Sohn ins Zuchthaus gebracht, weil ihm der Junge mit seiner Mätresse auf der Strasse Ärgernis bereitet hatte. Harm hörte mit furchtsamem Interesse zu; er glaubte, dass bald die Büttel auftauchen könnten, um den Stadtnarren wegen der vermeintlichen Unterstellungen festzunehmen. Woher sollte der unerfahrene Jüngling wissen, dass hier einer, wenn auch nur in Andeutungen, den Herren Regenten den Spiegel der Wahrheit vorhielt.

Ein Mann, der wohl wie ein Herr gekleidet war, aber dessen Kragen und Krausen bedenklich vergilbt aussahen, als hätten sie seit langer Zeit jeden Umgang mit der Waschfrau abgeschworen, stiess Harm an. «Der hat Courage, der traut sich das zu sagen!» grinste er, «kein Wunder, dass Zar Peter den Schelm mit nach Russland nehmen wollte.» Mit kalten Haifischaugen musterte er den unerfahrenen Burschen.

Das Wörtchen «Russland» gab Harm einen Stich. «Wieso?» fragte er, «braucht denn der Zar Spassmacher?» Der Herr sah ihn aufmerksam an. «Ihr kommt von auswärts, sonst würdet Ihr wissen, dass der Zar einen ganzen Hofstaat von Narren und Zwergen um sich hat. Ich habe ihn sagen hören, dass er in seinem Hofstaat ganze Prozessionen, Hochzeiten und Begräbnisse abhalten lässt, an denen lauter Zwerge, Missgestalten und Spassmacher teilnehmen.»

«Das habt ihr gehört?» fragte Harm, «heisst das, dass Ihr ihm selbst begegnet seid, während er sich hier in Amsterdam aufhielt?»

«Ja natürlich!» rief der andere in gespieltem Erstaunen, «ich ging doch täglich zwischen dem Haus des Bürgermeisters und dem Quartier der Herren hin und her!»

«Dann seid Ihr gut im Bild über die Amsterdamer Verhältnisse?»

«Das will ich meinen» gab der andere selbstsicher von sich. «gerade heute Mittag sah ich noch unseren Admiral de Ruyter.»

«Ja, den sah ich auch, wie er aufs Schiff zurück kehrte und der Bootsmann Salut gepfiffen hat. Er soll ein berühmter Kriegsheld sein.»

Bis nach Borkum war de Ruyters Ruhm noch nicht gedrungen, jedenfalls hatte Harm keine Ahnung. Der Fischäugige sah es ihm an. «Admiral de Ruyter», erklärte er, «hat auf Befehl de Witts die englischen Werftanlagen in der Mündung des Medway, nahe der Themse überfallen und viele Kriegsschiffe zerstört. Das grosse dort im Hafen . . .»

«Wo die Soldaten drauf sind?» fragte Harm hastig.

«Was ist eine Prise?»

«Ein gekapertes Schiff, eine Kriegsbeute. Es ist die *Royal Charles*, das Flaggschiff der englischen Flotte. Admiral de Ruyter hat es erbeutet und mitgebracht.»

«Das ist die *Harderwijck,* das Admiralsschiff, auf dem er in der Schlacht war. Die Kampfschäden sind nicht zu übersehen.»

«Warum hat der Admiral die Engländer eigentlich überfallen?»

«Ach, wisst Ihr, Holland und England führen immer wieder Krieg gegeneinander. Meist geht es um die Besitzungen in Afrika und Ostasien.»

«Und wer ist de Witt, dass er dem Admiral Befehle geben kann?»

«Johan de Witt ist der höchste Staatsrat der Niederlande; er hat sich den Plan mit dem Überfall ausgedacht. Unsere Flotte hat den Engländern eine grosse Niederlage beigebracht; wir werden wohl eine Weile Ruhe vor ihnen haben. Man war in Amsterdam schon in Sorge, weil man den Ausgang der Kämpfe nicht kannte, bis dann vorgestern die *Den Helder* eintraf und die erlösende Nachricht brachte.»

«Die *Den Helder?*»

«Ja, das ist ein Schnellsegler, eine dreimastige Fregatte, die als Kurierschiff den Kampfschiffen voraus nach Hause segelte. Sie liegt dort im Hafen, wo auch die *Harderwijck* festgemacht hat.»

Harm mochte sich nicht erinnern; die beiden grossen Kriegsschiffe hatten seine Aufmerksamkeit völlig in Anspruch genommen. «Admiral de Ruyter – woher kam er, als ich ihn sah?» fragte er.

«Er weilte im Haus der Amsterdamer Admiralität an der Prinsengracht, um Bericht zu erstatten und sich mit de Witt zu besprechen. Aber», fügte er hinzu und sah dabei den solid gekleideten jungen Fischer mit einem Blick an, als schätze er die Schwere seines Geldbeutels, «darüber könnte ich, wenn es Euch interessiert, an einem ruhigeren Ort mehr erzählen. Zu schade, dass ich heute schlecht bei Kasse bin und kein Geld habe, um Euch in eine Taverne einzuladen.»

«Das soll kein Hinderungsgrund sein», sagte Harm schnell, «Eure Neuigkeiten interessieren mich tatsächlich sehr und es wird mir eine Ehre sein, wenn Ihr mir bei einem Becher Wein Gesellschaft leisten wollt.»

«Gerne nehme ich die Einladung an, aber ich werde mich in den nächsten Tagen, wenn wir uns wohl wieder treffen, revanchieren, denn ich erwarte einige Eingänge in Florin kurant. Damit wir uns kennen, möchte mich bei dieser Gelegenheit vorstellen: mein Name ist ter Brook, Niklaas ter Brook, Handelsacquisiteur.» Er reichte Harm eine feucht-kalte Hand. «Und wer seid Ihr, Mijnheer?»

«Harm Jansen von Borkum.»

Da wusste der Seelenverkäufer ter Brook (oder wie er sonst wohl heissen mochte) genug. Er führte ihn in einen Keller am Rokin. In der Matrosenwirtschaft sassen schmutzige Gäste an langen Tischen, ein paar Dirnen bedienten schmeichlerisch mit übertriebener Lustigkeit, und Tabakrauch unter den schwarzen Balken bildete blauen Nebel. Harm hatte kaum ein Auge dafür. Er wollte mehr von de Ruyters wagemutigem Handstreich wissen.

«In den nächsten Tagen werden noch andere Schiffe der siegreichen Flotte von England zurückkehren, viele davon mehr oder weniger gefechtsunfähig.» Der Fischäugige rieb sich das schlecht rasierte Kinn. «Am schlimmsten hat es die *Eendracht* erwischt, ein alter Vierundsiebziger. In blutigem Gefecht erlitt sie weit schwerere Verluste als irgendein anderes holländisches Schiff. Man spricht von vierzig Toten und hundertsechzig Verwundeten, darunter auch der tapfere Kommandant, zwei Leutnants und neun Seekadetten. Nun hinkt sie heimwärts, entmastet, das halbe Oberdeck von feindlicher Artillerie weggrasiert, fast ein Wrack, das sich mit Mühe in der Meeresströmung behauptet, denn das Wetter draussen» – er zeigte mit müder Bewegung über die Schulter, aber Harm wusste, dass er die Nordsee meinte – «das Wetter draussen ist sehr schlecht.» Und als er das skeptische Gesicht des Jungen gewahrte, der vom schlechten Wetter nichts gemerkt hatte, fuhr er eilig fort: «Allerdings werden sie mit grossen Ehren und viel Jubel empfangen werden, denn auf einem Kriegsschiff zu dienen, bringt grossen Ruhm. Das wäre auch was für Euch! Wenn Ihr wollt, ich könnte Euch vermitteln . . »

«Ich verstehe nicht, warum die Holländer in England waren.»

«Ach, der Streit ging nun vier Jahre, aber der englische König hat genug Prügel gekriegt. Jetzt haben sie drüben in Breda» – wieder die müde Handbewegung, aber in eine andere Richtung – «Frieden geschlossen.»

«Vier Jahre Krieg?» Harm hatte keine Ahnung von der Welt ausserhalb Borkums. «Warum, bei Gott?»

«Die Engländer haben angefangen. Erst verlangten sie, dass Holland die englische Oberhoheit zur See, sie meinten die Strasse von Dover, anerkenne. Sie wollten, dass unsere Schiffe, wenn sie durch die Meerenge von Dover die holländischen Häfen ansteuerten, salutierten, das heisst ihre Toppsegel einholten oder ihre Flagge niederholten.»

«Frechheit! Bei uns in Borkum würden die Schiffer weder vor den Emdenern oder den Greetsielern, auch nicht vor den Holländer von der anderen Seite des Dollart die Flagge streichen.»

Vor soviel Naivität musste der Fischäugige ein Lächeln unterdrücken. «Seht Ihr», sagte er, «das wollten unsere Kauffahrer auch nicht, wenn sie schwer mit Gewürzen, Reis, Tee, Silber, Seide, Juwelen, Opium und Porzellan beladen durch die Strasse von Dover fuhren. Aber dort warteten schwerbewaffnete englische Kriegsschiffe, aus deren Stückpforten die Rohre ihrer Geschütze drohten. Das war doch das reinste Spiessrutenlaufen! Zuerst mussten unsere Schiffe den Salut gewähren, aber bald wurden sie von ebenso gut bewaffneten holländischen Kriegsschiffen im Konvoi in einen unserer Häfen geleitet. Das hat vorerst geholfen! Doch dann erteilte die britische Admiralität ihrer Flotte den Befehl, alle ausländischen Schiffe anzugreifen. Wieder mussten wir klein beigeben, aber Holland hat sich von da ab konsequent auf einen Krieg gegen England vorbereitet.»

«Und zurückgeschossen?»

«Nein, noch nicht. England glaubte, dass wir unsere Kräfte verzetteln würden, wenn es uns noch an anderen Schauplätzen angreife. Die Briten haben Elmina besetzt, aber unser wackerer Admiral de Ruyter hat ihnen die Festung flugs wieder abgenommen. Und das war vor vier Jahren – und seither ist Krieg. Bis jetzt.»

«Elmina?» Harm merkte nun selber, dass er ein hoffnungsloser Dummkopf war. «Wo liegt diese Festung?»

«Elmina liegt in Afrika an der Goldküste und ist seit fünfundzwanzig Jahren ein bewaffneter Stützpunkt der VOC, der mächtigen *Vereenigden Oostindischen Compagnie.*»

«VOC? Mein Bruder fährt für sie. Ist sie wirklich so mächtig?»

«Auf Borkum hat man wohl nicht viel Ahnung, was?» Der angebliche Handelsacquisiteur ter Brook liess ein meckerndes Lachen hören. «Früher brachten die Mohammedaner die Gewürze übers Rote Meer und die Landbrücke am Mittelmeer nach Alexandria. Dort übernahmen sie genuesische und venezianische Schiffe. Weil die Türken vor zweihundert Jahren Konstantinopel erobert haben, kam dieser Handel zum Erliegen. Da fand ein Portugiese, Vasco da Gama, den Seeweg um Afrika. Seither lief der Gewürzhandel über Lissabon und Spanien, denn Portugal war 1580 an Spanien gefallen, weil das Königshaus ausgestorben ist. Die holländische Firma Cunersdorf & Snel importierte die Gewürze von dort über Antwerpen nach Holland und für den nordeuropäischen Markt, vor allem Pfeffer und Gewürznelken.»

«Warum schickten sie nicht eigene Schiffe aus?» fragte Harm.

«Das taten sie ja. Um 1596 herum beschlossen verschiedene holländische Firmen, auf eigene Risiken Ladung in Ostasien zu bunkern, denn neben Gewürzen gab es inzwischen noch andere Güter, die den Handel lohnten: Elfenbein, Perlen, Seide. Die Kaufleute gründeten Finanzierungsfirmen, zum Beispiel die Brabantse Compagnie, die Rotterdamer Compagnie oder die Amsterdamer Compagnie. In kurzer Zeit liefen 65 Schiffen aus, von denen 50 voll beladen zurückkamen. Nach einer erfolgreichen portugiesischen Revolte gegen Spanien im Dezember 1640 wurde deren Führer als Johann IV. zum neuen König von Portugal gekrönt; er gründete die Dynastie Bragança. Die Portugiesen, die nun wieder einen König hatten, griffen die heimkehrenden holländischen Flotten immer wieder an und fügten ihnen schwere Verluste bei. Prost!» Ter Brook hob den Becher und trank Harm zu.

Der hatte begierig zugehört und immer wieder einen tiefen Schluck getan. «Da hätten sie sich gegen schützen müssen!» rief er mit rotglühenden Wangen.

«Genau das war schon geschehen! 1602 machte der Landsadvocat der Provinz Holland, Johan van Oldenbarnevelt, den Vorschlag, dass sich die verschiedenen Compagnien zusammenschliessen sollten, und am 20. März gründete man die *Vereenigde Oostindische Compagnie*.»

«Was Ihr alles wisst», staunte Harm und nahm noch einen Schluck. Sein neuer Freund schenkte eifrig nach.

«Ich weiss noch viel mehr. Die VOC bekam von den *Heeren Seventien* eine Konzession, die der neuen Gesellschaft souveräne Rechte mit eigener Gerichtsbarkeit einräumte. Sie konnte Verträge und Bündnisse abschliessen, durfte Forts zum Schutz der Handelswege errichten, Gouverneure ernennen, eine eigene Armee ausheben und eigene Münzen prägen. Ihr erster Gouverneur hiess Johan Moritz von Nassau und das Aktienkapital betrug 6 424 588 Florin!»

Harm wurde es fast schwindelig. «Sechs Millionen vierhunderttausend Florin . . .»

».. . vierhundertvierundzwanzigtausend Florin», korrigierte ter Brook. «Die VOC besitzt 140 Kriegsschiffe mit 20 000 Matrosen, 10 000 Soldaten und was weiss ich mit wieviel Zivilisten: Rechnungsmeister, Buchhalter, Kaufleute und so weiter! Sie ist die reichste Firma der Welt und hat Stützpunkte auf Ternate, Banda, Macassar, Malacca, Ambon, Batavia, Ceylon, am Kap der Guten Hoffnung und in Elmina an der Goldküste Afrikas.»

».. . an der Goldküste in Afrika», wiederholte Harm traumverloren.

«Ja, in Elmina, eine mächtige Festung. Vorher gehörte sie 160 Jahre lang zu Portugal und hiess São Jorge da Minha oder kurz Minha.»

«Und da gibt es Gold?»

«Nein, nicht direkt. Für die Portugiesen war der Ort wichtig, weil er ein Goldtauschplatz war; man konnte Gold aus dem Hinterland bei einheimischen schwarzen Königen einhandeln. Heute ist es vor allem ein Stützpunkt der nach Indien und Ostasien fahrenden Schiffe, aber auch ein Stapelplatz für Elfenbein – weisses und schwarzes!» Wieder lies er ein meckerndes Lachen hören.

«Weisses und schwarzes?»

«Ja natürlich. Weisse Stosszähne der Elefanten und schwarze Sklaven. Die Negerkönige verkaufen sie uns, dabei springt ein schöner Batzen heraus. Aber Gulden, keine Stüber! Das wäre doch etwas für Euch, Harm Jansen. Zufällig weiss ich auch ein Schiff, das in den nächsten Tagen nach Batavia abgeht und in Elmina anlegen wird.»

Aber Harm wehrte ab. Er möchte lieber Genaueres über den Zaren wissen und welche Möglichkeiten es gab, ein Handelsschiff zu bekommen, um nach Russland zu gelangen. Ter Brook (oder wie immer er heissen mochte) trank mit langem Zug den Becher leer und kniff ein Auge zu. Er war wirklich beim Bürgermeister in Dienst gewesen und wegen Diebstahls weggejagt worden. Nun überlegte er, welchen Profit er aus diesem grünen Jungen ziehen könnte. Erst musste einmal sein Geldbeutel leer werden und dann würde er ihm eine gute Heuer versprechen. Wie es dann auch kam.

*

Die Engländer hatten sich ihres Lordprotektors Oliver Cromwell entledigt, der das Land fünf Jahre lang wie ein Alleinherrscher, ohne Rücksicht auf Staatsrat und Parlament, regiert hatte. Nun wurde die Herrschaft des Königshauses Stuart mit Karl II. wiederhergestellt. Der König trat – wie alle Schottenkönige – für eine Stärkung der Katholiken ein. Das versetzte Holland in nicht geringe Unruhe, hatten sich doch die *Generalstaaten,* die protestantischen holländischen Nordprovinzen, seit 1587 als Verbündete der englischen Königin Elisabeth gesehen und mitgeholfen, 1588 die mächtige, angebliche unüberwindliche spanische Armada mit 130 Kriegsschiffe und 2630 Kanonen in drei Seeschlachten zu besiegen. Nun wollte der neue König – wie sein grosses Vorbild Ludwig XIV. von Frankreich – England absolutistisch regieren. Aber das Parlament mochte sich seiner Rechte nicht berauben lassen; es erliess ein Gesetz, nach dem öffentliche Ämter nur von Männern besetzt werden durften, die der anglikanischen Staatskirche angehörten und die den Suprematseid zu leisten bereit waren. Mit dem Eid anerkannte jeder englische Geistliche und Staatsbeamte die kirchliche Oberhoheit des englischen Königs an.

Aber das konnte auf lange Sicht die Befürchtungen Hollands nicht beschwichtigen, denn der englische König trieb den Ausbau der Marine dermassen voran, dass sie bald beeindruckende Dimensionen annahm. In Holland konnte man dem Wachsen der englischen Flotte nur mit Besorgnis zusehen. Holland war ein an Naturschätzen armes Land; es war flach und stets vom Meer bedroht, und deshalb konnte es nur zu geringen Teilen landwirtschaftlich genutzt werden. Schon zweihundertfünfzig Jahre früher hatte Prinz Heinrich von Portugal sein Land zur Expansion über das Meer beflügelt, weil Portugal, das Agrarland, sich nicht mehr selbst ernähren konnte. Es suchte sich einen Weg über bis dahin als unbefahrbar geltende Ozeane und wurde dadurch zur mächtigsten Nation Europas. Bald darauf beschritt Spanien den gleichen Weg und schwang sich zum gefährlichsten Rivalen Portugals auf.

Als der Welthandel immer stärker expandierte, besannen sich die Holländer auf das portugiesische Beispiel, aber auch auf den strategischen Vorteil ihres Landes: es war von Flüssen und Kanälen durchzogen, die von überallher zu kommen schienen und an ihrer Küste endeten. Sie führten nach Europa hinein und an ihren Enden auf die Weltmeere hinaus! Die Niederländer lernten, sich den Wohlstand und wirtschaftlichen Aufschwung anderer zunutze zu machen, sie wurden zu den wichtigsten Handelsagenten und Maklern Europas. Sie kauften, um wieder zu verkaufen, sie führten ein, um wieder auszuführen, sie liessen sich aus aller Welt beliefern, um wiederum die ganze Welt zu beliefern. In Amsterdam, Delft, Hoorn, Rotterdam, Enkhuisen, Middelburg, in Leiden, Haarlem und weiten Städten salzten die Niederländer Fische aus englischen Fanggebieten, bauten Schiffe, deren Holz aus dem Baltikum kam, bleichten in Deutschland gesponnenen Leinen, verarbeiteten in Frankreich abgebautes Salz und veredelten Gewürze aus Ostindien.

So waren die sieben nördlichen Provinzen schon zu Wohlstand gekommen, bevor sie 1609 nach vierzig Kriegsjahren die Unabhängigkeit von Spanien errungen hatten. Sieben Jahre vorher hatten weitsichtige Kaufleute und Reeder die VOC, die Vereenigde Ostindische Compagnie, gegründet, deren Namengebung bereits das weitgesteckte Ziel dokumentierte. Die VOC war mit souveränen Rechten ausgestattet, unterhielt bewaffnete Flotten, eigene Soldaten und genoss politische Vorrechte. Und nun gab es kein Halten mehr. Holländer segelten zuerst nach Westen und gründeten in Nordamerika die Kolonie Neu-Amsterdam, sie fuhren in die Karibik und machten ein halbes Dutzend Inseln zur Kolonie. Dann wendeten sie sich nach Süden, 1652 entstand, ausgehend von einer Verpflegungsstation in der Tafelbucht, die niederländische Kapkolonie, die als Zwischenstation nach Ostasien wichtig war. Um 1660 besass die VOC Kolonien und befestigte Niederlassungen in Malakka, auf Sumatra, Java, Borneo, Celebes, den Molukken, auf Ambon, Timor und vielen Inseln dazwischen.

In England war man nicht weniger aktiv. Auch für England wurden die See und der Handel zur See immer wichtiger. Schon gab es in Nordamerika und in der Karibik britische Niederlassungen, aber bald tauche die rote Marineflagge Englands mit dem *Union Jack* in der Gösch auch in Ostasien auf, die Engländer drangen zuerst nach Indien vor, waren aber bald auch auf Bantam in Fernost anzutreffen. Schon 1619, als man noch an die vielbeschworene Waffenbrüderschaft aus den Spanienkriegen glaubte, gestatteten die Niederländer den Engländern, auf Ambon eine Faktorei zu errichten. Aber an der Nordsee, 15 000 Seemeilen von der dampfenden Hitze der äquatorialen Inseln entfernt, wusste man nichts von der Einsamkeit in den Tropen, vom Einfluss unbekannter Krankheiten und von den Sitten fremder Völker, die das menschliche Gemüt beeinflussen und Feindschaften besonderer Art entstehen lassen.

So begannen nach einiger Zeit die politischen Rivalitäten zwischen England und Holland zu schwelen. Auf englischer, vor allem aber auf holländischer Seite war man auf den Krieg vorbereitet, denn die Holländer machten sich keine Illusionen über die Ziele des englischen Königs Karl II. Der Konflikt war 1664 in Afrika und Nordamerika zum Ausbruch gekommen. 1664 besetzten die Engländer mehrere holländische Niederlassungen in Westafrika, die aber von Admiral-General Michel de Ruyter rasch zurückerobert werden konnten. Die Operation fand ohne offizielle Kriegserklärung statt; er wurde schliesslich von Karl III. im März 1665 erklärt. In Abwesenheit von de Ruyter war der erste Zusammenstoss für die Holländer trotz all ihrer Vorbereitungen verheerend: Die Schlacht von Lowestoft im Juni 1665 gewann der Herzog von York, der spätere König Jakob II. Die holländische Niederlage wurde durch das Scheitern der Engländer vor Bergen und die wohlbehaltene Heimkehr eines holländischen Norwegen-Konvois unter dem Kommando des zurückgekehrten de Ruyter nur teilweise ausgeglichen. Doch England konnte seinen Sieg von Lowestoft nicht verwerten, denn in London brach die Pest aus, und die vom Parlament widerwillig zur Verfügung gestellten finanziellen Mittel waren zu gering. Frankreichs König, Ludwig XV., den ein Beistandspakt mit Holland verband, entschloss sich im Januar 1666, seiner Verpflichtung nachzukommen, und erklärte seinerseits England den Krieg. Doch auf die Hilfe seiner Flotte, die sich erst im Stadium des Aufbaus befand, war vorläufig noch nicht zu denken.

Für die Engländer war 1666 ein furchtbares Jahr. Zunächst wurde ihnen von de Ruyter in der Vier-Tage-Schlacht im Ärmelkanal eine ihrer schlimmsten Niederlagen zugefügt. Das war jedoch bald vergessen. In der Schlacht am North Foreland am Saint-Addison-Day errangen George Monck, Herzog von Albemarle, und Prinz Ruprecht von der Pfalz den Sieg über die niederländische Flotte. Nur das Genie de Ruyters konnte die Holländer vor der völligen Vernichtung retten und die Verluste in Grenzen halten. Doch auch dieser englische Sieg blieb ohne Auswirkungen, denn am 10. September suchte eine grosse Feuersbrunst London heim, was die bereits von der Pest verängstigten Engländer zusätzlich zermürbte. Vielen erschien all das wie eine Strafe des Himmels.

Das Jahr 1667 brachte England weitere Schicksalsschläge. Zwar gelang es den Engländern unter schweren Verlusten, eine französisch-holländische

Landung auf den Antillen zu verhindern, doch vom 19. bis 23. Juni drang de Ruyter auf der Themse bis nach London vor, verbreitete dort Panik, zerstörte Sheerness, fuhrt in die Medway-Mündung ein und bemächtigte sich eines Teils der englischen Flotte. Mit dem Frieden von Breda konnte England den Krieg schliesslich beenden. Es war ein hastig abgeschlossener Frieden, den das englische Parlament dem König und seinem Volk aufzwang.

*

Mit einer Heuer nach Russland wurde es vorerst nichts. Stattdessen fand er sich auf einem Kriegsschiff wieder. Er erwachte, weil jemand Wasser über ihn goss.

«Aufwachen, Faulpelz!»

Als noch ein weiterer kalter Schwall über ihm ausgeleert wurde, kam ihm zu Bewusstsein, dass man ihn meinte. Mühsam schlug er die Augen auf, sein Schädel brummte wie tausend Bienen, alle Knochen taten ihm weh und ihm schien, dass er den Boden unter den Füssen verloren habe. Alles um ihn herum schien zu schwanken, trübes Flackerlicht zeigte ihm nur undeutlich den vierschrötigen Kerl mit einem zerbeulten Dreispitz auf dem Kopf. Der Mann beugte sich mit einer Pütz über ihn. Mühsam richtete Harm sich auf und gewahrte einen dunklen Raum, in dem es abscheulich stank.

«Los, steh auf, Faulpelz», wiederholte der Grobian.

«Wo bin ich?», stammelte er, und «Wer seid Ihr?» Er blinzelte in das Gefunzel und gewahrte einen zweiten Mann, der fünf Ellen abseitsstand und eine blakende Laterne hochhob.

«Du bist an Bord des Orlogschiffes *Den Helder* und ich bin Honke, Obersteuermann. Und der da» – er zeigte auf den mit der Fackel – «das ist Lucius, mein Maat.»

«Orlogschiff? Wieso?»

«Dumme Frage. Du hast angemustert und das Handgeld wie die meisten an Ort und Stelle versoffen. Jetzt hast du genug geschlafen. Steh auf, es geht an die Arbeit!»

Langsam dämmerte es ihm. Der Fischäugige hatte ihm ein Betäubungsmittel in den Wein getan, hatte ihn betrunken gemacht und einem Presskommando übergeben. Er war gewaltsam angeheuert worden, sie hatten ihn ›shanghait‹!

Harm hatte nicht viel Zeit, über sein Schicksal zu trauern. Sie hatten ihn im Bilgeraum eingesperrt, einem dunklen Loch an der tiefsten Stelle des Bootsrumpfes; nur ein paar Bodenbretter trennten ihn von dem Kielbalken, und übelriechendes Dreckwasser schwappte leise glucksend herauf. Feuchte Säcke lagen sorgfältig am Schiffsboden, nur eine schmale Planke über dem Kielschwein war als Laufgang freigeblieben. Da bemerkte er auch die Schiffsbewegung, das leise Auf und Nieder, und hörte, wie die Bugwelle sich jedes Mal brach, wenn das Schiff in die See eintauchte.

«Wohin fahren wir?» fragte er.

«Nach Afrika oder Indien!»

«Nach Indien?» rief Harm ungläubig. «Wohin in Indien?»

«Das weiss nur der Kapitein! Frag nicht so viel und mach vorwärts», riet ihm Honke. Er zerrte ihn kräftig, aber nicht bösartig auf die Beine. Erst da bemerkte Harm, wie das Schiff nach Backbord überlag. Honke nickte Lucius zu; der setzte sich in Richtung Luk in Bewegung. Der Steuermann packte Harm am Arm, schob ihn vorwärts zur schmalen Leiter des Niedergangs, und nacheinander stiegen sie an Deck.

Eine frische Meeresbrise fiel von Luv ein und Harm füllte gierig die Lungen, aber das helle Tageslicht blendete. Rasch blickte er sich um, gewahrte das breite Mitteldeck und die ansteigende Kampanje am Achterschiff, schaute zu den Masten auf, wo sich die Segel voll und bei an den Rahen im Wind blähten. Dort sah er auch die Flagge: ein schwarzes VOC auf weissem Tuch, die Fahne der mächtigen Vereenigden Oostindischen Compagnie! An Steuerbord ging rot die Sonne unter. Drei Wolkenstreifen hingen am Horizont über der dunklen Glut, im Zenit verblasste schon der Himmel und nach Backbord war es bereits dunkel. Bugvoraus wurde gerade der junge Mond sichtbar, da sein Licht nicht mehr von dem der Sonne geschluckt wurde.

«Wir fahren auf Südkurs?» fragte Harm.

«Gut beobachtet, mein Junge. Aber komm, der Kapitein wartet.»

«Der Kapitän?»

«Ja, er will dich begutachten. Es nimmt ihn wunder, was er für sein Geld bekommen hat.» Und als Lucius dazu meckernd lachte, knurrte Honke: «Is gut, Luci. Lösch die Laterne und geh wieder auf deinen Posten.» Dann wandte er sich Harm zu: «Bei uns heisst es nicht ›Kapitän‹, das sagen die deutschen Moofköppe! Wir sagen ›Kapitein‹ oder – wenn man etwas vertrauter zueinander ist – ›Baas‹. Wie heisst du eigentlich?»

«Harm Jansen von Borkum.»

«So, so, von Borkum.»

«Übrigens bei uns seid *ihr* die Moofen!» schob Harm trotzig nach.

Honke streifte ihn mit einem warnenden Blick. «Lass das den Kapitein lieber nicht hören.» Er führte ihn am Grossmast vorbei zum Achterdeck und an dessen Ende eine kurze Treppe zur Poop hinauf und am Besanmast vorbei, dann ging es wieder eine breite Treppe hinunter, wo sie in die grosse Messe gelangten. Als Harm den Schildermann vor einer Tür sah, war ihm klar, dass dort der Kapitän wohnte.

«Mach nicht so ein belämmertes Gesicht, Kleiner», sagte Honke gutmütig. «Der Kapitein frisst dich nicht.»

«Wie heisst er?»

«Is Kapitein Thees Visser aus Zwolle – ein guter Mann.» Und zum Posten gewandt sagte er: «Melde uns an.»

Der klopfte an die Tür, steckte den Kopf in den Raum, sagte etwas und liess die beiden eintreten.

Bläulicher Tabakdunst schwebte durch die geräumige Kapitänskajüte und liess das Dämmerlicht des sinkenden Tages noch zwielichtiger erscheinen. Der Kapitän, beleibt und in hellblauem Rock, sass hinter einem breiten Tisch, darauf einige Papiere. Hinter ihm konnte Harm durch die breiten Heckfenster gerade noch die phosphoreszierende Schiffsspur des Heckwassers ausmachen.

Honke nahm seinen speckigen Dreispitz ab. «Der Neue, Kapitein», sagte er respektvoll. «Ihr wolltet ihn sehen. Er heisst Harm Jansen und kommt von Borkum.»

'Kapitän Visser paffte eine lang gekrümmte Tabakspfeife und schaute Harm ruhigen Blicks von oben bis unten an. «Kräftig scheinst du ja zu sein», meinte er nach einer Weile. «Allerdings tät dir Seife und Wasser gut – du stinkst.»

«Kapitän, ich stinke vom Dreckwasser der Bilge. Ich bin auch nicht freiwillig hier! Man hat mich gekapert!»

«Gekapert?» Der Kapitän runzelte unwillig die Stirne und blies eine blaue Wolke aus.

«Jawohl! Dieser ter Brook war ein Seelenverkäufer; er hat mich betäubt und wahrscheinlich einem Presskommando übergeben. Habt Ihr es ausgeschickt?»

«Pass auf, was du da sagst», knurrte Honke.

«Lasst ihn nur, Obersteuermann. Ist doch schön, einen mutigen jungen Kerl an Bord zu kriegen. Wenn er bei der Arbeit so tüchtig ist wie mit seinem Mundwerk, dann haben wir keinen schlechten Mann angeheuert.» Und zu Harm gewandt: «Wie heisst der, dem du dein Hiersein zu verdanken hast? Ter Brook? Kenne ich nicht! Und es würde dir auch nichts nützen, die *Den Helder* segelt nach Ostindien. Was du da draussen siehst», der Kapitän deutete mit der Tabakspfeife über seine Schulter zum Heckfenster, «ist die Biskaya, die selten so friedlich ist wie heute; wirst sie vielleicht noch viele Male in deinem Leben durchsegeln.»

«Wird mir wohl nichts anderes übrigbleiben», sagte Harm mutlos, «auch wenn ich keinen Heuervertrag unterschrieben habe.»

«Na, na! Unterschrieben!» Der Kapitän lachte. «Hast drei Kreuze unter das Papier gesetzt!»

«O nein, Mijnheer!» Harm reckte sich stolz. «Ich kann lesen und schreiben und hätte niemals nur drei Kreuze unter den Kontrakt gesetzt.»

Der Kapitän schien etwas überrascht. «Auf Borkum lernt die Jugend lesen und schreiben?»

«Nein, nicht alle. Aber mein Vater wollte es so.»

«Komm her. Hier siehst du Papier, dort sind Feder und Tinte, schreib deinen Namen.»

Harm tat, wie ihm geheissen wurde, krakelte gebückt und mit schiefem Kopf seinen Namen, schob das Papier dann dem Kapitän hin und stellte sich wieder neben Honke.

Visser beugte sich vor und las. «Tatsächlich, hätte ich nicht gedacht. Aber jetzt zeige, dass du auch lesen kannst. Komm her!» Er winkelte seine Linke mit der Tabakspfeife seitlich vom Körper ab und deutete mit der freien Rechten auf das Papier.

Harm trat wieder neben den Kapitän, beugte den Kopf und las zögernd und halblaut: «Stipulation. Ich, Harm Jansen aus Borkum, bestätige, auf der Fleut-fregatte der VOC *Den Helder* als Jungmann anzuheuern und verspreche *so-lem*...», hier stockte er, aber Kapitän Visser bedachte ihn mit einem strengen Blick und er las weiter «.. und verspreche *solemniter,* stets gehorsam meine Pflicht zu tun und...»

«Das genügt», sagte Visser. «Du hast deinen Heuervertrag unterschrieben.» Der Kapitän legte das Papier zufrieden in die Schublade seines Tisches. Harm hätte sich selber ohrfeigen können, dass er dem Kapitän auf den Leim gegangen ist. «Rechnen kannst du auch?» fragte der Kapitän.

«Pastor Korte hat es uns auch gelehrt.»

«Ich gebe zu, dass ich erstaunt bin. Da hast du einen weitsichtigen Vater, mein Sohn. Was schafft er?»

«Er ist tot», antwortete Harm traurig. «Ertrunken!»

«Tut mir leid, Harm. Bist du der Einzige?»

«Nein. Mein Bruder Jan fährt auch für die VOC. Ich weiss nicht, wo er sich gerade befindet. Aber er hat der Mutter Geld geschickt.»

«Da siehst du, dass es gar nicht so schlecht geht bei uns. Wenn du es gut machst, wirst du deiner Mutter auch bald einige Gulden nach Borkum schicken können.»

Harm mochte ein naiver Jüngling sein, aber die Natur hat ihn auch mit Rea-litätssinn ausgestattet. Seine Augen blitzten hoffnungsvoll auf, als er spontan fragte: «Wie hoch ist meine Heuer, Mijnheer?»

Kapitän Visser blickte einen kurzen Moment verdutzt, eine Wolke des Un-muts huschte über sein breites Gesicht, doch dann begann er laut zu lachen. «Habt Ihr das gehört, Obersteuermann Honke? Hat den Mast noch nie geentert und haut schon auf den Sack! Was sagt Ihr dazu?»

«Da kann ich nur staunen, Baas», stimmte Honke scheinheilig zu. «Kann noch nicht im Stehen über die Reling pinkeln und will schon goldene Fische fangen. Es ist besser, du drehst bei, mein Junge.»

Aber Harm gab sich nicht geschlagen. «Ihr habt mir gerade den Heuervertrag untergeschoben, da muss doch auch etwas von der Entlohnung drinstehen.»

Der Kapitän wurde ernst. Er richtete sich auf und seine Stimme tönte jetzt deutlich unwirscher: «Höre mal zu, du Grünschnabel. Ich habe einen Heuerbaas in Amsterdam beauftragt, einen Jungmann für die *Den Helder* zu suchen; dein Vorgänger starb am Fieber. Der Heuerbaas sagte, du hättest nicht unterschreiben können. Er brachte dich stockbesoffen an Bord; hat die VOC fünfzehn Florin gekostet. Ich weiss nichts von kapern und schanghaien. Deine Heuer beträgt einen Florin den Monat, davon gehen fünf Stüber für Kost und Logis ab; die anderen fünf Stüber werden dir gegen die Auslage der Rekrutierung angerechnet, bis du sie abbezahlt hast. Dann beginnt dein Geldverdienen!»

Harm war fassungslos. «Aber das – dauert ja 30 Monate! Das sind zweieinhalb Jahre!» stammelte er.

«Füge dich drein, die Fregatte *Den Helder* ist so schlecht nicht. ›Nach überstandener Not, denkt niemand mehr an Gott!‹ Und wer weiss, wenn du dich bewährst, wirst du vielleicht befördert und bekommst Solderhöhung.»

«Eine Frage hätte ich noch» sagte Harm mutig.

«Wie viel du dann verdienst?» Kapitän Visser lachte amüsiert.

«Nein. Aber was heisst solemniter? Es steht im Vertrag.»

«Das ist Latein, min Jung, und bedeutet soviel wie *hoch und heilig*. Nehmt ihn mit, Steuermann. Bringt ihn ins Zwischendeck, wo die Freiwilligen ihre Quartiere haben.»

«Nicht in die Back zu den Mannschaftsquartieren?» fragte Obersteuermann Honke verwundert.

«Nein, zu den Kadetten. Und gebt auf ihn acht: er kann lesen und schreiben – und wissbegierig ist er auch!» Der Kapitän lachte erneut. «Ihr werdet ihn schon kalfatern!»

*

Die *Den Helder* war kein eigentliches Kriegsschiff, sondern eine bewaffnete Fregatte und in gutem Zustand. Sie mass gut 160 Fuss und hatte einen mit Kupfer beschlagenen breiten, etwas plumpen Eichenrumpf, der dem Schiff etwas Behäbiges gab, doch sie war ein flotter Segler und speziell für die langgezogene Dünung des atlantischen und indischen Ozeans gebaut. Sie ähnelte kaum mehr den hochbordigen koggenähnlichen Karavellen der Portugiesen und Spanier; Fleuten waren ein noch neuer Schiffstyp, ihre oberen Decks zeichneten sich durch niedrige Aufbauten aus und aus dem tiefgehaltenen Bug wuchs ein kräftiger Bugspriet. Die *Den Helder* hatte nur zwei Decks und trug zwei drehbare Kanonen – je eine auf dem Vorder- und dem Achterdeck. Hinter den Geschützpforten des Batteriedecks verbargen sich zehn neue Bronzegeschütze. Normalerweise wurden Schiffe ihrer Bauart als Geleitschutz für die Kauffahrteischiffe auf der Ostindienroute eingesetzt. Aber die *Den Helder* war mit einem

Geheimauftrag nach Elmina in See gegangen. Die Order kannten nur Kapitän Visser und der Erste Offizier Scheepers. Und die war banal genug. Ein Adjudantoffizier der VOC hatte ihm in Amsterdam die schriftliche Anweisung überreicht, die *Den Helder* seeklar zu machen und nach Elmina an der afrikanischen Goldküste auszulaufen. Ausserdem wurde Visser ein versiegeltes Schreiben für den Generaldirektor der VOC-Niederlassung in Elmina ausgehändigt, der ihm weitere Informationen übergeben werde. Sein Auftrag sei für die Zukunft der Generalstaaten und der Vereenigden Ostindische Compagnie sehr wichtig, und deshalb dürfe die *Den Helder* nicht der üblichen Schifffahrtsroute folgen, sondern müsse auf Schleichwegen nach Westafrika gelangen.

Kaum ein Mensch ist konservativer als der, der zur See fährt. Stürme kommen auf See viel seltener vor, als manche Landratte annimmt, und deshalb besteht das Leben des Seemannes hauptsächlich aus dem täglichen Dienst, das heisst, aus den Pflichten während seiner Wachen, die alle vier Stunden wechselt. Vier Stunden Wache folgen vier Stunden Freiwache. Sie werden an Bord nach *Glasen* bemessen. Das ist das halbstündige Schlagen der Schiffsglocke. Der wachhabende Offizier ist verantwortlich, dass die Sanduhr beim Ruderstand alle halbe Stunde, wenn der Sand vom oberen Glasballon durch den engen Hals in den unteren Ballon gerieselt ist, herumgedreht wird. Das muss laut und vernehmlich mit dem Anschlag der Glocke bestätigt werden. Die Anzahl der Anschläge zeigt an, wie viele halbe Stunden seit Beginn der Wache vergangen sind: ein Glas ist gleich eine halbe Stunde seit Wachbeginn und wird mit einem Schlag an die Glocke quittiert. Zwei Schläge bedeuten eine Stunde, drei Schläge eineinhalb Stunden, und so weiter bis acht Glas oder acht Schläge an die Schiffsglocke, womit der Wachwechsel angekündigt wird.

Harm hatte eine grüngraue Hose mit engen, dreiviertellangen Hosenbeinen, ein baumwollenes Matrosenhemd und eine kurze dunkelrote Jacke gefasst und trug seine neue Kleidung in der ebenfalls ausgehändigten Hängematte eingerollt hinter dem Steuermann her. Honke hatte Harm einen Platz unter den Freiwilligen und Seekadetten im Waffenraum hinter dem Zwischendeck angewiesen, wo er seine Hängematte zwischen Entermessern, Musketen und Pistolen aufhängen musste und wie seine neuen Kameraden unter der Aufsicht des Steuermanns stand. «Seid anständig zu ihm», hatte Obersteuermann Honke den Kadetten gesagt, «er kann lesen und schreiben!» Und zu Harm gewandt, fügte er hinzu: «Die Kadetten sind mit ›Junger Herr‹ und in der dritten Person anzureden. Sie sind die künftigen Admirale der Generalstaaten.» Harm war sich nicht sicher, ob er das ironisch oder bewundernd meinte.

Kaum war er gegangen, näherte sich ein magerer, hoch aufgeschossener junger Kerl, pflanzte sich vor Harm auf, sah ihn mit gespielter Hochnäsigkeit von oben bis unten an, ging dann langsamen Schrittes dreimal um den Neuen herum und blieb wieder vor ihm stehen. Die anderen Jungen im Raum wurden aufmerksam, erhoben sich aus den Hängematten, andere standen von ihren See-mannskisten, die als Sitzgelegenheit dienten, auf, drängten sich näher und schlossen einen Kreis um die beiden. Die Kadetten sahen in ihren eng anliegenden Blaujacken, den halblangen Pluderhosen wie kleine Erwachsene aus. Einige hatten einen Zweispitz auf dem Kopf, andere die Haare am Hinterkopf zu einem kleinen Zopf geflochten.

«Ich bin der freiwillige Seekadett Huismans», schnarrte der Magere. «Und wer bist du?»

Harm wurde es beklommen zu Mute. Alle Augen ruhten abwartend auf ihm. «Ich bin Harm Jansen» antwortete er ruhig, aber mit zunehmend innerer Anspannung.

«Wie bitte?» Sein Gegenüber beugte sich leicht vor und legte die Hand hinters Ohr. «Ich habe nicht verstanden.»

«Harm Jansen – aus Borkum.»

Im Kreis der Kadetten wurde spöttische Unruhe laut. «Aus Borkum!» – «Ein Östlicher!» – «Ein Ausländer an Bord!» – «Das hat gerade noch gefehlt!» Der freiwillige Seekadett Huismans machte eine ungeduldige Handbewegung in Richtung seiner Kameraden; der Kreis verstummte augenblicklich.

«Es heisst *Ich bin Harm Jansen, aus Borkum, junger Herr!* Also – noch einmal: wie heisst es?»

«Das sagst du ja auch nicht zu mir.»

Huismans sah sich zu seinen Kameraden um. «Habt ihr das gehört? Er duzt mich!» Aus dem Kreis ertönte Gelächter. Und wieder an Harm gewandt, sagte er: «Es heisst ausserdem: ›Das sagt Ihr ja auch nicht zu mir, junger Herr‹. Hast du nicht gehört, was der Steuermann befohlen hat?»

«Ich bin ja nicht taub.» Harm musterte seinen unerwartet aufgetauchten Gegner. Er hatte ein wohlgeformtes ebenmässiges Gesicht und sah eigentlich ganz sympathisch aus. Borkum war dünn besiedelt, es hatte dort nicht allzu viele Jungs in Harms Alter gegeben, und richtige Prügeleien waren eher selten. Ihre Auseinandersetzungen endeten meist in kleineren Rangeleien und galten mehr als Kräftemessen. Doch Huismans hier provozierte offensichtlich eine Schlägerei; er überragte Harm um mehr als einen Kopf, kräftig schien er auch zu sein.

«Dann sage noch einmal, wer du bist, aber bitte in der richtigen Form.»

Harm schwieg störrisch, behielt seinen Gegner aber im Auge.

«Na, dann muss ich es dich wohl lehren.» Huismans begann, seine Jacke aufzuknöpfen, streifte sie langsam ab und liess sie achtlos zu Boden fallen.

«Gib es ihm, Enno!» – «Mach ihn fertig!» – «Zeig’s ihm, wo’s lang geht!» riefen sie aus dem Kreis.

Enno drehte den Oberkörper träge zu ihnen herum. «Haltet ihr euch da raus», knurrte er gedehnt, aber noch in der fast phlegmatischen Rückwärtsbewegung schwang er sich blitzschnell wieder zurück, sein rechter Arm schnellte vor und traf Harm mit Wucht in die Magengrube, dass ihm die Luft wegblieb. Er merkte, dass ihm die Beine unter dem Körper wegsackten, hörte im Stürzen das triumphierend-anfeuernde Gejohle der Meute, und wie er japsend und schmerzerfüllt nach Luft schnappte, überkam ihn eine nie gekannte Wut. Du machst mich nicht fertig! zuckte es in ihm auf. Aus dem Augenwinkel sah er, wie Enno sich über ihn stürzte, aufs Geratewohl griff er zu, bekam den Hals seines Angreifers zu fassen, drückte unbarmherzig zu, schwang sich über ihn, und lockerte seine Fäuste erst, als er sah, dass der Kadett die Augen zu verdrehen begann. Auch Enno schlug um sich, obwohl er von Harms Würgegriff halb bewusstlos sein musste. Sie bearbeiteten sich mit den Fäusten, gaben sich Fusstritte, traten sich mit den Füssen, zerfetzten ihre Kleider und wurden dabei von den Zuschauern ringsum angefeuert. Ihre Schreie drangen auch in die oberen Decks und lockten den Bootsmannsmaat Lucius herbei. Er packte die beiden beim Genick und schüttelte sie wie Kaninchen.

«Aufhören, verdammte Lausebengel!» schrie er sie an. «Was ist hier los?» Mit derbem Stoss liess er sie frei. «Warum prügelt ihr Euch?»

Die Haare wirr, die Kleider zerrissen, aus mehreren kleineren Wunden blutend, standen die beiden Raufbolde vor dem Matrosen, schwiegen verstockt und schauten trotzig zu Boden.

«Ich will eine Antwort», herrschte Lucius sie noch einmal an. Aber beide schwiegen beharrlich und waren der Meinung, das sei eine Sache, die sie unter sich ausmachen müssten.

Die anderen Jungen waren zu ihren Hängematten und Seemannskisten zurückgekehrt. Einer von ihnen glaubte, Partei ergreifen zu müssen. «Der Neue hat angefangen!»

Aber Lucius kannte sich aus und knurrte böse zurück: «Haltet eure verdammten Mäuler, ihr vertrackten Lausebengel, oder es gibt was mit dem Tauende, ihr Lumpenkerle!» Und zu den Streithähnen gewandt: «Also, was war hier los? Ich will das jetzt wissen!»

Da beide weiterhin nichts sagten, wandte sich Lucius zum Gehen. «Huismans und Jansen! Werde Meldung machen.»

Er kletterte den Niedergang hinauf. Als seine Schritte verhallt waren, sahen sich die beiden an. Enno begann zu grinsen, Harm lächelte zaghaft zurück, und als der Kadett ihm die Hand hinstreckte, schlug er gerne ein.

«Machen wir wieder Schönwetter! Bist in Ordnung, Harm aus Borkum.»

«Ihr auch, junger Herr!»

«Ja, ja, war kein schlechter Scherz vom Maat. Nur die Offiziere reden uns in der dritten Person an – in der dritten Person Einzahl selbstverständlich. Wir Kadetten sind ihre zukünftige Konkurrenz in der ›Hütte‹. Darum sagen sie ›Er‹ statt du. Nur die Mannschaftsgrade machen da nicht mit; hast es ja von Lucius gehört: Lausebengel und Lumpenkerle sind wir!»

«Aber warum dann die Prügelei?»

«Das war die Aufnahmeprüfung. Hast sie bestanden! Und wegen Lucius mach dir man keine Sorgen. Die Meldung einer unteren Charge ist es nicht wert, dass du ihr besondere Aufmerksamkeit schenkst; die Bosheit einer so niedrigen Kreatur ist etwas Unbedeutendes.»

Harm zog seine lädierten Kleider ab und schlüpfte in das neue Zeug.

«Siehst ganz manierlich aus in deinem neuen Staat», befand Enno.

«Was ist die ›Hütte?‹» fragte Harm.

In der Runde kam Gelächter auf. «Is ne Landratte», entschuldigte ihn Enno. «Du wirst es noch lernen! ›Hütte‹ heisst das Quartier der ›Eisheiligen‹ im Achterschiff. Einen davon kennst du ja schon, nämlich den Kapitein. Die anderen sind Scheepers, sein Vize, dann Swart, der Zweite Offizier, der Schiffsarzt Bekendam, Hauptmann Zaltboom von der Schiffsartillerie, Leutnant Vanstappen, Unterleutnant van Houten ...»

«Die perverse Sau!» knurrte ein Kadett laut und vernehmlich.

«Halts Maul, Caspar van Veen», gab Enno mit einem Seitenblick zurück, aber ein anderer Kadett, Pieter Dauwers, doppelte nach: «Recht hat er, van Holten ist ein invertiertes Arschloch.»

Sie lachten und Harm kam es vor, als hätten einige von ihnen den kleinsten in der Runde mit einem Blick gestreift, aber Enno Huismans fuhr streng fort: «Und dann ist da noch ABC, der Schiffskaufmann, der wohnt auch bei den Offizieren.»

«ABC?»

«Er heisst Arian Bep Cluins und ist der Schiffsfaktor.»

«Und was macht ein Schiffsfaktor?»

«Er verwaltet das Geld, also die Schiffskasse, und ist für die Vorratshaltung an Bord verantwortlich. Die meisten Schiffe der VOC haben einen Schiffsfaktor an Bord. Der muss die Lebensmittel und alles notwendige Material einkaufen, in fremden Häfen die Rechnungen bezahlen und er taxiert auch alle angebotenen Waren nach ihrem Wert, er kennt alle gebräuchlichen Währungen oder ihren Gegenwert in Gütern und er muss auch die verschiedenen Metalle, Legierungen und ihre Mischungsverhältnisse feststellen können.»

«Dann ist er ein wichtiger Mann!»

«Allerdings, und darum wohnt er bei den Offizieren in der ›Hütte‹.»

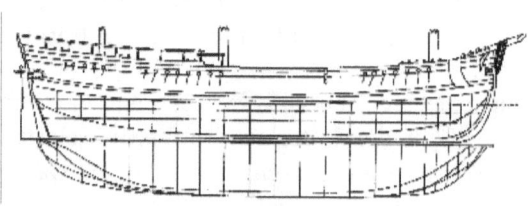

Linienriss einer Fleute

Kapitel 2: Ambon

Schwarz wälzte sich der Qualm über den Ort, dicht und undurchdringlich. Die bisher blitzblanken Häuschen wurden von einer fettigen Russschicht überzogen. Russ überdeckte jedes Gebäude, ob Kontor-, Lager- oder Wohnhaus, alles wurde unkenntlich im kreisenden Rauch. Die einzige Hauptstrasse der Handelsniederlassung, aber auch jede der kleinen Gassen und die Hafenbucht, waren voll vom beissenden Qualm. Der zentrale Hauptplatz des Ortes glich einem Schlachtfeld. Kanonenkugeln hatten die Hauptstrasse aufgerissen. Die Strassenlaternen, einst der Stolz der holländischen Siedler, lagen geknickt und sinnlos zerstört im zertrampelten Gras. Die Kämpfe waren am Mittag abgeflaut; die Engländer und Japaner hatten kein Interesse mehr, noch viel Munition zu vergeuden für einen Siegespreis, der ihnen sowieso in Kürze in den Schoss fallen würde.

Dafür kam dann der grosse Brand. Plünderer suchten in den Speichern nach Beute, und während manche in den oberen Stockwerken noch zusammenrafften, was ihnen begehrenswert erschien, beschlossen im leer geräumten Erdgeschoss andere, das Magazin anzuzünden, in dem nichts mehr zu holen war. Das Fett der eingelagerten Soja und die Kopravorräte fingen sofort Feuer und setzten auch die Gewürzvorräte unter dem Dachgeschoss in Brand. Muskat, Ingwerknollen, die trockenen Pfefferschoten sowie riesige Mengen der wertvollen Gewürznelken waren ein Raub der Flammen geworden; der undurchdringliche fettige Rauch wälzte sich heran, trieb vom Wind gejagt über die wenigen, noch unbeschädigten Häuser an der Uferstrasse und zog zum Hafen und nach Westen über die Meerenge von Seram auf die Banda-See hinaus. Schon stand das Treppenhaus in hellen Flammen; die oben Eingeschlossenen rannten aufs Dach, es blieb ihnen nur die Wahl zwischen Ersticken, Verbrennen oder tödlichem Sprung in die Tiefe. Verzweifelt suchten sie einen Ausweg, doch es gab keinen. Die Männer auf dem Dach waren verloren.

Am Hafen war es anfangs noch erträglich, obwohl man das Unheil am Abend schon herannahen sah. Als der Rauch von den brennenden Gebäuden der Lagerhäuser der *Vereenigden Oostindischen Compagnie* am Rande der Ortschaft herüber gewallt war, hatte er noch breite, unregelmässige Öffnungen gelassen, und am leeren Himmel schienen die Sterne. Doch als später der Wind auf Ost drehte und kräftig auffrischte, griffen die Flammen auf die hölzernen Häuser der Ansiedlung über. Nach Mitternacht sah man nichts mehr von den brennenden Gebäuden, denn sie waren niedergebrannt, völlig zerstört, und die letzte Glut, die letzten matten Flämmchen waren flackernd am Erlöschen – wie das Leben in Ambon, dem Hafen der gleichnamigen Insel.

Ein sterbender Ort, über dem schon das Schweigen des Todes zu lagern schien. Dann und wann rauschte eine Kanonenkugel bedrohlich durch die Luft, klatschte harmlos ins Wasser oder schlug krachend in ein Haus. Doch das Krachen und Blitzen wurde von dem alles verhüllenden Rauch augenblicklich verschluckt, die darauffolgende Stille war nur noch tiefer und intensiver als zuvor. Hin und wieder kamen vom Vorgelände, vom Fort jenseits der nordöstlichen Grenze der Stadt, unregelmässige Salven von Gewehrfeuer, doch auch das war fern und unwirklich, ein weit entferntes Echo in einem höllischen Traum. Alles in dieser Nacht hatte den gleichen nebelhaften Charakter, war schattenhaft und wesenlos. Auch die wenigen Menschen, die sich noch langsam durch die von Trümmern besäten, ausgestorbenen Strassen von Ambon bewegten, glichen den ziellosen Wanderern eines Traumes, wie sie unschlüssig, gleichgültig und unsicher durch die wirbelnden Rauchschwaden tappten, ohne zu sehen, wohin – kleine verirrte Gestalten, die verzweifelt ihren Weg durch einen Alptraum suchten.

Langsam und unsicher bewegte sich auch die kleine Marschkolonne von rund zwölf Männern durch die rauchgeschwärzte Hauptstrasse zum Hafenviertel. Es war ein Zug sehr alter Männer. Sie sahen aus wie alte Männer, sie gingen mit den stockenden Schritten, den hängenden Köpfen und Schultern alter Männer, doch sie waren nicht alt, der älteste nicht älter als dreissig; aber sie waren müde, entsetzlich müde, müde bis zu jenem Grad der Erschöpfung, da alles völlig gleichgültig wird und es leichter ist, weiterzuhumpeln als stehenzubleiben. Sie waren müde und krank, verwundet und entkräftet, und sie bewegten sich jetzt nur noch automatisch, ohne Überlegung, fast bewusstlos. Ihre Erschöpfung war jedoch gleichzeitig eine Wohltat, ein schmerzstillendes, betäubendes Mittel; und die matten, glanzlosen Augen, deren leerer Blick nach unten gerichtet war auf die Erde zwischen den schurrenden Füssen, liessen das eine mit Deutlichkeit erkennen: was auch immer diese Männer noch auszuhalten müssten, so dachten sie jedenfalls nicht mehr an das, was sie in der letzten Zeit mitgemacht hatten.

In diesem Augenblick zumindest hatten sie keine Erinnerung mehr an den bösen Wachtraum der letzten Tage, an die Entbehrungen, den Hunger, den Durst, spürten nicht ihre Wunden und nichts von den körperlichen Leiden und dem seelischen Druck der Wochen, in denen die Japaner sie quer über die Insel vor sich hergetrieben hatten. Sie dachten nicht mehr an die verschwundenen Kameraden, an die Schreie, wenn irgendein nichts ahnender Posten im feindlichen Dunkel des Dschungels abgeschlachtet wurde, oder an das teuflische Geheul ihrer Gegner, die in der dunklen Stunde vor Morgengrauen die eilig errichteten Nachtlager überrannten. Sie dachten nicht mehr an diese verzweifelten, selbstmörderischen Gegenangriffe, mit denen nichts gewonnen war als ein paar Stunden Fluchtdistanz, Angriffe, die ihnen nichts einbrachten als den Anblick der entsetzlich verstümmelten Leichen ihrer gefangenen Kameraden und derjenigen Zivilisten, die zu lange gezögert hatten, sich aus dem Staub zu machen. Vergessen war ihre absolute Ungläubigkeit, als vor sechs Tagen die Nachricht gekommen war, japanische Söldner unter Leitung der verhassten Engländer seien auf der Insel gelandet. Eines Tages aber, bald sogar, falls sie am Leben blieben, würden sie sich wieder erinnern, und dann würde keiner von ihnen jemals wieder der sein, der er gewesen war. Inzwischen aber schleppten sie sich müde weiter, die Augen an der Erde, mit hängenden Köpfen, ohne zu sehen, wohin sie gingen und ohne sich Gedanken darüber zu machen, wo sie ankommen mochten.

Einer von ihnen aber sah nach vorn und machte sich Gedanken. Er war klein und schmächtig, ging langsam an der Spitze der Zweierreihe, suchte mit angestrengtem Blick einen begehbaren Weg durch Rauch und Trümmer, die die Strasse bedeckten, und stellte von Zeit zu Zeit fest, in welcher Richtung sie sich bewegten. Marinekorporal Klaas de Boer war nicht weniger müde als irgendeiner der anderen. Auch seine Augen waren entzündet und blutunterlaufen, und sein Gesicht war grau und verfallen, weil er Malaria hatte oder die Ruhr, oder vielleicht auch beides. Die schmutzige Matrosenmütze trug er schief auf dem Kopf, seine linke Schulter stand sehr viel höher als die rechte, fast bis zum Ohr hochgezogen, als sei er körperlich deformiert; aber es war kein Misswuchs, sondern nur ein rohes Polster aus Gaze und Bandage, das ihm ein Kamerad im Laufe des Tages eilig unter das Hemd gestopft hatte, um das heftige Bluten einer üblen Schusswunde notdürftig zu stillen. In der rechten Hand hielt er eine Muskete, und ihr Gewicht von über zwanzig Pfund war fast mehr, als sein geschwächter Körper tragen konnte; dadurch wurde sein rechter Arm nach unten gezogen und die linke Schulter hochgedrückt, noch näher an sein Ohr.

Diese schiefe Haltung gab dem kleinen Mann ein groteskes und lächerliches Aussehen. Doch Korporal de Boer hatte nichts Groteskes und Lächerliches an sich. Von Haus aus Schafhirt in den öden Hügeln der Limburger Heide, ein Mann, für den Entbehrungen und Strapazen zum täglichen Brot gehörten, hatte er auch jetzt letzte Reste von Willenskraft und Ausdauer in Reserve, die er anzapfen konnte. Marinekorporal Klaas de Boer war als Soldat immer noch ein durchaus leistungsfähiger Mann – ein Soldat der allerbesten Art. Pflicht und Verantwortung wogen bei ihm sehr schwer, der eigene Schmerz und die eigene Erschöpfung existierten für ihn nicht, seine Gedanken galten einzig und allein den Männern, die hinter ihm angeschlurft kamen und ihm blindlings folgten. Vor zwei Stunden hatte der Chef ihrer schwer angeschlagenen Verteidigungstruppe am Nordrand der Stadt de Boer den Befehl gegeben, alle Verwundeten und so viel Schwerverwundete, wie sie tragen konnten, aus der vordersten Front nach hinten zu führen und an irgendeinen sicheren Ort zu bringen. Im Grunde nur eine Geste, darüber war sich der Offizier klar gewesen, und de Boer gleichfalls; denn die letzten Stellungen waren nicht mehr zu halten und Ambon war erledigt. Noch ehe der kommende Tag endete, würde jeder einzelne Mann auf der Insel tot, verwundet oder ein Gefangener sein. Doch Befehl war Befehl, und so trottete Korporal Klaas de Boer entschlossen los, hinunter zur Hafenbucht.

Dann und wann, wenn die Strasse für eine Strecke frei von Trümmern war, trat er zur Seite und liess seine Männer langsam an sich vorbeimarschieren. Es schien zweifelhaft, ob einer dieser Männer ihn auch nur wahrnahm, sei es einer der Schwerverwundeten oder Schwerkranken auf den Tragbahren oder einer der zwar noch marschfähigen, aber doch gleichfalls kranken und verwundeten Männer, die diese Tragbahren trugen. Und jedes Mal musste Korporal de Boer dann auf einen Nachzügler warten, einen grossen mageren Jungen, dessen Kopf unsicher auf seinen Schultern schwankte, während er ununterbrochen mit stockender Stimme vor sich hinmurmelte. Dieser junge Soldat litt weder an Malaria oder Ruhr noch war er irgendwie verwundet, und doch war er der kränkste von allen. Klaas de Boer ergriff ihn jedes Mal am Arm und trieb ihn zur Eile an, damit er nicht hinter dem Haufen zurückblieb; und der Junge beschleunigte auch seinen Schritt, ohne zu protestieren. Er sah Korporal de Boer nur gleichgültig an, mit einem leeren Blick, der nichts mehr wahrzunehmen schien; und de Boer musterte ihn dann jedes Mal unschlüssig, schüttelte den Kopf und eilte wieder nach vorn, bis er die Spitze der Kolonne erreicht hatte.

In einem krummen, raucherfüllten Gässchen weinte in der Dunkelheit ein kleiner Junge. Er war noch sehr klein, vielleicht zweieinhalb Jahre alt. Er war blauäugig und blond, und seine helle Haut war ganz verschmiert von Schmutz und Tränen. Er hatte nichts weiter an als ein dünnes Hemd und leinenfarbene Trägerhosen, seine Füsse waren nackt, und er zitterte unaufhörlich. Er weinte und weinte, ein einsames, schmerzliches Klagen in der Nacht, doch niemand hörte es, keiner achtete darauf. Und es hätte auch niemand, der weiter als ein paar Meter entfernt war, dieses Weinen hören können, denn es war sehr leise, ein kurzes, ersticktes Schluchzen, unterbrochen von langen, zitternden Atemzügen. Von Zeit zu Zeit rieb er sich mit den Knöcheln der kleinen, schmierigen Fäuste über die Augen, wie kleine Kinder es tun, wenn sie müde sind oder weinen; und mit dem Handrücken versuchte er den Schmerz fortzureiben, da der schwarze Rauch ihm dauernd in die tränenüberströmten Augen stieg und brannte.

Der kleine Junge weinte, weil er sehr, sehr müde war, denn um diese Zeit lag er sonst schon seit Stunden in seinem Bett. Er weinte, weil er hungrig und durstig war und vor Kälte zitterte – auch eine tropische Nacht kann kalt sein. Er weinte, weil er verwirrt war und Angst hatte, weil er nicht wusste, wo sein Zuhause oder wo seine Mutter war – vor vier Tagen war er mit seiner alten Amah, seiner malaiischen Kinderfrau, zu einem Bazar in der Nähe gegangen, und er war zu jung und unerfahren, um zu begreifen, was die zerschossenen und ausgebrannten Trümmer bedeuteten, die sie bei ihrer Rückkehr erwartet hatten – und dabei hätten er und seine Mutter am gleichen Abend mit dem letzten grossen Schiff, das aus Ambon auslief, nach Batavia fahren sollen. Vor allem aber weinte er, weil er allein war.

Amah, seine alte Amme, sass halb, halb lag sie neben ihm auf einem Schutthaufen, wie jemand, der in einen tiefen Schlaf gesunken ist. Sie war mit ihm durch die dunklen Strassen geirrt und hatte ihn schliesslich ein oder zwei Stunden lang auf dem Arm getragen, bis sie ihn dann plötzlich auf die Erde stellte, beide Hände über ihrem Herzen faltete und umsank, wobei sie sagte, sie müsse ausruhen. Seit einer halben Stunde sass sie nun schon dort, völlig regungslos, ihr Kopf war weit hinüber auf die eine Schulter gesunken, und die Lider ihrer weit geöffneten Augen standen unbeweglich. Ein- oder zweimal hatte sich der Kleine zu ihr gebeugt und sie angefasst, doch nur ein- oder zweimal; jetzt hielt er sich fern und hatte Angst, wagte nicht, sie anzusehen, da er dunkel ahnte, ohne es zu begreifen, dass das Ausruhen der Alten sehr, sehr lange dauern würde.

Er hatte Angst davor, wegzugehen, und Angst davor, dazubleiben, und dann warf er durch seine verschränkten Finger noch einmal einen scheuen Blick auf die alte Frau, und plötzlich hatte er noch mehr Angst vor dem Dableiben als vor dem Weggehen. Er lief die Gasse entlang, ohne zu sehen, wohin, er stolperte und fiel über lose Ziegel und Steine, stand wieder auf und rannte weiter, immerzu schluchzend und zitternd in der Kühle der Nacht. Kurz vor dem Ende der Gasse löste sich eine grosse ausgemergelte Gestalt, ein Mann mit einem ausgefransten Strohhut auf dem Kopf, aus der Deichsel seiner Rikscha und streckte die Arme aus, um das Kind anzuhalten. Der Mann hatte nichts Böses im Sinn. Obwohl er selbst an der Schwindsucht krank war, vermochte er immer noch, Mitleid für andere zu empfinden, besonders für kleine Kinder. Doch der kleine Junge sah nur eine hohe, drohende Gestalt, die oben aus der Dunkelheit nach ihm griff; seine Angst steigerte sich zum Entsetzen, er floh vor den ausgestreckten Händen und rannte durch das Ende der Gasse hinaus auf die menschenleere Strasse und hinein in die Dunkelheit auf der anderen Seite. Der Mann unternahm keinen weiteren Versuch, wickelte sich nur fester in seine Decke und lehnte sich wieder gegen die Deichsel seiner Rikscha.

Fünf Frauen hasteten die Hauptstrasse zum Hafen hinunter. Es waren Krankenschwestern, zwei Malaiinnen und zwei Chinesinnen, und sie folgten einer Schwester, die schlank und hochgewachsen die Gruppe anführte. Sie mochte Mitte der Zwanzig sein. Als eine Granate neben ihr explodiert war, hatte sie ihre Haube verloren, und das dichte, blauschwarze Haar fiel ihr immer wieder in die Augen. Von Zeit zu Zeit strich sie es mit einer ungeduldigen Bewegung zurück, und dabei konnte man sehen, dass sie weder Malaiin noch Chinesin war – nicht mit diesen auffallend blauen Augen. Vielleicht eine Eurasierin, jedenfalls aber bestimmt keine Europäerin. In dem flackernden gelben Licht war es nicht möglich, die Farbe ihrer Haut zu erkennen, die ohnehin von einer Schicht aus Schlamm und Staub bedeckt war. Doch auch unter dieser Kruste konnte man auf ihrer linken Wange etwas wie eine lange Schramme sehen.

Von den beiden Malaiinnen war eine jung, genauso jung wie die beiden chinesischen Schwestern, die andere eine schon ältere Frau. Die grossen, samtschwarzen Augen der Jungen waren geweitet vor Furcht, das Gesicht der Älteren war maskenhaft und fast ohne jeden Ausdruck. Von Zeit zu Zeit versuchte sie, gegen die Eile zu protestieren, mit der sie vorangetrieben wurden, doch sie war ausserstande, sich verständlich zu machen; die Bombarde war sehr nahe neben ihnen explodiert und durch den Schock war ihr Sprachzentrum blockiert, vermutlich nur vorübergehend, wenn sich das auch im Augenblick noch nicht genau sagen liess. Einmal streckte sie die Hand aus, um die Schwester anzuhalten, die an der Spitze ging und das Tempo bestimmte; doch diese entfernte nur die Hand, sanft aber bestimmt, und eilte weiter.

Ganz ähnlich wie der kleine Junge hatten auch die beiden Chinesinnen leise vor sich hingeweint. Chinesen lassen nicht so leicht etwas von ihren Gefühlen merken; doch die beiden standen unter dem Schock des Luftdrucks, der nach der Explosion über sie hinwegfegte. Als sie an dem einzigen noch brennenden Gebäude im Geschäftsviertel des Ortes vorbeihasteten, wandten sie die Köpfe von den Flammen ab und bemerkten zu spät, wie die Fassade zusammenbrach und als Schuttlawine die Strasse verschüttete. Die beiden Chinesinnen wurden unter den Trümmern begraben.

Die Vorangehende war die Anführerin des Trupps, und sie hatte die Orientierung verloren. Sie kannte Ambon, kannte es sogar gut, doch in dem Rauch und der Dunkelheit, die alles verhüllten, war sie eine Fremde, die sich in einer unbekannten Stadt verlaufen hat. Irgendwo da unten am Hafen, so hatte man ihr gesagt, sollte eine Gruppe Soldaten sein, von denen viele dringend der Pflege bedurften – und wenn sie die nicht heute Nacht bekamen, so würden sie sie höchstwahrscheinlich in einem japanischen Gefangenenlager niemals bekommen. Doch mit jeder Minute, die verstrich, sah es mehr und mehr so aus, als würden die Japaner zuerst bei ihnen anlangen. Je mehr sie kreuz und quer durch die ausgestorbenen Strassen irrten, desto hoffnungsloser verirrte sie sich. Man hatte ihr gesagt, dass sie die Gruppe wahrscheinlich irgendwo in der Nähe der Sanghie-Bucht finden würde; jetzt aber gelang es ihr nicht einmal, den Weg zum Hafen zu finden.

Eine halbe Stunde verging, eine Stunde, und auch ihre Schritte begannen, matter zu werden, da zum ersten Mal das Gefühl der Verzweiflung in ihr aufstieg. Sie würden die Soldaten niemals finden, niemals, nicht in dieser Verwirrung und Dunkelheit ohne Ende. Wenn der Tag graute in den Aussenbezirken von Ambon, dann würde das Leben eines jeden, ob Mann oder Frau, keinen Pfifferling mehr wert sein – alles hing ganz davon ab, in was für einer Laune sich die Japaner befanden. Sie war ihnen schon früher begegnet und hatte bittere Ursache, sich daran zu erinnern, und Narben, die bis ans Ende ihres Lebens von dieser Begegnung zeugen würden. Je weiter entfernt von der ersten Mordlust der Japaner, desto besser. Das Mädchen schüttelte unwillkürlich den Kopf, beschleunigte von neuem ihren Schritt und bog in die nächste dunkle und leere Strasse ein.

Furcht und Schrecken, Krankheit und Verzweiflung – das war es, was bei der umherirrenden Marschkolonne, bei dem kleinen Jungen und den Krankenschwestern und bei anderen Flüchtlingen in dieser Nacht des 14. März 1667 die Existenz eines jeden einzelnen bestimmte und beherrschte, während die triumphierenden, unaufhaltsam vordringenden Japaner vor den letzten Verteidigungsstellungen der Stadt lagen und auf die Dämmerung warteten, auf den letzten Angriff, auf das Blutbad und auf den Sieg, der ihnen sicher war.

Doch für einen Menschen wenigstens existierten Furcht und Schmerz und Verzweiflung einfach nicht. Der hochgewachsene, ältere Mann, der in dem von Kerzen beleuchteten Büro des Hafenamtes sass, dachte an nichts dergleichen. Er dachte nur an das unaufhaltsame Verstreichen der Zeit, an die geradezu überwältigende Dringlichkeit seiner Sache, und an das schier übermenschliche Mass von Verantwortung, das auf seinen Schultern lag. Daran dachte er, und obwohl es sein Bewusstsein mit völliger Ausschliesslichkeit erfüllte, liess die ausdruckslose Miene des faltig-markanten ziegelroten Gesichts unter dem dichten weissen Haar nichts davon erkennen. Möglich, dass die Glut der Burma-Zigarre, die forsch aus dem struppigen weissen Schnurrbart unter der Adlernase hervorstach, eine Idee zu lebhaft glühte, und vielleicht sass der Mann eine Spur zu lässig in seinem Rohrsessel; doch das war auch alles. Ansonsten deutete seine ganze äussere Erscheinung darauf hin, dass Johan Arenholt, Oberst i. R., mit sich und der Welt im Gleichgewicht lebte.

Hinter ihm wurde die Tür geöffnet und ein junger, müde aussehender Sergeant kam herein. Arenholt nahm die Zigarre aus dem Mund, wandte langsam den Kopf und hob in stummer Frage die buschigen Brauen.

«Ich habe Ihren Wunsch ausgerichtet, Mijnheer.» Die Stimme des Sergeanten klang genauso müde, wie sein Gesicht aussah. «Hauptmann Bryland lässt Ihnen sagen, dass er sofort hierherkommen wird.»

«Bryland?» Die weissen Augenbrauen vereinigten sich über den tiefliegenden Augen zu einer schnurgeraden Linie. «Wer zum Teufel ist Hauptmann Bryland? Hören Sie, mein Guter, ich hatte ausdrücklich darum gebeten, Ihren Kommandanten zu sprechen, und ich muss ihn sprechen, auf der Stelle. Sofort! Haben Sie verstanden?»

«Vielleicht kann ich Ihnen irgendwie behilflich sein.» Hinter dem Sergeanten war ein anderer Mann in der Tür erschienen. Selbst in dem flackernden Kerzenlicht konnte man die völlig blutunterlaufenen Augen und die fiebrige Röte sehen, die die gelblichen Wangen bedeckte. Seine Stimme klang sehr höflich. «Bryland?»

Der junge Offizier nickte wortlos.

«Sicher können Sie mir behilflich sein», sagte Arenholt. «Führen Sie mich bitte zu Ihrem Kommandanten, und zwar sofort. Ich habe keinen Augenblick Zeit zu verlieren.»

«Nicht zu machen.» Bryland schüttelte den Kopf. «Er schläft im Augenblick. Der erste Schlaf seit drei Tagen und drei Nächten – und Gott allein weiss, dass wir ihn morgen hier bei uns nötig haben werden.»

«Ich weiss. Trotzdem, ich muss ihn sprechen.» Arenholt machte eine Pause, wartete, bis das unruhige Gewehr- und Kanonenfeuer in der Nähe erstorben war, und sprach dann sehr ruhig und sehr ernst weiter. «Hauptmann Bryland, Sie können sich auch nicht annähernd eine Vorstellung davon machen, wie wichtig es ist, dass ich mit Ihrem Kommandanten spreche. Ambon bedeutet nichts – verglichen mit meiner Angelegenheit.» Er langte unter das Hemd und hielt plötzlich eine schwere Pistole in der Hand. «Sollte ich ihn selbst suchen müssen, so werde ich das da benutzen und ihn finden; doch ich denke, das wird nicht nötig sein. Sagen Sie Ihrem Kommandanten, Oberst Arenholt sei da. Er wird kommen.»

Bryland sah ihn eine Weile zögernd an, dann nickte er und entfernte sich wortlos. Innerhalb weniger Minuten war er zurück und trat an der Tür beiseite, um dem Mann, der hinter ihm herkam, den Vortritt zu lassen.

Der Kommandant war, nach Arenholts Schätzung, ein Mann von etwa Vierzig – höchstens Fünfzig. Er sah aus wie Siebzig, und er bewegte sich in der schwingenden, fast betrunken wirkenden Gangart eines Mannes, der allzu lange im Zustand der Erschöpfung gelebt hat. Es fiel ihm schwer, die Augen offen zu halten, doch es gelang ihm, ein Lächeln zustande zu bringen, während er langsam quer durch den Raum kam und dem Besucher höflich die ausgestreckte Hand hinhielt.

«Guten Abend, Mijnheer. Wie in aller Welt seid Ihr denn hierhergekommen?»

«'n Abend, Kommandant.» Arenholt, der sich inzwischen erhoben hatte, überhörte die Frage. «Sie kennen mich also?»

«Ich weiss, wer Ihr seid. Ich hörte erstmalig von Euch – ja, genau vor drei Tagen.»

«Sehr gut.» Arenholt nickte befriedigt. «Das erspart uns eine Menge Erklärungen – und für Erklärungen habe ich keine Zeit. Ich möchte sofort zur Sache kommen.» Er wandte sich halb zur Seite, als die Detonation einer ganz in der

Nähe eingeschlagenen Mörserkugel den Raum erzittern liess, wobei der Luftdruck die Kerzen fast auslöschte, und wandte sich dann wieder an den Kommandant. «Ich brauche ein Schiff, das mich aus Ambon hinausbringt, Kommandant. Es ist mir einerlei, was für ein Kahn das ist, es ist mir einerlei, wen Sie 'rausschmeissen müssen, damit ich an Bord komme, und es ist mir gleichgültig, wohin der Eimer schwimmt – nach Burma, Ceylon, Java, Australien – das ist mir alles einerlei. Ich möchte ein Schiff haben, das mich aus Ambon 'rausbringt – und zwar sofort.»

«Ihr möchtet ein Schiff haben, das Euch aus Ambon hinausbringt» sagte der Kommandant tonlos, seine Stimme war genauso hölzern wie der Ausdruck seines Gesichts, und dann lächelte er plötzlich müde, als ob ihn dieses Lächeln grosse Anstrengung gekostet habe. «Möchten wir das nicht alle?»

«Ihr versteht mich nicht.» Langsam, mit einer Geste unendlich disziplinierter Geduld, drückte Arenholt seine Zigarre in einem Aschenbecher aus. «Ich weiss, dass Hunderte von Verwundeten und Kranken, Frauen und Kinder …»

«Das letzte Schiff ist längst fort», unterbrach ihn der Kommandant. Er fuhr sich mit dem nackten Unterarm über die ermüdeten Augen. «Vor einem Tag oder vor zweien – ich weiss es nicht mehr genau.»

«Vorgestern», kam ihm Bryland zu Hilfe. «Die *Molendam*, Mijnheer. Der Kapitän will versuchen, eine unserer Sunda-Inseln zu erreichen.»

«Richtig, richtig», sagte der Kommandant. «Die *Molendam*. Sie hatten es mächtig eilig.»

«Das letzte Schiff. . . .» Arenholt sprach ohne jede Erregung. «Das letzte Schiff. Aber – es gab doch noch andere, wie ich weiss.»

«Alle fort, oder zerstört.» Der Kommandant betrachtete Arenholt jetzt mit einer gewissen Neugier. «Doch selbst wenn es nicht der Fall wäre, so würde das auch keinen Unterschied machen. Sorong, Ternate, Tanimbar und – wie man hört – auch Teile von Celebes sind schon in der Hand der Engländer und ihrer japanischen Söldner. Ich weiss nicht, wie es mit Timor und Flores ist – aber ich weiss, dass es keinen Zweck hat.»

«Ich verstehe. Ich verstehe in der Tat.» Arenholt starrte nach unten auf den Handkoffer, der neben ihm stand, dann sah er wieder hoch. «Und die Wasserfahrzeuge der Einheimischen, Kommandant?»

Der Kommandant schüttelte langsam und endgültig den Kopf. «Sind alle verschwunden. Als die Nachricht kam, dass die Japaner gelandet sind, zündeten sie unsere Häuser an und machten sich davon.»

Arenholt sah ihn mehrere Sekunden lang an, ohne mit der Wimper zu zucken, nickte dann verstehend und gefasst. «Wir sind nicht sehr beliebt hier, was?» Er warf einen Blick auf Hauptmann Bryland und fügte hinzu. «Kann ich Euch allein sprechen, Kommandant?»

«Aber natürlich», sagte der Kommandant ohne jedes Zögern. Er wartete, bis sich die Tür leise hinter Bryland und dem Sergeanten geschlossen hatte, und sah dann Arenholt mit einem leisen Lächeln an. «Es tut mir leid – aber das letzte Schiff ist trotzdem fort, Mijnheer.»

«Ich habe keinen Augenblick daran gezweifelt.» Arenholt, der damit beschäftigt war, sein Hemd aufzuknöpfen, machte eine Pause und hob den Blick. «Ihr wisst, wer ich bin, Kommandant – ich meine, Ihr wisst ein bisschen mehr als nur meinen Namen?»

«Ich weiss es seit drei Tagen. Geheime Kommandosache und so weiter – man vermutete, Ihr könntet hier in der Gegend sein.» Zum ersten Mal betrachtete der Kommandant seinen Besucher mit unverhohlener Neugier. «Seit mehr als zwanzig Jahren in Süd-Ostasien für Holland unterwegs, spricht mehr asiatische Sprachen als irgendein anderer ...»

«Erspart mir, zu erröten.» Arenholt, der sein Hemd inzwischen aufgeknöpft hatte, war dabei, einen breiten, mit Gummi überzogenen Gürtel loszuschnallen, den er um die Taille trug. «Ich vermute, Ihr selbst sprecht nicht irgendwelche östlichen Sprachen, Kommandant?»

«Doch, als Strafe für meine Sünden. Japanisch. Deshalb bin ich hier.» Der Kommandant lächelte. «Das wird mir sehr zustatten kommen im Gefangenenlager, sollte ich meinen.»

«Ach, japanisch? Das ist günstig.» Arenholt öffnete zwei der an dem Gürtel befindlichen Taschen und legte ihren Inhalt vor sich auf den Tisch. «Seht doch mal, ob Ihr daraus schlau werdet, Kommandant, ja?»

Der Kommandant warf ihm einen aufmerksamen Blick zu, sah nach unten auf das in wasserdichtes Ölpapier gehüllte flache Päckchen. Arenholt begann es aufzuwickeln, zum Vorschein kamen eng beschriebene kleine Papierbögen. Der Kommandant nahm sie auf und sah sie lange eindringlich an – ohne den Blick zu heben oder ein Wort zu sagen. Von draussen kam in Abständen das Krachen von Geschützfeuer, das abgehackte Geknall entfernter Musketen und das bösartige Wimmern irgendeines Splitters, der durch die raucherfüllte Nacht zischte. Doch hier im Raum gab es keinerlei Geräusch. Der Kommandant sass wie eine steinerne Statue am Tisch, und nur in seinen Augen war Leben; Arenholt, eine neue Zigarre im Mund, hatte sich in dem bequemen Lehnstuhl ausgestreckt und schien völlig gleichgültig.

Nach einer Weile begann der Kommandant sich zu bewegen und sah zu Arenholt hinüber. Als er jetzt sprach, war seine Stimme unsicher, und die Hände, in denen er die Papiere hielt, zitterten.

«Mein Gott, wo habt Ihr denn das erwischt?»

«In Borneo. Zwei unserer besten Leute sind dabei draufgegangen. Aber das ist jetzt vollkommen unwichtig.» Arenholt zog heftig an seiner Zigarre.

«Wichtig ist einzig und allein, dass ich das Zeug habe, und dass es die Engländer nicht wissen.»

Der Kommandant schien nicht gehört zu haben, was Arenholt sagte. Er starrte auf die Dokumente in seinen Händen und schüttelte langsam den Kopf. Schliesslich legte er die Dokumente auf den Tisch. Seine Hände zitterten noch immer.

«Das ist ja phantastisch», murmelte er. «Das ist völlig phantastisch. Davon kann es nur einige wenige Exemplare geben. Alle holländischen Niederlassungen der VOC in Ostasien – ihre Befestigungen, Grösse, Bewaffnung, Stärke der Besatzungen! Und dann bei jeder Niederlassung noch ein Anhängsel eines unverständlichen Zahlensalats.»

«Das sind Pläne für eine Okkupation, vollständig bis auf jede wichtige Einzelheit», sagte Arenholt bestätigend. «Die für die Überfälle vorgesehenen Häfen und Zeiten, bis auf den Tag genau, und die einzusetzenden Streitkräfte sind verschlüsselt – der ›Zahlensalat‹, wie Ihr es nennt.»

«Ja.» Der Kommandant starrte auf die Papiere und runzelte die Stirn. «Aber da ist eine Sache, die …»

«Ich weiss, ich weiss», unterbrach ihn Arenholt irritiert. «Wir haben den Schlüssel nicht. War nicht anders zu machen. Die Daten und die Operationsziele sind verschlüsselt. Die Engländer konnten nicht das Risiko eingehen, diese Dinge unverschlüsselt anzugeben – und die Geheimkodes sind nicht zu entschlüsseln, nicht einer. Niemand kann das, das heisst mit Ausnahme eines kleinen alten Mannes in Amsterdam, der aussieht, als sei er nicht imstande, seinen Namen zu schreiben.» Er machte eine Pause und blies noch etwas mehr blauen Rauch in die Luft. «Trotzdem, es ist immerhin eine wertvolle Sache, findet Ihr nicht, Kommandant?»

«Ja, aber wie seid Ihr in den Besitz …»

«Ich sagte Euch schon, das ist gänzlich unwichtig.» Hinter der Maske lässiger Gleichgültigkeit wurde allmählich die Härte erkennbar, die darunter sass. Arenholt schüttelte den Kopf, dann lachte er leise. «Bedaure, Kommandant – aber ich muss ein bisschen kratzbürstig werden. Jedenfalls kann ich Euch versichern, dass keinerlei Zufall dabei im Spiele war. Fünf Jahre lang habe ich einzig und allein an der einen Sache gearbeitet – diese Dokumente da zur rechten Zeit und am richtigen Ort ausgehändigt zu bekommen; weder Engländer noch Japaner sind unbestechlich. Es ist mir gelungen, die Sachen zur rechten Zeit zu bekommen – aber nicht am richtigen Ort. Das ist der Grund, weshalb ich jetzt hier bin.»

Der Kommandant hatte nicht zugehört. Er hatte fasziniert nach unten auf die Dokumente gestarrt und langsam den Kopf hin und her bewegt; jetzt sah er wieder hoch. Sein Gesicht war plötzlich grau, verfallen und sehr alt.

«Diese – diese Dokumente sind unbezahlbar, Mijnheer.» Er hob die Hand, in der er die Papiere hielt, und starrte zu Arenholt hin, ohne ihn zu sehen. «Was sage ich – aller Reichtum der Erde ist nichts, verglichen mit diesem hier. Das bedeutet nicht mehr und nicht weniger als Leben oder Tod, Sieg oder Niederlage. Das – das ist – Herr des Himmels, Mijnheer, denkt doch nur an all die Leute. Die Papiere müssen unbedingt nach Amsterdam gelangen!»

«Ganz meine Meinung», sagte Arenholt. «Die *Heeren Seventien* müssen das unbedingt in die Hand bekommen.»

Der Kommandant starrte ihn schweigend an, seine müden Augen weiteten sich langsam in erschrecktem Begreifen, dann liess er sich in seinen Stuhl zurückfallen und den Kopf auf die Brust sinken. Der Rauch der Zigarre stieg ihm brennend in die Augen, doch er schien es nicht einmal wahrzunehmen.

«Wie gesagt, ganz meine Meinung», sagte Arenholt. Er griff nach den Dokumenten und begann, sie sorgfältig wieder wasserdicht zu verstauen. «Vielleicht versteht Ihr jetzt allmählich, weshalb ich so erpicht darauf war – hm – aus Ambon 'rauszukommen.» Er machte die Tasche zu. «Ich bin noch immer unverändert daran interessiert, glaubt mir.»

Der Kommandant nickte müde, sagte jedoch nichts.

«Wirklich gar keine Fluchtmöglichkeit?» drang Arenholt in ihn. «Auch nicht mit der ramponierteste, abgetakelte Fregatte?» Er brach unvermittelt ab, als er den Ausdruck im Gesicht des Kommandanten sah, und setzte dann erneut an: «Prau?»

«Nein.»

Arenholt machte schmale Lippen. «Dschunke, Schaluppe, Barkasse oder sonst irgendein einheimischer Kahn?»

«Nein.» Der Kommandant kam im Stuhl nach vorn. «Auch nicht irgendein verdammt lausiges Fahrzeug. Die letzten – die *Grasshopper*, die *Tien Kwang*, die *Kuala* und einige andere kleine Küstenfahrzeuge dieser Art – sind seit gestern verschwunden. Sie dürften sich kaum bald wiedersehen lassen. Und selbst wenn, so würdet Ihr damit keine hundert Meilen weit kommen, da es um den Archipel von japanischen Schiffen wimmelt.»

Arenholt war damit beschäftigt, den schweren Gürtel wieder umzuschnallen. Er seufzte. «Alles gut und schön, Kommandant – und wo gehen wir jetzt hin?»

«Warum zum Teufel seid Ihr überhaupt hergekommen?» fragte der Kommandant mit bitterer Stimme. «Ausgerechnet nach Ambon, und ausgerechnet in diesem Augenblick. Wie in aller Welt habt Ihr das eigentlich fertiggebracht?»

«Per Schiff von Sula», sagte Arenholt. «Mit der *Modiadeen* – von allen schwimmenden Särgen, denen man jemals Seetüchtigkeit bescheinigt hat, der allerübelste. Der Kapitän ist eine aalglatte, verdächtige Type mit Namen Surama. Ich weiss es natürlich nicht, aber ich möchte schwören, dass der Kerl mit den Japanern auf mehr als freundlichem Fuss steht. Er behauptete zuerst, er ginge nach Halmahera – der Himmel mag wissen, warum –, doch dann besann er sich anders und fuhr hierher nach Ambon.»

«Er besann sich anders?»

«Ich habe ihm allerhand dafür bezahlt. War nicht mein eigenes Geld, so konnte ich es mir leisten. Ich hielt Ambon für einigermassen sicher. In Nordborneo kam ich an die Papiere. Verständlich, dass ich mich dann gleich ziemlich eilig aus dem Staub machen musste. An Bord der *Modiadeen* war es etwas ungemütlich; wir lagen fünf Tage auf Reede», fuhr Arenholt fort, «ehe Surama geruhte, in See zu stechen. Dort hörte ich vom Gerücht, dass die Engländer mit japanischer Hilfe einzelne holländische Handelsniederlassungen angreifen, aber ich nahm natürlich an, dass noch reichlich Zeit blieb, nach Ambon zu fahren, um dort ein holländisches Schiff zu erwischen.»

Der Kommandant nickte verständnisvoll. «Mein Gott, was für ein Schlamassel!» Er schüttelte langsam den Kopf.

«Das ist sehr milde ausgedrückt», meinte Arenholt. «Wie viel Zeit haben wir noch?»

«Wir kapitulieren morgen.» Der Kommandant sah nach unten auf seine Hände.

«Morgen!»

«Wir sind vollkommen erledigt, Mijnheer. Nichts mehr zu machen. Und wir haben kaum noch Wasser. Viele Einheimische verhalten sich gegen die Holländer nicht loyal; sie haben nicht nur die Häuser angezündet, sondern auch tote Hunde in die Brunnen geworfen.»

«Scheinen sehr kluge, weit vorausschauende Burschen gewesen zu sein, die unsere Verteidigungsanlagen hier gebaut haben», brummte Arenholt. «Und dafür haben wir Tausende von Gulden ausgegeben. Die uneinnehmbare Festung! Dummes Gerede – kann einem direkt übel davon werden!» Er stiess wütend die Luft aus, erhob sich und seufzte. «Nun gut, dann hilft es eben nichts. Also zurück auf die teure alte *Modiadeen*. Holland allezeit!»

«Ihr wollt zurück auf den Kahn?» sagte der Kommandant erstaunt. «Er wird eine Stunde nach Hellwerden untergegangen sein. Ich sage Ihnen, es wimmelt hier von japanischen Kanonenbooten.»

«Was für einen anderen Vorschlag habt Ihr mir zu machen?» fragte Arenholt.

«Ich weiss, ich weiss. Doch selbst, wenn Ihr Glück haben solltet, welche Garantie habt Ihr, dass der Kapitän dorthin fährt, wo Ihr hinwollt?»

«Keine», gab Arenholt zu. «Aber es gibt da einen sehr brauchbaren Mann an Bord, zufällig auch ein Holländer – wenn es stimmt, was er sagt –, mit Namen Looberghen – wenn es der Name sein sollte, den er von seinem Vater geerbt hat. Vielleicht gelingt es uns mit vereinten Kräften, unserem ehrenwerten Kapitän klarzumachen, in welcher Richtung der Weg der Pflicht führt.»

«Vielleicht.» Dem Kommandant kam ein plötzlicher Gedanke. «Ausserdem, welche Garantie habt Ihr, wenn Ihr jetzt wieder hinunter zum Hafen geht, dass er inzwischen auf Euch gewartet hat?»

«Hier ist sie.» Arenholt klopfte auf den schäbigen Koffer, der neben seinem Stuhl stand. «Das ist meine Garantie und mein Versicherungsschein – so hoffe ich jedenfalls. Surama befindet sich in dem Glauben, dieser Koffer da sei vollgestopft mit Diamanten – ich habe ihn mit einigen Diamanten geschmiert, damit er hierherfuhr – und so ziemlich hat er mit seiner Annahme auch recht. Genauso lange, wie er an die Möglichkeit glaubt, mir diese Diamanten abnehmen zu können, wird er an mir hängen wie ein Blutsbruder.»

«Er – er argwöhnt nichts?»

«Ausgeschlossen. Er denkt, ich sei ein versoffener alter Gauner, der mit Reichtümern finsterer Herkunft abgehauen ist. Es hat mir kaum Mühe gekostet, diese – hm – diese Rolle beizubehalten.»

«Ich verstehe.» Der Kommandant fasste einen Entschluss und griff nach der Klingel. Als der Sergeant erschien, sagte er: «Bitte Er Hauptmann Bryland, herzukommen.»

Arenholt sah ihn schweigend und fragend an.

«Es ist das mindeste, was ich für Euch tun kann, Mijnheer», erklärte der Kommandant. «Ich kann Euch kein Schiff geben. Ich kann keine Garantie dafür übernehmen, dass Ihr nicht vor morgen Mittag längst versenkt seid. Aber ich kann dafür sorgen, dass der Kapitän der *Modiadeen* sich genauestens an Eure Anweisungen hält. Ich werde einen Offizier und ein paar Mann von einem Regiment abkommandieren, um Euch auf die *Modiadeen* zu begleiten.» Er lächelte. «Die Jungs sind schon in friedlichen Zeiten ein ziemlich rauer Haufen, und jetzt ist erst recht nicht mit ihnen zu spassen. Ich glaube nicht, dass Ihr mit Kapitän Surama viel Ärger haben werden.»

«Bestimmt nicht. Bin Euch dankbar, Kommandant. Das wird eine grosse Hilfe sein. Aber vielleicht ist es ein Himmelfahrtskommando.» Arenholt knöpfte das Hemd zu, ergriff seinen Koffer und streckte die Hand aus.

«Natürlich ist es das. Aber ob die Männer in Gefangenschaft verfaulen oder von den Fischen gefressen werden, es kommt am Schluss auf dasselbe heraus. So bleibt ihnen doch noch etwas Hoffnung – wie auch Euch, Herr Oberst.»

«Besten Dank für alles, Kommandant. Klingt komisch, wenn man daran denkt, dass ein Gefangenenlager Euch erwartet – trotzdem: alles Gute.»

«Danke, Mijnheer. Und Euch viel Glück – Ihr werdet es, weiss Gott, nötig haben.» Er warf einen Blick dorthin, wo unter dem Hemd der Gürtel mit den Geheimpapieren sass, und sagte dann abschliessend mit düsterer Stimme: «Es ist immerhin eine Möglichkeit.»

*

Der Rauch begann sich langsam zu verziehen, als Oberst Arenholt wieder hinausging in das Dunkel der Nacht; doch in der Luft lag noch dieses seltsame, unbehagliche Gemisch aus Pulverdampf und Tod und Fäulnis, das jedem alten Soldaten so vertraut ist. Vor dem Gebäude standen ein Offizier und ein kleines Detachement Soldaten wartend angetreten. Das Gewehrfeuer hatte zugenommen, – die Sicht war wesentlich besser, doch das Kanonengedonner hatte gänzlich aufgehört – vermutlich hielten es die Japaner für sinnlos, einer Stadt, die ihnen am nächsten Tag ohnehin in die Hände fallen würde, noch allzu grossen Schaden zuzufügen. Arenholt und seine Eskorte bewegten sich in dem jetzt sacht fallenden Regen rasch durch die verlassenen Strassen, das Geräusch des Gewehrfeuers beständig in den Ohren, und waren nach wenigen Minuten am Hafen angelangt. Hier hatte sich der Rauch, von einer leichten östlichen Brise bewegt, fast ganz verzogen.

Der Rauch war fort, und im nächsten Augenblick machte Arenholt eine Entdeckung, die ihn veranlasste, den Griff seines Handkoffers zu umklammern, dass seine Knöchel weiss wurden und sein angespannter Unterarm schmerzte: das kleine Beiboot der *Modiadeen,* das vorhin, als er zur Kommandantur gegangen war, sacht gegen die Kaimauer gescheuert hatte, war gleichfalls fort, und die böse Ahnung, die sofort in ihm aufstieg, liess ihn rasch den Kopf heben und nach draussen starren, zur Reede hin, doch dort war nichts zu sehen. Die *Modiadeen* war verschwunden, als ob es sie nie gegeben hätte. Nur der Regen fiel, ein leichter Wind blies ihm ins Gesicht, und von links hörte er aus einiger Entfernung das leise Schluchzen eines kleinen Jungen, der da allein in der Dunkelheit weinte.

Der Offizier, der das Kommando über die Soldaten hatte, berührte Arenholt am Arm und deutete mit dem Kopf nach draussen auf das Meer. «Das Schiff, Mijnheer – es ist fort!»

Arenholt beherrschte sich mit Mühe. Doch als er sprach, klang seine Stimme so ruhig und sachlich wie immer.

«So sieht es in der Tat aus, Leutnant. Wie es in dem alten Lied heisst: *Wir standen am Strand, und sie liessen uns steh'n.* Verdammt unpassend, das muss ich schon sagen.»

«Jawohl, Mijnheer.» Leutnant Brouwer fand, dass Arenholts Reaktion dem ausserordentlichen Ernst der Situation kaum entsprach. «Und was soll jetzt geschehen, Mijnheer?»

«Ihr habt recht. Was soll geschehen?» Arenholt blieb eine Weile stehen und rieb sich mit abwesender Miene das Kinn. «Hören Sie dort das Kind weinen?» fragte er plötzlich.

«Jawohl, Mijnheer.»

«Schickt einen Eurer Leute hin, dass er es herbringt.» Da ihn der Leutnant überrascht anschaute, setzte er schnell hinzu: «Nach Möglichkeit einen freundlichen, väterlichen Typ, der das Kind nicht zu Tode erschreckt.»

«Es herbringen, Mijnheer?» fragte der Leutnant erstaunt. «Aber es gibt hier Hunderte dieser kleinen Strassenjungen …» Er verstummte, weil Arenholt plötzlich hochaufgerichtet vor ihm stand und ihn aus kalten, unbeweglichen Augen ansah.

«Ich hoffe doch, Leutnant, dass Ihr nicht taub seid», sagte er besorgt. Der leise Ton seiner Stimme war, wie die ganze Zeit über, einzig und allein für die Ohren des Leutnants bestimmt.

«Jawohl, Mijnheer! Ich wollte sagen, nein, Mijnheer!» Brouwer revidierte hastig seinen bisherigen Eindruck von Arenholt. «Ich werde sofort einen Mann hinschicken, Mijnheer.»

«Danke. Und dann schickt zwei oder drei Eurer Leute nach beiden Seiten am Hafen entlang, so etwa eine halbe Meile weit. Sagt ihnen, sie sollen alle Leute, die sie antreffen, hierherbringen – vielleicht können sie uns irgendeine Aufklärung über das verschwundene Schiff geben. Sagt Euren Männern, dass sie notfalls ein wenig nachhelfen sollen.»

«Nachhelfen, Mijnheer?»

«In irgendeiner Form. Wir spielen schliesslich heute Nacht nicht um kupferne Stüber, Leutnant. Und wenn Ihr die notwendigen Befehle erteilt habt, hätte ich gern ein paar Worte mit Euch unter vier Augen gesprochen.»

Arenholt schlenderte einige Meter beiseite ins Dunkel. Leutnant Brouwer war innerhalb einer Minute wieder bei ihm. Arenholt brannte sich eine neue Zigarre an und betrachtete nachdenklich den jungen Offizier, der vor ihm stand.

«Wisst Ihr, wer ich bin, junger Mann?» fragte er ohne Einleitung.

«Nein, Mijnheer.»

«Oberst Arenholt.» Arenholt musste in der Dunkelheit lächeln, als er bemerkte, wie sich die Schultern des Leutnants merklich strafften. «Und nachdem Ihr es jetzt gehört habt, vergesst es wieder. Ihr habt meinen Namen nie gehört. Verstanden?»

«Nein, Mijnheer», sagte Brouwer höflich. «Doch den Befehl habe ich durchaus verstanden.»

«Mehr ist auch nicht nötig. Und redet mich von jetzt an nicht mehr mit *Mijnheer* an. Sie wissen, was ich mache?»

«Nein, Mijnheer, ich . . .»

«Kein *Mijnheer*, habe ich gesagt», unterbrach ihn Arenholt. «Wenn Ihr es unter vier Augen weglasst, dann wird es Euch auch nicht passieren, dass Ihr es vor anderen sagt.»

«Bitte um Verzeihung. Nein, ich weiss nicht, was Ihr macht. Doch der Kommandant hat mir eingeschärft, es handle sich um eine Sache von allerhöchster Wichtigkeit.»

«Der Kommandant hat keineswegs übertrieben», brummte Arenholt. «Es ist besser, sehr viel besser, wenn Ihr nichts davon wisst. Falls wir durchkommen sollten und uns eines Tages in Sicherheit befinden, so werde ich Euch alles ganz genau erzählen, das verspreche ich Euch. Bis dahin ist es für uns alle um so sicherer, je weniger Ihr und Eure Leute wisst.» Er machte eine Pause, zog heftig an seiner Zigarre und sah zu, wie die Glut rötlich aufleuchtete.

«Wisst Ihr, was ein Schlitzohr ist, Leutnant?»

«Ein Schlitzohr?» Der plötzliche Übergang traf Brouwer unvorbereitet, doch er hatte sich rasch wieder gefasst. «Ja, natürlich.»

«Gut. Das bin ich für Euch von jetzt an, und Ihr werdet die Güte haben, mich entsprechend zu behandeln. Wie einen älteren, versoffenen Filou, den man nicht so ganz für voll nimmt und der mächtig darauf versessen ist, seine eigene Haut zu retten. Behandelt mich im Allgemeinen wohlwollend und mit nachsichtiger Verachtung, und seid ansonsten energisch, notfalls sogar streng. Ihr habt mich getroffen, wie ich in den Strassen umherirrte und nach irgendeiner Fahrgelegenheit suchte, um aus Ambon herauszukommen. Ich habe Euch erzählt, dass ich mit einem kleinen Küstendampfer hier angekommen sei, und Ihr habt beschlossen, dieses Schiff für Euren eigenen Bedarf zu requirieren.»

«Aber das Schiff ist fort», sagte Brouwer.

«Da habt Ihr recht», gab Arenholt zu. «Doch vielleicht finden wir es noch. Vielleicht gibt es auch andere, obwohl ich das bezweifle. Hauptsache ist, dass Ihr Eure Geschichte und Eure Haltung mir gegenüber parat habt, ganz gleich, was geschieht. Übrigens, unser Reiseziel ist unbekannt; am liebsten Java.»

«Java!» Brouwer war so verblüfft, dass er im Augenblick die Abmachung vergass. «Grosser Gott, Mijnheer, bis dahin sind es Hunderte von Meilen!»

«Ja, es ist eine ziemliche Ecke», meinte Arenholt. «Dennoch ist es unser Ziel, selbst wenn wir nichts Grösseres auftreiben sollten als ein Ruderboot.» Er brach ab und sah sich um. «Mir scheint, Leutnant, da kommt einer von Euren Leuten zurück.»

So war es. Aus der Dunkelheit tauchte ein Soldat auf, deutlich waren auf dem Ärmel die drei weissen Winkel zu sehen. Es war ein sehr grosser Mann, mindestens sechs Fuss hoch, und entsprechend breit, und die Gestalt des Kindes auf seinem Arm wirkte im Vergleich dazu winzig. Der Kleine verbarg das Gesicht an dem sonnenverbrannten Hals des Soldaten, er schluchzte noch immer, doch jetzt schon ruhiger.

«Da ist er, Mijnheer.» Der stämmige Sergeant tätschelte den Rücken des Kindes. «Ich glaube, das kleine Kerlchen hat sich bös' erschrocken, aber er wird drüber 'wegkommen.»

«Sicher, Sergeant.» Arenholt legte dem Kind die Hand auf die Schulter. «Und wie heisst du denn, kleiner Mann?» Der kleine Mann sah einmal rasch zu ihm hin, schlang seine Arme um den Hals des Sergeanten und brach erneut heftig in Tränen aus. Arenholt trat hastig einen Schritt zurück.

«Na ja, schon gut.» Er schüttelte resigniert den Kopf. «Habe es leider nie besonders gut mit Kindern verstanden. Schliesslich auch kein Wunder bei so einem alten, widerborstigen Junggesellen. Wir werden seinen Namen schon noch erfahren.»

«Er heisst Hinderk», meldete der Sergeant in dienstlichem Ton. «Hinderk van der Molen. Er ist zwei Jahre und sieben Monate alt, wohnt in der Tuinstraat, Ambon-Nord, und gehört der holländisch-reformierten Kirche an.»

«Das alles hat er Euch erzählt?» fragte Arenholt ungläubig.

«Er hat keinen Ton gesagt, Mijnheer. Aber er trägt ein kleines Schild an einem Band um den Hals.»

«Gewiss», murmelte Arenholt. Das schien den Umständen nach die einzige angemessene Bemerkung. Er wartete, bis der Sergeant sich wieder zu seinen Männern begeben hatte, und warf dann Leutnant Brouwer einen nachdenklichen Blick zu.

«Bitte tausendmal um Entschuldigung.» Die Stimme des Leutnants klang ernst. «Aber wie zum Teufel konntet Ihr das wissen?»

«Wäre noch schöner, wenn ich das nicht wissen sollte, nach dreiundzwanzig Jahren im Osten. Gewiss, es gibt auch Kinder von Malaien und Chinesen, die herumstreunen, doch die tun das dann aus freien Stücken. Und die stehen auch nicht irgendwo herum und weinen. Wenn sie es täten, so würden sie nicht lange weinen. Diese Leute bekümmern sich immer und überall um die Ihren – nicht nur um die eigenen Kinder, sondern um alle der eigenen Art.» Er machte eine Pause und sah Brouwer fragend an. «Habt Ihr irgendeine Vorstellung, was die lieben Japaner mit diesem Kind gemacht hätten, Leutnant?»

«Ich kann es mir denken», sagte Brouwer. «Ich habe einiges gesehen und eine Menge gehört.»

«Glaubt alles, und dann verdoppelt es. Die Japaner sind von einer Grausamkeit, die wir nicht begreifen können.» Er wechselte abrupt das Thema. «Wir wollen wieder zu Euren Leuten gehen. Und beschimpft mich ein bisschen, wenn wir zu den anderen kommen. Das wird einen nachhaltig guten Eindruck machen – das heisst, von meinem Standpunkt aus gesehen.»

Fünf Minuten verstrichen, und dann zehn Minuten. Die Männer gingen ruhelos hin und her, einige sassen auf ihrem Marschgepäck, doch keiner von ihnen sprach. Selbst der kleine Junge hatte aufgehört zu weinen. Von der östlichen Grenze der Stadt her war deutlich das in Abständen aufflackernde Gewehrfeuer zu hören, im übrigen aber war die Nacht sehr still. Der Wind hatte gedreht, und der letzte Rest des Rauches verzog sich langsam. Es regnete noch immer, heftiger jetzt als zuvor, und die Nacht wurde kalt.

Und dann kam von Nordosten her, aus der Richtung der Sanghie-Bucht, das Geräusch sich nähernder Schritte, der abgemessene Schritt eines Soldaten und das rasche, ungleichmässige Geklapper weiblicher Schritte. Brouwer starrte die Ankömmlinge an, die aus der Dunkelheit auftauchten, und wandte sich dann an den Soldaten, der sie hergeführt hatte.

«Was bedeutet das alles? Was sind das für Leute?»

«Krankenschwestern, Mijnheer. Ich traf sie, wie sie ein Stück von hier entfernt am Hafen entlang irrten.» Die Stimme des Soldaten klang, als bäte er um Entschuldigung. «Ich glaube, Mijnheer, sie hatten sich verlaufen.»

«Verlaufen?» Brouwer sah das hochgewachsene Mädchen an, das am nächsten vor ihm stand.

«Was zum Teufel soll das heissen, dass Ihr hier mitten in der Nacht in der Stadt herumirrt?»

«Wir waren auf der Suche nach einer Gruppe von verwundeten Soldaten, Mijnheer.» Ihre sanfte Stimme klang heiser. «Verwundete und Kranke. Aber – nun ja, es sieht so aus, als ob wir sie nicht gefunden haben, sondern sie uns.»

«Das scheint mir auch», meinte Brouwer trocken und starrte den verlorenen Haufen der müden und kranken Männer an. «Und Ihr habt das Kommando?»

«Jawohl, Mijnheer.»

«Wie ist Euer Name, bitte?» Die Stimme des Leutnants klang jetzt um einen Grad weniger dienstlich; das Mädchen hatte eine angenehme Stimme, und er konnte sehen, dass sie sehr müde war und im Regen vor Kälte zitterte.

«Volmer.»

«Volmer? Mevrouw Volmer?»

«Nein, Juffrouw Cordula Volmer.»

«Also, Juffrouw Cordula, habt Ihr irgendetwas gesehen oder gehört von einem kleinen Segelschoner oder von einem Küstensegler, irgendwo hier vor der Küste?»

«Nein, Mijnheer.» Sie sprach mit einem Ausdruck müden Erstaunens. «Alle Schiffe haben Ambon längst verlassen.»

«Ich hoffe zu Gott, dass Ihr Euch im Irrtum befindet», brummte Brouwer. Laut sagte er: «Versteht Ihr irgendwas von kleinen Kindern, Juffrouw Cordula?»

«Wovon?» fragte sie einigermassen fassungslos.

«Der Sergeant da hat einen kleinen Jungen gefunden.» Brouwer zeigte mit dem Kopf dorthin, wo der Sergeant noch immer das Kind auf den Armen hielt; er hatte es zum Schutz gegen Kälte und Regen in einen wasserdichten Umhang gewickelt. «Es hat sich verlaufen, ist müde und einsam, und heisst Hinderk. Hättet Ihr Lust, sich zunächst einmal seiner anzunehmen?»

«Ja, aber natürlich – gern.»

Noch während sie die Hände nach dem Kind ausstreckte, wurde erneut das Geräusch von Schritten hörbar, die sich von links näherten. Nicht die abgemessenen Schritte von Soldaten, und auch nicht das rasche Geklapper weiblicher Hacken, sondern ein unsicher schlurfendes Geräusch, wie es etwa sehr alte Männer hervorbringen. Oder sehr kranke Männer. Aus dem Regen und der Dunkelheit tauchte nach und nach eine lange Reihe von Männern auf, die sich mühsam und schwankend näherten, und dabei notdürftig versuchten, eine Zweierreihe zu formieren. Sie wurden angeführt von einem kleinen Mann, dessen linke Schulter schief nach oben stand, und von dessen rechter Hand eine Muskete schwer nach unten hing. Auf seinem Kopf thronte verwegen eine Matrosenmütze. Zwei Meter vor Brouwer blieb er stehen, rief mit lauter Stimme das Kommando zum Halten, machte kehrt, um das Absetzen der Tragbahren zu überwachen – erst in diesem Augenblick bemerkte Brouwer, dass drei seiner eigenen Leute dabei halfen, sie zu tragen –, und rannte dann nach hinten, um den Nachzügler einzufangen, der am Schluss der Marschkolonne ankam und eben jetzt ziellos in der Dunkelheit davonschleichen wollte. Arenholt starrte hinter ihm her und dann auf die kranken, verstümmelten und entkräfteten Männer, die da im Regen standen, jeder von ihnen versunken in sein einsames Leiden und das Schweigen der Erschöpfung.

«Grosser Gott!» sagte Arenholt und schüttelte den Kopf, als traue er seinen Augen nicht.

Der kleine Mann mit der Matrosenmütze war jetzt an die Spitze der Kolonne zurückgekehrt. Mühsam und unter Schmerzen legte er die Muskete auf die nasse Erde, dann richtete er sich auf, stand stramm und hob die Hand an die Mütze, zu einem Gruss, wie er auf dem Exerzierplatz eines Wachbataillons nicht zackiger hätte ausfallen können. «Korporal de Boer meldet sich zur Stelle.» Er sprach mit dem markanten Akzent der Limburger.

«Rührt Euch, Korporal.» Brouwer starrte ihn an. «Wäre es – wäre es nicht leichter gewesen, Ihr hättet Eure Schusswaffe einfach in die linke Hand genommen?» Eine idiotische Frage, darüber war er sich klar; doch der Anblick dieser langen Reihe ausgemergelter, nur halb lebendiger Zombies, die da plötzlich aus der Nacht aufgetaucht waren, hatte eine seltsam erregende Wirkung auf ihn gehabt.

«Jawohl, Mijnheer. Bitte um Verzeihung, Mijnheer. Aber ich glaube, meine linke Schulter ist ein bisschen gebrochen.»

«Ein bisschen gebrochen», wiederholte Brouwer. Er musste sich dazu zwingen, das Gefühl des Unwirklichen abzuschütteln, das ihn mehr und mehr beschlich. «Welche Kompanie, Korporal?»

«VOC Marinekolonialtruppe, Mijnheer.»

«Natürlich.» Brouwer nickte. «Euer Gesicht kam mir gleich bekannt vor.»

«Jawohl, Mijnheer. Leutnant Brouwer, nicht wahr?»

«Stimmt.» Brouwer zeigte auf die Reihe der Männer, die geduldig im Regen standen. «Sie haben das Kommando, Korporal?»

«Jawohl, Mijnheer.»

«Wieso?»

«Wieso?» Das vom Fieber verwüstete Gesicht des Korporals zog sich in fragende Falten. «Keine Ahnung, Mijnheer. Wahrscheinlich, weil ich der einzige bin, der noch tauglich ist.»

«Der einzige, der ...» Brouwer brach mitten im Satz ab und holte tief Luft. «So hatte ich meine Frage nicht gemeint, Korporal. Was habt Ihr mit diesen Leuten vor? Wo wollt Ihr mit ihnen hin?»

«Weiss ich auch nicht so genau, Mijnheer», gestand de Boer. «Ich bekam den Auftrag, sie aus der Front nach hinten an irgendeinen sicheren Ort zu bringen und nach Möglichkeit dafür zu sorgen, dass sie ein bisschen Pflege bekommen.» Er zeigte mit dem Daumen in die Richtung, aus der in Abständen Gewehrfeuer zu hören war. «Da vorne geht alles ein bisschen durcheinander, Mijnheer», sagte er entschuldigend.

«Das kann man wohl sagen», meinte Brouwer. «Aber was wolltet Ihr hier unten am Hafen?»

«Ich suche nach irgendeinem Schiff oder einem Boot – irgendwas.» Die Stimme des kleinen Korporals klang noch immer, als bäte er um Entschuldigung. «An einen sicheren Ort, so lautete mein Befehl, Mijnheer. Na, und ich dachte, das wollte ich nun mal ernstlich versuchen.»

«Ernstlich versuchen.» Das Gefühl der Unwirklichkeit überkam Brouwer von neuem. «Seid Ihr Euch eigentlich klar darüber, Korporal, dass mittlerweile der nächste sichere Ort, den Ihr erreichen könnt, Batavia wäre – oder vielleicht auch Surabaya?»

«Jawohl, Mijnheer.» Der Gesichtsausdruck des kleinen Mannes zeigte keinerlei Veränderung.

«Gott steh' mir bei.» Es war Arenholt, der endlich sprach, und seine Stimme klang, als sei er leicht betäubt. «Ihr ward allen Ernstes entschlossen, in einem Ruderboot loszufahren, und das mit diesen – diesen ...».Er deutete auf die Reihe der geduldig wartenden, kranken Männer, unfähig, weiterzusprechen zu können.

«Aber sicher», sagte de Boer ungerührt. «Ich habe schliesslich einen Auftrag auszuführen.»

«Mein Gott – mir scheint, Korporal, Sie geben nicht so leicht auf, wie?» Arenholt starrte ihn ungläubig an. «In einem japanischen Gefangenenlager wären Eure Chancen hundertmal grösser gewesen. Ihr könnt Eurem guten Stern danken, dass es in Ambon kein Boot mehr gibt.»

«Kann sein, kann auch nicht sein», sagte der Korporal ungerührt. «Jedenfalls liegt da draussen auf der Reede ein Schiff vor Anker.» Er sah zu Brouwer hin. «Ich überlegte mir gerade, wie ich zu diesem Schiff hinkommen könnte, als Eure Männer ankamen, Mijnheer.»

«Was!» Arenholt kam einen Schritt nach vorn und fasste den Korporal an seiner heilen Schulter. «Da draussen liegt ein Schiff? Mann, seid Ihr sicher?»

«Sicher bin ich sicher.» Klaas de Boer machte seine Schulter frei. «Ich hörte, wie es Anker warf, vor noch nicht zwanzig Minuten.»

«Wieso wisst Ihr das so genau?» fragte Arenholt. «Vielleicht hat das Schiff den Anker auch gelichtet.»

«Hör' mal zu, mein Lieber», unterbrach ihn de Boer. «Ich sehe vielleicht doof aus, und vielleicht bin ich es auch, aber so doof bin ich nun doch nicht. Ich bin Marinesoldat und soll nicht den Unterschied zwischen ankern und Anker lichten kennen?»

«Schon gut, Korporal, das genügt!» fiel ihm Brouwer hastig ins Wort. «Und wo liegt dieses Schiff vor Anker?»

«Draussen hinter den Kai-Anlagen, Mijnheer. Ungefähr eine Meile von Land, würde ich sagen. Ist allerdings nicht ganz leicht, es so genau zu schätzen – da draussen ist immer noch allerhand Rauch.»

«Ausserhalb der Kai-Anlagen – vor dem Hafen?»

«Nein, Mijnheer. In die Gegend sind wir gar nicht gekommen. Nur etwa eine Meile von hier – gleich hinter Sanghie.»

Trotz der Dunkelheit brauchten sie nicht lange für den Weg – höchstens fünfzehn Minuten. Einige von Brouwers Männern hatten die Tragbahren übernommen, und die anderen halfen den marschfähigen Verwundeten. Ausserdem waren jetzt alle, Männer und Frauen, Verwundete und Nichtverwundete, von dem gleichen Gefühl höchster Dringlichkeit erfüllt. Unter normalen Umständen hätte keiner von ihnen viel Hoffnung auf etwas so Ungewisses wie das Rasseln einer Kette gesetzt, das vielleicht, vielleicht aber auch nicht, von einem Anker herrührte, der ausgeworfen wurde. Doch so stark wirkte das Erlebnis des unaufhaltsamen Rückzuges der letzten Tage in ihnen nach, und sie hatten schon damit gerechnet, noch vor dem Ende des kommenden Tages in Gefangenschaft zu geraten – in Gefangenschaft und, wer weiss, vielleicht gar in die Sklaverei, ganz sicher aber in viele Jahre der Vergessenheit – so vollständig war ihre Hoffnungslosigkeit gewesen, dass selbst dieser winzige Hoffnungsschimmer in der tiefen Finsternis ihrer Verzweiflung zu einem leuchtenden Hoffnungsstrahl wurde. Doch auch so überstieg der Wille der Verwundeten und Kranken ihre körperlichen Kräfte bei weitem, und die meisten waren, als Korporal de Boer Halt machte, völlig am Ende, total ausser Atem und froh, sich an die Kameraden klammern zu können, die sie stützten.

«Hier, Mijnheer», sagte de Boer. «Hier ungefähr habe ich es gehört.»

«Aus welcher Richtung?» fragte Arenholt. Er sah dorthin, wohin der Lauf der Muskete des Korporals zeigte, konnte aber nichts sehen. Wie de Boer gesagt hatte, lag noch Rauch über dem dunklen Wasser. Er bemerkte, dass Brouwer unmittelbar hinter ihm stand, den Mund dicht an seinem Ohr.

«Blinken?» Arenholt konnte das leise Flüstern des Leutnants eben noch hören.

Verwundert drehte er sich zum Leutnant um. «Habt Ihr eine Signallampe?» flüsterte er zurück.

«Ja. Karbid. Gehört zur Ausrüstung.»

Einen Augenblick lang war Arenholt unschlüssig, doch nur einen Augenblick: sie hatten nichts zu verlieren. Brouwer, der das zustimmende Nicken mehr ahnte als sah, wandte sich an seinen Sergeanten.

«Zündet die Signallampe an, Sergeant, und gebt dort hinaus Blinkzeichen, solange, bis Ihr Antwort bekommt, oder bis wir etwas herankommen sehen oder hören. Drei Mann suchen die Kai-Anlagen ab – vielleicht entdeckt ihr irgendein Boot.»

Fünf Minuten vergingen, zehn Minuten. Die Lampe des Sergeanten ging pausenlos an und aus, doch nichts kam auf dem dunklen Wasser heran. Nach weiteren fünf Minuten kamen die Männer zurück, die die Kai-Anlagen abgesucht hatten, und meldeten, dass sie nichts gefunden hätten. Und wieder vergingen fünf Minuten, Minuten, in denen aus dem sanften Regen ein Wolkenbruch wurde, der auf das Pflaster prasselte, dass das Wasser hochspritzte – bis sich endlich Korporal Klaas de Boer räusperte.

«Ich höre was 'rankommen», sagte er beiläufig.

«Was denn? Wo denn?» krächzte Arenholt heiser.

«Irgendein Ruderboot. Ich höre die Riemen. Kommt genau auf uns zu, scheint mir.»

«Seid Ihr sicher?» Arenholt versuchte angestrengt, durch das laute Geräusch des Regens, der trommelnd auf die Strasse schlug und auf der Oberfläche des Wassers blubbernde Blasen bildete, etwas zu hören. «Seid Ihr sicher, Mann?» wiederholte er. «Ich höre überhaupt nichts.»

«Doch, ich bin sicher. Habe es ganz deutlich gehört.»

«Er hat recht!» Es war die Stimme des stämmigen Sergeanten, und sie klang aufgeregt. «Wahrhaftig, er hat recht, Mijnheer. Jetzt höre ich es auch!»

Bald konnte es jeder hören, das Ächzen der Riemen, die sich knirschend in den Dollen drehten. Die gespannte Erwartung, die durch Klaas de Boers erste Worte geweckt worden war, löste sich in einer spürbaren Woge unbeschreiblicher Erleichterung, und alle fingen an, durcheinander zureden. Leutnant Brouwer benutzte die Gelegenheit, sich Arenholt unauffällig zu nähern.

«Was soll mit den anderen werden – den Krankenschwestern und den Verwundeten?»

«Sollen mitkommen, Leutnant – wenn sie wollen. Unsere Aussichten sind sehr gering. Macht das den Leuten klar – und macht ihnen klar, dass sie selbst ihre Wahl treffen müssen. Und dann sagt ihnen, sie sollen sich still verhalten und von der Kaimauer zurückgehen, damit man sie nicht sieht. Ganz gleich, wer da ankommt – aber es muss ja das Beiboot von der *Modiadeen* sein –, jedenfalls wollen wir die Leute nicht verscheuchen. Sobald Ihr das Boot an der Kaimauer scheuern hört, kommt nach vorn und übernehmt das Kommando.»

Brouwer nickte und ging. Mit leiser und eindringlicher Stimme verschaffte er sich in dem allgemeinen Palaver Gehör. «Tragbahren aufnehmen. Alles zurück auf die andere Seite der Strasse – und ruhig verhalten. Sehr ruhig, wenn einer von euch jemals wieder nach Hause kommen will. Korporal de Boer?»

«Mijnheer?»

«Wie steht es mit Euch und Euren Männern – wollt Ihr mit uns mitkommen? Wenn wir an Bord dieses Schiffes gehen, so ist die Wahrscheinlichkeit, dass wir innerhalb der nächsten zwölf Stunden beschossen und versenkt werden, ausserordentlich gross. Darauf muss ich Euch aufmerksam machen.»

«Ich verstehe, Mijnheer.»

«Ihr wollt also mitkommen?»

«Jawohl, Mijnheer.»

«Und die andern? Habt Ihr die gefragt?»

«Nein, Mijnheer.» Der beleidigte Ton des Korporals liess keinerlei Zweifel an seiner Verachtung für solche lächerlich demokratischen Prozeduren in der Armee, und Arenholt grinste in der Dunkelheit. «Die kommen auch mit, Mijnheer.»

«Also gut. Die Verantwortung liegt bei Euch. Juffrouw Volmer?»

«Ich komme mit, Mijnheer», sagte sie schlicht. Sie hob mit seltsamer Gebärde die linke Hand an ihr Gesicht. «Selbstverständlich komme ich mit.»

«Und die andern?»

«Wir haben die Frage besprochen.» Sie zeigte auf die junge Malaiin an ihrer Seite. «Lena hier, möchte auch mitkommen. Der anderen ist es ziemlich gleichgültig, was aus ihr wird. Eine Folge des Schocks, Mijnheer – wir wurden heute Nacht von Granaten beschossen. Ich denke aber, es ist besser, wenn sie mitkommt.»

Brouwer wollte gerade antworten, doch Arenholt bedeutete ihm durch eine Geste, zu schweigen, nahm die Lampe des Sergeanten und ging vor an den Rand der Kaimauer. Dort liess er den vollen Lichtkegel über das Wasser wandern, bis das Boot als undeutlicher Umriss zu erkennen war, knapp zweihundert Fuss vom Kai entfernt. Arenholt, der durch den strömenden Regen spähte, konnte sehen, wie das Wasser weisslich aufschäumte, als jetzt ein Mann, der hinten im Heck stand, ein Kommando gab, und die Matrosen die Riemen eintauchten und kräftig gegenhielten, bis das Boot zum Halten kam und lautlos und regungslos dalag, ein verschwommener Schatten in der Dunkelheit.

«Seid ihr von der *Modiadeen?*» rief Arenholt.

«Ja.» Deutlich drang die Stimme durch den Regen. «Wer da?»

«Arenholt – wer denn sonst.» Er hörte, wie der Mann im Heck ein Kommando gab und die Matrosen sich erneut in die Riemen legten. «Looberghen?»

«Ja, Looberghen.»

«Mann, das ist gut!» Die Wärme in Arenholts Stimme war zweifellos echt. «Noch nie in meinem ganzen Leben hat mich der Anblick irgendeines Menschen so gefreut. Was war denn los?»

Das Boot war inzwischen auf zwanzig Fuss heran, und sie konnten sich in normaler Lautstärke unterhalten.

«Nichts Besonderes. Unser ehrenwerter Kapitän hatte beschlossen, doch lieber nicht auf Euch zu warten, und war tatsächlich schon losgefahren, bevor ich ihn dazu überreden konnte, es sich noch einmal anders zu überlegen.»

«Ja – aber wie wollt Ihr wissen, dass die *Modiadeen* nicht losfährt, ehe Ihr wieder an Bord seid? Mein Gott, Looberghen, Ihr hättet doch besser jemand anderen herschicken sollen. Diesem Schurken ist nicht von zwölf bis Mittag zu trauen.»

«Ich weiss.» Looberghen, die Hand an der Ruderpinne, steuerte das Boot an die Kaimauer heran. «Sollte das Schiff abfahren, dann fährt es ohne den Kapitän. Der sitzt nämlich hier unten im Boot, die Hände auf dem Rücken gebunden und meine Pistole im Genick. Ich schätze, Kapitän Surama ist nicht sonderlich glücklich.»

Arenholt leuchtete mit der Lampe nach unten. Ob Kapitän Surama glücklich war oder nicht, war nicht zu erkennen, doch es war unverkennbar Kapitän Surama. Sein glattes braunes Gesicht war so ausdruckslos wie immer.

«Und um ganz sicher zu gehen», fuhr Looberghen fort, «habe ich die Mannschaft gefesselt in der Kabine von Mevrouw Wendelina untergebracht – habe ihnen eigenhändig, so darf ich wohl sagen, Hände und Füsse zusammengebunden. Es dürfte ihnen schwerfallen, zu entwischen. Die Tür ist abgeschlossen, und davor sitzt Mevrouw Wendelina mit einer Pistole in der Hand. Sie hat noch nie mit so einem Ding geschossen, doch sie meinte, sie sei durchaus bereit, es zu versuchen. Die alte Dame ist grossartig, Arenholt.»

«Ihr denkt wirklich an alles», sagte Arenholt anerkennend. «Wenn nur nicht …»

«Schon gut, das genügt! Macht jetzt Platz, Arenholt.»

Brouwer stand neben ihm und liess den Strahl seiner Karbidlampe nach unten in die aufwärts gerichteten Gesichter fallen. «Lasst den Unsinn!» sagte er mit scharfer Stimme, als Looberghen die Hand mit der Pistole hob. «Steckt das

Ding weg – wir haben hier ein Dutzend Gewehre und Musketen, deren Läufe auf euch gerichtet sind.»

Langsam liess Looberghen die Hand mit der Pistole sinken und warf Arenholt einen finsteren Blick zu.

«Das habt Ihr grossartig gemacht, Arenholt», sagte er langsam. «Ein Meisterstück von Hinterlist, auf das Kapitän Surama stolz sein würde.»

«Es war keine Hinterlist», protestierte Arenholt. «Das hier sind holländische Soldaten, unsere Freunde, und ausserdem hatte ich gar keine Wahl. Ich kann Euch alles erklären.»

«Schweigt!» fuhr ihm Brouwer ins Wort. «Eure Erklärungen könnt Ihr später abgeben.» Er sah hinunter auf Looberghen. «Wir kommen mit, ganz gleich, ob Euch das nun lieb ist oder nicht. Gebt die Leinen an Land!»

Looberghen sah ihn sekundenlang schweigend an, dann nickte er, drückte Surama die Pistole in die Rippen und gab einen Befehl. Innerhalb einer Minute lagen die Festmacherleinen auf Slip, während der erste Verwundete auf die Duchten hinuntergelassen wurde. Knapp eine Stunde später befanden sich alle Männer und Frauen, die am Kai gestanden hatten, an Bord der *Modiadeen*. Das Boot hatte zweimal fahren müssen, aber die Strecke war kurz, Korporal de Boer hatte die Entfernung annähernd richtig geschätzt: das Schiff lag unmittelbar ausserhalb der Drei-Faden-Grenze vor Anker.

Die *Modiadeen* stach kurz vor halb drei Uhr morgens in See, das letzte Schiff, das aus dem Hafen von Ambon auslief, bevor die Stadt, am selben Tag in die Hände der Engländer und ihrer japanischen Söldner fiel. Der Wind hatte sich inzwischen gelegt, der Regen war zu einem sanften Nieseln abgeflaut. Es brannte jetzt nirgends mehr, es war kein einziges Licht zu sehen, und selbst das gelegentliche Geknatter des Gewehrfeuers war gänzlich verstummt. Über allem lag eine unnatürliche Ruhe, wie die Stille des Todes oder die Stille vor dem Sturm – und der Sturm würde losbrechen, sobald der erste Schein des Tages die Trümmer der Häuser von Ambon traf.

*

Arenholt war in der tristen, dunstigen Kabine der *Modiadeen* damit beschäftigt, Mevrouw Wendelina beim Verbinden und Versorgen der Verwundeten zu helfen, als an die Tür geklopft wurde – an die einzige Tür, die vom Logis nach achtern führte. Er ging hinaus und machte die Tür hinter sich sorgfältig wieder zu. Dann wandte er sich um und sah zu der Gestalt hin, die schattenhaft neben der Leiter stand.

«Leutnant Brouwer?»

«Ja.» Brouwer deutete in der Dunkelheit nach oben. «Vielleicht gehen wir besser aufs Oberdeck – dort können wir reden, ohne dass uns jemand hört.»

Gemeinsam stiegen sie die Teakholzleiter hinauf und gingen nach achtern an die Reling. Der Regen hatte inzwischen ganz aufgehört, und die See war ruhig. Arenholt beugte sich über die Reling, starrte nach unten auf die phosphoreszierenden Strudel im weisslich schäumenden Kielwasser der *Modiadeen* und wünschte, er könnte rauchen. Es war Brouwer, der das Schweigen brach.

«Soweit ist alles klar. Surama wird keine Schwierigkeiten mehr machen, da habe ich gar keine Sorgen – es geht für ihn genauso um Kopf und Kragen wie für uns, und darüber ist er sich auch vollkommen klar. Es ist sehr wahrscheinlich, dass die Granaten des japanischen Kanonenbootes, das uns erwischt, auch ihn treffen könnten. Einer meiner Männer hat den Auftrag, auf ihn aufzupassen, einer bewacht den Rudergänger, und einer hält ein Auge auf den diensthabenden Steuermann. Der Rest meiner Männer schläft grösstenteils in dem Logis vorn – und weiss der Himmel, dass sie allen Schlaf nötig haben, den sie kriegen können. Vier Mann habe ich in einer Kabine mittschiffs schlafen lassen – schien mir zweckmässig für den Fall einer Gefahr.»

«Sehr gut.» Arenholt nickte zustimmend. «Und die zwei malaiischen Schwestern, die junge und die ältere?»

«Gleichfalls in einer der Kabinen mittschiffs. Alle beide sind noch in einem ziemlich schlechten Zustand und sehr durcheinander.»

«Und Looberghen?»

«Der schläft an Deck, unter einem Rettungsboot. Direkt neben dem Ruderhaus, keine drei Meter vom Kapitän entfernt.» Brouwer grinste. «Er ist nicht mehr wütend auf Euch, hat aber noch immer einen mächtigen Rochus auf Surama. Es schien mir gut, Looberghen dort schlafen zu lassen. Der Bursche macht den Eindruck, als könnte man sich auf ihn verlassen.»

«Das kann man, in jeder Weise. Wie steht's mit dem Proviant?»

«Miserable Qualität, aber das in ansehnlicher Menge. Ausreichend für acht oder zehn Tage.»

«Hoffentlich haben wir Gelegenheit, alles aufzuessen», meinte Arenholt grimmig.

«Noch etwas. Habt Ihr allen Leuten klargemacht, ganz besonders Surama, dass ich hier jetzt nur noch sehr wenig zu melden habe und nur noch einer was zu sagen hat – nämlich Ihr?»

«Ich möchte annehmen, dass das Ansehen, das Ihr geniesst, gegenüber früher viel geringer geworden ist», sagte Brouwer bescheiden.

«Ausgezeichnet.» Arenholt fühlte unwillkürlich nach dem Gürtel unter seinem Hemd. «Aber übertreibt es nicht – nehmt einfach keine Notiz von mir, soweit das möglich ist. Und nun gute Nacht, Leutnant.»

«Gute Nacht.» Brouwer entfernte sich. Arenholt blieb noch ein paar Minuten an der Reling stehen und horchte auf das asthmatische Geknarre der Takelage. Er sah zu den Segeln hinauf, die voll und bei im Wind standen und die

Modiadeen in gleichmässigem Wiegen durch die ruhige, ölige See nach Südwest vorwärtstrieben. Schliesslich richtete er sich seufzend auf, drehte sich um und ging nach unten.

Die Whiskyflaschen befanden sich in einem seiner Koffer im Achterdeck, und er musste etwas zur Aufrechterhaltung des Rufes tun, in dem er hier stand.

Kombüsenboy,
ca. 1900

Kapitel 3: Auf See

Harm glaubte, gerade eingeschlafen zu sein. Wie aus weiter Ferne vernahm er laute Stimmen und Unruhe, aber erst, als ihn jemand rüttelte, wurde ihm wieder schlagartig bewusst, wo er sich befand. Abel Trios, einer der Seekadetten, hatte an seiner Hängematte geschüttelt. «Aufstehen!» rief er. «Alle Mann an Deck!»

Die ersten stürzten schon den Niedergang hinauf. Harm sprang aus seiner Schlafstatt, streifte Hemd und Hose über und eilte hinterher. Oben wehte eine kräftige Brise und es herrschte, so schien es ihm, ein wirres Durcheinander. Die Matrosen liefen hin und her, einige zerrten an den Brasstauen, andere enterten auf. Harm konnte sich nur wenig an den Arbeiten beteiligen. Seine geringen seemännischen Kenntnisse versagten ganz und gar. Unverständliche Befehle wurden rasch hintereinander gegeben und sofort ausgeführt. Er war vollständig verwirrt. Es gibt in der Welt kein bemitleidenswerteres Geschöpf als den Neuling, der das Seemannsleben anfängt. Harm hatte seine erste lange Reise angetreten!

Die *Den Helder* machte rasche Fahrt. Das Rauschen des vom Bug aufgeworfenen Wassers drang an Harms Ohr. Das Schiff legte sich unter der feuchten Nachtbrise nach Lee über und rollte in der langen Dünung. Es gab an Bord viel zu tun, und erst als der Tag schon heraufdämmerte, wurde die Freiwache in die Logis zurückgeschickt.

Obersteuermann Honke kam zu Harm, der wie verloren am Grossmast herumstand. «Muss dich wohl nachnehmen, was? Hab' dich beobachtet; sehr geschickt hast du dich nicht angestellt. Fahren wir gut zusammen, werden wir eine schöne Zeit haben, wenn nicht – hast du die Hölle. Arbeiten wir Hand in Hand, bin ich ein vernünftiger Mann, tun wir das nicht, dann bin ich dein Teufel. Du gehörst zur Steuerbordwache, und damit fängt dein Dienst jetzt an.»

Im selben Augenblick ertönte die Trillerpfeife des Bootsmanns: «Backbordwache wegtreten!»

Harm war erleichtert, als er feststellte, dass Enno Huismans ebenfalls zu seiner Wache gehörte, aber der musste in den Mars aufentern und auf Ausguck gehen. Harm blieb allein zurück. Keiner kümmerte sich um ihn, so konnte er seinen Gedanken nachhängen. Der zweite Steuermann de Vroom ging auf dem Achterdeck auf und ab. Auf der Back sassen drei Matrosen und unterhielten sich. Harm blieb allein und liess die fremde Umgebung auf sich wirken. Die Schönheit des Meeres mit den gleichmässig daherrollenden, in der Dunkelheit phosphoreszierenden Wellen nahm ihn gefangen, aber auch die schnell dahinjagenden Wolken. Es schien eine ruhige, ereignislose Wache zu werden. Harm schaute zu den Masten hinauf, ihre Enden zeichneten sich als dunkle Spitzen gegen den Sternenhimmel ab und wiegten sich mit der Schiffsbewegung wie Zeigestöcke über unbekannte Sternenbilder. Am Grossmast weiter unten im Mars sah man undeutlich die Plattform des Mastkorbs; sie war viel grösser als ihn sich vorgestellt hatte. Natürlich, kam ihm in den Sinn, das ist ja hier ein Kriegsschiff, und der Mastkorb wird im Kampf eine Reihe Marinesoldaten aufnehmen müssen. Da erkannte er auch das Loch, den Durchstieg im Boden. Enno allerdings war auf dem Püttingswant aussen herum geentert, da musste man schwindelfrei sein. Harm dachte an die Mutter, an Borkum und an das Leben dort, das er nun für lange Zeit hinter sich gelassen hatte. In gleichmässigen Abständen schlug der Rudergänger die Glasen. Seine Träume wurden jäh unterbrochen.

«Leefocks brassen!» Der Wind hatte weggeschralt. Die Matrosen stellten sich eilig hintereinander auf, nahmen die Brasstaue auf und holten – schrittweise ziehend und stampfend – die Rahen der Vorsegel dichter; auch Harm hatte sich eingereiht. Die Blicke, die seine Kameraden dabei gelegentlich nach Luv warfen, liessen auch ihn wahrnehmen, dass von dort dunkle Wolken heraufzogen. Da kam schon der Befehl «Marssegelschot und Bramsegelschot belegen!», nacheinander wurden die Bestätigungen zur Brücke hinauf gegeben:

«Marssegelschot belegt!» und «Bramsegelschot belegt!» Gleich darauf schlug es acht Glasen, die Backbordwache kam an Deck und die Abgelösten gingen nach unten. Auf Harm warteten dort die ersten Unannehmlichkeiten des Seelebens.

Das achtere Zwischendeck, in dem die Kadetten wohnten, war mit Trossen, Reservesegeln, altem Tauwerk und anderem Schiffsmaterial angefüllt. Das Quartier war ein unmögliches Loch unter dem Wasserspiegel. Hier war es fast so stockdunkel wie im Bilgeraum. Man konnte gerade aufrecht stehen, es gab kaum frische Luft, es stank unerträglich nach Leckwasser – dem schlimmsten aller schlimmen Gerüche –, nach Teer und alten Tauen, nach Schweiss und schmutziger Wäsche. Hier schliefen die Kadetten in ihren Hängematten, hier zogen sie sich an, wuschen sich kaum, lernten und stritten sich und führten ihre handfesten Streiche aus, assen, tranken, sangen und fiedelten. Es gab nicht die geringste Möglichkeit des Alleinseins, auch kaum Nachtruhe, wenn die Spässe kein Ende fanden. Die Kleider konnte man nicht aufhängen, denn es war verboten, Nägel einzuschlagen. Der Schiff rollte schwer im Seegang, alles was nicht festgezurrt war, wurde hier unten hin- und hergeworfen und sorgte für ein tolles Durcheinander. Seekisten, Taurollen, Hüte, Seestiefel, Decken und Kleiderbündel waren nach Lee gerutscht und lagen unter Kisten und Trossen eingeklemmt. Bei diesem Wetter war es nicht erlaubt, Licht zu machen, so blieb es ziemlich aussichtslos, etwas zu finden.

Zu allem Übel machten sich bei Harm die ersten Anzeichen der Seekrankheit bemerkbar. Der Magen drehte sich, Harm würgte und nur mit grösster Selbstbeherrschung konnte er verhindern, dass er sich übergeben musste. Gleichgültigkeit und Trägheit stellten sich ein, er gab die Versuche, seine Sachen zu finden, bald auf und legte sich zum Schlaf auf die Reservesegel. Bald hörte er den Regen hart auf das Deck trommeln. Die Deckwache hatte augenscheinlich alle Hände voll zu tun. Die lauten Befehle des Steuermanns, das Trampeln der Füsse an Deck und das Knarren der Blöcke schallte bis nach unten. Das Unwetter kam immer näher. Nach wenigen Minuten wurde oben die Tür zum Niedergang aufgerissen und sie hörten den alarmierenden Ruf: «Alle Mann auf! Segel festmachen!» Die Tür wurde schnell wieder zugeschlagen.

Sie stürzten nach oben. Die *Den Helder* segelte hoch am Wind und schob Lage. Sie krängte stark nach Backbord, schwere Kopfseen schlugen mit furchtbarer Gewalt über den Bug, fegten über das Deck und durchnässten die Männer rasch bis auf die Haut. Die Marsfallen waren losgeworfen; die grossen Segel blähten sich knatternd auf und schlugen back, knallten donnernd gegen die Masten, lose Taue flogen umher und der Wind heulte durch die Takelage. Für Harm unverständliche Befehle wurden geschrien und rasch ausgeführt.

Pechschwarz war die Nacht. Harm war fürchterlich seekrank und hatte kaum die Kraft, sich irgendwo festzuhalten. In diesem Zustand ereilte ihn der

Befehl: «Freiwache aufentern! Marssegel reffen!» Zuerst war ihm nicht bewusst, dass er auch zur Freiwache gehörte, aber irgendwer rief ihm zu: «Auf, auf, du Muttersöhnchen!», da tappte er den anderen hinterher und kletterte nach oben. Wie er damit fertig wurde, wusste er später nicht mehr. Er hangelte sich mit den andern über die Webleinen auf die Rah und hielt sich so gut er konnte fest. Er erinnerte sich nur, dass er auf der Marsrah mehrfach einhalten musste und wild in die schwarze Nacht kotzte.

Bald waren die Segel fest, und die Freiwächter konnten wieder unter Deck gehen. Harm empfand das keineswegs als eine Erleichterung. Das Durcheinander, das unten herrschte, und der unglaubliche Gestank des Bilgewassers, der aus dem Raum nach oben drang, machten das Zwischendeck zu keinem angenehmeren Aufenthaltsort als das kalte und nasse Oberdeck. So suchte er wieder sein provisorisches Lager in den Reservesegeln auf, war aber nicht unglücklich, als ihn der Wachwechsel wieder an Deck befahl. Oben war es auch nicht viel besser. Immer wieder wurden sie vom Wachoffizier umhergejagt, aber er konnte sich wenigstens übergeben, wenn es ihm wieder den Magen drehte.

Dieser Zustand dauerte mehrere Tage. Doch dann geriet sein Leben an Bord allmählich weniger beschwerlich. Die Übelkeit liess immer mehr nach, und dann kam der grosse Moment, da er wieder richtigen Hunger verspürte und sich beim Mittagessen zum ersten Mal an Bord der *Den Helder* so richtig den Bauch vollschlug. Auch das Schlingern des Schiffs wurde ihm vertrauter, und bald war er imstande, von einem Ort zum anderen zu gelangen, ohne zwischendurch nach einem Halt greifen zu müssen. Selbst den nächtlichen Arbeitslärm an Deck hörte er nicht in seiner Hängematte, er störte seinen Schlummer nicht mehr, als es zu Hause das Gezwitscher der Vögel getan hatte. Binnen kurzem schien die Aussicht, noch viele Meilen und Monate lang reisen zu müssen, kaum noch von Bedeutung, da er sich an das Leben auf diesem Schiff gewöhnte und es bald wie sein Zuhause empfand.

Inzwischen hatten sich durch den ständigen Südkurs deutliche Klimaveränderungen ergeben. Die Sonne brannte immer heisser – man musste aufpassen, keinen Sonnenbrand zu bekommen – und die Tage wurden immer kürzer. Selbst die Zeit schien in dieser in sich geschlossenen Welt namens *Den Helder* zu fliessen. Täglich zur Mittagsstunde wurde eine konventionelle Zeremonie abgehalten, bei der Kapitän Visser oder der Vize sowie einer der anderen Offiziere nebeneinanderstanden und ihre Sextanten nach Süden ausrichteten. Wenn dann jeder sein Instrument gesenkt hatte, rief der Kapitän: «Mittag an Bord!», worauf sofort achtmal die Schiffsglocke läutete, die Sanduhren umgedreht wurden und der neue Schiffstag begann.

Harm hatte von Ferne interessiert zugesehen, er konnte sich keinen Reim daraus machen, aber bald sollte er es erfahren. Ihm war auch aufgefallen, dass auf der *Den Helder* jeder Mann seinen ganz bestimmten Posten innehatte und dass es dabei strenger zuging als in der Schule bei Pastor Korte.

Kapitän Visser und den Ersten Offizier Scheepers fand man auf der Kampanje über dem Steuerdeck. Visser stand stets auf der Luvseite, von wo er ungehindert nach vorn blicken konnte, weil sich die grossen Segel alle nach Lee blähten. Und dies, obwohl er der Mannschaft kaum je einen Befehl erteilte. Das war die Aufgabe von Scheepers, der mit der Leeseite Vorlieb nehmen musste und eigentlich kaum etwas anderes sah, als riesige Wände aus Segeltuch, die sich bis zum Himmel erstreckten. Begab sich der Kapitän irgendwann einmal nach unten, nahm sein Stellvertreter sofort dessen Position ein.

Auf dem Mitteldeck, unter der Kampanje, fand man die Mannschaft und den diensthabenden Deckoffizier, der die Befehle an den anwesenden Steuermann weitergab. Die Maate schienen im Rang weit unter dem der Steuermänner zu stehen, und sie mussten auch mit den Männern in die Takelage klettern, während der Deckoffizier sich kaum von seinem bequemen Platz an Deck fortbewegte. Noch weiter vorn lag die Kombüse, eine Art grobgezimmerte Hütte an Deck: das Arbeitsfeld von Pieter Mool, dem Koch.

*

Honke machte mit Harm einen Rundgang durch die *Den Helder*. Die Fleute war ein Schiff, das einen modernen Rumpf mit effizienter Takelung vereinigte; mit vollen Segeln konnte sie 6500 Quadratfuss entfalten und eine Reisegeschwindigkeit von 12 Knoten erreichen. Die Offiziere wohnten im hinteren Teil des Schiffes, dort gab es auch die Messe, einen Raum für den Aufenthalt und die Beratungen, und darüber befand sich die Kampanje, wie die Holländer das Kommandodeck nannten. Aber sonst war das Innere der *Den Helder* ziemlich spartanisch. Mannschaftslogis waren auf Schiffen dieser Bauart nicht üblich, aber auf der *Den Helder* gab es im Vorderschiff die Back, wo sie einfache Kojen hatten. Dahinter, nur durch einen Schott getrennt, hausten die Kadetten, aber für sie gab es nur Hängematten. Wenn die Männer ihre Notdurft verrichten wollten, mussten sie in einen kleinen Raum unter dem Bugspriet klettern und sich über einer Klüse entleeren. Bei ruhigem Wetter blieben die Exkremente am Bug kleben und stanken entsetzlich, bis bei höherem Seegang die Bugwelle sie abwusch.

Eine Besonderheit war auch die Pantry, weil die *Den Helder* für Spezialaufgaben eingesetzt wurde. Normalerweise mussten sich die Matrosen ihr Essen selber bereiten, aber hier gab es eine gemauerte Feuerstelle und Kupferkessel hinter einem grossen Tisch, an dem Pieter Mool getrennte Mahlzeiten für Offiziere und Mannschaften zubereitete. Ihm oblag auch die Aufgabe, unter Aufsicht des diensthabenden Offiziers die tägliche Wasserration auszugeben. Fünf

Pint standen jedem pro Tag zu. Sonntags und an Festtagen gab es zusätzlich ein Pint Wein, manchmal auch ein Gläschen Genever. Die Kombüse wurde nur bei ruhigem Wetter benutzt; sie lag im Vorschiff unter dem Fockmast, zum Batteriedeck durch ein wegnehmbares Schott getrennt und weit weg vom Pulvermagazin, das sich im Achterschiff unter der Wasserlinie befand. Feuer an Bord ist der Schrecken jeder Besatzung, weder Rauchen noch offenes Licht waren unter Deck erlaubt. Das Licht für die Pulverkammer kam von einer Laterne in der Lichtkammer neben dem Magazin. Die Lichtkammer war mit Blech ausgekleidet und durch eine solide Glasscheibe vom Pulvermagazin getrennt.

Das Kugelmagazin mit drei Lasten Kugeln für die Zwölfpfünder-Kanonen und die grossen Wasserfässer, von denen jedes eine Tonne wog, befanden sich mittschiffs im Laderaum und trugen dazu bei, das Schiff im Gleichgewicht zu halten.

Honke stand mit Harm beim Grossmast. Eigentlich hatte Harm es nicht so schlecht getroffen. Aber da er jung und noch unerfahren war, wusste er es noch nicht. Vorerst war der Obersteuermann Harms Lehrmeister; er brachte ihm alles bei, was ein Seemann kennen und können muss – nicht nur hinsichtlich Seemannschaft.

Er hatte mit Harm die Fleute von Bug bis Heck durchwandert. Die *Den Helder* war ein mittelgrosses Schiff, «um 150 Lasten», hatte Honke gesagt, mit drei Masten und einem geringen Tiefgang von nur knapp 10 Fuss. Bewaffnet war sie mit je einem drehbaren Kammerstück, «das sind leichte Geschütze am Bug und auf dem Kampanjendach sowie sechs Stücke im Batteriedeck, alles Zwölfpfünder. Sie sind jetzt mittschiffs festgezurrt, um das Schiff während der Reise nicht seitenlastig zu machen, aber im Gefecht werden ihre Rohre durch die Stückpforten ausgefahren.»

Fock- und Grossmast waren rahgetakelt und trugen zwei Rahsegel übereinander. «Das untere heisst Marssegel und das obere Bramsegel, beide sind gleich breit. Fleuten haben keine schmalen Bramsegel im Top wie die Fregatten, die über der Bram noch ein Royalsegel fahren. Daher kommen wir mit weniger Mann aus, denn Seeleute sind knapp.»

«Das habe ich gemerkt», maulte Harm, «sonst wäre ich nicht hier.»

«Hör' auf zu heulen, bist wohl Mutters Bester, was? Pass' lieber auf; ich verklare dir das nur einmal! Holländische Fleuten kommen normalerweise mit zwölf Seeleuten aus, wo britische Schiffe ihrer dreissig brauchen. Die Maaten gehören zur Mannschaft, die Steuermänner sind weder Fisch noch Vogel – sie stehen im Rang zwischen den Offizieren und den Mannschaften. Daneben sind der Schiffszimmermann Joke Lubinius und der Smut Pieter Mool an Bord.»

«Smut? Noch nie gehört.»

«Das ist der Schiffskoch. Musst dich gut stellen mit Pieter, hat in der Pantry meist 'ne gute Buddel versteckt – gegen Bauchweh. Die Männer sagen darum zu ihm auch ›Doktor‹. Auf der *Den Helder* werden zusätzlich sechs Kadetten ausgebildet, und die müssen – wie du schon erlebt hast – wenn nötig auch mit 'ran. In der Hütte wohnen die acht Offiziere und Mijnheer Cluins, der Schiffsfaktor.»

«'n bisschen viel Offiziere für so wenig Matrosen, was?» grinste Harm keck.

«Na, na, du Grünschnabel, komm' denen mit solchen Sprüchen nicht ins Fahrwasser. Neben dem Kapitein und dem Vizekapitein Scheepers, die du schon kennst, gibt es noch den Zweiten Offizier Swaart, Leutnant Vanstappen, Unterleutnant van Holten und Fähnrich Terbrugge. Sie führen das Schiff. Swart und Vanstappen geben den Kadetten daneben noch Unterricht in Navigation und Seemannschaft. Terbrugge und van Holten sind Wachoffiziere an Deck. Dazu kommen Hauptmann Zaltboom von der Artillerie und Bekendam, der Schiffsarzt.»

«Schiffsarzt? Ich meine, der Smut ist der Doktor?»

«O Mann, Bekendam ist Arzt! Das ist was anderes. Bei Pieter kriegste vielleicht 'nen kräftigen Schluck, wenn's dir dreckig geht. Ist mehr für die Seele, verstehst du? Aber der Schiffsarzt schient ein gebrochenes Bein und verbindet die Wunden, wenn sich einer verletzt.»

Harm kratzt sich am Hinterkopf und kommt sich ziemlich unbedarft vor. «Und wer bedient die Artillerie?»

«Wir hoffen, dass wir sie nicht brauchen. Die *Den Helder* ist kein Orlogschiff, sondern ein Kuriersegler. Als Kriegsschiff hätten wir 20 Geschütze hinter den Stückpforten, je zehn auf Backbord und Steuerbord, und neben der seemännischen Besatzung noch mindestens vierzig Marinesoldaten an Bord.»

«Dann wird's aber eng hier», sinnierte Harm.

«Ja, das stimmt, aber auf einem Kriegsschiff sind Matrosen und Soldaten zum Kämpfen da. Das überleben nicht alle, dann gibt's wieder Platz. Unsere Bewaffnung dient nur der Verteidigung, aber lieber gehen wir den Auseinandersetzungen aus dem Weg.»

«Dann können wir nur hoffen, dass ›die Anderen‹ uns nicht finden.»

Honke sah Harm nachdenklich an, kratzte sich mit der rechten Hand hintern Ohr und fragte dann ruhig: «Hast du Angst?»

Harm wandte den Kopf ab. «Weiss nicht.» Er zuckte mit der Schulter. «Vielleicht.»

Der Obersteuermann nickte versonnen. «Musst du nicht. Hat auch keinen Zweck, sich davor zu verstecken. Wenn dich eine Kugel töten soll, wartet sie im Lauf, bis du davorstehst. Is' aber alles relativ. Auf See kannst du auch anders krepieren.»

«Ja, kann ich mir denken.»

«Nichts kannst du dir denken. Hör' mir mal gut zu: Wenn man dringend eine Kugel für die Muskete braucht, kann man mit dem besten Essen nichts anfangen. Und ein Orlogschiff mit einem Arsenal voller Pulver und Munition nützt dir nichts, wenn du vor Durst halb wahnsinnig bist und ein Vermögen für einen Schluck Wasser geben würdest.» Er machte eine kurze Pause und fügte an: «Wer für den Galgen bestimmt ist, ersäuft nicht. Merk' dir das, wirst vielleicht mal an mich denken. Irgendwann wirst du da durch müssen.»

«Ja, Obersteuermann.» Harm mochte mit einem Mal den knorrigen Seemann gern. «Würdet Ihr mir trotzdem erklären, wie wir uns verteidigen würden?»

«Wenn's zu einem Kampf kommt, sind die Wachoffiziere und sechs Matrosen an Deck für die seemännische Arbeit, vor allem an den Brassen beim Manövrieren. Mehr brauchen wir kaum, denn wenn die Kugeln fliegen, kannst du niemand mehr in die Rahen jagen. Im Batteriedeck dient an jedem Geschütz ein Kadett als Kanonier, um die Kanone zu laden, das heisst, er muss das Rohr putzen, Pulver einstampfen und die Kugel eingeben. Die anderen sechs Matrosen sind die Geschützmeister, sie richten das Rohr und zielen und legen auf Kommando Hauptmann Zaltbooms die Lunte an. In der Zwischenzeit müssen die Kadetten neue Pulverkartuschen aus der Pulverkammer heraufholen. Sie tragen dabei Filzlatschen, damit ja kein Funke entsteht, denn alles ist hochexplosiv. Die Kugeln dazu werden schon vor dem Gefecht aus dem Lager im Kielraum heraufgeholt und bei den Geschützen gestapelt.»

Honke wandte sich wieder den Schiffsmerkmalen zu: «Der Kreuzmast hinten wird auch Besanmast genannt; er trägt ein Lateinsegel, bei günstigen Winden können wir darüber ein Kreuzmarssegel setzen. Aber auch ohne die Kreuzmars ist die *Den Helder* schnell; das kommt vom Längen-Breiten-Verhältnis 5:1; sie ist nur 30 Fuss breit. Schlank macht schnell! Die Engländer bauen ihre Schiffe immer noch 3:1. Komm mit!» Er ging Richtung Bug und blieb vor dem Fockmast stehen.

«Guck' mal nach vorne. Der Bugspriet sticht nicht mehr, wie bei früheren Konstruktionen, in den Himmel; er ist tiefer gezogen und trägt einen kleinen Mast mit einer Rah: die Bovenbinde. Und nu' sieh dich um. Fock- und Grossmast sind oben zusammengesetzt, dadurch werden sie höher als es bisher möglich war. Der obere, aufgesetzte Teil heisst Stenge; wenn erforderlich kann man dort oben ein drittes Rahsegel setzen, die Stengen kann man aber auch fieren, das heisst an einer Leine herunterlassen.»

«Wann werden Zusatzsegel gesetzt?»

«Bei leichten Winden und ruhiger See.»

«Und wann fiert man die Stengen?»

Obersteuermann Honke kniff die Augen zusammen. «Beispielsweise vor einem Kampf, um den gegnerischen Geschützen weniger Angriffsfläche zu geben. Man versucht dann immer, in die Masten zu schiessen und den Feind bewegungsunfähig zu machen. Deshalb haben unsere neuen Schiffe auch kaum Decksaufbauten, wie die früher vorn und hinten üblichen Kastelle.»

Harm sah aufmerksam über das Deck nach hinten. Dabei streifte sein Blick einen hoch gewachsenen Mann, der vor dem Aufgang zur Kampanje an der Reling lehnte. «Das macht die Arbeit der Matrosen einfacher; alle Masten sind vom Deck zugänglich, der Besanmast wächst aus der flach ansteigenden Poop», sagte er anerkennend. Unauffällig schaute er wieder zu dem Mann hinüber; er hatte ihn schon mehrmals von Ferne gesehen. Der Fremde war besser gekleidet als die Matrosen, aber es war mit Sicherheit kein Seeoffizier.

«Gut beobachtet, mein Junge. Der nach vorne offene gedeckte Raum in der Poop heisst bei uns ›Spiegelwerk‹, dort steht der Rudergänger und steuert das Schiff mit dem Pinnenarm am Kolderstock. Aber das hast du wohl gesehen, als wir beim Baas waren. Auf Deck sind drei Boote gezurrt, alle mit den Schiffsböden nach oben und mit Persenningen gedeckt. Dort vorne, gleich hinter dem Fockmast, liegt eine Spitzgattjolle von 28 Fuss und mit umlegbarem Mast und Gaffelsegel; sie ist flachgehend. Wir brauchen sie, um in unbekannten Gewässern ein Ufer zu erkunden. Dahinter, in der Schiffsmitte, siehst du die grosse Barkasse; sie hat ebenfalls einen umlegbaren Mast und Platz für 24 Mann, trägt Fock und Schratsegel.»

«Ihr spracht von drei Booten. Wo ist das dritte?»

«Unter der Jolle!» Es war der Mann von der Reling, der antwortete. Er war langsam herangeschlendert und mischte sich in das Gespräch. «Es ist eine kleine Kapitänsgig mit vier Ruderbänken. Mit ihr geht der Kapitein an Land, wenn wir auf Reede ankern. Möglich, dass du im nächsten Hafen mit einem Riemen in der Hand den Baas an Land pullen musst – falls du nicht gerade Wache hast.» Und zu Honke gewandt fügte er bei: «Entschuldigt, Obersteuermann, dass ich mich einmische. Scheint ein aufgewecktes Kerlchen zu sein, was?» Er nickte in Richtung Harm, ohne den Blick von Honke zu lassen. Harm sah ihn derweil genauer an; der Mann war bartlos und trug eine bis zu den Waden reichende Pluderhose aus kräftigem, olivfarbigem Stoff und ein burgunderfarbiges Hemd mit weiten Ärmeln, darüber eine leichte ärmellose Lederweste. Am Gürtel stak ein schöner Dolch in einer Lederscheide, und man sah, dass er von kräftiger Statur war und eine gesunde Gesichtsfarbe besass. Das braune Haar trug er offen und fiel ihm bis zu den Schultern.

«Ja, Mijnheer, das is' er – allerdings soll man die Burschen ja nicht vor ihren eigenen Ohren loben, könnte ihnen in'n Kopf steigen. Harm, das ist Mijnheer Cluins, unser Schiffsfaktor.»

Ja, Harm erinnerte sich, Enno hatte ihm vom Schiffskaufmann Arian Bep Cluins erzählt. Seine Erklärung über die Aufgaben, denen der Faktor nachkommen muss, hat Harm sehr imponiert. Artig nahm er die Kappe von seinem blonden Lockenschopf. «Guten Tag, Mijnheer!»

«Oho!» staunte Cluins. «Und wohlerzogen ist Er auch. Woher kommt Er?»

«Ich wurde schanghait, Mijnheer!» murmelte Harm.

Honke runzelte ärgerlich die Stirn. «Er stammt aus Ostfriesland und kam in Amsterdam auf die *Den Helder*. Ein Presskommando lieferte ihn an Bord.»

«Ich wurde schanghait, Mijnheer!» wiederholte der Junge.

«So, so, ein Presskommando», sagte der Schiffsfaktor und sah Harm nachdenklich an. «Wie heisst du?»

«Harm Jansen.»

«Und du stammst aus Ostfriesland?»

«Ja, Mijnheer, von der Insel Borkum.»

«Dann bist du ein ›Östlicher‹», lächelte Cluins.

Diesen Ausdruck hatte er bereits vor der Prügelei mit Enno Huismans gehört. Will man ihn damit beleidigen? Mutig sah er dem Faktor in die Augen. «Was meint Ihr damit, Mijnheer?»

«So nennen wir scherzhaft die – äh – unsere östlichen Nachbarn.»

«Mag man uns nicht in Holland?»

«Es ist zumindest ungewöhnlich, einen Nichtholländer auf einem Kurierschiff der VOC anzutreffen.»

«Aber jeden Frühling tauchen doch Eure Werber in Borkum auf, um unsere jungen Männer anzuheuern.»

«Ja, das stimmt, die Niederlande sind zu klein, um alle unsere Schiffe zu bemannen, deshalb werben sie junge Männer in Ostfriesland, im Emsland und im angrenzenden Westfalen an. Diese ›Östlichen‹ fahren nur auf unseren Handelsschiffen, nicht auf Kriegsschiffen. Und es wird niemand dazu gezwungen.»

«Aber mich hat ein elender Seelenverkäufer hierher verschachert. Der kann 'was erleben, wenn ich zurückkomme.»

Schiffsfaktor Arian Bep Cluins zeigte beim Lachen zwei Reihen gesunder, weisser Zähne: «Na, das wird wohl noch ein Weilchen dauern, mein Junge. Wer weiss, was dann sein wird. Doch vorher wird dir der Obersteuermann alles beibringen, was ein Seemann wissen und können muss, oder was meint Ihr, Mijnheer Kruse?»

«Ja, das wird wohl so sein, Mijnheer.»

«Und ich kann ihm gelegentlich die Laderäume zeigen – wenn es ihn interessiert.»

«O ja, Mijnheer, gerne!» Harm war längst von dem sympathischen Mann eingenommen; er hatte schnell vom militärischen ›Er‹ zum vertrauteren ›Du‹ gewechselt, und zu Honke sagte er ›Mijnheer Kruse‹! So fügte Harm aufrichtig hinzu: «Ich hätte es ja schlimmer treffen können.»

«Gut, dass du das einsiehst, da hast du ja schon etwas Wichtiges gelernt! – Na, dann entschuldigt die Unterbrechung, Obersteuermann.»

Cluins wandte sich ab und ging in Richtung Poop nach achtern. Honke legte die Hand an die schmale Krempe seines Seemannshuts und sah ihm nach. Dann wandte er sich wieder an Harm. «Wo waren wir stehen geblieben?»

«Wie geht das mit dem Wachdienst?» fragte Harm. «Meist sind es acht Glasen, aber gestern Abend dauerte sie nur vier Glasen.»

«Die Matrosen sind in zwei möglichst gleichstarke Wachen eingeteilt. Mir untersteht die Steuerbord-, dem zweiten Steuermann die Backbordwache. Die Wachen dauern meist acht Glasen und wechseln so alle vier Stunden einander ab. Die drei Nachtwachen heissen Erste Wache, Mittel- oder Hundewache und Morgenwache. Wenn zum Beispiel die Backbordwache die erste Nachtwache von acht Uhr bis Mitternacht hat, so beginnt um zwölf Uhr nachts die Hundewache für die andere Mannschaft und die Backbordwache geht bis vier Uhr morgens ins Logis; sie hat dann wieder die Morgenwache von vier bis acht Uhr. So geht der Wechsel weiter mit der Vormittagswache von acht bis zwölf Uhr mittags, die Nachmittagswache von zwölf bis vier am Nachmittag. Die Zeiten zwischen den Wachen heissen «Freiwache», in denen die Leute über ihre Zeit verfügen können. Sie schlafen, flicken ihre Kleider oder halten einen Klönschnack. Bei schlechtem Wetter oder wenn Reparaturen am Schiff anstehen kann die «Freiwache» wegfallen und «Alle Mann an Deck» befohlen werden.

«Bei sechs Wachen am Tag muss eine der Wachmannschaften aber jede Nacht um Mitternacht 'ran.»

«Um das zu vermeiden, gibt's die «Plattfusswachen», von denen du eine gestern erlebt hast. Der Erste Plattfuss dauert von 4 bis 6 Uhr nachmittags, der Zweite Plattfuss von 6 bis 8 Uhr abends; sie dauern nur vier Glasen. Dadurch werden die vierundzwanzig Stunden statt in sechs in sieben Wachen geteilt, der erwünschte Wechsel erzielt und die Wachen müssen nicht während der ganzen Reise zu denselben Stunden an Deck sein.»

«Aber warum am Abend? In der Nacht wäre eine kurze Wache für die Matrosen doch erholsamer.»

«Die Plattfusswachen fallen in die Dämmerungsstunden, weil die Deckarbeiten dann beendet sind. Wenn es das Wetter erlaubt, so ist in dieser Zeit die gesamte Besatzung an Deck. Der Kapitein ist oben und geht auf der Luvseite des Achterdecks auf und ab, der Vizekapitein in Lee. Die Steuermänner halten sich bei ihren Mannschaften auf. Der Koch hat seine Arbeit in der Pantry und in der Offiziersmesse beendet und raucht seine Pfeife. Die Matrosen sitzen auf dem Ankerspill oder liegen auf der Back, rauchen, singen und spinnen lange Garns. Um acht Uhr wird geloggt, die Wache zieht auf, der Rudermann wird abgelöst, die Kombüse abgeschlossen und die Freiwache geht zur Koje. – So, und nun gehen wir unter Deck.»

Während sie sich in Richtung Niedergang bewegten, fiel Honke noch etwas Wichtiges ein: «Übrigens, am Ende der Vormittagswache stellt der Kapitein und einer der Offiziere die geographische Breite fest, auf der die *Den Helder* sich befindet. Daraus errechnet er anschliessend das Etmal.»

«Und wie machen sie das?»

«Ja, das ist eine geheimnisvolle Sache. Mit einem kreuzähnlichen Gerät messen sie die Sonnenhöhe und stellen den genauen Mittag fest. Wie die das machen – muss man wohl studiert haben. Der Offizier ruft dann ›Mittag an Bord‹, der Rudergänger dreht die Glasenuhr und schlägt die Glocke. Die Sanduhren stimmen nicht immer so genau. Mit der Mittagsbreite kann die genaue Zeit wiedereingestellt werden.»

«Und das Etmal? Was ist das?»

«Die Strecke, die die *Den Helder* seit dem letzten Mittag, also in 24 Stunden zurückgelegt hat. So wissen wir, wo wir sind und wie schnell unser Schiff vorangekommen ist.»

Honke wollte aus dem jungen Ostfriesen einen guten Seemann machen. Der Kapitän hatte sie zusammengebracht – das Schicksal sollte für sie beide noch einiges vorrätig haben.

*

Nicht selten wurden Seeleute und Soldaten elender als Sklaven gehalten. Sklaven erhielten bessere Nahrung und wurden bei Krankheit gepflegt, belief sich Ihr Wert doch auf fünfzig bis hundert Florin, während ein Soldat in Amsterdam schon für zehn Florin, ein befahrener Vollmatrose für dreissig Florin zu haben war. Aktionäre und Reeder sorgten sich weit mehr um ihre kostbare Ware, als um billige Söldner. Dass Männer ein ungewisses Schicksal auf den Schiffen auf sich nahmen, lag an den Illusionen, denen auch Harm Jansen folgte: der Traum, das grosse Glück zu finden! Doch zunächst litt er an Heimweh und sehnte sich so nach Hause, dass er darüber alles andere vergass. Sie hatten ihn gewaltsam wie ein Verbrecher verschickt, nur wenige Schiffe kehrten früher als in vier Jahren aus dem Osten zurück; kein bekanntes Gesicht umgab ihn, keine Stimme, die ein Wort des Trostes für ihn gehabt oder ihm die kleinste Hoffnung auf Anteilnahme gegeben hätte. Er dachte an zu Hause, hörte das Singen der Amsel in der ersten Morgendämmerung über der Insel, nahm den Geruch der nassen, warmen Erde nach dem Sommerregen wahr, sah, wie das Sonnenlicht schräg in die windverkrüppelten Föhren hinter den Dünen einfällt, hörte das Knistern des Feuers im Herd, die Katze schnurrte behaglich auf seinem Schoss, mit geröteten Wangen hantierte die Mutter am Herd – sein Heimweh frass ihn fast auf!

Die jungen Männer waren meist nur wenig älter als Harm. Sie beschnupperten ihn, hatten nichts gegen ihn einzuwenden und nahmen ihn ohne Bedenken in ihre Reihen auf. Aber es gab einen grossen Unterschied. Sie waren Anwärter auf einen militärischen Rang, sie machten ihren Dienst unter Anleitung eines Deckoffiziers und erhielten Unterricht in Navigation und Seemannskunde – allerdings nur bei ruhigem Wetter, denn bei ruppiger See wurden auch die Kadetten als Matrosen gebraucht. Harm hingegen galt als Jungmann, er war als Landratte an Bord gekommen und musste erst zu einem vollwertigen Seemann erzogen werden. An eine Offizierslaufbahn durfte er nicht denken. Doch ihre lässige Freundlichkeit ihm gegenüber entschädigte ihn für die harte Arbeit, das kärgliche Essen und die raue See. Der Kapitän neigte, wie es ihm schien, zur Milde. Bald passte Harm sich diesem Leben an, als ob es das angenehmste der Welt wäre.

Die Schiffsdisziplin verlangt von jedem Mann, dass er, wenn er an Deck ist, mit irgendetwas beschäftigt wird, ausgenommen nachts oder sonntags. Sonst darf an Bord eines gut geführten Schiffes kein Mann müssig herumstehen. Es ist Pflicht des Wachoffiziers, jeden an der Arbeit zu halten. Unterhaltung in der Arbeitszeit wird nicht gern gesehen. Obwohl sich die Matrosen in der Takelage häufig unterhalten, oder wenn sie an Deck nahe beieinanderstehen, so brechen sie doch sofort ab, wenn der Steuermann in der Nähe ist.

Nachdem Honke Harm in die Steuerbordwache eingegliedert hatte, wurden sie ununterbrochen an der Arbeit gehalten. Er glaubte, dass das Schiff in Seetrimm gebracht würde und dass dieses bald vorüber sein würde. Dann, sagte er sich, gibt es nichts mehr zu tun als zu segeln. Aber bald musste er einsehen, dass die Arbeiten ständig anhielten und dass stets genau so viel zu tun war wie zu Anfang. Die Mannschaft musste den grössten Teil ihrer Arbeitszeit der Wartung des Schiffes widmen. Das Deck wurde täglich von vorn bis hinten geschrubbt, was ihm anfangs übertrieben vorkam, bis er erfuhr, dass die Hitze der südlichen Sonne die Planken schrumpfen liesse und Wasser eindringen könnte, würde man sie nicht mit Wasser am Schrumpfen hindern und dichthalten. Aus demselben Grund mussten die Männer häufig alte Tauenden in die Ritzen zwischen die Planken hämmern und sie danach mit heissem Pech versiegeln. Die Taue der Takelage wurden regelmässig überprüft, zuweilen geteert und immer wieder gestrafft. In der Takelage mussten die Blöcke, durch die die Taue glitten, geölt und die Beschläge glattgeschmirgelt und nachgestrichen werden. Kaum war eine zeitraubende Aufgabe erledigt, da kam auch schon der Befehl, wieder von vorn damit zu beginnen.

Wenn sie einmal nicht schuften mussten, dösten die Männer pfeiferauchend in der Sonne vor sich hin oder turnten wie Zirkusakrobaten hoch oben in der Takelage herum. Immer wieder kletterten sie blitzschnell in schwindelnde Höhen hinauf, und es war Harm ein Rätsel, dass sie nicht abstürzten. Bei einer

Gelegenheit wurde das Schiff von einer besonders schweren Welle getroffen und schaukelte so fürchterlich hin und her, dass die Enden der Rahen fast ins Meer tauchten. Während er Schwierigkeiten hatte, sich an Deck festzuhalten, liessen sich die Matrosen nicht aus der Ruhe bringen.

Harm empfand die Art und Weise, wie er an Bord der *Den Helder* gelangt war, nach wie vor als hinterhältig, er war aber auch Realist genug, um einzusehen, dass er es nicht ändern konnte. So folgte er dem Rat von Kapitän Thees Visser und schickte sich in sein Los, ertrug nicht nur die lärmige Gesellschaft, sondern machte fleissig mit, auch wenn die meisten seiner Genossen im Zwischendeck wenig Lust zum Lernen, aber viel zum Trinken und Herumalbern hatten. Die Armseligkeit ihrer Unterkünfte, schlechtes Essen und üble Gerüche, Schmutz und Lärm nahm er hin. Harm war jung und gesund, für sein Alter gross und kräftig, er hatte eine robuste Natur, und bald wirkte der Zauber der See, das Heimweh schwand dahin und war bald überwunden. Aber er musste oft daran denken, dass die Mutter keine Ahnung von seinem derzeitigen Schicksal hatte und sicher auf eine Nachricht von ihm wartete. Jan hatte sich gemeldet – das würde ihr Jüngster gewiss auch tun! Und er konnte nicht vergessen, dass man ihn gegen seinen Willen auf die *Den Helder* verschleppt hatte; oft brütete er über der Möglichkeit, bei nächster Gelegenheit von Bord zu fliehen, um auf eigene Faust sein Glück zu machen, wie Männer in vergangenen Zeiten, von denen Sage und Geschichte berichten.

Sage und Geschichte! Harm hatte die Welt der Bücher entdeckt! Wenige Jungen seines Herkommens entdeckten diese Welt. Er war zwar Realist und mit ausserordentlich wacher Fähigkeit begabt, voller lebhafter Neugier auf alles, was um ihn hervorging, er schloss leicht Freundschaft und war so kräftig, dass ihm das blosse Gefühl seines Körpers Vergnügen bereitete. Jungen seiner Wesensart pflegten Gedrucktem herzlich abgeneigt zu sein. Ein tatendurstiger Jüngling wie er konnte kaum über Nacht zum Bücherwurm werden, und doch geschah es! Hier, auf seinem ersten Schiff (die *Myrtha* mochte er nicht dazu zählen), erwachte diese Liebe zu Büchern, die dauerhafteste Freude seines Lebens, und sie ging Hand in Hand mit seiner Abenteuerlust.

Eines Tages, während der Freiwache, hatte Harm den Seekadetten Enno Huismans gefragt, was er da lese. Sie hatten die Hängematten nebeneinander und schon bald war es Harm aufgefallen, dass Enno in den freien Minuten die Nase häufig in eines seiner Bücher steckte, von denen er eine ganze Reihe in seiner Seemannskiste verstaut zu haben schien. Enno hatte ihn freundlich angesehen.

«Es ist das Tagebuch von Christoph Kolumbus.»

«Kolumbus?» Irgendwo hatte Harm den Namen schon gehört, aber er genierte sich, nachzufragen. Doch Enno erklärte grossmütig:

«Er beschreibt darin seine Erlebnisse und Eindrücke von der Entdeckung Indiens, wir wissen heute natürlich, dass es Amerika war.»

Harm erinnerte sich wieder; Pastor Korte hatte ihnen vom berühmten Seefahrer erzählt. Sofort erwachte sein Interesse. «Und er hat alles aufgeschrieben?»

«Ja, aber seine Tagebücher gingen später verloren. Zum grossen Glück für die Menschheit hatte schon vorher Bartholomé de las Casas, ein spanischer Dominikanermönch, Kolumbus' Aufzeichnungen übersetzt. Dies hier ist eine holländische Fassung, die auf las Casas zurückgeht.»

«Was steht denn drin?»

Enno lachte. «Vieles! Willst du eine Kostprobe hören?»

«Gerne.»

Enno Huismans las: «Es steht fest, dass der Admiral Don Christobal Colon der erste war, dem durch göttliche Voraussicht bestimmt war, diesen unseren grossen Kontinent zu entdecken; der Herr hat ihn zum Instrument erwählt, durch das allen dieses bis jetzt unbekannte Indien der Welt gezeigt werden sollte. Er sah den Kontinent am Mittwoch, dem 1. August, einen Tag, nachdem er die Insel Trinidad entdeckt hatte. Er gab ihm den Namen Isla Santa in dem Glauben, dass es eine Insel sei. Aber alles war Festland, wie sich in der Folgezeit herausstellte und jetzt noch klarer bekanntgeworden ist, dass es hier einen riesigen Kontinent gibt . . .»

Harm staunte. «Steht in dem Buch auch, wie er mit seinen Schiffen über den Atlantik aufgebrochen ist und seine Mannschaft ständig über ihr Vorwärtskommen beschwindelt hat, weil die Leute damals vor dem unbekannten Meer Angst hatten?»

«Ja, alles steht darin. Vom Aufbruch bis zur Wiederkehr nach Spanien. Willst du es lesen? Du kennst ja die Buchstaben, hat Honke gesagt.»

An diesem Tag erwachte in ihm die Leidenschaft zum Lesen, so dass er jede Gelegenheit ergriff, sich Bücher auszuborgen und sie in seinen Mussestunden las. Er bevorzugte von Anfang an die Berichte von See- und Landreisen. Das Lesen, seine neue Leidenschaft, sollte einen bemerkenswerten Einfluss auf sein weiteres Leben nehmen.

*

Lucius hatte dem Steuermann von der Prügelei im Zwischendeck Meldung gemacht und die dickköpfige Verstocktheit der Burschen besonders hervorgehoben. Eigentlich waren für Obersteuermann Honke derartige Vorkommnisse alltägliche Bagatellen. Junge Kerle müssen ihre Kräfte messen, wie junge Stiere auf den Marschwiesen Hollands.

«Der junge Huismans, sagst du?»

«Ja, er und der Neue. Kloppten sich wie die Kesselflicker.»

«Is' kein *Waterküken,* der Jansen, was?» Er sagte das mehr zu sich und erwartete keine Antwort, Wenn Jansen sich mit dem Sohn des reichen Reeders nicht verstehen sollte, wird es keine Ruhe da unten geben, denn wie er dem Kapitän gegenübergetreten ist, hat schon gezeigt, dass er kein Duckmäuser ist. Der Enno ist der Häuptling unter den Kadetten. Aber vielleicht war es ja auch nur die ›Begrüssungsansprache‹. Die Kadetten haben untereinander ihre Hackordnung; der Enno ist nicht dumm. Er wird den Burschen demonstriert haben, wo's langgeht. Allerdings – Honke liess den Blick über das Deck schweifen – eine Reinigungsprozedur könnte nichts schaden. Und weil Lucius auf Bestrafung beharrte, gab er sich einen Ruck.

«In Ordnung, gib' den beiden die ›Gebetbücher‹; sie sollen das Teakdeck schrubben, bis es wieder wie neu aussieht.»

Deshalb mussten sie ein paar Tage lang ihre Freizeit nebeneinander auf den Knien rutschen und das Deck mit Bimssteinen scheuern.

«Wohin segeln wir eigentlich?» fragte Harm seinen neuen Freund Enno leise.

«Keine Ahnung. Darüber haben wohl schon alle an Bord gerätselt. Normalerweise ist die *Den Helder* eine Geleitschutzfregatte, die die behäbigeren Kauffahrer vor Überfällen zu schützen hat. Vielleicht mussten wir auf gewisse Leute warten», Enno grinste anzüglich, «unsere Mannschaft war ja nicht komplett. Als du an Bord warst, ging's ja dann gleich los.»

«Blöder Kerl», sagte Harm. Aber sein Interesse galt etwas anderem, als Ennos Spässen. «Überfälle?»

«Ja, Piraten, Briten, Portugiesen, Libyer. Von allem etwas! Dass wir aber so nahe der Küste nach Süden schleichen, erscheint mir doch merkwürdig, das ist nicht die normale Schifffahrtsroute. Normalerweise schlagen unsere Schiffe einen grossen südwestlichen Bogen über den Atlantik, um die günstigen Winde zu packen. Hier finden wir eher flauen Wind.»

Harm runzelte die Stirn. «Vielleicht sollen wir nicht gesehen werden und bleiben deshalb so nah unter der Küste?»

Enno streifte ihn mit einem verwunderten Blick. «Habe ich noch gar nicht bedacht. Bist ein schlaues Bürschchen. Zum Glück reichen die Ausläufer des Nordostpassats noch bis hier herunter, später wird uns der nach Süden driftende Guineastrom schieben.» Er richtete sich auf und blickte nach Backbord, wo im Dunst die niedrige Öde der afrikanischen Küste gerade noch sichtbar war. «Nein, kann ich mir eigentlich nicht denken. Wahrscheinlich segeln wir einem Verband hinterher.» Enno wischte sich mit dem Unterarm den Schweiss von der Stirne und sandte einen Blick über den Horizont. «In Elmina werden wir ihn wohl einholen.»

«Du meinst, wir segeln nach Elmina?» Der fischäugige Heuerbaas ter Brook hatte ihm von Elmina erzählt.

«Alle Schiffe der VOC, die nach Ostindien gehen, legen in Elmina an, um Wasser und neue Lebensmittel zu bunkern, auch um manchmal *Waren* mitzunehmen.»

Harm sah zu seinem Freund hinüber. Er hatte das Wort Waren merkwürdig betont. «Was für Waren?»

«Elfenbein! Schwarzes Elfenbein!»

«Sklaven?» Der Seelenverkäufer sprach schon davon.

«Ja, Sklaven. Elmina ist Haupthandelsplatz für Sklaven.»

«Elmina?»

«Elmina und Axim.»

«Und von wo kommen die Sklaven her?»

«Man kauft sie bei den Negerhäuptlingen. Sie fangen sie im Hinterland. Es ist eigentlich mehr ein Tauschgeschäft. Meist bezahlt man mit Manufakturwaren aus Europa: Werkzeuge, Waffen, Textilien, Glas, Messer, billiger Glasschmuck. Ein gesunder männlicher Sklave kostet die VOC ungefähr 5 Florin. Manchmal kann man mit Branntwein nachhelfen, dann sind sie noch billiger. Die Schiffe bringen sie nach Westindien, in die Antillen, nach Amerika oder Brasilien, wo man von den Pflanzern dafür Zucker, Tabak und Gewürze bekommt; pro Sklave im Gegenwert von vielleicht fünfzig Florin. Und diese Dinge kann man in Europa für gutes Geld, mit noch einmal vielfachem Profit verkaufen. Manchmal kann man auch Baumwolle mitnehmen, die in England oder Holland zu billigem Kattun für neuen Negerhandel verarbeitet wird. Das lohnt sich aber nur, wenn man selber auch an der Textilmanufaktur beteiligt ist.»

Harm staunte. «Woher weisst du das alles?»

Enno zuckte mit der Schulter. «Weisst denn du das nicht?» Er machte eine kurze Pause und fuhr dann fort: «Mein Vater ist Reeder in Middelburg – das liegt in der Provinz Seeland. Neuerdings macht man auch Versuche, in Batavia Sklaven einzusetzen. Das Klima dort ist für Europäer ziemlich brutal, weisst du? Das Sumpffieber rafft viele hin.» Wieder schwieg er einen Moment, und während Harm noch über das Gehörte nachdachte, wechselte Enno das Thema: «Die Kapkolonie ermöglicht seit zehn oder zwölf Jahren übrigens auch einen Zwischenstopp.»

«Wo ist denn das?»

«Am Kap der Guten Hoffnung, die Südspitze Afrikas. Die VOC hat dort eine Verpflegungsstation errichtet. Ich denke, wir werden sie noch kennenlernen.»

«Warum bist du dir so sicher?»

«Schon mal was vom Scharbock gehört?»

«Nö!»

«Der Fluch der Seefahrt! Wenn man vier bis sechs Wochen kein Obst und Gemüse zu Essen bekommt, wird man krank und kann sterben. Es fängt mit Hautblässe und Mattigkeit an, dann treten Geschwüre in der Haut auf und beginnen zu bluten, die Zähne fallen aus, am Schluss macht das Herz nicht mehr mit und du krepierst.»

Harm sah den Freund besorgt an. «Wie lange werden wir unterwegs sein?»

«Acht bis zehn Wochen werden wir von Elmina aus schon brauchen. Aber keine Angst, Kleiner. Am Kap bauen holländische Siedler Gemüse für uns an, wir müssen es beim Vorbeisegeln nur mitnehmen! Das ist fast auf dem halben Weg nach Batavia.»

*

Ein paar Tage darauf schlug das Wetter um. Die *Den Helder* hatte auf ihrem stetigen Südkurs Kap Não passiert und Kapitän Visser liess wegen der Sandbänke beim Kap Bojador den Kurs seewärts abstecken. Es war November, aber entgegen der Jahreszeit musste sie gegen Regen und Sturm ankämpfen. Die Takelung war der rauen See und den starken Winden angepasst worden. Harm bewies dabei Mut und Geistesgegenwart. Das Schiff lag schwer über, die Masten ächzten unter den Sturmböen, der Wind harfte in den zum Zerreissen gespannten Luvwanten, als die ersten Segel zu Fetzen gingen. Beim Befehl zum Aufentern hastete er als einer der ersten die Webleinen hinauf, hangelte sich sicher auf den Fusspferden an die äussersten Enden der Rahen, zerrte an den Geitauen, um das steife, im Winde schlagende Segel im Aufruhr des Sturms und der See zu reffen. Die Mannschaft hatte schwere Tage zu durchstehen. Der Wind blies mit starken Böen auflandig von Westen, zuweilen schralte er nach Südwest, so dass die Fleute mit hart angebrassten Segeln immer wieder aufkreuzen und hoch an den Wind gehen musste und heftig zu stampfen begann. Es zeigte sich, dass Kapitän Visser und sein Vize das Schiff erfahren und umsichtig in der Hand hatten. Die häufigen, schauerartigen Regengüsse sorgten für schlechte Sicht, einige Meilen backbords erstreckte sich die unwirtliche Küste Nordafrikas, der sie nicht zu nahekommen durften. Obgleich die *Den Helder* durchaus seetüchtig war, drang über die Luken und Niedergänge Wasser ein, die Pumpen waren ständig besetzt und die Männer mussten alle halbe Stunde abgelöst werden. Kaum einer an Bord kam zwölf Tage lang aus den nassen Kleidern heraus.

Auf der Höhe von Cabo Blanco klarte es endlich auf, der Wind drehte endgültig auf Nordwest und die verkleinerte Sturmbesegelung konnte auf Vollrigg umgestellt werden. Die *Den Helder* näherte sich wieder der Küste und folgte bei angenehmer und rascher Fahrt ihrem Verlauf auf Südkurs. Sie mussten

›Reinschiff‹ machen, dann erging der Befehl, dass sich alle für die Ruhe in den Hängematten der Kleider zu entledigen hätten. Überhaupt seien die Jacken, Hosen und Hemden zu waschen und auf Deck zu trocknen. Leinen wurden gespannt, und bald flatterten die exotischsten Kleidungsstücke im Wind.

Das schöne Wetter brachte endlich wieder einen geregelten Tagesablauf und trug dazu bei, die Stimmung an Bord gewaltig anzuheben. Eine beliebte Beschäftigung der Freiwachen war es, den Seevögeln nachzustellen, und tatsächlich gelang es immer wieder, von den Seetauchern, die sich etwas träge bewegten, und von den Albatrossen ein paar prächtige Exemplare zu fangen und in die von den Zimmerleuten gefertigten Käfige zu sperren. Wenn man sie ein paar Tage mit Hirse oder Gerste fütterte, schmeckten sie fast wie Enten. Die Basstölpel aber blieben tranig und ungeniessbar.

Auch die Kadetten befleissigten sich am Vogelfang, gingen darüber hinaus aber auch ihren eigenen Belustigungen nach. Unterleutnant van Holten, ein Mann von der Insel Texel, ein ungebildeter, engherziger und boshafter Schurke, fand, der Kapitän verschwende seine Gunst an Unwürdige. Er lag ständig auf der Lauer, irgendwelche Insubordinationen zu entdecken. Wenn er, wie er glaubte, jemand bei einer Nachlässigkeit oder Disziplinlosigkeit erwischte, bereitete es ihm grosses Vergnügen, den Sünder zu schikanieren. Van Holten hatte es vor allem auf die Seekadetten abgesehen, und kaum einer entging der Strafe, drei oder vier Stunden im Masttopp zubringen zu müssen.

Für die Kadetten galt üblicherweise vier Glasen der Abendwache als Zeichen fürs Lichterlöschen und «Ruhe im Schiff».Die wachfreien Kadetten entkleideten sich meist widerstrebend und suchten ihre Hängematten auf. Eines Abends war van Holten Wachoffizier; er lauschte auf seiner Runde den Niedergang ins Quartier der Seekadetten hinunter. Die ungewohnte Stille kam ihm verdächtig vor. In van Holten keimte ein Verdacht auf. Harm lag schon in der Hängematte und las bei Kerzenlicht, aber Abel Trios, Dirk Vermullen, Caspar de Veen und der kleine Tobias Hooger sassen noch auf ihren Seekisten beim Kartenspiel. Der Unterleutnant kam polternd die enge Treppe herab, die Spieler huschten eilig zu ihren Hängematten, im Nu war das Licht gelöscht, waren Rock und Hose abgestreift, und als van Holten mit einer Laterne im Türrahmen erschien, lagen alle an ihren Plätzen.

Der Wachhabende hob die Lampe in Augenhöhe und spähte in den niedrigen Raum. Die Hängematten bewegten sich sacht im wiegenden Rhythmus der Schiffsbewegung, die gleichmässigen Atemzüge der Schlafenden waren zu hören, hier hing ein nacktes Bein über den Schlafmattenrand, dort räkelte sich einer halbnackt in der stickigen Wärme des Quartiers. Alles schien in Ordnung. Van Holten liess die Lampe sinken und wandte sich ab.

Aber dann stutzte er und schaute noch einmal im Lampenschein zurück. Dort lag doch einer zugedeckt bis zum Hals! Bei dieser Hitze! Der kleine

Hooger hatte sich in seinem Schreck so hingelegt, wie er gerade war. Mit wenigen Schritten war van Holten bei ihm und zog die Decke zur Seite.

«Wie liegt Er da? In voller Kleidung? Habe ich Ihn auf frischer Tat ertappt?» In den Augen van Houtens glänzte Triumph und kalte Schadenfreude. «Aufstehen, sofort! Er muss in den Mast, und Er wird eine verdammt kalte Nacht haben!»

Zwei Stunden später, als der Fähnrich Terbrugge die Hundewache antrat, meldete ihm der Unterleutnant nichts von diesem Vorfall. Die Nacht war klar, aber der heftige Wind blies immer kälter. Die *Den Helder* machte gute Fahrt und lies eine leuchtende Kielwasserspur hinter sich. Die Hundewache verlief für Bert Terbrugge und seine Leute ohne Zwischenfälle, und als der Fähnrich von Leutnant Vanstappen für die Morgenwache abgelöst wurde, schlug er das Wachbuch auf. «Keine besonderen Vorkommnisse!» wollte er schreiben, aber da sah er einen Vermerk van Houtens: «Der Seekadett Tobias Hooger wird ein und eine halbe Stunde vor Mitternacht wegen Nichtbeachtung eines Kapitänsbefehls in den Mast geschickt.»

«Henk», rief er seiner Ablösung zu, «lies das!» Er sprang aus dem Ruderhaus aufs Poopdeck und spähte in die Toppen. Kurz darauf kam Henk Vanstappen dazu. «Man kann nichts sehen», sagte Terbrugge. Er befahl einem Matrosen, im Kadettenlogis nachzusehen, ob alle in den Hängematten lägen.

«Kadett Hooger!» rief Vanstappen, «ist Er dort oben?»

Keine Antwort. Der Matrose sprang herbei und meldete, der Seekadett Hooger sei nicht aufzufinden. Hinter ihm drängten sich dürftig bekleidet die anderen Kadetten heran.

«Hooger! Komme Er herunter!»

Nichts rührte sich. Auf einen Wink des Leutnants kletterte ein Matrose in die Takelage, erreichte den Mastkorb und rief hinunter, Hooger scheine tot zu sein – oder dem Tode nahe. Allein könne er ihn nicht herunterbringen, er fürchte, den jungen Mann fallen zu lassen. Bevor Vanstappen einen zweiten Mann hinaufbeordern konnte, kletterte Harm Jansen schon in den Webleinen nach oben, und gemeinsam schafften sie Tobias Hooger aufs Deck hinab. Der arme Kerl war blau gefroren und konnte weder stehen noch sprechen.

«Bringt ihn ins Quartier und ruft Bekendam. Er soll sich um ihn kümmern.»

Sie trugen ihn hinunter, wickelten ihn in Decken und legten ihn in seine Hängematte. Bekendam kam nicht besonders eilig herbei, aber er hatte seine Quartflasche aus Messing dabei. Der Schiffsarzt fühlte Hooger den Puls, zog dabei missbilligend die Augenbrauen empor, befahl dann, Enno solle dem Patienten den Kopf anheben, und er begann ihm löffelweise Rum aus der Flasche einzuflössen. Hooger schluckte mechanisch und begann zu husten.

«Na also», sagte der Doktor befriedigt, «nichts geht über einen guten Rum! Er macht Tote wieder lebendig.»

Zwei Tage später konnte Tobias Hooger wieder ganz normal seinen Dienst versehen.

*

Kapitän Visser hatte den Unterleutnant van Holten zu sich in die Kabine gerufen und ihm Vorhaltungen gemacht.

«Es war ein Kapitänsbefehl, den ich durchzusetzen trachtete», verteidigte er sich. «Der Kadett Hooger lag in seinen Kleidern in der Matte.»

«Es geht hier nicht darum, den Befehl zu widerrufen. Es geht um die Verhältnismässigkeit. Der Junge war sechseinhalb Stunden im Mast! Er hätte erfrieren können.»

«Die Kadetten haben zu wenig Disziplin. Sie sind die Offiziere von morgen. Wie sollen sie Hollands Glorie verteidigen, wenn sie heute nicht Zucht und Ordnung lernen.»

Kapitän Visser runzelte die Brauen. Dieser van Holten war ein unangenehmer Streber. «Das sind noch halbe Kinder, Unterleutnant; zu meiner Zeit haben wir auch manchen Schabernack getrieben. Um Hollands Glorie zu verteidigen, wie Ihr es formuliert, braucht es noch anderes, als nur Zucht und Ordnung. Es braucht auch den Glauben an die Grösse und Kraft Hollands. Und das bringt man ihnen mit Gelassenheit bei. Ich erteile Euch hiermit einen Verweis, weil Ihr Fähnrich Terbrugge, Eurer Ablösung, nichts von dem Vorfall gemeldet habt und schlimmere Folgen offensichtlich in Kauf nahmt. Ihr könnt gehen.»

Van Holten fühlte sich ungerecht behandelt. Die Scharte sollte wettgemacht werden und eine Gelegenheit dazu kam schneller, als er erwartet hatte. Er lief in den nächsten Tagen mit schlechter Laune umher. Nichts konnte ihm recht gemacht werden. Er schimpfte mit dem Koch und drohte ihm Prügel an, weil er Holz an Deck hatte fallen lassen. Mit dem Maat Lucius stritt er sich über das Scheren einer spanischen Talje. Der Maat blieb dabei, dass er Recht habe, und brummte, dass er es von einem Seemann gelernt habe. Der versteckte Hohn wurmte den Unterleutnant und eine Zeitlang ging es hart auf hart her. Seine Wut richtete sich aber seit langem hauptsächlich gegen einen grossen schwerfälligen Matrosen namens Taak Hope. Dieser Mann hatte eine bedächtige Sprache, war langsam in seinen Bewegungen und nur ein mittelmässig guter Seemann. Aber er tat sein Bestes, trotzdem konnte van Houten ihn nicht leiden. Er hielt ihn für mürrisch und faul. Was Taak auch machte, der Unterleutnant fand immer etwas daran auszusetzen. Er beschimpfte ihn, weil ihm von der Grossrah eine Gording aus der Hand rutschte und mit lautem Klatschen knapp neben dem Unterleutnant aufs Deck schlug. Das war natürlich Zufall, van Houten nannte es aber Absicht.

Taak kletterte zögernd und Unheil ahnend die Webleinen herab, erreichte die Reling, und sprang auf Deck. Dabei rutschte er aus und rempelte gegen den Unterleutnant. Der taumelte rückwärts und schrie:

«Erst hat Er die Gording nach mir geworfen und jetzt greift Er mich an!» Van Houten lief krebsrot an.

Taak verteidigte sich, er habe es nicht mit Absicht getan.

«Willst du Kerl noch weiter maulen?»

«Das habe ich nie getan, Mijnheer», sagte Taak.

«Antworte auf meine Frage: Wirst du noch einmal unverschämt werden?»

«Ich bin nie unverschämt gewesen, Mijnheer.»

«Beantworte jetzt meine Frage!»

«Ich habe geantwortet, Mijnheer.»

Alle Augen waren auf die beiden gerichtet. Der Unterleutnant stammte aus kleinen Verhältnissen, hatte sich unter grosser materieller Not jeden Deut und Stüber vom Mund abgespart, um nach dem Steuermannsexamen die Offiziersschule besuchen zu können. Das hatte er auch geschafft, aber die Kameraden dort hatten ihn nicht sehr ernst genommen; die jungen Herren entstammten ausnahmslos wohlhabenden Familie und sahen mit Überheblichkeit auf ihn herab. Immer wieder wurde van Houten gedemütigt, bis sein Selbstbewusstsein angeschlagen war. Aber er wollte sein wie die anderen Offiziere und versteckte das Gefühl materieller und gesellschaftlicher Unzulänglichkeit hinter boshafter Sturheit. «Bei Gott, ich werde dich lehren», krähte van Houten, holte mit der rechten Hand aus und wollte den Matrosen schlagen. Der sah den Schlag kommen, winkelte blitzschnell den Arm an und fing den Hieb mit der Elle auf.

Van Houtens scheinbare Überlegenheit war Selbstbetrug, sein Selbstvertrauen geriet ins Wanken und er verlor den letzten Rest seiner Beherrschung. «Er hebt die Hand gegen einen Offizier!» Wutentbrannt sah er in die Runde zu den gaffenden Matrosen. «Ihr habt es gesehen! Das bringt ihm die Peitsche!»

«Ich bin kein Negersklave», antwortete Taak.

«Dann werde ich Ihn dazu machen», brüllte der Unterleutnant, machte einen Schritt vorwärts und trat Taak Hope mit Wucht in den Unterleib. Der Matrose sackte zusammen und hielt sich keuchend den Bauch. Die Umstehenden erstarrten. Der Unterleutnant geriet immer mehr in Wut. «Sage: Ich bin nur Dreck wie ein räudiger Kaffer!» Die Augen der Umstehenden waren auf sie beide gerichtet. Taak keuchte und verharrte in gekrümmter Haltung.

«Steh' Er gerade, wenn ich mit Ihm rede! Und antworte er: Ich bin nur Dreck!»

Mühsam kam Taak hoch, warf einen verstörten Blick in die Runde und wollte sich abwenden.

«Wer hat dir erlaubt, wegzutreten, du widerspenstiger Hund?»

Taak wankte mühsam ein paar Schritte in Richtung Vorschiff; taub vor Schmerz kämpfte er gegen die würgende Übelkeit an, die in ihm aufstieg und er fürchtete, dass er sich auf das Deck erbrechen müsste. «Hier geblieben!» schrie van Houten hysterisch. «Insubordination!» Taak Hope blieb mit schmerzhaft verrenktem Oberkörper stehen und wandte sich langsam um. Da krachte van Houtens Faust in sein Gesicht. «Jammere hier nicht herum, du heimtückische Ratte.»

Der Matrose Taak Hope fuhr sich mit der Hand übers Gesicht. Als er sie ansah, war sie blutverschmiert. «Nichts gebrochen – nur eine blutige Nase», meinte er lakonisch.

Einige der herumstehenden Matrosen konnten sich eines versteckten Grinsens nicht erwehren. «Ihr lacht über mich? Es wird euch gleich vergehen. Zeuge werdet ihr sein! Zeuge, dass Hope mich angegriffen hat.» Sinnlos vor Wut und rannte in Richtung Achterschiff davon.

Nach kurzer Zeit kamen der Kapitän, van Houten und der Schiffsprofos die Treppe vom Poopdeck herab.

«Nehmt den Mann fest», befahl der Kapitän den beiden am nächsten stehenden Matrosen. Jacobus Eekens und Tamme de Vries nahmen Taak mit sichtlichem Widerstreben in die Mitte und hielten ihn gepackt.

Kapitän Visser sah Taak streng an «Hat Er eine Gording auf den Unterleutnant fallen lassen und die Hand gegen ihn erhoben?»

Der arme Sünder hielt den Kopf gesenkt. «Es war keine Absicht. Die Gording fiel runter. Sie is' ja nicht schwer.»

«Aus dieser Höhe?» Der Kapitän schaute prüfend zur Grossrah hinauf. «Aus dieser Höhe wirkt eine Gording wie eine Peitsche.»

«Es war keine Absicht, Mijnheer», wiederholte Taak zerknirscht.

«Und der Angriff?»

«Es war kein Angriff. Wie ich von der Reling sprang, fiel ich gegen den Unterleutnant. Und dann habe ich nur den Schlag gegen mich abfangen wollen.»

Kapitän Visser überlegte. Jeder redet wahrscheinlich zu seinen Gunsten. Angriff oder körperlicher Widerstand gegen einen Offizier bedeutet Auspeitschung, das schreiben die Schiffsartikel vor. Andererseits hatte van Houten dem Matrosen in den Magen geboxt und die Nase blutig geschlagen, aber als Offizier war das sein Recht, obwohl Visser es auf seinem Schiff nicht gerne sah. Weiss der Henker, da will wohl jeder den Aal beim Schwanz erwischen und der Teufel mag wissen, wer hier im Recht ist. Soll van Houten in Gottes Namen seinen Willen haben.

«Obersteuermann. Lasst ihn binden und zum Auspeitschen ausziehen. Die Freiwache soll zur Urteilsvollstreckung antreten.» Erst auf wiederholten Befehl packte Obersteuermann Honke Kruse Taak am Arm, der sich widerstandslos achteraus führen liess.

Alle Offiziere und die Matrosen der Freiwache hatten sich jetzt versammelt. «Warum soll der Mann gepeitscht werden?» fragte der Matrose Tollenaar.

Der Kapitän wusste, dass Tollenaar ein furchtloser, entschlossener Mann war. «Bleib' Er ruhig!» mahnte Kapitän Visser, «ich erfülle das Regulativ der Schiffsartikel, das an Bord aller Schiffe der VOC gelten muss.»

«Warum soll der Mann gepeitscht werden?» fragte Tollenaar aufs Neue.

Der Kapitän hob die Stimme: «Wie heisst Er?»

«Cees Tollenaar.»

«Matrose Tollenaar, bleib' Er ruhig, oder ich lasse ihn in Eisen legen.»

Da wandte sich Cees Tollenaar ab.

Taak Hope war inzwischen an die Pardunen gestellt worden und an den Handgelenken festgebunden. Den Kittel hatte man ihm ausgezogen und den Rücken entblösst. Der Kapitän stand seitlich davon. Hinter dem Delinquenten und ein wenig erhöht stand Jaap de Wet, der Maat der Backbordwache, der als Profos amtete. Profos war stets der Maat der Wache, der der Verurteilte angehörte. Die VOC wollte damit verhindern, dass sich ein Maat mit den Matrosen solidarisierte. Aber Jaap de Wet war ein ruhiger und besonnener Mann und nicht grundsätzlich gegen die Prügelstrafe, empfand aber wie alle anderen die Unrechtmässigkeit dieser Züchtigung.

Kapitän Visser nahm aus der Hand von Leutnant Vanstappen die Abschrift des Marinestrafgesetzes und las laut den Absatz vor, der das Strafmass für einen tätlichen Angriff gegen einen Offizier der VOC enthielt. Dann schaute er einen Augenblick lang in die Runde und rief mit fester Stimme: «Matrose Taak Hope, Er wird wegen versuchter Tätlichkeit gegen einen Offizier der Vereenigden Oostindischen Compagnie mit einem Dutzend Hieben auf den entblössten Rücken bestraft. Der Vorfall wird ins Schiffstagebuch eingetragen.»

Visser sah noch einmal in die Runde; die Abneigung der bevorstehenden Prozedur stand den Leuten ins Gesicht geschrieben. «Ein Dutzend! Maat de Wet, tu Er seine Pflicht.»

Der Profos schwang die siebenschwänzige Katze über dem Kopf und schlug zu. Die Lederriemen pfiffen durch die Luft und sausten klatschend auf Taaks Rücken.

«Er schlägt nicht richtig zu», rief van Houten gehässig.

Der Kapitän gab dem Unterleutnant einen ungnädigen Blick. «Hat Er gehört, Maat de Wet? Er ist dem Gesetz die solide Erfüllung schuldig.»

Jaap de Wet verdrängte sein Mitleid. Er beugte sich, um voll ausholen zu können, weit zurück und liess die Peitschenschnüre auf den Rücken des armen Menschen sausen. Ein zweites, drittes und viertes Mal. Taak bog sich unter dem Schmerz und zerbiss sich die Lippen, gab aber keinen Laut von sich. Vier weitere Hiebe folgten. Der Mann stammelte irgendetwas Unverständliches. Der Profos schlug wieder zu, da verlor Taak Hope die Selbstbeherrschung, er wand sich und schrie auf. Es schien, als nähme die Prozedur kein Ende. Noch drei Hiebe klatschen auf den blutigen Rücken und dann trat der Maat keuchend zurück. Kapitän Visser befahl, Taak Hope loszubinden und in sein Quartier zu bringen. Er ging in Begleitung des Vizekapitäns nach achtern. Scheepers sah aus den Augenwinkeln zu ihm hinüber. «Hat mir nicht gefallen, Baas.»

Mir auch nicht. Aber was wollte ich machen, Gerrit? So ist es nun mal. Auch ein kleines Leck kann ein grosses Schiff zum Sinken bringen.»

Alles war so schnell eskaliert, dass Harm, der Neuling, anfangs gar nicht begriff, was sich da tat, aber dann war er über alle diese Vorbereitungen so erregt und empört, dass er sich ganz elend und schwach fühlte. Ein Mann, mit dem er seit Wochen zusammenlebte und arbeitete, war gebunden und schlimmer als ein Stück Vieh behandelt worden. Angeekelt hatte er sich während der Prozedur abgewandt, lehnte an der Reling und sah aufs Wasser. Er mochte nichts mehr sehen und hören. Als die Schläge und das Stöhnen aufhörten, blickte er zurück, Honke band den Delinquenten los. Gekrümmt vor Schmerzen wankte Taak, gestützt von Cees Tollenaar und dem Kadetten Abel Trois, zum vorderen Niedergang. Dabei sagte Abel etwas, was niemand verstand, aber Cees drehte den Hals und schaute mit wütend-grimmigem Blick zum Unterleutnant zurück. Dann brachten sie ihn hinunter ins Logis. Die Leute zerstreuten sich wieder, nur der kleine Hooger starrte kreideweiss im Gesicht zum Niedergang, in dem der ausgepeitschte Matrose verschwunden war.

Die anderen verweilten noch an Deck und konnten das triumphierende Gehabe des Unterleutnants beobachten. ›Da habt ihr gesehen, wie es euch ergeht‹, schien er zu sagen. ›Ihr habt euch in mir getäuscht. Jetzt kennt ihr mich. Alle werde ich euch peitschen lassen, jeden von euch, der aufsässig ist.‹ Die Männer schlichen kleinlaut und mürrisch herum. Was sollen Seeleute in solchem Falle tun? Widersetzen sie sich, so ist es Meuterei. Bemächtigen sie sich des Schiffes, dann ist es Seeräuberei. In jedem Falle droht härteste Bestrafung. So furchtbar es war, die Leute sahen ein, dass das Unvermeidliche ertragen werden musste.

Als sie nach dem Wachwechsel im Logis beisammen sassen, wurde kein Wort gesprochen. Harm war abgrundtief enttäuscht. Der feige Lump van Houten konnte den Kapitän dazu bringen, einen unschuldigen Matrosen peitschen zu lassen! Das schien ihm ungeheuerlich. Das hätte er nie vom Kapitän erwartet. Harm hatte noch keine Ahnung von der Abwägung, die Kapitän Thees Visser blitzschnell hatte treffen müssen: Einen Matrosen auf die Beschuldigung eines Offiziers vor den Ohren der Mannschaft nicht zu bestrafen, könnte zu Unruhe und Widerstand der Mannschaft gegen die Offiziere führen. Visser war sich klar, das van Houten den Vorfall provoziert hatte, aber ihm blieb keine Wahl, er musste Taak Hope verurteilen. Bei einem vorsätzlichen Angriff auf einen

Offizier wäre der Matrose mit nicht weniger als sechzig Hieben davongekommen. Aber das alles wusste Harm nicht. Er kroch bald in seine Hängematte, fand aber keine Ruhe. Die hin und her pendelnde Lampe warf ihr trübes Licht in den unfreundlichen Raum. Wirre Gedanken wälzten sich in seinem Kopf, und seine trostlose Lage, die ihm durch das Ereignis wieder neu bewusst wurde, lastete schwer auf ihm. Erneut drang ihm wieder die Ungewissheit über die Dauer der Reise ins Bewusstsein.

*

Die Sonne stieg täglich höher und stand am Mittag bald senkrecht über ihnen. Tag und Nacht waren fast gleich lang – die Dämmerung fiel kurz nach Beginn der zweiten Hundewache ein; in wenigen Minuten wechselte der Tag zur Nacht. Dass sie sich dem Äquator näherten, merkten selbst die Seekadetten. Aber die grösste Überraschung erlebte Harm eines Morgens. Kurz nach vier Glasen in der dritten Nachtwache wurde es Tag, und als die Sonne heraufstieg zeigte der Bug der *Den Helder* direkt auf den roten Feuerball. Sie segelten nicht mehr nach Süden – der Kurs ging ostwärts! Eine gute Meile an Backbord erstreckte sich grüner Dschungel bis ans Meer, in das sanfte Rauschen der Bugwelle hörte man plötzlich das ferne Gekreisch exotischer Vögel und sie vermeinten, den feucht-faulen Geruch tropischen Bodens zu riechen.

«Wir nähern uns Elmina», sagte Enno und zeigte zum Land. «Dort drüben liegt die Goldküste.»

Harm sah seinen Freund fragend an. «Findet man dort noch immer Gold?»

«Vielleicht früher einmal. Den Namen haben die Portugiesen gegeben. Ich habe das in einem Buch gelesen, das ein gewisser Olfert Dapper in Amsterdam herausgegeben hat. Es heisst ›Nachrichten über die Landschaften, Königreiche, Menschen und Sitten an der Goldküste‹. Willst du es lesen?»

Natürlich wollte das Harm. Kaum, dass seine Freiwache begonnen hat, schlug er die erste Seite auf:

«Im Jahre 1470 hat unter Soeiro da Costa eine Fahrt entlang der Pfefferküste stattgefunden, die noch erheblich über das Kap Mesurado, den äussersten Markstein des damaligen Wissens, hinausgelangte und noch eine Strecke Weges in östlicher Richtung bis in die Gewässer unmittelbar vor dem Kap der drei Punkte führte, was eine markante Küstenstelle ist. Dabei wurde das Cabo das Palmas nahe der heutigen Elfenbeinküste umschifft und schliesslich einer jener wasserreichen Flüsse erreicht, die sich aus dem Landesinneren ins Meer ergiessen. Dieser nach seinem Entdecker Rio do Soeiro genannte Fluss liegt noch vor dem Cabo das Tres Pontas, vielleicht war es der Axim-Fluss, wo eine Goldfaktorei entstand.

Es war dies eine wohlvorbereitete Küsten-Erkundungsfahrt, die sich die Vorgehensweise der Kapitäne Prinz Heinrichs zunutze machte. Darauf aufbauend stiess sie tiefer in die unbekannte Region vor – zunächst noch nach Osten. Das Wagnis dieser Expedition, die auch bereits das Land der Aschanti (also die Goldküste) erreichte, wurde Männern anvertraut, die schon zu ihrer Zeit den denkbar besten Ruf als Seeleute genossen: Sie stand unter der Leitung der beiden Kapitäne João de Santarem und Pero de Escobar, die beide dem höfischen Ritterstand angehörten. Wir können annehmen, dass grosse Sorgfalt auf die Personalauswahl für diese Expedition verwandt wurde, denn die Steuermänner Martin Fernandes und Alvaro Esteves gehörten zu den ersten Spitzenkräften jener Zeit.

Die Abreise muss noch im Jahre 1470 erfolgt sein, denn schon im Januar des Jahres 1471 wurde jene Stelle erreicht, von der aus sich bald ein lebhafter Tauschhandel mit dem Landesinneren entwickelte. Die Hauptrolle spielte dabei für die Portugiesen das Gold, das sich dort aus dem Hinterland einhandeln liess und das der Gegend auch den Namen gab: Goldküste.

Eine gewaltige Organisation ist dort in den Jahren 1480/81 auf Veranlassung König Johanns unter der Leitung des Admirals Diogo d'Azambuja im Land der Aschanti angelaufen. König Johann II. liess im Jahre 1482 eine Hafenanlage mit der dazugehörigen Festung und Handelsstadt São Jorge da Minha (auch kurz ›Minha‹) errichten, die im Verlaufe der späteren Jahrhunderte in der portugiesischen Geschichte eine bedeutende Rolle als Stützpunkt und zugleich als Zankapfel mit anderen Mächten spielen sollte. Am Sankt-Luzia-Tage, dem 13. Dezember des Jahres 1481 wurde die Hauptflotte aus Lissabon abgesandt und brachte diese erste Kolonialexpedition an die Küsten Westafrikas. Am 19. Januar 1482 gingen die nach Hunderten zählenden Mannschaften, darunter zahlreiche Bauhandwerker, vor der Goldküste an Land. Nach der Auswahl des günstigsten Platzes begannen sie sogleich mit dem Bau der weitläufigen Anlagen, die schnell emporwuchsen. Der Kommandant d'Azambuja legte in einer feierlichen Zeremonie den Grundstein für die dem Heiligen Georg geweihte Feste.

Schon bald entwickelte sich der Ort Minha im Schutze der mächtigen Mauern zu einer rasch wachsenden Ansiedlung. 1486 wurde der zur Handelsstadt erblühte Ort auf königliches Geheiss dem Festungsbezirk angegliedert, und alles verschmolz dann zu einem machtvollen, einheitlichen Komplex – dem sinnfälligen Ausdruck eines weitgespannten und weitgediehenen Vorhabens – die Beherrschung der atlantisch-afrikanischen Gewässer und Küstenländer und Sicherung des Weges nach Indien. Minha wurde zur wichtigen Voraussetzung für das weitere Vordringen der Entdeckungsgeschwader in den Süden; hier hatten die Entdecker der südlichen Hemisphäre den letzten Kontakt mit heimatähnlichen Verhältnissen, konnten ihre Vorräte ergänzen und die technischen

Ausrüstungen und Hilfsmittel erneuern. Die Festung São Jorge da Minha an der Goldküste kann von Anbeginn an als Machtposition für ein zu errichtendes koloniales Imperium gesehen werden, das in Richtung Orient weist.

Mehr als anderthalb Jahrhunderte lang wehte über ihren Mauern die Flagge der Entdeckernation – bis zur Übergabe des befestigten Platzes an die Niederländer im Jahre 1642.»

Strafvollzug an Bord eines Kriegsschiffs mit der «neunschwänzigen Katze», einer Peitsche mit neun Tauenden. Zum Vollzug der grausamen und oft willkürlichen Strafe mussten die Offiziere und Mannschaften antreten.   (National Museum of the Royal Navy)

Kapitel 4: Elmina

Weisse, hoch aufquellende Wolken trieben in den hohen Luftschichten landeinwärts. Schäumend brach sich die Brandung, die mit der steigenden Flut an die Küste rollte. Mit sanfter Bugwelle näherte sich das Orlogschiff der Bucht von Elmina, die eine grosse Festung überragte. Das weisse Tuch der *Den Helder* bauschte sich im Wind, Möwen und Albatrosse segelten kreischend um die Masten. Auf der Kampanje über der geschnitzten und gemalten Galerie stand breitbeinig Kapitän Visser auf der Luvseite des Achterdecks, der Vizekapitän in Lee. Hinter den Offizieren wartete Obersteuermann Honke Kruse mit dem Megaphon. Das Grosssegel knatterte manchmal und schlug an den Mast, Zeichen dafür, dass wechselnde Landwinde einsetzten; auch das Flattern der grossen Flagge auf der Back wurde unregelmässiger.

«Die Fahrt aus dem Schiff nehmen, Mijnheer Kruse.» Kapitän Visser sagte es ruhig, fast leise zum Obersteuermann hinter ihm, Honke hob das Sprachrohr und befahl, die obersten Segel zu reffen, um die Fahrt zu verlangsamen.

Die Trillerpfeife des Bootsmannes schrillte, bärtige Matrosen mit Tellermützen oder Zipfelhauben kletterten wie Katzen in die Wanten. Der Rudergast, der in der Poop am Steuer stand, legte den gewaltigen Pinnenarm um einige Grad nach Backbord und nahm Kurs in die Tiefe der Bucht.

Fünfundzwanzig Jahre ist es her, dass Holland den Portugiesen die Festung abnehmen konnte. Seither ist Elmina die unverzichtbare Zwischenstation der Schiffe nach Ostasien und zugleich der wichtigste Handelsplatz für Schwarzes Elfenbein.

Die vorgelagerte Felseninsel wurde in Luv passiert. Über den wehrenden Rohren der Festungsartillerie des Aussenforts wehte auf einem Turm die Flagge der Generalstaaten, zehn Klafter tiefer segelte die *Den Helder* ihrem Ankerplatz im Innern der Bucht entgegen. Etwa eine halbe Seemeile steuerbords lag eine zweite, kleinere Felseninsel mit jäh abstürzenden Klippen, dahinter sah man in die fast leere Ankerbucht. Nur zwei behäbige Kauffahrteischiffe schwoiten in gebührendem Abstand zueinander; an der Mole lag ein kleines Kanonenboot, eine Galiot von etwa 90 Fuss. Als die *Den Helder* das schroffe Ostkap der Festungsinsel passiert hatte, öffnete sich der Blick auf Elmina und man erkannte erstmals deutlich die Uferstrasse vor den hoch aufragenden Festungsmauern, den mächtigen Wehrtürmen mit Zinnen, Schiessscharten und dem grossen, alles überragenden schlossähnlichen Gebäude: dem Sitz des Generaldirektors der VOC. Von zwei riesigen Maststangen wehten die Flaggen der Generalstaaten und der Vereenigden Oostindischen Compagnie. Joop de Holthuizen herrschte hier als ranghöchster Vertreter der ›Compagnie‹ und als verlängerter Arm der *Heeren Seventien* zu Amsterdam. Im Scheitel der Bucht, ausserhalb der Festungsmauern, gab es einen Ladequai vor drei grossen Kontor- oder Lagerhäusern. Tausendfünfhundert Einwohner bewohnten die Stadt: Kaufleute und Beamte, Handwerker oder Glaubensverfolgte, die hier eine neue Heimat gefunden haben. Hinzu kamen Sklavenhändler, Glücksritter, auch Soldaten der VOC, die aber nicht ständig hier wohnten und deren Zahl ständig wechselte

Zum Hinüberstarren blieb wenig Zeit. Von der Kampanje musterte Visser den Freiraum im Scheitel der Bucht. «Ich denke, wir ankern backbords der Kauffahrer, nicht zu nah unter der Inselfestung dort, wegen der Fallböen – aber nah genug, um Schutz vor atlantischen Stürmen aus den Sektoren Südwest bis Nordwest zu finden. Was meint Ihr, Vize?»

Scheepers musterte die hoch aufragende Felseninsel, an deren Fuss sich ein weisser Brandungsstreifen zeigte. «Ja, drei oder vier Kabellängen vom Felsen entfernt. Denke, das ist eine kluge Entscheidung, Kapitein!»

«Na, dann wollen wir 'mal», knurrte Visser. «Werden uns wohl tausend Augen beobachten. Führt denen vor, wie man auf der *Den Helder* manövriert, Obersteuermann Honke.» Visser gab mit ruhiger Stimme seine Anweisungen.

«In Ordnung, Baas!» antwortete Honke und befahl dem Matrosen am Ruder: «Rudergänger, steuern nach Sicht – unter der Felseninsel vorbei.»

Der Matrose Tamme de Vries drückte mit seinem Gewicht gegen den Pinnenarm des Kolderstocks, zwang die *Den Helder* in die angegebene Richtung und steuerte dann unter den steilen Flanken der hohen Felseninsel in die Hafenbucht. «Kurs liegt an!» meldete er.

«Wassertiefe?» fragte Visser. Vizekapitän Scheepers gab die Frage an den Obersteuermann weiter, der brüllte durchs Sprachrohr: «Deckoffizier, lasst an Backbordbug loten!»

Ein Matrose sprang mit der Lotleine zum Bug, kletterte auf das Schanzkleid und warf – während er, um nicht zu stürzen, die Schulter gegen die Vorderwant presste – das Logreep mit Schwung nach vorne aus und meldete in regelmässigen Abständen die Wassertiefe. «14 Faden!» – «12 Faden!» – «10 Faden!» – «13 Faden!» rief er mit monotoner Stimme. «11 Faden!» – «11 Faden!» – «10 Faden!»

«Anker klarieren».

«Anker klar machen!» schrie Honke durchs Sprachrohr.

Vorne machten sich Matrosen unter Aufsicht von Fähnrich Terbrugge zu schaffen, rief dann dem Leutnant Vanstappen mittschiffs «Anker klar» zu und der gab die Bestätigung zur Kampanje hinauf.

«10 Faden!» – «9 Faden!» meldete der Bleimann.

«Ziemlich tief hier» stellte Scheepers fest.

«Müssen genug Trosse geben» antwortete Visser lakonisch. «Klar zum Aufschiessen. Ankermanöver!»

«Klar machen zum Aufschiessen! Los die Brassen! Fock- und Grossrah wegreffen, Kreuzlatein dichtnehmen!»

Wieder schrillten Bootsmannspfeifen, die Segel der beiden vorderen Masten sanken auf die Rahen, nur das grosse Lateinsegel am Achtermast trieb die *Den Helder* mit mässiger Geschwindigkeit voran. Dann kam von Lucius der bestätigende Ruf: «Segel geborgen, Kreuzlatein dicht! Klar zum Aufschiessen!»

«Reeee!» sagte Honke gedehnt zum Rudergänger, der drückte den Kolderstock nach Lee, so dass die Fleute in den Wind schoss und durchdrehte, bis ihr Bug im Wind stand. «Anker nieder» schrie er dann nach vorne

Der Anker sauste in die Tiefe und zog die sauber aufgeschossene Trosse hinter sich her.

Visser und Scheepers beobachteten, wie Klafter um Klafter der Trosse auslief.

«Beide Grossrahsegel hoch!» schrie Honke. «Holt Brassen dicht!»

Die Segel schlugen wie wild, als die Rahen gebrasst wurden, sie füllten sich aber sofort, blähten auf und drückten, da der Wind nun von vorne einfiel, die *Den Helder* achteraus. «Ankertrosse belegen!» Noch sechzig oder siebzig Fuss trieb das Schiff rückwärts, dann ging ein Ruck durch das Schiff: der Anker hatte gefasst, die *Den Helder* war in Elmina angekommen.

*

«Eins, zwei! – Eins, zwei!» Obersteuermann Honke Kruse sass im Heck der Kapitänsgig und steuerte das Boot mit dem Pinnenarm zum Landesteg. Mit ruhiger Stimme gab er das Schlagtempo der Ruderer vor: «Eins, zwei! – Eins, zwei!» Die Männer legten sich heftig in die Riemen; ein landseitiger Wind wehte ihnen recht steif entgegen und liess das Wasser am Bug aufspritzen. Feine Gischt wehte sie an. Kapitän Visser im Bootsheck hielt sich gerade; er war mit seiner besten Uniform bekleidet, hatte den Dreispitz fest auf die Stirn gedrückt und stützte sich auf den Säbel, den er zwischen den Beinen hielt. Auch hier in Afrika war er nicht um die ›französische Albernheit‹ herumgekommen – in Elmina waren sie wie in Amsterdam. Er hoffte im Stillen, einigermassen trocken an Land zu kommen und dass die feine Gischt die gepuderte Perücke nicht ruiniere. In der Innentasche seines blauen Paraderockes stak das versiegelte Schreiben, welches man ihm in Amsterdam für den Generaldirektor von Elmina anvertraut hatte.

Elmina – das Wort ist ein Synonym für Hollands Macht und Reichtum; ein Name, bei dessen Nennung man vor allem an Sklavenmärkte denkt. Weiss Gott, weit über dem Ozean, Tausende Meilen vom alten Europa entfernt, herrschen andere Gesetze als daheim! Adel, Würde und Stand, Privilegien und Traditionen haben hier geringere Bedeutung. Die Brandung des Atlantik, die an die Felsen vor Fort Elmina donnert, die freien Lüfte, die salzig und herb vom Ozean hereinströmen, die Wälder und Steppen landeinwärts in der Weite eines unerschlossenen Kontinents, sie sind die Schicksalsmächte dieser Welt. Ozean, Sturm und Urwald fragen nicht nach Überlieferung und Rangordnung der Menschen. Aber Holland ist stark! Holland ist das mächtigste Handelsimperium Europas!

Visser war nicht besonders neugierig, welche Botschaft er Joop de Holthuizen überbringen müsse. Seit er beim Einlaufen den holländischen Geleitzug erblickt hatte, nahm er an, dass die *Den Helder* gemeinsam mit der Galiot

Schutzaufgaben für einen Sklaventransport in die holländischen Kolonien in den Antillen übernehmen müsse.

Knirschend bohrte sich der Bug der Gig in den Ufersand. Visser sprang an Land und bedeutete den Männern, zu warten. Da kam eine Ordonnanz eilig herbei. «Kapitein Visser?» fragte der junge Offizier. Visser nickte: «Wir haben Euer Erscheinen vom Hauptquartier aus beobachtet. Mijnheer Joop de Holthuizen möchte Euch sofort empfangen und bittet Euch, mir zu folgen.»

Wenig später stand er in der Vorhalle. Schon wurde die grosse Tür geöffnet und der Generaldirektor kam dem Kapitän entgegen. De Holthuizen, hochgewachsen und mager, wirkte steif und unpersönlich. Er führte den Gast in sein grosses Büro und bot ihm einen Platz an; ein Maat schenkte die Gläser voll roten Burgunders.

«Hattet Ihr eine gute Überfahrt, Kapitein?»

Visser hatte sofort das Gefühl, dass der Generaldirektor sich keinen Deut für den Verlauf seiner Reise von Amsterdam hierher interessierte.

«Danke der Nachfrage, Mijnheer», antwortete er förmlich, «es gab keinerlei Probleme.»

«Seid Ihr fremden Schiffen begegnet?»

«Nein, Mijnheer. Die Anweisungen Amsterdams über unsere Route war gut bedacht.»

«Was wisst Ihr über Euren Auftrag, Kapitein Visser?»

«Nicht viel. Ich habe einen Brief vom Hauptkontor der VOC zu Amsterdam an Euch zu überbringen.» Visser zog das Schreiben aus der Innentasche und legte es auf den Tisch. «Ihr würdet mir weitere Informationen geben.» ›Du machst es ja schön spannend!‹, dachte er.

Joop de Holthuizen brach das Siegel und überflog den Inhalt. Dann lehnte er sich zurück und sah Visser in die Augen. «Europa brennt wieder einmal an allen Ecken und Enden», sagt der Generaldirektor, «die Grossmächte sind sich in die Haare geraten und kämpfen um die Verteilung der spanischen und portugiesischen Erbschaft in Asien und Amerika. England hat in Breda zwar Frieden geschworen, aber die Niederlage brennt in seinem Stolz. Sie wollen die Vorherrschaft zur See erringen. Auf unsere französischen Freunde ist da kaum Verlass. Obwohl Frankreich im Besitz einer von Colbert geradezu aus dem Boden gestampften Flotte von mehr als viertausend Schiffen ist, wird es überall in die Defensive gedrängt und verlor bereits grosse Teile seines Kolonialreiches an die Briten. Und nun wenden sich die Engländer wieder gegen uns. Und zwar, an einem Schauplatz, der nicht unter den Augen der Welt liegt: in Ostasien! Sie hetzen einheimische Stämme auf unseren entlegensten Inseln gegen Holland auf und zetteln Aufstände an. Ihr Ziel ist klar: man will, dass wir unsere Streitkräfte aufsplittern und damit unsere Kampfkraft schwächen.» De Holthuizen machte eine Pause. ›Er erwartet eine Antwort‹, schoss es Visser durch den Kopf.

Ihm wurde ungemütlich, der Kapitän war Seemann und Soldat, kein Politiker. ›Was will er nur von mir?‹ «Ihr redet von unseren Niederlassungen auf den Banda-Inseln, auf Ternate, der Celebes- und Flores-See, Mijnheer?» sagte er endlich.

«Richtig. Genauer von der Molukken-Insel Ambon und von Seram, Tanimbar und – wenn wir nichts unternehmen – vielleicht bald von Timor, Celebes und Borneo. Wir haben uns dort ein Kolonialreich geschaffen, dass seit Jahrzehnten den Wohlstand Hollands sichert. Sollten wir sie verlieren, bedeutete das für Holland und die VOC einen Ausfall, mit dem wir uns nicht einfach abfinden könnten. Aber an einem Seekrieg zwischen Holland und England können wir zurzeit auch nicht interessiert sein. Doch er wird nicht ausbleiben, wenn wir den Engländern in Ostasien nicht Einhalt gebieten.»

In Visser stieg ein fürchterlicher Verdacht auf. «Sind diese Niederlassungen nicht befestigt?» fragte er und kam sich noch dämlicher vor.

«Mein lieber Kapitein», näselte de Holthuizen, «natürlich gibt es überall kleine Befestigungen und Forts, aber die Garnisonen sind winzig klein und eine loyale Bevölkerung sucht man dort vergeblich. Sie liegen auch hunderte von Meilen weit auseinander, so dass es kaum möglich ist, sich gegenseitig beizustehen. Ganz abgesehen davon, dass es ihnen an den notwendigen Kriegsschiffen mangelt. Kriege im weit entfernten Europa waren schon früher Anlass, dass sich Aufständische eines der Forts bemächtigten. Doch das waren Einzelaktionen und die Befestigungen und Märkte konnten im Nachhinein von einem Kanonenboot schnell wieder in unseren Besitz gebracht werden.» Dass der Machtbereich dieser Forts oft nicht weiter reichte als die Schussweite ihrer Kanonen, verschwieg der Generaldirektor grosszügig. Der Dienst erschöpfte sich dort meist in Langeweile, und die feuchte Hitze; die Ruhr und das Gelbfieber dezimierten zudem die Besatzung. Einmal bis zweimal im Jahr kommt ein Schiff vorbei, um die Gewürze abzuholen, die man aus den umliegenden Pflanzungen bezog.

Visser sagte nichts und wartete ab. Joop de Holthuizen fixierte ihn mit kaltem Blick; er fragte sich, ob Amsterdam ihm da den richtigen Mann geschickt habe. Er sah noch einmal in den Brief: ›Kapitän Thees Visser ist ein hervorragender und umsichtiger Seemann von grosser Willensstärke; Ihr könnt ihm Vertrauen schenken‹, hiess es dort. Dem Generaldirektor blieb auch gar nichts anderes übrig, schliesslich konnte er keinen anderen Offizier mit Schiff und Besatzung herbeizaubern. Und die Angelegenheit vertrug keinen Aufschub, sie waren jetzt schon in Verzug.

«Also dieses Mal, mein lieber Visser, handelt es sich nicht um irgendeinen lokalen Unruheherd. Die Sache ist viel verzwickter und weittragender. Auf Ambon hat es einen Aufstand gegeben, hinter dem die Engländer stecken. Sie haben japanische Söldner angeworben, die mit unsagbarer Grausamkeit gewütet und viele Menschen ermordet haben. Nur wenige sind entkommen und wir wissen noch nichts Genaues über den Umfang und das Ausmass der Revolte. Aber wir haben erfahren, dass weitere Überfälle geplant sind, um starke Kräfte unserer Kriegsflotte von Europa ins ferne Ostasien zu locken. Dann wollen die Engländer wieder Holland angreifen und Rache für Breda nehmen.

Jetzt fasste sich Visser und fragte: «Und welche Aufgabe wartet dabei auf die *Den Helder* ?»

De Holthuizen räusperte sich. «Ihr sollt einen Mann finden und herbringen.»

«Was?» Kapitän Visser glaubte, nicht richtig gehört zu haben.

«Die Schwierigkeit besteht darin, dass wir weder wissen, ob er noch lebt, wo er sich gegebenenfalls aufhält und wie er mit richtigem Namen heisst. Bei uns heisst er Bastiaans – Marinus Bastiaans. Er ist in geheimem Auftrag und unter wechselnden Namen unterwegs, wie er sich gegenwärtig nennt, ist mir nicht bekannt. Man vermutet, er war auch auf Ambon und könne sich gerettet haben.»

«Das Gebiet ist ein paar tausend Quadratmeilen gross. Wenn die Engländer und Japaner auf Ambon sitzen, wo soll ich ihn aufnehmen, wo ihn überhaupt suchen.»

«Die Engländer haben vielleicht schon weitere Inseln besetzt», knurrte Joop de Holthuizen bissig. «Aber nur Mut, Kapitein, wenn Bastiaans noch lebt und die *Den Helder* dort unten auftaucht, wird er sich schon zu erkennen geben.»

Visser sann nach und sah de Holthuizen skeptisch an. «Mit Verlaub, Mijnheer, warum ist dieser Bastiaans so wichtig?»

«Genau wissen das nur die *Heeren Seventien* zu Amsterdam. Ich kann Euch nur sagen, dass er seit vielen Jahren in der Gegend lebt und mehrere asiatische Sprachen beherrscht, darunter auch japanisch. Amsterdam hat ihn auf die Engländer angesetzt; er sollte die Pläne der Engländer erkunden. Das hat er offensichtlich auch getan und könnte nun im Besitz einer Liste mit allen Einzelheiten möglicher Invasionen auf unsere ostasiatischen Inseln sein. Allerdings soll sie verschlüsselt sein – und entschlüsseln kann man sie nur in Amsterdam. Dort gibt's einen kleinen verschüchterten und alten Mann, den die Gassenjungen hänseln, wenn er durch die Strassen geht. Der kann das! Mehr vermag ich im Augenblick nicht sagen. In ein paar Tagen werdet Ihr weitere Informationen erhalten.»

«Soll ich mich bei Euch melden?»

«Nein. Flottenadmiral Pomp vom *Prins von Oranien* wird sich bei Euch melden. Die Fregatte wird mit einem weiteren Kanonenboot, der *Groote,* von Kapstadt kommend in den nächsten Tagen erwartet. Admiral Pomp leitet die Unternehmung, er wird Euch über weitere Einzelheiten persönlich in Kenntnis setzen. Bunkert inzwischen Lebensmittel und Trinkwasser, und dann viel Glück, Kapitein!»

Visser verneigte sich und wandte sich zur Tür. Joop de Holthuizen rief ihm nach: «Vergesst es nicht: der Auftrag ist geheim!»

«Sehr wohl, Mijnheer!»

Der Kapitän der *Den Helder* hastete davon. Den Burgunder hatten sie nicht angerührt.

*

Die Mauern umschlossen ein Gewirr enger Gässchen, die treppauf, treppab von irgendwoher nach irgendwohin führten. Die Mannschaft hatte Erlaubnis erhalten, in Begleitung von Obersteuermann Honke Kruse mit dem Kutter an Land zu gehen, und die Männer liessen sich das nicht zweimal sagen. Nur vier Matrosen unter dem Zweiten Steuermann de Vroom waren als Ankerwache an Bord zurückgeblieben, und der Schiffsarzt, Doktor Bekendam, hatte keine Lust, an Land zu gehen. Die Seekadetten und Harm mussten sich allerdings noch Ermahnungen von Kapitän Visser anhören, der ihnen ans Herz legte, ihre Zeit (und ihr Geld) nicht zu vergeuden, aber sie hatten nur die Erwartung einiger freier Stunden an Land im Kopf und sich mit den anderen Matrosen rasch davongemacht. An der Südostspitze des Kaps ragt hinter steilen Erdwällen das Palisadenfort; von hier aus und von den beiden kleinen Bastionen am Eingang der Bucht sperren über fünfzig Kanonenrohre feindlichen Schiffen den Weg. Über die mächtige Zugbrücke tauchten sie in die Festung Elmina ein, liefen an den Wohnungen der Handwerker und Hafenarbeiter hinter der Wehrmauer vorüber und verloren sich im Irgendwo der Altstadt. Die meisten Matrosen verschwanden rasch in einer der Weinschenken, doch Enno Huismanns, Harm und der kleine Hooger streiften mit Honke durch den Ort, der sich ringförmig unter der krönenden Festung herumwandte.

Der Ort war bald besichtigt. Harm hatte sich alles viel grösser und weitläufiger vorgestellt. Eng aneinandergebaut und zusammengepfercht standen die alten Häuser aus der Zeit der portugiesischen Herrschaft, doch das bunte Treiben, das damals hier geherrscht haben mochte, war einer puritanischen Strenge gewichen. Die Menschen waren bekleidet wie in Holland, alles war blitzsauber – auch wie in Holland –, selbst in der Kathedrale des Heiligen Georg sah man keine katholische Überfülle von Altären, Heiligenbildern und Beichtstühlen; der Eifer calvinistischer Reformer hatte das Gotteshaus längst ausgeräumt.

Auch Honke wollte sich gerne einen guten Becher Braunbier oder Malvasierwein genehmigen. Mit den Burschen im Gefolge strebte er dem Ortszentrum zu, wo sie auf den einzigen grösseren Platz stiessen. Hinter Laubengängen fanden sich Läden und Marktstände des täglichen Bedarfs, Bäcker boten herzhaft duftende Brote an, Gemüseläden hielten ihre Ware feil, sie sahen einen Laden für Eisenwaren, Tauwerk und Ledererzeugnisse und daneben lange Tische vor einer Taverne, an denen schon einige Männer von der *Den Helder* hinter ihren Krügen sassen.

Noch bevor sie ihre Kameraden erreicht hatte, stürzten zwei Männer aus einer Herberge und diskutierten aufgeregt. Sie konnten gegensätzlicher nicht sein: rundlich und klein der eine, hager und hochgeschossen der andere. «Ihr kamt von Axim nach Elmina, um Eure Sklaven zu verkaufen», rief der Dicke, offensichtlich der Wirt, «denn hier könnt Ihr mehr für Eure Ware herausschlagen als in Axim. Ihr verspracht mir, für die Unterkunft 20 Gulden zu bezahlen, wenn der Erlös für Eure Ware 1000 Gulden sein sollte, oder 35, wenn Ihr sie für 2000 Gulden verkaufen könnt. Nun habt Ihr sämtliche Sklaven nach mehreren Tagen und einigen Verhandlungen für 1400 Gulden verkauft. Also: Ihr schuldet mir 28 Gulden!»

Honke tippte sich mit dem Zeigefinger an die Stirne. «Zwei Spinner!» Aber als die Burschen stehen blieben, um dem Disput zuzuhören, wartete auch er.

«Unsinn!» schrie der dünne Sklavenhändler. «Ich schulde Euch nur vierundzwanzigeinhalb Gulden! Wenn ich für einen Verkaufswert von 2000 Gulden 35 zu zahlen habe, entsprechen die Unterkunftskosten bei 1400 verkauften Sklaven genau vierundzwanzigeinhalb Gulden! Das kann man mit einer Dreisatzrechnung einfach feststellen, weil sich zweitausend zu fünfunddreissig wie eintausendeinhundertvierzig zu X verhalten. Man multipliziert die in der Mitte stehenden Werte, das Ergebnis teilt man durch den linksstehenden Wert: 2000 : 35 = 1400 : X. Daraus ergibt'sich: X = 24,5 Gulden.»

«Nein, das ist falsch!» schrie der Wirt höchst verärgert. «Meine Rechnungen bestätigen immer wieder, dass der Endbetrag 28 Gulden sein muss! Wenn ich nämlich für 1000 Gulden 20 bekommen soll, so stehen mir bei einem Verkaufswert von 1400 Gulden 28 Gulden zu. Das werde ich euch beweisen!»

«Und wie soll die Rechnung gehen?» höhnte der Händler.

Der Wirt wurde ganz ruhig und erklärte selbstsicher: «Das Verhältnis des Verkaufswerts zu den Unterkunftskosten verhält sich wie 1000 zu 20. Nun, wie viele Male ist Tausend in 1400 enthalten? In 1400 ist Tausend 1,4mal enthalten. Folglich entsprechen einem Betrag von 1400 Gulden 1,4 x 20 Gulden, also genau 28 Gulden, wie ich schon mehrmals sagte!» Und er beharrte energisch darauf. «28 Gulden stehen mir zu! Dies ist der richtige Betrag der Schuld!»

«Und wie sieht Euer Dreisatz aus? Nur mit dem Dreisatz lässt es sich beweisen!»

«Der liegt doch klar auf der Hand», rief der Wirt. «Er lautet: ›Zwanzig mal 1400 geteilt durch 1000‹ und man schreibt den Dreisatz: 1000 : 20 = 1400 : X. Das Resultat lautet 28 Gulden als Betrag der Schuld.

Die Streithähne konnten sich nicht einigen und riefen nach dem Büttel.

«Komm, lass uns verschwinden», riet Honke, «ich habe keine Lust hier Zeuge zu spielen. Wenn die Schergen der Kolonialpolizei auftauchen, wollen sie immer gerne die Umstehenden befragen. Das bringt uns nur Ärger.»

Harm, der den Streit der beiden interessiert verfolgt hatte, rief laut in den Disput: «Eure Ergebnisse stimmen beide nicht.»

Wirt und Sklavenhändler starrten ihn an, musterten den jungen Mann – offensichtlich Matrosen von einem des Schiffs in der Ankerbucht. Auch Honke war perplex.

«Was sagst du da, du Zwerg?» rief der Händler. Und der Wirt doppelte nach: «Bist wohl ein Rechenkünstler, du Bürschchen!»

«Beruhigt euch», sagte Harm. «Wo Zweifel besteht, sollte man lieber mit Bedacht vorgehen. Ich habe Euren Disput und Eure Gedankengänge aufmerksam verfolgt, aber ich glaube, die Lösung lautet noch anders. Jedenfalls habe ich es anders gelernt.»

«Dann lege sie dar!» rief der Händler, der sich Hilfe versprach, lag sein Resultat doch tiefer als das des Wirts.

«Laut eurer Abmachung wäre der Händler verpflichtet, 35 Gulden für die Unterkunft zu zahlen, falls er die Sklaven für 2000, beziehungsweise 20 Gulden, wenn er sie für 1000 verkaufen könnte. Bei 1000 Gulden Unterschied der Erlöse ergibt'sich eine Differenz von 15 Gulden bei den Beherbergungskosten. Oder anders gesagt, aus einer Differenz von 1000 Gulden beim Verkaufspreis entsteht eine Differenz von 15 Gulden bei den Unterkunftskosten! Seid ihr einverstanden?»

«Das ist so klar wie Quellenwasser!» gaben die beiden einstimmig zu. «Nun», fuhr Harm fort, «für die ersten 1000 erlösten Gulden schuldet Ihr 20 Gulden für die Beherbergung. Darüber hinaus einen Anteil für die 400 Gulden Mehrerlös. Wenn also ein Mehrerlös von 1000 Gulden beim Verkaufspreis einen Preisanstieg von 15 Gulden bei den Unterkunftskosten verursacht, frage ich: wie hoch wird der Preisanstieg bei den Unterkunftskosten sein, wenn der Mehrerlös beim Verkauf 400 Gulden beträgt, denn Ihr habt», wandte er sich dem Händler zu, «1400 statt 1000 Gulden erhandelt. Daraus ergibt'sich ganz klar der folgende Dreisatz:

$$1000 : 15 = 400 : X$$ oder eintausend verhält sich zu fünfzehn wie vierhundert zu X.

Danach beträgt $X = 6$ Gulden. Sie sind den 20 Gulden für die ersten 1000 Gulden des Handelserlöses hinzuzuzählen.» Er wandte sich an den Wirt: «Nach meiner Überlegung könnt Ihr keine 28, sondern nur 26 Gulden erwarten.» Und zum Händler sagte er: «Laut Eurer Abmachung müsstet Ihr also Eurem Gastgeber 26 und nicht vierundzwanzigeinhalb Gulden bezahlen, wie Ihr anfangs glaubtet.»

Die beiden starrten den jungen Matrosen sprachlos an. Enno Huismans stupste Harm in die Seite. «Genial», sagte er bewundernd, und Tobias Hooger nickte eifrig dazu. Honke aber, der nicht wusste, welche Wendung die Diskussion noch nehmen würde, zerrte Harm am Ärmel fort, aber der Händler rief laut hinter ihnen her: «Halt mein Freund, wartet! Das ist es! Ja, das ist die Lösung.»

Harm und Honke drehten sich um. «Mein Freund! So einfach und klar vorstellbar, wie die Zahlen auch zu sein vorgeben, täuschen sie nicht selten sogar die Klügsten!» rief der Händler. Und der Wirt sagte verlegen: «Hin und wieder kann es geschehen, dass Zahlenverhältnisse, die ganz vollkommen wirken, im Grunde doch recht trügerisch sind. Dieser Ungewissheit mancher Rechnungen entspringt der unbestreitbar hoch geachtete Ruf der Mathematik!»

«Ihr habt völlig Recht», bekannte der Sklavenhändler freimütig. «Dank des Scharfsinns unseres jungen Freundes habe ich nun eingesehen, dass meine Rechnung vorher falsch war.» Ohne noch zu zögern, nahm er 26 Gulden aus seiner Tasche und bezahlte dem Wirt seine Schuld. Dann wandte er sich Harm zu, hielt ihm einen Gulden hin und sagte: «Und auch Ihr sollt belohnt werden, junger Mann, obwohl Klugheit unbezahlbar ist, besonders wenn sie die Jugend ziert!»

Und als Harm sich verlegen abwandte, sagte er: «Nehmt schon, Eure Heuer wird so hoch nicht sein, dass Ihr das Goldstück verschmähen könnt. Doch Ihr habt gesunden Menschenverstand und ein Talent, das Ihr Euch bewahren müsst, dann werdet Ihr es weit bringen.»

Harm bedankte sich verlegen. «Da kann ich ja gleich meine Kameraden zu einem Umtrunk einladen!»

Obersteuermann Honke Kruse starrte später noch eine Weile in seinen Bierkrug und staunte. *Der kann ja wirklich rechnen!*

*

Später waren sie zur Festung hinaufgestiegen, hatten die gewaltigen wehrhaften Mauern bewundert und die Geschütze in den Schiessscharten begutachtet. Auf der obersten Plattform stand ein gedrungener, breitschultriger Mann in Offiziersuniform mit dem Rücken zu ihnen an der äussersten Balustrade. Er war barhäuptig und hielt einen federgeschmückten Kapitänshut in der Hand. Beim Näher kommen erkannten sie den Kapitän der *Den Helder*. Respektvoll hielten sie Abstand und liessen auch ihre Blicke über die Bucht auf die ankernden Schiffe und die beiden Inseln schweifen. Unter den steilen Flanken der Insel mit dem Aussenfort sahen sie klein wie ein Spielzeug die *Den Helder* vor dem Anker schworen. Weiter links lagen die beiden Kauffahrer und die kleine Galiot, dahinter blickte man von der Höhe auf die niedrigere Sklaveninsel. Einzelheiten waren jedoch nicht zu erkennen; die Insel lag mindestens eine Seemeile im Westen – im Gegenlicht der sinkenden Sonne zu weit entfernt. Aber auf den Kauffahrern machten sie Betriebsamkeit aus.

Honke beschattete die Augen mit einer Hand und sah angestrengt hinüber. «Sieht so aus, als wollten sie bald eine Ladung Schwarzes Elfenbein übernehmen.»

Schwarzes Elfenbein – Sklaven. «Woran erkennt man das?» fragte Harm.

«Sie räumen die grossen Luken in den Decks zur Seite. Die Räume werden gelüftet und für die Fracht vorbereitet. Ist nicht sehr gemütlich für die Schwarzen, werden wie die Heringe eingepfercht und am Boden angekettet.»

«Dürfen sie während der Überfahrt an Deck?»

«Hängt von ihnen selber ab. – Und vom Wetter!»

«Erklärt es mir.»

«Bei grober See hat man anderes zu tun, als Schwarze zu ›lüften‹. Und bei ruhigem Wetter lassen sie sie an die Luft, wenn sie friedlich und ruhig sind, denn da unten stinkt es schon nach ein paar Tagen bestialisch. Aber auch das nur unter sicherer Bewachung. Und nur in kleinen Gruppen.»

«Ja, die Luft wird wohl stickig und verbraucht sein.» meinte der kleine Hooger und starrte auch auf die Schiffe, doch Enno Huismans wusste es wieder einmal besser: «Wenn's nur die Luft wäre. Die liegen in ihrer Pisse und Scheisse. Oder glaubt ihr, die dürfen zum Lenzen in die Hieling?»

Harm guckte ziemlich naiv. «Zum Lenzen in die Hieling?»

«Na, das kennst du doch, das enge Scheisshaus unterm Bugspriet, wo du auch hingehen musst, wenn du musst! Denkst du, man lässt sie auf die Toilette? Bei vierhundert Negern wird man ja nie fertig. Und mit den Weibern ist es sowieso ein Problem. Da lässt man sie lieber in ihrem Dreck liegen. Er sickert allmählich in den Bilgeraum und manchmal – wenn er voll ist – quillt er durch die Bodenbretter wieder nach oben. Kommt man in schweres Wetter und das Schiff schiebt Lage, dann haben die Neger im äussersten Lee wenig Chancen – da ersäuft auch schon mal einer im Dreck.»

Tobias Hooger war blass geworden. «Grauenhaft!» hauchte er.

Enno fuhr ungerührt fort: «Die einzige Luftzufuhr erfolgt durch den Niedergang, und der ist bei grober See geschlossen. Da stinkt es ekelerregend und der Gestank dringt allmählich durchs ganze Schiff. Sind auch schon welche erstickt da unten.»

«Das ist ja fürchterlich», schauderte es Harm. «Um das zu überstehen, braucht man eine Bärennatur!»

«Allerdings», antwortete Honke. «Die Sterblichkeit ist ziemlich hoch; die Schwächlichen und Kranken überleben es meistens nicht und man muss ihre Kadaver ins Meer schmeissen.»

Tobias Hooger starrte bleich zu den Schiffen hinüber. «Ich glaube, ich könnte das nicht ertragen! Überhaupt ist es nicht sehr christlich, Menschen zu versklaven», sagte er.

«Ach du heilige Einfalt», lachte Enno, «du gewöhnst dich schneller dran, als du denkst.» Und Honke fügte hinzu: «Am meisten profitieren die Händler davon. Sie verfolgen die Schwarzen, um sich skrupellos an ihnen zu bereichern. Ihnen ist es schnuppe, wie viele Leichen auf dem Weg nach Westindien über Bord geworfen werden. Sklaverei gibt's schon immer, seit biblischen Zeiten. In der Bibel erscheint sie als etwas ganz Normales. War Benjamin nicht nach Ägypten in die Sklaverei verkauft und von seinem Bruder Joseph gerettet worden? Im gesamten Alten Testament war sie geachtet, und niemand hielt sie für falsch oder lästig. Niemand fragte, ob Sklaverei zulässig ist.»

«Woher kommen eigentlich alle diese Sklaven?»

Honke kratzte sich am Kopf. «Hier handelt man schon lange mit dieser Ware. Die Portugiesen haben vor mehr als zweihundert Jahren Depots hier aufgebaut und mit dem Sklavenhandel begonnen. Bewaffnete Kolonnen fingen die Schwarzen im Land von Taccararay, dort hinterm Kap dos Tres Puntas», er zeigte nach Nordwesten, «und verschleppten die Gefangenen auf die Plantagen in der portugiesischen Kolonie Brasilien. Aber bald machten die Weissen keine Razzien mehr, sondern errichteten stattdessen Küstenbastionen als Handelsplätze, wie Elmina hier oder Axim im Westen. Die Ware lieferten schwarze Völker im Landesinneren – mehrere Tagesreisen von der Küste entfern. Die schwarzen Händler tauschten die Sklaven gegen Gewehre, Rum und Stoff. Bis zur endgültigen Übergabe blieben die Opfer im Gewahrsam jener Oberhäupter oder Häuptlinge des Landesinneren, die sie auf unterschiedliche Weisen rekrutiert hatten: Teils waren sie Kriegsgefangene, teils Schuldner, teils einfach Stammesmitglieder, an denen man sich schamlos bereicherte. Da die Schwarzen dergestalt selber bei der Aushebung mitwirkten, war die Sklaverei ein echtes Gemeinschaftsunternehmen, bei dem beide Seiten, die Lieferanten und die Abnehmer ihren Vorteil hatten.»

«Und was kostet ein Sklave?»

«Sie werden auch immer teurer. Anfangs bekam man einen gesunden Sklaven für ein Messer, heute verlangen die Häuptlinge schon für Gewehre neun bis zehn Gulden. Manchmal kann man die schwarzen Fänger auch mit Tuch bezahlen; sie nennen es ›Negerstoff‹, grobes Schur- und Baumwollgewebe, aus dem sie sich solide Kleidung nähen. Er kommt aus Europa. Wie der Name schon sagt, tragen Weisse diesen Stoff nicht, die Schwarzen nennen ihn fast poetisch ›Oznaburgs‹, bezogen auf das norddeutsche Textilstädtchen Osnabrück.»

«Wenn aber viele die Überfahrt nicht überleben, wo liegt das ›Geschäft‹?» wollte Harm wissen.

Honke überlegte und sagte nach einer Weile: «So genau weiss ich es auch nicht, aber …» Er wurde von Kapitän Visser unterbrochen: «Ein kräftiger Neger bringt gut sechzig Florin ein; ist er jung, kräftig und gesund, verkauft man ihn auch zu hundert Gulden.» Vor lauter Eifer hatten sie nicht bemerkt, wie der Kapitän sich ihrer Gruppe zugesellt hatte. Verlegen nahmen sie ihre Kappen ab, aber Visser winkte ab. «Lasst sie auf, sonst verbrennt ihr euch noch die Köpfe. Wollt Ihr sonst noch 'was wissen, kann ja nicht schaden, auch darüber 'mal zu reden.»

Der kleine Hooger war noch immer ganz erschüttert. «Wie viele … äh … wie viele kommen nicht in Amerika an?»

«Das ist schwer zu sagen. Es kommt auf verschiedene Umstände an: wie ist das Wetter während der Überfahrt, kommt man mit guten Winden schnell hinüber oder gerät man in eine Kalmenzone; sind die Laderäume luftig und sauber oder eher das Gegenteil? Natürlich ist auch die Ernährung der Sklaven ein Problem und die Frage, ob Krankheiten ausbrechen. Allerdings: bei einem Einkaufspreis von durchschnittlich zehn Florin verkraftet man schon ein paar, die die Reise nicht überstehen.»

Harm starrte auf die Kauffahrteischiffe. «Hm, das kann man wohl sagen. Ein volles Schiff mit vierhundert Negern, zu zehn Gulden eingekauft, macht einen Einkaufspreis von 4000 Gulden. Wenn hundert auf See sterben, die übrigen aber für durchschnittlich 80 Gulden verkauft werden, bringt es 24'000 Gulden beziehungsweise 20 000 Gulden Gewinn.»

«Du vergisst die Kosten für die Verpflegung, die Heuer der Mannschaft und die Instandhaltung des Schiffes», sagte Tobias Hooger.

«Das sind Kleinigkeiten», grinste Enno. «Was ein Matrose verdient, wisst Ihr ja selber. Und …» Enno streifte den Kapitän mit einem raschen Seitenblick, sprach aber tapfer weiter: «… der Frass an Bord ist kaum zu geniessen. Am meisten geht schon für's Schiff drauf. Da kann man *summa summarum* noch einmal 1500 Florin abziehen.»

Harm meinte: «Trotzdem: dann beträgt der Erlös immer noch 22'500 Gulden und der Gewinn 18'500.» Er kratzt sich am Kopf. «Mehr als 400 Prozent!» Er starrte einen Moment in die Luft und fügte hinzu: «Genau gesagt 462 Prozent.»

«Ja, das ist enorm.» Obersteuermann Honke Kruse sagte es staunend. Vor allem wunderte er über die Geschwindigkeit, mit der Harm es ausgerechnet hatte. Kapitän Visser sah nachdenklich auf Harm Jansen. «Gehen wir, Mijnheers!»

*

Später, nach dem Essenfassen an Bord, spannte Harm bald seine Hängematte auf und legte sich hin. Er war wachfrei, in den Häfen mussten stets nur vier Mann und ein Offizier Ankerwache gehen. Der Ausflug, auf den er sich vorher so gefreut hatte, war eigentlich enttäuschend verlaufen und die Diskussion über die Sklaven hatte ihn deprimiert. Aber die Natur ist bei jungen Menschen meist stärker als traurige Stimmungen, so dass er, als der diensthabende Offizier Lichterlöschen gebot, schon eingeschlafen war. In der Nacht erwachte er und gewahrte Unruhe in der Bucht. Er hörte Bootsmannspfeifen und ferne, vom Wind herübergewehte Kommandos; gleich darauf schwappten leise klatschende Wellen gegen den Rumpf der *Den Helder* und versetzten sie in ein sanftes Schaukeln. Harm wusste, dass irgendwelche Schiffe in die Bucht von Elmina eingelaufen waren.

Am anderen Morgen sah Harm die Schiffe, die er nachts gehört hatte. Mit den Männern der Freiwache lehnte er am Schanzkleid und starrte hinüber zu der Flotte. Es war ein Konvoi von acht leicht bewaffneten Kauffahrteischiffen und zwei mächtigen Kriegsschiffen; alle lagen nahebei den beiden Kauffahrern und der wendigen und gut bewaffneten Galiot, die dort schon bei ihrer Ankunft vor Anker lagen. Sie alle boten einen prächtigen Anblick.

«Da wird wohl ein Geleitzug zusammengestellt», meinte Seekadett Vermullen.

«Geht wahrscheinlich nach Batavia», mutmasste Rudergänger de Vries, «holt Pfeffer, Gewürznelken, Perlen.»

«Oder nach Curaçao, Bonaire oder Sint Maarten in Westindien.» Matrose Eekens kratzte sich am Kopf. «Seht sie an, sind doch die reinsten Sklaventransporter!»

«Kannst recht haben, Jacobus, sind alles alte Kähne, keine einzige Fleute darunter. Und dann die stark bewaffneten Begleiter! Die bringen Schwarzen Elfenbein nach drüben.»

«Wenn du einen Sklaven kaufst, so soll er sechs Jahre lang dienen; im siebten aber soll er frei werden!» Hauptmann Zaltboom war hinzugetreten und mischte sich ein. Harm schaute ihn überrascht an. Es war nicht üblich, dass sich Offiziere mit den Mannschaften abgaben, aber alle anderen an Bord der *Den Helder* kannten den gutmütigen Hauptmann als versponnenen Büchernarren, der seine Belesenheit bei jeder Gelegenheit demonstrierte.

«Nach sechs Jahren werden sie frei?»

«Nein! Habe nur die Bibel zitiert: 2. Buch Mose. Dort heisst es aber auch: ›Führt ihn der Herr zum Türpfosten und durchbohrt er ihm das Ohr, so bleibt er für immer ein Sklave!‹ Anstatt das Ohr zu durchbohren, werden die Sklaven hier mit dem Brandzeichen ›VOC‹ markiert; der Sinn ist derselbe, nur die Methoden haben sich mit den Zeiten geändert!»

Der kleine Hooger lenkte ab: «Gegen die Orlogschiffe dort wirkt unsere Den Helder nur wie eine grosse Barkasse!»

«Es sind der *Prins von Oranien* und die *Groote*. Beide haben Vierundsechzigpfünder an Bord, und das gleich neunzigmal. Dagegen sind unsere Kanonen die reinen Pusterohre.» Zaltboom zeigte hinüber. «Drei Batteriedecks, fünfundvierzig Geschützpforten auf jeder Seite! Die müssen die Kanonen nicht von Backbord nach Steuerbord schleppen, wenn sie wenden.»

«Dafür sind sie aber schwerfälliger als wir», warf Enno Huismans ein.

«Ja, das stimmt. Die flinke Galiot ist ihr Wachhund, die einen Gegner ablenken muss, bis das Kriegsschiff in Position ist.»

Ihre Betrachtungen wurden vom zweiten Steuermann de Vroom unterbrochen: «Freiwillige für die Kapitänsgig!» rief er vom Steuerhaus herab.

Sofort strömten die Männer nach hinten; in einem Hafen den Kapitän an Land oder zu einem anderen Schiff zu pullen, brachte Abwechslung und Neuigkeiten. Auch Harm drängte sich dazwischen und hatte Glück, er gehörte mit Lucius zu den sechs Matrosen, die de Vroom aussuchte. Das kleine Ruderboot lag noch am Aussenbordniedergang, sie stürzten hinunter, Lucius, der Maat, nahm an der Pinne Platz, dann kam Kapitän Visser mit frisch gepuderter Perücke unter dem dunkelblauen Dreispitz in prächtiger Ausgehuniform gravitätisch herunter und nahm auf der achteren Sitzbank Platz. «Zum *Prins*!» befahl er.

Bald hatten die Matrosen die geringe Distanz zum *Prins von Oranien* zurückgelegt. Eine grosse Schar Matrosen stand stramm, als Kapitän Visser das Schiff betrat. Der Bootsmann blies nach altem Brauch die Bootsmannspfeife, auf dem Hauptdeck wartete Caspar Ulrich Pomp, der Admiral der Flotte.

Pomp und Visser kannten sich; sie waren in den Kämpfen gegen den englischen Freibeuter Holmes dabei gewesen, der vor zwei Jahren mehrere niederländische Besitzungen an der Goldküste überfallen und zur Kapitulation gezwungen hatte. Als er auch Elmina angriff, konnte man ihm eine Niederlage bereiten, aber Holmes entfloh nach England. In London wurde er sofort in den Tower geworfen. Es hiess, er habe eigenmächtig gehandelt, aber jedermann wusste, das England die Holländer zum Krieg provozieren wollte. Und tatsächlich schickten die *Heeren Seventien* eine Flotte von acht Schiffen unter Admiral de Ruyter nach Westafrika, die alle Niederlassungen wieder zurückeroberte. Pomp war damals Stabschef der Flotte und Visser hatte das Kommando auf der gerade vom Stapel gelaufenen *Den Helder*. Und hier in Afrika haben sie sich nun wieder getroffen.

In den nächsten Tagen sollte die *Den Helder* mit unbekanntem Ziel auslaufen. Admiral Pomp trug als Oberkommandierender der VOC-Flotte die Hauptverantwortung für das Gelingen der geplanten Aktion. Das hatte Joop de Holthuizen gegenüber Kapitän Visser erwähnt. Der Admiral würde ihm die Instruktionen geben, die ihm für seinen Auftrag noch fehlten. Visser war ein erfahrener Seebär und ahnte die Zusammenhänge: Caspar Ulrich Pomp gab sich auch die Ehre, Visser mit einem Empfang zu verabschieden. Er entstammte einer vornehmen Reedersfamilie aus Enkhuizen; sein Grossvater gehörte 1602 zu den Gründern der Enkhuizer Niederlassung der VOC, und schon vorher segelte dessen Bruder Dirck Gerritsz Pomp nach China und machte als ›Dirck China‹ ein Vermögen. Admiral Pomp war hochgewachsen und schlank, mit kaum vierzig Lebensjahren hätte er Vissers Sohn sein können. Auffallend war ein ironischer Zug um seinen Mund. Er begrüsste Kapitän Visser freundlich und sagte, auch die Gigmannschaft solle an Bord kommen. Das liessen sich die Männer der *Den Helder* nicht zweimal sagen, rasch war die Gig vertäut und flugs enterten sie auf Deck, blieben dort aber wartend um Lucius geschart beim Grossmast stehen.

Admiral Pomp war mit Visser in Richtung Kapitänskajüte verschwunden; am Eingang stand ein Uniformierter in rotem Rock und weisser Hose, mit aufgepflanztem Bajonett in Habtachtstellung. Im Wohnraum des Admirals blickte sich Visser neugierig um. Er war sehr einfach ausgestattet. In der Mitte stand ein grosser, solide befestigter Tisch, darum herum einige Stühle, ein eingebautes Kajütbett mit messingbeschlagenen Schubladen unter der Liegefläche, eine Hängelampe, ein Teleskop, an der Wand gab es einen eingebauten Schrank, ein Büchergestell mit einer Schlingerleiste (damit die Bücher nicht herausfielen, wenn das Schiff im Seegang überliegt), ein paar Waffen, Degen, Pistolen und ein Gewehr, staken in seegangsicheren Halterungen – das war alles. Der Tisch war für zwei Personen gedeckt.

«Nehmt Platz, Kapitein, und macht es Euch bequem. Ein Gläschen Brandy? Oder lieber Sherry?» Der Admiral machte eine einladende Handbewegung zum Tisch. «Die Engländer mögen aufgeblasene Grossprotze sein, aber ihre *Alcoholica* sind doch sehr anregende Stimulanzien!»

«Ich würde gerne Ihren ohne Zweifel hervorragenden Brandy probieren, Mijnheer!» Visser setzte sich an den Tisch mit dem Gesicht zum Heckfenster, da er annahm, das der Admiral ihm gegenübersitzen möchte, um die Tür im Auge zu behalten. Pomp öffnete die Schranktür, entnahm ihm eine Karaffe und zwei Gläser und schenkte ein. Eines reichte er Visser und sagte: «Auf das Wohl der Flotte der Generalstaaten!»

Visser sprang auf und wiederholte: «Auf das Wohl unserer Flotte!» Wieder, wie schon neulich beim Generaldirektor Holthuizen, kam er sich etwas dämlich vor. Von draussen ertönten acht Glockenschläge und man hörte, wie ein Bootsmann auf seiner Pfeife das Signal zum Essenausgabe blies. Es entstand Getrappel und Bewegung. Ein Steward trat ein und servierte.

«Ich hoffe, dass Euch die Ergebnisse unserer bescheidenen Kochkünste munden, Kapitän, und wünsche einen guten Appetit.»

Die Suppe war vorzüglich. «Hervorragend!» liess sich Visser vernehmen. «Damals unter de Ruyter haben wir nicht so gut gegessen.» Im Stillen wunderte er sich, warum Pomp sich so steif und förmlich gab. Nach der Suppe gab es frischen Wildschweinbraten mit gedünsteter Ananas und anderen exotischen Früchten, Reis, verschiedene Gemüse, dazu roten Kapwein. Sie plauderten über Belanglosigkeiten, auch von der Wetterlage, aber dann nahm das Gespräch die Wende, auf die Visser wartete.

«Ich hoffe, dass Ihr mit Eurer Mission Erfolg habt, Visser!»

«Herr Admiral», begann Visser, «wir kennen uns schon lange und Ihr wisst auch, dass ich kein Hasenfuss bin. Euch dürfte auch bekannt sein, dass die *Den Helder* nach ihrer Rückkehr von der Schlacht am Medwey sofort wieder nach Elmina auslaufen musste; wir hatten keine Zeit, das Schiff zu überholen und die verschiedenen Verschleissschäden auszubessern. Und nun soll das Schiff sogleich auf eine weitere Reise von mindestens weiteren 12 000 Meilen gehen, um einen Auftrag auszuführen, dessen Erfolg mehr als fragwürdig ist.»

Admiral Pomp hatte sich im Stuhl zurückgelegt und Visser nachdenklich zugehört. Seine beringte Linke drehte gedankenverloren das Kristallglas. Nun öffnete er eine Schublade unter der Tischplatte, entnahm ihr zwei versiegelte Schreiben und legte sie auf den Tisch. «Ja, mein Lieber, gerne hätte ich Euch genügend Zeit dafür gewährt. Aber Eure Mission ist für Holland und die VOC von aussergewöhnlich eminenter Wichtigkeit. Nach dem Frieden von Breda sinnt England auf Rache für de Ruyters Überfall am Medwey. Weil aber die Kräfte der englischen Flotte in Europa von Holland und unseren französischen Verbündeten in Schach gehalten werden, glauben sie, dass sie in unseren Kolonien weitab vom Mutterland mehr Erfolg haben könnten. Die britische East India Company hat gut befestigte Niederlassungen in Indien; von dort schwärmen immer wieder Freibeuter in unsere Interessensphäre in Ostasien und überfallen unsere eher schwach verteidigten Handelsplätze in Celebes, Borneo, Westneuguinea und auf den Molukken.»

Visser nickte. Der Admiral legte die Hand auf eines der Schreiben und fuhr fort: «Dieses Dokument ist Euer Marschbefehl, er enthält alle Instruktionen: Euren Auftrag, die Route, die Ihr zu nehmen habt und weitere Einzelheiten. Generaldirektor Holthuizen hat auch schon betont, dass die Mission der *Den Helder* streng geheim ist.»

Wieder nickte der Kapitän. Er wusste, dass er Pomp jetzt nicht unterbrechen durfte. «Die Engländer haben sich mit japanischen Freischärlern zusammengetan. Die Grausamkeit, mit der diese ihre Gefangene behandeln, wird Euch bekannt sein?»

Und als Visser wiederum nickte, fuhr Pomp fort: «Auf Ambon haben sie – wie man hörte – besonders gewütet. Nur wenige der Holländer konnten sich auf ein Schiff retten. Frauen und Kinder, aber auch Soldaten, sofern sie nicht umgebracht wurden, befinden sich an Bord. Und vielleicht auch Marinus Bastiaans! Der Pott heisst *Modiadeen;* ein heruntergewirtschafteter Seelenverkäufer, mehr ein Wrack als ein Schiff. Kapitän ist ein dubioser Kerl, Yuwera oder Yurama oder so ähnlich. Ein Schmuggler und Gauner der üblen Sorte; einer, der für Geld alles tut.»

Visser stellte das Glas, aus dem er gerade trinken wollte wieder ab. «Das bedeutet möglicherweise, ob wir unsere Kolonien verteidigen können oder ob wir sie an England verlieren.»

«Jawohl, so ist es. Ihr müsst Bastiaans oder wie er sich gerade nennt, finden und mitsamt seiner Leute herausholen. Wir müssen diese Aufstellung unbedingt in die Hand bekommen.»

«Die berühmte Nadel im Heuhaufen», knurrte Visser. Jetzt trank er einen kräftigen Schluck.

Auch Pomp hob sein Glas. «Ja, die Nadel im Heuhaufen, Kapitein Visser.»

Visser sah ein, dass er sich dreinschicken musste; er räusperte sich. «Wir werden übermorgen mit der Abendflut auslaufen, Mijnheer. Bis wir unsere Niederlassungen in Batavia erreichen, vergeht ein Vierteljahr. Nach Kapstadt dauert's bei guten Windverhältnissen ungefähr drei bis vier Wochen. Dort werden wir Frischwasser, Gemüse und Lebensmittel übernehmen; nach ein paar Tagen geht die *Den Helder* dann nach Java in See. Die 7'000 Meilen bis Batavia könnten wir in 60 Tagen schaffen. Ich werden aber verdammt aufpassen müssen, dort von englischen Spitzeln unbemerkt Kurs auf die Banda-See zu nehmen.»

Admiral Pomp sah ihn ernst an. «Das mit Kapstadt geht in Ordnung!» sagte er gedehnt, nahm die Schreiben auf und reichte sie Visser hinüber. «Das andere Billett ist ein Empfehlungsbrief an Mijnheer Riebeeck in Kapstadt. Jan Anthonisz van Riebeeck ist Generaldirektor der VOC in unserer Kapkolonie. Bringt ihm den Brief mit meinen besten Empfehlungen, er wird Euch weiterhelfen und – wenn notwendig – bei Reparaturen und Verpflegungsbeschaffung unterstützen. Haltet Euch nicht länger auf, als nötig. Aber Batavia müsst Ihr vergessen. Lest die Instruktionen: Euer Kurs wird Euch südlich an Java, Lombok und Flores vorbeiführen, damit die *Den Helder* unbemerkt in die Banda-See gelangt.»

Visser erschrak: O Gott, was mutet man ihm und seinen Männern zu! Er starrte den Befehlshaber an. «Aber das sind von Elmina mehr als 10'000 Seemeilen, Mijnheer!»

«Die Admiralität ist sich der Schwierigkeit der Aufgabe bewusst, Kapitein. Nicht umsonst fiel die Wahl auf Euch. Ihr seid mein Waffenbruder, ich will nicht darum herumreden: Wir wissen um den Wert der Chancen, die Ihr habt, um den Auftrag zum Erfolg zu führen. Wir kennen auch den Zustand Eures Schiffes, das eigentlich ins Reparaturdock gehörte, und es ist uns auch bekannt, dass Euer Schiff auf der Reise nicht nur vom Bohrwurm bedroht wird, sondern dass Euch auch der Skorbut an Bord zu schaffen machen könnte. Und zudem werden die Engländer auf Euch Jagd machen, sollten sie Wind von Eurer Anwesenheit bekommen. Aber die Zeit drängt und es bleibt uns keine andere Wahl.» Caspar Ulrich Pomp hob sein Glas: «Ich trinke auf Euren Erfolg, Kapitein Visser.»

«Dazu brauche ich wohl eine gute Portion Glück, Mijnheer!»

«Erfolg ist immer auch Glück, Kapitein», sagte Pomp.

Von draussen drang anschwellender Lärm und der monotone Klang einer Trommel. Der Admiral trank sein Glas leer, erhob sich, ging ans Heckfenster und sah hinaus. «Entschuldigt, Kapitän. Die Zigarren und der Kaffee müssen warten. Ein Delinquent wird zwischen den Schiffen der Flotte durchgepeitscht. Die Boote kommen bereits – leider bleibt es mir nicht erspart, den Vollstreckungsbefehl zu verlesen. Lästige Pflicht! Lasst Euch nicht stören, aber wenn Ihr Zeuge sein wollt, dann kommt mit.»

Er schnallte den Degen um, griff nach dem Dreispitz und verliess den Raum, Visser erhob sich eilig und folgte ihm auf die Kampanje, wo die Offiziere des *Prins von Oranje* versammelt warteten.

*

An die Mannschaft war der Befehl ergangen, dem Strafvollzug beizuwohnen; die Männer – auch die von der *Den Helder* – mussten sich auf dem vorderen Deck in Reih und Glied aufstellen, manche kletterten, um besser sehen zu können, in die Boote oder einige Ellen hoch in die Wanten. Marinesoldaten bezogen unter Pfeifen- und Trommelklang mit Musketen und Seitengewehr am Schanzkleid des Mitteldecks und der Kampanje Aufstellung. Auch auf den anderen Schiffen sah man Kopf an Kopf schweigende Männer stehen.

Der Trommelwirbel näherte sich, dann tauchte um den Bug des Flaggschiffs herum eine Pinasse auf; die Matrosen darin ruderten im langsamen Takt der Trommel. Vorne im Boot stand der Trommler, neben ihm ein Arzt, dann kam der Profos. Hinten sass ein Leutnant an der Pinne. Zwischen dem Offizier und dem Stockmeister aber hockte eine erbärmlich hergerichtete Gestalt. Harm Jansen beugte sich über das Schanzkleid, um besser zu sehen, und erschrak. Der Atem wollte ihm stocken und, ohne dass es ihm bewusst war, rief er leise: «Oh Gott!» Lucius neben ihm gab ihm einen raschen Blick, seine eisige Miene schien zu sagen: ›Reiss dich zusammen!‹ Der Mann in der Pinasse war ein Schwarzer, dreissig Jahre alt oder wenig mehr. Er war gefesselt und nur mit einer weiten Baumwollhose bekleidet. Sein Kopf hing auf die Brust hinab, sein Gesicht war nicht zu erkennen, seine Hose und die Planken des Bootes waren mit Blut besudelt, aber das Schlimmste war der Anblick seines geschundenen Rückens: vom Hals bis zum Hosenansatz hatte die neunschwänzige Katze das Fleisch bis auf die Knochen zerfetzt, es hing in schwärzlichen Fetzen herab.

Der Trommelwirbel brach ab, der Leutnant im Boot befahl mit lauter Stimme «Riemen ruh'n», und die Matrosen legten die Ruderriemen in Fahrtrichtung parallel an die Bootswand. Die Pinasse glitt langsam weiter, bis sie unter der Kampanje zum Stillstand kam. Oben schlenderte Admiral Pomp gemächlich an die Reling und schaute teilnahmslos auf die Szene hinab. Prächtig sah er aus in seiner blau-roten Uniform mit den goldenen Tressen, mit seinem Degen und dem Dreispitz auf der gepuderten und bezopften Perücke.

Der Wundarzt beugte sich über den grässlich entstellten Körper, untersuchte ihn kurz und rief dann zum Admiral hinauf: «Der Mann ist tot, Mijnheer!»

Gemurmel kam auf und wanderte durch die versammelte Mannschaft. Admiral Pomp legte die Hände auf den Relingslauf. «Tot?», sagte er leichthin und blasiert. «Da hat der Kerl Glück gehabt. – Stockmeister!»

Der Profos nahm militärische Haltung an. «Mijnheer!»

«Zu wie viel Hieben war er verurteilt?»

«Zehn Dutzend, Mijnheer!»

«Und wie viel müsste er noch bekommen?»

«Zwei Dutzend, Mijnheer.»

Pomp nahm aus der Hand eines Offiziers an seiner Seite ein Exemplar des Strafgesetzes der Vereenigden Oostindischen Compagnie, entblösste nicht ohne Anmut sein Haupt und hielt den Dreispitz mit der Linken leicht vom Körper abgewinkelt. Die Männer ringsherum zogen in Ehrfurcht vor dem Gesetz die Mützen und Kappen ab, und in die Stille hinein las der Admiral den Abschnitt vor, die über einen Sklaven als Strafe für das Entlaufen zu verhängen ist. Dann setzte der den Dreispitz wieder auf, sah auf die Pinasse hinab und befahl mit ruhiger Stimme: «Stockmeister, tu' Er seine Pflicht!»

Der Profos zögerte; die unerhörte Zumutung überraschte selbst ihn. «Wie meinen Mijnheer?» stammelte er.

«Zwei Dutzend! Hat Er doch selbst gesagt.»

«Jawohl, Mijnheer, zwei Dutzend.» Unsicher bückte er sich, tastete er mit einer Hand hinter sich in die Ducht und hatte, als er sich wiederaufrichtete, die neunschwänzige Katze in der Hand. Langsam ging er nach hinten zum toten Delinquenten, die Ruderer machten ihm mit finsterem Gesicht Platz, aber auch die ganze Körpersprache des Stockmeisters drückte Widerwillen gegen die Zumutung aus. Vor dem Verurteilten angekommen, liess er die Lederriemen der ›Katze‹ durch seine Finger gleiten, hob dann den Arm und liess die Peitschenriemen auf den geschundenen Körper niedersausen. Die Hiebe folgten in gleichmässigen Abständen, jeder durchbrach die Stille wie ein Schuss. Harm starrte auf die Szene; ihm war übel und er zählte im Stillen mit, die Zeit bis zum Ende der ›Bestrafung‹ erschien nicht nur ihm endlos. Lucius neben ihm umklammerte mit der Rechten die Brustwehr, seine Knöchel traten weiss hervor, aber sein

Gesichtsausdruck zeigte keine Regung. Schliesslich kam doch das Ende: «Zweiundzwanzig, dreiundzwanzig, vierundzwanzig . . .»

Kommandos erschallten, die Marinesoldaten zogen in die Quartiere, auf dem Schiff entstand wieder Bewegung. Und während die Delinquentenpinasse mit dem Toten und seinen Begleitern zum Ufer gerudert wurde, kehrten der Admiral und sein Gast in die Kajüte zurück.

*

Die Männer der *Den Helder* assen in der Back mit der Mannschaft des *Prins*. Harm Jansen war immer noch übel von dem, was er gerade hatte mit ansehen müssen und kaum imstande, einen Bissen hinunterzuwürgen. Schweigend sass er zwischen den diskutierenden Männern. Lucius war der erste, der die Züchtigung erwähnte.

«Was hat der Neger verbrochen?» fragte er laut in die Runde.

Die Diskussionen ringsum erstarben augenblicklich, die Männer starrten ihn an. Ein Obermaat des *Prins von Oranien* stellte hörbar seinen Becher, den er gerade zum Munde geführt hatte, mit deutlichem Geräusch auf den Holztisch und blickte Lucius unwirsch an.

«Der Kerl, der geprügelt wurde?»

Lucius sah ihm starr in die Augen. «Der Schwarze, der totgeprügelt wurde!» sagte er halblaut.

«War ein Sklave. Anführer einer Gruppe aus einem Dorf beim Tane-Fluss, sie nennen sich Taccarary. Soll ein kräftiger und kluger Kerl gewesen sein.»

«Was hat er verbrochen?»

«Die Neger werden im Inland von speziellen Kommandos gefangen und auf die Insel da draussen gebracht», – er zeigte über die Schulter in Richtung See – «dort, wo Euer Schiff liegt. Sie bekommen das Brandzeichen der VOC aufgebrannt und werden, wenn gut 400 beisammen sind, auf ein Sklavenschiff gebracht, das nach Westindien abgeht – wie unser Geleitzug.»

«Warum hat man ihn verurteilt?» wiederholte Lucius.

«Hat versucht, sich aus dem Staub zu machen, er wollte von der Klippe ins Meer springen und an Land schwimmen. Aber hier wimmelt es von Haien; der Kerl hätte sich lieber fressen lassen.»

«Man hat ihn vorher erwischt?»

«Ja. Ein Wachsoldat hat ihn entdeckt, wie er zur Klippe schlich, und konnte ihn gerade noch packen. Da hat der Neger dem Wächter die Faust ins Gesicht gepflanzt und ihm den Kiefer gebrochen, aber weitere Männer der Wachmannschaft kamen herbei und konnten den Schwarzen überwältigen.»

«Und dann wurde er zum ›Durchpeitschen‹ verurteilt» schloss Lucius. Durchpeitschen bedeutete, dass ein Delinquent zwischen einer Reihe von Schiffen hindurchgerudert und dabei gepeitscht wurde.

«Habt es ja gesehen. Hundertzwanzig Hiebe sollte er empfangen, war aber schon nach acht Dutzend hinüber. Der Profos muss zugeschlagen haben wie ein Stier!»

Harm Jansen wollte etwas sagen, aber Lucius legte warnend seine grosse Pranke auf Harms Hand. «So, so, einen Wachsoldaten hat er geschlagen. Tja, dann hat er ja verdient, was ihm zuteil geworden ist. Die Gesetze der VOC und der Marine sind hart, aber gerecht.»

Aber Harm war von Empörung und Abscheu erfüllt und konnte nicht an sich halten. «Gerecht? Gerecht soll das sein? Das ist grausam und unmenschlich! Hundertzwanzig Hiebe mit der Neunschwänzigen Katze und von dieser Gewalt – das hält kein Mensch aus! Totgeprügelt hat man ihn! Warum wurde der arme Kerl nicht gleich gehängt, dann hätte er nicht so leiden müssen!»

Der Obermaat sah ihn mit gerunzelter Stirn an. «Armer Kerl?» sagte er. «Da musst du noch viel lernen, Junge.»

«Dafür werde ich sorgen», brummelte Lucius. «Mit Kerlen dieser Art darfst du kein Mitleid haben, Harm.»

«Und vergiss nicht, wie dein Maat gerade sagte, dass es keine gerechteren Gesetze gibt als die der See», fügte der Obermaat des *Prins von Oranien* hinzu. «Und sie sind zudem auch notwendig, denn sie führen jedem zuschauenden Mann vor Augen, was Widersetzlichkeit zur Folge haben kann. Die Disziplin muss gewahrt werden.»

Harm kam das bekannt vor, van Houten hatte ihm Ähnliches gesagt.

Die Sonne senkte sich schon dem westlichen Horizont entgegen, als sie Kapitän Visser zur *Den Helder* zurückpullten. Die Ebbe kenterte gerade und man sah, wie im Schlamm am Ufer ein paar Männer eilig eine Grube aushoben. Sie verscharrten die Leiche des Schwarzen.

In seine Kabine zurückgekehrt fand Kapitän Visser zwei Flaschen des vorzüglichen englischen Brandys vor. Ein Zettel trug Pomps Handschrift: «Ihre *Alcoholica* sind wirklich sehr anregende Stimulanzien! Gute Reise!»

Auf einem Schiff
zusammengepferchte
Sklaven
(zeitgenössische Zeichnung)

Kapitel 5: Tod eines Offiziers

Die *Den Helder* hatte Elmina verlassen. Der Kapitän gab einen weiten Bogen-kurs vor – weit hinaus auf den Atlantik –, um den im Winter vorherrschenden Nordostpassat zu nutzen. Schon am zweiten Tag fanden sie den günstigen Wind und rauschten mit voller Besegelung, die Brise im Rücken, nach Südwesten. Beim 14. südlichen Breitengrad würde die *Den Helder* über Stag gehen und mit ungefähr 130 Grad am Kompass Kapstadt ansteuern. Im Jahre 1500 hatte der Portugiese Pedro Alvares Cabral zum ersten Mal diese Route gewählt und das günstige Windsystem entdeckt, welches die Schiffe schneller ans Kap der Gu-ten Hoffnung trug, als die küstennahe Seereise nach Süden. Allerdings war Cab-ral etwas zu weit nach Südwesten ausgeschwenkt und hatte dabei zufällig Bra-silien entdeckt, aber das hatte seinen Ruhm als Seefahrer nur noch bestärkt. Die Cabral-Route ums Südkap nutzten seither alle Seefahrer. Visser und Scheepers waren froh, den förmlich-steifen Vorgesetzten in Elmina entronnen zu sein. Die Fleute flog nur so dahin, so dass Scheepers den diensthabenden Offizieren be-fahl, die Leesegel nicht aus den Augen zu lassen und nicht zu viel von den Spie-ren zu verlangen. Die Oberfläche des blauen Wassers sah wie gemalt aus, schäumte aber zu blendendem Weiss auf, als die *Den Helder* es durchpflügte. In den Wellen, die ihr gedrungener Bug nach beiden Seiten warf, tummelten sich Delphine.

Die Masten zeichneten in der Schiffsbewegung unsichtbare Kreise in den blauen Himmel, die Wahrschauer klammerten sich in den Ausguckkörben in schwindelnder Höhe an die Pardunen, während die *Den Helder* majestätisch durch die Wellen rauschte. Der Zweite Offizier Swaart, Unterleutnant van Hou-ten und Fähnrich Terbrugge schritten mit ihren Teleskopen unter dem Arm das Deck ab, der Schiffszimmermann Joke Lubinius und einer der Matrosen arbeiteten mittschiffs an den defekten Deckplanken, sie wurden auf Scheepers Anordnung durch neue ersetzt. Der Vize liess unter keiner Bedingung zu, dass das makellose Deck von Rissen in den Planken verschandelt wurde.

Die übrige Schiffsmannschaft war während der ersten Plattfusswache dienstfrei. Vorn an Deck sassen und standen kleine Gruppen herum. Man unterhielt sich und besserte seine Sachen aus. Manche faulenzten auch nur, und achtern genossen die Offiziere des Schiffs und Schiffsarzt Bekendam den warmen Nachmittag. Alle waren es zufrieden, wieder das Heben und Senken der *Den Helder* unter den Füssen zu verspüren, den Wind in der Takelage zu hören und die Musik der See unter dem Bug.

Harm Jansen hatte sich wieder Olfert Dappers Buch von Enno geliehen und mit grossem Interesse gelesen, was er über die Entdeckung des Kaps geschrieben hatte:

«Achtundzwanzig Jahre nach dem Tode Heinrich des Seefahrers gelang endlich die Umrundung des Schwarzen Kontinents. Eine neue Expedition, die unter dem Kommando von Bartolomëu Diaz, Ritter am Hofe von Lissabon, nach Süden auslaufen sollte, wurde in der Stadt streng geheim gehalten. Kein Spanier, kein Genuese, kein Venezianer sollte von diesem entscheidenden Unternehmen etwas ahnen. Ende Juni 1487 lief die kleine Flotte aus. Die Expedition bestand aus zwei Karavellen und einem Versorgungsschiff; sie waren mit Proviant für mehrere Jahre beladen, gut bewaffnet, und im Rumpf führten sie einige steinerne Wappenpfeiler mit. Je tiefer sie in den Südatlantik vordrangen, desto gefährlicher wurde ihr Unternehmen; Stürme und raue See nahmen zu, und das schwerfällige Versorgungsschiff musste im Golf von Guinea zurückbleiben. Nach fünf Monaten erreichten die beiden Schiffe eine Bucht vor der trostlose Küste Namibias. Sie nannten sie als Dank für überstandene Gefahren nach der Gottesmutter Golfo di Santa Maria. Diaz gönnte hier seinen Leuten kurze Rast. Die Mannschaft war erschöpft, von Krankheit und Strapazen gezeichnet, und die Stimmung war nicht gut. Man hatte ein tropisches Paradies erwartet, nicht diese unwirtlich heisse Einöde. Heute befindet sich hier der grosse Seehafen Namibias: die Walfishbay.

Nach einigen Tagen ging es weiter. Sie hielten sich vom Land frei und segelten, gut 150 Seemeilen von der Küste entfernt, auf Südkurs. Am Heiligen Abend brach ein ungeheures Unwetter los – ein Sturm, wie ihn selbst die an Gefahren gewöhnten Seeleute noch nicht erlebt hatten. Wind und Wellen versetzten die Karavellen immer weiter nach Süden, die Schiffe lenzten vor Topp und Takel; eine Position zu bestimmen war völlig unmöglich. Die Besatzung glaubte sich dem Ende nahe, Angst und Entsetzen machten sich breit. Erst nach dreizehn Tagen liess der Sturm etwas nach, und Diaz konnte mit gerefften Segeln Kurs nach Osten nehmen. Er wollte sich dem Festland wieder nähern, von dem er glaubte, es verliefe noch immer weiter nach Süden. Als aber nach längerer Zeit überhaupt kein Land in Sicht kam, liess er den Kurs nach Norden ändern, als hätte er geahnt, dass der Südverlauf der afrikanischen Küste nunmehr beendet sei.

Endlich stieg aus dem Dunst des Horizonts die Silhouette von Land herauf. Bald erkannten sie eine grüne Küste und sahen zu ihrem Erstaunen auch Viehherden. Diaz taufte die Küste Andra dos Vaqueros, Bucht der Viehhirten. Ohne die Südspitze Afrikas gesehen zu haben, hatten sie sie im Unwetter umrundet. Als erste Europäer betraten Diaz und seine Männer Südafrika. Sie entdeckten dieses Land, nahmen es aber nicht in kolonialen Besitz. Die wirtschaftliche Bedeutung erschien ihnen klein, ausser, dass man Vieh zur Verpflegung eintauschen konnte. Die weitere Geschichte Südafrikas schrieben andere, die aus England und Holland kamen.

In Mossel Bay, der kleinen südafrikanischen Stadt mit 30'000 Einwohnern, wird die Erinnerung an Bartoloméu Diaz gepflegt, obwohl er hier nur kurze Zeit vor Anker ging. Das Diaz-Denkmal am Hafen weist nach Ostnordost; das war der Kurs, den Diaz auf seinem weiten Weg nach Indien nahm. Doch er kam nicht mehr weit; seine Mannschaft verweigerte ihm den Gehorsam: die erlebten Strapazen sowie die Knappheit an Lebensmitteln und Trinkwasser hatten sie mutlos gemacht. Am 12. März 1488 erreichten sie eine Felsenklippe, wo sie wenigstens eine Quelle fanden. Diaz liess einen Padrão errichten. ›Dort angekommen‹, so verzeichnete ein Schiffschronist, ›erfüllte das Schiffsvolk grosse Müdigkeit und Furcht wegen der grossen Meeresgebiete, die sie hinter sich gebracht hatten. Und alle fingen an, sich wie ein Mann zu beklagen und zu verlangen, dass die Fahrt nicht weiter fortgesetzt werde. Sie sagten, dass die Lebensmittel nicht mehr ausreichen würden und dass man, falls man weitersegle, hungers werde sterben müssen. Es sei für eine Reise genug, soviel Küste erforscht zu haben, und sie hätten bereits die wichtigste Erkenntnis erlangt, die aus dieser Entdeckungsfahrt zu ziehen gewesen sei; nämlich, dass sich das Festland nun immerfort in nordöstlicher Richtung erstrecke. Es scheine auch, dass ein bedeutendes Kap hinter ihnen läge. Es sei besser umzukehren, um dieses zu erkunden.‹

Diaz, der unbedingt den Durchbruch nach Indien schaffen wollte, konnte die Fahrt noch ein paar Tage fortsetzen, als aber auch seine Offiziere zur Umkehr rieten, musste er das Unternehmen abbrechen. Die Schiffe gingen auf Gegenkurs und segelten der Küste entlang nach Westen. Dann sahen sie endlich jenes Kap, das das Ende Afrikas markiert. Weil sie es im Orkan unter grossen Entbehrungen umrundet hatten, nannten sie es ›Kap der Stürme‹. König Johann II. von Portugal hat es nach ihrer Rückkunft in ›Kap der Guten Hoffnung‹ umgetauft, um damit seiner Zuversicht Ausdruck zu geben, der Seeweg nach Indien sei nun frei. Als Diaz im Dezember 1488 heimkehrte, hatte die Reise sechzehn Monate und siebzehn Tage gedauert. Der König empfing ihn in einer feierlichen Audienz, an der auch Kolumbus anwesend war.

Kolumbus hatte König Johann einen Seeweg nach Indien über den Atlantik nach Westen vorgeschlagen, weil Indien - wie er überzeugt war - über wesentlich kürzere Distanz zu erreichen sein müsse. Doch der König war nun noch weniger als vorher an Kolumbus' Ideen interessiert: warum sollte man einer ungewissen Theorie nachhängen, wenn der zwar lange, aber doch sichere Weg um Afrika gefunden war? Die Umfahrbarkeit dieses riesigen Kontinents war bewiesen.

Diaz blieb auf einer späteren Fahrt im Indischen Ozean mit seinem Schiff verschollen. Aber seither hat die Welt ein anderes Gesicht.»

*

Auf der Brücke lehnte Kapitän Visser an seinem Platz in Luv, der Vize in Lee. Sie hatten sich von Mool, dem Koch, eine Muck Kaffee bringen lassen, den sie nun behaglich schlürften. Auf den Decks vorne konnten sie van Houten hören, der Befehle rief, und gerade noch den geschäftigen Lärm der Mannschaft vernehmen, die zu den Brassen eilte, um die Segelstellung zu korrigieren. Am Grossmast kam Honke mit Harm Jansen im Gefolge nach achtern, der Obersteuermann erklärte Harm etwas, die beiden blieben stehen und Harm antwortete. Visser und Scheepers beobachteten die beiden schweigend.

Nach einer Weile liess sich der Vizekapitän vernehmen: «Ich glaube, wir haben keinen schlechten Fang mit ihm gemacht, Baas», sagte er.

«Da könnt Ihr Recht haben, Gerrit.»

Sie schwiegen wieder. Visser dachte an die Szene in Elmina, als er Honke und die Kadetten auf der Plattform der Festung getroffen hatte. Das Interesse dieses jungen Ostfriesen an der Welt war nicht alltäglich. Unten diskutierten die beiden immer noch. Honke zeigte in den Grossmast, der Finger seiner ausgestreckten Hand folgte dem Liniengewirr der Trossen und Taue; offensichtlich erklärte er Harm das Takelwerk.

«Der Junge hat 'nen wachen Geist, er kann rechnen und denkt logisch», brummte er zu Scheepers nach Lee. Der sah zum Kapitän hin. Visser berichtete seinem Stellvertreter von der Diskussion über die Sklaven und schloss: «Er fragte immer wieder nach, bis er wusste, was er wissen wollte. Und dann hatte er im Handumdrehen Kosten und Rendite einer Schiffsfracht Schwarzen Elfenbeins ausgerechnet.»

«Erstaunlich!» sagte Scheepers. «Lernt das die Jugend auf Borkum?»

«Nee, das glaube ich nicht», lachte der Kapitän, «der hat wohl eher einen weitsichtigen Vater gehabt.»

Die beiden dort unten machten sich nun mit Tauenden zu schaffen. Man konnte von der Brücke erkennen, wie Honke dem Jungen Griff um Griff allerlei Knoten vormachte und Harm mit raschen Blicken auf die Hände des Obersteuermanns synchron sein eigenes Tauende schlang.

«Ja, ja, die gute alte Seefahrt beginnt mit vielen Seemannsknoten!» lachte der Baas. «Na, Vize, könnt Ihr sie noch alle? Den Kreuzknoten, Fallreepsknoten und den Reffknoten, den Slipstek, Palstek, Schotenstek, den Webleinstek und den Zimmermannsstek?»

«Vergesst nicht den Frauen- und den Überhandknoten», lachte Scheepers, «mit denen man die Neulinge narrt.»

Sie sahen, wie Honke sich über Harms Knotenprodukt beugte, ihm offensichtlich einen Fehler zeigte und den Knoten wieder öffnete. Die beiden begannen ihre Übungen von vorne, dann streckte Harm sein Ende triumphierend in die Höhe, Honke klopfte dem Jungen lachend auf die Schulter und Harm grinste breit zurück.

«Haben wohl ein gutes Einvernehmen, die beiden.»

«Es scheint so, Baas.»

«Wird einen guten Seemann abgeben, der Junge.» Visser stellte die leere Muck ab.

«Eigentlich schade, bei der Begabung, Baas.»

Der Kapitän sah überrascht zum Vize hinüber. «Hab' auch schon überlegt», sagte er. «Matrose und Soldat kann jeder Dummkopf werden. «Aber wer so rechnen kann . . .»

«Arian könnte ihn sich ja unter die Fittiche nehmen.»

Visser nahm seinen hohen Kapitänshut mit der schmalen Krempe ab und wischte sich über die spärlichen Haare. «Ja, wäre 'ne Möglichkeit. Der Zahlmeister hat auf See sowieso fast nichts zu tun.»

«Aber was wird Honke dazu sagen. Er wird ihn an Deck brauchen. Soll ich mal mit ihm reden, Baas?»

«Nein, lasst mal sein. Mache ich selber. Schickt ihn nachher in die Messe.»

*

Sie hatten sich im Windschatten der Hütte niedergelassen. Arian Bep Cluins, der Schiffsfaktor, lehnte an der Wand, Harm hockte auf einem umgedrehten Eimer.

«So bist du also bei mir gelandet.» Cluins Blick lag lange auf dem blonden jungen Mann. Harm wurde es schon unbehaglich. ›Warum starrt er mich so an‹, dachte er, ›sicher kommt ihm das alles ungelegen.‹ Er hatte zuerst gar nicht gewusst, was er vor Freude sagen sollte, als Honke ihm heute früh nach der Morgenwache erklärte, dass er ab sofort von Mijnheer Cluins Unterricht in

Warenkunde und Buchführung erhalten sollte. Als er vom Kapitän gefragt wurde, wie es mit dem Neuen vorwärts gehe, konnte er nur Gutes berichten.

«Und», hatte Visser schliesslich gedrängt, «was sagt Ihr zu seinen Rechenkünsten? Hat in Elmina ja gute Geschäfte gemacht mit dem Sklavenprofit.»

«O ja, Baas, da hat er vom Sklavenhändler flugs einen ganzen Gulden bekommen.»

Der Kapitän starrte ihn verblüfft an. «Ich glaube fast, wir reden von zwei verschiedenen Dingen. Ich meine unser Zusammentreffen oben auf der Festung, als er den Gewinn der Schiffsladungen mit Schwarzem Elfenbein ausrechnete.»

«O Mann, Kapitein, da habe ich glatt 'was verwechselt.» Honke kratzte sich am Kopf und trat verlegen von einem Bein aufs andere. «Vorher gab es unten im Ort noch einen Zwischenfall.» Der Obersteuermann erzählte Visser vom Streit zwischen dem Wirt und dem Sklavenhändler und schloss seinen Bericht: «Ja, da hat der Händler nicht nur seine Zeche bezahlt, sondern unserem jungen Freund auch einen Goldflorin in die Hand gedrückt. So glücklich war der! Der Junge hat uns dann gleich zu 'ner Kanne Bier eingeladen.»

«Und darum wollen wir ihn dem Schiffsfaktor anvertrauen. Der soll ihm noch mehr Rechnen beibringen und Warenkunde.»

«Warenkunde? Was is'n das?»

«Er soll lernen, was eine Ware wert ist, damit man beim Handel nicht zu viel drauflegt. Was kostet ein junger, gesunder Neger? Ist die Baumwolle frei von Parasiten? Wie frisch ist der Pfeffer, der Ingwer, von welcher Qualität sind die Gewürznelken? Lauter solche Sachen. Und er muss das von den Eingeborenen gebräuchliche Geld in den Kolonien oder ihren Tauschwert kennen und imstande sein, den Gold- und Silbergehalt der verschiedenen Münzen festzustellen.»

«Das soll der Junge alles lernen?» Honke staunte ehrfürchtig.

«Was meint Ihr, Obersteuermann, könnt Ihr ihn entbehren?»

«Tja, was soll ich da sagen?» Honke neigte bedächtig den Kopf. «Da habe ich wieder zwei Hände weniger an Deck, Baas.»

«Eine, Honke Kruse, eine. Er ist ja noch kein Seemann, Ihr sollt erst einen aus ihm machen.»

«Wie soll ich das, wenn Ihr ihn mir jetzt wieder wegnehmt, Baas. Er stellt sich nämlich prima an und kann bald als vollwertig eingesetzt werden.» Er machte eine Pause und sagte dann: «Aber wenn er so ein Schlaukopp ist, kann ich ihm wohl kaum im Weg stehen.»

Da hatte Visser sich zufrieden in seinem Sessel zurückgelehnt. «Wisst Ihr was, Obersteuermann, wir machen es mit ihm, wie mit den Kadetten. Kommt Ihr bei gutem Wetter ohne ihn zurecht, gehört er dem Schiffsfaktor, geht die See aber hoch, dann habt Ihr ihn an Deck.»

Und nun sass er mit Cluins im Lee der Hütte. «So bist du also bei mir gelandet.»

«Ja, Mijnheer. Obersteuermann Kruse sagte, ich könnte bei Euch mehr lernen als bei ihm.»

«Oho, er ist zu bescheiden. Der Obersteuermann ist der beste Seemann, den ich kenne – und ich kenne weiss Gott 'ne ganze Menge.» Wieder sah er den Jungen eine Weile stumm an. «Kannst du zählen», fragte er plötzlich.

«Zählen? Natürlich.»

«Na, dann zähle mal.»

Harm wusste nicht, was er davon halten sollte und begann zögernd: «Eins – zwei – drei – vier – fünf . . .»

«Halt!» rief Cluins. «Du bist ein Genie!»

«Ich verstehe Euch nicht, Mijnheer.»

«Wirst du aber gleich. Vor Jahren begegnete ich auf einer vergessenen Insel in der Seram-See einem alten Stammesführer. Als ich ihn nach seinem Alter fragte, behauptete dieser stolz, drei Jahre alt zu sein. Ebenso wie bei den Papuas auf Neuguinea und in vielen Stämmen in der pazifischen Region – vielleicht bei der gesamten Menschheit vor der Erfindung der Zahlen durch die Sumerer – zählte man in seinem Volk «eins, zwei, drei, viele.»

«Und sie kamen damit zurecht?»

«In der Vorstellungswelt des Stammesführers und seiner Leute bedeutete «eins» Kindheit, «zwei» Erwachsenenalter und «drei» das begehrte Greisenalter, das die wenigsten erreichten, weil sie vorher starben.»

«Daher der Stolz des Häuptlings!» Harm war überrascht.

«Du musst einsehen, dass die Grundprinzipien des Zählens und Rechnens, die du von deinem Lehrer in Borkum erlernt hast, in die Gesellschaft, in der dieser alte Mann lebte, noch nicht eingedrungen waren.»

Harm dachte kurz an Pastor Korte, die Mutter kam ihm in den Sinn – ob sie ihr Auskommen hatte, ob sie auf ein Lebenszeichen von ihm wartete? Aber der Faktor sprach schon weiter und Harm musste aufpassen.

«Sie kamen ohne Zahlen offenbar bestens klar. Ihre Welt ist so anders, dass sie für die meisten Europäer unvorstellbar ist. In ihrer Welt ist es nicht nur unnötig, über drei hinaus zuzählen, sondern auch verwirrend, da weitere Zahlen für sie keine Bedeutung haben.»

«Und trotzdem konntet Ihr mit ihnen Handel treiben?»

«Ich musste damals noch viel lernen, ich war noch jung – so wie du. Der Kaufmann, den ich begleitete, hat mir über vieles die Augen geöffnet. Sie verwendeten Kerbhölzer und Steine. Es gibt heute noch Hirten, die Kiesel verwenden, um – ohne sie zu zählen – den Überblick über ihre Herde behalten. Zahlen werden dabei nicht verwendet, es geht um eine rein visuelle Entsprechung: Für jedes Schaf, das in ein Gehege geht, wird ein Kiesel in einen Sack gesteckt.

Einen Kiesel für ein Schaf zu setzen, war bereits ein grosser intellektueller Schritt, ein Beispiel für reine Überlegung, denn ein Kiesel und ein Schaf haben nun einmal nichts gemein.»

«Aber die Insulaner kamen mit Kerbhölzern und ähnlichem gut zurecht?»

«Ja. Schon mal 'was von Babylon gehört?»

Da wusste Harm Bescheid, das kannte er vom Religionsunterricht. (Schon wieder fuhr ihm Pastor Korte durch den Sinn.) «König Nebukadnezar hat Palästina erobert, Jerusalem zerstört und das Volk Israel in Gefangenschaft geführt!» verkündete er stolz.

Arian Bep Cluins lächelte verstohlen. «Das auch, aber wir verdanken den Babyloniern noch etwas anderes. Sie haben die Ziffern erfunden, die für Schafe, Kiesel oder Felder standen und die man im Kopf behält oder auf einer Tontafel festhalten konnte, und zwar am Ende des vierten Jahrtausends vor Christus. Damals wurde auch die Schrift entwickelt, man begann zu zählen, zu messen und aufzuschreiben. Damit der König wusste, wie viele Steuern er zugute hatte. Verwaltungsbürokratien mit schriftlichen Unterlagen wurden nötig. Noch immer verwenden wir jeden Tag einen Überrest des alten babylonischen Zählprinzips, das ein Sexagesimalsystem war, das heisst auf der Basis 60 aufbaute statt auf der Basis 10 wie unser Dezimalsystem. Die Babylonier teilten den Tag in 24 Stunden, jede Stunde in 60 Minuten und jede Minute in 60 Sekunden auf.»

«Von den Kadetten, die in Navigation unterrichtet werden, weiss ich, dass man die Erdkugel in 360 Grad einteilt und jedes Grad in 60 Bogenminuten.» Harm schloss die Augen. «Gewaltig!» sagte er bewundernd.

Begierig saugte er in sein Hirn auf, was ihm sein Lehrer beibrachte.

*

Sie konnten sie mit günstigen Winden und bei gutem Wetter Kapstadt nach dreieinhalb Wochen erreichen und in der Tafelbucht Anker werfen. Kapitän Visser sprach bei Jan Anthonisz van Riebeeck, dem Generaldirektor der VOC vor und überreichte ihm ein Empfehlungsschreiben von Admiral Pomp. Der wurde nach der Lektüre sehr geschäftig und versprach jegliche Hilfe und Unterstützung. Kapitein Visser solle seine Wünsche ungeniert äussern, den Grund seiner Mission habe Pomp nicht bekannt gegeben, aber sein Hinweis, dass es um Hollands Zukunft in Fernost gehe, genüge schliesslich.

Die Männer mussten das Takelwerk abnehmen, an Land bringen und die Schäden ausbessern. Kapitän Visser liess auch die Räume unter Deck lüften, reinigen und lecke Stellen in den Bordwänden kalfatern. Die Offiziere trieben die Mannschaften an, damit die Reise möglichst bald fortgesetzt werden konnte. Nicht nur der Auftrag drängte den Kapitän zur Weiterreise, die Zeit des Südherbstes nahte und die Zeit zum Befahren der höheren südlichen Breiten, welche sie passieren sollten, würde bald durch schlechtes Wetter und grosse Kälte beeinflusst werden.

Sie bunkerten neue Vorräte an Salzfleisch und Gemüse, auch Frischfleisch für die Tage nach der Weiterreise, und füllten alle verfügbaren Fässer mit Frischwasser. Die Vorräte an Bord zu hieven war äusserst mühsam; Kapitän Visser musste bei der VOC-Niederlassung Hilfskräfte anfordern. Man sandte ihnen 40 Bantus (von den Holländern verächtlich ›Kaffern‹ genannt), trotzdem brauchten sie zwei ganze Tage, bis alles sorgfältig gestaut war.

Einen Tag vor der geplanten Weiterreise durften noch einmal alle bis Ende der ersten Abendwache in den Ausgang. Nur Unterleutnant van Houten als Wachoffizier und die Mannschaft der Ankerwache befanden sich an Bord. Der Kapitän und die anderen Offiziere waren beim Generaldirektor der VOC zu einem Diner geladen und hatten sich mit der Spitzgattjolle an Land pullen lassen. Am Nachmittag kehrte der Matrose Klaas Julius Meeuv mit einer kleinen Gig vom Landgang zurück. Klaas ruderte Gig längsseits des Aussenniedergangs, vertäute sein Boot und rief in seiner bedächtigen Art nach oben: «Kameraden, helft mir mal beim Leichtern!» Seekadett Enno Huismans gehörte zur Ankerwache. Er sah über Bord nach unten und staunte nicht schlecht. Meeuv hatte ein lebendiges mittelgrosses Lamm geladen.

«Was willst du denn damit, Klaas?»

«Jo, wir machen ein Schlachtfest, hab' ich mir gedacht.»

«Du willst es hier schlachten?»

«Jo, und du bist auch eingeladen. Habe die Gig hier am Hafen von einem Fischer geliehen, muss sie nachher zurückbringen. Wir haben drum nich' viel Zeit. Komm' und mach' vorwärts, hilf mal!»

Enno rief nach hinten: «Abel, Jacobus, Harm! Kommt her und helft.»

Flugs flog ein Tau über die Reling, Klaas band das Lamm fachgerecht fest und im Nu war das Tier an Bord gehievt. Das Tier wurde begutachtet und als nicht zu fett und nicht zu alt befunden. Klaas sagte:

«Geh' mal einer in die Vorpiek; da hat es einen Drehspiess mit Kohlenbecken. Holt es her und macht schon Feuer. Jo, ich will mal inzwischen das Tierchen schlachten.»

Seekadett Abel Trois und Harm flitzen zum Vorschiff. Klaas band das Lamm an der Nagelbank mit der Leine fest, verschwand im Niedergang. Das Tier blökte zweimal ängstlich, gleich darauf kam Klaas mit einer trogartigen Wanne und einem grossen Messer zurück. Er stellte die Wanne am Fuss des Fockmastes auf, stapfte zur Nagelbank, band das Tier los und führte es zum Trog. Wieder blökte es mehrmals, und gerade als Klaas mit dem Rücken zum Mast das Lamm zwischen die Beine klemmte, tauchte Unterleutnant van Houten auf. Er befand sich auf einem Rundgang von der Kampanje übers Mitteldeck zum Vorschiff und ihm war, als habe er das Blöken eines Schafes vernommen.

Ein Matrose stand bei der Nagelbank und kehrte ihm den Rücken – es war Eekens, der Vollmatrose der Steuerbordwache. Ein anderer stand in gebückter Haltung über einem Schaf. Van Houten eilte heran und erkannte Klaas Julius Meeuv. Dass die Mannschaft sich in den Häfen häufig selber verpflegte, war allgemein üblich. Man duldete es auch, ein Schaf oder kleines Schwein zu schlachten, natürlich musste das Deck wieder blitzsauber hinterlassen werden. Aber van Houten war nicht nur ein kleinlicher Sauertopf, sondern auch ein Geizkragen und wollte ungebeten an dem zarten Lammbraten teilhaben.

«O, welch leckere Überraschung!» rief er mit gekünstelter Freundlichkeit und eilte mit langen Schritten herbei. «Da komme ich ja gerade recht, um ein Stücklein von Keule oder Brust zu ergattern.»

Er war herangekommen und verhielt seitwärts neben Klaas mit dem Schaf. Von der Vorpiek trugen Harm und Abel Trois das Kohlebecken mit dem Bratspiess heran, blieben aber wie erstarrt stehen und stellten alles ab, als sie van Houten erblickten. Klaas hatte inzwischen den Kopf des Tieres mit der Linken angehoben und ihm das Messer an die Kehle gesetzt. Im gleichen Augenblick schoss das Blut aus dem Hals des Lamms – das meiste davon sprudelte in den Trog, aber Klaas machte – erschreckt über das plötzliche Auftauchen des Offiziers – eine ungeschickte Bewegung, und ein kleiner seitlich wegspritzender Blutstrahl besudelte van Houtens weisse Uniformhose.

Entgeistert starrte der Unterleutnant auf sein Beinkleid, dann auf den Matrosen Meeuv mit dem Schaf. «Er hat meine Uniform versaut! Da, sieh Er her: Blut auf der Hose!»

Klaas verharrte in seiner gebückten Haltung, wandte aber den Kopf und schaute zum Unterleutnant hin. Dabei musste er das zuckende Tier über den Trog halten, um das Blut aufzufangen, das aus der Halsschlagader pulsierte. Er war auf dem Land aufgewachsen; ihm war es vertraut, dass beim Schlachten eines Tieres Blut spritzen kann. Man stellt sich ja auch nicht seitwärts vom Schlachttier auf.

«Entschuldigen Sie, Herr Unterleutnant, war nicht meine Absicht. Kann bei einem gesunden Tier halt bannig weit spritzen, jo.» Klaas nahm die Sache nicht tragisch.

Van Houten lief krebsrot an. «Hat Er nicht begriffen? Meine Hose ist verdorben! Blut bringt man nicht mehr 'raus!»

«Tut mir ja auch leid, Herr Unterleutnant. Wir machen nachher einen feinen Braten. Das beste Stück soll Euch gehören.» Er sah freundlich lächelnd von unten her zu van Houten auf – den Schafskopf und auch noch das Messer haltend. «Und die Hose wasche ich mit Gallseife. Geht das Blut nich' raus, dann flick' ich sie Euch, ich setze da 'nen Flicken drauf – so sauber, das sieht man nachher gar nicht, jo.»

Wollen sie ihn zum Narren haben? Misstrauen gehörte zur Natur van Houtens, sofort witterte er Hohn und Spott. Ungläubig sah er in die Runde. Alle Augen waren auf ihn gerichtet: Huismans, Eekens, Trois, Jansen. Und der Tölpel von einem Matrosen hielt das Schaf und grinste ihn an.

«Macht Er sich über mich lustig?» schrie er unbeherrscht. «Stehe Er sofort auf – ein Offizier redet mit ihm!»

Langsam merkte Klaas, dass die Situation für ihn unangenehm zu werden drohte und wurde ernst. «Einen kleinen Augenblick noch, Mijnheer, dann ist das Tierchen ausgeblutet.»

«Sofort habe ich gesagt!» Vanstappen Houten stampfte wie ein trotziger Junge mit dem rechten Fuss auf: «Sofort!»

Da löste sich Harm aus seiner Erstarrung, ging hinüber zu Klaas und nahm ihm das Schaf ab. Der Matrose richtete sich auf, das Messer noch immer in der Hand, aber das war ihm nicht bewusst. Er sah in das zornrote, wutverzerrte Gesicht des Unterleutnants, blickte dann Eekens und Abel Trois Hilfe suchend an und wandte, da ihm die Kameraden nicht helfen konnten, das Gesicht wieder van Houten zu. «Hab's ja nich' mit Absicht getan, Mijnheer. Bitte noch mal um Entschuldigung.» Er lächelte verlegen.

«Er lacht mich aus? Was fällt Ihm ein? Will Er die Katze spüren?»

Der Matrose erschrak: die Katze! Wegen dem kleinen Fleck will er ihn peitschen lassen? Verdattert wurde er ernst. «Nein, Herr Unterleutnant, ich habe grossen Respekt vor Euch. Und das mit Eurer Hose bringe ich wieder in Ordnung – wie schon gesagt. Jo, und vom Braten bekommt ihr das beste Stück – könnt es Euch aussuchen.»

Dem Unterleutnant verschlug es fast die Sprache. «Das beste Stück! Vom Braten!» brüllte er. «Das Schaf ist konfisziert!» Er sah zu Eekens hinüber: «Rufe Er Mool, der Koch soll das Schaf in die Küche bringen. Es wird auf der Offizierstafel landen.»

Jetzt mischte sich der Seekadett Enno Huismans ein. «Das kann nicht Euer ernst sein, das könnt Ihr nicht anordnen, Mijnheer. Der Matrose Meeuv hat das Tier von seiner Heuer gekauft; es gehört ihm. Derartige Schlachtungen sind in den Häfen auf Schiffen der VOC-Flotte erlaubt.»

«Aber er hat meine Hose ruiniert; das kostet ihn das Schaf. Oder er muss mir die Hose ersetzen!»

Abel Trois konnte auch nicht tatenlos zusehen und rief: «Mijnheer, die Hose kostet Euch vergleichsweise weniger als ihn das Schaf gekostet hat. Er hat sich entschuldigt. Er will die Hose flicken. Er bietet Euch an, am Schmaus teilzuhaben. Lasst es dabei bewenden. Bitte, Mijnheer.»

Aber van Houten hatte keinen Sinn für Kompromisse. Er witterte sofort wieder, dass man ihn nicht für voll nähme, straffte die Schultern und reckte sich auf. «Nein! Das Schaf wird eingezogen! Vollmatrose Eekens, hole er den Koch!»

Ohne ein Wort zu sagen trottete Jacobus widerwillig davon. Weder wiederholte er den Befehl noch sagte er ›Jawohl, Mijnheer‹, sein stummer Abgang zeigte eine trotzige Auflehnung, die auch Abel und Harm ergriffen hatten. Harm hatte dem Schaf die Hinterbeine zusammengebunden, an einem Belegnagel der Nagelbank aufgehängt und den Trog darunter geschoben.

Sie warteten stumm. Endlich kam Eekens mit dem Koch. Mool schien verlegen, er musste für die Offiziere da sein und mit den Mannschaften auskommen. Der Vollmatrose hatte ihn wohl schon aufgeklärt. So kam er zögernd heran geschlurft, sah van Houten an und sagte einsilbig: «Mijnheer?»

«Das Schaf!» Mit knapper Handbewegung zeigte van Houten zur Nagelbank. «Es kommt in die Küche.»

Der Koch taxierte das Tier, streifte den Trog darunter mit einem kurzen Blick und sagte: «Es blutet noch.»

«In die Küche!»

«Wie Ihr befiehlt, Mijnheer» nuschelte Mool, trottete um Abel herum und zur Nagelbank, sah kurz zu Klaas hin, lächelte verlegen und nahm das Schaf ab.

Klaas konnte es nicht glauben. Das Schaf. Sein Schaf! Er hatte fast seine ganze Heuer drangegeben, und jetzt wollen es die in der Hütte fressen! Das geht doch nicht, das ist doch ungerecht. Er stürzte vor, packte – das Messer noch immer in der Hand – das Schaf und wollte es dem Koch wieder wegnehmen. Der hielt es fest, denn er hatte den Befehl erhalten.

«Loslassen!» schrie der Unterleutnant, aber Klaas und der Koch rangen weiter. Enno, Abel, Eekens und Harm sahen fasziniert zu.

«Loslassen!» schrie van Houten wieder, verlor nun vollends die Beherrschung und sprang den Matrosen an. Er packte ihn von hinten an der Gurgel und würgte ihn. Mit Klaas' Bärenkräften hatte er nicht gerechnet, der liess das Schaf fahren, drehte sich wie ein Blitz um, hob die Fäuste.

Van Houten schrie auf, hielt sich die Hand – Blut tropfte auf das Deck. «Er hat mich angegriffen! Er hat einen Offizier angegriffen!»

Sie standen alle wie erstarrt. Klaas glotzte auf das Blut und bemerkte erst jetzt, dass er das Messer noch immer in der Hand hielt. Er öffnete die Faust, federnd blieb die Klinge in der Decksplanke stecken.

«Bewaffneter Widerstand gegen einen Offizier! Schlagt der Ratte die Zähne ein!» schrie van Houten hysterisch. «Festnehmen!» Die Männer rührten sich nicht.

Van Houten war halb wahnsinnig vor Wut. «Wird's bald? Oder macht ihr euch mit dem Kerl gemein? Nehmt den Hundesohn fest. Das ist Meuterei, dafür wird er gehängt!»

Enno trat zu Klaas. «Komm'.»

«Fesseln – und ab ins Kabelgatt!» triumphierte van Houten. «Ich lasse ihn Kakerlaken und seine eigene Scheisse fressen!»

«Die Gig», flüsterte Klaas. «Sie ist geliehen.»

«Ich bringe sie zurück», antwortete Harm. Da ging er willig mit Enno Huismans und Abel Trois. «Er wird an der Rah baumeln, aber vorher durch die Gasse gehen.»

Das Seegesetz war hart und der Kapitän Herr über Leben und Tod. Wenn Kapitän Visser die Abwehr von Klaas mit dem Versuch einer Meuterei in Verbindung bringen würde, müsste der Matrose unweigerlich gehängt werden. Man würde ihm vor angetretener Mannschaft das Urteil vorlesen und der Profos würde einen Stab brechen und die gelbe Flagge setzen lassen, die eine Hinnerktung verkündet. Der Delinquent dürfte noch ein Vaterunser beten, Kameraden müssten ihn auf die Marsrah des Grossmastes bringen, wo er – mit dem Strick um den Hals – am äusseren Ende der Spiere Aufstellung nehmen müsse. Dann wird eine Kanone abgeschossen. Auf dieses Zeichen würden die Matrosen das Seil bedienen, sein Leib würde in die Tiefe schnellen und am Ende der Rahnock baumeln.

Zu seinem Glück traten gutgesinnte Zeugen für ihn ein; Jacobus Eekens, Enno Huismans, Abel Trois und Harm Jansen hatten den Vorfall von Anfang an verfolgt und berichteten dem Kapitän, wie sich alles zugetragen hatte. Klaas Julius Meeuv habe das Schaf geschlachtet, aber die Hose des Unterleutnants wurde besudelt, weil der sich am genau falschen Ort aufgebaut habe, denn wer vom Land komme, weiss wo man beim Schlachten nicht stehen darf und wohin Blut spritzen kann. Der Unterleutnant habe angegriffen und den Matrosen gewürgt, weil Klaas sein Schaf nicht hergeben wollte. Das Messer habe er selbstverständlich unabsichtlich benützt.

Das stellte die Sache in ein anderes Licht. Kapitän Visser war es schon lange überdrüssig, immer wieder van Houtens Anschuldigungen mit dem Disziplinargesetz befriedigen zu müssen. Gerrit Scheepers war gleicher Meinung. «Ihr und ich, Baas, wir fahren schon viele Jahre zur See. Auf vielen Schiffen herrscht Unzufriedenheit unter der Mannschaft, weil sie der Despotie und der Willkür ihrer Offiziere ausgesetzt ist. Ihr wisst so gut wie ich, dass die Zufriedenheit der Männer auf einem Schiff meist von kleinen Dingen abhängt. Ein freundliches Wort oder ein Scherz im richtigen Moment – auch mal ein Glas Genever, das ist meist wirksamer als die neunschwänzige Katze. Der Matrose Klaas Meeuv wollte den Schaden ja auch wieder gut machen … Hätte van Houten doch die Lammkeule genommen…» Da war Visser mehr als geneigt, Gnade walten zu lassen und gab nach.

Der Matrose Klaas Julius Meeuv kam mit sechs Wochen Haft während seiner Freiwachen davon, eine Strafe, die nur dem Namen nach eine war und die ihm eher mehr Zeit zum Ausschlafen liess als seinen Kameraden. Die wachhabenden Maaten wurden verpflichtet, den Matrosen Klaas Julius Meeuv für die Wachdienste und beim Kommando «Alle Mann» aus dem Kabelgatt zu holen und zurückzubringen. Sein Widerstand gegen die Tyrannei in der Person des Unterleutnants – dessen Hand eine üble Schramme davontrug – fand bei den Kadetten und im Mannschaftsquartier im Vorschiff heimliche Anerkennung. Unterleutnant van Houten aber schlich mit grimmigem Gesicht herum und fühlte sich wieder gedemütigt.

*

Stürmisches Wetter und starke Regenfälle kündigten die kalte Jahreszeit der südlichen Hemisphäre an und zwangen Kapitän Visser, der allmählich unruhig wurde, mit der Weiterreise noch ein paar Tage zuzuwarten. Die Mannschaft hatte das Schiff unter Anleitung der Offiziere wieder segelklar gemacht, alle Mann waren an Bord und Landurlaub gab es nicht mehr. Wegen des Regens konnten die Männer kaum an Deck, die Kleider begannen die Feuchte aufzunehmen, sie waren klamm und begannen muffig zu riechen. Als nach einigen Tagen der starke Wind und der hohe Seegang immer noch anhielt, begann sich an Bord Unzufriedenheit bemerkbar zu machen: Das blieb in der Hütte nicht verborgen. Visser beschloss daher, bei den ersten Anzeichen einer Wetterbesserung ankerauf und unter Segel zu gehen. So weckte eines Morgens, als es noch dunkel war, der Ruf ›Reise, Reise! Alle Mann an Deck zur Abreise‹ die Mannschaft aus dem Schlaf.

Hell leuchteten die Sterne, als Harm nach oben kam. Im Osten dämmerte grau der Morgen herauf; nach den heftigen südwestlichen Winden der letzten Tage war die Luft jetzt klar und kalt, der Wind hatte auf Nordwest gedreht und versprach, wenn er anhielt, die *Den Helder* rasch um das afrikanische Kap herumzubringen. An Deck war schon alles in Bewegung und die Pfeife des Maats übertönte schrill den Lärm.

«Besetzt das Ankerspill!» befahl Vizekapitän Scheepers. Die Bootsmannspfeife schrillte, Honke Kruse beorderte acht Mann in die Handspaken der grossen Ankerwinde auf dem Vorschiff, «Maat! Er soll wahrschauen!» Lucius sprang zum Bug und beobachtete die Ankertrosse. «Winsch besetzt!» rief der Obersteuermann nach achtern.

«Holt dicht die Ankertrosse!»

Willem Meiners, ein älterer Matrose, begann mit volltönender Stimme ein Arbeitslied zu singen:

In Amsterdam ein Mädchen war,
verstand ihr Fach ganz wunderbar.
An einem Abend ging ich aus,

um sie zu treffen vor dem Haus.

Die Männer begannen, mit stampfenden Schritten im Kreis vorwärts zu gehen und das Ankerspill zu drehen. Die Ankertrosse straffte sich und wurde unter ihnen, im Kabelgatt, an der verlängerten Achse der Winsch aufgerollt. Mit rauen Stimmen wiederholten die Matrosen den letzten:

Ich traf' sie zu Beginn der Nacht
und hab' sie in den Park gebracht.
Ich nahm das schöne Kind mit fort,
wir sprachen manch verliebtes Wort.

Der Anker sass fest im Grund, langsam kroch die *Den Helder* an der straffen Trosse dem Anker entgegen. Der Bariton des Vorsängers hallte übers Deck:

Ich legte meine Hand aufs Knie,
sie sagt: 'n bisschen eilig, wie?
Ich traf' sie zu Beginn der Nacht
und hab' sie in den Park gebracht.

Die Männer legten sich mit aller Kraft in die Spaken und stampften beim letzten Wort der Zeile jeweils laut mit dem Fuss. Zitternd und tropfnass kroch die schwere Ankertrosse aus dem Wasser hoch. Lucius starrte unbeweglich nach unten. Der Tag dämmerte und er sah das Tau wie einen zitternden Wurm Fuss um Fuss in der Klüse verschwinden.

Wir assen was und tranken mehr
und machten so zwei Buddeln leer.
Ihr Arm wie Milch so leuchtend war
und seidenweich ihr langes Haar.

Matrose Meiners wusste noch manche Strophe, und der Chor setzte fort:

Wir legten uns auf's Rasenstück,
ich wurde eselsrot vor Glück.
Sie hat mir mein Genick gekrault,
und ihre Lippen lachten laut.

«Ja, Vize, da habt Ihr wahrlich eine lange Leine ausgebracht!» bemerkte Visser.

«Fast acht Mal die Schiffslänge, zwei Kabellängen, war aber auch nötig bei der Wassertiefe, Baas.» Der Wind trug Melodie und Text bis zur Kampanje.

Sie schwor mir Treue noch und noch,
mein Beutel kriegte bald ein Loch.
Drei Wochen ging's, dann war es aus,
bankrott fuhr ich aufs Meer hinaus.

Der Maat vorne am Bug rührte sich nicht. Er sah, wie unten die Trosse unendlich langsam in die Klüse kroch, sie zitterte unter der Spannung, aber der Anker sass fest im Schlick des Grundes. Die Männer sangen unbeirrt:

Und als ich heimkam, sah ich sie
bei einem Greenhorn auf dem Knie.
Ich denke, das kann doch nicht sein
und schlug auf den Halunken ein.

Lucius spähte nach wie vor über die Bordwand nach unten. Die Ankertrosse stieg schon mächtig steil aus dem Wasser, aber Lucius verharrte unbeweglich. Der Vorsänger begann eine Wiederholung und die Männer fielen ein:

Sie schwor mir Treue noch und noch,
mein Beutel kriegte bald ein Loch.
Drei Wochen ging's, dann war es aus,
bankrott fuhr ich aufs Meer hinaus.

Der Maat hörte vom Vorschiff das Stampfen der Männer an der Ankerwinsch und das Quietschen der Ankertrosse, langsam kroch die *Den Helder* dem Anker entgegen, bis die Trosse senkrecht vom Bug zum Anker im schlammigen Grund zeigte. Unverdrossen und fast wie in Trance sangen die Männer:

Und als ich heimkam, sah ich sie
bei einem Greenhorn auf dem Knie.
Ich denke, das kann doch nicht sein ...

Da reckte Lucius den rechten Arm in die Höhe und spreizte die Finger. «Ankertrosse dicht!» rief er mit voller Lautstärke nach hinten. Die Männer in den Spaken der Winsch verstummten, blieben wie angewurzelt stehen und lehnten sich keuchend vornüber.

«Unterleutnant van Houten, lasst die Bram- und Marssegel setzen!» befahl Scheepers, und van Houten gab den Befehl an Obersteuermann Kruse weiter.

«Aufentern! Bram- und Marssegel setzen!» kommandierte Kruse. Die Männer kletterten eilig über die Webleinen auf die Rahen. Segel und Tauwerk waren steif vor Frost, und die Matrosen auf der Marsfockrah, die das Segel setzten, fingerten an den Zeisingen und kamen nur langsam voran. Der kleine Hooger stand neben Harm Jansen in den Fusspferden auf der Backbordseite der Rah. Unterleutnant van Houten blickte ungeduldig von der Kampanje nach oben. Die Trosse war dichtgeholt und würde gleich den Anker aus dem Schlamm brechen und aufholen. Dann käme das Schiff frei und wäre ohne Segel kaum steuerbar.

«Wie lange dauert es noch?» schrie van Houten ärgerlich. «Schlaft ihr dort oben?» Die Matrosen warfen sich viel sagende Blicke zu, arbeiteten nach besten Kräften, aber van Houten war nervös, denn er wusste, dass hinter seinem Rücken Kapitän Visser wie üblich an seinem Platz auf der Luvseite des Achterdecks stand, der Vizekapitän in Lee. Da rauschten mit lautem Klatschen die Segel von den Rahen des Fock- und Hauptmasts, wurden sofort von den Männern an den Steuerbordbrasstauen dichtgeholt, die Segel füllten sich mit Wind und die *Den Helder* fiel ab. Sie drehte sich schwerfällig über der Ankertrosse, bis der Wind achterlich einfiel. Als das Kommando «Bramsegel dichtnehmen!» ausgeführt war, machte das Schiff einen Satz nach vorne, fuhr über die Ankertrosse und der Anker brach aus dem Schlamm des Ankergrunds.

«Anker frei!» kam die Meldung vom Bug.

«Anker auf!» befahl Obersteuermann Kruse, die Matrosen in den Winschspaken rannten eilig im Kreis, dann gab es einen dumpf polternden Schlag und unten fuhr der Ankerschaft in die Klüse. Die *Den Helder* war frei und schoss davon. Honke war zufrieden, das Manöver hatte wie am Schnürchen geklappt und den Gaffern auf den anderen Schiffen gezeigt, was man von einem Kriegsschiff der VOC erwarten konnte: kurz an den Anker gebracht, alle Segel gleichzeitig gesetzt, Anker gelichtet, und schon war das Schiff in Fahrt. Es muss ein grossartiger Anblick sein, dachte er, wie die *Den Helder* mit rauschender Bugwelle gegen den Seewind über die emailgrünen Wasser der Kap-Bucht ansegelt.

«Ankerspillmannschaft wegtreten!» Am wolkenlosen Himmel ging die Sonne auf – sie gingen auf Ostkurs in einen klaren Wintertag hinein.

Bald umrundeten sie die Südspitze des Schwarzen Kontinents. Harm starrte hinüber und dachte an den tapferen Seefahrer, der die den Weg für nachfolgende Entdeckungen freigemacht hatte. Bald versanken die Konturen des Schwarzen Kontinents hinter ihnen unter der Kimm, sie gingen auf Nordost-Kurs, und bald wurde es wieder wärmer und wärmer. Einige der Matrosen vermuteten Madagaskar als nächstes Ziel, aber die befahrenen Fernostfahrer der VOC winkten ab: Zu viele Piratenschlupfwinkel!

*

An Steuerbord ging die Sonne mit roter Glorie unter. Drei Wolkenstreifen, so gerade wie mit einem Lineal gezogen, hingen am westlichen Horizont über der sterbenden Glut. «Typische Passatwindwolken, Wetter bleibt beständig», sagte Lucius. Sie beobachteten, wie die rote Scheibe langsam ins Meer sank, während die Helligkeit des Himmels verblasste. Im Osten war es bereits dunkel. Der junge Mond wurde gerade am südöstlichen Himmel sichtbar, da sein Licht nicht mehr von dem der Sonne geschluckt wurde. Wenn auch nur eine leise Brise wehte, so war die Luft nach des Tages Hitze nun doch erfrischend kühl.

Sie waren schon zwei Wochen seit Kapstadt unterwegs und hatten von neugierigen Augen unbemerkt und ohne Zwischenfälle die warmen Zonen erreicht. Die erste Plattfusswache lag hinter ihnen und sie hatten nun zwei ruhige Stunden vor sich. Auf einem 60-Grad-Kurs hielt die *Den Helder* mitten in den Indischen Ozean hinein, die erfahrenen Matrosen schätzten an der immer kürzer werdenden Dämmerungszeit eine Breite in der Nähe des südlichen Wendekreises, die Küste Madagaskars müsste bald neben ihnen am westlichen Horizont auftauchen. Die ersten Sterne des südlichen Himmels waren schon zu erkennen, aber in wenigen Minuten werden sie in der Nacht hell erstrahlen und ihre Spiegelbilder in der ruhigen Oberfläche des Meeres glitzern.

Da es Sonntag war, hatten sie ihre Weinration erhalten. Ein Pint ist ja nicht viel für einen rechten Seemann. Sie sassen im Schatten der Spitzgattjolle, die Männer genossen den guten Schluck in friedlicher Runde. Und die Themen ihres Klönschnacks kreisten wie meist um Frauen, aber Harm hatte sich wieder in Olfert Dappers Buch vertieft; er hatte es sich etwas abseits der Männer auf einer Taurolle bequem gemacht und las gerade den Bericht von Vasco da Gamas Überquerung des Indischen Ozeans und der Ankunft der ersten Europäer in Indien.

«Die Stunde einer weltgeschichtlichen Erfüllung war endgültig gekommen, als nach einer glücklichen, 23 Tage während en Überquerung des Arabischen Meeres – nicht zuletzt dank dem immerzu günstig im Rücken wehenden Südwestmonsun – um den 17. /18. Mai 1498 die Küstengebirge Asiens am fernen, zunächst noch klaren Meereshorizont auftauchten. Es waren hochragende Gebirgskämme, die sich über den Gestaden der Malabar-Küste Vorderindiens als westliche Begrenzungsmauern des dahinter ansteigenden Hochlandes von Mysore bis über 2000 Meter hoch erheben: Man war Asiens endlich ansichtig geworden – zum ersten Mal nun auf dem ununterbrochenen, dem ›reinen‹ Seeweg unmittelbar von Europa aus und zum ersten Mal von Bord europäischer Schiffe. Die nunmehr völlig geglückte und endgültig abgeschlossene Umsegelung Afrikas und die erfolgreiche Fortsetzung des kapländischen Seeweges nach Indien waren damit gelungen.

Man hatte Calleut anvisiert gehabt, die stolze Handelsmetropole des südlichen Vorderindiens, die alle Küstenplätze bis hinab zur Südspitze des

Festlandes, dem Kap Comorin, überragte und die schon von dem arabischen Weltreisenden und Geographen Ibn Batuta als eine der fünf bedeutendsten Welthafenstädte gerühmt worden war, – Hauptumschlagplatz für den orientalisch-südasiatischen Seehandel, dessen Ausstrahlungen und Kontakte bis nach Ceylon, Hinterindien, Indonesien, den fernen Gewürzinseln der Molukken am Rande der Südsee, ja sogar bis nach China reichten. Kennzeichnend für die Bedeutung dieser Stadt ist allein schon der Titel ihres Beherrschers: der Fürst von Calicut nannte sich Raja Samorin, was soviel wie ›Herr des Meeres‹ bedeutet. Die genaue Stelle, an der die portugiesischen Seefahrer eintrafen, war freilich nicht das eigentliche Calicut, sondern die Küstengegend in dessen nördlicher Nachbarschaft. Heftige Regenfälle und Gewitter beeinträchtigten die Sicht, als man in die Nähe der Küste gelangt war und den geringfügigen Irrtum des vortrefflichen Lotsen bemerkte: Man war im Norden der kleinen Hafenstadt Capocate auf das Land getroffen und brauchte von dort aus nur noch eine relativ kleine Strecke südwärts die Küste entlang zu steuern, bis man in Calicut war.

Das erste Eintreffen von Europäern auf diesem Wege, das heisst auf der Afrika-Route, war aber auch das einzig wirklich Neue im Rahmen dieses denkwürdigen Aktes der Entdeckungsgeschichte. Denn wie schon die ersten Kontakte mit den Einheimischen zeigen sollten, war jenen stark international ausgerichteten Einwohnern von Calicut der Mittelmeerraum besser vertraut, als die Portugiesen es zuerst angenommen hatten: Man wusste vom König von Kastilien, vom König von Frankreich und von der Signoria von Venedig. Es gab sogar Mauren aus Tunis, die Italienisch und Spanisch verstanden und auch sprechen konnten.

Deutlich spiegelte sich die ehrliche Verblüffung wider, die sich der Portugiesen bei diesem unerwarteten Anhören vertrauter Laute in so weiten Fernen bemächtigte. Die mitunter gerne zitierten blumenreichen Worte, die arabischerseits bei jener ersten Begegnung von Morgenland und Abendland gesprochen wurden, ›Willkommen, danket Gott, dass er euch in ein so reiches Land führte‹, waren freilich nicht ganz die ersten, die aus diesem denkwürdigen Anlass eines ersten Kontaktes gesprochen worden waren. Sie eröffneten zwar das erste Gespräch, welches an Bord stattfand, doch ereignete sich diese Szene erst später. Die allerersten Worte, die sich ein portugiesischer Emissär anhören musste, der, um zu sondieren, in die Stadt geschickt wurde, waren im Hinblick auf den weiteren Gang der Geschichte etwas realistischer: ›Euch soll der Teufel holen‹.

Das war der erste Eindruck, und bald sollten sich viele Verwicklungen und Missverständnisse ergeben, die zu einer sich steigernden Feindseligkeit der Asiaten und zu einem immer arroganteren Auftreten der Portugiesen führten. Bald folgten hitzige Auseinandersetzungen, die ihre Ursache in der Verschiedenheit des kulturellen Kolorits und der Lebensformen fremdartige Welten fand.»

Eine Lachsalve brandete auf und Harm wurde auf seine Kameraden aufmerksam. Er schaute auf. «Komm zu uns, du Bücherwurm, hier kannst du was vom Leben lernen!» rief Lucius. Harm klappte das Buch zu und rutschte zu den Männern der Freiwache.

«Geh mir weg mit den Weibern», murrte Cees Tollenaar, «musst ihnen nur schöne Augen machen und n'paar Komplimente drechseln, und schon liegen sie auf dem Rücken.»

«Hast wohl schlechte Erfahrungen gemacht, was?» Eekens sah Cees Tollenaar scheinheilig an.

«Mensch, das ist doch klar, das kannste dir am Arsch abfingern.»

Die Männer lachten zustimmend, nur Tamme de Vries war anderer Meinung. «Na, dann warste aber noch nie so richtig ausgehungert auf Weiberfleisch.»

«Du vielleicht? Erzähl mal.»

«Ach, is' lange her», zierte sich Tamme.

«Erst machste uns neugierig, dann kneifste.» Alle wussten, dass der Rudergänger gebeten werden wollte. «Los, genier dich nich' wie 'ne feine Dame auf der Prinsengracht.»

«Na ja, war vor Jahren in Willemstaad – Curaçao. Wir hatten 'ne Ladung Schwarzes Elfenbein, die Reise ging erst gut vonstatten, und wir glaubten, neben der Heuer auch noch 'ne Extraprämie zu ergattern. Aber in den Doldrums war der Passat weg und wir dümpelten drei Wochen, bis uns die Sargassoströmung aus der Kalmenzone getragen hatte. Da war die halbe Ladung krepiert; jeden Tag mussten wir zehn bis zwölf Schwarze – Männer wie Weiber – zu den Fischen befördern. Ja, was soll ich sagen, als wir in Willemstaad anlegten, hatten wir die Nase voll von stinkenden Kaffern, waren aber alle auch scharf auf Weiber – egal, ob weisse oder braune, bloss keine Negerinnen. Nur – mit der Heuer war's nicht weit her. Ihr wisst ja, wie so was geht. Kaum an Land, haben wir uns erst mal einen angesoffen. Und wie wir so beim Bechern waren, kommt so 'ne alte zahnlose Kupplerin. ›Schöne Mädchen‹, flötete sie, ›schöne Mädchen‹. ›Weiss?‹, fragte ich. ›Nicht ganz‹, sagte sie. Also braun, denke ich. Der Preis war in Ordnung und ging ich mit. Die Alte führte mich zwei oder drei Hütten um die Ecke, verlangte ihr Geld, machte irgendwo eine Tür auf und liess mich eintreten. Schüchtern, wie ich nun einmal bin, war ich ganz verblüfft, als die Alte die Tür wieder von draussen zumachte. Ich hörte, dass ich nicht alleine war. ›Komm, du Schöner‹, flötete die Unbekannte. Ich ging der Stimme nach, ertastete ein Bett und, tatsächlich – da lag ein Weib, nackt! Weil ich mit ihr im Dunkeln blieb, stieg ich auf und stiess ihn rein. Und obwohl sie ganz dünne Schenkel und eine feuchte Muschi hatte, auch ein bisschen aus dem Mund roch, war ich so verzweifelt geil, dass ich sie einfach vögeln musste. Wie ich fertig war, wollte ich mir diese Ware doch etwas näher anschauen, nahm einen Span vom brennenden Herd und zündete damit eine Laterne an der Decke an. Holla! Beinahe wäre ich tot umgefallen. Das Weib war alt, hatte zwar noch einige halb graue, halb schwarze Haare, aber der Hinterkopf war ganz kahl, und über diese Glatze sah man die Läuse marschieren. Von den Augen schaute eins nach oben, eins nach unten, und eins war grösser als das andere, und ganz ohne Wimpern. Die Nase war nach oben gestülpt, ein Nasenflügel aufgeschnitten. Auf der Oberlippe hatte sie einen langen, aber dünnen Bart. Das Kinn lief spitz zu und war leicht nach oben gebogen, wovon noch ein kleiner Hautzipfel bis zum Halsansatz herunterhing. Und dann das Schlimmste: es war eine Negerin!»

Die Männer lachten und johlten laut auf. «Fische und Mädchen müssen beide frisch sein, sonst verzichte ich lieber!» schrie Jacobus Eekens, aber Enno und Harm guckten angewidert, Dirk Vermullen schüttelte sich vor Ekel. «Schweinerei», murmelte er.

«Na, du Bübchen, hast du überhaupt schon mal 'n Mädchen gehabt?» rief Cees Tollenaar.

Dirk grinste treuherzig. «Als ich zehn war, hat mich mal ein Mädel untern Rock gucken lassen.»

«Und was hast du ihr gezeigt?»

«Ich? Nichts.» Er lachte verlegen. «Sie wollte schon, denn sie war schon 13. Aber ich habe mich nicht getraut.»

Lucius nahm einen Schluck und guckte über den Rand seines Bechers zum Kadetten hinüber «Na das wird sich noch ändern, wart's nur ab. Ein Frauenhaar zieht mehr als ein Marssegel.»

«Ja», doppelt Cees Tollenaar nach, «Ebbe und Flut, Flaute und Wind, Frauen und Glück ändern so rasch wie der Mond.»

Eilige Schritte auf der anderen Schiffseite liessen Klaas und Lucius aufblicken. Es war Nacht geworden; der zunehmende Mond stand schon hoch. Eine schmale Gestalt huschte zum Niedergang und verschwand nach unten. «Hooger!» rief der Maat, «Komm Er zu uns.»

«Hat' den Dünnschiss, glaube ich», meinte Enno. «Ist heute schon mehrmals in der Hieling gewesen.»

«So, so, die Scheisserei kriegt man aber nicht einfach so . . .», liess sich Tamme nachdenklich vernehmen.

Sie schwiegen, dachten aber alle dasselbe.

«Dinge, die in der Vergangenheit geschehen sind, können sich auch in der Zukunft ereignen», mäkelte Lucius nach einer Weile mit Blick in die Nacht.

Da war es gesagt. Alle wussten es, aber bisher hatte es niemand gewagt, sich auch nur andeutungsweise zu äussern.

Abel Trois erhob sich und folgte dem kleinen Hooger. Niemand sprach. Die lustige Stimmung von vorhin war schlagartig verflogen. Unmut und verhaltene Wut breitete sich aus.

Lucius kniff die Augen zu einem schmalen Spalt, sah sie der Reihe nach an; seine Augen blieben an Harm hängen. Er sagte: «Wer jetzt geht, hat nichts gehört. Wer jetzt bleibt, auch nicht.» Aber niemand rührte sich.

Lucius starrte immer noch zu Harm. «Und du?»

«Ich habe nichts gehört.»

*

Das Kadettenlogis schien leer und verlassen. Abel Trois sah sich im Raum um; als er sich an das dämmerige Licht gewöhnt hatte, bemerkte er, dass die Hängematte von Tobias Hooger leise hin und herschaukelt und trat hinzu. Der kleine Kadett lag dort mit angezogenen Beinen unter der groben Wolldecke und hatte den Kopf zwischen die Arme vergraben; es schien, als zittere er verhalten. Abel wusste Bescheid, ohne schon Gewissheit zu haben. Er wartete. «Tobias», mahnte er.

Hooger krümmte sich noch mehr und machte eine abwehrende Bewegung. «Lass mich.»

Sein Kamerad streckte vorsichtig die Hand aus und berührte ihn behutsam an der Schulter, aber Tobias zuckte verstört zusammen und schrie: «Lass mich. Hau ab!»

«Nein, Tobias, ich haue nicht ab. Hat er wieder …?»

Hooger begann zu schluchzen. «Ruhig, Tobias, ruhig. Du darfst dich nicht immer verkriechen. Du musst es mir sagen.» Und als Hooger weiter schwieg, fügte er nach einer Weile hinzu: «Wir wollen dir helfen. So kann es nicht weiter gehen. Van Houten ist ein gottverdammter geistesgestörter Kretin, er hasst alle, Taak hat er aus Sadismus auspeitschen lassen, Klaas wollte er durch die Gasse schicken und hätte ihn am liebsten hängen gesehen, dir stellt er nach, und beinahe wärst du wegen ihm im Ausguck erfroren.»

Eine lange Pause entstand. Plötzlich fuhr Hooger mit dem Arm unter die Decke, fingerte dort einen Augenblick herum, zog die Hand wieder hervor und hielt sie Abel Trois hin. «Blut!» sagte er. «Er hat mir Gewalt angetan.»

Abel stöhnte entsetzt auf. «O Gott, Tobias.»

«Ja, o Gott, Tobias. Er verfolgt mich schon lange. Er hat mich bewusst im Mastkorb ›vergessen‹, es war nicht die Strafe dafür, weil er mich bekleidet in der Hängematte gefunden hat, sondern weil er mich einschüchtern und gefügig machen wollte.»

«Was ihm ja wohl auch gelang», raunte Abel bitter.

«Ich wollte nicht mehr, habe ihm gesagt, er solle mich in Ruhe lassen, aber immer wieder stellt er mir nach. Ich traue mich nicht mehr auf die Latrine, ohne dass er mir auflauert.»

«Warum, um Gottes Willen, hast du nichts gesagt?»

«Ich habe mich so geschämt.»

Abel tätschelte ihm kameradschaftlich den Kopf, aber Tobias zuckte ängstlich zusammen, so dass Abel die Hand zurücknahm. «Das ist jetzt vorbei, Tobias. Musst keine Angst mehr haben. Musst nur das Maul halten können.» Er wandte sich um, ging den Niedergang wieder hinauf und schlich nach hinten, wo die Kajüten der Offiziere waren – bedacht, nicht gesehen zu werden. Er hatte Glück, der Schiffsarzt sass bei funzelnder Laterne und las in einem Buch.

«Kommt rein, Kadett Trois, was verschafft mir die Ehre?»

Abel Trois trat verlegen näher. «Ich bitte um Entschuldigung für die späte Störung, Mijnheer, aber ich glaube, der Kadett Hooger . . .» .Er wusste nicht recht, wie er es dem Doktor sagen sollte.

«Was ist mit ihm», fragte Dr. Bekendam freundlich. «Ist er krank?»

«Er hat sich – verletzt.»

«Habt wohl wieder gerauft? Ist es schlimm?»

«Nein.» Abel lächelte unmerklich. «Nein, nicht gerauft, diesmal nicht. Ich denke, dass er Hilfe brauchen könnte. Würdet Ihr nach ihm sehen? Er ist in seiner Hängematte.»

«Gut, ich komme gleich.»

«Danke, Mijnheer.»

Abel zog sich zurück und schlich zur Spitzgattjolle. Die schweigende Runde war noch da.

Abel Trois liess sich am alten Platz nieder. Alle sahen zu ihm hin, der Mond gab genug Licht, um es zu bemerken. «Ja, van Houten», murmelte Abel.

Sie schwiegen.

«Es ist besser, zu handeln und dann zu bereuen, als nicht zu handeln und auch zu bereuen!» Niemand konnte später sagen, wer die Bemerkung gemacht hat.

Alle hingen wieder finsteren Gedanken nach.

«Man könnte das Schanzkleid wegnehmen», flüsterte Jacobus Eekens.

«Wo?»

«Backbord, in Bugnähe. Is' locker, hat aber noch keiner gemerkt.»

«Geht nur bei Nacht und auf Backbordbug», sagte Enno gedämpft.

Alle wussten, dass mit dem ›Geht nur ...‹ nicht das Entfernen der hüfthohen Schutzwand gemeint war.

«Und braucht schweres Wetter», meinte Caspar van Veen.

«Ja.» Lucius sah auf. «Kommt aber bald. Wir laufen nordöstliche Kurse, hier herrscht Südostwind vor. Die Aussicht, dass er mal auf Sturmstärke auffrischt, ist gross. Dann liegt Backbord in Lee.»

«Ein Mann über Bord ist ein Fresser weniger!» raunte Eekens lakonisch.

«Wer ersäuft, ist nicht für den Galgen bestimmt» grummelte Cees durch die Zähne.

«Geht schlafen, Männer.» Lucius duldete keinen Widerspruch. «Und denkt nach.»

Sie zerstreuten sich. Die Männer verschwanden in der Back, die Kadetten strebten ins Logis im Zwischendeck. Doktor Bekendam kam ihnen mit einer Tasche in der Hand entgegen. Im Vorübergehen sah er Abel Trois durchdringend an. Beide blieben stehen und warteten, bis die anderen verschwunden waren.

«Schlimme Sache», murmelte der Doktor. «Wer war's?»

Abel ging nicht darauf ein. «Blutet er noch?»

Dr. Bekendam blitzte ihn entrüstet an: «Nein, natürlich nicht! Für was haltet Ihr mich? Für einen Pfuscher? Aber die Wunde sieht noch bös aus.» Er kramte in seiner Doktortasche und entnahm ihr ein Beutelchen. «Besorge heisses Wasser von Mool, der Koch wird nicht viele Fragen stellen. Macht ihm ein Sitzbad. Dann wird's schon wieder.»

«Was ist das?»

«Ein Gemisch aus Zinnkraut und Mistel – es stillt Blutungen und heilt schwärende Wunden.» Der Arzt wandte sich ab und polterte ohne ein weiteres Wort die steile Treppe hinauf.

«Danke, Doktor», rief ihm Abel nach.

*

Ihr Schiff drängte mit aufschäumender Bugwelle in den Indischen Ozean hinein. Das Wetter war ruhig, bald packte sie der Südwest-Monsun und sie machten sehr gute Etmale. Die Leute hofften, sie würden die holländische Insel Mauritius anlaufen, sie träumten schon von frischem Obst, einem Bad in Süsswasser und einigen ruhigen Nächten auf stillliegendem Schiff. Aber schon eine oder zwei Tagesreisen vor der französischen Insel Réunion befahl Kapitän Visser eine weitere Kursänderung auf 70 Grad, und da wussten sie, dass ihre Reise sie über einen schier unendlich grossen Indischen Ozean führte. «Batavia!» mutmasste man in der Back. Batavia – das bedeutete sechs oder acht Wochen offene See, allmählich würde das Trinkwasser zu stinken anfangen und das Salzfleisch in den Fässern voller Maden sein. Batavia bedeutete aber auch den Hauptort von Niederländisch-Java anzusteuern, dort gab es alles das, was Mauritius bot, darüber hinaus bekämen sie dort aber auch einen Teil ihrer Heuer ausbezahlt, gab es dort doch viele Kneipen und viele schöne Mädchen.

Das Bordleben ging seinen eintönigen Gang. Nichts deutete darauf hin, dass etwas anders sein könnte und nur Eingeweihten fielen die Blicke auf, die man dem Unterleutnant nachsandte, wenn er seine Runde machte. Dann frischte es nochmals heftig auf, die See ging hoch, aber am Tag darauf nahm die

Windstärke wieder ab und sie konnten das Weihnachtsfest in Ruhe mit einem Glas Genever und einem Extraschluck Portwein feiern.

*

Nach Sonnenuntergang sah es im Südosten sehr schwarz aus. Die Freiwache war darauf gefasst, rausgeworfen zu werden und die Männer gingen frühzeitig in die Koje. Harm wachte gegen Mitternacht auf, weil ein Mann von Deck herunterkam und Licht machte. Es war Jan Fooken, der Vollmatrose der Backbordwache. «Macht euch fertig, Jungs», sagte er, «es bläst ganz schön aus Südosten und hohe See kommt auf. Kapitein und Vize sind schon auf dem Posten.» Fooken polterte wieder die Stiege nach oben. Sie hangelten nach ihren Sachen und kleideten sich an.

Abel Trois sagte: «Vielleicht heute.»

Stumm sahen sie sich an. Die Augen des kleinen Hooger flatterten. «Reiss dich zusammen. Er ist eine Ratte.» zischte Trois.

Dirk Vermullen fragte: «Lucius, Tamme, Cees und die anderen?»

«Wissen Bescheid.»

Sie legten sich in Erwartung des Rufs «Alle Mann» wieder in die Hängematten. Schon nach wenigen Minuten kam er: «Alle Mann an Deck! Segel los!» Sie sprangen auf, da rief Obersteuermann herunter: «Kommt hoch, Leute! Beeilt euch!» Die Kadetten polterten den Niedergang nach oben an Deck, die Matrosen der Steuerbordfreiwache enterten schon im Grossmast auf.

Oben war rabenschwarze Nacht und Fähnrich Terbrugge wartete bereits. «Besanbram einholen!» befahl er, als sich der erste Mann sehen liess. «An Rah anschlagen!» Auch Harm enterte in den Wanten hoch und hangelte sich im Flusspferd auf die Rah hinaus. Trotz der Finsternis ging es verhältnismässig rasch, bis die Gordings gelöst waren, denn noch waren die Hände warm und die Augen hatten sich an die Dunkelheit angepasst, aber Terbrugge dauerte es zu lange. «Vorwärts, vorwärts da oben!» Mit ganzer Kraft zerrten sie an den Reffleinen, der immer stärker blasende Südoster drückte in das Segeltuch und wollte der Muskelkraft der Männer widerstehen. Endlich war das Bramsegel an die Rah hochgezogen, noch die Gordings sauber geknotet, dann kletterten sie atemlos wieder nach unten, dabei bemerkte Harm, dass Klaas neben ihm auf der Rah gearbeitet hatte.

«Vielleicht heute», sagte er leise.

«Hab's schon gehört.»

«Wie geht's dir dort im Loch?»

«Dunkel, feucht und Ratten. Hab' aber meine Ruhe.»

«Gebt lose die Brasstaue!» schrie Terbrugge gegen das Heulen des Windes an. Die Männer eilten an die Schoten. Die *Den Helder* lag hart am Wind. Wie ein Messer durchschnitt sie die Kopfseen. Mit ihren überhängenden Masten und dem kräftigen Bug bot sie ein herrliches Bild und sah wie ein Vogel aus, der aufgeschreckt mit ausgebreiteten Flügeln davonfliegt. Der Wind hatte sich zum Sturm gesteigert und die See ging hoch und höher. Unterleutnant van Houten hatte inzwischen auch das Grossmarssegel reffen lassen, am Focksegel war ein Sturmsegel gesetzt und der Besan trug nur noch das kleine Lateinersegel. Jetzt war der Himmel mit dicken schwarzen Wolken überzogen und heftiger Regen prasselte herunter. Donnernd prallten Sturzseen gegen den Rumpf der *Den Helder* und ergossen sich über das Deck. Das Schiff begann heftig zu stampfen und nahm immer mehr Wasser über. Der Kapitän gab dem Rudergänger den Befehl, drei Striche abzufallen; er wollte keine weiteren Segel mehr wegnehmen. Nach der Kurskorrektur hatten sie den Wind fast querab und das Schiff lag etwas ruhiger in der aufgewühlten See, schob aber stark Lage.

«Lasst eine Sicherheitsleine an Luv ausbringen, Diensthabender!» liess Visser durchgeben.

«Sicherheitsleine an Luv ausbringen!» rief Terbrugge. Sie rannten los so gut es auf dem schrägen, schwankenden und glatten Deck ging, rollten eine Trosse aus und befestigten sie windwärts an der Heckklampe, zogen sie nach vorne, törnten sie mit zwei halben Schlägen über die Poller an der Luvseite und belegten sie an der Bugklampe. Mehr gab es im Augenblick nicht zu tun, es musste gewartet werden, bis der Sturm vorüber war. Das dauerte in dieser Jahreszeit selten mehr als zwei Tage, mitunter sogar nur zwölf Stunden. Der Wind dreht aber nie zurück, bevor nicht viel Regen gefallen ist. Aber sie wussten auch, dass Terbrugge Wachdienst hatte und van Houten zur Freiwache gehörte.

«Freiwache wegtreten!» befahl der Obersteuermann. «Häftling zurück ins Kabelgatt.»

Die Backbordwache blieb an Deck. Es wehte weiterhin stürmisch und goss in Strömen. Die Kadetten wendeten sich ab und hangelten sich an der Sicherheitsleine zum vorderen Niedergang. Dort warteten zwei schwarze Schatten in der Dunkelheit. «Es geht los», raunte Lucius. «Fangt an!»

Sie hatten schon kräftige Leinen und zwei schwere Hämmer zurechtgelegt. Jacobus Eekens und Cees Tollenaar banden die Taue über der Brust fest.

«Wo ist Klaas?»

«Wieder im Kabelgatt.»

«Gut.»

Jacobus und Cees nahmen die Hämmer auf und die anderen liessen sie seitlich vom Fockmast über das steile Deck hinabgleiten. Die *Den Helder* stampfte im Seegang, legte sich bei jeder Welle, die unter dem Schiff durchlief, nach Luv über und fiel wieder auf die Backbordseite zurück. Unten rauschten ablaufende Sturzseen in die Speigatten und überschüttete die beiden Männer. Aber die Arbeit war rasch getan, mit kräftigen Schlägen hieben sie auf den beschädigten

Teil im Schanzkleid ein, und plötzlich klaffte dort eine Lücke – etwa fünf oder sechs Fuss breit. Dahinter schäumte das Wasser der See, so dass das Loch selbst in der Finsternis deutlich auszumachen war.

«Auf!» befahl Lucius

Sie zogen heftig an den Tauen, gleich darauf lagen die beiden völlig ausgepumpt und wild atmend in Luv der Spitzgattjolle auf dem Deck.

«Geht zu Koje», sagte Lucius ruhig.

«Nein», jappste Cees. «Ich bleibe.»

«Ich auch», keuchte Jacobus.

«Dann verkriecht euch!» Lucius starrte in die Dunkelheit hinter sich. «Trois!» rief er dann gedämpft. Abel Trois tauchte wortlos auf.

«Du bist dran. Gib acht, dass dich Terbrugge nicht sieht.»

Abel verschwand, sich an die Sicherheitsleine klammernd, nach achtern.

Sie warteten. Nicht lange! Tamme de Vries kauerte in Luv am Steuerbordschanzkleid und hielt eine Hand auf der Sicherheitsleine. Nach wenigen Minuten begann sie zu zucken, erst unmerklich, dann immer deutlicher. «Sie kommen.»

Lucius baute sich am Fockmast auf. «Maat, wo seid Ihr? Und wo ist das renitente Schwein?» rief van Houten gegen den Sturm.

«Hier!» rief Lucius, «Bei der Fock!»

Der Unterleutnant kämpfte sich Hand über Hand an der Sicherheitsleine nach vorne vor. Die *Den Helder* hob und senkte sich im Seegang, querab vom Mast rutschte van Houten eilig übers Deck und umklammerte mit offenen Armen den Fockmast.

«Kadett Trois meldete mir, Ihr hättet ihn schon überwältigt? Wo ist er?» Unruhig blickend drehte er den Kopf hin und her, um die Dunkelheit zu erforschen. Im gleichen Augenblick tauchten von Luv schemenhafte Gestalten auf. Van Houten erstarrte. «Was soll das?»

Niemand sprach. Eine Falle – sie haben ihm eine Falle gestellt und ihn hergelockt. Angst quoll in ihm auf. «Was wollt ihr?» Die Schatten kamen immer näher. Van Houten hatte die Arme immer noch um den Mast gelegt, und in dieser Haltung drehte er sich langsam herum, bis er mit dem Rücken zur abschüssigen Schiffsseite mehr hing als stand.

«Was soll das?» Deutlich war das plötzliche Entsetzen in seiner Stimme zu hören. «Seid ihr verrückt geworden! Ich bin Offizier der VOC! Ihr kommt alle an den Galgen!» Doch sie blieben stumm, bedrängten ihn aber immer mehr. Da wusste er, dass es keine Drohung mehr war. «Hilfe!» Van Houten schrie in Todesangst. «Hilfe!», aber das Heulen des Sturms riss sein Flehen mit sich hinaus in die tosende Nacht. Mit beiden Händen umklammerte er den Mast, man sah sie deutlicher als den hinter dem Mast hängenden Mann. Niemand eilte herbei, ihm zu helfen, nur die Bedränger umringten ihn stumm und bedrohlich und machten keine Anstalten, ihn freizugeben. Van Hauten geriet vollends in Panik. «Meuterei! Verrat! Zu Hilfe – Verrat!» Im heftigen Sturm war seine Stimme kaum vier Schritte weit zu hören. «Hilfe! Meuterei! Verra . . .»

Da schlug Cees mit dem Hammer zu, Unterleutnant van Houten schlug mit dem Oberkörper nach hinten, flog blitzartig über das leeseitige Bord und war verschwunden. Das Wasser rauschte an der Lücke im Schanzkleid vorbei, die See hatte ihn verschluckt. Cees Tollenaar warf den Hammer hinterher.

*

Als sie um vier Uhr morgens zur Morgenwache wieder an Deck kamen, war es immer noch sehr dunkel, aber es gab viel weniger Wind. Es regnete, wie Harm es noch kaum erlebt hatte. Gegen Morgen steckte Vizekapitän Scheepers den Kopf aus dem Kampanje-Niedergang und rief dem Obersteuermann zu, gut aufzupassen, wenn der Wind umspringen würde, was gewöhnlich nach Windstille mit heftigem Regen eintritt.

Honke bedeutete ihm, zu warten und wankte nach hinten. «Der Unterleutnant ist nicht auf Deck. Ist er krank?»

«Habe keine Meldung erhalten. Lasst nachsehen, Obersteuermann.»

Es war gut, dass er gewarnt hatte, denn in wenigen Minuten wurde es totenstill. Das Schiff steuerte nicht mehr, und der Regen hörte auf.

Van Houtens Koje war leer, er war nicht aufzufinden. Honke machte Meldung und Scheepers liess «*Alle Mann*» pfeifen. «Sie sollen das Schiff durchkämmen», gab Scheepers vor.

Die Steuerbordwache holte das Sturmsegel und die Untersegel auf, sie brassten die Achterrahen vierkant und warteten auf das Umspringen des Windes. Nach wenigen Minuten hatten die Männer der Freiwache das beschädigte Schanzkleid am Bug entdeckt und meldeten es dem Obersteuermann; fast im gleichen Moment sprang auch der Wind aus Nordwesten an. Mit grosser Gewalt blies er gerade aus der entgegengesetzten Richtung wie vorher. Dank ihrer Vorsichtsmassregeln kamen ihre Segel nicht back. Die Fleute lief mit vierkant gesetzten Rahen vor dem Wind. Als der Kapitän an Deck kam, wurde ein wenig aufgebrasst und sie gingen wieder auf ihren alten Kurs. Mit der Windänderung trat auch eine Änderung des Wetters ein. Nach zwei Stunden segelten sie mit einem leichten, stetigen Wind, wie er in diesen Breiten um diese Jahreszeit nicht üblich war und der mit derselben Gleichmässigkeit wie der Passat wehte. Die Sonne ging klar auf. Sie setzten Mars-, Bram- und Lateinsegel wieder voll, und in flotter Fahrt segelte die *Den Helder* voran.

Kapitel 6: Schleichfahrt

Unterleutnant van Houten blieb verschwunden. Sie hatten alle Offiziere und die Mannschaften befragt und das ganze Schiff gründlich aber erfolglos durchsucht. Scheepers selbst leitete die Suchaktion, von Obersteuermann Honke Kruse und dem Maat Lucius fachmännisch unterstützt. Im Schanzkleid klaffte am Backbordbug eine Lücke, an den Bruchseiten konnten sie eine schadhafte Planke feststellen und die Spante war etwas angefault. Offensichtlich ist der bedauernswerte Unterleutnant gegen die Reling gefallen, das Bord hatte nachgegeben und van Houten ging über Bord. Honke konnte es sich so vorstellen – Lucius auch, und er nickte bestätigend.

«Aber was zum Teufel hat er hier vorne gewollt? Hat doch gestürmt, was das Zeug hält.»

«Ja, das ist die Frage.» Ratlos sah Honke vom einen zum andern. «Vielleicht wollte er in die Hieling?»

Scheepers schüttelte langsam den Kopf. «Bei dem Wetter? Er hätte vom Fockmast aufs Deck scheissen können. Der Regen hätte am Morgen alles wieder sauber gewaschen, kein Mensch hätte was gemerkt.»

Lucius starrte versonnen zur Kimm. «Hat möglicherweise in die Back gewollt – oder zu den Jungs ins Logis.»

«Zu den Jungs?» Misstrauisch blinzelte der Vizekapitän den Maat an. «Was hätte er um diese Zeit dort zu suchen gehabt?»

«Kontrollieren.»

Der Obersteuermann warf ihm einen argwöhnischen Blick zu. Er hatte auch schon gehört, was über van Houten im Vorschiff gemunkelt wurde. «Was sollte er kontrolliert haben? Die Freiwache war an Deck.»

«Vielleicht nicht alle.»

«Quatsch! Jede Hand wurde gebraucht.»

Statt einer Antwort zuckte der Maat nur mit der Achsel.

«Ich denke, er wollte hier etwas überprüfen, vielleicht die Verstagung . . .»

«Der Fockmast trug nur Sturmsegel, da ist die Belastung der Stage nicht so gross», wandte Scheepers ein.

«Wird schon einen Grund gehabt haben, hier nach vorne zu klettern», beharrte Honke und dachte eher laut, als dass er eine Meinung äusserte: «Er klettert an der Sicherheitsleine nach vorne, das Schiff stampft in grober See, krängt stark nach Backbord . . .», mit beiden Händen untermalt er die Schiffsbewegungen, «– die Luvseite ragt hoch nach oben, beim Eintauchen kommt Wasser über, jede fünfte oder sechste Welle schlägt über das Vorschiff, van Houten kämpft sich Hand über Hand heran, auf einem besonders hohen Brecher ragt der Bug hoch auf, kracht gleich darauf mit Gewalt ins Wellental, van Houten rutscht aus, eine Sturzwelle gischtet über ihn, er kann der Last einer halben Tonne Wasser nichts entgegensetzen, der Brecher spült ihn übers abschüssige Deck gegen die Backbordreling, sie bricht unter der Last des Wassers – ja, so könnte es gewesen sein.»

Vizekapitän Scheepers dachte über Honkes Vermutung nach, sie klang vernünftig. «Ja», stimmte er zögernd zu, «so könnte es gewesen sein. Aber vielleicht war's auch ganz anders. Ausserdem erklärt es nicht, was er hier vorne wollte.»

Sie sahen ihn an. «Wir müssen noch einmal alle fragen. Besonders die Matrosen Hope, Tollenaar und Meeuv.»

Kruse war skeptisch. «Ihr meint –?»

«Ja. Vielleicht haben sie nachgeholfen? Sie hätten Gründe genug.»

«Klaas kann's nicht gewesen sein, Vize, der sitzt im Knast.»

«Nicht in dieser Nacht, da waren alle auf Deck.»

«Stimmt», räumte Honke ein, «aber er gehört zur Steuerbordwache, und die war zur der Zeit wieder weggetreten. Habe ihn selber ins Kabelgatt gebracht.»

Lucius schüttelte energisch den Kopf. «Die andern beiden auch nicht, das kann ich nicht glauben, Mijnheer. Taak Hope war zwar an Deck, denn er gehörte zur Hundewache, und die hatte weiss Gott genug zu tun.»

Scheepers liess sich nichts vor machen. «Ihr wisst so gut wie ich, dass man bei dem Wetter nicht jeden Mann dauernd im Auge haben kann. Van Houten hatte Hope auspeitschen lassen, wahrscheinlich aus nichtigem Anlass. Und Cees Tollenaar war mit ihm solidarisch – das war nicht zu übersehen. Gelegenheit lässt sich finden, wenn man voller Hass ist.»

«Wenn Ihr alle verdächtigen wollt, die schon mal unter van Houten gelitten haben, müsst Ihr wohl die ganze Mannschaft ins Auge fassen», maulte Lucius. «Einschliesslich der Kadetten.»

«Der Kadetten?»

«Na, der keine Hooger wäre doch fast im Ausguck erfroren.»

Honke blieb bei seinen Zweifeln. «Es sind sicher keine Engel, aber einen Offizier umbringen? Nein! Jeder weiss, dass der Galgen auf ihn warten würde.»

«Wir werden wohl nicht ergründen, was hier vor sich gegangen ist.» Scheepers wandte sich ab. «Der Schiffszimmermann soll das Schanzkleid reparieren.»

«Jawohl, Mijnheer.»

Kapitän Visser beauftragte Swaart, Vanstappen und Terbrugge, noch einmal alle gründlich verhören, aber sie stiessen überall auf eine Mauer des Nichtwissens und Schweigens. Scheepers hatte ihm von seiner Vermutung und den anderen Meinungen des Obersteuermanns und des Maats berichtet.

«Ich sehe nicht tatenlos zu», knurrte Visser voller Ärger. «Bei Abwägung aller Möglichkeiten kann es ein Unfall oder ein Verbrechen sein.»

«Was entscheidet Ihr, Baas?»

«Nehmt den Matrosen Cees Tollenaar fest und sperrt ihn zu Klaas Meeuv. Vielleicht ist er unschuldig. Dann, hoffe ich, bekommt der Täter – so es einen gibt – ein schlechtes Gewissen oder macht einen Fehler und verrät sich.»

«Und wenn nicht?»

«Wenn! Wenn! Mein Gott, Gerrit. Dann können wir ihn immer noch mangels Beweisen freilassen. – Und wenn das erledigt ist, ruft ihr die Leute zum Totengebet zusammen; ein Vaterunser steht van Houten jedenfalls zu.»

Am Abend schrieb Visser ins Logbuch: «Freitag, der 13. März 1668. Unterleutnant Gerd van Houten fiel heute in den frühen Morgenstunden einem tragischen Unfall zum Opfer. Ungefähr zwei Glasen nach Beginn der Hundewache fiel er in sehr stürmischer See in Erfüllung seiner Pflicht über Bord und konnte nicht gerettet werden. Gott sei seiner Seele gnädig! Thees Visser, Kapitän auf der *Den Helder*.»

*

Die *Den Helder* pflügte den Indischen Ozean. Madagaskar hatten sie nicht zu Gesicht bekommen, sondern weit hinten an Backbord liegen gelassen. Visser liess gebührenden Abstand halten, denn wenn die Portugiesen, die dort Stützpunkte unterhielten, von ihrer Reise Wind bekommen würden, könnte die Nachricht von ihrer Schleichfahrt bald in ganz Ostindien die Runde machen. Als die afrikanische Küste hinter ihnen versank, hatte der Kapitän einen Siebzig-Grad-Kurs befohlen. Frische Westwinde hatte die *Den Helder* gut vorangebracht; auf zirka 22° N, 60° E gingen sie auf 50 Grad am Kompass und steuerten geradenwegs auf die Sunda-Strasse zu, so dass die Mannschaften glaubten, dass ihr Ziel Batavia sei, die Hauptniederlassung der Vereenigden Oostindischen Compagnie auf Java. Aber knapp eine Tagereise vorher, in Sichtweite der erst kürzlich entdeckten Christmas Islands – einem öden, von Albatrossen und anderen Seevögeln belebten Felsen –, kam der Befehl, auf 90 Grad zu gehen. Das gab in der Back und im Zwischendeck allerlei zu reden. Flores, Timor, Neuguinea, ja auch das entfernt hinter der Banda-See liegende Ambon oder gar die Molukken wurden als mögliche Ziele vermutet.

«Hab' ich doch schon immer gesagt», behauptete Lucius, der Maat, «hier geht 'was vor! In Kapstadt und Stellenbosch hat man gehört, dass die Engländer Rache für ihre Niederlage in London planen, die de Ruyter ihnen dort zugefügt hat. Und wo sitzen schon Engländer in Ostasien? In Ambon!»

Die Vermutung des schlauen Maats war nicht ganz falsch, aber niemand glaubte ihm. Englands Instrument in Ostasien war die East India Company, die wie ihre holländischen Konkurrenten eigene bewaffnete Flotten unterhielt. Ihr Hauptinteressengebiet lag in Indien, aber nachdem König Karl II. 1651 die

›Navigationsakte‹ vom Parlament verabschieden liess, durften alle Waren von und nach England nur noch mit englischen Schiffen transportiert werden. Das sollte vor allem den holländischen Zwischenhandel treffen. Die Niederländer hatten England vor einigen Jahren erlaubt, auf Ambon, einer kleinen Inselgruppe südlich der nahe gelegenen grossen Insel Seram, eine Faktorei zu errichten. Die Herren in Amsterdam glaubten, den britischen Appetit durch dieses Zugeständnis zu zügeln. Ambon lag 15 500 Seemeilen von London entfernt; wenn alles gut ging, dauerte die Hinreise acht Monate; Nachrichten für die Heimat erreichten Europa kaum vor eineinhalb Jahren. Der Aufwand für England, diesen Stützpunkt zu betreiben, war vergleichsweise viel schwieriger und kostspieliger, als den Holländern ihre Anwesenheit in Ostasien kam, die überall Niederlassungen besassen – von Ceylon und der indischen Malabar-Küste über Sumatra, Java, Borneo, Celebes, Timor, Ambon bis zu den Molukken und der Westküste Neu-Guineas.

*

«Was ist los mir dir?» Der Schiffsfaktor sah unwillig auf Harm. Es war nicht zu übersehen, dass der Junge heute unaufmerksam war. Sie sassen in der Messe am grossen Tisch, Cluins hatte allerlei Münzen hingelegt, ein Buch mit Ledereinband lag aufgeschlagen daneben, und Harm kritzelte hin und wieder in seine Kladde, aber immer wieder starrte er wie abwesend Löcher in die Luft. «Harm, ich habe dich etwas gefragt!»

«Entschuldigt, Mijnheer, ich habe Kopfschmerzen.»

«Bist du krank?»

«Nein.»

«Dann pass’ besser auf. Also, noch einmal: Wieviel ist eine Last?»

«Acht Drömt oder 96 Scheffel.»

«Und ein Drömt?»

«Zwei Sack oder zwölf Scheffel. Ein Scheffel gibt vier Fass oder ein Stekan. Vier Stekan sind ein Fass.»

«Gut. Und ein Pot?»

«Ein Pot ist eine halbe Kanne oder zwei Pint.

«Na, es geht ja! Und nun zum Geld. Überall, wo du hinkommen wirst, gelten andere Werte.» Der Schiffsfaktor nahm eine der Münzen auf und reichte sie Harm. «Du kennst diese Valuta?»

«Ja, das ist ein Gulden.» Harms Bruder Jan hatte fünf davon der Mutter geschickt. Wie mochte ihr es gehen? Hatten sie ihn schon vermisst?

«In Holland ist der Gulden die wichtigste Münze», fuhr Cluin fort. «Sein Name kommt von ›Gold‹, aber wie du weisst, nennt man ihn auch ›Florin‹. Diese Bezeichnung leitet sich von dem Ursprungsort der ersten Prägung im

Jahre 1252 in Florenz, ab, die gebräuchliche Abkürzung ist ›fl‹. Der Florentiner Gulden war, wie der Name andeutet, zuerst aus Gold, später kamen Silbergulden hinzu. So entstand die Bezeichnung ›Goldgulden‹ zur Unterscheidung von den Silbergulden. Ein Gulden ist in Holland 20 Stüber, aber in Ostfriesland, wo du herkommst, ergeben 72 Stüber einen preussischen Taler. Im deutschen Kaiserreich finden wir auch noch den Reichsgulden zu 60 Kreuzern.»

Harm fand das ausserordentlich interessant und schrieb eifrig mit. «Bei uns kennt man noch den Dukaten. Ist das dasselbe wie Gulden?»

«Nein, der Dukat ist der grosse Konkurrent des Guldens. Dukaten hiessen zuerst Zechinen und wurden seit 1284 in Venedig geprägt; es sind Goldmünzen und enthalten wie der Gulden 17,5 Karat Gold. Ihren Namen erhielten sie von der geprägten Inschrift ›Sit tibi Christe datus quem tu regis iste ducatus‹, das ist lateinisch und heisst ›Dir, Christus, sei dieses Herzogtum gegeben, das du regierst‹. Dukaten werden vor allem in Deutschland und Oberitalien verwendet. Eine andere bedeutende Münze ist der Taler. Der Taler heisst niederländisch Daalder und wurde 1484 erstmals in Tirol geprägt. Er ist eine grosse Silbermünze, die man ursprünglich Guldengroschen nannte und die dem Wert eines Guldens entsprach. Der Taler war eine erfolgreiche Schöpfung und wurde bald in Sachsen als Joachimstaler und vielen anderen Gebieten eingeführt. In der kaiserlichen Reichsmünzordnung wurde der Taler mit 72, später mit 90 Kreuzern als Reichstaler zur Reichsmünze erhoben und mit 143 Karat Silber festgesetzt. Der vierundzwanzigste Teil des Talers heisst Groschen und ist eine kleine Goldmünze. Das darfst du nicht mit dem Silbergroschen verwechseln, der nur ein Dreissigstel des Talers Wert ist. Auch der Kreuzer kommt aus Tirol, es ist eine Silbermünze von 8 Karat, so genannt nach dem Doppelkreuz auf der Rückseite.»

«Bei uns gab's noch den Pfennig», warf Harm eifrig ein. Die Ereignisse der Nacht, in der sie van Houten über Bord gehen liessen, bedrückten ihn, aber nun fesselte ihn das Thema und lenkte seinen wachen Geist mit dieser wissenswerten Materie ab.

«In Holland kennen wir den Pfennig nicht, gleichwohl musst du wissen, dass er nicht viel wert ist, denn ganz sicher wirst du ihm auf vielen Handelsplätzen antreffen. Er entspricht einem halben Deut. Das ist die kleinste niederländische Kupfermünze im Wert von 2 Pfennig. Seit dem 8. Jahrhundert ist der Pfennig die deutsche Hauptwährungsmünze, er wurde ursprünglich in Silber geprägt; sank seit 150 Jahren zur Scheidemünze herab und wurde immer häufiger in Kupfer geprägt.»

«Was sind Scheidemünzen?»

«Scheidemünzen sind unterwertiges (nicht voll ausgeprägtes), auf kleine Werteinheiten lautendes Geld; wir dürfen sie nur bis zu einer von der VOC festgelegten Grenze von zwei Gulden in Zahlung nehmen. Dann kennen wir noch den Heller, ursprünglich die seit dem 12. Jahrhundert geprägte Kupferpfennige, die sich ein weites Umlaufgebiet eroberten; heute hat der Heller den Wert von 1/2 Pfennig. 4 Pfennige sind ein Batzen. Du musst es dir gut aufschreiben und immer wieder einprägen.»

«Ist ja nicht so schwer», prahlte Harm.

«Na, dann pass mal gut auf, denn jetzt gebe ich dir den Schlüssel zum Ganzen. Wir rechnen nur bei Edelsteinen mit Karat, den Gold- oder Silbergehalt beim Geld wiegen wir in Unzen. Eine Unze entspricht 144 Karat. Demnach hat der Gulden einen Goldgehalt von 0,121 Unzen.»

Harm sah seinem Lehrer ins Gesicht und nickte. «Ist ziemlich verwirrend», gab er zu.

«Siehst du es jetzt ein? Denn nur mit wiegen können wir den wahren Wert einer Münze nicht feststellen.» Cluins nahm den Gulden wieder auf und legte einen zweiten dazu. «Schau, diese beiden Gulden sind gleich schwer. Aber nur einer ist ein richtiger Gulden, der andere ist eine minderwertige Fälschung und enthält zu wenig Gold und zuviel Blei. Wenn du sie genau vergleichst, dann wirst du feststellen, dass die echte Münze etwas dicker ist, denn Blei ist schwerer als Gold. Und wenn man es erhitzt, schmilzt es viel eher.»

Der junge kratzte sich am Kopf und sagte: «O je!»

«Wirst es schon kapieren, wenn wir die spezifischen Gewichte behandeln. Morgen machen wir weiter.»

*

Kapitän Thees Visser stand vor dem Instrument, das sie zum Erstenmal an Bord hatten. Die Quecksilbersäule hatte sich in den letzten Stunden nach unten gesenkt. Visser hielt nicht viel von dem neumodischen Zeug, er hatte schon an der Verfärbung des Himmels und der aufgekommenen, noch immer stärker werdenden Dünung den nahenden Wetterwechsel konstatiert. Aber die Herren im Amsterdam waren der Ansicht, das Instrument sei an Bord der *Den Helder* notwendig. Der Kapitän starrte ohne eine Miene zu verziehen auf die Glasröhren und ging dann ohne Hast zurück zu seinem Platz auf der Luvseite.

Kapitän Visser tat niemals irgendetwas hastig. Auch als er jetzt den schmalkrempigen Topfhut abnahm und sich mit dem Taschentuch über das dunkle, schon gelichtete Haar fuhr, führte er diese simple Handlung mit geruhsamer Eile aus, so ohne jede überflüssige, unzweckmässige Bewegung, dass man instinktiv begriff: diese ruhige Entschiedenheit, diese sparsame, fast selbstverständliche Gestik war angeboren, war Ausdruck einer inneren Haltung und gehörte zum Wesen dieses Mannes.

Hinter sich hörte er das Geräusch leiser Schritte, die über das harte Teakholz des Decks gingen. Kapitän Visser setzte den Hut wieder auf, drehte sich in seinem Stuhl herum und sah zu seinem Ersten Offizier hin, der jetzt dort stand, wo er selbst vor einigen Sekunden gestanden hatte, und mit nachdenklicher Miene auf das neue Instrument sah: zwei fast drei Fuss lange parallele, oben verschweisste Glasröhren waren vor einer Skala auf einem flachen Brett montiert, die Quecksilberröhren zeigten des Wechsel des Luftdrucks an. Das Ding hiess Barometer. Kapitän Visser beobachtete ihn eine Weile schweigend und musste denken, dass sein Erster Offizier eine geradezu klassische Widerlegung der weit verbreiteten Annahme war, wonach Leute mit hellem Haar und weisser Haut nicht braun, sondern nur rot würden: das Stück Hals, das zwischen dem weissen Hemd und dem von der Sonne fast zu einem Platinblond gebleichten hellen Flachshaar zu sehen war, hatte die dunkle Farbe alten Eichenholzes. Doch jetzt drehte sich der Erste Offizier herum und sah zu ihm hin, und Visser lächelte kurz.

«Nun, Mijnheer Scheepers, was haltet Ihr davon?» Der Rudergänger stand keine drei Schritte von ihm entfernt, neben ihm Fähnrich Terbrugge, der mit dem Teleskop den Horizont absuchte. Wenn irgendjemand von der Crew in Hörweite war, dann war der Kapitän im Umgang mit seinen Offizieren immer die Förmlichkeit in Person. Scheepers zuckte die Schultern und ging hinüber an den Windfang. Er hatte eine ganz besonders leise, fast katzenhafte Gangart, so als ginge er über alte, ausgetrocknete Zweige und habe Angst, sie zu zerbrechen. Er sah durch die Scheibe nach draussen auf den Himmel, der aussah wie ein Backofen aus Messing, auf den öligen Kupferglanz des Wassers, auf den fernen Horizont im Osten, wo Meer und Himmel in einem metallblauen Schimmer miteinander verschmolzen, und schliesslich auf die glasige Dünung, die höher und höher nach Südost lief und an der Backbordseite gegen das Heck der *Den Helder* drängte. Er zuckte nochmals die Schultern, drehte sich um und sah den Kapitän an, und zum hundertsten Mal musste Visser staunen über das klare, eisige Blau der Augen seines Offiziers, die doppelt auffällig wirkten durch den Gegensatz zu der dunklen Farbe des gebräunten Gesichts. Niemals hatte er bei irgendjemandem Augen gesehen, die diesen Augen auch nur entfernt ähnlich waren.

«Ziemlich klarer Fall, Baas. Meint Ihr nicht auch?» Scheepers sprach leise, beherrscht und ohne jede Anstrengung – seine Stimme entsprach genau der Art seines Ganges und seiner Haltung; doch sie hatte einen tiefen, vollen Klang, der es ihm ermöglichte, sich in einem Raum voll durcheinanderredender Leute oder durch das Heulen des Windes mit ungewöhnlicher Deutlichkeit hörbar zu, machen, ohne sich sonderlich anstrengen zu müssen. Er zeigte mit der Hand durch die Scheibe nach draussen. «Alle Anzeichen sprechen dafür. Das Barometer fällt, ist eigentlich nicht die Jahreszeit dafür, und ich habe auch noch nie von einem tropischen Sturm in diesen Breiten gehört, trotzdem fürchte ich, wir werden ein bisschen Wind bekommen.»

«Ihr seid ein Genie im Untertreiben, Mijnheer Scheepers», sagte Visser trocken. «Und sprecht bitte, wenn es sich um einen Taifun handelt, nicht respektlos von ›ein bisschen Wind‹. Er könnte es hören.» Visser machte eine kurze Pause, lächelte, und fuhr dann leise fort: «Ich hoffe sogar, er hat es gehört, Mijnheer Scheepers. Ein Taifun wäre jetzt eine Gottesgabe.»

«Das wäre er wahrhaftig», murmelte Scheepers. «Und er würde Regen bedeuten. Viel Regen?»

«Eimerweise!» sagte Kapitän Visser. «Regen, grobe See und starke Winde – und von der englischen Flotte dürfte uns kein Schwanz heute Nacht beehren. Unser Standort?»

Scheepers ging zum Kartentisch im Hintergrund und beugte sich über das aufgeschlagene Logbuch und las vor: «Messung der Mittagsbreite am 3. April 1668: 12° S, geschätzte Länge 117° 30' E.»

«Welcher Kurs liegt an, Mijnheer Scheepers?»

«Neunzig Grad, Kapitein.»

«Den wollen wir beibehalten. Und die Fahrt?»

«Die Messung nach Wachwechsel ergab 5 Knoten, Kapitein.»

«Gut. Wenn der Wind noch eine Weile anhält, erreichen wir vielleicht morgen gegen Mittag die Strasse von Sawu, und das bedeutet jedenfalls eine Chance. Doch ich kann fast nicht daran glauben; wenn ein Taifun im Anzug ist, werden wir vorher erst einmal bekalmt herumliegen.» Kapitän Vissers Augen blickten ruhig, ohne jede Erregung. «Meint Ihr, dass irgendjemand unterwegs ist, um nach uns Ausschau zu halten, Mijnheer Scheepers?»

«Kaum, mit Ausnahme von ein paar hundert Schiffen in der Flores- und Banda-See.» Scheepers lächelte kurz, das Lächeln liess die Fältchen an seinen Augen weiss werden und war wieder verschwunden. «Ich zweifle, ob es im Umkreis von fünfhundert Meilen irgendeinen unserer englischen Freunde gibt, dem es nicht bekannt ist, dass wir nach Ambon unterwegs sind. Wir müssen ein verlockender Leckerbissen sein, und das Maul werden sie entsprechend weit aufsperren.»

«Aus dem Weg gehen wir nur der englischen Flotte, und zurückweichen werden wir vor gar nichts.»

«Die Engländer werden schon in jeder möglichen Ecke gesucht haben, um uns zu finden – Timor, Banda, Buru, Seram und Ambon, aber auch Ternate, Tidore, Halmahera und wie sie alle heissen. Die Herren in der Admiralität werden Anfälle bekommen und sich zu Dutzenden in ihre Schwerter stürzen, wenn ihre Häscher uns nicht fangen.»

«Und die Inseln zwischen Flores und Timor werden von ihnen nicht kontrolliert?»

«Ich nehme an, die Engländer sind einigermassen vernünftig und höflich genug, uns gleichfalls dafür zu halten», sagte Scheepers nachdenklich. «Kein vernünftiger Mensch würde auf die Idee kommen, mit einem Rahsegler bei Nacht durch die Gewässer dort zu fahren, selbst mit unserem Tiefgang von nur zehn Fuss ist es riskant, und nirgendwo ein Licht in Sicht.»

Kapitän Visser senkte den Kopf. «Ihr habt eine ausgesprochen charmante Art, Hoffnungen zu wecken, Mijnheer Scheepers.»

Scheepers sagte nichts. Er wandte sich um und ging auf die andere Seite der Brücke, vorbei an dem Rudergänger und Terbrugge, dem Fähnrich. Das Geräusch seiner Schritte war kaum lauter als das Rascheln fallender Blätter. Am anderen Ende der Brücke blieb er stehen und sah von der Steuerbordseite auf die dunstig-verschwomme Silhouette der Insel hinaus, die sacht im Purpur des fernen Horizonts versank, und drehte sich dann wieder um. Terbrugge und der Rudergänger beobachteten ihn schweigend, aus müden Augen, in denen müde Fragen warteten.

*

Die Dämmerung kam, die kurze Dämmerung der Tropen, und das Meer war bis zum Horizont weiss wie Milch. Nicht in der Nähe – da war es grün und weiss, hohe, steile Wände mit grünen Flanken, streifig überzogen vom Schaum, den der Wind von den Kämmen blies – Wogen, die sich brachen in einem tobenden, kochenden Kessel, in einem phosphoreszierenden Strudel, die mit weisslichem Gischt über das Deck der *Den Helder* spülten. Doch weiter hinten, soweit das Auge in der sinkenden Dämmerung reichte, war nichts zu sehen als das unheimliche, weissliche Glänzen der vom Wind verwehten Schaumkämme.

Schlingernd und stampfend bewegte sich die *Den Helder* durch den Sturm. Sie erschauerte jedesmal, wenn ihr Bug krachend in ein Wellental schlug, und dann lief ein Zittern durch jede Elle des 160 Fuss langen Rumpfes, während der Bug sich wieder hob und sich vom Druck der weissen Wasserkaskaden freikämpfte.

Oben auf der Brücke, auf Steuerbordseite, stand Kapitän Visser, in Ölzeug verpackt, hinter die Schutzwand aus Segeltuch geduckt, die kaum einen Schutz gewährte, die Augen gegen den peitschenden Regen zu schmalen Schlitzen zusammengekniffen, und starrte hinaus in die zunehmende Dämmerung. Sein rundliches Gesicht schien so beherrscht, so unbeteiligt wie immer, und doch machte er sich Sorgen, schwere Sorgen sogar, wenn auch nicht des Sturmes wegen. Das heftige Stampfen der *Den Helder*, das schwere Aufschlagen, das Erzittern des Rumpfes, wenn der Bug bis über die Ankerklüsen in einer massiven Sturzsee verschwand, hätte jeder Landratte Angst und Schrecken eingejagt – Kapitän Visser nahm es kaum zur Kenntnis. Eine holländische Fleute verfügt über eine sehr grosse Stabilität; zwar schlingert sie deshalb nicht weniger, worauf es aber ankommt, ist nicht wie heftig ein Schiff schlingert, sondern ob es sich wiederaufrichtet. Und eine Fleute tut das immer. Kapitän Visser wusste das nur zu gut. Es war nicht sein erster Taifun. Nein, um die *Den Helder* machte sich Kapitän Visser keine Sorgen.

Und genauso wenig machte er sich Sorgen um seine eigene Person. Es gab in Kapitän Vissers Leben nichts mehr, um das er sich hätte Sorgen machen sollen. Zwar gab es eine ganze Menge, worauf er zurückblicken konnte, aber nichts, was noch zu erwarten war. Weder das Meer noch die VOC hatten ihm, dem befahrenen Kapitän, noch irgendetwas zu bieten – ausser noch zwei oder drei Jahren auf See, nach denen er sich mit auskömmlich Erspartem zur Ruhe setzen würde. Seine beiden Söhne hatten immer behauptet, dass jeder, der zur See fahre, verrückt sein müsse. Beide hatten in den Kolonien den Tod gefunden: der eine starb im fieberverseuchten Batavia an der Malaria, der andere war einem Jagdunfall in der Kap-Provinz zum Opfer gefallen. Es wurde auch etwas von einem Eifersuchtsdrama gemunkelt. Visser hatte seine Frau bald auf dem Friedhof besuchen müssen; sie hatte ihren zweiten Sohn nur um wenige Wochen überlebt und starb an gebrochenem Herzen. Der Kapitän hatte nichts, wirklich nichts mehr auf dieser Welt, um das er sich hätte Sorgen machen können – soweit es sich um seine eigene Person handelte.

Egoismus in irgendeiner Form lag nicht in Vissers Natur. Die Tatsache, dass sein Leben inhaltslos geworden war, hatte sein Verantwortungsgefühl für die anderen nicht gemindert. Er dachte an die Männer, die seinem Kommando unterstellt waren, Männer, die im Gegensatz zu ihm Eltern hatten und Kinder, Frauen und Bräute. Und er fragte sich, welches Recht es dafür gab, wenn er jetzt das Leben dieser Männer, die keine Soldaten waren, aufs Spiel setzte, indem er mit dem Schiff dorthin fuhr, wo die Gefahr war. Und schliesslich dachte er, und zwar mit ganz besonderer Intensität, über den Mann nach, der in den letzten drei Jahren sein Erster Offizier war, Gerrit Scheepers.

Was für ein Mensch dieser Scheepers war, hatte er bisher nicht ergründen können. Kapitän Visser hielt Scheepers für den fähigsten Offizier, mit dem er es in seinen dreissig Jahren als Kapitän zu tun gehabt hatte. Gerrit Scheepers beging nie einen Fehler, traf in jeder Lage, die fachmännisch korrektes Handeln erforderte, die richtige Entscheidung. Seine Tüchtigkeit war geradezu unmenschlich. Ja, dachte Kapitän Visser, unmenschlich, das war es, das war die andere Seite seines Charakters. Scheepers war für gewöhnlich höflich, rücksichtsvoll, ja sogar von einer humorigen Leutseligkeit; doch dann konnte es wie eine seltsame Wetterveränderung über ihn kommen, und auf einmal war er kühl, verschlossen, abweisend – und von fast unmenschlicher Härte.

Es musste eine Verbindung zwischen diesen beiden Seiten in der Natur seines Vizes geben, etwas, das aus der einen Persönlichkeit die andere werden liess. Doch was das war, das wusste Kapitän Visser nicht. Er war sich nicht einmal klar über die Beschaffenheit des seelischen Bandes, das zwischen ihm und Scheepers bestand; er stand Scheepers nicht nahe, doch er vermutete, dass er ihm näherstand als sonst irgendjemandem, den er kannte.

Kapitän Visser richtete sich auf, zog das Tuch, das er um den Hals gebunden hatte, fester, wischte sich das Salz aus den Augen und von den Lippen und sah hinüber zu Scheepers. Dieser stand völlig aufrecht, ohne Schutz hinter dem Segeltuch zu suchen; seine Hände ruhten locker auf dem Geländer der Brücke, die scharfen blauen Augen wanderten langsam den in der Dämmerung verschwimmenden Horizont entlang, der Ausdruck seines Gesichts war unbeteiligt, gleichgültig. Regen und Wind, die lähmende Hitze der indischen Küste oder die eisigen Stürme auf der Schelde im Januar: das alles machte Gerrit Scheepers nichts aus. Er war immun dagegen, es berührte ihn nicht. Es war unmöglich, seiner unbeweglichen Miene zu entnehmen, was hinter seiner Stirn vorging.

Der Wind drehte jetzt auf Südost, langsam, sehr langsam, und nahm dabei an Stärke zu. Die kurze tropische Dämmerung war fast vorbei, doch das Meer dehnte sich genauso milchig weiss wie zuvor in die Dunkelheit. Visser konnte an Steuerbord und Backbordseite den schäumenden Glanz der Wogen sehen. Voraus konnte er nichts erkennen, denn die *Den Helder* stampfte jetzt nach Norden; der starke Wind hatte den Kurswechsel erzwungen. Er hatte schon vor Stunden reffen lassen, aber trotz Sturmbesegelung machte das Schiff im raumen Wind rasche Fahrt. Der dichte Regen, den der Sturm herantrieb, fuhr diagonal über das Deck und die Brücke, schoss ihm wie tausend Pfeile ins Gesicht und liess seine schmerzenden Augen tränen. Es half nichts, die Augen bis auf einen engen Spalt zusammenzukneifen; auch so schlug der Regen hinein und machte ihn blind.

Kapitän Visser schüttelte ungeduldig den Kopf, eine Geste, die zugleich Besorgnis und Erbitterung ausdrückte, und rief zu Scheepers hinüber. Scheepers liess durch nichts erkennen, dass er ihn gehört hätte. Kapitän Visser legte die Hände um den Mund und rief nochmals, machte sich dann aber klar, dass seine Stimme, soweit sie nicht der Wind verschlang, unterging in dem lauten Krachen, mit dem der Bug auf das Wasser klatschte, und in dem dünnen hohen Ton des Sturms, der in der Takelage pfiff. Er ging zu Scheepers hinüber, klopfte ihm auf die Schulter, deutete mit einer Kopfbewegung zur Steuerplicht und machte sich dorthin auf den Weg. Scheepers kam hinter ihm her. Als sie angekommen waren, wartete Kapitän Visser, bis das Schiff in einem Wellental die Nase nach unten nahm. Dann rieb er sich den Kopf mit einem Handtuch trocken, ging zum Fenster an Backbordseite und sah durch die Scheibe nach vorn. Er brummte ärgerlich und drehte sich wieder um. Der Übergang von dem peitschenden Regen, dem Heulen des Sturmes und dem Tosen der See zu der Trockenheit, der Wärme und der geradezu unheimlichen Stille hinter dem Windfang war so unvermittelt, dass es mehrere Sekunden dauerte, bis sie sich daran gewöhnt hatten.

«Also, Mijnheer Scheepers, was haltet Ihr von der Sache?»

«Dasselbe wie Ihr, Mijnheer.» Scheepers trug keine Mütze, und das blonde Haar hing ihm in nassen Strähnen ins Gesicht. «Überhaupt nichts zu sehen da vorn.»

«So war meine Frage nicht gemeint.»

«Ich weiss.» Scheepers lächelte und machte sich steif, als das Schiff sich plötzlich bösartig hob und so heftig stampfte, dass die Erschütterung die Fensterscheiben klirren liess. «Ich finde, wir sind seit einer Woche zum ersten Mal sicher.»

Kapitän Visser nickte. «Ihr habt vermutlich recht. Nicht einmal ein Wahnsinniger dürfte sich in einer solchen Nacht heraustrauen, um uns zu suchen. Das bedeutet kostbare Stunden der Sicherheit, Gerrit», sagte er leise.

Scheepers sah ihn an und blickte dann wieder fort. Es war nicht zu erkennen, was in seinem Kopf vorging, aber darüber war sich Kapitän Visser immerhin klar, dass ein ganz bestimmter Gedanke ihn jetzt bewegen musste, und er fluchte leise vor sich hin. Er hatte es ihm doch so leicht gemacht – Scheepers brauchte ihm nur zuzustimmen.

«Dafür sind die Chancen, dass wir auf ein Riff auflaufen – oder auf eine Insel – ziemlich gross.» Er sah durch ein seitliches Fenster hinaus in den peitschenden Regen und auf das niedrige, jagende Gewölk. «Solange das so bleibt, besteht keine Hoffnung, dass die Sterne uns leuchten.»

«Unsere Chancen sind in der Tat sehr mässig», sagte Scheepers, richtete dann den Blick wieder auf den Kapitän. «Und was für Chancen gebt Ihr der *Modiadeen*, Mijnheer?»

Kapitän Visser blickte in das eiskalte Blau der Augen seines Ersten Offiziers, blickte beiseite, sagte nichts.

«Vielleicht ist die *Modiadeen* in diesem Augenblick am Absaufen oder bereits gesunken. Wenn sie gesunken ist, sind die Leute vielleicht in die Boote gegangen, wenn sie nicht ersoffen sind, dann sind sie jetzt auf einer Insel», fuhr Scheepers mit ruhiger Stimme fort. «Es gibt Dutzende von Inseln hier in der Gegend. Allerdings – diese Landratten sind kaum imstande, ein Rettungsboot vorschriftsmässig zu bemannen. Nein, ich glaube, falls es das Schiff überhaupt noch gibt, dann befinden sie sich noch an Bord der *Modiadeen*. Eine Stecknadel in einem Heuschober, ich weiss, immerhin eine grössere Stecknadel als ein Floss oder eine Planke.»

«Das alles ist mir durchaus klar, Mijnheer Scheepers, aber . . .»

«Sie dürfte mehr oder weniger genau nach Nordwesten treiben», unterbrach ihn Scheepers. Er hob den Blick von der Seekarte auf dem Tisch. «Mit einer Geschwindigkeit von zwei, vielleicht drei Knoten – auf Lombok, Sumbawa oder eine dieser kleinen Inseln dort zu –, und im Laufe der Nacht müssten sie unweigerlich irgendwo auflaufen. Wir könnten ein klein wenig nach Steuerbord abfallen, dabei immer noch genügend Seeraum zwischen uns und der Insel Sumba lassen, und mal eben kurz nachsehen.»

«Ihr macht da eine Rechnung mit mächtig vielen Unbekannten», sagte Kapitän Visser langsam.

«Ich weiss. Ich gehe von der Annahme aus, dass die *Modiadeen* nicht schon vor Stunden gesunken ist.» Auf Scheepers Gesicht erschien ein kurzes Lächeln, oder vielleicht war es auch nur eine Grimasse – es war jetzt sehr dunkel im Ruderhaus. «Vielleicht habe ich heute Abend den sechsten Sinn, Mijnheer. Vielleicht sind es meine skandinavischen Ahnen, die sich bei mir bemerkbar machen. In anderthalb Stunden müssten wir eigentlich an Ort und Stelle sein, spätestens in zwei Stunden, selbst bei dieser groben See, die wir gegen uns haben.»

«Also gut, hol Euch der Teufel!» sagte Kapitän Visser gereizt. «Zwei Stunden, und dann kehren wir um.» Er sah auf die Halbstundensanduhr. «Es ist jetzt gerade 6 Uhr; der erste Plattfuss hat begonnen – ich gebe Euch Zeit bis ein Glasen nach der zweiten Plattfusswache, das ist acht Uhr dreissig.»

Er sprach kurz mit dem Rudergänger und ging dann hinter Scheepers her. Draussen erfasste sie der heulende Sturm, der herangebraust kam wie eine Wand, und presste sie endlose Sekunden lang gegen die achterliche Reling der Brücke, wehrlos und nach Luft schnappend. Der Regen war kein Regen mehr, sondern eine Sintflut, die waagerecht herantrieb, eiskalt und schneidend scharf, und das Geräusch des Windes in der Takelage war kein Wimmern mehr, sondern ein lautes Heulen in allen Tonlagen, das in den Ohren wehtat. Die *Den Helder* war auf dem Weg in das Zentrum des Taifuns.

*

Tausend zu eins, so hätte Scheepers gewettet, und der Kapitän hätte ihn darin bestärkt und die Chancen sogar noch niedriger angesetzt – und sie hätten sich beide geirrt. Die *Modiadeen* war noch nicht gesunken, und die Menschen darauf waren auch nicht von Bord gegangen. Sie schwamm noch, aber sie machte nicht den Eindruck, als ob sie noch lange schwimmen würde. Sie lag mit schwerer Schlagseite tief im Wasser und hing so stark nach Steuerbord über, dass die Reling des Seitendecks ins Meer tauchte, darin verschwand und wiederauftauchte, während die lange, niedrige Dünung das schrägstehende Deck überspülte und wieder zurückrollte, wie Wogen, die sich am Strand brechen.

Der Fockmast war über Bord gegangen, etwa sechs Fuss hoch über Deck abgebrochen; ein dunkles, gähnendes Loch, aus dem noch immer ein wenig Rauch hochstieg, zeigte die Stelle, wo die Munition explodiert war; die Brücke war nicht mehr zu erkennen, ein Trümmerhaufen aus zersplittertem Holz und zerrissenen Eisenbändern, der sich als wirrer Umriss vor dem bleifarbenen

Himmel abhob. Das Logis auf dem Vorschiff – das Mannschaftsquartier – sah aus, als sei es mit einem gigantischen Dosenöffner aufgemacht worden; von den Ankern, den Winden am vorderen Ladebaum war keine Spur zu entdecken. Und keiner von denen, die sich in diesem Augenblick dort aufgehalten hatten, konnte irgendetwas davon begriffen haben, da der Tod sehr viel rascher arbeitete als das Bewusstsein. Die Holztäfelung der Unterkünfte auf dem Hauptdeck war vollständig ausgebrannt, und deutlich schienen Himmel und Meer durch das geschwärzte, verbogene Gebälk.

Es war unvorstellbar, dass es menschlichen Wesen möglich gewesen sein sollte, die Hitze zu überleben, die aus der *Modiadeen* ein verkohltes, ausgestorbenes Wrack gemacht hatte, das langsam, unmerklich nach Nordwest trieb, in Richtung auf die Sumbawa-Strasse. Und es war auch in der Tat nichts Lebendes zu entdecken auf dem, was von den Decks der *Modiadeen* übriggeblieben war, nirgends eine Spur von Leben, weder über Deck noch unter Deck. Ein abgetakeltes Wrack, ein verlassenes Überbleibsel eines Schiffes, auf der See treibend. Doch es lebten noch immer Menschen in den achteren Aufbauten der *Modiadeen*.

Überlebende – von denen einige freilich nicht mehr lange zu leben hatten. Das waren die Schwerverwundeten auf den Tragbahren, die dem Tod schon sehr nahe gewesen waren, noch ehe das Schiff aus Ambon ausgelaufen war, und jetzt hatte der Luftdruck der Explosionen und die atemberaubende Hitze des Brandes, der erst dort Halt gemacht hatte, wo es zum Achterdeck hinunterging, bei den meisten von ihnen das letzte Restchen Lebenskraft zerstört und die dunkle Schale der Waage sinken lassen. Durch die vom Rauch geschwärzte Tür im Vorschiff drang von Zeit zu Zeit der Schrei eines Mannes, kein Schrei des Schmerzes, sondern der quälenden Erinnerung, die ein verdunkeltes Bewusstsein durchzuckte; es war auch das Stöhnen anderer schwerverwundeter Männer zu hören, und auch sie stöhnten nicht vor Schmerz; die eurasische Krankenschwester hatte schmerzstillende Drogen und Beruhigungsmittel bei sich, und was zu hören war, das war nur das schwache, bewusstlose Stöhnen von Sterbenden. Hin und wieder war die Stimme einer Frau zu hören, besänftigend, tröstend, deren sanftes Geräusch gelegentlich unterbrochen wurde von dem tiefen, wütenden Gebrummte eines Mannes. Meist aber war nur das leise Gemurmel kranker Männer zu hören und ganz gelegentlich die zitternden Atemzüge eines kleinen Kindes, das einsam und verzweifelt vor sich hinschluchzte.

*

Zweieinhalb Stunden hatte ihm Kapitän Visser gegeben, allerhöchstens zwei Stunden; doch es hätten genauso gut zwei Minuten sein können oder zwei Tage, so gering war die Hoffnung geworden. Das wussten die Offiziere, und sie waren sich darüber klar, dass es nichts weiter war als eine Geste, vielleicht zur Beruhigung ihres eigenen Gewissens.

Sie fanden die *Modiadeen* am 9. April 1668, drei Minuten vor Ablauf der gesetzten Frist. Sie fanden sie, weil Scheepers Schätzung unheimlich genau zutraf – die *Modiadeen* lag fast haargenau an der Stelle, von der er gemeint hatte, dass sie dort liegen müsse. Und sie fanden sie, weil ein langer Blitz das düstere Wrack für einen kurzen Augenblick so hell beleuchtete wie die Mittagssonne. Doch auch so hätten sie die *Modiadeen* nie und nimmer gefunden, wäre nicht der Wind vom Hurrikan abgeflaut bis zu einem kaum spürbaren Lüftchen, und hätte nicht der peitschende Regen, der jede Sicht benahm, so plötzlich aufgehört, als habe jemand am Himmel einen riesigen Hahn zugedreht.

Das an dem momentanen Übergang vom Aufruhr des Sturms zu dieser unglaubhaften Stille nichts Wunderbares war, darüber war sich Kapitän Visser grimmig klar. Immer lag im Zentrum eines Taifuns eine Oase des Friedens. Diese brütende Stille, die den Atem anzuhalten schien, war für ihn nichts Neues – doch bei den zwei oder drei früheren Begegnungen hatte er um sich herum reichlich Seeraum zur Verfügung gehabt, um auszuweichen, wohin er wollte, wenn es allzu schlimm wurde. Diesmal aber war es anders. Nach Norden, Westen und nach Osten war ihnen der Fluchtweg versperrt durch die Inseln des Archipels. Sie hätten zu keinem ungeeigneteren Zeitpunkt in das Zentrum des Taifuns eintreten können.

Aber auch zu keinem geeigneteren Zeitpunkt. Falls auf der *Modiadeen* noch jemand am Leben sein sollte, so konnten die Bedingungen für die Bergung nicht günstiger sein als jetzt. Falls noch jemand am Leben sein sollte – und nach allem, was sie an Backbord sehen konnten, während sie langsam auf das Schiff zufuhren, schien das wenig wahrscheinlich. Mehr noch, es schien unmöglich. Im fahlen Licht der Sonne, die an einem merkwürdig messingfarbenen Himmel heraufstieg, wirkte die *Modiadeen* doppelt verloren und verlassen. Sie lag inzwischen vorn so tief im Wasser, dass das Deck des Vorschiffs verschwunden war und das Logis auf dem Vorschiff wie ein einsamer Felsen sich jetzt aus dem Wasser hob und jetzt wieder darin versank, überspült von hohen Wogen.

Finster starrte Kapitän Visser hinüber. Hilflos trieb die *Modiadeen* auf den Wogen, träge schlingerte sie in den Wellentälern, da ihr Schwerpunkt, durch das Gewicht von mehreren hundert Tonnen Wasser nach unten verlagert, sie in die Tiefe zog. Der Kahn ist tot, dachte er bei sich, wenn es jemals ein totes Schiff gegeben hat! Sie ist tot, und das da ist nur noch ihr Geist, und wie ein Geist sah sie auch aus, unheimlich und gespenstisch mit den verbogenen rechtwinkligen Hohlräumen ihrer ausgebrannten Aufbauten, durch die das Licht fiel. Sie weckte in ihm eine undeutliche, quälende Erinnerung – an was, wusste er nicht, bis es ihm plötzlich einfiel: das Gespensterschiff des ›Fliegenden Holländers‹, mit der aufgehenden Sonne dahinter, deren rotes Licht wie durch ein

Gitter, durch ein hölzernes Skelett dringt. Er bemerkte, dass sein Erster Offizier unmittelbar hinter ihm stand.

«Ja, Gerrit, da liegt sie nun», sagte er leise. «Dazu auserkoren, heimzukehren in das Meer, wo tote Schiffe hingehen. War eine nette Fahrt. Haben unseren Auftrag nicht ausführen können. Jetzt wollen wir umkehren, Kurs Batavia.»

«Mijnheer!» Scheepers schien ihn nicht gehört zu haben. «Bitte um Erlaubnis, mit einem Boot 'ranzufahren.»

«Nein.» Kapitän Vissers Ablehnung kam ohne Erregung, aber mit Nachdruck. «Wir haben alles gesehen, was wir sehen wollten.»

«Wir sind einen weiten Weg gefahren, um es zu sehen.» Scheepers sprach ohne besondere Betonung. «Ich schlage vor, Terbrugge, der Obersteuermann, de Vroom, ich selbst und noch ein paar. Wir würden es schaffen.»

«Vielleicht.» Kapitän Visser balancierte das heftige Schlingern der *Den Helder* aus, ging in die Backbord-Brückennock und sah nach unten auf die See. Selbst hier in Lee des Schiffes war immer noch sieben bis zehn Fuss Unterschied zwischen Wellenberg und Wellental, und die kurzen steilen Wogen waren unregelmässig und heimtückisch. «Oder vielleicht auch nicht. Ich habe nicht die Absicht, auch nur ein einziges Leben aufs Spiel zu setzen, um das festzustellen.»

Scheepers sagte nichts. Mehrere Sekunden verstrichen, dann wandte sich Kapitän Visser ihm zu, und in seiner Stimme war jetzt ein leiser Unterton gereizter Schärfe.

«Also was ist eigentlich los mit Euch, Gerrit? Habt Ihr immer noch – wie nanntet Ihr das – den sechsten Sinn? Oder was ist es sonst?» Er deutete mit einer heftigen Geste dorthin, wo die *Modiadeen* lag. «Verdammt noch mal, Mann, da lebt doch kein Schwanz mehr, seht Ihr das denn nicht? Eine ausgebrannte Ruine. Glaubt Ihr allen Ernstes, es könnte da noch irgend jemand am Leben sein? Sollten tatsächlich noch Überlebende an Bord sein, dann müssten sie uns doch sehen. Warum springen sie dann nicht auf dem Oberdeck herum – falls noch so was wie ein Deck da ist – und schwenken die Hemden über ihren Köpfen? Könnt Ihr mir das vielleicht erklären?»

«Ich habe keine Ahnung, Mijnheer, was der Grund sein mag, obwohl ich mir vorstellen könnte, dass es für einen Schwerverwundeten mühsam sein könnte, viel zu mühsam, sich von seinem Lager zu erheben und sein Hemd auszuziehen, geschweige denn, auf das Oberdeck zu klettern und mit dem Hemd zu winken», sagte Scheepers trocken. «Eine Bitte, Mijnheer – lasst ein paar Zwölfpfünder und ein halbes Dutzend Raketen abschiessen. Falls noch jemand am Leben ist, dann werden sie dadurch aufmerksam werden.»

Kapitän Visser überlegte einen Augenblick und nickte dann. «Gut, das kann ich noch verantworten – wobei ich hoffe, dass sich im Umkreis von dreissig Meilen kein Engländer befindet. Also macht es, Mijnheer Scheepers.»

Doch das dumpfe Krachen der Zwölfpfünder, deren leeres Echo über das Meer hallte, blieb wirkungslos. Die *Modiadeen* sah womöglich noch lebloser aus als zuvor, ein treibendes, ausgebranntes Skelett, das immer tiefer ins Wasser sank. Und dann wurden die Raketen abgeschossen, sieben oder acht Stück, mit blendend weisser Helligkeit zischten sie in die Höhe und beschrieben flache Bögen nach Westen; eine landete auf dem Heck der *Modiadeen*, blieb dort sekundenlang liegen und tauchte das auf- und abschwankende Deck in ein grelles, weisses Licht, bis sie schliesslich sprühend verlosch. Und noch immer bewegte sich nichts an Bord der *Modiadeen*.

«Ja, das wäre es denn wohl.» Kapitän Vissers Stimme klang müde; wenn er auch von Anfang an keinerlei Hoffnung gehabt hatte, so war er jetzt doch enttäuscht, in stärkerem Masse, als er zuzugeben bereit gewesen wäre. «Seid Ihr nun zufrieden, Mijnheer Scheepers?»

«Käpt'n, Mijnheer!» Es war Terbrugge, der sprach, mit lauter, aufgeregter Stimme. «Da drüben, Mijnheer. Seht!»

Kapitän Visser hatte sich auf die Brüstung gestützt und das Fernrohr vor den Augen, noch ehe Terbrugge zu Ende gesprochen hatte. Sekundenlang stand er unbeweglich, dann fluchte er leise, setzte das Fernrohr ab und drehte sich zu Scheepers herum. Scheepers kam ihm zuvor.

«Ich kann es sehen, Mijnheer. Brecher. Knapp eine Meile nördlich von der *Modiadeen* – sie muss in zwanzig Minuten, spätestens einer halben Stunde auflaufen. Das muss Sumbawa sein – das ist nicht nur ein Riff.»

«Es ist Sumbawa», knurrte Kapitän Visser. «Grosser Gott, ich hätte nie gedacht, dass wir schon so nahe sind! Das entscheidet den Fall. Lasst die Segel setzen, hart Steuerbord, und haltet das Schiff auf Kurs 135 Grad, damit wir so rasch wie möglich Seeraum bekommen. Wir können jetzt jede Minute das Zentrum des Taifuns verlassen, und der Himmel allein weiss, aus welcher Richtung der Sturm dann losbricht – was zum Teufel soll das!»

Scheepers Hand lag auf seinem Oberarm, die sehnigen Finger pressten sich in sein Fleisch. Mit dem Finger der ausgestreckten linken Hand zeigte er auf das Heck des sinkenden Schiffes.

«Ich habe eben eine Bewegung gesehen.» Seine Stimme war sehr leise, fast flüsternd. «Ein schwaches Winken. Unmittelbar neben der achteren Luke.»

Kapitän Visser sah ihn an, starrte hinüber zur dunklen, ausgebrannten Silhouette des zertrümmerten Schiffs, und schüttelte den Kopf. «Ich kann leider nichts sehen, Mijnheer Scheepers. Vermutlich eine optische Täuschung, weiter nichts. Durch den Lichteinfall können auf der Netzhaut zuweilen täuschende, nachträgliche Bilder entstehen – oder vielleicht war es auch nur der Reflex der letzten ersterbenden Glut einer unserer Raketen.»

«Irrtümer dieser Art passieren mir nicht», unterbrach ihn Scheepers mit unbewegter Stimme.

Mehrere Sekunden verstrichen, Sekunden völliger Stille, und dann fragte Kapitän Visser: «Hat sonst noch jemand dieses Winken gesehen?» Seine Stimme klang ruhig und durchaus sachlich, aber mit einem wahrnehmbaren Unterton der Gereiztheit.

Wieder das gleiche Schweigen, nur noch länger als vorhin, bis schliesslich Kapitän Visser kurz kehrt machte. «Segel setzen! Rudergänger, und – Mijnheer Scheepers! Was macht Ihr denn da?»

Scheepers zeigte aufgeregt hinüber. Langsam kam der Kapitän zu Scheepers heran, blieb neben ihm stehen, Schulter an Schulter, mit beiden Händen oben nach der Schutzreling greifend; doch der Wunsch nach einem Halt konnte nicht allein der Grund dafür sein, dass er die Reling fester und fester umklammerte, bis die Knöchel wie poliertes Elfenbein schimmerten.

Die *Modiadeen* war jetzt knapp zwei Kabellängen von ihnen entfernt, und irgendein Zweifel war unmöglich. Alle sahen es, sahen es deutlich: die schmale Luke, die sich nach innen öffnete, und dann den langen, nackten Arm, der sich herausstreckte und ein weisses Handtuch oder Laken schwenkte, diesen Arm, der plötzlich wieder verschwand und dann ein brennendes Bündel aus Papier oder Lumpen nach draussen hielt, es festhielt, bis die Flammen um das Handgelenk züngelten, und es dann ins Meer fallen liess, in dem es zischend und rauchend versank.

Kapitän Visser stiess einen Seufzer aus, einen langen, tiefen Seufzer, und lockerte den Griff seiner schmerzenden Finger. Er liess die Schultern sinken, die müden, hängenden Schultern eines Mannes, der nicht mehr jung ist, der allzu lange eine allzu schwere Last getragen hat. Sein Gesicht war unter der dunklen Bräune fast ohne jede Farbe.

«Tut mir leid, Gerrit.» Es war nur ein Flüstern, er sprach, ohne sich umzuwenden, und schüttelte langsam den Kopf. «Dem Himmel sei Dank, dass Ihr es noch rechtzeitig gesehen habt.»

Niemand hörte ihn, denn er sprach nur noch zu sich selbst. Noch ehe er zum Sprechen angesetzt hatte, war Scheepers bereits am Geländer der Teakholzleiter nach unten gerutscht, ohne mit den Füssen eine Stufe zu berühren. Und der Kapitän hatte seinen Satz noch nicht beendet, da hatte Scheepers schon die Zurringe der Spitzgattjolle gelöst und der Deckswache zugerufen, die Ladebäume von Gross- und Fockmast auszuschwenken. Honke begriff sofort, er alarmierte die Notbemannung, und exerziermässig schnell war der Kutter zu Wasser gelassen.

Eilig ruderten sie hinüber. Das Wrack hob und senkte sich im Seegang, hart knallte ihr Rettungsboot an die Bordwand, aber nach zwei Versuchen gelang es Lucius, achtern einen Enteranker an Bord zu werfen, während Harm Jansen eine Leine um einen Belegpoller auf der vorderen, tiefer liegenden Schiffswand slippen konnte. Eilig holten sie dicht; kaum knirschten die Fender an der

Backbordseite der *Modiadeen*, da kletterten sie, vom Seegang behindert, mühsam an Bord. Scheepers, in einer Hand eine Feueraxt, eilte allen voran den Gang entlang, der durch die verbrannten Aufbauten der *Modiadeen* nach achtern führte. Wo sind die Leute? Das Deck unter seinen Füssen war russig und durch die intensive Hitze ausgebeult, und in geschützten Ecken lagen noch immer glimmende Stücke verkohlten Holzes. Ein- oder zweimal liess ihn das heftige, ruckartige Schlingern des Schiffes seitlich gegen die Wand des Ganges fallen, und noch durch die Handschuhe aus dickem Leinen spürte er die Hitze. Dass es nach Stunden heftigen Windes und wolkenbruchartigen Regens an Bord des Havaristen noch immer so heiss war, gab ihm eine lebhafte Vorstellung von der ungeheuren Hitze, die durch den Brand entstanden sein musste. Für einen Augenblick beschäftigte ihn die Frage, was die *Modiadeen* ausser den Schiffbrüchigen wohl geladen haben mochte. Vermutlich irgendeine Konterbande.

Als er die Hälfte des Ganges hinter sich hatte, bemerkte er rechts eine noch intakte, geschlossene Tür. Er lehnte sich nach hinten und trat mit voller Wucht gegen das Schloss: die Tür gab ein oder zwei Zentimeter breit nach, blieb aber zu. Erbittert schlug er mit der Axt gegen das Schloss, stiess die Tür mit dem Fuss auf und stieg über die Sturmleiste. Vor seinen Füssen lagen zwei verkohlte, formlose Bündel auf dem Boden – möglicherweise einstmals menschliche Wesen, vielleicht auch nicht. Der Gestank, der ihm wie ein körperlicher Schlag in die Nase fuhr, war übel, unerträglich. Innerhalb von drei Sekunden stand Scheepers wieder draussen auf dem Gang und schlug die Tür mit der Axt ins Schloss. Terbrugge stand jetzt hinter ihm und Scheepers sah, dass der junge Fähnrich selbst in diesem kurzen Augenblick Zeit gehabt hatte, einen Blick durch die Tür zu werfen. Seine Augen waren vor Schreck geweitet, sein Gesicht weiss wie die Wand.

Scheepers machte kehrt und ging weiter den Gang entlang, gefolgt von Terbrugge, hinter dem der Obersteuermann mit einem Hammer und Eekens mit einem Brecheisen ankamen. Er stiess mit dem Fuss zwei weitere Türen auf: die Räume waren leer. Dann kam er an den Absatz, wo es hinunterging zum Achterdeck. Er sah sich rasch um nach einem Niedergang oder einer Leiter, fand sie schnell: ein paar verkohlte Holzteile, die acht Fuss tiefer auf dem Deck lagen. Eine hölzerne Treppe, völlig zerstört durch den Brand. Scheepers wandte sich an den Schiffszimmermann.

«De Vroom, geht zurück zum Boot, und sagt Vermullen, Jansen und de Veen, sie sollen nach achtern verholen, bis hierher zum Achterdeck. Wie sie das machen, und wie sehr das Boot dabei beschädigt wird, ist mir gleichgültig – aber wir bekommen Kranke und Verletzte hier nicht herauf. Lasst das Brecheisen da.»

Noch während er sprach, hatte Scheepers sich abgestützt und locker auf das Achterdeck fallen lassen. Mit zehn Schritten hatte er es überquert und schlug mit dem Stiel seiner Axt gegen die Eisentür der Hütte.

«Jemand da drin?» rief er.

Zwei oder drei Sekunden lang war es völlig still, dann kam ein verworrenes, aufgeregtes Durcheinander von Stimmen, die alle gleichzeitig riefen. Scheepers warf einen raschen Blick zu Honke hinüber und sah sein eigenes Lächeln widergespiegelt in dem breiten Grinsen des Steuermanns. Dann trat er einen Schritt zurück. Der siebenpfündige Vorschlaghammer war ein Spielzeug in Honkes Händen. Er schlug siebenmal zu, nicht mehr, einen Schlag für jeden Riegel, dass das Metall erdröhnte und der Schall als hohles Echo von vorn bis hinten durch das sinkende Schiff widerhallte. Dann hatte sich die Tür durch das eigene Gewicht in den Angeln gedreht und geöffnet, und sie waren drin.

Scheepers sah auf die Rückseite der eisernen Tür, und seine Lippen wurden schmal: nur der eine Riegel – der locker heruntergehangen hatte – war durch die Tür von aussen hindurch nach innen geführt; die übrigen endeten einfach als flache, vernietete Kuppen; die Tür war von aussen verschlossen gewesen!

Dann richtete er den Blick wieder nach achtern und sah in das Logis. Es war dunkel und kalt, dumpf und feucht wie ein Kerkerverlies, ohne jeden Belag auf den schlüpfrigen Planken des Decks, und so niedrig, dass ein grosser Mann knapp darin aufrecht stehen konnte. An den beiden Seiten zogen sich dreistöckige Kojen entlang, auf denen es weder Matratzen noch Decken gab, und ungefähr dreissig Zentimeter über jeder Koje war ein schwerer, eiserner Ring an der Wand. befestigt. Quer durch das Logis ging von vorn nach achtern ein langer, schmaler Tisch, mit hölzernen Stühlen auf beiden Seiten.

Es mochten etwa fünfzehn Menschen im Raum sein, schätzte Scheepers; einige sassen auf den untersten Kojen, einer oder zwei standen, wobei sie sich an den Stangen der oberen Kojen festhielten, die meisten aber waren liegengeblieben. Es waren Soldaten, die da auf den Kojen lagen, einige von ihnen würden wohl nie mehr aufstehen – Scheepers kannte diese wächsernen Wangen, diese blicklosen, stumpfen Augen, diese formlosen Kleiderbündel, die Körper ohne Knochen zu umhüllen schienen. Ausserdem war zwei Frauen da, und zwei oder drei Zivilisten. Alle Gesichter waren vor Überanstrengung und Seekrankheit gezeichnet. Die *Modiadeen* musste endlose Stunden lang unablässig und bösartig geschaukelt und geschlingert haben.

«Wer hat hier das Kommando?» fragte Scheepers, und seine Stimme wurde von den eisernen Wänden des Logis als dumpfes Echo zurückgeworfen.

«Ich denke, er da. Oder vielmehr, ich nehme an, dass er das denkt.» Die ältliche Dame, die neben Scheepers stand – klein und zierlich, sehr aufrecht, das silberne Haar unter dem dekorierten Strohhut in einem festen Knoten nach hinten genommen –, zeigte im verblichenen Grün ihrer Augen noch immer ein energisches Feuer der Autorität. Diese Augen hatten ausserdem einen Ausdruck heftiger Missbilligung, als sie jetzt auf einen Mann zeigte, der vor einer halbgeleerten Geneverflasche am Tisch hockte. «Aber er ist natürlich mal wieder betrunken.»

«Betrunken, Mevrouw? Habe ich recht gehört, dass Ihr sagtet, ich sei betrunken?» Hier war jedenfalls ein Mann, erkannte Scheepers, der nicht bleich und krank war: das Gesicht, der Hals, ja sogar die Ohren hatten die Farbe gebrannter Ziegel und bildeten einen dramatischen Kontrast zu dem schneeweissen Haar und den buschigen, weissen Brauen. «Ihr besitzt die Frechheit zu behaupten, – ich …» Er kam aufgeregt hoch, seine Hände zogen die Jacke seines Leinenanzugs straff. «Bei Gott, Mevrouw, wenn Ihr ein Mann wäret …»

«Ich weiss», unterbrach ihn Scheepers. «Ihr würdet sie mit der Reitpeitsche grün und blau schlagen. Haltet den Mund, und setzt Euch.» Er wandte sich wieder der Frau zu. «Wie ist Euer Name, bitte?»

«Norismaa. Wendelina Norismaa.»

«Das Schiff sinkt, Mevrouw Norismaa», sagte Scheepers rasch. «Das Vorschiff sackt von Minute zu Minute tiefer. In etwa einer halben Stunde sitzen wir fest auf dem Felsen, und der Taifun kann jeden Augenblick wieder losbrechen.» Scheepers sah sich in dem schweigenden Halbkreis von Gesichtern um. «Wir müssen uns beeilen. Die meisten von Euch sehen aus wie der Tod, und ich bin überzeugt, dass Ihr Euch auch so fühlt, aber wir müssen uns trotzdem beeilen. Wir sind mit einem Rettungsboot da, das an Backbordseite liegt, keine zehn Meter von hier. Mevrouw Norismaa, wie viele von Euch können nicht so weit laufen?»

«Fragt Jeffrouw Cordula, sie ist die verantwortliche Krankenschwester.» Der völlig veränderte Ton von Mevrouw Norismaas Stimme liess keinen Zweifel daran, dass Jeffrouw Cordula ihre uneingeschränkte Hochachtung besass.

«Jeffrouw Cordula?» fragte Scheepers erwartungsvoll. Hinten in der Ecke wandte sich ein Mädchen um und sah zu ihm her. Ihr Gesicht lag im Schatten. «Leider nur zwei, Mijnheer.» Ihre Stimme, der man die Anstrengung anhörte, klang sanft, weich und musikalisch.

«Leider, sagt Ihr?»

«Die andern sind alle heute Abend gestorben», sagte sie leise. «Fünf von den schweren Fällen, Mijnheer. Sie waren sehr krank – und dann das Wetter.» Ihre Stimme war nicht ganz fest.

«Fünf von den schweren Fällen», wiederholte Scheepers. Er schüttelte langsam den Kopf.

«Ja, Mijnheer.» Sie legte den einen Arm um das Kind, das neben ihr auf einem Stuhl stand, während sie es mit der freien Hand fester in eine Wolldecke wickelte. «Und dieser Kleine hier ist sehr hungrig und sehr müde.» Sie versuchte sanft, seinen schmierigen Daumen aus seinem Mund zu entfernen, doch er widersetzte sich ihren Bemühungen und fuhr fort, Scheepers ernst und kritisch zu mustern.

«Er wird satt werden und heute Nacht gut schlafen», versprach Scheepers. «Also, alle, die gehen können: ab in das Boot! Zuerst die, die noch am besten bei Kräften sind – sie können dabei helfen, das Boot ruhig zu halten und die Verwundeten hinzuführen. Jeffrouw, wieviel Mann mit Arm- oder Beinverletzungen, ausser denen, die nicht gehen können?»

«Drei, Mijnheer.»

«Ihr drei wartet, bis jemand im Boot ist, der euch beim Einsteigen helfen kann.» Er tippte dem Genevertrinker auf die Schulter. «Ihr geht als erster.»

«Ich?» Er war entrüstet. «Ich habe hier die Verantwortung, Mijnheer – bin praktisch der Kapitän, und ein Kapitän geht immer als letzter . . .»

«Ihr geht als erster», wiederholte Scheepers geduldig.

«Erzählt ihm doch, wer Ihr seid, Johan», schlug Mevrouw Norismaa mit spitzer Stimme vor.

«Das werde ich allerdings tun.» Er hatte sich erhoben und stand jetzt, in der einen Hand einen schwarzen Reisekoffer, in der anderen die halbgeleerte Flasche. «Mein Name ist Arenholt, Mijnheer – Oberst Johan Arenholt von den Oostindischen Colonialtruppen.» Er machte eine ironische Verbeugung.

«Freut mich.» Scheepers lächelte kalt. «Also, macht Euch auf den Weg.»

Das leise, amüsierte Kichern von Mevrouw Norismaa war unnatürlich laut in der plötzlichen Stille.

«Bei Gott, das sollt Ihr mir büssen, Ihr unverschämter junger . . .» Er brach unvermittelt ab und wich einen Schritt zurück, als Scheepers auf ihn zukam. «Verdammt noch mal, Mijnheer», sagte er wütend, «wo bleibt die Tradition der See – Frauen und Kinder zuerst!»

«Ich weiss. Dann wollen wir jetzt also an Deck antreten und wie Ehrenmänner sterben, während die Kapelle spielt. Ich habe es Euch zum letzten Mal gesagt, Arenholt.»

«Für Euch immer noch Oberst Arenholt!»

«Wir werden Euch mit einem Ehrensalut aus zehn Kanonen begrüssen, wenn Ihr an Bord kommt», versprach Scheepers. Er versetzte Arenholt, der noch immer den Griff seines Koffers umklammert hielt, einen Stoss, der ihn rücklings in die Arme des Obersteuermanns taumeln liess. Honke hatte ihn in weniger als vier Sekunden bereits nach draussen befördert.

Scheepers erforschte weiter das Logis und suchte sich einen Korporal und zwei Soldaten heraus. «Na, Jungens, und wie geht es euch?»

«Oh, uns geht's prima.» Der magere, dunkelhaarige Korporal, der eben noch erstaunt und misstrauisch zu der Tür gesehen hatte, durch die Arenholt verschwunden war, sah jetzt mit breitem Grinsen zu Scheepers hin, ein Grinsen, das die blutunterlaufenen Augen und das gelbe, vom Fieber gezeichnete Gesicht Lügen strafte. «Hollands zähe Söhne. Wir sind grossartig in Form.»

«Na, na», sagte Scheepers freundlich. «Aber meinen besten Dank. Also, los mit euch! Mijnheer Terbrugge, Ihr helft bitte beim Einsteigen. Lasst sie jeweils springen, wenn das Boot nach oben bis in die Nähe des Decks kommt – es müsste eigentlich auf etwa drei oder vier Fuss herankommen. Und legt jedem eine Sicherungsleine um – nur für alle Fälle. Der Obersteuermann wird Ihnen zur Hand gehen.»

Dann sah er die kleine, ältere Dame an seiner Seite neugierig an. «Mevrouw Norismaa, als nächste seid Ihr dran. Würde es Euch etwas ausmachen, Meisje Cordula, noch ein bisschen länger zu bleiben? Ihr könntet aufpassen, dass wir bei Euren schweren Fällen nicht allzuviel Schaden anrichten, wenn wir nachher anfangen, die Tragbahren hinauszubringen.»

Er drehte sich um, ohne ihre Antwort abzuwarten, und ging eilig durch die Tür hinter Wendelina Norismaa her. Draussen an Deck blieb er sekundenlang blinzelnd stehen, um die Augen an das harte Licht des Tages zu gewöhnen. Die *Den Helder* war nicht weiter entfernt als knapp fünfhundert Fuss: das bedeutete bei dieser groben See, dass Kapitän Visser ein gewagtes Spiel spielte.

Weniger als zehn Minuten waren verstrichen, seit sie an Bord gekommen waren, doch man konnte deutlich sehen, dass die *Modiadeen* inzwischen bereits tiefer im Wasser lag; an Steuerbordseite begannen die Brecher das Deck zu überspülen. Das Rettungsboot lag an Backbordseite, tauchte jetzt mehrere Fuss tief in ein Wellental und hob sich im nächsten Augenblick fast bis auf gleiche Höhe mit der Reling des Achterdecks; die Männer im Boot kniffen die Augen zusammen und drehten die Köpfe beiseite, wenn das grelle Licht der Sonne auf sie fiel. Eben jetzt sah Scheepers, wie der Korporal, von Honke angehoben, die Reling losliess, in das Boot sprang, von Eekens und Jansen ergriffen wurde und wie ein fallender Stein verschwand.

Scheepers ging an die Reling und sah nach unten. Das Boot lag in einem Wellental und wurde jetzt gegen die Bordwand der *Modiadeen* geschmettert, ungeachtet aller Bemühungen der Besatzung, Abstand zu halten. Die beiden obersten Planken des Bootes waren bereits eingedrückt und gebrochen, doch der Dollbord aus hartem Rüsternholz hielt noch. Vorn klammerte sich Arenholt verzweifelt an eine der Leinen, die das Boot längsseits hielten, und bemühte sich mit allen Kräften, das Boot auf Position zu halten und gegen die Schläge der See und die Stösse der *Modiadeen* abzusichern. Soweit sich das in der Verwirrung beurteilen liess, stellte Scheepers fest, dass er seine Sache erstaunlich gut machte.

«Mijnheer!» Terbrugge stand neben ihm, zeigte mit dem Arm in die Finsternis und sagte mit aufgeregter Stimme: «Wir sind schon fast auf dem Felsen!»

Scheepers richtete sich auf und starrte in die Richtung des zeigenden Armes. Es wetterleuchtete am Horizont, doch davor war er unschwer zu sehen: der langgestreckte, unregelmässige Streifen weissen Gischts, aufleuchtend und wieder verblassend, weiss schäumend und vergehend in dem Rhythmus, wie sich die hohen Wogen an den der Küste vorgelagerten Felsen brachen. Nur noch sechshundert Fuss entfernt, schätzte Scheepers, höchstens siebenhundert; die *Modiadeen* war fast doppelt so schnell nach Süden getrieben, wie er angenommen hatte. Einen Augenblick stand er unbeweglich und überschlug fieberhaft, welche Chancen noch blieben, dann taumelte er und wäre um ein Haar gefallen, als die *Modiadeen* jetzt mit einem heftigen Ruck und dem krachenden Geräusch brechenden Holzes auf ein Unterwasserriff auflief und das Deck sich steil zur Backbordseite überneigte. Scheepers warf einen Blick auf Honke, der breitbeinig auf dem Deck stand und mit dem einen Arm einen der Soldaten festhielt, der aussen vor der Reling stand; seine Zähne leuchteten weiss hinter den zurückgezogenen Lippen, und seine Augen waren zusammengekniffen zu einem schmalen Spalt, als er jetzt den Kopf herumdrehte und zur Küste starrte. Scheepers wusste, dass Honke in diesem Augenblick den gleichen Gedanken hatte wie er.

«Terbrugge!» Scheepers Stimme war die drängende Eile anzuhören. «Holt die Signalflaggen aus dem Boot. Signalisiert dem Kapitän, dass er Abstand halten soll, dass hier eine Untiefe ist mit Felsen, und dass wir festsitzen; de Vroom – löst den Obersteuermann ab. Hievt die Leute ins Boot, egal wie. Wir sitzen vorn fest, und wenn das Schiff dreht und die Nase in die See steckt, dann bekommen wir keinen Schwanz mehr von Bord. Ja, Honke, kommt mit.»

Innerhalb von fünf Sekunden war er wieder im achteren Logis, Honke dicht hinter ihm. Schnell schauten sie sich um. Insgesamt noch fünf – drei der Verwundeten, die gehen konnten, Cordula und die zwei Schwerverletzten, die lang ausgestreckt auf den untersten Kojen lagen. Der eine atmete stossweise, mit offenem Mund, stöhnte und warf sich in tiefem, durch Drogen herbeigeführtem Schlaf unruhig hin und her. Der andere lag sehr still, seine Atemzüge waren so flach, dass sie kaum wahrnehmbar waren, sein Gesicht wächsern bleich; nur die langsam umherirrenden Augen liessen erkennen, dass er noch lebte.

«Jetzt ihr beiden», sagte Scheepers und zeigte auf die Soldaten. «Raus, so schnell ihr könnt. Was zum Teufel denkt ihr eigentlich, was hier los ist?» Er riss den Rucksack aus den Händen eines Soldaten, der sich gerade damit abmühte, die Arme durch die Tragriemen zu stecken und warf ihn in die Ecke. «Er kann von Glück sagen, wenn Er hier überhaupt lebend rauskommt, also lass' Er gefälligst das blöde Gepäck. Macht', dass ihr nach draussen kommt, so schnell wie möglich.»

Einer der Soldaten humpelte rasch, von Honke zur Eile gedrängt, durch die Tür nach draussen. Der andere, ein blasser Junge von knapp zwanzig Jahren, machte keinerlei Anstalten, sich vom Stuhl zu erheben. Seine Augen waren unnatürlich geweitet, seine Lippen bewegten sich unablässig, und seine Hände lagen krampfhaft zusammengefaltet vor ihm auf dem Tisch. Scheepers beugte sich über ihn.

«Hat Er gehört, was ich sagte?» fragte er behutsam.

«Mein Kamerad.» Er zeigte, ohne Scheepers anzusehen, auf eine der Kojen hinter ihm. «Er ist mein bester Freund. Ich bleibe bei ihm.»

«Mein Gott», murmelte Scheepers, «in dieser Situation noch heroische Gesten.» Er zeigte mit dem Kopf zur Tür und sagte laut: «Los, verschwinde er!»

Der Junge schimpfte leise vor sich hin, unaufhörlich, brach dann aber ab, als jetzt ein dumpfes Dröhnen durch den Rumpf des Schiffes lief, das sich gleichzeitig mit einem heftigen Ruck noch weiter nach Backbordseite überneigte.

«Vermutlich das Schott hinter dem achteren Laderaum, Mijnheer», sagte Honke ruhig, fast beiläufig.

«Ja», sagte Scheepers, «und jetzt läuft das Schiff auch achtern voll.» Er verlor keine Zeit mehr, sondern beugte sich über den Soldaten, ergriff ihn mit der linken Hand am Hemd und riss ihn vom Stuhl hoch, erstarrte dann aber verblüfft, als die Krankenschwester mit einem Satz bei ihm war und seinen freien rechten Arm mit beiden Händen festhielt. Sie war gross, grösser als er gedacht hatte, ihr Haar streifte sein Gesicht, und er roch einen schwachen Duft von Sandelholz. Was ihm aber am meisten und fast schreckhaft auffiel, waren ihre Augen – oder vielmehr ihr Auge, denn das schwache Tageslicht hier drinnen lag nur auf der rechten Seite ihres Gesichts. Sie schaute ihn mit diesem hellen, arktisch-blauem Auge feindlich an.

«Nicht! Schlagt ihn nicht – es geht auch anders.» Die Stimme war noch immer sanft und wohlklingend, doch der bisherige respektvolle Ton war einer gewissen Schärfe gewichen, die fast verächtlich war. «Das versteht Ihr nicht, er ist nicht – so ganz richtig.» Sie wandte sich von Scheepers ab und legte dem Jungen die Hand leicht auf die Schulter. «Komm, Folkert. Du musst jetzt gehen. Ich werde mich um deinen Freund kümmern – kannst dich darauf verlassen, das weisst du.»

Der Junge rückte unschlüssig hin und her und sah über die Schulter zu dem Mann hin, der auf der Koje hinter ihm lag. Das Mädchen nahm seine Hand, lächelte ihm zu und zog ihn sanft vom Stuhl hoch. Er brummte irgend etwas vor sich hin und ging dann an Scheepers vorbei nach draussen.

«Gratuliere», sagte Scheepers und deutete mit dem Kopf zu der offenen Tür hin. «Und jetzt Ihr, Jeffrouw Cordula.»

«Nein.» Sie schüttelte den Kopf. «Ihr hörtet, was ich ihm versprach – und Ihr habt mich vorhin gebeten, bis zuletzt hierzubleiben.»

«Das war vorhin, nicht jetzt», sagte Scheepers ungeduldig. «Wir haben jetzt keine Zeit mehr, uns mit Tragbahren abzugeben – nicht bei einem schlüpfrigen Deck, das eine Neigung von fünfundzwanzig Grad hat. Das werden Ihr gewiss verstehen.»

Sie stand einen Augenblick unschlüssig, nickte dann wortlos, drehte sich um und langte nach irgend etwas in der Dunkelheit einer Koje hinter ihr.

«Los, los», sagte Scheepers unfreundlich. «Macht Euch keine Sorgen um Eure kostbaren Habseligkeiten. Ihr habt gehört, was ich dem Soldaten eben sagte.»

«Es sind nicht meine Habseligkeiten», sagte sie mit ruhiger Stimme. Sie drehte sich herum und sah auf das schlafende Kind in ihren Armen. «Aber bestimmt sehr kostbar für irgendeinen anderen.»

Scheepers starrte einen Augenblick auf das Kind und schüttelte dann leise den Kopf. «Entschuldigt, Jeffrouw Cordula. Hatte ich glatt vergessen. Und das könnt Ihr nennen wie Ihr wollt: ›leichtfertige Unaufmerksamkeit‹ dürfte fürs erste genügen.»

«Ihr könnt nicht an alles denken.» Der Ton ihrer Stimme war nicht mehr feindlich. Sie ging an ihm vorbei über das steil geneigte Deck, wobei sie sich mit der freien Hand gegen die Koje stützte. Wieder strich der leise Duft von Sandelholz an ihm vorbei, so schwach, dass er sich wie eine flüchtige Erinnerung in der stickigen Luft des Raumes verlor. In der Nähe der Tür rutschte sie aus und wäre beinahe gefallen, wenn nicht Honke die Hand ausgestreckt hätte, um ihr zu helfen. Sie nahm sie ohne jedes Zögern, und gemeinsam gingen sie durch die Tür nach draussen.

Eine Minute später waren auch die beiden Schwerverletzten an Deck, der eine von Scheepers, der andere von Honke getragen. Die *Modiadeen*, die achtern bereits tief im Wasser lag, sass mit dem Vorschiff noch immer auf dem Felsen fest und drehte sich bei jeder Woge, die auf Steuerbordseite entlangstrich, ruckartig weiter herum, so dass sie mit dem tiefliegenden Bug langsam und unausweichlich immer mehr gegen die See stand. Eine Minute höchstens noch, nach Scheepers Schätzung, und die Rettungsjolle im Lee würde das letzte Restchen Schutz verloren haben und den schweren Brechern ausgesetzt sein, die kürzer und steiler als je über die Untiefe herankamen. Das Boot, das jetzt in kurzen, tückischen Bögen schlingerte, schwankte bereits unkontrollierbar in den heranrollenden Wogen, und jedesmal kamen an Backbordseite Eimer von Wasser über das Dollbord. Nicht einmal mehr eine Minute, musste Scheepers denken, kletterte über die Reling und wartete, dass ihm Honke den ersten der beiden Schwerverletzten herüberreichte. Nur noch Sekunden, und jede weitere Einschiffung würde völlig unmöglich sein – das Rettungsboot würde ablegen müssen, um sich selbst zu retten. Nur Sekunden noch, und das Verteufelte dabei war, dass sie es mit Schwerkranken zu tun hatten, vielleicht sogar mit Sterbenden.

Scheepers, gegen die Schräglage des Decks nach innen gelehnt, übernahm von Honke den ersten Mann, drehte sich um und übergab ihn Eekens und Jansen, als das Boot auf einer Woge nach oben kam. Eekens und Jansen, beide gestützt von mehreren Soldaten, die auf den Seitenbänken sassen, kamen stehend fast auf gleiche Höhe mit Scheepers – da die *Modiadeen* jetzt achtern tiefer im Wasser lag; sie hatten den Verwundeten schon beim ersten Versuch sicher gefasst und legten ihn unten auf die Duchten, während das Boot in das nächste Wellental sank. Nur sechs oder sieben Sekunden später lag der zweite Verwundete neben seinem Gefährten auf dem Boden des Bootes. Es hatte rasch gehen müssen, sie hatten die Schwerverwundeten hart anfassen müssen, doch keiner von beiden hatte auch nur einen Ton von sich gegeben, obwohl sie bestimmt heftige Schmerzen gehabt hatten.

Scheepers rief nach Jeffrouw Cordula. Diese aber schob den Verwundeten, der gehen konnte, nach vorn; er landete sicher im Boot. Nur noch ein Soldat. Es war jetzt höchste Eisenbahn, dachte Scheepers grimmig: die *Modiadeen* lag mit dem Bug schon weit herum gegen die See. Doch dieser letzte Soldat kam nicht. Scheepers konnte ihn nicht sehen, aber er konnte seine hohe angstvolle Stimme hören, wenigstens sechzehn Fuss von ihm entfernt. Er konnte auch hören, wie die Schwester mit sanfter Stimme eindringlich auf ihn einsprach, doch ihr gutes Zureden schien keinen Erfolg zu haben.

«Was ist eigentlich los, verdammt noch mal!» rief Scheepers wütend.

Er hörte ein undeutliches Gemurmel, und dann rief das Mädchen: «Nur noch einen Augenblick, bitte.»

Scheepers drehte sich um, sah die Backbordseite der *Modiadeen* entlang nach vorn. Die *Modiadeen* hatte jetzt ganz gedreht und lag nun mit dem Bug genau gegen die See. Das Rettungsboot war völlig schutzlos. Scheepers sah, wie die erste der hohen, schaumgekrönten Wogen herankam und lautlos und geschmeidig die überhängende Bordwand entlanglief. Die nächste Woge kam nicht weit dahinter. Wie gross sie war, konnte Scheepers nicht feststellen – die weissen Schaumkronen leuchteten hell, liessen aber die Wellentäler in undurchdringlicher Schwärze. Doch sie waren reichlich gross, allzu hoch und allzu steil – ein halbes Dutzend von dieser Sorte, und das Rettungsboot würde vollschlagen und kentern. Zumindest würden sie es unter Wasser setzen, und das würde katastrophale Folgen haben.

Scheepers fuhr herum, sprang über die Reling, rief Terbrugge und Eekens zu, sie sollten in das Boot gehen, und Honke, er sollte achtern loswerfen, und lief halb rennend, halb stolpernd über das schlüpfrige Deck dorthin, wo das Mädchen und der Soldat standen, in der Mitte zwischen dem Windfang des Logis und der Leiter, die zur Hütte hinaufführte.

Er verlor keine Zeit mit Förmlichkeiten, sondern fasste das Mädchen bei den Schultern, drehte sie herum und schob sie nicht allzu sanft zur Reling, drehte sich dann wieder um, griff sich den Soldaten und fing an, ihn über das Deck zu ziehen. Der Junge leistete Widerstand, und als Scheepers nach einem besseren Griff suchte, schlug er plötzlich nach ihm und erwischte Scheepers zwischen den Augen. Scheepers taumelte und fiel halb auf das nasse, schräge Deck, war wie eine Katze sofort wieder hoch, machte einen Satz auf den Soldaten zu – und fluchte dann, leise aber erbittert, als sein Arm, mit dem er zu einem Schwinger ausgeholt hatte, von hinten ergriffen und festgehalten wurde. Ehe er ihn wieder frei machen konnte, hatte der Soldat sich umgedreht und war wie ein Besessener die Leiter nach oben gestiegen, dass die Nägel an seinen Schuhen auf den Stufen kreischten.

«Dummes Ding!» sagte Scheepers ruhig. «Verrücktes Stück!» Er machte unsanft seinen Arm los, setzte erneut zum Sprechen an, doch dann sah er, wie der Obersteuermann ausserhalb der Reling an der Bordkante stand, ihm aufgeregt Zeichen machte. Scheepers verlor keine Zeit. Er drehte die Schwester herum, schob sie eilig vor sich her über das Deck und schwang sie über die Reling. Honke ergriff sie am Arm, sah nach unten, wo das Rettungsboot nur undeutlich sichtbar in der schäumenden Nässe eines Wellentals schaukelte, und wartete auf die Gelegenheit zum Absprung. Nur für einen kurzen Augenblick sah er sich dabei um, und Scheepers konnte dem besorgten und erregten Ausdruck im Gesicht des Obersteuermanns entnehmen, was geschehen war.

«Braucht Ihr mich, Mijnheer?»

«Nein.» Scheepers schüttelte resolut den Kopf. «Das Boot ist wichtiger.» Er starrte nach unten auf das Boot, das sich in diesem Augenblick schwerfällig in sein Blickfeld schob, während das Wasser eines hohen Brechers über seinen Bug hereinbrach. «Mein Gott, Honke, die Jolle schlägt voll! Nehmt es schleunigst von hier fort! Ich werfe die vordere Leine los.»

«Jawohl, Mijnheer.» Honke nickte sachlich und zustimmend, wartete gemeinsam mit dem Mädchen den genau richtigen Augenblick ab; hilfreiche Hände ergriffen und hielten sie, als das Boot wieder ins Wellental hinabsank. Eine Sekunde später verschwand die vordere Leine wie eine Schlange nach unten, während Scheepers, über die Reling gebeugt, hinunterstarrte.

«Alles in Ordnung, Obersteuermann?» rief er.

«Ja, Mijnheer, alles klar. Ich gehe unter das Heck, in Lee.»

Scheepers winkte, dass er verstanden habe, wandte sich ab und ging ruhig quer über das Hüttendeck auf die Heckreling zu. Dort stand der Soldat Folkert, mit dem Rücken an der Reling, in einer unnatürlich steifen Haltung, die Hände rechts und links um die Streben geklammert. Scheepers ging dicht an ihn heran, sah den starren Blick der aufgerissenen Augen, das Zittern eines Körpers, der allzu lange krampfhaft angespannt gewesen war; ein Sprung in das Wasser zusammen mit diesem Knaben Folkert, dachte Scheepers trocken, war mehr oder weniger eine Aufforderung zum Selbstmord, sei es, dass man dabei ertrank oder erwürgt wurde. Scheepers seufzte und warf einen Blick über die Reling: Honke lag mit dem Boot genau an der von ihm angegebenen Stelle, in Lee unter dem Heck, keine sechzehn Fuss entfernt.

Scheepers trat ruhig, ohne jede Hast, von der Reling zurück und stand vor dem jungen Soldaten. Folkert hatte sich nicht von der Stelle bewegt, sein Atem ging kurz und keuchend. Der Vize erhaschte einen kurzen Blick auf ein weisses, verzerrtes Gesicht, mit blutleeren Lippen, entblössten Zähnen und starr blickenden Augen. Der Vize riss die Arme hoch, täuschte einen Kinnhaken vor, und als der Soldat reflexartig Abwehrhaltung einnahm, schlug Scheepers tiefer zu und versetzte ihm einen genau gezielten, sehr harten Schlag direkt auf den Solarplexus. Noch ehe Folkert umkippte, hatte er den Jungen gefasst, stieg mit ihm über die Reling, packte den jungen Soldaten um die Taille und sprang. Sie schlugen vier Fuss neben dem Boot auf das Wasser auf, tauchten wieder auf, wurden sofort gefasst und ins Boot gezogen. Das ging alles sehr schnell und später wusste niemand mehr, wie sich die Rettung des Ersten Offiziers abgespielt hatte. Der junge Soldat lag regungslos auf der Bank an Steuerbord, und Cordula kümmerte sich um ihn.

Die Fahrt zurück zur *Den Helder* war nicht gefährlich, nur reichlich übel, und fast alle Passagiere waren so seekrank und so schwach, dass sie, als man schliesslich bei der Fleute angelangt war, Hilfe beim Aussteigen brauchten.

Keine dreissig Minuten, nachdem Scheepers mit dem jungen Soldaten Folkert ins Wasser gesprungen war, war das Rettungsboot wieder sicher an Bord vertäut. Dann drehte er sich um, um einen letzten Blick auf die *Modiadeen* zu werfen: doch sie war nirgends mehr zu entdecken, sie war verschwunden, als hätte es sie niemals gegeben; sie war vollgelaufen, von dem Riff herunter geglitten und auf Grund gesunken. Einen Augenblick lang stand Scheepers und starrte hinaus aufs Meer, dann ging er zur Leiter und stieg hinauf zur Brücke.

Fleute (Schiffstyp), zirka 1670

Kapitel 7: Neue Passagiere

Ein Glasen später befand sich die *Den Helder* gleichmässig schlingernd in voller Fahrt auf Kurs Ostsüdost, während der lang gestreckte, undeutliche Umriss der Insel Sumbawa an der Backbordseite achteraus zurückblieb und steuerbords die Insel Sumba sichtbar wurde. Visser hatte sich mit seinem Ersten Offizier über ihre Taktik besprochen; sie hatten sich geeinigt, nicht nach Norden in die Flores-See einzufahren, sondern vorläufig den Kurs beizubehalten, die Sawu-See zu passieren, wo sie der Wind wegen der Düsenwirkung aus den hinter ihnen liegenden Inseln rasch voranbringen würde, sodass sie gegen Abend in den Archipel der kleinen Inseln Mammare, Lomblen, Pantar und Alor mit den vielen kleinen Eilanden einsegeln könnten. Das war ein riskanter Plan, wimmelte es doch dort vor Unterwasserriffen und Untiefen, die der *Den Helder* gefährlich werden könnten, aber die Engländer würden kaum annehmen, dass sie mit einem dreimastigen Segelschiff (das ohne weiteres zehn Fuss Tiefgang verzeichnete) durch diesen Felsengarten segeln könnten. Die orkanartigen Winde waren nicht wiedergekehrt. Die Erklärung dafür konnte nur sein, dass sie sich in der gleichen Richtung bewegten wie das Tief; doch irgendwann einmal würden sie aus dem Zentrum herauskommen und den Sturm abwettern müssen.

Scheepers stand in einem frischen blütenreinen Rüschenhemd in der Nähe des Windfanges auf der Brücke. Er hatte sich gewaschen und die langen Haare sittsam mit einem schwarzen Band zu einem kurzen Zopf zusammengebunden. Nun sprach er gemächlich mit dem Zweiten Offizier, als Kapitän Visser zu ihnen trat. Er klopfte Scheepers leicht auf die Schulter.

«Kommt bitte auf ein Wort in meine Kabine, Mijnheer Scheepers. Ihr werdet allein zurechtkommen, Mijnheer Swart?»

«Ja, natürlich. Und ich rufe Euch, Mijnheer, wenn irgend etwas ist?» Es war halb eine Frage, halb eine Feststellung und durch und durch typisch für den Zweiten. Swart, eine Reihe von Jahren älter als Scheepers, stur und phantasielos, war durchaus zuverlässig, hatte aber nicht die geringste Lust, Verantwortung zu übernehmen, und das war wohl der Grund dafür, dass er es noch immer nicht weitergebracht hatte als bis zum Zweiten Offizier.

«Tut das.» Kapitän Visser ging durch den Kartenraum voraus zu seiner Tageskabine – auf demselben Deck gelegen wie die Brücke –, schloss die Tür, überzeugte sich, dass die Verdunklungsblenden geschlossen waren, machte das Licht an und bat Scheepers mit einer Handbewegung, auf dem kleinen Sofa Platz zu nehmen. Er bückte sich, um einen Wandschrank zu öffnen, und als er wieder hochkam, hatte er zwei Gläser und eine noch nicht geöffnete Brandyflasche in der Hand. Er löste den Verschluss, schenkte beide Gläser drei Finger breit voll und schob das eine Scheepers hinüber.

«Schenkt Euch selbst Wasser zu, Gerrit. Ihr habt wahrhaftig einen Schluck verdient – und ein paar Stunden Schlaf. Legt Euch nachher gleich lang.»

«Mit Vergnügen», brummte Scheepers. «Sobald Ihr aufwacht, gehe ich sofort in die Koje. Ihr habt gestern die ganze Nacht die Brücke nicht verlassen. Oder hattet Ihr das vergessen?»

«Schon gut, schon gut.» Kapitän Visser lächelte und hob in halber Abwehr die Hand. «Darüber können wir nachher streiten.» Er nahm einen Schluck von seinem Brandy und sah dann über den Rand seines Glases nachdenklich zu Scheepers hinüber. «Also, Gerrit, was für einen Eindruck hattet Ihr von ihr?»

«Von der *Modiadeen*?» Kapitän Visser nickte und wartete.

«Ein Sklavenhändler», sagte Scheepers. «Erinnert Ihr Euch noch an die arabische Dhau, die die VOC voriges Jahr ausserhalb von Ras-al-Hadd anhielt?»

«Ja, ich erinnere mich.»

«Genau dasselbe, mit unerheblichen Unterschieden. Überall eiserne Türen, auf dem Hauptdeck und der Hütte. Die meisten davon nur von aussen zu öffnen. Luken von einem Fuss Durchmesser – soweit überhaupt welche da waren. Eiserne Ringe über jeder Koje. Die Lieferanten gibt's hier auf den Inseln, nehme ich an, und genügend Abnehmer da oben in der Gegend von Amoy und Macao, aber auch auf Java und Sumatra.»

«Und das in unseren Territorien, wie?» sagte Kapitän Visser leise. «Einkauf und Verkauf von Sklaven.»

«Ja», sagte Scheepers trocken. «Aber diese Leute lassen die Menschen wenigstens am Leben. Wartet nur ab, bis sie das Niveau der zivilisierten westlichen Nationen erreicht haben und

anfangen, die Sache in grossem Massstab zu betreiben. Man muss den Leuten nur Zeit lassen. Sie sind bisher nur Dilettanten; das machen wir Europäer besser.»

«Zynismus, mein Lieber, Zynismus.» Kapitän Visser schüttelte tadelnd den Kopf.

«Das haben wir doch in Elmina gesehen, Kapitein.»

Visser sah seinen Vize kritisch an. «Ach, es ist wohl besser, wir lassen das Thema. Andererseits, was Ihr da von der *Modiadeen* erzählen, bestätigt, was ich von Oberst Arenholt hörte.»

«So, Ihr habt mit Seiner Gnaden gesprochen», sagte Scheepers grinsend. «Und wird er mich morgen bei Tagesanbruch vors Kriegsgericht stellen?»

«Wie bitte?»

«Er war nicht ganz mit mir einverstanden», sagte Scheepers, «und daraus hat er auch kein Hehl gemacht.»

«Dann muss er sein Urteil über Euch revidiert haben.» Kapitän Visser schenkte erneut ein. «Fähiger junger Mann das, sehr fähig, aber, hm, ein wenig ungestüm. – So ungefähr drückte er sich aus. Ein ulkiger Knabe, der leibhaftige Kolonialherr.»

Scheepers nickte. «Ich kann ihn direkt vor mir sehen, wie er im Batavia-Club in einem Sessel hockt, vollgefressen bis oben hin und schnarchend, dass das Doppelkinn zittert. Aber er ist ein komischer Vogel. Machte im Rettungsboot seine Sache mit der Belegleine sehr ordentlich. Wie viel von dem, was er erzählt, haltet Ihr für Angabe?»

«Nicht sehr viel.» Kapitän Visser dachte einen Augenblick nach. «Ein bisschen, aber nicht viel. Ein pensionierter Offizier der Kolonialtruppen ist er auf alle Fälle. Hat sich vermutlich nach seiner Pensionierung einen etwas höheren Rang zugelegt.»

«Und was zum Teufel hat so ein Mann an Bord der *Modiadeen* zu suchen?» fragte Scheepers.

«In diesen Zeiten werden alle möglichen Leute mit seltsamen Schlafgenossen zusammengewürfelt», erwiderte Kapitän Visser. «Und was den Batavia-Club angeht, da seid Ihr im Irrtum, Gerrit. Er kommt von den Molukken. Er war Offizier – bei den Kolonialtruppen der VOC –, irgendwann quittierte er den Dienst und wurde Kaufmann in Tidore oder Ternate – über die Art seiner Geschäfte äusserte er sich ein bisschen unbestimmt –, und an Bord der *Modiadeen* ist er in Ambon gegangen, zusammen mit anderen Europäern, die fanden, dass der Boden dort für sie etwas zu heiss geworden war. Die *Modiadeen* sollte ursprünglich nach Bali gehen, und sie hatten gehofft, dort ein anderes Schiff zu finden, mit dem sie nach Sarawak entkommen könnten. Offenbar bekam jedoch Surama – so heisst der Kapitän, der nach allem, was Arenholt berichtete, ein ziemlich übler Gauner sein muss – von seinen Auftraggebern in Makassar Anweisung, nach Buru zu gehen. Arenholt schmierte ihn, um ihn zu bewegen, Ambon anzulaufen, und Surama war einverstanden. Warum er dorthin wollte, wo die Engländer sozusagen schon an der Haustür waren, das mag der Himmel wissen. Aber wenn man skrupellos genug ist, dann gibt es immer eine Möglichkeit, eine Situation auszunutzen, wie sie gerade in diesem Augenblick dort herrschte. Oder vielleicht hatten sie auch gehofft, in kurzer Zeit ein Vermögen zu machen, indem sie zu unverschämt hohen Preisen Passagen aus Ambon 'raus verkauften. Mit dem, was dann tatsächlich passierte, hatten sie ganz offenbar nicht gerechnet: dass die *Modiadeen* zum Fluchtschiff für verfolgte Holländer wurde.»

«Richtig, die Kolonialtruppe hat sie requiriert», sagte Scheepers leise. «Möchte wissen, was aus den Soldaten geworden ist, die an Bord der *Modiadeen* waren, um dafür zu sorgen, dass der Kapitän keine krummen Touren ritt, sondern wirklich eine holländische Niederlassung anlief. Honke sagt, es seien etwa ein Dutzend gewesen.»

«Ja, das frage ich mich auch.» Kapitän Visser presste die Lippen zusammen. «Arenholt sagt, sie seien im vorderen Logis untergebracht gewesen. Ein Leutnant mit Namen Brouwer und ein kleiner Trupp Soldaten – zehn oder zwölf. Auch zwei malaiische Krankenschwestern waren darin. Vielleicht hätte es noch Hoffnung für sie gegeben, eine letzte vage Hoffnung, wenn man sie rechtzeitig aus der erstickenden Hitze herausschaffen und in das Boot hätte bringen können. Doch das war nicht möglich gewesen. Wenige Sekunden, nach der ersten Detonation, hatte jemand von aussen mit einem Hammer die acht Riegel zugeschlagen, die die einzige Tür, durch die man Zugang zum Oberdeck hatte, wasserdicht abschlossen.

«Vielleicht auch mit einem von diesen oberschlauen Schotts, die man nur von einer Seite aufmachen kann?»

«Vielleicht. Habt Ihr das Logis gesehen?»

Scheepers schüttelte den Kopf. «Als wir an Bord kamen, war das ganze vordere Logis praktisch bereits unter Wasser. Aber es sollte mich nicht wundern. Es wäre natürlich auch möglich, dass das Schott durch explodierendes Pulver verklemmt war.» Er nahm noch einen Schluck von dem Brandy und verzog das Gesicht, nicht angewidert von dem, was er trank, sondern von dem, woran er dachte. «Eine reizende Alternative, zu ersaufen oder zu verbrennen. Ich würde diesem Kapitän Surama gern eines Tages begegnen. Vermutlich möchten ziemlich viele andere Leute das auch. Und wie geht es unseren übrigen Passagieren? Hatten sie zu Arenholts Bericht noch etwas hinzuzufügen?»

Kapitän Visser schüttelte den Kopf. «Nein, nichts. Sie waren zu krank, zu müde, zu sehr durcheinander – oder aber sie wissen einfach nichts.»

«Ich nehme an, sie sind alle versorgt, gewaschen und in die Kojen geschickt?»

«Ja, mehr oder weniger. Ich habe sie über das ganze Schiff verteilt. Der Korporal und die Soldaten sind alle zusammen, achtern – die beiden Schwerkranken im Overloopdeck, wo wir ein Hospital eingerichtet haben, die anderen fünf in der Messe und in den beiden unbenutzten Kabinen an Backbordseite. Swart ist mit Honke in dessen Kajüte untergebracht; der Zweite musste seine Kabine räumen und an Arenholt abtreten.»

«Das muss wirklich ein sehenswerter Anblick sein», sagte Scheepers grinsend. «Der holländische Radscha auf so engem Raum eingepfercht!»

«Ihr würdet staunen», brummte Kapitän Visser. «Er hat ein Sofa, daneben ein Tisch, und auf dem Tisch eine Flasche Genever, noch fast voll. Wirklich, es scheint ihm nicht schlecht zu gefallen.»

«Als ich ihn das letzte Mal sah, hatte er eine halbvolle Flasche», sagte Scheepers nachdenklich. «Ich möchte wissen . . .»

«Die hat er wahrscheinlich ausgetrunken, ohne auch nur einmal abzusetzen. Er schleppt einen grossen, schweren Koffer mit sich herum, und meiner Meinung nach ist dieser Koffer bis oben voll mit Geneverflaschen.»

«Und der Rest?»

«Wie? Ach ja! Die kleine alte Dame ist in Vanstappens Kabine – er hat sich eine Matratze in die Fähnrichsbude gelegt. Die ältere Dame, die die Vorgesetzte der Krankenschwester zu sein scheint.»

«Jeffrouw Cordula?»

«Ja, die. Sie und das Kind sind in Hauptmann Zaltbooms Kajüte. Und Terbrugge ist mit dem zweiten Steuermann de Vroom und dem Bootsmann zusammengerückt; Zaltboom musste in Doktor Bekendams Kabine dislozieren.»

«Also alle versorgt und aufgehoben.» Scheepers seufzte, brannte sich eine Zigarre an und sah dem aufsteigenden Rauch nach. «Ich hoffe nur, dass sie nicht aus dem Regen in die Traufe gekommen sind. Werden wir es mit dem Archipel um die kleinen Inseln Mammare, Lomblen, Pantar und Alor versuchen, Mijnheer?»

«Warum nicht? Wo sollten wir denn sonst ...» Er brach ab, als Scheepers zur Tür sah.

«Ach, Ihr seid's, Bram. Kommt herein, ja, er ist hier.» Scheepers stand auf und machte seinen Platz für den Kapitän frei. «Der Hauptmann, Mijnheer.»

Kapitän Visser und Zaltboom sprachen ungefähr eine halbe Minute lang, wobei sich der Kapitän vorwiegend auf einsilbige Grunzlaute beschränkte.

Scheepers fragte sich, was für ein Anliegen Zaltboom wohl haben mochte. Seine Stimme hatte beinah gelangweilt geklungen; aber es hatte noch niemand erlebt, dass Zaltboom sich über irgendetwas aufgeregt hätte. Er war ein verträumter Sonderling, ein alter verschrobener Kerl – der Älteste an Bord – mit einem leidenschaftlichen Interesse für Literatur, dem an Intensität nur die abgrundtiefe Verachtung gleichkam, die er für Schiffe empfand und für die Tätigkeit, mit der er sich seinen Lebensunterhalt verdiente. Dabei war er die ehrlichste Haut und der uneigennützigste Mensch, den Scheepers in seinem ganzen Leben kennen gelernt hatte.

Der Vize verabschiedete sich diskret. Draussen traf er auf Terbrugge.

«Die Alte hat mir die Hölle heiss gemacht», sagte der Fähnrich leise.

«Wer?»

«Mevrouw Wendelina. Sie ist in Vanstappens Kabine; als ich draussen vorbeiging, rief sie mich.» Er machte eine bedeutsame Pause und fügte hinzu: «Sie hat eine sehr laute Stimme, Mijnheer.»

Scheepers lächelte. «Was wollte sie denn?»

«Den Kapitein sprechen. Was soll ich denn jetzt machen?»

«Das was sie will – sagt es dem Baas.»

Gemeinsam gingen sie in die Messe hinüber. Dort trafen sie Visser und Zaltboom wieder. Die beiden im Raum verstummten und sahen zur Tür, als Terbrugge und Scheepers hereinkamen. Der Fähnrich wollte dem Kapitän sogleich vom Wunsch der alten Dame Meldung machen, als die Tür wieder aufging und Meisje Cordula hereintrat. Sie hatte sich ihrer Jacke entledigt, stellte Scheepers fest. Sie trug nur ihren fleckigen Khakirock und ein sauberes, weisses Hemd, mehrere Nummern zu gross für sie, dessen Ärmel sie hochgerollt hatte. Bestimmt ein Hemd von Terbrugge, dachte Scheepers. Terbrugge hatte auf der Rückfahrt im Rettungsboot die ganze Zeit neben ihr gesessen, mit leiser Stimme auf sie eingeredet und sich sehr besorgt um sie gezeigt. Scheepers musste heimlich lächeln; er versuchte, sich an die Zeit zurückzuerinnern, als er selbst auch noch so ein leicht entflammbarer Jüngling gewesen war, der stets einen Mantel bei der Hand hatte, um schutzbedürftigen Damen die Blösse zu bedecken, ein Ritter, bereit, jede edle Dame aus Gefahr zu erretten. Doch er konnte sich an diese Zeit nicht erinnern – vermutlich, hatte es sie nie gegeben.

Scheepers und Terbrugge konnten, als das Mädchen hereinkam, nur ihr Profil sehen, doch sie sahen, dass sie lächelte – ihr rechter Mundwinkel ging nach oben, und in ihrer Wange zeichnete sich ein Grübchen ab. Sie hatte eine gerade, sehr fein geformte Nase, eine hohe, glatte Stirn und langes, seidiges Haar, das in einer tiefen Nackenrolle endete, schwarzes Haar – von jenem intensiven Schwarz, das in der Sonne blaue Lichter hat und wie die Schwinge eines Raben glänzt. Mit diesem Haar, ihrem Teint und den sehr hohen Backenknochen war sie eine typisch eurasische Schönheit; doch nach aufmerksamerer Betrachtung

– und es gab wohl keinen Mann, der Cordula nicht mit einem längeren, aufmerksamen Blick bedachte – war sie weder typisch noch eurasisch; dazu war das Gesicht nicht breit genug, seine Züge zu delikat, und die intensiv blauen Augen deuteten einwandfrei auf den hohen Norden Europas. Sie waren genauso, wie Scheepers sie das erste Mal an Bord der *Modiadeen* gesehen hatte, – ein intensives, verblüffendes Blau, sehr klar, sehr auffällig, und sie sassen ausserordentlich eindrucksvoll in einem sehr bemerkenswerten Gesicht. Und eben jetzt waren diese Augen umgeben von den schwachen, blauen Schatten der Erschöpfung, halb gegen die Anrichte gelehnt, an deren Kante sie sich mit den Händen festhielt.

Terbrugge hatte keine Augen mehr für Kapitän Visser und Zaltboom – er starrte zu der Schwester hin mit vor Schreck geöffneten Lippen. Als Cordula den Kopf herumgedreht hatte, war das Lampenlicht auf die linke Seite ihres Gesichtes gefallen, und diese Seite ihres Gesichtes sah nicht schön aus. Eine tiefe, rissige Narbe, kaum verheilt, noch bläulich und wulstig verwachsen an den Stellen, wo sie notdürftig und ungeschickt genäht worden war, lief quer über das ganze Gesicht, oben vom Haaransatz über der Schläfe bis hinunter zu dem weichen, runden Kinn. Kurz oberhalb des Backenknochens war sie über einen Zentimeter breit, eine Narbe, die in jedem Gesicht scheusslich ausgesehen hätte; doch in der Lieblichkeit dieses Gesichts wirkte sie schockierend.

Sie sah Terbrugge einige Sekunden lang schweigend an, dann lächelte sie. Es war nur der schwache Versuch eines Lächelns, doch er genügte, um auf der einen Wange ein Grübchen hervorzurufen, und um die Narbe auf der anderen Wange, am Mundwinkel und neben dem Auge, weiss werden zu lassen. Sie legte die linke Hand an die Narbe.

«Ich fürchte, es sieht nicht sehr hübsch aus, nicht wahr?» Im Ton ihrer Frage lag keinerlei Vorwurf, es klang eher, als bäte sie um Entschuldigung. Ihre Stimme hatte einen seltsamen Beiklang, doch es war kein Selbstmitleid.

Terbrugge sagte nichts. Sein Gesicht war um einen Schatten blasser geworden, doch bei ihrer Frage war das Blut zurückgeströmt und begann Hals und Gesicht zu röten. Er sah beiseite – man konnte geradezu bemerken, welche physische Anstrengung es ihn kostete, seine Augen von dieser grässlichen Narbe abzuwenden – und öffnete den Mund zum Sprechen. Doch er sagte noch immer nichts; vielleicht gab es aber auch nichts, was Terbrugge hätte sagen können.

Scheepers ging rasch auf sie zu und blieb vor dem Mädchen stehen. Visser beobachtete ihn aufmerksam; doch Scheepers bemerkte es nicht.

«Guten Abend, Jeffrouw Cordula.» Seine Stimme klang kühl, aber freundlich. «Sind alle Ihre Patienten gut untergebracht?»

«Ja, danke, Mijnheer.»

«Nennt mich nicht ›Mijnheer‹», sagte er. «Das habe ich Euch doch schon einmal gesagt.» Er hob die Hand und fasste vorsichtig an die Wange mit der

Narbe. Sie zuckte nicht zurück, sie rührte sich überhaupt nicht, abgesehen davon, dass sich die blauen Augen in ihrem ausdruckslosen Gesicht für einen kurzen Augenblick weiteten. «Engländer?»

Sie starrte ihn an, schluckte leer und sagte tonlos: «Nein. Japanische Söldner. Ich fiel ihnen auf Ambon in die Hände – sie überfielen die Pflanzung Malorjee.»

«Ein Bajonett?»

«Ja.»

«Eins von diesen schartig gemachten Bajonetten für festliche Gelegenheiten, nicht wahr?» Er besah sich die Narbe aus der Nähe, sah den schmalen, tiefen Einstich am Kinn und den breiten Riss unterhalb der Schläfe. «Und ihr lagt dabei am Boden?»

«Ihr kennt Euch aus», sagte sie langsam.

«Und wie seid Ihr davongekommen?» fragte Scheepers neugierig.

«Ein grosser Mann kam herein – in das Zimmer des Bungalows, den wir als Lazarett benutzten. Ein sehr grosser Mann mit roten Haaren. Er sagte, er sei von einem Regiment, Dordrecht oder so ähnlich. Er entriss dem Mann, der nach mir gestochen hatte, das Bajonett. Dann sagte er, ich sollte wegsehen, und als ich mich wieder umdrehte, lag der japanische Soldat tot am Boden.»

«Hurra für Dordrecht», brummte Scheepers. «Und wer hat das genäht?»

«Derselbe Mann – er meinte, er sei nicht sehr geschickt.»

«Man hätte es besser machen können», gab Scheepers zu.

«Es ist scheusslich!» Ihre Stimme schnellte bei dem letzten Wort in die Höhe. «Ich weiss, dass es scheusslich ist.» Sie sah sekundenlang zu Boden, dann hob sie den Blick wieder zu Scheepers und versuchte zu lächeln. Es war kein sehr glückliches Lächeln. «Es ist nicht unbedingt eine Verschönerung, nicht wahr?»

«Das kommt ganz darauf an.» Scheepers deutete mit dem Daumen auf den Hauptmann. «Bei Bram hier würde es gut aussehen – er ist ohnehin ein alter Sauertopf. Doch Ihr seid eine Frau.» Er machte eine Pause, sah sie nachdenklich an und fuhr dann bedächtig fort: «Ich glaube, Ihr seid mehr als nur gut aussehend, Jeffrouw Cordula, und bei Euch sieht es – entschuldigt bitte den Ausdruck – verdammt übel aus.»

«Der Mensch glaubt nur das, was er sieht», sagte Zaltboom salbungsvoll.

«Wie bitte? Was habt Ihr da eben gesagt?» Das Mädchen machte ein erstauntes Gesicht.

«Schenkt ihm keine Beachtung, Jeffrouw Cordula.» Kapitän Visser kam lächelnd einen Schritt näher. «Mijnheer Zaltboom möchte uns gern weismachen, dass er für jede Gelegenheit passende Zitate parat hat, doch Mijnheer Scheepers und ich wissen es besser – er verfertigt sie selbst, aus dem Stegreif.»

«Seid so klar wie das Eis und so rein wie der Schnee, Ihr werdet dennoch der Verleumdung nicht entgehen», sagte Zaltboom und schüttelte betrübt das Haupt.

«Nein, das werdet Ihr nicht», sagte Kapitän Visser zustimmend. «Aber nun müssen wir wieder zur Tagesordnung zurückkehren. Mijnheer Scheepers, es handelt sich darum, dass unser Vorrat an . . .» Er brach mitten im Satz ab. Draussen hatte Swart, der wachhabende Offizier, die Alarmglocke schlagen lassen. Scheepers riss seine Jacke vom Haken und war als erster an der Tür, Kapitän Visser folgte ihm auf den Fersen.

Im Norden und im Osten donnerte es dumpf am fernen Horizont, überall rings um die Sawu-See, am inneren Rand des Taifuns, wetterleuchtete es am Himmel, und über ihnen begannen die Wolken sich zu türmen, höher und immer höher. Zögernd fielen die ersten schweren Regentropfen auf das Ruderhaus der *Den Helder* , so langsam und so schwer, dass man jeden einzelnen Tropfen hören und zählen konnte. Im Norden und Westen war kein Regen zu sehen, kein Donner zu hören, nur in der Ferne über den Inseln zuckte gelegentlich ein Blitz, weit entfernt. Die beiden Männer, die auf der Brücke der *Den Helder* standen, die Ellbogen abgestützt und die Fernrohre unbeweglich an die angespannt spähenden Augen gepresst, sahen zum fünften Mal innerhalb von einigen Minuten das gleiche Blinksignal, das im Süden, in Richtung der Insel Sawu, aus der Dunkelheit aufleuchtete – jeweils etwa sechs Blinkzeichen hintereinander, kaum zu sehen und insgesamt nicht länger dauernd als zehn Sekunden.

«Diesmal zwei Strich an Steuerbord», sagte Scheepers. «Stationär, würde ich sagen, Mijnheer.»

«Oder mit so geringer Fahrt, dass es praktisch auf dasselbe hinausläuft.» Kapitän Visser setzte das Fernrohr ab, rieb sich mit dem Handrücken über die schmerzenden Augen, nahm das Glas wieder hoch und wartete. «Denkt doch mal laut, Mijnheer Scheepers.»

Scheepers musste im Dunkeln grinsen. Kapitän Vissers Stimme hatte sich angehört, als befände er sich daheim im Salon seines Hauses und nicht im Zentrum eines Taifuns, von dem er nicht wusste, aus welcher Ecke er losbrechen würde, und einer noch unbekannten Gefahr gegenüber, die drohend in der Dunkelheit ihr Haupt erhob.

«Gern zu Diensten, Mijnheer.» Scheepers setzte das Glas ab und sah nachdenklich in die Dunkelheit hinaus. «Es könnte ein Leuchtfeuer oder eine Boje sein, doch das ist es nicht; wir sind ja nicht vor Holland. Hier in dieser Gegend gibt es weder Leuchtfeuern noch Bojen. Es könnten Strandräuber sein – das ist es aber auch nicht: die Insel Sawu liegt wenigstens zehn Meilen von hier in dieser Richtung, und dieses Licht ist nicht weiter als zwei Meilen entfernt.»

Kapitän Visser ging zur Tür des Ruderhauses, befahl Beidrehen, und während er zurück kam, hörte man schon die Bootsmannspfeife und das Getrampel der Leute. Während draussen die Brassen lose gegeben wurden und die Matrosen zum Segelreffen aufenterten, sagte er zu Scheepers «Macht weiter, Gerrit».

«Es könnte ein englisches Kriegsschiff sein – eine Schonerbrigg vielleicht; doch auch das ist es nicht: nur Selbstmordkandidaten wie wir bleiben im Zentrum eines Taifuns, statt sich eiligst aus dem Staub zu machen und einen sicheren Schlupfwinkel zu suchen – und ausserdem, jeder einigermassen vernünftige Kommandant eines Kriegsschiffs würde sich durch nichts verraten, bis er uns aus nächster Nähe mit seinen Geschützen fassen kann.»

Kapitän Visser nickte. «Genau dieselben Überlegungen würde ich auch anstellen. Aber was meint Ihr, was es nun wirklich ist? Da, seht, schon wieder!»

«Ja, und diesmal noch näher. Es stimmt also, macht kleine Fahrt.Könnte ein Kaperboot sein, das uns als grosses Schiff ausmacht, sich aber nicht ganz klar ist über unseren Kurs und unsere Geschwindigkeit, und uns nun dazu verleiten möchte, auf sein Blinkzeichen zu antworten, damit wir es herankommen und zum Entern längsseits gehen liessen.»

«Klingt nicht, als ob Ihr selbst sehr davon überzeugt wäret.»

«Jedenfalls bin ich nicht beunruhigt. Bei einem Wetter wie heute Nacht bleibt auch jeder Kaperer in seinem sicheren Schlupfwinkel.»

«Ganz Eurer Meinung. Wahrscheinlich ist es das, was für jeden, der nicht so misstrauisch ist wie wir, von vornherein klar wäre: jemand in Seenot – ein offenes Boot oder ein kleineres Fahrzeug, das dringend der Hilfe bedarf. Aber wir können nichts riskieren. Die vordere Drehbrasse laden und lasst Gewehre und Musketen an die Mannschaften ausgeben. Alle sollen dieses Licht dort aufs Korn nehmen und den Finger am Abzug halten. Und schickt Terbrugge herauf. Anweisung für den Deckoffizier: kleine Fahrt.»

«Sehr wohl, Mijnheer.» Scheepers ging in das Ruderhaus, und Kapitän Visser hob erneut das Glas an die Augen, dann brummte er ärgerlich, als ihn jemand an den Ellbogen stiess. Er setzte das Glas ab, drehte den Kopf zur Seite und wusste, wer es war, noch ehe der Mann ein Wort gesagt hatte. Selbst hier im Freien war die Geneverfahne geradezu überwältigend.

«Was zum Teufel ist hier los, Kapitän?» Arenholt war aufgebracht und wütend. «Was soll das Gebimmel mit der Glocke, was soll der ganze Unfug?»

«Tut mir leid, Oberst.» Kapitän Vissers Stimme war beherrscht, höflich und unbeteiligt. «Unser Signal für Alarmbereitschaft. Wir haben ein verdächtiges Licht gesichtet. Kann möglicherweise Ärger bedeuten.» Seine Stimme wurde um eine Nuance schärfer. «Und ich muss Euch bitten, hier zu verschwinden. Niemand darf ohne Erlaubnis die Brücke betreten.»

«Was?» Arenholt sprach wie jemand, dem man zumutet, das Unbegreifliche zu begreifen. «Ihr wollt doch wohl nicht sagen, dass das auch für mich gelten soll?»

«Genau das. Bedaure.» Der Regen wurde jetzt heftiger, die dicken Tropfen trommelten auf seine Schultern, dass er durch die Jacke hindurch ihr Gewicht spüren konnte; es war unvermeidlich, dass er wieder einmal bis auf die Haut nass werden würde, und die Aussicht entzückte ihn nicht sonderlich. «Ich muss Euch bitten, nach unten zu gehen, Oberst.»

Arenholt erhob keinen Protest, seltsamerweise. Er sagte überhaupt nichts, sondern machte auf dem Absatz kehrt und verschwand in der Dunkelheit. Kapitän Visser hätte wetten mögen, dass er nicht nach unten gegangen war, sondern in der Dunkelheit an der Achterseite des Steuerhauses stand. An sich war Platz genug auf der Brücke. Aber Kapitän Visser hatte es nicht gern, dass ihm jemand über die Schulter sah, wenn es galt, rasch zu handeln und schnelle Entschlüsse zu fassen.

Während Kapitän Visser das Fernrohr hob, kam das Lichtzeichen schon wieder, diesmal noch näher, viel näher. Und was geblinkt wurde, war jetzt deutlich lesbar.

«Ihr habt mich rufen lassen, Mijnheer?»

Kapitän Visser liess das Glas sinken und sah sich um. «Ach, Ihr seid es, Terbrugge. Tut mir leid, dass ich Euch in diesem Sauwetter auf die Brücke holen muss, aber ich brauche jemanden, der gut die Blinksignale versteht. Habt Ihr das Blinksignal eben gesehen?»

«Jawohl, Mijnheer. Jemand in Not, nehme ich an.»

«Hoffentlich», sagte Kapitän Visser grimmig. «Holt die Blinklampe und fragt an, wer es ist.» Die Windschutztür ging auf, und Kapitän Visser sah sich um. «Seid Ihr das, Scheepers?»

«Ja, Mijnheer. Wir sind bereit, soweit uns das möglich ist. Alle Mann liegen mit ihren Schusswaffen im Anschlag, und alle sind nach den letzten Tagen so verdammt reizbar, dass ich nur die eine Sorge habe, es könnte vielleicht einer zu früh schiessen. Ausserdem habe ich dem Obersteuermann gesagt, er möchte zwei oder drei Matrosen, soweit wir sie nicht an den Waffen brauchen, an Steuerbordseite ein Kletternetz aussenbords anbringen lassen.»

«Danke, Mijnheer Scheepers. Ihr denkt immer an alles. Und wie steht es mit dem Wetter?»

«Nass», sagte Scheepers unfroh. Terbrugge näherte sich eilig mit der verspiegelten Karbidlampe, die er in seiner Kabine unter Verschluss halten musste, und begann zu Blinken. Scheepers hörte auf das Klappern der Lampenabblendung und beobachtete den weissen Lichtstrahl, der sich mühsam einen Weg durch den strömenden Regen bahnte.

«Nass und stürmisch», sagte er noch einmal. «Aus welcher Ecke es uns erwischen wird, das weiss der Himmel.»

«Ihr seid nicht der einzige, der ratlos ist», gestand Kapitän Visser. «Wir befinden uns jetzt schon drei Glasen lang im Zentrum des Sturms. Ich war einmal, vor ungefähr zehn Jahren, dreissig Minuten lang in so einem Zentrum, und ich dachte, das sei ein Rekord gewesen.» Er schüttelte den Kopf, dass die Regentropfen spritzten. «Es ist völlig verrückt. Für einen richtigen Taifun sind wir sechs Monate zu früh oder zu spät dran. Der hier ist völlig unfahrplanmässig, also ein glattes Unding. Ich bin sicher, dass der Sturm in ganz kurzer Zeit erneut losbricht, und ich bin so gut wie sicher, dass er aus nordöstlicher Richtung losbrechen wird. Aber ob wir uns im gefährlichen Quadranten befinden oder . . .»

Er wurde von Terbrugge unterbrochen: «Er sagt, sie seien am Sinken. Das Schiff heisst *Looberghen*.»

«Und was sagt er sonst noch?»

«*Looberghen*, sinkend. Das ist alles, Mijnheer – jedenfalls denke ich, dass das alles war. Die Zeichen waren ziemlich undeutlich.»

«Mein Gott, heute Nacht bin ich aber wirklich vom Glück verfolgt.» Kapitän Visser schüttelte erneut den Kopf. «Eine zweite *Modiadeen* – die *Looberghen*. Wer hat schon jemals etwas von einem Schiff namens *Looberghen* gehört? Ihr vielleicht, Mijnheer Scheepers?»

«Nein, noch nie.» Scheepers drehte sich um und rief durch die Tür hinein: «Seid Ihr da, Zweiter?»

«Mijnheer?» antwortete eine Stimme aus der Dunkelheit, nur einige Meter entfernt.

«Schlagt im Register nach, schnell. Die *Looberghen*, holländisch. So schnell Ihr könnt.»

«Looberghen? Hörte ich recht, dass hier jemand Looberghen sagte?» Das Organ war unverkennbar, doch die Stimme hatte diesmal einen erregten Klang. Aus der Dunkelheit hinter dem Ruderhaus löste sich Arenholts umfänglicher Schatten.

«Ja, das stimmt. Kennt Ihr ein Schiff mit diesem Namen?»

«Das ist kein Schiff – das ist ein Mann, ein Freund von mir, Looberghen, der Schiffskaufmann, ein Holländer. Er war auf der *Modiadeen* – ging gemeinsam mit mir an Bord. Er muss mit dem Rettungsboot losgefahren sein, nachdem das Schiff in Brand geraten war – die *Modiadeen* hatte, soweit ich mich erinnern kann, nur ein einziges Rettungsboot.» Arenholt war inzwischen vorn auf der Brücke angelangt und starrte aufgeregt über die Verkleidung in die Dunkelheit, ohne sich um den Regen zu kümmern, der sich auf seinen ungeschützten Rücken ergoss. «Fischt ihn auf, Mann, fischt ihn auf!»

«Woher sollen wir wissen, dass es keine Falle ist?» Nach Arenholts ungeduldiger Vehemenz kam die ruhige, nüchterne Stimme des Kapitäns wie eine kalte Dusche. «Vielleicht ist es dieser Looberghen, und vielleicht ist er es auch nicht. Und selbst wenn er es sein sollte, wie sollen wir denn wissen, dass wir ihm trauen können?»

«Wie Ihr das wissen sollt?» Arenholt sprach wie einer, der sich mit Mühe beherrscht. «Hört zu. Ich habe es eben diesem jungen Mann da drinnen erzählt, Terbrugge oder wie er heisst.»

«Bitte, kommt zur Sache, Mijnheer», unterbrach ihn Kapitän Visser. «Dieses Boot da – falls es wirklich ein Boot ist – ist nur eineinhalb Kabellängen von uns entfernt.»

«Wollt Ihr jetzt zuhören?» sagte Arenholt, fast schreiend, um dann ruhiger fortzufahren: «Was meint Ihr wohl, weshalb ich noch lebe und hier stehe? Weshalb die Krankenschwester am Leben ist, und die verwundeten Soldaten, die Ihr von der *Modiadeen* heruntergeholt habt? Was ist Eurer Meinung nach der Grund dafür, dass wir alle, die Ihr aufgefischt habt, noch am Leben sind? Nur aus dem einen Grund – als der Kapitän der *Modiadeen* sich aus Ambon davonmachen wollte, um die eigene Haut zu retten, setzte ihm ein Mann die Pistole an die Rippen und zwang ihn, umzukehren. Dieser Mann war Looberghen, und er ist jetzt da draussen in dem Boot. Wir alle verdanken es Looberghen, dass wir noch am Leben sind, Kapitän Visser.»

«Ich danke Euch, Oberst.» Kapitän Visser sprach ruhig und ohne jede Hast, wie immer. «Mijnheer Scheepers, die Sturmfackeln. Sagt dem Obersteuermann, er soll Fackeln entzünden lassen. Segel einholen; die *Den Helder* beidrehen!»

Die Flammen der Fackeln zuckten auf, drangen aber kaum hinaus in die Dunkelheit auf die heftig bewegte See, die der prasselnde Regen weisslich aufschäumen liess. Matrosen warteten geduckt hinter der Reling, darauf bedacht, die Schusswaffen trocken zu halten. Alle starrten hinaus in die Nacht. Da tauchte das Rettungsboot ganz in der Nähe auf; es schwankte heftig in den kurzen, steilen Wellen auf und nieder. Nur drei Mann waren in dem Boot auszumachen – zwei, die sich bückten und wieder hochkamen, sich bückten und wieder hochkamen, während sie um ihr Leben Wasser schöpften – ein hoffnungsloser Kampf, denn das Boot lag schon tief und sank von Minute zu Minute tiefer. Der dritte Mann im Boot schien davon unberührt: er sass im Heck, mit dem Gesicht zu der *Den Helder,* und hielt den Unterarm vor die Augen, um im Regen besser sehen zu können. Unterhalb seines Unterarms schimmerte irgend etwas im Licht, doch das war auf diese Entfernung nicht so genau zu sehen.

Scheepers rutschte den Brückenniedergang hinunter, lief am Rettungsboot vorbei, eine zweite Leiter hinunter auf das Gangbord nach vorn und überquerte das Deck zur Steuerbordseite; Arenholt blieb ihm die ganze Zeit dicht auf den Fersen.

Dreihundert Tonnen hatte die *Den Helder,* doch Kapitän Visser manövrierte das grosse Schiff selbst bei dieser groben See, als sei es eine wendige Wattenkuff. Das Rettungsboot war jetzt keine sechzig Fuss mehr entfernt, wurde schon erfasst vom wabernden Geflacker der Fackeln, und es kam mit jedem Augenblick näher; die Männer im Boot, die sich jetzt in Lee der *Den Helder* in

Sicherheit befanden, hatten aufgehört, Wasser zu schöpfen, drehten sich auf ihren Bänken herum, starrten herauf zu den Männern an Deck und machten sich bereit zum Sprung in das Kletternetz. Scheepers sah aufmerksam zu dem Mann im Heck hin: es war jetzt deutlich zu erkennen, dass das Weisse auf seinem Kopf keine Mütze war, sondern ein behelfsmässiger Verband, blutgetränkt. Und dann fiel ihm noch etwas auf – die steife, unnatürliche Haltung des rechten Armes.

Scheepers drehte sich zu Arenholt um und zeigte auf den Mann im Heck. «Ist das Euer Freund, der da sitzt?»

«Ganz recht, das ist Looberghen», sagte Arenholt mit Genugtuung. «Was habe ich Euch gesagt?»

«Eure Vermutung war richtig.» Scheepers machte eine Pause und sagte dann: «Er scheint auf seine Rettung aber etwas merkwürdig zu reagieren.»

«Was soll das heissen?»

«Das soll heissen, dass er auch jetzt wieder eine Pistole in der Hand hat. Er hält sie auf die beiden gerichtet, die vor ihm im Boot sitzen, und er hat diese Männer, während ich ihm jetzt zusehe, nicht einen Augenblick lang aus den Augen gelassen.»

Arenholt starrte hinüber und – stiess einen leisen Pfiff aus. «Wahrhaftig, Ihr habt recht.»

«Warum tut er das?»

«Das weiss ich nicht, ich habe tatsächlich nicht die geringste Ahnung. Aber das eine könnt Ihr mir glauben, Mijnheer Scheepers: wenn mein Freund Looberghen es für notwendig hält, eine Pistole auf die Männer zu richten, dann hat er bestimmt seine guten Gründe dafür.»

*

Looberghen hatte gute Gründe. In der Messe gegen das Schott gelehnt, einen grossen Genever in der Hand, erzählte er, während aus seinen klatschnassen Sachen das Wasser rann und auf dem Fussbodenbelag kleine Tümpel bildete, den ganzen Hergang knapp und überzeugend. Sie hatten sich mit dem Rettungsboot rasch von der brennenden *Modiadeen* entfernt und den Schutz einer kleinen Insel einige Meilen weiter südlich erreicht, als der Sturm losbrach. Sie hatten das Boot auf der windgeschützten Seite den Strand hinaufgezogen, und dort hatten sie stundenlang gehockt, bis der Wind plötzlich aufgehört hatte; kurze Zeit danach hatten sie im Nordwesten die Raketen gesehen.

«Ja, das waren unsere», sagte Kapitän Visser. «Wir wollten beim Wrack feststellen, ob noch Menschen an Bord der *Modiadeen* waren. Und daraufhin habt ihr beschlossen, uns zu erreichen?»

«Ich entschloss mich.» Die festen braunen Augen des Holländers zeigten ein frostiges Lächeln, während er mit der Hand auf die beiden dunkeläugigen und dunkelhäutigen Männer deutete, die zusammen in einer Ecke standen. «Surama und sein werter Genosse waren von der Idee nicht sehr begeistert. Sie sind keine ausgesprochenen Freunde der Holländer. Ausserdem handelte es sich, wie wir dachten, um Notraketen eines sinkenden Schiffes.» Looberghen leerte den Rest seines Glases in einem Zug. «Aber ich hatte zum Glück meine Pistole.»

«Das habe ich gesehen», sagte Scheepers. «Und dann?»

«Wir fuhren los, mit nordwestlichem Kurs. Erst ging es eine ganze Weile durch kabbelige, doch nicht allzu grobe See, und wir machten mit dem einen Luggersegel gute Fahrt. Dann aber schlugen ein paar hohe Brecher ins Boot und setzten es ziemlich unter Wasser. Ich dachte schon, es wäre aus, bis ich dann das phosphoreszierende Kielwasser Ihres Schiffes sah – wenn es so dunkel ist wie heute, kann man dieses Leuchten ziemlich weit sehen. Hätte der Regen fünf Minuten früher eingesetzt, so hätten wir Euch nie gesichtet. Doch wir sahen Euch, und ich hatte zum Glück eine kleine Öllampe von der *Modiadeen* mitgenommen.»

«Und Eure Pistole», setzte Kapitän Visser hinzu. Er sah Looberghen lange an, mit kaltem, kritischem Blick. «Jammerschade, Mijnheer Looberghen, dass Ihr nicht eher von Eurer Pistole Gebrauch gemacht habt.»

Looberghen lächelte schief. «Es ist nicht schwer, Kapitein, zu erraten, was Ihr damit sagen wollt.» Er hob die Hand, schnitt eine Grimasse und riss sich den blutgetränkten Leinenverband vom Kopf: eine tiefe, klaffende Wunde, dunkelrot an den Rändern, zog sich von der Stirn zum Ohr. «Was glaubt Ihr wohl, wo ich das da herhabe?»

«Hübsch ist es nicht», gab Scheepers zu. «Surama?»

«Einer seiner Leute. Die *Modiadeen* brannte, das Boot – das einzige Rettungsboot – hing ausgeschwenkt in den Davits, und Freund Surama hier und alle, die von seiner Crew übriggeblieben waren, wollten eben einsteigen.»

«Also nur das eigene teure Leben retten», sagte Scheepers sarkastisch.

«Ja, nur das eigene teure Leben», bestätigte Looberghen. «Ich hatte Surama an der Gurgel gepackt und drückte ihn rücklings über die Reling, um ihn zu zwingen, mit mir durch das Schiff zu gehen. Das war ein Fehler – ich hätte von meiner Pistole Gebrauch machen sollen. Ich wusste damals noch nicht, dass alle seine Leute mit derselben Quaste geteert sind. Einer von ihnen hat mich mit einem Belegnagel behandelt. Als ich wieder zu mir kam, lag ich unten im Boot.»

«Wo lagt Ihr?» fragte Kapitän Visser ungläubig.

«Ich weiss.» Looberghen lächelte, ein etwas müdes Lächeln. «Es erscheint völlig unsinnig, nicht wahr? Man sollte annehmen, sie hätten mich auf der *Modiadeen* im eigenen Saft schmoren lassen. Stattdessen lag ich im Boot – nicht nur lebendig, sondern sogar sorgfältig verbunden. Und nur diese beiden waren bei mir.»

«Nur diese beiden?» Visser sah alle in der Runde der Reihe nach an. «Ihr spracht vorhin von ›allen, die von seiner Crew noch übrig waren‹. Wo waren die geblieben?»

«Keine Ahnung. Wahrscheinlich haben die beiden alle umgebracht. Oder auf der *Modiadeen* zurückgelassen. Es ist sicherer, keine Zeugen zu haben. Sonderbar – nicht wahr, Kapitän?»

«Sonderbar dürfte kaum der richtige Ausdruck dafür sein.» Kapitän Vissers Stimme war kühl und sachlich. Ob Ihr nun schwindelt oder nicht, Ihr würdet in jedem Fall behaupten, die Wahrheit zu sagen. Aber es dünkt mich merkwürdig, dass Surama so ein grosses Interesse an Eurer Gesundheit haben sollte.»

«Er sagt die Wahrheit, Kapitän Visser.» Aus Arenholts Stimme, die ganz anders klang als sonst, sprach eine seltsame Sicherheit. «Davon bin ich absolut überzeugt.»

«Ach, wirklich?» sagte Kapitän Visser und sah ihn an. «Und was macht Euch so sicher, Oberst?»

Arenholt machte eine einlenkende Handbewegung, wie jemand, der findet, man habe seine Worte ernster genommen, als sie gemeint gewesen waren. «Na, schliesslich kenne ich Looberghen länger als alle anderen hier. Und ausserdem muss die Geschichte, die er erzählt, einfach wahr sein: wäre sie es nicht, so wäre er jetzt nicht hier. Klingt ein bisschen paradox, meine Herren, doch vielleicht versteht Ihr, wie ich es meine?»

Kapitän Visser nickte nachdenklich, sagte aber nichts. In der Messe entstand ein längeres Schweigen, durch nichts unterbrochen als durch das entfernte Stampfen, wenn der Bug krachend in ein Wellental schlug, durch die undefinierbaren knarrenden Geräusche, die ein Schiff macht, das sich durch grobe See arbeitet, und durch das unruhige Scharren der beiden von der *Modiadeen*. Der Kapitän sah sie verächtlich an. «Der Kapitän heisst Surama. Und der andere?»

«Tolam. Ein übler Galgenvogel.»

Visser sagte: «Ich schlage vor, Mijnheer Scheepers, wir beide begeben uns auf die Brücke; ich habe das Gefühl, dass jetzt wieder die dicken Brocken kommen. Und für Kapitän Surama und seinen Genossen: eine bewaffnete Wache für den Rest der Nacht, denke ich.» Kapitän Vissers Augen waren so ausdruckslos und alt wie seine Stimme. «Aber da ist eine Kleinigkeit, die ich gern noch vorher geklärt hätte.»

Er ging, das heftige Schlingern des Schiffes elastisch ausbalancierend, ohne jede Hast auf Surama und Tolam zu, blieb aber stehen, als Looberghen die Hand ausstreckte.

«Ich würde mich an Ihrer Stelle vorsehen», sagte der Holländer ruhig. «Die Burschen haben mehr als ein Messer bei sich, und sie sind rasch damit bei der Hand.»

«Gebt mir Eure Schusswaffe.» Kapitän Visser streckte die Hand aus und nahm die Pistole, die Looberghen in seinen Gürtel gesteckt hatte. «Ihr gestattet?» Er warf einen Blick auf die Waffe und stellte fest, dass sie geladen war. Dann ging er hinüber zum vordersten Mann in der Ecke, ein grosser, breitschultriger Bursche, mit einem braunen, glatten, ausdruckslosen Gesicht, schmalem Schnurrbart und schwarzen, gleichgültigen Augen. «Surama?» fragte Kapitän Visser beiläufig.

«Kapitän Surama, jawohl.» Die Unverschämtheit lag in der leichten Betonung des Wortes «Kapitän» und in der kaum sichtbaren Neigung des Kopfes. Das Gesicht blieb völlig ausdruckslos.

«Formalitäten langweilen mich.» Visser betrachtete ihn mit plötzlichem Interesse. «Ihr seid Holländer, nicht wahr?»

«Vielleicht.» Diesmal verzogen sich die Lippen, weniger zu einem Lächeln als vielmehr zu einer meisterhaft ausgeführten Geste lässiger Geringschätzung. «Oder vielleicht könnten wir uns einigen auf Kolonial-Niederländer?»

«Unwichtig. Ihr seid der Kapitän – wart der Kapitän der *Modiadeen*. Ihr habt Euer Schiff verlassen und habt all die Menschen im Stich gelassen, die an Bord blieben. Ihr habt sie sterben lassen, eingesperrt hinter eisernen Türen. Vielleicht sind sie ertrunken, vielleicht waren sie schon vorher verbrannt; das spielt jetzt keine Rolle mehr, Ihr habt diese Menschen jedenfalls umkommen lassen.»

«Was für pathetische Worte!» Surama klopfte sich lässig gegen den Mund, um ein gelangweiltes Gähnen zu verbergen – eine Glanzleistung müder Frechheit. «Wir haben für diese Unglücklichen alles getan, was in unserer Macht stand.»

Kapitän Visser nickte bedächtig und musterte dann Suramas Spiessgesellen. Tolam machte keinen sonderlich glücklichen Eindruck und schien besonders nervös und ängstlich. Er trat dauernd von einem Bein aufs andere; seine Hände und Finger schienen sich selbständig gemacht zu haben. Kapitän Visser sah zu ihm hinüber. «Spricht Er Holländisch?»

Der Mann antwortete nicht, runzelte nur die Augenbrauen, zog die Schultern und machte mit den Händen die auf der ganzen Welt übliche Geste des Nichtverstehens.

«Er spricht Holländisch fast so gut wie Ihr, Kapitän Visser», sagte Looberghen langsam und gedehnt.

Visser brachte rasch die Hand mit der Pistole hoch, setzte die Mündung an den Mund des Mannes und drückte ziemlich kräftig. Der Mann wich zurück und der Kapitän schob nach. Nach dem zweiten Schritt stand der Mann mit dem

Rücken an der Wand und starrte entsetzt auf die Pistole, deren Lauf gegen seine Zähne drückte.

«Wer hat alle Riegel am Schott zum achteren Logis zugeschlagen?» fragte Kapitän Visser leise. «Ich gebe Ihm fünf Sekunden Zeit.» Er verstärkte den Druck der Pistole. «Eins – zwei . . .»

«Ich, ich!» Seine Lippen zuckten, und die Zähne klapperten ihm fast vor Angst. «Ich habe das Schott verriegelt.»

«Und warum?»

«Auf Befehl des Kapitäns. Er sagte, dass …»

«Und wer hat die Luke auf dem Vorschiff dicht gemacht?»

«Yussif. Aber Yussif lebt nicht mehr …»

«Auf wessen Befehl?» fragte Kapitän Visser unerbittlich.

«Auf Kapitän Suramas Befehl.» Jetzt sah der Mann zu Surama hinüber, schlotternde Angst im Blick. «Das wird mich das Leben kosten.»

«Vermutlich», sagte Kapitän Visser ungerührt. Er schob die Pistole in seine Tasche und ging zurück zu Surama.

«Sehr interessant, diese kleine Unterhaltung, findet Ihr nicht auch, Kapitän Surama?»

«Jeder wird sagen, was man von ihm hören will, wenn man ihm eine Pistole vors Gesicht hält», sagte Surama verächtlich

«Im Vorschiff befanden sich holländische Soldaten – vermutlich Landsleute von Euch. Zehn Mann, vielleicht auch zwölf oder mehr, ich weiss es nicht genau; aber ihr wolltet euch von ihnen natürlich nicht stören lassen, als ihr euch in dem einzigen Rettungsboot aus dem Staub machtet.»

«Ich weiss nicht, was ihr meint.» Suramas braunes Gesicht war noch immer unverändert, noch immer ohne Ausdruck. Doch seine Stimme war jetzt vorsichtig, der Ausdruck genau berechneter Frechheit war daraus verschwunden.

«Und mehr als zwölf Leute befanden sich achtern», fuhr Kapitän Visser fort, so als hätte Surama überhaupt nichts gesagt. «Verwundete, Sterbende, Frauen – und ein kleines Kind.»

Diesmal sagte Surama zunächst nichts. Das glatte Gesicht war unbeteiligt wie immer, nur seine Augen waren eine Spur schmäler geworden. Doch als er dann sprach, hatte seine Stimme noch immer denselben Klang frecher Gleichgültigkeit.

«Was wollt Ihr eigentlich erreichen, Kapitän Visser?»

«Nichts will ich erreichen.» Kapitän Vissers Gesicht legte sich in grimmige Falten, der Blick seiner blassen Augen war hart und kalt. «Das ist eine Ausforschung, Surama, um Gewissheit zu erlangen, dass Ihr des Mordes für schuldig befunden werdet. Wir werden Eure und Tolams Aussagen zu Protokoll nehmen und im Beisein der hier anwesenden neutralen Zeugen der *Den Helder* unterschreiben lassen. Ich werde es als meine persönliche Verantwortung betrachten, dafür zu sorgen, dass Ihr sicher und bei guter Gesundheit einem holländischen Gericht überantwortet werdet.» Kapitän Visser nahm seine Mütze und machte sich fertig zum Gehen. «Man wird Euch den Prozess machen, Kapitän Surama, doch er dürfte nicht allzu lange dauern, und welche Strafe auf Mord steht, das wissen wir ja.»

Zum ersten Mal bekam Suramas unbeteiligte Maske einen Sprung, und seine dunklen Augen zeigten einen leisen Schatten von Furcht; doch Kapitän Visser sah es nicht mehr. Er war schon dabei, die Stufen der Leiter zur Brücke der *Den Helder* hinaufzusteigen.

*

Der heraufdämmernde wolkenlose Morgen mit einem perlmuttfarben schimmernden Osthimmel fand die *Den Helder* schon zwanzig Meilen südlich vom Gewirr der kleinen Inseln um Pantar, beinah auf der Hälfte des Weges zur Flores-See. Die Fleute lief mit höchster Fahrt, während Obersteuermann Honke Kruse die Mannschaft an den Segeln bis an ihre Höchstleistungen trieb, und noch ein bisschen darüber hinaus.

Der Taifun dieser langen Nacht war vergangen, die mächtigen Winde verschwunden, als hätten sie nie geweht. Wäre nicht die salzige Kruste gewesen, die die Decks und Aufbauten überzog, und die lange, schwellende Dünung, die noch viele Stunden anhalten würde, so hätte alles ein Traum sein können. Doch es war kein Traum: nicht für Kapitän Visser, der Stunde um Stunde den stampfenden Segler durch die hohen, stürmischen Wogen und die Wirbelwinde hindurch getrieben hatte, ohne an die schweren Schläge zu denken, die die *Den Helder* einstecken musste, ohne an die Crew zu denken, ohne an irgend etwas anderes zu denken als daran, möglichst viele Meilen zu gewinnen, ehe der Tag anbrach.

Die zarten Pastelltöne im Osten verblassten, wurden weiss und verschwanden im Verlauf weniger Minuten; gross und undeutlich stieg die Scheibe der Sonne rasch über den Horizont herauf und entrollte ein breites, schimmerndes Band, das sich in blendend hellem Weiss über das Meer bis zur *Den Helder* erstreckte.

Dieses Band war jedoch nicht ohne Unterbrechung: da lag etwas im Wasser, mehrere Meilen entfernt, ein grosser Fischkutter vielleicht oder ein kleines Küstenschiff mit niedrigem Rumpf und guter Besegelung, gleichmässig nach Osten auswandernd und rasch kleiner werdend. Bald würde es nur noch ein kleiner schwarzer Fleck in der Ferne sein, der dann ganz verging. Kapitän Visser machte sich seine Gedanken. Vielleicht war es ein Engländer, vielleicht auch nicht. Vielleicht hatte man die *Den Helder* gesichtet, vielleicht auch nicht. Bei Lage der Dinge konnte man ohnehin nichts tun.

Die Sonne schien senkrecht in den Himmel zu steigen. Gegen halb acht Uhr brannte sie bereits so heiss, dass sie die vom Regen und von der See durchnässten Decks und Aufbauten der *Den Helder* dampfend trocknete, so heiss, dass Kapitän Visser sein Ölzeug auszog und auf dem seitlichen Brückendeck weit nach draussen ging. Er fühlte sich klar, wenn auch noch ein wenig müde. Etwa in der Hälfte der Mittelwache, als der Taifun etwas nachliess, hatte Scheepers ihn überredet, in seine Kabine zu gehen, und er hatte über drei Stunden wie ein Toter geschlafen.

«Guten Morgen, Mijnheer. Eine ziemliche Veränderung, nicht wahr?» Scheepers leise Stimme, unmittelbar hinter ihm, liess Kapitän Visser aufschrecken.

«Morgen, Gerrit. Wieso seid Ihr denn schon auf zu dieser unchristlich frühen Stunde?» Scheepers konnte kaum mehr als zwei Stunden Schlaf gehabt haben, das wusste Visser, aber der Vize sah ausgeruht aus wie ein Mann, der wenigstens acht Stunden fest geschlafen hat.

«Unchristlich frühe Stunde?» sagte Scheepers. «Es ist gleich acht.» Er grinste. «Das Gewissen und der Ruf der Pflicht, Mijnheer. Ich habe eben einmal rasch die Runde bei unseren neuen Gästen gemacht.»

«Irgendwelche Beanstandungen?» fragte Kapitän Visser gutlaunig.

«Ich vermute, dass die meisten im Laufe der Nacht ein bisschen seekrank waren, sonst aber gab es keine Beanstandungen.»

«Und die, die vielleicht Grund dazu gehabt hätten, hielten es für ratsam, sich nicht zu beschweren», sagte Kapitän Visser. «Wie geht es dem Kindermädchen?»

«Es geht ihr wesentlich besser. Sie war in der Messe, als ich dort war, und erneuerte gerade die Verbände. Die Verwundeten waren alle in guter Form und hungrig wie die Jagdhunde.»

«Ein gutes Zeichen», meinte Kapitän Visser. «Und wie steht es mit den beiden Jungens, die im Hospital liegen?»

«Nicht besser, aber auch nicht schlechter, meinte die Nurse. Ich glaube, dass sie allerhand auszuhalten haben, was man von unserem ehrenwerten Oberst nicht behaupten kann. Sein Schnarchen ist zwanzig Meter weit zu hören, und in seiner Kemenate riecht es wie in einer Schnapsbrennerei.»

«Und Mevrouw Wendelina?»

«Macht ihren gewohnten Gesundheitsspaziergang. Hin und her auf dem Mitteldeck von vorn nach achtern. Die Holländer wiegen sich in dem Wahn, sie wären ein Volk von Seefahrern – für Mevrouw Wendelina ist die Schiffsreise ein ausgesprochener Genuss. Und dann wären da die beiden in der Messe, Bootsmann de Boer und ein Mann. Sie haben sich jeder einen Stuhl geschnappt und sitzen dort sehr behaglich, ihre Schusswaffen auf dem Schoss. Ich glaube,

Surama und sein Genosse sind sich völlig darüber klar, was für Gefühle die Jungs für sie hegen.»

«Ich glaube auch, dass man sich auf diese Wachmannschaft verlassen kann.» Kapitän Visser sah seinen Ersten Offizier fragend von der Seite an. «Und was für einen Eindruck macht Surama heute morgen? Ein bisschen mitgenommen, wie?»

«Der nicht. Man kann auf den ersten Blick sehen, dass er fest und tief geschlafen hat, den Schlaf mit dem guten Gewissen eines neugeborenen Kindes.» Scheepers sah eine Weile hinaus über die See und sagte dann ruhig: «Es würde mir ein besonderes Vergnügen sein, wenn ich dem Mann, der ihn eines Tages hängt, irgendwie behilflich sein könnte.»

«Mit diesem Wunsch dürftet Ihr vermutlich einer der letzten in einer langen Schlange sein», sagte Kapitän Visser grimmig. «Ich möchte nicht gern pathetisch werden, Gerrit, aber für mich ist dieser Kerl ein Unmensch, den man unschädlich machen sollte.»

«Wahrscheinlich wird es dazu eines Tages auch noch kommen.» Scheepers schüttelte den Kopf. «Jedenfalls ist er ein seltsamer Vogel.»

Kapitän Visser trommelte mit den Fingern auf der Reling: «Ich werde nicht aus ihm schlau, aber er ist weiss Gott nicht der einzige!»

«Wer noch, Looberghen? Oder unser ehrenwerter Oberst?»

«Die auch.» Kapitän Visser schüttelte den Kopf. «Unsere Passagiere sind schon ein komischer Haufen, aber noch sehr viel sonderbarer ist die Art, wie sie sich benehmen. Zum Beispiel der Oberst – mal gibt er sich als Feigling, der sich beim ersten Pulverrauch in der Kombüse verkriecht, und dann macht er wieder den Eindruck eines mutigen und entschlossenen Mannes. Sehr ungewöhnlich, findet Ihr das nicht auch?»

«Ganz und gar unglaublich. Die Türen des Ostindien-Clubs in Batavia blieben ihm verschlossen, wenn das dort bekannt werden würde.» Scheepers grinste.

Kapitän Visser lächelte leise. «Und Ihr seid noch immer der Meinung, dass er kein Flunkerer ist?»

«Genauso wenig wie Ihr. Er ist ein Colonel Bumm-Bumm, wie er im Buche steht – und dann tut oder sagt er plötzlich irgend etwas Ausgefallenes, was ganz und gar nicht dazu passt.»

«Sehr rücksichtslos von ihm», brummte Kapitän Visser ironisch. «Und dann diese merkwürdige Besorgnis, die Surama an Looberghens Gesundheit zeigt. Was soll das?»

«Schwer zu sagen», gab Scheepers zu. «Zumal Looberghen nicht sonderlich besorgt um Suramas Gesundheit ist – dem er ganz im Gegenteil androhte, ihm Löcher in den Rücken zu schiessen. Doch ich bin geneigt, Looberghen zu glauben.»

«Ich glaube auch, dass er die Wahrheit sagt. Arenholt aber glaubt das nicht nur, er weiss es positiv. Als ich ihn fragte, wieso, da machte er schleunigst einen Rückzieher und brachte fadenscheinige Gründe vor, die keinen Fünfjährigen überzeugen würden. – Wo habt Ihr Looberghen eigentlich untergebracht? Die gute alte *Den Helder* ist doch schon so voll wie ein Heringsfass im Mai.»

Scheepers grinste. «Och, das war nicht so schwer. Arian Bep Cluins musste etwas zusammenrücken; jetzt hausen beide Schiffsfaktoren beieinander.»

Kapitän Visser seufzte erleichtert. «Na, dann ist ja alles in Butter! – Wusstet Ihr, dass Mevrouw Wendelina gleichfalls aus Ambon kommt? Sie ist eine reiche Pflanzerswitwe und blieb bis zur letzten Minute bevor die englischen Eroberer dort eintrafen auf ihrem Posten.»

«Ich weiss. Wir haben heute früh auf dem Kampanjedeck eine längere Unterhaltung miteinander gehabt. Dabei sagte sie dauernd ›junger Mann‹ zu mir, bis ich nicht mehr genau wusste, ob sie mich überhaupt ernst nahm.» Scheepers sah den Kapitän nachdenklich an. «Um Eure Sorgen ein bisschen zu vermehren, möchte ich Euch noch etwas erzählen, was Ihr nicht wisst. Mevrouw Wendelina hat heute Nacht in ihrer Kabine einen Besucher empfangen, einen Mann.»

«Was? Hat sie Euch das erzählt?»

«Nein – das hat mir Vanstappen erzählt. Er war von seiner Wache gekommen und wollte sich gerade auf seinem Sofa langlegen, als er hörte, wie jemand an Mevrouw Wendelinas Tür klopfte, sehr leise, doch er hörte es; das Sofa steht direkt an der Wand zur Messe. Vanstappen sagt, er sei neugierig genug gewesen, an der Verbindungstür zu lauschen, doch die Tür war dicht, und er konnte nicht viel hören; es war jedenfalls alles sehr leise und klang wie das Geflüster von Verschwörern. Die eine der beiden Stimmen war sehr tief, ganz zweifellos eine Männerstimme. Der Besucher blieb fast zehn Minuten, dann ging er wieder.»

«Ein mitternächtliches Stelldichein in Mevrouw Wendelinas Kabine!» Kapitän Visser hatte sich noch immer nicht ganz von seinem Erstaunen erholt. «Ich hätte gedacht, sie würde sich die Lunge aus dem Halse schreien.»

«Nein, die doch nicht!» Scheepers grinste und schüttelte entschieden den Kopf. «Sie ist eine Säule der Ehrbarkeit, zweifellos, doch sie würde jeden mitternächtlichen Besucher hereinholen, ihm mit vorgehaltenem Zeigefinger die Leviten lesen und ihn dann als geläuterten Menschen wieder fortschicken. Doch das hier war keine Standpauke, möchte ich annehmen, sondern eine heimliche Unterredung in aller Eile.»

«Hat Leutnant Vanstappen irgendeine Ahnung, wer der Besucher war?»

«Nicht die geringste, er hat mir nur erzählt, es sei eine Männerstimme gewesen, und er selbst sei viel zu müde und schläfrig gewesen, um sich weiter irgendwelche Gedanken darüber zu machen.»

«Hm – vielleicht war seine Einstellung in diesem Falle die richtige.» Kapitän Visser nahm seinen topfähnlichen Seemannshut ab und wischte sich mit dem Taschentuch über den Kopf; es war erst nach acht Uhr, doch die Sonne begann schon zu brennen. «Wir haben schliesslich anderes zu tun, als uns über unsere Passagiere Gedanken zu machen. Ich werde nur einfach nicht schlau aus ihnen. Eine merkwürdige Gesellschaft; jeder, mit dem ich rede, erscheint mir noch sonderbarer als der, mit dem ich eben geredet habe.»

«Cordula Volmer auch?» meinte Scheepers.

«Um Himmels willen, nein! Ich würde die ganze Bande eintauschen gegen dieses Mädchen.» Kapitän Visser setzte die Bedeckung wieder auf und schüttelte langsam den Kopf. «Eine schreckliche Sache, Gerrit, wie grauenhaft haben diese Halunken ihr Gesicht zugerichtet.» Seine Augen sahen Scheepers scharf an. «Glaubt Ihr, dass wir Holland jemals wiedersehen, Vize?»

Scheepers zögerte. «Ja, daran muss ich auch ständig denken. Wir haben fast keine Chance mehr. Das Kind und dieses Mädchen . . .»

«Wer ist der Junge?»

«Sie weiss es auch nicht. Der Bub wusste nicht einmal seinen Namen; er stand auf einem Schildchen um seinen Hals: Hinnerk; sie nennt ihn Hinnerkje. Sie haben ihn mitgenommen, weil er allein war und weinte. Seine Eltern sind vielleicht umgekommen.» Er schwieg eine Weile, während seine Augen den wolkenlosen Horizont absuchten, und fuhr dann unvermittelt fort: «Ein fast zu schöner Tag, um zu sterben», sagte er düster. Dann erhaschte er einen Blick des Kapitäns und lächelte. «Die Zeit wird lang, wenn man wartet. Aber die Engländer sind höfliche Leute – Ihr braucht nur Cordula Volmer zu fragen. Ich denke nicht, dass sie uns noch lange warten lassen.»

Schweigen entstand zwischen ihnen. Jeder hing seinen Gedanken nach. Visser überlegte, wie viel Zeit ihnen noch blieb, bis sie von den Engländern aufgestöbert werden. Der praktische Vizekapitän aber hatte ganz andere Überlegungen. In Elmina war ihnen gegenüber der Besatzung Schweigen befohlen worden. Sie hätten in Ambon die geheimnisvollen Passagiere an Bord genommen und wären nach Batavia gesegelt. Da wäre alles unauffällig über die Bühne gegangen. Aber jetzt sah die Sache anders aus. Er wandte sich an Visser: «Kapitän, seht Ihr nicht auch die Stunde für gekommen, die Mannschaft über unsere Situation aufzuklären?»

Visser sah ihn überrascht an. Er hatte sich die vor ihnen liegende Inselwelt vorgestellt und die Möglichkeit erwogen, ein Versteck für die *Den Helder* zu finden.

«Wenn sie die *Modiadeen* suchen», fuhr Scheepers fort, «werden sie auch uns finden. Unsere Männer müssen wissen, was auf dem Spiel steht und warum wir vielleicht kämpfen müssen.»

Der Kapitän dachte einen Augenblick nach. «Gut», sagte er dann. «Lasst die Leute auf dem Halbdeck zusammenrufen.»

Umgeben von seinen Offizieren, dem Ersten Offizier Scheepers, dem Hauptmann der Artillerie Zaltboom, Leutnant Vanstappen, Fähnrich Terbrugge und dem Schiffsarzt Bekendam, alle in Uniform, verkündete er vom Kampanjedeck herab, was ihnen die *Heeren Seventien* aufgetragen hatten und was die Mannschaften wissen durften. Auch der Schiffsfaktor Cluins und die Schiffbrüchigen von der *Modiadeen* hatten sich hinzugesellt.

«Ihr habt gemerkt, dass Batavia nicht unser Ziel war!» Kapitän Visser schaute aufmerksam in die gespannt lauschende Runde. «Unser Kurs führt uns weiter ostwärts. In Ambon haben die Engländer mit Hilfe japanischer Söldner gegen unseren Gouverneur rebelliert, um die VOC von der Insel zu vertreiben. Sie wollten sich in unseren Territorien festsetzen, um uns nach und nach unsere Interessen in Niederländisch-Indien streitig zu machen. Holland kann sich das nicht bieten lassen!»

Die Leute begannen zu murren. «Frechheit!» - «Nieder mit den verdammten Hunden!» - «Das lassen wir uns nicht gefallen!»

Kapitän Visser hob die Hand, die Männer verstummten. «Nein, das lassen wir uns nicht bieten», fuhr er fort. «Seitdem Holland vor Jahren den Portugiesen die Molukken, Ambon und Seram abgenommen hatte, waren die Inseln protestantisch. Der Stuartkönig Karl will nun auch den Katholizismus wieder mit Gewalt einführen. Die Verschwörer haben während eines Gottesdienstes den Pastor erdolcht und wollten den anwesenden holländischen Gouverneur und seinen Bruder töten. Der Bruder starb unter den Stichen der Meuchelmörder, aber der Gouverneur entkam, wurde dann vor seinem Palais ergriffen und am nächsten Baum aufgehängt. Sie haben seinen Leichnam an der Schlinge, mit der man ihn aufgeknüpft hatte, durch die Strassen geschleift und schliesslich von der Klippe ins Meer geworfen.»

Schweigend vor Bestürzung starrten die Männer zu den Offizieren auf dem Kampanjedeck hinauf. Visser fuhr nach einer kurzen Weile fort: «Ein mutiger Offizier übernahm das Kommando und organisierte den Widerstand. Die Schuldigen wurden ergriffen; sie gestanden unter der Folter und wurden hingerichtet.»

Aus der Menge kam Zustimmung. «Recht so!» – «Jawohl, geschieht ihnen recht!» – «Holland allezeit!»

«Aber England will Rache!», hub der Kapitän wieder an. «Der englische König hat eine Flotte und Soldaten geschickt. Ausserdem haben sie japanische Söldner angeworben und mit ihnen einige Zeit später Ambon erobert und geplündert, haben unsere Faktoreien ausgeraubt, die Magazine geleert und unsere Landsleute blutig verfolgt. Viele wurden getötet. Die Engländer wollen alle holländischen Schiffe, die sich ihnen widersetzen, kapern, versenken oder zerstören. Prisen sollen nach England geschickt werden. Sie haben uns als eine ›Nation fetter Schweine‹ bezeichnet. Sie sagen, wir seien ›unverschämte Butterfässer, die ganz Ostindien beanspruchen wollen‹, wenn sie, die Engländer, uns nicht daran hinderten. Ambon sei erst der Anfang!»

Wieder kam Lärm auf: «Nieder mit den verdammten Hunden!» – «Der Teufel soll alle Engländer holen!» – «Verfluchte Seeräuber!»

Jemand rief: «Ruhe! Lasst den Baas reden!»

Visser liess den Blick fest über die Männer gleiten. «Was in den letzten vierundzwanzig Stunden passiert ist, war kein Zufall. Wir sollten ein bestimmtes Schiff treffen: die *Modiadeen*. Sie sollte wichtige Nachrichten für die *Heeren Seventien* überbringen. Aber die *Modiadeen* wurde ein Flüchtlingsschiff aus Ambon; sicher hat sich das schon herumgesprochen. Es fuhr unter einer verräterischen Besatzung. Das Schiff flog unter ungeklärten Umständen in die Luft. Ihr habt erlebt, in welchem Zustand wir es antrafen. Das Vorschiff war völlig unter Wasser. Aber dort waren die meisten der Flüchtlinge eingesperrt; sie konnten nicht vor dem einbrechenden Wasser fliehen und ertranken elendiglich! Der Kapitän der *Modiadeen* und einer seiner Spiessgesellen ist in unserem Gewahrsam und wird den Behörden in Batavia überantwortet.»

«Nein, sofort aufhängen!» tönte es aus der Menge. «An die Rah mit ihnen!» – «Schmeisst sie über Bord!» – «Ja, über Bord, zu den Haien, jeder Strick ist zu schade!»

«Ruhe, Männer!» donnerte Visser. «Wir sind ein Schiff der Vereenigden Oostindischen Compagnie, bei uns an Bord gilt das Recht der Generalstaaten! ›Holland allezeit!‹ Die Gefangenen kommen vor ein holländisches Gericht, basta! Wir haben jetzt andere Sorgen: die Engländer suchen uns! Da werdet ihr nicht mehr lange zu warten brauchen.»

Da waren die Männer still und lauschten aufmerksam, was ihr Kapitän ihnen zu sagen hatte.

*

Danach hatten sich Visser, Scheepers und Vanstappen in der Messe über die Seekarte gebeugt und noch einmal das Für und Wider aller Überlegungen kritisch unter die Lupe genommen. Der Wind hatte nachgelassen, wie meistens in diesen Breiten, wenn die Sonne steigt, und hatte etwas nach Nordwest gedreht. Von oben, über ihren Köpfen, kam gelegentliches Gemurmel oder das schurrende Geräusch ziellos wandernder Füsse. Da oben wachten die Matrosen als Kanoniere am Kammerstück, der leichten Kanone, die auf dem Dach des Ruderhauses aufgebaut war. Ein gleiches Geschütz gab es auf dem Vorderdeck; es waren alte Geschütze und mit sehr geringer Leistung, eigentlich nur geeignet zur Stärkung der Moral von Männern, die noch nie gezwungen gewesen waren, damit auf einen Feind zu schiessen. Die Kanoniere waren sich über den Wert ihrer Geschütze auch im Klaren, besonders jetzt, nach der Rede des Kapitäns, war ihnen nicht wohl in ihrer Haut, und ihre Unruhe wuchs.

Doch die Unruhe der Kanoniere, die Hände des Rudergängers, die sich sacht auf den Speichen des Rades bewegten – das waren nur kleine, unbedeutende Geräusche in der seltsamen Stille, die über der *Den Helder* lag, eine dichte, fast greifbare Lautlosigkeit, die alles umgab und einhüllte wie ein Kokon. Die leisen Geräusche kamen und gingen, und hinterher war wieder die Stille da, noch tiefer und noch bedrohlicher als zuvor.

Es war eine Stille, wie sie bei grosser Hitze und steigender Feuchtigkeit der Luft entsteht. Es war die tote, matte Stille des östlichen Indischen Ozeans. Es war die Stille, die beim Warten entsteht, das die Nerven auf die Folter spannt, bis sie zerreissen. Aber dann wird aller Wahrscheinlichkeit nach alles zu Ende sein.

Drei Tage waren vergangen, seit die *Den Helder* die südliche Küste von Java backbords passiert hatte und sich an den Inseln Bali, Lombok und Sumbawa vorbeigeschmuggelt hatte. Sie hatten einen Taifun abgewettert und noch einen Schwenker gemacht, um die Leute von der *Modiadeen* herunter zu holen, und jetzt, in der Sawu-See, segelten sie noch immer unbemerkt auf Ostsüdostkurs. Im Inselgewirr zwischen Flores und Timor hätten sie vielleicht eine Chance, ihren Verfolgern zu entkommen.

Eine Woche hat sieben Tage, jeder Tag vierundzwanzig Stunden und jede Stunde sechzig Minuten. Und eine Minute kann eine lange Zeit sein, wenn man auf etwas wartet, das unwiderruflich kommen muss, wenn man weiss, dass man die Gesetze der Wahrscheinlichkeit immer unerbittlicher gegen sich hat und das Ende nicht mehr viel länger hinausgezögert werden kann. Eine Minute kann eine lange, lange Zeit sein, wenn die erste Kanonenkugel nur noch wenige Zeit auf sich warten lässt.

Doch die Engländer liessen sie warten. Sie liessen sie lange warten. Warum, war für Kapitän Visser völlig unbegreiflich, denn er war sich klar darüber, dass viele Schiffe nach ihnen suchten. Die einzige vage Hoffnung war die Vermutung, dass sie in der falschen Richtung suchten, nachdem die *Den Helder* ihren Kurs geändert hatte, um der *Modiadeen* zu Hilfe zu kommen, und dass die Engländer jetzt dabei waren, weiter im Süden zu suchen.

Was auch der Grund sein mochte, die *Den Helder* war jedenfalls allein, bewegte sich noch immer schlingernd unter einem leeren Himmel. Stechend und brennend stand die Sonne fast senkrecht über ihnen, und zum ersten Mal gestattete sich Kapitän Visser eine erste zaghafte Hoffnung, die Pantar-Strasse und die Inseln dort zu erreichen. Im Schutz der Dunkelheit könnten sie es dann vielleicht riskieren, auf einem gross ausholenden Bogenkurs das Java-Meer und

Batavia zu erreichen. Die Sonne rollte über den Zenit hinweg, Mittag ging vorbei, und die Zeit kroch weiter.

Doch dann, kaum ein Glasen nach Beginn der Mittagswache, war die Hoffnung zu Staub geworden und das lange Warten vorbei. Einer der Kanoniere auf dem Vorschiff hatte es zuerst gesehen: einen winzigen schwarzen Punkt in weiter Ferne im Westen. Einige Sekunden lang schien er dort stehenzubleiben, unbeweglich, bedeutungslos; doch dann waren es plötzlich zwei, nein drei Punkte, sie nahmen rasch an Grösse zu – und schon waren die Segel der feindlichen Flotte zu erkennen.

Visser liess seinen Atem in einem langen, lautlosen Seufzer entweichen und drehte sich zu Scheepers um. «Jetzt ist es so weit!»

«Jawohl, Kapitein. Jetzt haben sie uns gefunden. Tut mir leid, vor allem um Hinnerkje und Jeffrouw Cordula, aber jetzt erwischen sie uns.»

«Lasst den Kurs auf 30 Grad ändern, Vize», sagte Visser gepresst.

«Warum noch den Kurs ändern?»

«Englische Fregatten sind verdammt schnell; mit diesem Wind segeln sie raum, wir haben halben Wind. Vielleicht bringt's uns was – vielleicht auch nicht. Ist aber besser, als nichts tun. Dort im Nordosten, östlich von Flores, liegen auch Inseln. Möglicherweise dauert es dann noch eine Stunde länger, vielleicht erreichen wir Pantar oder Lomblen, vielleicht verschluckt uns auch die Nacht.» Kapitän Visser schaute grimmig zu den feindlichen Seglern hinüber. «Wir werden unsere Haut so teuer wie möglich verkaufen. Lasst das Schiff klar zum Gefecht machen.»

Honkes Bootsmannspfeife erschallte. Die als Kanoniere ausgebildeten Männer rannten aufs Batteriedeck; Hauptmann Zaltboom liess die Verzurrungen lösen und die Einsatzbereitschaft kontrollieren. Auf Deck befahl Jaap de Wet, Maat der Backbordwache «Hängematten herunter!» Die Seekadetten eilten in ihr Quartier, verstauten ihr Schlafzeug, verschnürten es mit einer Leine zu einer festen Wurst, dann trugen sie die Hängematten an Deck – zur Poop, zur Back oder wo es sonst als Palisade nützlich sein mag. Maat Jaap de Wet überwachte, dass sie sie fest an den Decksverankerungen der Webleinen, Wanten und Stagen stauten, bildeten sie doch so eine ausgezeichnete Barriere. «Runter, an die Geschütze!» brachte er dann die Seekadetten auf Trab.

Gleichzeitig war Lucius mit seinen Männern mit der Sicherung der Rahen beschäftigt, um sie vor dem Herabstürzen zu schützen, wenn das Schiff beschossen wird. Es könnte dadurch Manövrierunfähig werden und Mühe beim Wenden, Halsen, Ausweichen oder bei der Flucht bereiten. Die Rahen wurden durch starke Taue gesichert. Der Schiffszimmermann hielt auch das notwendige Material zur Reparatur der Takelage bereit, wo immer sie durch den Schuss des Feindes beschädigt werden konnte, und legte seine Pfropfen und Holzhammer bereit, um gefährliche Lecks, die in der Nähe der Wasserlinie entstehen könnten, zu dichten.

Derweil liess Artilleriehauptmann Zaltboom seine «Artilleristen» – sechs Matrosen als Geschützmeister und die Kadetten als Kanoniere – die Geschütze auf Trockenheit der Läufe und Luntenlöcher untersuchen und ob alles zur Verfügung stand, um die Stücke mit Pulver zu versehen, sobald der Kampf beginnen würde. Der Nachschub an Schiesspulver und Kugeln war Aufgabe der Kadetten. Mit Filzlatschen an den Füssen, um die Funkenbildung zu vermeiden, rannten sie zwischen dem Pulvermagazin und dem Batteriedeck hin und her, schleppten Pulver, Kartätschen und gehacktes Blei (für die gefürchteten Schrappnells) herbei, aber noch standen die Zwölfpfünder mittschiffs, denn noch war kein Befehl ergangen, auf welcher Schiffsseite – Backbord oder Steuerbord – die Geschützrohre durch die Stückpforten ausgefahren werden sollten. Oben an Deck sorgten die beiden Maaten dafür, dass die Segel richtig gebrasst waren und dass die Segelfläche mit der grösstmöglichen Schnelligkeit vergrössert oder verkleinert werden konnten. Leutnant Vanstappen hatte die Aufsicht auf Deck, und Fähnrich Terbrugge stand als Verbindungsmann zu Hauptmann Zaltboom beim achteren Niedergang, wo er die von der Kampanje ergehenden Befehle am besten nach unten schreien konnte.

Sie segelten mit halbem Wind auf Nordostkurs.

Kleiner
Gaffelkutter
in stürmischer
See

Kapitel 8: Der Untergang der *Den Helder*

Sie waren auf Sichtweite herangekommen, rot leuchteten die Uniformen der Seesoldaten in den Marsen und Webleinen, und die Feuerschlünde von mindestens sechzig Geschützen drohten zur *Den Helder* herüber. Auf den Achterdecks aller drei Schiffe standen Offiziere, die mit ihren Teleskoprohren die holländische Fleute beobachteten, der Wind trug den Trommelwirbel herüber,

Lasst die Stücke an Backbord ausfahren», gibt Visser durch. Die Männer, die die Geschütze bedienten, lösten die Laschungen und nahmen die Mündungspfropfen weg und rollten die Lafetten sofort zu den Stückpforten, die Kadetten bewegten die Riegel, öffneten sie, und schon zeigten die Rohre in Richtung der Feinde. Schnell die Kugelzangen, Handspaken, Ladestöcke, Schwämme, Pulverhörner, Lunten und Richtungstakel neben jedes Geschütz gelegt, Zaltboom wusste, dass die Männer vor jedem Kampf nervös sind, er beschäftigte die Männer, liess sie ihre Geschütze ›fertig zum Feuern‹ einrichten, aber die Schussweite einzustellen, war es noch zu früh. Sie hatten ihre Vorbereitungen getroffen, Offiziere und Besatzung standen auf ihren Plätzen bereit.

Die Engländer hatten sich nicht mit langen Vorreden aufgehalten. Der Wind wehte günstig für sie, und so konnten sie drei Stunden später das Feuer aus ihren Breitseiten auf die *Den Helder* eröffnen. Für die Zwölfpfündergeschütze der *Den Helder* lag die am besten geeignete Entfernung gerade noch innerhalb der Schussweite einer Muskete, doch die englischen vierundzwanzigpfündigen Bronzegeschütze trugen etwa eine Meile, und als die ersten Eisenkugeln herübergeflogen kamen, schlugen sie glücklicherweise eine halbe Kabellänge vor der *Den Helder* ein. Die Holländer wussten, dass sich die Feinde rasch einschiessen würden und dass diese Kaliber in günstiger Schussweite fünf Fuss dickes Holz durchschlugen. Sie wehrten sich verzweifelt, doch nicht ohne Erfolg: einer der Engländer ging in Flammen auf und explodierte. Der Schiffsfaktor Cluins schoss mit dem Kammerstück auf dem Vorschiff was das Zeug hielt, der Zweiten Offizier Swaart half ihm als Ladekanonier, und auf dem Achterdeck ballerte der Koch Mool mit Unterstützung Taak Hopes auf die Angreifer. Aber was richten zwei Kammerstücke und sechs leichte Geschütze gegen diese Übermacht aus? Zur Zerstörung von Masten und Takelung schossen die Fregatten Kettengeschosse, zwei durch eine Kette verbundene Kugeln, auf die *Den Helder*. In Leinwandsäcken eingeschlossene Eisenkugeln explodierten auf dem Deck und bis zur Rotglut erhitzte Eisenkugeln flogen als Brandgeschosse herüber. Als die Tropennacht hereinbrach, war die *Den Helder* nur noch ein zerschlagener, rauchender Trümmerhaufen, ein Schiff, dessen Geschütze verstummt waren, von dessen Besatzung fast alle im Sterben lagen oder schon gestorben waren. Ein Massaker, ein erbarmungsloses, unmenschliches Gemetzel, das nicht in erster Linie dem Schiff galt, sondern den Menschen, die darauf fuhren. Doch die Überlebenden auf der *Den Helder* sollten schon bald merken, dass der Gegner mit ihnen noch einiges vorhatte. Die Engländer, die offenbar nach sehr genauen Anweisungen operierten, hatten ihre Befehle ausgeführt, sie hatten ihre Angriffe auf den Rumpf, die Brücke, das Vorschiff und die Deckgeschütze konzentriert, das Kammerstück auf dem Kampanjedach hatte eine Sprenggranate mitsamt seiner Bedienung weggefegt, aber von allen

Angriffszielen hatte das Vorschiff am schwersten gelitten. Dort hatte es wahrscheinlich keine Überlebenden gegeben.

Visser und Scheepers lagen flach an Deck hinter den Schotten des Ruderhauses und halb betäubt von der Erschütterung der Detonationen. Scheepers richtete sich auf, langsam und mit äusserster Vorsicht, und spähte über die Glassplitter am unteren Rand des zertrümmerten Fensters nach draussen. Im ersten Augenblick war er verdutzt und konnte sich über die Position des Schiffes nicht so recht klarwerden, bis er dann an dem dunklen Schatten, den der Fockmast auf das Deck warf, erkannte, was geschehen war: die Den Helder , die rasch an Fahrt verlor und jetzt schon fast still lag, hatte sich um hundertundachtzig Grad gedreht, in die Richtung, aus der sie gekommen war. Und dann, fast gleichzeitig, sah Scheepers noch etwas anderes. Das Vorschiff brannte!

Die Flammen loderten hoch in die völlig unbewegte Luft, eine riesige Glutsäule. Der Vizekapitän starrte sekundenlang auf das Vorschiff und versuchte abzuschätzen, wie viel Zeit ihnen noch blieb. Doch das konnte man unmöglich genau sagen, nicht einmal ahnen. Vielleicht noch zwanzig Minuten, vielleicht auch dreissig – doch bestimmt nicht mehr als dreissig Minuten, dann würden die Flammen die Pulverkammer erreichen und die *Den Helder* in die Luft jagen.

Scheepers schüttelte den Kopf, kam mit dem Oberkörper hoch und sah sich in dem übel zugerichteten Ruderhaus um. Ausser ihm befanden sich vier Leute darin – und eben noch waren es nur drei gewesen. Obersteuermann Kruse war gerade in dem Augenblick angelangt, als die letzten Granaten explodierten. Er lag mit dem Bauch auf der Schwelle der Tür zum Kartenraum, hatte den einen Ellbogen aufgestützt und sah sich vorsichtig um. Er war nicht verletzt, wollte aber erst die Lage peilen, ehe er sich von der Stelle rührte.

Tamme de Vries, der Rudergänger, sass mit dem Rücken gegen das Ruder gelehnt und fluchte leise vor sich hin. Aus einem langen Riss auf seiner Stirn tropfte Blut auf seine Knie, doch er beachtete es nicht, sondern konzentrierte sich darauf, eine behelfsmässige Bandage um seinen linken Unterarm zu legen. Wie schlimm es ihn erwischt hatte, konnte Scheepers nicht feststellen; doch jeder neue Streifen, den er von seinem Hemd herunterriss, war, kaum dass er den Arm berührte, hellrot und blutgetränkt.

Bert Terbrugge lag hinten in der Ecke auf dem Rücken. Scheepers kroch zu ihm hinüber und hob seinen Kopf vorsichtig in die Höhe. Der Fähnrich hatte eine Schramme und eine Quetschung an der Schläfe, schien aber sonst unversehrt; er war bewusstlos, doch sein Atem ging ruhig und gleichmässig. Vorsichtig liess Scheepers seinen Kopf wieder auf das Deck sinken und sah dann zu Visser hinüber. Der Kapitän sass auf der anderen Seite der Brücke, mit dem Rücken gegen das Schott, die Hände rechts und links auf das Deck gestützt, und sah zu ihm her. Sieht ein bisschen blass aus, der Alte, dachte Scheepers; aber er ist schliesslich nicht mehr der Jüngste, nicht mehr so geeignet für eine Seefahrt unter diesen Bedingungen. Er deutete auf Terbrugge.

«Nur ohnmächtig, Baas. Hat genau solches Schwein gehabt wie wir auch. Alle noch am Leben, wenn auch nicht gerade übermütig vor Wohlbehagen.» Scheepers versuchte, munterer zu sprechen, als ihm zumute war.

Er hatte seinen Satz noch nicht beendet, als er sah, wie sich Visser vorbeugte, um aufzustehen; dabei presste er die Hände auf den Boden, dass seine Fingernägel weiss wurden. «Sachte, Mijnheer!» rief Scheepers laut. «Bleibt, wo Ihr seid. Da draussen lungern ein paar Burschen herum, die nur darauf warten, dass sich jemand zeigt.»

Visser nickte, entspannte sich, lehnte sich wieder mit dem Rücken hinten gegen das Schott und schloss kurz die Augen. Er sagte nichts. Scheepers sah ihn mit plötzlicher Sorge an. «Seid Ihr in Ordnung, Baas?»

Visser nickte nochmals und setzte zum Sprechen an. Doch es kamen keine Worte, nur ein sonderbares, rasselndes Husten, und plötzlich standen auf seinen Lippen helle Blutbläschen, Blut rann das Kinn hinunter und tropfte langsam auf sein Hemd. Scheepers war im nächsten Augenblick hoch, lief stolpernd durch das Ruderhaus und fiel vor dem Kapitän auf die Knie. Visser lächelte und wollte sprechen, doch es wurde wieder nur ein Husten und noch mehr Blut, hellrotes Blut, das in Kontrast zu der Blässe seiner Lippen stand. Seine Augen waren matt und glasig.

Eilig suchte Scheepers überall nach der Wunde. Zunächst konnte er nichts entdecken, doch dann sah er es plötzlich – er hatte es irrtümlich für einen der Blutstropfen gehalten, aber es war ein Loch – ein kleines, unscheinbares Loch, kreisrund, dessen Rand sich rötlich färbte. Fast genau in der Mitte der Brust. Es sass ungefähr zwei oder drei Zentimeter links vom Brustbein und fünf Zentimeter über dem Herzen.

Vorsichtig nahm Scheepers den Kapitän bei den Schultern und hob seinen Rücken sacht vom Schott weg. Dabei sah er sich nach dem Obersteuermann um, doch Honke kniete bereits neben ihm, und ein Blick auf sein bemüht ausdrucksloses Gesicht liess Scheepers erkennen, dass der Blutfleck auf der Hemdbrust des Kapitäns offenbar grösser wurde. Rasch, ohne dass Scheepers ein Wort gesagt hätte, hatte Honke sein Messer herausgeholt und das Hemd des Kapitäns hinten auf dem Rücken mit einem Ruck aufgeschlitzt, dann steckte er das Messer wieder weg, nahm die beiden Enden des zerschnittenen Stoffs in die Hände und riss das Hemd auseinander. Er musterte den Rücken des Kapitäns einen Augenblick prüfend, legte dann das auseinandergerissene Hemd wieder zusammen, hob den Blick zu Scheepers und schüttelte den Kopf. Genauso vorsichtig wie zuvor lehnte Scheepers den Kapitän wieder gegen die Wand.

«Erfolglos, meine Herren, wie?» Vissers Stimme war nur ein leises, mühsames Murmeln, ein Kampf gegen das Blut, das in seiner Kehle hochstieg.

«Es ist schlimm genug, aber so schlimm ist es auch wieder nicht.» Scheepers wählte seine Worte mit Bedacht. «Tut es sehr weh, Mijnheer?»

«Nein.» Visser schloss für einen Moment die Augen, dann machte er sie wieder auf. «Bitte, beantwortet meine Frage, Vize. Ist es ein Durchschuss?»

«Nein, Mijnheer.» Scheepers Stimme war sachlich. «Der Geschosssplitter muss wohl die Lunge angekratzt haben und hinten in den Rippen steckengeblieben sein. Bekendam wird ihn rausholen müssen.» Im Stillen dachte er, wenn der noch lebt.

«Ich danke Euch, Scheepers.» ›Angekratzt‹ war unverschämt milde ausgedrückt, doch sollte sich Visser darüber klar sein, so liess jedenfalls weder seine Stimme noch seine Miene etwas davon erkennen. Er hustete unter Schmerzen und versuchte dann zu lächeln. «Das Rausholen werden wir verschieben müssen. Wie steht es mit dem Schiff, Mijnheer Scheepers?»

«Es sinkt», sagte Scheepers. Er zeigte mit dem Daumen über die Schulter. «Ihr könnt die Flammen selbst sehen, Baas. Zwanzig Minuten noch, wenn wir Glück haben. Ihr gestattet, dass ich nach unten gehe?»

«Aber natürlich, selbstverständlich! Wo habe ich denn meine Gedanken!» Visser machte einen mühsamen Versuch, aufzustehen, doch Honke hielt ihn am Boden fest, sprach ihm mit sanftem Tonfall beruhigend zu und sah Hilfe suchend zu Scheepers hin. Doch die erhoffte Unterstützung kam nicht von Scheepers, sondern in Form einer Granate, die durch das Fenster über ihren Köpfen zischte und die Tür zum Kartenraum oben aus den Angeln schlug.

Visser leistete keinen Widerstand mehr, lehnte sich erschöpft gegen das Schott und sah mit einem halben Lächeln zum Obersteuermann auf. Dann drehte er den Kopf zur Seite, um etwas zu Scheepers zu sagen; doch Scheepers war schon aus dem Raum und machte gerade die Tür zum Kartenraum halb hinter sich zu. Von dort rutschte er auf der inneren Leiter nach unten und ging durch die Tür auf Steuerbordseite in die Messe. Als er hineinkam, sah er Looberghen neben der Tür am Boden sitzen, die Pistole in der Hand, unverletzt. Looberghen hob den Blick, als die Tür aufging.

«Ziemlich viel Lärm, Mijnheer Scheepers, das muss ich schon sagen. Ist es jetzt vorbei?»

«Mehr oder weniger. Mit unserem Schiff jedenfalls, aber einer der Engländer ist auch abgesoffen. Es sind noch zwei englische Fregatten draussen, die unserem ruhmvollen Untergang beiwohnen wollen. Sie halten sich auf Distanz und lassen nur hin und wieder einen Knaller auf uns los. Irgendwelchen Ärger gehabt?»

«Mit denen da?» Looberghen liess den Lauf seiner Pistole verächtlich über seine beiden Gefangenen gleiten; Surama sass ausdruckslos am Tisch, Tolam kauerte ängstlich bei den Sofas an der vorderen Wand auf dem Fussboden. «Die haben viel zuviel Angst um ihr eigenes, kostbares Leben.»

«Irgendeiner verletzt?»

Looberghen schüttelte bedauernd den Kopf. «Der Teufel meint es gut mit den Seinen, Mijnheer Scheepers.»

«Schade.» Scheepers war bereits auf dem Weg quer durch die Messe zu der Tür an Backbordseite. «Das Schiff sinkt. Wir haben nicht mehr viel Zeit. Bringt unsere Freunde hier nach oben – haltet euch dort zunächst im Gang auf. Und macht die Windschutztüren nicht auf.» Scheepers brach plötzlich ab und verharrte mitten im Schritt. Die hölzerne Klappe der Durchgabe von der Kombüse war von Treffern zersplittert. Von der anderen Seite konnte er das schwache, zitternde Schluchzen eines kleinen Kindes hören. Innerhalb von drei Sekunden war Scheepers aus der Messe und mühte sich mit der Klinke der Kombüsentür ab. Die Klinke liess sich herunterdrücken, doch die Tür ging nicht auf – möglicherweise abgeschlossen, noch wahrscheinlicher aber verbogen und verklemmt. Der Vize packte einen der barocken Stühle, hielt ihn vor sich als Rammbock und ging mit den Stuhlbeinen erbittert gegen die Kombüsentür los. Beim dritten Schlag sprang die Tür auf und drehte sich kreischend in ihren Angeln.

Das erste, was Scheepers undeutlich in sich aufnahm, war Rauch, Brandgeruch, ein Trümmerfeld zerschlagenen Geschirrs und ein geradezu überwältigender Genevergestank. Die hereinströmende frische Luft zerteilte rasch den Dunst, und jetzt konnte er die Krankenschwester sehen, die fast unmittelbar vor seinen Füssen an Deck sass. Cordula, das Gesicht blass und erschöpft, aber beherrscht. Scheepers liess sich neben ihr auf die Knie fallen.

«Der Kleine?» fragte er mit rauer Stimme.

«Macht Euch keine Sorge» Das Kind hatte sie in eine dicke Decke gewickelt; es sah mit grossen, ängstlichen Augen zu ihm heraus. Scheepers fasste mit der Hand hinein und fuhr ihm sanft durch das blonde Haar, dann stand er unvermittelt auf und entliess seinen Atem in einem langen Seufzer.

«Dem Himmel sei Dank.» Er sah lächelnd zu dem Mädchen hinunter. «Und Euch gleichfalls, Jeffrouw Cordula. Eine sehr schlaue Idee. Geht jetzt mit ihm nach draussen auf den Gang, ja? Hier drin kann man ja kaum atmen.» Er wandte sich zum Gehen, machte dann aber halt und starrte ungläubig auf das Bild vor seinen Füssen. Oberst Arenholt war gerade dabei, sich wiederaufzurichten. Der Genevergeruch, der von ihm ausging, war so stark, dass man hätte denken können, seine Kleider wären damit getränkt.

«Was zum Teufel ist hier eigentlich los?» fragte Scheepers eisig. «Könnt Ihr das Saufen nicht wenigstens einmal für fünf Minuten sein lassen, Arenholt?»

«Ihr seid sehr halsstarrig, junger Mann!» Die Stimme kam aus der hinteren Ecke der Kombüse. «Ihr solltet keine so voreiligen Schlüsse ziehen, besonders keine falschen. Der Schnapsgeruch kommt von den zerbrochenen Flaschen.»

Scheepers spähte durch die Dunkelheit. Er konnte eben noch den schmalen Umriss von Mevrouw Wendelina ausmachen, die mit sehr geradem Rücken vor dem Wandschrank sass. Ihr Kopf war über ihre Hände gebeugt, und das geschäftige Klicken der Nadeln schien unnatürlich laut. Scheepers starrte völlig fassungslos zu ihr hin.

«Was macht Ihr denn da, Mevrouw Wendelina?»

«Ich stricke, was denn sonst. Habt Ihr noch nie jemanden stricken sehen?»

«Stricken», murmelte Scheepers überwältigt. «Wenn die Engländer das sehen könnten!»

«Was redet Ihr da eigentlich?» fragte Mevrouw Wendelina spitz. «Ihr wollt mir doch hoffentlich nicht erzählen, dass Ihr auch die Nerven verloren hättet, wie dieser bedauernswerte junge Mann hier.»

Sie zeigte auf einen jungen Soldaten am Boden. Es war der kleine Hooger, der Seekadett. Mevrouw Wendelina legte ihr Strickzeug beiseite und sprach jetzt sehr schnell.

«Als die ersten Bomben fielen, versuchte dieser junge Mann, nach draussen zu kommen. Der Oberst schloss die Tür ab. Da machte er sich an der Tür zu schaffen; der Oberst wollte ihn abhalten – als die Geschosse einschlugen. Er hat wohl einen Nervenschock!»

Scheepers sah rasch zu Arenholt hin. Arenholt richtete sich auf. «Die Flasche zerbrach – muss einen Materialfehler gehabt haben. Schade um den Genever, sehr schade.»

«Begebt Euch bitte auch nach draussen.» Scheepers wandte sich um, als jetzt jemand hinter ihm zur Tür hereinkam. Es war Harm Jansen.

«Fehlt Euch nichts, Jansen?»

«Nein, Mijnheer, mir fehlt nichts.» Er sah bleich und mitgenommen aus, im Übrigen aber entschlossen und zielbewusst wie immer.

Scheepers war froh, Harm dazuhaben. «Bringt diese Leute hier nach oben auf das Deck – nein auf den Gang davor. Lasst sie nicht nach draussen aufs Deck.»

Harm lächelte: «Wir machen einen kleinen Ausflug, Mijnheer?»

«Ja, sehr bald. Geht jetzt nach oben, und passt auf, dass alle dortbleiben.»

Mit vier Schritten war er am Schott, das er vorsichtig öffnete. Wenige Sekunden später stand er draussen und sah über das Hauptdeck nach vorne. Die Hitze traf ihn wie ein Faustschlag und trieb ihm die Tränen in die Augen. Trotz der grimmigen Hitze war Scheepers erste instinktive Reaktion nicht, sein Gesicht mit den Händen zu schützen, sondern sich die Ohren zuzuhalten, denn das dumpfe Donnern des Brandes war nahezu unerträglich.

Das Feuer wurde durch den heftigen Luftstrom, der durch ein Loch im Deck nach unten strömte, wie durch einen Blasebalg angefacht. Selbst wenn sie noch das nötige Gerät zur Feuerbekämpfung und genügend Leute zu seiner

Bedienung gehabt hätten, auch dann wäre es ebenso selbstmörderisch wie schwachsinnig gewesen, es mit diesem Inferno aufnehmen zu wollen. Die Hitze hätte jeden Mann vernichtet, noch ehe er auf fünfzig Fuss heran war.

Scheepers machte die Tür zu und sah sich um. Sowohl die Kombüse als auch der Gang davor waren bereits leer. Harm Jansen hatte keine unnötige Zeit verloren. Rasch ging Scheepers den Gang entlang und quer durch die Messe zu der Treppe, die zur Kampanje hinaufführte. Dort traf er auf Arenholt, der sich damit abmühte, einen jungen Soldaten die Treppe hinaufzutragen. Scheepers half ihm schweigend, und oben kamen ihm Harm und Huismans entgegen, die ihm seine Last abnahmen.

«Habt Ihr Euren Haufen beieinander, Jansen?»

«Jawohl, Mijnheer. Mevrouw Wendelina packt ihren Koffer, als wollte sie für vierzehn Tage aufs Land.»

«Ja, die hat die Ruhe weg – kann einen direkt nervös machen.» Scheepers sah die Treppe hinunter. Surama und Tolam standen dort. Suramas braunes Gesicht war unbewegt. Scheepers sah Harm scharf an:

«Wo ist Looberghen?»

«Keine Ahnung. Habe ihn nicht gesehen.»

Eilig kletterte Scheepers runter und blieb vor Surama stehen. «Wo ist Looberghen?»

Surama zog die Schultern hoch, verzog die Lippen zu einem Lächeln und sagte nichts. Scheepers stiess ihm die Pistole in den Bauch, und das Lächeln verschwand aus dem braunen Gesicht. «Von mir aus könntet Ihr auch gleich sterben», sagte Scheepers freundlich.

«Er ist nach oben gegangen», antwortete Surama und zeigte mit dem Kopf in die Richtung. «Vor einer Minute.»

Scheepers drehte sich rasch um. «Habt Ihr eine Schusswaffe, Jansen?»

«Nein, Mijnheer.»

«Nehmt meine.» Looberghen hatte kein Recht, diese Burschen sich selbst zu überlassen. «Es braucht keine besonderen Gründe, um diese Bande zu erschiessen – der fadenscheinigste Vorwand würde genügen.»

Scheepers wandte sich ab, verharrte aber sofort und sah zurück. «Huismans, seht zu, ob Ihr meine Kabine noch erreichen könnt. Im grossen Schapp unter der Koje müsste Ihr nach meiner Notnavigationsausrüstung suchen. Ein Kistchen: ein Fuss hoch, genauso breit, knapp einen halben tief. Mahagoni, mit Walfischhaut überzogen. Ein wasserdichter Lederbeutel muss auch noch dort sein. Holt das Logbuch und tut es hinein!» Der Vize wartete nicht länger und stieg nach oben, wobei er jeweils drei Stufen auf einmal nahm, und rannte durch den Kartenraum in das Ruderhaus, Huismans eilte hinter ihm her, schnappte sich im Kartenraum das Logbuch, riss im Laufen eine Seekarte vom Tisch und verschwand. Fähnrich Terbrugge war inzwischen wieder bei Bewusstsein, er schüttelte den Kopf hin und her, um die Betäubung loszuwerden, hatte sich aber wieder soweit erholt, dass er dem Matrosen de Vries behilflich sein konnte, den Arm zu bandagieren. Honke sass noch beim Kapitän. «Habt Ihr Looberghen gesehen, Obersteuermann?»

«War vor einer Minute hier, Vize. Er ist nach oben aufs Dach gegangen.»

«Nach oben? Was um alles in der Welt …», setzte Scheepers an, brach dann aber plötzlich ab; es war keine Zeit zu verlieren. «Wie fühlt er sich, de Vries?»

«Habe eine verdammte Wut im Bauch, Mijnheer», sagte der Rudergänger, und so sah er auch aus. «Wenn ich bloss einen von diesen Hunden …»

«Schon gut, schon gut.» Scheepers lächelte kurz. «Er wird durchkommen, das sehe ich. Bleib Er hier beim Kapitän. Und wie steht es mit Euch, Fähnrich?»

«Wieder in Ordnung, Mijnheer.» Terbrugge war sehr blass. «Nur eine Schramme am Kopf.»

«Gut. Geht mit dem Obersteuermann, und inspiziert die Boote. Einige sind wohl hin.» Er unterbrach sich und sah zum Kapitän. «Sagtet Ihr etwas, Baas?»

«Ja.» Vissers Stimme war noch schwach, klang aber klarer als vorhin. «Noch irgendwelche Hoffnung, mein Junge?»

«Nein, nicht die geringste.» Scheepers wandte sich wieder an Terbrugge. «Falls noch zwei Boote brauchbar sind, dann nehmen wir beide.» Er sah zu Visser hin, der ihn fragend ansah. «Es ist besser, dass Surama und sein Gurgel-abschneider nicht mit uns in einem Boot sitzen, wenn es dunkel wird.»

Visser nickte stumm, und Scheepers fuhr fort: «Decken, Proviant, Wasser, Waffen und Munition, soviel ihr finden könnt. Auch Verbandszeug und Fa-ckeln. Alles das in das bessere Boot – mit dem wir fahren. Ist das klar, Fähn-rich?»

«Alles klar, Vize.»

«Noch etwas. Wenn ihr damit fertig sind, eine Tragbahre für den Kapitän. Und beeilt Euch! Wir haben höchstens noch zehn Minuten.»

Honke und der Fähnrich spurteten los. «Terbrugge!» rief ihm Scheepers nach. «Packt auch Eure Blinklampe und Karbid ein.»

«Jawohl, Mijnheer, das Karbid aber gut vor Nässe geschützt! Sonst fliegen wir noch in die Luft!»

Der ist ja wieder gut beieinander und kann schon wieder Witze reissen, dachte Scheepers und stieg steuerbords über das Süll der Tür. Draussen blieb er zwei oder drei Sekunden lang stehen, um die Lage zu peilen. Der Gluthauch des Brandes schlug ihm mit einer so sengenden Hitze entgegen, als stünde er vor der offenen Klappe einer Feuerung, doch er achtete nicht darauf. Die Hitze würde ihn nicht umbringen, noch nicht.

Er rannte los und war mit fünf Schritten unten an der Leiter, die zum Dach des Ruderhauses hinaufführte. Er nahm die ersten drei Stufen auf einmal und machte dann so plötzlich halt, dass er nach vorn gegen die Sprossen fiel. Oben war Looberghen erschienen, der sich soeben anschickte, über die restlichen Trümmer des Kammerstücks nach unten zu steigen; sein Gesicht und sein Hemd waren blutüberströmt, und er hielt Klaas de Boer, den er halb stützte, halb trug. Der Korporal war in einem sehr üblen Zustand, aber offensichtlich nicht gewillt, aufzugeben, solange er nicht bewusstlos zusammenbrach. Sein schmerzverzerrtes Gesicht war bleich unter der dunklen Bräune, und mit dem rechten Arm stützte er die Reste seines linken Unterarms, der grässlich verstümmelt in Fetzen herunterhing. Nur eine Granate konnte diese schreckliche Wirkung gehabt haben. Doch de Boer schien nur wenig Blut zu verlieren – Looberghen hatte ihm den Arm unmittelbar über dem Ellbogen abgebunden.

Scheepers stieg ihnen bis zur Hälfte der Leiter entgegen, ergriff den Verletzten und nahm Looberghen einen Teil der Last ab. Und dann, ehe er begriff, was geschah, trug er das ganze Gewicht, und Looberghen war wieder auf dem Weg nach oben.

«Wo wollt Ihr denn hin, Mann?» Scheepers musste brüllen, um das Prasseln des Brandes zu übertönen. «Da oben hat jetzt niemand mehr etwas verloren. Wir gehen in die Barkasse. Kommt herunter!»

«Muss nachsehen, ob da noch jemand am Leben ist», rief Looberghen zurück. Er rief noch irgendetwas anderes, und Scheepers meinte, gehört zu haben, dass es sich auf Schusswaffen bezog, war aber nicht ganz sicher. Durch das Donnern der Brände war Looberghens Stimme nur undeutlich zu hören, und Scheepers war mit seiner Aufmerksamkeit schon bei etwas anderem. Die Flammen erhellten die ganze Umgebung, durch den Rauch hindurch sah Scheepers kurz die hellen Segel einer der englischen Fregatten aufleuchten; das Schiff kam näher. Es bedurfte keiner besonderen Fantasie, um sich auszumalen, was für ein verlockendes Ziel sie hier oben bieten mussten. Scheepers fasste mit dem einen Arm den verletzten Korporal fester und deutete mit seiner freien Hand heftig hinaus auf See.

«Dazu ist es jetzt zu spät!» brüllte er. Looberghen war inzwischen am Ende der Leiter angelangt. «Habt Ihr keine Augen im Kopf, oder seid Ihr wahnsinnig geworden?»

«Passt lieber auf Euch selber auf, mein Freund», rief Looberghen und war verschwunden. Scheepers wartete nicht länger, er musste wirklich auf sich selber aufpassen, und zwar nicht zu knapp. Es waren nur wenige Schritte, nur ein paar Sekunden bis zu der Tür des Ruderhauses, doch de Boer hing jetzt völlig kraftlos in seinen Armen, und die englischen Kanoniere würden vielleicht nur noch wenige Sekunden brauchen. Die Pendeltür zum Ruderhaus war verklemmt, er bekam sie mit der linken Hand nur einen Spalt breit auf, doch dann wurde sie plötzlich von innen aufgerissen, der Obersteuermann zog de Boer herein, Scheepers machte einen Satz und warf sich flach an Deck. Er zuckte unwillkürlich zusammen, in Erwartung des betäubenden Schlags der

Geschützkugel, die jeden Augenblick in seinen Rücken schmettern musste. Und dann hatte er sich in sichere Deckung zur Seite gerollt. Aber es geschah nichts, kein Schuss war gefallen!

Scheepers schüttelte den Kopf, betäubt und ungläubig, und stand langsam wieder auf. Vielleicht hatten der Rauch und die Flammen dem Gegner die Sicht genommen, möglicherweise waren auch sie mit ihrem Munitionsvorrat am Ende. Doch das waren Fragen, die im Augenblick nicht mehr wichtig waren. Scheepers sah, dass Arenholt jetzt auf der Brücke war und Honke dabei half, den jungen Soldaten nach unten zu tragen. Fähnrich Terbrugge war fort, doch der Matrose de Vries war noch da und sass beim Kapitän. Dann ging die Tür zum Kartenraum auf, und von neuem erstarrte Scheepers Gesicht ungläubig.

Der Mann, der vor ihm stand, war fast nackt, nur bekleidet mit den verkohlten Resten dessen, was ursprünglich einmal eine blaue Hose gewesen war; diese restlichen Fetzen rauchten noch und glimmten an den Rändern. Die Brauen und das Haar waren versengt und gekräuselt, die Haut auf der Brust und an den Armen rot und verbrannt, der Brustkorb hob und senkte sich in raschen flachen Atemzügen, wie bei einem Mann, dessen Lungen solange keine Luft bekommen haben, dass er nicht mehr Zeit hat, durchzuatmen. Sein Gesicht war sehr bleich.

«Eekens!» Scheepers war auf ihn zugegangen und ergriff den Matrosen bei den Schultern, liess dann aber rasch wieder los, als der andere vor Schmerz zusammenzuckte.

«Wie um alles in der Welt ist Er denn ...»

«Da ist jemand eingesperrt, Mijnheer!» unterbrach ihn Eekens. «Im Batteriedeck.» Er sprach hastig und drängend, aber stossweise, er brachte nur ein oder zwei Worte zwischen zwei Atemzügen heraus. «War in Luv über Deck gerannt – überall war Feuer – landete beim Niedergang.»

Scheepers sah durch die geborstene Scheibe zum Bug. Wogende, wirbelnde Wolken schwarzen Rauchs stiegen hoch in den Himmel und wurden immer höher; sie endeten nicht in zuckenden Spitzen, sondern gingen oben auseinander, verbreiterten sich zu einem grossen Pilz. Unten allerdings, direkt über dem Deck, war fast kein Rauch, nur eine einzige Flammenwand, die mehr als zwanzig Fuss aufstieg und dann in einzelne Feuersäulen auseinanderbrach: wild züngelnde Flammen, die begierig aufwärts leckten, bis ihre flackernden Spitzen aufgeschluckt wurden von der wirbelnden Schwärze des Rauchs.

«Dort ist Er hergekommen?» fragte er ungläubig?

«Ja. Überall war Feuer. Hörte jemanden klopfen. Aber die Niedergangtür liess sich nicht öffnen.»

«Und da bekam Er es mit der Angst zu tun? War es so?» fragte Scheepers behutsam.

«Nein, Mijnheer, die Riegel waren verklemmt.» Eekens schüttelte erschöpft den Kopf. «Konnte sie nicht aufkriegen.»

«Aber da ist ein Hebel befestigt, zum Öffnen der Riegel», sagte Scheepers heftig. «Das weiss Er genauso gut wie ich.»

Der Matrose sagte nichts, sondern hielt ihm nur das Innere seiner geöffneten Hände hin. Scheepers erschrak. Auf den Handflächen war keine Haut mehr, nur das rote, rohe Fleisch, in dem das Weiss der Knochen zu sehen war.

«Grosser Gott!» Scheepers starrte auf diese Hände und sah dann wieder in die schmerzerfüllten Augen. «Verzeiht mir, Eekens. Geh Er jetzt nach unten, und warte Er dort auf dem Gang.» Er wandte sich rasch um, als er eine Hand auf seiner Schulter fühlte. «Looberghen! Ihr seid Euch hoffentlich klar, dass Ihr nicht nur ein verdammter Idiot seid, sondern ausserdem ein unverschämtes Schwein habt?»

Der hochgewachsene Schiffsfaktor legte zwei Gewehre und eine schwere Muskete, auch Munition auf das Deck und richtete sich wieder auf. «Ihr habt übrigens recht», sagte er ruhig. «Es war Zeitverschwendung – da lebt keiner mehr.» Er zeigte mit dem Kopf auf Eekens, der unterwegs war nach unten. «Ich habe gehört, was er sagte. Das ist das verdammte kleine Drecksloch unter der Back, nicht wahr? Ich werde hingehen.»

Scheepers sah einen Augenblick lang in die ruhigen braunen Augen, dann nickte er und sagte: «Kommt mit, wenn Ihr wollt. Vielleicht brauche ich Hilfe, um ihn herauszuholen, wer immer es sein mag.»

Im Gang unten trafen sie auf Terbrugge, der herankam, stolpernd unter dem Gewicht der Decken, die er auf den Armen trug. «Wie steht es mit den Booten, Fähnrich?» fragte Scheepers ihn rasch.

«Zwei sind zerstört, aber die Barkasse hat erstaunlicherweise kaum einen Kratzer. Man könnte direkt denken, die Engländer hätten sie absichtlich geschont.»

«Macht weiter, Fähnrich», brummte Scheepers. «Und vergesst nicht die Tragbahre.»

Unten auf dem Hauptdeck war die Hitze kaum zu ertragen, und beide Männer schnappten nach knapp zehn Sekunden heftig nach Luft. In den Laderäumen brannte es noch heftiger wie vor fünf Minuten, doch Scheepers nahm es nur ganz am Rande wahr. Er stand an der wasserdichten Tür zum Batteriedeck, auf die er mit dem Ende des langen Hebels schlug, das zum öffnen der Riegel diente. Der Schweiss tropfte von seiner Stirn, und sie versuchten, durch das Donnern der Flammen ein Zeichen von innen zu erlauschen. Sie konnten die Hitze des Decks durch die Sohlen ihrer Schuhe spüren. Und dann, so plötzlich, dass es den beiden Männern, obwohl sie mit solcher Spannung darauf gewartet hatten, einen Ruck gab, kam von der anderen Seite der Tür ein antwortendes Klopfen, sehr schwach, aber völlig unmissverständlich. Scheepers verlor keine weitere Zeit. Die Riegel gingen in der Tat sehr schwer auf, und es erforderte ein Dutzend kräftiger Schläge. Aus der dämmrigen Tiefe schlug ihnen ein Schwall heisser, übelriechender Luft entgegen. Scheepers und Looberghen kümmerten sich nicht darum und spähten hinunter in den wallenden Qualm des Batteriedecks. Dort war niemand zu sehen, aber dann erblickten sie deutlich das verschmierte, graue Haar eines Mannes, der die Leiter aus der Dunkelheit des Pumpenraums heraufkletterte. Einen Augenblick später stand der Mann neben ihnen an Deck, den einen Arm in instinktiver Abwehr vor das Gesicht gehoben, um sich gegen die Hitze der Flammen zu schützen. Er war von Kopf bis Fuss mit einer dicken Russschicht überzogen und das Weiss seiner Augen bildete einen fast komischen Kontrast in dem schwarzen, verschmierten Gesicht des Mannes.

Scheepers starrte ihn einen Augenblick an und sagte dann verblüfft: «Zaltboom!»

«So ist es», sagte der Hauptmann der Schiffsartillerie bedeutungsvoll. «Kein anderer – der gute, alte Zaltboom. Artilleristen sind keine gewöhnlichen Sterblichen! Ich kontrollierte gerade die Vorräte im Pulvermagazin, als uns ein gewaltiger Treffer erwischte und mir den Rückweg abschnitt. Das hat mich wohl gerettet, aber dann war ich eingesperrt. Wäre um ein Haar hin gewesen in meines Lebens Blüte.» Er wischte sich etwas Russ aus dem Gesicht. «Stimmt keine Klage an. Ihr habt mich wieder.»

«Kommt! Wir haben keine Zeit zu verlieren. Wir gehen ins Boot.»

Zaltboom schnappte keuchend nach Luft, während sie zur Brücke hinaufstiegen. «Wohin soll die Reise gehen?»

«So weit fort von diesem Schiff als möglich», sagte Scheepers grimmig. «Die *Den Helder* kann jetzt jeden Augenblick in die Luft fliegen.»

Zaltboom drehte sich um und legte die Hand über die Augen. «Das ist nur Holz, was da brennt, Gerrit, unten ist das Feuer noch nicht. Es besteht also die Möglichkeit, dass es noch eine Weile dauert.»

«Das Feuer kommt vom Vorschiff, da steht alles in Flammen. Wird von dort her bald die Pulverkammer erreichen!»

Da hallte ein dumpfes Rumpeln durch das ganze Schiff. Durch die Aufbauten lief ein heftiges, anhaltendes Zittern, die *Den Helder* schwankte und senkte sich so plötzlich nach achtern, dass das Deck unter ihren Füssen wegsackte. Scheepers griff nach einer Tür, um das Gleichgewicht nicht zu verlieren. Schon vorher war Eile dringend geboten gewesen; jetzt aber drängte die Zeit verzweifelt. Die Schotten waren geplatzt, das Zwischendeck lief voll Wasser und schon sank die *Den Helder* tiefer und tiefer.

«Jetzt wär's dort unten für Euch knapp geworden», murmelte Scheepers heiser.

«Auf, ins Boot, und nicht mehr gezögert», rief Zaltboom. «Holland allezeit! Noch kam das Ende meines Lebens nicht.»

Doch Eile war ein zweischneidiges Schwert, und Scheepers war sich nur allzu klar darüber, dass unangebrachte Hast bei den ungeübten Passagieren nur eine Panik hervorrufen würde oder bestenfalls Verwirrung, und beides würde verzögernd wirken. Eine unschätzbare Hilfe waren Honke und Looberghen, die die Passagiere an ihre Plätze brachten, die Verwundeten in die Barkasse hoben und unten zwischen die Duchten legten, wobei sie ihnen die ganze Zeit aufmunternd zuredeten.

Die Hitze war unerträglich. Das Atmen wurde zur Qual, die heisse Luft schien die Kehlen zu verengen, und besonders Eekens hatte schreckliche Schmerzen auszustehen, als die heisse Luft seine verbrannte Haut traf. Am besten von allen hatte es der kleine Hinnerkje in seiner Wolldecke.

Sofort wurde die Barkasse zu Wasser gelassen. Weniger als eine Minute später rutschte Scheepers, der als letzter von Bord ging, an der Rettungsleine nach unten. Das Rettungsboot war bis an den Rand vollgepackt mit Passagieren und Ausrüstung, und er machte sich klar, wie schwierig es sein würde, die Riemen auszubringen und vom Schiff wegzupullen. Doch es ging besser als er erwartet hatte; bald waren sie ein gutes Stück von der Bordwand der *Den Helder* entfernt und pullten in respektablem Abstand in weitem Bogen um den Bug herum. Die Hitze der Flammen war noch immer so gross, dass sie ihnen in die Augen stach und in der Kehle brannte. Doch dann steuerte Scheepers das Boot geradeaus auf die See hinaus, bemüht, in möglichst kurzer Zeit einen möglichst grossen Abstand von der *Den Helder* zu gewinnen.

Fünf Minuten vergingen, gut eine Viertel Meile lag hinter ihnen, und noch immer geschah nichts. Die *Den Helder* brannte wie eine hochauflodernde Fackel. Die Flammen auf dem Vorschiff waren deutlich zu sehen und der Rauch verwehte in der Finsternis der Nacht.

Endlich bemerkten sie das Wunder: sie waren alleine! Weit und breit war nichts von den englischen Fregatten zu sehen, und die Schiffbrüchigen der *Den Helder* waren die einzigen, die zusahen, wie ihr Schiff starb.

Der Tod kam dann seltsam gedämpft. Eine weisse Flammensäule stieg auf, unmittelbar hinter der Brücke, hob sich hoch in den Himmel und verschwand dann ebenso plötzlich wie sie gekommen war. Und noch während sie verschwand, kam ein leises, dumpfes, langanhaltendes Rumpeln über das schweigende Meer; das Echo hallte über das Wasser und verging allmählich in der Ferne, und dann war nur noch Schweigen. Rasch und ruhig, ja mit einer gewissen Würde glitt die *Den Helder* sacht unter den Meeresspiegel, ohne Schlagseite, ein müdes, schwerverwundetes Schiff, das ausgehalten hatte, solange es konnte, und froh war, zur Ruhe zu gehen. Die Menschen im Rettungsboot konnten das leise, rasch erstickte Zischen hören, als das Wasser in die glühenden Räume strömte, konnten sehen, wie die Spitzen der schlanken Masten im Wasser verschwanden; dann blubberten ein paar grosse Blasen und es gab nur noch ein paar schwimmenden Planken oder sonst irgendein Treibgut. Es war, als hätte es die *Den Helder* niemals gegeben.

Kapitän Visser wandte den Kopf und starrte bugvoraus in die Dunkelheit des Meeres, das Gesicht wie versteinert, die Augen trocken und ohne jeden Ausdruck. Fast alle in der Barkasse sahen zum Kapitän hin, offen oder heimlich, doch er schien es nicht zu bemerken: ein Mann, versunken in völliger, achtloser Gleichgültigkeit.

«Unveränderten Kurs, Mister Scheepers, bitte.» Seine Stimme war leise und heiser, doch das lag nur an dem Blut und an seiner Schwäche. «30 Grad, wenn ich mich recht erinnere. Unser Ziel bleibt das gleiche.»

Brennnder Rahsegler

Kapitel 9: Katz und Maus

Stunden vergingen, endlos gedehnte Stunden unter einem blauen, windstillen Himmel, aus dem die tropische Sonne herab brannte. Kapitän Visser, der fünfzehn Jahre in diesen Gewässern hinter sich hatte, kannte den Archipel genau. Die einzige Unbekannte in der Rechnung waren die Engländer oder ihre japanischen Söldner. Vielleicht konnten sie nach Norden in die Flores-See gelangen und dann im Westen holländisches Einflussgebiet erreichen. Das war durchaus nicht unmöglich, besonders, wenn der Passat wiedereinsetzte und ihnen behilflich war.

Doch jetzt im Augenblick wehte kein Passat, nicht einmal das leiseste Lüftchen. Die Sonne stand schon niedrig am Himmel, war aber immer noch stechend heiss; Scheepers hatte beide Segel als Sonnenschutz ausbringen lassen, die Fock für den vorderen Teil des Bootes, das Grosssegel für die Mitte und achtern. Doch auch unter diesem Schutzdach war die Hitze noch drückend. Es gab auch keine Möglichkeit, sich Kühlung zu verschaffen, indem man ins Wasser sprang, da auch die Wassertemperatur nur wenig unter ihrer Körpertemperatur lag. Die Passagiere wären auch zu schwach gewesen, den Schwimmern wieder ins Boot zu helfen, denn das Dollbord ihrer Rettungsbarkasses lag viereinhalb Fuss über den Wasserspiegel. Sie konnten nichts weiter tun, als rudern oder im Schatten der Segel matt und schlaff zu liegen oder zu oder sitzen, zu leiden und zu schwitzen – und zu beten, dass die Sonne untergehen möge.

Einige dachten auch an das, was hinter ihnen lag. Sie hatten nicht nur ihr Schiff verloren, viele ihrer Kameraden sind darin gestorben, darunter der Zweite Offizier Swart, Schiffsarzt Bekendam, der Zweite Steuermann de Vroom, Schiffsfaktor Cluins, die Seekadetten Dirk Vermullen, Caspar de Veen, Pieter Dauwers und Abel Trois, die Matrosen Taak Hope, den van Houten vor der afrikanischen Küste auspeitschen liess, und Cees Tollenaar, der für Hope mutig Partei ergriffen hatte. Tot war Jaap de Wet, der Maat der Backbordwache, der als Profos geamtet hatte, Pieter Mool, der Koch, war tot, ebenso der Schiffszimmermann Lubinius und Klaas Julius Meeuv, der wegen ein bisschen Schafblut an der Hose des Unterleutnants im Kabelgatt eingeschlossen wurde. Von der einunddreissigköpfigen Besatzung der *Den Helder* waren achtzehn tot – verbrannt, erschossen oder ertrunken. Und von den siebzehn Schiffbrüchigen der *Modiadeen* sind nochmals acht mit der Fleute untergegangen.

Warum sind sie eigentlich von Amsterdam losgeschickt worden? Überlebende von Ambon retten? Alles vergebens, unnötig und nutzlos. Das Ganze war ein Schlag ins Wasser! Die Reise unnütz, sinn- und wirkungslos! Kaum Flüchtlinge von Ambon gerettet! Viele Kameraden verloren! Das Schiff verloren! Aber zwei der Halsabschneider und Piraten sassen mit ihnen in diesem elend kleinen Rettungsboot.

Scheepers, der hinten auf der Ruderbank sass, die Pinne in der Hand, liess seinen Blick langsam über die Insassen des Bootes schweifen, nahm ihre körperliche Verfassung in sich auf, ihre leblose Unbeweglichkeit, und presste die Lippen zusammen. Für eine Fahrt in einem offenen Boot, in den Tropen, Hunderte, nein Tausende von Meilen entfernt von jeder Hilfe und umgeben vom Feind und von Inseln, die der Feind vielleicht schon besetzt hatte, hätte er sich schwerlich Passagiere aussuchen können, die ungeeigneter waren für die Bedienung des Bootes, und mit denen die Aussicht, durchzukommen, geringer war. Es gab natürlich Ausnahmen, Männer wie Honke und Looberghen, auch ein paar andere, beispielsweise Lucius, Huismans und Jansen; doch was den Rest anging.

Ausser ihm befanden sich zwanzig Leute an Bord. Davon waren, soweit es sich darum handelte, mit dem Boot zu manövrieren oder es zu verteidigen, nur wenig eindeutige Aktivposten: Honke, durch nichts zu erschüttern, jeder Lage gewachsen, mit unerschöpflichen Reserven, zählte für zwei. Vanstappen war ein tüchtiger Mann und sicher eine grosse Hilfe. Looberghen, eine für ihn im Übrigen unbekannte Grösse, hatte bereits Proben seines Mutes und seines Wertes im Falle der Gefahr abgelegt. Lucius, der Maat, war ein Seemann und Kämpfer; auf ihn war sicher Verlass. Über Terbrugge liess sich schwer etwas sagen; er war noch ein halber Junge, immerhin war es möglich, dass er sich anhaltenden Strapazen gewachsen zeigte, doch das musste man abwarten. Enno Huismans, der Seekadett, und Harm Jansen, der immer noch bleich und mitgenommen aussahen, würden trotz ihrer Jugend sehr brauchbar sein, sobald sie sich wieder erholt hatten. Und das war eigentlich auch schon alles, was auf der Habenseite zu verbuchen war. Das waren, Scheepers mitgerechnet, gerade acht Mann.

Seekadett Hooger schien sich von seinem Nervenschock soweit erholt zu haben, dass er wenigstens für sich selber sorgen konnte und niemandem mehr zur Last fiel. Dasselbe galt auch für Bram Zaltboom; es gab gewiss keinen gefälligeren und redlicheren Mann als ihn, doch wenn er nicht bei seinen Geschützen und Kanonieren oder bei seinen geliebten Büchern war, so gab es ungeachtet seiner geradezu rührenden Hilfsbereitschaft dennoch keinen hilfloseren und unbrauchbareren Menschen als den gütigen Hauptmann. Der sonderbare, rätselhafte Arenholt hatte sich an diesem Nachmittag sonderlich hervorgetan, möglicherweise konnte man ihn zu den Brauchbaren rechnen. Der Kapitän, Rudergänger de Vries, Bootsmann Klaas de Boer und Vollmatrose Eekens waren so schwer verwundet, dass sie praktisch keine Hilfe waren. Der junge Soldat Folkert war so nervös und unruhig wie immer. Sein starrer, ängstlicher Blick sprang ruhelos und pausenlos von einem Bootsinsassen zum andern, während seine Handflächen unablässig auf seinen Oberschenkeln hin und her fuhren, als ob er verzweifelt versuchte, sie an seinen Hosen sauber zu wischen. Blieben nur noch die beiden Frauen und der kleine Hinnerkje - und wenn jemand die Chancen der ungleichen Wette noch weiter verschlechtern wollte, dachte Scheepers bitter, so waren da immer noch die Halsabschneider Surama und Tolam. Die Aussichten waren, alles in allem genommen, nicht rosig.

Der einzige in den beiden Booten, der glücklich und unbeschwert war, das war der kleine Hinnerkje. Er hatte nichts weiter an als sehr kurze, weisse Trägerhosen, schien weder unter der Hitze noch unter sonst etwas zu leiden, sprang unentwegt auf der Ruderbank auf und ab, und musste jede Minute ein Dutzend Mal davor gerettet werden, über Bord zu fallen. Vertrautheit erzeugt Vertrauen, und der Kleine hatte auch seine frühere Furcht vor den übrigen Mitgliedern der Crew weitgehend überwunden, traute aber Scheepers immer noch nicht so ganz. Jedes Mal, wenn Scheepers, der auf seinem Platz an der Ruderpinne dem Kleinen am nächsten sass, ihm ein Stück Schiffszwieback hinhielt, dann sah Hinnerkje ihn mit scheuem Lächeln an, beugte sich vor, schnappte sich den Zwieback, wich wieder zurück und ass ihn auf, während er mit gesenktem Kopf Scheepers von unten her misstrauisch musterte. Doch wenn Scheepers die Hand ausstreckte, um ihn anzufassen oder gar festzuhalten, drückte er sich ängstlich an Cordula, die auf der Ruderbank an Steuerbordseite sass, und hielt sich mit seiner kleinen schmierigen Hand in ihrem schimmernden schwarzen Haar fest.

Was mit dem Kind geschehen würde, wenn die Engländer oder Japaner sie schliesslich erwischten, brannte noch heftiger in ihm als zuvor. Und sie würden sie erwischen. Scheepers hatte von Anfang an nicht den geringsten Zweifel, und er wusste, dass sich Kapitän Visser gleichfalls darüber klar war, ungeachtet seines ermutigenden Geredes, dass sie Mammare, Lomblen, Pantar oder Alor ansteuern wollten, um von dort aus Java zu erreichen. Die Engländer oder Japaner konnten sie jederzeit, sobald sie nur wollten, finden und holen. Unbegreiflich war dabei einzig und allein, warum sie es nicht schon längst getan hatten. Scheepers fragte sich, ob sich die anderen dessen bewusst sein mochten, dass die Stunden der Freiheit und Sicherheit gezählt waren, jedenfalls liessen sie sich äusserlich nichts davon anmerken.

Alle hatten, ohne zu murren, schwer gearbeitet, um die Wolldecken und den gesamten Proviant möglichst ordentlich zu verstauen, hatten auf Kosten der eigenen Bequemlichkeit Platz gemacht für die Verwundeten – von denen, obwohl sie zweifellos heftige Schmerzen ausstanden, nicht ein Ton der Klage zu hören gewesen war –, hatten alle Anordnungen von Scheepers willig befolgt und mit heiterer Miene ihre unbequem eingeengten Plätze eingenommen. Die Krankenschwester, überraschenderweise und mit grossem Geschick assistiert von Oberst Arenholt, hatte sich fast zwei Stunden lang um die Verwundeten bemüht und ihre Sache wirklich gut gemacht. Honke hatte mit dem zur Ausrüstung des Rettungsbootes gehörenden Beil und seinem Seemannsmesser innerhalb von zehn Minuten aus einem Bodenbrett Schienen für Klaas de Boers zerschmetterten Arm hergestellt, die ihren Zweck vollkommen erfüllten.

Als nach alledem jeder seinen Platz in der Barkasse gefunden oder zugewiesen erhalten hatte und eine gewisse Ruhe eingekehrt war, in der jeder seinen Gedanken nachzuhängen begann, besann sich Scheepers seiner Pflicht als Befehlshaber. Natürlich war Kapitän Visser nach wie vor der ranghöchste Offizier, aber der Vizekapitän machte sich nichts vor: Visser hatte schlechte Karten, seine Überlebenschancen waren gering und er, Scheepers, wird die letzte Verantwortung tragen müssen. Suchend sah er sich um. «Huismans?»

«Mijnheer?» Der Kadett hockte neben seinem Freund Harm Jansen irgendwo am Boden der Barkasse.

«Der Navigationskoffer! Habt Ihr ihn?»

«Jawohl, Mijnheer!» Enno erhob sich, Harm reichte ihm das Kistchen und den kleinen Ledersack, dann kletterte der Seekadett, vorsichtig über die am Boden liegenden Verwundeten steigend, langsam nach achtern zu Scheepers an der Ruderpinne. Der rückte zur Seite und nahm ihm den Lederbeutel ab. «Setzt Euch hier neben mich.»

Huismans klemmte sich auf den schmalen Sitz und legte das Kistchen auf seine Knie.

«Öffnet es!» befahl der Vize.

Die Walfischhaut schützte den Behälter zuverlässig vor Nässe, und als Enno ihn aufklappte, sah man innen das rötlich-polierte Mahagoniholz; ein Doppelfalz an Bodenteil und Deckel sorgte dafür, dass Wasser nicht schnell einzudringen vermochte. In der Kiste lag zuunterst, am Boden mit Schiebern arretiert, ein kleiner Jakobsstab aus Messing, in einem runden Lederköcher steckte ein Handkompass, an einer der Seitenwände war ein ausziehbares Fernrohr befestigt, an der anderen eine Einglasensanduhr, im Deckel wurde eine kleine Schiefertafel, ein Griffel und einer dieser neumodischen Bleiweissstifte, mit denen man Papier beschreiben konnte, von schmalen Riemchen gehalten. Scheepers kontrollierte alles mit raschem Blick. «Sehr gut!» kommentierte er und hob den verschnürten Lederbeutel in seiner Hand leicht an. «Und hierin ist das Logbuch?»

«Jawohl, Mijnheer!» Enno knöpfte an seiner Jacke herum, langte in sein Hemd und zog ein gefaltetes, allerdings auch etwas verknittertes Papier heraus. «Da ist noch eine Karte – ich hoffe, es ist die richtige.»

Vizekapitän Visser zog verwundert die Augenbrauen hoch, nahm die Karte ab und entfaltete sie. «Mann, Huismans! Flores, Timor, Tanimbar Kep und ein Zipfel Neuholland! Das ist ja fantastisch! Mann, das habt Ihr gut gemacht.»

Enno errötete. «Nur Euren Befehl erfüllt, Mijnheer.»

«Natürlich, Huismans. Trotzdem, wäre ja möglich gewesen, dass Ihr meine Kabine nicht mehr hättet erreichen können – Feuer oder Wassereinbruch. Nun können wir wenigstens unsere Breite und den Mittag feststellen.» Scheepers sah auf. «Leutnant Vanstappen?»

Henk Vanstappen sass unweit vom Bug und hob die Hand, um sich bemerkbar zu machen. «Mijnheer?»

«Ich nehme das Teleskoprohr und den Bleiweissstift. Alles andere geht an Euch. Der Mittag ist schon vorbei, aber macht morgen das Mittagsbesteck. Müsst die Sonnendeklination halt selber ausrechnen; die gültige Tabelle ist auf der *Den Helder* geblieben.»

«Mijnheer Scheepers.» Enno sagte es zaghaft.

«Ja?»

«Dürfte ich vielleicht . . .»

«Was? Das Mittagsbesteck?»

«Ja, Mijnheer, die Mittagsbreite. Im Unterricht war ich nicht schlecht. Mijnheer Vanstappen kann ja eine Kontrolle machen – ich meine, zur Sicherheit.»

Scheepers sah zu Vanstappen hin, der Leutnant nickte. «Ja», bestätigte er, «im Unterricht hat Huismans seine Sache optimal gemacht.»

«Also gut, Huismans, probiert es. Wollt ja Seeoffizier werden. Mal sehen, ob Vanstappen mit Euch zufrieden ist. Aber den Kompass soll Vanstappen an sich nehmen.»

«Danke, Mijnheer!» Enno nahm alles wieder an sich und kletterte glücklich an seinen Platz zurück.

Scheepers nestelte an der Verschnürung des Lederbeutels, nahm das Logbuch heraus und schlug es auf. Der letzte Eintrag lautete: «27. April 1668, acht Uhr vor dem Mittag. *Den Helder* segelt mit schwachem Wind auf Kurs ESE. Versuchen die Inseln um Pantar zu erreichen. – Elf Uhr: Windstille. Liegen bekalmt in ruhiger See. Hoffentlich haben unsere Verfolger auch keinen Wind.»

Mit dem Stift begann er zu schreiben: «Am 27. April des Jahres 1668 griffen drei englische Fregatten unser Schiff Den Helder gegen vier Uhr nach dem Mittag auf zirka 10 Grad Süd und geschätzten 125 Grad Ost an; wir konnten in einem Feuergefecht eine der Fregatten in Brand schiessen, worauf sie explodierte. Bald stand auch die Den Helder in Flammen und versank innerhalb dreissig Minuten. Neunzehn Mann der Besatzung und acht Überlebende von der Modiadeen verloren ihr Leben. Die Überlebenden gingen in das einzige noch verbliebene Rettungsboot, und zwar gesamthaft 21 Personen: 18 Männer, zwei Frauen und ein Kind.» Er zählte gewissenhaft alle Namen auf, erwähnte auch Art und Schwere der Verletzungen, und schloss: «Möge uns der gütige Herrgott ein gnädiger Retter sein. Scheepers, Vizekapitän.»

*

Mevrouw Wendelina war einfach grandios. Es gab kein anderes Wort dafür. Sie war geradezu genial in ihrer Fähigkeit, Situationen und Umstände auf ein beruhigendes Normalmass zu reduzieren, und sie benahm sich so, dass man hätte denken können, sie habe ihr ganzes Leben in einem offenen Boot zugebracht. Sie nahm die Dinge, wie sie waren, machte aus allem das Beste, und ihre autoritative Fähigkeit, andere zu veranlassen, es ebenso zu machen, war mehr als ausreichend. Sie war es, die die Verwundeten in Decken einwickelte und ihnen Schwimmwesten als Kopfkissen unterlegte; wenn einer nicht parieren wollte, so zankte sie ihn aus wie ein unartiges kleines Kind - und bei keinem hatte Mevrouw Wendelina es nötig, ihn ein zweites Mal auszuschelten. Sie hatte die Leitung übernommen und wachte darüber, dass die Verwundeten alles, was sie ihnen anbot, bis auf den letzten Happen aufassen und bis zum letzten Schluck tranken. Sie entriss auch Arenholt seinen Koffer, verstaute ihn unter ihrem Sitz, ergriff das Beil, das Honke aus der Hand gelegt hatte, und machte dem vor Wut kochenden Oberst unmissverständlich und mit zornig funkelnden Augen klar, dass es mit dem Trinken für ihn aus und vorbei sei: der Inhalt des Koffers, den er gerade hatte anzapfen wollen, sei von nun an ausschliesslich für medizinische Zwecke reserviert. Und danach hatte sie, es war nicht zu fassen, aus ihrem eigenen kleinen Koffer Nadeln und Wolle hervorgeholt und sich in aller Ruhe darangemacht, weiterzustricken. Und sie war es auch, die jetzt dasass, ein Brett auf den Knien, und Käse und Brot säuberlich in Scheiben schnitt, Zwieback, Zucker und Wasser verteilte, und den ernst dreinschauenden Honke herumkommandierte, der es sorgfältig vermied, zu lächeln. Sie hatte den Obersteuermann kurzerhand zu ihrem Kellner gemacht; so als sei er eines ihrer zuverlässigeren, aber nicht allzu intelligenten Schulkinder. Grandios, dachte Scheepers, während er sich nach besten Kräften bemühte, eine ebenso ernste Miene zu machen wie der Obersteuermann, einfach grandios.

Mevrouw Wendelinas Stimme wurde plötzlich scharf und um eine Oktave höher. «Mijnheer Honke! Was um alles in der Welt macht Ihr denn da?» Der Obersteuermann hatte die letzte Ration Brot auf die Bodenbretter fallen lassen und war neben ihr in die Knie gesunken; er spähte unter dem Rand des Sonnensegels hervor nach draussen und achtete nicht auf Mevrouw Wendelina, die ihre Frage wiederholte. Sie wiederholte sie ein drittes Mal, erhielt noch immer keine Antwort, presste die Lippen zusammen und stiess dem Obersteuermann mit dem Griff des Messers kräftig in die Rippen. Das wirkte.

«Wollt Ihr Euch vielleicht einmal ansehen, was Ihr da angerichtet habt? Er ist ein ungeschickter Tölpel!» Ärgerlich zeigte sie mit der Messerspitze auf Honkes Knie: darunter lag, fast plattgedrückt, ein halbes Pfund Käse.

«Tut mir leid, Mevrouw Wendelina.» Der Obersteuermann stand auf, rieb sich geistesabwesend die Reste von der Hose und drehte sich zu Scheepers herum. «Segel, backbord querab!»

Scheepers warf ihm aus plötzlich schmalgewordenen Augen einen raschen Blick zu, beugte sich vor und starrte unter dem Sonnensegel hinaus nach Westen. Auch ohne das Fernrohr zu benutzen hatte er das Schiff augenblicklich entdeckt: es war deutlich am Horizont zu sehen.

Scheepers zog den Kopf wieder zurück und warf einen Blick zum Kapitän hin. Kapitän Visser lag auf der Seite, entweder schlafend oder in einer Ohnmacht. Doch um festzustellen, was von beiden es war, dafür war jetzt keine Zeit.

«Nehmt das Segel herunter, Obersteuermann!» sagte er rasch. «Jansen, helft ihm dabei. Los, los! – Fähnrich?»

«Mijnheer?» Terbrugge war bleich, machte aber im Übrigen einen eifrigen und durchaus zuverlässigen Eindruck.

«Schusswaffen – je eine für Sie, den Oberst, den Obersteuermann, Looberg-hen, Vanstappen und mich. Wir werden uns nicht widerstandslos fangen lassen.» Er sah Arenholt an. «Könnt Ihr damit umgehen?»

«Das will ich meinen!» Arenholt, dessen blassblaue Augen selbstbewusst funkelten.

Terbrugge hatte bevor sie in das Boot gingen noch Zeit gefunden, die Waffen in Ölpapier und ein Segeltuch zu wickeln; jetzt wurden sie eilig hervorgeholt. «Sind alle geladen», sagte der Fähnrich, bückte sich und zog die schwere Munitionskiste unter einer Ducht hervor. Sie war innen mit Blech ausgeschlagen; die Pulverhörner und Kugelbeutel befanden sich ordentlich in ihren Halterungen.

Scheepers sandte ihm einen dankbaren Blick. «Kontrollieren!» befahl er.

Der Oberst streckte die Hand nach der Muskete aus. «War vor Jahren Regimentsmeister im Zielschiessen.» Er hatte das Schloss mit einer raschen, fachmännischen Bewegung gespannt. «Alles bestens!» stellte er fest und nahm die schwere Donnerbüchse zärtlich in die Arme, legte an und sah begierig dem sich nähernden Segler entgegen: ein altes Streitross, das begeistert den Geruch der Schlacht witterte. Bei aller Eile fand Scheepers doch noch Zeit, über diese völlige Verwandlung gegenüber vorher zu staunen; es war, als hätte es den Mann, der sich dankbar und eilig in die Sicherheit der Pantry geflüchtet hatte, nie gegeben. Diese Verwandlung war ebenso unglaubhaft wie unbestreitbar; ganz im Hintergrund seines Bewusstseins hegte Scheepers den vagen Verdacht, dass die Inkonsequenz des alten Offiziers nur allzu konsequent sein könne, dass seinem sonderbaren Benehmen möglicherweise ein ganz bestimmter, wenn auch sorgsam verborgener Plan zugrunde lag. Doch das war nur eine Vermutung; er wurde aus dem Ganzen nicht schlau. Was auch immer die Erklärung sein mochte, jedenfalls war jetzt nicht die Zeit vorhanden, danach zu suchen.

«Haltet die Gewehre so, dass man sie nicht sieht», sagte Scheepers scharf. «Und die andern legen sich flach ins Boot, so tief wie möglich.»

Er hörte den jungen wütend protestieren, als die Schwester ihn neben sich auf die Bretter zog, und verbannte entschlossen jeden Gedanken an ihn aus seinem Bewusstsein.

Das fremde Schiff hielt weiterhin genau auf sie zu und war inzwischen bis auf etwa eine halbe Meile heran. Es war eine Galiot, eines von diesen schnellen Zweimastern: vorne Klüversegel und Aussenklüver, am Grossmast eine breite Rah über einem Gaffelsegel und zwischen dem gaffelbestückten Besan und dem Grossmast waren Stagsegel gesetzt.

Scheepers zog das Fernrohr aus und setzte es ans Auge. «Englische Flagge! Ein Schiff der sechsten Klasse: hundertzwanzig Fuss, zwei Decks, mehrere Geschütze, eine Drehbrasse! Ein kleines Kanonenboot, sehr wendig!»

Arenholt legte die Muskete an. «Möchte dem Burschen gerne eine blaue Bohne 'rüberjagen.»

«Nichts werdet Ihr tun», knurrte Scheepers.

«Verdammt noch mal, er ist schliesslich ein Feind, oder nicht?» Arenholt atmete aufgeregt. «Ein Schuss auf den Rudergänger – oder in sein Heckruder! Vielleicht wäre er dann manövrierunfähig.»

«Ihr werdet nichts dergleichen tun, Johan Arenholt.» Mevrouw Wendelinas Stimme war kalt, scharf und gebieterisch. «Ihr benehmt Euch wie ein Idiot, wie ein unvernünftiges Kind. Legt augenblicklich dieses Gewehr aus der Hand.»

Arenholt wurde klein und unter ihrem eisigen Blick und der beissenden Schärfe ihrer Zunge. «Wozu in ein Wespennest stechen?» rief Mevrouw Wendelina. «Ihr schiesst auf ihn, und was geschieht? Die knallen mit ihren Kanonen auf uns, und die Hälfte von uns ist tot. Leider gibt es keine Möglichkeit, sicherzustellen, dass Ihr dann gleichfalls zu dieser Hälfte gehört.»

Scheepers hatte Mühe, ernst zu bleiben. Wo und wann diese Reise zu Ende gehen würde, das wusste er nicht; doch für die Dauer der Reise versprach die heftige Antipathie, die zwischen Arenholt und Mevrouw Wendelina bestand, vergnügliche Unterhaltung; die beiden hatten die ganze Zeit noch kein einziges freundliches Wort gewechselt.

«Also, hört einmal, Wendelina.» Die Stimme des Obersts klang halb wütend, halb besänftigend. «Ihr habt kein Recht . . .»

«Nennt mich gefälligst nicht Wendelina», sagte sie eisig. «Und legt jetzt endlich das Gewehr weg. Keiner von uns hat den Wunsch, auf dem Altar Eurer reichlich späten Tapferkeit und Eures unangebrachten martialischen Eifers geopfert zu werden.» Sie bedachte ihn mit einem kalten, strafenden Blick und drehte dann ostentativ den Kopf beiseite. Das Thema war erledigt und Arenholt ausreichend geduckt.

«Ihr und der Oberst, Ihr kennt Euch wohl schon ziemlich lange?» fragte Scheepers.

Ihr eiskalter Blick richtete sich für einen Moment auf Scheepers, und er dachte schon, er sei zu weit gegangen. Doch dann presste sie die Lippen zusammen und nickte. «Ja, sehr lange. Viel zu lange für meinen Geschmack. Er war Kommandeur eines Regiments auf Borneo, das ist lange her, aber ich bezweifle, dass seine Soldaten ihn jemals zu sehen bekommen haben. Er wohnte praktisch im Bandjermasin-Club. Natürlich dauernd betrunken.»

«Beim Himmel, Madame!» rief Arenholt. Seine buschigen, weissen Augenbrauen zuckten heftig. «Wären Sie ein Mann . . .»

«Ach, haltet doch den Mund» unterbrach sie ihn. «Wenn Ihr Euch derart oft wiederholt, kann einem direkt übel werden.»

Arenholt brummte wütend vor sich hin, doch niemand achtete mehr darauf, da sich plötzlich alle Aufmerksamkeit auf die Galiot richtete. Sie änderte Galiot ihren Kurs, segelte nur drei Kabellängen vor dem Bug der Schiffbrüchigen vorbei und entfernte sich nach Nordosten.

«Ihr könnt die Gewehre beiseite legen», sagte Scheepers ruhig. «Und alle können sich wieder auf die Bänke setzen. Dieser komische Knabe trachtet uns nicht nach dem Leben.»

«Das scheint mir nicht ganz sicher.» Arenholts Blut war in Wallung geraten, und es behagte ihm nicht, dass er darauf verzichten sollte, das feindliche Schiff über Kimme und Korn seiner Muskete anzuvisieren. «Ich traue diesen Brüdern nicht über den Weg!»

«Das tut keiner von uns», sagte Scheepers. «Aber ich glaube, dass sie es zwar auf uns abgesehen haben, uns aber lebend haben wollen. Der Himmel mag wissen, warum. Warum wir für die Engländer so wichtig sein sollten, kann ich allerdings nicht ahnen. Freuen wir uns einstweilen unseres Glücks.»

Looberghen hatte seine Waffe bereits weggepackt. «Dieser Kahn hält nur Fühlung. Er wird uns nichts tun, Oberst.»

«Vielleicht, und vielleicht auch nicht.» Arenholt blickte dem sich enfernenden Segler zweifelnd nach.

«Was mag dieses Manöver wohl zu bedeuten haben?» Die Frage kam von Kapitän Visser, und seine Stimme klang so kräftig und klar wie noch nie seit seiner Verwundung. «Sehr sonderbar, findet Ihr nicht auch, Mijnheer Scheepers?»

Scheepers sah lächelnd zu ihm hin. «Ich dachte, Ihr schlaft noch, Mijnheer. Wie fühlt Ihr Euch jetzt?»

«Hungrig und durstig. Oh, besten Dank, Mevrouw Wendelina.» Er streckte die Hand nach der Tasse aus, zuckte schmerzlich zusammen, und sah dann wieder zu Scheepers hin. «Ihr habt meine Frage noch nicht beantwortet.»

«Verzeihung, Mijnheer. Schwer zu sagen. Ich habe den Verdacht, dass sie Katz und Maus mit uns spielen.»

«Eure Vermutungen haben die unangenehme Eigenschaft, meist verdammt genau zuzutreffen, viel zu genau für meinen Geschmack.» Kapitän Visser versank in Schweigen und biss in ein Stück Brot.

Eine weitere halbe Stunde verging, und die blutrote Sonne sank rasch senkrecht hinunter auf die Kimm der spiegelglatten See, die gegen den undeutlichen Horizont im Osten farblos und dunkel wurde, sich aber nach Westen als weite, regungslose Fläche zinnoberrot bis zu dem fernen Ball der untergehenden Sonne erstreckte. Nach vorne war das Meer nicht völlig spiegelblank – zwei winzige Inselchen, dunkel in der untergehenden Sonne hingestreckt, unterbrachen den Glanz des Wassers. Rechts davon, ein kleines Stück nach Steuerbord und etwa vier Meilen in nördlicher Richtung, begann eine niedrige, langgestreckte Insel unmerklich über die stille Oberfläche des Meeres emporzusteigen.

Kurze Zeit, nachdem sie diese grössere Insel gesichtet hatten, war die englische Galiot am Horizont verschwunden. Terbrugge sah mit hoffnungsvoller Miene zu Scheepers hin. «Der Wachhund macht Feierabend, meint Ihr nicht auch, Mijnheer? Will wahrscheinlich nach Hause und zu Bett.»

«Leider nein, Fähnrich.» Scheepers zeigte mit dem Kopf in die Richtung! «Da ist tausend Meilen weit nichts als Wasser, und dann kommt Madagaskar – und das ist nicht die Gegend, wo diese Burschen zu Hause sind.» Er sah zu dem Kapitän hin. «Was meint Ihr, Kapitein?»

«Ihr habt wahrscheinlich wieder einmal recht, hol Euch der Teufel.» Kapitän Vissers Lächeln nahm seinen Worten alles Beleidigende, doch dann erstarb das Lächeln langsam. «Ja, Ihr habt recht, Mijnheer Scheepers», sagte er leise. Mühsam und unter Schmerzen drehte er sich auf seinem Sitz herum und starrte voraus. «Was würdet Ihr sagen, wie weit diese Insel dort entfernt ist?»

«Zwei und eine halbe Meile, Mijnheer – oder auch drei.»

«Eher drei.» Kapitän Visser wandte den Kopf. «Worauf tippt Ihr, Gerrit?» fragte Visser leise.

Scheepers verzog das Gesicht, während er hinüberstarrte zu der Ruderbank, wo Hinnerkje und Jeffrouw Cordula zusammenspielten und miteinander lachten; auch das Mädchen schien unbekümmert, als gebe es für sie auf der ganzen Welt keine Sorge. Kapitän Visser folgte der Richtung seines Blicks und nickte langsam.

«Ja, Gerrit, geht mir ganz genauso. Das belastet mich auch, man braucht die beiden nur anzusehen, und das Herz tut einem weh.» Kapitän Visser nickte bedächtig. «Vielleicht sollten wir doch unsere Gefangennahme – hm – noch ein wenig hinausschieben, wie? Die Daumenschrauben noch ein Weilchen rosten lassen? Ich finde, der Gedanke hat einiges für sich, Gerrit.» Er schwieg und sagte dann nach einer Weile mit ruhiger Stimme: «Mir scheint, ich sehe da was.»

Scheepers hatte sofort das Fernrohr am Auge. Er sah hindurch, erhaschte einen kurzen Blick auf ein Fahrzeug, dessen niedriger Rumpf am Horizont sichtbar war und auf dessen Aufbauten das goldene Licht der untergehenden Sonne schimmerte. Er setzte das Teleskop ab, rieb sich die Augen und sah nochmals hin. Nach einigen Sekunden reichte er es schweigend und mit ausdruckslosem Gesicht dem Kapitän. Visser sah eine Weile hindurch und gab es Scheepers zurück. «Sieht nicht so aus, als ob wir das Glück auf unserer Seite hätten, wie? Teilt es den anderen mit, bitte. Wenn ich versuche, mich verständlich zu machen, dann habe ich das Gefühl, es würde mir ein Bündel Angelhaken die Kehle raufgezogen.»

Scheepers nickte und wandte sich um. «Tut mir leid für uns alle, aber ich fürchte, da kommt neuer Ärger auf uns zu. Es ist ein weiteres Kanonenboot, und es kommt rasch näher, als ob wir überhaupt keine Fahrt machten. Wäre es eine halbe Stunde später aufgetaucht, dann hätten wir es vielleicht bis zu der Insel dort geschafft.» Er deutete Bug voraus. «So aber wird es uns bereits eingeholt haben, noch ehe wir halbwegs dort sind.»

«Und was glaubt Ihr, Mijnheer Scheepers, wird dann geschehen?» Mevrouw Wendelina sprach mit so viel Beherrschung, dass ihre Stimme fast gleichgültig klang.

«Kaptain Visser vermutet – und ich stimme darin mit ihm überein –, dass man uns gefangen nehmen will.» Auf Scheepers Gesicht erschien ein etwas krampfhaftes Lächeln. «Ich kann im Augenblick nur so viel sagen, Mevrouw Wendelina, dass wir versuchen werden, uns nicht gefangen nehmen zu lassen. Aber das wird nicht einfach sein.»

«Das wird unmöglich sein», sagte Looberghen, der vorn im Bug sass, und seine Stimme klang kalt. «Das ist ein Kanonenboot, Mann. Was wollen wir mit unseren Spielzeuggewehren gegen eine kanonenbestückte Galiot ausrichten?»

«Ihr würdet also vorschlagen, dass wir uns ergeben?» Scheepers erkannte die Logik dessen, was Looberghen sagte, und er wusste auch, dass diesem Mann Angst fremd war – dennoch hatte er ein heimliches Gefühl der Enttäuschung.

«Weshalb sollten wir glatten Selbstmord begehen – was Ihr vorschlagt, würde nichts anderes bedeuten.» Looberghen schlug mit dem Ballen seiner Faust sacht gegen das Dollbord, um die Richtigkeit seines Arguments zu unterstreichen. «Es wird sich uns später bestimmt eine bessere Chance bieten zu fliehen.»

«Ihr kennt offenbar die Engländer nicht», sagte Scheepers. «Dies ist nicht nur die beste Chance, die uns jemals geboten wird – es ist auch unsere letzte.»

«Und ich sage, dass Ihr Unsinn redet!» Loobergens Gesicht drückte Feindschaft aus. «Ich schlage vor, Mijnheer Scheepers, dass wir darüber abstimmen.» Er sah sich im Boot um. «Wer ist dafür . . .»

«Schweigt! Und redet kein dummes Zeug!» sagte Scheepers barsch. «Sie sind hier nicht in einer politischen Versammlung, Looberghen. Sie befinden sich an Bord eines Schiffs der Vereenigden Oostindischen Compagnie, und derartige Schiffe unterstehen nicht der Leitung eines Komitees, sondern der Autorität eines einzigen Mannes – des Kaptains. Kaptain Visser sagt, dass wir Widerstand leisten – und damit basta.»

«Der Entschluss des Kaptains steht also fest?»

«Allerdings.»

«Bitte um Entschuldigung.» Looberghen neigte den Kopf. «Ich beuge mich der Autorität des Kaptains.»

«Gut.» Scheepers, der immer noch ein leichtes Unbehagen verspürte, wandte seinen Blick von Looberghen ab und richtete ihn auf die Galiot. Sie war nur noch knapp eine Meile entfernt und in allen Einzelheiten deutlich erkennbar.

«Ja», sagte Kapitän Visser, «die Zeit geht zur Neige, Gerrit. In fünf Minuten haben sie uns eingeholt.»

Scheepers betrachtete die Engländer aufmerksam. «Wenn sie uns an Bord nehmen wollen, dann müssten wir bei ihnen längsseits gehen. Keines der beiden Geschütze lässt sich so weit senken, dass es uns dort erreichen könnte.» Er biss sich auf die Lippen und starrte voraus. «In zwanzig Minuten wird es dunkel sein – und bis sie uns stoppen, sind wir annähernd auf eine halbe Meile an die Insel heran. Es ist eine Chance, allerdings eine verdammt geringe Chance, aber immerhin . . .» Er hob von neuem das Fernrohr an die Augen, sah zu der Galiot hinüber und schüttelte dann langsam den Kopf. «Diese Kanone!»

Er verstummte, und seine Finger trommelten heftig auf das Dollbord. Er sah ein wenig geistesabwesend den Kapitän an. «Erschwert die Sache ziemlich, findet Ihr nicht auch, Mijnheer?»

«Habe eben nicht ganz mitgekriegt, was Ihr meint, Gerrit.» Kapitän Vissers Stimme klang bereits wieder erschöpft. «Mein Kopf ist leider nicht in einem besonders guten Zustand für derartige Überlegungen. Aber falls Ihr einen Plan habt . . .»

«Ja, habe ich. Vollkommen verrückt, aber es könnte klappen.» Scheepers erklärte es ihm eilig und winkte dann Vanstappen heran, der die Ruderpinne an den Obersteuermann abgab und zu ihnen herüberkam. «Ihr raucht nicht, Leutnant, oder doch?»

«Nein, Mijnheer.» Vanstappen sah Scheepers an, als habe er jemanden vor sich, der nicht mehr ganz zurechnungsfähig ist.

«Dann werdet Ihr heute Abend damit anfangen.» Und zu Lucius gewandt, rief er: «Maat, hat er seine Tabakspfeife gerettet?»

«Natürlich, Erster!» Verwundert zog Lucius sie aus der Hosentasche.

«Tabak und Zündhölzer?»

«Auch das!» Er überreichte alles Scheepers. Der gab es an Vanstappen weiter und erteilte ihm einige rasche Instruktionen. «Ihr geht ganz nach vorn, noch vor Looberghen. Und vergesst nicht: alles hängt von Euch ab.»

«Ich habe Zigarren!» Der Oberst sagte es laut und ganz ruhig.

«Was?»

«Ja, Zigarren»

«Typisch!» fauchte Mevrouw Wendelina. «Genever und Zigarren! Immer noch wie im Bandjermasin-Club.»

Scheepers fuhr dazwischen, bevor Arenholt wieder aufbrauste: «Oberst, würdet Ihr bitte einen Augenblick herkommen? Und bringt die Zigarren mit.»

Arenholt erhob sich, stieg schwerfällig über mehrere Ruderbänke und nahm bei Scheepers und Kapitän Visser Platz. Scheepers sah ihn ein oder zwei Sekunden lang schweigend an und sagte dann ernsthaft: «Ihr könnt also wirklich mit einer schweren Muskete umgehen, Oberst?»

«Aber ja, Mann!» grunzte der Oberst indigniert. «Ich habe das blöde Ding sozusagen erfunden.»

«Und wie steht es mit Eurer Treffsicherheit?»

«Scharfschütze!» antwortete Arenholt lakonisch. Er sprach jetzt völlig anders als sonst, genauso ruhig wie Scheepers, nicht nur sachlich, auch überzeugend.

«Na gut», sagte Scheepers hastig. «Was ich von Euch möchte, ist folgendes.» Seine Instruktionen für Arenholt waren rasch und gedrängt, und genauso knapp erteilte er seine Befehle den übrigen Insassen des Bootes. Es war keine Zeit mehr für umständliche Erklärungen und Rückfragen, um sicherzustellen, dass seine Anweisungen von allen genau begriffen worden waren: der Feind war schon fast heran.

Im Westen war der Himmel noch farbig, er erstrahlte in Rot und Orange und Gold, die Wolkenbänke am Horizont standen in Brand, doch die Sonne war untergegangen, im Osten war der Himmel grau, und die plötzliche Dunkelheit der tropischen Nacht verbreitete sich rasch über das Meer. Das Kanonenboot schob sich achtern an die Backbordseite heran, düster, bedrohlich in der zunehmenden Dämmerung, ein dunkler Umriss im weisslichen Phosphoreszieren der See.

Sie vernahmen Befehle, die Fock des Kanonenboots wurde back gesetzt und die Heckgaffel nach Backbord ausgeschwenkt, um den Rumpf zum Rettungsboot zu bewegen; alle anderen Segel wurden blitzartig geborgen. Die bösartige, dunkle Mündung der grossen Kanone auf dem Vorschiff ging nach unten und schwenkte langsam nach achtern, während sie erbarmungslos, Elle um Elle der Bewegung des kleinen Rettungsbootes folgte. Und dann kam vom Kommandodeck des Kanonenboots ein scharfes, unverständliches Kommando und sein Rumpf schnurrte an den Fendern des Rettungsbootes entlang.

Scheepers liess seinen Blick rasch über das Deck und den Kommandostand des Kanonenboots gleiten. Die grosse Kanone auf dem Vorschiff zeigte in ihre Richtung, aber über ihre Köpfe hinweg, wie er vermutet hatte; tiefer konnte das Rohr nicht mehr gesenkt werden. Das leichte Geschütz achtern war gleichfalls auf sie gerichtet – und es zielte mitten in ihr Boot; in diesem Punkte hatte er sich verrechnet, aber das war eben ein Risiko, das sie auf sich nehmen mussten. Auf der Poop lauerten drei Mann, von denen zwei bewaffnet waren – ein Offizier mit einer Pistole, und ein Matrose, der etwas in der Hand hielt, das wie eine Muskete aussah – weitere fünf oder sechs Matrosen standen an Deck, offensichtlich Japaner, aber nur einer davon war bewaffnet. Als Empfangskomitee war das erschreckend genug, trotzdem weniger, als er erwartet hatte. Die Barkasse war in letzter Minute nach steuerbord abgefallen – ein Manöver, mit dem er die Absicht verfolgt hatte, dass sie bei dem Kanonenboot an der Steuerbordseite längsseits gingen, wodurch sie selbst im Halbschatten der Dunkelheit auf der Ostseite blieben, während die Engländer sich als Silhouette gegen das Abendrot der untergegangenen Sonne abhoben.

Scheepers hatte schon befürchtet, dass diese plötzliche Kursänderung den englischen Kommandanten misstrauisch gemacht haben könnte; doch sie hatten es offenbar für einen von panischer Angst eingegebenen Fluchtversuch gehalten, dessen Aussichtslosigkeit ihnen im nächsten Augenblick bereits klargeworden sei. Ein Rettungsboot stellte ohnehin für niemanden eine Bedrohung dar.

Das Kanonenboot und das Rettungsboot bewegten sich immer noch mit einer Fahrt von etwa zwei Knoten, als vom Deck des Kanonenboots eine Leine geworfen wurde und in den Bug des Rettungsboots fiel. Terbrugge griff automatisch danach und sah nach hinten zu Scheepers.

«Ja, Fähnrich, dann belegt mal den Tampen», sagte Scheepers bitter und resigniert. «Was könnten wir schon mit unseren Fäusten und ein paar Taschenmessern gegen diese Übermacht ausrichten?»

«Sehr vernünftig, ausserordentlich vernünftig.» Der Offizier lehnte über den Rand der Poop; er hatte die Arme verschränkt, und der Lauf seiner Waffe lag auf seinem linken Oberarm. Sein Holländisch war gut. «Jeder Versuch zum Widerstand wäre unangenehm, meint Ihr nicht?»

«Schert Euch zum Teufel!» brummte Scheepers.

«Aber, aber! Welcher Mangel an Höflichkeit – der typische Holländer.» Der Offizier schüttelte bekümmert den Kopf und amüsierte sich offenbar königlich. Doch dann richtete er sich plötzlich auf und fixierte Scheepers über den Lauf seiner Pistole. «Nehmt Euch in Acht!» Seine Stimme war wie das Knallen einer Peitsche.

Ohne jede Hast vollendete Scheepers die Bewegung, die er angefangen hatte: er entnahm dem Kistchen, das Bram Zaltboom ihm hinhielt, langsam eine Zigarre; der Hauptmann riss ebenso langsam ein Streichholz an, hielt es dem Vize hin, dessen Gesicht beim Aufflackern beleuchtet wurde, und warf dann das Streichholz über Bord.

«Ach so! Natürlich!» Der Offizier lachte kurz und verächtlich. «Der stoische Holländer! Obwohl ihm die Zähne klappern vor Angst, muss er immer noch Haltung zeigen – zumal vor den Augen seiner Mannschaft. Und da noch einer!» Vorn, im Bug des Rettungsbootes, wurde das gesenkte Gesicht Vanstappens, der die Tabakspfeife zwischen den Lippen hielt, hell von dem brennenden Streichholz in seiner Hand beleuchtet. «Bei allen Göttern, das ist ergreifend, wirklich ergreifend.» Der Ton seiner Stimme änderte sich abrupt. «Jetzt aber genug mit diesem Unfug. Augenblicklich an Bord – alle Mann!» Er hob die Pistole gegen Scheepers. «Ihr zuerst.»

Scheepers stand auf, stützte sich mit dem einen Arm gegen den Rumpf des Kanonenboots und hielt den andern fest an die Seite gepresst.

«Was zum Teufel habt ihr eigentlich mit uns vor?» rief er laut, fast schreiend, mit einem sehr glaubwürdig klingenden Beben in der Stimme. «Wollt ihr
uns alle umbringen? Uns foltern? Uns in eins von euren verdammten Gefange-
nenlagern schleppen?» Er schrie es, sein Schreien war jetzt ernst, und in seiner
Stimme war Furcht und Erbitterung: Vanstappen hatte sein Streichholz nicht
über Bord geworfen, und das zischende Geräusch vorn im Bug war lauter, als
er gedacht hatte.

«Warum erschiesst ihr uns nicht gleich, statt uns erst . . .»

Aus dem leisen Zischen vorn im Bug des Rettungsbootes wurde plötzlich
und unvermittelt ein lautes, wütendes Fauchen, eine doppelte Leuchtspur stieg
funkensprühend und rauchend in den dunkelnden Himmel, zischte in einem
Winkel von etwa sechzig Grad über das Deck des Kanonenboots, und dann er-
strahlten mehr als 200 Fuss über dem Wasser zwei weissglühende Flammen-
bälle, als die Leuchtsignale der beiden Notraketen des Rettungsbootes fast im
gleichen Augenblick zündeten. Es war menschlich, dem unwillkürlich und un-
widerstehlichen Impuls nachzugeben und nach den beiden Raketen zu starren,
die hoch oben am Himmel leuchtend explodierten. Auch die Besatzung des Kanonenboots bestand aus Menschen. Gleich Puppen in den Händen eines Pup-
penspielers, drehten sie die Köpfe nach oben, und bis zum letzten Mann starben
sie in dieser Stellung, den Rücken halb zu dem Rettungsboot gewandt und den
Kopf in den Nacken gelegt, während sie in den Himmel starrten.

Das Krachen der Musketen, Gewehre und Pistolen erstarb, das Echo der
Schüsse hallte über die glasige See und verstummte in der Ferne.

Scheepers gab mit lauter Stimme das Kommando, sich im Boot hinzulegen.
Noch während er es rief, rollten zwei tote Matrosen vom Deck des Kanonenboots herunter und fielen krachend hinten in das Heck des Rettungsboots. Der
eine drückte mit seinem Gewicht Scheepers flach gegen die Bootswand, der
andere rollte, mit den leblosen Armen und Beinen wie mit Dreschflegeln um
sich schlagend, geradewegs auf den kleinen Hinnerkje und die Schwester zu.
Doch Honke war schneller: das zweimalige Aufklatschen auf das Wasser klang
fast wie ein einziger Ton.

Eine Sekunde verging, zwei Sekunden, drei Sekunden. Scheepers kniete im
Boot und starrte nach oben, die Hände zu Fäusten geballt, während er in fieberhafter Spannung wartete. Er hörte das Scharren eiliger Füsse und hastiges, heftiges Stimmengemurmel bei der Kanone. Eine weitere Sekunde verging, und
noch eine. Er richtete sich auf, stieg auf das Dollbord und blickte vorsichtig auf
das Deck der Galiot, ob da vielleicht noch jemand am Leben war. Er machte
sich keine Illusionen über dem Mut der Engländer. Doch alles war still, still wie
der Tod. Der Offizier hing schlaff über den Rand, seine baumelnde Hand hielt
noch immer krampfhaft die Waffe fest – ein Schuss aus Scheeperss Pistole hatte
ihn erwischt; die, beiden anderen waren nicht zu sehen, wahrscheinlich lagen

sie tot auf dem Poopdeck. Auf dem Orlopdeck in der Mitte des Seglers lagen vier formlose Bündel in groteskem Durcheinander. Von dem Matrosen, die das leichte Geschütz achtern bedient hatten, war nichts zu sehen: Arenholt hatte ihn über Bord geblasen.

Die Spannung wurde unerträglich. Das Rohr der schweren Kanone, das wusste Scheepers, liess sich nicht weit genug senken, um das Boot zu erreichen. Er drehte sich rasch zu Zaltboom herum.

«Rudert los. Und dann wendet so schnell wie möglich. Wir sind durch die Poop gegen diese Kanone da gedeckt, wenn wir

Seine Worte vergingen im Dröhnen des Abschusses. Es war eigentlich kein Dröhnen, sondern ein kurzer, heftiger Knall, der wie ein Messer gegen das Trommelfell stach und in seiner Intensität fast betäubend war. Aus der Mündung des Rohres zuckte bösartig eine lange, rote Flamme hervor, fast bis herunter zu dem Rettungsboot. Die Granate schlug ins Meer, wirbelte einen dünnen Vorhang aus Gischt auf und liess einen dichten Wasserstrahl aufsteigen, der fünfzehn Meter hoch in den Himmel stieg. Dann war das Echo verhallt, der Rauch hatte sich verzogen, und Scheepers, der seinen Kopf hin und her schüttelte, um die Betäubung loszuwerden, begriff, dass sie noch lebten, und dass die Engländer mit wütendem Eifer dabei waren, erneut zu laden; und da wusste er, dass der Augenblick gekommen war.

«Oberst!» Er konnte sehen, wie Arenholt aufstand. «Nicht eher schiessen, als bis ich es sage.» Im Bug knallte ein Gewehr, und Scheepers blickte rasch nach vorn.

«Nicht getroffen.» Looberghens Stimme klang enttäuscht. «Eben sah ein Offizier über die Brückenverkleidung.»

«Nachladen! Alle bleiben im Anschlag», sagte Scheepers. Er hörte, wie der Kleine vor Angst weinte; der Knall des Abschusses musste ihn tödlich erschreckt haben. «Fähnrich! Die Signallichter! Brennen Sie ein paar von den roten an, und werfen Sie sie in den Kommandostand, dann werden sie eine Weile zu tun haben.» Gleichzeitig horchte er die ganze Zeit auf die Hantierungen der Kanoniere. «Alle anderen behalten die Decks und die Luken vorn und achtern im Auge.»

Nochmals verstrichen etwa fünf Sekunden, und dann hörte Scheepers das Geräusch, auf das er gewartet hatte: das Kratzen des Rohrputzers. Jetzt war die Pulverladung im Rohr und der Kanonier stampfte es mit dem Putzer fest. Danach musste sich sein Kollege bücken, um die Kanonenkugel aufzunehmen und ins Rohr zu rollen

«Jetzt!» rief er mit scharfer Stimme.

Arenholt machte sich nicht einmal die Mühe, die schwere Muskete an die Schulter zu heben, sondern schoss aus der Hüfte, anscheinend ohne überhaupt zu zielen. Das hatte er auch nicht nötig; er war ein noch besserer Schütze, als er behauptet hatte. Er traf genau in die Mündung des Rohres und liess sich dann wie ein Stein unten ins Boot fallen. Das Geräusch im Rohr der Kanone klang seltsam gedämpft. Aber die Wirkung liess an Deutlichkeit nichts zu wünschen übrig: das Geschütz hob sich aus seiner Verankerung, und herumfliegende Splitter geborstenen Metalls klirrten bösartig gegen Decksaufbauten, pfiffen über das Wasser und liessen rings um das Kanonenboot kleine Fontänen hochspritzen. Die Kanoniere mussten gestorben sein, ohne etwas davon zu merken: in Armeslänge vor ihrem Gesicht war eine Sprengladung explodiert, die genügt hätte, eine Brücke in die Luft zu jagen.

«Ich danke Euch, Oberst.» Scheepers war wieder aufgestanden; er musste sich zwingen, mit fester Stimme zu sprechen. «Ich bitte um Entschuldigung für alles, was ich jemals über Euch gesagt habe. Segel auf und Riemen ausgelegt, Obersteuermann.»

Zwei sprühende Notraketen flogen im Bogen durch die Luft und landeten sicher gezielt auf dem Kommandodeck, deren Rand sich als scharfe Silhouette gegen den grellen Schein abhob.

«Gut gemacht, Fähnrich. Ihr haben den heutigen Tag gerettet.»

«Mijnheer Scheepers?»

«Ja, Kaptein?» Scheepers sah zum Kapitän hinunter.

«Wäre es nicht vielleicht besser, wenn wir noch eine Weile hierblieben? Keiner von denen da wagt, seinen Kopf über dem Rand zu zeigen. In zehn oder fünfzehn Minuten wird es so dunkel geworden sein, dass wir zu der Insel fahren können, ohne dass die Bande dauernd hinter uns herschiesst.»

«Verzeihung, Mijnheer, aber ich fürchte, das wäre nicht gut. Im Augenblick sind die Burschen noch erschreckt und betäubt, doch sehr bald wird irgendeiner von ihnen anfangen zu denken, und dann können wir uns auf eine Ladung gefasst machen. Sie können uns erledigen.»

«Natürlich, Ihr habt recht.» Kapitän Visser liess den Kopf müde wieder auf seine Bank sinken. «Macht weiter, Mijnheer Scheepers.»

Scheepers nahm die Ruderpinne. «An die Riemen! Pullt was das Zeug hält – aber bitte im Takt. Obersteuermann, sorgt dafür, dass wir jetzt schleunigst wegkommen.»

Sie machten sich davon. Die Insel war rund eine halbe Meile von dem Kanonenboot entfernt. Nur zehn Minuten später hatten sie ihr Boot auf Strand gesetzt und waren im plötzlich einfallenden Dunkel der Nacht sicher auf der Insel gelandet.

Kapitel 10: Belagert

Man konnte es kaum eine Insel nennen, ein Inselchen vielleicht, aber mehr auch nicht. Ein Oval, nicht länger als hundert Klafter und etwa fünfzig Klafter breit. In der auf der Südseite gelegenen Bucht – Scheepers war vorsichtshalber vor der Landung um die Insel herumgefahren – hatten sie die Barkasse auf den Strand gesetzt und an ein paar schweren Steinen vertäut.

Das schmale östliche Ende der Insel war flach, steinig und kahl, doch der westliche Teil wies Vegetation auf, niedriges Gestrüpp und verkümmertes Lalanggras, und stieg nach der Mitte zu bis auf etwa fünfzig Fuss an. Auf der Südseite dieser Anhöhe war eine kleine Vertiefung, kaum mehr als eine flache Pfanne, ungefähr auf halbem Hang, und zu dieser Senke führte Scheepers die Schiffbrüchigen. Der Kapitän und Bootsmann Klaas de Boer mussten getragen werden, doch es war nur ein kurzer Weg, und innerhalb von zehn Minuten nach dem Aufsetzen des Bootes hockten alle im Schutz der Vertiefung, umgeben von dem gesamten Proviant, den sie von der *Den Helder* her mitführten, dem Trinkwasservorrat und der beweglichen Bootsausrüstung einschliesslich der Riemen und der Riemendollen, der Waffen, Munition, der Decken, Fackeln, der Blendlaterne und so weiter.

Mit Sonnenuntergang hatte eine leichte Brise eingesetzt, und von Nordosten her begann der Himmel sich langsam zu beziehen. Scheepers sah vorsichtig in die Nacht hinaus. Die Wolken verdeckten die ersten Sterne, doch es war immer noch hell genug, dass er die Silhouette des Kanonenbootes ausmachen konnte. Er starrte fast zwei Minuten lang hinüber. Er spürte, wenn er es auch nicht sehen konnte, dass alle in der Senke ihn mit gespanntem Schweigen beobachteten – alle, bis auf den Kleinen, den man in eine Decke gewickelt hatte, und der schon am Einschlafen war.

«Nun?» fragte Kapitän Visser schliesslich.

«Sie fahren um die westliche Spitze der Insel, Baas. Ziemlich dicht unter Land.»

Schiffsfaktor Looberghen räusperte sich. «Und was meint Ihr, Mijnheer Scheepers, was sie vorhaben?»

«Keine Ahnung. Das liegt leider ganz bei ihnen. Wenn sie ihre schwere Kanone oder ihr Geschütz auf dem Achterdeck noch hätten, könnten sie uns hier innerhalb von zwei Minuten ausräuchern.» Scheepers zeigte auf den niedrigen Kamm, der die Senke nach Süden begrenzte; er war kaum zwei Meter entfernt, aber in der Dunkelheit eben noch zu erkennen. «Vor Gewehrfeuer sollte uns das da schützen, denke ich, wenn wir ein bisschen Glück haben!»

«Und wenn es das nicht tut?

«Darüber können wir uns immer noch den Kopf zerbrechen, wenn es soweit ist», gab Scheepers kurz zur Antwort.

Schon seit einiger Zeit war hinter ihnen das Gemurmel mehrerer Stimmen zu hören gewesen. Jetzt erstarb das Gemurmel, und Surama liess sich vernehmen.

«Mijnheer Scheepers?»

Scheepers setzte das Glas ab und sah über die Schulter. «Was wollt Ihr?»

«Ich habe mich mit Tolam besprochen. Wir haben Euch einen Vorschlag zu machen.»

«Wendet Euch damit an den Kapitän. Er hat das Kommando.» Scheepers wandte sich abrupt ab und hob das Fernrohr wieder ans Auge.

«Bitte sehr. Die Sache ist die, Kapitän Visser: es ist deutlich zu sehen – unangenehm deutlich, wenn ich so sagen darf –, dass Ihr uns nicht traut. Ihr seid der Meinung – fälschlicherweise, das kann ich Euch versichern –, Ihr müsstet die ganze Zeit auf uns aufpassen lassen. Wir sind für Euch eine schwere Belastung, eine Last, möchte ich sagen. Wir schlagen daher vor, dass wir Euch, mit eurer Erlaubnis, von dieser Last befreien.»

«Mensch, kommt endlich zur Sache», sagte Visser scharf.

«Gern. Ich schlage vor, Ihr lasst uns gehen, dann braucht Ihr Euch unseretwegen keine Sorgen mehr zu machen. Wir ziehen es vor, uns in englische Gefangenschaft zu begeben.»

«Was!» Der erbitterte Zwischenruf kam von Looberghen. «Bei Gott, Mijnheer, eher würde ich die beiden über den Haufen schiessen!»

«Bitte!» sagte Visser und hob im Dunkeln abwehrend die Hand; er sah neugierig zu Surama hinüber, doch es war zu dunkel, um den Ausdruck seines Gesichts erkennen zu können. «Ich frage nur aus Interesse: wie habt Ihr Euch das eigentlich vorgestellt, sich den Engländern zu ergeben – einfach den Hügel hinunter an den Strand gehen?»

«Mehr oder weniger, ja.»

«Und welche Garantie hättet Ihr, dass man Euch nicht erschiessen würde?»

«Erlaubt es ihnen nicht, sich aus dem Staub zu machen, Mijnheer», sagte Looberghen beschwörend.

«Beruhigt Euch», meinte Visser trocken. «Ich habe nicht die Absicht, mich mit dieser lächerlichen Angelegenheit zu befassen. Ihr bleibt, Surama. Wenn wir auch, weiss der Himmel, keinen Wert auf Eure Gesellschaft legen. Beleidigt bitte nicht unsere Intelligenz.»

«Mijnheer Scheepers!» sagte Surama appellierend. «Ihr werdet zweifellos begreifen . . .»

«Schweigt!» sagte Scheepers barsch. «Ihr habt gehört, was Kapitän Visser sagte. Für wie naiv und schwachsinnig haltet Ihr uns eigentlich? Nicht einer von euch würde seinen kostbaren Hals riskieren, wenn auch nur die leiseste

Möglichkeit bestünde, dass die Engländer euch erschiessen oder schlecht behandeln könnten. Es ist also sonnenklar.»

«Ich versichere Euch . . .» , setzte Surama an, doch Scheepers schnitt ihm das Wort ab.

«Erspart Euch die Worte», sagte er verächtlich. «Denkt Ihr denn, es würde Euch jemand glauben? Ihr steckt offensichtlich mit den Engländern unter einer Decke, so oder so, wir haben schon zuviel auf dem Hals, als dass wir uns noch zwei weitere Feinde leisten könnten.» Er machte eine Pause und fuhr dann nachdenklich fort: «Wirklich, Kapitän Visser, mir scheint, Looberghen hat genau ins Schwarze getroffen – es würde alles ausserordentlich erleichtern, wenn wir die beiden gleich jetzt erschiessen. Früher oder später werden wir das vermutlich ohnehin tun müssen.»

Es entstand eine lange Pause, bis schliesslich Visser sagte: «Ihr sagt ja gar nichts mehr, Surama. Solltet Ihr Euch etwa verrechnet haben? Fällt Euch kein Bluff mehr ein? Ihr könnt von Glück sagen, Kapitän Surama, dass wir nicht ebenso abgebrühte Mörder sind wie Ihr. Aber vergesst bitte nicht, dass die geringste Provokation genügen würde, damit wir den Vorschlag, der eben gemacht wurde, tatsächlich ausführen.»

«Und geht ein kleines Stück weiter zurück, ja?» sagte Scheepers. «Bis dort an den Rand. Und vielleicht wäre eine kleine Leibesvisitation auch nicht von der Hand zu weisen.»

«Bereits geschehen, Mijnheer Scheepers», sagte der Kapitän. «Wir haben ihnen gestern Nacht, nachdem Ihr die Messe verlassen habt, ein ganzes Waffenarsenal abgenommen. Könnt Ihr die Galiot noch sehen?»

«Sie ist jetzt fast genau südlich von uns, Mijnheer. Etwa 600 Fuss von Land.»

«Was glaubt Ihr, Gerrit, haben die vor?»

Scheepers überlegte. «Sie werden es auf unser Boot abgesehen haben. Wenn sie es uns unmöglich machen können, hier von der Insel wieder loszufahren, dann können sie uns holen, wann sie wollen, möglichst am hellen Tag.»

«Ich muss Euch da leider recht geben», sagte Visser langsam. «Die Barkasse! Was meint Ihr, ob sie versuchen werden, das Boot von der Galiot aus zu versenken? Wir könnten sie nicht daran hindern.»

«Nein, von der Galiot aus nicht.» Scheepers schüttelte den Kopf. «Sie können die Barkasse nicht sehen, und wenn sie versuchen wollten, sie mit ungezieltem Feuer zu versenken, würden sie die ganze Nacht dazu brauchen – dazu wären wenigstens hundert Glückstreffer nötig. Nein: sie werden ein paar Mann an Land schicken, um die Bodenplanken zu zerschlagen oder sie werden versuchen, sie in Schlepp zu nehmen und hinaus auf See zu bringen.»

Minutenlang sagte niemand etwas. Der kleine Junge plapperte im Schlaf leise vor sich hin, und Surama unterhielt sich in der entferntesten Ecke der Senke flüsternd mit Tolam, so leise, dass die Worte nicht zu verstehen waren.

Plötzlich wurde die Stille unterbrochen. Die ersten Kugeln schlugen dumpf in das Erdreich rings um die Senke, prallten mit lautem Gewimmer von den Steinen ab und pfiffen bösartig über ihre Köpfe durch die Luft, als vom Deck des Kanonenboots das Feuer eröffnet wurde. Die Galiot war inzwischen noch sehr viel dichter unter Land gegangen, und es hörte sich an, als ob aus mindestens einem Dutzend Gewehre auf sie geschossen würde.

«Jemand verwundet? Ist irgendjemand verwundet?» Die leise, heisere Stimme des Kapitäns war durch das Geknatter des Gewehrfeuers hindurch kaum zu hören.

Es blieb einen Augenblick still, bis dann Scheepers für die anderen antwortete. «Ich glaube nicht, Kapitein.»

«Freut mich», sagte Visser mit hörbarer Erleichterung. «Und bitte, in diesem Augenblick keine Vergeltungsmassnahmen. Kein Grund, dass irgend jemand seinen Kopf riskiert.»

Scheepers zuckte unwillkürlich zusammen, als ein Geschoss knapp fünf Fuss über seinem Kopf in die Erde schlug. «Wir können nicht einfach hier liegen bleiben und Vogel Strauss spielen, Mijnheer. Was wir erleben, ist der Feuerschutz für einen Angriff auf das Boot – sonst wäre es sinnlos.»

Visser nickte. «Was wollt Ihr unternehmen? Ich bin leider an einem toten Punkt angelangt, Gerrit.»

«Hauptsache, Ihr lebt noch», sagte Scheepers. «Bitte um Erlaubnis, mit ein paar Mann hinunter an den Strand zu gehen, Mijnheer. Wir müssen sie aufhalten.»

«Ich weiss, ich weiss. Hals- und Beinbruch, mein Junge.»

Scheepers liess alle Pistolen und Gewehre laden und Munition aufnehmen. «Kruse», befahl er dem Obersteuermann, «nehmt die Blendlaterne, Fackeln und Schwefelhölzer mit.» Sekunden später, während einer kurzen Feuerpause, schob sich Scheepers, gefolgt von Terbrugge, Honke, Huismans, Vanstappen, Harm und Lucius, über den Rand der Senke und startete nach unten.

Sie rannten den Abhang hinunter, so rasch sie konnten, ohne darauf zu achten, wohin sie traten – stolpernd, rutschend, wieder Fuss fassend und weiter rennend.

Kaum dreissig Sekunden später hörten die Wartenden in der Senke ein wildes Geschiesse, Aufschreie, wütende Flüche und laute aufgeregte Stimmen, die irgendein irres, unverständliches Zeug brüllten, hörten eine zweite Salve, und dann den Lärm des Nahkampfes und das heftige Plantschen im seichten Wasser, wo die Gegner Mann gegen Mann kämpften.

Zehn Meter vom Rand des Wassers entfernt warf sich Scheepers auf einen Offizier, der über dem im Wasser gestürzten Honke stand und mit einem Degen ausholte. Im nächsten Augenblick erwischte er den Offizier an der Kehle und drückte die Pistole an seinem Rücken ab. Der Offizier platschte ins Wasser und Scheepers stellte fast mechanisch fest, dass er einen Europäer getötet hatte, wahrscheinlich einen Engländer.

Hastig lud er nach. Das brauchte Zeit. Als er damit fertig war, sah er zum Rettungsboot; die Ebbe hatte eingesetzt, das Wasser war zurückgegangen und die Barkasse lag sechs Fuss vom Ufer auf dem Strand und parallel zum Wasser. Nahe beim Heck standen zwei japanische Matrosen. Sie hatten Äxte in den Fäusten und holten gerade zum ersten Schlag aus. Scheepers Pistolenschuss und das Krachen von Arenholts Gewehr waren ein einziger Knall, die beiden Japaner fielen vornüber, der eine der Länge nach hinschlagend, der andere klappte über dem Rand des Rettungsbootes zusammen und schlug mit dem Oberkörper auf die Ruderbank auf.

Nach der blendenden Helligkeit der aufblitzenden Schüsse war die Dunkelheit doppelt dunkel. Dunkelheit überall, an Land, über dem Wasser und am Himmel, eine völlige und im Augenblick undurchdringliche Dunkelheit. Fern im Südwesten schimmerten einige letzte Sterne schwach an einem indigoblauen Himmel. Doch auch sie vergingen einer nach dem andern, ausgelöscht von der unsichtbaren Wolkendecke, die langsam weiterwanderte, bis sie den Horizont erreichte. Es war dunkel und sehr still; nichts war zu hören, nirgends eine Bewegung.

Seine Männer waren alle da, alle auf den Füssen, und die Feinde waren nicht mehr Feinde, sondern nur noch tote Männer, die regungslos im seichten Wasser und auf dem Strand lagen. Sie hatten so gut wie überhaupt keine Chance gehabt: in der Meinung, die Crew der *Den Helder* sei durch den Feuerschutz des Kanonenboots in der Senke festgenagelt, hatten sie nicht mit der Möglichkeit eines Gegenangriffes gerechnet; sie waren als dunkle Umrisse vor dem Hintergrund des Meeres, das bei Nacht immer heller ist als das Land, zu sehen gewesen; und sie hatten sich damit in einem ausserordentlichen Nachteil befunden.

«Jemand verletzt?» fragte Scheepers leise.

«Ja, Mijnheer – Vanstappen», antwortete Harm ebenso leise wie Scheepers. «Ich glaube, ziemlich schlimm.»

«Ich komme.» Scheepers ging dem Klang der Stimme nach. Harm Jansen hielt das linke Handgelenk Vanstappens behutsam in seiner Hand; Scheepers tastete die Wunde ab; warm und klebrig spürte er das Blut des Leutnants. Unmittelbar oberhalb des Ballens klaffte ein blutiger Spalt, das halbe Handgelenk war aufgerissen. Harm hatte den Arm bereits mit einem Taschentuch abgebunden, das Blut pulste nur noch langsam aus der Wunde.

«Messer?»

«Nein, Bajonett.» Die Stimme von Vanstappens klang sehr viel fester, als Harm Jansens Stimme geklungen hatte. Er stiess gegen ein formloses Bündel, das zu seinen Füssen regungslos im Wasser lag. «Ich habe es ihm abgenommen.»

«Hatte ich mir schon gedacht», sagte Scheepers trocken. «Lasst Euch von Jeffrouw Cordula verbinden. Euer Handgelenk ist ziemlich übel zugerichtet.»

«Besser die Hand als das Herz», sagte Vanstappen munter. «Denn das brauche ich wirklich.»

«Bringt ihn hinauf; geht alle nach oben, so schnell ihr könnt. Und vergesst nicht, euch rechtzeitig zu erkennen zu geben. Der Kapitän muss annehmen, wir wären hin – und er hat eine Schusswaffe griffbereit neben sich liegen. Obersteuermann, Ihr bleibt bei mir, wir wollen noch nach der Barkasse sehen und. . .» Er brach plötzlich ab, als er es in der Nähe des englischen Rettungsbootes im Wasser plantschen hörte. «Wer da?»

«Ich, Arenholt. Wollte nur mal nachsehen. Zwölf von den Dingern, tatsächlich ein Dutzend.»

«Wovon redet Ihr?» fragte Scheepers irritiert.

«Handbomben! Die Burschen haben zwölf Handbomben bei sich! Alle schön in Ölpapier geschnürt und mit einer handbreiten Zündschnur oben!»

«Nehmt die Dinger mit, ja? Es könnte sein, dass wir sie noch brauchen. Und jetzt alle Mann ab.»

Terbrugge, Huismans, Harm und Lucius nahmen Vanstappen auf und schlichen mit Arenholt im Gefolge davon. Scheepers und Honke warteten, bis die Männer gegangen waren, und huschten dann geduckt hinüber zu ihrem Rettungsboot. Sie waren eben angelangt, als aus der Dunkelheit im Süden Gewehrfeuer eröffnet wurde. Ab und zu prallte auch ein Querschläger von der Wasseroberfläche ab und schwirrte wimmernd durch die Dunkelheit; und noch seltener schlug ein Geschoss in das Holz des Bootes.

Die beiden waren beim ersten Schuss der Länge hinter die Barkasse gehechtet. Honke berührte Scheepers am Arm. «Wozu soll das alles eigentlich gut sein, Mijnheer?» Seine Stimme klang erstaunt, aber keineswegs beunruhigt. Scheepers grinste im Dunkeln vor sich hin.

«Verdammt schwer zu sagen, Obersteuermann. Es wäre aber immerhin denkbar, dass der Landungstrupp irgendein Zeichen geben sollte – etwa ein Blinkzeichen mit der Lampe –, wenn er unser Boot zerstört hat. Jetzt hat es hier allerhand Lärm und Hin und Her gegeben, und unsere Freunde auf dem Kanonenboot wissen in ihrer Ungewissheit nicht mehr aus und ein. Schliesslich eröffnen sie in ihrer Verzweiflung das Feuer – und immer noch kein Lichtzeichen.»

«Also, wenn sie weiter nichts wollen, warum sollen wir ihnen dann nicht eins geben?»

Scheepers starrte den Obersteuermann einen Augenblick an und lachte dann leise. «Genial, Honke, einfach genial. Wenn sie wirklich so durcheinander sein sollten, und wenn sie annehmen, dass ihre Kameraden an Land genauso durcheinander sind wie sie selbst, dann hat jedes beliebige Signal immerhin eine Chance, akzeptiert zu werden. Wozu haben wir die Laterne mitgenommen, Honke.»

Der Obersteuermann rieb ein Schwefelholz, bis die Flamme zündete und drehte den Hahn an der Lampe. Leise zischend strömte das Karbidgas aus – mit einem «Blub» ging die Flamme an. «Es kann losgehen, Vize», flüsterte er erregt.

Scheepers nahm ihm die Lampe ab und schwenkte sie in unregelmässigen Abständen über den Rand des Rettungsbootes. Zwischendurch nahm er den Arm eiligst wieder nach unten. Für jeden Schützen, der darauf brannte abzudrücken, hätte dieses Licht wie die Erhörung eines Gebetes sein müssen. Doch aus der Dunkelheit kam kein Feuer. Im Gegenteil, das Feuer wurde abrupt eingestellt, und die Nacht war plötzlich stumm und still. Es war, als sei alles ausgestorben, das Land so leer und tot und still wie das Meer; selbst die verschwommene Silhouette des Kanonenboots lag unbeweglich auf dem Wasser, schattenhaft, unwirklich, mehr zu ahnen als zu sehen.

Jetzt noch verstohlen und heimlich zu Werke zu gehen, schien nicht nur unnötig, sondern sogar unklug. Ohne jede Hast standen die beiden Männer auf und untersuchten die Barkasse im Licht der Lampe. Es hatte mehrere Treffer, aber alle in den oberen Planken, und schien kaum oder gar nicht leck zu sein, so dass die Schwimmfähigkeit weitgehend gesichert schien. Allerdings: die toten Matrosen hingen schlaff über dem Rand.

Honke berührte Scheepers am Arm und sagte: «Soll ich Euch mal was sagen, Mijnheer? Das ist eine verdammte Ecke bis nach Batavia, wenn man den ganzen Weg rudern soll.»

*

Enno und Harm lagen ziemlich aufgewühlt nebeneinander in der Senke. Mevrouw Wendelina und Zaltboom hatten sich des verwundeten Vanstappen angenommen und den Jungen befohlen sich auszuruhen. «Das Schicksal gönnt den Sterblichen keine ungestörte Reise auf dem Strom des Lebens», brummelte er vor sich hin, als er die Wunde betrachtete. «Ich fürchte es wird einige Zeit dauern, bis Ihr diese Hand wieder gebrauchen können.» Wobei «einige Zeit» eine Umschreibung für «nie wieder» war, dachte er bei sich. Die Sehnen waren glatt durchgeschnitten. Auf jeden Fall würde die Hand gelähmt bleiben.

Enno und Harm waren jung und belastbar, aber sie brauchten nun Ruhe. Eine gesunde Neugier liess Harm bald einen Gedanken aufnehmen, der ihn seit gestern beschäftigte.

«Dass du den Navigationskoffer aufbewahren darfst, ist eine Ehre für dich, oder?»

«Na ja, ich freu' mich schon, dass ich das Besteck machen darf.»

«Und die Kontrolle? Vanstappen wird ja jetzt kaum dazu in der Lage sein.»

«Macht vielleicht Terbrugge – oder der Vize selbst.»

«Was meinte er, als er sagte, man müsse die Sonnendeklination selber ausrechnen?»

Enno kratzte sich im Dunkeln am Kopf. «Gar nicht so einfach, das zu erklären.»

«Probiere es doch.»

«Am Mittag kann man zweierlei feststellen. Man beobachtet mit dem Jakobsstab kurz vor Mittag die Sonne und stellt den Höhenwinkel, in dem sich die Sonne über den Horizont erhebt, ständig mit dem Kreuzstab nach. Dabei kann man sehen, wie die Sonne immer höher klettert, aber je höher sie steigt, um so langsamer ist ihr Steigen festzustellen. Und dann scheint sie plötzlich stillzustehen, vielleicht drei oder vier Minuten lang, bevor sie unmerklich zu sinken beginnt. Und dieses vermeintliche Stillstehen ist genau der Mittag: 12 Uhr Ortszeit!»

«Genial!» Harm starrte in die Dunkelheit.

«Ja, genial einfach.»

«Und das andere? Du sagtest, man stellt zwei Dinge fest. Das hat mit der Sonnendeklination zu tun.»

«Genau. Du weisst sicher, dass sich die Erde einmal in 24 Stunden um ihre Polachse dreht, das ist ein Tag und es macht von der Erde aus den Anschein, als wandere die Sonne.»

«Ja, sie geht im Osten auf und im Westen unter.»

«Genau so ist's und so wollen wir auch das Folgende betrachten. Du musst wissen, dass die Sonne dabei nur zweimal im Jahr über dem Erdäquator ihren Tageskreis dreht. Das erste Mal ist es am Frühlingsbeginn. Den Äquator bezeichnen wir als Null Grad, die Pole als 90 Grad. Dann wandert sie jeden Tag ein bisschen nördlicher, und zwar bis ungefähr 23½ Grad Nord, wo sie den Wendekreis des Krebses erreicht; es ist Sommeranfang. Nun nimmt sie den Weg zurück zum Äquator, den sie am Tage des Herbstbeginns überquert und wandert weiter bis 23½ Grad Süd zum Wendekreis des Steinbocks. Dann fängt der Winter an. Und danach geht es den ganzen Weg rückwärts bis zum Frühlingsbeginn . . .»

«– an dem die Sonne wieder zum Äquator kommt.» Harm hatte es ziemlich aufgeregt gesagt und sich aufgesetzt. Das Thema begeisterte ihn, doch Enno drückte ihn in den Sand zurück. «Nicht so laut, Harm, vergiss nicht, wo wir sind.»

«Entschuldige, aber das hat mir noch niemand erklärt, das ist ja aufregend. Also, Enno, was kann man mit der Sonnendeklination feststellen?»

«Die geographische Breite, auf der wir uns befinden.»

«Wo wir sind? Nördlich oder südlich vom Äquator?»

«Ja und nein. Will man wissen, wo genau man ist, braucht man neben der Breite auch die Länge. Schauen wir erst die Breite an. Wir haben ja gerade gesehen, dass die Erde sich einmal in 24 Stunden um die eigene Achse dreht. Stell dir 'mal vor, du würdest Erde und Sonne vom Weltall aus betrachten. Da steht die Sonne scheinbar still und scheint auf die Tagseite der Erdoberfläche. Aber die Erde dreht sich ständig, und so kommt es, dass der Punkt, auf dem es gerade Mittag ist, ständig nach Westen wandert. Dadurch entsteht unser Zeitbegriff für einen Tag.»

«Ja, das ist einfach zu verstehen.» Harm wacher Geist war elektrisiert. «Wenn die Sonne den Scheitelpunkt über dieser unwichtigen Insel passiert hat, wandert sie unaufhaltsam weiter, versinkt in etwa sechs Stunden hinter dem Horizont im Westen, es wird Abend, Nacht und wieder Morgen, dann steigt sie um zirka sechs Uhr im Osten hoch, bis sie wieder ihren höchsten Punkt über uns erreicht hat.»

«So ist es! Den Vollkreis, den sie zurücklegt, teilen wir in 360 Grad und jedes Grad in 60 Bogenminuten.»

«Und was ist jetzt mit der Breite?»

«Wenn man sich als Beobachter nicht auf dem Äquator aufhält, was ja wohl eher selten ist, wird man die Sonne am Mittag nicht nur immer an ihrem höchsten Punkt beobachten, sondern sie steht auf der nördlichen Halbkugel auch genau im Süden, in der südlichen Hemisphäre genau im Norden. In beiden Fällen kann man sich ihre Nordsüdachse zu den Erdpolen denken. Die Standlinie, das ist die Breite, auf der man sich befindet, verläuft logischerweise dazu im rechten Winkel von Ost nach West.»

«Gut, das ist alles klar und gut zu verstehen. Mit diesem Wissen ermittelt man die Breite?»

«Ja, ganz einfach. Denke dir eine Linie, die durch den Erdball hindurch den Nordpol mit dem Südpol verbindet. Denke dir eine zweite Linie, die am Mittag vom Äquator zum Erdmittelpunkt führt. Beide Linien werden am Erdmittelpunkt einen rechten Winkel bilden. Die mit dem Jakobsstab festgestellte Sonnenhöhe ist nichts anderes als der Komplementärwinkel zu 90 Grad oder die Höhe zwischen Pol und Äquator.»

«Komplem – was für ein Winkel?» Harm hatte plötzlich das Gefühl, ein rechter Dummkopf zu sein.

«Ach, das ist nur so ein Ausdruck für den Ergänzungswinkel. Wenn man eine Sonnenhöhe von 70 Grad misst, befindet man sich auf einer Breite von 20 Grad, denn 70 und 20 ergibt 90.»

Der Freund dachte nach. Irgendetwas schien ihm faul an der Sache zu sein. «Ob man sich nördlich oder südlich vom Äquator aufhält, kann man auch ohne Kompass feststellen, je nachdem, ob Osten rechts oder links von einem ist, wenn man die Sonnenhöhe misst.» Und während er laut dachte, kam er drauf. «He, die Sonne steht nur am Frühjahrs- und Herbstbeginn über'm Äquator!»

Enno grinste in der Dunkelheit, aber so unverschämt, dass Harm, als der Freund weiter sprach, es hören konnte: «Prima, Harm, jetzt hast du's kapiert. Man muss die Deklination bei der Rechnung berücksichtigen. Wir haben schon gesehen, dass die Sonne zweimal jährlich den Äquator überquert. Sie wandert nordwärts bis 23½ Grad Nord, kommt dann zurück und nähert sich dem Südpol bis 23½ Grad Süd. Der ›Ausschlag‹ beträgt also 47 Grad in den ungefähr 182,5 Tagen zwischen Sommer- und Winterbeginn – und gleich viel von Winter bis Sommer. Wie viele Grad steigt oder fällt sie täglich?»

Harm hatte längst mitgerechnet, solche Kleinigkeiten machten ihm keine Probleme. «Etwas mehr als ein Viertel Grad pro Tag.»

«Jawohl, du Rechenmeister! Und um diese Abweichung muss man die Sonnenhöhe korrigieren oder genauer gesagt, man muss diese Werte dem Komplementärwinkel zur Sonnenhöhe hinzufügen oder abziehen – je nachdem, ob man sich auf der Nord- oder Südhemisphäre befindet beziehungsweise ob es zwischen Herbst und Frühling oder umgekehrt zwischen Frühling und Herbst ist.»

«Schon wieder so'n Wort: Hemisphäre?»

«Ja, Hemisphäre bedeutet Erdhalbkugel.»

Harm dachte nach. «Und wo befinden wir uns? Nördlich oder südlich des Äquators? Ich denke südlich, oder?»

«Ja, aber nicht weit vom Äquator.»

«Und das Datum?»

Enno dachte nach. «Ich glaube, es ist der 18. April.»

«Dann beträgt die Deklination 7,5 Grad, und zwar Nord.»

«Im Prinzip hast du recht, leider ist es nur ein angenäherter Wert, weil die Erdkugel auch noch eine kleine Taumelbewegung macht, aber das können wir für unsere Betrachtung vernachlässigen. Die Messung der Sonnenhöhe wird hier ungefähr 80 Grad betragen. Was meinst du, wie lautet unsere Breite?»

«Der Komplementärwert beträgt 10 Grad und wir wissen, dass wir uns auf südlicher Breite befinden, die Sonne aber auf dem Weg nach Norden strebt. Deshalb müssen wir die Deklination abziehen und kämen auf 9 Grad 52. 5 Minuten Süd.»

«Mensch, Harm, das machst du hervorragend!» Enno suchte im Dunkeln, fand Harms Hand und drückte sie begeistert.

Der Freund gab den Händedruck zurück. «Na, du erklärst es ja auch gut», sagte er verlegen. «Aber wie steht es mit der Länge?»

«Ja, die kann man nur schätzen, weil wir keine Uhren auf den Schiffen haben. Du weisst doch, der Mittagspunkt wandert auf der Erdoberfläche ständig weiter. Um 15 Grad pro Stunde. Für die Längenfeststellung braucht man einen festen Bezugspunkt. Nehme zum Beispiel an, Amsterdam läge auf 0 Längengrad. Wenn es dort 12 Uhr Mittag ist und wir hätten eine Uhr, die hier auf unserer Insel 8 Uhr abends zeigt, dann befänden wir uns auf 120 Grad Ost, weil 120 geteilt durch 15 gleich 8 Stunden Differenz ergibt. Aber es gibt keine Uhr, deren Pendel bei der Schaukelei auf einem Schiff im Takt bleibt. So können wir unsere Länge bis heute nur schätzen. – Aber jetzt sollten wir vielleicht doch etwas zu schlafen versuchen.»

Enno wusste nicht, dass seine Längenschätzung gar nicht so sehr danebenlag.

*

Sie war zu drei Viertel holländisch, dreiundzwanzig Jahre alt, und in einem kleinen Kaff bei Utrecht geboren. Bis zu ihrem siebzehnten Lebensjahr hatte sie in Holland gelebt, dann hatte ihr Vater sie auf seine Plantage nach Kota Baharu auf Malakka mitgenommen.

Scheepers, der auf dem Rücken lag, gegen den Rand der Senke gelehnt, die Hände unter dem Kopf gefaltet und den Blick nach oben auf die dunkle Wolkendecke gerichtet, ohne sie zu sehen, wartete auf die Fortsetzung ihres Berichts, wartete darauf, dass sie weitersprach, und wieder roch er den schwachen Duft von Sandelholz, der von ihr ausging.

Scheepers hatte Kapitän Visser Meldung erstattet, um dann nachzusehen, wie es dem Jungen ging. Zwei Minuten vergingen, eine dritte, und sie sagte noch immer nichts. Schliesslich drehte Scheepers den Kopf zu ihr herum. «Ihr seid ziemlich weit fort von zu Hause, Jeffrouw Volmer. Und Holland – wart Ihr gern dort?» Er hatte es nur gefragt, um irgend etwas zu sagen, und war überrascht von der Heftigkeit ihrer Antwort.

«Ich habe es geliebt!» Es war etwas Endgültiges in ihrer Stimme, es klang, wie wenn jemand von etwas spricht, was unwiederbringlich verloren ist. Der Teufel hole die Engländer, der Teufel hole das lauernde Kanonenboot und alle Japaner, dachte Scheepers grimmig. Er wechselte abrupt das Thema.

«Und Ambon? Dürfte kaum ebenso hoch bei Euch im Kurs stehen, wie?»

«Ambon?» sagte sie mit veränderter Stimme. «Ambon war eigentlich ganz in Ordnung. Aber nicht Malakka. Kota Baharu habe ich gehasst!» Ihre Gleichgültigkeit war plötzlich wie weggewischt, sie sprach leidenschaftlich, schien sich aber im nächsten Augenblick darüber klarzuwerden, wieviel sie durch diesen Gefühlsausbruch verraten hatte, denn sie sprach wieder mit veränderter Stimme. «Was ich da eben sagte, ist wahr. Ich hasse Malakka wirklich.»

«Und warum hasst Ihr Malakka?»

Es verging fast eine Minute, ehe sie antwortete: «Meint Ihr nicht, dass das unter Umständen eine ziemlich indiskrete Frage sein könnte?»

«Durchaus möglich.» Er machte eine kurze Pause und sagte dann ruhig: «Aber was macht das jetzt noch aus?»

Sie begriff den Sinn seiner Worte sofort. «Natürlich, Ihr habt recht. Selbst wenn Ihr aus blosser Neugier fragen solltet – was macht es jetzt noch aus? Komisch, ich habe gar nichts dagegen, Euch davon zu erzählen – wahrscheinlich, weil ich sicher bin, dass Ihr kein Mitgefühl heucheln würdet; denn das wäre mir unerträglich.» Sie verstummte sekundenlang, fuhr dann fort: «Ich hasse Malakka, weil ich stolz bin, weil ich mir selbst leid tue, und weil es mir unerträglich ist, fehl am Platz zu sein. Aber davon versteht Ihr vermutlich nichts, Mijnheer Scheepers.»

«Ihr scheint mich mächtig gut zu kennen», brummte Scheepers milde.»

«Ich denke, Ihr wisst, was ich meine», sagte sie langsam. «Ich bin Europäerin, in Europa geboren, aufgewachsen und zur Schule gegangen, und ich habe nie etwas anderes gewusst, als dass ich Holländerin bin – und genauso dachten auch alle anderen Leute in meinem Dorf. Dort war ich in jedem Haus willkommen. In Kota Baharu hat mich niemals irgendein Europäer in sein Haus eingeladen, Mijnheer Scheepers.» Sie versuchte, ihrer Stimme einen leichten Klang zu geben. «Ich war nicht gefragt auf dem gesellschaftlichen Markt. Es ist nicht besonders lustig, wenn man jemanden sagen hört: ›Hat auch etwas mit der Teerquaste abbekommen‹ – und wenn das gesagt wird, ohne dass der Betreffende es für nötig hält, seine Stimme zu dämpfen. Und dann sehen alle Leute zu einem her, und man geht niemals wieder in dieses Haus. Ich weiss, die Mutter meiner Mutter war Malaiin, doch sie war eine wunderbare alte Dame, gütig und . . .»

«Nehmt es nicht so schwer. Aber ich kann mir vorstellen, das muss ziemlich übel gewesen sein. Und die Holländer waren die übelsten, stimmt's?»

«Ja, allerdings.» Sie verstummte und sagte dann zögernd: «Warum sagt Ihr das?»

«Soweit es sich um die Eroberung, den Aufbau und um die Verwaltung von Kolonien handelt, haben wir Holländer den besten Menschentyp entwickelt, den es auf der ganzen Welt gibt – und auch den schlechtesten. Malakka ist der Tummelplatz von Leuten dieses schlechtesten Typs, und diese Leute sind wirklich eine Sache für sich. Sie halten sich für Gottes auserwähltes Volk, mit einer zweifachen Lebensaufgabe: erstens ihre Leber in einer möglichst kurzen Zeit alkoholisch einzupökeln, und zweitens dafür zu sorgen, dass diejenigen, die nicht zu den Auserwählten gehören, sich dieser Tatsache immer bewusst sind und immer Holzhacker und Wasserträger bleiben. Diese Leute sind natürlich

alles gute Christen, Eckpfeiler der Kirche und fleissige Besucher des Gottesdienstes – soweit es ihnen gelingt, am Sonntagmorgen rechtzeitig nüchtern zu
werden. Sie sind allerdings nicht alle so, nicht einmal in Malakka. Ihr habt einfach nicht das Glück gehabt, einem der anderen zu begegnen.»

«Ich hatte nicht erwartet, das gerade von Euch zu hören», sagte sie langsam,
und ihre Stimme klang überrascht.

«Wieso nicht? Es stimmt.»

«Das meinte ich nicht. Es war nur, dass ich nicht erwartet hatte, Euch so
reden zu hören, als ob Ihr – ach was, ist ja egal.» Sie lachte ein wenig gezwungen. «So wichtig ist die Farbe meiner Haut nun auch wieder nicht.»

«Stimmt. Drehen Sie das Messer ordentlich in der Wunde herum. Für Euch
ist Eure Hautfarbe eben doch wichtig, verdammt wichtig, doch das sollte sie
nicht sein. Schliesslich ist Malakka nicht die Welt. Wir hier mögen Euch, und
ob Ihr einen bräunlichen Teint habt, das ist uns völlig gleichgültig.»

«Ihrem jungen Offizier da – Mijnheer Terbrugge –, dem ist es nicht völlig
gleichgültig», sagte sie leise.

«Redet keinen Unsinn – und versucht, gerecht zu sein. Wie er diese Narbe
da auf Eurer Backe sah, da hat es ihm einen Ruck gegeben – und seitdem schämt
er sich, da er sich das hat anmerken lassen. Er ist eben noch sehr jung, weiter
nichts. Und der Baas, der findet Euch einfach hinreissend. Wisst Ihr, was er von
Ihrem Teint gesagt hat? ›Durchscheinender Bernstein‹. Und wenn er nicht so
alt wäre. Na ja.»

«Er ist sehr, sehr nett, und ich mag ihn gern.» Mit einem scheinbaren Sprung
fuhr sie fort: «Und wenn er sich alt fühlt, dann seid Ihr daran schuld.»

«Blödsinn!» sagte Scheepers. «Mit einem Steckschuss in der Lunge fühlt
sich jeder alt.» Dann schüttelte er bekümmert den Kopf. «Ach du lieber Gott,
jetzt habe ich mich wieder vorbeibenommen. Seid mir bitte nicht böse, ich
wollte Euch nicht beissen. Wie ist es, wollen wir das Kriegsbeil begraben?»

«Ich heisse Cordula.» Das war sowohl die Antwort auf eine Frage als auch
eine Bitte, und sie sagte es ohne eine Spur von Koketterie.

«Ja, ich weiss. Ein hübscher Name, und er passt zu Ihnen.»

«Aber Ihr habt nicht die Absicht, Gleiches mit Gleichem zu vergelten?» Im
Ton ihrer leisen Stimme war ein gewisses Misstrauen. «Ich habe gehört, dass
Euch der Kapitän ›Gerrit‹ nennt. Klingt eigentlich sehr nett. Ich denke, ich
würde es fertigbringen, mich an diesen Namen zu gewöhnen.»

«Ich zweifle nicht daran», sagte Scheepers unbehaglich. «Nur . . .»

«Aber natürlich!» Sie machte sich über ihn lustig, das spürte er, und er
fühlte sich noch unbehaglicher. «Stellt Euch vor, ich würde Gerrit zu Euch sagen, und das vor den Ohren Eurer Leute – völlig unmöglich! Doch in solchen
Fällen würde ich Euch natürlich ›Mijnheer Scheepers‹ nennen», sagte sie mit

gespieltem Ernst. «Aber vielleicht meint Ihr, es wäre besser, wenn ich Euch mit ›Mijnheer‹ anrede?»

«Herrgott noch mal –!» setzte Scheepers an, brach dann aber plötzlich ab und stimmte in das kaum hörbare Lachen des Mädchens ein. «Nennt mich, wie und was Ihr wollt. Ich habe es vermutlich verdient.»

Er stand auf, ging quer durch die Senke zu Looberghen, der das Rettungsboot bewachte. Er blieb ein paar Minuten bei ihm sitzen, fragte sich, was für einen Sinn es eigentlich noch haben könnte, die Barkasse zu bewachen, und machte sich dann wieder auf den Weg zurück zu der Senke. Cordula Volmer war noch immer wach und sass dicht neben dem Kleinen. Er setzte sich neben sie auf die Erde.

«Nicht nötig, dass Ihr die ganze Nacht aufbleibt», sagte er mit freundlicher Stimme. «Hinnerkje braucht Euch jetzt nicht. Warum wollt Ihr Euch nicht schlafen legen?»

«Bitte, antwortet mir ehrlich.» Ihre Stimme war sehr leise. « Wie viel Hoffnung ist noch für uns?»

«Keine.»

«Sehr kurz und sehr ehrlich», meinte sie. «Und wie viel Zeit haben wir noch?»

«Bis morgen Mittag – und das ist schon sehr reichlich geschätzt. Es ist so gut wie sicher, dass die Galiot zunächst einmal versuchen wird, einen Trupp an Land zu schicken, sobald es hell wird. Falls sie uns nicht allesamt töten, werden sie vielleicht Euch und Mevrouw Wendelina gefangen nehmen. Ich hoffe allerdings, dass es nicht so kommt.»

«Ich habe die Engländer und ihre Japaner bei Kota Baharu erlebt.» Es schauderte sie bei der Erinnerung. «Ich hoffe gleichfalls, dass es nicht so kommt. Und der kleine Hinnerkje?»

«Ja, Hinnerkje. Das ist eben auch einer von diesen Fällen», sagte Scheepers mit bitterer Stimme. «Wer macht sich schon Gedanken um das Schicksal eines Zweijährigen?» Ihm war das Schicksal dieses Zweijährigen nicht gleichgültig, das wusste er; er hatte zu dem Jungen eine grössere Zuneigung gefasst, als er irgend zugeben würde.

«Ist wirklich gar nichts mehr zu machen?» Die Stimme des Mädchens schreckte ihn aus seinen Gedanken auf.

«Leider nein. Wir können nur abwarten, weiter nichts.»

«Ja, aber – könntet Ihr nicht hinausfahren zu dem Kanonenboot und – und irgend etwas unternehmen?»

«Gewiss, ich weiss. Mit dem Buschmesser zwischen den Zähnen an Bord schleichen, die Mannschaft überwältigen und im Triumph mit dem Kanonenboot nach Haus fahren.»

Ehe sie etwas erwidern konnte, streckte er die Hand aus und fasste sie am Arm. «Wir könnten den Engländern keinen grösseren Gefallen tun, als auf irgendeinen derartigen Unsinn zu verfallen.»

«Könnten wir denn nicht mit dem Boot wegsegeln, ohne dass die Engländer uns hören oder sehen?»

«Liebes Mädchen, das war die erste Möglichkeit, die wir uns überlegt haben. Führt zu nichts. Wir würden möglicherweise wegkommen, aber wir kämen nicht weit. Sobald es hell wird, würde das Kanonenboot uns finden – und dann würden diejenigen von uns, die nicht erschossen werden, ertrinken. Komisch, Looberghen war von dieser Idee auch sehr angetan. Aber es wäre nichts weiter als eine beschleunigte Methode, Selbstmord zu begehen», schloss er abrupt.

Sie dachte eine Weile nach. «Aber Ihr haltet es jedenfalls für möglich, von hier fortzufahren, ohne dass es jemand hört?»

Scheepers lächelte. «Ihr seid eine reichlich beharrliche junge Dame, findet Ihr nicht auch?»

«Antwortet mir», sagte sie ernst.

«Doch, ja, das ist möglich, besonders dann, wenn jemand an einer anderen Stelle der Insel irgendein Ablenkungsmanöver durchführt, um die Aufmerksamkeit der Engländer irrezuführen. Warum fragt Ihr?»

«Die einzige Möglichkeit, von hier wegzukommen, ist doch, bei dem Kanonenboot den Eindruck zu erwecken, als wären wir nicht mehr hier. Könnten nicht zwei oder drei von uns mit dem Boot wegrudern – vielleicht zu einer dieser kleinen Inseln, die wir gestern sahen –, während die übrigen hier irgendein Ablenkungsmanöver machen?»

«Das führt zu nichts. Und wenn Ihr nichts dagegen habt, dann möchte ich jetzt gern versuchen, einen Augenblick zu schlafen. Ich muss in kurzer Zeit Looberghen ablösen.»

Er wollte gerade einnicken, als erneut ihre Stimme an sein Ohr drang. «Gerrit?»

«Barmherzigkeit», brummte Scheepers. «Bitte, nicht noch einen grossartigen Einfall.»

«Hört! Bitte! Ich habe mir das eben noch einmal durch den Kopf gehen lassen, und . . .»

«Weiss Gott, Ihr lasst nicht locker.» Scheepers seufzte resigniert und richtete sich auf. «Nun?»

«Es würde doch nichts ausmachen, dass wir eine Weile hierbleiben, wenn nur das Kanonenboot wegfährt, nicht wahr?»

«Worauf wollt Ihr eigentlich hinaus?»

«Bitte, beantwortet meine Frage, Gerrit.»

«Nein, das würde gar nichts schaden. Im Gegenteil, das wäre eine gute Sache – und wenn wir uns etwa vierundzwanzig Stunden lang hier versteckt halten könnten, ohne dass man uns hier vermutet, dann würden die Engländer wahrscheinlich die Suchaktion einstellen. Jedenfalls würden sie dann nicht mehr hier in diesen Gewässern suchen. Und auf welche Weise wollt Ihr die Galiot dazu bringen, anzunehmen, wir wären nicht mehr hier? Sie vermuten doch, dass ihr Einsatzkommando uns überwältigt hat.»

«Vermissen sie diese Männer nicht? Müssten sie nicht zum Kanonenboot zurückkehren und den erfolgreichen Abschluss ihres Auftrags melden?»

«Sie haben Lichtsignale gesendet und Honke hat mit der Blinklaterne geantwortet. Sie glauben wohl an Bord, dass alles in Ordnung ist und dass die Männer erst beim Hellwerden zurückkommen. Wahrscheinlich lautet auch ihr Auftrag so.»

«Und am Morgen? Was wird dann?»

«Ja, dann werden sie ihre Leute zurück erwarten. Die beiden Matrosen, die wir am Boot erschossen haben, liegen hoch und trocken am Ufer; wir werden sie nachher noch vergraben müssen. Die anderen sind im seichten Wasser gestorben; der ablaufende Ebbstrom wird sie mit aufs Meer genommen haben. Aber ihr Boot muss noch irgendwo vor dem Ufer da sein, und am Morgen werden sie merken, dass die Sache für sie schief gelaufen ist.»

«Wenn es nun hell wird, und auf dem Kanonenboot würde man feststellen, dass unser Boot nicht mehr da ist, dann müssten sie doch annehmen, dass wir auch nicht mehr da sind, nicht wahr?»

«Ja, das würden sie bestimmt annehmen. Jeder normale Mensch würde das annehmen.»

«Ihr glaubte also nicht, dass sie vielleicht argwöhnisch sein könnten und die Insel hier absuchen würden?»

«Was zum Teufel soll das Ganze eigentlich?»

«Bitte, Gerrit.»

«Also gut», sagte er mürrisch. «Natürlich würden sie Nachschau halten, wo das Einsatzkommando abgeblieben ist.»

Sie schwieg und überlegte. Nach mehreren Minuten – Scheepers hatte schon geglaubt, dass das Thema beendet sei – sagte sie mit Nachdruck: «Und wenn wir nicht mehr hier wären?»

«Was?»

«Ich meine, wenn wir den Engländern klar machen könnten, dass ihre Leute und auch wir verschwunden wären. Würden sie uns dann nicht verfolgen wollen?»

«Ich weiss zwar noch immer nicht, worauf Ihr hinauswollt, aber gut: Wenn wir hätten fliehen können, würden sie sich wohl nicht die Mühe machen, die Insel abzusuchen. Und worauf wollt Ihr hinaus, Cordula?»

«Erweckt bei den Engländern den Eindruck, wir wären nicht mehr hier», sagte sie ungeduldig. «Versteckt unser Boot.»

«Das Boot verstecken, sagt sie! Es gibt rund um diese Insel keine Stelle, wo wir das Boot verstecken könnten, ohne dass die Engländer es nicht in einer halben Stunde gefunden hätten. Und auf der Insel selbst können wir es auch nicht verstecken – dazu ist die Barkasse zu schwer, und bei dem Versuch, sie heraufzuziehen, würden wir einen solchen Lärm machen, dass sie vom Kanonenboot aus die meisten von uns schon erschossen hätten, bevor wir das Boot auf den Strand brächten. Es gibt keine Stelle auf der Insel, um die Barkasse so zu verstecken, dass die Engländer es nicht mit geschlossenen Augen finden könnten.»

«Das waren Eure Vorschläge, nicht meine», sagte sie unerschüttert. «Ihr sagt, es sei unmöglich, das Boot auf der Insel oder rund um die Insel zu verstecken. Mein Vorschlag geht dahin, dass wir das Boot unter dem Wasser verstecken sollten.»

«Was!» Scheepers hob den Kopf und starrte zu ihr hin.

«Rudert mit dem Boot im Schutz der Nacht um die andere Spitze herum», sagte sie rasch, «zu dieser kleinen Bucht im Norden, füllt es mit Steinen, zieht den Spundzapfen heraus, legt das Boot an einer Stelle auf Grund, wo das Wasser genügend tief ist. Auch das Boot der Engländer muss verschwinden, damit sie denken, wir hätten es mitgenommen. Wenn dann die Engländer fort sind . . .»

«Aber natürlich!» sagte Scheepers, in einem leisen, nachdenklichen Flüstern. «Wirklich, das wäre zu machen! Mein Gott, Cordula, das ist es, Ihr habt es!» Seine Stimme war laut geworden. Er kam mit einem Ruck hoch, nahm das Mädchen, das lachend protestierte, in seine Arme und drückte sie herzhaft an sich, aus lauter Freude und heftig bewegt von neu erwachter Hoffnung; dann sprang er auf und lief hinüber an die andere Seite der Senke.

«Kaptain! Fähnrich! Obersteuermann! Aufwachen, alles aufwachen!»

Das Glück war endlich doch noch auf ihrer Seite. Alles verlief planmässig und ohne jede Panne. Vier Mann hatten das Rettungsboot mit umwickelten Riemen hinausgerudert und die Landungsbarkasse der Engländer schnell gefunden; sie hatten einen kleinen Warpanker ausgebracht, das Boot schwoite in Ufernähe hin und her. Sie nahmen es mit und pullten geräuschlos um die Spitze der Insel herum und auf die nördliche Seite. Das Kanonenboot blieb unbeweglich liegen, wo es lag. Sie fuhren mit den Booten leise in die tiefere nördliche Bucht, wo Arenholt, Zaltboom, Harm und Enno Huismans sie vor einer steilen Sandbank erwarteten, einen grossen Haufen glatter, runder Steine griffbereit neben sich.

Die Männer arbeiteten, so schnell es nur ging. Rasch und fast geräuschlos hatten sie die hölzernen Spunde herausgezogen und legten die Steine, die ihnen von der Sandbank aus zugereicht wurden, auf die Bodenplanken. Die Boote liefen schnell voll Wasser.

Noch mehr Steine in die Boote, noch mehr Wasser durch die Spundlöcher, und schon stand das Wasser innen fast ebenso hoch wie aussen, stieg an die unteren Ränder der Dollbords, und nach ein paar weiteren Steinen sanken die

Boote sacht unter die Oberfläche der See, vorn und achtern an Leinen gehalten, und setzte in einer Tiefe von 15 Fuss ohne Schlagseite auf den klaren, kiesbedeckten Grund auf.

Sobald es hell geworden war, sahen sie auf der Galiot, dass beide Boote verschwunden waren. Die Männer auf der Insel, die in sicherer Deckung hinter dichten Büschen lagen, konnten beobachten, wie die Gestalten, die auf der Brücke zu sehen waren, aufgeregt gestikulierten. Kurz darauf gingen Anker und Segel hoch und das Kanonenboot entfernte sich in der auffrischenden Morgenbrise.

Eine halbe Stunde später entschwand es am nordöstlichen Horizont aus dem Blickfeld

Kapitel 11: Zerreissproben

Regungslos lag die Barkasse auf dem unbewegten Spiegel der See. Nichts regte, nichts rührte sich, nicht die leiseste Ahnung einer Brise kräuselte die glatte, wie blauer Stahl schimmernde Wasseroberfläche, die jede Einzelheit der Bordwände des Klinkerboots mit erbarmungsloser Genauigkeit widerspiegelte. Ein totes Boot auf einem toten Meer, in einer toten und leeren Welt. Eine leere See, eine riesige, schimmernde Ebene des Nichts, die sich endlos nach allen Seiten dehnte, bis sie am fernen Horizont undeutlich überging in einen riesigen und leeren Himmel. Nicht eine Wolke in Sicht, und das schon seit drei Tagen. Ein leerer, ein schrecklicher Himmel, majestätisch in seiner grausamen Gleichgültigkeit, und nur noch leerer durch die grelle Sonne, die brennend heiss auf die See herniederglühte.

Auch das Boot war tot, so schien es, doch leer war es nicht. In dem kümmerlichen Schatten, den die zerfetzten Reste der Segel boten, lagen Männer und Frauen, der Länge nach ausgestreckt auf den Bänken, Duchten und Bodenplanken, völlig erschöpft und entkräftet durch die Hitze, einige in einer Art Ohnmacht, einige in einem unruhigen Schlaf, und einige in einem Zustand zwischen Schlaf und Wachen, ohne auch nur die geringste Bewegung zu machen, sorgsam darauf bedacht, das matte Lebensflämmchen, das noch in ihnen brannte, und den letzten Rest des Willens, es brennend zu erhalten, nicht unnötig zu vergeuden. Sie warteten darauf, dass die Sonne unterging.

Unter den ausgemergelten, von der Sonne schwarzgebrannten Überlebenden, die sich in dem Boot befanden, gab es nur zwei, bei denen auf den ersten Blick zu sehen war, dass sie lebten. Sie waren in einer genauso üblen Verfassung wie die anderen, hohlwangig und hohläugig, mit aufgeplatzten Lippen und hässlich roten, eiternden Blasen, bekleidet mit Fetzen, die langsam vom

Salzwasser und von der Hitze zerfressen wurden. Diese beiden Männer sassen ganz hinten im Boot, und dass sie lebten, war einzig und allein daran zu sehen, dass sie aufrecht auf der Ruderbank sassen. Doch sie sassen so unbeweglich, dass man auch bei ihnen hätte meinen können, sie seien tot oder Statuen aus Stein. Der eine Mann hatte den Arm auf die Ruderpinne gestützt, obwohl es schon fast seit vier Tagen weder Wind gab, um die zerfetzten Segel zu füllen, noch Männer, die imstande gewesen wären, die Riemen zu bedienen. Der andere Mann hielt eine Pistole in der Hand.

Insgesamt befanden sich neunzehn Menschen an Bord. Es waren einundzwanzig gewesen, als sie vor sechs Tagen von der kleinen Insel losgesegelt waren; doch jetzt waren es nur noch neunzehn. Einer war inzwischen gestorben. Für Korporal Klaas de Boer hatte es von Anfang an hoffnungslos ausgesehen; er war schon entkräftet und ausgehöhlt gewesen durch das Fieber, lange bevor sie ihn von der *Modiadeen* gerettet hatten. Die Verwundung auf der *Den Helder* riss ihm dann den linken Arm so gut wie ab, und das schwächte ihn zusätzlich. Sie hatten keine Medikamente mehr, keine schmerzbetäubenden Mittel, doch er hatte sich trotzdem noch vier Tage lang am Leben gehalten und war erst vor vierundzwanzig Stunden gestorben, heiter und unter grossen Schmerzen, während sein Arm schon bis zur Schulter schwarz war. Kapitän Visser hatte die bei einer Beerdigung auf See üblichen Worte gesagt, soweit er sie noch zusammenbrachte, und das war so ziemlich seine letzte bewusste Handlung gewesen, ehe er dann in einen unruhigen Schlaf fiel. Es schien unwahrscheinlich, dass er jemals wieder daraus erwachen würde.

Der andere war Tolam, Suramas Kumpan. Er war einen gewaltsamen Tod gestorben, und zwar deshalb, weil er Honkes betuliches Lächeln völlig falsch interpretiert hatte. Kurze Zeit nach de Boers Tod hatte Honke, den Scheepers für den Trinkwasservorrat verantwortlich gemacht hatte, entdeckt, dass ein Fass in der vorhergehenden Nacht beschädigt worden war. Vermutlich hatte es jemand angezapft; doch das liess sich nicht genau feststellen. Jedenfalls war es leer, und so blieben ihnen nur noch knapp zwei Stekan Trinkwasser in dem letzten Fässchen. Scheepers hatte sofort alle Insassen des Bootes auf eine Wasserration von zweimal täglich ein halbes Pint gesetzt, abgemessen mit dem Massbecher, der zur Ausrüstung eines jeden Rettungsbootes gehört; alle, mit Ausnahme des Kleinen, der so viel bekommen sollte, wie er haben wollte. Es hatte nur ein oder zwei leise Stimmen des Widerspruchs gegeben, die Scheepers überhaupt nicht beachtet hatte. Am Nachmittag des folgenden Tages, als Honke zum dritten Mal Cordula Wasser für Hinnerkje gab, hatte sich Tolam von seinem Platz vorn im Boot erhoben und war nach hinten gekommen, in der Hand hielt er eine schwere metallene Riemendolle. Honke hatte rasch zu Scheepers hingesehen, festgestellt, dass er schlief – er hatte fast die ganze vorhergehende Nacht Wache gehalten –, und Tolam mit ruhiger Stimme aufgefordert, sich an seinen Platz zurückzubegeben. Die Pistole in seiner Hand verlieh diesem Ansinnen einigen Nachdruck. Der Mann war mit einem Satz vorgeschnellt, fauchend wie ein wildes Tier, während die Riemendolle in seiner Hand mit solcher Wucht herunterfuhr, dass sie den Schädel des Obersteuermanns wie eine verfaulte Melone gespalten hätte. Doch Honke hatte sich zur Seite geworfen, während sich sein Finger gleichzeitig um den Abzug krümmte und der Mann, durch den Schwung seines eigenen Angriffs, kopfüber hinten über das Heck schoss. Er war tot, noch ehe er auf das Wasser aufschlug. Dann hatte Honke blitzschnell die Waffe fallengelassen und sein Messer aus dem Gurt gezogen. Wortlos und wurfbereit sah er zu Surama hin, doch das war eine unnötige Warnung; der Mann rührte sich nicht, sondern starrte voller Furcht auf den Schiffsboden, wo aus dem Lauf der Pistole noch der Rauch in einem dünnen, blauen Faden hochstieg. Nach diesem Zwischenfall hatte es über das Trinkwasser keinerlei Streit mehr gegeben.

Zu Beginn der Reise, vor sechs Tagen, hatte es überhaupt keinen Streit gegeben. Die Moral an Bord war ganz gross gewesen, die Hoffnungen der Insassen noch grösser, und sogar Surama war erstaunlich hilfsbereit gewesen und hatte dafür gesorgt, dass Tolam gleichfalls mit anfasste. Surama war alles andere als ein Narr und war sich völlig darüber klar, dass die Möglichkeit, mit dem Leben davonzukommen, davon abhing, dass sich die Kräfte aller Mitreisenden vereinten – eine Notgemeinschaft, die genauso lange dauern würde, wie sie ihm vorteilhaft erschien.

Sechsunddreissig Stunden nach dem Verschwinden des Kanonenbootes waren sie bei Sonnenuntergang losgesegelt, in einer leichten mitlaufenden Dünung und vorangetrieben von einer Brise, die gleichmässig aus Norden geweht hatte. Scheepers hatte sich vorher mit dem urteilsfähigen Teil der Besatzung über den Kurs beraten. Jetzt, in ihrer Notsituation, zog er alle Dienstgrade zu ihren Überlegungen hinzu, und so versammelte er Honke Kruse, Arenholt, Lucius und Terbrugge um Vissers Krankenlager, um die Lage zu beraten. Leutnant Vanstappen lag in Fieberschauern und konnte nicht mitreden. Die anderen beschränkten sich aufs Zuhören.

Das Schönste wäre es, wenn sie auf nördlichem Kurs in die Flores-Strasse hineinsegeln könnten, um dann im Südostpassat nach Westen holländisches Gebiet in Surabaya auf Java zu erreichen. Allerdings wäre das mit 700 bis 800 Seemeilen die grösste Distanz aller möglichen Varianten. Da müssten sie im besten Fall mit sieben bis acht Tagen Reisedauer rechnen. Lucius und Terbrugge stimmten dafür. Aber Visser widersprach: «Die Engländer werden auch annehmen, dass wir nach Java entweichen wollen; für sie muss es doch nahe liegend sein, dass wir versuchen, in den Machtbereich unserer Landsleute zu kommen.»

Scheepers neigte der Ansicht zu, dass sie nach Westen segeln sollten. «Wir müssen an unsere Verwundeten denken, Mijnheer.»

«Wir müssen aber auch die Chancen abwägen, Gerrit. Der Weg über die Flores-Strasse nach Surabaya führt uns geradenwegs in englische Gefangenschaft» – sein Blick glitt zu Cordula, die wie traumverloren mit Hinnerkje spielte, und der Kapitän dämpfte unwillkürlich die Stimme – «oder in japanische. Ich muss Euch nicht erklären, was das heisst.» Allen war klar, dass Cordula zuhörte.

Scheepers liess sich nicht beirren. «Euer eigener Zustand mag Euch gering erscheinen, aber der Zustand von Eekens, de Vries' und Vanstappens spricht dafür. Und Folkert scheint mir nicht mehr zurechnungsfähig zu sein und wird bald Probleme machen. Der Passat kann jeden Tag kommen; mit dem kräftigen achterlichen Wind werden wir geschwinder nach Westen gelangen, als wir jetzt glauben.»

Doch Visser erhielt Unterstützung von Anholt. «Ich bin dagegen! Das ist zu weit! Warum segeln wir nicht nach Neuholland?»

Alle schwiegen und analysierten in Gedanken den Kurs dorthin und die möglichen Gefahren. «Das wäre nicht abwegig», gab Kapitän Visser nach einer Weile zu, «obwohl es dorthin nur wenig näher ist.»

«Doch», widersprach Arenholt, «mindestens 100 Meilen. Das kürzlich von Holländern entdeckte Land brächte auch einige Sicherheit, weil es den Engländern zu weit abgelegen erscheinen könnte.»

«Trotzdem, wir müssen das gut überlegen, ist ja quasi die Gegenrichtung. Neuholland ist, soviel ich weiss, menschenleer. Da könnten wir uns verstecken. Das Klima soll angenehm sein, es gibt Trinkwasser, essbare Kräuter und jagdbares Wild; wir werden dort Holz für die Bootsüberholung finden und könnten uns Hütten bauen.» Visser schaute in die Runde. «Ja – und wir werden die Verwundeten besser pflegen können, damit sie sich erholen.»

Scheepers dachte an den Splitter in Vissers Brust und an die Brandblasen in Eekens' Hände – wie sollte man die wohl pflegen? Der Kapitän war noch nicht fertig: «Wenn sie uns dann nicht mehr finden, könnten wir nach einiger Zeit der Ruhe nach Westen segeln.»

Aber Scheepers sagte, gegen Neuholland spräche der Südostpassat, der hier in dieser Jahreszeit vorherrsche und einem Kurs nach Neuholland entgegenstehe. Doch dann wurde ihnen von einem für die Jahreszeit untypischen Nordwind die Entscheidung abgenommen und sie mussten den Kurs nach Süden nehmen. So beschlossen sie, in gebührendem Abstand an der Küste Timors hinunterzusegeln, dann Roti zu umrunden und Kurs in die Timor-See und auf Neuholland zu nehmen.

Die ganze Nacht und fast den ganzen darauf folgenden Tag hatten sie den Wind von achterlich Steuerbord. Am Abend, als die Westküste Timors eben über den Horizont im Westen heraufstieg, hatten sie ein Segel gesichtet, das keine vier Meilen von ihnen entfernt auftauchte und sich dann in gleichmässiger Fahrt nach Nordwesten entfernte. Vielleicht hatte man sie von dem Schiff aus auch gesehen, vielleicht auch nicht.

Der Wind hatte unverändert aus Norden geweht, aber eine kräftige Strömung setzte gegen sie, so dass sie langsamer vorankamen als sie es sich gewünscht und bei der guten Brise auch erwartet hatten. Bei Sonnenaufgang sahen sie backbords wieder eine lang gezogene Insel, wahrscheinlich war es Roti, aber am späteren Vormittag hatte das Glück sie im Stich gelassen. Der Wind hatte schlagartig aufgehört. Den ganzen Tag über lagen sie hilflos in der Flaute. Am späten Nachmittag hatte der Wind aus Nordost zu wehen begonnen, war bald aufgefrischt bis zu Windstärke sechs oder sieben, und sie hatten noch kaum begriffen, was da herankam, als sie auch schon mittendrin im tropischen Unwetter waren. Es dauerte zehn Stunden lang, zehn nicht enden wollende Stunden des Windes, der Dunkelheit und eines seltsam kalten Regens, zehn endlose Stunden des Gierens und Stampfens, während die erschöpfte Mannschaft die ganze Nacht hindurch um ihr Leben Wasser schöpfte, da achterlich auflaufende Seen über das Heck schlugen und über die Seiten hereinbrachen. Scheepers musste mit dem Boot vor dem Sturm nach Westen laufen, ohne Fock, und das Grosssegel so weit gerefft, dass das Boot gerade noch genügend Fahrt machte, um auf das Ruder zu reagieren. Mit jeder Meile, die sie nach Westen trieben, entfernten sie sich wieder eine Meile von der rettenden Timor-See, in deren Weite sie verschwinden wollten. Doch selbst wenn Scheepers es gewollt hätte, so hätte er doch nichts anderes tun können, als sich vom Sturm treiben zu lassen: das Boot war achtern leck und lag mit dem Heck tief im Wasser. Hätten sie achtern einen Treibanker ausgebracht, so hätte er das Heck unter die Wasseroberfläche gezogen; und etwa zu wenden und einen Treibanker vorn anzubringen, war ganz und gar unmöglich. Denn um genügend Fahrt zum Wenden zu haben, hätten sie soviel Segel setzen müssen, dass entweder der Mast über Bord gegangen oder das Boot beim Wenden gekentert wäre.

Und dann war die lange, schwere Mühsal dieser Nacht so unvermittelt zu Ende, wie sie begonnen hatte; doch was danach kam, das war dann erst die wahre Zerreissprobe. Wieder brannte endlose, qualvolle Stunden lang die erbarmungslose Geissel der Sonne, einer Sonne, die von einer schrecklichen Gleichgültigkeit und zugleich von einer unvorstellbaren Bösartigkeit war, deren Wirkung immer unerträglicher wurde, bis sie die wehrlosen Menschen an den Rand des physischen, moralischen und geistigen Zusammenbruchs brachte – und über diesen Rand hinaustrieb.

Scheepers versuchte – auf die zwecklos gewordene Ruderpinne gelehnt, während Honke mit seiner Pistole unverändert wachsam neben ihm sass – den quälenden Schmerz des Durstes, der geschwollenen Zunge, der aufgeplatzten

Lippen und der Brandblasen auf seinem Rücken zu vergessen und den Schaden zu überschlagen, der durch die entsetzlichen Tage entstanden war, nachdem der Sturm geendet hatte. Der ursprüngliche Geist der Kameradschaft war verschwunden, es war, als hätte es ihn nie gegeben. Wenn zu Anfang jeder bemüht gewesen war, dem anderen zu helfen, so dachten jetzt die meisten nur noch an sich selbst und waren dem Anderen gegenüber völlig gleichgültig. Wenn jeder seine kümmerliche Ration Wasser oder Rohrzucker zugeteilt bekam – der Zwieback war schon vor zwei Tagen zu Ende gewesen – dann verfolgte ein Dutzend gieriger, feindseliger Augen jede Bewegung der abgemagerten, hastig zupackenden Hände und der verdursteten, rissigen Lippen. Alle, die noch nicht in Apathie versunken waren, wachten eifrig darüber, dass jeder genau das bekam, was ihm zustand, und nicht einen Tropfen oder Bissen mehr. Wenn der kleine Hinnerkje ausser der Reihe etwas zu trinken bekam und ein wenig von dem Wasser an seinem Kinn herunterlief und auf das heisse Holz der Bank tropfte, wo es fast augenblicklich verdampfte, verkrampften sich dunkel verbrannte, ausgemergelte Hände, dass die Knöchel weisslich hervortraten, und mit neidischer Gier schauten blutunterlaufene Augen zu. Die meisten befanden sich aber mittlerweile in einem Zustand, in dem ihnen der Tod geradezu verlockend erschien, verglichen mit der unerträglichen Folter ihres Durstes. Es hatte seinen guten Grund, wenn Honke die Pistole nicht aus der Hand liess.

Kapitän Visser lag in Bewusstlosigkeit, warf sich aber unruhig hin und her, von Schmerzen gequält, und Scheepers hatte ihn vorsichtshalber mit einer Leine locker am Dollbord und an einer der Querduchten angebunden. Der Vollmatrose Eekens war gleichfalls festgebunden, obwohl er noch bei Bewusstsein war. Er war bei Bewusstsein, doch in einer einsamen Hölle unbeschreiblicher Qual; es gab keine Bandagen, kein Verbandszeug, keine Medikamente und keine schmerzlindernden Opiate mehr, keinerlei Schutz für die schrecklichen Verbrennungen, die er sich zugezogen hatte, bevor er von Bord der *Den Helder* gegangen war. Die sengende Sonne hatte jeden Zentimeter des rohen Fleisches aufgerissen, bis Eekens vor Schmerz wahnsinnig wurde. Seine Hände hatten sich in das geschundene brennende Fleisch gekrallt, dass die Fingernägel rot waren vom Blut. Man hatte ihm die Hände zusammengebunden und das Seil an einer Bank festgemacht, um ihn daran zu hindern, über Bord zu springen, wie er das schon zweimal versucht hatte. Er konnte minutenlang unbeweglich dasitzen, um dann mit aller Kraft an den Stricken zu zerren, mit denen seine blutenden Handgelenke gefesselt waren, während er vor Schmerz rasch und keuchend atmete. Scheepers war schon so weit, sich ernstlich zu fragen, ob er ihn nicht einfach losschneiden sollte, und was für eine moralische Berechtigung er eigentlich habe, den Vollmatrosen dazu zu verurteilen, langsam und qualvoll auf der Folter zu sterben, statt ihm zu erlauben, einfach Schluss zu machen, einen raschen, sauberen Schluss, indem er kurzerhand über Bord sprang. Denn sterben würde er ohnehin; er war schon vom Tode gezeichnet.

Das übel zugerichtete Handgelenk von Vanstappen wurde von Tag zu Tag schlimmer. Seine Abwehrkräfte waren gleichfalls verbraucht, und durch das Salzwasser, das in den zerschlissenen Verbänden getrocknet war, hatten sich die offenen Wunden entzündet. Doch er verfügte über eine angeborene Zähigkeit und Widerstandsfähigkeit, die weit über das Normalmass hinausgingen. Bei Tamme de Vries sah die Sache nicht viel besser aus; er konnte stundenlang unbeweglich unten im Boot liegen, die Schultern gegen eine Duscht gelehnt, und nach vorn starren. Es schien, als habe er einen Zustand erreicht, in dem er keinen Schlaf mehr brauchte.

Am schlimmsten war der drohende psychische Zusammenbruch. Fähnrich Terbrugge und der alte Zaltboom waren noch nicht wirklich von Sinnen, beide aber zeigten die gleichen Symptome eines zunehmenden Mangels an Kontakt mit der Realität, die gleichen langen Perioden in sich gekehrten melancholischen Schweigens, unterbrochen durch gelegentliche halblaute Selbstgespräche. Beide lächelten verlegen und wie um Entschuldigung bittend, wenn ihnen klar wurde, dass ein anderer ihr leises Selbstgespräch gehört hatte, und versanken dann erneut im Schweigen. Auch beim kleinen Hooger, dem Seekadetten, war es nicht möglich, eine zuverlässige Diagnose zu stellen; jetzt grinste er über das ganze Gesicht, während er vor sich hinstarrte, ohne etwas zu sehen, und dann konnte er aber auch wieder ganz vernünftige Antworten geben. Was jedoch den jungen Soldaten Folkert anging, so war in seinem Fall jeder Zweifel ausgeschlossen; Folkert hatte den Kontakt mit der Realität verloren, war wirklich von Sinnen.

Doch der totale physische und psychische Zusammenbruch war noch nicht gekommen, er erfasste noch nicht alle. Ausser Scheepers gab es noch vier Männer, die keinerlei Anzeichen von Schwäche oder Zweifel oder gar Verzweiflung erkennen liessen. Das waren der Obersteuermann, der Oberst, der Kadett Enno Huismans und Harm Jansen. Honke war nach wie vor der alte, unverändert und offenbar durch nichts zu erschüttern, hatte immer noch sein bedächtiges Lächeln und er hielt nach wie vor die Pistole in der Hand. Und dann der Oberst – Arenholt war einfach grossartig. Je mehr ihre Lage sich verschlimmerte, je hoffnungsloser sie wurde, desto bewundernswerter wurde der Oberst. Wenn es galt, Schmerz zu lindern, die Lage eines Kranken zu erleichtern oder ihn gegen die Sonne zu schützen, wenn Wasser geschöpft werden musste – es war mittlerweile ziemlich selten, dass die Bodenbretter nicht vom Wasser bedeckt waren –, dann war der Oberst zur Stelle, griff helfend zu, sprach ermutigende Worte, lächelte und arbeitete, ohne sich zu beklagen. Für einen Mann seines Alters – Arenholt musste weit über sechzig sein – war das eine geradezu unglaubliche Leistung. Scheepers beobachtete ihn mit einer Mischung aus Verblüffung und

Faszination. Der grosssprecherische, alberne Colonel Bumm-Bumm, den er an Bord der sinkenden *Modiadeen* kennen gelernt hatte – es schien, als hätte es ihn nie gegeben. Seltsamerweise hatte sich auch seine affektierte Art völlig verloren, so dass sich Scheepers bei der Frage ertappte, ob er sich das etwa nur eingebildet habe.

Die beiden jungen Männer, Huismans und Jansen, schienen erschöpft, aber nicht verändert. Wenn Scheepers zu ihnen hinüberlächelte (sofern die gesprungenen Lippen überhaupt ein Lächeln zuliessen), grinsten die Burschen offen zurück. «Die Kerle haben Bärennaturen», dachte der Vize.

Und noch etwas war bemerkenswert. Der Oberst sass die meiste Zeit neben Mevrouw Wendelina und sprach leise mit ihr. Mevrouw Wendelina war inzwischen sehr schwach geworden, wenn auch ihre spitze Zunge nichts von ihrer Bissigkeit verloren hatte. Sie nahm die zahllosen kleinen Dienste, die Arenholt ihr erwies, mit Dankbarkeit an. Die beiden sassen auch jetzt zusammen, und Scheepers sah zu ihnen hin, ohne eine Miene zu verziehen, musste aber heimlich lächeln. Wären die beiden dreissig Jahre jünger gewesen, so hätte er wetten mögen, dass der Oberst in Bezug auf Wendelina Absichten hatte.

Irgend etwas bewegte sich an seinen Knien, und Scheepers sah nach unten, dorthin, wo Cordula Volmer sass, die jetzt schon seit drei Tagen den kleinen Hinnerkje festhielt, wenn er vor ihr im Heck herumsprang. Dank der nicht rationierten Zuteilung an Nahrung und Trinkwasser, die er von Mevrouw Wendelina und Honke erhielt, war Hinnerkje der einzige, der über einen Überschuss an Energie verfügte. Cordula hielt ihn, wenn. er schlief, stundenlang in ihren Armen. Sie hatte dabei zweifellos Muskelkrämpfe und eingeschlafene Arme oder Beine ausstehen müssen; beklagt hatte sie sich deshalb aber nie. Ihr Gesicht war in den letzten Tagen abgemagert, die Backenknochen traten stark hervor, und die grosse Narbe auf ihrer linken Wange sah von Stunde zu Stunde übler aus, da ihre Haut durch die brennende Sonne immer dunkler wurde. Sie lächelte ihm zu, nur ein kurzes Lächeln, das ihren vor Durst rissigen Lippen wehtat, dann sah sie beiseite und zeigte mit einem Kopfnicken auf Hinnerkje. Doch es war Honke, der die Geste bemerkte und richtig interpretierte; er gab das Lächeln zurück und tauchte die Schöpfkelle in den Rest des warmen, abgestandenen Wassers, das noch in dem Kanister war. Fast wie auf ein verabredetes Zeichen erhoben sich ein Dutzend Köpfe und verfolgten jede Bewegung der Schöpfkelle, sahen zu, wie Honke das Wasser vorsichtig aus der Kelle in eine Tasse goss, wie der Kleine mit seinen Patschhändchen eifrig nach der Tasse griff und in grossen Schlucken trank. Dann verliessen die spähenden Augen das Kind und die geleerte Tasse und richteten sich stattdessen auf Honke, blutunterlaufene Augen, verdunkelt von Qual und Hass; doch Honke lächelte sein bedächtiges, geduldiges Lächeln, hielt die Pistole in seiner Hand und rührte sich nicht.

Die Nacht, die dann endlich kam, brachte nur wenig Erleichterung. Die Luft war noch immer sehr heiss und drückend, und die kümmerliche Wasserration, die bei Sonnenuntergang ausgeteilt worden war, hatte nur das Verlangen nach mehr geweckt, den rasenden Durst nur noch unerträglicher gemacht. Nach Sonnenuntergang rückten die Insassen des Rettungsbootes zwei oder drei Stunden lang unruhig auf ihren Plätzen hin und her, und bei allen lauerte im Hintergrund ihres Bewusstseins der verzweifelte Gedanke, dass für einige von ihnen, falls nicht ein Wunder geschah, der heutige Sonnenuntergang der letzt sein würde, den sie erlebten. Doch die Natur war gnädig, Körper und Geist waren erschöpft durch Hunger und Durst, jede Energie verbraucht durch die Sonne, und nach und nach fielen alle in einen unruhigen Schlaf.

Auch Scheepers und Honke schliefen ein. Sie hatten es nicht gewollt. Ihr Absicht war gewesen, abwechselnd die Nacht hindurch zu wachen; aber sie waren nicht weniger am Ende als die anderen, und so fielen ihnen von Zeit zu Zeit die Augen zu, der Kopf sank auf die Brust, bis sie dann mit einem Ruck wieder wach wurden. Einmal schien es Scheepers, als höre er jemanden sich im Boot bewegen, und er rief leise. Es kam keine Antwort. Kurze Zeit danach, als er eben wieder einnicken wollte, hätte er schwören mögen, ein leises Geräusch gehört zu haben, wie wenn irgend etwas ins Wasser gefallen sei. Er zählte all die schattenhaften Gestalten, und die Zahl stimmte: es waren achtzehn, ausser ihm selbst.

Er hielt sich für den Rest der Nacht wach, obwohl er heftig gegen eine geradezu überwältigende Müdigkeit ankämpfen musste. Seine Augenlider waren schwer wie Blei, im Schädel war eine dumpfe Verwirrung, die Kehle war ausgedörrt, und die angeschwollene Zunge schien seinen Mund gänzlich auszufüllen. All das wollte ihn zwingen nachzugeben, seine zitternden Lider über die Augen fallen zulassen, um zu schlafen und zu vergessen. Doch irgend etwas in seinem Bewusstsein sagte ihm immer wieder, dass er nicht nachgeben dürfe, dass er die Verantwortung habe für das Rettungsboot und für das Leben der Menschen darin. Schliesslich nach langer, langer Zeit, begann das erste schwache Grau den Horizont im Osten zu erhellen.

In den Tropen sind die Dämmerungszeiten kurz; nach einigen Minuten konnte er schon den Mast vor dem heller werdenden Himmel erkennen, dann die Linie des Dollbords, und dann die einzelnen Gestalten der Schläfer, die im Boot lagen. Zunächst sah er zu dem Jungen hin. Er lag noch in friedlichem Schlaf, dicht neben ihm hinten im Heck, eingewickelt in eine Decke; sein Kopf ruhte wie auf einem Kissen auf dem angewinkelten Arm von Cordula, die nach wie vor da unten sass, in einer ziemlich unbequemen Stellung, den Kopf gegen die Ruderbank gelehnt. Scheepers bückte sich zu ihr hinunter und sah, dass die harte Kante der Bank sich in ihre rechte Wange drückte. Vorsichtig hob er ihren Kopf hoch, nahm eine Ecke der Decke und legte sie doppelt zwischen die Bank und ihr Gesicht. Dann, in einer sonderbaren Anwandlung, schob er sanft das dichte, blauschwarze Haar zurück, das ihr ins Gesicht gefallen war und die lange Narbe verdeckte. Einen Augenblick lang liess er seine Hand leicht auf der Narbe liegen; dann sah er in dem dämmrigen Licht das Schimmern ihrer Augen und erkannte, dass sie wach war. Er spürte keinerlei Verlegenheit, fühlte sich nicht ertappt, sondern sah nur lächelnd und wortlos zu ihr hinunter.

Das Boot lag tief im Wasser, das Wasser im Innern des Bootes stand bereits drei Zoll hoch über den Bodenbrettern. Scheepers war sich darüber klar, dass es an der Zeit wäre, zu schöpfen, dass es sogar höchste Zeit war. Doch Wasserschöpfen war ein Geschäft, das Lärm machte, und er sah nicht ein, weshalb er die Schläfer dem Zustand des Vergessens entreissen sollte. Das Boot konnte noch mindestens eine Stunde schwimmen, auch ohne, dass geschöpft wurde. Einer oder zwei sassen praktisch im Wasser. Doch das waren Unbequemlichkeiten, die unbedeutend waren im Vergleich mit dem, was sie alle zu erleiden haben würden, bis die Sonne das nächste Mal unterging.

Dann aber sah er plötzlich etwas, das jeden Gedanken an müssiges Nichtstun, jeden Gedanken an Schlaf verscheuchte. Hastig rüttelte er Honke wach, dann stieg er über die achterliche Duscht und kniete sich auf die tiefer gelegene Mastducht. Dort lag der Vollmatrose Eekens, der sich so schrecklich verbrannt hatte, in einer höchst merkwürdigen Stellung, halb geduckt und halb kniend, die blutig aufgescheuerten Handgelenke noch immer an der Duscht festgebunden und den Kopf vornüber geneigt. Scheepers beugte sich über ihn und rüttelte ihn an der Schulter, rief ihn beim Namen; doch Eekens war nicht mehr wachzurütteln, und er würde es auch nie mehr hören, wenn man ihn beim Namen rief. Er war zufällig oder absichtlich – vermutlich mit Absicht, und trotz dem Strick, mit dem er angebunden war – irgendwann im Laufe der Nacht von der Duscht heruntergerutscht und in den paar Zoll Wasser, das über den Bodenbrettern stand, ertrunken. Scheepers richtete sich auf und sah zu Honke hin. Der Obersteuermann begriff sofort und nickte. Es würde nicht gerade zur Hebung der Moral beitragen, wenn die Überlebenden beim Erwachen in ihrer Mitte einen Toten vorfanden. Wenn sie Eekens jetzt still und leise über Bord hievten, ohne jedes Zeremoniell, so schien das ein kleiner Preis, den sie dafür entrichteten, dass nicht der eine oder andere der Mitreisenden den Verstand völlig verlieren würde, wenn er beim Erwachen das Schicksal vor Augen hatte, das auch ihm drohte.

Doch Eekens war schwerer als er aussah. Als Honke die Stricke, mit denen man ihn vorsichtshalber festgebunden hatte, schliesslich mit seinem Messer durchgeschnitten hatte und Scheepers dabei half, den Toten nach Steuerbord zu schleppen, war mehr als die Hälfte der Insassen des Rettungsbootes wach geworden und sah ihnen dabei zu, wie sie sich mit dem Leichnam abmühten. Keiner von ihnen sagte etwas; es schien, als würde es Scheepers und Honke gelingen, Eekens über Bord zu hieven, ohne dass irgendwelche hysterischen Ausbrüche erfolgten.

Plötzlich kam von vorn ein lauter Schrei, so laut, dass selbst der Müdeste aus seiner Lethargie aufschrak, den Kopf mit einem Ruck herumnahm und nach vorn zum Bug starrte. Auch Scheepers und Honke gab es einen Ruck, sie liessen den Toten fallen und fuhren herum: es war Folkert, der junge Soldat, der geschrieen hatte. Er hatte Eekens nicht gesehen, er hatte überhaupt nicht in diese Richtung gesehen. Er kniete auf den Bodenbrettern und bewegte den Oberkörper langsam vor und zurück, während er nach unten auf einen Mann starrte, der flach auf dem Rücken lag. Und jetzt, während Scheepers ihn beobachtete, warf er sich zur Seite und vergrub den Kopf in seinen Armen, die er auf dem Dollbord gelegt hatte, wobei er leise vor sich hin stöhnte.

Innerhalb von drei Sekunden war Scheepers bei ihm und sah hinunter auf den Mann, der auf den Bodenbrettern lag. Die Kniekehlen hingen über einer Duscht, und seine Füsse zeigten in den Himmel. Er war rücklings von der Ruderbank gefallen, auf der er gesessen hatte. Sein Kopf lag unten im Wasser, und dieser Kopf gehörte dem Matrosen Tamme de Vries, dem Rudergänger der Steuerbordwache auf der Den Helder. Er war tot.

Scheepers beugte sich zu ihm, fuhr mit der Hand rasch unter das Hemd, um den Herzschlag zu fühlen, und zog die Hand ebenso rasch wieder heraus. Die Haut fühlte sich kalt und feucht an; der Tod musste schon vor mehreren Stunden eingetreten sein.

*

Wie ein grosser brennender Ball rollte die Sonne über den östlichen Horizont herauf. Innerhalb kurzer Zeit waren die Gespräche fast verstummt, die durch die beiden Toten aufgeflammt waren, und die Lebenden zogen sich wieder zurück in das Gehäuse ihrer Gleichgültigkeit, jeder allein mit sich selbst in der privaten Hölle seines Durstes und seiner Schmerzen. Endlos dehnten sich die Stunden, eine nach der anderen, während die Sonne höher und höher stieg in dem verwaschenen Blau eines leeren, windstillen Himmels, und immer noch lag das Rettungsboot, wie jetzt schon endlose Tage lang, regungslos auf dem Wasser. Dass sie sich in diesen Tagen trotzdem wieder viele Meilen weit nach Süden auf den Indischen Ozean hinausbewegt hatten, darüber war sich Scheepers klar; denn der Strom lief praktisch das ganze Jahr hindurch von der Sawu-See in fast südliche Richtung. Aber irgendeine Bewegung des Bootes durch das Wasser, das sie rings umgab, war mit dem blossen Auge nicht zu erkennen.

Enno Huismans hatte wieder mit dem Oktanten die Mittagsbreite gemessen und danach kurz mit Harm gemurmelt, der ihm inzwischen die

Sonnendeklination des Tages errechnet hatte. 14° 09' S schrieb er in der Kladde. Dann war wieder Stille.

Und genauso wenig wie sich das Boot auf der Oberfläche des Meeres bewegte, rückte sich irgend jemand an Bord. Jetzt, da die Sonne sich dem Zenit näherte, hatte schon die geringste Anstrengung Erschöpfung zur Folge. Von Zeit zu Zeit ging der kleine Hinnerkje im Boot herum und unterhielt sich mit sich selbst in seiner eigenen, nur ihm verständlichen Sprache.

Von der Bank an Steuerbordseite war von Zeit zu Zeit leises Stimmengemurmel zu hören. Wie es der Oberst und Mevrouw Wendelina fertigbrachten, immer wieder neuen Gesprächsstoff zu finden, war für Scheepers völlig schleierhaft. Jedenfalls, sie fanden ihn, und sogar reichlich. In den Pausen der Unterhaltung sassen sie einfach da und sahen einander in die Augen, und die ganze Zeit hielt der Oberst ihre abgemagerte Hand. Noch vor zwei oder drei Tagen war das Scheepers komisch erschienen, inzwischen hatte er sich daran gewöhnt und fand nichts Komisches mehr daran. Ein altes Liebespaar, das geduldig und ohne jede Angst das Ende erwartete.

Langsam liess Scheepers seinen Blick weiter die Runde durch das Boot machen. Er konnte gegenüber gestern keine wesentliche Veränderung entdecken, abgesehen davon, dass alle noch mehr geschwächt und erschöpft waren. Keiner hatte kaum noch die Kraft, sich soweit zu bewegen, um den Schutz der vereinzelten Schattenflecke zu erreichen, die die Reste der Segel gaben. Sie waren am Ende. Scheepers wusste, dass es bei diesen Menschen von der Gleichgültigkeit zur Leblosigkeit in der Tat nur noch ein sehr kurzer Schritt war. Wenn es nicht innerhalb der nächsten vierundzwanzig Stunden Wind oder Regen gab, dann würde es unwichtig geworden sein, ob es überhaupt noch jemals Regen oder Wind gab.

Der einzige erfreuliche Posten auf der Habenseite war der Gesundheitszustand des Kapitäns. Er war kurz nach Hellwerden aus seiner Ohnmacht erwacht und schien entschlossen, das Bewusstsein nicht wieder zu verlieren. Er sprach auch ganz normal oder jedenfalls so normal, wie irgendeiner von ihnen, denen der Durst die Kehle zuschnürte. Er hustete auch kein Blut mehr. Dass ein Mann, der ein Geschoss in der Lunge oder in den Rippen stecken hatte, die entsetzlichen Strapazen der vergangenen Woche überlebt haben sollte, noch dazu ohne jede ärztliche Versorgung, war ein Wunder. Vissers Widerstandskraft erschien Scheepers geradezu unglaubwürdig. Vielleicht war es einfach sein Verantwortungsgefühl, das ihn am Leben hielt. Scheepers war, zu gleichgültig, um sich länger Gedanken darüber zu machen. Er schloss die Augen, um sie auszuruhen von dem grellen, flimmernden Glanz, der auf dem Wasser lag. Bald war er in der Mittagssonne sacht eingenickt.

Er wurde davon wach, dass er jemanden trinken hörte. Es klang nicht, als ob jemand die kümmerliche Ration warmen, abgestandenen Wassers trank, die

Honke dreimal am Tage austeilte, sondern da trank jemand in grossen, gierigen Schlucken, gurgelnd und schlappernd, als hätte er einen Eimer angesetzt. Im ersten Augenblick dachte Scheepers, jemand wäre über den Rest ihres Trinkwasservorrats hergefallen, doch dann sah er Folkert. Der junge Soldat, der in der Nähe des Mastes sass, hatte das Ölfass an die Lippen gesetzt – das Gefäss, das man zum Ausschöpfen des Wassers im Boot benötigte, fasste mindestens zwei Pint. Folkert hatte den Kopf weit nach hinten gelegt und war eben dabei, die Neige auszutrinken. Scheepers stand auf, noch steif vom Schlaf, stieg vorsichtig über die Leiber hinweg, die auf den Sitzen und Bänken lagen, und nahm das Gefäss aus den Händen des Jungen, der keinen Widerstand leistete. Er hob den Wasserschöpfer an den Mund, liess ein paar Tropfen auf seine Zunge rollen und verzog das Gesicht: Salzwasser. Er hatte es nicht anders erwartet. Der Junge starrte mit geweiteten, irren Augen zu ihm auf, mit einem Ausdruck hilflosen Trotzes.

Scheepers schüttelte den Kopf und sah zu dem jungen hinunter. «Das war Seewasser, Folkert!»

Folkert antwortete nicht. Seine Lippen zuckten, als ob er versuchte, Worte zu bilden, doch es kam kein Laut heraus. Die verstörten Augen waren starr und ausdruckslos auf Scheepers gerichtet, und er zuckte nicht ein einziges Mal mit den Wimpern.

«Hat Er den ganzen Schöpfer leergetrunken?» fragte Scheepers eindringlich. Der Junge begann mit brüchiger Stimme zu fluchen, laut und pausenlos. Mehrere Sekunden lang sah Scheepers wortlos zu ihm hinunter, denn zuckte er resigniert die Schultern und wandte sich ab. Folkert kam halb von seinem Sitz hoch, und seine Finger griffen nach dem Wasserschöpfer, doch Scheepers stiess ihn zurück. Folkert sank wieder auf seinen Sitz, liess den Oberkörper vornüberfallen, verbarg das Gesicht in den Händen und bewegte langsam den Kopf hin und her. Scheepers blieb einen Augenblick unschlüssig stehen und begab sich dann nach achtern zur Ruderbank.

Der Mittag kam und verging. Die Sonne überschritt den Zenit, und die Hitze wurde noch schlimmer. Im Boot war es jetzt ebenso geräuschlos wie leblos. Selbst das Gemurmel von Oberst Arenholt und Mevrouw Wendelina war verstummt. Und dann kam der plötzliche Umschwung.

Die Wende war ebenso dramatisch wie abrupt, obwohl es an sich eine ganz geringfügige Veränderung war. Es war Honke, der zuerst darauf aufmerksam wurde. Er sass plötzlich bolzengerade, blinzelte und suchte dann mit spähendem Blick den Horizont ab. Sekunden später presste er seine Finger in Scheepers Arm und rüttelte ihn wach.

«Was ist los, Obersteuermann?» fragte Scheepers rasch. Doch Honke sagte nichts, sass einfach da und sah ihn an, die aufgerissenen, schmerzenden Lippen zu einem breiten Grinsen verzogen. Scheepers starrte ihn an, begriff überhaupt nichts und dachte im ersten Augenblick, jetzt wäre nun auch Honke übergeschnappt. Plötzlich bemerkte er's.

«Wind!» Seine Stimme war nur ein leises, heiseres Flüstern, doch sein Gesicht, auf dem er die ersten zaghaften Regungen einer Brise fühlen konnte, die bereits um einige Grade kühler war als die erstickende Hitze, zeigte deutlich, was in ihm vorging. Da richtete auch er seinen spähenden Blick auf den Horizont im Südosten. «Wind, Honke! Und Wolken. Könnt Ihr es sehen?» Er wies mit dem Arm nach Nordost: weit hinten begann soeben eine indigoblaue Wolkenbank über den Horizont heraufzusteigen.

«Ich sehe es, Mijnheer. Völlig klarer Fall. Kommt genau auf uns zu.»

«Und dieses Windchen frischt immer mehr auf. – Aufwachen! Aufwachen!»

Die Wirkung der Neuigkeit auf sämtliche Insassen des Bootes war beachtlich, die Verwandlung geradezu unglaublich. Innerhalb von zwei Minuten waren sie hellwach, hatten sich auf ihren Plätzen herumgedreht und starrten eifrig nach Südost, während alle aufgeregt durcheinander redeten.

«Segel setzen!»

Erstaunlich rasch ging das zerlumpte Schratsegel hoch, fast gleichzeitig folgte die dreieckige Klüverfock – die Barkasse gehorchte dem Ruderdruck und war wieder steuerungsfähig.

«Wohin, Kapitein? Wir könnten immer noch versuchen, nach Java zu gelangen.»

«Nein, das ist jetzt noch weiter entfernt! Geht hoch an den Wind, Gerrit; wir können dann später nach Süden abfallen. – Holland allezeit!»

Scheepers brachte die Barkasse an den Wind, das Boot legte sich leicht nach Lee und nahm Fahrt auf. Mit seinem Taschenkompass kontrollierte er die Richtung. 45°!

Die Wolke wuchs empor und änderte ihre Farbe allmählich in ein dunkles Grau. Nur Folkert, der junge Soldat, achtete nicht darauf, sondern sass einfach da und starrte auf die Bodenbretter, versunken in völliger Apathie. Doch er war die einzige Ausnahme. Was die übrigen anging, so hätte man sie für zum Tode Verurteilte halten können, die soeben erfahren haben, sie seien begnadigt worden.

Die lang gestreckte Wolkenbank hatte sich inzwischen genähert. Der Wind hatte zugenommen und war kühl auf der Haut zu spüren. Sie begannen wieder zu hoffen, das Leben war wieder lebenswert.

Sie warteten sehnlich auf den Regen. Es wurde wieder still im Boot, und fast eine Stunde lang fiel kein Wort. Als ihnen klar wurde, dass die Rettung nicht so unmittelbar bevorstand, wie sie gedacht hatten, überkam sie von neuem Gleichgültigkeit. Aber doch nur zum Teil. Die Hoffnung war geweckt, und keiner von ihnen hatte die geringste Neigung, sie wieder fahren zu lassen.

Immerhin waren sie wieder auf Kurs! Keiner schloss die Augen oder schlief wieder ein. Die Wolkenbank war noch immer da, voraus an Steuerbordseite, wurde beständig grösser und dunkler und zog ihre ganze Aufmerksamkeit auf sich. Alle starrten unverwandt darauf, und vielleicht war das der Grund, weshalb niemand auf Folkert achtete, bis es dann zu spät war.

Es war Cordula, die es als erste bemerkte. Was sie sah, liess sie von ihrem Sitz hochfahren und so rasch sie nur konnte durch das Boot nach vorn klettern, dorthin, wo Folkert sass. Er hatte die Augen verdreht, dass nur noch das Weisse zu sehen war. Er wurde von krampfhaften Zuckungen geschüttelt, dass seine Zähne aufeinanderschlugen, und sein Gesicht war kreidebleich. In dem Augenblick, da das Mädchen bei ihm ankam und ihn beruhigend beim Namen rief, fuhr er von seinem Sitz hoch und gab ihr einen Stoss, dass sie schwankte und gegen den Oberst fiel. Und dann, noch ehe die andern begriffen hatten, was geschah, noch ehe sie etwas tun konnten, sprang er über Bord und landete mit einem lauten Klatscher im Wasser.

Sekundenlang verharrten alle unbeweglich, wie erstarrt. Alles war so rasch und unvermutet gewesen, dass sie nicht wussten, ob sie sich das Ganze nicht nur eingebildet hatten. Doch der leere Platz auf der Duscht vorn im Boot war so wenig eine Einbildung wie die grösser werdenden Kreise auf der glatten Wasseroberfläche. Scheepers stand regungslos da. Das Mädchen hielt sich noch immer an Arenholt fest und sagte wieder und wieder. «Folkert, Folkert» vor sich hin. Aber der Soldat Folkert war sofort untergegangen.

*

Fast zwei Tage waren vergangen, noch immer wanderten die Regenböen unablässig nach Westen, und in dem schwindenden Licht zeigte der Himmel in allen Richtungen der Kompassrose das gleiche bleierne Grau. Prasselnde Schauer strichen über das ungeschützte Boot hinweg, doch das kümmerte niemand. Sie waren klatschnass bis auf die Haut, sie schauerten in dem kalten Regen, der die dünnen Baumwollstoffe eng an den Körpern kleben liess. Die siebzehn Überlebenden im Rettungsboot waren glücklich. Ungeachtet der dumpfen Betäubung, die das tragische Ende Folkerts ausgelöst hatte, und ungeachtet der schmerzlichen Erkenntnis, wie sinnlos dieser Tod war, da der lebenspendende Regen schon so nahe war. Sie waren glücklich, da der Selbsterhaltungstrieb stärker ist als alles andere. Sie waren glücklich, weil sie ihren entsetzlichen Durst gestillt und sich sattgetrunken hatten, weil der kalte Regen ihren Sonnenbrand und die Blasen auf der Haut kühlte, weil es ihnen gelungen war, soviel von dem Regen aufzufangen, dass sich in dem Frischwasserfass wieder fast ein Stekan Trinkwasser befand. Sie waren glücklich, weil das Rettungsboot, vorwärts getrieben von der drängenden Brise, bereits eine ganze Anzahl Meilen seit der Flautendrift zurücklegen konnte. Nur die Seeoffiziere und die erfahrenen Seeleute, auch Huismans und Jansen, waren sich klar darüber, dass sie Neuholland nicht direkt ansegeln konnten, das sich weit unten im Südosten erstreckte. Sie warteten auf eine Winddrehung nach Norden, um endlich nach Süden abfallen zu können. Hielt der Wind so an, lägen weitere hundert Seemeilen vor ihnen – und kaum nennenswertes Land. Doch alle anderen waren über jede Erwartung glücklich, da die Rettung winkte, weil es doch noch Wunder gab und die schlimmen Tage endlich vorüber waren.

Wie immer war es Honke Kruse; der es als erster gesehen hatte, als weit hinten die Regenschleier aufrissen: ein lang gestrecktes, niedriges Etwas, rund zwei Meilen von ihnen entfernt. Sie hatten keinen Grund, auf irgend etwas anderes gefasst zu sein als auf das Schlimmste. Innerhalb von Sekunden hatten sie die zerfetzten Segel geborgen, den Bolzen aus der Mastklampe herausgeschlagen, den Mast aus der Duscht gehoben und unten im Boot verstaut, so dass es selbst auf kurze Entfernung nichts anderes zu sein schien als ein unbemanntes, treibendes Rettungsboot, kaum zu sehen in den Schleiern der Regenböen.

Und doch hatte man sie gesehen. Das lang gestreckte graue Gebilde hatte seine Segelstellung verändert und nahm Kurs in die Richtung, in der sie trieben. Sie starrten dem Schiff entgegen, begierig, seine Identität zu erkennen. «Könnte ein Holländer sein», murmelte der Obersteuermann. Jetzt sahen es auch die anderen: «Ein Holländer!» – «Eine Fleute!» – «Nein, eine Fregatte der VOC!»

Dieses Schiff der holländischen Marine konnte man mit keinem anderen Fahrzeug verwechseln. Der geschwungene Bug mit dem niedrigen Bugspriet, die Ausbeulung der Bordwände über der Wasseroberfläche, das flache Deck: es war ganz sicher eine Fregatte! Die letzten Zweifel wurden weggefegt, als sie die Flagge ausmachen konnten. Es dürfte kaum eine andere Flagge geben, die mit solcher Leichtigkeit zu identifizieren ist wie die der VOC.

Im Rettungsboot sassen jetzt alle aufrecht, und einer oder zwei standen und winkten der Fregatte zu. An Bord des Seglers winkten zwei Leute zurück, einer von der Brücke, der andere vom Vorschiff. Die Insassen des Rettungsbootes waren schon dabei, ihr kümmerliches Bündel zu schnüren, um sich an Bord des holländischen Fahrzeugs zu begeben. Mevrouw Wendelina steckte sich gerade ihre Hutnadeln fester ins Haar, als das Kanonenboot die Segel wegnahm und langsam längsseits ging, kaum einen Meter von dem Rettungsboot entfernt, das neben dem grossen Schiff wie ein Zwerg wirkte. Noch ehe das Fahrzeug gänzlich gestoppt hatte, kamen zwei Leinen durch die Luft und fielen genau vorn und achtern in das Rettungsboot. Das ganze Manöver erfolgte mit einer Präzision, die ein deutliches Zeichen für eine glänzend eingespielte Besatzung war. Und dann lagen beide Fahrzeuge Seite an Seite. Scheepers hatte die eine Hand auf die Bordwand des Kanonenboots gelegt und die andere erhoben, um einen kleinen, ziemlich untersetzten Mann zu begrüssen, der soeben vom Deck oben auf sie heruntersah.

«Hallo!» Scheepers grinste von einem Ohr bis zum andern und streckte die Hand zum Gruss aus. «was sind wir froh, Euch zu sehen!»

«Was meint Ihr, wie froh wir erst sind, Euch zu sehen.» In dem sonnenverbrannten Gesicht des Mannes blitzten die weissen Zähne, dann machte er eine kaum sichtbare Bewegung mit der Linken, und plötzlich tauchten Matrosen neben ihm an Deck standen auf. Sie hielten ihre Pistolen unbeweglich im Anschlag. Es waren Japaner! Der Sprecher war ein Europäer; auch er hielt jetzt in seiner rechten Hand eine Pistole. «Ich darf Euch ernstlich bitten, sich nicht zu rühren.»

Scheepers hatte das Gefühl, als habe er einen Tritt in den Magen bekommen. Und obwohl er eben noch seinen Durst so ausgiebig gelöscht hatte, fühlte sich sein Mund plötzlich trocken an. Doch es gelang ihm, seine Stimme einigermassen fest klingen zu lassen, als er fragte: «Ist das ein Witz?»

«Ich muss Euch recht geben.» Der andere verbeugte sich leicht; er war jetzt so nah, dass Scheepers eine schräg verlaufende Narbe auf seiner linken Wange erkennen konnte. «Für Euch ist es allerdings wirklich nicht witzig. Da, seht Ihr.» Er zeigte mit der freien Hand auf den Flaggenmast. Das VOC-Banner war verschwunden, und an seiner Stelle entfaltete sich die Flagge mit dem Union Jack.

«Eine unerfreuliche Kriegslist, nicht wahr?» fuhr der Mann fort. Er schien die Situation ausgiebig zu geniessen. Er sprach ein ausgezeichnetes Holländisch. Es bereitete ihm offensichtlich Vergnügen, sich damit zu produzieren. «Es hat in der letzten Woche allerhand Hitze und Unwetter gegeben, und ich finde es ausserordentlich rücksichtsvoll von euch, dass ihr alle diese Strapazen überlebt habt. Wir haben euch seit langer Zeit erwartet und ihr seid uns sehr willkommen.»

Er brach plötzlich ab, fletschte die Zähne und richtete den Lauf seiner Pistole auf den Oberst, der aufgesprungen war – mit einer für einen Mann seines Alters erstaunlichen Schnelligkeit – und mit einer leeren Whiskyflasche ausholte. Der englische Offizier krümmte unwillkürlich den Finger, der am Abzug lag, machte ihn dann aber langsam wieder lang, als er sah, dass die Flasche nicht ihm gegolten hatte, sondern Looberghen, der den Schlag kommen sah, doch zu spät den Arm zur Abwehr hob. Die schwere Flasche traf ihn direkt über dem Ohr und liess ihn über der Duscht zusammenfalle. Der englische Offizier starrte Arenholt an.

«Noch eine solche Bewegung, und Ihr lebt nicht mehr, alter Mann. Seid Ihr wahnsinnig geworden?»

«Nein, ich nicht, aber dieser hier – und das hätte uns allen das Leben gekostet. Er wollte gerade nach einer Pistole greifen.» Arenholt starrte wütend auf den am Boden liegenden Looberghen. «Ich habe zuviel durchgemacht, um jetzt auf so idiotische Weise zu sterben, wo drei Pistolen auf mich gerichtet sind.»

«Ihr scheint ein sehr verständiger alter Mann zu sein», sagte der Offizier geschmeichelt. «Jeder Widerstand wäre in der Tat sinnlos.» Es war wirklich nichts zu machen, es gab keinen Ausweg mehr. Scheepers war sich darüber klar, und er fühlte eine ungeheure Enttäuschung in sich aufsteigen. . Er war verbittert, dass sie so viele Gefahren überstanden haben sollten, denen sie wie durch ein Wunder und um den Preis von fünf Menschenleben entronnen waren, und dass dies nun das Ende sein sollte. Hinter seinem Rücken hörte er Hinnerkjes leises Stimmchen. Als er sich umwandte, sah er den Kleinen hinten im Heck stehen und den englischen Offizier durch das Gitter seiner verschränkten Finger betrachten, nicht ängstlich, sondern nur scheu und verwundert.

Von neuem spürte Scheepers eine Woge wütender Verzweiflung in sich aufsteigen. Cordulas blaue Augen zeigten einen Ausdruck der Trauer und Verzweiflung, der nur allzu genau dem entsprach, was er selbst empfand. Er konnte in ihrem Gesicht keine Furcht entdecken, doch hoch über der Schläfe, dort, wo die Narbe unter dem Haaransatz verschwand, sah er eine rasch und heftig klopfende Ader. Unwillkürlich liess Scheepers seinen Blick langsam über das Boot gehen. Auf allen Gesichtern begegnete er dem gleichen Ausdruck der Furcht, der fatalen Ausweglosigkeit, der Fassungslosigkeit und der Trauer derer, die verloren haben. Das heisst, nicht auf allen Gesichtern. Suramas Miene war so ausdruckslos wie immer. Honkes Augen sprangen hin und her, während er den Blick rasch über das Rettungsboot gleiten liess, hinauf zu dem Kriegsfahrzeug und dann wieder nach unten in das Rettungsboot sah. Vermutlich überlegte er fieberhaft, ob ihnen noch eine letzte selbstmörderische Chance zum Widerstand blieb. Und der Oberst erschien geradezu unnatürlich unbeeindruckt: er hatte den Arm um die mageren Schultern von Mevrouw Wendelina gelegt und flüsterte ihr irgend etwas ins Ohr.

«Eine ergreifende, eine rührende Szene, nicht wahr?» Der englische Offizier schüttelte in gespieltem Kummer das Haupt. «Ja, meine Freunde, es bricht mir fast das Herz. Ausserdem wird es gleich regnen, und zwar heftig.» Er richtete den Blick auf die schwere Wolkenbank, die wieder von Südost herankam, und auf den dichten Regenvorhang, der knapp eine halbe Meile entfernt über die dunkelnde See fegte. «Ich habe eine eingefleischte Abneigung dagegen, mich bis auf die Haut nass regnen zu lassen; noch dazu, wenn es gar nicht nötig ist. Ich schlage vor —»

Scheepers hörte hinter sich die aufgebrachte, dröhnende Stimme Arenholts: «Irgendwelche weiteren Aufforderungen sind überflüssig. Meint Ihr vielleicht, ich hätte Lust, noch die ganze Nacht in diesem verdammten Boot zu bleiben?» Der Vizekapitän sah Arenholt aufrecht dastehen, eine Hand um den Griff seines schweren Reisekoffers geschlossen.

«Was – was habt Ihr vor?» fragte Scheepers.

Arenholt sah zu ihm hin, sagte aber nichts. Er lächelte nur, und seine Oberlippe verzog sich unter dem weissen Schnurrbart langsam zu einer vollendeten Geste der Verachtung. Dann hob er den Blick zu dem Offizier, der über ihm an Deck des Kanonenboots stand, und deutete mit dem Daumen auf Scheepers: «Falls dieser Narr da versuchen sollte, irgendeinen Unfug anzustellen oder mich irgendwie in meiner Bewegungsfreiheit zu behindern, so schiesst ihn nieder.

«Scheepers starrte ihn an und traute seinen Ohren nicht; dann warf er einen Blick nach oben auf den englischen Offizier. Dessen Gesicht zeigte keinerlei Fassungslosigkeit, nicht einmal Erstaunen, sondern ganz im Gegenteil ein befriedigtes Grinsen.

«Kommt an Bord, Sir», rief er Arenholt zu. «Aber alleine!»

«Dieser freundliche Herr da sagte, ich sei willkommen», sagte Arenholt befriedigt; er langte in seinen Koffer und holte auch eine Pistole heraus. In der einen Hand den Koffer, in der anderen die Pistole machte er sich auf den Weg zur Bordwand. Dort hatte man einen Bootsmannsstuhl herabgelassen. Er setzte sich umständlich hinein und sagte: «Allerdings nur ich, Mijnheer Scheepers!» Er gab mit der Pistole ein Handzeichen, und die japanischen Matrosen zogen ihn empor. Oben wandte er sich wieder an den Engländer und sagte laut genug, dass es die Schiffbrüchigen verstehen konnten: «Ihr habt Eure Sache grossartig gemacht. Und entsprechend wird auch Ihr Lohn sein.»

Dann sah der Oberst noch einmal zu Scheepers hinunter. Die ersten schweren Tropfen der nahenden Regenböe begannen soeben auf das Deck des Kanonenboots zu klatschen. «Mein Freund hier schlägt vor, dass ihr als Gefangene an Bord kommen sollt. Ich habe ihn jedoch davon überzeugt, dass ihr dafür allzu gefährliche Leute seid, und dass man euch kurzerhand erschiessen sollte. Wir begeben uns jetzt unter Deck, um uns in aller Ruhe zu überlegen, wie man am besten mit euch verfährt.» Er wandte sich wiederum an den Engländer und sagte: «Macht das Boot achtern fest. Diese Burschen schrecken vor nichts zurück – es ist in höchstem Grade unratsam, sie längsseits zu haben. Wir wollen unter Deck gehen. Nur einen kurzen Augenblick noch – ich vergesse ganz meine guten Manieren. Schliesslich muss sich ja der Gast höflicherweise beim Abschied bei seinen Gastgebern bedanken.» Er verbeugte sich ironisch. «Kapitän Visser, Mijnheer Scheepers – meinen verbindlichsten Dank. Seid bedankt dafür, dass Ihr mich mitgenommen habt, und meinen besonderen Dank für Eure Höflichkeit und Eure navigatorische Geschicklichkeit, mit der Ihr mich genau an die Stelle gebracht habt, wo ich mich mit meinen guten Freunden verabredet hatte.»

«Sie verdammter Verräter!» sagte Scheepers langsam.

«Ihr seid ein guter Seemann, Scheepers, aber verdammt naiv!» Arenholt schüttelte bekümmert den Kopf. «Wir leben in einer harten und grausamen

Welt, mein Sohn. Man muss zusehen, wie man auf irgendeine Weise sein Auskommen darin findet.»

Er winkte lässig und ironisch mit der Hand. «Au révoir – es war mir ein
Vergnügen.» Einen Augenblick später war er unter Deck verschwunden, und
der Regen ergoss sich in prasselnden Schauern.

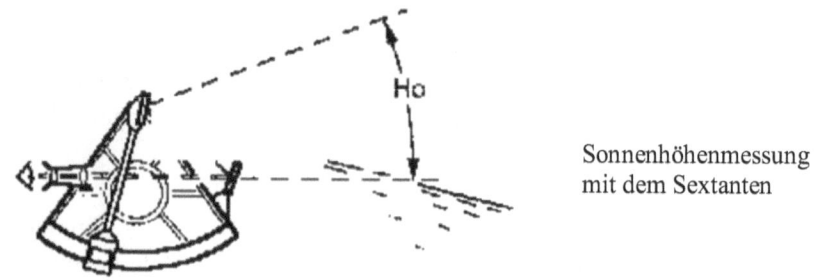

Sonnenhöhenmessung
mit dem Sextanten

Kapitel 12: List und Täuschung

Lange Zeit fiel an Bord des Rettungsbootes kein Wort, und niemand machte
irgendeine Bewegung. Sie achteten nicht auf die kalten Regenschauer, sondern
sassen einfach da und starrten dumpf und nichts begreifend zu der Stelle hin,
wo Arenholt gestanden hatte, bevor er verschwunden war. Vermutlich war es
gar nicht lange, sondern schien nur so, vermutlich dauerte es nur einige Sekunden, bis Scheepers hörte, wie Mevrouw Wendelina seinen Namen rief und irgend etwas sagte. Doch bei dem prasselnden Geräusch des Regens, der auf das
Wasser klatschte, drang ihre Stimme nur als ein unverständlicher Wortschwall
an sein Ohr. Er drehte sich um und beugte sich zu ihr hinunter, um besser zu
hören, und selbst in diesem Augenblick der Verzweiflung und Verwirrung war
er durch ihren Anblick gefesselt. Sie sass auf der Bank an Steuerbordseite, so
gerade und aufrecht wie ein Lineal, hielt die Hände fest gefaltet vor sich auf
dem Schoss, und ihr Gesicht war ruhig und beherrscht. Man hätte meinen können, sie sässe zu Hause in ihrem Wohnzimmer, wenn nicht das eine gewesen
wäre: ihre Augen standen voller Tränen, und eben jetzt, während er zu ihr hinsah, rollten zwei grosse Tropfen langsam über ihre faltigen Wangen und fielen
auf ihre gefalteten Hände.

«Was ist, Mevrouw Wendelina?» fragte Scheepers behutsam. «Was ist
denn?»

«Nehmt das Boot weiter nach hinten», sagte sie. Sie starrte blind vor sich hin und gab durch nichts zu erkennen, dass sie ihn sah. «Ihr habt gehört, was er gesagt hat. Weiter nach hinten, sofort.»

«Ich verstehe Euch nicht ganz.» Scheepers schüttelte den Kopf. «Warum in Gottes Namen sollten wir −»

Sie wurden vom Deck des Kanonenbootes von den japanischen Matrosen beobachtet. Diese waren jetzt mit Gewehren bewaffnet und einer hatte die Waffe auf Mevrouw Wendelina gerichtet. Doch sie starrte mit ausdruckslosem Gesicht zu ihm hinauf, sie schien ihn ohnehin nicht wahrzunehmen. Der Japaner nahm sein Gewehr plötzlich mit einem ärgerlichen Ausruf herunter und trat einen Schritt zurück. Er machte eine Kopfbewegung zu einem der beiden anderen hin und bedeutete ihm durch eine Geste, die Leine, die am Bug des Rettungsbootes festgemacht war, weiter achtern zu belegen. Harm Jansen und Honke fenderten das Rettungsboot an der Bordwand des Kanonenbootes entlang, und bald schwammen sie an einer Leine von etlichen Fuss Länge hinter dem Heck her.

Die beiden Matrosen standen nebeneinander schussbereit auf dem Achterdeck. Sie hielten das Rettungsboot wachsam im Auge, begierig auf der Suche nach der geringsten verdächtigen Bewegung, die ihnen einen Vorwand geboten hätte, von ihren Schusswaffen Gebrauch zu machen. Das Kanonenboot nahm Fahrt auf; nur das achterliche Gaffelsegel war mit einem Reff gesetzt und sorgte für langsame Fahrt. Es genügte für eine Geschwindigkeit von drei bis vier Knoten. Sein Kurs war Nordost und hinein in den Regen. Das Rettungsboot fing am Ende der straff gespannten Leine zu stampfen an, aber nicht besonders heftig. Mevrouw Wendelina sass mit dem Rücken zum Regen und zu den Posten. Möglicherweise rollten noch immer Tränen über ihre Wangen, doch das liess sich nicht genau feststellen − der heftige Regen hatte den Rand ihres Strohhutes durchnässt, und ihr ganzes Gesicht war nass. Ihre Augen aber waren jetzt klarer, und sie waren auf Scheepers gerichtet.

«Seht nicht zu mir her, Mijnheer Scheepers», raunte sie. «Tut, als beachtet Ihr mich nicht. − Können die da oben an Deck mich hören?»

Scheepers schätzte die Entfernung, sie wurden gut 60 Fuss hinter der Galiot hergeschleppt, der Fahrtwind und die hoch aufrauschende Bugwelle des Rettungsboots würden keinen Ton auf das Deck des Engländers dringen lassen. «Nein», knurrte er zurück, «Ihr dürft aber den Mund nicht zu sehr bewegen.»

«Könnt Ihr die Muskete sehen? Hinter meinem Koffer?»

Scheepers blickte ohne Hast in diese Richtung. Hinter dem Koffer, in dem Mevrouw Wendelina ihre Habseligkeiten und das Strickzeug aufbewahrte, konnte er den Kolben sehen. Er nickte nur. Die Waffe war kaum um Armeslänge von ihm entfernt.

«Sie ist geladen!» sagte Mevrouw Wendelina. «Arenholt bat mich, Euch das zu sagen, weil ...»

Weiter kam sie nicht. Noch bevor Scheepers Erstaunen zeigen konnte, zerriss eine gewaltige Explosion das Deck des Kanonenboots und Mevrouw Wendelina war vergessen. Er war hochgefahren von seinem Sitz und starrte angespannt nach vorn. Selbst auf die Entfernung von 60 Fuss war das Krachen der Detonation ohrenbetäubend, und der Luftdruck schlug ihnen wie eine unsichtbare Faust ins Gesicht. Rauch und Flammen schossen aus einem grossen Loch in der Bordwand an Steuerbordseite, und fast im gleichen Augenblick stand die Fregatte mittschiffs in hellen Flammen. Die Posten waren erschrocken herumgefahren und sahen nach vorn. Doch der eine, der durch den Luftdruck der Explosion das Gleichgewicht verloren hatte, taumelte, warf sein Gewehr fort in dem verzweifelten Versuch, Balance zu halten, schaffte es aber nicht und stürzte rücklings über das Heck ins Meer. Der andere war kaum zwei oder drei Schritt weit nach vorn gerannt, als der Luftdruck oder ein herumfliegendes Trümmerteil auch ihn aussenbords beförderte. Und noch während er durch die Luft flog, stürzte Honke nach vorn zum Bug, in der Hand eine Axt, und kappte die Schleppleine, die sich straff über das Dollbord spannte. Scheepers stiess die Pinne sofort hart nach Backbord, das Rettungsboot drehte schwerfällig nach Norden ab. Das Kanonenboot fuhr weiter mit unverändertem Kurs.

Hastig und in einem seltsam einmütigen Schweigen richteten sie den Mast auf, hissten die Segel und entschwanden in die Dunkelheit mit soviel Fahrt, wie sie aus ihrer zerfetzten Leinwand herausholen konnten. Der Kurs, den Scheepers steuerte, lag hoch am Wind bei Nordnordost, die Barkasse legte sich unterm Segeldruck nach Backbord über – das Wasser kam bedrohlich nahe an das Dollbord heran.

Langsam verstrichen fünfzehn Minuten: eine Viertelstunde, in der nichts zu hören war als das eilige, klatschende Geräusch der Wellen, die gegen den Rumpf des Bootes schlugen, das Knattern und Schlagen der zerfetzten Segel, das Knarren der Blöcke und das Klopfen einer losen Schot gegen den Mast. Dann und wann wollte einer von ihnen schon zum Sprechen ansetzen, auf der Suche nach einer Erklärung, wie es zu der Explosion an Bord des Kanonenboots gekommen war. Da grollte eine neue Detonation über die See, vom Kanonenboot stieg eine weitere Stichflamme empor – das Feuer hatte die Pulverkammer erreicht und riss das Schiff in Stücke. Noch einmal pufffte ein gewaltiger Rauchpilz in die Höhe, im Rettungsboot konnten sie deutlich die Trümmerteile durch die Luft fliegen sehen, aber dann war das Kanonenboot innerhalb einer Minute verschwunden; selbst die Flammen, die gerade noch über der Kampanje hoch in die Luft stiegen, waren in den Regenböen nicht zu sehen.

*

Eine Zeitlang hatten sie stumm in ihrer Barkasse gehockt, sprachlos vor Glück, dem sicheren Tod, den sie schon vor Augen gesehen hatten, entronnen zu sein. Sprachlos aber auch vor neuer Bangigkeit und der alle bewegenden Frage, wie lange ihr Elend noch anhalten solle. Das Leben jedes Menschen besteht aus einer unendlichen Kette von Augenblicken, Gemütszuständen, Gedanken und Träumen, die in der bodenlosen Zeit verschwinden. So dauerte es auch nur eine gewisse Weile, bis sie wieder, jeder für sich, zurück in die Wirklichkeit fanden. Ihr Blick richtete sich auf diese kleine, steif und aufrecht dasitzende Gestalt, mit diesem lächerlichen Strohhut, der auf dem festen Knoten ihres grauen Haares thronte – und wer eben den Mund hatte aufmachen wollen, schwieg. Von dieser kleinen Gestalt, von ihrer starren Haltung, ihrer Gleichgültigkeit gegenüber der Kälte und dem Regen, von ihrer verbissenen Selbstbeherrschung und ihrer völligen Hilflosigkeit ging irgend etwas aus, das jede beiläufige Konversation unmöglich machte, das überhaupt jegliches Gespräch auszuschliessen schien.

Cordula Volmer war es, die den Mut hatte, den Bann zu brechen, und deren Taktgefühl sie befähigte, genau das Richtige zu treffen. Sie stand vorsichtig auf, den in eine Decke gewickelten Jungen auf dem Arm, und ging über die schrägen Bodenbretter hinüber zu dem leeren Platz neben Mevrouw Wendelina – dem Platz, auf dem der Oberst gesessen hatte. Scheepers sah ihr dabei zu und hielt unwillkürlich den Atem an. Wäre sie doch bloss nicht hingegangen, musste er denken. Wie leicht konnte man da etwas falsch machen, wie geradezu unmöglich war es, es nicht falsch zu machen. Doch Cordula machte es genau richtig.

Ein oder zwei Minuten lang sassen sie nebeneinander, die Junge und die Alte, ohne sich zu bewegen, ohne etwas zu sagen. Dann streckte der Kleine, halb im Schlaf in der nassen Decke, seine kleine, rundliche Hand aus und berührte Mevrouw Wendelinas nasse Wange. Sie schrak zusammen, wandte sich halb auf ihrem Sitz herum, sah den Kleinen lächelnd an und nahm sein Händchen in ihre Hand. Im nächsten Augenblick hatte sie ihn auf ihrem Schoss und drückte ihn mit ihren mageren Armen an sich. Sie drückte ihn fest an sich, doch es war, als spüre das Kind etwas von der Sonderbarkeit und Bedeutsamkeit der Situation: der kleine Hinnerkje machte nur eine schläfrige Bewegung und sah sie, unter schweren Augenlidern hervor, ernst und eindringlich an. Und dann lächelte er, und die alte Dame drückte ihn von neuem und noch fester an sich und erwiderte das Lächeln, sah zu ihm hinunter mit einem Lächeln, als bräche ihr das Herz. Doch sie lächelte.

«Johan Ohnefurcht.» Die Worte waren lächerlich, doch es war nichts Lächerliches an der Art, wie Mevrouw Wendelina sie sagte. Sie sagte es, als spräche sie ein Gebet. «Johan Arenholt, der Ritter ohne Furcht und Tadel – so nannten wir ihn immer, als wir noch zur Schule gingen. Es gab für ihn in der ganzen Welt nichts, wovor er sich fürchtete.»

«So lange kennt Ihr ihn schon, Mevrouw Wendelina?»

Mevrouw Wendelina schien die Frage überhaupt nicht gehört zu haben. Sie schüttelte nachdenklich den Kopf, und ihr Blick wurde weich in der Erinnerung.

Es wurde von neuem still im Boot. Es war Kapitän Visser, der schliesslich sprach. Er stellte die Frage, auf deren Antwort sie alle begierig waren. «Sollten wir je die Heimat wiedersehen, so werden wir es Oberst Arenholt zu verdanken haben. Ich glaube nicht, dass irgend jemand von uns das jemals vergessen könnte. Sie scheinen ihn sehr viel besser gekannt zu haben als irgendeiner von uns, Mevrouw Wendelina. Könnt Ihr mir auch erklären, wie er es gemacht hat?»

Mevrouw Wendelina nickte. «Das will ich Euch sagen. Die Sache war sehr einfach, weil Johan ein sehr einfacher und gradliniger Mensch war. Ihr erinnert Euch an seinen Koffer?»

«Gewiss», sagte Visser. «Der Koffer, der seine – hm – Vorräte enthielt.»

«Das stimmt – den Whisky. Nebenbei, das Zeug war ihm zuwider – er benutzte es nur zur Tarnung. Jedenfalls hinterliess er sämtliche Flaschen und alles, was er sonst noch in seinem Koffer hatte, auf der kleinen Insel, ich glaube, unter einem grossen Felsblock. Und dann –»

«Was? Was habt Ihr da eben gesagt?» Die Frage kam von Looberghen. Er war noch benommen von dem Schlag mit der Whiskyflasche, und er beugte sich jetzt auf seinem Platz so weit nach vorn, dass ihn der Schmerz im Kopf zusammenzucken liess. «Er – er hat den gesamten Inhalt seines Koffers auf der Insel gelassen?»

«Ja, das sagte ich ja soeben. Und aus welchem Grund überrascht Euch das so, Mijnheer Looberghen?»

«Aus gar keinem.» Looberghen lehnte sich wieder zurück und sah lächelnd zu ihr hin. «Bitte, erzählt weiter.»

«Das ist eigentlich schon alles. Damals, in der Nacht auf der Insel, hatte er am Strand die zwölf Handbomben in seinen Koffer gepackt, die dort von den Engländern zurückgelassen worden waren.»

«In seinen Koffer?» Scheepers klopfte mit der Hand auf den Platz neben sich. «Aber die Handbomben befinden sich hier drunter, Mevrouw Wendelina.»

Mevrouw Wendelina sprach mit sehr leiser Stimme. «Er nahm zehn davon mit, als er vorhin an Bord ging. Er sagte, zehn würden wohl ausreichen. Vielleicht bräuchten wir auch noch einige, er wollte uns nicht ganz schutzlos zurücklassen – wie er sagte.»

Mevrouw Wendelina stockte, starrte auf ihre mageren Hände, die sie unmerklich in ihrem Schoss zuckten, aber da niemand etwas sagte, sprach sie bald weiter: «Er beherrschte alle Sprachen, die man hier braucht: Englisch, Japanisch, Malaiisch, Indonesisch und mehrere Inselsprachen, und es gelang ihm sicher unschwer, dem englischen Offizier weiszumachen, dass er die Agentenliste bei sich habe. Wenn er mit ihm unter Deck ging, um ihm die Listen zu zeigen, wollte er ihn ablenken, vielleicht um ein alkoholisches Getränk bitten, denn diese bewahren die Herren in diesen Breiten hier immer selber auf. Da darf kein Diener oder Stewart 'ran. Also würde er ihm wahrscheinlich einen Moment den Rücken kehren. Und meistens brennt in den Kapitänskajüten eine Kerze oder Lampe. Es würde ihm sicher gelingen, die Zündschnur einer der Bomben mit einem Fidibus, einem Stück Papier oder sonstwie in Brand zu setzen und die Hand im Koffer liegen lassen. Er meinte, das Ganze würde nicht länger dauern als vier Sekunden.» Die alte Dame schwieg, starrte vor sich hin und drehte ihre mageren Hände ineinander. «Ja», fügte sie nach einer längeren Pause hinzu, «das hat ja scheinbar auch geklappt.»

Visser und Scheepers hatten Mevrouw Wendelina die ganze Zeit wortlos angestarrt. Visser räusperte sich: «Ihr wusstet von der Existenz der Agentenliste? Bis jetzt galt es für uns als Geheimsache! Wer war Johan Arenholt wirklich?»

Wendelina Norismaa lächelte fein und kaum merklich. «Ich bin nicht ganz sicher. Er war wohl ein Agent der holländischen Regierung. Ich weiss nur soviel, dass er vor einigen Wochen eine gut organisierte Verschwörergruppe in Ostborneo hochgehen liess. Die Mitglieder dieser Verschwörergruppe rekrutierten sich vor allem aus Einheimischen, die von den Engländern mit allerlei Versprechungen gegen die Holländer aufgehetzt worden waren; sie wurden zu Dutzenden verhaftet und standrechtlich erschossen – und ausserdem hatte er es fertiggebracht, sich eine vollständige Liste sämtlicher englischer Agenten und aller Mitglieder der Verschwörergruppen in Celebes, auf den Molukken, Sumatra, Timor und Borneo zu verschaffen. Diese Liste befand sich in seinem Koffer, und für die Alliierten wäre sie ein Vermögen wert gewesen. Den Engländern war bekannt, dass er im Besitz dieser Liste war, und sie haben einen phantastischen Preis auf seinen Kopf ausgesetzt – tot oder lebendig –, und eine ähnlich hohe Belohnung haben sie demjenigen zugesagt, der ihnen die Liste zurückbringt oder sie zerstört.»

*

Es schien kein Mond in dieser Nacht, und auch die Sterne waren nicht zu sehen, nur dunkles, jagendes Gewölk. Stunde um Stunde steuerte Scheepers das Rettungsboot durch die Dunkelheit, peilte über den Daumen und vertraute auf Gott. Er richtete sich nach dem Wind. Mit Neuholland würde es wohl nichts mehr werden; der Wind stand direkt gegenan. Scheepers war ärgerlich auf sich selber: er hätte, als die schwarzen Wolken am Ende der Flaute Wind aus Südost brachten, auf niemand hören und Kurs nach Java nehmen sollen; wahrscheinlich wären sie jetzt schon in Sicherheit. Aber nun blieb ihm nichts anderes übrig, so zu steuern, dass sie den Wind immer von Steuerbord hatten, im Vertrauen darauf, dass er anhielt und nicht etwa umschlug, ja auch nicht im Geringsten nördlicher wehte. Den Kurs konnte er sich nicht aussuchen; er würde den Wind möglichst günstig ausnützen, würde versuchen, auf ihrem Nordostkurs Timor hinter sich zu lassen und eine der Inseln in der Arafura-See anzulaufen, vielleicht Sermata, Leti Kep, Babar, Selam oder Tanimbar Kep. Das Kanonenboot wollte auch nach Nordost, wahrscheinlich in die Banda-See und hinüber nach Ambon. Und vielleicht ist es auch richtig, nicht nach Neuholland zu gelangen, vielleicht sitzen die Engländer mit ihren japanischen Reisläufern schon irgendwo in einem Zipfel des unbesiedelten Landes. Für irgendetwas müsste ihre Odyssee doch gut sein. Er liess seinen Blick über die jämmerlich zerzausten Menschen im Boot schweifen und dachte: ›Sie sind am Ende der Kräfte. Lieber Gott, lass' uns bald Land finden!‹

Doch auch bei gleichbleibendem Wind war die Sache schwierig genug: durch die Leckstelle in den Planken drang achtern mehr und mehr Wasser ein, das Boot lag mit dem Heck schon ziemlich tief und luvte immer wieder östlich an. Je weiter die Nacht vorrückte, desto mehr nahm die unruhige Gespanntheit zu, und die Spannung teilte sich den meisten der anderen Insassen des Bootes mit, von denen in dieser Nacht nur wenige schliefen.

Trotzdem verging noch ein Tag, aber in der zweiten Nacht nach der Explosion des Kanonenbootes konnte Scheepers sich an seinen fünf Fingern ausrechnen, dass es bis zur Arafura-Strasse höchstens noch zwanzig Meilen sein konnten. Mehr bestimmt nicht, wahrscheinlich sogar weniger. Die Chance, dass sie sich an einem Riff die Bodenplanken aufschlitzten, schien genauso gross wie die Chance, daran vorbeizukommen; und die Passagiere waren so erschöpft, so krank oder verletzt, dass kaum die Hälfte von ihnen noch Hoffnung hatte, durchzukommen.

Kurz nach Mitternacht schickte Scheepers Harm Jansen nach vorne zum Bug, um Ausschau zu halten. Wieder verging eine Stunde, und plötzlich bemerkte Scheepers, dass eine leichte Veränderung vor sich ging. Die lange niedrige Dünung aus Ost veränderte sich, sie wurde kürzer und steiler von Minute zu Minute.

«Jansen!» rief Scheepers mit rauer Stimme, und so laut, dass ein halbes Dutzend Leute erschrocken mit dem Oberkörper hochkamen. «Wir laufen auf eine Untiefe zu!»

«Jawohl, Mijnheer, das glaube ich auch.» Die Stimme Harms, deutlich zu hören gegen den Wind, klang nicht sonderlich beunruhigt. Er stand aufrecht auf dem Mastfuss an der Luvseite, hielt sich mit der Hand am Mast fest und hatte die andere über die Augen gelegt, während er voraus in die Nacht starrte.

«Könnt Ihr irgendetwas sehen?»

«Nicht das geringste», rief Harm Jansen zurück. «Verdammt dunkel heute Nacht, Mijnheer.»

«Haltet weiter Ausschau. Terbrugge?»

«Mijnheer?» Die Stimme des Fähnrichs klang aufgeregt, aber den Umständen nach ziemlich fest. Terbrugge hatte sich erstaunlich erholt und schien lebendiger und energischer zu sein als irgendeiner der anderen.

«Holt das Schratsegel 'runter! So schnell Ihr könnt. Nicht zusammenlegen – dazu ist keine Zeit. Huismans und Lucius! Helft ihm dabei.» Das Rettungsboot fing in der immer kürzer werdenden See heftig zu stampfen an. «Schon was zu sehen, Jansen?»

«Nein, Mijnheer, nichts.»

«Schneidet Surama los. Sagt ihm, er soll nach achtern kommen.» Er wartete eine halbe Minute, bis Surama unsicheren Schritten angestapft kam. «Surama, nehmt einen Riemen. Und Ihr auch einen, Hooger. Sobald ich es sage, bringt ihr die Riemen aus und fangt an zu pullen.»

«Nicht heute Nacht, Mijnheer Scheepers.»

«Wie?»

«Ihr habt gehört, was ich sagte. Ich sagte: nicht heute Nacht.» Suramas Ton war kühl und unverschämt. «Ich habe kein Gefühl in den Händen. Und ich muss gestehen, dass ich mich nicht zur Mitarbeit aufgelegt fühle.»

«Redet keinen solchen Unsinn, Surama. Unser Leben hängt davon ab.»

«Das meine nicht.» Scheepers konnte in der Dunkelheit Suramas Gebiss schimmern sehen. «Ich bin ein ausgezeichneter Schwimmer, Mijnheer Scheepers.»

«Ihr habt auf der *Modiadeen* vierzig Menschen zurückgelassen und dem sicheren Tod preisgegeben, nicht wahr, Surama?» fragte Scheepers beiläufig. Er entsicherte seine Pistole, und das Geräusch war in dem plötzlichen Schweigen unnatürlich laut zu hören. Es verging eine Sekunde, eine zweite, eine dritte, dann langte Surama nach einem Riemen.

«Na also», sagte Scheepers leise. Laut sagte er: «Hört bitte alle zu. Ich nehme an, wir nähern uns der Küste. Es besteht die Möglichkeit, dass vor der Küste Klippen oder Riffe sind, oder dass wir in eine heftige Brandung laufen. Es wäre möglich, dass das Boot aufläuft oder kentert – das ist nicht wahrscheinlich, aber immerhin möglich.» Es wäre ein glattes Wunder, wenn es nicht so käme, musste er denken. «Solltet ihr plötzlich im Wasser sein, dann bleibt bitte beieinander. Haltet euch am Boot fest, an den Riemen oder sonst an irgendetwas, das schwimmt. Vor allem, was auch geschieht, bleibt beieinander. Haben alle verstanden?»

Es ertönte ein leises zustimmendes Gemurmel.

«Obersteuermann, macht den Treibanker klar!»

«Jawohl, Mijnheer!»

«Noch immer nichts zu sehen, Jansen?» rief Scheepers.

«Nein, Mijnheer – Moment mal!» Er stand unbeweglich da, die eine Hand am Mast, hatte den Kopf zur Seite geneigt und sagte nichts.

«Was ist los, Mann?» brüllte Scheepers: «Was könnt Ihr sehen?»

«Brecher!» rief Jansen. «Brecher oder Brandung. Ich kann es hören.»

«Wo?»

«Voraus. Ich kann es noch nicht sehen.» Harm Jansen machte eine Pause und sagte dann: «Steuerbord, scheint mir.»

«Klüversegel kappen!» befahl Scheepers. «Mast herunter, Terbrugge.» Er drückte die Pinne weit zur Seite und liess das Boot die Nase in den Wind und in die See nehmen. Das Boot reagierte nur langsam und schwerfällig auf das Ruder, da inzwischen viel Seewasser im Heck herum schwabberte. Doch auch mit diesem Ballast hatte es durch das Klüversegel noch genügend Fahrt, um in der kurzen, raschen See schliesslich herumzukommen.

«Jetzt kann ich es sehen», rief Jansen vom Bug. «Achtern an Steuerbordseite, Mijnheer.»

Scheepers drehte sich auf seinem Sitz herum und sah rasch nach hinten. Zunächst konnte er nichts sehen, er konnte nichts hören; doch dann hörte er es nicht nur, sondern sah es auch: einen schmalen, weissen Strich in der Dunkelheit, eine langgestreckte, ununterbrochene Linie, die verschwand und dann von neuem erschien, diesmal schon näher. Brandung, dachte er, das muss Brandung sein, nie und nimmer sehen Brecher in der Dunkelheit so aus. Gott sei Dank, wenigstens kein Riff. Er sah wieder nach vorn.

«Okay, Obersteuermann, ’raus damit.»

Honke Kruse, der den eisernen Ring an der Öffnung des Treibankers in den Händen hielt, hatte nur auf das Kommando gewartet. Jetzt warf er den Treibanker so weit voraus ins Meer, wie er konnte, und liess, als der Anker sich mit Wasser füllte und zu ziehen anfing, die Warpleine durch seine Hände gleiten. Der Treibanker, ein trichterförmiger Segeltuchsack, sollte die Abdrift- oder die Vorwärtsbewegung des Schiffes verringern und den Kutter im Wind halten.

«Riemen ausbringen!» rief Scheepers und versuchte, das Boot mit dem Bug genau in die See zu halten, bis der Treibanker fasste. Keine leichte Aufgabe, da er in der Dunkelheit nicht ausmachen konnte, wie die Wogen herankamen, und ihm zu seiner Orientierung nichts zur Verfügung stand als der Wind, der ihm ins Gesicht blies. Er hörte das Scharren und das leise Fluchen, als die Männer versuchten, die Riemen freizubekommen, die sich irgendwo verklemmt hatten, und dann das Klicken, als die Riemen in die Dollen fielen. «Jetzt – zugleich!» rief er.

Er hatte keine Hoffnung, dass sie es schaffen würden, in der Dunkelheit im Gleichtakt zu pullen, und er erwartete das auch gar nicht. Solange sie überhaupt nur pullten, konnte er jede Ungleichmässigkeit mit seinem Ruder korrigieren.

Er warf einen raschen Blick über die Schulter. Der helle Strich der Brandung war jetzt fast genau achteraus, und ihr dumpfes Donnern drang deutlich an sein Ohr, auch gegen den Wind. Sie mochte 200 Fuss von ihnen entfernt sein, vielleicht aber auch noch 700, das liess sich in der Dunkelheit nicht genau abschätzen.

Er sah wieder nach vorn und versuchte, voraus etwas zu erkennen. Doch der Wind trieb ihm den Regen und die salzigen Schaumflocken in die Augen, dass er nichts sehen konnte. Der Wind schien an Stärke noch zuzunehmen. Er legte die Hände um den Mund und rief: «Wie macht es sich, Honke?»

«Oh, prima, Mijnheer. Macht sich grossartig.» Die Leine des Treibankers lief schon mehrere Faden lang straff gespannt, aber sie hatten diese Vorkehrungen für das Landungsmanöver keinen Augenblick zu früh getroffen. Die Entfernung der Brandung hatte viel eher 200 als 700 Fuss betragen, und inzwischen waren sie fast schon heran. Vorsichtig, unter grösstmöglichster Ausnutzung der Riemen der Ruderer und des Treibankers, manövrierte Scheepers das Rettungsboot mit dem Heck voraus langsam an den Anfang der glatten Wölbung der Brandungsdünung. Die Ruderer nahmen die Riemen aus dem Wasser, und Honke Kruse zog die Leine des Treibankers an, und fast im selben Augenblick nahm das Boot Fahrt auf, hob sich auf der riesigen Woge und ritt rasch, glatt und geräuschlos auf ihr entlang auf die Kante zu, wo der Kamm der Brandung brach und in einen tobenden Kessel weiss schäumenden Aufruhrs stürzte, und verhielt plötzlich, als auf ein scharfes Kommando von Scheepers die Männer ihre Riemen wieder eintauchten und der Obersteuermann die Leine nachliess, stürzte dann über den brechenden Kamm der Brandung hinunter und raste durch ein Gestrudel von Schaum und Gischt auf den schräg ansteigenden Strand zu, während die straff gespannte Ankerleine das Rettungsboot so hielt, dass es mit dem Heck genau zur Küste zeigte und das schäumende Wasser an ihnen vorbeirauschte und sie in dem Wettrennen zur Küste überholte. Und erst in diesem Augenblick, als sie das Schlimmste überstanden hatten, passierte es.

Der zerklüftete Unterwasserfelsen schlitzte den Boden des dahinschiessenden Bootes vom Heck bis zum Bug auf. Der knirschende Anprall und die plötzliche Verlangsamung riss die Menschen im Boot, die sich irgendwo krampfhaft festgehalten hatten, aus ihren Stellungen und warf sie durcheinander zu einem wirren Haufen aus Armen und Körpern und Beinen, hinten zum Heck hin, und wirbelte zwei oder drei über Bord. Eine Sekunde später neigte sich das schwerbeschädigte Boot heftig zur Seite, schlug um und schleuderte alle miteinander in die strudelnde Brandung.

An die Sekunden, die darauf folgten, konnte sich später keiner mehr genau erinnern, sie wussten nur noch, dass sie herumgewirbelt worden waren vom Sog der zurückströmenden Brandung, dass sie Wasser geschluckt und sich verzweifelt bemüht hatten, auf dem Kies des ansteigenden Strandes auf die Füsse zu kommen, mit dem einzigen Erfolg, von dem kieloben treibenden Rettungsboot herumgestossen und umgeworfen zu werden. Als sie mühsam wieder hochgekommen waren, da hatte ihnen die rückströmende Brandung die Füsse unter dem Leib weggezogen; doch sie hatten sich von neuem hochgekämpft und waren schwankend und taumelnd auf die Küste zugewatet, bis sie sich schliesslich keuchend und mit hämmerndem Herzen am Strand hatten hinfallen lassen.

Scheepers machte den Weg zum Strand alles in allem dreimal. Das erstemal mit Mevrouw Wendelina. Der Anprall hatte sie in dem Augenblick, als sie hinten über das Heck flogen, heftig gegen ihn fallen lassen, und er hatte instinktiv den Arm um sie gelegt und sie festgehalten, während sie gemeinsam im Wasser versanken. Sie war fast doppelt so schwer gewesen, wie er erwartet hatte, denn sie hatte beide Arme durch die Griffe ihrer schweren Reisetasche gesteckt. Sie hatte sich Scheepers Bemühungen, sie ihr zu entreissen, mit einer solchen Kraft widersetzt, dass sich Scheepers dieses erstaunliche Phänomen nur erklären konnte als die sinnlose, selbstmörderische Kraft eines Menschen in panischer Angst. Doch es war ihm gelungen, Mevrouw Wendelina, die ihren Koffer weiter grimmig an sich klammerte, an Land zu bekommen, und dann hatte er sich, als die Brandung das nächste Mal zurückströmte, erneut ins Meer gestürzt, um Harm Jansen dabei zu helfen, den Kapitän an Land zu tragen. Sie waren ausgerutscht, gestolpert, hingefallen und wieder hochgekommen, hatten ihn schliesslich an Armen und Beinen an Land geschleppt und ihn dort, wohin die Wogen nicht mehr reichten, auf den Kies des Strandes gelegt.

Inzwischen war fast ein Dutzend der Überlebenden auf einem Haufen am Strand versammelt, teils liegend, teils sitzend, und einige stehend, undeutliche Umrisse in der Dunkelheit, nach Luft schnappend, stöhnend, oder würgend das geschluckte Seewasser ausspeiend. Scheepers, der selbst keuchte und nach Luft schnappte, machte sich daran, rasch durch Namensaufruf festzustellen, wer da war. Doch er kam nicht über den ersten Namen, den er aufrief, hinaus.

«Cordula – Jeffrouw Volmer!» Keine Antwort, nur das Keuchen und das würgende Erbrechen. «Jeffrouw Volmer! Hat jemand Jeffrouw Volmer gesehen? Wo ist Hinnerkje?»

Wieder keine Antwort. «Herrgott noch mal, warum antwortet denn niemand? Hat jemand von euch Hinnerkje gesehen? Den Kleinen? Hat jemand ihn gesehen?»

Doch es war nichts zu hören als das dumpfe Brausen der Brandung und das Rasseln und Scharren des Kieses, den das zurückströmende Wasser den Strand hinunterspülte. Scheepers liess sich auf die Knie fallen und tastete mit den Händen die Körper und Gesichter derjenigen ab, die auf dem Strand lagen. Kein Hinnerkje, keine Cordula Volmer. Er sprang auf, stiess taumelnd jemanden, der ihm im Weg stand, beiseite und stürzte sich wie ein Rasender ins Meer, watete nach draussen und wurde von der nächsten herankommenden Brandung umgeworfen. Er kam wie eine Katze wieder auf die Füsse, jegliche Erschöpfung war von ihm abgefallen. Er registrierte vage, dass hinter ihm jemand ins Wasser planschte, achtete aber nicht darauf, machte sechs weite, eilige, planschende Schritte, trieb sich erbarmungslos an, als ob die keuchende Atemnot seiner Lungen einfach nicht existierte. Er machte noch zwei Schritte und stiess gegen irgendetwas Weiches, das nachgab, bückte sich, bekam Stoff zu fassen, richtete sich wieder auf und stemmte sich zusammen mit dem anderen gegen den Sog der See.

«Cordula!»

«Gerrit! Oh, Gerrit!» Sie klammerte sich an ihn, und er spürte, wie sie zitterte.

«Hinnerkje! Wo ist Hinnerkje?» fragte er hastig.

«Oh, Gerrit!» Von ihrer kühlen Selbstbeherrschung war nichts mehr übrig, ihre Stimme klang fast wie ein Weinen. «Das Boot schlug um und – und –»

«Wo ist Hinnerkje?» Er krallte die Finger in ihre Schultern und schüttelte sie, seine Stimme war wie ein Schrei.

«Ich weiss nicht, ich weiss es nicht! Ich – ich kann ihn nicht finden.» Sie löste sich von ihm und tauchte seitlich in das Wasser, das hüfthoch an ihnen vorbeistrudelte. Er ergriff sie, riss sie hoch und fuhr herum. Der Mann, der sich nach ihm in die Brandung gestürzt hatte, war Jansen gewesen. Er stand jetzt unmittelbar hinter ihm. Scheepers schob das Mädchen mit einem Stoss zu ihm hin.

«Bringt sie an Land, Jansen.»

«Nein, nein, ich gehe nicht!» Sie wehrte sich verzweifelt in Harms Armen, doch sie hatte nicht mehr viel Kraft, sich zu wehren. «Ich habe ihn verloren! Ich habe ihn verloren!»

«Hat Er mich verstanden, Jansen?» sagte Scheepers mit schneidender Schärfe und wandte sich nach draussen. Harm murmelte in Richtung des sich entfernenden Rückens ein «Jawohl, Mijnheer!» und fing an, das Mädchen, das halb von Sinnen war, durch die Brandung zum Strand zu schleppen.

Wieder und wieder sprang Scheepers in das weiss schäumende Wasser und tastete mit den Händen verzweifelt den Kies bedeckten Meeresgrund ab; und jedes Mal kam er mit leeren Händen wieder hoch. Einmal glaubte er schon, ihn gefunden zu haben, doch dann war es nur ein leerer Koffer. Er warf ihn wütend von sich, wie einer, der den Verstand verloren hat, und tauchte noch weiter hinaus in die Brandung, bis in die Nähe des Korallenriffs, das das Boot zum Sinken gebracht hatte. Das Wasser ging ihm hier fast bis an die Schultern, er wurde mit monotoner Regelmässigkeit wieder und wieder umgerissen, schluckte eine Menge Wasser, hörte aber nicht auf, immer wieder schreiend den Namen des Jungen zu rufen.

Seit das Boot umgeschlagen war, waren drei Minuten vergangen, vielleicht auch vier, und bei all seiner Raserei war ihm klar, dass der Kleine in diesem Wasser unmöglich so lange am Leben geblieben sein konnte. Das sagte ihm der letzte Rest seines klaren Verstandes, den er noch hatte, doch er ignorierte es und tauchte von neuem durch die strudelnde Brandung hinunter auf den Grund.

Und dann hörte er es plötzlich, hell und klar durch den Wind und durch das Brausen des Meeres hindurch. Der kleine, ängstliche Schrei des Kindes kam von rechts, vom Strand her, rund 90 Fuss von ihm entfernt. Scheepers warf sich herum. Wieder hörte er den Schrei des Kindes, diesmal viel näher. Scheepers brüllte, hörte den antwortenden Ruf eines Mannes, und im nächsten Augenblick tauchte aus der Dunkelheit die breite Gestalt eines Mannes auf, so gross wie er selbst, der das Kind in seinen Armen hoch über Wasser hielt.

«Sehr erfreut, Euch zu sehen, Mijnheer Scheepers. ›Holland allezeit!‹» Looberghens Stimme klang merkwürdig schwach, als käme sie aus weiter Ferne. «Dem Kleinen ist nichts geschehen. Wenn Ihr die Güte hättet, ihn mir abzunehmen.» Scheepers hatte gerade noch Zeit, sich rasch Hinnerkje zu schnappen, als der Holländer auch schon schwankte, im nächsten Augenblick kippte und der Länge nach, mit dem Gesicht nach unten, in das sprudelnde Wasser schlug.

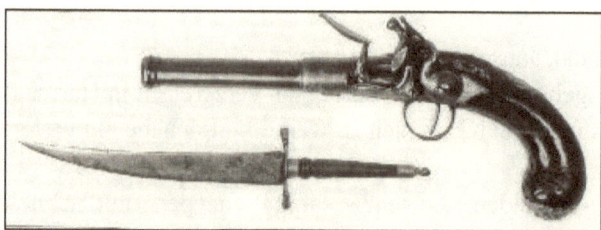

Pistole und Entermesser

Kapitel 13: Rettung und Verrat

Der Dschungel umgab sie von allen Seiten, feucht und heiss, eine tropfende, dampfende Hitze. Hoch oben öffneten sich in dem dichten Geflecht aus lianen-behangenen Zweigen winzige Durchblicke auf den grau verhangenen Himmel, der noch genauso aussah wie vor zwei Stunden, als er den Sonnenaufgang völlig verdeckt hatte. Das Licht, das diese Baumkronen durchliessen, war seltsam un-wirklich, düster und Unheil verkündend, und es stimmte gut zusammen mit den dichten, grünen Wänden des Dschungels, die Ängste verursachten, und mit den übel riechenden, giftig dunstenden Sümpfen, die zu beiden Seiten des Dschungelpfades lauerten.

Selbst für einen Dschungelpfad war dies kaum ein Weg zu nennen. Zwar gestattete er einigermassen ungehindertes Durchkommen, und es war deutlich zu sehen, dass noch kürzlich auf beiden Seiten Äxte und Macheten eifrig am Werk gewesen waren. Doch als Weg war er reichlich heimtückisch: eben noch glatt und hart, von vielen Füssen festgetreten, um im nächsten Augenblick unvermittelt und unbegreiflich aufzuhören, im lauernden Sumpf zu verschwinden, bis er dann ein paar Meter weiter plötzlich wieder da war, glatt und fest wie zuvor.

Scheepers und Harm Jansen, die bereits bis zu den Hüften mit einer dicken Schicht des fauligen, übel riechenden Schlamms überzogen waren, wateten durch die sumpfigen Stellen, bis sie auf der anderen Seite wieder festen Boden unter den Füssen hatten, wo sie dann jedes Mal eine kurze Pause machten, um sich einigermassen vom Schlamm zu befreien und die scheusslichen grauen Blutegel abzunehmen, die sich an ihren Beinen festgesaugt hatten. Dann hasteten sie weiter den Pfad entlang, der sich um die dicken Stämme schlängelte, so rasch ihnen das möglich war.

Scheepers war Seemann, aber an Land kannte er sich wenig aus, erst recht nicht im Dschungel. Wenn es nach ihm gegangen wäre, so hätte er diesen Ausflug nie und nimmer gemacht, er würde nicht einmal mit dem Gedanken gespielt haben, eine solche «Landpartie» zu unternehmen. Doch er hatte keine Wahl, es war ihm überhaupt nichts anderes übriggeblieben! Das war ihm auf eine grausame Weise klar geworden, als er sich im ersten Grau des dämmernden Morgens umgesehen hatte, um festzustellen, wo sie sich befanden und in welcher Verfassung die Schiffbrüchigen waren. Was er festgestellt hatte, war alles andere als ermutigend gewesen.

Sie waren irgendwo am Rande der Arafura-Strasse an der Küste einer der Inseln gelandet, in einer tief eingeschnittenen, zwei Meilen breiten Bucht mit einem schmalen Strand, hinter dem die wuchernde Vegetation begann, ein dichter, undurchdringlich erscheinender Dschungel, der sich ins Innere erstreckte und die Hänge der niedrigen Hügel im Süden bedeckte. Auf dem Strand der Bucht war nichts Lebendes zu entdecken, keine Spur tierischen oder menschlichen Lebens; da war nichts als die Überlebenden der *Den Helder,* die im kümmerlichen Schutz einer Palmengruppe hockten, und rund vierzig Klafter weiter lag kieloben das Rettungsboot am Strand.

Mit dem Boot sah es übel aus. Neben dem Kiel war ein grosses Leck in die Verplankung gerissen, mehr als vier Meter lang. Der Kiel war gebrochen. Das Boot war hin, irreparabel. Es blieb ihnen nur noch der Dschungel, und die Geretteten waren kaum in der Verfassung, der Bedeutung dieser Tatsache ins Auge zu sehen.

Kapitän Visser war, bei all seinem Mut, ein schwerkranker Mann, der nicht imstande war, zehn Schritte zu gehen. Auch Looberghen war geschwächt, hatte erhebliche Schmerzen auszustehen und wurde in regelmässigen Abständen von Anfällen heftigen Unwohlseins befallen; er war im flachen Wasser beinahe ertrunken, ehe es Scheepers und dem Obersteuermann gelungen war, sein übel zugerichtetes Bein von der grossen Muschel zu befreien, die mit ihren scharfen Schalen zugeschnappt hatte, während er den Jungen auf seinen Armen an Land trug. Es war eine dieser flachen, scharfkantigen Schalenmuscheln, ein besonders grosses Exemplar; es hatte sich mit unglaublicher Schliesskraft in sein rechtes Bein geschnitten. Eine Handbreit über dem Knie klaffte eine zolltiefe Wunde, die bald zu schwären begann. Dies und der Schlag auf den Schädel, den er erst kürzlich von Arenholt bekommen hatte, hatten seine Widerstandskraft bedrohlich herabgesetzt.

Huismans hatte geschwollene Arme als Folge infizierter Wunden und litt ebenfalls heftige Schmerzen. Hauptmann Zaltboom war schwach, Vanstappen verwundet, und der kleine Hooger, der Seekadett, völlig entkräftet. Mevrouw Wendelina und Jeffrouw Cordula hatten die Strandung trotz allem ganz gut überstanden, auch Hinnerkje zeigte keinerlei Anzeichen kränklicher Schwäche. Nur Surama war offensichtlich entschlossen, niemandem behilflich zu sein, als nur sich selbst.

Blieben nur noch Scheepers, der Maat Lucius, Harm Jansen und Fähnrich Terbrugge. Scheepers war sich darüber klar, dass sie nichts für die anderen tun konnten, jedenfalls nicht direkt. Etwa zu versuchen, das Rettungsboot zu reparieren, war völlig unmöglich, und irgend etwas wie ein Boot oder Floss mit dem bisschen Handwerkszeug bauen zu wollen, das sie noch hatten, war einfach lächerlich. Sie waren an Land, und an Land würden sie auch bleiben müssen. Aber sie konnten nicht ewig an diesem Strand verweilen. Denn dann würden sie verhungern. Zu ihrem Glück hatten sie gleich am Rande des Urwaldes einen klaren Bach gefunden, der sich ins Meer ergoss. So konnten sie endlich den quälenden Durst stillen, aber Scheepers machte sich keine Illusionen darüber, dass sie sich auch nur für kurze Zeit mit Hilfe dessen am Leben erhalten könnten, was sie an den Bäumen und Büschen, auf oder unter der Erde etwa an Essbarem finden konnten. Ein Mann mit Dschungelerfahrung war vielleicht in der Lage, genügend Nahrung zu finden, um sich am Leben zu erhalten. Bei ihnen aber bestand alle Aussicht, dass sie sich mit der ersten selbstgesuchten Mahlzeit vergiften würden. Und selbst wenn das nicht der Fall sein sollte, so waren doch Beeren und Borken nicht geeignet, Schwache, Kranke und Entkräftete längere Zeit am Leben zu halten. Ohne richtige Kost, Medizin und frisches Verbandszeug für die Wunden waren die Aussichten in der Tat alles andere als rosig.

Nahrungsmittel, ein Dach über dem Kopf, Verbandszeug, Pflege und Medikamente – diese Dinge waren lebenswichtig, und sie würden nicht von allein zu ihnen kommen. Sie mussten sich auf die Suche danach machen, mussten Hilfe holen. Wie weit die Hilfe entfernt sein mochte, und in welcher Richtung man sie suchen sollte, das war reichlich unklar. Ihre beste Chance waren die Fischerdörfer an der Küste. Vielleicht fanden sie dort keine Hilfe, sondern stiessen auf feindselige Ablehnung. Es war sogar mit der Möglichkeit zu rechnen, dass sie auf Engländer stiessen – in einem Land, das bergig war, bedeckt von Urwald und Dschungel, war mit ziemlicher Sicherheit anzunehmen, dass die Engländer ihre Aktivität auf das Küstengebiet beschränkten. Doch sie mussten es einfach versuchen; um das damit verbundene Risiko, ganz gleich, wie gross es war, durften sie sich nicht kümmern. Und so hatte er, kaum eine Stunde nach Hellwerden, seine Pistole genommen – die einzige gerettete Schusswaffe ausser der Muskete des Obersten, die er beim Obersteuermann zurückliess – und hatte sich aufgemacht in den Dschungel, dicht gefolgt von Harm Jansen.

Nach kurzer Distanz, noch ehe sie den Rand des Urwalds erreicht hatten, waren sie auf diesen deutlich erkennbaren Weg gestossen, er zog sich tief in den Urwald hinein.

*

Neunzig Minuten, nachdem sie vom Strand aufgebrochen waren, nach anderthalb Stunden also, in denen sie drei Meilen zurückgelegt hatten, machte Scheepers halt. Sie hatten sich eben mühsam durch zehn Klafter nassen Sumpfes gekämpft, in dem sie fast bis an die Achseln versunken waren, und beide waren ausgepumpt. Die körperliche Anstrengung, die mit ihrem grotesk langsamen Vorwärtskommen beim Durchwaten dieser Sümpfe verbunden war, bedeutete an sich schon einen heftigen Kräfteverschleiss, noch dazu für die entkräfteten Männer. Doch schlimmer noch war der dampfende Dschungel, die drückende Hitze und die lastende Feuchtigkeit, die ihnen den Schweiss in die Augen rinnen liess und sie blind machte.

Als sie wieder festen Grund unter den Füssen hatten, hockte sich Scheepers auf die Erde und lehnte den Rücken gegen einen dicken Stamm. Er wischte sich mit dem Handrücken der linken Hand einen Schlammspritzer von der Stirn – seine rechte Hand hielt immer noch den Griff der Pistole umklammert – und richtete den Blick auf Harm Jansen, der sich der Länge nach auf den Boden hatte fallen lassen und jetzt dalag, den Arm über die Augen gelegt, während sich sein Brustkasten keuchend hob und senkte.

«Na, Jansen, macht Euch unser kleiner Ausflug Spass? Das habt Ihr Euch bestimmt nicht träumen lassen, dass Eure Heuer, zu der Euch der Seelenverkäufer in Amsterdam verholfen hat, einen Spaziergang durch Dschungel enthielt, – was?» Er sprach unwillkürlich leise und gedämpft: alles im Dschungel atmete Feindseligkeit.

«Verdammt übel, findet Ihr nicht auch, Mijnheer?» Harm Jansen machte eine Bewegung und ächzte leise, als irgendein Muskel sich schmerzhaft verkrampfte. Dann versuchte er zu lächeln. «Ich habe den Eindruck, dass dieser verdammte Pfad hier einfach immer so weiter geht. Was meinet Ihr, Mijnheer, sollten wir uns etwa im Kreis bewegen?»

«Durchaus möglich», meinte Scheepers. «Wir haben, seit wir hier unterwegs sind, die Sonne noch nicht zu Gesicht bekommen, der Dschungel ist da oben auch so verdammt dicht, dass man nicht einmal erkennen kann, wo der Himmel heller ist. Es wäre durchaus möglich, dass wir uns nach Norden, Süden oder Westen bewegen, doch das glaube ich eigentlich nicht. Ich vermute, dass dieser Pfad irgendwo aus dem Dschungel herauskommt und wieder ans Meer führt.»

«Hoffentlich habt Ihr recht.» Harm Jansens Miene war düster, doch nicht niedergeschlagen. Scheepers betrachtete das schmale, von der Sonne dunkel gebräunte Gesicht, mit den jetzt allzu sehr hervortretenden Backenknochen und den rissigen Lippen, und musste dabei denken, dass dieser junge Matrose von den Strapazen und harten Erfahrungen der letzten Wochen zu einem entschlossenen Mann geworden war – ein Mann, den bei sich zu haben, eine gute Sache war.

Ein oder zwei Minuten vergingen schweigend, in einer Stille, in der nichts zu hören war als das leiser werdende Geräusch ihres Atems und das Tropfen der Feuchtigkeit in den Zweigen der Bäume. Doch dann spannten sich plötzlich Scheepers Muskeln und er berührte Harm mit der rechten Hand warnend an der Schulter. Die Warnung war unnötig. Auch Jansen hatte es gehört, zog seine Beine unter den Bauch und kam vorsichtig und geräuschlos hoch. Im nächsten Augenblick standen beide hinter dem Baum und warteten.

Das Stimmengemurmel und das Geräusch leiser Schritte auf dem weichen Boden des Dschungels kam beständig näher, doch von den Sprechenden selbst war noch nichts zu sehen, da der Pfad, knapp vier oder fünf Klafter von ihrem Baum entfernt, einen Bogen machte. Scheepers sah sich rasch um nach einer besseren Möglichkeit, sich verborgen zu halten, fand aber nichts. Es blieb ihnen nichts anderes übrig, als hinter diesem Baumstamm die Dinge abzuwarten. Die Männer, die sich da näherten – es hörte sich an, als seien es nur zwei –, konnten möglicherweise Feinde sein. Scheepers entsicherte seine Pistole. Noch vor einem Monat hätte es ihn geschaudert bei dem Gedanken, aus dem Hinterhalt auf einen Ahnungslosen zu schiessen – vor einem Monat! Plötzlich waren die herankommenden Männer um die Biegung des Weges herum und deutlich zu sehen: drei, nicht zwei, und bestimmt keine Engländer, wie Scheepers erleichtert feststellte. Erleichtert und überrascht: er hatte unbewusst entweder Engländer erwartet oder aber Eingeborene, angetan mit dem Minimum von Kleidung, die das Klima erforderte, und ausgerüstet mit Speeren oder Blasrohren. Zwei dieser Ankömmlinge aber waren bekleidet mit blauen Leinenhosen und verblichenen Hemden. Im Gegensatz zu seiner vorgefassten Meinung stand das Gewehr, das der älteste der drei Männer trug. Doch die Pistole in Scheepers Hand blieb dennoch unbeweglich. Als die Männer bis auf drei Schritte heran waren, trat Scheepers hinter dem Baum hervor auf die Mitte des Weges hinaus, hob die Pistole und richtete ihren Lauf auf die Brust des Mannes mit dem Gewehr.

Der Mann mit dem Gewehr war rasch. Er verhielt mitten im Schritt, die braunen Augen unter dem Strohhut richteten sich auf Scheepers, und der lange Lauf des Gewehres kam mit einem Schwung hoch. Doch der junge Mann an seiner Seite war noch rascher. Seine nervige Hand schnellte vor wie ein Blitz und drückte das Gewehr wieder nach unten, während er mit scharfen Worten dem anderen, der ihn überrascht und zornig ansah, irgendeine Erklärung gab. Der ältere Mann nickte bedächtig, sah beiseite und liess das Gewehr sinken, bis die Mündung fast den Boden berührte. Dann brummte er dem jüngeren Mann irgend etwas zu; der nickte und richtete seine Augen – feindliche Augen in einem glatten, beherrschten Gesicht – auf Scheepers.

«Begrijp U Nederlands?»

«Holländisch?» Scheepers zog überrascht die Schultern hoch. «Ja!» sagte er und sah dann kurz zu Harm Jansen hin. «Nehmt ihm das Gewehr ab, Jansen. Von der Seite.»

«Holländisch? Ihr sprecht holländisch?» sagte der junge Mann langsam und zögernd. Er musterte Scheepers misstrauisch, doch nicht mehr feindselig. Plötzlich lächelte er. Er sprach in seiner unverständlichen Sprache rasch auf den älteren Mann ein und sah dann wieder zu Scheepers hin. «Ich meinem Vater erzählen, dass Ihr sein Holländisch. Ich leben in Batavia» – er deutete mit der Hand irgendwo nach Westen – «fast zwei Jahre lang. Ich oft sehen Holländer von Schiffen. Wieso Ihr kommen hierher?»

«Wir brauchen Hilfe», sagte Scheepers unumwunden. Sein erster Impuls war gewesen, Zeit zu gewinnen, das Terrain zu sondieren, doch irgend etwas im Ausdruck der ruhigen, dunklen Augen des jungen Mannes veranlasste ihn, es sich anders zu überlegen; ausserdem war er sich bitter darüber klar, dass die Situation ihm ohnehin nicht gestattete, sich lange bei der Vorrede aufzuhalten. «Unser Schiff ist gesunken. Wir haben Kranke und Verwundete. Wir brauchen ein Dach über dem Kopf, etwas zu essen und Medikamente.»

«Gebt uns das Gewehr zurück», sagte der junge Mann unvermittelt.

Scheepers sagte ohne jedes Zögern: «Gebt ihnen das Gewehr zurück, Jansen.»

«Das Gewehr?» Harm Jansen machte eine bedenkliche Miene. «Aber wieso –»

«Gebt es zurück», sagte Scheepers und steckte die Pistole in seinen Gurt.

Widerstrebend händigte Harm Jansen dem Mann mit dem Strohhut das Gewehr aus. Der Mann ergriff es, verschränkte die Arme über seiner Waffe, drehte den Kopf zur Seite und starrte in den Dschungel. Der jüngere Mann betrachtete ihn missbilligend und sah dann mit einem entschuldigenden Lächeln zu Scheepers hin.

«Ihr müsst meinen Vater entschuldigen», sagte er zögernd. «Ihr habt ihn gekränkt. Keine Männer nehmen ihm Gewehre ab.»

«Wieso nicht?»

«Weil Jaljee sein Jaljee, und niemand so was wagen.» In der Stimme des jungen Mannes klang ein Gemisch aus Zuneigung, Stolz und heimlicher Amüsiertheit.

«Woher habt ihr das Gewehr?»

«Von den Holländern.»

«Von Holländern?»

«Ja, Wir hier in Insulinde brauchen auch Schutz. Als Engländer auf Inseln gekommen, viele Eingeborene ihr Verhalten haben geändert. Sie verfolgten nur noch eigene Interessen und keiner rührte einen Finger, um das Eindringen der Engländer in holländischen Kolonien zu verhindern. Sie den Versprechungen glaubten, Vorteile für Freiheit gewinnen zu können, wenn sie holländische Herren verraten. Wir haben unser Verhalten nicht geändert. Fremde sind Fremde! Aber die Holländer sind zu uns hundert Mal besser als die Japaner! Wir Holländer vertrauen, Holländer uns vertrauen – ganz einfach.»

«Habt Ihr noch mehr Gewehre?»

«Ja, noch drei, dazu Pulver und gehacktes Blei als Kugeln.»

«Und wo habt Ihr sie?»

«Sind alle verwahrt in Jaljees Hütte. Er sein Häuptling von unser Kampong.»

«Er ist euer Häuptling?» sagte Scheepers und betrachtete Jaljee mit plötzlich gesteigertem Interesse. Von diesem Mann, von seiner Fähigkeit, Entscheidungen zu treffen, Hilfe zu gewähren oder zu versagen, hing unter Umständen ihr Leben ab. Und als Scheepers ihn sich jetzt genau ansah, vermochte er in den markanten Zügen des ernsten und unbeweglichen braunen Gesichts die Autorität zu entdecken, die ruhige Würde, wie man sie sich vorstellte, wenn man an das Oberhaupt eines Stammes oder Dorfes dachte. In seiner äusseren Erscheinung hatte Jaljee grosse Ähnlichkeit mit seinem Sohn und dem jungen, der ein Stück hinter den beiden stand – vermutlich ein jüngerer Sohn, dachte Scheepers. Ein Mann, dessen Hilfe von grossem Wert sein konnte, dachte Scheepers – falls er bereit war, zu helfen.

«Ja», sagte der junge Mann, «er sein unser Häuptling. Und ich bin Bakan, sein ältester Sohn.»

«Mein Name ist Scheepers. Sagt Eurem Vater, dass ich an der Küste kranke holländische Männer und Frauen habe, drei Meilen nördlich von hier. Wir brauchen Hilfe. Fragt ihn, ob er uns helfen will.»

Bakan sprach etwa eine Minute lang rasch auf seinen Vater ein in einer rauen abgehackten Sprache, hörte auf das was sein Vater zu ihm sagte, und wandte sich dann wieder an Scheepers mit der Frage: «Wie viele sein krank?»

«Fünf – wenigstens fünf von den Männern. Es sind auch zwei Frauen und ein Kind dabei – ich glaube nicht, dass sie einen weiten Weg zu Fuss machen könnten. Wie viele Meilen sind es bis zu Eurem Kampong?»

«Meilen?» Bakan lächelte. «Ein Mann kann dahin gehen in zehn Minuten.»

Er sprach erneut auf seinen Vater ein, der aufmerksam zuhörte, mehrfach mit dem Kopf nickte und dann dem Jungen, der neben ihm stand, einige kurze Anweisungen erteilte. Der Junge hörte sehr genau zu und schien den Auftrag zu wiederholen, dann blitzte er Scheepers und Harm Jansen lächelnd mit seinen weissen Zähnen an, machte auf der Hinterhand kehrt und schoss davon in der Richtung, aus der sie gekommen waren.

«Wir werden Euch helfen», sagte Bakan. «Mein jüngerer Bruder sein fort zum Dorf – er wird kommen mit starken Männern und Tragbahren für die Kranken. Wir jetzt gehen zu Euren Freunden.»

Er wandte sich um und ging voran, hinein in ein undurchdringlich scheinendes Stück dichten Dschungels, umging den Sumpf, durch den Scheepers und Harm Jansen eben erst gewatet waren, und führte sie wieder zurück auf den Pfad, alles in weniger als einer Minute. Harm Jansen sah Scheepers an und grinste.

«Man kommt sich wie ein Idiot vor, findet Ihr nicht auch, Mijnheer? Dabei ist es so einfach, wenn man nur weiss, wie und wo.»

«Was sagt Euer Freund?» fragte Bakan.

«Er bedauert nur, dass wir Euch nicht schon eher bei uns gehabt haben», erklärte Scheepers. «Wir haben auf unserem Weg die meiste Zeit damit zugebracht, bis zu den Hüften durch sumpfige Stellen zu waten.»

Jaljee brummte irgendeine Frage. Bakan lächelte.

«Mein Vater meint, dass sich nur Dummköpfe und ganz kleine Kinder im Urwald die Füsse nass machen. Er vergisst, dass man den Urwald kennen muss.»

Bakan sprach weiter, während sie durch das grüne Dämmerlicht des Dschungels schritten, und äusserte sich freimütig und ohne Scheu. Er machte kein Hehl daraus, dass er und sein Vater keinerlei Sympathien für die Holländer hätte, aber genauso wenig hätten sie irgendwelche Sympathien für die Engländer und ihre Japaner. Sie seien weiter nichts als Insulinder, erklärte er, und hätten den Wunsch, ihr Land für sich zu haben.

Scheepers sah ihn überrascht und mit plötzlichem Unbehagen an. «Gibt es denn hier in der Nähe Japaner?»

«Ja», sagte Bakan ernst, «sie sind schon da.» Er deutete nach Norden. «Die Engländer haben mit Hilfe der Japaner schon einige Dörfer im Umkreis von fünfzig Meilen von hier eingenommen. Und sie haben japanische Söldner bei sich und – wie nennt man das in Eurer Sprache – eine Garnison, sie haben eine Garnison in Saumlakki. Eine grosse Garnison, mit einem Major an der Spitze. Major Haruko.» Bakan schüttelte den Kopf, wie jemand, der vor Kälte erschauert. «Major Haruko ist kein Mensch. Er ist ein Unmensch, eine Bestie. Die Tiere des Dschungels töten nur, wenn sie töten müssen. Haruko würde einem Mann den Arm abreissen und sich genauso wenig dabei denken wie ein Kind, das einer Fliege den Flügel ausreisst.»

«Wie weit ist diese Garnison – wie heisst sie? – von Eurem Kampong entfernt?» fragte Scheepers langsam.

«Saumlakki?»

«Ja, wo die Garnison ist.»

«Zwölf Meilen. Nicht mehr als zwölf Meilen.»

«Zwölf Meilen! Und Ihr wollt uns Obdach geben – Ihr wollt so viele Holländer bei Euch aufnehmen, obwohl Engländer und Japaner nur zwölf Meilen entfernt sind! Wenn nun aber –»

«Ich muss Euch leider sagen, dass Ihr nicht lange bei uns bleiben könnt», unterbrach ihn Bakan mit ernster Stimme. «Jaljee, mein Vater, sagt, es ist zu gefährlich für Euch. Und auch für uns. Es gibt'spione, es gibt Leute, die etwas mitteilen, um Belohnung zu bekommen, auch unter unseren eigenen Leuten. Die Engländer würdet Euch gefangen nehmen und meinen Vater, meine Mutter, meine Brüder und mich mitnehmen nach Saumlakki.»

«Als Geiseln?»

«So würden sie es nennen, wenn uns die Engländer fangen», sagte Bakan mit einem bitteren Lächeln. «Die Geiseln, die die Japaner mitnehmen, kehren niemals in ihre Dörfer zurück. Die Japaner sind grausam. Deshalb helfen wir den Holländern.»

«Vorhin sagtet Ihr, dass Ihr weder für Holland noch für England Sympathien hegt. Warum?»

«Wir können nicht leben, wie wir es wollen. Die Europäer kaufen unsere Produkte: Pfeffer, Gewürznelken, Ingwer, Kardamom, Zimt. Aber die Preise bestimmen sie, und diese sind ein Almosen gegenüber den Erlösen, die man in Europa erzielt. Sie glauben, wir wüssten das nicht und führen sich auf, als seien sie die Herren unserer Länder. Widerspruch wird nicht geduldet. Sie haben die Macht, die Macht, die auf Feuerwaffen gründet. Dagegen sind wir schwach, das zwingt uns heute zum Schweigen und morgen zur Lüge. Die Wahrheit ist verboten – an die Stelle der Wahrheit sind die Fantasie und Wunschbilder getreten. Sie glauben, wir sind glücklich, weil wir einfach sind. Sie sagen, wir seien ›Naturkinder‹, die kaum Bedürfnisse haben. Weil sie stark sind, schweigen wir. Aber manchmal halten ihre Trugbilder nicht; unter der Oberfläche brodelt

Abneigung, die schnell zur Feindseligkeit werden kann, und immer öfter stiehlt sich die Wahrheit ans Licht.»

Scheepers schwieg betroffen; von dieser Seite hatte er es noch nie betrachtet. «Und trotzdem helft Ihr uns?»

«Ja. Ich vorher schon habe gesagt: Die Bevölkerung ist überwiegend ihren holländischen Kolonialherren gegenüber loyal, wahrscheinlich auch deshalb, weil die Herrschaft der VOC erträglicher ist als die der Engländer und ihrer japanischen Soldknechte.»

«Wie lange werden wir bei euch bleiben können?»

Bakan besprach sich kurz mit seinem Vater, dann wandte er sich wieder an Scheepers: «Solange es sicher ist. Wir werden euch zu essen geben und eine Hütte, in der ihr schlafen könnt, und die alten Frauen unseres Dorfes verstehen sich darauf, alle Wunden zu heilen. Vielleicht könnt ihr drei Tage bleiben, aber länger nicht.»

«Und dann?» Bakan zog schweigend die Schultern hoch und ging schweigend auf dem Weg durch den Dschungel voraus.

«Wie weit ist es von Eurem Dorf bis zum Meer?» fragte Scheepers nachdenklich.

«Eine dreiviertel Meile, nur eine dreiviertel Meile. Dort haben wir auch unsere Boote liegen – Fischfang gehört zu unserem Lebensunterhalt.»

*

Knapp hundert Meter von der Stelle, wo in der vergangenen Nacht das Boot gestrandet war, kam ihnen Honke entgegen. Er kam fast im Laufschritt, und er taumelte dabei hin und her: mitten auf seiner Stirn war die Haut aufgeplatzt, das Blut lief herunter und sickerte ihm in die Augen, und Scheepers brauchte nicht erst zu hören, wer dafür verantwortlich war.

Der Obersteuermann war wütend, fühlte sich gedemütigt und machte sich heftige Vorwürfe. Den schweren Stein, der ihn an der Stirn traf und bewusstlos umfallen liess, hatte er erst entdeckt, als er ihn, aus seiner Ohnmacht erwachend, neben sich liegen sah. Surama hatte überraschend den Stein geworfen und war, als Honke Kruse umfiel, in nordöstlicher Richtung abgehauen. Die anderen waren nicht darauf vorbereitet; alle versuchten, durch Schlaf oder Ruhe zu neuen Kräften zu kommen.

Kruse riet, ihnen nachzusetzen, und Scheepers war gleichfalls dafür, da ihm klar war, dass Surama, lebend und auf freiem Fuss, eine potentielle Gefahr darstellte, ganz gleich, wo er war. Doch Bakan widersprach entschieden. Es sei so gut wie ausgeschlossen, den Mann im Dschungel zu finden, meinte er. Scheepers musste dieses Veto als berechtigt anerkennen und führte seine Begleiter hinunter an den Strand.

Kaum zwei Stunden später waren sie alle in Jaljees Dorf angekommen, eine Lichtung im Dschungel, auf der die Hütten standen. Es waren kleine, schmächtige Männer, aber von einer erstaunlichen Ausdauer. Die meisten Träger hatten den ganzen Weg zurückgelegt, ohne auch nur einmal eine Pause zu machen oder abgelöst zu werden.

Jaljee, der Häuptling, hielt alles, was er versprochen hatte. Alte Frauen wuschen und säuberten eiternde Wunden, bestrichen sie mit kühlenden, lindernden Pasten, bedeckten diese mit grossen Blättern und banden das Ganze mit Baumwollfäden zusammen. Danach bekamen sie grossartig zu essen: Junge Hähnchen, Schildkröteneier, Reis, Garnelen, Obstmarmeladen, gekochte Süsswurzeln und getrockneten Fisch. Doch der Hunger war ihnen längst vergangen, sie hatten allzu lange gehungert, um mehr tun zu können, als den Herrlichkeiten, die man ihnen auftischte, versuchsweise zuzusprechen. Was ihnen nötiger war als alles andere, war nicht Nahrung, sondern Schlaf, und den bekamen sie bald. Es gab keine Betten, keine Hängematten, keine weichen Lager aus Zweigen oder Gras; nichts als Kokosmatten, die auf die sauber gefegte Erde am Boden einer Hütte gebreitet waren. Das war genug, war mehr als genug. Sie schliefen wie Tote, versanken tief in den bodenlosen Schlaf der Erschöpfung.

Als Scheepers wach wurde, war die Sonne längst untergegangen, und die Nacht hatte sich über den Dschungel gesenkt. Eine lautlose, schweigende Nacht und ein lautloser, schweigender Dschungel. Kein Äffchen schnatterte, kein Nachtvogel rief, alles lag lautlos und leblos, nichts als Stille und Dunkelheit. Auch im Innern der Hütte herrschte lautlose Stille, doch es war nicht dunkel: an Stangen in der Nähe des Eingangs hingen zwei flackernde Öllampen.

Scheepers hatte in tiefem, bewusstlosem Schlaf gelegen, und er hätte auch noch weitergeschlafen. Aber er wurde wach durch einen stechenden Schmerz, der ihn selbst in der traumlosen Tiefe seines Schlafes erreichte: es war ein unverständlicher, unbekannter Schmerz, der ihm durch die Haut drang, kalt und scharf und schwer: was ihn wach werden liess, war ein japanisches Bajonett, dessen Spitze an seiner Kehle sass. Das Bajonett war lang und scharf und widerwärtig, seine Oberfläche schimmerte bösartig im flackernden Licht. Die Blutrinne, die daran eingeschliffen war, wirkte aus dieser Nähe gesehen wie ein tiefer Graben mit metallenen Wänden. Durch Scheepers halbwaches, nichts begreifendes Bewusstsein huschte sein Blick die blinkende Länge des Bajonetts entlang, hinauf zum Lauf des Gewehres und der bronzebraunen Hand, die ihn in der Mitte umfasst hielt, vorbei am hölzernen Schaft und der anderen Hand, und von da aus weiter zur Uniform und dem Gesicht unter der Mütze, einem Gesicht, dessen Lippen sich über die Zähne zu einem Lächeln zurückgezogen hatten. Scheepers spürte, wie ihm übel wurde. Das Licht in der Hütte schien zu flackern und sich zu trüben.

Sekunden vergingen, und allmählich kehrte sein Sehvermögen zurück. Der Mann, der über ihm stand – ein Japaner, wie Scheepers jetzt sah, mit einem Schwert an der Seite –, hatte sich nicht bewegt, und das Bajonett sass unverändert an seiner Kehle. Langsam und mühsam, so gut es ging, ohne seinen Kopf oder Hals auch nur einen Millimeter zu bewegen, liess Scheepers den Blick in der Hütte umherwandern, und jetzt überkam ihn das Gefühl der Bitterkeit, der tiefen, hoffnungslosen Verzweiflung, das einer Flutwelle gleich in seiner Kehle aufstieg. Der Mann, der über ihm stand, war nicht der einzige feindliche Wachtposten in der Hütte. Ausser ihm waren noch andere da, alle mit Gewehren und aufgepflanzten Bajonetten, und alle hielten die Spitzen ihrer Bajonette nach unten auf die Männer und Frauen gerichtet, die schlafend am Boden lagen. Es war etwas Unheimliches und Unheilverkündendes in ihrer Lautlosigkeit. Scheepers fragte sich, ob sie alle im Schlaf niedergemetzelt werden sollten; doch er hatte es kaum gedacht, als der Mann über ihm das lastende Schweigen brach und ihn eines anderen belehrte.

«Ist das hier das Schwein, von dem du gesprochen hast?» Sein Holländisch war fliessend, und er sprach es mit der grammatikalischen Korrektheit eines Mannes, der eine Fremdsprache nicht in dem fremden Land, sondern in der Schule gelernt hat. «Ist das der Anführer dieser Leute?»

«Das ist der Mann, der Scheepers heisst.»

Die Antwort kam von Bakan, der im Schatten des Eingangs draussen vor der Hütte stand. Seine Stimme klang sonderbar fern und gleichgültig. «Er ist der Anführer.»

«Stimmt das? Machs Maul auf, du holländisches Schwein!» Der Korporal verlieh seiner Aufforderung Nachdruck, indem er erneut gegen Scheepers Kehle stiess. Scheepers konnte fühlen, wie das Blut langsam und warm auf den Kragen seines Hemdes sickerte. Einen Augenblick lang dachte er daran, die Frage zu verneinen und zu sagen, dass Kapitän Visser sein Vorgesetzter sei, doch sein Instinkt sagte ihm augenblicklich, dass der Mann, den die Japaner für den Verantwortlichen hielten, von ihnen sehr hart angefasst werden würde. Kapitän Visser war nicht in der Verfassung, irgendwelche weiteren Schläge einstecken zu können. Bei dem Zustand, in dem er sich jetzt befand, konnte unter Umständen schon ein Faustschlag genügen, ihn zu töten.

«Ja, ich habe das Kommando», sagte er. Er sah auf das Bajonett, überlegte sich, ob er versuchen sollte, es beiseite zu schlagen, und machte sich klar, dass die Sache hoffnungslos war. Selbst wenn es ihm gelingen sollte, waren ja all die anderen Posten im Raum, die nur darauf warteten, ihn niederzuschiessen. «Nehmt das verdammte Ding da von meinem Hals weg.»

«Aber natürlich! Wie vergesslich von mir.» Der Korporal entfernte das Bajonett, trat einen Schritt zurück und stiess Scheepers mit dem Fuss heftig in die Seite, kurz oberhalb der Nieren. «Sie gestatten: Korporal Yamata», sagte er leise und mit höhnischer Höflichkeit. «Korporal der britischen East India Company. Überlegen Sie sich in Zukunft Ihre Worte besser, wenn Ihr mit mir sprecht.» Dann rief er mit laut brüllender Stimme: «Steh auf, du Hund! Aufstehen, alles aufstehen!»

Langsam und unsicher kam Scheepers auf die Füsse, sein Gesicht war grau unter der dunklen Bräune, und der Schmerz in seiner Seite war so heftig, dass sich ihm der Magen umdrehte. Um ihn herum erwachten die anderen mühsam aus ihrem schweren Schlaf und richteten sich noch halb betäubt auf. Bei wem es zu langsam ging, weil er allzu krank oder zu schlimm verwundet war, der wurde grausam hochgerissen, ohne Rücksicht auf sein Stöhnen, seinen Schmerzensschrei, und zur Tür getrieben. Cordula Volmer gehörte auch zu denen, die so übel behandelt wurden; sie hatte sich über den noch schlafenden Hinnerkje gebeugt, um ihn in eine Decke zu wickeln und auf den Arm zu nehmen, und Scheepers sah, wie einer der Posten beide mit solcher Gewalt hochriss, dass er dem Mädchen dabei fast den Arm ausgerissen haben musste. Sie schrie vor Schmerz laut auf, biss aber im nächsten Augenblick schweigend die Lippen zusammen. Scheepers überraschte sich dabei, wie er sie – ungeachtet seiner Schmerzen und seiner Verzweiflung – ansehen und bewundern musste. Er sah sie an, dachte daran, mit welcher Geduld, welchem Mut und welcher hingebenden Selbstlosigkeit sie sich all diese langen Tage und endlosen Nächte hindurch um das Kind bekümmert hatte. Es war seltsam, es war unglaublich – doch für einen Augenblick vergass Scheepers, wo er sich befand und begriff zum erstenmal, dass er sich etwas vormachte. Was er für dieses Mädchen mit dem verhaltenen Lächeln und der Narbe auf der Wange empfand, für dieses Mädchen mit der Haut, die aussah wie eine Rose in der Dämmerung, mit diesem Geruch ihrer Haut wie Sandelholz, das war nicht Mitleid, sondern einfach Liebe; und falls es Mitleid gewesen sein sollte, so würde es jedenfalls nie wieder Mitleid sein. Nimmermehr. Scheepers schüttelte langsam den Kopf und lächelte vor sich hin, dann stöhnte er leise vor Schmerz, als ihm Yamata mit dem Ende des Gewehrkolbens zwischen die Schulterblätter stiess, dass er schwankend zur Tür stolperte.

Draussen war es fast völlig dunkel, doch für Scheepers hell genug, um zu erkennen, wohin die Soldaten sie brachten – zu dem hell erleuchteten Versammlungsplatz der Dorfältesten, dem grossen Haus der Gemeindeversammlung, in dem sie am Abend bewirtet worden waren, an der anderen Seite des Kampongs gelegen. Es war für Scheepers auch hell genug, um noch etwas anderes zu erkennen – den undeutlichen Umriss von Bakan, der unbeweglich in der Dunkelheit stand. Ohne an den Korporal zu denken, der hinter ihm ging, und ohne an den nächsten bösartigen Stoss mit dem Kolben zu denken, den er mit Sicherheit zu erwarten hatte, blieb Scheepers einen knappen halben Meter von Bakan entfernt stehen.

Bakan stand so unbeweglich wie eine steinerne Statue. Er rührte kein Glied, machte keine Geste, stand einfach still und unbeweglich in der Dunkelheit, wie ein Mann, der ganz tief in seine Gedanken versunken ist.

«Wie viel hat man Euch dafür bezahlt, Bakan?» Scheepers Stimme war kaum mehr als ein Flüstern. «Wie viel hat man Euch bezahlt?»

Bakan antwortete sekundenlang nicht. Scheepers machte sich gefasst auf den nächsten Stoss in den Rücken, doch der Stoss blieb aus. Dann begann Bakan zu sprechen, so leise und wie aus grosser Ferne, dass Scheepers sich unwillkürlich vorbeugte, um ihn zu verstehen.

«Man hat mich gut bezahlt, Mijnheer Scheepers.» Bakan kam einen Schritt nach vorn und wandte sich halb herum, so dass das Licht, das aus der Tür der Hütte fiel, plötzlich die eine Seite seines Gesichts und seiner Gestalt beleuchtete. Die linke Hälfte seines Gesichts, Hals, Arm und Oberkörper waren übel zugerichtet von Schwerthieben oder Bajonettstichen, so dicht, dass sich nicht feststellen liess, wo die eine Wunde endete und die andere begann; die ganze Seite schien blutüberströmt, und Scheepers sah, wie das Blut herunter rann und lautlos auf die festgetretene Erde des Kampongs tropfte.

«Man hat mich gut bezahlt», wiederholte Bakan tonlos. «Mein Vater ist tot, Jaljee ist tot. Viele andere von unseren Leuten sind tot. Wir wurden verraten, Mijnheer Scheepers, und man hat uns überfallen.»

Scheepers starrte ihn sprachlos an; sein Denken setzte für einen Augenblick aus, als er Bakan so vor sich sah. Jetzt entdeckte er das japanische Bajonett, das nur eine Elle von Bakans Rücken entfernt war. Bakan hatte sich zweifellos kräftig zur Wehr gesetzt, bevor sie ihn niederschlagen konnten. Und dann setzte sein Denken wieder ein, und mit dem Denken kam das Erschrecken und das Bedauern, dass es dazu hatte kommen sollen, dass die Menschen, die sich so selbstlos ihrer angenommen hatten, so schlimm und so rasch dafür bestraft worden waren. Im nächsten Augenblick überkam ihn bittere Reue der Worte wegen, die er eben ausgesprochen hatte, diese Worte, die eine so ungeheuerliche und ungerechte Anschuldigung enthalten hatten und für Bakan die letzten Tropfen gewesen sein mussten, die das Mass seines Leids und seiner Bitterkeit voll machten. Scheepers öffnete den Mund zum Sprechen, doch was herauskam, waren keine Worte, sondern nur ein Ächzen, da ihm im gleichen Augenblick von neuem der Kolben in den Rücken stiess, und gleichzeitig mit diesem Ächzen unterdrückten Schmerzes kam das leise, bösartige Lachen Yamatas durch die Dunkelheit.

Der japanische Korporal hatte sein Gewehr wieder umgedreht und trieb Scheepers mit der Spitze seines Bajonetts quer über das Kampong. Scheepers sah, wie die anderen vor ihm durch das hell erleuchtete Rechteck getrieben wurden, den Eingang zum Versammlungshaus des Ältestenrats. Einige der anderen waren bereits durch die Tür verschwunden. Soeben ging Mevrouw Wendelina hinein, gefolgt von Cordula mit Hinnerkje und dicht dahinter der Obersteuermann und Looberghen. Der Schiffsfaktor hatte von irgend jemand einen Stock erhalten und hinkte mühsam und mit schmerzverzerrtem Gesicht hinter Honke her. Vor dem Eingang stolperte Cordula über irgend etwas, verlor das Gleichgewicht und wäre um ein Haar hingefallen. Der Posten hinter ihr packte sie an der Schulter und stiess sie heftig nach vorn. Möglicherweise hatte er dabei die Absicht gehabt, sie durch den Eingang zu stossen, doch dann hatte er jedenfalls schlecht gezielt, denn das Mädchen und das Kind prallten beide heftig gegen den Türrahmen. Selbst auf diese Entfernung von fast zwanzig Fuss konnte Scheepers den dumpfen Knall hören, mit dem der Kopf oder vielleicht auch die Köpfe gegen das harte Holz stiessen. Er hörte den Aufschrei des Mädchens und die schrille Stimme des kleinen Hinnerkje, der vor Schreck oder vor Schmerz schrie. Harm Jansen, der knapp anderthalb Meter hinter dem Mädchen war, brüllte irgend etwas, was Scheepers nicht verstehen konnte – vermutlich in dem ostfriesischen Idiom seiner Heimat –, nahm einen kurzen Anlauf und machte einen Satz auf den Posten zu, der das Mädchen gestossen hatte; doch der Soldat hinter ihm, der mit dem Kolben seines Gewehrs ausholte, war noch schneller als er, und Harm stürzte aufstöhnend zu Boden.

Das Versammlungshaus, jetzt hell erleuchtet von einem halben Dutzend Öllampen, war ein grosser, hoher Raum, 14 Klafter breit und sieben Klafter tief. Der Eingang war in der Mitte der einen Längswand, rechts davon war die erhöhte Tribüne für die Versammlung der Ältesten, und hinter dieser Rednerbühne war eine zweite Tür, die hinausführte auf das Kampong. Im Übrigen war der grosse Raum mit den hölzernen Wänden völlig leer, der Fussboden bestand aus festgestampfter Erde. Auf dieser blanken Erde sassen die Gefangenen in einem kleinen, engen Halbkreis. Alle, mit Ausnahme von Harm Jansen – Scheepers konnte ihn von der Stelle aus, wo er sass, eben noch sehen: seine Schultern, die regungslos ausgebreiteten Arme und der Hinterkopf mit dem krausen Haar waren hell erleuchtet von dem Lichtschein, der durch den Eingang des Versammlungshauses nach draussen fiel, während der übrige Körper in der Dunkelheit verschwand.

Doch Scheepers hatte für Harm nur einen flüchtigen Blick übrig, und für die wachsamen Posten, die hinter ihnen hockten oder mit dem Rücken an der Wand neben dem Eingang lehnten, hatte er überhaupt keine Augen. Im Augenblick hatte er Augen ausschliesslich für die Rednerbühne, für die Männer, die dort sassen, und denken konnte er an nichts anderes als an seine sträfliche Dummheit und törichte Zimperlichkeit, an seine fahrlässige Unterlassungssünde, durch die es für sie alle, für Cordula und Hinnerkje und Visser und all die anderen, zu diesem bitteren Ende gekommen war.

Auf der Bühne stand eine niedrige Bank, auf dieser Bank sass Korporal Yamata, und der Mann, der neben ihm sass, war Surama. Ein triumphierend grinsender Surama, der es nicht mehr für nötig hielt, seine Gefühle hinter der Maske der Gleichgültigkeit zu verbergen. Er schien mit dem breit lächelnden Yamata auf bestem Fuss zu stehen, und er zog von Zeit zu Zeit eine lange, braune Zigarre aus seinem blitzenden Gebiss und blies Rauchwolken in Scheepers Richtung. Scheepers starrte ihn an mit düsterem Blick, ohne mit der Wimper zu zucken. Sein erstarrtes Gesicht zeigte keinen Ausdruck, doch in seinem Herzen war Mord.

Es war so klar, so grausam offensichtlich, was da geschehen war. Surama hatte so getan, als sei er von der Stelle, wo sie gestrandet waren, nach Norden gegangen – ein Täuschungsmanöver, musste Scheepers erbittert denken, das jedes Kind hätte durchschauen sollen. Surama war offenbar ein kleines Stück nach Norden gegangen, hatte sich dort versteckt und gewartet, bis sich die Männer mit den Tragbahren in Bewegung gesetzt hatten, war ihnen heimlich gefolgt, an dem Dorf vorbei weitergegangen nach Saumlakki und hatte dort alles der englischen Kommandantur gemeldet. Die Engländer hatten sofort eine Segelschaluppe unter dem Kommando des bewährten Korporals Yamata bemannt und ihn zur Reede von Jaljees Kampong geschickt. Der Trupp war im Schutz der Nacht im Dorf eingedrungen und hatte die Bewohner überwältigt.

Es war von Anfang an so eindeutig gewesen, so klar, was Surama tun würde, was er geradezu zwangsläufig tun musste, dass jeder Idiot es voraussehen und entsprechende Vorsichtsmassnahmen hätte ergreifen können. Wobei die wirksamsten Vorsichtsmassnahmen darin hätten bestehen müssen, Surama zu erschiessen. Doch er, Scheepers, hatte es fahrlässig und schuldhaft unterlassen, diese Massnahmen zu treffen. Er warf sich selbst Naivität vor, weil er unfähig war, das Unvermeidliche zu tun – das unvermeidlich Böse, das darin bestand, Surama zu erschiessen. Er hatte schon während ihrer Odyssee im Rettungsboot gewusst, dass er es eines Tages bereuen werde, und sollte er jemals wieder die Möglichkeit dazu haben, das wusste er jetzt, so würde er Surama ungerührt über den Haufen knallen. Er wusste aber auch, dass er diese Möglichkeit nie wiederhaben würde.

Langsam löste Scheepers seinen starrenden Blick von Suramas Gesicht. Er sah in die Runde, die da auf den geflochtenen Fussmatten hockten. Cordula, Hinnerkje, Mevrouw Wendelina, Visser, Bram Zaltboom, Fähnrich Terbrugge, Maat Lucius, die Seekadetten Huismans und Hooger, Leutnant Vanstappen, Looberghen – den Stock neben sich am Boden. Obersteuermann Kruse hatte einen Kopfverband, aber er schien den Steinwurf Suramas soweit gut verkraftet zu haben. Alle waren da, waren erschöpft, krank und leidend, doch fast alle waren ruhig und gefasst, resigniert und ohne Furcht. Nur Harm Jansen lag noch immer ohnmächtig beim Ausgang.

Scheepers spürte eine geradezu unerträgliche Bitterkeit. Sie alle hatten ihm vertraut, rückhaltlos vertraut, hatten sich blind darauf verlassen, dass er alles tun würde, was in seiner Macht stand, um sie wohlbehalten heimkehren zu lassen. Sie hatten ihm vertraut, und nun würde keiner von ihnen jemals die Heimat Wiedersehen.

Er wandte den Blick von ihnen ab und sah zu der Rednerbühne hin. Korporal Yamata hatte sich erhoben und stand da, die eine Hand am Koppel, während die andere auf dem Griff seines Schwertes ruhte.

«Ich will euch nicht lange aufhalten.» Seine Stimme war ruhig und präzis. «In zehn Minuten fahren wir ab nach Saumlakki. Wir fahren nach Saumlakki, um dort meinen Kommandeur zu treffen, Major Haruko, der euch alle schon mit grosser Ungeduld erwartet: Major Haruko hatte einen Sohn, und dieser Sohn war der Kommandant des erbeuteten holländischen Kanonenbootes, das man euch entgegengeschickt hatte.»

Er bemerkte, wie die Gefangenen nach Luft schnappten und kurze Blicke untereinander tauschten. Auf seinem Gesicht erschien ein leises Lächeln. «Es wäre ein vergeblicher Versuch, wenn ihr es abstreiten wolltet. Kapitän Surama hier wird einen ausgezeichneten Zeugen abgeben. Major Haruko ist rasend, so sehr schmerzt ihn der Tod seines Sohnes. Es wäre besser für euch alle, für jeden einzelnen von euch – nicht geboren zu sein.»

«Nur noch zehn Minuten», fuhr er mit höhnischer Glätte fort. «Länger werde ich euch nicht aufhalten. Aber da ist eine Sache, die wir hier erst noch ordnen müssen. Es wird nicht lange dauern, und dann können wir aufbrechen.» Auf seinem Gesicht erschien abermals ein Lächeln, während sein Blick langsam die Reihe der Gefangenen entlang ging, die vor ihm an der Erde hockten. «Und da wir noch ein wenig warten müssen, so wird es euch allen sicherlich angenehm sein, die Bekanntschaft eines Mannes zu machen, von dem ihr annehmt, dass ihr ihn sehr genau kennt, obwohl ihr keine Ahnung habt, wer er wirklich ist. Ihr dürft Euch jetzt ungescheut zu erkennen geben, mein Herr.»

Durch die Reihe der Gefangenen lief eine plötzliche Bewegung, dann war einer von ihnen aufgestanden und humpelte an seinem Stock auf die Rednertribüne zu. Er sprach den Korporal in fliessendem Japanisch an und schüttelte dem sich verbeugenden Yamata die Hand. Scheepers, konsterniert und völlig fassungslos, wollte sich mühsam aufrichten, sank aber wieder zu Boden, als ihn ein weiterer Schlag mit dem Gewehrkolben an der Schulter traf. Einen Augenblick lang hatte er das Gefühl, sein Hals und der eine Arm seien heiss wie Feuer, doch er achtete kaum darauf.

«Looberghen! Was zum Teufel soll das denn –»

«Nicht Looberghen, mein lieber Mijnheer Scheepers», sagte Looberghen protestierend. Ich bin es leid, mich weiterhin für einen Holländer auszugeben.» Er verbeugte sich mit einem kleinen Lächeln. «Gestattet, Mister Scheepers, dass ich mich Ihnen vorstelle: Addison Collingwood, Inspektor des britischen Geheimdienstes.»

Scheepers starrte ihn sprachlos und fassungslos an. Alle, die da am Boden hockten, sahen mit aufgerissenen Augen zu Looberghen hin, konnten den Blick nicht von ihm wenden, während ihr halbbetäubtes Bewusstsein sich abmühte, Klarheit zu finden, während ihnen einzelne Vorfälle aus den hinter ihnen liegenden zehn Tagen einfielen und die Erinnerung sich langsam verdichtete zum Begreifen, zu einem zögernden Verstehen des Zusammenhangs. Die Sekunden dehnten sich endlos, und dann war es vorbei mit dem zögernden Begreifen und dem sich allmählich erhärtenden Verdacht. Jetzt gab es nur noch Gewissheit, die harte, kalte Gewissheit, dass Inspektor Collingwood wirklich der war, der zu sein er behauptete. Darüber konnte es keinen Zweifel mehr geben.

Es war Looberghen, der das Schweigen schliesslich brach. Er wandte den Kopf ein wenig zur Seite und sah durch die Tür nach draussen, dann richtete sich sein Blick wieder auf die, die bis eben noch seine Gefährten im Unglück gewesen waren. Auf seinem Gesicht lag ein Lächeln. Doch es war kein triumphierendes Lächeln, es liess auch keinerlei Freude erkennen. Soweit dieses Lächeln überhaupt irgend etwas erkennen liess, war es eher eine düstere Trauer.

«Und jetzt, meine Damen und Herren, kommt die Erklärung für all das Schwere, was wir in den vergangenen Tagen durchgemacht haben. Viele von euch werden sich verwundert gefragt haben, aus welchem Grund wir, eine kleine Gruppe Überlebender, für die Engländer von solcher Bedeutung sein sollten. Ihr werdet jetzt die Antwort auf diese Frage erhalten.»

Einer der japanischen Soldaten ging, vorbei an den Männern und Frauen, die auf der Erde sassen, nach vorn und stellte einen schweren Koffer zwischen Looberghen-Collingwood und Yamata auf das Holz der Tribüne. Alle starrten auf den Koffer und dann auf Mevrouw Wendelina. Es war ihr Koffer, und ihre Lippen waren bleich. Sie hatte die Augen halb geschlossen, wie vor Schmerz. Doch sie sass unbeweglich und sagte keinen Ton.

Auf ein Zeichen von Looberghen packte der japanische Soldat den einen Griff des Koffers, während Looberghen den anderen ergriff. Gemeinsam hoben sie den Koffer zwischen sich bis in Schulterhöhe und drehten ihn dann um. Nichts fiel heraus, nur das Leinenfutter hing nach unten durch, als sei es mit Blei beschwert. Looberghen sah zu dem japanischen Korporal hin. «Darf ich bitten, Korporal Yamata?»

«Mit dem grössten Vergnügen, Inspektor Collingwood.» Yamata kam einen Schritt nach vorn und zog mit einem Ruck das Schwert aus der Scheide. Es leuchtete einmal kurz auf in dem hellen Licht der Öllampen, dann durchschnitt seine scharfe Schneide die dicke Leinwand des Kofferfutters, als ob sie aus Papier wäre. Und dann ergoss sich ein blendendes, strahlendes Geflimmer aus dem Koffer und bildeten auf den Brettern einen blitzenden Kegel strahlenden Gefunkels.

«Mevrouw Wendelina scheint eine ausgesprochene Vorliebe für glitzernde Steine zu haben.» Looberghen-Collingwood lächelte freundlich und deutete beiläufig mit der Fussspitze auf das funkensprühende Häufchen zu seinen Füssen. «Diamanten, Mister Scheepers, lauter echte Diamanten. Die bedeutendste Kollektion, möchte ich annehmen, die man jemals ausserhalb der Generalstaaten gesehen hat. Der Wert dieser Steine beläuft sich schätzungsweise auf annähernd zwei Millionen Pfund.»

Kreiselkompass
(ca. 1870)

Kapitel 14: Die Befreiung

Collingwoods leise Stimme verging, und das Schweigen im Raum war tief und lastend. Die Männer und Frauen, die auf dem Boden hockten, sassen da, als ob es die anderen überhaupt nicht gäbe. So ausschliesslich war ihre Aufmerksamkeit auf den funkelnden Haufen der Diamanten gerichtet, der da vor ihnen lag, mit barbarischer Leuchtkraft glitzernd und funkensprühend im Licht der flackernden Öllampen. Alle Augen starrten darauf wie gebannt, wie in einer unheimlichen Hypnose. Schliesslich bewegte sich Scheepers und hob den Blick zu Collingwood. Sonderbar, aber er konnte diesem Mann gegenüber keine Bitterkeit empfinden, keinerlei Feindlichkeit. Dazu hatten sie allzuviel gemeinsam durchgemacht und überstanden, und Collingwood hatte es besser überstanden als die meisten der anderen, war immer selbstlos, ausdauernd und hilfsbereit geblieben. Die Erinnerung daran war noch so frisch, als dass sie so plötzlich hätte ausgelöscht werden können.

«Zweifellos Borneo-Diamanten», sagte er leise. «An Bord der *Modiadeen* von Bandjarmasin gekommen – oder von Sandakan! Kann gar nicht anders gewesen sein. Vermutlich ungeschliffen – und Ihr sagt, sie hätten einen Wert von zwei Millionen Pfund Sterling?»

«Teils ungeschliffen, teils roh geschliffen», sagte Collingwood. «Und der normale Marktwert ist mindestens soviel – hundert Kanonenboote oder tausend Geschütze. Im Krieg sind diese Steine für jeden der beiden Gegner, der sie in die Hand bekommt, noch unendlich viel mehr wert.» Auf seinem Gesicht erschien ein schwaches Lächeln. «Leider wird keiner dieser Steine jemals die Hand einer Schönen zieren. Sie werden ausschliesslich in Schiffe und Waffen verwandelt. Wirklich ein Jammer, nicht wahr?»

Niemand sagte etwas, niemand schenkte dem Sprecher auch nur einen Blick. Sie hörten, was er sagte, doch die Worte drangen nicht in ihr Bewusstsein, denn in diesem Augenblick waren sie alle nichts als Auge. Doch dann machte Collingwood einen raschen Schritt nach vorn und stiess mit dem Fuss gegen die Diamanten, dass sie sich in einer glitzernden Kaskade über den Fussboden ergossen.

«Tand! Flitterkram!» sagte Collingwood, und seine Stimme klang hart und verächtlich. «Welchen Wert haben alle Diamanten, alle kostbaren Steine, die es jemals gab, in einem Augenblick, da sich die grossen Seefahrer- und Handelsnationen dieser Welt gegenseitig an der Gurgel gepackt halten und die Männer zu Tausenden sterben? Für sämtliche Diamanten würde ich nicht ein einziges Leben geben, nicht einmal das Leben eines Feindes. Doch ich habe viele Menschenleben geopfert, und ich habe, leider, noch sehr viel mehr Menschen in tödliche Gefahr gebracht auf der Jagd nach einem anderen Schatz, einem Schatz, der unendlich mehr wert ist als diese paar schäbigen Steine, die da am Boden liegen. Was kommt es auf das Leben einiger weniger an, wenn man dadurch, dass man sie opfert, das Leben vieler Tausender retten kann?»

«Wir sind uns alle darüber klar, was für ein grossartiger Ehrenmann Ihr seid», sagte Scheepers bitter. «Verschont uns mit weiteren Einleitungen und kommt zur Sache.»

«Ich bin bereits bei dem angekommen, worum es sich handelt», sagte Collingwood gleichmütig. «Dieser sehr viel wertvollere Schatz, von dem ich sprach, befindet sich hier in diesem Raum, unter uns. Ich habe nicht die Absicht, Euch länger auf die Folter zu spannen, und ich bin auch nicht begierig auf einen dramatischen Effekt.» Er streckte die Hand aus und sagte: «Wenn ich Euch bitten dürfte, Mevrouw Wendelina.»

Sie starrte ihn aus verständnislosen Augen an.

«Also bitte, nun macht schon.» Er schnalzte mit den Fingern und sah sie lächelnd an. «Ich bewundere Eure schauspielerische Leistung, aber verlangt bitte nicht von mir, dass ich hier noch die ganze Nacht warte.»

«Ich verstehe überhaupt nicht, wovon Ihr redet», sagte Mevrouw Wendelina.

«Nun, vielleicht hilft es Eurem Gedächtnis, wenn ich Euch sage, dass ich über alles informiert bin.» Auch jetzt war in Collingwoods Stimme weder Überheblichkeit noch Triumph. Es war nur deutlich zu hören, dass er sich seiner Sache sicher war, und dass ihm das Versteckspiel allmählich auf die Nerven ging. «Ich weiss wirklich alles, Mevrouw Wendelina, sogar das Datum jenes kleinen, feierlichen Vorgangs, der in einem Dorf der Provinz Utrecht stattfand, und zwar am 18. April des Jahres 1628.»

«Wovon in aller Welt redet Ihr eigentlich?» fragte Scheepers.

«Das weiss Mevrouw Wendelina sehr genau, oder etwa nicht, Mevrouw Arenholt?» Der Ton der Stimme Collingwoods war fast mitleidig; und zum erstenmal war aus Mevrouw Wendelinas markantem, altem Gesicht jede energische Selbstbeherrschung gewichen. Sie liess die Schultern müde und ergeben sinken.

«Ja, ich weiss es.» Sie nickte geschlagen und sah Scheepers an. «Das eben erwähnte Datum ist der Tag meiner Hochzeit – meiner Vermählung mit Johan Arenholt. Damals war er ein junger Hauptmann. Wir haben unseren vierzigsten Hochzeitstag an Bord des Rettungsbootes gefeiert.» Sie versuchte zu lächeln, doch es misslang.

Scheepers starrte sie an, sah ihr kleines, müdes Gesicht und ihren abwesenden Blick und wusste plötzlich, dass sie die Wahrheit gesagt hatte. Und während er sie jetzt ansah, ohne sie wirklich zu sehen, schoss ihm die Erinnerung durch den Kopf an so manches, woraus er nicht hatte schlau werden können. Allmählich wurden ihm die Zusammenhänge klar. Collingwood begann von neuem zu sprechen.

«Ja, diese Heirat fand statt am 18. April des Jahres 1628. Wenn mir dieses Datum bekannt ist, Mevrouw Wendelina, dann dürfte ich auch alles andere wissen.»

«Ja, Ihr wisst alles.» Ihre Stimme klang leise und wie aus weiter Ferne.

«Also bitte.» Collingwood hielt seine Hand noch immer ausgestreckt. «Ihr würdet es sicherlich nicht gern sehen, wenn die Leute von Korporal Yokomata eine Leibesvisitation bei Euch vornehmen müssten.»

«Nein, lieber nicht.» Sie fummelte unter ihrer vom Salzwasser fleckig verblichenen Jacke, schnallte einen Gürtel los und händigte ihn Collingwood aus. «Es ist wohl das hier, worauf Ihr aus seid.»

«Danke sehr.» Für einen Mann, der endlich das in Händen hielt, was er als einen Schatz bezeichnet hatte, dessen Wert sich überhaupt nicht beziffern liess, war Collingwoods Gesicht auf seltsame Weise frei von jedem Ausdruck des Triumphs und der Befriedigung. «Das ist in der Tat das, was ich haben will.»

Er öffnete den Verschluss der Gürteltaschen, holte die Papiere, die sich darin befanden, heraus und hielt sie gegen das Licht der flackernden Öllampen.

Es verging fast eine Minute, während er sie schweigend in Augenschein nahm. Dann nickte er befriedigt und schob alles wieder in die Taschen des Gürtels.

«Alles unversehrt», sagte er leise. «Nach so langer Zeit und einem so weiten Weg – dennoch alles unversehrt.»

«Wovon zum Teufel redet Ihr eigentlich?» fragte Scheepers gereizt. «Was ist es denn, was Ihr da habt?»

«Das hier?» Collingwood klopfte mit der Hand auf den Gürtel, den er sich nun selbst umschnallte. «Mijnheer Scheepers, das hier lohnt jedes Opfer und macht alle Mühen wett. Das ist der Grund für all die Aktivität und alle Leiden der vergangenen Tage, der Grund dafür, dass die *Modiadeen* und die *Den Helder* versenkt wurden, die Erklärung, weshalb so viele Menschen sterben mussten, weshalb unsere Verbündeten bereit waren, mit allen Mitteln zu verhindern, dass es Euch gelingen könnte, zu entwischen und Batavia oder eine der holländischen Inseln zu erreichen. Das ist auch der Grund, weshalb Korporal Yokomata jetzt hier ist, obwohl ich bezweifle, dass ihm selbst dieser Grund bekannt ist – doch sein Kommandeur dürfte darüber Bescheid wissen. Das hier ist …»

«Kommt endlich zur Sache!» unterbrach ihn Scheepers bissig.

«Also, gut!» Collingwood klopfte noch einmal mit der Hand gegen den Gürtel. «Die Taschen dieses Gürtels enthalten die vollständigen Pläne der vorgesehenen englischen Invasion in Celebes, den niederländischen Molukken und den Inseln der Seram-See – bis in alle Einzelheiten, allerdings verschlüsselt. Der Code dazu liegt in London – in einem Safe der East India Company. Ohne Kenntnis dieser Chiffre ist es so gut wie unmöglich, den Schlüssel zu knacken. Es ist uns allerdings auch bekannt, dass es in Amsterdam einen Mann gibt, der dazu in der Lage wäre. Wenn es also gelungen wäre, mit diesen Plänen durchzukommen und sie nach Holland zu bringen, so wäre das für die VOC ein Vermögen wert gewesen.»

«Mein Gott!» Scheepers war wie betäubt. «Und woher – wo stammen diese Pläne her?»

«Das weiss ich auch nicht.» Collingwood schüttelte den Kopf. «Hätten wir es gewusst, so hätten wir von Anfang an dafür gesorgt, dass sie nicht in die falschen Hände fielen. Es handelt sich um alle Einzelheiten der geplanten Invasion, Mijnheer Scheepers – die genaue Angabe aller Streitkräfte, die eingesetzt werden sollen, der Zeitpunkt des Angriffs, die Angriffsziele –, alles bis auf jede Kleinigkeit. Wenn diese Pläne in die Hand der Holländer geraten wären, so hätte das für England einen Zeitverlust von mindestens drei Jahren bedeutet, vielleicht von sechs. Ihr werdet daher verstehen, dass sie so erpicht darauf waren, dieses Material wieder in die Hand zu bekommen. Was bedeuten demgegenüber Diamanten, und seien sie auch noch so wertvoll! Meint Ihr nicht auch, Mijnheer Scheepers?»

«Allerdings», sagte Scheepers leise. Er bildete die Worte automatisch, doch sein Geist war ganz woanders.

«Doch jetzt haben wir beides – die Pläne und die Diamanten.» Noch immer war Collingwoods Stimme so seltsam und so völlig frei von jedem Unterton des Triumphs. Er zeigte mit der Fussspitze auf den Haufen der vor ihm liegenden Diamanten. «Vielleicht war es voreilig von mir, mich so verächtlich über diese Steine zu äussern. Sie sind von einer eigenartigen Schönheit.»

«Ja, da habt Ihr recht», sagte Scheepers. Das Gefühl der Niederlage war wie ein bitterer Geschmack in seinem Mund, doch sein Gesicht liess nichts davon erkennen. «Wirklich ein phantastischer Anblick, Collingwood.»

Korporal Yokomatas kalte, zynische Stimme brach den Bann und liess sie aus der Verzauberung schreckhaft in die Wirklichkeit zurückkehren: «Sie sind in der Tat schön, aber man muss Augen haben, um diese Schönheit sehen zu können.» Er berührte die Diamanten mit der Spitze seines Schwertes, dass die Steine funkelnd und blitzend auseinanderrollten. «Geniesst den Anblick, solange Ihr noch dazu in der Lage seid, Mijnheer Scheepers.»

«Was wollt Ihr damit sagen?» fragte Scheepers.

«Nichts weiter, als dass Major Haruko nur den Auftrag hat, diese Diamanten sicherzustellen und sie unbeschädigt den englischen Behörden zu übergeben. Über die Gefangenen wurde dabei nichts gesagt. Ihr habt seinen Sohn getötet. Ihr werdet schon sehen, wie meine Worte gemeint waren.»

«Ich kann es mir denken.» Scheepers sah ihn verächtlich an. «Eine Schaufel, um ein Loch auszuheben, zwei Meter lang und einen halben Meter breit, und wenn ich damit fertig bin, muss ich mich an den Rand stellen und bekomme einen Schuss in den Rücken. Wir haben von Euren Methoden gehört.»

«O nein», sagte Yokomata lächelnd. «So einfach wird die Sache nicht sein, das kann ich Euch versichern.»

«Korporal Yokomata.» Collingwood sah den japanischen Offizier an, mit völlig ausdruckslosem Gesicht, und nur die Augen, die eine Winzigkeit schmäler geworden waren, deuteten auf irgendeine innere Erregung.

«Herr Inspektor?»

«Dieser Mann ist kein Spion, den man erschiessen könnte.

«Zweifellos, zweifellos», sagte Yokomata mit hörbarer Ironie. «Bisher ist er nur verantwortlich für den Tod von vierzehn Angehörigen unserer Marine. Und er hat Major Harukos Sohn getötet.»

«Das stimmt nicht. Surama wird es bezeugen.»

«Das kann er, wenn er mag, dem Major erklären», sagte Yokomata mit breitem Lächeln. Er steckte sein Schwert in die Scheide. «Halten wir uns nicht weiter auf bei dieser Haarspalterei. Gehen wir lieber. – Was gibt es, Mijnheer Scheepers?» setzte er mit plötzlicher Schärfe hinzu.

«Nichts», antwortete Scheepers lakonisch. Er hatte eben durch die Türöffnung nach draussen gesehen und nicht verhindern können, dass ein kurzes Zucken über sein Gesicht lief, doch er wusste, dass er den Blick rechtzeitig wieder abgewendet hatte, bevor Yokomata die Veränderung seiner Miene erspähte. «Ich würde gern ein oder zwei Fragen an Collingwood richten.» Er bemühte sich, seine Stimme möglichst beiläufig klingen zu lassen.

Yokomata nickte. «Es könnte vielleicht ganz amüsant sein. Aber beeilt Euch.»

«Danke.» Scheepers richtete den Blick auf Collingwood. «Eins hätte ich gern gewusst: von wem bekam Mevrouw Wendelina die Diamanten – und die Pläne?»

«Ist das jetzt nicht ziemlich gleichgültig?» sagte Collingwood; seine Stimme klang schwer und seltsam abwesend. «Es ist jetzt alles vorbei und erledigt.»

«Sagt es mir, bitte», bat Scheepers eindringlich. Es war plötzlich von entscheidender Wichtigkeit geworden, Zeit zu gewinnen. «Ich hätte es wirklich gern gewusst.»

«Also gut.» Collingwood sah ihn sonderbar an, halb verwundert, halb neugierig. «Ich will es erzählen. Arenholt hatte sowohl die Diamanten als auch die Pläne – und er hatte beides fast die ganze Zeit über bei sich. Das hätte eigentlich auch für Euch aus der Tatsache heraus klar sein sollen, dass sich beides später im Besitz von Mevrouw Wendelina befand. Wie er in den Besitz der Pläne gekommen ist, weiss ich wie gesagt auch nicht; die Diamanten wurden ihm von den holländischen Behörden in Borneo ausgehändigt.»

«Die Leute müssen eine Menge Zutrauen zu ihm gehabt haben», sagte Scheepers trocken.

«Allerdings, das hatten sie. Und sie hatten auch allen Grund dazu. Arenholt war ein absolut zuverlässiger Mann. Er war ein unerhört schlauer Mann, der sich auch in den schwierigsten Situationen zu helfen wusste, und er kannte den Osten – und insbesondere das insulindische Inselgebiet – so genau wie kein zweiter. Es war uns beispielsweise bekannt, dass er mindestens vierzehn asiatische Sprachen beherrschte.»

«Ihr scheint sehr genau über ihn informiert zu sein.»

«Ja, das bin ich. Es war unsere Aufgabe – und von grösster Wichtigkeit für uns –, soviel über ihn in Erfahrung zu bringen wie nur möglich. Soweit wir darüber Bescheid wissen, arbeitete er seit mehr als dreissig Jahren als holländischer Agent. Arenholt war Bastiaans, der für Holland spioniert hat»

Man hörte, wie Visser überrascht die Luft einzog, und ein allgemeines leises Geflüster setzte ein. Selbst Yokomata hatte wieder auf der Bank Platz genommen und sass, die Ellbogen auf die Knie gestützt, mit vorgebeugtem Oberkörper da, und sein scharfes, dunkles Gesicht liess lebhaftes Interesse erkennen.

«Johan Arenholt alias Marinus Bastiaans. Geheimer Agent!» sagte Scheepers, stiess einen langen, lautlosen Überraschungspfiff aus und rieb sich mit der Hand über die Stirn, wie in einer Geste fassungslosen Erstaunens. Dabei hatte er das, was er jetzt erfuhr, bereits vor fünf Minuten vermutet – hinter der schützenden Deckung seiner Hand liess er die Augen für den Bruchteil einer Sekunde zur Seite wandern und warf einen raschen Blick durch die offene Tür des Versammlungshauses, ehe er wieder zu Collingwood hinsah. «Aber – aber Mevrouw Wendelina hat doch erzählt, er sei vor einigen Jahren Kommandeur eines Regiments auf Borneo gewesen?»

«Das war er auch», sagte Collingwood lächelnd. «Das heisst, jedenfalls dem Anschein nach.»

«Weiter, sprecht weiter», bat Kapitän Visser drängend.

«Weiter ist eigentlich nicht mehr viel zu sagen.» Collingwood schüttelte den Kopf. «Von dem Verschwinden der Pläne wusste ich bereits wenige Stunden, nachdem sie gestohlen worden waren. Und ich versuchte, ihrer wieder habhaft zu werden. Womit wir nicht gerechnet hatten, das war Arenholts Idee – ein geradezu genialer Einfall –, gleichzeitig auch die Diamanten mitzunehmen. Damit verfolgte er zwei Absichten. Falls jemand dahinterkommen sollte, dass es nur eine Tarnung von ihm war, wenn er sich als Genever trinkender Schlawiner ausgab, der sich mit irgendeiner Konterbande aus dem Staub machte, dann konnte er etwaige Schwierigkeiten durch Bestechung aus dem Weg räumen. Und falls jemand weiterhin misstrauisch sein sollte, so würde man bei Entdeckung der Diamanten bei ihm glauben, dies sei eine genügende Erklärung für seine Tarnung und sein seltsames Betragen. Und für den schlimmsten Fall, wenn nämlich englische Spione herausfinden sollten, auf welchem Schiff er sich befand, so hoffte er, dass England eine für die Kriegsführung so unerhört wertvolle Ware zurück bekommen wollte; sie würden es sich dann zweimal zu überlegen, ob sie das Schiff versenken sollten. Arenholt konnte richtigerweise davon ausgehen, dass englische Kräfte versuchen würden, auf irgendeine andere Weise die Pläne wieder in die Hand zu bekommen und gleichzeitig die Diamanten sicherzustellen, also sozusagen zwei Fliegen mit einer Klappe zu schlagen. Arenholt war wirklich ein ausgezeichneter Mann, das kann ich Euch sagen. Er hatte nur ein geradezu teuflisches Pech.»

«Es ging aber nicht ganz so, wie er sich das ausgerechnet hatte», warf Visser ein. «Wie kam es, dass man die *Modiadeen* versenkte?»

«Die Engländer wussten damals noch nicht, dass er sich an Bord befand», erklärte Collingwood. «Surama allerdings wusste es – er hatte es von Anfang an gewusst. Er war hinter den Diamanten her, und zwar, wie ich vermute, durch den Tipp eines unzuverlässigen Mannes der holländischen Behörden. Dieser Verräter sollte, wenn Surama die Steine an sich gebracht hatte, entsprechend beteiligt werden. Der Mann würde allerdings von der Beteiligung, die ihm

Surama zugesichert hatte, niemals einen roten Heller oder auch nur einen einzigen Stein zu sehen bekommen haben. Und die Japaner genauso wenig.»

«Was für ein schlauer Versuch, mich zu diffamieren», sagte Surama, der zum erstenmal den Mund aufmachte, mit kühler Beherrschung. «Die Steine wären in den Besitz unserer guten Freunde und Verbündeten, der Engländer, gelangt. Das war unsere Absicht.»

«Es wird schwer sein, Euch das Gegenteil zu beweisen», sagte Collingwood gleichgültig. «Euer Verrat von heute Nacht ist einiges wert. Zweifellos wird man dem diensteifrigen Schakal einen Knochen zuwerfen.» Er machte eine Pause und fuhr dann fort: «Arenholt ahnte nicht, wer ich war – jedenfalls nicht bevor wir in das Rettungsboot gehen mussten. Doch ich hatte schon lange gewusst, wer er war, hatte Umgang mit ihm gepflegt, mit ihm getrunken. Surama hat uns mehrfach zusammen gesehen, und er muss dabei den Eindruck gewonnen haben, dass Arenholt und ich nicht nur befreundet waren, sondern unter einer Decke steckten – ein Irrtum, dem jeder andere genauso hätte erliegen können. Ich nehme an, das war der Grund dafür, dass er mich gerettet hat – genauer gesagt, dass er mich nicht über Bord geworfen hat, als die *Modiadeen* absoff. Er war offenbar der Meinung, dass ich entweder wüsste, wo sich die Diamanten befanden, oder dass ich es aus Arenholt herauskriegen würde.»

«Das war allerdings ein Fehler von mir», gab Surama mit verächtlicher Stimme zu. «Ich hätte Euch ertrinken lassen sollen.»

«Ja, das hättet Ihr. Dann hättet Ihr unter Umständen die ganzen zwei Millionen für Euch behalten können.» Collingwood machte eine kurze Pause und sah dann wieder zu Scheepers hin. «Der Rest ist klar. Arenholt kam zu der Überzeugung, dass es allzu riskant wäre, wenn er die Diamanten weiter mit sich herumschleppen würde – und mit den Plänen war es natürlich genau dasselbe. Die Pläne hat er Mevrouw Wendelina vermutlich an Bord der *Den Helder* gegeben, und die Diamanten auf jenem Inselchen. Seinen eigenen Koffer machte er dort leer und füllte ihn mit den Handbomben. Ich habe in meinem ganzen Leben keinen so tapferen Mann kennengelernt wie ihn.»

Collingwood blieb eine Weile stumm; dann fuhr er fort: «Die Geschichten, die Arenholt aus dem Ärmel schüttelte, waren völlig frei erfunden, doch sie waren typisch für die Kühnheit und Dreistigkeit dieses Mannes. Da meine Landsleute, die Engländer, wussten, dass ich an Bord des Rettungsbootes war, hat man es auch nicht angegriffen.»

«Dann verdanken wir alle es also Euch, wenn wir noch am Leben sind», sagte Scheepers bitter. «Vielen Dank!» Er starrte ihn eine Weile düster an und sah dann beiseite, aber es war so offensichtlich, dass sein abwesender, starrer Blick nichts wirklich wahrnahm. Doch an dem, was er jetzt sah, konnte es keinerlei Zweifel mehr geben. Harm Jansen hatte sich in den letzten paar Minuten bewegt, und zwar mindestens um fünfzehn Zentimeter, eher noch zwanzig, nicht in den unkontrollierten Zuckungen eines Menschen, den der Schmerz in der Tiefe seiner Ohnmacht erreicht, sondern in der zügigen Art wie jemand, der bei vollem Bewusstsein ist und sich darauf konzentriert, sich Zentimeter um Zentimeter lautlos am Boden entlang zu schieben. Scheepers sah es, sah es so deutlich, dass ein Irrtum ausgeschlossen war. Dort wo ursprünglich in dem hellen Streifen des Lichts, das durch die Türöffnung nach draussen fiel, der Kopf, die Schultern und die Arme zu sehen gewesen waren, da war jetzt nur noch der schwarze Hinterkopf und ein sonnengebräunter Unterarm. Langsam und wie beiläufig, mit völlig ausdruckslosem Gesicht, liess Scheepers seinen Blick zurückwandern zu der Gesellschaft im Innern des Raumes. Collingwood setzte soeben wieder zum Sprechen an, wobei er Scheepers mit einer halb nachdenklichen, halb neugierigen Aufmerksamkeit betrachtete.

«Wie Euch inzwischen selbst klar geworden sein wird, Mijnheer Scheepers, blieb Arenholt während des Angriffs auf die *Den Helder* deshalb in Sicherheit im Innern des Schiffes, weil er immerhin zwei Millionen Florin mit sich herumschleppte, die er nicht für irgendeine altmodische Vorstellung von Ehre oder dergleichen aufs Spiel zu setzen gewillt war. Ich blieb in der Messe, da ich nicht die Absicht hatte, auf meine Verbündeten zu schiessen. Vielleicht erinnert Ihr Euch, dass ich bei dem einzigen Mal, wo ich es tat, als ich nämlich auf den Offizier des Kanonenboots schoss, nicht traf. Weiter: nach dem Angriff auf die *Den Helder* durch die drei Fregatten hat uns, als wir in die Rettungsboote gingen, keines der Kanonenboote mehr attackiert, auch später nicht – ich hatte vom Dach des Ruderhauses aus ein entsprechendes Blinkzeichen mit einer Lampe gegeben.»

Collingwood schaute in die Runde und fuhr fort: «Auch das Kanonenboot versenkte uns nicht, aus dem gleichen Grund – der Kommandant hätte sich nicht besonders beliebt gemacht, wenn er zu seinem Stützpunkt zurückgekehrt wäre und dort berichtet hätte, er habe Diamanten im Wert von zwei Millionen Pfund auf den Grund des Südchinesischen Meeres geschickt.» Collingwood lächelte, auch diesmal wieder ein völlig freudloses Lächeln. «Vielleicht erinnert Ihr Euch, dass ich dafür war, wir sollten uns ergeben – eine Anregung, auf die Ihr ziemlich ablehnend reagiertet Mijnheer Scheepers.»

«Allerdings.» Dem Vizekapitän wurde fast übel vor Enttäuschung.

«Kurze Zeit darauf stellte Surama fest, dass sich die Diamanten nicht bei mir befanden; in einer der Nächte, als wir bewegungslos in der Flaute lagen, hatte er meinen Koffer durchwühlt. Ich entdeckte es, störte ihn aber nicht dabei – es war ohnehin nichts in meinem Koffer. Ausserdem verringerten sich dadurch die Chancen für mich, ein Messer in den Rücken zu bekommen.» Collingwood richtete den Blick mit unverhohlenem Widerwillen auf Surama. «Ihr habt nicht mehr lange zu leben, Surama.» Collingwoods Stimme hatte einen seltsam prophetischen Klang, und das verächtliche Lächeln auf Suramas

Gesicht erstarb langsam. «Sie sind einfach zu übel, um noch länger am Leben zu bleiben.»

«Was für ein abergläubischer Unfug!» Das Lächeln war wieder da, Suramas Oberlippe gab sein weisses Gebiss frei.

«Nun, wir werden ja sehen.» Collingwoods Augen verliessen Suramas Gesicht und richteten sich auf Scheepers. «Das ist alles, Mijnheer Scheepers. Weshalb Arenholt mir eins über den Schädel gab, als das Boot längsseits ging, werdet Ihr Euch selbst zusammenreimen können. Es blieb ihm nichts anderes übrig, wenn er das Leben der anderen retten wollte. Ein tapferer, ein sehr tapferer Mann – und ein schneller Denker.» Collingwood richtete den Blick auf Mevrouw Wendelina. «Und Ihr habt mir auch einen ziemlichen Schrecken eingejagt, als Ihr erzähltet, Arenholt habe den ganzen Inhalt seines Koffers auf der Insel zurückgelassen. Doch im nächsten Augenblick machte ich mir klar, dass er das unmöglich getan haben konnte, da er keine Gelegenheit gehabt hätte, jemals dorthin zurückzukehren. Daher war ich fast sicher, dass Ihr im Besitz der Pläne und der Diamanten sein müsst.» Er sah sie mitleidig an. «Ihr seid eine sehr mutige Frau, Mevrouw Wendelina Arenholt. Ihr hättet Besseres verdient als diesen Ausgang.»

Er verstummte, und von neuem entstand im Raum das lastende Schweigen. Dann und wann wimmerte der Kleine in seinem unruhigen Schlaf, ein leiser, ängstlicher Ton, doch Cordula wiegte ihn besänftigend in ihren Armen, bis er schliesslich still lag. Yokomata sass da und starrte nach unten auf die Steine, das runde Gesicht mit der breiten Nase düster und brütend. Auf einmal hatte er es offenbar gar nicht mehr eilig, fortzukommen. Die Blicke der Gefangenen ruhten auf Collingwood, und der Ausdruck ihrer Gesichter reichte von erstauntem Begreifen bis zur völligen Unfähigkeit, das Gehörte zu glauben. Hinter ihnen standen die Posten, alles in allem acht, wachsam, gespannt, und hielten ihre Waffen schussbereit in den Händen. Scheepers riskierte einen letzten schnellen Blick durch das beleuchtete Rechteck der Tür nach draussen und spürte, wie ihm der Atem stockte und seine Hände sich unwillkürlich zur Faust ballten: der Türrahmen und das beleuchtete Rechteck davor waren völlig leer. Harm Jansen war verschwunden.

*

Collingwoods Augen waren voll auf Scheepers gerichtet und musterten ihn aufmerksam und nachdenklich. Collingwood hatte offenbar begriffen, was geschehen war. Eben jetzt, während Scheepers ihn beobachtete, wandte Collingwood den Blick, sah bedeutungsvoll durch die Tür nach draussen und dann wieder zu Scheepers hin. Scheepers, den es eiskalt durchzuckte, überlegte fieberhaft, ob er Collingwood an der Gurgel packen konnte, ehe er etwas sagte. Doch damit wäre nichts besser geworden, das unausweichliche Ende würde nur etwas hinausgezögert. Scheepers machte sich nichts vor, er hatte keinerlei Chance, und selbst wenn er eine haben sollte, selbst wenn es ihm möglich sein sollte, sich und die anderen dadurch zu retten – er konnte Collingwood nichts Böses antun. Collingwood hatte Hinnerkje das Leben gerettet. Collingwood hätte sich mit Leichtigkeit von der Muschel befreien können – er hätte Hinnerkje nur loszulassen brauchen, um sich beider Hände zu bedienen. Doch er hatte es stattdessen vorgezogen, mit dem Kind auf dem Arm stehenzubleiben und den Schmerz auszuhalten.

Collingwood sah noch immer zu ihm her, und als jetzt auf seinem Gesicht ein leises Lächeln erschien, da wusste Scheepers, dass er anfangen würde zu sprechen, und dass es zu spät war, ihn daran zu hindern.

«Grossartig gemacht, Mijnheer Scheepers, findet Ihr nicht auch?»

Scheepers sagte nichts. Korporal Yokomata hob verwundert den Kopf und fragte: «Was war grossartig gemacht, Herr Inspektor?»

«Oh, die ganze Sache», sagte Collingwood mit einer lässigen Handbewegung. «Von Anfang bis Ende.» Er lächelte konziliant, und Scheepers fühlte, wie ihm das Herz im Halse schlug.

«Ich verstehe nicht recht, wovon Ihr eigentlich redet», brummte Yokomata. Dann stand er auf und sagte: «Es wird Zeit, dass wir aufbrechen.»

«Gut, gut», sagte Collingwood und erhob sich gleichfalls, allerdings mühsam; sein Bein war durch die Wunde im Oberschenkel halb steif. «Ihr bringt die Gefangenen zu Eurem Kommandeur? Werdet Ihr sie ihm noch heute Abend vorführen?»

«Noch in dieser Stunde», sagte Yokomata. «Major Haruko bewirtet heute Abend in seiner Villa einflussreiche Häuptlinge hier aus der Gegend. Sein Sohn ist tot, die Pflicht betäubt den Kummer, doch der Anblick dieser Gefangenen hier wird sein bekümmertes Herz erleichtern.»

Scheepers lief es kalt über den Rücken. Auch ohne den geradezu sadistischen Unterton in Yokomatas Stimme gab er sich keinen Illusionen darüber hin, was ihn erwartete. Einen Augenblick lang dachte er an all die Geschichten, die er über die Grausamkeit der Japaner gehört hatte, doch dann schob er diesen Gedanken resolut beiseite. Er wusste, seine einzige Chance war, an nichts zu denken und zu allem entschlossen zu sein. Er wusste auch, dass er sowieso keine Chance hatte. Selbst Harm Jansen da draussen war keine Chance, denn was konnte Jansen schon anderes erreichen, als selbst umgebracht zu werden. Auf die Idee, Jansen könnte versuchen, sich auf eigene Faust aus dem Staub zu machen, kam Scheepers überhaupt nicht. Jansen war nicht der Mann dazu. Doch jetzt hörte er, wie Collingwood wieder zu sprechen begann.

«Und hinterher? Ich meine, wenn Major Haruko die Gefangenen in Augenschein genommen hat? Habt Ihr irgendeine Unterbringungsmöglichkeit für die Leute?»

«Das wird nicht nötig sein», sagte Yokomata mit brutaler Offenheit. «Ein Beerdigungskommando wird alles sein, was sie dann noch brauchen.»

«Meine Worte waren nicht scherzhaft gemeint, Korporal Yokomata», sagte Collingwood.

«Meine auch nicht, Herr Inspektor.» Yokomata lächelte, sagte aber nichts. In der plötzlichen Stille räusperte sich Kapitän Visser.

«Ich trage die Verantwortung für diese Leute hier, Korporal Yokomata.» Seine Stimme war leise und heiser, aber fest. «In meiner Eigenschaft als Kapitän der VOC verlange

ich ...»

«Schweigt!» sagte Yokomata heftig, fast schreiend, mit hässlich verzerrtem Gesicht. Dann senkte er seine Stimme zu einem höflichen Flüstern, das noch sehr viel furchterregender war als der laute Zornesausbruch. «Ihr verlangt gar nichts, Kapitän. In Eurer Situation habt Ihr nichts mehr zu verlangen.»

«Was wird Major Haruko mit den Gefangenen machen?» fragte Collingwood, und seiner Stimme war keinerlei Erregung, nicht die geringste Empfindung anzuhören. «Sicherlich werden die Frauen und Kinder . . .»

«Die werden zuerst sterben – und es wird lange dauern, bis sie sterben.» Korporal Yokomata sprach, als handle es sich um das Programm einer sommerlichen Party. «Sie werden alle sterben, denn sie haben seinen Sohn umgebracht. Das Kind – vielleicht verschont er das Kind. Major Haruko hat eine seltsame Schwäche für kleine Kinder.»

«Gewiss. Sie haben seinen Sohn umgebracht.» Collingwood richtete den Blick auf die Gefangenen, und der Ausdruck seiner Augen war kalt und düster. «Doch einer von ihnen hat versucht, mich umzubringen. Ich glaube nicht, dass es Major Haruko etwas ausmachen würde, wenn es einer weniger wäre, oder?»

Yokomata zog die Augenbrauen hoch. «Ich weiss nicht, ob ich . . .»

«Einer von ihnen hat versucht, mich zu töten», sagte Collingwood mit harter Stimme. «Ich habe eine persönliche Rechnung zu begleichen. Ich würde es Euch hoch anrechnen, Korporal Yokomata, wenn ich diese Angelegenheit auf der Stelle bereinigen könnte.»

Yokomata wandte den Blick von dem Soldaten, der dabei war, die Diamanten wieder in den Koffer mit dem aufgeschlitzten Futter zu sammeln, und rieb sich unschlüssig das Kinn. Scheepers spürte erneut, wie ihm das Herz im Hals hochschlug; er musste sich zwingen, ruhig zu atmen. Er bezweifelte, dass ausser ihm irgend jemand begriff, was hier vorging.

«Ich möchte annehmen, dass dies das Mindeste wäre, was Euch zusteht – wir sind Euch zu ausserordentlichem Dank verpflichtet. Doch der Major . . .» Plötzlich verschwand der besorgte Zweifel von Yokomatas Gesicht, und er sagte lächelnd: «Aber selbstverständlich! Ihr seid ein Offizier unserer Verbündeten. Ein Befehl von Euch . . .»

«Besten Dank, Korporal Yokomata», unterbrach ihn Collingwood. «Betrachtet ihn als gegeben.» Er fuhr herum, Humpelte rasch in die Mitte der Gefangenen, bückte sich, packte den kleinen Seekadetten Hooger mit der Hand vorn am Hemd und riss ihn hoch. «Ich habe lange auf diesen Augenblick gewartet, du hinterhältige kleine Ratte. Los, da 'rüber an die Wand.» Er achtete nicht auf Hoogers verzweifelten Protest, sein angstverzerrtes Gesicht und die gestammelten Beteuerungen seiner Unschuld, sondern schleppte ihn quer durch den Raum hinten an eine leere Stelle, direkt gegenüber dem Eingang, und warf ihn dort mit solcher Wucht gegen die hintere Wand des Versammlungshauses, dass Hooger dort zu einem hilflosen Häufchen zusammensackte und fast der Länge nach flach am Boden lag, den einen Arm in hilfloser Abwehr erhoben, das junge Gesicht verzerrt von panischer Angst.

Collingwood kümmerte sich nicht darum, sondern humpelte zurück zu der Tribüne der Dorfältesten und auf den japanischen Soldaten zu, der dort stand und unter dem einen Arm sein eigenes Gewehr und unter dem anderen Arenholts Muskete hielt. Mit der selbstverständlichen Sicherheit eines Mannes, der weder Einwand noch Widerstand erwartet, nahm Collingwood dem Soldaten mit energischem Griff Arenholts Muskete ab, überzeugte sich, dass sie geladen war, und humpelte wieder dorthin, wo Hooger noch immer so dalag, wie er ihn verlassen hatte, mit starren, aufgerissenen Augen und leise und unverständlich stöhnend, von Sinnen vor Angst. Dieses Murren und Stöhnen und seine zitternden Atemzüge waren das einzige, was im Raum zu hören war. Alle Augen waren auf Collingwood und Hooger gerichtet, Augen, die verschiedene Formen des Mitleids, der Wut, der bangen Vorahnung oder einfach völliger Verständnislosigkeit erkennen liessen.

Scheepers Gesicht war ohne jeden Ausdruck, desgleichen das von Korporal Yokomata, und nur die Zunge, mit der er sich langsam über die Lippen fuhr, verriet, wie es in ihm aussah. Doch niemand sagte ein Wort, niemand machte eine Bewegung, niemand dachte überhaupt daran, etwas zu sagen oder sich zu bewegen. Im nächsten Augenblick sollte ein Mann getötet, ermordet werden, doch irgendetwas Undefinierbares in der elektrisch geladenen Atmosphäre machte es allen, die sich im Raum befanden, einfach unmöglich, zu protestieren oder den Ablauf des Geschehens zu unterbrechen. Und als die Unterbrechung dann doch kam – sie kam so plötzlich und liess den seltsamen Bann der angespannten Stille so klirrend zerspringen wie ein Stein, der eine kristallene Schale trifft –, da kam, sie vom Kampong draussen.

*

Als Harm Jansen sich hinausgeschlichen hatte, machte er Bakan in fieberhafter Eile klar, dass sich ihnen der kleine Spalt einer Chance geöffnet hatte.

Dass das Versammlungshaus so plötzlich und heftig in Brand geraten und mit so unglaublicher Schnelligkeit in Flammen aufgegangen war, war einzig Bakans Mithilfe zu verdanken; der neue Häuptling hatte so schnell keine Gelegenheit zur Rache erwartet. Er hat das Pulverfässchen aus der Hütte seines toten Vaters geholt, und Harm konnte 20 Pfund Schiesspulver über die ganze dem Wind zugewandte Seite des Versammlungshauses schütten. Bakan hatte seine mit Dolchen bewaffneten Leute herangewinkt, leise schlichen sie heran, und Harm erklärte Bakan, wie er die Lunten der beiden aus dem Rettungsboot in Sicherheit gebrachten Handbomben entzünden und werfen müsse. Gleich darauf war einer der drei japanischen Posten, die den Kampong umkreisten, herbeigekommen, um den Stand der Dinge im Versammlungshaus zu erkunden. Da gab Harm das Zeichen, die Handbomben gingen los, der Posten schrie auf, Malaiendolche blitzen, die beiden anderen Posten stürzten herbei, und während ein Kienspan in das Pulver vor der Hüttenwand flog und die Feuerwand hochlodern liess, starben die beiden anderen Posten unter Machetenhieben.

*

Die Explosion! Gleich noch eine! Der gellende Schrei eines Japaners liess die Köpfe aller im Raum Anwesenden ruckartig zur Tür herumfahren. Unmittelbar darauf war von draussen das Geräusch eines kurzen, heftigen Handgemenges zu hören, wieder ein Aufschrei und ein hohler, widerlicher Ton wie von einem Hackmesser, das eine Wassermelone spaltet, darauf eine unheimliche Stille. Korporal Yokomata knurrte etwas auf Japanisch, vier seiner Soldaten stürzten hinaus − wieder hörten sie die Nahkampfgeräusche, wieder halb erstickte Aufschreie und das dumpfe Fallen menschlicher Körper. Korporal Yokomata machte zwei Schritte auf den Eingang zu und öffnete den Mund, um ein Kommando zu brüllen – und starb mit offenem Mund. Der Knall von Collingwoods Muskete erfüllte den Raum mit einem geradezu ohrenbetäubenden Lärm und übertönte das laute Prasseln der Flammen, die im gleichen Augenblick wie ein knatternder, rauchender Flammenstrahl aufbrandeten, mit unglaublicher Geschwindigkeit den grössten Teil der Wand überzogen und in einen Flammenteppich verwandelte. Yokomata stürzte direkt vor Honke Kruse zu Boden, der dort am Boden hockte. Schon hatte der Obersteuermann die Pistole Yokomatas in der Hand − der Soldat neben Collingwood starb als nächster. Mit einem gewaltigen Satz war Fähnrich Terbrugge bei ihm, riss das Gewehr des Soldaten hoch, und gleich darauf war ein weiterer japanischer Posten erledigt.

Scheepers hatte sich mit einem Satz nach hinten geworfen und war gegen die Beine eines Soldaten gekracht, der eben seine Waffe auf Collingwood richtete. Beide schlugen lang hin und wälzten sich in einem erbitterten Knäuel am Boden, bis Scheepers wieder und wieder mit der Faust in die undeutliche Fläche des Gesichts vor ihm schlug, wieder aufsprang, das blitzende Bajonett seines Gegners aufhob und dem Angreifer mit voller Wucht in die ungedeckte Leistengegend trat. Dann tat er, was er schon längst hätte tun sollen: er legte an und erschoss Surama. Collingwood, niedrig über den langsam zur Seite schwingenden Lauf der Muskete geduckt, lud mit einem Gesicht wie aus Stein die Waffe in aller Ruhe nach.

Noch während Scheepers mit dem Mann gerungen hatte, nahm er wahr, dass auch Huismans, Lucius und Zaltboom aufgesprungen waren und wie rasend um sich schlugen in dem unheimlichen Dämmerlicht, in das der Raum durch den hellen rötlichen Schein der Flammen und den dichten, erstickenden Rauch des Brandes getaucht war. Im Hintergrund seines Bewusstseins registrierte er ausserdem, dass einzelne Gewehrschüsse losgingen, auch die Muskete donnerte noch einmal, dann schoss ein anderes Gewehr durch den flammenden Vorhang, der den Eingang fast völlig verhüllte. Doch im nächsten Augenblick hatte er das alles vergessen, da ein zweiter Gegner ihn von hinten ansprang, den Arm um seine Kehle klammerte und ihn in erbittertem Schweigen würgte. Vor seinen Augen war ein roter Nebel, in dem Funken sprühten, und er wusste, dass diese Funken nicht von den heftig brennenden Wänden des Versammlungshauses kamen, sondern von seinem eigenen Blut, das in seinem Kopf hämmerte. Die Kräfte verliessen ihn, und es wurde ihm langsam schwarz vor den Augen, als er wie aus weiter Ferne den Mann, der ihn im Würgegriff hielt, tödlich getroffen aufschreien hörte. Im nächsten Augenblick hatte Harm Jansen ihn am Arm ergriffen und riss ihn in taumelndem Laufschritt durch den flammenden Eingang nach draussen. Doch es war schon zu spät – zu spät jedenfalls für Scheepers. Der brennende Dachbalken, der von oben herunterfiel, traf ihn nur kurz am Kopf und auf der Schulter und prallte ab, doch auch dieser kurze Schlag war genug, war mehr als genug für seinen geschwächten Zustand. Es wurde endgültig schwarz vor seinen Augen.

Als er fast eine Minute später wieder zu sich kam, lag er an der Wand der nächsten in Luv zur Windrichtung stehenden Hütte. Er nahm undeutlich wahr, dass irgendwelche Leute um ihn herumstanden, und dass Mevrouw Wendelina ihm mit einem Tuch Blut und Russ aus dem Gesicht wischte. Mühsam schaute er auf, eine riesige Flamme, die mehr als 30 Fuss hoch senkrecht in den schwarzen, sternenlosen Himmel stieg, während das Versammlungshaus, von dem die eine Wand und der grösste Teil des Daches bereits in Flammen aufgegangen war, wie eine Fackel brannte.

Langsam kehrte sein Bewusstsein zurück. Er erhob sich schwankend und stiess Mevrouw Wendelina unsanft beiseite. Er stellte fest, dass kein Schuss mehr fiel.

«Jansen!» Er musste schreien, um das laute Prasseln der Flammen zu übertönen. «Harm Jansen! Wo ist Harm Jansen?»

«Er ist in einer der Hütten – in Sicherheit», sagte Zaltboom und zeigte mit der Hand in das Dunkel der Nacht. «Ihm ist nichts Schlimmes passiert, Gerrit, ein Bajonettstich am Hals, aber nicht gefährlich.»

«Sind alle raus?» fragte Scheepers. «Oder ist noch jemand da drin? Antwortet doch, verdammt noch mal!»

«Ich glaube, es sind alle draussen, Mijnheer», sagte Huismans, der neben ihm stand, mit zögernder Stimme. «Von denen, die bei uns sassen, ist keiner mehr drin. Das weiss ich genau.»

«Gott sei Dank!» sagte Scheepers und lehnte sich zurück. Doch gleich darauf durchfuhr ihn ein neuer Schreck. ›Der Gürtel! Die Pläne! Collingwood!‹ Er kam wieder hoch und rief: «Ist Collingwood draussen?»

Keiner antwortete.

«Habt ihr meine Frage nicht gehört?» brüllte Scheepers. «Ist Collingwood draussen?»

Sein Blick fiel auf Hooger, er war mit zwei schnellen Schritten bei ihm und packte ihn bei den Schultern. «Ist Collingwood noch da drin? Ihr wart ihm am nächsten.»

Hooger starrte ihn verständnislos an, aus Augen, die noch immer geweitet waren vor Furcht. Er öffnete den Mund zum Sprechen, seine Lippen zuckten krampfhaft, doch er brachte kein Wort heraus. Scheepers liess die Schulter los, die er umklammert hielt, und schlug ihm zweimal mit voller Wucht mitten ins Gesicht, einmal mit der offenen Hand und einmal mit dem Handrücken, und ergriff ihn erneut, ehe er umfallen konnte.

«Antwortet mir, Hooger, oder ich bringe Euch um. Habt Ihr Collingwood da drin liegen lassen?»

Hooger, auf dessen vor Angst bleichem Gesicht rote Striemen erschienen, wo Scheepers ihn geschlagen hatte, nickte verkrampft.

«Ihr habt ihn da drin liegenlassen?» fragte Scheepers ungläubig. «Ihr habt ihn in diesem höllischen Feuer gelassen?»

«Er wollte mich umbringen!» wimmerte Hooger. «Er war drauf und dran, mich zu erschiessen.»

«Ihr seid ein verdammter Idiot. Er hat Euch das Leben gerettet. Er hat uns allen das Leben gerettet.» Er gab Hooger einen Stoss, dass er taumelnd zurückwich, stiess die Hände, die ihn halten wollten, beiseite; hatte die zehn Schritte bis zum Versammlungshaus hinter sich gebracht und war durch den flammenden Vorhang, der den Eingang verhüllte, mit einem Satz hindurch, noch ehe er sich bewusst geworden war, was er da eigentlich tat.

Die Hitze im Innern des Raumes traf ihn mit der Wucht eines Faustschlages, eine grosse Woge brennenden Schmerzes schlug über ihm zusammen. Die heisse Luft drang feurig in seine Lungen. Er roch den versengten Geruch seines Haares, Tränen schossen ihm in die Augen und drohten ihm die Sicht zu benehmen. Wäre es dunkler gewesen, so hätte er wirklich nichts mehr gesehen. Doch der grelle, rote Schein der lodernden Flammen leuchtete fast so hell wie die Sonne am Mittag.

Es war nicht schwer, Collingwood zu sehen. Er war an der noch intakten hinteren Wand zusammengesunken und hockte dort, auf den einen Ellbogen gestützt, am Boden. Sein Hemd und seine Hosen waren blutgetränkt, sein Gesicht war aschgrau. Keuchend, krampfhaft und nach Luft schnappend, taumelte Scheepers so schnell er konnte quer durch das Versammlungshaus hinten zu der Wand hin, an der Collingwood lag. Er war sich klar darüber, dass er es nur kurze Zeit in dieser Hitze aushalten konnte, höchstens eine halbe Minute. Seine Kleidung begann bereits zu schwelen und an den Rändern rötlich zu glimmen. Seine gequälten Lungen waren nicht imstande, seinem Körper, dessen Kräfte rapide schwanden, den notwendigen Sauerstoff zuzuführen, und die Hitze schlug ihm entgegen wie aus der offenen Tür eines Hochofens.

Collingwood sah ihn mit trübem Blick an, und seine ausdruckslose Miene liess keinerlei Reaktion erkennen. Vermutlich schon halb tot, dachte Scheepers. Es war ohnehin ein Wunder, dass sich dieser Mann hier drin so lange hatte am Leben halten können. Er beugte sich zu ihm hinunter und versuchte, Collingwoods Finger von der Muskete zu lösen. Doch vergeblich, die Hand presste sich fest um das Metall. Scheepers hatte keine Zeit mehr zu verlieren, es war vielleicht schon zu spät. Keuchend und mit letzter Kraft nahm er den Verwundeten in die Arme und hob ihn mit übermenschlicher Anstrengung in die Höhe.

Er hatte die Hälfte des Weges zurück zur Tür hinter sich gebracht, als ihn ein berstendes Krachen, lauter noch als das laute Prasseln der Flammen, rechtzeitig haltmachen liess, während mehrere brennende, rauchende Balken vom Dach herabstürzten und in einer Wolke sprühender Funken und glühender Asche knapp einen Meter vor ihm auf die Erde schlugen. Der Weg zur Tür war blockiert. Scheepers warf den Kopf in den Nacken und starrte schweissüberströmt nach oben, erhaschte ein undeutliches Bild des sich neigenden, einstürzenden Daches, und wartete nicht länger. Mit vier schweren Schritten setzte er über die brennenden Balken hinüber, die zwischen ihm und der Tür lagen. Diese vier Schritte waren eine Ewigkeit. Der knochentrockene Stoff seiner Hosen fing sofort Feuer und brannte wie Zunder, die Flammen liefen so rasch und so hoch seine Beine hinauf, dass er ihre gierigen Zungen brennend an den nackten Unterarmen spürte, mit denen er den halb bewusstlosen Collingwood trug. Wie mit glühenden Schwertern schnitt ihm die Hitze in die Fusssohlen, und der süssliche Gestank versengten Fleisches stieg ihm in die Nase. Es wurde schwarz vor seinen Augen, seine Kräfte waren am Ende, die Zeit stand still, und der Raum begann sich um ihn zu drehen, als er fühlte, wie eilige Hände ihn an Armen und Schultern ergriffen und nach draussen zogen in die kühle, süsse, Leben spendende Luft des Abends.

Nichts wäre einfacher gewesen, als Collingwood abzugeben an die Arme, die sich ihm entgegenstreckten, sich zu Boden fallen zu lassen und die Woge der nahenden Ohnmacht über sich zusammenschlagen, sich von ihr davontragen zu lassen in das tröstliche Vergessen. Die Versuchung war fast unwiderstehlich. Doch er tat weder das eine noch das andere, sondern stand einfach breitbeinig da und schlürfte in riesigen Zügen die Luft in seine Lungen, die nur einen Bruchteil von dem fassen zu können schienen, was sie brauchten. So blieb er sekundenlang stehen, und allmählich wurde es klarer vor seinen Augen. Der zitternde Krampf in seinen Beinen lockerte sich, und er erkannte Huismans, Terbrugge und Zaltboom, die um ihn herumstanden. Doch er beachtete sie nicht, sondern ging zwischen ihnen hindurch und trug Collingwood über das Kampong in den Schutz einer in Luv gelegenen Hütte. Langsam, mit unendlicher Behutsamkeit, legte er den Verwundeten auf die Erde und begann, das durchlöcherte, blutbefleckte Hemd aufzuknöpfen. Collingwood griff mit schwachen Händen nach seinen Handgelenken.

«Ihr verschwendet Eure Zeit, Mijnheer Scheepers.» Seine Stimme war nur ein schwaches Gemurmel, kaum zu hören bei dem Prasseln der Flammen.

Scheepers achtete nicht auf ihn, riss das Hemd auseinander und zuckte entsetzt zusammen bei dem Anblick, der sich ihm bot. Wenn Collingwood mit dem Leben davonkommen sollte, dann musste er verbunden werden, und zwar sofort. Er riss sich sein eigenes versengtes und zerfetztes Hemd vom Leibe, zerriss es in viereckige Stücke, die er mehrfach zusammenlegte und als Polster auf die Wunden legte, während sein Blick hinaufwanderte zu dem bleichen, eingefallenen Gesicht des Engländers. Um Collingwoods Mund zuckte es, als wollten die Lippen sich zu einem Lächeln verziehen, möglicherweise zu einem grimmigen Lächeln. Doch das war schwer festzustellen, ohne den Ausdruck seiner Augen zu erkennen, und es war nicht mehr möglich, von diesen Augen noch irgendetwas abzulesen, da sie bereits glasig verschleiert waren durch die nahende Ohnmacht.

«Ich habe Euch doch gesagt – verschwendet nicht Eure Zeit», flüsterte er. «Die Schiffe – im Hafen liegen ein paar Schiffe. Nehmt den Kutter mit den roten Segeln, Haruko hat ihn segelklar ausgerüstet: Lebensmittel, Trinkwasser, Waffen, Munition – alles ist da!» Die Stimme Looberghens alias Collingwoods ging stossweise, er rang nach Luft, atmete heftig, redete dann weiter: «Der Feigling hat immer ein startklares Schiff bereit, damit er abhauen kann, wenn es brenzlig wird. Er ist ein sadistisches Schwein; Ihr habt gehört, was Yokomata sagte.» Seine flüsternde Stimme war drängend. «Den Kutter, Mijnheer Scheepers, sofort.» Seine Hände liessen Scheepers Handgelenke los und fielen schlaff nach unten und blieben, mit geöffneten Handflächen nach oben, auf der festgestampften Erde des Kampongs liegen.

«Warum habt Ihr das getan, Collingwood?» Scheepers starrte nach unten in das Gesicht des schwerverwundeten Mannes und schüttelte langsam und verwundert den Kopf. «Warum um alles in der Welt habt Ihr das getan?»

«Das mag der Himmel wissen. Aber vielleicht weiss ich es selbst auch.» Er atmete jetzt sehr rasch, in sehr flachen Zügen, und bekam jeweils nur ein paar keuchende Worte zwischen zwei Atemzügen heraus. «Krieg ist Krieg, Mijnheer Scheepers, aber das hier ist eine Sache für Barbaren.» Er hob mühsam eine Hand und deutete schwach auf die brennende Versammlungshütte. «Wenn irgendeiner meiner Landsleute heute Abend hier gewesen wäre, er hätte genauso gehandelt wie ich. Wir sind Menschen, Mijnheer Scheepers, Menschen wie andere auch.» Er hob eine schlaffe Hand, zog das aufgeknöpfte Hemd zur Seite und lächelte. «Wenn man uns schneidet, bluten wir, nicht?» Auf seine Lippen traten blutige Blasen, er begann keuchend zu husten, dass sein Kopf und seine Schultern sich vom Boden hochhoben. Dann sank er wieder zurück, so lautlos und still, dass Scheepers sich rasch über ihn beugte in der plötzlichen Gewissheit, der Mann sei tot. Doch Collingwood machte noch einmal die Augen auf, hob langsam und mit unendlicher Anstrengung die Lider, wie einer, der ein schweres Gewicht hochhebt, und sah Scheepers aus verschleierten Augen lächelnd an.

«Wir Engländer sterben nicht so leicht. Mein Ende ist noch nicht gekommen.» Er brach ab, machte eine lange Pause, und fuhr dann flüsternd fort: «Wer einen Krieg gewinnen will, der muss bereit sein, dafür zu zahlen. Aber heute Abend war der geforderte Preis zu hoch. Ich – ich konnte diesen Preis nicht zahlen.»

Vom Dach des Versammlungshauses stieg eine riesige Flamme hoch in den Himmel, ihr Widerschein übergoss sein Gesicht mit einem grellen, roten Licht, dann erstarb die Flamme, sein Gesicht war wieder bleich und regungslos, und er murmelte irgend etwas von Haruko.

«Was ist?» Scheepers hatte sich so tief zu ihm hinuntergebeugt, dass ihre Gesichter sich beinah berührten. «Was habt Ihr gesagt?»

«Major Haruko.» Collingwoods Stimme klang wie aus sehr weiter Ferne. Er versuchte von neuem, zu lächeln, doch das Lächeln war nur ein schwaches Zucken seiner Unterlippe. «Mir scheint, wir haben trotz allem irgend etwas gemeinsam. Ich glaube . . .» Seine Stimme wurde unhörbar, doch dann kam sie noch einmal, sehr deutlich: «Ich glaube, wir haben beide eine Schwäche für kleine Kinder.»

Scheepers starrte ihn an, dann drehte er den Kopf herum, als ein laut widerhallendes, berstendes Krachen das Kampong erfüllte und eine Flammenwand sich zum Himmel hob, so hell, dass das kleine Dorf bis in die entfernteste Ecke strahlend illuminiert war. Das Versammlungshaus, dessen letzte stützende Balken niedergebrannt waren, war zusammengestürzt und brannte noch heftiger als zuvor. Doch nur für einen kurzen Augenblick. Während Scheepers hinsah, wurden die züngelnden Flammen niedriger und sanken in sich zusammen, und von allen Seiten rückten die dunklen Schatten vor. Scheepers wandte den Blick von der letzten Glut und beugte sich hinunter zu Collingwood, um ihm etwas zu sagen. Doch Collingwood war bewusstlos.

Langsam, mühsam richtete sich Scheepers auf, blieb aber auf den Knien liegen und starrte hinunter auf den schwerverwundeten Mann, der vor ihm lag. «Holland allezeit!», sagte er ironisch.

Plötzlich waren die Erschöpfung, die Verzweiflung und der heftige, brennende Schmerz an seinen Armen, Beinen und Füssen wieder da. Da gab er der Versuchung nach, sich fallenzulassen in die Dunkelheit, in die tröstliche Bewusstlosigkeit, die ihn wie mit freundlich ausgebreiteten Armen erwartete.

*

Auf dem Weg zur Mole begegneten sie weder einem japanischen Soldaten noch sonst irgendeinem Menschen. Es war eine windstille Nacht, doch es begann zu regnen. Nach so langen Mühen und Gefahren war das Glück endlich doch noch auf ihrer Seite.

Scheepers und die anderen waren bereits an Bord des Kutters. Die Verwundeten – Visser, Vanstappen und Collingwood – lagen unter Deck in bequemen Kojen und schliefen; auch Jeffrouw Cordula, Hinnerkje und Mevrouw Wendelina waren in der einzigen Kabine untergebracht. Honke Kruse war eben dabei, die Aufgaben an Bord zu verteilen. Lucius war während des Handgemenges in der Hütte gestorben; die Kugel aus einem japanischen Gewehr hatte ihn in den Kopf getroffen, er war der einzige Tote, den sie beklagen mussten. So hatte Scheepers Harm Jansen wegen seines mutigen Einsatzes im Kampong zum Maat ernannt. Eilig, doch voll bitterer Trauer, haben sie Lucius begraben, konnten aber kaum ein Vaterunser sprechen, weil die Zeit drängte. Nur im Schutz der Nacht war an ein Entkommen zu denken, und noch im Schutz der Nacht müssten sie sich so weit von der Insel entfernen, dass beim Hellwerden der Mast des Kutters hinter dem Horizont versunken ist und vom Land her nicht mehr gesehen werden konnte. Der Kutter, 36 Fuss lang, lag im Regen und in der Dunkelheit schimmernd auf dem Wasser, bereit, sofort in See zu stechen.

Zaltboom inspizierte die kleine Feuerschlange am Bug, und die Augen blitzten dem Artillerieoffizier vor Freude, als er das bronzene, blitzblank gepflegte Geschütz abtastete. Hooger und Huismans besetzten das kleine Mitteldeck mit einem halben Dutzend Körben, die die Dorfbewohner eilig mit Obst, Kokosnüssen, Gemüsen und etwas gekochtem Schweinefleisch beladen hatten. Fähnrich Terbrugge begann schon, die Segel und die Schoten auszulegen, Harm

Jansen half ihm dabei; sie hatten ihn verbunden und die Wunde am Hals brannte wie Feuer, aber das war kein Grund, die Hände in den Schoss zu legen.

Genau zehn Uhr abends legten sie von der Mole ab und segelten leise hinaus auf das Meer, das im Regen so glatt war wie ein Dorfteich war. Scheepers hatte Bakan angeboten, sie zu begleiten, doch er hatte abgelehnt und gesagt, sein Platz sei bei seinen Leuten. Er war die lange Mole zurückgegangen, ohne auch nur noch einen Blick hinter sich zu werfen, und Scheepers war sich klar darüber gewesen, dass sie ihn nie wiedersehen würden.

Während sie hinausfuhren in die Dunkelheit, rannten vier japanischen Soldaten auf die Mole und schrieen, so laut sie konnten. Ihr Geschrei ging unvermittelt unter in plötzlich einsetzendem Gewehrfeuer, die Davonsegelnden sahen das aufblitzende Mündungsfeuer und hörten noch, wie das Triumphgeschrei der Eingeborenen hinter ihnen verebbte. Scheepers steuerte den Kutter um das Ende der Mole herum und setzte draussen einen westlichen Kurs ab, hinaus in die Banda-See – nach Java, nach Batavia.

*

Neun Monate später brachte ein holländisches Kurierboot die begehrten Papiere mit den britischen Invasionsplänen nach Amsterdam, wo sie von einem alten Mann, der als nicht ganz richtig im Kopf galt, entschlüsselt wurden. Die Diamanten waren verloren, doch die englischen Unruhestifter in den holländischen Kolonien und ihre japanischen Schergen warteten vergeblich auf Hilfe aus England. Denn kaum waren die heftigen Regenfälle des Sommermonsuns vorbei, verliessen zwölf Schiffe die Reede von Batavia. Auf der Reede von Ambon angekommen, landeten holländische Truppen und unterwarfen die Insel nach hartnäckigem Widerstand. Der holländische Kommandant befürchtete, dass auch nach dieser Unterwerfung auf der Insel keine Ruhe einkehren würde. Sollten die Eingeborenen nach einiger Zeit den Widerstand erneut aufnehmen, würden sie gewiss von den Engländern wieder unterstützt. So erliess er den Befehl, die gesamte Bevölkerung zu deportieren. Hunderte Eingeborene wurden von den Soldaten im Blutrausch niedergemacht, Tausende starben den Hungertod in den Bergen, wohin sie sich geflüchtet hatten und wo ihnen die Zufuhr abgeschnitten wurde. Ein kleiner Überrest entschlüpfte übers Meer nach Ceram. Die Soldaten hatten ihren Auftrag so gut ausgeführt, dass von den 15'000 Seelen, die die Bevölkerung von Ambon gezählt hatte, schliesslich nur noch etwas weniger als 800 für den Transport in Betracht kamen. Davon wurden 45 Häuptlinge auf eine zweifelhafte Anschuldigung hin wegen Verrats zum Tode verurteilt. Von den wie Heringen verschifften Eingeborenen kamen nur 500 in Batavia an. Dort wurden noch acht, unter der Bezichtigung, eine Verschwörung angezettelt zu haben, hingerichtet, die übrigen Männer lebenslänglich in Ketten gelegt und die Frauen und Kinder als Sklaven verkauft.

*

In Europa veränderte sich die politische Landkarte auf eine ungeahnte Weise. Der Dreissigjährige Krieg hat in den Fluren Deutschlands ein Chaos von unvorstellbaren Ausmassen hinterlassen; er endete in der Zerschlagung des Reiches. Im grossen Konzert, das auf den Meeren mit der Sklavenfahrt gegeben wurde, versuchte auch manch kleiner Herrscher mitzuspielen.

Friedrich Wilhelm, Kurfürst von Brandenburg, wollte in Afrika Schätze erhandeln und so die Not lindern, die in seiner Mark Brandenburg seit Beendigung des Dreissigjährigen Krieges herrschte. Doch die Niederlande sahen als illegal an, was nichtholländische Schiffe an den Küsten Westafrikas und Ostindiens taten. Ging es doch um die Existenz der VOC.

Karte: Banda-See

Kartenauschnitt circa 0° – 12° S, 115° – 130° E

Teil 2: Roter Adler – Schwarzes Land

Man muss zum Zwecke der Erkenntnis
jene innere Strömung zu nutzen wissen,
welche uns zu einer Sache hinzieht,
und wiederum jene, welche uns, nach
einiger Zeit, von der Sache fortzieht.
(Friedrich Nietzsche)

Britische Korvette (Zeichnung um 1830)

Kapitel 15: Der Kapitän der *Constantia*

Nicht immer gehen die Pläne auf, die die Strategen sich ausdenken. Frankreich hatte die Fronten gewechselt und war nun mit England verbündet. Französische Truppen drangen mit Unterstützung Kurkölns und des Bistums Münster in den spanischen Niederlanden ein: bald war Geldern in französischer Hand; in schneller Folge fielen Utrecht und Ober-Yssel, die Franzosen gelangten bis vor Amsterdam und den Haag. Ihre Siege brachten Tausenden Angst und Elend, hinterliessen brennende Dörfer, zertrampelte Fluren, gemordete Menschen!

Die niederländische *Republik der Sieben Vereinigten Provinzen* rief Wilhelm III. von Oranien als Statthalter und Generalkapitän an die Spitze der Streitkräfte, das Volk wehrte sich, und wie hundert Jahre zuvor, in den Tagen des

Freiheitskampfes gegen Spanien, durchstiessen sie die Deiche, das Meer ergoss sich als schützende Flut um Holland und rettete vorerst das Land. Aber im Winter gefroren die Wasser, die angreifenden Franzosen rückten über das Eis gegen Amsterdam vor – und noch einmal trat ihnen das Schicksal in den Weg: Tauwind setzte ein, das Eis brach, die Franzosen flohen südwärts.

Das Beispiel Hollands spornte andere an! Friedrich Wilhelm, der Kurfürst von Brandenburg, hatte nach dem Dreissigjährigen Krieg mit eiserner Energie aus seinem armen, verwüsteten Land einen neu aufstrebenden Staat gemacht. Es gelang ihm, die Zustimmung Kaiser Leopold I. zu erhalten, Brandenburgs Truppen zur Verteidigung der Rheinlande einzusetzen. Selbst das unter seinem König Karl II. kriegsmüde Spanien raffte sich aus seiner Agonie noch einmal auf und erklärte Frankreich den Krieg. So hatten sich Verbündete zusammengefunden, die schon im Dreissigjährigen Krieg von Frankreich bedrängt worden waren.

Die britische Admiralität glaubte, dass die Niederlande mit sich selbst genug zu tun habe. Aber die neue holländische Regierung griff England in seinen heimischen Gewässern an. Admiral de Ruyter hatte die einzig mögliche Taktik gewählt: vor der zahlenmässigen englisch-französischen Überlegenheit zog er sich in flache, unzugängliche Gewässer zurück, weil ihre Fleuten nur geringen Tiefgang hatten. Bei den vorherrschenden Westwinden würden die feindlichen Schiffe auf Grund geraten. Mit dieser Strategie verhinderte er die Landung feindlicher Truppen, die den zu Land gegen Frankreich kämpfenden Holländern in den Rücken hätten fallen können. Es kam es zu mehreren Seeschlachten; sie endeten alle unentschieden, in taktischer Hinsicht gab es weder Sieger noch Besiegte. Die englisch-französische Vorherrschaft zur See war nicht in Frage gestellt, aber die englischen Pläne in Ostasien waren gescheitert. Und die Suche der *Den Helder* nach der *Modiadeen,* die Drangsal der Schiffbrüchigen, das Opfer der Toten blieb eine kaum bemerkte Episode im Streit um Macht und Märkte.

Die Welt ringsum war zur wüsten Brandstätte geworden. Die französischen Truppen zogen sich aus Holland und Flandern zurück. Kurfürst Friedrich Wilhelm von Brandenburg hatte neue Sorgen. Der bedrängte französische Sonnenkönig Ludwig XIV. hetzte Schweden gegen Brandenburg auf und half mit vielen Dukaten nach. Die Schweden fielen aus ihrem pommerschen Brückenkopf, der ihnen im Westfälischen Frieden 1648 zugesprochen worden war, in Brandenburg ein; der Brandenburger musste mit seinem Heer von Strassburg nach Berlin eilen und den Franzosen das Elsass überlassen. In der Mark kam es bei Fehrbellin zur Entscheidungsschlacht, der brandenburgische Feldmarschall Derfflinger besiegte das schwedische Heer unter Feldmarschall Wrangel.

*

Dass Jan Jansen mit dem mächtigen Reeder Nicolaas Cornelis de Sweers bekannt wurde, war nicht ganz zufällig. Die erfolgverwöhnten und selbstzufriedenen Handelsherren um ihn herum kannten zwar alle ausländischen Anleihen und bereicherten sich mit gewagten Börsenspekulationen, doch über die Unsicherheiten der Welt hatten sie kaum den richtigen Überblick. Der vielgereiste de Sweers, der sich in manchem Land der Welt umgesehen hatte, wusste wie es mit der Republik steht und welche Gefahren ihr drohen. Die Generalstaaten glichen einem der überladenen Handelsschiffe der Kompanie. Die Kähne waren häufig mit Schmuggelware der Mannschaft und Offiziere bis zum Bersten vollgestopft, so dass das Manövrieren schwierig wurde. Aus Gewinnsucht liefen die Schiffe – gegen jedes Gesetz der Seefahrt – viel zu spät aus, so dass sie die günstigen Passatwinde verpassten, gegen schwere Wetter ankreuzen mussten und von Sturzseen verschlungen werden konnten. Der Handel von Amsterdam, der nach den Unruhen in Ostasien katastrophal zurückgegangen war, begann sich seit einigen Jahren wieder zu erholen, aber diese Gesundung war nur scheinbar, weil die Reisezeit nach Ostindien durch neue und schnelle, moderner gebaute und mit besserem Tauwerk versehene Schiffe aus Bristol, Southampton oder gar Hull übertroffen wurde.

Die holländischen Schiffsbauer waren wohl tüchtig in ihrem Fach, aber erzkonservativ und selbstzufrieden. Wie die Regenten ohne neue Impulse den Staat verwalteten, so arbeiteten auch die Schiffbauer ausschliesslich nach Schablonen und der Tradition gemäss, ohne die moderneren, mathematischen Methoden der Konstruktion zu kennen. Noch blühte die Industrie, aber die Zwangsjacke eines steifen Zunft- und Gildenwesens behinderte sie, auf der Höhe der Zeit zu bleiben. Wo es auf praktische Seemannschaft ankam, auf das Manövrieren mit Segel und Tauwerk, das Laden, den Unterhalt von Schiff und Tau, hatte der holländische Seemann auf der ganzen weiten Welt keinen Konkurrenten zu fürchten. Aber gerade deswegen schaute mancher Schiffsherr in seiner Beschränktheit überheblich auf theoretische Kenntnisse herab. Von einer Breitenbestimmung konnte auf vielen Schiffen kaum die Rede sein, und das Koppeln der Distanzen war meist Glückssache, weil man die Schiffsgeschwindigkeit nicht gemessen hatte. So kam es nicht selten vor, dass die astronomische Ortsbestimmung zwei- bis dreihundert Seemeilen von der Wirklichkeit abwich.

Das war kein Wunder, denn die meisten Seeleute avancierten vom Steuermann 3. Klasse zum Untersteuermann, vom Untersteuermann zum Steuermann; sie lernten die Navigation vom Schiffsherrn, der sie vor Jahren bereits als junger Mann von seinem Kapitän erworben hatte. Obwohl der Davis-Quadrant, mit dem der Beobachter nicht in die Sonne zu starren brauchte, bereits zu Beginn des 17. Jahrhunderts erfunden worden war, benützen die meisten Kapitäne noch immer den alten Jakobsstab, um die Sonnenhöhe zu bestimmen. Noch ungeeigneter ist das Astrolabium, ein kupferner Sonnenring, der vor allem dann, wenn das Schiff stark schlingerte, keine genaue Ortsbestimmung zuliess.

Nur einige wenige fortschrittliche Reeder versuchten, protestantische französische Nautiker nach Amsterdam zu locken, damit sie hier als Lehrer wirkten. Einer von ihnen war der Ratsherr Nicolaas Cornelis de Sweers. Trotz der im Edikt von Nantes zugesicherten Religionsfreiheit macht die katholische Staatsreligion den Hugenotten in Frankreich das Leben schwer. De Sweers war als junger Mann selbst jahrelang zur See gefahren, bis er, nach dem Tod des Vaters, in die Leitung der Reederei einsteigen musste. Aber da hatte er schon am eigenen Leibe erfahren, wie rückständig die Schiffsführer in ihrem Wissen waren. Deshalb hatte er, der in Geographie und Mathematik wohl beschlagen war, den berühmten Magister Françoise Lampart aus St. Malo mit einem guten Angebot nach Amsterdam geholt und als Leiter seiner Seefahrtsschule eingesetzt.

*

Im weiss getünchten Saal mit seinen schwarzen Dachbalken sassen die Schüler in Gruppen verteilt, einige übten mit dem Astrolabium, andere studierten den grossen Himmelsglobus oder griffen mit einem Zirkel Distanzen auf der Seekarte ab. Wenn der Besitzer der Seefahrtsschule eintrat, verstummten sie, und schnell erhoben sich alle aus Respekt gegenüber einem Gelehrten, der gleichzeitig einer der reichsten Kaufleute der Stadt war. Sein *Aeloude en Hedendagsche Zeevaert,* die «Seefahrt von Einst und Jetzt», ist ein bekanntes Werk, und seine Karten der Seegebiete von den Niederlanden bis zum Polarkreis haben ihm einen hohen Ruf als Kartograph eingebracht. Nicolaas Cornelis de Sweers überragte mit Wissen und Weitblick die Zeitgenossen bei weitem. Seine vielseitigen Interessen umfassten die politischen Ereignisse des Tages, die Kaffeekultur auf Java, Arbeitsbedingungen in den niederländischern Antillen und in Surinam – kurz in allen Angelegenheiten des Handels und der Schifffahrt.

Auch an jenem Tag hatten sich alle erhoben, nur Jan in seinem Winkel war so vertieft in eine schwierige Berechnung aus Lucas Jansz' *Den Groten Dobbelden Nieuwe Spieghel der Zeevaart,* dass er das Eintreten des Ratsherrn nicht bemerkt hatte. Ein Stoss des Lehrers liess ihn aufschrecken, aber noch bevor ihm zu Bewusstsein kam, was geschehen war, stand Hilfsmagister Hagenaar schon mit Verbeugungen und einschmeichelnder Haltung vor dem Ratsherrn.

«Nehmt es ihm nicht übel, Mijnheer de Sweers», sagte er verlegen, «er ist nur ein Fischerjunge von auswärts, so einer, der als Maat für die Kompanie gefahren ist und nun von seinen ersparten Florin studieren will.»

De Sweers sah das von Scham glühende Gesicht des jungen Mannes. Er trat auf ihn zu, betrachtete die mit sauberen Ziffern niedergeschriebenen

Berechnung und sagte zum Lehrer: «Nur keine Entschuldigungen, Mijnheer, ich weiss selbst am besten, wie ein Mensch in seinem Studium alles um sich her vergessen kann.»

Jan lief rot an. Der Reeder de Sweers war viel zu erfahren, um die Erleichterung des jungen Seemanns nicht zu bemerken.

«Du bist von auswärts», sagte Mijnheer Hagenaar. «Wo kommst du her?» fragte er.

«Bin von Borkum.»

«So, von Borkum!» Auch die Stimme des jungen Mannes berührte de Sweers angenehm. Sie hatte einen bestimmten Unterton wie der eines Menschen, der schon Befehle erteilt hat. «Wir haben immer wieder Borkumer Seeleute auf unseren Ostindienfahrern», sagte de Sweers. «Sie gehören zu unseren besten Männern. Wenn du die Studien hier abgeschlossen hast, was willst du dann tun? Wirst du wieder bei der Kompanie anmustern?»

Jan antwortete: «Ja. Ich würde gerne als Steuermann anheuern.»

De Sweers runzelte die Stirn. «So, so, gleich als Steuermann. Hast doch als Maat abgemustert, da käme auf der Karriereleiter doch erst der Bootsmann.» Aufmerksam beobachtete er die Reaktion des Schülers.

Jan schaute dem Reeder fest ins Gesicht. «Das stimmt, Mijnheer.» Jäh durchzuckt ihn der Gedanke, dass ihm hier vielleicht eine Chance geboten wird; er will sie packen. «Mein Schiffsherr hat mir versprochen, mich als Bootsmann aufzunehmen, wenn er wieder ausfährt. Trotzdem möchte ich als Steuermann reisen, muss doch anwenden, was ich hier lerne.» Und weil ihn der mächtige und einflussreiche Ratsherr wohlwollend betrachtete, fügte er mutig hinzu: «Dafür habe ich gespart – kostet ja nicht wenig!»

«Vielleicht findest du Heuer auf einem Ostsee- oder Russlandfahrer», gab de Sweers ihm zu bedenken, «man kommt im Osten schneller vorwärts.»

Aber der Ostfriese war ehrlich und sagte: «Ich kann es versuchen, aber es ist sehr schwer, ein anderes Schiff zu bekommen, wenn man für die Kompanie gefahren ist.»

De Sweers antwortete nicht. Die Schiffsherren, die in der Ostsee mit Hering, Getreide, Salz und Bernstein handeln, Metalle und Lampenöl nach Russland bringen und mit Pelzen heimkehren, konnten zwar in letzter Zeit ein schönes Vermögen ansammeln, aber die reiche und mächtige Veerenigde Oostindische Compagnie ahndet die Abwerbung ihrer Matrosen mit dem Boykott jeder geschäftlichen Beziehung. Er wusste nur allzu gut, dass auch deshalb ein Vorwärtskommen in der Kompanie beinahe ausschliesslich von Protektion abhing. Und ausserdem schien ihm dieser junge Mann von gefestigtem, starkem Charakter zu sein, ein treuer Mensch mit Gewissen.

Die Kompanie aber fürchtet Charakter und Initiative mehr als sie sie schätzt. Es sind vielmehr die Schmeichler und Intriganten, die wie Unkraut nach

Sommerregen in die Höhe schiessen, aber ein wirklich tüchtiger Mann – sofern er nicht aus reicher holländischer Familie stammt oder gute Protektion geniesst – kann kaum eine höhere Stellung erreichen.

War es nicht schade um den Jungen? Hier sass einer von den Einflusslosen, die jährlich aus allen Gegenden der Welt in die dunkeln Winkelstrassen zwischen der Nieuwen Prinsengracht und der Amstel strömten, ein Schiff suchten, auf dem – wenn es wirklich heimkehrt – auf einen Lebenden vier Tote kamen. Dieser hier ist zurückgekehrt, er hat seine sauer verdienten Dukaten nicht an ein Jubelleben verschleudert, damit ihn die Landhaie und Seelenverkäufer aufs Neue als Habenichts an das Ostindienhaus ablieferten, sondern er trachtete, in einem Seefahrtskursus seine Kenntnisse zu vermehren. Das war schon etwas Besonderes.

Der Reeder wandte sich zum Meister: «Hat Euer Schüler auch etwas Talent zum Kartenzeichnen?» fragte er. Meister Hagenaar fühlte, woher der Wind wehte und lobte nun Jan in höchstem Eifer. «Er ist in jeder Hinsicht einer meiner begabtesten Schüler. Ich kann Euch ein paar Proben seiner Zeichenkunst zeigen.»

«Schon gut», winkte der Bürgermeister, scheinbar gleichgültig, mit der Hand, «ich brauche jemanden, um die neue Ausgabe von meinem Atlas zu korrigieren.» Und an Jan gewandt fuhr er fort: «Du kannst ein paar Dukaten extra verdienen und dabei gleichzeitig noch was profitieren, wenn Du mir dabei helfen willst, junger Mann.»

Jan stammelte ein paar Worte, dass er nicht wisse, ob er schon so weit fortgeschritten sei.

«Das werden wir wohl sehen, wenn du kommst. Melde dich morgen nach dem Unterricht bei mir.»

*

Unendlich gross war der Ozean! Nichts als Wellen um sich, das Ächzen des Windes im Ohr und die gewaltige sonndurchleuchtete Kuppel des Himmels über sich – unvorstellbar in seiner nicht endenden Weite, unvorstellbar in seiner windstillen Trägheit, unvorstellbar in seiner sturmgepeitschten Wildheit!

Die Fischer auf Borkum kannten das nicht. Ihre Welt war das Wattenmeer zwischen der Inselkette und dem Festland, wo ihnen jede Turmspitze, jede Strömung, jede gefährliche Untiefe bekannt war; ihre Welt bestand aus Fischverkaufsplätzen, aus Schuppen, in denen sie ihre Netze zum Trocknen aufhingen, sie hatten die gute Stube, in der am Sonntag die Ofenplatte im Feuer glühte, und das weiss gekalkte Kirchenschiff, wo über ihren Häuptern an einer langen, kupfernen Stange ein Schiffsmodell schwebte.

Auch die Amsterdamer Partikulierer mit ihren Fleutschiffen kannten es nicht. Sie hatten zwar die Mitternachtssonne über dem Weissen Meer schimmern gesehen und die dunklen Fichten vor den norwegischen Steilküsten, sie kannten die Stürme des Kattegat und Skagerrak und sahen die Märchenschlösser Dänemarks über das Wasser grüssen – sie trugen Bilder aus einem bunten Geschichtenbuch in sich, in dem sie in der Erinnerung blättern konnten. Aber die Welt, auf die sie bauten, war die fest gezimmerte Kajüte ihrer Schiffe.

Selbst in den Büros der Amsterdamer Reeder hatte man keine Ahnung von der wirklichen Welt. Dort hockten die Angestellten mit gepuderten Perücken auf hohen Stühlen, verbuchten die Einnahmen und Ausgaben, verglichen Gewinne mit Verlusten und schrieben Fakturen für gewaltige Ausstände. Ihre Herren kannten wohl die Namen der fernen Häfen, in dem ihre Schiffe anlegten und all die exotischen Dinge luden, denen sie ihren Wohlstand verdankten; doch vertrauter war ihnen der Schrank an der Wand, in dem ihre Schiffsdokumente lagen, und der Tresor daneben, in dem sie die runden, goldenen Dukaten verwahrten, die sie mit ihren Geschäften verdient hatten.

Aber wer allein auf dem Meer trieb, nichts als Wellen um sich und das Heulen des Windes, oben die gewaltige sonndurchglühte Kuppel des Himmels, dem war die eigene Nichtigkeit bewusst. Wer am Horizont das letzte Segel verschwinden sah, nur wer – vom letzten Anker losgerissen und jedes Trostes und jedes menschlichen Zuspruchs beraubt – als Schiffbrüchiger um sein Leben hat kämpfen müssen, der lernte, wie unendlich gross das Meer ist.

Mehr als fünf Jahre ist es her, dass ihn der Seelenverkäufer auf die *Den Helder* verschachert hatte. Dass er damals so ein Esel gewesen war, kümmerte ihn heute nicht mehr. Er hatte dort viel gelernt, hatte dann die Hölle erlebt und war aus ihr wieder entwischt. Harm Jansen, der aus Ostasien zurückkehrte und noch manchmal die Narbe des Bajonettstichs am Hals spürte, dem noch immer die kaum verheilte Wunde brannte.

Die *Den Helder* war ein gutes Schiff, seine menschlich fühlenden Kommandanten eine Ausnahme, aber das hatte Harm erst später gemerkt. Manche Pastoren schilderten die Hölle so anschaulich und gebrauchten dabei so grässliche Vergleiche, dass Frauen ängstlich seufzten und die Kinder sich vor dem Schlafengehen fürchteten. Aber welche Phantasie konnte der Hölle näherkommen, als die, welche auf einem niederländischen Kompanieschiff zu finden war?

Der Abschaum aller Nationen – Halunken, Mörder, Trunkenbolde und Bankrotteure – in Schenken und Bordellen zusammengesucht, als Vieh an Bord getrieben, nur durch die sadistische Grausamkeit der Profosen in Zaum gehalten, so waren die Bemannungen. Ungeeignete Kapitäne, die fortwährend mit dem Kaufmann in Streit lag, Offiziere, sich am Krankenwein vergriffen, Proviantmeister, die sich durch den Einkauf verdorbener Lebensmittel bereicherten, Feldschere, dem Dorfbewohner nicht einmal ihren Bart anvertrauen würden, das war der Stab. Reeder, die jederzeit bereit waren, lukrative Posten an skrupellose «Freunde» oder Verwandte zu verschachern; mit keiner andern Perspektive vor Augen als der nächsten positiven Bilanz, keinem anderen Ziel als dem möglichst hohen Gewinn. In ihrem Auftrag wurden Gewürzplantagen umgehauen und vernichtet, um die Preise in die Höhe zu treiben, in ihrem Namen liessen sie Eingeborene über die Klinge springen, in ihrem Namen wurden Eide gebrochen, Freunde verraten, aber angeblich wussten sie nichts von Kielholen, Geisseln, Brandmarken und Stehlen. Zuhause in den Niederlanden tat man fromm und gottesfürchtig, sie sangen Psalmen und redeten von Ruhe und Ordnung. Aber ihre Presskommandos waren ständig auf der Suche nach verdammten Seelen für ihre Ostindienschiffe; die Heueragenten strichen Vorschuss ein für jeden schanghaiten Seemann, den sie lieferten. Trotz der vielen Schiffbrüche überladener Schiffe, trotz Seeräuberei, Sonnenstich, Dysenterie und Skorbut kehrte doch ein Drittel der Flotte vollbeladen heim, und mit jedem dieser Kauffahrteischiffe machten die Händler schon vor dem Wiederauslaufen mit Termingeschäften auf Pfeffer, der noch gar nicht geerntet ist, riesige Gewinne.

*

Morgen oder übermorgen würde die *Vlieland* vor Texel Anker werfen, sein eisenstarker Körper hatte Tropensonne, Hunger, Durst und Schmerzen überstanden. Er kam auch reicher zurück, als er ausgefahren war. Alle Überlebenden der *Den Helder* hatten eine hübsche Summe Belohnung erhalten – auch Harm. Man hatte sie geehrt: als Anerkennung und Entschädigung für ihren heldenhaften Einsatz bei der Suche nach der *Modiadeen* und der Rettung der Papiere über die englische Invasion. Die niederländische Herrschaft über den grössten Teil der Sunda-Inseln, die Molukken und West-Neuguinea blieb erhalten. Enno Huismans hatte ihm erzählt, dass er seinen Anteil durch seinen Vater, den Reeder, in Schiffspapieren der VOC anlegen würde, das brächte gute Gewinne. Sein Vater verstehe mehr davon, aber wenn Harm wolle – für einen Freund würde Enno auch dessen Geld vom Reeder Huismans anlegen lassen. Da hatte Harm fünf Gulden an sich genommen (er würde sie mit einem Postschiff via Amsterdam der Mutter schicken, so wie Jan damals) und den stattlichen Rest, 750 Gulden in Gold, Enno gegeben. Er selbst wird wieder Heuer annehmen, da brauchte er kein Geld; an Bord würde er alles finden, was er brauchte, und in Holland gäb's dann beim Abmustern die Heuer.

Das Geld, das der Seelenverkäufer ihm damals aus dem Sack zu ziehen verstand, war nichts im Vergleich zur Löhnung, die er dann zugute hatte. Er käme nicht nur reicher zurück, er war auch klüger, härter und geschliffener geworden. Das musste schon ein ganz ausgekochter Junge sein, der ihn, wie damals der Bauernfänger, in eine Spelunke locken könnte, aus dem es nur den Ausgang in das Ostindienhaus gab! Er hatte fremde Länder und Völker gesehen, Menschen-kenntnis und seemännische Kenntnisse sind ihm gründlich beigebracht worden. Er wird das Schiff nicht mehr als Matrose, sondern als Bootsmann verlassen.

Das Kind in ihm, den kleinen, zarten Harm, dem wegen eines toten Vögel-chens Tränen in die Augen stiegen, gab es nicht mehr. Seine Mutter würde ihn nicht wiedererkennen. Er, der früher oft so träumerisch und nach innen gekehrt war, konnte nun rasch im Zorn aufflammen. Der Vater – könnte er ihn noch erleben – würde es nicht glauben, dass sein stiller Sohn mit Flüchen gespickte Kommandos brüllen und sein Schiffsvolk bei Wetter in die Rahen jagten konnte.

Bootsmann und Quartiermeister! Der Schiffsfaktor der *Vlieland*, dem die Wissbegier – und bald auch die Rechenfertigkeit – des jungen Seemanns auf-gefallen war, nahm in den Häfen, in denen sie handelten, gern die Hilfe Jansens als Frachtdeklarant an. Wie Arian Bep Cluins, sein Lehrer auf der *Den Helder,* gab auch er gerne sein Wissen weiter. Lernwillige junge Matrosen, die mehr als nur eine gute Heuer suchten, waren so rar wie zweikarätige Perlen!

Er wies Harm an, wie man saubere Frachtlisten und kaufmännische Schrift-stücke erstellte, lehrte ihn, den Wert einer Ware zu erkennen und Kostbares von Talmi zu unterscheiden, brachte ihm verbesserte Rechentechniken der Arithme-tik bei und zeigte ihm, worauf es ankam, um verunreinigte Edelmetalle zu er-kennen, ihre spezifischen Gewichte festzustellen und Gold und Silber gegen Gulden, Dukaten oder den neuen französischen Louisdor aufzurechnen. So überstand Harm die Reise kräftig und gesund. Die Saufgelage seiner Kamera-den machte er nicht mit, sein Körper war nicht vom Alkohol geschwächt, er hatte den Skorbut überstanden und die Fieberzonen Batavias überlebt.

Harm war kein Goldsucher wie die meisten Ostindienfahrer, sondern bald ein reeller Kaufmann geworden, der seine Talente und seine Arbeitskraft voll einsetzte – nicht irgendeinem weiten Ideal zuliebe, sondern in seltener Bereit-schaft, Verantwortung zu übernehmen. Er rechnete den Herren nicht nur mit seiner korrekten doppelten Buchführung auf italienische Art genau vor, welches die Preise in klingender Münze oder den üblichen Tauschwaren für Pfeffer und Gewürznelken waren. Im Geheimen berechnete er auch sauber und sachlich den Preis an Unrecht und Unmenschlichkeit, mit welchem jede Gewinnsucht be-zahlt werden musste.

*

Müde und lustlos hing die Flagge der *Vereenigde Oostindische Compagnie* von der Grossbramstenge der Fregatte *Constantia*. Der Wind wehte matt und faul. Nicht das kleinste Segel wollte er vollnehmen. In tausend Falten hing die graue Leinwand auf Masten und Rahen – es ist, als zeigte das Segelwerk das

Gesicht des Schiffes und die Falten darin wären die Runzeln – Zeichen eines langen, harten Lebens.

Am Achterkastel gingen die Brüder den kurzen Weg über die geteerten Planken unablässig hin und her, mit den breiten, ausholenden Schritten befahrener Seeleute. Jan Janszoon, Kapitän der *Constantia* war ärgerlich. Er weiss nicht, worin die grössere Ursache liegt: die faule Fahrt, die das Schiff dem Lande nicht näher bringen wollte, obwohl man schon seit dem frühen Morgen die Klippen der guineischen Küste weissgelb im flammenden Sonnenlicht glänzen sah und die Türme der Forts von Elmina zum Greifen nahe schienen, oder war es der Bruder Harm, der sein Blut in Wallung brachte.

Wenn Jan damals in den Märztagen des Jahres 1674, als die scharfe Frühjahrsbrise den Winter auszukehren begann und es wieder lebendig wurde in all den Friesendörfern, als sich altes und junges Seefahrerblut nach der Winterrast regte und die Männer fort rief – zum Walfang oder in ferne, fremde Länder –, wenn Jan damals geahnt hätte, wie sich Harm verändern würde, er hätte ihn nicht auf die *Constantia,* sein Schiff, sein erstes Kommando als Kapitän mitgenommen.

Wie immer im Frühjahr waren auch in jenen Tagen die holländischen Werber von Westfriesland nach Oldersum, Ditzum, Groothusen, Pilsum und Greetsiel herübergekommen, von Zeeland auch, und zu allermeist von Amsterdam. Sie boten gutes Geld und gute Leinwand denen, die Dienste auf ihren Schiffen nehmen wollten. Warum sollten sie zum Walfang mitfahren und bis zum Herbst auf die paar Groschen ihres Anteils warten müssen? Hier klingelten jetzt schon glockenhell die Werbegulden und sprangen wie muntere Frösche in die Taschen der Angeworbenen. Schon schepperten die schwersilbernen Münzen auf den blank gescheuerten Tischplatten der Wirtsstuben in den Dörfern, denn manchen Abschied galt es in Feuchte zu feiern. Durch Nacht und Tag grölten die Stimmen der Angeworbenen:

«*Un dat gait na de Linje.*
Un dat gait na Ostindje
Un dat gait na Batavia.
Un dat ob söben Jahr.»

Jan Janszoon hatte es nicht nötig, dass ihn die Werber ansprechen. Länger als ein Jahr lang hatte er neben seinem Navigationsstudium im Hause des Ratsherrn de Sweers Plattkarten der nordeuropäischen Gewässer gezeichnet und die wohlgeratenen Werke mit barocken Kompassrosen, dickbäuchigen Koggen und Fleuten sowie zierlichen Meermaiden verziert. Und nachdem der Atlas vollendet, die Korrekturen säuberlich eingetragen und die Kupferplatten für die Druckerei gestochen waren, hatte ihm der mächtige Reeder Nicolaas Cornelis de Sweers eine gute Heuer bei der «Holländisch-Oostindischen» verschafft. Zwei Jahre lang fuhr er als Steuermann auf der *Post von Haarlem*, seither war er zu Amsterdam jederzeit willkommen. Nicht mehr als Steuermann, sondern als Kapitän. Die Bewindthaber der Kompanie zu Amsterdam hatten nicht vergessen, dass er es war, der die «Post von Haarlem» den spanischen Kaperschiffen im letzten Augenblick noch entrissen hatte, als alles schon verloren schien, der Kapitän gefallen und die Mannschaft entmutigt und bereit war, das Schiff mit der wertvollen Ladung preiszugeben. Nur die blindwütige Entschlossenheit des Steuermanns hatte das Geschick noch zum Guten gewendet, hatte den Handelsherren, die wohlgeborgen daheim in Amsterdam in ihren prächtigen Palästen sassen, Verlust und leidiges Gallefliessen erspart. Damals wurde dem Jan Jansen, obwohl er Ostfriese war und kein Holländer, also keiner der ihren, das Kapitänspatent versprochen. Und sie hatten dieses Versprechen auch gehalten, als er Ende März zu Amsterdam wieder eingezogen war. Allerdings hatte Jan keine Ahnung, dass der Reeder de Sweers noch immer seine Hand über ihn hielt. Jan aber, der sich mit holländischem Denken und Handeln identifizierte, nannte sich seitdem auch nicht mehr Jansen, sondern holländisch Janszoon.

Harm hatte es nicht sonderlich gestört. *Wess' Brot ich ess', dess' Lied ich sing',* dachte er, als er seinen Bruder mit fester Hand den neuen Namen unter den Anstellungsvertrag schreiben sah. Für sich selber sah Harm keinen Grund, den Namen zu ändern, auch wenn ihn die Amsterdamer als zweiten Steuermann und Unterfaktor wieder in Kompaniedienste genommen haben. Der junge Jansen war zwar nach seiner Rückkehr aus Indien einen Sommer lang unter hamburgischer Flagge gesegelt – und das vergisst man in Amsterdam eigentlich nicht, aber weil zu viele der ausfahrenden Seeleute die langen Reisen nicht überlebten, an Fieber oder Skorbut starben und weil viele Schiffe vom *blanken Hans* geholt wurden, herrschte grosser Mangel an befahrenen Männern. Und Harm, der schon sechs Jahre zur See fuhr und trotz seiner zwanzig Jahre ausser nach Guinea und Fernost auch in der Nordsee bis nach Schottland und in der Ostsee bis ins Russische gekommen war, hatte allerlei Salzwasser gerochen. Ausserdem war man dem Überlebenden der *Den Helder* etwas schuldig.

Als er nach der Hamburger Heuer wieder nach Hause gekommen war, hatte er einen Brief von Enno Huismans vorgefunden. «. . . habe Deine Gulden, und auch die meinigen angelegt, wie wir es abgemacht haben, hoffe, dass es sich vermehre. Jedenfalls sind die *Adelaar van de Nordzee* und *Moje Bloem*, Kauffahrteischiffe unserer Reederei, schon zweimal glücklich von einer Dreiecksfahrt heimgekehrt. (Harm erinnerte sich: Branntwein und billige Tauschwaren nach Afrika, von dort Sklaven nach Westindien und Zucker, Tabak, Gewürze und Baumwolle nach Europa). Will später in Vaters *Commerz* eintreten. Bin jetzt Leutnant auf einer bewaffneten Fregatte. Bald wieder Krieg gegen England. Brandenburg an unserer Seite. Geht mir gut, hoffe auch von Dir. Hätte fast vergessen: Cordula Volmer hat Gerrit Scheepers geheiratet, sie haben schon zwei Jungen: Gerrit und Harm!, weil Du ihr das Leben gerettet und weil ich ein so netter Kerl bin . . .

Harm war nicht mehr so gerne zu den Holländern gegangen, wie er es als vierzehnjähriger Bursche getan hatte. Holland oder Hamburg, das schien ihm damals nur aus einem Grunde nicht gleich: Der Hamburger Hafen lag verödet. Die Glanzzeit der alten Hanse war vorbei. Kleinlicher Krämergeist hat sich dort mehr und mehr breit gemacht, in den muffeligen Kontoren der Handelshäuser war kein Wagemut mehr zu finden. Die Reeder – gelbgesichtig, vergrämt und verdrossen – sassen in ihren hohen, schmalen Häusern, schauten hinaus in die engen Gassen und Fleete und waren in hellen Ängsten um ihre wenigen Kornschiffe, die in der Ostsee schaukelten. Und sie taten, als hänge von den paar Planken, die sie zuweilen doch mit guter Fracht in die Weltmeere sandten und mit noch besserer Fracht unter Hangen und Bangen zurückerwarteten, das gesamte Wohl und Wehe der freien Reichsstadt ab. Hundertfaches Überlegen, hundertfaches Ratschlagen, sie versäumten der besten Gelegenheiten, lebten in beständigem Schwanken zwischen Erfolg und Misserfolg, zwischen Furcht vor Niederbruch und Hoffnung auf Aufstieg, der nicht durch eigene Kraft und Arbeit kommen, sondern von irgendeinem Glücksfall freundlich beschert werden sollte – das war Hamburg im Jahre 1674.

Amsterdam dagegen war der helle, blendende Stern, der die besten Seeleute des Nordens anzog. Dorthin strömte alles, was zum Bersten voll war mit Mut und Abenteuerlust, mit dem Drang in unbekanntes Land. Die Schenken der riesigen Stadt wurden nicht leer, bevor nicht der letzte Stüwer vom Matrosenvolk vertan war. Und zugängliche Mädchen halfen mit liebevoller Hingabe und steter Fröhlichkeit, das Geld ins Rollen zu bringen. Schiffe gingen und kamen, ein ewiges Aus und Ein, ein Hasten und Drängen, ein Kaufen, Verkaufen und Verdienen. Und wenn einmal ein Schiff nicht einlief, wenn ein anderes die Kunde brachte, dass es zugrunde gegangen oder gekapert worden sei – eine Nachricht, die um die Mittagszeit im Rathaus aus dem Fenster der *Kammer der Gerechtigkeit* bekanntgegeben wurde – dann war das nicht die Ursache zu niederdrückendem Jammer, sondern vielmehr zu einem Schwur, die Arbeit zu verdoppeln, um den Verlust wieder hereinzubringen, zu einem Wutgeheul der Rache wegen der Schmach, die ein Feind Holland und Amsterdam im besonderen angetan hatte. Der unbändige Lebensdrang, das Vorwärtshasten um Geld und Gut, um Macht und Reichtum wurde schon im Gruss zum Ausdruck gebracht: «Holland allezeit!» hiess es in den Gassen Amsterdams, der ersten Stadt des Nordens. «Holland allezeit!» war auch der Schlachtruf seiner Schiffsbesatzungen, wenn sie auf Kaperfahrt zogen oder selbst von einem Feind angegriffen wurden. «Holland allezeit!» war der Eid, unter dem Jan und Harm nun schon zum zweitenmal der Oostindischen Compagnie dienten, es war der Eid, mit dem Jan Janszoon als Kapitän Treue geschworen unter dem Harm Jansen im Verlauf von fünf Jahren unter glühender westafrikanischer Sonne, bei Sklavenhandel und Kaperfahrten ein immer grösser werdendes Unbehagen gegenüber Holland verspürte.

Dieses «Holland allezeit!» hatte allmählich ein dumpfes Unlustgefühl in ihm wachgerufen. Es bohrte sich im Wechsel der Tage wie ein Stachel in sein Hirn. Wenn in der Morgenfrühe die Flaggen Hollands und der VOC in die Toppen stiegen und der tägliche Salut zu Ehren dieser Flaggen über das Meer hallte, da sah aus den verwilderten, bärtigen Gesichtern der Mannschaft soviel Selbstsicherheit und gesammelte Stärke, dass dem jungen Friesen unmerklich Neid ins Gemüt schlich. Diese Männer hier schwuren alle ihre Treue zur Flagge ihres Landes; er gelobte es mit ihnen und war doch ein Fremder! Er war kein Holländer, er war ein «Östlicher», ein Söldner aus Ostfriesland.

Doch da hatte sich in diesen lustlosen Tagen des Dienstes bei der Holländisch-Oostindischen Kompag nie wie von ungefähr eine Botschaft verbreitet, neu und unglaublich wie selten eine Nachricht. Überraschung, nachsichtiges Lächeln, hochmütiges Befremden, Unmut und Zorn hatte sie allen gebracht, die holländisch waren oder holländisch dachten. Doch bei Harm löste sie erst ungläubiges Erstaunen und bald freudiges Erschrecken aus, als er mit heissem Interesse die Berichte aufnahm. Es ging das Gerücht, im Brandenburgischen gäbe es Pläne, eigene Schiffe auf die Weltmeere nach Afrika zu senden. Friedrich Wilhelm von Brandenburg trage sich mit dieser Absicht. Aber da gäbe es auch starke Hindernisse, die ihm von den Schweden, Dänen und Holländern bereitet würden. Selbst die eigenen Untertanen stünden diesem Ansinnen skeptisch gegenüber. Aber man nennt ihn auch den Grossen Kurfürsten, und ein grosser Fürst machte vieles möglich. Trotzdem: die Zweifel blieben. Konnte das überhaupt stimmen? Ein deutscher Fürst? Und ausgerechnet der Brandenburger? Das sind doch Hungerleider!

Ein Jahr war seit der ersten Nachricht von den Schifffahrtsplänen des brandenburgischen Kurfürsten verstrichen. Seither brachten Karavellen und Brigantinen, Fregatten, Kuffs und Fleuten, die von Amsterdam oder aus dem Dänischen nach Guinea kamen, immer wieder neue Nachrichten über die kurfürstlichen Bestrebungen. Friedrich Wilhelm hat sich den zeeländischen Reeder Benjamin Raule nach Berlin geholt, der soll für Brandenburg die Seefahrt einrichten.

In Harm Jansen waren Zwiespalt und Unruhe in den letzten Jahren immer grösser geworden. Und er hatte in manchen Dingen einen eigenwilligen Sinn angenommen, der zur holländischen Schiffsdisziplin nicht gut passen wollte. Die Lippen zusammengekniffen, die kantige Stirn vorgebeugt, als wollte er gegen ein Hindernis anrennen, so ging er neben dem Bruder Kapitän her. Der kaute an den gereizten Worten, die eben zwischen ihm und Harm gefallen waren.

«Gott verfluch' Raule! Was kümmert dich dieser Abenteurer?» Er sah dem Bruder scharf ins Gesicht. Harm zog die breiten Schultern ein wenig ein und starrte verstockt geradeaus. Dann plötzlich wandte er sich brüsk um und ging in seine Kajüte. Dem Kapitän zuckte es in den Händen. Er möchte ihn zwingen, den Bruder, dessen stummer Auflehnung er nicht Herr zu werden vermochte. Schlagen möchte er ihn wie ein Mann sein Weib, das man liebt und dennoch züchtigt, weil man seine fremden, abwegigen Gedanken erahnt. Jan Janszoon hatte einen strengen Sinn. Es lief ihm zuwider, dass sich Harm seit Jahr und Tag um den Brandenburger kümmert, da er doch auf Holland geschworen hatte.

Seit langem lagen die Brüder bald in stillem, bald in lautem Hader. «Wir sind nicht holländisch; wir tragen ein anderes Blut in uns!» Das war immer wieder das Schlusswort des Jungen, wenn er dem älteren Bruder klarmachen wollte, dass er sich nicht als Holländer fühlte, ja, dass er es bereute, den Holländern zu dienen. Auch heute, angesichts der guineischen Küste, ging wieder die Rede davon.

«Die zu Terschelling, zu Vlieland, zu Texel und Wieringen mögen um nichts schlechter sein als wir, und sie alle stehen in holländischen Diensten! Ist ein gutes Land!» Zu lange ist Jan Janszoon unter der Flagge der Holländer gefahren, als dass er anders empfinden könnte. Er verstand den Bruder nicht.

«Aber sie sehen uns nicht als gleichwertig an! Sie nennen uns Östliche und grenzen uns damit aus!» Trotzig knurrte Harm zurück. Mit leichtem Unbehagen fühlte er, dass er seinen Freunden Enno Huismans, Honke Kruse und den anderen von der *Den Helder* Unrecht tat, doch in Batavia hatte er kaum Dank erfahren. Sie waren auf verschiedene Schiffe verteilt worden – es sollte kein treuer Kameradenkreis gepflegt werden! Und bald war er wieder der Östliche gewesen. «Die Dänen und Engländer schicken auch schon Schiffe nach Afrika aus, warum sollte keine deutsche Fahne über einem Stück schwarzem Land wehen? Der Brandenburger riskiert's und hat sich den Raule nach Berlin geholt.»

Raule! Was gehen einen Raules Pläne an? «Raule ist ein Verräter!» antwortete Jan heftig. Wütend denkt Jan Janszoon daran, wie die *Constantia* vor drei Jahren, anno 1676, in ein Amsterdam kam, das auf den Kopf gestellt schien. Ein Aufschrei ging damals durch die grosse Stadt, vom letzten Soldknecht bis zu den ehrenwerten Bewindthabern der Handelskompanien. Benjamin Raule, der zeeländische Reeder, Schöffe und Rat, der in Middelburg ein prächtiges Hause bewohnte, hatte dem Kurfürsten von Brandenburg das Anerbieten gemacht, auf eigene Kosten Schiffe gegen die Schweden segeln zu lassen, um diesen zur See Schaden zuzufügen, wie und wo immer es nur sein könne. Denn die Schweden lagen mit dem Brandenburger im Krieg. Dem Kurfürsten war das Angebot willkommen. Elf Schiffe unter kurfürstlicher Flagge kreuzten schon gegen die Schweden. Und im Handumdrehen, innerhalb vier Wochen, waren einundzwanzig schwedische Schiffe gekapert. Das war Verrat an Holland, denn nicht wenige dieser Schiffe, die unter schwedischer Flagge fuhren, gehörten Holländern. Und nicht nur das! Der Kornhandel mit den Ostseestaaten war wie mit einem Donnerschlag unterbunden, jener Kornhandel, der von Amsterdam aus geleitet wurde, der Amsterdam reich gemacht hatte. Die Spekulation tobte, hochmögende Handelsherren fielen auf der Amsterdamer Getreidebörse in Ohnmacht, als die Preise rasend stiegen. Es nützte nichts, dass der Rat der Stadt erklärte, «man sei fest entschlossen, der kurbrandenburgischen Seeräuberei schnell ein Ende zu bereiten».Es nützte nichts, dass man in Berlin gegen Raule schüren liess, um ihn beim Kurfürsten unmöglich zu machen. Die Verluste erreichten ungeheure Summen. Kein Schiff wollte in die Ostsee, denn die kurbrandenburgischen Kanonen rochen ihnen zu stark nach scharfem Schiesspulver.

Amsterdam glich einem Tollhaus. Flüche und Verwünschungen gegen Benjamin Raule und gegen den Kurbrandenburger erfüllten die Strassen und Gassen. Was massen sich diese Deutschen auf einmal in der Ostsee Rechte an? Das war seit vergangenen Hansetagen holländisches Gebiet, und jetzt wollen sie es plötzlich wieder an sich reissen? Wenn diese verdammten Deutschen gar auch noch in die Nordsee kommen, könnte es einem die ganze irdische Seligkeit verleiden!

Bevor Jan Janszoon mit seinem Schiff wieder nach Afrika gesegelt war, hatte er das Plakat, die Verordnung der Generalstaaten, gesehen, in der es hiess, jedem Untertanen des holländischen Staates sei es bei Leibesstrafe verboten, in fremde Dienste zu treten. Jan Janszoon hatte dies ausreichend geschienen, er kümmerte sich nicht weiter darum. Kurbrandenburgs Seefahrergelüste würden schnell und für alle Zeit unterbunden werden. Es muss ihn der Wahnsinn gepackt haben: diesen Benjamin Raule, Regent von Zeeland! Einem deutschen Fürsten dienen? Als Holländer? Und erst noch dem mausarmen Brandenburger. Die würden doch niemals etwas zuwege bringen zur See!

Jan Janszoon lachte laut auf, dass es Harm bis hinunter in der Kajüte hörte. Der Schildermann, der vor dem Kajüteneingang dösend Wache hielt, fuhr erschreckt zusammen.

Der Kapitän der *Constantia* mit einem Seeoffizier

Kapitel 16: Ein Konkurrent

Die kurfürstlich brandenburgischen Räte waren nicht sonderlich guter Laune. Sie sollten zwar ihren Herrn beraten, aber immer öfter war ihr Herr gegenteiliger Meinung. Nun gar in dieser leidigen Marinesache! Wozu brauchte Brandenburg Schiffe, wozu sollte dieser Raule, der von weiss Gott woher hereingeschneite ist, taugen? Und warum hatte der Kurfürst an diesem ominösen Geschäftemacher einen Narren gefressen? Der Kurfürst dachte nicht daran, den Schiffsvertrag, der doch nur für den Schwedenkrieg galt, mit Raule zu lösen und alle Seeabenteuer – mochten sie nun in der Ostsee oder in der Nordsee liegen – wegen ihrer Kostspieligkeit und der dauernden Reibereien mit anderen Staaten aufzugeben. Nein, dieser hergelaufene Raule lag Seiner kurfürstlichen Durchlaucht auch noch in den Ohren, einen afrikanisch-brandenburgischen Handel aufzurichten. Tausend Wunder versprach er und zehntausend Herrlichkeiten. Versprechungen, die in den Ohren des Kurfürsten verlockend klingen, weil sie ihm die ewigen finanziellen Sorgen vom Halse schaffen könnten, waren schnell gemacht! Wie man das alles aber vorfinanzieren wollte, woher man die unvorstellbar vielen Taler nehmen sollte, die zur Ausrüstung solcher Schiffe für grosse Fahrt notwendig wären, darüber müssten sich des Kurfürsten getreue Räte den Kopf zerbrechen!

Nun, man würde alles tun, was in Kräften steht, um die Marine samt Raule und dessen sündhaft abenteuerliche Pläne ein für allemal zu erledigen! Ohne viel darüber zu reden, waren sich die Ratgeber des Kurfürsten einig, die Marine und mit ihr den kurbrandenburgischen Oberschiffsdirektor Benjamin Raule leer laufen zu lassen.

*

Im Winter 1679 – während Jan und Harm miteinander haderten, glitt von Kolberg in Pommern her ein Schlitten durch die flache Mark. Der Kutscher trieb die Pferde an, dass der Schnee nur so stob. In jeder Poststation wurden die dampfenden Tiere gewechselt. Der Mann hinten im Schlitten nahm sich kaum Zeit, auf einen Imbiss auszusteigen, beachtete nicht die bittenden Blicke des frierenden Pferdelenkers. Er liess sich und dem Kutscher nur Glühwein reichen und heisse Steine unter die Füsse legen. Und schon ging in hastender Eile die Reise weiter. Ohne ihr Tempo zu verlangsamen jagten sie durch abgelegene Dörfer, in denen an diesem kalten Tag kein Mensch zu sehen war – nur die Hunde kläfften dem Geisterschlitten hinterher. Weiter geht es durch endlose Wälder, wo der schmale Weg als lichte Schneise durch die rechts und links herandrängenden Kiefern und Fichten einigermassen gut zu erkennen war, über gefrorene Flüsse und tiefverschneite Felder. Auf dem offenen Land musste der Kutscher höllisch aufpassen, im dämmerigen Licht des trüben Dezembertages verwischten die Konturen, kaum konnte man erkennen, wo der Weg entlang ging, alles war weiss und hellgrau, nur an den einzelne Bäumen, die schwarz und schemenhaft emporwuchsen, konnte man die Strasse erahnen.

Benjamin Raule, der Mann im Fond des Schlittens, Oberschiffsdirektor des Kurfürsten Friedrich Wilhelm, war nach Berlin befohlen worden. Am 31. Dezember gelangte er ins kurfürstliche Schloss und wurde sofort empfangen.

«Ich habe Euch kommen lassen, Raule, weil wir den Wunden abhelfen wollen, die der Krieg unserem Land geschlagen hat. Es ist erfreulich, dass auch Ihr Euch Gedanken macht zum Wohle Brandenburgs. Habe Eure Denkschrift vor vierzehn Tagen erhalten und mir zu Gemüte geführt, was Ihr zu sagen wisst.»

«Euer kurfürstliche Durchlaucht halten zu Gnaden», beginnt Raule, «in meinen Vorschlägen, die ich von Kolberg schickte, ist meine wohlerwogene Meinung zu dieser Sache zusammengefasst. Ich möchte das Geschriebene nur noch persönlich bekräftigen.»

Der Kurfürst nickte und nahm die Denkschrift auf, die auf dem Tisch lag. «Steht viel Vernünftiges darin, aber eines ist darunter, das mich seither nicht mehr losgelassen hat: Der Vorschlag, in der Pillau vor Königsberg eine Werft zu errichten und Schiffsbau zu betreiben.»

Friedrich Wilhelm schlug das Memorandum auf und suchte nach der Stelle, las sie nochmals langsam und aufmerksam durch, fast den Mann vergessend, der diese Gedanken zu Papier gebracht hat und der nun vor ihm sass. Der Gedanke schien nahe liegend, warum waren nur seine Räte nicht darauf gekommen? Die Preussen dort oben sind etwas widerspenstig; die Werft wird Arbeit und neue wirtschaftliche Impulse bringen. Die kurfürstlichen Wälder in Preussen werden dazu das Eichenholz liefern. Aber dann hob er plötzlich den Blick und sah seinem Oberschiffsdirektor prüfend in die Augen. Der hielt dem Blick stand, wartend und hoffend, ob seine Vorschläge angenommen werden.

Aber der Fürst hatte schon seinen Entschluss gefasst: «Geht nach Königsberg, Raule, und richtet mir dort den Seehandel auf! Aus den Bernsteingeldern wird man Euch geben, damit Ihr fürs erste Baracken und was ansonsten am notwendigsten sein mag, bauen könnt.»

Raule machte eine winzige, von Friedrich Wilhelm kaum bemerkte Bewegung des Dankes. Allerdings im Klang der Stimme konnte er seine Freude nicht verbergen. «Tausend Dank für das Vertrauen, gnädigster Herr! Und wegen der von mir vorgeschlagenen afrikanisch-brandenburgischen Kompanie, darf ich da fragen, ob . . .»

Der Kurfürst unterbrach ihn, verstohlen lächelnd: «Noch immer die gleiche Lieblingsidee? Die macht auch mir zu schaffen und ich glaube, wir sollten sie weiter pflegen, trotz der Feindschaften, die wir beide dadurch an unserem Hof mit den Ministern und Räten haben werden. Muss meinen Leuten aber in einem wahrlich beistimmen: Dass ich als rechter Landesvater, solange die Taler rar sind, erst auf den Aufschwung und das Fortkommen unserer Handwerker und aller Berufsstände im eigenen Lande zu schauen habe. Wir wollen später noch einmal darüber reden!»

«Und haben Euer kurfürstliche Durchlaucht etwas dagegen, wenn ich auf eigen Faust und Gefahr einen Handel im Afrikanischen beginne?»

«Auf eigene Faust und Gefahr?» Prüfend schaute der Kurfürst auf den Mann. «Das kostet unermesslich viel Geld!»

«Ja, Euer Gnaden. Aber ich habe gute Freunde, die mitmachen wollen, sobald mir Euer kurfürstlichen Durchlaucht Flagge sicher ist – und natürlich einige Soldaten.»

Der Kurfürst wusste: alle Seefahrer müssen unter der Fahne eines rechtmässigen Herrschers segeln; das hiess, sie brauchten einen Schutzherrn – wollten sie nicht als rechtlose Piraten gelten, die jedes Kriegsschiff angreifen konnte. Sein Blick ruhte noch immer auf dem Gesicht des Seeländers. Die Zähigkeit des Mannes gefiel ihm. Immer wieder in den letzten drei Jahren, seit seine Schiffe für Brandenburg in der Ost- und Nordsee kreuzten, kam Raule mit dem

Vorschlag, ein paar Fregatten nach Afrika zu senden, um wie die Holländer einen Handel aufzurichten, der Brandenburg zur Seemacht werden liesse und darüber hinaus guten Gewinn in das kriegsverarmte Land brächte. Brandenburgische Schiffe sollten die Kostbarkeiten fremder Erde nach Hause bringen, auf dass sie von brandenburgischen Kaufleuten in ganz Europa verhandelt würden. Reich und mächtig wie Holland könnte und müsste Brandenburg werden. Brandenburg war ein armes Land, das sich keiner Bodenschätze rühmen kann, nur endlose Wälder, flache, fischarme Seen und sandige Äcker. So war der Plan Raules schon sehr verlockend, und fürwahr, es war ein Erfolg versprechender Plan – hätte man das nötige Geld, um ihn zu beginnen. Aber nach 30-jährigen Kriegswirren, Seuchen und Nöten gab es im Land so unermesslich viel zu tun.

«Nur die Flagge und etwelche Soldaten!» wiederholt Raule, und es liegt ein werbendes Drängen in seiner Stimme.

«Nur das?» fragte Friedrich Wilhelm wägend. «Nur das?» Er sah zum hohen Fenster hinaus. Eine Weile hing sein Blick dort draussen. Ein paar kahle Bäume standen vor dem Fenster. Dürres, winterstarres Holz, ein wenig Eis und Schnee, sonst nichts. Was konnte der Fürst daran sehen? Doch dann wandte er sich unvermittelt seinem Oberschiffsdirektor zu: «Ihr sollt die Flagge und die Soldaten haben, Raule, wenn Ihr einmal soweit und mit Euren Freunden einig seid!» In der Stimme des Fürsten schwingt etwas mit, ein Klang von Abenteuerlichkeit und Wagemut. Es schien, als wäre die Stimme des Neunundfünfzigjährigen plötzlich jung geworden, als hätte sie etwas gesprengt.

In Raules Augen zuckte es bedeutungsvoll auf: «Durchlaucht! Wenn nur die Königsberger mittun! Dann werde ich ein *Commercium* aufrichten, Brandenburg zum Ruhm und der Welt zum Staunen!»

*

Als der kurbrandenburgische Oberschiffsdirektor Benjamin Raule zwölf Tage später in Königsberg aus dem Schlitten stieg, trug er die Order seines Fürsten schriftlich bei sich, versehen mit Namenszug und Siegel, in Preussen alles zu unternehmen, was der Schifffahrt und dem Handel vorteilhaft sein könne, so dass nicht allein die Einkünfte des Staates vermehrt würden, sondern auch alle Einwohner Nutzen daraus hätten.

Die Königsberger, jäh aus ihrem Schlaf gerissen, horchten erschreckt auf. Was wollte dieser Raule? Schiffbau? Grosse, waghalsige Kaufmannschaften zur See? Das wäre zum Lachen! Hier war man froh, ein paar armseligen Wasserfahrzeuge zu haben. Gegen die Holländer kam man nicht auf. Sie waren die Herren zur See, drüben im Ozean, in der Nordsee und nicht minder auch hier in der Ostsee.

Raule stiess auf offene Ablehnung. Aber der liess sich nicht beirren; er wusste den Kurfürsten hinter seinem grossen Plan. Immer wieder lud er Honoratioren zu Gast. Er bemühte sich, den Stadträten und Handelsherren die Pläne des Kurfürsten verständlich zu machen. Aber alle seine Erklärungen stiessen gegen eine Mauer des Misstrauens und der Verständnislosigkeit. Er war für die Königsberger ein Fremder – und erst noch aus dem Westen. Sie fürchteten die Pläne des Kurfürsten, standen ihnen ablehnend gegenüber, sie fürchteten Raule und wichen ihm aus.

Das Land war arm genug. Kaum dreissig Jahre sind seit dem grossen Krieg vergangen, die Schweden waren damals brandschatzend ins Land eingefallen, und die Kaiserlichen mit ihren Generälen Tilly, Wallenstein und Mansfeld, waren nicht viel besser. Als dann endlich die grosse Kriegsnot vorbei war und man aufatmen wollte, wurde im Nordischen Krieg die Souveränität des Herzogtums Preussen erneut von den Schweden bedroht. Es gab mehr Krieg als Frieden, und Preussen wurde immer ärmer. Nur wenige Jahre später musste man mit den Niederländern gegen Frankreich und Schweden kämpfen. Wieder war der Schwede in Brandenburg eingefallen, hatte gebrandschatzt und geplündert, aber dann nahte – endlich und mit Gottes Beistand – die Rettung. Generalfeldmarschall Derfflinger hatte auf seine neu aufgebaute Artillerie vertraut und die schwedische Reiterei zusammengeschossen, das feindliche Heer des räuberischen Schwedenkönigs Karl XI. wurde in der Schlacht bei Fehrbellin von den Brandenburgern vernichtend geschlagen.

Nun, da der ersehnte Friede eingekehrt war, wollte der Kurfürst eine kostspielige Schifffahrt einrichten und Handel treiben? Handel treiben wäre schon gut, aber vorher müsste sich das Land von den Kriegsfolgen erholen, müssen die niedergebrannten Häuser wiederaufgerichtet, die brachliegenden Felder bestellt und das Gewerbe angekurbelt werden. Angesichts dieser Lasten musste man jedem neuen Ansinnen, das auf lange Sicht Geld erfordert, misstrauisch und abwartend gegenüberstehen. Verstockt und unmutig sahen die Königsberger den ersten Vorbereitungen Raules zu, der aus dem Holländischen bereits Schiffbauer, Zimmerleute und andere Arbeiter angeworben hatte. Doch niemand wagte, ihm ein ›Nein‹ entgegenzusetzen, obwohl sie es ihm am liebsten ins Gesicht gebrüllt hättten.

Im Februar 1680 wuchs der passive Widerstand plötzlich zum Sturm und zur offenen Ablehnung an. Raule hatte den Handelsherren eine Denkschrift vorgelegt, über die sie sich entscheiden sollten. Bei Carl Büring, dem Reeder, der auch im Rat sass, fanden sie sich abends zusammen, um den Inhalt der Denkschrift zu diskutieren. Laut ging die Rede durch den von Tabakrauch erfüllten Raum. Büring hatte Weissbier bringen lassen und Branntwein. Aber nicht das machte ihnen so heiss, dass sie vom Kamin abrücken mussten, sondern der Vorschlag Raules, in Königsberg nach holländischem Vorbild eine

Handelskompanie zu gründen. Zehn Fleuten von 150 bis 175 Lasten würden den Anfang bilden. Und das nötige Geld zur Anschaffung dieser Schiffe sollten zum Teil die Königsberger aufbringen.

«Niemals!» krächzte der alte Max Busse, der Tuchhändler, mit überkippend hoher Stimme. «Wir lassen unser gutes Geld nicht vertun! Solche Spekulationen mögen für Gutgläubige recht sein, aber nicht für ehrsame Kaufleute zu Königsberg!»

Carl Büring warf einen strafenden Blick auf den Alten. «Ich bin noch nicht zu Ende, Freund Busse!»

«Lest, viellieber Herr!» ermunterte ein anderer. «Wir werden schon noch zurechtkommen, uns die Galle ausfliessen zu lassen.»

Büring las die Schlusssätze, und in seiner Stimme schwang ein boshafter Ton mit, der allein schon die Gedanken Raules ad absurdum führen sollte. Dann faltete er die Denkschrift säuberlich zusammen und legte sie auf den Tisch. Wieder erhob sich ein Dutzend Stimmen. Die Männer redeten und schrien erregt durcheinander. Mehr im Eifer als aus Absicht warf einer einen Bierkrug um, das klebrige Nass rann über die Denkschrift – just, als eben Susanne, die Hausmagd, hereintrat und angestrengt durch den Tabaksqualm nach ihrem Herrn suchte. Sie wollte melden, dass der Herr Oberschiffsdirektor seine Aufwartung machen möchte.

Im gleichen Augenblick verstummte die aufgeregte Runde. Nur der alte Max Busse kreischte. «Bring' mir den Pelz, Susanne! Mir ist es nicht drum, zu bleiben, will mir nicht die Haut abziehen lassen! Mein Geld ist mir zu gut! Hab' es nicht gestohlen und lass' mich nicht kujonieren!»

«Auch ich nicht!» sagte jemand von der Tür her laut und vernehmlich. Gross und hager stand Raule im Türrahmen, den breiten Schifferhut in Händen, den Degen an der Seite. Sein Blick schweifte forschend durch den Rauch – von einem zum andern. Auf Busse blieb er haften. «Fünfundzwanzigtausend Taler von mir!» sagte er mit ruhiger Stimme.

Urplötzlich war es still. Nur einer, der sein Glas noch in der Hand hielt, setzte es jäh mit hartem Klang auf die Tischplatte. Unwillkürlich zogen die Herren ihre Köpfe ein wenig ein.

«Was? Fünfundzwanzigtausend Taler?» sagte endlich einer. Und nun reckten die Königsberger wieder langsam die Hälse.

«Das ist doch die Hälfte des gesamten Kapitals!» stellte Büring mit stockender Stimme fest. Im Augenblick waren sie ratlos und wussten nicht, was sie sagen sollen; einer blickte verlegen zum andern. War es Wahrheit oder eine List? Wollte der Holländer sie nur zum Zeichnen von Anteilen bewegen? So schnell fing man sie nicht, o nein! Sie liessen den Oberschiffsdirektor sprechen, liessen sich erklären, fragten dies und das – und Raule redete, redete, redete. Sie waren misstrauisch, aber langsam regte sich in den Königsbergern eine weitere

Empfindung: Besorgnis, vielleicht ein gutes Geschäft zu versäumen! Die Grösse der Rauleschen Pläne öffnet ihren Wünschen ein Tor. Ja, würde der Handel so gut wie in Holland florieren, dann könnte Königsberg ein zweites, nicht minder wohlhabendes Amsterdam werden.

Aber die guten Königsberger blieben noch unentschlossen. Zwar waren sie von der Wucht der Gedanken gepackt, aber sie konnten sich dennoch nicht entschliessen, ihren Teil zur Verwirklichung beizutragen. Die Vorsicht überwog. Der Herr Oberschiffsdirektor möge ihnen in Gnaden gewogen bleiben, wenn sie heute noch nicht ja sagen können. Sie müssten diese unerhört grosse Sache noch überschlafen und mit sich zu Rate gehen.

Raule kehrte an diesem Abend befriedigt und schon wieder mit neuen Plänen beschäftigt in sein Haus am Kiepenhof zurück. Er glaubte, die Schwierigkeiten überwunden zu haben. Umso grösser waren sein Befremden und seine Enttäuschung, als man ihm nach wenigen Tagen die gewundene Absage der Königsberger brachte. Die Angst ums Geld blieb grösser als der Mut zum Wagnis. Es schien unmöglich, den Königsbergern die Risiken klein zu reden.

Und doch kam Raule seinem Ziel näher. Er meldete dem Kurfürsten, dass er aus eigenen Kräften «*ein ganz particuliertes Commercium und Schiffsbau, so diesen Leuten unbekannt*» begonnen habe. In Pillau vor Königsberg wuchs eine Werft, ein neuer Kanal wurde gegraben, teils ssmissmutig bekrittelt, teils von den ehrsamen Bürgern aufrichtig bestaunt, die kaum begreifen konnten, was für Aufhebens man plötzlich mit Königsberg und seinem Vorhafen Pillau macht.

Mitten in der Arbeit traf Raule eine Direktive seines Fürsten: Er solle schleunigst in den Westen, nach Cleve, reisen, um rückständige Steuergelder einzutreiben. So gerne Raule die Arbeiten in der Pillau persönlich weitertreiben möchte, so gerne und mit tausend Hoffnungen reiste er nach Cleve. Dorthin konnte er sich aus dem nahen Holland die alten Freunde bestellen, die viel kaufmännischen Sinn hatten und genug Kapital, um einen Teil davon in seinem neuen, gewinnträchtigen Unternehmen anzulegen. Wenn er mit dem Reeder Pedy und anderen wagemutigen Leuten Angesicht zu Angesicht stünde, da müsste wohl Beelzebub selbst seine Hände im Spiel haben, wenn ein Raule es nicht zustande brächte, sie für seine Pläne zu gewinnen! Und wahrhaftig! Schon am 12. Juni 1680 hielt Friedrich Wilhelm ein Schreiben in Händen, in dem Raule mitteilte:

«Ich habe hier auch allerhand Leute bei mir gehabt, die sich mit mir wegen des Handels nach Guinea besprachen. Allein ich sehe, dass bei Eurer Churfürstlichen Durchlaucht Hof noch Leute sind, die von mir und meinen Sachen nichts hören mögen und alle erdenklichen Hindernisse beibringen; darum vergeht mir alle Courage. Diese Dinge sind Ursache, dass ich nicht den hundertsten Teil werde tun können von dem, was ich sonsten hätte können!»

Der Fürst wusste selbst nur zu gut, wie sehr sein Oberschiffsdirektor bei Hof gehasst wurde. Man missgönnte ihm seine Stellung, man missgönnte ihm seine Fähigkeiten, man suchte ihm zu schaden, wo man nur konnte, weil er sich weigerte, zu allem bedingungslos ja zu sagen, was die Räte des Fürsten beschlossen, weil er sich weigerte, das Treiben der Hofkamarilla mitzumachen.

Lange überlegte der Fürst, ob er den Brief nicht doch seinen Räten vorlegen sollte. Aber bevor er sich schlüssig wurde, vergingen drei Tage, und schon lag ein neues Schreiben Raules vor:

Nun zögerte Friedrich Wilhelm nicht mehr. Er legte beide Schreiben seinen Räten vor. Es dauerte lange, bis sie – im Hass gegen Raule ebenso einig wie in der Furcht vor der impulsiven Kraft ihres fürstlichen Herrn – feststellten, dass es Glanz und der Glorie des Kurfürsten zuträglich sein könnte, wenn zwischen Brandenburg und Afrika ein Handel eröffnet würde. Aber besagter Raule müsse es auf seinen eigenen Geldsack riskieren. Insgeheim hofften die Ratgeber des Fürsten, dass sich «besagter Raule» bei dem Unternehmen verbluten werde.

Aber dann ging es Schlag auf Schlag, sehr zum Missvergnügen des gegen Raule eingestellten Hofes, von Kammerdiener Kornmesser angefangen bis hinauf zur Kurfürstin. Selbst der alte Marschall Derfflinger, der Held von Fehrbellin und Tilsit, der auf seinem Gut Gusow haust, hatte schnell erfahren, dass Seine Kurfürstliche Durchlaucht die leidige Marinesache samt dem Eiferer Raule nicht fallenlassen wollte.

Am 13. Juli erging an General Graf von Dönhoff der kurfürstliche Befehl, dass er «auf zwei Schiffe, welche Seine Churfürstliche Gnaden nach Guinea zu schicken gedenke, zwanzig gute, gesunde Musketiere nebst zwei Unteroffizieren von den in Preussen stehenden Regimentern zu Fuss *abzucommandiren,* und selbige gehörig zu *mundiren* habe».

Inzwischen war Raule mit seiner Aufgabe in Cleve fertig geworden und fuhr mit der Schnellpost nach Königsberg zurück. Dort fand er die Handelsherren merkwürdig zugänglicher. Das Wirken des Schiffsdirektors brachte offensichtlich Verdienst ins Land. Galt bisher nur die Küstenschifffahrt als machbar, so zeigte sich doch jetzt, dass man von brandenburg-preussischen Häfen aus die ganze Welt erreichen könnte. Langsam überwanden sie ihre Befürchtungen und streiften den ängstlichen Krämergeist ab. Aber Raule ging es immer noch zu langsam! Er pendelte unablässig zwischen Pillau und Königsberg hin und her, stritt sich mit dem Steuereinnehmer, weil ihm dieser die tausend Taler aus den Bernsteingeldern nicht zahlen wollte, stritt sich mit dem Stadtkommandanten, mit dem Baumeister, kämpfte wie der leibhaftige Teufel gegen alles, was nur im Entferntesten nach Behinderung aussah. Stundenlang beredete er sich mit den Kapitänen der beiden Schiffe, die nach Guinea segeln sollen. Es waren alte Weg- und Kampfgefährten: Joris Bartelsen, der die *Wappen von Churbrandenburg* kommandierte, und Philipp Pieter Blonk, der Befehlshaber der *Morian.*

Sie wussten auch, was auf dem Spiel stand und dass sie für das Ansehen des Kurfürsten und Brandenburg-Preussens einzustehen hatten. Trotzdem gab Raule immer wieder Ratschläge und Hinweise. Er musterte das Matrosenvolk, tadelte und lobte, verdonnerte die Musketiere, die sich vor der See fürchteten, liess sie auf dem Schiff exerzieren, damit sie für den Schiffsdienst und den Kampf auf See tauglich wurden.

Benjamin Raule sah mit Stolz auf seine Schiffe, auf denen die Flagge Kurbrandenburgs von den Masten wehte: das weisse Tuch mit dem roten Adler; in der rechten Klaue ein lasurblaues Schwert mit schwarzem Stichblatt, in der linken ein goldenes Zepter. Nun war alles zum grossen Sprung vorbereitet, der Brandenburg aus der Enge eines Binnenlandes auf die Weltmeere hinausführen soll, der es zur Seemacht machen würde. Fuhren die Schiffe auch auf Raules Kosten und Gefahr, so trugen sie doch des Kurfürsten Flagge, das Zeichen souveräner Macht und Würde. Und überdies besassen sie den Schutzbrief des Herrschers von Brandenburg-Preussen, der besagte, dass die beiden Schiffe unter kurfürstlichem Patronat standen. Als am 17. September 1680 unter dem Donner der Kanonen und unter hellen Zurufen des Volkes die *Wappen von Churbrandenburg* und die *Morian* die Fahrt nach Afrika antraten, erlebte Benjamin Raule einen glücklichen Tag.

Das Leinen knallte, als die Segel im auffrischenden Wind von den Rahen rollten, Fahnen und Wimpel wehten aus, an Bord der Schiffe war hektisches Treiben zu beobachten, noch klappten nicht alle Handgriffe des Schiffsvolks reibungslos, aber Raule – während er den beiden Fregatten nachschaute – war sich sicher, dass sich das bald ändern würde; es waren gute und erfahrene Seeoffiziere an Bord. Langsam glitten die grossen Segler aus dem Hafen ins Pillauer Seetief und durch die Frische Nehrung der Ostsee entgegen, dann wurden sie – jetzt wohl schon zwei Meilen entfernt, aber noch immer gut sichtbar – vom draussen kräftiger wehenden Nordost erfasst, brassten die Segel hart an und verschwanden mit der Kursänderung nach Backbord hinter der flachen Silhouette der Nehrung in der Danziger Bucht.

*

Jetzt, da das Land ausser Sicht war, übergab Joris Bartelsen, der Kapitän der *Wappen von Churbrandenburg*, seinem ersten Steuermann die Wache und ging nach achter in die Kajüte. Aus der schweren, beschlagenen Truhe, die die Schiffspapiere enthielt, zog er ein Pergament und begann zu lesen, nicht achtend, dass ihm der Koch einen Krug Wein und Käse mit Brot hingestellt hatte. Es sind die Instruktionen, die er von seinem Herrn, dem Kurfürsten Friedrich Wilhelm, mitbekommen hatte. In barocken Formulierungen der Hofkanzlei besagten sie, dass sich die beiden Schiffe an die Küste von Guinea begeben sollten, um dort Handel zu treiben und ihr Augenmerk vornehmlich auf Gold, Elfenbein und Sklaven zu richten. Würden die Kurbrandenburger angegriffen, so sei der Gewalt mit Waffen zu begegnen, ansonsten dürften aber kein fremdes Eigentum beschädigt werden. Nach vollbrachter Handlung sollten die beiden Schiffe «*über die Nordseiten Irlands segeln und, weil die Politik in der Welt gefährlich steht, nach Königsberg laufen. Im Übrigen befehlen Wir den Capitainen allenthalben nach Schiffs- und Seegebrauch gute Sorge zu tragen und ein ordentliches Journal zu führen. Sofern in den Ländern einige rare Affen, Papageien oder andere Thiere und Vögel zu finden sind, sollen sie selbige erhandeln und mitbringen*».

Joris Bartelsen faltete das Pergament und schloss es wieder in die Truhe ein. Er war ihm selbstverständlich, die Instruktionen getreulich zu befolgen, zum Ruhm und zum Glanz des Herrschers von Brandenburg, aber auch zur Rechtfertigung für seinen Freund und Vorgesetzten Benjamin Raule.

Die See rauschte an der Bordwand des Schiffes, die Segel standen prall im Wind, und unter den Salingen flattern die Flaggen. Der rote Adler hat seinen Flug über das Weltmeer angetreten!

*

Der Septembertag war kühl und unfreundlich. Uko van Daalen, erster Bewindthaber der Vereenigden Oostindischen Compagnie zu Amsterdam, knallte im Ratszimmer des Hauses der Kompanie wütend eigenhändig die Fenster zu, nachdem er vergeblich nach dem Diener gerufen hatte. Hölle und Teufel, Pech und, Schwefel über den Brandenburger und seinen Raule!

«Haben Euer Gnaden gerufen?» Der Diener stand atemlos unter der Tür.

«Nein! Messen hab' ich lesen lassen, drei Stück auf einmal in der HeiligenGeist-Kirche, damit Er endlich zu kommen beliebe, Er Schafskopf! Schliess Er die letzten Fenster! Sollen die hochlöblichen Herren erfrieren, wenn sie jetzt zur Rathaltung kommen?» Ärgerlich rückte er sich die Halskrause zurecht. Sie hatte sich bei der ungewohnten Arbeit des Fensterschliessens verschoben. Oder war sie zu straff gebunden, beengte sie den etwas vollblütigen Herrn Uko van Daalen? Wäre kein Wunder! Es muss einem ja bei solchen Nachrichten, wie sie heute aus Königsberg kamen, das Blut zu Kopf steigen. Dieser verdammte Raule! Er soll wie ein Hund krepieren!

«Dieser verdammte Raule!» wiederholte sich eine Viertelstunde später in dem gleichen Ratszimmer vielfach der Fluch, gedacht, geknirscht und gebrüllt. «Die Fenster auf, Idiot! Sieht Er nicht, dass wir ersticken!» Der Diener, der eben wieder in den Saal getreten war, knickte zusammen und eilte von Fenster zu Fenster. In der Hast verlor er einen seiner Schnallenschuhe. Er nimmt nahm sich keine Zeit, ihn aufzuheben, und humpelte eilends weiter. Schnell sollte es gehen, damit es den hochmögenden Herren im vorhin zu kalten Raum jetzt nicht zu heiss werde. Nur kein Schlagfluss, nur keine Überhitzung! Es musste Arges geschehen sein! O Gott, es wird doch nicht ein Bankrott vor der Tür stehen? Den Diener überlief es eiskalt. Auch er besass einen Anteil an der Gesellschaft, einen einzigen, kleinwinzigen Anteil nur, aber seine ganzen Ersparnisse steckten darin. Wenn jetzt wieder die Kurse fallen, wie schon einmal – ach, es wäre nicht auszudenken!

«Scher Er sich endlich!» Wütend zischte ihn einer an. Sie wollten unter sich sein, wollten das Gespräch wieder aufnehmen und konnten es kaum erwarten, bis das letzte Fenster offen und der Diener das Ratszimmer verlassen hatte.

«Hochmögende! Der Brief des niederländischen Gesandten aus Berlin hat uns alarmiert. Seine Exzellenz Willem van Amerongen berichtete darin, dass dieser Raule beabsichtige, nach den Küsten von Angola und Guinea zu segeln, um dort zu handeln, und dass er unter Flagge und Schutz des Kurfürsten von Brandenburg zwei Fregatten dorthin zu schicken gedenke.» Van Daalen will eine Erklärung abgeben, aber die sonst so würdigen und steifen Handelsherren, die schon vorhin ausser Rand und Band geraten waren, als ihnen van Keerner den besagten Brief vorlas, wollten nichts mehr hören.

«Die Generalstaaten! Zu den Generalstaaten!»

«Das wollte ich eben sagen, meine Hochmögenden!»

«Sofort! Nur wir allein haben das Recht, an der afrikanischen Küste Handel zu treiben!»

«Die Staaten von Holland werden es bestätigen!»

«Seht nur zu, dass Friesland nicht unter den Brandenburger kommt!», bemerkte Jacobus Pars gelassen, der ruhigste von allen. Seine Rechte spielte mit einer goldenen Kette, die ihm vor der Brust hing. Er wusste, dass für die Ostindische und damit auch für ihn, einen ihrer Hauptteilnehmer, nun alles auf dem Spiel stand: Glanz, Reichtum und Macht. Aber noch war nicht aller Tage Abend! Die *Veerenigde Oostindische Compagnie* würde Mittel und Wege finden.

*

Ein Riss tat sich zwischen den bisher befreundeten Staaten Holland und Brandenburg-Preussen auf. Ein Riss, weil die Handelsherren zu Amsterdam niemand anderen teilhaben lassen wollten am Reichtum fremder Erdteile. Noch klammerten sich die Holländer an ihr vermeintliches Recht, allein Handel treiben zu dürfen. Die Generalstaaten erliessen eine Resolution gegen den Kurfürsten, in der sie drohend feststellten, es sei seit sechzig Jahren so – seit sie die Portugiesen aus Afrika und Java, das heute Batavia heisst, vertrieben hätten –, dass nur die Holländer mit Guinea Handel treiben dürften, und noch nie hätten sich der Kurfürst oder seine Vorgänger darüber beschwert.

Kurfürst Friedrich Wilhelm hatte keinen fröhlichen Tag, als ihm die Resolution überbracht wurde. Im Schloss zu Potsdam liess er sein von Gicht schmerzendes Bein mit Salben behandeln. Raule war bei ihm. Ohne den Medikus und dessen Arbeit zu beachten, besprach sich der Fürst mit seinem Oberschiffsdirektor. Die Schmerzen im Bein waren Nebensache.

«Brandenburg hat für Holland gegen die Franzosen gekämpft! Sie sind es uns schuldig, keine Hindernisse zu machen; es ist friedlicher Handel!» Für den Fürsten war es eine klare Sache, über die es nun weiter nichts mehr zu reden gab.

«Die Generalstaaten unterstützen die VOC in der Ansicht, dass Brandenburg als Binnenland keine Geltung als Seefahrtsnation habe und ergo auch keine Ambitionen zur See entwickeln dürfe.»

«Es ist klar, Raule, dass Holland jede Konkurrenz fürchten muss. Aber – au!» Der Kurfürst zuckte unter der derben Hand des Arztes zusammen, «Esel, sei er nicht so grob!» Und zu Raule gewandt, fuhr er fort: «Es gibt kein Gesetz, keine interstaatlichen Abkommen oder Verträge, die Binnenländern die Schifffahrt auf dem Meer untersagt. Ausserdem müssen wir den Pfeffersäcken in Amsterdam in Erinnerung bringen, dass Unser Preussen seit 1525 ein erbliches Herzogtum ist und Wir, Friedrich Wilhelm, Kurfürst von Brandenburg, 1660 im Frieden von Oliva die Anerkennung der Souveränität Preussens erreichten. Diese Provinz an der Danziger Bucht, von Brandenburg 80 preussische Meilen entfernt und zudem durch polnisches Gebiet führend, liegt aber am Meer! Ob es den Holländern passt oder nicht: jede Diskussion scheint müssig.»

Raule schien erleichtert. «Ich werde veranlassen», sagte er, «dass eine dergestaltete Antwort *per adressum* der Generalstaaten aufgesetzt und Eurer kurfürstlichen Gnaden zu Unterzeichnung vorgelegt werden.»

*

Die *Constantia* lag mit eingeholten Segeln auf der Reede von Elmina, der VOC-Festung in Guinea. Einen Pistolenschuss weiter hatte die *Oranien* Anker geworfen. Die See war glatt und ruhig, der Januartag erfüllt von der Glut der afrikanischen Sonne.

Unlustig lungerten auf der *Constantia* ein paar Matrosen im schmalen Schatten des Grossmastes herum. «Weiss der Teufel – ich wollt, ich wär' dort, von wo der Kasten dort herkommt!» sagt einer. Er deutet hinüber zum Fort, unter dessen hellen, kahlen Mauern seit einer Stunde ein drittes Schiff vor Anker lag. Boote lagen längsseits und man konnte geschäftiges Treiben beobachten. Fracht wurde ausgeladen; von der *Constantia* konnte man deutlich sehen, wie die Schwarzen arbeiten.

«Wär' wohl schön, jetzt im Januar im Amsterdamschen zu hocken», antwortete einer grinsend, «in der Kerkenstraat bei Gevatter Movenhaagen. Gesottenen Wein im Magen, die Beine am warmen Kamin – Hölle und Teufel, jetzt werde ich augenblicks selber sehnsüchtig drum!»

Der dritte, ein langer, dünner Kerl, mit wasserblauen Augen und einem verwilderten Bart, lachte meckernd. Jürn nennen sie ihn. «Halt deinen Blasbalg an, langes Elend!» verwies ihn der erste. Er konnte das Gewieher des Doofkopps nicht leiden.

Jürn brach ab. «Oh, in Amsterdam heult jetzt der Nordost. Der bringt auf seinem Buckel eine verdammte Kälte aus dem Polarmeer!»

«Und hier vertrocknet uns die Sonne die Eingeweide! Säss' lieber bei Movenhaagen hinter dem Kamin!»

«Oder bei deiner Katrina!» lachte wieder der zweite. Da wieherte Jürn erneut auf: «Die hat einen andern bei sich liegen, Marten! Wartet nicht auf so'n afrikanischen Höllenhund und Mohrenfänger, wie du einer bist!»

Marten hob die Faust, aber Jürn drehte sich lachend blitzschnell zur Seite und der Schlag fährt auf den harten Relingsläufer.

Es sah aus, als wollte eine Keilerei ausbrechen, doch da fierte das Boot von der *Oranien* an, geradewegs auf die *Constantia* zu. Drinnen stand, hoch aufgerichtet und den Dreispitz auf dem perückten Kopf, Kapitän Gravenboom. Er preite herüber, Kapitän Janszoon möge an Land mitkommen, die *Texel* hätte gewiss allerlei an Neuigkeiten gebracht.

Der Schildermann vor der Kapitänskajüte zog grüssend den kurzen Schiffssäbel. Jan Janszoon trat zum Landgang gerüstet auf Deck. Wäre nicht Gravenboom um ein paar Minuten früher gekommen, dann hätte Janszoon ihn abgeholt. So schritt er in hohen Stulpenstiefeln, den breiten Seemannshut auf dem Kopf und den ziselierten Degen an der Seite, über das Deck zum Fallreep, vorbei an den drei Matrosen, die ihre Balgerei abgebrochen hatten.

*

Als nach zwei Stunden das Boot der *Oranien* Kapitän Janszoon auf die *Constantia* zurückbrachte und dann das eigene Schiff ansteuern liess, stand eine dünne sanfte Wolke über den Bergen im Nordosten, die zusehends deutlicher und grösser wurde. Die Leute auf der *Constantia* drängten sich neugierig um das Fallreep; vielleicht konnten sie etwas von dem erfahren, was ihr Kapitän an Nachrichten mitbrachte. Aber als sie ihn an Bord kommen sahen, verzogen sie sich rasch und taten sehr beschäftigt. Sie wussten seinen maskenhaften

Gesichtsausdruck und das Blitzten der Augen aus Erfahrung zu deuten: Kapitein Janszoon war wütend – da ging man ihm besser aus dem Weg.

«Anker auf! Segel setzen! Auf See abwettern!» Das war ein kurzer, knapper Befehl, dann verschwand er in seine Kajüte.

Die Bootsmannspfeife schrillte, ihr Ton holte den letzten Mann auf Deck. Schneller als sonst eilten die Matrosen übers Deck, enterten auf und sprangen an die Brassen. Schnell hatte sich der Himmel verdüstert, ein Tropengewitter zog auf, mit Sturm von Nordost und Sturm im Kapitän. Der Bootsmann scheuchte die Deckleute mit den Spaken zum Gangspill, um den Anker einzuholen.

Jan Janszoon hatte wütend Hut und Säbel auf seine Koje geworfen, entledigte sich jetzt der Ausgehuniform. Der Kapitän hörte nicht, dass es klopfte. Harm, sein Bruder, trat ein. «Was ist, Jan, was gibt es Neues?» Harm hoffte auf einen Brief von Borkum, vom alten Korte, dem Pastor, der stets für die Mutter das Schriftliche erledigt, weil sie es selbst nicht vermochte.

Jan wandte sich jäh um: «Du übernimmst die erste Wache! Bleib' immer an die fünf bis sechs Meilen von der Küste und lass mir jedes Segel melden, sehe es aus, wie es will!»

«Was ist los, Jan?» Harm Jansen war voll Ahnungen. Man wird als Seemann hellhörig und spürt die kommenden Dinge manchmal schon lange im Voraus.

«Was ist geschehen, Jan?» Harm wiederholte seine Frage eindringlicher als zuvor, da ihm der Bruder keine Antwort gab. Jan schnallte den Pistolengürtel ab und warf ihn mit Heftigkeit in die Ecke. Auch jetzt schwieg er noch immer.

Draussen rasselte das Ankergeschirr, dröhnten die Rufe der Matrosen. «Holt auf! Holt vür!»

Da drehte sich Jan Janszoon jäh herum, seine Augen funkelten im Halbdämmer des Raumes. «Hast du meinen Befehl gehört oder nicht?»

Harm sah ihn betroffen an, fasste sich aber und machte schweigend kehrt. Er biss die Zähne zusammen und atmete ein paar Mal tief durch, bevor er an Deck die ersten Kommandos gab. Ein Blick über backbord zeigte ihm, dass auch die *Oranien* ihren Anker hievte. Die flatterige weisse Wolke in Nordost ist längst schwarzgrau geworden; gross und drohend kam sie näher. Wird einen höllischen Tanz geben, dachte er. Gut, dass man gleich von vornherein die Bramsegel gerefft hat und die Topps erst gar nicht setzte.

Schon nahm die *Constantia* Fahrt auf. Der erste Windstoss fuhr vom Land her in die Masten, die Leinwand blähte sich krachend. Unten im Batteriedeck schraubten sie die Stückpforten zu, es mochte noch knapp eine halbe Stunde dauern, bis das Meer richtig wild würde und schaumflockige Brecher, die «weissen Hunde», über die Schiffe herfallen werden. Noch lag die Sonne grell über dem Wasser, mit rauschender Bugwelle zog die *Constantia* der offenen See entgegen. Über Steuerbord färbten sich die Wogen schmutzig graugrün, je weiter aufs Meer, umso dunkler und drohender. Die *Constantia* begann zu geigen und zu stampfen, machte aber gute Fahrt. Der Sturm blieb länger aus, als er vermutet hatte und zog mehr der Küste entlang nach Süden.

Stunden vergingen, schon war es spät am Nachmittag. Aus der Pantry roch es nach Pökelfleisch. Immer wieder Pökelfleisch! Die *Texel* hatte schon heute morgen im Vorbeisegeln alle Hoffnung auf Abwechslung im Speisezettel zunichte gemacht, als man sie anrief und von drüben zur Antwort erhalten hatte, sie hätte lediglich Baustoff für die Vergrösserung des Forts geladen, auch Munition, Waffen und Tauschwaren für das Negervolk, aber keine Ergänzung der Lebensmittel. Im Gegenteil: auf der *Texel* hätten sie selber Not an Fleisch, Mehl und Zwieback.

Aber auch in Elmina war nichts Besseres aufzutreiben, kein Wein, kein Branntwein, nur wurmiger Zwieback und verdorbenes Fleisch. Es schien, als hätte man in Amsterdam vergessen, dass ihnen hier an der guineischen Küste das Mark in den Knochen schmolz. Oder ist die *Flandern*, die Elmina stets mit Lebensmitteln versorgte, Korsaren oder Kaperern in die Hände gefallen? Die brave *Flandern*, die sicher nicht nur Mehl und Bohnen, sondern auch guten, schönen Speck in Fässern und rheinischen Wein geladen hatte? Ist Kapitän Janszoon deshalb so wütend an Bord gekommen?

*

Harm Jansen lehnte an der Reling des Kommandostands. Der Sturm war glücklicherweise achteraus geblieben und an der Küste durchgegangen. Was die *Constantia* und die *Oranien* streifte, war ein Kinderspiel. Seit einer Stunde segelten sie mit voller Leinwand, aber das Ziel kannte vorläufig nur der Kapitein. Wohin geht die Fahrt? Sie waren auf Kurs Südwest dem Sturm ausgewichen, dann kam der Befehl, nach Nordwest zu kreuzen und *Capo tres Puntas* anzusteuern. Im Vorschiff, in den Quartieren der Matrosen, vermutet man, dass es gegen Kaperer und Schmuggler ginge. Aber Harm glaubte das nicht, ihn erfüllte die Ahnung, dass wieder fremde Schiffe angekommen seien. Die VOC wollte das nicht dulden, sie betrachtete den Landstrich an der Goldküste als ihr Handelsterritorium. Schiffe anderer Länder galten als unwillkommene Eindringlinge, die mit den Negern verbotenen Handel treiben wollten. Das kam in letzter Zeit immer wieder vor, und manchmal hatten die Ankömmlinge auch Erfolg. Erst kürzlich haben die Engländer nur wenige Meilen golfaufwärts Fort Royal zu bauen begonnen, und stark bewaffnete dänische Verbände gingen hinter Axim an der Elfenbeinküste an Land, um sich eine befestigte Niederlassung zu bauen. Beide Aktionen konnte man nicht verhindern, dafür war die Garnison in Elmina zu schwach. Harms Annahme traf tatsächlich zu. Natürlich wusste er nicht, dass Mijnheer Joop de Holthuizen, der Generaldirektor der VOC von

Elmina, die Gefahr in einem flammenden Brief nach Amsterdam berichtet und die Herren Bewindthaber um militärische Verstärkung, aber auch um dauerhafte Lebensmittel, etwa Bohnen aus Holland und Reis aus Java, vielleicht ein paar Fässchen Genever – und Mehl (wie herrlich wäre es, wieder einmal ein Stückchen frisch gebackenen Brot zu schmecken!) – angefleht hatte. Aber man wusste ja, wie lange so ein Brief unterwegs war. Bis die Antwort eintraf, vergingen meist vier bis fünf Monate, und meistens kamen nur Vertröstungen und Versprechungen zurück. Die Generalstaaten waren in Europa wieder in einen von Frankreich angezettelten Krieg verwickelt, brauchten dort jeden Soldaten und hatten kein Geld für Guinea.

Das alles wusste Harm nicht, aber für ihn war völlig klar, dass von Amsterdam kaum Hilfe zu erwarten war. Die ganze Veerenigde Oostindische Compagnie schien ihm so vergreist wie die Herren in der Admiralität an der Prinsengracht. Compagnie und Bewindthaber hatten keinen Wagemut mehr; die einst so risikofreudigen Handelsherren zu Amsterdam waren zu «Geldsäcken» geworden, die noch nie den Fuss auf eine Schnau, Fleute oder Fregatte gesetzt haben und denen doch alles gehörte, für die man Blut schwitzen, Leib und Leben hingeben sollte. Der tote Kapitein Visser fiel ihm ein, auch Gerrit Scheepers, Enno, Honke und die anderen von der *Den Helder*. Sie hatten zusammengehalten, hatten Durst, Hunger und den Tod besiegt, und das war den menschlichen Führern zu verdanken. Aber dann, in Batavia, hatten sie schnell gemerkt, dass Vissers Männer eine verschworene Gruppe geworden war, das konnten sie nicht dulden, könnte sich doch daraus eine Gefahr für ihre persönlichen Pfründe entwickeln. Seit den Tagen Roms war das *Divide et impera* ein Instrument zur Machterhaltung, und so gedachten auch die Herren in Batavia vorzugehen. Scheepers bekam trotz seiner ausgewiesenen Fähigkeiten kein Kommando als Kapitän, Fähnrich Terbrugge wurde nicht zum Leutnant befördert, diesen Rang bekam – zu seiner eigenen Überraschung – Honke Kruse, und Leutnant Henk Vanstappen schickten sie mit einem lächerlich kleinen Ruhegeld in Pension: wegen der Verletzung an seiner Hand war er für die VOC zu nichts mehr nütze, aber er würde von dem Almosen kaum seinen Lebensunterhalt bestreiten können. Schliesslich hatte man die Überlebenden der *Den Helder* einzeln auf verschiedene Schiffe verteilt. «Teufel, für nichts und wieder nichts, nur um denen die Truhen zu füllen!» Er hatte es laut vor sich hingesagt. Und er wunderte sich nicht, dass jetzt sein Bruder hinter ihm stand und ihn mit kalter, schneidend scharfer Stimme fragte:

«Welche Truhen füllst du?»

Einen Atemzug lang herrscht Schweigen. Dann aber sagte Harm verächtlich: «Die zu Amsterdam!»

«Und lassen sie dich nicht mithalten?»

«Darum geht es nicht.»

«Um was denn?»

«Es muss alles seinen Sinn und Zweck haben im Leben. Und das sehe ich nicht.»

«Die Ostindische ist gross, und du bist holländischer Steuermann. Was willst du mehr?» Harm schwieg; er wusste, Jan wollte ihn ärgern, aber er würde dem Älteren keinen Triumph gönnen. Jan fuhr mit lauerndem Ton fort: «Meinst du etwa, bei den Brandenburgischen wärst du besser aufgehoben?»

«Besser vielleicht nicht, aber mit mehr Freude und eigener Lust! Wenn sie es nur tun würden, wenn der Kurfürst den Raule . . .» «Er stockte, weil Jan Janszoon höhnisch zu lachen begann.

«Tun würden! – Tun würden! Der Halunke ist schon dabei! Der Rabe möchte ein Adler werden! Wegen solcher brandenburgischer Herrschaften sind wir auf Kreuzfahrt, mein Herr Bruder!»

Harm starre ins erregte Gesicht des Kapitäns. Nun ahnte er es – die Brandenburger sind unterwegs! Sie kommen über den Atlantik nach Süden!

«Was für Order hast du?» fragte er, seine unerwartete Freude mühsam niederhaltend.

Des Kapitäns starrte ihn düster an. «Sollten sie kommen – bevor ich sie nicht sehe, kann ich es nicht glauben, dass sie Schiffe befehligen können. Aber kommen sie wirklich, dann werden wir sie kapern oder mit den groben Geschützen so lange salutieren, bis sie abdrehen, mein Herr Bruder! Das wollte ich gesagt haben!»

«Was?» Harm schaute verblüfft. «Das ist Gewalt!»

«Gewalt? Das ist keine Gewalt, wenn Eid und Gesetz es fordern. Du wirst ja wohl noch wissen, was du zu Amsterdam geschworen hast: Holland allezeit! Erinnerst du dich?»

Der Jüngere presste die Lippen aufeinander, dass sie wie blutleer aussahen, aber dann rang er sich ein Lächeln ab. «Das erste Mal wurde ich schanghait, beim zweiten Mal dachte ich an meine Kameraden von der *Den Helder* und dass du vielleicht so souverän wärst wie Kapitein Visser.»

Jan Janszoon rüttelte ihn an der Schulter. «Verstehst du denn nicht? Es ist ihnen verboten, Handel an unseren Küsten zu treiben, sie dürfen keine Kaufmannschaften anfangen in Afrika!»

Der Widerstand des Jungen wuchs. «Wer sagt, dass die afrikanischen Küsten nur den Holländern gehören? Hier gibt es doch auch Dänen in der Nachbarschaft, Engländer und andere. Warum sollten nicht auch die Brandenburger Platz haben? Und übrigens», er knurrte deutlich, «was schert mich Holland?»

Da schlug ihn der Bruder schwer ins Gesicht

*

Die Stimmung an Bord des *Wappens von Churbrandenburg* und der *Morian* wurde mit einem Schlag gelöster und ungezwungener, als am 10. Januar 1681 vormittags Land in Sicht kam. Nicht, dass die Fahrt schlecht gewesen wäre. Es ging rund Schottland, wie es zu septemberlicher Zeit immer geht. Leidlich der eine Segeltag, unleidlich der andere. Da gab es Tage, an denen sie den Wind herbeisehnten, weil die Schiffe in der faulen Dünung dümpelten, dann wieder genügte die Sturmfock, um die Fahrt im Starkwind unter Kontrolle zu halten. Brav waren sie gesegelt, die beiden Brandenburger Fregatten. Später einmal, als eines Abends plötzlich eine steife Brise aufsprang, hatten sie einander verloren, doch anderntags glücklich wiedergefunden. In der Biskaya bedurfte es dann mehr Geschicklichkeit. Dort ging's ruppig zu wie so oft, ein tagelanger Hexentanz. Die Musketiere lagen halbtot unten im Schiffsbauch, kotzten alle Ecken und sich selber voll. Man hatte die Lukendeckel vernagelt und noch Segelleinen darüber geschalt, um das Eindringen des Spritzwassers zu verhindern. Unten, eingesperrt in ihrem eigenen Dreck, konnten sie sich der Seekrankheit nicht erwehren. Auch war ihnen schon alles gleich. Aber, als dann weiter im Süden die See glatter und seidiger wurde, als nur noch ein manierlicher Nord die Segel füllte, da krochen sie durch die wieder geöffneten Luken an Deck, gelb, hohlwangig und mit rinnenden Augen, weil sie das helle Tageslicht nicht so schnell zu ertragen vermochten. Erbarmungswürdige Gestalten, aber wieder von neuem Lebenswillen erfüllt. Das Schiffsvolk sah spöttisch auf die Landratten und überschüttete sie mit bissigem Hohn, der sich in wüstes Fluchen kehrte, als die eben noch Halbtoten gierig über die Mittagsgrütze herfielen; zum ersten Mal nach langen Tagen hatten sie wieder Hunger. Die Matrosen mussten aufpassen, dass nicht auch noch ihr Teil gefressen wurde.

So war es also leidlich gegangen bis ins Afrikanische, wo es heiss wurde. Je fauliger das Wasser schmeckte, das man in Fässern tief unten im Kielraum mitführte, umso grösser wurde der Durst. Sonnenglut und salziges Pökelfleisch taten das ihrige. Der Branntwein an Bord löschte den Durst nicht. Auf dem *Wappen* wie auf der *Morian* standen seit einer Woche die Wasserfässer unter doppeltem Verschluss. Die Kapitäne trugen die Schlüssel auf sich. Aber das allein hätte nichts geholfen, hätte man nicht Doppelposten vor die Türen gestellt, mit Enterbeil und Pistole. Wer versuchen wollte, zum Trinkwasser zu kommen, war mit der Waffe abzuwehren, nötigenfalls zu erschiessen. Es musste jeder an seiner Ration genug haben. Und die Ration war ein Schöpflöffel voll, einmal im Tag um die Mittagsstunde ausgegeben.

An der oberen Nordwestküste Afrikas wimmelte es von maurischen und anderen Korsaren und Kaperern. Die Schiffe mussten ausser Landsicht nach Süden vordringen, so sind die beiden Fregatten in weitem Bogen nach Westen in den Ozean ausgewichen. Erst nach dem fünfzehnten Breitengrad war es ratsam, wieder näher unter Land zu segeln. Das waren schwere Tage, und alles hatte sehnsüchtig über Bug und backbord ausgeschaut, ob sich am Horizont nicht endlich Land zeige. Hoch oben in den Toppen sassen die Gasten, die mit den besten Augen.

Und an besagtem 10. Januar war es dann soweit! Kapitän Bartelsen prüfte den Standort der Schiffe. Ja, er hatte gut gerechnet, die Rudergänger haben ihren Dienst gewissenhaft erledigt und die Schiffe sind gut vorangekommen. Sie segelten auf *Capo tres Puntas*, das Kap der Drei Spitzen, zu. Bartelsen kannte die Küste von früheren Fahrten her.

«Scher ab, drei Strich über Steuerbord» befahl er den Steuerleuten am Kolderstock. Er steuerte die beste Reede an, die es zwischen dem Kap der Drei Spitzen und Assena gab, und dort – das wusste er – gab es Wasser. «Um die Vesperzeit gibt es Wasser! Frischwasser!»

Die Gesichter seiner Leute glänzten ihm aus Bart und Gesicht erwartungsvoll entgegen. Sie lachten glücklich wie Kinder. Am glücklichsten die Musketiere. Waren sie doch bisher als brandenburgische Soldaten nur durch die sandige Mark gestapft oder durch Pommern, vielleicht auch ins Polnische. Da mochte es gewesen sein, wie es wollte: fester Boden war es immer und ein ganz anderes Leben als auf diesen schwimmenden Särgen.

Langsam näherten sie sich dem Land; die Segel waren schon eingeholt, nur an den Fockmastrahen sind sie noch gesetzt, die Seebrise zieht die Schiffe in flacheres Wasser. Bartelsen liess ständig die Wassertiefe loten, und am Ankergeschirr standen die Männer bereit. «25 Fuss», ruft der Bleimann, «23 Fuss – 21 Fuss . . .Leise gurgelte die kleine Bugwelle. «19 Fuss – 17 Fuss – 17 Fuss – 15 Fuss – 15 Fuss . . »

Auf Kapitän Bartelsens Handzeichen gab der Steuermann das Kommando: «Lasst fallen den Anker!» Klatschend fiel der Anker, Wasser spritzte auf, die Ankerleine rauschte aus, dann – ein Ruck, der Anker grub sich in den Grund, das Schiff drehte den Bug zur See: sie waren angekommen!

Wenig später pullten schon die Boote mit den leeren Wasserfässern an Land. Bartelsen verhandelte mit den Negern, die das Wasser hüteten und möglichst viel Vorteil aus diesem kostbaren Besitz schlagen wollten.

Gegen Abend war es geschafft. Alle Fässer waren gefüllt, und was beide Schiffe an leeren Behältern besassen, ist voll des süssen Wassers. Über Nacht ankerten sie auf der Reede. Im Morgengrauen kam Landwind auf. Bartelsen trat aus der Kajüte und schnupperte in die Luft. Eine feine Brise – hoffentlich von Dauer! Er liess: «Alle Mann an Deck!» pfeifen.

Eine halbe Stunde später segelten die *Wappen von Churbrandenburg* und die *Morian* mit gutem Wind seewärts, immer in Sichtweite des afrikanischen Landes. Blank und leer war die Küste, gelb und zerrissen. Terrassenförmig stieg das Hinterland auf, Steppenland am Ufersaum, dann Busch und im Hintergrund der dunkle, undurchdringliche Urwald. Axim musste bald in Sicht kommen, das

Kastell der Vereenigden Oostindischen Compagnie. Man würde es ansteuern und mit den Holländern die Freundschaft besiegeln, die seit langem auch zwischen Amsterdam und Brandenburg galt. Ist doch Bartelsen selbst ein Holländer, ebenso wie es die meisten seiner Matrosen sind. Aber auch die Brandenburger haben alle Ursache, sich zu freuen, denn ihr Herrscher, Kurfürst Friedrich Wilhelm, ist mit dem Prinzen von Oranien nicht nur befreundet, sondern war auch durch seine Heirat mit der leider zu früh verstorbenen Oranier-Prinzessin Louise Henriette mit dem holländischen Königshaus verschwägert. Er hatte den Holländern gegen die Franzosen geholfen, Brandenburger haben für Holland geblutet, man wird die Freundschaft auch hier in Afrika pflegen.

Doch der Wind sprang plötzlich um, frischte auf und wurde zur auflandigen Seebrise. Da gab es kein langes Überlegen, zu nahe lag die gefährliche Küste, höchstens zwei nautische Meilen.

«Alle Segel einholen! Anker nieder!» Der Anker rasselte in die Tiefe.

«Er greift», kam die Meldung. «Hat zwanzig Fuss!»

«Sechsfach Tau ausstecken!» Die *Wappen* sollte nachgiebig liegen, sollte Spielraum haben, falls die See schwerer wird. Bartelsen sah zur *Morian* hinüber, der ebenfalls vor Anker ging.

So, da lag man nun und musste auf Landwind warten. «Neger achteraus!» schallte ein Ruf über Deck. Drei schmale Boote ruderten näher, besetzt mit Schwarzen. Einer der Unteroffiziere gab Befehl, die Waffen zu holen, die Musketiere springen davon.

Bartelsen lachte: «Lasst die Musketen unten!» Hier, so nahe dem Gebiet der Holländisch-Oostindischen Kompanie, sind die Schwarzen nicht feindlich. Gewiss wollen sie nur Besuch machen, Geschenke ergattern, vielleicht auch Stoff oder Schiesspulver einhandeln.

Die Boote legten sich längsseits. Bartelsen liess zwei der Afrikaner an Bord und radebrechte mit ihnen. Sie wollten Branntwein, ein Fässchen des herrlichen Feuerwassers! Sie würden frische Früchte dafür geben und ein Beutelchen Goldstaub.

Bartelsen überlegte nicht lange. In holländischem Gebiet ist fremden Nationen jeder Handel verboten. Ihre Schiffe standen zwar verdammt nahe an der Grenze, aber immerhin noch ausserhalb. Hier konnte man handeln, soviel man mochte, ohne die Rechte der VOC zu stören. Er liess den beglückt lächelnden Negern das Fässlein Branntwein geben.

Blutrot sank die Sonne in den Ozean, wie flüssiges Feuer leuchtete es rot auf dem zittrigen Wasser. Die Bootsmannspfeife rief das Schiffsvolk zum Gebet, wie jeden Abend. Schwül lag die Luft über der Küste, warm wehte der Wind, er brachte kaum Abkühlung. Das frisch gefasste Wasser schmeckte schon wieder fade und quallig. Sie schüttetn ein wenig Essig dazu, um es schmackhafter zu machen. Dann legten sich alle, bis auf die Wachtposten, auf den harten Planken zur Ruhe. Auf Deck war es angenehmer als unten in dem dumpfen, hölzernen Schiffsbauch. Die See lag ruhig und wie tot. Kaum, dass das Fanal, die mit gelber Flamme achtern brennende Hecklaterne, leise schaukelte, und auch die Laterne im Grossmast schwankt nur um ein Geringes mehr. Man erkannte die schwachen Bewegungen der Laternen an den langen Schattenfingern der Masten und Rahen, sie wanderten über Deck, ein wenig nach steuerbord und dann, langsam und faul, zurück nach backbord. Sie huschten über bärtige Gesichter, über manchen im Schlaf röchelnden Mund, über das Takelwerk und die Wachtposten, die, das Gewehr im Arm, auf Deck stehen und hinstarren über die unbewegten Wasser. Dort drüben der dunkle Streifen, das war Land, afrikanisches Land. Was würde es für sie bereithalten?

*

Spät abends gehen die *Constantia* und die *Oranien* eine Meile von der Küste vor Anker. Teils weil der faule Wind den Schiffen kaum Fahrt bringt, teils um den Matrosen Ruhe zu gönnen. Es gilt ja nicht, irgendein Ziel anzulaufen, sondern lediglich ein paar Tage in diesem Gewässer zu kreuzen, um die von der *Texel* gemeldeten brandenburgischen Schiffe vom Handel an dieser Küste abzuhalten.

Vom Land her kam ein Eingeborenenboot herüber und legte bei der *Constantia* an. Ein Schwarzer kletterte an Bord und verlangte nach dem Kapitän. Das Schiffsvolk kannte den Neger. Er war der Unterhäuptling zu Assena. Der Schwarze wird wohl eine Botschaft seines Königs überbringen. Die Ruderer im Boot waren ziemlich erschöpft. Jan Janszoon ging mit dem Neger mit in seine Kajüte und rief nach dem Koch, er solle Branntwein bringen.

Aber bevor noch das Feuerwasser gebracht war, hat Jan Janszoon aus dem Mund des Unterhäuptlings vernommen, vor Assena lägen zwei Schiffe mit Flaggen, die noch keiner gesehen habe.

Der Kapitän sprang auf. «Wir haben sie!» brüllte er. Er schenkte dem erschrockenen Unterhäuptling ein Glas Branntwein ein, packte ihn aber, während der Schwarze trank, an der Schulter und schüttelte ihn. «Wir haben sie!» Janszoons harte Faust schüttelte den Neger so heftig, dass gut die Hälfte des schönen Feuerwassers auf den Kajütenboden schwabberte. Traurig blickte der Schwarze auf den nassen Fleck.

Jan Janszoon scherte sich nicht darum. Er rief nach dem Schildermann.

Der Wachtposten vor der Kajüte springt herbei. «Kapitein?»

«Prei Er zur *Oranien*: Kapitein Gravenboom soll kommen!»

Die Sanduhr musste nur einmal gedreht werden, bis der Kapitän der *Oranien* übers Fallreep an Bord kletterte.

«Gott verdamm ganz Afrika!» knurrte Gravenboom in seinen verwilderten Bart hinein, als er die *Constantia* betrat. «Was für Einfälle habt Ihr? Einen Hund lässt man beim Fressen in Ruh, aber der ehrenwerte Baas der wackeren *Oranien* muss Knall und Fall von seinem Abendhumpen abdrehen und die *Constantia* ansteuern.»

«Die Brandenburger liegen vor Assena!» antwortete Jan Janszoon finster. «Haben einen Anker Branntwein verhandelt!»

«Hol's der Teufel – sind doch Freunde, die Brandenburger und die Holländer! Und deswegen habt Ihr mich herübergelotst?» Gravenboom lachte dröhnend. «Und übrigens: Der Wind gibt kaum eine Meile in der Stunde bei allen Segeln.»

«Das sind in zehn Stunden zehn Meilen! Glaubst du etwa, die Raulesche Brut wird das Doppelte heraussegeln? Die können auch nicht zaubern. Wir werden sie abfangen – alle beide!»

«Pest und Cholera!» fluchte der alte Kapitän. «Ich denke, es ist noch immer Freundschaft zwischen denen von Brandenburg und den unsrigen!»

Jan Janszoon antwortete kalten Blickes: «Freunde Hollands? Ja, vielleicht! Aber nicht Freunde der Veerenigden Oostindischen Compagnie! Das will ein Unterschied sein! Holland allezeit! He, Schildermann!» Er schlug mit dem leeren Krug heftig auf die Tischplatte. «Der Bootsmann soll das Volk an Deck pfeifen. Anker hieven!» Sie traten aus der Kajüte. Kapitän Gravenboom und der Schwarze gingen von Bord. Jan Janszoon wartete, bis sie in den Booten waren, dann wendete er sich herrisch an seinen Bruder: «Du übernimmst die erste Wache! Mit allen Segeln Kurs auf Assena!»

Harm Jansen gab keine Antwort; er sah den Kapitän nur kurz an und ging dann auf seinen Posten.

Elmina (zeitgenössische Zeichnung, zirka 1680)

Kapitel 17: Flucht aus Elmina

Kapitän Joris Bartelsen hatte im ersten Licht des Januarmorgens die wenigen Ereignisse des gestrigen Tages in das Schiffstagebuch eingetragen und einen Strich daruntergezogen. Nun schrieb er, so gut es mit seinen schweren Seemannshänden gelingen wollte, das Datum darunter: «12. Januar 1681.» Bartelsen machte sich keine Gedanken, was der Tag bringen würde. Ein wenig Fahrt nach Südost. Wenn der Wind gut wird, dann kann man vielleicht noch heute an einen Küstenplatz kommen, der nicht den Holländern gehört. Dort wird es möglich sein, mit den Schwarzen freizügig zu handeln. Die holländischen Rechte sollen aber gewissenhaft beachtet werden. Bartelsen klappte das Buch zu. Da ertönte von der Grossmastmarsrahe der Ruf: «Schiff in Sicht!»

Der Schildermann beim Achterkastell gab den Ruf in die Kajüte weiter. Bartelsen stand gemächlich auf und ging aufs Deck hinaus. Sein Blick wanderte über das Meer. Ein leichter Dunststreif zog langsam vom Land her gegen die See. Das gemeldete Schiff war von Deck aus noch nicht zu sehen, bis dahin würde es wohl noch eine Viertelstunde dauern. Aber da kam ein neuer Ruf vom Ausguck: «Zweites Schiff auf gleichem Kurs!»

«Wo sind sie?» fragte Bartelsen.

«Südost zu Ost»

Bartelsen enterte in die Webeleinen, zieht sein Teleskopfernrohr aus dem Wams und suchte in der genannten Richtung den Horizont ab. Zwei grosse Segler, ihre Klassen waren noch nicht zu erkennen, kaum sah man die Mastspitzen über der Kimm. Wird sich wohl um Fleuten handeln, vielleicht auch um diese neuen holländischen Fregatten, in jedem Fall näherten sich dort zweimastige Segler, mit zwei Decks, schnell und gut bewaffnet. Zweifellos Holländer! Man ist in Afrika und kann nie wissen! Bartelsen wird die Kanoniere an die Geschütze rufen, Pulver auf die Pfannen geben und die Musketen laden lassen.

*

Auf der *Constantia* und der *Oranien* hatte man die beiden Brandenburger fast zur gleichen Zeit bemerkt. In aller Ruhe bereiteten sich die Holländer auf einen Kampf vor. Es würde bei der fast vollkommenen Flaute noch Stunden dauern, bis man einander nahe genug gekommen war. Jan Janszoon ging davon aus, dass die Brandenburger sie ahnungslos herankommen lassen würden.

Harm aber ging rastlos auf dem Achterkastell auf und ab, von seinem Bruder verstohlen beobachtet. «Willst du angreifen?» wandte er sich plötzlich an Jan.

«Wenn es zu vermeiden geht, werde ich froh sein. Aber ich weiss die Gesetze und meinen Eid zu achten!» erwiderte Jan frostig. «Abwarten, wie es sich entwickelt!»

«Es sind Deutsche drüben!» sagte der Junge gepresst. «Deutsche, wie du.»

«Deutsche – Deutsche! Was ist das? Ich bin von Friesland! Unser Blut steht den Holländern näher!» Er liebte solche Auseinandersetzungen nicht. Was will der Bruder? Jan hatte davon gehört. Die neue Idee von der Gemeinsamkeit deutschsprechender Stämme fand im Brandenburg des Kurfürsten Friedrich Wilhelm, den sie *den Grossen* nennen, besonderen Anklang. Abstammung, Wohngebiet, Sprache, Religion, Welt- und Gesellschaftsvorstellungen, Rechts- und Staatsordnung, Kultur und Geschichte sollten die gemeinsamen Klammern sein. Aber was ist das: *Deutschland?* Das Reich des deutschen Kaisers ist in viele Besitztümer von Königen, Fürsten, Grafen und Baronien zersplittert, die Mentalitäten der Völker, der Preussen und Bayern, der Württemberger und Sachsen, der Pfälzer und Badenser sind zu verschieden. Die Kurfürsten von Brandenburg und Bayern, von Sachsen und der Pfalz folgten bisher alle ihrem politischen Vorteil; sie werden nie und nimmer zu einer staatlichen Gemeinsamkeit finden. Ihre geistlichen Kollegen, die Kurerzbischöfe von Köln, Mainz und Trier, lavieren auch zwischen dem deutschen Kaiser, der mit der Abwehr der Türken beschäftigt ist, und dem französischen König, der die Türken heimlich unterstützt, hin und her. Nein, an eine politische Gemeinschaft der Deutschen glaubte Jan Janszoon nicht. Die Kurfürsten durften den Kaiser wählen – und damit hat sich alle Gemeinsamkeit

Die Niederlande, ja das ist eine historisch geformte Willensgemeinschaft, in der die Einheit eines Staatswesens vortritt. Seine Eigenständigkeit ist hart erkämpft worden. Vor hundertzwanzig Jahren, als Holland noch habsburgisch war, hat sich der Widerstand gegen die katholisch-bigotte Herrschaft Philipps II. formiert und nach der Hinnerktung des Grafen Egmond durch den Herzog von Alba 1568 zum Freiheitskampf ausgeweitet. An seiner Spitze stand Wilhelm I. von Oranien, der sich auf die Geusen – Freiheitskämpfer und gefürchtete Seeräuber – stützte. 1576 schlossen sich die gesamten Niederlande in der Genter Pazifikation zu einem Friedens- und Freundschaftsbund zusammen. Die spanische Politik hatte jedoch eine Radikalisierung der Protestanten in den Provinzen Holland und Seeland zur Folge und führte zu einer Polarisierung der Konfessionen; 1579 wendeten sich die südlichen Provinzen unter dem Einfluss des neuen Statthalters Alexander von Parma wieder dem spanischen König zu, während die nördlichen Provinzen als *Union von Utrecht* den Kampf weiterführten. Sie sagten sich 1581 ganz von den Habsburgern los und gründeten 1587 die Republik der Vereinigten Niederlande, auch *Generalstaaten* genannt.

Deutschland dagegen war ein Flickenteppich vieler Herrschaftsbereiche, ausserdem stand ein Fürst gegen den andern. Die Grenze zwischen Ost- oder

Westfriesen scheint Jan Jansen willkürlich gezogen, die Sprache der Holländer ist ihm jedenfalls näher als die, welche man zu Berlin oder München redet. Von einem deutschen Kaiserreich zu träumen, das die Holländer in die Schranken weisen könnte, wird wohl Zeitverschwendung sein.

«Weisses Tuch mit rotem Adler!» rief der Ausguck aus dem Mars. «Brandenburger sind s!» Der Mann oben hat die Flagge nun endgültig ausmachen können. Von den Toppen der *Constantia* und *Oranien* wehte die Kompanieflagge. Jan Janszoon schätzte die Entfernung der Brandenburger zum Land. Es gab keine Zweifel, sie lagen hart an der Demarkationsgrenze, aber doch eher ausserhalb als innerhalb. Man wird sie kaum angreifen können.

Stunden später waren sich die vier Schiffe auf Rufweite nahegekommen. Pieter Blonk von der *Morian* hatte drüben die Flaggen der Oostindischen erkannt. Holländer also und somit gute Freunde! Auf beiden brandenburgischen Schiffen blieb man sorglos, räumte das Pulver von den Geschützpfannen und löschte die Lunten. Von der *Constantia* und der *Oranien* grüsste man höflich herüber, von den Brandenburgern ebenso höflich zurück. Die brandenburgischen Matrosen und Soldaten waren froh, wieder einmal neue Gesichter in Sichtweite zu haben. Die *Constantia* legte sich backbords vor die *Wappen von Churbrandenburg*, die *Oranien* kam steuerbords auf, so dass die *Wappen* in der Mitte ankerte. Die Morian lag einige Kabellängen seitab.

Jan Janszoon liess die *Wappen* anrufen; der Kapitän möge ihm die Ehre seines Besuchs geben. Joris Bartelsen bemerkte in der Freude, Landsleute zu treffen, nicht, dass die Ankertrossen der Holländer senkrecht nach unten standen; dort hatte man die Anker sich nicht in den Grund graben lassen, sondern nur auf den Meeresboden gelegt, um sie schnell hieven zu können. Er sagte bedenkenlos zu und liess sich auf die *Constantia* hinüber rudern. Sein Erster Steuermann, der die Schiffspapiere mit sich trug, war bei ihm, um sie den Holländern vorzulegen. Sie waren hier die Herren, und man ist ihnen Respekt schuldig. Es sollte alles nach Recht und Brauch geschehen.

*

In den Hofkreisen und bei den Diplomaten griff die heimliche Feindschaft gegen Raule – trotz seiner Erfolge, oder gerade deshalb – immer weiter um sich. Sie schwelte im Stillen, denn der Hof kannte seinen Einfluss und hatte Furcht vor dem Mann, der unbeirrt und entschlossen seine Pläne verfolgte. Umso gefährlicher sind verborgener Widerwille und Vorurteil. Benjamin Raule spürte, wie die Räte des Kurfürsten von neuem am Werk waren, seine Pläne zu durchkreuzen und zu verschleppen. Das Erinnerungsschreiben vom Dezember 1681 war wegen starker Bedenken der Räte unter den Tisch gefallen und ein zweiter Plan, den er am Neujahrstag 1682 dem Kurfürsten übergab, erlitt dasselbe

Schicksal. Die Höflinge lagen Friedrich Wilhelm im Ohr, dass die Türken wider die Christenheit rüsteten und dass der Kurfürst dem Kaiser einige gut ausgerüstete Regimenter wird zu Hilfe schicken müsse, jedenfalls will Kaiser Leopold I. – wie man aus gut unterrichteter Quelle in Wien wisse – demnächst mit einer derartigen Forderung bei den deutschen Fürsten vorstellig werden. Brandenburg war arm! Wie man Sold und Ausrüstung der Soldaten bezahlen und schliesslich auch fouragieren wolle, wenn man alles Geld jetzt in die unsichere Seefahrt stecke, das mag der Himmel wissen.

Aber Raule gab nicht nach. Noch einmal versuchte er, die Mauer des Widerstands zu durchbrechen. Am 12. Februar 1682 rief er in einer privaten Audienz den Kurfürsten leidenschaftlich an, dieser möge baldigst erklären, ob die Kaufmanns- und Handelsbemühungen unter seinem Schutz fortgesetzt oder ob sie aufgegeben werden sollten.

Mit gerunzelter Stirn hatte der Kurfürst zugehört. Es ist ein Entweder-Oder, das Raule ihm vorlegte, ein Ultimatum! Ärger wallte in ihm auf. Was fiel dem Kerl ein? Seinem Fürsten sollte man doch mehr Respekt entgegenbringen! Er hatte eine harte Antwort auf den Lippen. Aber wie er den wartenden und drangvoll forschenden Blick seines Generals der Marine bemerkte, schob er den Unwillen beiseite.

Nein, dem durfte er keine scharfe Antwort geben, keine Zurechtweisung. Das war einer, der die Dinge beim Namen nennt, wie sie sind. Der war keine Kreatur, kein Lakai! Er entliess ihn mit dem Auftrag, noch einmal alles aufzuzeichnen und möglichst bald einen endgültigen Vorschlag einzureichen, wie die afrikanische Kompanie eingerichtet werden sollte. Und dieses dritte Memorial möge Raule persönlich dem Kurfürsten überbringen.

Raule ging wie immer mit Eifer und Gründlichkeit an die Arbeit. Und nur zwei Tage später erhielt der Kurfürst den neuen Plan. Obwohl Friedrich Wilhelm krank zu Bett lag – die Gicht machte ihm wieder stark zu schaffen –, liess er Kerzen bringen und beginnt zu lesen. Ungeachtet der Schmerzen setzte er sich auf seinem Lager hoch und las mit grossem Interesse. Raules Vorschläge über die zu errichtende Afrikanisch-Brandenburgische Kompanie waren wahrlich fesselnd genug. Punkt für Punkt ging der Kurfürst die lange Denkschrift durch. Vor allem beachtenswert erschien ihm der Vorschlag, an einem mit den afrikanischen Fürsten zu vereinbarenden Platz eine Festung zu bauen und im Gegenzug für die Schwarzen eine brandenburgische Schutzmacht zu aufzubauen.

«Die Fregatten *Churprinz* und *Morian* könnten im Mai oder Juni auslaufen nach Guinea zu den drei Mohrenhäuptlingen, mit denen Kapitän Blonk bereits Kontakt hatte», schlug Raule vor. Zur Ausrüstung und Sendung dieser zwei Schiffe würde eine Summe von 44 000 Talern erforderlich sein. Der

Generaldirektor will selbst einen beträchtlichen Teil seines, Vermögens wagen, wenn auch der Kurfürst eine entsprechende Summe zeichnete.

Friedrich Wilhelm sah von den Papieren auf. «Auf solche Weise muss es gelingen oder man muss nicht mehr daran denken und den Holländern den Handel allein überlassen.» Er Griff zur Glocke auf dem Tisch und schüttelte sie heftig. Der Kammerdiener erschien. «Meinders und Grumbkow sollen kommen!»

Der Diener verbeugte sich tief und erschrocken: «Kurfürstliche Durchlaucht, der Herr Leibmedikus hat . . .» Er kam nicht zu Ende. Jähzornig und den Widerstand gegen die afrikanischen Pläne witternd, warf der Kurfürst ein Kristallglas, das auf dem Tische neben dem Bett steht, nach dem Enteilenden. Der zögerte nun nicht mehr, die Räte zu holen. Diesmal blieb ihr Bemühen, die leidige Sache hinauszuschieben, vergebens. Friedrich Wilhelm liess sich durch nichts mehr von seinen Plänen abbringen. Am 7. März 1682 wird das *Compagnie-Patent* gedruckt und verlautbart:

Edikt! Wir Friedrich Wilhelm, von Gottes Gnaden Kurfürst und Markgraf zu Brandenburg, entbieten hiermit an alle und jede, denen dies vorkommen möchte, nach Standesgebühr Unseren Gruss und lassen dieselben wissen: Demnach Wir gerechtfertigt bedacht haben, wie dass der höchste Gott einige Unserer Landen mit wohlgelegenen Seehäfen benefiziert, und dann erwogen haben, unter anderen Mitteln, so Wir zur Verbesserung der Schifffahrt und des Commerzii, worin das beste Fortkommen eines Landes besteht, einzuführen bedachten, vermittelst Göttlicher Hilfe und Segens eine in Africa an der guineischen Küste handelnde Compagnie aufzurichten und zu stabilieren, welche unter Unserer Flagge, Autorität und Schutz und mit Unseren See-Pässen versehen, den Handel an freie Orte daselbst treiben sollen und mögen: Dass Wir sodann besagte Compagnie folgendermassen privilegieren und kraft landesherrlicher Machtvollkommenheit octrojieren wollen!»

In zehn Punkten wurde anschliessend gesagt, was zu sagen war. Jedermann stand es frei, sich mit beliebigem Kapital, doch nicht unter 200 Reichstalern, zu beteiligen.

Die Berliner staunten die Maueranschläge an und schlichen scheu an der Rauleschen Villa vorüber, in der das Marinekollegium untergebracht war. Was alles wird aus diesem Haus noch kommen, von dem Mann, der, ohne Brandenburger zu sein, rastlos für Brandenburg tätig ist?

Fünfzigtausend Taler werden für die Kompanie notwendig, ausser den 44 000 Talern, die schon für die Wappen *von Churbrandenburg* und die *Morian* veranschlagt worden waren. Aber die Beteiligungen wurden nur zögernd gezeichnet und das notwendige Geld kam nur langsam herein. Das kurfürstliche Edikt stiess nicht gerade auf Gegenliebe. Der Kurfürst selbst hatte 8000 Taler gezeichnet, der Kurprinz unter dem väterlichen Zwang 2000, Raules Freund

Jean Pedy, 4000 Taler, Geheimrat Fuchs und der Gesandte von Diest je 2000 Taler, Rat Meinders, Herr von Grumbkow, Herr von Micrander und Herr von Brubeck je 1000 Taler. Sogar der alte, über das guineische Abenteuer stark erboste Feldmarschall Derfflinger opferte unter dem kurfürstlichen Druck 1000 Taler. Verlorenes Geld! dachte er wütend und wünschte Raule mit einem langen Fluch zu allen Teufeln. Der Geheime Rat von Schmettau erlegte bar 4000 Taler. Seinem Beispiel folgend und auf besondere nochmalige Einladung des Fürsten zeichneten der Prinz von Anhalt 2000 Taler, Generalleutnant Freiherr von Spaen, Herr von Camphausen, der Geheime Kämmerer Engelmann und die Herren Schadow, Tottleben und von Harrach je 1000 Taler. Raule selbst wollte 6000 Taler beisteuern.

Da aber taten sich neue Hindernisse auf, die sowohl ihn wie auch den Schutzherrn des Projektes tief erbitterten: Mehrere Zeichner weigerten sich unter allerlei fadenscheinigen Ausflüchten Zahlung zu leisten. Sollte das Vorhaben nicht im letzten Augenblick scheitern, musste Raule Geld zuschiessen. Bare 24 000 Taler legte er aus eigener Tasche drauf. Als Generalleutnant von Spaen und der Gesandte von Diest noch weiter im Rückstand blieben, liess ihnen der Kurfürst ein persönliches Schreiben zukommen:

«Wir haben vernommen, was Euch Schwierigkeiten macht, Eurem Versprechen Genüge zu leisten. Wenn man aber feste Zusage gemacht, das Werk auch darauf angefangen und Wir und andere bereits Unsere Quote erlegt haben, so befehlen Wir Euch hiermit in Gnaden, zu rechter Zeit zu zahlen oder gewärtig zu sein, dass Ihr in die verursachten Schäden, Interessen und Kosten verurteilet werdet.»

«Getroffen!» maulte Generalleutnant von Spaen zähneknirschend, «das war ein Zwanzigpfünder meines gnädigen Herrn! Geld ins Wasser werfen auf seinen Befehl! Als ob man da erst nach Afrika fahren müsse, man könnte es ebenso gut gleich in die Spree schmeissen! Und den Raule dazu, mit einem Mühlenstein um den Hals!» Aber er zahlte dennoch die tausend Taler.

*

Es ging alles so schnell. Die *Constantia* legte sich gerade vor die *Wappen*. Auf der *Morian* sah Pieter Blonk, wie Bartelsen ins Boot stieg und wollte sich selbst schon hinüberrudern lassen, als sein Bootsmann aufgeregt über die Reling zeigte. «Dort, seht Ihr, Käpten?»

Am Spiegel des Achterkastells der *Constantia*, an der Galerie, brannte am hellichten Tag das grosse Fanal. Die Laterne hing so tief unter der Kampanje, dass sie vom Deck des Holländers nicht gesehen werden konnte. Ein junger Mann stand in der Galerie neben dem Fanal und winkte in aller Hast mit einem roten Tuch.

«Was soll das, Bootsmann?»

Der sah misstrauisch zu den holländischen Schiffen hinüber. «Käpten, da will einiges nicht geraten, da stimmt was nicht! Ich kenne das Zeichen, ich habe auf hamburgischen Fleuten in Heuer gestanden. Dort ist es ein Signal zu besonderer Vorsicht. Man will uns warnen! Das muss einer sein, der schon zu Hamburg gefahren ist!»

Pieter Blonk pfiff leise durch die Zähne und überlegte nicht lange. «Hievt die Anker, und Segel setzen!» war seine Antwort. Jetzt ist Vorsicht geraten!

*

An Bord der *Constantia* wurden die beiden Männer in Ehren empfangen. Auf dem Achterkastell wartete Kapitän Jan Janszoon auf die Ankömmlinge. Er hatte seine Staatsuniform angezogen, die Pistolen steckten im Gürtel, der Säbel hing an einem breitem, quer über Schulter und Brust laufenden Lederhalfter. Er würde die Brandenburger festsetzen, aber auch würdevoll empfangen, denn er wusste, was sich geziemt. Schon stiegen die Gäste die steile Treppe zu ihm herauf, Bartelsen wollte gerade ein höfliches Wort der Begrüssung sagen, als unversehens einen Blick auf die querab verankerte kurfürstliche *Morian* fiel. Dort sah man hektisches Getriebe, hastig war die Mannschaft dabei, den Anker zu hieven und Segel zu setzen. Offenbar wollte Blonk das Schiff in Fahrt bringen und flüchten – oder angreifen. «Verdammt!», brüllte er und zeigte zur *Morian*. «Was ist das, Ihr Herren?»

Janszoon und seine Leute waren ebenso überrascht. Die *Morian* wurde hastig segelklar gemacht. Bartelsen griff nach einem Sprachrohr und rief hinüber: «Blonk! Blonk!» Aber kein Mensch schenkte ihm auf der *Morian* Beachtung, sie arbeiteten dort in wilder Hast.

Der Stückmeister springt herbei. «Soll ich schiessen lassen?»

«Nein!» schrie Bartelsen, der das alles nicht begriff.

Janszoon überlegte einen Augenblick lang, schaute Bartelsen prüfend an. «Nein!» sagte auch er. «Noch nicht! Aber alles klar für den Angriff halten! – Und schickt die Mannschaft in die Rahen!»

Dann wendete er sich seinen überrumpelten Gästen zu: «Fügt Euch im Guten! Wir sind die Stärkeren! Eure Schiffe werden aufgebracht, wir bringen sie nach Elmina zur Feststellung, ob holländische Untertanen an Bord sind. Ihr wisst, dass kein Holländer brandenburgischen Dienst nehmen darf! Seid etwa selbst Holländer?»

«Dazu habt ihr kein Recht!» sagte Bartelsen gepresst. «Wir haben den Schutzbrief unseres gnädigen Kurfürsten!» Mit jäher Bewegung wollten er und sein Steuermann versuchen, zum Boot zu springen. Aber schon stürzten sich bereitstehende Soldaten auf sie. Das Deck wimmelte im Nu von Bewaffneten.

Zugleich löste die *Constantia*, ohne dass der Kapitän dazu Befehl gegeben hätte, zwei Schüsse gegen die *Wappen*.

Bevor die Leute drüben auf dem Brandenburger begriffen, worum es geht, wurde ihnen zugeschrien, sie sollten sich ergeben. Zwei Boote voller Bewaffneter stiessen von der *Constantia* ab und pullten auf die *Wappen* zu, das unbeweglich mit angeschlagenen Segeln vor Anker lag, kein Geschütz feuerbereit hatte und ohne Führer war. Wohl fielen ein paar Musketenschüsse, Unruhe entstand und ein Rennen und Schreien hob an, aber schon enterten die Angreifer auf, überwältigten die unschlüssige Besatzung – mit dem blitzartigen Handstreich setzten sich die Holländer in den Besitz der *Wappen von Churbrandenburg* mit seiner wertvollen Ladung.

Pieter Blonk auf der *Morian* starrte zu den Holländern, kaum erkannte er, was vor sich ging, aber er entschied schnell und gab den Feuerbefehl. «Schiesst, Jungs, zielt gut und schiesst!»

Gleichzeitig hatten die *Constantia* und die *Oranien* Segel gesetzt und versuchte, die *Morian* zu fassen. Doch eine Breitseite aus sechs Geschützen schlug in holländisches Takelwerk, und dann nochmals sechs Schuss. Jetzt aber begannen die Holländer mit ihren schweren, weitreichenden Stücken zu schiessen.

Kaitän Blonk war dem Unbekannten auf der *Constantia* dankbar, der ihn gewarnt hatte. Er unterdrückte einen Fluch, denn hatte gehofft, die *Wappen* heraushauen zu können. Aber es war schon zu spät, die Holländer segeln voll auf ihn zu. Was soll er tun? Sie werden die *Morian* rammen und entern, das wäre ein ungleicher Kampf; sie würden Bartelsen und seinen Steuermann gefährden und wahrscheinlich selbst unterliegen. Nein, er muss die *Morian* mit seiner wertvollen Ladung durch Flucht retten! Die *Wappen von Churbrandenburg* war verloren – besser, ein Schiff verloren als beide, und schliesslich ist das Ganze ein offensichtlicher Rechtsbruch. Der Kurfürst und Raule werden die Wappen gewiss wieder aus den Klauen der VOC befreien! Die Morian drehte auf das offene Meer und segelte davon.

Bald blieben die *Constantia* und die *Oranien* zurück. Sie wollten sich offenbar nicht zu weit von der *Wappen* entfernen, denn die Brandenburger könnten die Entermannschaft überwältigen. So kam die Morian frei und gewann die hohe See.

*

Kapitän Jan Janszoon blieb argwöhnisch. Er hatte sich bemüht, zwischen seinem Bruder, den er mit Argwohn und Ingrimm beobachtet hatte, und den Leuten der *Wappen von Churbrandenburg* keine Verbindung aufkommen zu lassen. Auf See war das nicht schwer. Aber im Hafen von Elmina mit dem Trubel und Durcheinander, würde Harm schon eher eine Möglichkeit finden können, mit dem einen oder anderen Mann der *Wappen* zu sprechen. So war es dann auch: als man die Gefangenen in das Kastell brachte, hatte Harm wiederholt heimlich von den Plänen des deutschen Kurfürsten erfahren. Für Harm war die Kaperung eines kurfürstlichen Schiffes ein rechtswidriger Akt.

Als er mit zwei Musketieren der Festungswache Kapitän Bartelsen zum Verhör vorführen musste, gelang es ihm, kurz mit Bartelsen zu reden. Das Gefängnis war ein weitläufig erbauter Teil im nördlichen, landseitigen Mauerwerk des Forts. Vier durch vergitterte Durchgänge verbundene Höfe von ungefähr je vierzig Fuss im Geviert. Um jeden Hof herum liefen drei Galerien, eine über der anderen, und eine elend lange Steintreppe führte ins Kellergeschoss. Dort befanden sich kleine, finstere Zellengewölbe zu beiden Seiten eines ebenso langen Ganges. Hier vegetierten die zu langjähriger Kerkerhaft Verurteilten einem ungewissen Ende entgegen. Die Zellen in den Galerien der oberen Stockwerke waren nur wenig heller, aber etwas grösser, und Bartelsen war in einer Zelle der zweiten Etage untergebracht. Die Zugänge zu den Kellern und Galerien waren durch eiserne Gittertüren gesichert, die Zellentüren bestanden aus festem Tropenholz. Kleine vergitterte Fenster sieben Fuss über dem Fussboden liessen nur wenig Licht in die Zellen. Es war den Gefangenen nicht möglich, den Verkehr auf den Gängen zu beobachten. das Inventar bestand aus einer Holzpritsche mit einem verwahrlosten Strohsack und einer abgenutzten Decke sowie einem Kasten von drei mal vier Fuss im Geviert; ferner gab es eine Schüssel für den «Essen» genannten Frass und einen Kübel für die Notdurft mit hölzernem Deckel.

Harm liess sich Bartelsens Zelle im Gefängnistrakt aufschliessen und hiess die Soldaten warten. Als er eintrat, stand der Kapitän mit dem Rücken zur Zellentür mitten im schmutzstarrenden Raum und rührte sich nicht.

«Kapitän, ich muss Euch zum Verhör vorführen!» sagte Harm heiser.

Bartelsen drehte sich langsam um. «Ich protestiere!» Er sah den Jungen verächtlich an. «Unsere Schiffe befanden sich ausserhalb der niederländischen Interessensphäre. Ihr habt uns heimtückisch und ohne Recht überfallen, Holland hat damit die Integrität seines langjährigen Bundesgenossen Brandenburg verletzt!»

Harm stand etwas ratlos vor ihm; er hielt die Hände hinter dem Rücken und merkte nicht, dass er dort seine Mütze verlegen drehte. «Ja», antwortete er, «das war ein Fehler. Aber . . .» Er schluckte und wusste nichts Gescheiteres zu sagen.

Bartelsen, ein erfahrener Mann, merkte sofort, wie es um den jungen Menschen stand. «Wer seid Ihr?»

«Bin aus Ostfriesland. Nicht alle, die für Holland fahren, denken wie Holländer. Aber wir müssen irgendwo unsere Kreuzer verdienen.»

«Wollt Ihr hier weg?»

«Ich habe der VOC Treue geschworen.»

«Treue geschworen!» Bartelsen schnaubte verächtlich. «Mann, dann seid Ihr aber ein seltenes Exemplar! Habt Ihr noch nicht gemerkt, dass es die Könige, Fürsten und Regenten selber nicht so ernst mit ihrer Treuepflicht nehmen?»

Harm schüttelte langsam den Kopf. «Ich weiss nicht, was Ihr meint, Mijnheer.»

« Ich bin kein Mijnheer, sondern Kapitän Bartelsen. Und auch sonst scheint Ihr mir ziemlich naiv, junger Mann.»

«War halt immer auf See, da erfährt man nicht viel.» Harm sah den Kapitän ratlos an.

«Nun, dann will ich Euch mal nachhelfen. Was hat Hollands Verbündeter gemacht, als die Niederlande sich Englands erwehren mussten? Der grosse König Ludwigs XIV. vergass blitzschnell seinen Freundschafts- und Beistandspakt und fiel in Holland ein. Wär's gelungen, hätte er ein Huhn gefangen, das goldene Eier legt: all die reichen Städte und strategisch wichtigen Seehäfen! Das hätte den Engländern gar nicht gefallen – aber die Holländer hatten ihren Admiral de Ruyter, der die feigen Angriffe abwehren konnte. Die Holländer sind aber auch nicht besser. Brandenburg hatte sie gegen Frankreich unterstützt, aus Freundschaft, war doch unser gnädiger Kurfürst mit dem Haus Oranien verschwägert. Wir haben uns gefreut, hier auf holländische Freunde zu stossen, stattdessen haben Holländer mein Schiff wie gemeine Seeräuber gekapert und mich und meine Männer festgesetzt. Wo blieb da die Treue, wo? Und Ihr habt Skrupel wegen diesem lächerlichen Treueid. Die VOC erwartet Loyalität von Euch, ist Euch gegenüber aber nicht loyal! Das meinte ich damit, dass ich Euch für naiv erklärte. Ihr hattet doch kaum eine Wahl, wenn Ihr anständige Heuer suchtet. Aber jetzt fährt Brandenburg zur See! Ihr wollt doch hier weg!»

«Lieber heute als morgen.»

«Na also. Geht zum Kurfürsten oder zum Raule! Berichtet, was hier geschehen ist. Wir lagen ausserhalb holländischen Gebiets. Der Raule wird Euch nehmen!»

*

Die Tür zur Schreibstube, dem Vorzimmer des Generaldirektors über die Nord- und Südküste von Afrika, der in Elmina seine Residenz hat, wurde zaghaft geöffnet und ein Matrose schob sich unsicher über die Schwelle. Die Schreiber hinter ihren Stehpulten blickten nicht auf. Als sich der Mann nach einiger Zeit räusperte, wurde einer der Federfuchser aufmerksam. «Was willst du?», fragte er herablassend.

«Zum Herrn . . .»» Er schluckte vor Aufregung. «Zum Herrn Generaldirektor.»

Der Schreiber schaute den Matrosen angewidert an. «Zum Herrn Generaldirektor?» Und zu den anderen gewendet: «Der Salzbuckel will zum Herrn Generaldirektor! Warum nicht gleich zum Herrn Gouverneur?»

Gelächter von den anderen Pulten quittierte den anscheinend witzigen Satz. «Und was willst du vom Herrn Generaldirektor? Ihn vielleicht zu einer Soiree einladen?»

Wieder brandete eine Lachsalve auf; endlich ein Spass, endlich eine Abwechslung im langweiligen Schreiberdasein.

Der Matrose schaute trotzig. «Nein, ich will eine Beobachtung melden. Es geht um die aufgebrachten Brandenburger.»

«So, so, um die Brandenburger. Bist wohl von der *Oranien*?»

«Nein, von der *Constantia*.»

«Dann geh zu deinem Kapitein, der wird entscheiden, ob deine Beobachtung so wichtig ist.»

«Das kann ich nicht.»

«Und warum nicht, du Schlaukopf?»

«Weil Kapitän Janszoon der Bruder des Verräters ist.»

«Was sagtst du da? Verräter?»

«Ja.»

Der Schreiber schaute unschlüssig in die Runde. Die anderen starrten zurück. «Melde ihn an», sagt einer schliesslich. «Vielleicht ist's wirklich wichtig.»

*

In Elmina konnten sich die Holländer über die vollgeladene Prise freuen; sie fanden Mehl, Bohnen und Speck, starken mährischen Wein und vielerlei Dinge, die ihnen schon längst mangelten. Am 20. März 1681 rief der Generaldirektor die Kapitäne und seine Räte zu einer letzten Sitzung über den Fall der *Wappen von Churbrandenburg* zusammen. Es soll das Urteil gesprochen werden. Kapitän Jan Janszoon, Kapitän Gravenboom, die Offiziere sowie die Ober- und Unterkaufleute erschienen in ihren besten Uniformen.

Kurz vor Beginn der folgenschweren Sitzung, näherte sich ein Lakai dem Generaldirektor, Mijnheer Jost van Holthuizen, und flüsterte ihm etwas ins Ohr. Der sah überrascht in die Runde.

«Entschuldigt, Mijnheers, gerade erreicht mich eine dringende Nachricht, ich bin in wenigen Minuten zurück.» Eilig erhob er sich und entschwand ins Vorzimmer. Die Herren sahen sich verwundert an und fragten sich, was es wohl so Dringendes gäbe. Schon vor einer halben Stunde wurde Harm Jansen abgeführt, mit Stricken aus festem Hanf an Händen und Füssen gefesselt. Ein Detachement Festungssoldaten der VOC hatte ihn in seinem Quartier auf Anordnung von Generaldirektor Holthuizen wegen Eidbruch, Verrat und Treulosigkeit gegenüber der VOC verhaftet. «Schafft ihn auf die *Constantia»,* hatte seine Anweisung gelautet. «Sein Bruder ist dort Kapitein; der ist schliesslich auch verantwortlich dafür, was sein Bruder treibt. Aber die Verhaftung muss vorerst geheim bleiben. Auch Kapitein Janszoon muss es noch nicht erfahren; er ist bereits hier im Sitzungssaal.»

Während oben auf der Festung über das Schicksal der brandenburgischen Fleute *«Wappen von Churbrandenburg* beraten wurde, lag Harm gefangen im Kabelgatt der *Constantia»*Zum Glück konnte er die Beine anwinkeln, und die Hände waren vor seinem Bauch und nicht sehr festgebunden, so dass er sie ein wenig zu bewegen vermochte. Vom Strand her drangen Axtschläge an sein Ohr. Eine dumpfe Ahnung stieg in ihm auf, verdichtete sich, wurde zur Furcht: zimmerten sie schon an seinem Galgen? Hastig sah er sich in seinem Gefängnisloch um. Leere Tongefässe für Wein, Bündel von Flachs, das sie zum Kalfatern brauchen, und ein paar verschlissene Taue lagen herum. Harm wand sich wie ein Wurm, schob sich zu dem Zeug hinüber und stopfte den Flachs mühsam in die bauchigen Gefässe. Er band sie mit den Tauenden zusammen, rollte sie zum Bullauge, zwängte die Gefässe und sich durch das Bullauge. Das Wasser spritzte auf, wie er mit den Schwimmhilfen ins Meer eintauchte, aber an Bord rührte sich nichts; unbemerkt konnte er fliehen. Harm hielt sich im Wasser an den schwimmenden Krügen fest und schwamm, mit den gefesselten Füssen wassertretend, ans Ufer. Hier rieb er sechs Stunden lang seine Handfessel an der Kante eines Felsens, bis endlich die Hanfseile rissen.

*

Nur einer, der auch geladen war, fehlte an der Beratung: der Steuermann Harm Jansen war nicht erschienen. In jeder Sitzung hatte er gegen die Wegnahme des *Wappens* protestiert und hundert Gründe gewusst, die für eine Freigabe von Schiff und Mannschaft sprachen. Verwundert und empört hatten sie ihn angehört und mehrmals mit beissendem Spott überschüttet. Ob etwa die Garnison verhungern solle? Was hätten die Brandenburger hier zu suchen? Sie sollten daheim auf festem Land bleiben und nicht den holländischen Handel untergraben. *«Holland allezeit!»*

Schon seit Tagen hatten sich viele misstrauisch von Harm Jansen abgekehrt; auch sein Bruder sah mit Verachtung über ihn hinweg. Er ahnte, dass Harm die *Morian* gewarnt hatte. Zum Teufel, wenn es so wäre, dann ist der Junge ein Lump! Er hat auf Holland geschworen und warnte die Brandenburger? Aber Harm setzte sich weiter für die Gefangenen ein. Waren schon Schiff und Ladung dem Kurfürsten verloren, so sollte doch den Leuten nichts geschehen. Den Holländern unter ihnen drohte die Todesstrafe, weil sie entgegen dem staatlichen Erlass in fremden Diensten standen. Der Generaldirektor und seine Räte suchten krampfhaft nach einer Möglichkeit, das Problem kurz und bündig aus der Welt zu schaffen.

Drei Stunden berieten sie, wägten Für und Wider ab, bedachten auch die politischen Verwicklungen, die Holland mit dem bisher befreundeten Brandenburg riskierte. Schliesslich glaubten die Herren, eine gute Lösung gefunden zu haben und Joop de Holthuizen begründete an jenem Tag mit fester Stimme das Urteil: «Die *Wappen von Churbrandenburg* verfällt mitsamt seiner Ladung zugunsten der Vereenigden Oostindischen Compagnie, weil es von Joris Bartelsen, der ein geborener Vlissinger ist, kommandiert wurde, von dem holländischen Untertanen Benjamin Raule ausgerüstet wurde und dessen ungeachtet an Orten Kaufmannschaften getrieben hat, welche unter der Flagge der VOC stehen. Der Kapitän und seine Leute werden anstelle der verdienten Todesstrafe gnadenweise damit bestraft, dass sie von der afrikanischen Küste fortgebracht werden und nie anders als im Dienste der Holländisch-Oostindischen Kompanie zurückkehren dürfen.»

Der brandenburgische Fürst wird bei den Generalstaaten vorstellig werden und das Schiff zurückverlangen. Sollen das Parlament und die Bewindthaber in Amsterdam dann endgültig entscheiden! War auch der Verkauf des Fasses Branntwein an die Neger kein hinreichender Grund, die *Wappen*, das mit seiner Ladung einen Wert von 68 000 Talern darstellte, als gute Prise zu erklären, so gab es doch die zweite Möglichkeit, wegen der holländischen Untertanen das Schiff zu behalten.

Der Generaldirektor hatte die Verlesung des Urteils gerade beendet, als drei Kanonenschläge über das Kastell dröhnten. Sein Schreiber beugt sich zu ihm. «Die venezianische Schnau segelt ab, Mijnheer! Es ist ihr Salut.»

Der Generaldirektor und die Räte treten zu den kleinen, in die ungeheuer starken Mauern eingelassenen Fensteröffnungen und blickten auf den Hafen. Nur drei Schiffe lagen vor Anker. Die *Constantia*, die *Oranien* und die *Wappen*. Ein viertes, eine venezianische Schnau, die vor fünf Tagen von Ostindien gekommen war und in Elmina Wasser gebunkert hatte, segelte mit voller Leinwand seewärts. Eben verwehte der weissgelbe Pulverdampf ihrer Abschiedssalutschüsse. Der Venezianer segelte hart an der Kreuz, hell gischtete das Fahrwasser um den Bug und die Segel standen voll und bei.

«Der Wind ist heute früher angesprungen, als sonst!» sagt Jan Janszoon laut. «Die Schnau segelt wie der Satan! Keiner könnte sie einholen!»

Er ahnt nicht, wie notwendig das eigentlich gewesen wäre. Denn aus einem Bullauge unter Deck spähte Harm Jansen zum Fort hinüber. Er hatte Ehre und Leben aufs Spiel gesetzt und entfloh durch Desertion dem holländischen Zwang. Sein Herz weist ihm ein anderes Ziel.

*

Pieter Blonk kreuzte mit seiner *Morian* noch wochenlang an der Guineaküste, handelte ausserhalb der holländischen Küstengebiete mit den Schwarzen, verkaufte ihnen Branntwein, Stoffe, Bilder, Glasperlen, Spiegel, Gewehre und Pulver, Zuerst dachte er daran, den nächsten Holländer, der ihm in den Weg kommen würde, zu kapern, einen zweiten und dritten dazu, bis der Schaden aufgewogen sei. Er schrie den Steuermann an, als ihm dieser mit wohlgesetzten und vorsichtigen Formulierungen die kurfürstlichen Instruktionen ins Gedächtnis rief, die solches Vorgehen verboten. Aber die *Morian* kam ohnehin kein Holländer in die Quere. Die See lag wie ausgestorben, kein Segel zeigte sich. Die Tage wurden heisser und drückender, auch die Nächte brachten kaum Linderung. Weissgelb lag Tag für Tag die afrikanische Küste unter glühender Sonnenhitze, schwarzblau weit dahinter die Wälder und Steppen. Das Land schien wie tot, und dennoch lebten dort Menschen. In schnellen, schmalen Booten kamen die Schwarzen herangerudert, und in ihrem schnatternden Kauderwelsch, über das die brandenburgischen Musketiere immer wieder lachen mussten, begannen sie zu handeln. Goldstaub, Straussfedern und Elefantenzähne sammelten sich auf dem *Morian.*

Mit manchem *Cabucir,* wie sie ihre Häuptlinge nannten, hatte Pieter Blonk verhandelt. Er suchte nach einem festen Platz, wie es die kurfürstliche Weisung befahl, an günstiger Küste, der Vereenigden Oostindischen Compagnie zum Trotz. Wochenlang schien alles vergebens, nicht wegen der Scheu der Eingeborenen, sondern mehr wegen der Öde, Trostlosigkeit und der Wasserknappheit der Küste. Es fand sich keine Bucht als Reede und kein sicherer Ankerplatz. Aber am 6. Mai 1681 gelangt die Morian zwischen Axim und dem Kap der drei Spitzen an eine Stelle, die Blonk zusagt. Er hatte Glück, auch die Verhandlungen mit den Häuptlingen dauerten nur wenige Stunden. Am Abend des gleichen Tages hatte Blonk einen schriftlichen Vertrag aufgesetzt, in welchem die Schwarzen den Kurfürsten von Brandenburg als ihren Herrn anerkennen und die Errichtung eines brandenburgischen Forts erbitten, auf dass sie wider ihre Feinde geschützt wären und mit den Schiffen ihres neuen Herrn Handel treiben könnten. Sie legten einen Eid ab, dass sie Treue halten wollten, tranken *Fetisch* darauf und gaben ihr Handzeichen unter das Papier.

Noch hatte Blonk nicht alle Waren eingehandelt, aber man hatte schon zehn wohlgewachsenen jungen Sklaven für den Kurfürsten an Bord, ferner Papageien, Affen, Straussfedern, Elefantenzähne, Kokosnüsse und viele andere seltsame, in Europa noch fremde Dinge. Und dazu den Vertrag. Er ist das Wertvollste. Blonk wollte schnell heimsegeln, um möglichst bald zurückzukehren. So erteilte den Befehl, auf den die Soldaten und Matrosen so sehnsüchtig warteten: «Segel setzen! Heimwärts den Bug!» Kapitän Pieter Blonk schaute von der Kampanje über das Deck; das Schiffsvolk lachte und freute sich: nach Hause geht es, heim ins Brandenburgische!

*

Der kurfürstlich-brandenburgische Oberschiffsdirektor Benjamin Raule hatte in Preussen kaum einen Freund – ausser dem Kurfürsten. Überall stiess er auf Abneigung, von Holland spülten gar Wellen des Hasses herüber, auch von Dänemark, von London und Paris. Was Diplomatenschlauheit an Niedrigem und Gemeinem vermochte, wurde in Briefen, Denkschriften und Pamphleten verbreitet, meist am Hof zu Berlin. Raule sei ein Betrüger, der dem Kurfürsten auf der Tasche hocke und ihm durch gemeinste Mittel riesige Summen abstehle. Selbst Kurprinz Friedrich und die Gattin des Fürsten lagen ihm, mal verstohlen, mal offen in den Ohren, dem gefährlichen Abenteurer endlich den Laufpass zu geben und «die kostspielige Marine» aufzugeben. Friedrich Wilhelm überhörte die Einflüsterungen, zuweilen machte er sich auch durch Grobheiten Luft.

Es half auch nichts, dass Freiherr van Amerongen, der holländische Gesandte, wie auch Graf de Montaigue, der französische Gesandte zu Berlin, weder Geld noch gute Worte scheueten, den Ruf Raules zu unterminieren. Der Graf handelte in höherem Auftrag. Der französische König und dessen Räte wussten so gut wie die Holländer, dass Raule der Mann wäre, die Kolonialpläne des Fürsten zu verwirklichen. Raules Widersacher besprachen sich in geheimen Zirkeln, was man tun könnte, ihn unschädlich zu machen. Man erwog Mordpläne, heckte sie bis ins kleinste aus, verwarf sie aber wieder, weil sie doch zu gefährlich schienen. Aber mit unbeirrbarer Hartnäckigkeit hielt Friedrich Wilhelm an dem Mann fest, der ihm die Schifffahrt einrichten half.

Raule blieben diese Querelen nicht verborgen; schon wollte er unter dem Druck der Verleumdungen den Abschied nehmen, da wurde ihm am 20. Februar 1681 ein Dekret des Kurfürsten überbracht, das ihn in gnädigster Erwägung der von ihm zu Kriegs- und Friedenszeiten geleisteten treuen Dienste zum *General-Directeur de Marine* mit dem Rang eines Obersten ernennt. Ausserdem wurden noch sechs weitere Raulesche Schiffe unter kurfürstliche Flagge gestellt. Der Namenszug des Fürsten unter diesem Dokument war besonders kräftig.

*

«Raule! Raule! Vivat!» Berlins Strassen waren mit Menschen gefüllt. Es hatte die wohlhabenden Leute nicht minder gepackt wie die armen, Beamte, Handwerker, Dienstmägde, Bauern aus den Dörfern der Umgebung, Marktfrauen und Wasserträger – alle, Männer, Frauen und Kinder drängten sich im September 1681 in den Strassen und Gassen und über die Brücke zum Raule-

Haus. Die Glocken der Kirchen läuteten; auf kurfürstlichen Befehl wurden Fest-
gottesdienste abgehalten: Die *Morian* war vor zehn Tagen in den Hafen von
Emden eingelaufen, war wirklich unter kurfürstlich-brandenburgischer Flagge
im sagenhaften Afrika gewesen, und inzwischen sind die afrikanischen Herr-
lich- und Wunderlichkeiten unter Bewachung nach Berlin gebracht worden.

Hundert Pfund Feingold in holländischem Gewicht hatte die Morian an
Bord, und zehntausend Pfund Elefantenzähne, ferner auch Mohren, ganz
schwarze Kerls, und wer weiss, was noch! Die Plattkähne, die festlich beflaggt
vor dem Raule-Haus lagen, wurden neugierig bestaunt. Der *Rote Adler* weht
über den Schiffen, und nach dem Gottesdienst wird Raule all die Schätze dem
Kurfürst im Schloss übergeben.

Erhobenen Hauptes trat Raule aus seinem Haus, ihm zur Seite Pieter Blonk,
der Kapitän des Märchenschiffes. Ja, es hatte sich gelohnt, er hatte recht gehabt!
«Vivat Raule! Hoch Raule!» Wieder ertönten Jubelrufe. Eine Eskadron Dragoner hielt die drängelnden Leute zurück, um Platz zu schaffen für den Generaldirektor der Marine, seinen Kapitän Pieter Blonk und alles, was das Schiffsvolk
hinten mitführte und trug. Vergessen war das Gerede gegen Raule, beiseitege-
schoben das Misstrauen, das ihn sonst umgab. Vergessen war alles, Trompeten
schmetterten den Fehrbelliner Marsch, Glocken läuteten, indes sich der Zug in
Bewegung setzte.

Hinter den beiden Männern marschierten drei Trommler, dann kamen die
Sklaven, an ein Tau gebunden. Den Berlinern blieb fast der Verstand stehen, sie
wollten fast das Atmen vergessen. Frauen und Kinder bestaunten lautstark das
Ungewohnte, das sie sahen und doch kaum glauben konnten. Hinter den
Schwarzen trugen Matrosen Kästen aus dunklem poliertem Holz. Gold soll da-
rin sein! Dann folgte fremdes Getier, Affen, Papageien und vielerlei anderes.
Zum Schluss die Elefantenzähne, mächtig lange Hauer, edelstes Elfenbein und
ein kostbares Gut!

Die Fenster am Marstall und im Schloss waren alle besetzt, alle reckten ihre
Köpfe, auf dem Platz staute sich die Menge. Die Dragoner müssen Gewalt anwenden, um eine Durchgangsstrasse zu schaffen. «Vivat Raule! Raule hoch!»
brandete es immer wieder von vielen tausend Stimmen auf. Der französische
Botschafter Graf de Montaigue, auch der niederländische Gesandte Freiherr van
Amerongen und eine Reihe anderer Würdenträger machten hinter den Vorhän-
gen der Fenster, von wo sie dem Geschehen zusahen, saure Mienen. War es also
doch kein Schwindel, was die letzte Zeit herumgeredet worden ist? Aber eine
Hoffnung blieb noch: Die *Wappen von Churbrandenburg* fehlte, und Raule
hatte eine sehr abenteuerlich klingende Geschichte darüber verlauten lassen.
Die Holländer sollen das Schiff angeblich konfisziert haben. Freiherr van Amerongen hatte sofort einen Kurier nach Amsterdam abgefertigt. Gestern war der

Mann zurückgekehrt: Die Regierung der Generalstaaten und die Bewindthaber der VOC wissen von keiner Konfiskation eines brandenburgischen Schiffes.

Was steckte also dahinter? Freiherr van Amerongen hatte schon seit Tagen insgeheim seine Meinung kundgetan. Es wäre nicht das erste Mal, dass ein Reeder ein Schiff mit kostbarer Ladung verschwinden liesse. Ob nicht auch Raule? Was van Amerongen tun konnte, um seine zweifelnde Meinung zu verbreiten, das hatte er getan. Aber sie fand kaum fruchtbaren Boden. Selbst die Kurfürstin verbot sich solche Märchen. Beglückt schaute sie nun auf Raule, der in den Thronsaal trat, gefolgt von Blonk, den Afrikanern und dem Schiffsvolk, das die Gaben des fremden Erdteils herbeitrug. Der Kurfürst erhob sich, schritt Raule entgegen, reichte ihm und Pieter Blonk die Hand, besah die Mohren, die sich in Ehrfurcht zu Boden werfen, schaute auf das Gold, die fremdartigen Tiere, die Elefantenzähne.

Der Hof erstarrte. Die Kamarilla ringsum konnte ihre zwiespältigen Gefühle kaum verbergen. War der Raule nun ein Betrüger oder nicht?

Aber schon entfaltete der Generaldirektor der Marine ein Pergament und begann vorzulesen: die französische Übersetzung des holländisch verfassten Vertrages vom 16. Mai 1681 mit den schwarzen Häuptlingen. Der Kurfürst nahm jedes Wort in seiner ganzen Bedeutung auf. Dabei liess er den Blick ernst und fest und doch voller Freude auf Raule ruhen.

*

Die Wegnahme der *Wappen von Churbrandenburg* durch die Holländisch-Ostindische Kompanie war zwar ein bitterer Tropfen im Kelch der Freude. Friedrich Wilhelm beauftragte seinen Gesandten im Haag, die Rückgabe der *Wappen* oder Schadenersatz zu verlangen. Die Generalstaaten gaben nach Wochen eine gewundene Antwort, dass eine brandenburgische Schifffahrt nicht nur zum Schaden der Oostindischen Kompanie, sondern auch zu Streitigkeiten zwischen Holland und Brandenburg führen müsse. Man sehe das mit grossem Missvergnügen, weil man gern in Freundschaft leben wolle. Über eine Konfiskation der *Wappen* sei jedoch überhaupt bekannt.

Der Kurfürsten nahm die Antwort der Generalstaaten zur Kenntnis, und die Röte schoss ihm ins Gesicht. «Glauben die elenden Heringsfrässer, wir würden uns von den Meeren abschneiden lassen? Nur weilen wir bisher nicht zur See fuhren, hätten wir kein Recht, Schiffe zu besitzen und sie fahren zu lassen, wohin wir wollten?»

Geheimrat Körner stand leicht geduckt vor seinem Herrn, die Perücke wackelte, dass der Puder stäubte. «Euer kurfürstliche Gnaden wollen bedenken, dass uns die Freundschaft der Generalstaaten sehr notwendig . . .»

«Den Teufel ist sie es», fuhr der Kurfürst auf, «sobald man uns aus Freundschaft erwürgen will!» Er wandte sich seinem verschüchtert am äussersten Tischende sitzenden *Secretarius* zu. «Schreibt!» Und er diktierte eine scharfe Antwort an die Generalstaaten, forderte ein Schiedsgericht, das über die Wegnahme des *Wappens* zu entscheiden habe. «*Sollte aber solches über Verhoffen nicht geschehen, so können Wir Euren Hochmögenden nicht verbergen, dass Wir den Uns in der Wegnahme erwiesenen Affront nicht länger auf Uns sitzen, noch Uns mit vergeblichen Ausflüchten aufhalten lassen, sondern die uns gebührende Satisfaktion selber suchen werden.*»

Die Generalstaaten wehrten und drehten sich und schoben alles auf die lange Bank. Und die meisten Räte des Fürsten gaben in Verkennung der Bedeutung einer kurbrandenburgischen Marine und unter dem Druck der holländischen Gulden das ihre dazu. Der Kurfürst ahnte nicht, dass es erst vier Jahre später zu einer Einigung kommen würde und auch erst durch direkte Einflussnahme des Prinzen von Oranien, der die Vereenigde Oostindische Compagnie veranlassen wird, 60 000 Gulden Ersatz zu zahlen.

Weder Friedrich Wilhelm noch Raule liessen sich durch die leidige Sache mit dem *Wappen* von weiteren Plänen abhalten. «Nun erst recht will ich der Glorie Euer kurfürstlichen Durchlaucht besorgt sein!» hatte Raule bei einer Audienz versprochen.

Das durch die von Gichtschmerzen geplagte missmutige und zerquälte Gesicht des Fürsten hellte sich auf. «Wir erwarten Eure Vorschläge, Raule!»

«Halten zu Gnaden, es ist vor allem noch immer die alte Idee: die Gründung einer Brandenburgisch-Afrikanischen Kompanie.»

Der Kurfürst nickte. «Macht wieder eines Eurer umfassenden Memorials, mein lieber Raule! Schickt es an Körner und Grunow, sie sind Euch jetzt, so scheint es, einiges mehr gewogen, seit die *Morian* zurück ist. Die ‹Canaille› im eigenen Haus wird wohl noch zur Raison gebracht werden können!» Der Blick des Fürsten verfinsterte sich, wenn er an die Schwierigkeiten dachte, die ihm in der Marinesache von allen Seiten bereitet wurden. Aber es ist schon manches überwunden worden – mit seinem eisernen Willen wird er auch das schaffen!

Friedrich Wilhelm,
Kurfürst von Brandenburg
(1620–1688)

Kapitel 18: Nürnberger Venedigfahrt

Im Frühjahr 1680 schickten die Nürnberger Kaufherren Scheurer und Meswein einen Warenzug nach Venedig. Sieben Fahrzeuge und zahlreiche Saumtiere wurden mit Kisten, Fässern und verschnürten Ballen beladen. Der Handelsverkehr mit dem Süden hatte diesmal schon früh im Jahr begonnen, weil starke Föhnstürme den Schnee auf den Passstrassen bereits weggeschmelzen liessen.

In gut verschlossenen Fässern warteten kostbare Zobel- und Nerzfelle aus Russland auf neue Besitzer; sorgfältig in Kisten verpackt waren die böhmischen Glaswaren – darunter Tausende von bunten Perlenketten, die seit zweihundert Jahren, als die Afrikafahrten der Portugiesen begannen, vor allem nach Lissabon weiterverhandelt wurden; eine andere Fuhre barg zarte Spitzen aus Flandern, modische Hüte, gestickte Mieder und Nürnberger Tand, der die Frauenherzen höher schlagen liess. Unter den Planen lagen Kästen mit Spielwaren – Püppchen, geschnitzte Tierlein und Schellen aller Art. Ballen fränkischen Barchents und thüringischen Leinens sind mit Gurten festgezurrt. Doch wohl versteckt unter einem Doppelboden in Gottlieb Megeleins Wagen lagen ein stattlicher Beutel mit schönstem Ostseebernstein und schön gearbeitete Zinnwaren aus dem englischen Cornwall.

Adrian Kalbermatten, der Feldhauptmann, führte den Zug der gewappneten Reisigen an. Gottfried Megelein, der altbewährte Faktor des Handelshauses, wird die Fracht als Geschäftsvertreter begleiten, Sebaldus Scheurer hatte ihm Prokura erteilt. Beide, Megelein und Kalbermatten, waren zuverlässige Männer, den Scheurers treu verbunden. Schon Gottfrieds Vater hatte ein Leben lang in der Scheurerschen Firma als Magazinmeister gearbeitet, und wie selbstverständlich war sein Sohn Gottfried, als er das Alter hatte, als Lehrbub bei den Scheurers eingetreten. Aber nicht als Lagerknecht, bewahre; dafür hätte ihn der alte Megelein ja nicht Lesen, Schreiben und Rechnen beibringen lassen müssen. Zum Kaufmann war der geboren, und – wie man sehen konnte – des Vaters Weitblick hatte sich gelohnt. Nach langen Jahren war Gottfried mit Fleiss und Treue zum Prokuristen und Leiter der Venedigfahrer aufgestiegen!

Der Schweizer Adrian Kalbermatten ist zwar erst sechs Jahre bei Scheurer und Meswein, doch auch er hat sich in dieser Zeit viele Male das Vertrauen des Prinzipals verdient. «Wir Reisige bieten Schutz gegen Geld», erklärte er einmal, «aber wir lassen uns lieber totschlagen, als dass wir die uns anvertrauten Güter einem Räuber oder Feind überliessen.» Kalbermatten entstammte einer alten Bergführerfamilie in Brig, einem Hauptumschlagsplatz aller Handelsgüter nach Italien. Dort, im Schweizer Kanton Wallis, lebten viele Menschen davon, als Träger, Saumtierführer oder bewaffnete Söldner wertvolle

Waren über die Passstrassen des Simplons oder des Grossen St. Bernhards zu transportierten, die von Brabant und Flandern, von Lothringen, Frankreich und aus dem Elsass über Savoyen nach Martigny und Brig gelangten. Adrian kannte die Passrouten nach eigener Bekundung «wie meinen Hosensack», er sprach französisch wie italienisch, kannte sich in Aosta so gut aus wie in Domodossola, war in Turin, Pavia, Parma und Tortona im Piemont gewesen, und immer führte ihn der Weg nach Genua. Und als der Zweiunddreissigjährige dort eines Tages einen Begleitdienst über den Gotthardpass nach Nürnberg angeboten bekam, hat er – mehr aus Neugier denn aus Sehnsucht nach dem Fränkischen – zugesagt. Und dort war er hängegeblieben, denn Scheurer und Meswein war eine renommierte Firma und bezahlte gut. So war er nun für die Sicherheit des Kaufmannszuges verantwortlich und ritt jedes Jahr als Feldhauptmann nach Venedig.

Der alte Kaufherr verabschiedete persönlich die Venedigfahrer. Er stand unter der Ausfahrt des breitbehäbigen Hauses, sah den aus dem Torgewölbe hervorpolternden Wagen nach und drückte dem getreuen Megelein die Hand.

«Gott befohlen, lieber Megelein», sagte er bewegt und schaute seinem Faktor fest in die Augen. Es ist alles besprochen. «Nehmt den sichersten Weg und kehrt gesund zurück.» Er wusste, weit und gefährlich war der Weg, vielfältig sind die Gefahren, die auf die Reisenden lauerten.

Langsam schob sich die Karawane an den gaffenden Handwerkern und Handlungsgehilfen, den Hausfrauen mit Einkaufskörben und den Strassenjungen vorüber zum Ende der Gasse, wo sie in der Kurve dem Blick des Kaufherrn entschwanden. Besorgt seufzend trat Sebaldus Scheurer in sein stattliches Haus zurück.

Nach dem Passieren des Schwabacher Tores schickte Adrian Kalbermatten drei Spiessknechte an die Spitze des Zuges, die berittenen Wächter neben die Wagenreihe. Gottfried Megelein hatte zwar an der Zollschranke von heimkehrenden Würzburger Kaufleuten erfahren, dass die Wege sicher und gut befahrbar sein sollen, aber in diesen unruhigen Zeiten konnte man nicht vorsichtig genug sein. In Meister Gottfrieds Brusttasche knistern die Lombardwechsel, die er statt Bargeld mit sich führte. Die Wechsel hatte ein burgundischer Kaufmann für das Haus Pirkheimer in Zahlung gegeben, sie liefen auf die Häuser Loredan und Grimani zu Venedig; Sebaldus Scheurer hatte sie von Pirkheimer gegen gute Gulden eingelöst. Der Wechselverkehr bürgerte sich mehr und mehr ein, da er die beste Garantie gegen Raub und Diebstahl bot. In der Geldkatze, die Meister Gottfried am schweren Ledergürtel trug, klingelten nur die Gulden und Dukaten, die man für die Wegzehrung brauchte.

Der Warenzug vermied die kleinen Grundherrschaften, die Ansbacher, Pappenheimer, Eichstätter und Donauwörther Gebiete, denn im Transithandel war es vorteilhafter, nur die Grenzen weniger grosser Herren zu überschreiten. Auf einer Route über Schwabach bezahlte Meister Gottfried den Wegezoll nur an die Beamten von Pfalz-Mosbach bei Freystadt und an die bayerischen Mautknechte vor dem Altmühlübergang.

In die Stadt Ingolstadt rollten die Wagen durch das Stammheimer Tor; hier, im Schutz fester Mauern, waren sie sicher vor Raub und Gewalt. Über das enggedrängte Häusergewirr der Donaustadt wuchs das riesenhafte Ziegelgemäuer der im Bau befindlichen Liebfrauenkirche gleich einem Gebirge empor; die Stiftskirche St. Moritz und der finstere Bau des Herzogschlosses ragten wie gewaltige Wächter über die Stadt. Vor Jahren war Ingolstadts Herzogslinie erloschen, Stadt und Gebiete waren an die Landshuter Herren gefallen. Die Nürnberger Kaufleute, Bürger einer Freien Reichsstadt, blickten mit mitleidigem Stolz auf die Ingolstädter herab. So sicher Ingolstadt als Landstadt unter dem Schild der Bayernherzöge ruhen mochte – Reichtum und Kraft, die nur aus eigenem Unternehmungsgeist der Bürger erwachsen, waren hier an der Donau trotz günstiger Lage nicht im selben Masse zu finden wie in Nürnberg, Augsburg oder Regensburg.

Adrian Kalbermatten liess die kostbaren Waren für die Nacht im Ballenhaus lagern, wofür er je nach Wert der Fuhre ein bis zwei Kreuzer Lagergeld bezahlen musste.

Am Morgen schafften Fuhrleute neue Gespanne und Wagen heran, Adrian Kalbermatten und Gottfried Megelein beaufsichtigten das Verladen der Güter. Ingolstädter Fuhrleute übernahmen nun den Transport, die Nürnberger gingen mit anderer Fracht nach Norden zurück.

Der weitere Weg führte ins altbayerische Bauernland, quer durch die Hallertau. Das Herzogtum Bayern galt als sicher, auch verlangte man hier keinen übertriebenen Zoll, und das Grundruhrrecht wurde nicht missbraucht, wie an manch anderem Ort. Das Grundruhrrecht diente vielen der kleinen Grundherren nicht selten zum Vorwand, sich mit einer besonderen Form des Raubrittertums zu bereichern: sie beschlagnahmten die Wagen mit der Ladung, sollte bei Radbruch auch nur eine Achse den Boden berühren. Aber die mächtigen Münchner und Landshuter Herzöge hielten strenge Zucht; hier hatte man noch nichts von Überfällen durch Strauchritter vernommen.

Nach altem Brauch ist dem Wagenzug eine Köchin mitgegeben worden, die für das leibliche Wohl der Spiess- und Fuhrknechte zu sorgen hat. Die alte Babett, die schon einige Male die Venedigfahrt mitgemacht hatte, war jedoch in Ingolstadt krank geworden, und Gottfried Megelein musste sie im Spital zurücklassen, natürlich nicht, ohne beim Säckelmeister einige Gulden für Pflege und Nahrung zu hinterlegen. Nun hatten sie keine Köchin mehr, denn das junge Frauenzimmer, das Adrian als Ersatz gedungen hatte, war mit einem der Nürnberger Fuhrleute auf und davon gegangen.

Als es am hellen Vormittag noch immer keine warme Suppe gab, begannen die Männer zu murren. Am Mittag behalfen sie sich selbst und kochten in den Kesseln am Wegrand, aber das wäre eine lästige und mühselige Sache, müssten sie sich jeden Tag so verpflegen. Ausserdem schmeckte das Essen nicht so gut wie bei Babett.

Als die Sonne im Scheitel des Himmelsbogens stand, zeichnete sich am südwestlichen Horizont der spitze Kirchturm von Schrobenhausen ab. Die Strasse war schlecht – zermahlen und voller Löcher, nur die Stellen, die der alten Römerstrasse folgten, waren gut befahrbar. Die Staubfahnen hingen wie graue Schleier über den Planenwagen, die unter die Baumschatten aufgefahren sind; die Rosse standen kopfhängend und schweissnass da, Knechte rieben sie mit Strohwischen ab, die Buben holten Wasser und die Hafersäcke.

Drüben hinter der Wiese sah man die Dächer einiger Bauernhöfe. Hier im Bayerischen baute der Bauer nicht mehr mit Bruchsteinen und Schiefer wie im Fränkischen, sondern mit Lehmziegeln. Das Fachwerk der Häuser war reich geschnitzt, die Dächer waren strohgedeckt und die Giebel steil aufgerichtet. Küche, Schlafräume, Stallung und Scheune lagen unter einem Dach.

Buben und Mädchen, Mägde und Knechte hatten sich an der Strasse versammelt, um die fremden Kaufleute anzugaffen. Megelein und Kalbermatten sahen sich um. «Hier gibt es grosse Höfe, da muss es doch auch eine Dirn geben, die beim Kochen helfen kann», sagte Gottfried Megelein zum Feldhauptmann. Umbellt von den struppigen Hunden stapften die beiden Nürnberger zum niedrigen Tor des zunächst gelegenen Hauses. Ziegelbelegte Stufen führten in einen halbdunklen Gang hinein. Auch der Bauer und die Bäuerin waren schon vom Feld herbeigeeilt. Von ihnen erfuhren die Nürnberger, dass der Hof dem nahen Kloster Scheyern dienstpflichtig ist; der Bauer hat ein Freisassenrecht auf dem Grund; Knechte und Mägde gehören dem Kloster.

Megelein erklärte dem Bauern die Situation, und gleich wird die Milchdirn, ein Mädchen von achtzehn Jahren – anstellig und brav, wie der Bauer sagt –, hinausgeschickt, um den Fremden beim Kochen zu helfen.

Megelein und Kalbermatten blieben noch in der Bauernstube sitzen, ein Bub hatte einen Krug Frankenwein und den Schnappsack aus dem Verpflegungswagen gebracht; Bauer und Bäuerin nehmen an dem reichlichen Mahl teil. Adrian Kalbermatten nutzte die gute Stimmung und fragte den Bauern, ob er nicht eine geschickte Dirn entbehren könne, die bei ihnen als Köchin mitreisen solle. Der brachte allerlei Einwände, man brauche jede Hand, gute Dienstboten seien nicht einfach zu ersetzen, auch habe er der Dirn schon Handgeld bezahlt, so dass sie bis Martini in seinen Diensten bleiben solle. Kalbermatten verstand. Nach langem Hin und Her kam der Handel zustande; gegen Zahlung einer angemessenen Abstandssumme verzichtete der Bauer auf sein Dienstherrenrecht.

Nach dem Essen suchte der Nürnberger das Mädchen selber auf, um mit ihm zu reden. Er traf es am Rand der Landstrasse; ein kupferner Kessel hing über dem offenen Feuer, ringsum sassen die Knechte und Reisigen und liessen sich die Suppe schmecken. Das Mädchen schien aufgeweckt und sah auch unternehmungslustig aus. Stumm, mit zu Boden geschlagenen Augen, hörte sie sich den Vorschlag an. Sie war zwar nur ein Dienstbote unfreien Standes, konnte weder lesen noch schreiben, aber sie hatte genug von der Welt gehört, um zu erkennen, dass sich hier ein seltener Glücksfall bot. Zog sie mit den Nürnberger Kaufleuten, so konnte sie vielleicht eines Tages in dem grossen Haushalt eines städtischen Patriziergeschlechts arbeiten. Da nähme ihr Leben eine entscheidende Wendung zum Besseren. Heisst es doch nicht umsonst, «die Mauer macht frei» – und ausserdem ist die Arbeit in der Stadt nicht so schwer wie auf dem Land.

«Nun, Mädel», drängte Herr Gottfried, «was war denn dein Lohn beim Bauern? Ich will dich besser zahlen.»

«Ich bin die Milchdirn, Herr, und kann buttern und käsen. Dafür habe ich im Jahr bekommen 3 Pfund Silber, 10 Ellen farbiges Tuch aus Linnen, 3 Ellen Scheirer Tuch, 1 Paar Schuhe, 16 Herrenbrote, 2 Mass Bier all Tag und an den hohen Festtagen 1 Mass Wein . . .»

Der Nürnberger nickte lächelnd, da fügte die Dirn mutig hinzu: «Und das Essen beim Bauern ist gut!»

«Daran fehlt es bei uns auch nicht», sagte der Faktor, «wirst ja selbst dafür zuständig sein. Was hast du denn bekommen bei deinem Bauern?»

«Zu Früh eine Brotsuppe mit Schweineschmalz, zu Mittag meist Sauerkraut oder Milchspeis oder Erbsen; wenn wir fleissig waren, hat die Bäuerin auch Hirsebrei gerührt. Und am Abend gab es Milchsuppe und Sauerkraut.»

«Na, Freund Adrian», spottete Gottfried Megelein, «möchtest du bei solcher Kost vierzehn oder sechzehn Stunden am Tag in Stall, auf dem Feld oder in der Spinnstub arbeiten? Ich glaube, wir bleiben doch lieber bei unserem Gewerbe.»

«Habt ihr denn niemals bessere Kost auf dem Tisch gehabt?» fragte Adrian Kalbermatten erstaunt.

«O doch!» verteidigte die Dirn ihren Dienstherrn. «Von Ostern bis Pfingsten gibt es jeden Dienstag, Donnerstag und Samstag für alle Dienstboten zusammen vier Pfund Schweinefleisch im Kraut.»

«Und wie viel seid ihr?»

«Mit den Hüterbuben und der Geissdirn ein Dutzend.»

«Zum Fettwerden reicht das nicht!»

«Und wenn Schmalz ausgelassen wird», fuhr das Mädchen fort, «dürfen die Dirn vom Abgeschöpften den ›Bettelmann‹ machen, das ist ein guter Schmarrn; bei der Heu-, Getreide- und Hopfenernte gibt's ausserdem noch eine Extramass Bier und dasselbe auch während des Dreschens.»

«Genug, genug, Mädel!» wehrte Gottfried Megelein ab. «Wir müssen zu einem Ende kommen, die Fuhrleute spannen schon wieder an. Willst du unsere Hauserin werden während der Venedigfahrt? Und nachher wird sich auch ein Platz für dich im Haus der Scheurer finden lassen.»

Aber das Mädchen besass gesundes Misstrauen und wollte alles genau besprochen haben. «Wie schaut er denn aus, der Lohn – bei euch?»

«Ja freilich, recht hast du, das müssen wir auch abmachen. Ich zahl dir drei Gulden für die Reise nach Venedig und zurück bis Nürnberg. Dazu freie Kost! Schlafen kannst du im Küchenwagen.»

«Drei Gulden? Gebt mir vier, zwei für jeden Weg.»

Megelein lachte. «Verhandelst gut. Also, sollst vier Gulden haben. Wenn du beim Einkauf auf den Märkten die *Viktualien* und *Comestibilien* für unsern Zug auch so feilschst, hol ich den Gulden wieder rein. – Schlag ein.» Er hielt ihr die Hand hin.

Die Dirn schlug ein. «Topp!» Sie war sehr zufrieden, sie kannte die Preise – nun bekam sie etliches mehr, als der Gegenwert der Deputate beim Bauern. «Ich komm mit, ihr Herren!» rief sie fröhlich. «Ich lauf nur schnell um mein Bündel.»

«Sag mir noch deinen Namen» rief Megelein und warf ihr gutgelaunt ein Guldenstück als Handgeld zu; sie fing es geschickt auf, damit war der Handel abgeschlossen

«Ich bin die Moosbrunner Kati!» rief sie im Davonspringen.

*

Wie sie Tage später Augsburg erreichten, gelangten sie ob des sichtbaren Reichtums der Stadt doch ins Staunen. Die Strassen und Gassen der Freien Reichsstadt hatten bereits sauberes Steinpflaster, am Rindermarkt und auf der grossen Durchgangsstrasse von der Wertachbrücke zum Stadtkern holperten die Räder über steinernen Untergrund, ein wahrer Segen, wenn man an die kotigen oder von fusshohen Staubschichten bedeckten Wege in den kleineren Orten dachte

Während Adrian Kalbermatten die Güter zum Ballenlager geleitete, machte sich Meister Gottfried auf den Weg zum Fuggerhaus. Er hatte einige Wechsel für den Kaufmann und Ratsherrn Octavian Secundus Fugger abzugeben. Wie die meisten Handelshäuser, befassten sich sowohl die Nürnberger Scheurer wie die Augsburger Fugger neben ihren Gewerben mit ausgedehnten Kredit-, Wechsel- und Geldgeschäften, spekulierten in Bergwerksrechten, beteiligten sich am Gewürzhandel sowie Ankauf von Ernten und Stapelung von Mangelware.

Vor der Sankt-Ulrichs-Kirche, am Ufer eines schmutzigen Tümpels, sah er einen Galgen, um den sich zu dieser Stunde viel Volk drängte «Was ist denn bei euch los, Gevatter?» fragte Gottfried einen Schmiedemeister, der in seinem Werktagsgewand aus einem der kleinen, einstöckigen Häuser trat.

«Den Oblatenbäcker werden sie schnellen!» lachte der Schmied. «War auch an der Zeit, dass der Rat eingriff!

Auf die erstaunte Frage des Fremden berichtete der Meister nähere Einzelheiten. «Im Frühjahr lag der Schnee so lange und hat die Saaten erstickt; auch die Wasser waren gefroren, dass die Mühlen nicht mahlen konnten und es gab bald grossen Mangel an Mehl. Die Bauern haben Gerste gesät, um die verlorenen Wintersaaten zu ersetzen, und die Müller kratzten das letzte Mehlstäubchen von den Steinen.»

«So war es überall», seufzte Gottfried Megelein, «bei uns im Fränkischen kostete ein Scheffel Gerste zwei Gulden!»

«Das Elend war gross zu Augsburg», fuhr der Schmied fort, «und ein paar Bäcker haben sich an der allgemeinen Not bereichert. Der Oblater war einer der schlimmsten. Die Leute haben ihn beim Zunftobermeister angezeigt, und als der zum fünften Mal das Brot kontrollierte und fand, dass es aus schimmeligem Mehl, dass es nur halb gebacken und gar noch im Gewicht zu leicht war, hat er ihm die Stadtknechte auf den Hals geschickt.»

Eben führten die Büttel den Bäcker zum Wippgalgen, unter dem einige offene Kisten mit Brot standen. Die Knechte setzten den laut jammernden und sich sträubenden Mann in einen Korb aus Eisenstäben und banden ihn fest, dann zogen sie den Korb am Galgen hoch, schwenkten ihn über das Wasser und tauchten den Delinquenten unter dem Gejohle und Triumphgeschrei der Zuschauer ein paar Mal ins Wasser. Währenddessen teilten Mägde die Brotlaibe aus der Bäckerei des Bestraften und die Büttel warfen sie unter die Menge.

Andere Länder, andere Sitten, ging es Gottfried Megelein durch den Kopf, aber das Bäckerschnellen sollte man in Nürnberg auch einführen!

Über dem Türbalken des herrschaftlichen Hauses prunkte das gemeisselte Wappenschild der *Fugger von der Lilie*. Herr Octavian Secundus hatte es sich nicht nehmen lassen, den Faktor der Nürnberger Geschäftsfreunde als Gast in seinem Hause unterzubringen. Am Abend sass Meister Gottfried nach reichlicher Bewirtung mit seinem Gastgeber am flackernden Kaminfeuer. Der heisse Würzwein dampfte in den Gläsern, die Männer streckten behaglich die Beine zur Glut.

«Ihr zieht also wieder einmal nach Venedig, Meister Gottfried.» Fugger schaute seinem Gast aufmerksam ins Gesicht. «Habt Ihr gehört, dass alle Preise für Venezianer Ware erheblich gestiegen sind?»

«Ja, man hat davon gesprochen, Euer Wohledlen, und ich meine, dieses Hinauftreiben der Preise ist der reinste Wucher! Die Preise für Orientware sind sündhaft hoch? Seide wiegt man mit Gold auf, der Pfeffer kostet schon das Dreifache von einst, als ich als junger Kaufmann zum ersten Mal nach Venedig kam.»

«Unsere Agenten berichteten, dass Ingwer, Safran und Muskat kaum noch zu kaufen seien, auch der Rohrzucker ist so rar geworden, dass selbst in reichen Häusern die Zuckerdose in der Geldtruhe verschlossen wird.» Octavian Secundus Fugger lächelte verstohlen in seinen Würzwein.

«Kann mir denken, wer dahintersteckt, Euer Wohledlen.» Herr Gottfried sah zu seinem Gastgeber hinüber und nickte. «Die Venezianer haben ein Monopol auf alle diese Dinge und wollen zu ihrem sagenhaften Reichtum noch mehr Schätze dazu häufen. Wahrscheinlich haben sie beschlossen, die Ware für einige Zeit zu horten, damit die Preise klettern und sie dann ihre Schatztruhen bis zum Bersten füllen können –.»

«Ihr täuscht Euch.» Fugger schüttelte bedächtig den Kopf. «Diesmal haben die Venezianer keine Schuld. Sie sind selber in arger Klemme. Die allgemeine politische Lage treibt die Preise in die Höhe. Seit die Türken in Osteuropa eingefallen sind, haben sie den venezianischen Markt von den Handelsplätzen am Schwarzen Meer, im Orient und in der Levante abgeriegelt. Ihr werdet es in Venedig erleben! Die fast ewig scheinende Konjunktur des Mittelmeerhandels geht zu Ende, die Warenwege verlagern sich und werden, je länger je mehr, andere Richtungen nehmen. Es kommt eigentlich nur darauf an, wie rasch die Türken auf dem Balkan gegen Ungarn, vielleicht gar gegen Wien, vorrücken. Die Christenheit ist uneins und der Eigennutz der Fürsten verhindert ihre erfolgreiche Abwehr.»

«Bei allen Heiligen, Ihr habt recht! Die Fürsten sind die Feinde des Reiches und aller gutgesinnten Bürger –.» Meister Gottfried schilderte in bewegten Worten die schlimmen Erfahrungen, die Nürnberg schon mit fürstlichem Übermut gemacht hat.

Der Fugger hörte höflich zu. Der Faktor seiner Nürnberger Geschäftsfreunde mochte wohl schon ein Stücklein von der Welt gesehen haben – ein guter Händler war er zweifelsohne ebenfalls, aber der Blick des Augsburger Handelsherrn schweifte weit in die Welt. Er war den grossen Linien der Entwicklung gegenüber hellhöriger als der Nürnberger Faktor. Als Gottfried Megelein eine Pause macht, um dem Würzwein zuzusprechen, ergriff Jakob Fugger wieder das Wort.

«Wie Nürnberg, so ergeht es auch anderen», sagte er. «Sehen wir uns in der Welt um, so können wir uns einer erschütternden Erkenntnis nicht verschliessen: wo einst Kaiser und Papst das Universum der Christenheit beherrschten, regiert jetzt ein unübersehbarer Schwarm von Königen und Fürsten. Ich will damit sagen», fügte er erklärend hinzu, «dass der Kaiser schwach und bei der Abwehr der Türken auf das Wohlwollen der Territorialherren angewiesen ist.

Denn die Ermüdung, von der das Kaisertum seit einiger Zeit ergriffen ist, sein Mangel an Selbstvertrauen und Selbstbewusstsein hat sich sehr bald auch seinen Völkern mitgeteilt. Zunächst wurde derjenige Stand, der dem Throne am nächsten steht, von der Schwäche ergriffen: der Adel, aber freilich nicht nur in Österreich, sondern im ganzen übrigen Europa. Dann begann das Bürgertum zu kränkeln – es glaubt nicht an die Zukunft und hat keinen Wagemut mehr. Ist es da ein Wunder, wenn sogar die Bauern von den allgemeinen Anzeichen unserer Schwäche nicht verschont bleiben?»

«Ja», antwortete Meister Gottfried, «man gibt nicht dem Kaiser, was des Kaisers ist. Jeder Staat hat seinen besonderen Fürsten und jeder Fürst sein besonderes Interesse . . .»

Aber Fugger geht nicht auf den Gemeinplatz ein. «Ich will Euch eine bezeichnende Mär aus Frankreich erzählen, so wie sie uns der Agent unseres Hauses in Südfrankreich geschrieben hat; sie ist recht aufschlussreich für den Übermut der Fürsten. Da gab es zu Bourges einen Kaufmann namens Jacques Cœur, er soll in jener Stadt einen Palast besessen haben, würdig, einem König zur Wohnung zu dienen. Dieser Mann beherrschte fast monopolartig die gesamte Wirtschaft der französischen Provinzen. Seine Schiffe fuhren nach Sarazenien, Barbarien und sogar nach Babylonien – Länder, in denen Frankreich seit Kreuzzugstagen die Rolle einer Schutzmacht spielt; seine Flotten brachten Brokat, Seide, Pelze, Gewürze und alle Wunder des Orients nach Frankreich. Er hat – nachdem sein Heimatland vom Druck der Engländer befreit war – so ziemlich alles unternommen, was ein bedeutender Kaufherr planen kann: er gründete Seidenmanufakturen in Italien, Baumwollspinnereien, Bergwerke, Färbereien und Salzsiedereien in Frankreich. Mein Agent schreibt, dass er sogar die Sklavenmärkte in Algerien, im Sudan und in Marokko beherrscht habe. Sicherlich muss Jacques Cœur ein gewissenloser und harter Mann gewesen sein, denn man gewinnt keinen übermässigen Reichtum auf dieser Welt, ausser man jagt ihn rücksichtslos den Schwächeren ab. Jacques Cœur hat seine Matrosen im Lande zusammengeraubt, er hat ohne Gnade jeden Konkurrenten ruiniert, der in seine Monopole einbrach, aber er gewann Millionen.»

Der Fugger strich sich über die kraftvolle Stirn, als verscheuche er trübe Gedanken, dann erfüllt wieder seine tiefe, etwas heisere Stimme den grossen Raum. «Der König von Frankreich stellte mit Missvergnügen fest, dass der Bürger Jacques Cœur die Krone an Reichtum und wirtschaftlichem Unternehmungsgeist weit übertraf. Eines Tages wurde Cœur wegen Hochverrats angeklagt, zum Tode verurteilt und schliesslich zur Einziehung seines Vermögens ›begnadigt‹. Das ist nur ein einziges Beispiel dafür, dass die Könige zur verzehrenden Sonne ihrer Staaten geworden sind. Wohl den Deutschen in den freien Reichsstädten, die ihre Freiheit unter dem Schutz des Reiches geniessen. Gegen die Übergriffe der kleinen Territorialherren werden wir uns zu wehren wissen!»

*

Zwei Tage später knarrte der Nürnberger Warenzug über die Lechbrücke und durchs Rote Tor aus der Stadt und setzte seinen Weg nach Süden fort. Über die Herzogstadt München ging es ins Inntal und über Kufstein ins Tiroler Land. Hinter Innsbruck stieg die Strasse steil zum Brennerpass auf. Die vielen Rottanstalten und Gasthäuser, die am Wege lagen, machten gute Geschäfte mit dem Verleih von Vorspannpferden. In langer Reihe wurden die Rosse hintereinander gespannt, und unter Peitschenknallen und Zurufen der Treiber rollen die Wagen bergauf über die Passhöhe und hinunter ins Tal der Eisack.

Von Verona, schon venezianisches Hoheitsgebiet, stellten ihnen venezianische Beamte Pässe aus und Meister Megelein musste der Serenissima die ersten Dukaten opfern. Weiter ging die Reise über Padua nach Mestre, der Stadt am Ufer der Lagune. Obgleich auf den Passstrassen an manchen Stellen noch Schnee lag, war es in der lombardischen Ebene schon frühsommerlich warm. Über den faulig dunstenden Lagunengewässern hingen Schwärme von Mücken.

Die Fahrt hatte anstatt der üblichen sieben bereits acht Wochen gedauert. Meister Gottfried trieb deshalb energisch die Verladung seiner Fracht auf die Lastkähne voran; der Hafenmeister von Mestre hatte ihm auf sein Drängen sofort eine Rotte venezianischer Träger geschickt. Kaum war der letzte Ballen verstaut, warfen die flachen Boote los, die Stapelhallen von Mestre blieben hinter ihnen zurück, und die Flottille ruderte über die Lagune in die Märchenstadt im Meer.

Adrian Kalbermatten stand breitbeinig im Bug des Führerschiffes, während Gottfried Megelein in einer der flinken Gondeln vorausfuhr. Langsam glitten die Kähne am Molo vorüber zur Piazzetta. Gleissend lag die Sonne über dem Marktplatz und liess die verschnörkelten Marmorfassaden die riesigen Paläste ringsum aufleuchten. Die vergoldeten Kuppeln des Domes funkelten im strahlenden Glanz, der Campanile strebte wie eine schlanke Palme neben dem Palazzo Grimani empor und warf seinen Schatten bis zum wuchtigen Block des Dogenpalastes. Einige der Nürnberger Knechte, die zum ersten Mal mitreisten, rissen vor Staunen das Maul auf! Keiner hatte jemals eine derartige vom Reichtum der Stadt protzende Pracht gesehen.

Die Kähne fuhren den Canal Grande hinauf. Hier herrschte lebhafter Schiffsverkehr. Am Molo und längs des Kanals lagen Segler und schwerbäuchige Rudergaleeren vertäut. Fremdländisches Volk redete in allen Sprachen der Welt, auf den Schiffsverdecks, an den Landebrücken und Kais wimmelte es von Matrosen und Lastträgern.

Warnend schallten die singenden Rufe der Gondolieri aus den winkeligen Seitenkanälen, wenn sie mit ihren kühn geschweiften Gondeln lautlos in die grösseren Wasserwege einbogen. Beeindruckend wölbte sich die Rialtobrücke über das schwarze Wasser. Kaufläden und Goldschmiedewerkstätten säumten ihre hohen, steinernen Bögen. Gleich dahinter stieg das wuchtige Viereck des *Fondaco dei Tedeschi,* die Handelsniederlassung der Deutschen, aus dem von Unrat reichlich bedeckten Wasser. Zwei Stockwerke hoch, schwer und finster wie eine Burg, ruhte diese Bastion des Welthandels zwischen den Patrizierpalästen. Davor lag Schiff an Schiff, weiter aufwärts im Kanal hatten die Wein- und Ölflotten festgemacht, und parallel dazu – am faschinenbefestigten Ufer – drängen sich die Gewölbe der Händler, die Parfümeriebuden, Wirts- und Hurenhäuser. Weiter draussen glänzten die weissen Gebäude der beiden Lazarette, welche zu den Einrichtungen von hoher Zweckmässigkeit gehörten, die man hier vorfandt.

Die italienischen Stauer sprangen herzu, wateten bis zu den Knien über die Treppen ins Wasser und begannen mit dem Ausladen der Frachtkähne. Die Waren der Nürnberger wanderten in die riesigen Gewölbe des *Fondaco.*

Unter dem Portal wartete der venezianische *Podesta* mit bewaffneten Stadtknechten; er forderte den Ankömmlingen die Waffen ab. Venedig wünschte keine Scherereien mit dem fremden Volk, das sein Gastrecht beanspruchte.

Gottfried Megelein begab sich unterdessen mit dem Prüfer in die Kanzlei, um eine Aufstellung der mitgeführten Waren und seine Wechsel vorzuzeigen. Ein Schreiber notierte sorgfältig alle Angaben, denn die Unterlagen würden bereits am nächsten Morgen auf den Venezianer Börsen ausgelegt, damit sich die Kaufherren je nach Eingang oder Abgang von Waren über die Preise einigen können. Von den Börsen aus erfolgten auch die Angebote auf die eingelagerten Waren.

«Schade», sagte der Beamte, «dass Ihr nur Wechsel und kein bares Geld mitführt! Für Gold würde man Euch niedrigere Preise machen, es steht zurzeit sehr hoch im Kurs.»

«Die Papiere der Loredan und Grimani lauten doch auf Goldgulden!» erwiderte Gottfried Megelein verwundert. «Ich meine, sie könnten jederzeit in Gold eingelöst werden.»

«Da täuscht Ihr Euch, Signor! Gemünztes Gold wird immer seltener, seit der Verkehr mit Byzanz fast zum Erliegen kam. Woher sollte man denn im westlichen Abendland das Edelmetall nehmen? Eure paar Pfund Rheingold fallen kaum ins Gewicht, das meiste Gold floss aus dem Osten zu. Darum zahlen viele Häuser zwar mit Goldwechseln, handeln aber trotzdem das bare Geld zu höherem Kurs.»

Bevor sich die Männer nach dem arbeitsreichen Tag zur Ruhe begaben, suchten sie noch einmal das Warenlager auf. Sie fanden die Ballen sorgfältig gestapelt und mit ihrem Eigentumszeichen versehen vor. In den grossen Hallen lagen Kupfer-, Blei- und Zinnbarren, dazu Holz, Getreide und Mehl vom

Balkan und aus Österreich; in einem anderen Gewölbe stapelten sich Pelzwerk, Leder und Felle, Wachs und Honig aus dem fernen Russland und Polen, im nächsten Leinwand, Tuchballen, Barchent, Golddraht und Glaswaren, Brust- und Armpanzer, Helme, Schwerter, Papier und fertig gebundene Bücher, wie sie Deutschland, Frankreich und das reiche Flandern heranschafften.

«Immer wieder muss ich über solchen Überfluss staunen», meinte Adrian Kalbermatten, «und bin doch wahrlich oft genug ins reiche Köln oder zu den Karmelitern nach Brügge gefahren!»

Gottfried Megelein lächelte überlegen. «Dabei ist das nur die deutsche Börse. Nur was mit deutschen Warenzügen ankommt, ist im *Fondaco* gelagert. In den venezianischen Warenhäusern am Grossen Kanal und auf den Inseln häufen sich alle Reichtümer der Welt.»

«Diese Stadt», nickte der Schweizer ehrfürchtig, «ist reicher als Kaiser und Papst zusammen!»

«Das mag schon sein. Jedenfalls sagte mir bei meinem letzten Aufenthalt der *Podesta* des *Fondaco*, dass in Venedig mindestens tausend Adelige leben, deren Jahreseinkommen zwischen 4000 und 70 000 Goldzecchinos schwankt; die Staatseinnahmen betragen über eine Million Dukaten; 250 000 Menschen wohnen in der Stadt, mehr als 30 000 Matrosen stehen im Dienst der Flotte, die 3000 kleinere und 350 grössere Schiffe zählt!»

Kalbermatten schüttelte verwundert den Kopf. «Da begreift man, dass die Kirchen goldene Dächer haben, dass sich Paläste aus Marmor und Zedernholz mitten aus dem Wasser erheben! Welch eine Stadt!»

«Eine reiche und eine fromme Stadt, mein Freund. Niemand kaufte mit grösseren Opfern Reliquien aus den von den Türken besetzten Ostgebieten als Venedig. Heute morgen hörte ich, dass der Rat 10 000 Dukaten für den unge- nähten Rock Christi geboten habe.»

Am nächsten Tag wurden die Dolmetscher ausgelost. Obschon Herr Gott- fried gut italienisch sprach, wird auch ihm von der Kanzlei ein Begleiter zuge- teilt. Der Deutsche erhob keinen Einspruch, er wusste aus Erfahrung, dass die Venezianer keinen fremden Kaufmann ohne Spion auf ihre Märkte liessen; das Tun und Lassen der Fremden soll überwacht werden, sie dürfen nur die ›vorge- schriebenen Wege‹ gehen. Sorgsam schützte sich der Grosse Rat gegen die Möglichkeit, dass europäische Abnehmer und Lieferanten mit morgenländi- schen Verkäufern und Kunden unmittelbar verhandelten; auch die Vermittlung war eines von Venedigs goldenen Vorrechten.

Der Dolmetscher begleitete die Deutschen in die grossen Markthallen, wo die Italiener ihre Waren feilboten. Hier wurden die Verkäufe abgeschlossen. Die Kontoristen standen hinter hohen Pulten, vor ihnen lagen Warenproben, und daneben sassen die Schreiber mit den dicken Auftragsbüchern. Herr Gott- fried versuchte nicht zu feilschen, denn er wusste, dass die Preise in Venedig täglich nach Angebot und Nachfrage festgesetzt wurden und verbindlich waren. Es war ihm nicht verwehrt, zwei oder mehrere Tage warten zu wollen, aber ein kleiner Preisrückgang wurde meist durch die teuren Aufenthalts- und Unterbringungskosten aller seiner Leute übertroffen, dass sich abwarten selten lohnte. Die Waren des Ostens waren nicht mehr so zahlreich vertreten und man konnte nicht mehr jede Menge kaufen, wie man sie sich vorgestellt hatte. So kaufte Megelein jeweils die erlaubten Mengen von Pfeffer, Ingwer, Safran, Zimt und Weihrauch. «Man merkt den Boykott von Byzanz», knurrte er leise Kalbermatten ins Ohr, «Venedig ist nicht mehr so allmächtig, dafür sorgen die Türken.» Die anderen Sachen gab es unbeschränk: Rhabarber, Mandeln, Nüsse, Rosinen, Feigen, Zucker, Wachs, Öl und Seife, auch Salpeter zum Pulvermachen, Pergament für die Bücherschreiber und Papier für die neue Druckerei. Schliesslich erwarb er noch einen Ballen der fast unerschwinglich gewordenen persischen Purpurseide. Der Dolmetscher notierte alle Einkäufe und die Preise in seinem *Libro di mercatio.* Zu unterst musste Herr Gottfried seinen Namen setzen, um den Handel rechtskräftig zu machen.

Den ganzen Tag waren Megelein und Kalbermatten von Halle zu Halle unterwegs und fanden kaum Zeit, die goldschimmernden Paläste, die mit überladener Pracht geschmückten Balkone, Gitterwerke, Arkaden und Säulenbögen zu besichtigen, auch nicht die geheimnisdunklen Mosaikgewölbe des Domes, die marmorne Riesentreppe des Dogenpalastes und die Standbilder auf den Plätzen der Stadt. Ohne einen ortskundigen Begleiter hätten sie sich im Labyrinth der vielen Kanäle und Kanälchen wohl auch kaum zurechtgefunden. Gerade vor Toresschluss gelangten sie wieder zum *Fondaco dei Tedeschi.* Kaum betraten sie die Halle, als vom Uhrenturm das berühmte Glockenspiel herübertönte und die Glocken vom Campanile die Abendstunde einzuläuten begannen. Nach und nach fielen die Glocken der zahlreichen Inselkirchen ein, und zehn oder fünfzehn Minuten lang war die Stadt von anhaltendem Geläut erfüllt. Die Tore des Deutschen Hauses wurden geschlossen und verriegelt, auf Treppen und Gängen brannten Öllampen; der *Podesta* gebot Ruhe.

Am anderen Morgen bezahlte Meister Gottfried seine Einkäufe und rechnete in der Kanzlei den Erlös der mitgebrachten Waren ab. In seiner Gegenwart plombierten und siegelten «Bleianleger» die erstandenen Warenballen. Dann begann das Verladen auf Barken, der Dolmetscher geleitete die Deutschen zu den Gondeln und befahl dem Schiffer, die Herren nach Mestre überzusetzen. Von ihrer Ware erhielten sie nur die Frachtbriefe.

«Beim Henker», brummte Adrian Kalbermatten, dem man sein Schwert wieder ausgehändigt hatte, «besonders gastfreundlich sind diese Venezianer nicht. Sie halten die Fremden wie Gefangene in ihrer Stadt, man darf kaufen oder verkaufen, aber nur das, was ihnen passt. Kaum ist bezahlt und abgerechnet, weisen sie höflich, aber bestimmt die Tür: da – geh und komm nicht wieder, ausser, du hättest einen neuen Sack voll Geld zu bringen! Wär' ich nicht schon hier gewesen, würde es mich nicht wundern, wenn wir nur die Hälfte unserer Ware wiederfänden.»

Gottfried grinste den Feldhauptmann an. «Habt nicht ganz Unrecht, Adrian, ist hier ein Kommen und Gehen, und wer seine Geschäfte erledigt hat, soll getrost wieder abreisen. Aber über die Ehrlichkeit braucht Ihr Euch keine Sorgen zu machen. Venedig handelt mit hohem Gewinn, wickelt die Geschäfte aber korrekt ab. Zu Mestre werden wir unsere Habe bis auf das letzte Pfefferkorn wiederfinden.»

*

In den ersten Augusttagen des Jahres 1681 lief eine kleine, unauffällige Schnau in den Hafen von Venedig ein. Sie wurde nicht sonderlich beachtet – was galt schon eine Schnau in diesem glänzendsten Hafen des Südens

Zweimal war die Schnau von holländischen Fregatten angehalten und durchsucht worden. Von den fast fünfhundert Gulden holländisch, die er in der Geldkatze um den Leib gebunden trug, opferte Harm Jansen einen erklecklichen Teil als Zahlung für Trank, Speise, Überfahrt und für Behütung vor Verrat. Was er nun tun würde, war dem blonden Friesen von allem Anfang an klar. In den langen Wochen der Überfahrt hatte sich sein Plan nicht geändert. Zu Raule würde er reisen und ihm seine Dienste auf kurfürstlichen Schiffen anbieten. Es müsste mit dem Teufel zugehen, sollte der Kurfürst keinen meererfahrenen Friesen gebrauchen können!

Harm Jansen fragte den Wirt des Albergos, in den er sich eingemietet hatte, ob er deutsche Reisende wisse, die in den nächsten Tagen nach Norden zögen.

«Da habt Ihr aber Glück, die Deutschen wohnen in ihrem *Fondaco dei Tedeschi*; sie haben ihre Handelsgeschäfte zum Abschluss gebracht und wollen morgen wieder abreisen, mit vielen Wagen und starker Begleitung. Die Zeiten zeigen sich unsicher, die Lombardei und das Piemont wird von Krieg heimgesucht: Deutsch-Kaiserliche streiten dort gegen Franzosen, der Weg über den Brennerpass ist neuerdings nicht zu empfehlen und der St. Gotthard ist noch gefährlicher zu erreichen. Deshalb haben sich die Franken mit den Österreichischen zusammengeschlossen. Sie ziehen über Friaul und die Steiermark heim, im Kärntnerischen werden sie sich trennen.»

Ein Trinkgeld verwandelte den Wirt in einen ortskundigen Führer, er brachte den blonden Fremden zu den Kaufherren, die gerne hörten, dass sich ein wehrfähiger junger Mann ihrem Zuge anschliessen wollte. Gottfried Megelein merkte bald, dass sich der Friese geschickt in ihren Kaufmannszug integrieren würde, und Kalbermatten war froh, einen kräftigen Kerl, der ein

Schwert zu führen wusste, dazuzugewinnen. In der Freude, unter Menschen zu sein, die seine Sprache redeten, löste sich abends beim Wein Harms Zunge.

Die erfahrenen Männer sahen einander an. Also desertiert ist er, um in kurbrandenburgische Dienste zu gehen, weil er holländischen Zwang nicht ertragen mag! Das glaubte man ihm gerne, denn die Holländer sind Protestanten, die mögen sie als Katholiken auch nicht. Ein junger, aufrechter, zäher Kerl und ein tüchtiger Kaufmann schien er ja zu sein. Aber muss er denn unbedingt nach Brandenburg gehen? Die Brandenburger sind doch mausarm, er wird dort kaum Gewinn und Reichtum finden. Und der Weg dahin ist weit.

Die Österreicher schlugen ihm vor, in ihre Dienste zu treten. Als Beaufsichtiger und Leiter ihrer grossen Salztransporte auf der Donau wäre er gewiss gut zu brauchen. Sein Arbeitsrevier läge zwischen Linz und Passau, und sie zahlten in harten Batzen!

«Ich will ins Brandenburgische!» wehrte Harm Jansen ab. Aber die Kaufleute liessen nicht nach. Sie nannten die Höhe der Besoldung: Dreissig Reichstaler im Monat und freie Verpflegung.

Dreissig Reichstaler? Das gab zu denken? Da könnte man bald mit einem schönen Stück Geld nach Brandenburg gehen und sich in eine Stelle einkaufen, die einem zusagte. Man brauchte nicht von ganz unten zu beginnen. Und schliesslich, ein paar Monate würden schnell vergehen. Er hielt dem Sprecher der Kaufleute die Hand hin. Der schlägt ein. Ein kurzer schriftlicher Vertrag und ein Umtrunk mit süssem Muskateller bekräftigten das neue Bündnis.

Tags darauf bewegte sich die lange Kolonne schwer beladener Wagen durch das ebene Land nach Norden. Allen voran reitet in Wehr und Waffen Harm Jansen. Gestern hatten sie ihm einen Helm gegeben, der hängt am Sattelzeug. Der frühsommerliche Wind fuhr durch sein Haar. Es war ein guter, kühler Wind. Er kam aus dem Norden, und Harm glaubte, dass er den Duft der Heimat mit sich trug.

*

Dem Nürnberger Kaufmannszug war auf seiner weiteren Rückreise von der Venedigfahrt kein Glück beschieden. Im Niederbayerischen wird der aus Italien heimkehrende Warenzug von Raubrittern angefallen. Von Passau folgten sie der alten Landstrasse nach Tittling, um von dort durchs Tal des Regen über Fürth nach Nürnberg zu gelangen. Aber bei Grafenau brechen in der Frühe die Herren von Waldensburg mit etlichen Reitern aus dem Busch und bemächtigen sich der kostbaren Ladung. Adrian Kalbermatten, der mit seinen Spiessknechten die Wagen begleitet, lassen sie mit einer breitklaffenden Kopfwunde im Sand unter den Föhren liegen. Das geraubte Gut bringen die Buschklepper auf ihr festes Schloss Waldensburg.

Gottfried Megelein eilte mit der Schreckensnachricht nach Nürnberg zurück; schon tags darauf stand Sebaldus Scheurer vor dem Rat der Stadt und forderte Bestrafung der Schuldigen. Der Einfluss des reichen Hauses bewirkte, dass die Nürnberger Kaufmannschaft 80 Berittene stellte, dazu sollten etwa 60 Spiessknechte der Stadtwache stossen. Der Rat bot ferner die Bevölkerung der umliegenden Dörfer und Städtchen auf, so dass ein ansehnlicher Kriegszug in Marsch gesetzt wurde. Mit Fackeln und Windlichtern rollten bei hereinbrechender Nacht die Nürnberger Leiterwagen vor das Raubnest. Aus dem Küchenwagen stiegen Rauchwolken, der Feldscher breitete seine Instrumente aus und überprüfte die Flaschen mit Wundbalsam und Stärkungsmedizin; der begleitende Geistliche nahm den Männern die Beichte ab und erteilt ihnen die Absolution.

Die Knechte der Waldensburger – hergelaufenes Abenteurervolk – haben mit ängstlicher Sorge die Vorbereitungen der Belagerer beobachtet. Sie benutzen das Dunkel der Nacht, um in den benachbarten Wäldern unterzutauchen. Als die Nürnberger im Morgengrauen bei der Burg ankommen, finden sie die Leiche Kalbermattens in einem Gebüsch am Fuss des Burgfrieds. Adrian war verblutet. Das reizt ihren Zorn; nachdem sie ihn christlich beerdigt hatten, legen sie entschlossen die Leitern an und stossen auf ein verlassenes Nest! Gottfried Megelein, der als einer der ersten über die Mauer klettert, findet zu seiner grossen Freude alle geraubten Waren wohlverwahrt in den Felsenkellern der Burg. Dankbar gelobt er Unserer Lieben Frau zu Nürnberg eine dicke Kerze.

Die Knechte tragen einige Fass Pulver in die Keller des Burgfrieds, eine brennende Fackel fliegt – aus der Deckung geworfen – durch die offene Tür des Zwingturms. Ein Blitzen und Krachen, die mächtigen Mauern zerbersten und zertrümmern das feste Haus der Herren von Waldensburg. In den folgenden Tagen wurden rings um Grafenau noch zehn blühende Dörfer niedergebrannt, welche den Waldensburgern zinspflichtig waren. Die Bauern flüchteten in die Wildnis und sahen ohnmächtig zu, wie die Städter ihre Höfe plünderten. Sie verfluchten im gleichen Atemzug ihre Herren und die gnadenlosen «Pfeffersäcke».

Der Wagenzug Meister Gottfrieds war einer der letzten, der die Alpenstrasse überquert hatte. Gottfried Megelein hatte aus Venedig die Nachricht mitgebracht, dass die Republik eine Kriegsflotte rüste, um von ihren Besitzungen in der Ägäis und in Dalmatien aus gegen die Türken zu operieren. Diese Kunde war für die Herren Scheurer und Meswein von grosser Bedeutung, weil daraus Rückschlüsse auf die Entwicklung des Handels gezogen werden konnten. Wenn die Venezianer sich mit den Türken herumschlagen, muss mit einem weiteren Steigen der Preise für Orientprodukte gerechnet werden. Die leeren Magazine Venedigs werden bald keine Italienfahrt mehr lohnen, rasch werden die Preise in die Höhe klettern und die Ware verknappen. Als die Bäcker und

Hausfrauen die Kaufleute fragten, erfuhren sie, dass die Türkennot Schuld an der Teuerung trüge. Werden die Kinder dieses Jahr zum Christfest Kuchen haben, der mit Safran gelb gefärbt, von Rosinen und Mandeln gespickt und durch Zuckerguss versüsst ist? Müssen sich die Handwerksmeister und Ratsherren etwa gar den abendlichen Würzwein mit Nelken, Muskat und Ingwer abgewöhnen?

Es hiess, dass es bald überhaupt keine Gewürze, keinen Zucker und keine kandierten Südfrüchte mehr geben wird. Die grossen Kaufherren machten bedenkliche Gesichter und redeten von letzten, geringfügigen Vorräten, die sie gelagert hätten. Kurz vor Weihnachten, als die Preise das Vierfache vom Sommer erreichten, schickten die Scheurer und Meswein langsam und in kleinen Raten ihre Ware auf die Märkte und setzten sie ohne Mühe zu guten Preisen ab.

Freilich – der einfache Bürger konnte sie kaum bezahlen, und an den Stammtischen der Zünfte wurden bedrohliche Reden gegen den Preiswucher der Patrizier geführt. Aber die grossen Kaufmannsfamilien beherrschten das Wirtschaftsleben des Landes. Die Scheurer, Meswein, die Imhof und Holzschuher, die Tucher, Hirschvogel und Fugger planten bereits andere auf Gewinne abzielende Geschäftstätigkeiten, die reiche Erträge bringen sollten. Ihre Agenten in den flandrischen Städten hatten schon neue Handelsgelegenheiten ausfindig gemacht. Die Scheurer und Meswein legten die im Gewürzhandel gemachten Gewinne in Wollstoffen und Leinen an und belieferten den westdeutschen Markt mit flandrischer Ware.

Die Lage im Osten verschärfte sich zusehends; mehr und mehr kam der Levantehandel ins Stocken. Dem Kaiser in Wien machte das langsame Vordringen der Osmanen grosse Sorgen, und der Papst sammelte einen «allgemeinen Pfennig» für den Türkenkrieg, auch die reichen Handelhäuser, die gleich Venedig vom Durchgangshandel leben, steuerten ihr Scherflein bei, damit ein Krieg die Meere und Handelswege von dem Türkenschreck befreien möge.

Kalfatern: Matrosen dichten die Planken an wasserdurchlässigen Schiffswänden. Vorher wurde das Schiff ins Trockendock gehoben (Zeichnung, circa. 1880)

Mit dem steigenden Bedarf an Holz entwickelte sich im 17. Jahrhundert die Holz-
flösserei auf vielen Flüssen: Holland-Floss vor der Kulisse Koblenz-Ehrenbreitstein.
(Rheinisches Landesmuseum Bonn.)

Kapitel 19: Greta

«Hea – he! Auf geht's!» Scharf klaschte die Peitsche durch die feuchtkühle
Morgenluft. Ein Ross wieherte laut, andere schnaubten vernehmlich. Mit jähem
Ruck sprang das schwere Seil, das die *Enns* mit den Pferden auf dem Treidel-
pfad verband, der ganzen Länge nach aus dem Donauwasser, straffte sich, schil-
lerndheller Tropfenregen sprühte in die graublaue Flut.

«Nachkehrer, hol auf! Hea – he!»

Das Seil rieb in den Ösen, das Holz knirschte.

«Lasst es nicht trocken gehn! Schütt' Wasser auf, bevor es anwetzt! Taugt
nicht viel für die Naufahrt, das hänferne Zeug. Nehmen all das gute Zeug für
die elendige Kriegerei!» Anton Kober, der Nauführer, der den Treidelzug donauaufwärts bringen muss, rief es dem *Ruderknecht* in die Ohren, der dem Seil
am nächsten hockte. Er selbst hielt das Kehrruder fest in Händen. Seine Augen
forschten über den Strom, den er seit dreissig Jahren befuhr. Keiner im Land,
von Linz bis ins Passauische, kannte das Wasser so wie er, seine gefährlichen
Stellen, wo Schotterbänke und Felsenriffe darauf lauerten, dem Donaufahrer
Übles zu tun.

Drüben am *Hufschlag*, dem Weg am waldgesäumten Ufer, keuchten fünfunddreissig breitrückige Pferde stromaufwärts. Sie zogen nicht nur die stattliche *Enns*, sondern, wie es Brauch ist, einen ganzen zusammengehörigen Schiffszug: An die *Enns* sind mit Seilen angeschlossen der *Nebenbey,* der *Schwemmer*, die *Steinplätten* und dann noch die zwei *Rossplätten* mit Futter und Gerät. Alles gute und flachgehende Schiffe; ein langer, mächtiger Zug.

Herbstlich feucht und kühl geht die Luft durch das Donautal; das mag gut sein für Ross und Treiber, für die Schiffleute und Seilknechte.

Der Nauführer schaute unauffällig zu dem Mann neben ihm: Harm Jansen, der bärtige Irgendwoher. Keiner weiss was Rechtes von ihm, was er getrieben, bevor ihn im Sommer die Salzherren als Leiter und Beaufsichtiger für die Schiffszüge geworben haben. Fast mit zuviel Geschick tut er sich um, mischt sich oft genug mit Wort und Griff in das Fahrwerk und will manches besser wissen als alte Schiffersleute und Naufahrer. Der Teufel mag es schmecken, woher der Jansen das Zeug und Wissen hat, wie man auf dem Wasser umgeht. Er ist ja noch jung, aber es heisst, er soll schon ein grösseres Stück die Welt hinunter gekugelt sein als andere, die auch keinen schlechten Vater haben. Ob es wahr sein will, was man so munkelt: dass er mit holländischen Schiffen gesegelt ist? Gar bis dorthin, wo die Mohren leben und lauteres Gold und funkelnde Edelsteine nur so zum Greifen herumliegen? Er redet kein Wort davon, und wenn ihn einer fragt, bleibt er die Antwort schuldig.

Aber jetzt, nach all der Hetze und den Vorbereitungen, nach dem Verladen der Waren, dem Zusammenstellen des Treidelzugs und nach dem Anschirren der Pferde, nicht zu vergessen nach der Vergatterung der Ross- und Fuhrknechte, bei der er die Männer wie es die Vorschrift gebot formell über ihre Pflichten belehrte und ein Handgeld ausgezahlt hatte – jetzt waren sie unterwegs, nun würde sich alle Hektik bald in Routine wandeln und Anton Kober wollte eine vorsichtige Annäherung wagen.

«Sind harte Tage!», fing der Nauführer an. Seine Rede galt dem Harm Jansen. «Voll Schweden- und Türkendrang!»

Harm wehrte ab. «Der Schwede mag nicht mehr!»

Das Kehrruder knirscht in der Gabel. Der Nauführer schüttelte missmutig den Kopf: «Kommt nicht der Schwed', dann kommt der Türk! Aber der gewiss! – Scher ab! Hol über!» Der Befehl war für die Seilhalter bestimmt, die im Weidling neben der *Enns* fuhren. Mit langen Hakenstangen lüpften sie das straffe Zugseil, auf dass es über einen am Ufer liegenden Fels gleiten konnte und nicht hängen blieb.

Jansen und Kober redeten, soweit es die verantwortungsvolle Arbeit des Nauführers zuliess, der auch die Griffe der Schöffknechte und Reiter überwachen muss, noch einige Sätze über Schwedennot und Türkenzeit, bis der

Nauführer wie von ungefähr sagt: «Nun seid Ihr schon vier Monate hier auf der *Enns!*»

«Vier?», fragte Harm Jansen und zog die Stirn kraus. «Mir kommt es vor, es sind schon ein Dutzend! Ist keine sonderliche Kurzweil auf dem stillen Wasser. Man wird alt und schmerbäuchig bei solchem Fahren, und das Leben rinnt an einem vorbei, so faul und langsam wie die Donau da.» Harm machte mit der Linken eine wegwerfende Gebärde; in dem jungen, braunen Gesichte lag ein unzufriedener Zug.

«Oho! Mit Verlaub, Herr! Ihr nehmt das Maul tüchtig voll. Der Strom kann auch anders», lachte der Nauführer. «Für Euch fängt das Leben doch erst an. Seid eben von der Anschütt weg und noch lang nicht mitten im Strom!» Kober legte einen Köder aus; vielleicht würde der Jansen doch etwas gesprächiger und würde ihm erzählen, was er so getrieben hat, ehe er ins Österreichische geraten ist. «He, Reitknecht, schau auf! Der vorletzte Braune geht krumm! Hat vielleicht einen Dorn im Huf!» Der Zuruf galt dem letzten Treiber, der auf seinem Ross eingedöst ist und nun jählings aufschrickt.

Langsam zogen die Pferde den Schiffszug stromauf. Der Treiber halfterte den Braunen aus und blieb mit dem Tier zurück.

Harm lachte! «Ich kenn' Euch, Alter! Ihr wollt mich aushorchen! Aber weil es heut' vier Monate her ist, dass meiner Mutter wackerer Sohn in österreichische Schifffahrt geraten ist, will ich Euch sagen, was Euch Wunder nimmt, nämlich dass ich als holländischer Steuermann auf ganz anderen Wassern gefahren bin.»

«Tauch weg! Tauch weg!» brüllte der Nauführer den Seilknechten im Weidling zu. Knapp zog die *Enns* am gefährlichen Fels vorbei, der dicht unter dem Wasserspiegel emporragte. Der Nauführer selbst arbeitete mit dem Kehrruder, dass ihm der Schweiss auf die Stirne trat. «Packt besser an – alle vier!», eiferte er die Ruderknechte an, von denen die zwei, die Rast hielten, nun aufsprangen und sich ins Holz stemmten. Der Kober hatte fürs erste keine Zeit, seine Neugier zu befriedigen. Inzwischen war der Reitknecht mit dem lahmen Pferd zurückgekehrt; er hatte den Dorn oder Stein aus dem Huf des Zugpferdes entfernt und hängte das Tier wieder ein.

Als sie den Felsen umfahren hatten und der Vorreiter Ross und Leute wieder antrieb, konnte der Nauführer die Frage, die ihn plagte, dem anderen vorsetzen: «Hollandscher Steuermann? Seid wohl auf Engeland gewesen und bei den Franzosen? Etwa gar bei den Mohren? Waren schöne Zeiten bei solcher Schifferei, was?» Der Kober schaute mit prüfendem Blick kurz zu Harm Jansen hinüber, eh er wieder auf die Heimtücken der Donau achten musste. Harm aber presste die Lippen aufeinander. Er starrte aufs Wasser, als könnte er bis auf den Grund sehen, und als sähe er dort etwas, das ihm nicht gefiel. «Ja», sagt er dann dumpf und so, als spräche er mit sich selbst – «ja, bei den Mohren und im

Portugiesischen; haben Pfeffer geholt und Muskat, Elfenbein und Goldstaub – etliche Jahr' lang! Aber warum? Haben auch Schwarzes Elfenbein verhandelt.»

«Schwarzes Elfenbein?» Der Kober Anton kratzte seinen grauen Bart und sinnierte vor sich hin. «Ja gibt's das? Sind doch Elefantenzähne, hatte auch schon einige als Last, aber die waren weiss – oder gelb?»

«Ja, Elefantenzähne verhandelten wir auch. Aber Schwarzes Elfenbein, das sind schwarze Leute – Neger!»

«Neger?»

«Ja, Menschenfleisch, springlebendiges. Frauenzimmer und Männer – als wären sie Kälber.»

Der Nauführer musste das erst verdauen, bevor er fragt: «Habt wohl viel Geld gescheffelt damit?»

«Geld gescheffelt?», antwortet Harm. «Sässe ich sonst hier? Der Teufel hol's?»

Der Nauführer spürte, dass der junge Mann eine ungute Erinnerung mitschleppte. «Lasst's gut sein», sagte Kober so ruhig als er kann. «wir sind nicht Schuld!» Er sah wieder auf das Wasser und auf seine Leute. Ihm waren Schiffe und Waren anvertraut, er musste sie durch alle Fährlichkeiten des dunklen Stromes heil wasserauf bringen. Immer wieder brauchte er seine Kraft für das schwere Kehrruder und hatte, so gern er auch möchte, nicht viel Zeit und Weile, dem nachzuhängen, was den Jungen neben ihm bewegte.

Graublaue Wogen zogen vorbei, weit fort ins Ungarland und ins Türkische. Es gluckerte das Wasser an den Bohlenwänden der *Enns*, die dreihundert Kufen Salz aus der Hallstatt in sich trägt. Auch der *Nebenbey* und der *Schwemmer* bargen je an die zweihundertzehn Kufen. Es war sonst nicht viel anderes Zeug auf dem Schiffszug geladen. Einige Fässer Wein aus dem Niederösterreichischen für den Pfleger zu Neuhaus, den saufgewaltigen Herrn, der dort in seinem festen Schlosse sass. Und ein paar Lasten Getreide. Was sonst noch war, zählte als kleiner Kram.

Vortrefflich aber war das Salz. Es gab den Schiffleuten der Donau seit urdenklichen Zeiten das tägliche Brot samt dem Schmalz darauf, wohl auch manch Kännel Wein oder süsses Klebebier. Meinte es der Herrgott gut und liess er keine Plätte absaufen, dann mochten sich Schiffsmeister, Nauführere und Vorreiter, nachdem sie jahrzehntelang stromauf und stromab fuhren, wohl auch ein paar Silberstücke zusammengetragen haben. In ihren alten Tagen setzten sie sich dann in ein Häuschen nahe beim Strom und schauten, wie nun die Jungen sich schinden und plagen, um auch einmal soweit zu kommen, um von einem Hausgärtel auf die Nachfahren im Strom schauen zu können. So ging es immer weiter von Geschlecht zu Geschlecht. Und das war alles, aber es war auch zufrieden stellend. Trotzdem hatte der Jansen auf seine Weise auch Recht – das Leben rinnt nur so vorbei! Man kann es nicht ausschöpfen! Das dachte der alte

Nauführer der *Enns*. Und zugleich bohrte in ihm die Frage, was es mit dem Jungen auf sich haben mochte, auf dass ihm die Seefahrerei verleidet wurde. Er hält den Jansen für einen ehrlichen Kerl.

«Ist wohl eine böse Sach' gewesen, damals?» Er schaute dabei über das Wasser hin und redete leicht über den Strom.

Harm nahm die Frage auf; irgendwie war es ihm recht, dass sie der Kober stellte. «Bös? Oh, die Sach' wär gut gewesen; ein lustiges Fahren, mit Sturm und allen Höllenteufeln. Ich war sehr jung, noch ein Bub. Sie haben mich gezwungen, die Holländer, traf es aber recht an, war ein guter Kapitän und gute Kameraden. Dann Schiffbruch und ein Abenteuer auf wilden Wassern, kämpfte gegen Engländer und Japaner. Aber für die Holländer! Nur wenige kamen davon. Und Dank gab es nicht . . .» Der Mann brach jäh ab, als täte es ihm leid, soviel gesagt zu haben.

Eine Weile war es still zwischen den beiden Männern. Der Nauführer spürte, dass er nicht weiterfragen durfte. Dann aber nahm er doch das Wort wieder auf, und es sollte den andern trösten. «Was einmal war, das ist geschehen. Keiner holt's zurück und keiner trägt es nach! Die Zeit vermag es nicht in Händen zu halten, sie rinnt davon wie unser Wasser. Nicht nachschauen! Vorwärts geht's!»

Harm Jansen wusste nicht, ob das absonderlich laute «Vorwärts geht's!» noch ihm galt oder schon den Treibknechten, denn die Anschütt von Aschach tat sich auf. Die Schiffleute stemmten sich stärker in die Ruder, die Treiber eiferten mit Ruf und Gertenschlag ihre Tiere an. Wiehernd legten sich die Rosse mit vermehrter Kraft in die Gurten. Widerwillig murrten die Wasser an, die Schiffleute vollführten ihre Arbeit mit Geschrei und Gelächter. Ein gutes Stück der gefährlichen und harten Naufahrt lag hinter ihnen. Alle wussten, dass es in Aschach Rast, frischen Trank und Zeit zum Ausruhen gab.

Bauernleute, Weiber und Männer, die nebenher auf den Äckern arbeiteten, hielten in ihrem Rackern inne, hoben ächzend die tiefgebeugten Rücken. Sie besahen neugierig den Schiffszug. Auch am Donauufer zu Aschach sammelten sich die Menschen, sie liefen aus den schmalen, hochrückigen Häusern des lang gestreckten Marktes und den kleineren Hütten hinter den Stadtmauern herbei.

Schnaubend nahmen die Pferde das letzte Stück. Es war, als würden sie ihre Kraft verdoppeln. Der Nauführer gebrauchte mit beiden Händen das Kehrruder. Nun schwamm die *Enns* neben den ersten Reitstöcken, den dicken Holzpfählen, die im Uferschlamm eingerammt waren. Und dann gab der Nauführer den ersehnten Befehl: «Kehr zu! Kehr zu!»

Der Aschacher Mautner drängte sich als erster heran mit «Grüss Gott! Gut Wasser!» und der Frage nach Neuigkeiten, die die Schiffleute zu Linz gehört haben mögen. Harm Jansen reichte ihm die Hand. «Sie sagen, der Türke werde kommen wider die Christenheit. Aber solches reden sie schon zwei Jahre lang.

Etwelche Himmelfahrten von hochgeborenen Leuten erzähle ich Euch später, auch ein paar Schnurren, die ich in den Wirtsstuben der landesfürstlichen Stadt aufgeschnappt habe. Was sonst noch ist an Neuigkeiten, mag keinen Stüwer wert sein.»

«Habt Ihr für Aschach Zulast?» fragte der Mautner neugierig. Obwohl die *Enns* meist nur Salz führte, das weiter stromaufwärts zu befördern war, nahm sie oft auch andere Lasten für die Handelsleute im Markt mit. Das trug den Schiffleuten nebenbei noch manchen baren Taler ein.

«Nichts für Euch! Alles für weiter oben, fürs Mühlviertel und fürs böhmische Land. Könnten aber leicht noch zuladen, die *Enns* vermag viel zu tragen.»

«Wenn ihr talab fahrt, könnt Ihr wieder anlegen. Habe Zulast für Euch, Herr Jansen, wenn Ihr sie mitnehmen wolltet. Sie zahlen gut!» meint der Mautner. Jansen weiss nicht, was er davon halten sollte, denn der Mann sagte es auf eine Art, die zwischen Spott und Ernst in der Mitte lag.

«Zulast? Ja – nur immer herbei damit! Wir Schiffleute können immer Geld brauchen! Die *Enns* ist brav. Kannst ihr sogar jetzt noch an die hundert Kufen auflasten, und sie taucht kaum um eine Handbreit tiefer. Könnt den Luzifer selber tragen, samt seinen Sünden.» Jansen lachte. Es behagte ihm, dass er auf der Talfahrt, die in drei Tagen beginnen soll, Güter mitnehmen soll.

«Den Teufel selbst kann ich Euch nicht herzaubern, aber es mag wohl nicht viel schlechter sein. Werdet kaum viel Freud haben mit solcher Zulast!»

Harm Jansen wurde stutzig. Er wehrte ab. «Hoho, Mautner! Pestilenzische Leute oder solche mit hispanischem Fieber nehmen wir nicht mit! Verderben mir Ross und Volk. Der Tod soll auf dem Land bleiben und nicht von Naufahrern verbreitet werden!»

«Niemand red't von Tod und Pestilenz – es hat . . .», den Mautner drückte es im Schlund, als hätte er Unrechtes darin, «– es hat eine Buhlerin, eine satanische, – eine Hexe! Die bekommt Ihr als Zulast nach Linz ins Landgericht!»

Harm fuhr empört auf: «Behaltet Euch Eure Vettel da! Wollt Ihr mir etwa auch noch den Henker aufpacken? Im roten Wams mit dem blutigen Bihänder? Die *Enns* ist mir zu gut für solches Gelump!»

Der Mautner wollte begütigen. «Braucht nicht die *Enns* zu sein, so die Hex' ins Landgericht bringt. Tut es auch eine Rossplätte, die hintennach fährt. Verpestet und verludert Euch keine Luft und kein gutes Wasser, bringt aber blanke Taler. Drei Wehrknechte fahren mit ihr, der höllischen Buhlerin.»

«Ist nicht wegen der Hexerei», knurrte Harm Jansen missgestimmt, «an die ich nicht glauben kann. Es gibt keine Hexen, bin nie einer begegnet. Aber es wird kein Christenmensch noch Zulast auf unsere Schiffe geben wollen, wenn solche Sachen ruchbar werden. Soll zu Fuss gehen, die alte Vettel, oder auf dem Hexenbesen reiten. Wird noch schnell genug zu Rad und Galgen kommen!»

«Mit Verlaub, Herr Jansen! Ihr tut Euch stark erhitzen! Das Frauenzimmer vermag sich nicht auf Füssen zu halten, ist schon in peinlicher Befragung gewesen. Sie wird wohl etliche Wochen zur Verheilung brauchen, muss aber schleunigst nach Linz, allwo man ihr schon gar zu gerne den Prozess machen möcht'.»

«Ein schandbares Handwerk, alte Weiber aufs Rad zu flechten und auf die Scheiter zu bringen!»

«Nicht alt, Herr! Nicht alt! Erst an die sechzehn Jahr! Hat als Hirtin den Bauern das Vieh verhext. Und noch viel Schlimmers: die eig'ne Mutter soll sie um'bracht hab'n, das Ludersmensch, das satanisch verbuhlte. Hört, was man ihr anlastet . . .» Der Mautner, hexengläubig wie fast alle im Land, begann, die Verbrechen aufzählen, welche die Sechzehnjährige begangen haben soll.

«Schweigt, verdammt noch mal!» fährt ihm Harm Jansen an. «Habt Ihr nicht genug alte Weiberhäute, wenn schon solche Narretei getrieben werden soll? Müssen auch noch Kinder zermartert und auf grausige Weise in die Ewigkeit geschickt werden?»

«Nicht so laut, Herr! Ich bitt' Euch! Dort kommt der Marktrichter! Tut nicht gut, wenn Ihr was dawider sagt. Könntet in Verdacht geraten, dass Ihr selber . . .» Der Mautner unterbrach sich, da der Aschacher Marktrichter schon zu nahe herangekommen war und Jansen ihn grüsste.

Der Richter reichte ihm die Hand. «Grüss Gott, Freund Jansen, und gut Wasser! Hat Euch der Mautner schon –?»

Der Mautner fürchtete, der Leiter des Salzzuges könnte zu heftig losfahren, fiel ihm ins Wort: «Der Herr Jansen kann keine Freud' daran finden, und nicht mit Unrecht. Er nimmt sie nicht auf seine . . .»

Der grosse, blonde Mensch fuhr gereizt dazwischen. «Wer sagt das?»

«Nehmt Ihr sie mit?»

«Kommt drauf an.»

«Soll Euer Schaden nicht sein», warf der Richter ein, «gibt zwölf Taler extra. Geht auf Gerichtskosten.»

Jansen dachte nach, strich sich übers Kinn, sagte: «Also gut, ich nehme sie! In drei Tagen, so Gott hilft, legen wir wieder an!»

Der Mautner sperrte Mund und Augen auf. Es locken ihn halt doch die Taler, den Jansen, dass er sich besonnen hat und die Teufelsbuhlerin mit sich nehmen will!

«Kommt mit mir zur *Sonne,* Freund! Ist ein gutes Aschacher Tröpfel dort in den Kannen. Mag Euch eine merkwürdige Zeitung erzählen von der rothaarigen Hex'!» Der Marktrichter war begierig, sein Wissen auszukramen und selbst allerlei zu erfragen, was sich zu Linz und ansonsten in der Welt zugetragen haben mag, von dem ein Schiffer am ehesten wüsste.

Jansen hatte seinen Leuten noch ein paar Weisungen zu geben für den Aufbruch des Schiffszuges am nächsten Morgen. Dann ging er mit dem Marktrichter durch den herbstlichen Abendfrieden in die Wirtsstube zur *Sonne*, wo die Kannen schepperten, dass man es bis weit über die Strasse hörte.

*

Seit Stunden sass der Marktgerichtsschreiber Franziskus Steinmair hinter dem Klobentische in der muffigen Gerichtskanzlei zu Aschach. Schon seit langem hatte man nicht soviel Aufhebens wegen einer Hex' gemacht wie mit der Greta Born, der Unholdin! Die Reinschriften der Protokollabschriften war eine rechte Schwerarbeit gewesen, aber nun hat er alles verfertigt und über drei Tagen wird man sie loshaben.

Pflichteifrig überschaute und überdachte Steinmair nochmals die vielen Bogen Papier, ob doch auch nichts vergessen worden sei. Nein. «*Gegenwärtige, gefangene und gebundene malefizische Weibsperson Greta Born, sechzehent Jahr alt, doppelt verwaist, wohnhaft gewesen bei ihrer Frau Tanten, der ehrsamen Wittib Theres Born zu Ruprechting, ist vor genau drei Wochen gefänglich eingezogen worden, weil aus zwei Kühen ihres Nachbarn rote Milch gemolken wurde, nachdem die Greta vorher mit ihnen auf der Weide gewesen war. Die Nachbarsbuben haben ausgesagt, die Greta sei im Besitz eines Gebetes, das die Leute nicht munter werden lässt. Auch sollt sie einen Stecken haben, mit dem etwas sei.*»

Im ersten gütigen Examen am 6. Oktober hatte die Greta alles bestritten. Im Protokoll war es festgehalten: «*Sie wisse nichts von blutroter Milch, habe kein Schlafgebet und keinen sonderlichen Stecken, als den Hirtenstecken, so sie abgebrochen an der Donau von den Haselstauden. – Ob solches zu einer gewissen Zeit geschehen ist und ob sie dabey einen Zauberspruch hergesaget? – Mitnichten, bei meiner armen Seel'! hat sie geflennet und sich gewunden in Sorge und Angst.*»

Man war nicht weitergekommen mit ihr, nicht im ersten und auch nicht im zweiten gütigen Verhör. Wohl aber dann, im dritten gütigen Verhör, hatte sie fürs erste zugestanden, es wären gewisse Zeichen in besagten Stecken geschnitzt gewesen. «*Hat aber ihre Aussage abschwächen wollen, das Frauenzimmer, und vorgegeben, es wär' von ihr zur Lust und aus Langeweil' geschehen. Konnte ihr diese Aussage nicht geglaubt werden und drohte man ihr mit der peinlichen Befragung, zumalen noch ein anderes Frauenzimmer aus der Nachbarschaft vermeldet hat, die Greta hätte wahrhaftig ein Zaubermittel gehabt, denn ein Gebet allein sei zu wenig, als dass die Leut' nicht aufwachen könnten.*»

Der Marktgerichtsschreiber las weiter: «*Solchermassene Umstände haben den Krug voll gemacht. Man kann ein magisches Mittel nur besitzen, wenn man ein junges Kind oder seine leibhaftige Mutter in einer Nacht, als der Mond voll gewesen ist, vom Leben zum Tode gebracht hat. Muss ihm die Hände' abhauen, auf dass das Zauberwort also wirket.*»

Greta Born habe geschrien und sich gewehrt, als man ihr solches auf den Kopf zu sagte, und noch mehr dazu. Nämlich, dass ihre Mutter hochschwanger gegangen und schreckplötzlich verschwunden war. Alle Leute hätten geglaubt, sie wäre unglücklich in die Donau gestürzt und sei fortgetragen worden, als das Wasser hochging im Frühjahr. Jetzt käme man aber auf andere Gedanken. Sie, die Greta, sollte doch gestehen, dass sie die Mutter vom Leben zum Tode gebracht, dass sie ihr den Leib aufgeschlitzt hätte, um das kommende Kind auszuschälen und ihm die Hände abzuhacken – als Mittel zur leidigen Zauberei.

«*Hat auf solche Frage das malefizische Mensch nur ganz hart die Augen verdreht, so ihr das Weisse herausschaute, ist dann wie vom Donner gerührt hingeflogen auf die Backsteine, so den Boden pflästern, und hat sich das Maul bös angeschlagen. Ist als tot liegen geblieben wohl an die drei Stund', ungeachtet, dass man ihr etliche Sechter kalt Wasser übergeworfen hat.*»

Und es steht weiter im Protokoll, dass der Greta Borns Hinfallen als Zeichen des Erschreckens angesehen wurde, da man nun ihr schändliches Treiben erkannt habe.

«*Haben dem erschröcklichen Weibsbild ein Heiligen-Dreikönig-Wasser eingeben und sie wieder in Verhaft gebracht, woselbst sie langsam zu sich gekommen ist, so sie auf dem Stroh gelegen. Haben ihr danach die roten Haare vom Schädel geschoren und als corpus delicti verwahret, denn es ist ja wohlbekannt, dass der Leibhaftige seinen Buhlerinnen die Haare rot mache. Wurde sie am nächsten Morgen befragt, ob sie nun gestehen wolle, was für Zauberkünste sie könne. Vermeinte die Unholdin, sie möge sterben, auf dass sie erlöset sei. Konnte ihr nicht anders ausgelegt werden, als dass sie sich nimmer herausbringen vermag aus ihrer Schuld. Haben einen Reiter nach Linz geschickt, so den wohlgeborenen Herrn Doctoris Thomas Maximilian Hausleitner, der in Rechtssachen wohlgelehrt ist, befragen sollte, wass jetzt zu tun sey. Man mag aus ihren Gebärden glauben, dass sie noch mit Zauberey-Künsten wohlbehaftet und dem bösen Feind also verfallen sei, dass sie nichts gestehen mag.*»

Noch am selbigen Tag hatte der Herr Doctoris geraten, besagte Greta Born wäre nunmehr peinlich zu befragen. Es sollte sie zunächst der Scharfrichter mit den Schnüren empfindlich binden. Sollte dies keine Klarheit bringen, sei sie in der Reckkammer mit rücklings geschnürten Händen mit dem Reckseil aufzuziehen und eine halbe Stunde hängen zu lassen. Da der Herr Doctoris selber nicht glaubte, es werde sich auf diese Art aus der Angeklagten, welche zweifelsohne mit dem Teufel einen ausdrücklichen Vertrag habe, viel herausbringen lassen, solle sie am ganzen Körper überall glatt geschoren und ihr ein Kleid aus neuer, ungebleichter Leinwand übergeworfen werden. Das löse den Schweige- zauber. Von den zwei Segen, die er, Doctoris Hausleitner, mitschicke, soll der eine an der Tür des Gefängnisses, der andere in der Reckstube, der Folterkam- mer, angeheftet werden. Hernach sei die Unholdin Greta Born, ordentlich zu recken und zu befragen. Also stand im Protokoll darüber zu lesen: «*Besagte Verordnung ist in grösster Getreulichkeit gebraucht worden. Haben dem Men- sche auch geweichtes Salz auf das Essen gestreuet. Haben sie am 24. Oktobris gereckt auf der Leiter und ihr ein Scheit unter den Buckel gelegt. Ist ein ernst- und peinliches Examen gewesen. Hat nichts wollen sagen, hat nur allweilen geflennet und gejammert. Als aber die Glieder in Händ' und in Füssen gekracht haben, hat sie scharf geschauet und die Lefzen übereinander gedruckt und end- lich angegeben, dass sie . . .*»

Den Marktgerichtsschreiber überläuft ein Schauer. Kalkweiss war die Greta Born im Gesicht, und die Augen quollen ihr grässlich heraus. Zu allem, was sie von ihr wissen wollten, schrie sie laut und gell «Ja» und immer wieder «Ja»Das war schrecklich anzuhören. Aber nun war es gewiss, dass sie ihre leibliche Mut- ter in die Auen der Donau hinausgelockt und im klaren Vollmondschein umge- bracht hat, um zu dem ungeborenen Kind und dessen Händen zu gelangen. Hat doch die Unholdin gestanden, dass sie sich mit dreizehn Jahren schon durch den leidigen Satan ungeachtet der Gnaden Gottes zur Unzucht schändlich hat ver- führen lassen. Damit sie dabei niemand stören konnte, hat sie nach einem Zau- ber getrachtet.

Mit einem Gemisch aus Gruseln und Behagen überlas Herr Franziskus Stein- mair nochmals diese Stelle im Protokoll: «*. . . mit einer vertrockneten Kinder- hand ihre Frau Tante in Schlaf gebetet und dann mit ihrem Gespan Unzucht getrieben hatte. So ist es erwiesen durch ihr eigenes Wort, wenn auch der Me- dicus Dr. Gregor Lauterer, so besagte Delinquentin untersucht hat, gefunden hatte, dass selbige Vagina mitnichten defloriert erscheinet und sich dessent- wegen die Greta Born als reine Jungfrau zeiget. Es ist aber bekannt, dass der Satanus seinen Buhlerinnen immer in dieser Weis' hilft, ihre Unzucht zu verste- cken, indem er sie nach jeder Buhlschaft wiederum zur Jungfrau machet, allwas besagte Greta Born auch zugegeben hat. Sie hat auch das hochwürdige Sakra- ment des wahren Leibes und Blutes Jesu Christi nur zum Schein empfangen, aber nicht genossen, vielmehr aus dem Munde getan und ihrem Buhlen zuge- stellt. Im verwichenen Sommer hat sie zu unterschiedlichen Malen nächtlings am Friedhof zu Aschach unschuldige Kinder ausgegraben und sie dann mit ih- rem Buhlteufel zur Zauberey verwendet. Haben den Hagel gemachet mit denen Knöchlein. Hat sich aber das Mensche plötzlich besonnen und ist wieder ver- stummt. Sie war im Gesicht bleich und an Kräften ganz schwach und ohne dass man sie heulen hörte, ist ihr das Wasser aus den Augen geronnen. Hat wohl der*

Schörpfknecht zu stark angezogen und ihr arg die Beine gerissen. Weil solches nicht gestattet ist undt kein Unrechtens geschehen sollt', haben die Richter beschlossen, besagte Unholdin zur weiteren Inquirierung nach Linz zu überstellen. Der kaiserliche Bannrichter Doctoris Franz Albert Reinhard von Neipperg möge das weitere Verhör vornehmen, seine Mühewaltung soll mit Dank und seine Gebühr richtig erstattet werden.»

«Ist gut so», meinte der Marktgerichtsschreiber Franziskus Steinmair aufatmend zu sich selbst. «Sollen sie sich zu Linz die Finger krumm schreiben über die leidige Weibsperson!» Er rollte die Protokollabschriften zusammen und barg sie in der Lade des klobigen Tisches. Er würde nun hinübergehen in die *Sonne,* um zu hören, was die Schiffleute an Neuigkeiten zu erzählen wissen.

*

Kienspäne flackerten in der Gaststube in ihren Haltern, die stickige und verrusste Luft kratzte im Hals, was immer wieder einen Grund abgab, die Passgläser und Kannen zu heben und leerzutrinken. Seit dem Abendläuten waren schon an die drei Stunden vergangen, aber der Marktrichter, etliche Ratsherren sowie der Marktgerichtsschreiber sitzen noch immer mit Harm Jansen in der Nische beisammen. Sie hatten auf ihn eingeredet und ihn gebeten, Greta Born gewiss nach Linz mitzunehmen, sobald er talab fahre. Sie «*verstürbe ansonsten an der bisher erlittenen Tortur, was nicht rechtens ist*» und dem Marktgericht sowie dem Schörpfknecht ziemlich viel Sühnegeld kosten würde. Es sei nicht zulässig, dass bei einer peinlichen Befragung ein schwerer Leibschaden entstehe oder etwa gar zum Tod führe. Der ungeschickte Schörpfknecht sei mit der jungen Dirn auch gar zu jäh und grob verfahren. So, als hätte er alte, derbe Knochen unter den Händen und nicht junges, unausgewachsenes Zeug.

Harm Jansen war noch immer in zwiespältigen Stimmung. Er soff den Wein in sich hinein und knurrte maulfaule Antworten. Ja, ja, wenn es recht gerate, werde er schon übermorgen und nicht erst in drei Tagen nach Linz fahren. Zuweilen warf er eine Frage hin, kurz und gleichgültig. Sie antworteten ihm willig und waren froh, dass sie ihn von der Last befreien will. Es schaut der Greta Born kein Falsch aus den Augen – aber das sei das Gefährliche. Wüsste man nicht um ihr malefizische Tun, hätte man es ihr nicht bewiesen und wäre es von ihr nicht mit eigener Zunge gestanden worden, niemand vermöchte zu glauben, dass in ihr solch schandbare und fürchterliche Verderbnis hausen könne.

Jansen brütete vor sich hin und fragte immer weniger. «Ja, muss schlafen, meine guten Herrn!» sagte er plötzlich und rief nach dem Wirt. Aber die Herren liessen nicht zu, dass er bezahlen wollte, er sei selbstverständlich eingeladen – eine Hand wasche doch die andere! «Gut», sagte der Leiter und Beaufsichtiger für die Schiffszüge und stand auf. «Ich hole das Frauenzimmer gewiss. Haltet es parat!»

Sie verabschieden sich. Der Marktrichter, die Ratsherren und der Marktgerichtsschreiber stapfen weinschwer zur schmalen Tür hinaus in die ruhige, herbstliche Nacht, während Harm Jansen sich der Länge nach auf die breite Bank warf und angestrengt versuchte, Ordnung in die merkwürdigen Gedanken zu bringen, die seit heute Abend auf ihn eindrängten. Der Wein aber war stärker und zwang ihm gar schnell die Augen zu.

*

Zweimal vierundzwanzig Stunden später, am frühen Nachmittag, legte Jansen mit seinen Schiffen auf der Rückfahrt in Aschach wieder an. Er hat seine Geschäfte im Mühlviertel gut und zügig erledigen können, zumal er von den Kaufleuten schon erwartet wurde. Die Salzbauern standen mit Ross und Wagen bereit, um das Salz zu laden und über die beschwerliche Strasse und den Pass ins böhmische Land zu bringen.

Harm und der Nauführer sassen allein im Wirtshaus, und der Kober Anton wollte es erst nicht glauben, dass es entgegen dem Brauch so schnell wieder stromab gehen sollte. «Wir kehren in Aschach ein, sie geben uns Zulast nach Linz. Eine Stunde nach Mitternacht fahren wir von Aschach wieder weiter! Sollen noch im Finstern nach Linz kommen!»

Der Nauführer schaute Jansen lachend ins Gesicht. «Seit wann ist die Nacht zum Naufahren gut?» Er meinte, Harm habe einen Scherz gemacht. Die Stromabwärtsfahrt war an sich schon gefährlicher als das aufwärts treideln. Allerdings gab es geringere Plackerei, doch musste man überaus aufmerksam bleiben, dass die Schlepptrossen gespannt und die hinteren Schiffe nicht schneller als die vorderen stromab kamen. Was bei Tag schon eine verdammte Bürde war, wird nachts eine mühselige Beschwernis sein. Er erklärte es dem Beaufsichtiger, aber Jansen blieb ernst und unbewegt.

«Es muss sein! Wir haben Zulast von Aschach, eine ganz absonderliche. es braucht niemand davon zu wissen als Ihr, Kober! Sonst rennen uns die Leute auf und davon!»

Der alte Nauführer schaute seinen Beaufsichtiger noch immer zweifelnd an. «Absonderlich? Hat etwa gar was mit der Hexe zu tun, von der sie zu Aschach soviel Geschrei machen?»

Jansen nickte schweigend und griff nach der Kanne.

«Das tut nicht gut! Die Nacht ist bös' auf dem Wasser, Herr! Wie bös' aber erst, wenn so ein Ludersrsweib auf der *Enns* mitfahrt! Zudem ist der Mond schmal und blass. Braucht das Frauenzimmer nur einen Nebel herhexen, und schon ist es aus, schon schnappt der Tod nach uns! Habt Ihr das bedacht, Herr?»

Jansen stellte die Kanne heftig auf den Tisch. «Seid kein altes Weib, Kober! Wird nicht auf der *Enns* hocken, das Mensch. Es kommt hintennach auf die letzte *Rossplätte*. Meinetwegen samt einem Fässchen voll Weihwasser. Und ich werde auch auf der Rossplätte bleiben, damit Ihr nichts zu fürchten braucht!»

Dem Anton Kober war es nicht leicht ums Herz. «In Gottes und des Herrn Namen!» sagte er schlicht. Und dann fiel kein Wort mehr über die Hexe.

*

Wetterleuchten zerriss gespenstisch den blau-schwarzen Himmel, immer und immer wieder zuckte fahlgelbes Wetterleuchten über den Bergen nördlich des Donautales. Das war seltsam, ein Gewitter um diese späte Jahreszeit. «Kommt nicht nieder auf uns, bleibt im Böhmischen!» vergewisserte ein alter Schiffsknecht die andern. Sie lungerten mürrisch umher, etwas passte ihnen nicht. Der Nauführer hatte ihnen, als sie ihn vorhin fragen wollten, grob das Maulhalten befohlen. Nun waren sie beunruhigt. Warum lagen sie hier zu Aschach an den Reitstöcken? Warum sollten sie diesmal in der Nacht fahren? Sie fuhren nie in der Nacht, ausser manchmal in sommerlich hellen Vollmondnächten, wenn es der Salzhandel dringend verlangte. Und warum hatten sie von der letzten Holzplätte die Hälfte der Pferde auf die vorletzte Plätte bringen müssen?

Aber zum Teufel! Erst wollte man sich das Bier noch schmecken lassen, nachher würde man sich auf ein paar Stunden in einen Winkel werfen und schlafen, damit man dann mit Gottes Hilfe nächtlings gegen Linz steuern kann. Vielleicht nahm der Salzhandel jetzt solchen Aufschwung, dass sie nun bis zum nahen Winter auch nachts Naufahren mussten!

*

Kühle Luft wehte durch die Nacht, das Wetterleuchten hatte nachgelassen, und der Himmel war noch schwärzer geworden als zuvor. Bald staubte feiner Regen nieder und hüllte alles ein. Die Talglichter in den Lampen schaukelten und qualmten. Hinter den Bordwänden schnarchten die Knechte und Schiffleute. Die Pferde in den Rossplätten schnaubten unruhig. Sie hatten die vordere Rossplätte mit den Pferden vollgestopft, so verblieben auf der letzten nur wenige Tiere. Ein einziger Knecht wachte dort. Verhalten rauschte der Strom; dunkel und nachtschatti. Leise perlte und fiel dichter Regen in die breiten, strömenden Wasser, auf die Blätter der Bäume und auf die Sträucher am Ufer. Zu Aschach schliefen die Menschen, und nirgends zeigte sich in den Häusern ein Licht. Irgendwo in einem Stall schnaubte ein Pferd im Schlaf, es klang gedämpft heraus bis an den Strom.

Vom Zwiebelturm der Pfarrkirche, die bewehrt und geschützt wie eine Burg nahe am Ufer stand, schlug es Mitternacht. Fünf oder sechs dunkle Gestalten schlichen vom Marktgerichtshaus herkommend heran. Zwei von ihnen schleppen einen eingehüllten Menschenkörper mit sich. Waffen klirren leise.

Harm Jansen ging den Wehrknechten voraus, die wie einen Sack die verschnürte und verhüllte Greta Born trugen. Der Mautner und der Marktrichter stapften hinterher. Sie hasteten an der *Enns* vorbei zur letzten Rossplätte hin. Der Regen hatte den Boden weich und schlüpfrig gemacht und die Wehrknechte mussten aufpassen, dass sie mit ihrer Last nicht zu Fall kamen. Einer fluchte leise. Keine Menschenseele bemerkte den seltsamen Zug, der dahinschlich, als hätten sie Übles getan. Die Wehrknechte brachten Greta Born auf die Plätte, legten sie in einen Winkel, in dem ein Lager aus Heu vorbereitet war. Dann stritten sie sich leise um den besten Platz, der noch nicht vom Regen genässt war. Harm Jansen herrschte sie an, sie sollten ruhig bleiben und sich ins Heu neben das Hexenweib legen, das sie an Bord gebracht haben. Sie würde schon nicht auf und davon rennen; sei ja an Händen und Füssen gefesselt und liege wie tot. Er hatte sie im Gerichtshaus nicht gesehen, als er sie abholte; die Hexe war schon *verpackt*, und er wollte weiter nichts wissen von ihr, als das, was er schon wusste. Sie ist sechzehn, sie lasteten ihr Hexerei an, Tortur und Scheiterhaufen warteten auf sie. Das war ihm genug, und er wusste, was er tun würde.

Ein kleiner Lederbeutel tauschte den Besitzer. «Zwölf Taler, wie abgemacht.» Harm liess die Börse flugs in seine Tasche gleiten. Eingenäht im Gürtel hat er noch ein paar holländische Gulden. Er wird Geld brauchen, wenn sein Plan gelingt. Am Uferrand, neben den Reitstöcken, wo stromabwärts von der letzten Rossplätte seine Schiffe mit starken Seilen verankert lagen, verabschiedete er sich wortkarg von Mautner und Marktrichter. Jansen reichte dem Marktrichter und dem Mautner die Hand. Sie wechselten ein «Grüss Gott!» und ein «Gut Wasser!», leise und vorsichtig. Während die zwei Aschacher durch Nacht und Regen in die bergenden Mauern ihrer Häuser zurückeilten, schritt Jansen am Uferweg zur *Enns*. Ein paar Knechte waren noch wach, aber sie hatten nicht bemerkt, was etliche Dutzend Klafter weiter oben geschah. Aus dem undurchdringlichen Schatten löste sich eine Gestalt und näherte sich schweren Schritts. Es war der Nauführer, der ganz nahe zu ihm hintrat und nichts fragte.

«Wir sind fertig!» murmelte Harm Jansen.

«Soll recht sein, Herr! Die Nacht ist bös', sie mag uns fressen! Die Mutter Gottes bleibe bei uns!»

Harm Jansen, der Reformierte, wurde ärgerlich. «Seit wann hab' ich eine alte Vettel zum Nauführer?» knurrt er wütend. «Ich werde selbst auf der Rossplätte mitfahren, damit Ihr Euch nicht fürchten müsst! Los! Weckt das Volk!»

«Hea – he! Auf geht's!»

Die Schiffleute und Knechte rafften sich murrend aus Stroh und Heu auf. Es dauerte eine Weile, bis sie sich zurechtfanden. Die Herbstnacht war kühl vom Regen und undurchsichtig. Die Knechte krochen aus ihren Winkeln und warteten auf weitere Befehle. Sie fürchteten sich vor dem Unbekannten; einer nahm seinen ganzen Mut zusammen und rief mit bebender Stimme: «Werden doch wohl nicht die rothaarig' Hex' mitführen?»

Harm tausche mit Kober einen kurzen Blick. «Hast's erraten. Werden sie nach Linz mitnehmen. Sie soll dort abgeurteilt werden.»

Die Schiffsknechte fuhren entsetzt auf und unterdrückten mit Mühe ein lautes Aufstöhnen. «Eine Hexe?» schrie einer, denn sie waren vollgestopft mit Altweibergeschichten, Zaubersprüchen, Hexen auf Besenstielen, Prophezeiungen und schwarzer Magie.

Zu Harms Erstaunen antwortete der Nauführer, seine Stimme war voller Spott: «Jawohl! Eine Hexe! Sogar rote Haar' hat sie! Ich sah noch eben, wie sie sich auf ihren Besen schwingen wollte, sich dabei einen Floh aus dem Ohr schüttelte und ihrem zahmen Igel ihr Abrakadabra zuraunte. Aber zum Glück ist sie ja gefesselt.»

Die Männer schwiegen, wie immer, wenn sie seine Spässe aufzunehmen pflegten. Sie wussten niemals recht, machte er Scherz oder Ernst? Jetzt nahmen sie an, er scherze. Einer begann zu kichern, ein zweiter fiel ein, bis alle verhalten lachten. Da hob der Nauführer die Stimme. Der alte Mann hatte sich auf die Planken seiner *Enns* gekniet und sprach nun durch Nacht und Regen: «Vater unser, der du bist im Himmel . . .», und ringsum sanken die wetterharten, rauen Schiffsknechte und Rosstreiber auf die Knie nieder und beteten mit. Die vielstimmige Bitte hallte durch das Rauschen der Wasser über den Strom und an die Häuser und verebbte irgendwo draussen in der schwarzen Nacht.

Sie hatten schon oft gebetet. Jeder Schiffszug begann mit einem Gebet. Aber kaum einer war unter ihnen, der es bisher je einmal so tief und inbrünstig getan hatte wie heute zur Mitternacht vor Beginn der Naufahrt nach Linz. Harm Jansen hörte vom Ufer aus zu. Ihm war nicht zum Beten zumute, er mochte nicht niederknien. Und dennoch ergriff auch in ihm etwas in dieser seltsamen Stunde, wie es ihm schon mehrmals ergangen war, wenn Ernstes bevorstand. Seit zwei Tagen schlug er sich mit einem gefährlichen Plan herum.

Als die Schiffleute und Reitknechte von den Planken aufstanden, rief er ihnen zu: «Alles horcht auf den Nauführer, es mag kommen, was will!» Der Kober Anton verteilte darauf die Leute auf die Kähne, die Männer rannten los und warteten dort auf weitere Befehle.

«Löst nun die Seile! In Gottes Namen und Gut Wasser!»

«In Gottes Namen und Gut Wasser!» wiederholten die Leute und warfen die Trossen los, zuerst die der *Enns,* die am weitesten flussabwärts lag, und erst als sie langsam vom Ufer weg und auf den Strom hinausglitt, erst als sich das

Schleppseil zum *Schwemmer* langsam straffte, lösten sie dessen Vertäuung, dann dasselbe mit allen folgenden Plätten und Kähnen. Harm Jansen rannte stromaufwärts zum letzten Fahrzeug und sprang hinein. Der Schiffsknecht am Kehrruder steuerte geschickt, sodass die Plätte schnell vom Land freikam und hinaustrieb in die Finsternis des Stromes. Die Männer an den Rudern der einzelnen Schiffe mussten höllisch aufpassen, dass keines der hinteren ein vorderes überholte.

Die Nacht lag noch immer schwarz über Land und Donau. Regen rieselte in feinen Schleiern nieder. Irgendwo blakte schwach ein Talglicht, alle anderen waren verlöscht. Von der *Enns* aus sah man den *Nebenbey,* während die dritte Plätte, der *Schwemmer,* und alles, was nach ihm kam, schon von der Finsternis verschluckt wurde. Harm Jansen auf letzten Rossplätte sah vor sich den anderen Pferdekahn nur als verschwommenen Schatten; mit ihm waren drei Wehrknechte, ein Schiffsknecht, Greta Born und wenige Pferde an Bord. Vom Aschacher Kirchturm hörten die nächtlichen Fahrer noch den Glockenschlag, der die erste Stunde verkündete, dann trieben sie schon mitten im Strom und hatten an beiden Ufern nur finsteres Land ohne Licht und ohne Leben.

Die Plätte glitt in ruhiger Fahrt stromab. Harm Jansen wartete auf dem Vordeck des kleinen Fahrzeugs, umsprüht von kaltem Regen. Da jammerte in der wesenlosen Stille ein Weinen auf und wurde zum Schluchzen.

«Halt deine Gosche, Weibsbild satanisches!» Einer der Wehrknecht erhob sich ärgerlich und trat mit schwerem Schuh dorthin, wo das Geweine herkam. «Halts Maul, du Ludersmensch!» Er wollte nochmals zutreten, aber Jansen fuhr ihn herrisch an: «Was prügelst du? Bist du der Schindknecht? Ist das eine Art?»

«Ist eine malefizische Weibsperson, eine satanische»! murrte der Wehrknecht. «Wollte mir nur warm machen an ihr in der kalten Nacht.»

«Sauf Branntwein, aber lass das Frauenzimmer in Ruh!»

«He, Branntwein ist vortrefflich, so man welchen hat, Herr!» lachte der zweite Wehrknecht. «Rinnt aber nur das leidig Wasser nebenher! Das mag uns nicht sonderlich schmecken!»

Harm Jansen hatte sich nicht umsonst vom Wirt *Zur Mühl,* wo sie das Salz ausluden, heimlich ein Fässchen Branntwein geben lassen, nicht umsonst hatte er noch den Inhalt einer kleinen Flasche in den Branntwein geträufelt. War noch ein letzter Rest von damals, als er dabei war, an der Guineaküste Sklaven einzuhandeln. Sie soffen das Feuerwasser gar zu gerne, die Schwarzen. Aber um sie schneller betrunken zu machen, dass sie unfähiger wurden, Widerstand zu leisten (auch damit es nicht allzu viel Branntwein kostete, das schwarze Elfenbein als Sklaven an Bord zu schaffen), hatte ihnen der sparsame Mynheer van Bradeem, hochmögender Schiffsreeder und Sklavenverfrachter, jenes geheime Wasser mitgegeben. Und es tat sich fürwahr die Arbeit viel leichter damit. Gut, dass man sich für allfällige Zwecke davon ein winziges Fläschchen mitgenommen hatte. Es würde für heute mehr als genügen!

Jansen lachte. «Auf ein Maul voll kommt es mir nicht an! Auch nicht auf ein Passglas! Greift unter die letzte Ruderbank!»

Alle drei sprangen auf und suchten am empfohlenen Ort. «He – eure Hexe! Sie wird euch auf und davon fliegen, wenn ihr so eilig nach dem Schnaps greift und nicht Acht habt auf sie!»

«Der Teufel selbst könnt' sie nicht holen! Ist gut verschnürt», gab ein Wehrknecht zurück. «Mit geweichten Stricken.»

«Habt fürwahr kein Geflunker im Maul gehabt, Herr!» Sie hatten das kleine Fass Branntwein entdeckt; einer nahm es fast zärtlich auf und trug, fest an den Bauch gepresst, zum alten Sitzplatz zurück. Die beiden anderen stolperten hinterdrein. Harm konnte die Gesichter nicht erkennen, aber es war nicht schwer, sich die freudige Erwartung der drei vorzustellen. Greta Born lag wieder still wie zuvor. Kein Laut war mehr von ihr zu hören.

«Zapft an, viellieber Herr! Wir werden ein kräftiges Wohl auf Euch ausbringen!»

«Ich glaube nicht, dass ihr hundsjunge Nasen wäret, die nur den Milchsechter kennen und kein Spundloch!» gibt Jansen lachend zurück.

Die Wehrknechte grölten über den Witz. Schon arbeitete ein Messer am Spundloch; die Becher, die sie im Wehrgehänge mittrugen, klangen auf.

«Perlinger, du sollst nicht alleine hier sitzen müssen und frieren!» Jansen trat zum Schiffsknecht am Kehrruder. «Trink' auch einen Becher mit! Sie behaupten, jeder von ihnen saufe sechs Schiffleute in Grund und Boden, wenn es etwas gilt! Lass mir derweil das Steuer!»

«Braucht nichts gelten, edler Herr! Wir tun es auch so, aus Ehr' und Gewissen für Aschach!» lachte einer der Wehrknechte. «Wenn nur das Hexenweib nicht wär', könnt man auf Sitz und Platz eine Prob' machen!»

Der Schiffsknecht, dem es recht war, durch Jansen von der gefährlichen Arbeit am Kehrruder erlöst worden zu sein, hockte sich zu den dreien. Gluckernd füllen sich die Becher.

«Sollt gesund sein bis in alle Ewigkeit, Herr!»

«Möcht es stark hoffen!» antwortete Jansen. Er stand hinten in der Plätte, die Hand am Kehrruder. Er hörte, wie sie den Branntwein schlürfend trinken. «Wie tut er?» rief er nach vorne.

«Höllisch fein! Nur schmeckt er nach mehr!»

«Wird nicht gut sein, sonst kommt der Höllenherr und fliegt mit der Hexe davon!»

«Ach wo! Er getraut sich nicht her, der Satanus; lockt ihn auch der Branntwein, so stinkt ihm das geweichte Zeug zuviel, das seine Buhlin an sich hat.»

Sie redeten lachend durcheinander. Jansen merkte, dass sie absichtlich etwas laut sind, damit er ein neuerliches, heimliches Füllen der Becher nicht hören sollte. Alles läuft wie vorgesehen. Je mehr, umso besser!

*

Auf der Plätte ist einstweilen nicht viel zu tun. Aufmerksam blickt der Mann am Ruder über den Strom. Ja, dort drüben die wenigen Lichter, die sich matt durch den Regen kämpfen, die brennen in Feldkirchen. Dort geht das Tal gegen Norden hinein nach Mühllacken. Dort im Schlosse zu Mühllacken werden sie noch fröhlicher Dinge sein, die Herren und Damen, das *Wildt- und heylsame Badt* geniessen. Vermögende Leute kurierten dort ihre Gebresten und lassen es sich wohl sein, Adelige aus Linz und Wien, Fürsten, Grafen, kleiner Adel wie auch Bürgerliche, wenn sie es sich leisten können. Was scherte ihn das? Der alte Bader Roggenhauser wird und muss ihm helfen. Er hatte den Bader vor kurzem, erst im Juli, aus der hochgehenden Donau gezogen, in der der Roggenhauser ohne ihn elendiglich ersoffen wäre. Damals hatte er keinen Dank gewollt, aber der Roggenhauser sagte, dass er ihm gerne zu Gefallen sei, sollte es je nötig werden. Heute schon könnte es dazu kommen – wenn alles gelingt.

Langsam glitten die Schiffe an den Uferlichtern von Feldkirchen vorbei. Von den vier Leuten beim Schnapsfass lallten nur noch zwei, die beiden anderen schnarchten schon. «Perlinger!» Harm Jansen rief den Schiffsknecht an. Der Knecht torkelte auf, fiel aber der Länge nach hin.

Der Aschacher lachte grölend. «Kugelt schon beim dritten Passglas!» Er hob seinen Becher und trank ihn in einem Zug leer. «Ein sakramentisch guter Brannt . . .» Was er sagen wollte, sagte er nicht mehr, er sank zur Seite und rollte neben den Perlinger hin. Sie rekelten sich beide noch ein wenig, dann röchelten sie wie die beiden anderen Wehrknechte.

Jansen wartete noch ein wenig. Die Lichter von Feldkirchen waren hinter ihnen im Dunkeln verschwunden, weit vorne auf der *Enns* blakte noch immer die eine Talglaterne. Hin und wieder hörte man einen Wortfetzen, das Knirschen der Seile an Klampen und Klüsen, einen Ruderschlag. Der Geruch der Pferde war noch da, ihr warmer Atem, gelegentlich ein Scharren der Hufe, ein verschlafenes Plustern, ein halb unterdrücktes Wiehern. Und sonst nur Stille, der feine, kühle Regen, die raunenden Wasser des dunklen Stromes und die tiefe, einsame, rätselvolle Nacht.

Jansen hängte den Ruderschaft in die Binsenschlinge und gab jedem der vier Knechte einen kräftigen Tritt. Sie rühren sich kaum. Nur einer gab einen grunzenden Laut von sich. Eine gute Sache, das gebrannte Wasser! Dann beugte sich der Mann zur Greta Born. Das gefesselte Menschenbündel lag reglos. Er versuchte, ihr das Tuch vom Gesicht zu nehmen, aber die Wehrknechte haben sie gründlich eingeschnürt. Das Mädchen stöhnte unter seinen Händen. «Sei still, Deern! Ich will dir Luft machen!» Er suchte sein Messer, um die Schnüre durchzuschneiden, doch gleich besann er sich, dass es anders besser sein könnte. «Bleib ruhig, Deern! Auch wenn du glaubst, du müsstest schreien vor Angst und Schmerz! Sei still wie eine erschlagene Maus, dann kommt alles recht – und du nicht auf den Scheiterhaufen!»

«O Herr Jesus! Lasst mich sterben!» Sie flüsterte leise mit schmerzzerrissener Stimme.

Jansen, dessen Hand auf der gefesselten Gestalt lag, spürte, wie das junge Ding zitterte. «Es stirbt sich nicht so schnell!» tröstete er. «Du bist ein starkes Frauenzimmer, Bete, wenn du magst, aber bleibe um Gottes Willen still!»

Er erhob sich, drängte sich durch die Pferde und ging nach vorne, wo das Schlepptau auslief, das zur vorderen Rossplätte führte. Dann machte er sich an der Trosse zu schaffen, arbeitete hastig, weit beugte sich Harm Jansen über den Schiffsbug hinaus und liess das Tau geräuschlos ins Wasser gleiten. Er horchte angespannt nach vorne. Nein, dort rührte sich nichts. Auf der Rossplätte haben sie nicht bemerkt, dass sie nur noch ein leeres Seil nachschleppen.

Aber dann wurde er betriebsamer. Er sprang zum Kehrruder, mit kräftigen Ruderbewegungen löste er sein Fahrzeug aus der knappen Sicht des Schiffszuges und steuerte das linke Donauufer an, das irgendwo im Dunkel lag. Scharf spähte er in die Finsternis. Er kannte das Wasser, als wäre er schon ewig hier gefahren, Aber die Nacht war finster und trüb. Harm glaubte, die Plätte sei noch ein gutes Stück vom ersehnten Ufer entfernt, als sie mit scharfem Knirschen und hartem Ruck auf eine Schotterbank auflief. Die Pferde wieherten vor Schreck auf, gerieten durcheinander und begannen zu stampfen. Greta Born hatte keinen Laut von sich gegeben, obwohl sie durch den Stoss vom Heu auf den Holzboden rutschte. «Nicht schlecht, die Deern!» knurrte Jansen. Er ärgerte sich zwar, dass ihm das Ansteuern durch die Schotterbank missraten war, aber schon wischte ein neuer Gedanke den Unmut fort. Er bemerkte, dass die Plätte mit einiger Schlagseite auf der Schotterbank hing. Zwei der Betrunkenen waren bis zur niedrigen Bordwand gerollt. Wenn er das Mädchen und die Pferde über den Schotter ans Land brächte, dann könnte man die Plätte vielleicht mit eigener Kraft noch ein wenig schräger legen, damit es aussah, als wäre das, was nicht mehr auf der Plätte ist, durch den Stoss beim Auffahren in die Donau gefallen und elend ersoffen.

Harm Jansen packte das Pferd des Vorreiters und ein zweites Tier, zerrte sie über den niederen Bordrand hinter sich her und watete dem Ufer zu. Dort band er die Tiere an einen Weidenbusch und holte Greta. Sie gab keinen Laut von sich, aber ihr Atem ging heftig. Jansen war erleichtert, als er das junge Ding in den Armen hielt, das sich durch die Fesselung steif und ungelenk und dennoch so federleicht anfühlte. Er legte die Hexe behutsam in das regennasse Gebüsch und watete nochmals zur Plätte zurück, raufte Heu und Stroh über den Bordrand, brachte die Seile durcheinander, schleppte Perlinger zum Kehrruder, so dass es aussah, als wäre er im Augenblick des Scheiterns der Steuermann gewesen. Dann nahm er noch den kurzen Säbel und die Pistole eines Wehrknechts an sich, auch zwei Sättel, und sprang zurück durch das seichte Wasser. Wenige Augenblicke ritt er, die junge Frau vor sich auf dem Sattel, auf einsamen Auwegen donauaufwärts. Das zweite Pferd lief an lockerer Leine willig nebenher. Er wandte sich gegen Feldkirchen, umritt den Ort sorgsam und nahm die Richtung nach Schloss Mühllacken.

Der Regen hatte nachgelassen, aber die Zweige des Gebüschs waren voller Tropfen, mit denen sie Rosse und Reiter bedeckten. Die nassen Gerten klatschten Jansen ins Gesicht. Er achtete nicht darauf. Die ineinander verwachsenen Weidenstauden der weiten Donauauen begleiteten sie wie gespenstische Schatten. Die Nacht war immer noch undurchdringlich – und einsam das Land rundum. Das war gut für den Reiter und die Last, die er behütete.

*

Roggenhauser, der alte Bader, der weit hinten im Tal in einem kleinen Haus unter Schloss Mühllacken hauste, stieg ärgerlich aus seinem warmen Bett, als ihn ein leises, aber beharrliches Trommeln irgendwelcher Finger an den Fensterscheiben zu regnerischer Nacht aus dem Schlaf weckte. Hatte ein hochgeborenes Weibsbild, das zur Kur hier weilte, wieder Bauchgrimmen vom vielen Fressen? Haben sie einen hochnasiger Lakai hergeschickt, der –? Verschlafen öffnete der Alte das Fenster.

«Wer kujoniert mich?»

«Gut Freund, Roggenhauser! Redet nicht lange, schiebt den Riegel auf! Die Sache braucht kein Licht!»

Nun wurde Roggenhauser munter. Die Stimme draussen kam ihm bekannt vor. Er versuchte, sich zu erinnern, fand sich aber noch nicht zurecht.

«Beeilt Euch, Bader! Ihr wäret elends ersoffen, hätte ich damals auch solange überlegt!»

Ein Blitz des Erkennens erhellte den Alten. «Ihr, Jansen? Momentum, ich komm' schon!» Er hastete aus der Kammer in das Vorhaus. Das Knarren der Haustür geht im Rauschen der sturmbewegten Bäume und des Regens unter. Jansen trug seine seltsame Last am alten, schweigend zur Seite tretenden Roggenhauser vorbei ins verbergende Haus. Der Bader wollte die Haustür schliessen. «Lasst das noch!» sagte Jansen. «Ich muss die Rösser versorgen!»

«Der Stall hinten ist offen!» antwortete ihm der Alte. «Aber morgen Nacht bring' ich sie weg, man könnte sie kennen. Es ist zu gefährlich, sie zu behalten.»

«Und wohin, bitte, willst du sie bringen, wenn hier alle wissen, dass mit ihnen die Hexe von Aschach verschwunden ist?» Roggenhauser hatte natürlich, wie alle Leute hier, von der Hexe gehört. Schnell verstand er alles.

«Das lass' mal meine Sorge sein. In Passau drüben wird man nicht mehr fragen.»

«Und wie sollen wir später weiterkommen?»

«Werdet wohl eine Weile bleiben müssen, kann ich mir denken. Wenn's so weit ist, werden wir schon eine Möglichkeit finden.»

Roggenhauser brannte bereits einen dünnen Kienspan am ewigen Licht in der Stube an, um in der Baderstube, wo Jansen die dunkle Gestalt auf den Boden gelegt hatte, das Talglicht zu entzünden. Gestern hatte ihn seine alte Wirtschafterin, die halbtaube Dorothea, um ein paar Tage Urlaub gefragt. Sie wollte nach Wels an der Traun; die Schwester wäre krank, und dem Roggenhauser war's nicht recht gewesen – aber wenn die Schwester krank ist und der Hilfe ihrer einzigen Verwandten bedurfte, konnte man nichts dagegen haben. Jetzt aber war der Bader froh über diesen Wink des Schicksals und er hoffte, dass die Dorothea so rasch nicht zurückkäme. Flackernd zuckte die Flamme auf und nieder, sie qualmte und tat, als wollte sie im kalten, feuchten Luftzug, der durch die offene Tür hereinwehte, wieder verlöschen. Roggenhauser schloss hinter Jansen, der zu den Tieren hinausging, die Tür der Baderstube. Dann rückte er die Quecksilberkugel zum Talglicht, damit er besser sehen konnte, und griff zum Messer, um Stricke und Hüllen zu lösen, ohne zu Wissen, was sich ihm unter der Hülle darbieten würde. Der Bader hatte in seinem Leben schon so viel Seltsames gesehen und erlebt, dass er über das nächtliche Geschehen nicht sonderlich in Erstaunen geriet. Er wusste nur, ein Mensch brauchte seine Hilfe – ja, vielleicht brauchten zwei Menschen Hilfe – nun gut, er wird helfen. Alles andere, das Warum und Weswegen kann ihm Jansen später erklären.

Als Harm die Klinke zur Baderstube niederdrücken wollte, hielt von innen Roggenhauser dagegen und sagte ruhig: «Kann Euch jetzt nicht gebrauchen, Jansen! Legt Euch derweil auf die Polsterbank in der Kuchl.»

«Aber Freund, ich muss Euch . . .»

«Müsst jetzt gar nix! Im Mauereinlass neben dem Uhrkasten findet Ihr ein Flaschl Kornschnaps. Sauft Euch die Kälte aus dem Leib! Werd' Euch rufen, wann es recht und nötig ist!»

Während Jansen schweren Schritts im Finstern die Polsterbank neben dem grossen Kachelofen sucht, zieht Roggenhauser die Hüllen von dem misshandelten Körper.

*

Der Herbst war schon fortgeschritten, trotzdem war der Morgen hell und freundlich. Als die ersten Sonnenstrahlen in die kleinen Räume des Baderhauses zu Mühllacken fallen, sah Harm Jansen zum ersten Mal das Gesicht der Greta Born. Der alte Roggenhauser war zu ihm in die Küche gekommen, hatte ihn, der auf der Bank eingeschlafen war, geweckt und gemeint: «Hat bös herg'schaut, ist aber nicht so arg! Sie ist gut beinand. Jetzt schläft sie!» Er hatte Jansen in die Baderstube geführt, wo die Sonne, die durch die kleinen Fenster flutete, helle Flecken auf den Lehmboden malte. Da lag sie in der Ecke, auf der Pritsche, den Körper zugedeckt bis zum Kinn.

Sie hatte ein blasses, strenges, fast kantiges Gesicht. Forschend schaute Harm Jansen es an. So sieht sie aus! dachte er, wegen der ich alles hingegeben habe! Wegen der ich Verrat an den Gesetzen des Landes geübt habe, wegen der ich den Vertrag mit meinen Brotherren gebrochen und Schaden gestiftet habe. Alles wegen der da! Verwirrt starrte er auf das schmale Gesicht. Sein Verschwinden von der *Constantia* war auch nicht rechtmässig! Er mag tun, was er will, immer ist irgendein Unrecht dabei. Hätte er das arme Kind der Inquisition überlassen sollen? Wie würde ihn das Gewissen dann wohl plagen?

Der Bader trat an die Liegestatt heran. «Schaut eher einem Buben gleich als einem Frauenzimmer!» sagte er.

Jansen antwortete nicht. So jung und doch schon mit einem bitteren Zug um den Mund, halb Trotz, halb Leid. Sie hatten ihr das Haar geschnitten, ganz kurz – das soll gut sein gegen die Anfechtungen des Teufels. Du armes Ding!, dachte Harm. Die Leute, die dich gerichtet haben, sind selbst des Teufels!

«Zum nächsten Neumond ist sie wieder obenauf! Leinenfaschen und Arnika werden helfen. Auch gute und geheime Trankln!» versichert Roggenhauser.

«Ja!» sagte Jansen kurz – nur, um etwas zu sagen. Er zog langsam die Decke vom reglosen Körper, aber dann erschrak er, als er den weissen Brustansatz sah, und liess die Hülle wieder niedergleiten. «Wie ein Bub, ein feiner!» Er sagte es, um seine Verlegenheit zu verbergen, die ihm selber lächerlich vorkam. Er war ein Mann von 28 Jahren und schon lange nicht mehr zimperlich. Damals auf den Sklavenschiffen ging's auch nicht gerade zartfühlend zu – ach, was! Er wandte sich zum Bader. «Wir müssen ihr die Ruhe und den Frieden wiedergeben. Es darf keine Menschenseele von ihr wissen!»

Roggenhauser nickte. Er hatte der Hexe von Aschach in stundenlanger kunstfertiger Arbeit die Glieder wieder gerichtet, die ihr der Schörpfknecht arg verrenkte. «Hab' oben eine kleine Kammer, die wird rechtens sein! Aber Ihr, Freund Jansen?»

Ja, auch er müsse sich verbergen. Man werde nachforschen, sie werden vielleicht nicht an ein Unglück glauben, obwohl er das Seil zwischen den beiden Rossplätten nicht glatt durchschnitten, sondern durchgescheuert hatte. Der

Kober ist kein heuriger Hase und die Herren zu Linz wollten sicher genaue Erklärungen, wieso und warum die Rossplätte strandete.

«Wo wollt Ihr bleiben? Ihr solltet nicht unter die Leut'!» Die klugen, alten Augen ruhten besorgt auf dem Gesicht des Jüngeren. «Wenn Ihr oben unter dem Dach bleiben wollt – es kommt nie wer hinauf!»

Harm Jansen drückte dem Alten dankbar die Hand. «Ihr tut viel für mich! Wenn Ihr wüsstet . . .»

Roggenhauser winkte ab. «Ach, mein Freund, Ihr müsst nichts erklären. Hättet Ihr mich im Sommer nicht aus der Donau gefischt, könnt' ich heut' auch nichts für Euch tun! So ist es im Leben!»

«Trotzdem danke ich Euch . . .»

«Ja, ja – schon gut. Müsst danach halt ins Böhmische oder ins Kursächsische! Hier täten sie euch beide aufhängen, vielleicht auch noch mehr!»

Von der Baderstube herüber kam ein verhaltener Schmerzenslaut. Jansen gab keine Antwort mehr, schneller als der Alte war er an der Schwelle zur Baderstube.

Grosse Augen blickten aus angststarrem Gesicht auf den Mann, der sich ihr näherte. Die Lippen waren bläulich blass, ihre Blicke verfolgten jede seiner Bewegungen. Dann bemerkte er, dass sie braune Augen hatte. Er schaute sie an und ein unbekanntes, warmes Gefühl wallte in ihm hoch. Ergriffen beugte er sich zu ihr nieder, das Mädchen riss die Augen noch weiter auf. «Hab keine Angst mehr, es wird schon wieder gut werden», sagte er und streichelte mit schwerer Seemannshand behutsam den geschorenen Kopf. «Bist in bester Hut! Bei allem, was mir lieb ist!»

«Ich hab' keine Angst» flüsterte sie, und zum ersten Mal erhellte ein kleines Lächeln ihr feines Gesicht. Harm Jansen glaubte für einen Moment, solch ein Lächeln noch nie gesehen zu haben. Roggenhauser stand daneben und schaute den beiden freundlich zu. Ihr Mund öffnete sich noch einmal, als ob sie etwas sagen wollte, aber es kam kein Ton heraus. «Er hat Recht, es wird alles wieder gut!» tröstete auch der Bader. «Du bleibst bei mir im Haus, haben schon ein Platzl für dich, bis dass es wieder weitergeht! Mit ihm!» Roggenhauser wies auf Jansen.

Sie richtete sich ein wenig auf. «Zu Aschach werden sie . . .» krächzte sie heiser, ihre Stimme litt noch immer unter der erlittenen Tortur. Mit der Erwähnung von Aschach kam auch die Erinnerung grausam zurück. Das scheue Knabengesicht verzerrte sich.

«Gar nichts werden sie! Verlasst Euch auf uns!» wehrte Roggenhauser ab. «Kommt, Jansen, Ihr müsst mir beispringen, dass wir sie in die Kammer unter dem Dach schaffen!»

Harm hatte Greta die ganze Zeit über angeschaut. Wie schon vorhin wurde ihm bewusst, noch nie eine Fülle derartig unbekannter Empfindungen erlebt zu haben. Nie vorher hatte ihn ein Gesicht so gefesselt, noch nie hatte jemand derartige Schutzgefühle in ihm ausgelöst. Da war mehr, als nur die Verantwortung für eine Verfolgte, die er den Häschern entreissen konnte. Vorsichtig hob er das Mädchen vom Lager und trug es wie ein kleines Kind hinter Roggenhauser die schmale Treppe empor. Mitleidig fühlte er, dass der geschundene Körper in seinen Armen vor Schmerz bebte. Oben legte er das Mädchen auf das Lager, das der Bader selbst in aller Eile gerichtet hatte, denn die halbtaube Dorothea, seine Wirtschafterin, war in Wels an der Traun.

Greta Born hielt die Augen geschlossen. Sie war jetzt ganz still.

«Liegst du gut?»

«Ja – ich danke Euch!» Harm vernahm verwundert, dass die Antwort leise, aber mit fester Stimme kam.

Der Bader beugte sich über sie. «Schau mich an», sagte er und sah Greta tief in die Augen. «Wollt Ihr alles tun, was ich Euch heisse?» fragte er eindringlich.

«Alles, so ich es vor Gott verantworten kann!»

«Das wird nicht schwerfallen!» meinte der alte Mann. Und dann sagte er zu Greta, wie es weitergehen würde, dass sie zuerst gesund werden müsse, dann werde ihr Retter sie endgültig in Sicherheit bringen. Fort in ein fernes Land.

«O Jesus!» stöhnte sie auf, und ihr Blick flackerte zwischen den beiden Männern hin und her.

«Ist ein gutes Land!» begütigte Jansen.

Wieder war ihre Stimme ruhig und bestimmt. «In die Fremde? Was soll ich dort?» Nach kurzer Pause setzte sie hinzu: «Zu Aschach bin ich daheim, zu Aschach . . .»

«Dort giltst ihnen als . . .» Roggenhauser wollte das Wort schon sagen, aber Jansen bemerkte, dass es im Gesicht des Mädchens aufzuckte, und legte dem Bader beschwichtigend die Hand auf den Arm, der Alte schwieg.

Die schmale, knabenhafte Greta war kein zerbrechliches Wesen. Der Schauder, der sie bei Roggenhausers Bemerkung durchfuhr, war nur Erinnerung an den Horror, der hinter ihr lag. Was man ihr aus verbohrter Bigotterie angetan hatte, hätte manch andere an Seele und Körper zugrunde gerichtet. Gretas Körper würde genesen, die Natur aber hatte ihr einen starken Willen und eine realistische Sicht der Dinge mitgegeben. «Ja, dort gelte ich ihnen als Hexe» sagte sie mit belegter Stimme. Und wieder nach einer Pause: «Wie dumm die Menschen sind!»

Die beiden Männer tauschten einen kurzen überraschten Blick und Harm erkannte, dass er sich keine Sorgen mehr machen musste. «Wirst auch dort daheim sein, ist auch ein gutes Land, sie reden nur wenig anders. Doch die Leute sind nicht von solch grausamem Wahn besessen wie hier!»

Schweigend sah Greta Born zu dem fremden Mann auf. Erst jetzt wurde ihr richtig bewusst, welcher Gefahr sie entronnen war.

«Gar viel reden tut nicht gut!» meinte der Roggenhauser. Er war hinuntergegangen und kam mit Milch und Brot zu dem Mädchen zurück. «Setzt Euch auf, Jungfer, muss wohl ein bissl für Euch sorgen!» Harm Jansen stützte Greta, die weder Hände noch Füsse rühren konnte und wegen der Schmerzen leise aufstöhnte. Der Bader teilte bedächtig und in ruhiger Selbstverständlichkeit das Brot in Brocken, tauchte es in die Milch und steckte Bissen für Bissen dem Mädchen in den Mund. Es mochte essen, das war ein gutes Zeichen.

«Und nun schlaft, Jungfer, geruhsam und soviel Ihr wollt und mögt! Je mehr, desto besser. Ist eine gute *Medica,* das Schlafen! Kommt, Freund Jansen!»

Das Mädchen sah den Männern nach, sein forschender Blick blieb auf Harm haften, bis sich hinter den beiden die Türe schloss.

Jansen heisst er – komischer Name. Kaum dachte sie es, schlief sie schon ein.

Kapitel 20: Lange Reise

Dampfender Nebel wallte über das ostfriesische Watt. Trüb und lustlos war der Februartag, wie verloren. Zuweilen knirschte das Eis – irgendwo draussen, wer weiss wo. Bald musste es Abend werden. Oder täuschte es? Die Luft lag seit dem frühen Morgen diesig über der bereiften Fläche, dass es den Blick keine zwanzig Schritt weit trug.

Die Pferde vor dem Schlitten dampften. Zuweilen wieherte eins und warf den grossen Kopf hoch, um das drückende Kummet abzuschütteln. Vielleicht wollte es auch schneller laufen, das gäbe warm und das Ziel wäre rascher erreicht. Doch der Mann im Pelz, der nebenherlief, hielt den Zügel straff. Scharf spähend, suchte sein Blick voraus, er durfte nicht schneller fahren, denn irgendwo da vorne war ein tiefer Priel, der selbst im strengsten Winter kaum zufror. Man könnte unversehens hineingeraten. Dann fahrt dahin, Pferde, Schlitten und Fuhrlohn!

Der Kutscher brummte etwas vor sich hin und zog am Zügel, den er sich um den Fäustling geschlungen hat. Die Pferde blieben stehen. Aus dem Schlitten beugte sich eine vermummte Gestalt: «Was ist, Uko?»

Der Kutscher wandte sich halb um. «Weiss nich' mehr, wie ich in dem *Wrasen* Borkum finden soll! Der Seedaak geht wieder um!» Er macht mit dem Arm eine Bewegung, als bekreuzige er sich. «Sollten umkehren!»

«Umkehren? Wir sind seit acht Wochen unterwegs, Uko, jetzt wollen wir endlich 'mal ankommen.»

«Aber der Nebel! Ich glaube, wir fahren im Kreis, Herr», klagte Uko.

«Weiss Er denn besser, wie man zurück nach Greetsiel findet?»

«Nein, bei Gott, das weiss ich auch nicht!»

«Er ist mir ein feiner Fuhrmann!» Ärgerlich-belustigt kam die Stimme des Mannes aus dem Schlitten. Nun schälte er sich aus der Felldecke, um auszusteigen.

«Es ist kalt! Bleib unterm Pelz!» Gretas Stimme kam aus der Tiefe der Felle, doch Harm Jansen stand schon neben dem Schlitten. Langsam zog er die Luft durch die Nase und atmete aus, dann drehte er sich um eine Viertelwendung und atmete von neuem ein. Zweimal noch machte er es so, nach allen vier Windrichtungen schnupperte er. Wasser kann man riechen, freies, ungefrorenes Seewasser. Aber diesmal witterte er vergebens. Ihm wurde auch nicht klar, wo sich der Priel befand. Er legte sich auf das raue Eis nieder und horchte, stand wieder auf, versuchte es in einer anderen Richtung, stand wieder auf, ging ein paar Schritte vom Schlitten fort und legte sich erneut nieder. Neugierig-ängstlich beobachtete Greta Born sein Tun. Sie reckte sich ein wenig aus dem Pelz heraus, um besser zu sehen. Mit offenem Mund wartete der Kutscher neben dem Schlitten. Da kam Jansen schon zurück und zeigte in eine Richtung: «Fahr Er zu, immer in gerader Spur! Bald kommt der Priel, dem bleib Er zur Seite. Er kann nicht fehlen, denn der Priel führt knapp an Borkum vorbei.»

Der Kutscher steht noch immer verwundert. «Wie will der Herr in solchem Nebel wissen, dass wir kämen dorthin kämen?»

«Fahr Er zu! Er ist wohl keiner, der oft aufs Watt fährt, was?»

«Nein, bei Gott, Herr! An helllichtem Tag wohl schon mannigs mal, aber bei einem Wetter wie heute . . .» Mit scheuem Seitenblick schüttelte er den Kopf.

«Wetter? Es ist totenstill, Kerl! Das nennt Er ein Wetter, wenn die Luft zum Greifen dick und faul ist?»

«Halten zu Gnaden – aber der Seedaak . . .»

«Fahr Er zu!» Harm Jansen zog, ärgerlich lachend, die Pelzdecke wieder über sich. Prüfend glitt sein Blick über die vermummte Gestalt an seiner Seite. «Frierst du, Greta?»

«Nein!» Sie möchte viel lieber «Ja» sagen; denn die Fahrt über das gefrorene Wattenmeer dauerte schon endlos lange. Und etwas Furcht hat sie auch. Es ist keine Angst, eher die Scheu vor dem Unbekannten, das auf sie wartete und die sie während der vielen Wochen noch nie verlassen hatte, die sie nun mit dem Mann unterwegs war.

*

Sie hatten einiges erlebt, seit sie Mühllacken verlassen hatten. Nun war er ihr nicht mehr fremd; warm wallte es in ihr auf, wenn sie seine Nähe fühlte. Am zweiten Januartag waren sie von Mühllacken aufgebrochen; Bader Roggenhauser hatte Greta von allen schmerzhaften Zerrungen geheilt, und Harm hatte vor ihrem Aufbruch zwei Gulden holländisch auf der Ofenbank zurückgelassen. Dorothea, Roggenhausers Wirtschafterin, war nach einiger Zeit von ihrer Reise zurückgekehrt, aber sie erwies sich als eine verschmitzt dreinblickende und zuverlässige alte Frau, die ihre eigenen Ansichten über so genannte Hexen hatte. «Wär' sie ein Mann», hatte sie nur gebrummt, «hätt' ihr niemand nix angetan! Männer dürfen alles!» Damit war für sie das Thema erledigt.

Der Ritt auf schweren, kräftigen Rössern führte die beiden über Wels, Ischl und Salzburg ins Tirolerische. Der alte Roggenhauser glaubte, dass der weitere Weg sicherer sei, als die direkte Route über Passau nach Bayern und Franken. «Ihr müsst allmählich an den Aufbruch denken», hatte er eines Abends, wenige Tage vor ihrer Abreise, geraten. Greta war schon zu Bett gegangen, die beiden Männer sassen bei prasselndem Feuer und heissem Punsch allein in der kleinen Stube. «Sie ist wieder zusammengeflickt und reisefähig. Ich fürchte, sie wird hier noch verrückt vor Angst, dass man sie entdecken könnte. Na ja, ganz Unrecht hat sie nicht, s'gibt überall Verräter.» Der Raum schien sich plötzlich spukhaft zu verändern: im Halbdunkel malte der Feuerschein seltsame Buchstaben an die Wand, um sie sofort wieder auszulöschen. Draussen hatte Regen mit grosser Heftigkeit eingesetzt, er trommelte gegen die Fensterläden, stürzte im heulenden Wind über das Haus, als wolle er es zuschütten.

Harm starrte in die Flammen. Hat recht, der Alte, dachte er. «Was meinst du, wohin sollen wir uns wenden?»

Der Bader stand auf, ging gebeugt in seine Kammer und kam gleich darauf mit einigen Kleidungsstücken zurück: «Du legst diesen Reitrock an, die braune Zopfperücke und der Dreispitz werden dir passen. Hab's von einem Kleiderjuden – der wird schweigen. Wir stecken auch die Greta in Männerkleidung.»

Es war ein prächtiger lila Reitrock, den Roggenhauser auf den Stuhl legte. Dazu eine dunkelblaue Reithose aus derbem Stoff, eine Weste aus Silberbrokat, Perücke, Dreispitz und einen Degen mit silbernem Griff. «das ist für dich. Für Greta hat's Hosen, Wams, Barett, Strümpfe und Schuhe.»

«Reiterkleidung!» knurrte Harm. «Reiter zu Fuss, he?»

«Langsam, langsam. Wenn ihr aufbrecht, müsst ihr im Morgengrauen, noch vor dem Tagen, hier verschwinden; geht hinten zum Garten hinaus und folgt dem Fusspfad bis zum Wäldchen. das dauert keine halbe Stunde. Lasst die Landstrasse, die von Mühllacken nach Süden führt, rechter Hand, dann werdet ihr zu einem Stadel kommen. Dort sind eure Pferde.»

Harm sah auf die Kleider, blickte wieder den Bader an und meinte erstaunt: «Aber das sind sehr auffallende Sachen, da kann uns nachher jeder, der uns sah, beschreiben.»

«Pass auf, mein Junge, das gerade ist die beste Tarnung. Sie suchen einen etwas abgerissenen Seemann mit einem Mädel, aber die wird niemand gesehen haben. Der Junker mit seinem Pferdebuben ist kaum verdächtig. Musst halt das Maul nicht so aufreissen, an deiner Sprach' merkt man, dass du fremd hier bist. Lass vorläufig den ›Buben‹ reden, wenn's nötig wird. Bleibt aber immer vorsichtig und gebt acht, dass ihr euch nicht selber verratet. Sie soll ihre roten Haare immer gut unter der Kappe verbergen. Ein Mädel ist nun mal kein Bub und an einem Weidenbaum wächst kein Apfel. Furage für ein paar Tage geb' ich euch mit, Trinken könnt ihr an jedem Bach und schlafen müsst ihr fürs erste irgendwo im Stroh. Hinter Salzburg wird sich kaum noch jemand um Euch kümmern.»

«Wie heissen wir eigentlich?» Harm wusste, dass der Alte auch hierfür vorgesorgt haben wird.

«Hast's erraten.» Der Bader zog die Schublade auf und entnahm ihm ein gefaltetes Papier. «Das ist ein Legitimationspapier, es lautet auf den Tuchhändler Johannes Claudius Schimmelpenning aus Köln am Rhein, ausgestellt und gesiegelt vor zehn Monaten vom Rat der Stadt. Herr Schimmelpenning reist in Geschäften, ihn begleitet sein Pferdebursche, der so unwichtig ist, dass sein Name nicht erwähnt zu werden braucht.» Er sah sein Gegenüber verschmitzt an und setzte hinzu: «Eigenartig, die Personenbeschreibung passt exakt auf dich.»

«Du denkst an alles, was?» Harm drückte ihm dankbar den Arm. «Schimmelpenning – taugt der Name was?»

«Darfst dem alten Roggenhauser vertrauen. Schimmelpennings leben zu beiden Seiten des Rheins; es gibt holländische Adelige gleichen Namens, und man findet sie in Preussen, Brandenburg und Pommern. Die Daten musst du auswendig lernen.»

«Und Greta? Der ›Bub‹ braucht auch einen Namen.» Er dachte einen Moment nach. «Wie wär's mit Anselm? Oder Ignaz?»

«Ignaz», schnaufte Roggenhauser verächtlich, «so heissen doch nur Dorfdeppen. Zum Glück hat sich die Frage schon erledigt. Hab' sie gestern gefragt, Jakob will sie heissen. Und weisst' warum? So hiess ihr Bruder!»

«Sie hat einen Bruder?»

«Hatte, mein lieber, hatte. Er ist tot; starb vor vier Jahren in ihren Armen, als er fünf war: hatte den bösen Husten, das Fieber hat ihn verzehrt.»

Harm Jansen nickte nachdenklich, für einen Augenblick lang wurde ihm erschreckend klar, dass er nicht viel von Greta wusste.

Roggenhauser hatte eine Karte auf den Tisch aufgerollt, sein Zeigefinger deutete auf einen Punkt, während er Harm erklärte: «Schau, hier ist Mühllacken. Sie werden euch im Donautal suchen – aufwärts und abwärts.» Er kreiste das

Gebiet ein. «Auch nördlich könnten sie euch vermuten; sie wissen, dass du aus Norddeutschland stammst, da werden sie denken, dass du den kürzesten Weg nimmst. Drum möcht' ich von dieser Richtung abraten. Selbst wenn ihr Passau erreichen würdet, wird's für die Weiterreise kritisch. Das Gebiet im Bayerischen Wald und Oberfranken ist dünn besiedelt, da fallt ihr bald auf.»

Harm starrte auf die Karte. Draussen ebbte der Sturm ab, der Regen tastete sanft über die Scheiben, flüsterte ihnen kichernd ein Geheimnis zu, eilte tröpfelnd von dannen. Doch schon war er wieder zurückgekehrt: diesmal in einem Ausbruch grenzenloser Wut, glich er einem bösen, verbitterten alten Hexenweib. «Was schlägst du vor? Sollen wir ins Böhmische ...?»

Der Alte dachte nach, sagte: «Nein. Ich denke, im Süden werden sie euch am wenigsten vermuten. Nimm den Weg nach Lambach hinunter, aber haltet euch auf Nebenwegen. Bei Strasswalchen erreicht ihr das Gebiet des Erzstifts Salzburg, da seid ihr relativ sicher. Die Stiftsherren mögen zwar Hexen auch gerne brennen sehen, aber ebenso gerne wollen sie ihre Autarkie gegenüber Habsburg behalten und schauen wohl nicht so genau hin, wenn einer aus Oberösterreich kommt, der es eilig hat, von dort wegzukommen.»

«Und wenn das gelungen ist, wie dann weiter?»

«Ihr reitet die Saalach aufwärts; bei St. Leonhard erreicht ihr bayerisches Gebiet. Berchtesgaden müsst ich links liegen lassen. Wenn's nicht zu viel Schnee hat, nehmt ihr den kleinen Stein-Pass wieder ins Tirolerische hinüber, reitet dann das Inntal hinauf. Am besten, ihr versucht über Innsbruck in die Schweiz zu kommen. Das ist zwar ein weiter Weg, aber dort kann euch nichts mehr passieren.»

So waren sie zwei Tage später losgeritten. Jansen hatte den Rat befolgt und für sich und den «Buben» den mühsameren und gefahrvollen Weg gewählt, weil auch er annahm, dass man sie weiter nördlich suchen würde. Anfangs blieben sie stets weit draussen vor den Städten bei einem Bauern zur Nacht. Die ersten Nächte hatte sie heimlich in irgendeinem Stadel gelegen, fest eingewickelt in die Decken, die hinter den Sätteln aufgeschnallt waren. Anfangs war es noch etwas schwierig, ›Jakob‹ die Scheu vor den Pferden zu nehmen.

«Du darfst keine Angst zeigen, das merken sie sofort. Du bist der Pferdebursche, also musst du mit ihnen umgehen können. Pass' auf, ich werde es dir zeigen.» Und Harm machte alles vor. «Nähere dich den Tieren immer von vorne, rede dabei mit ihnen, damit sie nicht erschrecken. Halte sie energisch, aber nie zornig am Zügel – ja, und streichle sie am Kopf: von der Stirn abwärts bis zu den Nüstern. Wiederhole es zwei, drei Mal, das haben sie gern. Gib' ihnen auch kleine Leckerbissen, dann werden sie dich in wenigen Tagen lieben, denn sie sind schlau.»

«Leckerbissen? Was soll ich ihnen geben? Daheim haben sie ihnen Maiskolben zugesteckt, aber jetzt ist Winter und es wächst nichts.» Sie sah sich ratlos um.

Er nestelte an der Satteltasche seines Tieres und entnahm ihr ein Leinensäckchen. «Habe vom Roggenhauser Zucker besorgen lassen. Na ja, war nicht billig, ein Groschen das Pfund. Du musst etwas davon auf die flache Hand legen, dann lass es sie ablecken. Pass auf.» Er schüttelte ein Quentchen Zucken in die Hand und hielt es einem der Pferde hin. Schmatzend fuhr die fleischige Zunge über die Hand. Das andere Ross drängte herbei. «Schau, wie neidisch der andere schon ist. Jetzt mach' du's!»

Wie Harm vorausgesagt hatte, war Jakob bald vertraut, mit den Pferden umzugehen; beide Tiere drängten sich näher, wenn sie nur die Stimme des Pferdeburschen vernahmen.

Es gab wenig Schnee in diesem Winter, und so kamen sie auch gut voran. Und wie Roggenhauser prophezeit hatte, merkten sie, dass, nachdem sie Innsbruck passiert hatten, sich niemand für die interessierte. Sie ritten frohgemut nach Landeck, folgten weiter dem Inn aufwärts und gelangten, von niemandem bemerkt – zwei Wochen nach ihrem Aufbruch – an einem kalten, aber sonnigen Wintertag bei einem kleinen Ort namens Martinsbruck in die sichere und friedliche Schweiz.

Weit und offen lag das Engadiner Tal vor ihnen. Kurz vor dem Flecken Samedan fragte Harm einen Bauern nach dem Weg. Der verstand ihn nicht, stattdessen führte er sie zum *Albergo da Posta*. Der dicke Wirt der Pferdewechselstation begrüsste sie freundlich: *«Alegra, nobile gentiluomo, stai cercando un alloggio?»*

«Ich verstehe Euch nicht», antwortete Harm etwas verunsichert, aber der Mann lachte. *«Die Lüüt da redent alle Rumantsch oddr Italiaanisch, da verstoht ihr keis Wort»* (Die Leute reden hier alle Romanisch oder Italienisch, da versteht Ihr kein Wort), aber er gab bereitwillig Auskunft. Sie müssten über den Julierpass reiten, erklärte er in seinem eigentümlich gefärbten Dialekt. Wenige Meilen talaufwärts, in einem Dörfchen am See – es heisse Silvaplana, das bedeute ›bewaldete Ebene‹ – zweige der Weg nach Norden ab. Von dort gehe es steil hinauf zum Hospiz, wo sie bei den Mönchen übernachten könnten.

«S'isch ein uralte Wäg», erklärte er, *«scho d'Römer händ en a'gleit.»* (Es ist ein uralter Weg, schon die Römer legten ihn an.)

Aber jetzt im Winter sei es nicht empfehlenswert, dort hinaufzureiten. *«Wänns Wätter umschloht, isch's gföhrli, s'könnt eu s'Lääbe koschte.»* (Wenn das Wetter umschlägt, ist es gefährlich; das könnte euch das Leben kosten.) Auch vom Julierhospiz nach Bivio hinunter und weiter nach Tiefencastel sei es nicht ungefährlich, aber aus einem anderen Grund: In dem einsamen Gebiet

könnten ihnen Räuber und Wegelagerer begegnen, besonders ein Weiler namens Mulegns sei ein verrufener finsterer Ort, warnte er mit gekrauster Stirn.

«Mulegns?» erforschte Harm den merkwürdigen Namen.

Das bedeute ›die Mühlen‹, weil es dort Mühlen gäbe, erklärte der Wirt bereitwillig. Ihre Wasserräder würden von einem Wildbach angetrieben, der vom
Weissberg herunterstürze.

Im sauberen Schankraum gab's ein einfaches Nachtmahl und einen Becher
Veltliner Wein, aber für das Nachtlager hatten sie nur eine Schütte Stroh in einem warmen Pferdestall erhalten, ihre eigenen Pferde waren im gleichen dumpf-
fen Raum. Es muss wohl daran gelegen haben, dass die Furcht, doch noch erwischt zu werden, von ihnen abfiel wie Laub im Herbst. Besonders Greta blühte
auf. Ihr Retter hatte sie während der ganzen Reise immer mit rauer Zärtlichkeit
umsorgt. Aber hier geschah endlich, wonach sie sich schon gesehnt hatte. Es
war wie selbstverständlich, dass sie nun ihm gehörte. Sie fühlte seine Hände an
ihrem Körper, fühlte seinen heissen Mund. Sie liess es gerne geschehen und
erwiderte seine Küsse. Ihre Hände verstrickten sich in seinem hellen Haar.
Nachher lagen sie aneinander gekuschelt unter der Decke. Wie herrlich war jene
Nacht! Greta hatte nur wenig geschlafen. Sie ruhte in Harms Arm, sie fühlte
sein Herz klopfen, am Arm den gewaltigen Pulsschlag und die eisenharten Rippen unter dem dünnen Hemd. Ihre Wange empfand wohlig Harms glatten, weichen Hals.

«Jetzt bist du meine Frau», flüsterte er ihr ins Ohr.

«Ja, und du mein Mann – mein Herr und Gebieter.»

«Ich hatte noch nie . . .»

«Ich auch nicht.»

«Habe ich dir weh getan?»

«Nein, ich wollte es ja!» Und nach kurzem Schweigen fragte sie plötzlich:»Liebst du mich?»

«Ja, ich liebe dich.»

«Wirst du mir immer treu sein?»

«Ja, immer! Und du?»

«Meine Mutter sagte immer, eine Frau müsse ehrlich und anständig sein,
sonst taugt sie nichts. Männer könnten machen, was sie wollten. Das wäre der
Unterschied zwischen einem Mann und einer Frau.» Sie liess ein bezaubernd
kindliches Lachen hören. «Du kennst mich ja kaum, vielleicht tauge ich auch
nichts.»

«Kann schon sein», knurrte er träge, schon halb schlafend, «bist vielleicht
doch eine Hexe! Hast auch mich verzaubert.»

Am Morgen schmerzten ihr alle Glieder; sie waren doch noch nicht gänzlich
geheilt. Aber Greta Born war nicht zimperlich; sie lachten sich an, Greta Born
war glücklich, in der ersten wie in den folgenden Nächten. Sie hatte ihr Leben

aus seiner Hand zurück erhalten; längst läge es zertreten unter der Erde, wäre er nicht gekommen. Nun sollte er ihr Mann sein, den ihr das Schicksal geschickt hat und den sie liebte, wie sie nie mehr lieben würde.

Was dann kam, bezeichnete sie später als ihre Hochzeitsreise.

*

Doch nach jener Nacht gab es zuerst nur Elend. In Samedan hatte man sie vor Strauchdieben gewarnt, ein paar weitere Reisende schloss sich ihnen aus Gründen eigner Sicherheit an: vier fahrende Händler, die ihre Ware auf Mauleseln verpackt mit sich führten, sowie ein dürrer Mann mittleren Alters, der nicht viel sprach und sich angeblich auf einer Pilgerreise nach Einsiedeln befand. Auf der Anhöhe, vier oder fünf Meilen vor dem Hospiz waren sie in einen furchtbaren Sturm geraten, in Wind und Schneeschauer. Es schien ihnen, als sei das Ende der Welt gekommen. Die Hufe versanken so tief im Schlamm, dass sie absteigen und die Tiere am Halfter führen mussten. Vielleicht war das schlechte Wetter ihre Rettung. Denn die Strauchdiebe schienen behaglich daheim am warmen Herd geblieben zu sein.

Am Nachmittag erreichten sie das Hospiz, die ganze Kavalkade war beieinandergeblieben, mit all ihrer Habe auf Pferden und Mauleseln. Sie waren dermassen übermüdet, dass sie sich kaum mehr auf den Beinen zu halten vermochten. Wie im Traum waren sie in die Herberge gelangt, schon halb schlafend assen sie den Grützbrei, tranken sie das klare Wasser, das ihnen hilfreiche und besorgte Mönche im warmen Gastraum reichten. Dann fielen sie erschöpft in das riesige Strohlager.

Nur Greta lag in einem seltsamen Zustand zwischen Schlafen und Wachen. Harm neben ihr war sofort in tiefen Schlaf gefallen, aber Greta war allzu erregt, um sofort einzuschlafen. Schon seit Wochen hatte sie in ihrem Versteck beim alten Roggenhauser im Baderhaus in Mühllacken die Reise erwartet. Ihr Zuhause hatte ihr kein Glück gebracht. Den Vater kam beim Baumfällen zu Tode, die schwangere Mutter war danach meist niedergeschlagen. Greta glaubte, dass sie sich aus Not und Angst vor der Zukunft in der Donau ertränkt habe. Der Gemeindevorstand gab Greta zur Tante ins Nachbardorf Ruprechting, die darüber gar nicht erfreut war und Greta schlecht behandelte. Schlafen musste sie im Stall, das Essen war miserabel und Schläge gab's bei jeder Gelegenheit. War eine harte Schule für das Mädchen, aber Greta war zäh und liess sich nicht unterkriegen. Geduld und Ausdauer waren ihre herausragenden Charakterstärken. Die Tante wäre sie gerne wieder losgeworden, denn nachts kamen des Öfteren gewisse Herren vorbei. Greta tat, als sei sie arglos, aber sie kannte die Honoratioren der Gegend sehr wohl, doch sie konnte den Verdacht nicht loswerden, dass es die Tante war, die den Verdacht der Hexerei auszustreuen begann. So nahm das Unglück seinen Lauf, aus dem sie auf wunderbare Weise von dem blonden Hünen gerettet wurde. Harm war für sie schlechthin ein Wesen aus einer andern Welt, wie St. Michael oder St. Georg, deren vergoldete Statuen in der Kirche von Aschach auf die Gläubigen herabsahen. Bei diesem Gedanken an Harm drehte sie sich nun im Bett ein klein wenig um und legte den Arm um ihn, was er trotz seines tiefen Schlummers sogleich empfand und mit einem verträumt freudigen Seufzer dankte.

Am anderen Morgen war die Sicht ausgelöscht, das tief abfallende Tal völlig unsichtbar, die Berge in weichen Wolken wie in Federbetten eingehüllt. Der Weg, den man noch nicht für würdig erachtete, mit dem stolzen Namen «Strasse» zu benennen, befand sich in einem unbeschreiblichen Zustand. Es bedurfte nur eines kleinen Regenschauers, um das Fortkommen auf ihm schwierig zu gestalten – morgen würde er vielleicht unpassierbar sein. Aber die Pferde überwanden, stolpernd und ausgleitend, geduldig jedes Hindernis. Die Bäume schienen sich unter dem Wolkenbruch zu ducken. Durch die dichten Nebelschwaden vernahm man unaufhörlich das harte Rauschen des wilden Gebirgsflusses Julia. Aber die Sicht war kaum zwanzig Ellen weit. Sie befanden sich in glücklicher Stimmung, waren froh, endlich allein zu sein. Ihre Reisegenossen hatten einen Ruhetag eingelegt – die Männer waren zu erschöpft und der Dauerregen schien ihnen auch nicht das richtige Reisewetter zu sein. Harm und Greta redeten nur wenig miteinander, denn bei diesem Regen war eine Unterhaltung ausgeschlossen.

Steil und in ungezählten Windungen wandte sich der schmale Steg hinunter ins Tal zum Flecken Bivio. Einmal, als gegen Mittag die dichten Wolken vom Wind für einen kurzen Moment verteilt wurden, sahen sie, wohl drei Meilen unter sich, die schwarzbraunen, hingeduckten Holzhäuser des Dörfchens, die verstreut um eine ebenso braune Kirche gruppiert lagen. Schnell flogen wieder Nebelschwaden heran und wischten das Bild fort. Der kurze Ausblick machte sie hoffnungsfroh, nun bald dort anzulangen, aber der Seemann und das Hirtenmädchen kannten sich im Hochgebirge nicht aus und mussten ihre Ungeduld noch eine Weile zügeln. Erst nach dem halben Nachmittag ritten sie durch den Ort. Keine Menschenseele liess sich blicken, es schien ihnen wenig einladend, hier um ein Obdach anzuklopfen.

Sie ritten weiter, folgten im Talboden dem Lauf der Julia nach Norden, der Weg war hier etwas breiter, aber zu beiden Seiten stiegen steile Bergflanken an und verschwanden oben im Nebel. Immer wilder wurde die Gegend. Ein ungebärdig tosender Gebirgsbach rauschte zwischen zerklüfteten Ufern. Er war vom Regen und Schnee geschwollen, aus seinem tiefen Bett ragten Schieferplatten und Steinblöcke. Überall lagen gesplitterte Felsstücke umher, so dass er absteigen und die Pferde am Zügel führen musste. Schnell fiel der Abend ein.

Denn da begannen, in der seltsam launischen Art des Wetters in dieser Bergwelt, hauchfeine Nebelfetzen, zart wie Spinngewebe, ohne ersichtliche Ursache
aus dem Nichts geboren, gleich durchsichtigen Schleiern die Welt zu verhüllen.
Bald würden sich die zarten Dunstschleier zu Nebeln verdichtet haben. Eine
seltsame, unerklärliche Furcht überfiel Harm. Nebel war das Einzige, womit er
nicht gerechnet hatte.

«Schau!» Greta packte ihn am Arm und zeigte ins Tal hinunter. «Ist das
nicht wie ein riesiger siedender Kessel?» Der Nebel trieb Rauchfahnen in weissen Dampfspiralen zu ihnen herauf. Obgleich Harm keineswegs zu Phantaste-
reien neigte, war seine Sorge, dieses Abenteuer zu einem baldigen, guten Ende
zu führen, so gross, dass selbst er geneigt war, an irgendeine böse Macht dort
unten im Tal zu glauben, an einen Feind, der ein gewaltiges Feuer aus feuchten
Baumstämmen anlegte, um sie beide in undurchdringliche Rauchschwaden ein-
zuhüllen und zu ersticken.

«Wir müssen uns beeilen», drängte er. «Auf dem Pass kann Nebel verdammt unangenehm sein . . .» Der Dunst kroch herauf wie ein unheimliches
Lebewesen. Und im gleichen Augenblick begann ein unerwarteter Sturmwind
mit schrillen Akkorden von der Passhöhe herab zu heulen. Je mehr sich der
Nebel um sie herum verdichtete, desto finsterer und eisiger schien die Welt
ringsum zu werden, desto heiserer schrie der Wind ihnen in die Ohren.

Der Weg wurde beschwerlich, steil stürzte die Felswand neben dem Pfad in
die Tiefe, unten brodelte der Fluss und der Nebel wallte jetzt in dichten Dunstwolken vom Tal zu ihnen herauf.

Harm hielt Greta fürsorglich, mahnte zur Vorsicht. Plötzlich lichteten sich
die Höhen, und der Mond segelte voll und rund aus den treibenden Schwaden
hervor. Alle Gipfel lagen hell erleuchtet vor ihnen, auch der steinig gewundene
Pfad.

Sie wandten sich noch einmal um und erblickten – scharf und klar im Mondlicht sich abhebend – zwei Gestalten, die hastig den Steig herab kletterten.
Beide Parteien sahen einander, und beide blieben wie angewurzelt stehen.

«Wer sind die, Harm?» Gretas Stimme klang verwundert – ihr Ritter war ja
bei ihr.

Harm musterte die beiden. «Reisende sind es kaum, sie haben kein Gepäck.
Aber Waffen! Vielleicht Wegelagerer. Wir müssen kühlen Kopf behalten, wenn
es nur klar bleibt, werde ich schon mit ihnen fertig.»

Die Entfernung, die sie voneinander trennte, war nur noch gering. Die beiden Männer standen auf einem Felsvorsprung, der vom Pass aus ins Tal hinein-
ragte. Ihre Silhouetten zeichneten sich im hellen Mondlicht mit ungewöhnlicher Schärfe ab. Zunächst glichen sie steinernen Statuen, dann jedoch begannen sie
mit fieberhafter Anstrengung herabzuklettern. Der vordere schrie ihnen etwas

zu, es klang wie «Wartet, wir werden euch führen», aber er schwang etwas in der Hand, was wie ein Degen oder Säbel aussah.

«Mit denen nehme ich's noch auf!», sagte Harm. Greta erschien er jetzt wie ein Junge in Erwartung einer Keilerei. «Ich werde sie hier erwarten», meinte er dann. «Hier an der Biegung, von hier aus kann ich den ganzen Pfad beherrschen.»

Doch Greta drängte ihn weiter. Obgleich sie es ihm niemals eingestanden hätte, liess ihr Mut sie nun im Stich. Sie wollte nicht, dass es zum Kampf kam. Sie fühlte ihre Knie weich werden und wurde plötzlich zu dem Kind, das sie den Jahren nach auch in Wirklichkeit war. Gewiss waren sie stärker als Harm mit seiner Tapferkeit. Deshalb drängte sie, mit ihrem Pferd am Zügel vorauslaufend, Harm immer weiter, und er folgte ihr, aber er streichelte dabei seinen Degenknauf, als sei es sein bester Freund. Sie gelangten an eine Wegbiegung, der Pfad stieg nochmals ein kurzes Stück an, und sie erklommen den Scheitelpunkt. Im Mondschein sahen sie einen Gebirgssee schwarz unter sich liegen.

«Hier will ich sie erwarten», sagte Harm, die Pistole in der einen, den gezogenen Degen in der anderen Hand.

Wieder beschwor ihn Greta, weiterzugehen. Jetzt bemerkte auch er ihre Angst und war ganz im geheimen davon enttäuscht. «Ich habe vorher noch ein paar Worte mit ihnen zu reden», erklärte er ruhig, aber mit sturer Verbissenheit. Wenige Klafter seitwärts erhob sich ein kleiner Hügel. «Dort wäre es noch besser», meinte er, nahm die Pferde beim Zügel und stieg, gefolgt von Greta, auf die Halde. Kaum oben, ging der Mond aufs neue im Nebelmeer unter, helle Dunstwolken kamen, vom Wind getrieben, herangefegt und hüllten die Berge und den Fluss in ihre Schleier. Ehe sie sich jedoch zu silberweissem Dunst verdichteten, sahen sie die beiden Gestalten um die Biegung herankommen und ebenfalls die Anhöhe hinaufsteigen.

«Jetzt sitzen wir in der Falle», flüsterte Harm. Er stand lauschend. Dann fasste er ihre Hand, hielt sie fest: «Halte dich dicht neben mir», warnte er sie. «Man kann sich in so einer Wolke zu leicht verlieren. Ich werde versuchen, ob ich hören kann, von wo sie kommen.»

Aber wie das manchmal im Nebel der Berge zu ergehen pflegt, vernahm er alle möglichen Geräusche: Felsblöcke schienen aus grosser Höhe niederzustürzen, in der Tiefe rauschte Wasser auf, von überallher klangen Stimmen, Getier raschelte zu ihren Füssen, leises Kichern, lautes Fluchen: dahinter eisige Grabesstille. Seine eigene Mahnung vergessend und im Glauben, den Feind schon zu hören, entfernte er sich ein paar Schritte von ihr. Wieder lauschte er, alle Sinne gespannt. Plötzlich, ganz aus seiner Nähe, kam die Stimme:

«Nöd wiitergah! Der verdammte Näbbel! Ma chönnti glaube, dr Tüüfel hät sini Hand im Speel» (Nicht weitergehen! Der verdammte Nebel! Man könnte meinen, der Teufel hat seine Hand im Spiel).

Harm drehte sich um, und dicht neben ihm, doppelt so gross wie im gewöhnlichen Leben, tauchte die massive Gestalt des Räubers auf, der ihn im selben Augenblick entdeckt hatte. Ein Schuss krachte. Das Echo war so gewaltig, als würde die ganze Bergwelt in Trümmer gesprengt.

Brust an Brust standen sie einander gegenüber und kreuzten die Klingen. Es war ein seltsames Duell: Ihre Gestalten tauchten einen Moment klar aus dem Nebel auf, um im nächsten schon wieder völlig unsichtbar zu werden, die Klingen blitzten, wie von Geisterhand geführt, in der Luft, stiessen ins Leere, parierten einem nicht vorhandenen Gegner. Zu allem übrigen kam noch für Harm die Angst, dass der unsichtbare zweite Strauchdieb Greta längst gefangen oder gemordet haben könnte. Und dann war da noch der Nebel, der seine Glieder umwirbelte, ihm graue Fetzen ins Gesicht peitschte, sich hinterrücks an ihn heranschlängelte und überfiel ihn, als sei auch er sein Feind.

Sehr bald wurde ihm klar, dass sein Gegner wesentlich älter war als er, und dass dessen Kräfte nachliessen. Er stiess zu, der Degen aber fuhr durch den kalten Nebel ins Leere. Nun hörte man ein Stolpern – und schon hatte Harms Klinge ihn durchbohrt. Ein heiserer, gurgelnder Laut. Der Räuber sank zu Boden.

Als Harm sich umblickte, sah er den Nebel vom Hügel herabgleiten und eilig wie ein lebendes Wesen ins Gebirge flüchten. Als öffne sich ein Theatervorhang, lag die ganze Gegend wieder in Mondlicht getaucht. Er konnte das abfallende Ufer der Julia erkennen: Grau unter den weissen Wänden von Dunst. Ringsum schienen die Wolken sich aufzulichten. Hinter ihm schimmerte in bleichem Glanz der Mond und verwandelte jeden Felsblock und jeden Stein in fahlen schattenhaften Geisterspuk. Greta lief zu Harm. Am Boden lag der Räuber, bewusstlos und blutend. Ganz in ihrer Nähe sahen sie den anderen, den Degen in der Hand. Phantastische Gestalten in einer Welt, die schattenhaft und unwirklich ihr Bild von Minute zu Minute und mit jedem Verschieben der Wolken veränderte.

Harm legte den Arm um Greta und rief dem zweiten Räuber zu: «Geh heim! Es ist kalt hier und du solltest längst im Bett liegen. Mach, dass du nach Hause kommst, oder ich mache dir Beine. Du bist zu alt für Gebirgstouren zu dieser Nachtzeit.»

Harm konnte erkennen, dass der Wegelagerer keine Pistolen bei sich hatte. Nur seine Klinge liess er spielen. Der Mond schien wieder voll, die Wolken waren davongezogen und wälzten sich rechter Hand die Bergflanke empor, aber die kleine Halde, das Ufer des Bergsees unten und die links liegenden Berge standen ebenholzschwarz vor dem Nachthimmel.

«Ihr hannt min Fründ tötet» (Ihr habt meinen Freund getötet), antwortete der Wegelagerer.

«Dein Kumpan ist nicht tot», erwiderte er. «Du solltet ihn besser gleich aufnehmen und nach Hause schaffen, ehe er sich hier einen Schnupfen holt.»

Der Andere antwortete mit einer Flut von Flüchen. Seine Stimme klang, als
ob er seinen Ohren nicht traue, dass jemand es wagen könne, ihn so herablassend zu behandeln.

«Gut», sagte Harm, «dann werde ich dich wie einen Schuft und niederträch-
tigen Halsabschneider nach Hause jagen. Mach, dass du fortkommst! Sonst jage
ich dich hinunter, rascher, als dir lieb ist.» Er ging auf ihn zu. Der Räuber gab
keine Antwort und schlug einen Bogen um ihn. Es lag etwas seltsam Entschlos-
senes in diesem langen, hageren Menschen, dessen dünner, zitternder Schatten
im Mondlicht neben ihm herlief, sein Tun verriet Überlegung. Er fand eine
günstige, hochgelegene Stelle, links hinter ihm rauschte der Fluss.

«Ich han kei Angsscht vo nem fremde Fötzel» (Ich habe keine Angst vor
einem Dahergelaufenen), höhnte er. Harm ging ihm nach. Er sah, dass der
Strauchritter seinen Standort ausserordentlich geschickt gewählt hatte. Der
Vollmond strahlte mit blendender Weisse auf ihn nieder, während er selbst von
den ihn rings umgebenden Schatten verwirrt, bei jedem weiteren Schritt in einen
grösseren Nachteil geriet.

Da kreuzten sich ihre Klingen, und Greta war es, als drängten sich die Berge
immer näher, damit sie dem Schauspiel besser folgen könnten. Ihr ganzes zu-
künftiges Leben hing für sie an diesem Zweikampf. Selbst wenn Harm nur
schwer verwundet würde und das Bewusstsein verlöre, hatten sie keine Gnade
zu erwarten. Mit brennenden Augen, die Nägel tief in die Handflächen verkrallt,
stand sie und folgte dem Kampf. Sie hätte Harm möglicherweise zu Hilfe kommen können, aber sie kannte ihn schon zu gut, um nicht zu fühlen, dass er ihr
das niemals verziehen hätte.

Gottlob war auch der zweite Räuber kein geschickter Fechter. Trotz des
Vorteils seines höher gelegenen Standortes, trieb ihn Harm, dessen Reichweite
ungewöhnlich war und dessen Auge nie versagte, mit jeder Passage näher an
die Flussböschung. Sein Gegner stiess zu, parierte, stiess noch einmal wütender
zu und verlor die Balance. Harm schlug ihm den Degen aus der Hand. Harm
selbst verstand sich allerdings auch nicht besonders gut auf das Duellieren,
wenn er auch von seinem Vater eine gewisse, rein instinktmässige Gewandtheit
geerbt und in seinen Jahren auf See den Gebrauch von Säbel und Entermesser
erlernt hatte. Aber jetzt vor Greta hatte er gerne dem Gegner die Klinge aus der
Hand geschlagen. Den Fuss auf den Degen des Räubers stellend, warf er den
eigenen auf den Rasen.

«So», erklärte er, «jetzt wollen wir miteinander ringen.» Der Kerl war in
seinen Augen ein gemeiner Wegelagerer, der kein Recht besass, in dieser herrlichen Welt zu leben. Insbesondere nicht in der Welt seiner geliebten Greta. So
lief er vor, und gleich darauf hatten sie einander in der Art der Ringer gepackt.

Aber der Körper des Gegners war stahlhart und sehnig. Im Nu umklammerten seine Hände Harms Kehle. Harm war durch seine Körpergrösse, vielleicht auch durch die ungewohnte Anstrengung des Fechtens an der vollen Entfaltung seiner Kräfte behindert. Die Finger des Räubers umklammerten eisern Harms Kehle, und wie sie auch hin und her schwanken mochten, es schien, als stünden seine Füsse mit dem Boden in magischem Kontakt. Harm hatte nur noch einen einzigen Gedanken: Was sollte werden, wenn er in diesem Kampf unterlag? Sein Atem begann stossweise zu gehen. Ihm war, als würden seine Augen aus den Höhlen gepresst. Der Mond stieg gleich einer glühenden Scheibe höher vor ihm auf, durchraste den Himmel, fiel an seine alte Stelle zurück, während die schwarzen Rücken der Berge zu wanken schienen. Seine Knie wurden weich, der Rasen bäumte sich unter seinen Füssen und kam ihm entgegen wie das Deck eines Schiffes bei Sturm.

Sie kämpften um ihr Leben, niemand beachtete Greta, wie sie in die Hocke ging und im Dunkeln am Boden tastete, einen passenden Stein fand, und einen zweiten. Harm wehrte sich noch immer verzweifelt. Er liess einen Arm des Gegners los, um an den würgenden Händen zu zerren, doch sie gaben nicht nach, verrieten nicht das leiseste Erschlaffen; pressten nur fester und fester. Der Kopf des Räubers näherte sich auf fantastische Weise dem seinen. Die Augen waren verkniffen und stechend, der Mund verzerrt.

«O Jesus!» Gretas Stimme kam aus weiter Ferne, aus dem Herzen des roten, feurigen Mondes. ›Ich bin verloren!‹ durchzuckte es ihn. Im gleichen Augenblick erlahmte die Hand an Harms Gurgel, laut atmete er die kühle Nachtluft ein und starrte verwundert auf seinen am Boden liegenden Gegner. Dann sah er das Blut. Sein Körper straffte sich. Mit aller Kraft hob er den andern vom Boden hoch, torkelte mit ihm an den Rand der Schlucht und schleuderte ihn hinab in die wild strudelnde Julia. Klatschend schlug er ins Wasser und versank.

Keuchend und halb erstickt stand Harm und wartete. Die Wellen zerrannen im Mondschein, der Räuber tauchte nicht mehr auf. Gleichgültig rauschte der Fluss wie eh und je. Noch eine Weile wartete Harm. Dann, als er ganz sicher war, dass der Wegelagerer niemals wiederkehren würde, lief er zu Greta. Sie stand noch an der gleichen Stelle, in der Hand einen Stein. Stumm sah sie ihm entgegen, forschte in seinem Gesicht, aber er sagte tonlos und noch immer keuchend: «Komm, wir müssen weiter.»

Seine Leiche sollte eine Woche später weit unterhalb von anderen Wanderern gefunden werden, die den Übergang vom Julierpass nach Bivio benutzten und keinen Wert auf eine eingehende Untersuchung legten. Sie hatten die Leiche ins Wirtshaus von Mulegns gebracht und waren schleunigst weitergezogen. Man hatte ihn dort ohne grosse Zeremonien beerdigt und die ganze Angelegenheit auf sich beruhen lassen. In keinem Fall wäre ein in den Bergen ermordeter Wegelagerer Gegenstand grosser Nachforschungen gewesen.

Harm war nicht der Mann, der sich vor Wind und Wasser fürchtete. Aber dies hier war ihm denn doch zu unbehaglich. Dieses enge Tal, eingeschnürt von felsigen Bergflanken und abgeschnitten von aller Welt, war – wie sie jetzt selber erlebt hatten – ein ausgezeichneter Schlupfwinkel für lichtscheues Gesindel. Bald müssten sie das Dörfchen Mulegns erreichen, allerdings hatte sie der Wirt in Samedan schon vor der Herberge gewarnt, sie sei eine elende Spelunke, in jeder Hinsicht von übelstem Ruf. Trotzdem mussten sie hier wohl oder übel übernachten.

Während sie im Nebel daherstolperten, in einer Finsternis, in der man kaum die Hand vor Augen sah, tastete Harm unwillkürlich nach seinem Dolch und der Pistole. Er konnte sie möglicherweise gebrauchen, ehe die Nacht vorüber war.

Da tauchte ein trüber Schein aus dem feuchten Brodem und sie fanden sich plötzlich direkt der Herberge gegenüber. In den Fenstern brannte Licht. Er klopfte laut gegen die Tür. Ein altes Weib mit einem Tuch um den Kopf und einer schmierigen schwarzen Klappe über dem Auge öffnete. Harm rief nach dem Stallknecht. Ein junger Bursche begleitete ihn in einen verfallenen Hinterhof.

Nachdem die Pferde so gut wie möglich untergebracht waren, gingen sie in die Schankstube hinüber. Überraschender Weise war sie voller Menschen. Widerwillig bahnten sie sich einen Weg durch die übel riechende, verqualmte Kaschemme. Alle Augen waren auf die Ankömmlinge gerichtet. Harm war ein kräftiger Mann, breitschultrig und grossgewachsen, der fast bis an die Decke reichte. Der Raum war ohnehin sehr klein, er war vom Herdrauch verrusst und stank nach Speisen, schalem Bier, Dung und ungewaschenen Körpern.

Greta hingegen glaubte sich in eine schlimme Kaschemme versetzt. Müde und zerschlagen war sie in die niedrige, schlecht erleuchtete, übelriechende Stube getaumelt, dicht drängten sich darin fremde Menschen, sie hatte von einem der schmutzigen Tische auf das verworrene Durcheinander der Männer, Frauen, Kinder und Hunde gestarrt, in das rohe Saufen, Schreien und Singen. Da schnappten Hunde mit weit aufgerissener Schnauze nach zugeworfenen Brocken. Vier Männer spielten in einer Ecke irgendein Spiel. Ein dürrer Mann fiedelte auf einer Geige, ein mürrisch dreinblickendes Äffchen in einer roten Jacke tanzte inmitten des mit Sand bestreuten Bodens. Feuchte Hitze stieg zur Decke auf und troff in schmierigen Streifen an den Wänden herunter. Es roch nach Stroh und Menschenbrodem, nach Tieren, Dünger und Talg – und mitten darin stand Harm in seinem lila Reitrock, den Dreispitz kühn auf dem Ohr, die Weste aus Silberbrokat sah zwischen den breiten Aufschlägen des Rockes hervor, der Degen mit dem silbernem Griff hing an seiner linken Seite: wie ein Gott stand er da, ein König, und verlangte mit solcher Selbstverständlichkeit eine würdige Unterkunft, dass er sogar den misstrauisch und verschlagen dreinblickenden Wirt einschüchterte und die ganze verwilderte Gesellschaft glaubte, eine gewaltige Persönlichkeit sei eingetreten. Es gab an jenem Abend kaum etwas, das Greta trotz ihrer Müdigkeit nicht bemerkt hätte; angefangen mit dem Porträt eines dicken Mannes mit weisser Allongeperücke und in prächtigem Staatsrock über dem Kamin, bis zu dem hölzernen Käfig mit dem blauen Vogel darin und dem Mann, der sagte, dass er geradenwegs aus dem Krieg komme, als er auf Holzstumpen an ihren Tisch gekrochen kam, um ihnen zu zeigen, dass an seiner rechten Hand alle Finger fehlten ...

In jener Nacht wurde ihr das grosse Glück zuteil, zusammen mit Harm in einem richtigen Bette zu schlafen! Es war ein hartes Bett in einer winzigen Stube, es war auch etwas schmutzig, aber sie hatten die Kammer vom eingeschüchterten Wirt bekommen, weil Harm in herrischer Art den Ort, den Dreck, die Kälte und die Herberge verflucht hatte und sich weigerte, in das alt und muffig riechende Stroh zu kriechen.

Am anderen Morgen fragte Harm den Wirt, ob sie neue Pferde haben könnten, aber der erklärte ihnen, dass sie bis Tiefencastel mit ihren Pferden weiterreiten müssten, weil es hier keine Pferde zu verkaufen oder zu tauschen gäbe. Aber dort könnten sie neue Reittiere haben, die man gegen ein paar Taler kaufen könne. Ausserdem fahre täglich die Postkutsche nach Chur. Er habe ihre Tiere schon gefüttert und getränkt; sie seien vor der Schenke angebunden. Und nun werde der Weg immer besser, so dass sie rasch vorankommen würden.

Harm warf ihm einen halben Taler zu. Der Wirt fing ihn geschickt auf und geleitete sie katzbuckelnd nach draussen. Rasch sassen sie auf und ritten, dem Lauf der munter dahinfliessenden Julia folgend, in einen schönen und frischen Wintermorgen hinein. Unterwegs begann der Braune von Harm zu lahmen, und Gretas Pferd stolperte erschöpft vor sich hin. Wahrscheinlich hatten auch bei ihnen die Strapazen ihre Spuren hinterlassen. Trotzdem erreichten sie den Ort wohlbehalten am frühen Nachmittag und fanden rasch im Gasthof «Zur Post» eine saubere Herberge. Harm konnte für einige Schillinge die Pferde verkaufen und mietete für den folgenden Morgen zwei Plätze in der Postkutsche.

Nachdem sie aus Tiefencastel aufgebrochen waren, war erst alles leicht und problemlos erschienen. Das Wetter war herrlich, der Morgen frisch und strahlend, frischer Schnee glänzte auf den Gipfeln längs des Albulatales und die Sonne schien. Im Herbergshof herrschte fröhlicher Tumult. Die Mägde lehnten neugierig aus den Fenstern, Stallknechte machten sich an den Pferden zu schaffen, die Postillione zeigten sich höflich und dienstbeflissen, und sie sassen ganz wundervoll bequem in dem warmen Innern der Postkutsche.

Ja, anfangs war es noch lustig gewesen, aber wie elend sollte es bald kommen! In der Kutsche wurden sie auf und ab gerüttelt, hin und her geworfen, schliefen verkrampft ein, um kurz darauf mit abgestorbenen Gliedern wieder zu erwachen. Greta hatte wieder Schmerzen in den Gliedern und war trostbedürftig, ihr Ziel blieb immer noch unzählige Meilen von ihnen entfernt!

Dann, in Thusis, waren sie zur grossen Heerstrasse gelangt, die vom Bernardinopass herunter führte und der sie nach Norden über Chur zum Zürichsee folgen wollten. Die Bezeichnung Heerstrasse hatte ihnen, als sie sie zum ersten Mal hörten, so grossartig und prächtig geklungen. Aber in Wirklichkeit war sie weder grossartig noch prächtig, sondern voller Schlamm und tiefer Furchen, so schauderhaft, dass die Kutsche wieder und wieder hoffnungslos darin stecken blieb und jedermann schimpfend und fluchend ziehen und schieben musste. Einmal neigte sich die Kutsche bedenklich zur Seite, die Pferde glitten aus, und sie alle kugelten übereinander. Harm erhielt eine dicke Beule am rechten Bein, und Greta hatte blaue Flecke an Arm und Schulter. Je weiter sie fuhren, desto schlechter und kälter wurde das Wetter; bald prasselten heftige Schneeschauer nieder – der Winter holte nach, was er bisher versäumt hatte. Auch war die Herberge, vor der sie für eine Nacht Halt machten, keineswegs so stattlich und sauber wie die in Tiefencastel. Kalt war sie und zugig, und die Böden und Wände voller Spinnen und anderem noch scheusslicherem Getier. Sie hatten bald von der Reise mit der Kutsche die Nase so gründlich voll.

Doch dann erreichten sie die bedeutende Bischofsstadt Chur, wo sie im Haus zu den Drei Königen komfortabel beherbergt wurden. Harm liess anderntags seinen ›Buben‹ im Quartier zurück, fragte sich zu einem Pferdehändler durch, um zwei Reitpferde zu erstehen. Er war inzwischen zur schmerzlichen Überzeugung gelangt war, dass sie zu Pferde viel besser daran wären. Der erfahrene Händler hatte schnell erkannt, dass es den Fremden in seinem stattlichen lila Reitrock unbedingt nach zwei Pferden verlangte. Er brachte zwei dürre Klepper aus dem Stall und verlangte unverfroren einen Gulden – pro Pferd! Aber Harm war nicht mehr so unerfahren. Die Mühllacker Rösser waren gross, kräftig und gesund gewesen.

«Die Mähren werden wohl nicht lange durchhalten», knurrte er den bauernschlauen Rosstäuscher an. «Sie werden mich kaum aus der Stadt herausbringen.»

«Aber Herr, wenn Ihr nicht wollt! Hier gibt's nichts Besseres! Die Reisenden über den Bernardino-Passweg ins Tessin und das Lombardische zahlen diesen Preis.» Der Händler nahm die Pferde beim Zügel und führte sie zurück. Harm sah ihm unschlüssig nach. Aber dann lief er, einer plötzlichen Eingebung folgend, dem Händler in den Stall hinterher. Dort waren sieben, nein acht Pferde in kleinen Boxen nebeneinander untergebracht.

«Hier gibt es nichts anderes, ja?» brummte er wütend.

«Diese Pferde sind schon alle verkauft», maulte der Pferdehändler unsicher.

Harm lief langsam die Verschläge entlang und sah sich die Tiere aufmerksam an. «So, alle schon verkauft?» Am Ende des Stalls drehte er sich um und lief, den Blick immer noch abschätzend auf die Pferde gerichtet, langsam zurück. Der Händler beobachtete ihn lauernd vom Eingang her. Bei der dritten Box verhielt Harm den Schritt. Dort stand ein schöner bronzener Fuchs, gross, kräftig, mit langen Beinen und schöner Mähne.

«Ist der gesund?» fragte er. Das Tier könnte sicher auch sie beide tragen. Auch der Fuchs sah ihn aus grossen Augen mit aufmerksamem Blick an.

Der Händler eilte an seine Seite. «Natürlich ist er das», nuschelte er listig, «auch stark und ein ausdauernder Läufer, aber leider schon verkauft.»

«Sind die Hufe beschlagen?» Harm sah sich mit Greta schon davonreiten.

«Es hat keinen Zweck, ich kann ihn Euch nicht geben.» Doch der Faktor Harm Jansen hatte schon das begehrliche Glitzern in den Augen des Anderen bemerkt.

«Sind sie beschlagen?» wiederholte er.

«Ja, Herr, natürlich, sein Eigentümer kann ihn jederzeit abholen.»

«Ja, er ist schon da!» Harm zauberte einen Gulden auf seine offene Handfläche und hielt sie dem Händler hin.

Der schwankte offensichtlich zwischen Habgier und der Furcht, ein gutes Geschäft zu verlieren. Für einen Gulden konnte man fast zwei Pferde haben – oder eine Stute mit Fohlen. Er starrte die goldene Münze an. «Ist er auch echt?»

Harm lachte. «Hier, nimm ihn in die Hand, schau ihn genau an, prüfe Prägung und Gewicht. Ist gut holländisches Gold!»

Zögernd streckte der Pferdehändler die Rechte nach dem Geldstück aus, nahm sie, wog sie in der Hand, biss hinein und besah sie sich sehr gründlich. Dann hob er den Blick zu dem Herrn im lila Reitrock. «Ich weiss nicht, ob der Fuchs damit bezahlt ist . . .», begann er zögernd, aber Harm kam ihm zuvor. «Also gut», sagte er bestimmt, «ich lege noch zwei Silberpfennige drauf. Dafür bekomme ich das Pferd, dazu Sattel mit Zaumzeug! Schlag ein!» So wurde ihr Handel perfekt. Er nannte den Fuchs «Rätus», weil er ihn in Chur, der ältesten Stadt der Schweiz und Hauptstadt der ehemaligen römischen Provinz *Curia Rhaetiae* erstanden hatte

*

Greta fand es ganz herrlich, so vor Harm auf dem Pferderücken sitzend weiterzureisen. Hinter Chur wichen die Berge zurück und machten einer Ebene Platz, die sich vier deutsche Meilen lang nach Norden erstreckte. Aber dort, beim Städtchen Walenstadt, machten mächtige Felsbarrieren den Weiterritt schwierig, hatten sie in der Herberge erfahren. Eingezwängt zwischen dem Gebirgsmassiv der Churfirsten und den Kerenzer Bergen, dehne sich der Walensee und man käme von dort mit dem Schiff besser voran. Das Wetter hatte sich beruhigt, die Schneeschauer gehörten der Vergangenheit an, frohgemut ritten sie durch den leichten Dunst des Morgensonnenscheins am Ufer des jungen Rheins dahin. Die Landschaft erschien Greta wundersam, wie sie es sich niemals erträumt hätte: der frische Schnee schimmerte weiss, hoch ragten die Berge im Hintergrund und die Bäume reckten ihre kahlen Äste silbern glitzernd in die klare Luft. Harm wurde von einer Welle der Freude durchströmt, übermütig begann er zu singen:

«Ach Jungfer, ich will ihr was zu raten geben,
Und wenn sie es errät, heirat' ich sie:
Was für ein Baum ist ohne Laub?
Und was für eine Strasse ist ohne Staub?»

Greta hörte ihm überrascht zu; er hatte noch nie gesungen und es war für sie eine weitere schöne Erfahrung, mit welcher Hingabe und wohltönendem Bariton ihr Geliebter sang. Sie kannte das Lied, und so liess sie die Antwort des Wechselgesangs hören. Greta Stimme klang hell und glockenrein in den sonnigen Morgen, nun war Harm überrascht:

«Wenn mir's der Herr nicht für ungut will halten
Will ich ihm wohl sagen den wahren Grund:
Der Tannenbaum im Wald ist ohne Laub.
Die Milchstrass' am Himmel ist ohne Staub.»

Sie lachten sich an, dann fuhr Harm fort:

«Was für ein König ist ohne Land,
Und was für ein Wasser ist ohne Sand?»

Greta antwortete:

Der König in den Karten ist ohne Land,
Das Wasser in den Augen ist ohne Sand.»

Nun musste er kapitulieren:

«Ach Jungfer, ich kann nichts mehr zu raten geben,
Und weil sie alles rät, heirat' ich sie.
Sie ist wohl die Klügste im ganzen Land,
Drum reiche ich der Jungfer meine Hand.»

Aber die Jungfer antwortete hochmütig:

.

«Kann mir der Herr nichts mehr zu raten geben,
So geh er seines Wegs nur wieder hin;
Ich will nur einen haben, der klüger ist als ich,
Und keinen dummen Schwätzer, das merk' er sich.

.

Plötzlich, wie vom Erdboden ausgespuckt, trabte ein kleines Männchen neben ihnen her. «Hab' eine Fiedel bei mir, Euer Gnaden, spiel' Euch gerne auf», rief zu ihnen hinauf und fügte mit einem verschmitzten Seitenblick auf Greta hinzu: «Und für Euren Burschen.».

Und Harm antwortete fröhlich: «Glaub's gern, dass du eine Fiedel hast, und auch, dass du drauf zu spielen verstehst.» Er fischte eine Kupfermünze aus dem Sack und warf sie dem Männlein zu. Das schnappte danach wie ein Hecht den Wurm. «Zwei auf einem Pferd!», krähte er belustigt. «Ihr seid fremd hier, Herr. Gebt acht, dass man es nicht missversteht.» Dann, so jählings wie es aufgetaucht war, blieb es verschwunden.

Bei einer Baumgruppe machten sie Rast. Greta vertauschte das Männergewand wieder gegen ihre Mädchenkleidung. «Den Jakob gibt's nicht mehr», sagte sie fröhlich. «Die Hexe Greta Born reitet auf dem Besenstiel nach Ostfriesland.»

Sie lachten verliebt und übermütig wie Kinder. Ihr ganzes Leben lang sollte Greta jene schönen Tage mit Harm nicht mehr vergessen: Das Klappern der Pferdehufe auf der Strasse, das Raunen und Rauschen der Wellen im Rhein, das Schnauben deutlich vernehmbare Atmen des Pferdes, die Wärme und vertrauliche Nähe des Geliebten, die dunklen Wälder über ihnen, die schwarzen Berge vor ihnen und seine gütige Stimme an ihrem Ohr. Ihre rötlichbraunen Haare waren wieder zu schulterlanger Pracht gewachsen und flatterten im Wind.

Unter der Burg Sargans zweigte der Handelsweg zum Bodensee nach Norden ab, während ihre Route einem Schwenker nach Westen folgte. Greta hätte gern den Bodensee anschauen wollen, aber Harm liess das nicht zu, weil das Leichtsinn bedeuten würde – nach all den ausgestandenen Strapazen. Sie müssten dorthin einen Zipfel der Landschaft Vorarlberg passieren, und die gehöre zu Habsburg.

Im fortgeschrittenen Nachmittag erreichten sie bei hereinbrechender Dunkelheit das Städtchen Walenstadt und fanden sofort die Poststation mit gepflegten Unterkünften und sauberen Stallungen. Anderntags konnten sie mit Rätus an Bord eines grossen, flachgehenden Ledischiffes mit einem riesigen Rahsegel gehen. Die eher schwachen Winde sorgten für eine gemächliche Fahrt, und so neigte sich der Nachmittag bereits wieder dem Abend zu, als ihr Schiff wohlbehalten in Wesen am Westufer des langgestreckten Sees anlegte. Auch hier fanden sie schnell wieder eine saubere Herberge, in der sie auffallend viele

Reisende antrafen. Beim Essen in der Gaststube erfuhren sie den Grund. Die Linth, wie der Abfluss aus dem Walensee hiess, sei ein tückisches Gewässer; immer wieder überflute sie die Ebene zum Zürichsee und mache die Wege dorthin nicht nur gefährlich, sondern häufig auch unpassierbar.

«Die Leute hier», der Wirt nickte unmerklich in die Runde, «wollen alle das Schiff nehmen.»

Harm, der schon einen Spaziergang zum Fluss gemacht und über die Ebene gespäht hatte, sagte: «Aber jetzt ist kein Hochwasser. Wir haben ein gutes Pferd und werden reiten.»

«Da möchte ich dem Herrn abraten.» Der Wirt schenkte ihre Gläser voll. «Ist eine ungesunde Gegend, der Ritt dort hindurch ist nicht ratsam. Die Leute in den Dörfern werden nicht alt.»

Harm sah auf. «Wie meint Ihr das?»

«Bei jedem grösseren Regenguss wird das flache Tal zu einem See, ach was sag' ich: eine öde Fläche, weder See noch Land, voll Modergeruch und Froschgeschrei. Die Leute dort atmen die faulen Dünste ein, alle sehen blass und kränklich aus, und jedes Jahr im Frühling fällt der Frörer über die Menschen her.»

«Der Frörer?»

«Ja, eine Krankheit. Sie beginnt mit Frostanfällen, die Kranken schlottern vor Kälte, aber bald kommt die Hitze mit Kopfweh und Gliederschmerz. Die Zähen verfallen in jahrelanges Siechtum, andere sterben schon nach zwei oder drei Wochen. Die Dörfer dort sind voll mit blassen, abgezehrten Fieberkranken.» Deshalb biete sich zur Weiterreise das Schiff an. Wendige Lastkähne, Nauen genannt, brächten die Reisenden nach Schmerikon, Lachen und Rapperswil. Sie könnten hier Plätze für sich und das Pferd buchen.

Harm war unschlüssig, aber als er Gretas drängenden Blick bemerkte, stimmte er zu. Er bezahlte ihre Passage nach dem Marktflecken Lachen. Am nächsten Morgen brachen sie beizeiten auf.

*

Im Gasthof «Zum Bären» waren sie gut untergebracht. Vom Wirt erfuhren sie, dass anderntags der Jahrmarkt stattfinden würde. «Morn isch Chilbi», hatte er gesagt, aber als die beiden Fremden ihn fragend ansahen, denn sie hatten kein Wort verstanden, sagte er mit dialektgefärbtem Deutsch: «Morgen ist Kirchweih – Jahrmarkt!» Da käme eine bunt zusammengewürfelte Gesellschaft von Schaubudendarstellern, Tagedieben und Gaunern, aber auch ehrliche Viehhändler, die Kälber, Rinder, Kühe, «Ochse, Muni, Süü und Geisse» (Ochsen, Stiere, Schweine und Ziegen) den Bauern abkauften. Es hiesse, auch eine Gruppe Chinesen mit merkwürdiger Kleidung werde zu sehen sein. «Sie jonglieren mit goldenen Bällen und verschlucken silberne Schwerter. Ihr Anführer soll dreihundert Jahre alt sein!»

Der Jahrmarkt am nächsten Tag war tatsächlich eine Überraschung. Strahlend stieg am Morgen die Sonne über die andere Seeseite herauf und liess den von schönen Häusern umrahmten Platz am Seeufer im Schmuck vieler Wimpel, Buden und exotischer Attraktionen erstrahlen. Eine heiter gestimmte Menschenmenge zog hierhin und dorthin, um sich mit kindlicher Ausgelassenheit den Freuden des Tages hinzugeben. Der Jahrmarkt hatte sich über seine natürlichen Grenzen hinaus bis in die Strasse ausgedehnt. Und Harm musste sich mit Greta erst einen Weg durch die die Buden umlagernden Menschen, Marktschreier und Quacksalber bahnen. Der Jahrmarkt war von ganz unvorstellbarer Farbigkeit. So gross war die Zahl der Buden und Stände, dass der See nicht mehr sichtbar war. Von allen Seiten wurden immer neue Wunder angepriesen.

Die Markschreier überboten sich mit phantastischen Versprechungen: «Hier kann man sehen das Seiltanzen auf französische und italienische Art, vorgeführt von der besten Seiltänzertruppe der Welt!» Und in der Bude nebenan werden sich «die zwei weltberühmten französischen Tänzerinnen auf dem Seil dem hochverehrten Publikum vorstellen, die wegen ihrer ans Wunderbare grenzenden Vorführungen mit und ohne Balancierstange in allen Städten und Ländern der Erde, wo sie dieses Kunststück gezeigt, die höchste Anerkennung fanden.» – «Dieses weibliche Tänzerpaar stellt alles bisher Gebotene in den Schatten! Damen und Herren, für diesen lächerlichen Preis könnt Ihr noch die Saltos auf dem Hochseil und die Gaukler auf der Bühne sehen! Nur hereinspaziert!»

Und wieder andere kündigten an: «Hier kann man die kleine Fee bewundern, die kürzlich erst aus Italien gekommen! Nur zwei Fuss ist sie hoch, die kleinste Frau, die man jemals gesehen hat! In keiner Weise verwachsen, wie die andern beiden Frauen es waren, die schon vor einigen Jahren in grossen Kästen durch die Strassen und von Haus zu Haus getragen wurden. Diese kleine Fee ist noch einen halben Fuss kleiner als irgendeine!» – «Damen und Herren, ein kleines Murmeltier aus Bengalen, das den böhmischen Rundtanz zeigt und auf Kommando exerziert, kann hier bestaunt werden! Ebenso der Wunderhahn aus dem fernen Podolien, der drei Beine hat und sie alle drei zu gleicher Zeit benutzt!»

Vor der nächsten Bude versuchte ein rothaariger Hüne seine Nachbarn zu übertönen: «Die merkwürdigsten Wundertiere sind hier zu bestaunen: Der echte marokkanische Ochse, zwei Drittel eines Klafters hoch und eineinhalb Klafter lang, vom Kopf bis zum Schwanz. Er hat nie gekalbt und nie gesäugt. Vor zwei Jahren war er nicht grösser als andere Ochsen, seitdem ist er zu dieser ungewöhnlichen Grösse angewachsen. Dieses edle Tier, Damen und Herren, ist erst kürzlich der Universität Strassburg vorgeführt worden und hat bei allen, die es gesehen, das grösste Aufsehen erregt.»

Harm und Greta wanderten eng umschlungen durch das Gewühl. An einer mit lustigen roten Tüchern und Flittergold geschmückten Bude wurde ein Schauspiel angekündigt: «Ein ausserordentlicher neuer Schwank ›Der Sturm‹ oder ›Die unglücklich Verliebten‹, ausserdem: «Der Seemann und die drei Hexen!» Wir sehen darin, wie ein Edelmann aus Italien an der Küste von Indien strandet und auf seinen Reisen die Prinzessin des Landes findet, in die er sich sterblich verliebt, und die er nach vielen Gefahren und Abenteuern glücklich heimführt und heiratet, und wie sein treuer Diener, der mit ihm gerettet wurde, auf der Reise durch die Wälder unter die Hexen gerät, was viele lustige Situationen ergibt. Sodann erscheint im Sturm Neptun, der Meergott, mit seinen Tritonen in seinem von Seepferden gezogenen Triumphwagen, die Seejungfrauen singen . . .

«Hexen!» Harm spürte, wie sich Gretas Hand beim Geschrei des Ausrufers in seinem Arm verkrampfte. «Du weisst, die Leute sind dumm», sagte er leise, Eilig zog er sie weiter.

Gleich kamen sie an einer seltsamen Gestalt vorbei, die Medikamente feilbot. Der Quacksalber, ein hageres, braunes Männlein, wie ein knorriger Ast, mit einem hohen, schwarzen Hut, betete seine Litanei herunter: «Dieses Pflaster, liebstes Fräulein – oder muss ich *madame* sagen?», er verneigte sich neckisch und schielte Greta mit albernem Grinsen an, «dieses Pflaster kuriert Geschwüre, Fisteln, Geschwülste und Gliederverzerrungen aller Art. Selbst nach fünfzig Kuren wird seine Heilkraft nicht geringer, sondern behält immer ihre volle Wirkung.» Greta sah interessierte die Fläschchen, Phiolen, Döschen und Ampullen an.

«Hilft das wirklich?» fragte sie treuherzig.

«Aber ganz gewiss, edle Dame, so wahr mir Gott helfe. Mein alter Vater – er ist schon fünfundsechzig! – legt sich jeden Abend davon auf die Gelenke, und er springt noch herum, als wär's mein eigener Sohn!»

Sie lachten laut und herzhaft, der Wunderapotheker stimmte meckernd mit ein, und Harm kaufte für Greta das Heilpflaster. Als sie weiter gingen hörten sie vom «dänischen Riesenschwein! Über zehn Fuss lang».Der Ausrufer hatte noch andere Merkwürdigkeiten zu bieten: die «wunderbare Riesenstute aus Polen. Sechs Fuss hoch, höchst seltsam geformt, dabei durchaus normal proportioniert». Auch «der kleine schwarze, behaarte Pygmäe» wurde angepriesen, «geboren in der Wüste von Arabien, einen natürlichen Haarwuchs im Gesicht, zwei Fuss hoch, geht aufrecht, trinkt ein Glas Bier oder Wein und führt verschiedene Künste zu allseitiger Bewunderung vor!» Man konnte «das Wunder aus Ostindien» bestaunen, «ein kleines Stinktier, wegen seines ungewöhnlichen Geruchs berühmt. Hereinspaziert!»

Greta erschien das alles so gewaltig und prächtig, dass es auf der Welt noch niemals etwas Ähnliches gegeben haben konnte. Dicht an Harms Seite gehend, wurde sie in eine Welt der Farben und Gerüche verzaubert. Vor dem Blau des klaren Februartages standen die rotflackernden Feuer, die unter bratendem Fleisch oder Fisch oder Mais oder anderen angenehm duftenden Leckereien lohten. Rauchschwaden krochen zwischen den Buden. Buntes Geflatter der Wimpel, stolz wehende Fahnen – und unter diesem unablässig wechselnden Farbendach ein Gedränge und Geschiebe: Hunde, die Abfälle suchten; vermummte Gestalten in Gold und Blau; purzelbaumschlagende Gaukler; ein entsprungener Affe, der eine silberne Kette hinter sich herzerrte, das Gesicht vor Alter und Einsamkeit müde; drei Zwerge in knallroten Kniehosen mit riesigen Köpfen, eine Negerin mit einem gelben Tuch um den Kopf, Clowns, Trommeln und schrille Trompeten aus dem Innern der Buden, Männer mit entblösstem Oberkörper, schweisstriefend vor einer brüllenden Menge kämpfend; Fresserei, Trinkgelage, betrunkene Männer, wohlfeile Weiber – und in dieser Menge: Bauern mit Zipfelkappen, allerlei Handwerker, würdige Honoratioren, Bürgerinnen und Bürger im Sonntagsstaat.

Je höher die Sonne am Himmel stieg, um so lärmender, trunkener wurde die Menge vom Bier und dem Anblick der vielen Wunderdinge, vom Spektakel, der Esserei und der eigenen Neugier, immer lauter hallte es durch das kleine Städtchen, immer mehr vom lieben Silber- und Kupfergeld wechselte den Besitzer. Stunden vergingen. Der Gestank von gebratenem Fleisch, ungewaschenen Körpern und gestrichenen Brettern, deren Ölfarbe von der Hitze des Feuers zerrann, geröstetem Mais und verbranntem Holz legte sich über alles, verzerrte Gesichter, gaffende Augen, der Mund ein klaffend aufgerissenes Loch. Dazu ein Getöse von Klingeln und Pfeifen, Ausrufen, Flüchen, Hundegebell und das schrille, fast menschliche Kreischen eines Kakadus mit scharlachroten Kopffedern.

Von allen Seiten umdrängte und umbrandete sie die Menge. Laut schreiend lief ein Kind an ihnen vorüber; zwei Betrunkene schwankten lallend und singend an ihnen vorbei; da stürmte eine ganze Gruppe Amüsierfreudiger daher. Alles war wie ein Traum: das jähe Aufblitzen eines Schwertes, die bunt flammenden Fahnen, das Silbergeläut einer Glocke; der Schrei des Kakadus mit der scharlachroten Tolle; das Klagen des weggelaufenen Affen an der silbernen Kette; das nach seiner Mutter weinende nackte Kindchen – Traum alles, alles ein Traum. Nur der klare und friedlich ruhende See war Wirklichkeit.

Da gelangten sie an jene Bude, die sie am allermeisten gelockt hatte: die Bude der Chinesen. An ihrer Aussenseite hing ein Vorhang von flirrendem Gold und Rot, darauf ein Tempel, ein goldenes Glockenspiel, Krieger in Rüstungen, und in der verblauenden Ferne sah man eine herrliche Brücke sich schwingen. Vor dem Vorhang forderte ein gelbgesichtiger Chinese mit pechschwarzem Zopf die Schaulustigen zum Eintritt auf. Harm bezahlte ihren Eintritt, und schon ertönte eine Glocke. Der Chinese stiess einen grellen Ruf aus, und im selben

Augenblick schob sich die dichte Menschenmenge vorwärts. Auch der breit-schultrige Seemann mit der kleinen Hirtin am Arm wurden erfasst und gegen ausdünstende Kleider und warme, schwitzende Körper gepresst. Damit sie nicht stürzte, umfasste er ihre Taille und hielt sie fest an sich gedrückt. So gelangten sie endlich ins Innere der Bude. Drinnen verteilten sich die Menschen um den zentralen Mittelkreis, sie konnten wieder frei um sich blicken. Der Lärm des Jahrmarkts schien fern. Rings um sie herum standen Menschen mit neugierig aufgerissenen Augen, schweigend und wartend. Gegenüber befand sich eine kleine, noch leere Bühne, und dahinter bewegten sich gelbe Vorhänge verheis-sungsvoll im feinen Luftzug. Alle Augen waren auf die leere Bühne gerichtet. Atemraubende Spannung! Was würde vor sich gehen? Wer würde erscheinen?

Ein uralter Mann mit einem hageren Pergamentgesicht erschien. Er trug ein langes, steifes Gewand aus lila Brokat. Sass nun schweigend und einsam auf einem niedrigen runden Schemel. Er schien vollständig unbeweglich, als sei er mit den bunten Farben und dunklen Schatten der flatternden Vorhänge verwo-ben. Er blickte weder nach rechts noch nach links und schien die erregte, schwit-zende Menge nicht zu bemerken. Ob er gar der dreihundertjährige Chinese war? Mit dreihundert Jahren schenkte man einer Menschenmenge keine Beachtung mehr; man hatte ihrer schon so viele gesehen.

Die Vorhänge teilten sich. Zwei Jünglinge in glänzenden Goldhosen und mit entblössten, eingefetteten Oberkörpern betraten die Bühne, warfen bunte Bälle in die Luft. Ein Dutzend auf einmal. Und diese Bälle – grüne, gelbe und rote – bildeten funkelnde Farbtupfen über dem Haupt des bewegungslos dasit-zenden Greises.

Danach kamen zwei kleinere, untersetzte Männer, die Farbe ihrer Körper war besonders gelb. Ein Lendentuch deckte als einzige Bekleidung die Hüften. Sie stellten sich in einer Ecke der Bühne auf, begannen schweigend miteinander zu ringen. Dann kamen sechs junge Chinesen, ebenfalls in goldenen Hosen und silbernen Jacken; sie brachten Stangen auf die Bühne, an denen sie hinaufklet-terten. Jetzt warfen sie einander Seile zu, auf denen sie in spitzgeschwungenen roten Pantoffeln tanzten. Zum Schluss erschien eine Anzahl kleiner, kindlicher Gelbgesichter, wie alle übrigen in buntgrelle Farben gekleidet. Schweigend trip-pelten sie auf der Bühne umher, streckten Arme und Beine waagerecht und bau-ten eine Pyramide. Der Kleinste, den Greta bis an die Spitze klettern und dort oben auf seinen winzigen Füsschen herumbalancieren sah, schien fast noch ein Wickelkind. Die kleinen, lebhaften, schwarzen Augen grüssten in die Menge. Er trug einen langen Puppenzopf.

Jetzt umkreisten sie alle: die Jünglinge mit den Bällen, die nackten Ringer, die Seiltänzer, die Kinder, die die Pyramide gestellt hatten und vorher blitz-schnell wieder zu Boden geglitten waren, und die nun wie Stoffpuppen eilige Purzelbäume und Räder schlugen, in endloser Kette den Greis, der noch immer bewegungslos auf seinem Schemel sass und nicht einmal mit der Wimper zuckte. Sie hätten es schwören können. Schneller, immer schneller drehte sich alles im Kreis, dabei vollständig lautlos. Und während dieser Vorführung begann die dichtgedrängte Menge sich vor ihren Augen mitzudrehen, zu schwanken. Beifall brandete auf, auch Greta klatschte begeistert in die Hände. Harm sah lächelnd auf sie herab, wie sie fast kindlich, mit vor Begeisterung geröteten Wangen, sich freute. Alle Mühsal der letzten Wochen schien sie vergessen zu haben, den Regen, die eiskalten Nächte mit den Tieren, auch das Elend von Aschach, das sie hierhergebracht hat!

Sie spürte seinen Blick. Mit leuchtenden Augen sah sie zu ihm auf, stellte sich auf die Zehen und küsste ihn spontan auf die Wange. Dann schaute sie noch einmal in die Manege, wo noch immer der schweigende Greis auf dem Schemel sass. Greta zuckte zusammen. Der Alte schien ihr mit suggestiver Kraft in die Augen zu sehen. Wohin Greta auch den Kopf wenden mochte, sie konnte diesem Blick nicht entrinnen! Sie begann sich unbehaglich zu fühlen, hatte der Alte eine Botschaft für sie? Nur für sie allein? Würde etwas Schlimmes geschehen? Harm. War er in Gefahr? Nicht nur jetzt, in diesem Augenblick. Nein, sein Leben lang? Da legte Harm den Arm um sie und zog sie zum Ausgang; die Vorstellung war vorbei, sie müssten gehen. Beim Hinausgehen sah sie noch einmal zurück, der Alte war verschwunden. Jedes Mal, wenn sie später an die Szene dachte, würde sie in banger Ahnung erzittern.

«Ich hab' Hunger», sagte sie resolut. «Ich auch», antwortete Harm. «Komm, wir wollen essen.» Sie drängten sich durch die immer dichter werdende Menschenmenge, bis sie an eine Art fliegendes Wirtshaus gelangten. Seine Aussenfront war breiter, stattlicher als die der Buden. Drinnen waren lange Lattentische und roh gezimmerte Bänke aufgestellt. Ganz am äussersten Ende brannte unter einem Bratspiess ein Feuer. Das Zelt war voller tafelnder, zechender Menschen, viele schon betrunken, man sang und lärmte. Die beiden fanden weit hinten in der Nähe des Feuers noch zwei freie Plätze. Ein feister, lustiger Mensch in einer Schürze und weisser Mütze fragte nach ihren Wünschen. Es gab Pasteten, Ochsenbraten vom Spiess, Rindfleisch, Kuttelfleck und Tauben in feiner Butter.

«Pastete und Rindfleisch», bestellte Harm beim Schankburschen, «und zwei Becher Wein – aber anständigen!» Da fiel ihm auf, dass die meisten Gäste dem Wein schon eifrig zugesprochen hatten. Die, die hier sassen, waren sehr verschiedener Art: da sah man ein paar nüchterne und solide Bürger und Handwerksmeister mit ernster Würde vor ihren Tellern sitzen. Neben ihnen zwei lustige Galgenstricke vom Jahrmarkt. Der eine in schäbiger Jacke aus Goldstoff; der andere wie ein Hausierer gekleidet mit seiner Karmesinkappe (er erinnerte Harm an den dürrer Mann mit dem mürrisch dreinblickenden Äffchen einer roten Jacke in der Kaschemme von Mulegns, der dort auf einer Geige fiedelte) – hier sass ihm ein winzigen, schnatterndes Äffchen auf der Schulter. Sie hatten zwei aufgeputzte Weibsbilder bei sich, die schrieen und lachten. Die eine tätschelte unablässig den Hausierer oder stopfte ihm das Essen in den Mund. Merkwürdig, war da nicht auch der dürre Mann, den sich ihnen zum Julierhospitz angeschlossen hatte? Er sass dort hinten in einer Ecke und sah vor sich hin, auch hier redete er kein Wort – war er nicht auf einer Pilgerreise nach Einsiedeln? In der Nähe bemerkte Harm einen gut gekleideten, dicken Mann mit kleinen, munteren Mausaugen unter der weissen Perücke. Er war bereits merklich bezecht und liess mit unsicherer Hand die Speisen auf seine grüne Samtweste fallen. Sein Nachbar, ein kleines Männchen, dünn wie eine Spinne, mit einer weibisch schrillen Stimme, hatte sich stutzerhaft zurechtgemacht, mit seiner kunstvollen Lockenperücke, dem weitschössigen Rock von leuchtendem Blau und den vielen Ringen an seinen Fingern. Auch er war betrunken und wiederholte beständig, dass er fürs Bett ein Weib mit vollem Busen brauche.

Harm hatte schon zu viel erlebt, als dass ihn Trunkenheit gestört hätte. Aber das war für Greta wohl nicht der rechte Ort. Er beschützte sie gewissermassen, weil er sie liebte. Ihn überkam eine leichte Unruhe. Hockte der Mann ohne Beine und ohne Finger, den sie auch in jener Nacht in Mulegns gesehen hatten, nicht jetzt eben dort am Feuer und beobachtete alles aus Distanz? Als Harm zu Greta blickte, merkte er, dass sie angewidert in die Menge starrte. Er begann sich unglücklich zu fühlen und fahndete nach einer Möglichkeit, wieder ins Freie zu entkommen.

Als der Bursche das Essen und den Wein brachte, drängte er Greta, zuzulangen. Bald war ihr Hunger gestillt, Harm warf dem Bediener eine Münze zu und schon drängten sie sich durch den Dunst des überfüllten, von Bratenfleisch, verschüttetem Wein und schwitzenden Menschen stinkenden Zeltes dem Ausgang entgegen. Vom Jahrmarkt hatten sie plötzlich beide genug.

*

Wieder ging es per Schiff weiter. Auf dem Zürichsee herrschte reger Schiffsverkehr, etliche segelgetakelte Last- und Personenschiffe verbanden regelmässig Schmerikon, Rapperswil, Pfäffikon und Lachen, die bedeutenderen Orte im oberen Seeteil, mit den sechs deutschen Meilen entfernten Zürich. Es war noch finster, als der Wirt des *Bären* sie am frühen Morgen wecken liess. Schon im Morgengrauen gingen sie – Harm führte Rätus am Zügel – an Bord des breiten Ledischiffs, das bald darauf ablegte. Kaum unterwegs, übergab der Schiffer den mächtigen Pinnenarm des Schiffsruders einem Knecht und machte seinen Rundgang, um zu kassieren. Das Wetter war weiterhin stabil; nach einer sehr kalten Nacht begann im Osten der Himmel zu glühen, es wurde heller und heller, bis die Sonne messingfarben heraufstieg. Die Passagiere hatten sich in schützende Pelzdecken gewickelt, trotzdem kroch die Kälte langsam vom

Schiffsboden die Beine hoch; Harm und Greta hockten zusammengekuschelt hinterm Steuerhäuschen, das war ihr Glück, fielen doch die allmählich wärmenden Sonnenstrahlen auf sie.

Am späten Vormittag machten die Schiffsleute einen Zwischenhalt in Wädenswil, luden Ballen und Fässer aus und nahmen neue Last an Bord. Sie fanden Zeit für ein bescheidenes, aber warmes Mahl in einem Gasthaus beim kleinen Hafen, das ihnen gut tat. Nach der Weiterfahrt sah man schon von weitem die Türme der Stadt Zürich, das spitzgiebelige Fraumünster und die mächtigen Zwillingstürme des Grossmünsters. Noch vor dem Einnachten passierten sie die schweren Gatter aus Eichenpfählen, welche die Stadt gegen den See schützten, segelten am Grendelturm mit den Wachposten und am als Gefängnis dienenden Wellenbergturm vorbei und legten endlich an der Schifflände an. Sie fanden Quartier in einer einfachen Herberge im Niederdorf. «Wir werden einen Ruhetag einlegen», regte Harm an; Greta war einverstanden – sie war immer einverstanden, wenn Harm etwas vorschlug. Anderntags schliefen sie lange und leibten sich ein reichhaltiges Frühmahl ein. Harm wollte danach das geschäftige Kaufhausareal besuchen und sich umtun, was Handel und Wandel in der berühmten Stadt böten. «Schau dir die Stände unten am Flussufer an. Der Fluss heisst Limmat, du findest ihn wenige Schritte hinter dem grossen Salzhaus. Kauf' dir was Schönes, dort ist jeden Tag Markt.» Er hatte ihr einige Rappen dagelassen und war entschwunden.

Erst am Nachmittag kam er in die Herberge zurück. Greta sass auf dem Bett und machte einen verstörten Eindruck. In ihrem Blick lag etwas, das Harm beunruhigte. «Was hast du, Liebes?» fragte er und liess sich neben ihr auf der Bettkante nieder.

«Ich war in der Kirche dort drüben.» Greta zeigte aus dem Fenster über den Fluss, wo breit und behäbig die Türme des Fraumünsters zu sehen waren, und klammerte sich an seinen Arm. «Ich wollte der Muttergottes für unsere glückliche Reise bis hierher danken, aber dort gibt es keine Muttergottes! Es gibt überhaupt keine Heiligenbilder, kein Ewiges Lämpchen, kein Weihwasser, man kann in den Bänken nicht knien – alles ist ganz kahl! Nur die Kanzel ist da und ein mächtig gross gemalter Spruch an der Wand! Was ist das für eine Kirche, Harm?»

Harm erschrak. Das er das nicht bedacht hatte! Schuldbewusst und einen Moment ratlos sah er sie an, aber dann rang er sich ein Lächeln ab. «Ich vergass, es dir zu erklären, verzeih mir.»

«Was soll ich dir verzeihen?»

«Dass ich es dir nicht gesagt habe.»

«Das mit der kahlen, leeren Kirche?»

«Nein, ich meine etwas anderes. Sie sind hier nicht katholisch, Greta, es sind Reformierte. Wenn ich es dir vorher gesagt hätte, wärst du in der Kirche vorbereitet gewesen.»

«Reformierte? Sind das Evangelische?»

«Ja, aber nicht Lutheraner; ihr Reformator heisst Zwingli. Aus katholischen Augen gibt's da wohl keinen grossen Unterschied.»

«Reformierte. Evangelische. Das sind hier alles Ketzer!» flüsterte sie und sah ihn verunsichert an. Die Überzeugung, dass die Verehrung von Heiligen und ihrer Bilder zum Seelenheil verhelfe, war in katholischen Ländern fest verankert und auch für Greta völlig selbstverständlich.

«Nein, Greta, Ketzer – das sind Irrgläubige. Aber Lutheraner, Zwinglianer und Calvinisten glauben wie du an Gott, doch sie sagen auch, dass man sich kein Bild von Gott und den Heiligen machen soll. Nur im Glauben darf der Mensch auf Erlösung hoffen, wie sie die Heilige Schrift verheisst.»

Das Mädchen schlang die Arme über Kreuz um ihre Oberarme, als würde sie frieren. «Lass uns rasch weiterreisen, Harm», flüsterte sie.

«Du musst ihren Glauben akzeptieren, Greta. Du wirst mit ihm Leben müssen.» Er machte eine Pause und musste sich überwinden, rang sich schliesslich durch zu dem Bekenntnis: «Ich bin auch evangelisch. Auf Borkum sind alle evangelisch.»

«Was?» Erschrocken starrte sie ihn an.

«Ja, alle Leute, auch die Mutter, mein Bruder Jan, überhaupt alle – es gibt dort keine Katholiken. Das meinte ich, was ich dir zu sagen vergass und was du mir verzeihen sollst.»

«Bin ich dort die einzige …?»

«Greta, ob katholisch oder evangelisch, das ist mir egal. Ich habe schon so viel Grausamkeiten und Elend gesehen, das sich Menschen antun, und alle glauben sie, dass ihr Gott sie lenkt. Bedenke, was Katholiken dir in Aschach angetan haben. Vergiss auch nicht, dass der Katholik Roggenhauser dir geholfen hat. Es gibt überall Gute und Böse. Vergib mir, dass ich dich nicht vorbereitet habe.»

Da sie schwieg, redete er auf sie ein, erklärte, beschwor, aber sie sagte nichts mehr an diesem Abend. Es war die erste Missstimmung zwischen ihnen. Beide fühlten sich hilflos und kläglich, konnten aber nicht zueinander finden. Traurig legten sie sich zum Schlafen nieder, Greta lag stumm und still im Bett, er aber wälzte sich hin und her und fiel erst gegen Morgen in einen unruhigen Schlaf. Als er erwachte war Greta schon auf; fixfertig angezogen sass sie auf dem einzigen Stuhl der Kammer. Sie hatte alles bedacht, was Harm ihr gestern erklärt hatte – zudem, dass es der Protestant Harm Jansen war, der sie wie selbstverständlich den Klauen des Inquisitionsgerichts entrissen hatte.

«Guten Morgen, lieber Harm», sagte sie unkompliziert.

Er sah resigniert zu ihr auf und sagte leise: «Kannst du mir vergeben, Greta?»

«Ich muss dir nichts vergeben, du hast nichts verschuldet. Ich werde deinen Glauben annehmen. Mann und Frau müssen eines Sinnes und eines Glaubens sein. Du hattest recht: ob katholisch oder evangelisch, es ist derselbe Gott. Wir lieben uns, das ist es, was zählt. Und nun steh' auf, du Faulpelz, wir reisen weiter.»

*

Bei Schaffhausen hatte der Tuchhändler Johannes Claudius Schimmelpenning aus Köln die Schweiz verlassen, nun in Begleitung seiner jungen Frau Greta. «Schau, das ist wieder der Rhein», hatte Harm gesagt, als sie die schön geschwungene Steinbrücke über den Rhein passierten, «wir haben ihn schon in Chur gesehen und er wird uns in Köln wieder begrüssen.» Rätus trugen sie weiter auf einsamer Landstrasse, durch die beiden badischen Kleinstaaten und einen Zipfel des Königreichs Württemberg, sie querten zahllose kleine und kleinste Fürstentümer, Herrschaften und Baronien, mussten sich an vielen Zollstationen über Woher und Wohin erklären, wurden auch oft für die Passage zur Kasse gebeten, ritten endlos entlang an Feldern entlang und durch Wäldern hindurch, vorbei an einsamen Bauernhöfen und durch freundliche Dörfer, manchmal auch durch eine Stadt, wo sie – wie in der reichen Stadt Frankfurt – meist einen Gasthof mit sauberen Betten fanden.

«Noch immer sprechen sie unsere Sprache?» hatte Greta verwundert gefragt, als sie nach Köln gelangt waren. Für einen Augenblick lang sah sie Jansen überrascht an.

«Ja», sagte er dann mit tiefem Atemzug, «– ja, die deutschen Länder sind gross!»

«Warum müssen wir dann über so viele Grenzen und durch so viele Zollschranken?»

Harm zog die Augenbrauen zusammen. «Weil so viele Herren da sind, die jeder einen Teil für sich haben wollen.»

Greta verstand das nicht. «Warum lässt der Kaiser das zu?»

«Ach, Greta, der Kaiser mag für Österreich recht sein, weil die Menschen dort an ihn glauben. Aber für die Leute hier ist der Kaiser weit weg. Wohl hoffen sie auf ihn, aber alle wollen etwas anderes von ihm.»

«Und was?»

«Was ihren Interessen dient.»

Da fragte sie nicht mehr.

In Köln konnte Harm das allmählich erschöpfte Pferd an einen erfahrenen Fuhrmann verkaufen, der sofort erkannt hatte, dass Rätus gesund und im besten

Alter stand; er war gepflegt und würde sich von der Müdigkeit bald erholen. Sie trennten sich nicht einfachen Herzens von ihrem vierbeinigen Kameraden, aber es musste sein, und Rätus würde zu einem guten neuen Herrn kommen. Das war kein geringer Trost.

Nun ging es wieder per Schiff weiter bis ins Niederrheinische, und von dort reisten sie mit der Postkutsche, durchs Westfälische und immer weiter nach Norden. Sie kamen noch durch viele Orte, deren Namen Greta nicht behalten hatte, und überall sprachen die Menschen ein wenig anders, aber immer noch deutsch. Nun aber war es so weit, dass die grosse Reise zu Ende gehen sollte.

«Wir sind gleich zu Hause! Mutter wird Augen machen!»

Greta atmete langsam durch. Er beugte sich zu ihr: «Fürchtest du dich?»

«Ja, vielleicht! Ein bisschen. Oder auch nicht. Ich kenn' mich mit mir selber nicht aus!»

«Nun, Mutter wird dich nicht fressen!» Harm Jansen lachte. «Bald muss Borkum kommen. Haben dann Land unter dem Schlitten und nicht mehr gefrorenes Meer. Dann geht es rasch hinaus bis zur Kate, wo meine Mutter in der Stube vor dem Feuer sitzt.»

«Der Priel, Herr!», schrie der Kutscher aufgereg. Die Pferde, vor dem offenen Wasser scheuend, drängten zurück.

«Immer rechter Hand bleiben, Uko!» sagte Jansen erleichtert, denn der Abend senkte sich nun rasch, und der nebelige Dampf über dem Eis wurde dichter denn je. Greta sass ganz still in ihrem warmen Pelz. Ihre Gedanken ahnend, sagte er: «Hier ist nicht immer Nebel, Greta. Wir haben auch Sonne, viel Sonne. Du kannst im Sommer in den Dünen liegen. Blaue Distelblumen wachsen bei uns und der leuchtend gelbe Ginster, auch bunt blühende Bohnen. Es ist anders hier als zu Aschach, ja – aber du wirst sehen, es ist auch schön auf Borkum, sehr schön!»

Greta blieb still. Sie wollte nichts dazu sagen, wollte alles auf sich zukommen lassen. Er fuhr, ohne ihrem Schweigen Beachtung zu schenken, eifrig fort: «Unser Haus liegt draussen gegen Osten, eine knappe Halbstunde aus dem Dorf. Reich ist Mutter nicht; es gibt keine reichen Leute bei uns. Das Haus ist klein aber fest, und in den Kammern stehen Wandbetten mit Vorhang und Tür. Eine Kammer wird für uns sein, Greta.»

Sie sagt noch immer nichts, aber sie legte ihre Hand in die seine. Und das genügte ihm, war Antwort genug.

Ein dunkler Schatten tauchte vor dem Schlitten auf. «Wir haben sie!» rief der Kutscher im Überschwang der Freude, nach stundenlanger Fahrt über das Watt im dichten Nebel nun doch die Insel gefunden zu haben.

Harm Jansen wollte aufstehen und aussteigen, aber spürte den Druck von Gretas Hand, mit dem sie ihn zurückhielt. «Was wird die Mutter sagen?»

Sie hat ›die Mutter‹ gesagt, nicht ›deine Mutter‹. Der Mann lachte erleichtert. «Sie wird nun glauben, ich bleib' auf Borkum als Fischer, nun, da ich mit einer jungen Frau daherkomme. So wie sie's immer wollte!»

Da erhob sich Greta Born mit einem Ruck. «Und das willst du nicht?»

Er achtete nicht darauf. Froh, zu Hause zu sein, sprang er aus dem Schlitten, der eben das Land erreichte. «Fischer? Nein! Ich muss Planken grosser Schiffe unter den Füssen spüren, nicht den klebigen Klei! Wind muss in die Segel! He, mach schneller, jetzt kommt kein Priel mehr, sind auf festem Land!»

Der Ruf galt dem Kutscher. Harm Jansen eilte voraus zu den Pferden. Er bemerkte nicht, dass Greta Born etwas sagen wollte, dann aber doch schwieg. Das Mädchen setzte sich wieder und schaute über die Pferde hinweg in den Nebel. Sie hatte sich bei dem Gedanken ertappt, ob der Scheiterhaufen zu Linz nicht vielleicht doch der bessere Teil gewesen wäre. Dann läge schon alles hinter ihr.

Die Schifflände mit d. Gasthof z. Oehsen in Lachen.

Lachen am oberen Zürichsee, um 1800
(Staatsarchiv Schwyz)

Kapitel 21: Brandenburg fährt zur See

Das kleine Haus trug ein Dach aus Strohdocken, die kleinen Fenster sind waren bleigefasst. Heulte der Sturm gar zu arg und fuhr er mit Wucht um das einsame Haus, dann stand Harm Jansen auf einen Wink der Mutter von seinem Platz hinter dem Tisch auf. Er ging hinaus, verfolgt vom ruhigen Blick Gretas, und legte von aussen die Läden vor, während die Mutter an der Torfglut ein Licht entzündete. Über eine kurze Weile kehrte Harm in die warme Stube zurück und begab sich wieder auf seinen Platz. Mutter und Greta spannen an der Schafwolle weiter, der Mann versuchte am Schiffsmodell weiterzuarbeiten, das er nach seiner Heimkehr zu schnitzen begonnen hat. Das Licht aber flackerte zu dürftig, er legte das Messer unzufrieden zur Seite und sah den Frauen zu. Sie reden nicht viel, die Leute auf Borkum. Hin und wieder ein Wort. Und wenn Greta Born merkte, dass ihr im Eifer mehr Worte entschlüpften als den anderen, dann hielt sie verlegen mitten im Satz inne und sprach ihn nicht zu Ende. Der Mutter fiel es nicht auf, wohl aber Harm, dann sah er belustigt zu Greta hinüber.

Manchmal zu solchen Zeiten, wenn die Winterstürme ihr Spiel trieben, gelüstete es Harm, in die Dünen oder an den Strand zu wandern. Das eine oder andere Mal sah er den Blick des Mädchens, der ihm folgte. Dann ging er von der Tür zu ihr zurück und nahm sie bei der Hand. «Komm! Draussen gibt's Salzluft, die tut gut!» Er warf ihr einen Schafpelz über und schob sie vor sich hinaus in den Sturm. Sie klammerte sich an ihn, wagte im schneidenden Fauchen des Nordostes kaum, die Augen zu öffnen. Anfangs fand sie dieses Gegen-den-Wind-laufen unheimlich; derartige Stürme waren ihr fremd. Im heimischen Oberösterreich gab es das nicht, vielleicht ein Gewittersturm, der im Sommer selbst Bäume zu Fall brachte, aber sie zogen meist nur über kleinere Gebiete und waren rasch vorbei. Aber hier konnten sie Tage dauern und mit einer Wucht gegen die Insel mit den kleinen Häusern herfallen, die sie sich nie hätte vorstellen können.

Sie wanderten durch die Dünen, Arm in Arm; und mussten sich fest gegen den Sturm stemmen. Brachte er keinen Schnee, dann hatte man von den höchsten Dünen einen freien Rundblick über die Insel und auf das umgebende Meer: im Westen sah man die beiden Türme Borkums: den behäbigen viereckigen Backsteinturm, der – 72 Ellen hoch – seit über hundert Jahren den Schiffern als Ansteuerungs- und Orientierungspunkt diente, und der kleinere Turm der Inselkirche. Weitab dahinter lag die holländische Insel Rottum, aber nach Norden zu fand das Auge keinen Halt, schier unendlich dehnte sich dort die Nordsee. Gegen Osten lagen schattennah beieinander die Inseln Juist und Memmert und nach Süden blickte man über das Wattenmeer in die Tiefe des Dollart, des

Mündungsbusens der Ems, die hinten am Horizont das ostfriesische Festland von der holländischen Provinz Groningen trennte. Silbern glänzte der breite Priel, der von den Gezeiten gegrabene Wasserlauf, der wegen des reissenden Ebbstroms auch im strengsten Winter nicht zufror.

«Was ist hinter dem Meer?» Einmal hatte sie es ihn gefragt.

Er hatte sie unangenehm berührt angesehen, weil sie an etwas rührte, was er nicht diskutieren wollte. Er war zu feige dafür und ehrlich genug, das zu wissen. Unwillkürlich wandte er dann seinen Blick nach Südwesten in Richtung des Englischen Kanals, als sähe er dort die grossen Kauffarteischiffe auf ihrem Weg nach Afrika. Ja, er dachte an Afrika, an Elmina, an Jan und die *Constantia*, dachte an das, was er vorhatte, sobald das Eis aus der Nordsee verschwunden sein würde. Und er sah wieder auf das Mädchen, dessen banger Blick ahnungsvoll irgendwo in der Ferne des winterlichen Meeres verhaftet schien. Und wie sie mit brennendem Schweigen auf seine Antwort wartete, hatte er verlegen gelacht und gesagt: «Ja, was sucht man da draussen? Da ist immer wieder das Meer, Greta, das weite, tiefe Meer – und dann einmal Land. Dort im unendlichen Süden ist – ist . . .» Afrika hatte er sagen wollen, doch er sprach es nicht aus, und sein Lachen brach jäh ab. Es hatte ihn angesprungen, heiss und mächtig. In dieser Sekunde war vergessen, was ihm Greta Born in den Wochen bedeutet hatte, vergessen war, dass er ihres und der Mutter Willen nahe daran gewesen war, auf Borkum zu bleiben, Fischer zu werden und vielleicht Schafe zu züchten.

«Was hast du?» Ernst sah das Mädchen zu ihm auf. War es schon so weit, was sie von allem Beginn an gefürchtet hatte? Von dem auch Harms Mutter manchmal mit knappen Worten sprach, wenn die beiden Frauen allein waren? Wollte er wieder fort, über das Meer? Sie sah ihn an, ihr Mund war ein wenig geöffnet – hoffend, er werde sich erklären, werde versprechen, auf Borkum zu bleiben.

«Lass mich!» Es klang nicht unwillig, aber bestimmt. Greta Born schwieg Noch einmal sah Harm Jansen über die See. Er streckte den Kopf vor; war nicht irgendwo schon das Eis aufgebrochen? Roch er nicht frisches Salzwasser, herb, lockend und versprechend? Mit einem Ruck wandte er sich von der See ab. «Komm!» Er hakte sich bei Greta ein, und sie gingen, den Sturm im Rücken, nach Hause.

Plötzlich blieb er stehen, liess ihren Arm frei und wies zurück auf die verschneite und vereiste Düne, von der sie herabgestiegen sind. «Im Sommer führt hier ein Weg, nein nur ein schmaler Pfad hinauf; er ist jetzt zugeschneit. Als Kind habe ich da gern gespielt. Von dort kann man die Schiffe draussen sehen!»

Er schritt wieder weiter ohne eine Entgegnung abzuwarten. Ihr war, als presse es ihr das Herz ab. Es wäre nutzlos, zu reden, das wusste sie. Sie gingen dreissig oder mehr Schritte, als er neuerlich stehen blieb. Wieder sah er mit leicht zusammengekniffenen Augen zur hohen Düne zurück. «Von dort schaut man am weitesten hinaus! Aber es wird nicht reichen. Wir werden vorbei an Schottland segeln. Weit oben im Norden.»

Sie zuckte zusammen. «Harm!» Erschrocken war ihr das Wort entfahren.

«Lass, Greta! Es hält mich doch nicht im Land. Ich muss hinaus! Du kannst mich nicht halten. Das Meer ist stärker, und das, was dahintersteht. Wenn nur das Eis schon ginge! Komm!»

Geschoben vom Sturm schritten sie weiter, jedes in seine Gedanken versunken. Rotgoldenes Lichtfeuer glitzerte von Westen her über das Watteneis, die Sonne stand Abschied nehmend tief über dem Horizont. Blauviolett verlöschte das Leuchten des Eises, und frühe Abendschatten fielen zaudernd nieder, als Harm und Greta in das Haus der Mutter traten.

Schweigend assen sie zu Abend. Er hatte dann ein Licht genommen und war in seine Kammer gegangen, aus der man ihn alsbald rumoren hörte.

«Nützt nichts, Greta. Lass ihn!» sagte die Mutter seufzend, als sie sah, wie die Junge mit Beklemmung hinüberhorchte. «Er sucht sein Seezeug von früher zusammen. Das bleibt keiner von uns erspart. Nicht mir, und nicht dir! Das geht nun ein ganzes Leben so; wenn das Eis bricht, müssen sie fort. Gut, wenn sie im Spätherbst wiederkommen und nicht ausbleiben in den Wassern, die kein Eis kennen. Sein Bruder ist schon seit acht Jahren fort, wer weiss, ob ich ihn noch einmal sehe!»

«Acht Jahre?» Gretas Augen waren vor Entsetzen weit geworden.

«Ja, und manche kommen nie mehr nach Hause. Man darf nicht sein Herz daran hängen, Kind! Es tut nicht gut. Schlaf wohl und lass das Denken sein!»

Die Mutter ging in ihre Kammer. Greta sass noch lange wach und horchte zu Harm hinüber. Sie wollte zu ihm, aber sie bezwang sich. Draussen heulte der Sturm, ein Fensterladen, der nicht fest genug verriegelt war, klapperte leise. Das Mädchen löschte die Lampe und legte sich zu Bett. Wenn er doch zu ihr käme heute, wie so manche Nacht vorher! Sie würde ihm sagen, welche Angst von ihr Besitz ergriffen hatte, sie würde ihn bitten, nicht fortzugehen. Aber ihr Warten war vergebens. Harm Jansen kam nicht in jener Nacht, in der der Sturm nach Nordwest umgeschlagen war und die Wasser heranbrachte, die das Eis aufzureissen begannen.

*

In der winzigkleinen, verwitterten Borkumer Kirche aus Backsteinen hatte Pastor Korte sie getraut. Just, als der unbändige Nordwest die kleine Insel ansprang, wie ein Raubtier seine Beute. Wild heulte die See auf und kam ungestüm dahergejagt, grosse Schollen Eis auf dem Rücken tragend. Klirrend bersteten sie am Strand.

Von allen Häusern Borkums waren sie gekommen, die Fischer mit ihren Frauen und Kindern. Sie wollten sehen, wie Harm Jansen die Fremde heiratete, die er von irgendwoher gebracht hatte und mit der man kaum reden konnte. Sie verstand nicht holländisch und kaum zur Hälfte das ostfriesische Platt. Eine Papistische war sie, als sie kam. Aber Pastor Korte hat sie zurechtgescheffelt, und nun war sie eine Calvinistin. Wie alle hier!

Neugierig sahen sie zu, wie das schmale, fremde Mädchen von Pastor Korte Harm zur Frau gegeben wurde, hörten, wie sie die Trauformel nachsprach: «Ich will dich ehren, lieben und bei dir bleiben, in Gesundheit und Krankheit – an allen Tagen meines Lebens.» Zu gerne mochten sie mitgehen in die Jansensche Kate, so wie sie Harm eingeladen hatte. Es gäbe gebratenes Lamm, Käse und rheinischen Wein, den er schon vor acht Tagen von Greetsiel hatte herüberbringen lassen. Aber der Nordwest biss in die Insel und warf die Wasser so hoch, dass man sich beeilen musste, die Boote auf sicher zu bringen.

«Kommt später!» lachte Harm. «Der Düfel ist der Musikant bei Sturm und Wasserheulen!» Er fasste seine junge Frau fest unter und legte sich gegen den Sturm, um heimzukommen, bevor die Flut zu hochsprang.

Aber dann, am Abend, als der Nordwest sich müde gerannt hatte und sein Heulen kraftloser wurde, da kamen die Leute von Borkum und füllten die Kammer. Greta Jansen schenkte Wein ein, und als er zu Ende ging, gab es *Bohnensopp,* Branntwein mit eingelegten Rosinen und Zimmet, der wohlriechend in die Nase stieg. Die Leute wünschten Glück, stiessen auf gemeinsames Glück an; scherzten, ob man wirklich neun Monate warten müsse, zwinkerten Greta zu und sagten, Harm werde ja wohl wissen, «wie es geht»! Harm lachte ausgelassen zu den derben Spässen, und auch Greta spürte warme Freude in sich, da sie nun von den Inselleuten als ihnen zugehörig anerkannt wurde.

Als sie von Heiko Korte, des Pastors jüngster Sohn, der den Abend neben ihr sass, gefragt wurde: «Magst du gern sein auf Borkum?», da antwortete sie schlicht, aber mit glänzenden Augen: «Ja!»

Nun war es Ende März, und das Eis begann rundum aufzugehen. Der Sturm peitschte die Wasser heran, murrend stürzten die Wellen auf den Strand, gelbgrau verfärbt von aufgespültem Sand. Dort, wo die Wogen auf das Land trafen, trugen sie schmutzigen Schaum. Krähen schrieen hoch im Wind, und die Möwen, die schon zusehends zahlreicher geworden waren, stiessen mit langen Flügelschlägen wirr durcheinander. Greta erlebte zum ersten Mal den Vorfrühling der Nordsee in seiner wilden, ungebärdigen Art. Sie stand in diesen Tagen oft allein vor dem Haus und schaute in das Tosen. Harm war nicht mehr mit ihr zu den Dünen hinauf gegangen; es schien ihr, als hätte etwas anderes von ihm Besitz ergriffen. Manchmal sprang er auf und eilte hinaus, ohne ein Wort zu sagen. Stundenlang blieb er draussen, trieb sich in den Dünen herum und am Strand.

Das Mittagessen wurde oft genug kalt, meist kam er erst spät am Nachmittag zurück.

Und wenn ihn nachmittags die Unruhe packte, dann wurde es meist dunkle Nacht, ehe er wieder ins Haus trat. Greta war stets noch wach. Sie hörte, wie er den nassen klumpigen Klei von den Stiefeln streifte und in die Kammer ging. Sie wartete, hoffte, er werde noch zu ihr kommen. Doch in solchen Nächten schien sie für ihn gar nicht da zu sein. Dann lag sie lange ohne Schlaf, horchte auf seine Atemzüge und starrte in die Finsternis. Draussen rauschte das Meer, das sich immer mehr vom Eis befreite, und die Dachhölzer knarrten im Sturm. Zu irgendeiner späten Stunde schlief sie dann doch ein. Am Morgen trug sie dunkle Ringe um die Augen und war blass. Harm Jansen bemerkte es nicht. Wohl aber seine Mutter. Und die sagte ein Wort, das Trost bringen sollte und die junge Frau noch mehr erschreckte:

«Es war immer so auf Borkum, sie gehen fort, und nichts kann sie halten. Die Wasser rufen!»

Dann ging sie allein nach draussen, wanderte bis zu der Stelle, wo im Sommer dürftiger Wermut blühen wird. Sie schaute auf die See hinaus, sah über den breiten Schlickstreifen. Ihr Blick blieb an einer dunklen Stelle haften. Was ist das dort draussen? Sie stieg die steile Dünenflanke hinunter, näherte sich vorsichtig über den Schlick dem dunklen Gegenstand, da erkannte sie das Schreckliche, erstarrte vor Entsetzen und wandte sich zur Flucht. Mit hämmerndem Puls eilte sie nach Hause, traf auf Harm, der von seiner stundenlangen Wanderung zurückkam. Sie rannte zu ihm, fiel in seine Arme und stammelte ihren Schrecken heraus: «Ein toter Mensch, ungeheuer aufgedunsen, liegt draussen im Schlick!»

Es schien ihr unfassbar, dass ein leises Lächeln sein Gesicht überzog. Sie merkte nicht, dass es müde und voller Mitleid war. «Er ist im späten Herbst ertrunken, Greta. Vielleicht ein Schiffbruch. Er hat unterm Eis gelegen und wird jetzt frei. Wir finden oft solche Leichen, wenn das Eis aufgeht. Ihre Leiber sind immer gross aufgeschwollen.»

«Sie kommen von den – Schiffen?» Greta trat einen Schritt zurück, alle Farbe war aus ihrem Gesicht gewichen.

«Ja, von untergegangegen Schiffen. Oder sie sind im Sturm von einer See über Bord gespült worden, vielleicht auch beim Segelreffen aus der Rahe gefallen!» sagte ihr Mann bedächtig. «Das Meer will seine Opfer haben. Komm, wir wollen ihn holen, damit er ein christliches Grab findet!»

Sie sah ihn immer noch mit verschreckten Augen an, da nahm er sie beim Arm und schob sie behutsam in Richtung des nahen Hauses. «Bleib bei der Mutter! Wirst dich leider an solcherart Dinge gewöhnen müssen!» Und er stapfte in das Dorf, um Männer zu holen, die mit ihm den Toten aus dem Schlick bergen sollten.

«An solcherart Dinge gewöhnen?» murmelte Greta hinter ihm her und schüttelte den Kopf, als könnte sie das nicht begreifen. Aus dem Dämmerwinkel der niedrigen Haustür sagte Mutter Jansen: «Ja, Kind! Das müssen wir ertragen – und noch mehr!»

*

«Gestern sind sie herübergekommen!» sagte Mutter Jansen zu Harm am 29. März, als sie von ihrem täglichen Kirchgang zurückkehrte. «Sie sitzen an der Tonbank beim Krüger Alting!»

«Wer ist gekommen?» Harm sah von seinem Schiffsmodell auf.

Die alte Frau meinte, er mache einen Spass. Wer sonst sollte um diese Zeit kommen als die holländischen Werber? «Gehst du hin?»

Aus ihrer bang verhaltenen Frage, die er vor Jahren stets genau so vernommen hatte, wenn Jan, ihr Ältester, dem Ruf der Werber folgte, hörte er es heraus und wusste, was sie meinte. «Sie kümmern mich nicht!» gab er knapp zur Antwort. Die alte Frau betrachtete ruhigen Blicks ihren Sohn. Sollte es doch wahr werden, was er gleich anfangs nach seinem Kommen sagte, dass er nie wieder auf holländischen Schiffen fahren werde, nur auf brandenburgischen? «Aber dein Bruder.?»

«Lass, Mutter, das verstehst du nicht!» wehrte er ab.

Sie warf ein letztes Argument in die Waagschale: «Und Greta?» Forschend ruhten die alten Augen auf dem Sohn, dessen Sehnsucht nach dem Brandenburgischen sie nicht begreifen konnte. Wenn ihn etwas hier halten würde, dann vielleicht doch seine junge Frau.

«Greta?» Er atmete schwer. «Ja, das ist., sie wird es tragen!» Es sagte es langsam, quälte sich jedes Wort ab. Und mit befreiendem Atemzug versuchte er, Trost zu spenden: «Ich komme ja wieder, wenn sie mich einmal nicht mehr brauchen!»

«Die Brandenburger werden nichts erreichen. Es kommt nichts Grosses von den Preussen, meint Pastor Korte. Sind Hungerleider!»

«Es wird aber kommen, Mutter!» beharrte Harm. «Lass mich mit deinem Pastor in Ruh', was weiss der schon von der Welt?»

Die Mutter schwieg. Aber etwas wollte sie doch noch wissen. Nach einer Pause fragte sie leise, aber deutlich, fast wie zu sich: «Und das Kind?»

Überrascht starrte er in das zerfurchte Antlitz der Greisin. «Kind? – Die Greta?»

Die Frau nickte. «Gestern hat sie es mir gesagt – im November wird's soweit sein!»

«Ja – das ist dann . . .» Er brach jäh ab, starrte einen Moment vor sich hin und stapfte schweren Schritts aus der Küche in die Dünen hinaus. Wissend und betrübt schaute ihm die Mutter nach, bis er hinter dem Hügel verschwand. Dann ging sie gebeugt und mit müden Schritten hinter das Haus, wo Greta im Schaf-stall arbeitete. Schweigend half sie ihr. Erst als sie mit dem Mittagessen verge-bens auf ihn warteten, sagte die Mutter: «Das Meer steht zwischen uns und ihm!»

Greta liess den Löffel sinken, unmöglich, dass sie jetzt essen könnte. Endlos dehnte sich der Nachmittag. Harm kam nicht heim, auch beim Abendessen fehlte er.

Später – die Mutter war schon in ihre Kammer gegangen – schlich sich Greta leise in die Küche, tat mit einem Löffel kalte Asche aus dem Herd in eine Dose, mischte etwas Salz darunter und streute davon im Halbkreis um die Schlafkammertür. Und drinnen in der gemeinsamen Kammer entzündete sie Räucherwachs. Der uralte Brauch ihrer Heimat würde wohl auch hier in der Fremde helfen. Die schmalgliedrige Frau wirkte zart und zerbrechlich, aber sie hatte einen starken, vom Leben gehärteten Charakter. Achtzehn Jahre war sie auf der Welt, und doch hatte das Schicksal für sie mehr Schmerzhaftes als Er-freuliches bereitgehalten; sie war dankbar, dass sie manche glückliche Stunde erleben durfte, aber die blieben bisher eher rar. Der Verfolgung vom Hexen-wahn konnte sie dank seiner Hilfe entkommen. Mit ihm, den sie liebte und der der Einzige war, der ihre Heimat kannte, floh sie durch halb Europa in diese kalte und fremde Welt. Wenn er ginge, wenn er diesem unbegreiflichen Traum folgte, einem Traum, den ihr Verstand nicht fassen konnte, dann wäre sie ganz alleine. Die Mutter ja – Greta hatte die wortkarge alte Frau mit ihrer spröden Art, die den Inselleuten hier eigen war, liebgewonnen, aber den Geliebten, den Mann, der die Vollendung ihres Daseins ist, konnte die Mutter nicht ersetzen.

Gretas Blick war umwölkt, vielleicht konnte sie das Schicksal beeinflussen. Sie kniete nieder und beugte ihr Haupt auf die Schwelle der Kammer. Das hilft, ihn, dem die Kammer gehört, zu halten.

Jäh schrak sie auf und sprang hoch – sein Schritt! Schon trat er ein. Sie löschte verwirrt das Räucherwachs und scharrte mit dem Fuss die Asche ausei-nander.

«Was tust du, Greta?»

«Etwas, das dir lieb sein soll!»

«Du sollst mir lieb sein!» sagte er heiser und voll Erregung. Zärtlich führte er sie in die Schlafkammer, war lieb zu ihr wie noch nie, obwohl er kaum ein Wort sagte. In ihr bebte stummer Jubel: ihr soll er gehören und nicht der See! Ihr für alle Zeit! Vielleicht ist sie doch eine Hexe und besitzt magische Kräfte, wie man zu Aschach wissen wollte.

Morgen würde sie ihm sagen, dass sie Mutter wird.

Wie sie später einschlief, blieb ein glücklichen Lächeln um den Mund. Aber unbarmherzig fiel die Wirklichkeit am Morgen über sie her. Jemand rüttelte sie wach. Verwirrt sah sie in das fahle Gesicht der Mutter, die sich über sie beugte. «Er ist fort!»

Das konnte sie nicht glauben, meinte, es quäle sie ein Traum, begriff die Wahrheit nicht. Dann aber, als sie seine leere Truhe sah, als mittags der alte Hein, ein Knecht aus dem Dorf, mit dem Boot der Jansens zurückkam und sagte, er wäre von Harm geweckt worden, um ihn ans Festland nach Greetsiel zu bringen, da musste sie die Bitternis zur Kenntnis nehmen. Sie weinte nicht. Wie versteinert ging sie ihrer Arbeit nach. Später wanderte sie hinaus auf die hohe Düne, zu seiner Lieblingsstelle. Dort sass sie im rauen Seewind bis zum späten Abend, einsam und allein. Jetzt erst füllten sich ihre Augen mit Tränen. Aber als sie heimkehrte, mit müden, schleppenden Schritten, weinte sie nicht mehr.

«Die See war doch stärker, Kind!» sagte die Mutter still und ergeben.

Greta nickte. Um ihren Mund zuckte es verdächtig, die Hände klammerten sich so fest ineinander, als wollte die junge Frau den Schmerz dieser Stunde zerpressen.

Einige Tage später holte ein Knabe die alte und die junge Frau Jansen zum Pastor. Aus Emden war vom dortigen *Advocatus* Jürgen Saathoff ein Brief für sie herübergebracht worden. Pastor Korte brach das Siegel und las vor: es war die Überschreibung von Harms Erbteil an Greta und ihr zu erwartendes Kind.

*

Im Vergleich zu Amsterdam kam ihm die Stadt Berlin klein, armselig und unfertig vor. Als Harm Jansen in den ersten Maitagen 1682 die Stadt erreichte, kam er in einen kleinen Ort mit staubigen Strassen und wenig Betriebsamkeit. Das stürzte ihn in eine herbe Enttäuschung. Durch den märkischen Sand war er hergewandert. Und nun stand er vor dem Raule-Hof, einem stattlichen Haus in ärmlicher Umgebung. Er musste an Amsterdam, Venedig und Köln denken, die grossen und reichen Städte, in deren Gassen das Leben von früh bis spät mit atemberaubender Betriebsamkeit pulsierte. Hier dagegen stürzte die Stille dieser so genannten brandenburgischen Hauptstadt beklemmend auf ihn ein. Er erinnerte sich der Worte, die er von seinem Bruder Jan und vielen anderen immer wieder gehört hatte: «Ist nichts mit denen Brandenburgern, nichts mit den Deutschen! Die mögen nie aufkommen gegen Holland!»

Nun dünkte es ihm selber, als seien des Kurfürsten Pläne vermessen. Wer weiss, ob diese Pläne nicht schon zerronnen sind? Zögernd näherte er sich dem Raule-Haus. Dort beim Tor sah er einen grossen Bogen Papier angeschlagen. Neugierig trat er näher und las:

«Edikt! Wir, Friedrich Wilhelm, Kurfürst von Brandenburg . . .», seine Augen sprangen eilig von Zeile zu Zeile, *«. . . haben beschlossen, zur Verbesserung der Schifffahrt und des Commerciums, als worin die beste Aufnahme eines*

Landes besteht, eine nach Afrika handelnde Compagnie aufzurichten. Die-
serhalb haben sich Interessenten an obgedachtem Unternehmen bei unserem
Rath und Generaldirecteur de Marine Benjamin Raule anzumelden. Gegeben
zu Cölln an der Spree, den 17. Martii anno 1682.»

Hastig hatte Harm Jansen zu Ende gelesen. Und nun las er alles nochmals von vorne, langsam und halblaut, gewillt, sich alles einzuprägen. Seine Hoffnung stieg wieder, dass er sogleich den grossen Klopfring am Tor ergriff, ihn anhob und mächtig auf den Eisenknopf niederfallen liess: einmal – zweimal – dreimal. Im Innern des Hauses dröhnten die Schläge durch Flur und Gänge bis in die hintersten Räume. Besuch zu dieser absonderlich frühen Stunde liess den Türhüter aus seiner Kammer herbeistürzen: in Pantoffeln und ohne Perücke. Aber in der Hand schwang er ein spanisches Rohr. Gewiss wollte ihm wieder ein Bäckerjunge einen Possen spielen. Ärgerlich riss er das Portal auf und erblickte einen kräftigen Mann mit blondem Haar und Bart, der Kleidung nach ein Schiffer oder Seemann.

Harm Jansen bemerkte nicht den wütenden Blick des Mannes, sah nicht den Rohrstock. «Meldet mich bei Eurem vieledlen Herrn Raule!»

«Ihr seid verrückt! Schlägt eben erst sieben von der Marienkirche! Warum scheppert Ihr nicht gleich um Mitternacht?»

«Lass Er ihn, der wird wissen warum!» Eine volltönende Stimme spricht von der Treppe her. Der Hauswart knickte servil in die Richtung zur Stiege, unbefangen wartete Harm.

«Gnädigster Herr, ich wollte nur . . .» dienerte der Torhüter.

«Er sollte früher aus den Federn kriechen und zu rechter Zeit am Tor stehen, das wollte ich Ihm sagen. Halt Er jetzt den Mund!»

Jansen blickte forschend zu dem Mann, offensichtlich der Hausherr. Ja, das war Raule und niemand anderer! Der Mann, den er sucht!

«Was wünscht Ihr?» Raule trat näher und musterte den Besucher, stellte fest, dass der Fremde nach Seemannsart ordentlich gekleidet war und selbstbewusst im Türrahmen wartete. Er wiederholte seine Frage. «Was wünscht Ihr?»

«Dienste nehmen bei der Kompanie!»

«Woher?»

«Von Borkum!»

«Holländer also», fährt Raule holländisch fort.

«Nein, Deutscher!»

«Borkum ist doch seit eh und je mehr holländisch als deutsch, ganz Ostfriesland neigt den Holländern zu! Gehen alle nach Amsterdam. Warum Ihr nicht?»

«Mit Verlaub, Euer Gnaden, ich war sechs Jahre in Diensten der Holländisch-Ostindischen.»

Raule starrte Harm einen Augenblick überrascht an, gab aber sogleich den Eingang frei. «He, Mann, kommt herein! Das müsst Ihr mir genauer erzählen!» Aus seiner Stimme war noch mehr Interesse herauszuhören als vorhin. Raule ging voraus über die Treppe, führte Jansen in ein Zimmer und nötigte ihn in einen Stuhl.

«Sprecht!»

Harm Jansen berichtete. Kurz und knapp, aber es umfasste dennoch alles bis zur Desertion von der *Constantia*.

«Warum seid Ihr desertiert?»

Der Friese zögerte. Langbeinig und unbeholfen sass er da in dem Lehnstuhl, kaute an den Lippen, schwieg und sah stolz und abweisend vor sich hin.

«War doch ein vortrefflicher Dienst bei der Holländisch-Oostindischen», bohrt Raule weiter.

«Gewiss, Euer Gnaden! Aber wenn Brandenburg – Friesland ist nicht holländisch, wie Ihr wohl glauben mögt!» Fast widerwillig hatte es Harm Jansen gesagt; in seiner Stimme lag hartnäckige Abwehr.

Raule prüfte ihn mit langem Blick und schwieg.

Als für Harm die Pause peinlich wurde, nahm er das Wort wieder auf. «Kann Euer Gnaden mich gebrauchen?»

«Was sucht Ihr, Jansen? Warum gingt Ihr nicht wieder in holländische Dienste?»

«Will nicht mehr für fremde Herren fahren.» Trotzig tönte es aus dem Stuhl.

«So, welches sind denn Eure Herren?» insistierte der Generaldirektor hartnäckig.

Harm spürte, wie ihm die Röte ins Gesicht stieg. Warum examinierte er ihn? Aber er sagte, was er sagen wollte. «Ich bin ein freier Friese. Unser Wappenspruch heisst ›Eala frya Fresena!‹ Aber ich bin auch ein Deutscher.»

Raule war unerwartet überrascht. «So, ein freier Friese. Und was bedeutet der Wappenspruch?»

«Er ist Jahrhunderte alt, vielleicht tausend Jahre oder mehr. Unsere Vorfahren waren Heiden. Jedes Jahr trafen sie sich am ›Upstalsboom‹, einer heiligen Eiche, um Beschlüsse zu fassen und Gericht zu halten. Sie begrüssten sich mit ›*Eala frya Fresena*, und bedeutet: ›Heil, freie Friesen‹, andere sagen, es heisst ›Steht auf, freie Friesen!‹ man antwortete darauf ›*Lever dood as Slaav*‹! (Lieber tot als Sklave). Für die Holländer bin ich nur Knecht, ich will unter deutscher Flagge fahren.»

«Eine deutsche Flagge gibt es nicht, lieber Mann. Es gibt auch kein Deutschland. Nach dem Ende des grossen Krieges wurde unter dem Diktat Frankreichs und Schwedens der Westfälische Frieden geschlossen, dessen Bedeutung vor allem darin bestand, dass die Aufsplitterung des Reiches in fast 300 landeshoheitliche Einzelstaaten gutgeheissen wurde. Da regieren überall andere

Herren und alle machen ihre eigenen Gesetze, die vor allem eines bewirken: Uneinigkeit! Wenn Ihr frei sein wollt, geht in die Schweiz!»

«Ja, hab's gesehen, als ich mit . . .». Fast hätte er auch noch seine Greta erwähnt. «. . . als ich von Venedig nach Borkum ritt.»

«Von Venedig nach Borkum.Eine lange Reise.»

«Versteckt in einem Schiff gelangte ich vor einem Jahr von Guinea nach Venedig», sagte er. «Durch Italien, Österreich und die Schweiz ging meine Reise. Dort gibt es viele Einzelstaaten, Kantone genannt, die zusammen die Eidgenossenschaft bilden. Ich hab's gesehen, kam durch Graubünden, Glarus, Schwyz, Zürich, den Aargau, Solothurn und Basel. Die Kantone regieren sich selber, denn ihre Bewohner haben oft ihre eigenen Ansichten, aber sie stehen sich nach aussen gegenseitig bei, und von den Grenzen dazwischen habe ich nichts gemerkt. Von Basel aber bis Borkum habe ich ungezählte Grenzen überschritten. Und trotzdem: alle redeten sie deutsch. Würden sie sich zusammenschliessen, könnten sie viel mehr erreichen.»

O heilige Einfalt, dachte der Holländer Raule. «Da müssten die vielen Herren doch Macht an eine zentrale Gewalt abgeben. Glaubt Ihr wirklich, das wäre möglich?»

«Man könnte sich doch unter einer gemeinsamen Idee und einer Fahne zusammenschliessen, ohne dass jeder Fürst die Souveränität über sein Besitztum aufgibt. Ähnlich wie die VOC – in Holland waren es Gründerorte, in der Schweiz die Kantone, hier könnten es Herrschaften sein.» Harm redete sich in Eifer. «Ich weiss, wovon ich spreche, ich war in Holland, Batavia, Guinea. Da kann viel verdient werden! Aber man muss, was man in Besitz nimmt, auch verteidigen können.»

«Lieber Herr Jansen», entgegnete Raule förmlich», Holland ist ein homogener Staat, seine Handelspolitik geschieht vor dem Hintergrund seiner Kultur und Geschichte, die auf der Befreiung von spanischer Herrschaft beruhen. Wie es hier aussieht, haben wir gerade festgestellt. Was Ihr Euch vorstellt, ist Illusion. Aus Euch spricht der Einfluss Eurer Gefühle, Ihr seid ein Idealist, und damit kann man – mit Verlaub – keine Politik machen. Aber, wer weiss, vielleicht wird das *Construct* Eurer Idee in hundert oder noch mehr Jahren realere Chancen haben. Bis dahin», Benjamin Raule hob wie ein segnender Geistlicher beide Hände, «bis dahin müsst Ihr mit dem zentral regierten Staat in Brandenburg unter Friedrich Wilhelm dem Grossen Kurfürsten vorliebnehmen.» Er liess die Arme sinken. «Seine Flagge wird über den Weltmeeren wehen wie die Hollands. Und», fügte er hinzu, «er wird seinen Besitz auch zu verteidigen wissen.»

Harm schluckte stumm und kam sich wie ein dummer Junge vor. Da hatte er seine Epistel bekommen! Aber dann stellte er die Frage von vorhin noch einmal: «Können Euer Gnaden mich gebrauchen? Oder komme ich zu spät?»

Da lachte der kurfürstliche Marine-Generaldirektor herzhaft auf. «Zu spät? In Brandenburg zu spät? Hier muss man die Leute ständig aus ihrer Saumseligkeit vorwärtstreiben. Der Kurfürst allein vermag es nicht. Vor Mai oder Juni ist die Abfahrt der *Morian* und der *Churprinz* gar nicht in Gedanken zu nehmen!»

«*Morian*? Ist er also gut heimgekommen?» Genugtuung zuckte um den Mund des blonden Seemanns.

«Weshalb fragt Ihr?»

«Ich war mit dabei, als wir die *Wappen von Churbrandenburg* nahmen.»

«Was?» Raule sprang auf. Dann sagte er jäh: «Wisst Ihr, wieso die Morian entwischte?»

«Will es hoffen!» lachte der Friese frei heraus. «Habe ihm ja ein Zeichen gegeben; das grosse Fanal hat gebrannt, achtern unter der Kampanje. Das wird er gesehen und sicher auch verstanden haben, denn gleich darauf ist er über die See auf und davon!»

Raule wanderte mit langen Schritten, die Hände auf dem Rücken, durch das Zimmer, blieb dann plötzlich unvermittelt vor dem Besucher stehen und sah ihm forschend in die Augen. Unbeirrt hielt Harm dem Blick stand. Freundlich streckt Raule ihm die Hand hin. «Ich danke Euch, auch im Namen des Kurfürsten. Pieter Blonk wird mächtig überrascht sein, wenn er seinen Retter auf die *Morian* bekommt!»

Harm sprang in freudige Erregung von seinem Stuhl auf. «Euer Gnaden nehmen mich also?» fragte er aufatmend.

«Ja – auf die *Morian* zu Blonk als Steuermann. Und in Afrika werdet Ihr als Unterfaktor für unseren angehenden Handel verantwortlich sein.»

Jansens Dank wehrte er mit einer Reihe von Fragen ab; er liess ein reichhaltiges Frühstück bringen – gemeinsam langten sie zu. Erst spät am Vormittag wurde er von Raule verabschiedet. «Ihr könnt morgen hier im Haus der Admiralität mit Eurer Arbeit beginnen. Die Morian und die Churprinz werden gerade ausgerüstet, die Güter müssen mit den Kaufherren verrechnet werden, und ich allein kann kaum fertig werden damit. Auch die Fracht, die nach Hamburg geht, muss kontrolliert werden. Ihr habt Arbeit genug.»

*

Am 17. Mai 1682 empfing Kurfürst Friedrich Wilhelm den Wirklichen Geheimen Rat Franz von Meinders zum Vortrag. Es handelte sich nur um eine einzige Angelegenheit: Die «*Instruktion für den Commandeur Hanno de Vos zur Schifffahrt nach der Guineischen Küste*».

«Lest, Meinders! Bin begierig, was Ihr und Euer *Sekretarius* bemerkt. Habt Ihr Euch mit Raule besprochen?» Der leise Argwohn in den Worten des Fürsten war nicht zu überhören. Er wusste nur zu gut, mit welch gemischten Gefühlen

Meinders seinem Auftrag nachkam und wie bitter leid es ihm tat, den kurfürstlichen Plan nicht durchkreuzen zu können.

Meinders verbeugte sich tief und schaute auf die Schnallenschuhe seines Herrn. «Es ist alles geschehen wie Eure kurfürstliche Gnaden befohlen haben. Es hat der Raule selber . . .»

«Der Generaldirecteur de Marine!» korrigierte der Kurfürst streng.

Meinders verbeugte sich neuerlich, mühsam verbarg er seinen Ärger. «Ja, Euer Gnaden – ja, der Herr Generaldirecteur!»

«Lest!» befahl der Fürst. Seine Hände lagen auf dem Tisch, gefaltet wie zum Gebet. Er schaute an Meinders vorbei zum Fenster hinaus. Draussen blaute ein Maihimmel, eine seltsame, fremde Bläue. Sah so der Himmel in Guinea aus, in dem Brandenburgs Flagge, der rote Adler im weissen Tuch, über dem schwarzen Land wehen soll? Das Ohr des Kurfürsten vernahm begierig die Worte, die Meinders aus dem Papier vorlas und die festlegten, wie sich die brandenburgischen Kapitäne zu verhalten hätten und insbesondere, wie sie an der Goldküste – an dem von Blonk im Vorjahr gefundenen Ort – mit den Vorbereitungen zum Festungsbau beginnen sollten. Würden die kurbrandenburgischen Schiffe angegriffen, sollten die Widersacher mit allen Mitteln abgewehrt werden, auch wenn es Holländer wären. Aber von sich aus fremde Schiffe anzugreifen, blieb ihnen streng verboten. Brandenburgische Provokation war nicht erlaubt, das friedliche Nebeneinander der Konkurrenten ist anzustreben.

Meinders hatte geendet. Friedrich Wilhelms Blick blieb noch in der Bläue und Weiträumigkeit des Himmels hängen. Keine Bewegung verriet, was in ihm vorging. Meinders betrachtete ihn von der Seite und hing wenig respektierlichen Gedanken nach. Nun sollte das Afrika-Abenteuer also wirklich beginnen! Es war nicht mehr aufzuhalten. Und Streit mit Holland wird es geben, mit Holland, das man so nötig brauchte für die anderen, viel wichtigeren Pläne im Westen, am Rhein. Ob man nicht –? Er räusperte sich verstohlen, irgendetwas kratzte ihn in der Kehle.

Der Kurfürst wendete unversehens den Kopf. «Gebt mir das Stück!» Er griff nach der Feder, hielt einen Augenblick lang inne – überlegte er noch einmal die Tragweite des ganzen Entschlusses? –, dann aber schrieb er mit festem Zug seinen Namen hin.

Meinders beeilte sich, Streusand über die nasse Tinte zu schütten. «Es wird dem Glanz und der Glorie meines gnädigen Herrn dienen. Das wünsche ich in Untertänigkeit von Herzen!» Er verbeugte sich.

Der Kurfürst streifte ihn mit einem schnellen, vielsagenden Blick. «Es soll *Brandenburg* dienen!» Er sagte es heftiger und abwehrender als er eigentlich wollte. Aber er hatte wahrlich keine Lust, sich zu beherrschen.

«Bestellt dem Major von der Groeben, er soll morgen um zehn Uhr seine Aufwartung machen. Ist die Order für ihn parat?»

«Genau so, wie Euer kurfürstliche Durchlaucht befohlen haben!»

«Gut. Danke, geht jetzt!»

Am nächsten Morgen erschien Major von der Groeben vor dem Kurfürsten. Er hatte sich schon im schwedisch-polnischen Krieg bewährt, war in der Schlacht von Fehrbellin dabei und fand bei der Durchführung der Armeereform durch Umsicht und Disziplin die Aufmerksamkeit Friedrich Wilhelms. Nun soll er mit dem militärischen Oberkommando des Unternehmens betraut werden soll.

«Ich habe Euch rufen lassen, lieber Major, um selbst mit Euch zu sprechen. Ihr habt gelesen, was in Eurer Order steht.»

Der Blick des Majors ruhte auf seinem Fürsten. «Euer kurfürstliche Durchlaucht, ich will mein Bestes geben!» antwortete er soldatisch knapp.

«Ich hoffe es gern, lieber Major! Es ist kein geringes Ding, das Ihr in die Hand bekommt. An Euch liegt es, wie es ausfallen wird. Was sagt Ihr zu dem Schutzbrief an die *Cabucirs,* mit dem wir den brandenburgischen Negern Hilfe gegen alle ihre Feinde zusichern? Ihr habt ihn doch auch gelesen, nicht wahr? Meinders hat ihn mit vergüldeten Buchstaben schreiben lassen. Er meint, die Kerls werden dadurch mehr Respekt haben. Was haltet Ihr davon, Major? Hat Meinders alles erfasst?»

Major von der Groeben verneigt sich. «Er ist vortrefflich gemacht, kurfürstliche Durchlaucht. Mit Hilfe von Kapitän Vos, der mit der Schwarzensprache vertraut ist, werde ich es schaffen.»

«Geht mit Gott! Ihr gefallt mir, Major. Macht die Sache. gut!»

«Ich werde nichts unversucht lassen für Eurer kurfürstlichen Durchlaucht Ruhm!»

«Und für Brandenburg, lieber Major. Für Brandenburg! Ihr führt unsere Flagge, den roten Adler auf weissem Tuch!»

*

Zur gleichen Zeit, als der Kurfürst den Major von der Groeben, den Mann, der ihn im fernen Afrika vertreten wird, mit Gruss und Handschlag verabschiedete, stiess eine Schute mit der brandenburgischen Flagge vom Ufer in der Nähe des Raule-Hauses ab. Benjamin Raule, umgeben von Beamten des Marinekollegiums, sah ihr von der Terrasse aus nach, nahm den breitkrempigen Schifferhut vom Kopf und schwenkte ihn dreimal. Von der Schute grüsste in gleicher Art der Unterfaktor Harm Jansen zurück, der nun auf Fahrt nach Hamburg ist und von dort in das dänische Glückstadt reist, wo Philipp Pieter Blonk mit der *Morian* wartete. Er hatte den Anstellungskontrakt unterzeichnet und sich für zehn Jahre und ein Jahressalär von 100 Reichstaler verpflichtet. Der Lastkahn, auf dem er nun seine weite Reise begann, war voll beladen mit Waren im Wert von 12 900 Reichstalern: *Cargaisons,* wie sie sagten. Musketen, Eisenzeug, Stoffballen und vielerlei mehr. Das alles soll in Afrika gegen Gold und Elfenbein eingetauscht werden.

Brandenburg fährt zur See! Sie werden etwas abgeben müssen, die stolzen Herren zu Amsterdam, zu Haarlem und auf Seeland, werden etwas vom unmessbaren Reichtum der fremden Erdteile herausrücken müssen, den sie bis in alle Ewigkeit für sich allein haben möchten. Hart auf hart wird es gehen, nicht zuletzt, weil der Kurfürst im eigenen Lager viele Gegner hat und auch vom deutschen Kaiser zu Wien nichts erwarten kann.

Breit ist der Strom, auf dem Jansen segelte: die Elbe. Die Havel hinab durch den Plauener See und durch Sumpfgebiete hatte er den grossen Strom erreicht. Erinnerungen an die Salzflösserei auf der Donau wurden in ihm wach, an Aschach, an eine gefolterte blutjunge Deern, die jetzt ihm gehört und die er mit sich genommen hatte, hinauf nach Ostfriesland, dort hin, wo sie nicht recht wissen, ob sie zum einen oder zum anderen Land gehören. Sie stehen zwischen beiden, nehmen Gutes und Schlechtes von ihnen, neigen bald dem einen zu, bald dem andern – die Leute auf den ostfriesischen Inseln, in Emden und die Ems hinauf, auch die zu Aurich und alle anderen. Sie waren zwar Untertanen einer Fürstin, Christine Charlotte aus dem Hause Cirksena, aber Arbeit und Brot konnte die ihnen nicht geben. Da sehen viele nur das reiche Holland und seinen Überfluss. Aber bald wird der rote Adler über afrikanischem Land wehen. Die Welt wird staunen!

Harm Jansen kannte die Holländer. Sie werden sich mit aller Kraft gegen den neuen Eindringling wehren. Und ein Teil dieser Kraft wird Jan Janszoon heissen! Zwei Söhne einer Mutter, in Lagern, die sich bekämpfen, und jeder wird glauben, dass er recht täte. Der grosse, kraftstrotzende Mensch neigte beschämt den Kopf. So wird's nicht werden, Mutter! dachte er in sich hinein. Aber er weiss: Wenn es dennoch sein müsste, dann auch gegen Jan! Für Brandenburg, für Ostfriesland

*

«Das ist Er also?» Philipp Pieter Blonk stellte das schwere Schnapsglas mit einem Knall auf den Kajütentisch seiner *Morian* und erhob sich von der Bank.

«Zu dienen, Kapitän! Bin der Unterfaktor Harm Jansen. Bringe für 12 000 Reichstaler Cargaisons aus Berlin und Order von unserem gnädigen Herrn Raule.» Harm Jansen war vor wenigen Augenblicken an Bord der *Morian* gekommen und stand zum ersten Mal seinem Kapitän gegenüber.

«Nun, ich kenne Euch gut genug! Wäre kaum notwendig gewesen von Freund Raule, mir mit der Eilpost einen Brief zu schicken, in dem steht, dass Ihr jener Fant wäret, der uns voriges Jahr auf der *Constantia* das grosse Fanal gezeigt hat! Hier, meine Hand! Einem ehrlichen Kerl gebe ich sie gern!» Er hielt ihm die Rechte hin, eine mächtige, behaarte Tatze. Harm Jansen drückte sie herzhaft.

«So, und einen Willkomm werdet Ihr nicht abschlagen!» Blonke füllt das Passglas, das noch auf dem Tisch steht, langte nach einem zweiten, das hinter Schlingerleisten im Brett an der Kajütenwand steckte, und schenkte es mit Branntwein voll bis zum Rand.

Etwas stupfte Harm von hinten ans Bein. Er kehrte sich und erblickte einen Jagdhund, der ihn schwanzwedelnd beschnupperte.

«Ja, wer bist denn du?», fraget Harm und bückte sich, um den Hund hinter dem Ohr zu kraulen.

Blonk, die vollen Gläser in Händen, staunte: «He, Jansen, er mag euch! Kommt nicht oft vor, dass Tasso um einen Fremden scharwenzelt. Es gefällt ihm sowieso nicht auf dem Schiff, wahrscheinlich stinkt ihm die Schaukelei!»

«Kann ich mir denken», gab Harm zurück. Und zu Tasso gewandt: «Bist ja auch kein Seehund, sondern ein Jagdhund.»

Blonk lachte. «Ja, und zwar ein guter, von der hannoverschen Rasse. Können ihn vielleicht gebrauchen im schwarzen Land. – Auf Euer Wohl, Jansen, und zum Teufel mit allen, die uns zuwider sind!»

«Zum Teufel mit ihnen! Ihr habt Recht! Sollt leben, Kapitän!»

*

Der Juli 1682 brachte nur Widrigkeiten. Mit knapper Not hatte die *Churprinz,* von Hamburg kommend, Glückstadt ansegeln können, wo die *Morian* wartete. In wenigen Tagen war die Ausrüstung der beiden Schiffe vollendet. Ein kleiner Wind, der unversehens aufsprang, trug sie hinunter nach Cuxhaven, wo sich der Wind wieder rar machte. Warten hiess es. Faul hingen die Segel an den Rahen, auf Deck lümmelte sich das Volk, soff bremisches Bier und las trotz Verbot eifrig in «Teufels Gebetbuch» (d. h. sie spielten Karten). Die Heuertaler wanderten von einem zum andern. Blonk, Jansen und Fähnrich von Selbling taten nichts anderes. Irgendwie mussten sie die Zeit totschlagen und die Unruhe, die in ihnen war. Auf dem *Churprinz,* der in der Nachbarschaft vor Anker liegt, vergnügte sich Major von der Groeben mit seinen Herren damit, ein Fass Malvasier leer zu bekommen.

Aber tags darauf kam der Wind zurück. In kurzen Böen zuerst, warf die Segel gegen die Masten, dass es knallte, als würde jedesmal ein Zehnpfünder abgeschossen. Die *Churprinz* gab das Signal: Anker auf! Trommelwirbel rief alle Leute an Deck; Matrosen enterten auf zur Arbeit an den Segeln, andere wurden an Brassen und Gangspillspaken kommandiert. Man muss gegen den Westwind aufkreuzen. Mit kleiner Fahrt liefen die beiden Schiffe seewärts.

Jansen, der Wachtdienst hatte, erteilte mit ruhiger Stimme seine Befehle. Nun würde man bald die Gefahren der Untiefen und Sandbänke hinter sich lassen können. Es ist schwer, mit Schiffsvolk zu fahren, das noch wenig erfahren ist. Wären nicht ein paar Friesen, Oldenburger und Holländer an Bord, es ginge schlecht!

Die Schiffe zogen an Helgoland vorbei gegen Nordwest. Jansen steht backbords auf der Brücke. Seine Augen tasteten die Kimm ab. Dort irgendwo unter dem im Abendschatten versinkenden Horizont musste Borkum sein. Wie mag sich Greta abgefunden haben? Sie hörte ihn nicht, als er davonschlich; mit schlafgeröteten Wangen lag sie in der Butze, friedlich wie ein Kind. Später wird sie wohl geweint haben.

Mussten ihn jetzt solche Gedanken überfallen? Jetzt hatte er Planken eines Schiffes unter den Füssen, und unter den Planken die See! Missmutig wandte er den Blick nach vorn. Lass Borkum sein! Kannst später daran denken! Vorher gilt ein anderes Ziel!

«He, Er – wird Er wohl das *Tabakrauchen* sein lassen!» Blonk, gefolgt von Tasso, war unbemerkt aus dem Niedergang herausgetreten und brüllte durch den Wind nach mittschiffs, wo sich ein Soldat beim Grossmast herumdrückte und, an die Deck-Pulverkiste gelehnt, Pfeife rauchte. Dort war sowieso ein verbotener Platz!

Der Mann erschrak. Er versuchte, die Pfeife in der Hosentasche zu verstecken. Aber der Wind riss ihm dabei die Glut aus dem Pfeifenkopf und blies sie in hundert hellroten Punkten in der schon tiefen Dämmerung über Deck. Schweren Schritts ging der Kapitän zu dem Mann, riss ihm die Pfeife aus der Hand und warf sie über Bord.

«Dein Name?»

«Hein Fokken.»

«Kennst du die Seekriegsartikel?»

«Ja! Herr, ich. . .»

«Hast du sie beschworen?»

«Ja.»

«Ein Eid, den du nicht hältst! Weisst du, was auf verbotenem Tabakrauchen steht?»

Fokken quälte sich ein «Jawohl» von den Lippen. Die Matrosen, die neugierig herbeigekommen waren, wichen zurück, als Blonk um sich blickte. «In die Quartiere!»

Der Ertappte wollte noch etwas sagen, aber Blonk schnitt ihm das Wort ab, wandte sich brüsk ab und ging nach achtern. Er musste streng sein, es ist seine Pflicht; lieber wollte er nichts gesehen haben, aber besonders am Anfang einer grossen Reise musste die Disziplin gewahrt bleiben.

Die Strafbestimmungen an Bord eines Schiffes waren hart; Harm wusste das; – auch er hatte geschworen! Blonk winkte Jansen in die Kajüte und liess den Fähnrich von Selbling rufen. Der erschien mit fiebrigen Augen; er ist seit zwei Tagen krank. Die drei hielten den vorgeschriebenen Kriegsrat. Es dauerte nicht lange.

Am nächsten Morgen rief die Trommel das Schiffsvolk und die Soldaten, so wie stets um diese Zeit, zum Morgengebet auf Deck, wie es der erste Artikels des Seekriegsrechtes vorschrieb: *«Erstlich soll, wer das Kommando haben wird, alle Morgen und Abend Gott den Herrn auf seinem Schiff oder Schiffen anrufen lassen, wozu sich dann ein jedweder um die bestimmte Zeit fertig halten soll, bei vier Stüvers Strafe zum erstenmal, zum andernmal doppelt soviel, und zum drittenmal acht Tage in Banden auf Wasser und Brot zu sitzen.»*

Kapitän Blonk las einen Vers aus der Bibel vor. Matrosen und Soldaten harrten teilnahmslos. Zuweilen schielte einer zu dem hinüber, der an der Nagelbank beim Grossmast warten musste, weil er gestern Pfeife rauchend an verbotener Stelle ertappt worden war. Der Musketier hielt den Blick gesenkt. Blonk klappte die Bibel zu und begann das tägliche Vaterunser. Die Leute fielen ein, ihre rauen Stimmen hallen über das Schiff und verwehen draussen über der weiten See im Wind. Jäh brach das Gebet mit dem Amen ab.

Zwei oder drei Atemzüge lang herrschte Schweigen. Man hörte das Knarren der Blöcke und das Zurren des Windes im Takelwerk; mässig grosse Wellen rollten am Schiffsrumpf entlang zum Heck und hinterliessen dort eine schäumende Spur. Sanft wiegend setzte die *Morian* in die See. Erneut setzte ein kurzer Trommelwirbel ein. Blonk schaute streng über die Versammelten hin. «Setzt den roten Wimpel.» Er ist das Zeichen für eine Urteilsvollstreckung an Bord.

«Musketier Fokken!»

Die Leute machten dem Gerufenen Platz, schweigend trat er vor.

«Hat Er gestern an verbotener Stelle Tabak geraucht?»

«Ja!»

«Kennt Er den fünfundvierzigsten Artikel?»

«Ja!»

«Sag Er ihn laut für alles Volk!»

Der Soldat hob mit unbewegtem Gesicht an: *«Es soll sich niemand unterstehen Tabak zu rauchen zwischen dem Fockmast und dem Besan. Die Verbrecher sollen von dem Kriegsrat darüber nach Gebühr zur Strafe gezogen werden.»*

Die Leute reckten die Hälse, um beim ersten Disziplinarfall auf dieser Reise ja nichts zu verpassen. Fokken streifte Harm Jansen mit einem scheuen Blick.

Der Profos reicht Blonk ein Blatt Papier, und der Kapitän las mit kräftiger Stimme vor: «Im Namen Seiner kurfürstlichen Durchlaucht, als gnädigem

Herrn des Schiffes *Morian,* wird also vom Kriegsrat für gut befunden, dass besagter Musketier Fokken ›durch die Gasse‹ gehen muss und dort von den Mitgliedern der Mannschaft gepeitscht werden soll.»

«Hat Er verstanden?»

Hein Fokken bejahte mit blutleeren Lippen, die Augen unnatürlich gross. Ein Hilfe suchender Blick ging zu Jansen hinüber, der teilnahmslos neben dem Kapitän stand, aber er konnte jetzt nichts mehr für den Delinquenten tun. Zu oft hatte er das auf hamburgischen und holländischen Schiffen erlebt. Das Auspeitschen ist die harmloseste aller Körperstrafen. Er hätte von der Rah gestürzt werden müssen, der Hein Fokken; neben der Pulverkiste zu rauchen, ist ein Verbrechen. Aber weil es die erste Urteilsvollstreckung in See war und Hein Fokken schon in der Schlacht von Fehrbellin mitgestritten hatte, war Jansen für die gelindeste Strafe eingetreten.

«Holt ihn!» befahl Blonk mit fester Stimme.

Vier Matrosen stürzten sich auf Hein Fokken; sie rissen ihm den Rock und das Hemd vom Leib, andere brachten Tauenden aus dem Kabelgat. An der Backbordseite bildeten die Leute eine Gasse und stellten sich zum Strafvollzug bereit. Der Soldat wandte sich unter den Griffen der Matrosen.

Blonk sah mit kurzem Blick zu seinem Steuermann hinüber und lachte bitter. «Wenn es gegen einen Musketier geht, sind Matrosen schnell dabei; einen der ihren würden sie wohl nicht so hart anpacken.» Harm nickte nur, es war auf Brandenburger Schiffen nicht anders als auf Holländischen.

«Gassen frei!» rief der Profos. «Trommler, schlag ein!» Im gleichen Augenblick, wie der Tambour die Trommler zu rühren begann, stiess ein Maat den Musketier Fokken in die Gasse. Hageldicht klatschten die Schläge auf den nackten Oberkörper des Mannes. Geduckt, mit den Händen den Kopf schützend, arbeitete er sich durch die Gasse, ständig eingedeckt von kräftigen Schlägen. Als er den Lauf hinter sich gebracht hatte und vor den Profos taumelte, fragte dieser gleichmütig:

«Hat Er etwas zu sagen?»

«Nein!»

«Dann scher Er sich ins Quartier. Nehm Er Branntwein auf die Blessuren!»

Fokken wankte unter Deck, das versammelte Schiffsvolk zerstreute sich.

*

Nach sechs Segeltagen kamen die beiden Schiffe wieder einmal in Rufweite. Blonk und de Vos benützten die Gelegenheit. Die Kranken machen allerlei Sorge. «Schiffsvolk und Soldaten kotzen seit gestern herum!» preite Hanno de Vos herüber.

Bei ihm gehe es nicht besser, gab Blonk zurück. «Das Kranksein allein ist noch nichts Arges, nur mit dem Sterben sollten die Leute nicht beginnen.»

«Lass gut räuchern, Blonk! Und Essigwasser auf heissen Steinen dampfen!»

«Ja! Und gesottenen Wein von innen her!» meinte der Kapitän der *Morian*. Das war ihm die liebste Medizin.

Dann trennten sich die Schiffe wieder. Sie mussten über Nacht weiter Abstand halten. Die Schiffe zogen ihre Bahn gegen Schottland. Harm Jansen hatte die Mitternachtswache. Es gab kaum etwas zu tun, das Schiff machte geringe Fahrt – vorn am Bugspriet schaukelte die Laterne, gespenstisch huschte ihr schwacher Schimmer über die Wasser, über das Deck und warf zitterige Schatten von Masten und Stengen.

Im Morgengrauen flaute der Wind weiter ab. Man war gut beisammengeblieben. Die *Churprinz* segelte kaum zwei Meilen achteraus. Ein paar fremde Schiffe lagen vor dem Bug der Brandenburger. «Holländische Heringsfänger», stellte Blonk fest.

«Wir sollten Heringe kaufen», riet Fähnrich von Selbling. Seine Stimme klang müde. Er kämpfte immer noch gegen das Fieber.

Harm Jansen wandte sich ihm zu und lachte. «Ihr fahrt das erste Mal zur See, das merkt man! Lasst Euch sagen, dass jeder holländische Heringsfänger einen schweren Eid tun muss, ausserhalb Hollands keinen einzigen Heringsschwanz zu verkaufen.»

Kapitän Blonk meinte: «Heringe sind aber gut für unsere Kranken. Wir werden tauschen, das umgeht den Eid. He, Jansen, lasst beidrehen!»

In wenigen Minuten lag die *Morian* fast bewegungslos in der ruhigen See. Blonk legte die Hände als Sprachrohr an den Mund und rief zum nächstliegenden Holländer hinüber: «Branntwein und Speck könnt Ihr haben für ein paar Heringe.»

Die Fischer waren froh, nach ermüdender Nachtfahrt unversehens auf offener See zu Branntwein zu kommen. Und der junge, blasse Fähnrich von Selbling dankte heimlich Gott, dass er ihnen diesen Fischfang bescherte.

*

«Land in Sicht!» Der Ruf erschallte aus der Grossmastmars der Morian. Madeira wuchs über die Kimm herauf. Die Navigationsrechnung, die Blonk und Jansen aufgestellt hatten, stimmte.

«Am sechsunddreissigsten Segeltag nach unserer Ausreise aus Cuxhaven sind wir Madeiras ansichtig», schreibt Jansen in das dickleibige Bordbuch. Er blätterte ein paar Seiten zurück. Eintragung reihte sich an Eintragung. Dick und kantig Blonks Schrift, fest und doch geschmeidiger die eigene.

«Zwanzigster Segeltag: Auf Churprinz setzen wir die Flagge halbmast. Ist ein Soldat mit Tod abgegangen. Der erste Tote dieser Fahrt. Herr von der Groeben übergibt ihn nach dem Abendgebet der Tiefe der See. Hat anstatt einer Glocken einen Kanonenschuss über die See bekommen nach vorangegangenem Sterbelied und unter traurigem Schalmeienklang.»

«Einundzwanzigster Segeltag: Haben am späten Nachmittag die Flaggen halbstock setzen müssen, item der Musketier Wilhelm Nilsen das Atmen eingestellt. Ist nach Gebet und Lied dem Meer übergeben worden. Hat uns solche Art nicht gefallen.»

«Vierundzwanzigster Segeltag: Item das Bier getrunken ist, muss unser Volk anfangen, Wasser zu trinken, welches etlichen, so des Gestankes ungewohnt, sehr fremd vorgekommen, und machten darob gar unwirsche Gesichter.»

«Sechsundzwanzigster Segeltag: Haben vier Schiffe in Sicht bekommen, mit Kurs auf uns. Weil Gibraltar nicht mehr gar weit, wo sich die algerischen Seeräuber meist aufzuhalten pflegen, bildeten wir uns nichts anderes ein, als dass es Korsaren wären. Räumten deswegen unser Schiff auf und machten uns zum Kämpfen fertig. Ist die Nacht darübergefallen und haben die vier aus der Sicht verloren.»

«Achtundzwanzigster Segeltag: Item die Hitze so kräftig zunimmt, haben die Offiziere die Kajüten verlassen und schlafen nunmehr unter dem Schiffszelt.»

Die Tage verliefen gleichmässig und ruhig. Die Hitze war mittlerweile fast unerträglich geworden, unerträglich auch der Gestank des Trinkwassers. Blonk liess dreimal am Tag das ganze Schiff durchräuchern. Mit dampfendem Essigwasser und glimmenden Wacholderbeeren. Gut die Hälfte der Matrosen war schon krank, Gott sei Dank nicht allzu schwer. Sie werden durchzubringen sein, bis es frisches Wasser und frisches Fleisch gibt.

Einmal, am neununddreissigsten Segeltag, sahen sie wieder ein Schiff. Es ist der Ostindienfahrer *Eiland Mauritius*. Im Bordbuch wird vermerkt: «Weil es ihnen dort nicht entgangen ist, dass wir allen Fleiss daran taten, ihr Schiff zu einzuholen, haben sie uns für Seeräuber gehalten und deswegen sich zum Treffen (Gefecht) fertig gemacht, alle Segel bis auf drei eingezogen und uns in Kampfbereitschaft erwartet. Da wir nun zusammengekommen und uns für Freunde zu erkennen gegeben haben, begrüssten sie uns mit fünf Kanonenschüssen und wir bedankten uns mit ebenso vielen. Beim Abschied liess jener alle seine Musketen abschiessen, um zu zeigen, dass er gut vorbereitet war. Es wäre aber fast aus Unachtsamkeit unser Kapitän nebst anderen Leuten auf unserem Schiffe getroffen worden. Weil wir solchen Spass nicht verstanden, hätten wir leicht einander in die Haare geraten mögen, wenn der Kapitän der

Mauritius nicht gleich seine Soldaten bestraft und gegen uns sich höflich entschuldigt hätte. Wir liefen ihm dann aus dem Gesicht.»

Ein paar Tage darauf wurde ein Musketier ertappt, als er sich am Schloss des Proviantraumes zu schaffen machte, wo der Branntwein lagerte. Blonk wurde wütend, als der Profos Meldung macht. Er liess ihn vor sich bringen.

«Wie heisst Er?»

«Musketier Gustav Boelcke.»

«Profos, ruft das Schiffsvolk zusammen und verlest den Artikel!»

Wieder rasselten die Trommeln, die Mannschaft strömte zusammen und die Soldaten traten in Reih und Glied unter das Gewehr. Der Profos schlug das Seekriegsrecht auf, Artikel 53: «*Es soll sich niemand unterstehen, Speise oder Trank aus dem Gewahrsam mit Gewalt zu nehmen, oder Rat und Tat dazu geben. Er soll bei Strafe dreimal unter dem Kiel durchgezogen zu werden.*»

«Hat Er verstanden?» fuhr der Kapitän den Soldaten an. «Sobald wir vor Anker sind, folgt der Vollzug! Führt ihn ab.»

Steuermann Jansen fühlte sich unbehaglich. Als sie alleine waren, sagte er zu Blonk: «Es ist fast härter bei uns als bei den Holländern.»

«Es muss sein, die Brandenburger sind das Salzwasser noch nicht gewöhnt. Wir müssen Zucht halten, sonst revolutionieren sie am Ende, wenn wir tausend und mehr Meilen von zu Hause weg sind.»

«Aber er wird ersaufen, wenn Ihr ihn dreimal unterm Kiel durchholen lasst.»

«Das befiehlt das Kriegsrecht, und ein ehrlicher Kapitän muss sich daranhalten», entgegnete Blonk gereizt.

«Es verbietet aber auch nicht, die Strafe herabzusetzen», liess Harm nicht locker. «Wir brauchen jeden Mann, weil uns sicher noch ein paar zur Hölle fahren werden.»

Blonk gab ihm einen kurzen Seitenblick. «Gut», sagte er dann ruhiger, «werde dem Profos Weisung geben, der Delinquent soll nur einmal und schnell durchgezogen werden.»

Am gleichen Tag, auf 15 Grad Nord, kam wieder Land in Sicht.

«Cabo Blanko, meine ich!» sagte Jansen.

Auf Deck liefen alle zusammen und starrten hinüber, wo tief am Horizont ein schmaler, weisser Schimmer leuchtete. Wer von dem Volk schon im Afrikanischen gewesen war, tat wichtig. Die anderen starrten staunend zum kaum erkennbaren Land hinüber. Afrika! Das Abenteuer, zu dem sie ausgezogen waren, konnte also bald beginnen.

Am achtundfünfzigsten Segeltag wuchsen vor Kap Verde schwarze Wolkengebirge hoch. Auch die See schwärzte sich wie Tinte. Jansen brüllte seine Segelkommandos, fieberhaft arbeiteten die Leute. Kaum waren die Segel gerefft, ging das Unwetter los. Die Soldaten hatte man unter Deck geschickt und die Luken vernagelt. Sie sollen unten kotzen, auf Deck konnte man sie jetzt nicht gebrauchen. Blitz auf Blitz zuckte nieder. Die *Morian* tanzte wie ein Stück Holz auf berghohen Wogen. Manchmal sah man die *Churprinz*, dann verschwanden die Schiffe in den Wellentälern, als hätte sie das Meer verschlungen. In der Nacht flaute der Sturm wieder ab und anderntags war die See ruhig, als wäre nichts gewesen. Sie öffnen die Luken und die Soldaten krochen heraus, grüngesichtig und übelriechend.

Am siebenundsechzigsten Segeltag liefen die beiden kurfürstlich brandenburgischen Schiffe in den Fluss Sierra Leone ein. Afrika war Wirklichkeit geworden. Endlich gab es wieder Frischwasser! Ja, Wasser war hier genug vorhanden, aber es musste gegen Branntwein von einem Negerhäuptling gekauft werden, der sich Jan Thomas und ›Wasserkapitän‹ nannte und sogar ein wenig deutsch konnte, zum Beispiel: «Donner und Blitz! Ich Kapitän Jan Thomasen! Du muss Holz und Wasser bezahlen!»

Schnell verkostete er den Branntwein und fand ihn so ausgezeichnet, dass er sich bald kaum mehr auf den Füssen halten konnte. Schwankend schleppte er ein Kästchen herbei und radebrechte mit Kommandeur de Vos, der die *Negersprache* einigermassen beherrschte. Die schmierigen Zettel in dem Kästchen sind «Empfehlungen» der Kapitäne, die hier Wasser und Holz eingehandelt haben. De Vos griff wahllos einen heraus und las: *«Der Wind hat uns hierher verweht. Hütet euch vor den schwarzen Halunken; ihnen ist nicht zu trauen, weil sie falsche Hunde sind. Bemerkung: Habe für Wasser und Brennholz eine Flinte, drei Pfund Pulver, drei Flaschen Branntwein gegeben.»*

An Bord erwarteten die Kranken wie die Gesunden das sauberes Wasser, frisches Gemüse und Früchte. Sie stürzten sich darüber her, als wäre Gold zu raffen. Der Proviantmeister wehrte sie wütend ab. Jeder bekäme seinen Teil, und im Übrigen sei es ungesund, unbedacht das frische Zeug zu verschlingen und dazu Wasser in langen, schmatzenden Zügen zu saufen, als wäre es bremisches Bier.

Mehrmals pendelten die Schaluppen zwischen den beiden Fregatten *Churprinz* und *Morian* und dem Land hin und her, um genügend Frischwasser, Obst und anderes an Bord zu bringen Als Blonk und Jansen mit der letzten Fahrt auf der *Morian* zurückkehrten, hämmert der Trommler das Volk an Deck.

«Setzt den roten Wimpel!» befahl Blonk laut. «Der Musketier Boelcke soll vortreten!»

Zögernd und bleich stand er da; seit man ihn erwischt hat, war er vor Angst fast vergangen. Die angetretene Mannschaft starrte ausdruckslos auf Profos und Delinquent; müde dümpelte der rote Wimpel in der Saling.

«Musketier Boelcke, Er hat sich am Proviantraum zu schaffen gemacht. Weiss er, was die Seekriegsartikel vorschreiben?» fragte Blonk.

«Jawohl!» antwortete der Mann. Kerzengerade stand er da, aber seine Lippen bebten.

«Dreimal unten durchziehen!» verkündete der Profos und blickte fragend auf Blonk.

«So war es im Namen unseres gnädigen Herrn Kurfürsten verkündet. Aus Freude ob der glücklichen Ankunft in Afrika aber haben der Major von der Groeben, Kommandeur de Vos und ich vorhin zu Land einen Kriegsrat gehalten und beschlossen, es bei einmaligem Durchziehen zu belassen.»

Die umstehenden Männer sahen sich überrascht an; einige atmeten erleichtert auf. Jetzt, da die Langeweile der Überfahrt vorbei ist, gab es hier genug an neuem zu bestaunen; das Kielholen eines Kameraden wäre vor drei oder vier Wochen als Abwechslung eher begrüsst worden.

«Hat er noch etwas zu berichten?» Blonk sah streng auf Gustav Boelcke herab.

Der schüttelte den Kopf. Seine Kehle ist war ihm wie zugeschnürt, er brachte keinen Laut heraus.

«Mach er seine Sache schnell!» sagte Blonk zum Profos.

Der gab zwei bereitstehenden Matrosen einen Wink. «Entert auf!»

Die beiden kletterten die Wanten am Grossmast hinauf, hangelten sich an der Grossrah beidseits bis an die Nocken hinaus und schoren kräftige Leinen durch die Taljen. Die Enden baumelten zum Deck herunter. Zwei andere Seeleute zogen eilig die Steuerbordleine über den Bug nach backbord unter dem Kiel durch, während vier andere Männer den Delinquenten mit raschen Griffen aller Kleider entledigten. Der Profos trat zu ihm und legte dem nackten Mann ein kurzes Tau mit einem bronzenen Ring um die Brust, zog das eine, von der Backbordnock herabhängende Ende der Leine durch den Ring und verknotete es mit einem Palstek.

Währenddessen waren schon die Eisenschuhe aus der Profosenkammer herangeschleppt worden.

«Gebt ihm zwei Stückkugeln daran, es soll schneller gehen!» befahl Blonk. Zwei Artilleristen sausten los und schleppten die dreissigpfündigen Kugeln herbei. Der Profos knotete sie gekonnt mit einem offenen Affenfaustknoten an die schweren, eisernen Schuhe. Boelcke, der bis jetzt zitternd, aber stumm gestanden war, begann leise zu wimmern.

«Trommler, alle drei!» befahl Blonk kurz.

Nun vermochte der arme Musketier sich nicht mehr beherrschen, sein Winseln wurde immer lauter, schwoll zum Schreien an. Dreifacher Trommelwirbel setzte dröhnend ein, ihr rhythmisches Stakkato mischte sich mit dem Gebrüll des Delinquenten. Dem Mann quollen vor Angst die Augen aus den Höhlen; er versuchte, davonzurennen, wollte sich befreien, aber die Eisenschuhe wogen schwer. Er wusste nicht, wie das Kielholen vor sich ging, aber er wusste, dass sie ihn im nächsten Augenblick über das Schanzkleid ins Meer stürzen wollten, und das stellte es sich schrecklich vor. Die Leine an seiner Brust aber lief nach oben – wie sollte das Kielholen gehen?

Auf einen Wink des Profos setzten die Trommler jäh und unvermittelt aus. Jetzt hörte man wieder das ungedämpfte Schreien des Verurteilten. «Hisst auf!» überbrüllte der Profos den Mann und hob die Rechte. Ein halbes Dutzend Matrosen erfassten das freie Ende der Backbordleine, liefen damit eilig über Deck, zogen den Mann empor, bis er fast an die Talje der Rahnock anstiess. Wieder setzten die Trommeln ein, der arme Kerl oben riss den Mund auf, aber sein Heulen war kaum zu hören, denn der dumpfe Trommelklang übertönte sein Winseln.

Oben schwebte der Mann, mehr als vierzig Fuss hoch.

Wieder verstummen auf einen Wink die Trommeln. Jetzt hörten sie wieder das angsterfüllte Schreien des nackten Mannes, dass manchem der Zuschauenden kalte Schauer über den Rücken liefen. Aber schon kam der Befehl des Profos: «Fall! Fall!» Die Matrosen liessen das Tau los, wie ein Stein sauste der bedauernswerte Musketier mit einem letzten, erstickenden Schrei in die Tiefe, gezogen von den schweren Eisenschuhen und vom Gewicht der Kugeln.

Die Soldaten – erschreckt ob dieser rohen Bestrafung auf Schiffen – starrten bleich in das hochaufspritzende Wasser, und selbst einigen der Matrosen war nicht wohl zumute. Aber schon liefen sie rasch auf die andere Schiffsseite hinüber, denn der Profos hatte seinen Helfern, die das freie Ende der Steuerbordleine hielten, den Befehl gegeben: «Holt auf!» Sie zogen hastig, liefen mit der Leine zerrend und reissend über Deck, es dauerte nur Sekunden, aber sie kamen den Starrenden endlos vor. Endlich kamen Kugeln und Eisenschuhe aus dem Wasser zum Vorschein, darunter hing wie tot kopfunten ein blutiger Körper. Stumm war jetzt der Mund, der gerade noch vor Entsetzen geschrien hatte – mit schwerem Klatsch rollt der Mann, an der Leine eingeholt, auf Deck.

«Die *Morian* hat viel Muschelzeug unterm Bauch. Das hat ihn so geschunden!» sagte Jansen mit bitterem Unterton zu Blonk. «Wir werden bald einmal überholen müssen, sonst ziehen wir den Nächsten tot an Deck!»

Blonk beachtete ihn nicht, er stapfte zum Musketier und rief dem Profos zu: «Haltet ihm eine Lunte unter! Und haltet seine Füsse hoch!» Ein Matrose hielt die Lunte schon bereit, der Profos fuhr mit dem glimmenden Ende vorsichtig vor die Nasenöffnung des bedauernswerten Soldaten. Schon stank es nach verbrannter Haut; da rührte sich Boelcke und schlug die Augen auf. Sofort erbrach er sich, in hohem Bogen ergossen sich Seewasser und Mageninhalt über den Profos. «Schwein, verdammtes!» brüllte der und sprang zur Seite. Er wollte schon die Faust heben, aber Blonk hielt ihn mit herrischer Bewegung zurück.

«Ihr wisst wohl nicht, was Ihr tun dürft und was nicht? Hättet Euch besser vorgesehen! Ist nicht seine Schuld! Vorwärts, lasst ihn sich auskotzen!»

Einige Leute packten zu und stellten Boelcke auf den Kopf. Sie klopften ihm mit harter Hand auf Magen und Rücken, Boelcke würgte und spuckte einige Male, und als er nur noch würgte, legten sie ihn sanft auf Deck.

«Wascht ihn und dann hinunter!»

Sie schleppten ihn zu den Wasserbaljen, um die Wunden zu reinigen. Boelcke könnte an Blutvergiftung sterben.

«Wimpel holt ein!» Langsam kam das rote Dreieck nieder, und unter Trommelwirbel auch das weisse Tuch mit dem roten Adler. Die Leute atmeten wie befreit auf. Nun war es vorbei. Sie wussten: Es ist ein hartes Gesetz, unter dem sie stehen und dem sie gehorsam sein müssen. Aber das ist bei den Marinen anderer Nationen nicht anders.

Tiefrot verglühte im Westen die Sonne. Ihr Widerschein flammte wie flüssiges Feuer über die See. Im Osten – dort über dem Land – wuchsen die Wälder und Berge in der schnell hereinfallenden Dämmerung gross empor. Lichter flammten auf. *Churprinz* und *Morian* setzten das Fanal, dann die Bug- und Hecklaternen sowie die Seitenlichter. Jansen schärfte der Wache ein, besondere Aufmerksamkeit walten zu lassen. Man müsse sich vor den Schwarzen hüten.

*

Acht Tage später ankerten die Churprinz und die Morian vor Cabo del Monte. Da näherte sich rasch ein Kanu, die Schwarzen darin paddelten mehrmals rund um die Brandenburger. Sie gossen sich aus Kalebassen mit viel Geschrei fortwährend Wasser über die Köpfe.

«Was soll denn das Theater?» Fähnrich von Selbling schaute mit Harm von der Reling auf die Szene. Er war noch immer krank, das Fieber plagte ihn, aber er wollte nicht liegen bleiben, er meinte, es mit Gewalt bezwingen zu können. «Es ist eine Friedens- und Treuebeschwörung!» sagte Jansen. «Sie trauen uns nicht, darum kreisen sie um uns, wie die Katzen um den Speck. Sie haben Angst, weil oft Franzosen, Dänen, Engländer oder Holländer hierherkommen und vorgeben, handeln zu wollen. Dann, wenn sie genug Neger ins Schiff gelockt haben, werden alle gefangen, nach Westindien gebracht und als Sklaven verkauft.»

«Wir reisten ja auch zum Sklavenhandel nach Afrika!» hielt der Fähnrich müde und bitter dagegen.

Jansen zuckte die Schultern. «Verglichen mit Indien gibt's hier nur wenig Reichtümer zu holen.»

«Und was sind das für Reichtümer?»

«Gold, Elfenbein, auch etwas Pfeffer, aber sonst nur Sklaven.»

«Warum Sklaven? Was haben die armen Menschen verbrochen, dass wir sie hier wegschleppen?»

Harm Jansen runzelte unwillig die Stirn. Wie naiv ist eigentlich dieser angehende Offizier? Er hatte keine Lust, darüber zu streiten. «Sklavenhandel ist ein bei allen seefahrenden Nationen geübter Brauch, wie auf der ganzen Welt das Schweineschlachten», erklärte er geduldig. «Die kurfürstlichen Bestimmungen sind viel milder als die der anderen Herrscher. So dürfen Säuglinge nicht von der Mutter getrennt werden. Das ist doch ein vernünftiges und gütiges Zugeständnis.»

Der Fähnrich klammerte sich mit beiden Händen an der Reling fest und Harm bemerkte, dass er vor Fieberschauern zitterte. «Ihr weicht mir aus, Steuermann. Warum? Warum holen wir Sklaven, und was geschieht mit ihnen?»

«Fähnrich, Ihr wisst selber, wie arm Brandenburg-Preussen ist. Seit dem grossen Krieg, seit dem Frieden von 1648 haben sich die Schweden in Pommern festgesetzt und zetteln immer wieder Scharmützel an, der Kurfürst musste sich gegen Louis XIV. wehren und ständig Soldaten unter Gewehr halten. Alles kostet Unmengen an Geld, aber die Staatskasse ist leer und Brandenburg arm.»

«Gut», stammelte von Selbling unter Fieberschauern, «Gold und Elfenbein geht ja in Ordnung – aber warum Menschen?»

«Menschen? Na ja, Menschen scheinen die Neger ja zu sein, aber sie gehören zu ganz minderwertigen Rassen, das ist wissenschaftlich erwiesen. Der Ochse gilt als schwerfällig und dumm, er ist aber auch stark und widerstandsfähig. Ähnlich muss man es mit den Schwarzen hier sehen: in ihrer Entwicklung zum Menschen sind sie zurückgeblieben, daran mag die übergrosse Hitze in diesen Landstrichen schuld sein. So ist es nun mal. Doch sie sind widerstandsfähig und stark. Ideale Arbeitskräfte!»

«In Brandenburg können wir diese ›Arbeitskräfte‹ aber kaum brauchen, unser Klima werden sie kaum ertragen. Warum sollten wir sie sonst fangen?»

«Wir fangen sie nicht und wir bringen sie nicht nach Brandenburg. Fangen tun sie die Neger selber. Die Volksstämme hier liegen in ständigen Kriegen gegeneinander; ihre Gefangenen bringen sie den Weissen an die Küste. Sie lieben den Branntwein – und sie wollen Gewehre. Mehr Sklaven zu bringen, heisst mehr Gewehre eintauschen zu können. Und mehr Gewehre erlauben, mehr Sklaven zu fangen. Und natürlich mehr Schnaps einzuhandeln. Die Sklavenschiffe bringen die Neger auf die Westindischen Inseln und nach Amerika. Dort arbeiten sie auf den Plantagen und erzeugen Zucker, Tabak, Kakao und Baumwolle. Auf der Rückreise nehmen die Schiffe diese Waren nach Europa mit, wo sie mit guten Gewinnen verkauft werden. Aus dem Erlös kann man neue Waren für die Neger kaufen und bei den *Cabucirs* gegen neue Sklaven eintauschen. So einfach ist das. Aber Ihr solltet Euch jetzt hinlegen, Fähnrich.»

Der Fähnrich von Selbling konnte sich nur noch mit Mühe auf den Beinen halten. «Nein, nein», sagte er gepresst, «es geht schon. Was sind die Cabucirs?

«Ihre Häuptlinge oder Könige heissen so.»

«Brandenburg wird sich an diesem Handel beteiligen und bei den Cabucirs Sklaven eintauschen, um seine Finanzen aufzubessern?»

«Ja, natürlich. Aber jetzt fallen uns die Holländer in den Rücken; gegen England und Frankreich durfte Friedrich Wilhelm ihnen helfen, aber seit brandenburgische Schiffe Afrika ansteuern, sehen sie in uns als feindliche Konkurrenten an.»

Da ertönte vom *Churprinz* ein Ruf herüber: «*Morian* ahoi!»

«Ahoi *Churprinz*» antwortete Jansen und horchte auf das, was man herüberruft: Die *Morian* solle Segel setzen und nach Kap Miserado, zehn Meilen vom Cabo del Monte, voraussegeln, um dort Handel zu treiben. Die *Churprinz* würde in drei oder vier Tagen nachkommen.

«Verstanden!» preite Jansen zurück und wandte sich an den Wachsoldat vor der Kajüte.

«Schildermann, weck den Kapitän!»

Blonk hatte sich hingelegt, obwohl noch heller Tag war; was kann man auch Besseres tun, als schlafen? Der Kapitän zwängte seine Füsse in die Stiefel. Herrlichen Rheinwein, eisgekühlt, hatte er soeben im Traum getrunken. Oktober ist's, daheim muss jetzt die Weinlese in vollem Gang sein, sicher haben sie auch schon die Scheite für den Kamin vorgerichtet. Hier aber glühte einem die afrikanische Sonne das Mark aus den Knochen. Da war er froh, dass er in der zermürbenden Hitze unter Segel gehen konnte; der Fahrtwind machte die Glut erträglicher.

Blonk hörte Jansens Kommando zum Segelsetzen. Der Junge ist in Ordnung! dachte er befriedigt, und erhob sich ächzend, um aufs Deck hinauszugehen. «Wie geht es, Fähnrich?»

«Gut», krächzte der, aber Blonk bemerkte schnell, dass der Fähnrich vom Fieber geschüttelt wurde. Selbling nahm die Hand von der Reling, um nach vorne zu gehen, schwankte, Blonk fing ihn auf. «Müsst Euch niederlegen, Selbling!» redete er ihm zu. Der Kapitän winkte dem Schildermann; gemeinsam trugen sie den Fähnrich in die Kajüte.

Die Festung
Gross-Friedrichsburg
(zeitgenössischer
Stich)

Kapitel 22: Gross-Friedrichsburg

Vor Cap Miserado blühte der Handel! Zweieinhalbtausend Pfund Elefantenzähne und fast acht Benten Gold konnten Blonk und Jansen gegen Geschirr,
Kessel, Stoffe, Musketen und Pulver einhandeln. Ein glücklicher Zufall hatte
ihnen beigestanden, weil eines Tages ein schwarzer Häuptling an Bord der *Morian* kam und ein *Dassie* begehrte, ein Geschenk, er würde dafür viel tausend
Pfund Zähne heranschaffen. Jansen traktierte ihn mit Branntwein, und der
schwarze Cabucir soff, bis er umfiel. Dann hissten sie ihn, an ein Seil gebunden,
über eine Rolle in sein Kanu. Zwei Tage darauf erschienen die Schwarzen in
einer Flotte von Einbäumen, beladen mit Gold und Elfenbein, und es hob ein
Feilschen an, das bis in den Abend dauert.

Der Zustand von Selblings hatte sich dramatisch verschlechtert. Als Harm
ihm am Abend frische Früchte in die Kajüte brachte, erkannte der Fiebernde ihn
nicht mehr. Schweiss stand auf der Stirn des Fähnrichs, er fantasierte und führte
irre Reden. Jansen spürte, dass es zu Ende ging. Traurig sah er auf den jungen,
sich im Fieber *windenden* Mann herab. Wer wird ihn im fernen Deutschland
vermissen? Wartet seine Mutter, dass er zurückkehrt, oder gibt es irgendwo eine
Deern, die sich nach ihm sehnt? Schade um das junge Leben, doppelt schade,
weil jeder Mann notwendig gebraucht wird. Aber das ist Afrika! Es frisst die
Menschen; Afrika ist die Hölle.

Am dritten Tage meldete der Ausguck im Mars ein Segel. Die *Churprinz*
kam im faulen Wind nur langsam heran, obwohl er alle Segel gesetzt hatte.
Endlich geriet er in Rufweite. Blonk erhob seine mächtige Stimme:

«Sagt dem Herrn von der Groeben, wenn er noch seinen Fähnrich zu sehen
verlangt, sollte er nicht säumen. Von Selbling kämpft mit dem Tod!»

Nur wenige Augenblicke darauf ging drüben ein Boot zu Wasser, der Major
kam auf die *Morian* herüber und verschwand im Niedergang. Zwei Stunden
verweilte er beim Fähnrich, dann war es vorbei.

«Meint ihr, dass man ihn an Land bestatten kann?» Die Frage des Majors
galt Blonk und Jansen.

«Nein, da rate ich ab.» Blonk schüttelte entschieden den Kopf. «Die Mohren
würden den Leichnam wieder ausgraben, den Kopf auf eine Stange stecken, um
ihn tanzen und den Leib dem Teufel opfern.»

«Das kann ich nicht glauben», widersprach der Unterfaktor Harm Jansen.
«Sie mögen primitiv sein, aber vor dem Tod habe auch sie Respekt.»

«Nein, Jansen, so halten sie es», beharrte Blonk. Harm glaubte es trotzdem
nicht.

Von der Groeben entschied: «Gut, dann geben wir ihm zu Abend nach See-
mannsbrauch die ewige Ruh.»

Die Flaggen wehten halbmast in der Saling, dumpf wirbelten die Trommeln,
das Schiffsvolk war angetreten und stand stramm. Plötzlich brachen die Trommeln ab; Blonk sprach das Vaterunser. Raue Matrosenkehlen fallen ein; seltsam
klingt es in der niederfallenden Dämmerung über das Meer. Blonk las noch einen Bibelvers: *«Unser Leben ziehet schnell dahin, als flöge es davon!»* Wieder
wurden die Trommeln gerührt und übertönten mit ihrem Wirbel das dumpfe
Klatschen, als der Leichnam – mit Eisenkugeln beschwert – von steuerbord aus
in die See fiel. Dann wurden die Flaggen feierlich eingeholt und das Volk trollte
sich in die Quartiere. Nur die Wache blieb doppelt besetzt.

*

Der Abend senkte sich über Borkum. Von Südwest war ein kräftiger Wind
aufgekommen, lauter als sonst war die Brandung zu hören, die vom Dollart her
heranrollte. Der Wind fuhr in das schüttere Dünengras und liess die Halme knistern. Der jungen Frau, die schwangeren Leibes im Dünengras sass und hinaus-
schaute über die dunkelnde See, wird das Rascheln der Halme und das leise,
feine Rieseln des Sandes zum Lied der Einsamkeit, der Sehnsucht. Sie hatte es
unbewusst und ohne hinzuhorchen aufgenommen, ihre Gedanken eilten über
die Wasser, weithin fort – zu ihm, dem einen; ihre Hände lagen schützend auf
den hochschwangeren Leib. Sie war ein wenig besorgt, und doch auch in freudiger Erwartung auf das neue Leben: sein Kind!

Wie sie so in sich versunken sass, nahm das leise Raunen und Singen der
Gräser und die Stetigkeit, mit der der Sand von den Dünen rieselte, sie schliesslich gefangen. Ihr Blick ging noch hinaus über das abendliche Meer, aber er ist
wesenlos, suchte kein Ziel, und kein Gedanke stand hinter ihm. Alle Sinne der
Frau konzentrierten sich auf das Lied der Gräser und auf das Rieseln des Sandes, ferne Bilder stiegen in ihr hoch, immer, wenn sie in den Dünen verweilte,
stiegen Erlebnisse vergangener Tage in ihr auf und wollen Zwiesprache halten.
Ihr Blick verdunkelt sich in nicht eingestandener Angst, abwehrend verdeckten
ihre rotgearbeiteten Hände die Augen. Sie konnte dem einen Gedanken, der
schmerzte wie nichts auf der Welt, nicht entfliehen: Als ich ihn fand, hatte ich
ihn schon wieder verloren – ihn und alles, was bisher um mich war und mein
Leben ausfüllte!

Sie nahm ihren Blick zurück von der See und schaute bekümmert über das
ärmliche, sandige, im Abenddunkel versinkende Inselland. Es ist ihr zur Heimat
geworden in diesen Monaten, und dennoch fühlte sie sich heimatlos. Hier gab
es keine fliessenden Wasser wie an der Donau, keinen Moosgeruch schattiger
Wälder, nicht den Duft des Weizens im frühen Sommer und nicht die satte

Wärme der Stoppelfelder im Herbst. Weit weg waren diese Wasser und der intensive Duft des Weizenstrohs, das in den Feldscheunen von Dreschflegeln bearbeitet wurde, unerreichbar fern schwebte der Getreidestaub im Sonnenlicht, wenn die Männer das goldene Korn in den Kammern zu hellen Haufen aufschütteten. Dort, in den Traidhaufen, rieselte es auch, wie hier in den Dünen, aber in gelben Körnern! Dort war es Frucht – aber hier nur toter Sand.

Greta hatte die Hand unbewusst im Dünensand vergraben und hob sie nun hoch, der Sand glitt nieder und zerstäubte im Wind.

«Tot!» sagte sie halblaut. «Toter Sand!» Sie erschrak vor ihrer eigenen Stimme. Ihr war, als hätte sie ein frevelndes Wort gesprochen. Aschach kam ihr in den Sinn und alles, was man ihr dort angetan hatte. Ja, hier gab es viel Sand, aber er gehörte zur Heimat der Menschen hier. Man soll sich nicht versündigen, dachte Greta und legte die Hand wieder auf ihren Leib, in dem es leise, aber gut spürbar pochte. Dieses Dünenland wird auch die Heimat ihres Kindes sein.

Mühsam erhob sich die junge Frau und ging mit schwerfälligen Schritten den Weg nach Hause. Sand rieselte über ihre Füsse, Sand flog, getragen vom Wind, vom Strand bis ins Dorf hinein. Im Heller gegen Greetsiel und in manchen Mulden wuchs hartes, kräftiges Gras. Man müsste das Ödland hegen, dachte sie. Er ist doch nicht ganz tot, der Sand. Wenn erst das Kind da ist – ach, wie hart es schon stösst! Ihr Kind wird sie nicht in die Fremde gehen lassen. Nein, niemals!

*

«Der Handel gerät gut! Seine Kurfürstliche Durchlaucht wird Freude haben mit unserem Handel!» Blonk lachte. Er dachte daran, wie sie von Kap Miserado nach Rio Sester gesegelt sind, guten Wind in der Leinwand hatten und jeden Tag frischen Schweinebraten und andere Köstlichkeiten mit viel Behagen verzehren konnten. Sie hatten von den *Schwarzen* ein Dutzend lebende Schweine erhandelt, von denen jetzt jeden zweiten Segeltag eines daran glauben musste. Auch in Rio Sester konnten sie mancherlei Ware tauschen und dann in neun Tagen nach Kap Palmas an die Elfenbeinküste segeln. Von dort ging es in sechzehn Tagen Fahrt nach Rio de Sulegro de Costa und weiter nach Abeni. Nun segelten die Brandenburger nicht weit am holländischen Fort Elmina vorbei.

Harm Jansen hatte das Lachen Blonks nicht gehört. In Gedanken versunken, schaute er hinüber zum Land. Vor weniger als zwei Jahren stand er hier auf dem gleichen Platz – unzufrieden mit sich selbst, das Herz voll unerfüllbarer Hoffnungen und Sehnsüchte. Er diente einer Flagge, die er nicht liebte. Er diente einem Zweck, den er nicht guthiess – immer nur Handel, alles für den Geldsack! Nichts anderes stand dahinter, kein grosses Ziel, nichts für die Zukunft Brauchbares. Sie pressten das Land aus, die Holländer, als melkten sie eine Kuh, ohne sie zu füttern. Wenn sie verendete – auch gut. Es wird sich ein anderes Tier finden. Aber es wird sich nicht ewig ein neues finden lassen, das man melken kann. Harm kam der Gedanke nicht, dass in Brandenburg kaum andere Motive galten.

Scharf starrte er zum Kastell hinüber, dem grössten an der ganzen Guineaküste. Liegt die *Constantia* im Hafen? Da drüben ist vielleicht der Bruder, nah und doch so fern. Hier Brandenburg – dort Holland!

Nun würde man bald *Tres Puntas* ansegeln und nach den Häuptlingen schauen, wie des gnädigsten Herrn Order lautet.

Es war noch dunkel, als die beiden brandenburgischen Fregatten vor Kap Tres Puntas ankerten. Mit dem anbrechenden Tag liessen sie die Schaluppe zu Wasser, Soldaten pullten Jansen, Blonk und von der Groeben an Land. Gelb war der Uferstreifen, grau dahinter, dann grün der Busch und der Wald. Und fern im Hintergrund erhob sich ein gewaltiges Gebirge. «Das soll brandenburgisches Land werden!» sagte Harm zu Blonk.

Blonk sah ihn von der Seite an. «Was? Was heisst das, brandenburgisches Land? Eine Festung wird's! Ein Handelsplatz wie drüben bei den Holländern in Elmina. Wir sollen Gold und Elfenbein für Brandenburg laden – und schwarzes Menschenfleisch für Westindien! Aber brandenburgisches Land?» Er lacht dröhnend: «Ihr habt wohl Fieber, Jansen?»

«Unsere Flagge wird hier wehen!» beharrte Jansen.

«Ei, für gewiss! Und wer sie nicht respektiert, mag sich einen blutigen Schädel holen! Da habt Ihr Recht. Aber wozu wird sie aufgezogen? Um unseren Vorteil zu wahren, unseren Handel zu verteidigen!»

«Das wäre zu wenig», meinte der Friese bedächtig.

«Wir brauchen das Land nicht, nur seinen Handel!»

Da schaute Harm Jansen mit verschlossenem Blick am Kapitän vorbei und schwieg. Blonk war Holländer, er stand nur in brandenburgischem Dienst, das hatte ihm sein holländisches Denken nicht genommen. Er würde nie begreifen, dass es um mehr ging, als um das Einhandeln von Gütern, dass es mehr galt, als die Anhäufung von Reichtümern. Ob es überhaupt jemand von diesen Leuten hier zu begreifen vermochte, ob es in einem einzigen so brannte wie in ihm? Irgendwie fühlte er sich plötzlich einsam, ohne Hilfe seiner gewaltigen Aufgabe gegenüber.

Sie stiegen über die Klippen empor, durch dichtes Gebüsch. Glühend brannte die Sonne nieder. Mühsam war der Marsch mit Waffen und Gehänge. Blonk fluchte. «Wozu hab' ich den Kerlen voriges Jahr die Flagge dagelassen! Sie sollen sie zeigen!»

«Seht! Dort!» Harm Jansen wies durch die Bäume auf ein paar scheu sich verbergende Schwarze und rief ihnen zu, sie sollten herbeikommen. Zögernd näherten sie sich. Sie hatten schlechte Neuigkeiten: Die Gegend wurde kürzlich durch den Stamm von Adom überfallen; viele der ansässigen Einwohner wurden getötet, andere sind geflohen, der Rest wurde vertrieben. Sie wussten nicht, was aus ihren drei Häuptlingen geworden ist, die im Vorjahr den Vertrag geschlossen hatten.

«Verdammte Hunde!» fluchte Blonk wütend.

«Lasst es, Kapitän! Ist nicht zu ändern», lenkt von der Groeben ab. «Gefällt euch der Berg nicht auch ohne Neger? Er ist doch gewisslich wie geschaffen für eine Fortifikation.»

Sie erkundeten den Hügel kreuz und quer und sagten einander, dass es bestimmt nicht so bald einen geeigneteren Ort gebe, um eine Befestigung zu erbauen.

Drei Tage später, am 31. Dezember 1682, standen die kurfürstlich-brandenburgischen Musketiere bis auf den letzten Mann vor ihrem Major. Er sagte ihnen, dass man auf dem Berg dort drüben ein Fort erbauen wolle zur Unterstützung des Handels und zur Glorie des kurfürstlich-brandenburgischen Hauses. Wer bereit sei, ein oder zwei Jahre hier in Garnison zu bleiben, solle seinen Hut abnehmen.

Da zogen alle ihre Hüte von den Köpfen.

«Das ist recht, Jungs!» freut sich von der Groeben.

«Trommler und Pfeifer in die Schaluppe, und die Pauker ebenso! Nehmt sechs dreipfündige Stücke mit!»

Beim Aufstieg näherten sich ein paar Schwarze vorsichtig den Brandenburgern. Sie sprachen portugiesisch und meldeten, auf dem Berg warteten zwei ihrer Häuptlinge. Bevor die Brandenburger den Gipfel erreichten, kamen ihnen die schwarzen *Cabucirs* schon entgegen. Sie erbaten von Major von der Groeben und den Offizieren ein Palaver.

«Sagt ihnen, de Vos, was wir zu tun gedenken!»

De Vos, unterstützt von Jansen, teilte den Schwarzen mit, dass sie hier eine Festung bauen wollten. Die waren schnell einverstanden, denn die weissen Männer versprachen Schutz vor Überfällen feindlicher Stämme. Schon am gleichen Abend standen auf dem afrikanischen Berg, den die Schwarzen «Mamfort» nannten, drei brandenburgische Geschütze. Die Mannschaft häufte die Kugeln daneben zu Pyramiden, Zelte wurden errichtet, vier Mann bezogen Wache. Die erste afrikanische Nacht auf festem Boden brach an. Eine Brise kam auf, sie wehte vom Land auf das Meer hinaus. Bald sollten sie lernen, dass der Wind in Afrika immer um die gleiche Zeit zur Dämmerung zu wehen begann. An Land war er viel nachdrücklicher spürbar als an Bord. Irgendwo knackten Zweige, ein paar ferne Tiere schrieen, Knistern war in den Gründen des Buschs zu vernehmen, dann herrschte wieder Schweigen.

Rasch fiel die Nacht ein. Die meisten Leute schliefen. Die Wachtposten hockten auf den Luftwurzeln eines Mangobaumes, hielten die Musketen bereit, dann und wann sagte einer ein halblautes Wort, ohne Antwort zu erwarten. Jeder sinnierte vor sich hin.

Harm Jansen in seinem Zelt konnte nicht einschlafen. Er stand wieder auf und trat ins Freie. Gläsern standen die fremden Sterne am Himmel über ihnen, ihr Licht spiegelte zitternd in der dunkelglänzenden See. Harm sah hinaus; rotgelb leuchteten unten die Topplampen von der *Churprinz* und der *Morian*.

Seine Gedanken wanderten nach Ostfriesland – zur kleinen Kate auf Borkum. Das Bild der Mutter huschte durch seinen Sinn. Er dachte an Greta – ja, Greta! Mit unruhigen Händen knöpfte er sein Hemd auf, die Schwüle der Nacht bedrängte ihn. Er möchte bei seiner Frau sein. Das Kind, dachte er dann. Sie wird das Kleine schon haben. Ob es ein Knabe ist? Sicher ist er ein starker, stattlicher kleiner Kerl. Sie wird ihn im Sommer in die Dünen bringen, wo der Wermut blüht und die Salzluft herb über den rieselnden, heissen Sand streicht.

Wenn Greta hier wäre samt dem kleinen, schreienden Jungen – hier in der neuen Heimat, im brandenburgischen Land zu Afrika! Die erste Familie! Wie das wohl wäre? Er schüttelte den Kopf und sah zum Lager hinüber. Blonk hat nicht Recht, dachte er bei sich. Aus der kurfürstlich-afrikanischen Kolonie muss mehr werden als ein Handelsplatz, mehr als ein Ausschöpfen. Er vergass in seinem Grübeln Greta, das Kind, die Mutter und die alte Heimat. Morgen wird von diesem Berg die Flagge wehen, der Rote Adler über schwarzem Land. Sie werden dem Land einen Namen geben. Keinen holländischen! Neu-Brandenburg möchte er es nennen, käme es auf ihn an.

Ein halb unterdrücktes Durcheinanderrufen vom Affenbrotbaum her, wo die Wachen sassen, riss ihn aus seinen Träumen. Er sah die Männer im Mondlicht mit den Händen in die Luft schlagen.

«Keine Aufregung!» rief er. «Es sind nur fliegende Hunde! Die fressen euch nicht.»

Dann ging er hinüber zu seinem Zelt und fiel in unruhigen Schlaf.

*

1. Januar 1683. Vom *Churprinz* stösst die vollbesetzte Schaluppe ab. Kommandeur de Vos trug das weisse Tuch mit dem Hoheitsadler Brandenburgs unter dem Arm. Am Strand warteten Major von der Groeben, Kapitän Blonk, der Unterfaktor Jansen, die Ingenieure und die beiden Häuptlinge. Schweigend marschierten sie die Anhöhe bis zur Kuppe hinauf. Dort standen die Soldaten im Gewehr vor einem hohen Flaggenstock, den sie am Vortag aufgerichtet hatten. Der entrindete, frische Stamm glänzte silberweiss. Wortlos gab Kommandeur de Vos die Flagge an Jansen weiter. Harm schäkelte sie an die Leine, dann ging der Rote Adler langsam hoch, wehte zum ersten Mal über afrikanischem Land! Dumpf rollte der Trommelwirbel; von der Groeben gab den Kanonieren

ein Zeichen, Kanonenschüsse dröhnten über die See. Noch hat sich oben auf dem Berg der Pulverdampf nicht verzogen, da antwortet die *Churprinz* mit fünf schweren Stücken. Ihm schloss sich die *Morian* an, mit ebenfalls fünf Schüssen aus seinen Sechspfündern.

Drei Schüsse hallten noch vom Berg zurück, als Dank für den Gruss an die Flagge, die nun hoch oben flatterte. Der Trommelwirbel brach ab. Ein paar Dutzend Schwarze hielten sich erschreckt und erstaunt weit im Hintergrund. Der hohe Flaggenmast bog sich unter dem Druck des Windes und knarrte leise.

Dann wandte sich Major von der Groeben an die Männer. «Freunde! Offiziere und Matrosen! Stückleute und Musketiere! Soeben haben wir das neue Jahr eingeschossen. Mit unseren Kanonen und mit einer Tat, die die Glorie unseres gnädigen durchlauchtigsten Herrn bestätigt. Wir haben seine Flagge über afrikanischem Land aufgezogen – hier soll sie wehen für immer und allezeit. So ist sein und unser Wille. Und weil Seiner kurfürstlichen Durchlaucht Name gross ist in der Welt, soll der Berg ab jetzt und in künftigen Tagen der Grosse-Friedrichsberg, seine Befestigung aber Gross-Friedrichsburg heissen. Ein Vivat unserem gnädigen Herrn, dem Kurfürsten!»

Ein dreifaches «Vivat!» schallte über die Höhe und verhallte in den mächtigen Baumkronen des Urwaldes.

Nach dem Abtreten der Mannschaften rief Major von der Groeben seine Offiziere und die beiden Häuptlinge in sein Zelt. Selbstbewusst stehen die Schwarzen nebeneinander, die Arme über der Brust verschränkt. Die Stammesangehörigen warten draussen.

Wieder musste de Vos übersetzen, was von der Groeben von ihnen wollte. Ob sie sich dem mächtigen Herrn von Brandenburg in Treue ergeben und dafür seinen Schutz für alle Zeiten geniessen wollten. Die Häuptlinge schauten sich eine Weile schweigend an, dann wandte sich der ältere an den Major. Ja, sie seien willens, einen Eid der Treue zu leisten, sofern der grossmächtige Herr ein Gelöbnis mit ihnen bekräftigen will, dass er und seine Leute es gleichfalls treu mit ihnen meinen, seine Soldaten sie nie verlassen und sie wider ihre Feinde verteidigen wolle.

Mit feierlichem Ernst langte de Vos nach einer grossen Schale, füllte sie zu drei Vierteln mit Branntwein und rührte eine Hand voll Schiesspulver hinein. Dann liess er sie kreisen. Major von der Groeben hob mit beiden Händen die Schale empor und nahm einen herzhaften Schluck. Der Trank stank nach Salpeter und brannte wie Feuer. Mühsam bewahrte der Major seine unbewegte Miene, reichte dann die Schale dem älteren der Häuptlinge weiter, der in langen Schlucken trank. Der zweite verfolgte alles mit gierigen Blicken, hob auch schon die Hände, um seinen Teil zu nehmen, dann schlürfte er so lange, bis die Schale leer war. Zurück blieb ein Bodensatz nassen Schiesspulvers. Der ältere Cabucir sagte etwas zum anderen, der verliess das Zelt und ging mit der Schale zu den wartenden Schwarzen, hiess sie die Zunge herausstrecken und strich jedem mit dem Finger einen Rest des *Fetisch-Pulvers* darauf. Mit tiefer Verneigung reichte der Häuptling die nun vollends leere Schale an Major von der Groeben zurück.

«Nun die Geschenke!» empfahl Jansen. Von der Groeben verteilte Degen, Musketen, Stoffrollen und Geschirr unter die jüngsten Untertanen des Kurfürsten. Die Schwarzen zeigten unverhohlenen Stolz über die Dassies und freuten sich wie die Kinder, sie schnatterten durcheinander und zeigten lachend ihre weissen Zähne.

Die freudige Botschaft verbreitete sich mit Windeseile in Urwald und Savanne. Von allen Seiten strömten Schwarze mit ihren Frauen, Kindern und Tieren auf den Berg Mamfort. Während die Brandenburger Baracken bauten, den Grundriss des Forts absteckten, Palisaden spitzten, die die Schwarzen geschlagen und hergeschleppt hatten, traf eine Negerkarawane nach der anderen ein. Ihre Cabucire baten, mit ihren Leuten bleiben zu dürfen. Nichts war den Brandenburgern lieber. Die Afrikaner begannen, rund um das entstehende Fort Hütten zu bauen. Die Gegend widerhallte von Axtschlägen, von dem Kauderwelsch der Schwarzen und den Zurufen der Weissen.

Dann – wohl eine Woche später – erschien an einer frühen Nachmittagsstunde wieder ein Häuptling, ohne Weiber, Kinder und Hausrat, sondern von vier mit Pfeil, Bogen und Lanzen bewaffneten Kriegern begleitet. Einer trug stolz die holländische Flagge.

«Fragt ihn, was das soll!» verlangte Major von der Groeben, als Jansen den Mann ins Zelt brachte. Der Schwarze sagte, er sei Cabucir einer Dorfschaft beim holländischen Fort Axim. Der dortige Kommandant habe ihm aufgetragen, auf den Berg Mamfort zu steigen und dort die holländische Flagge zu setzen.

«Sagt ihm, dass kein Platz für eine fremde Flagge ist, wo schon unsere weht!»

Jansen schenkte ihm ein schönes Messer. Der Schwarze war schnell zufrieden, von den Holländern hatte er noch nichts ohne Gegenleistung erhalten. So wanderte er bald den Weg zurück, den er gekommen war.

Am 10. Januar, neun Tage nach der Flaggenhissung, versammelten sich vierzehn Häuptlinge auf dem Grossen-Friedrichsberg. Sie wollten mit den Brandenburgern einen schriftlichen Vertrag abmachen, wie es auch die Holländer zu tun pflegten, damit sie nicht fürchten müssten, dass die Weissen eines Tages, von hier fortgehen. So wurde nun die entsprechende Vereinbarung aufgesetzt, besiegelt und ebenfalls durch einen Fetischumtrunk in Kraft gesetzt.

Während am nächsten Tage die Arbeit in vollem Gange war, fielen plötzlich zwei Weisse um und wälzten sich bald darauf im Fieberdelirium.

«Landseuche!» sagte Jansen ernst. «Es trifft fast jeden.»

«Eine schlimme Krankheit?» fragte von der Groeben und blickte besorgt auf die beiden.

Jansen zuckte die Schulter. «Einer übersteht es, ein anderer nicht, ganz nach dem Naturell. Die Krankheit beginnt meist mit Kopf- und Gliederschmerzen und nachfolgendem unregelmässigem Fieber. Die Milz- und die Leber schwellen an, die Kranken verlieren an Gewicht, viele sterben oder behalten ein schwaches Herz.»

«Und gibt es kein Mittel dagegen?»

«Mittel genug – aber helfen will keines.»

Sie betteten die beiden Kranken in eine halbfertige Baracke. Als sie abends die Flagge niederholen, fehlten drei weitere Männer. «Liegen bei den anderen!» meldete Jansen auf einen fragenden Blick des Majors. «Und morgen werden es wohl noch mehr sein!»

Harm Jansen sollte Recht behalten. Am nächsten Morgen fieberten siebzehn Weisse, und gegen Mittag erwischte es Major von der Groeben. Nach weiteren vierundzwanzig Stunden waren von den vierzig Weissen nur noch fünf Mann von der Krankheit verschont. Die hatten genug zu tun, den Wachdienst aufrechtzuerhalten und die Schwarzen zu beaufsichtigen. Zudem mussten sie Gräber für die Gestorbenen ausheben. Nacheinander holte der Tod die beiden Ingenieure, Groebens Sekretär, zwei Matrosen und vier Soldaten. Jansen liess die Toten bei einem Vaterunser und in Gottes Namen in die mit grünem Strauchwerk ausgesteckten Gruben legen. Er fürchtete, auch von der Groeben werde seinen Geist aufgeben. Der Major stöhnte auf seinem Lager, geriet – ohne jemand zu erkennen – aus unruhigem Schlaf in wütende Raserei, und fiel dann für einige Zeit in Apathie. Die Häuptlinge erschienen, betrachteten ihn und die anderen Kranken, legten die Hand auf Hals und Brust, flüsterten, berieten sich, fühlten Puls und Stirn, verrührten ein geheimnisvolles Pulver in Wasser, das sie den Kranken eingaben und das diese tatsächlich etwas beruhigte. Die Schwarzen blieben in der Krankenbaracke, schliefen abwechselnd in einer Ecke und warteten. Die Weissen wussten nicht, dass sie nach einem berühmten Medizinmann geschickt hatten; der erschien nach zwei Tagen mit einem jungen Hund; über der Schulter trug er einem Haufen Riemen mit eisernen Kugeln daran. Die schwenkte er über den Ohnmächtigen mit geheimnisvollen Worten hin und her, segnete anschliessend den Major mit einem gefleckten Ei und befahl den Dämonen mit bizarren Bewegungen und Gesten, aus den Körpern der weissen Männer in den Hund zu fahren. Dann nahm er das Tier ruhig auf und schritt würdevoll hinaus; schweigend folgte ihm sein Anhang. In feierlicher Prozession stiegen sie den Berg hinab, und – immer noch stumm – ertränkte der Häuptling den Hund in der See. Das Tier zuckte und wand sich, aber der Zauberer hielt Kopf und Körper mit eiserner Faust unter Wasser. Als er das tote Tier über seinen Kopf emporhob, brachen die Schwarzen in Freudengeheul aus.

Am folgenden Tag war Major von der Groeben fieberfrei, und drei Tage darauf hatten sie keinen Kranken mehr; die Epidemie war überwunden.

*

Der Winter hatte früh begonnen. Früher als sonst lag die Ostsee unter Eis. In Pillau stockte der Handel. Raule war dort und hatte kontrolliert, ob es mit dem Schiffsbau vorwärts ging. Er sah, wie das Eis in grossen Schollen in die Bucht trieb, sie türmten sich aufeinander, froren nachts zu unüberwindlichen Barrieren und machten jegliche Schifffahrt unmöglich. Kein Fahrzeug konnte aus noch ein.

Am 15. März 1683 kam er nach tagelanger Fahrt durch die zerregnete, aufgeweichte Mark nach Berlin zurück. In der Admiralität fand er ein Schreiben des kurbrandenburgischen Gesandten am dänischen Hof vor: «Wie ich in Erfahrung bringen konnte, will der König der Dänen die Seezölle durch den Sund erhöhen.»

Wütend zerknüllte Raule den Brief. «Lasst mich allein!» Sein Diener und der Schreiber verliessen das Zimmer. Nachdenklich ging Raule auf und ab, ballte abwechselnd die Fäuste und streckte die Finger. Dann blieb er vor der grossen Landkarte an der Wand stehen und studierte lange die Seegebiete von Königsberg bis zur Pommerschen Bucht, forschte im Kattegat, in der Skagerak und in der Deutschen Bucht, blickte lange darauf nieder und verweilte gedankenvoll im Gebiet der Ostfriesischen Inseln und der Emsmündung.

Ja, man kann es drehen und wenden, wie man will: es wird nicht anders! Er kam immer wieder darauf zurück: der Kurfürst muss einen Hafen in der Nordsee gewinnen! Die Ostseehäfen sind höchstens acht Monate des Jahres zu gebrauchen. Und es wäre schade, dem Dänenkönig das viele Zollgeld zu geben, wenn die Schiffe durch den Sund müssten. Emden, das wäre ein Hafen für Brandenburg! Das wäre ein Zugang zu den Weltmeeren! Das wusste auch der Kurfürst, dessen Politik schon lange darauf abzielte, in Ostfriesland Fuss zu fassen. Für ihn, dem im Westfälischen Frieden Stettin und Vorpommern verloren gegangen waren, musste es darauf ankommen, im Westen einen an der Nordsee gelegenen Hafen zu gewinnen. Raules Augen suchen die Ems ab. Sein Blick zieht über das Kartenbild der Emsmündung. Ja, die Emdener Bucht wäre ein vortrefflicher Hafen für Kurbrandenburgs Schiffe!

Die finsteren Züge Raules entspannten sich. Er ging zum bleigefassten Fenster hinüber und riss es auf. Tief atmete er die laue Luft des anbrechenden Frühlings. «Vier Monate durch das Eis in Pillau verloren! Das muss anders werden!» sagte er laut vor sich hin. Fast heiter rief er nach dem Schreiber, der – verwundert über den jähen Stimmungswechsel – hereinschlurfte.

«Setz Er sich! Wir haben Arbeit, viel Arbeit!»

Raule begann zu diktieren: «*Euer Churfürstlichen Durchlaucht will ich unterthänigst dartun, wie vorteilhaft und nützlich das Revier der Ems, der Bucht des Dollart und die Stadt Emden den Interessen Brandenburgs gelegen sei; und ich möchte Euer Gnaden bitten, meine Darlegungen allergnädigst zu prüfen und ihre Begründungen zu berücksichtigen.*»

Drei Stunden lang diktierte Raule. Sein Blick weitete sich: «*Müssten Euer Churfürstlichen Durchlaucht Schiffe sowohl als Deren Unterthanen in Emden gleiche Freiheit und Privilegia als die Einwohner und deren Schiffe geniessen. Auch würde die sich Kaufmannschaft und der Rath der Stadt Emden mit einer ansehnlichen Summa an der afrikanisch-brandenburgischen Compagnie interessiren, da man dann zugleich diese Compagnie in genannter Stadt etabliren würde*».

Vergebens schaute der Schreiber auf; Raule hat nur für ein paar Atemzüge lang innegehalten. Es muss noch der Vorteil für die Emdener in das rechte Licht gerückt werden: «*Französische Kauf-, Arbeits- und Seeleute, die es in Frankreich wegen der Religionsverfolgungen nicht länger aushalten können, werden kommen und sich zu Emden sesshaft machen. Die Heringsfahrer, die Grönlandfahrer und die Cabeljau-Fischer würden nach Emden kommen, weitere Commercien, die in Holland und Hamburg selbst viel tausend Menschen ernähren, könnten somit Reichthum und Wohlfahrt in das Land bringen.*» Endlich dann noch der Schlusssatz: «*Eure Churfürstliche Durchlaucht geruhen gnädigst, dieses Attest wohlwollend zu begutachten und, sofern es auch Euer Gnaden für gut befinden, beibehalten zu lassen.*»

Noch einmal liess sich Raule die Denkschrift vorlesen. Stehend hörte er sie an. Er war zufrieden. «Macht zwei Abschriften bis morgen!» Gleich morgen früh würde er das Memorandum aufs Schloss bringen lassen.

«Sehr wohl!» Der Schreiber verneigte sich tief und eilte rasch zur Tür hinaus. Insgeheim verfluchte er den Arbeitseifer seines Herrn.

*

Im Osten Europas wuchs dem Kaiser eine Gefahr herauf. Die türkische Armee war, nach erfolgter Musterung, schon im Herbst 1682 aus Konstantinopel aufgebrochen und hatte wenige Meilen vor der Stadt das Winterlager bezogen, aus dem sie im Mai 1683 erneut aufbrach. Die Kriegsvölker aus Kaukasien, aus den Gebieten zwischen Euphrat und Tigris, die osmanischen Völker aus Mesopotamien und Bagdad, aus Kleinasien und Pamphylien, aus Achaja, Amasya und Inneranatolien, das Gefolge des Grossvezirs Kara Mustapha, die Janitscharen, die Spahis und Tartaren, die Siebenbürger und Walachen, die Moldauer, die Kosaken, die Artillerie, die Minierer und Schanzgräber, zusammen 275 000 Mann, bildeten das stärkste Heer, das je von einem Sultan ins Feld geschickt worden war. Das gewaltige Heer wanderte brandschatzend nordwestwärts, besetzte Bosnien und Serbien, überquerte die Save, wälzte sich ins Banat, drang in Ungarn ein, eroberte Belgrad und bedrohte Mitteleuropa; schon zeigte seine Speerspitze gegen Wien.

Kaiser Leopold I. richtete sein Augenmerk vor allem darauf, sich durch Bündnisse mit anderen Fürsten gegen die Türken zu stärken. Graf Kaunitz wurde als Gesandter an den kurfürstlich bayrischen und sächsischen Hof geschickt, Berka an den brandenburgischen, Martinitz an den päpstlichen, Mansfeld an den spanischen und Waldstein an den polnischen Hof; und so sehr sich die französischen Gesandten auch bemühten, die Schliessung dieser Bündnisse zu hintertreiben, brachte die allen drohende Gefahr sowohl die Stände Deutschlands wie den Reichstag von Polen dazu, dass sie jede sonstige Uneinmütigkeit beiseite liessen, sich mit dem Kaiser verbündeten und ihm Hilfstruppen zu schicken beschlossen.

Gleichzeitig wurden Wiens Festungswerke in grosser Eile verteidigungsbereit gemacht, alle nahe der Stadt gelegenen Bodenschwellen und Hügel, die den Belagerern von Vorteil sein könnten, abgegraben, die Häuser der Vorstädte, welche die Verteidigung der Festung zu beeinträchtigen vermochten, geschleift und 30 000 Palisaden aus Eichenholz verfertigt, um die Schanzen überall dort zu verstärken, wo es dem Feind gelingen könnte, die Mauern durch Beschuss oder durch Minen zu zerstören. 3000 Arbeiter werkten Tag und Nacht, selbst auf dem Land musste jedes Haus einen Mann zum Festungsbau stellen, und jeder Bürger Wiens war bei hoher Strafe gehalten, sich auf vier Wochen mit Proviant zu versehen. Zugleich wurden die Soldatenanwerbungen in den gesamten Erblanden verstärkt, und sowohl der Adel wie die Geistlichkeit hatten zur Bestreitung der Kriegskosten beizutragen.

*

Der Anfang ist gemacht: Gross-Friedrichsburg entsteht. Ein Wohnhaus und einige Baracken sind erbaut, einfach, grob behauen, ohne sonderliche Zier. Die gesunden Leute füllen die Palisaden mit Erde. Noch ist es kein grosses, mächtiges Fort mit meterdicken Mauern aus gebrannten Ziegeln hinter Erdwällen und Schutzgräben, aber es bietet dennoch Deckung und Widerstand. Während sie noch an den Palisaden arbeiten, schickt ein Häuptling mit Namen Caspaar seinen Sohn in geheimer Botschaft, die Weissen sollen sich vorsehen. Die Einwohner von Adom, an die drei- bis viertausend Mann, bereiten sich vor, das Fort zu überfallen. Caspaar beherrscht die Stämme im Umkreis, nur die Adomer sind nicht seine Freunde. So ist seine Warnung an die Weissen auch nicht ohne Eigennutz.

Von der Groeben, noch blass und angegriffen, mobilisiert seine Leute. Insgesamt mit jenen von den Schiffen, die Halbgesunden abgerechnet, sind sie fünfzig. Dazu an zweihundert Schwarze. Er lässt Gewehre und Säbel an die Neger verteilen. Die Häuptlinge bitten, mit ihren Frauen und Kindern, ihrem Hab und Gut in das Fort flüchten zu können. Von der Groeben stimmt sofort zu; er weiss, dass die Afrikaner nun den Wert ihres Fetischtrankes prüfen wollen. Während die Flucht in das Fort einsetzt, platzen schon im Buschwerk die ersten Musketenschüsse der Angreifer, richten aber keinen Schaden an. Aber dann bricht der Feind in grossen, dichten Haufen aus dem Busch und stürmt gegen das Fort.

Die Geschütze sind mit Kartätschen geladen. Die Verteidiger lassen die mit Kriegsgeschrei heranstürmenden Angreifer auf Steinwurfweite herankommen, dann brüllen die Kanonen auf, surrend fliegen die schweren Schrapnells in die feindlichen Reihen und mähen an die zwanzig Krieger nieder. Mit Geheul ziehen sich die Angreifer zurück, ihre Musketen verstummen, nur das Geheul der Verwundeten dringt zu ihnen herauf. Es wird abend, und schnell bricht die Nacht herein. Die Brandenburger sind wachsam, aber dort drüben regt sich nichts mehr und es dringen – ausser dem Lärm des tropischen Urwalds – keinerlei Geräusche zu ihnen. Am Morgen stellen sie fest, dass die Feinde abgezogen sind. Holland hat Brandenburg zum ersten Mal prüfen lassen!

*

Die brandenburgischen Neger hatten Gefangene gemacht, die Sklaven werden in den *Churprinz* verladen. Von der Groeben hat die verbündeten Cabucire auf den Geschmack gebracht. Gefangene Adomer, aber nur gesunde und kräftige, würde er ihnen abkaufen. Schnell haben die Häuptlinge die abgeschlagenen Angreifer verfolgen lassen; neunzig brandenburgische Neger kehrten drei Tage später mit fünf Dutzend Gefangenen zurück. Und weil sechzig Sklaven keinen Schiffstransport rentieren, ermuntert der Major seine Verbündeten zu weiteren Überfällen auf andere feindliche Nachbarstämme. Schliesslich sind einhundertvierundsiebzig Köpfe beisammen, darunter achtundvierzig Männer, im übrigen Frauen und Kinder. Schwarze Ware, schwarzes Elfenbein!

Die *Churprinz* soll sie nach Westindien bringen, um sie dort mit bestmöglichem Gewinn zu verkaufen. Aber das Schiff ist noch nicht voll, daher soll es vorerst noch weiter an der Küste Handel treiben. Der Kurfürst hatte die Preise in seiner Order festgelegt: für einen männlichen Sklaven sind Waren im Werte von 25 Reichstalern zu geben, für eine Frauensperson 20 bis 22 Taler, für einen Jungen 12 bis 14 Taler, für ein Mädchen 10 Taler. Aber von der Groeben setzt alles um die Hälfte herab, und nur, sofern sie gesund sind und kräftig. Solche mit Gebrechen oder denen die Nägel fehlen, seien zurückzuweisen.

Harm Jansen übernimmt die Sklaven und untersucht sie. Mehr als einhundertfünfzig handelt er den Negern ab, die andern sind nicht tauglich: krank, zu alt oder zu schwach. Sie werden von den Schwarzen weggeführt. Die andern müssen zunächst gebrandmarkt werden. Die Soldaten holen jeden Gefangenen einzeln aus dem Pferch, schleppen ihn hinter eine der Baracken und zwingen ihn in die Knie. Zwei kräftige Musketiere pressen den Oberkörper des Gefangenen mit eiserner Faust auf den Block, ein dritter bestreicht die rechte Schulter mit Palmöl. Auf einem offenen Feuer glühen eiserne Stempel mit den Buchstaben «C A-B C», *Churfürstlich Afrikanisch-Brandenburgische Compagnie.* Ein weiterer Soldat nimmt den glühenden Stempel und drückt ihn dem Opfer auf die Schulter. Gestank von verbranntem Fleisch, die Gefesselten schreien auf, noch ein Strich Palmöl auf den Brandfleck, auf dass es nicht eitert, und dann fort mit dem Handelsgut auf den *Churprinz.*

Einige der Gepeinigten gehen willen- und widerstandslos mit, andere heulen und wehren sich. Viele Frauen schreien herzzerreissend, Kinder wimmern jämmerlich, schauen entsetzt und nicht verstehend. Es nützt nichts, dass die Trommler ihre Instrumente bearbeiten, das Geschrei übertönt den Wirbel.

«Ist kein beschaulicher Handel mit schwarzer Ware!» sagt Harm Jansen zu Major von der Groeben. Der zuckt die Achseln: «Müssen es machen, auch wenn uns das Grausen angeht.»

Blonk lacht sein breites, dröhnendes Lachen. Er hat schon seit Jahren mit Sklaven gehandelt. «Ihr seid unter die Philosophen geraten, Freund Jansen! Was schert Euch das schwarze Gesindel, es gehört nicht zur Gattung Mensch. Oder habt Ihr bei der holländischen Kompanie den Erlöser gespielt? Die Holländer sind arge Hunde, die schlagen bei dem Geschrei gleich mit der Ochsenpeitsche drein! Unsere Befehle sind viel milder. Sklavenhandel wird es immer geben, noch in tausend Jahren, wenn uns längst nichts mehr weh tut unter dem Nabel!»

«Nun, wenigstens konnten die 24 Alten und Gebrechlichen heimkehren», antwortet Harm widerstrebend.

Blonk schaut Jansen verblüfft an. «Ihr glaubt doch nicht, dass sie in ihren Kral zurückkehren durften», sagt er.

«Nein?» Eine schreckliche Ahnung steigt in ihm auf.

«Mensch, Jansen, eine Stunde später lebte von denen keiner mehr!»

Von der Groeben schneidet jede weitere Rede ab. «Seine kurfürstliche Durchlaucht und dessen Räte müssen dem Brauch unserer Zeit nachleben und dem der anderen Herrscher und Reiche. Und wir folgen der Order. Sonst nichts!» sagt er.

Von der Groeben will nicht länger zögern, die Schiffe auf Fahrt zu schicken. «In ein paar Tagen und bei gutem Wind geht die *Churprinz* nach Westindien und ich mit der *Morian* nach Haus», sagt er fiebrig und mehr einem Toten als

Lebenden gleich zu Blonk. Der soll als Gouverneur auf Gross-Friedrichsburg zurückbleiben. Dann wendet er sich an Harm:

«Jansen, wollt Ihr mit der *Churprinz* gehen, die Sklaven zu verkaufen?»

Der macht den Mund schmal und schüttelt ablehnend den Kopf. Er will, wie schon festgelegt, als Unterfaktor im Fort bleiben. Zudem gibt es auf der *Churprinz* noch ein paar Leute, die von dem Geschäft etwas verstehen, zwei Unteroffiziere, die früher in holländischen Diensten standen und Afrika kennen.

«Dann lasst alle Güter aus der Morian in das Fort bringen. Er soll sich segelfertig machen.» Major von der Groeben wankt auf sein Lager zurück.

Drei Tage später sind die Kaufmannswaren aus den Laderäumen der Morian im Fort aufgestapelt. Dafür wandert alles erhandelte Gold, der Reis, die Elefantenzähne und sonstiges Gut auf den *Morian*. Harm Jansen waltet zum erstenmal seines Amtes als kurfürstlich brandenburgischer Unterfaktor. Bevor die Ware an Bord gebracht wird, wird sie unter seinen wachsamen Augen gewogen; dann trägt er alles sorgfältig in das in Schweinsleder gebundene Warenausgangsbuch ein:

«*Der* Morian *mitgegeben 1). Im Ganzen 8 Pfund und 8 Loth Goldes, so in 48 Lederbeuteln verwahrt; 2). An die 6000 Pfund Reis; 3.) Insgesamt 9800 Pfund Elfenbein; 4.) 35 Klafter besten Ebenholzes; 5.) 10 Ballen bunten Kattuns, so die Neger hierzulande herstellen.*»

Die *Churprinz* und die *Morian* hatten auch noch Reinschiff gemacht, sie waren vom Kiel bis zum Topp, so gut es im küstennahen Schwell geriet, sauber geputzt geworden. Nun liegen sie segelfertig und beladen auf der Reede – die *Churprinz* mit Sklaven, die *Morian* mit Waren.

Von der Groeben verabschiedet sich. «Habt Ihr noch irgendwelche Wünsche, Blonk, braucht Ihr noch Instruktionen?»

«Nein, Major! Aber wenn Ihr zu Raule kommt, sagt ihm, wir warten auf die nächsten kurbrandenburgischen Fregatten. Hier wollen wir alles tun, damit Brandenburg in Afrika wurzelt. Und es wird gut sein, nicht nur Pulver und Kugeln zu schicken, vielmehr auch Soldaten. Mit insgesamt sechzehn Mann, samt mir und meinem Kaufmann, kann ich nicht den Mond vom Himmel reissen!» Blonk ist verärgert, weil ihm von der Groeben nicht mehr Leute abgeben kann. Auch den Feldscher von der *Churprinz* will er nicht hierlassen. Es ist gegen die kurfürstliche Order.

«Werde es so berichten, Blonk. Sicher werdet Ihr bald genug Volk hier haben.»

«Auch einen Feldscher?»

«Natürlich, den auch! Braucht ja schon einen für die Sklaven. Bis es aber so weit ist, müsst Ihr Euren Friesen als Quacksalber einsetzen; der ist ja nicht unerfahren.»

«Bräuchten auch einen Pfaffen?» Blonk sagt es in grimmem Humor, aber er meint es nicht ernst. Zwei Musketiere wären ihm lieber als zehn Geistliche. Er hat Lutheraner, Calvinische und Katholische unter seinen Leuten. Was für ein Priester sollte da her?

«Auch einen Geistlichen schick ich Euch. Wenn es gut gerät, kommt alles noch vor Weihnachten. Mit Ziegeln, Kalk und Speck und Bohnen!»

Die Baumkronen biegen sich unter den Stössen des Landwindes, der – weit aus dem Gebirge im Nordosten kommend – die Berghänge herabfährt. Die Wipfel rauschen auf, staubige Erde wirbelt hoch und weht über Weisse und Schwarze, die im Hof des einfachen Forts angetreten sind.

Ruhig stehen die Musketiere mit ihren Büchsen im Arm, aber die Schwarzen zappeln barfuss hin und her und jeder hält das Gewehr, wie es ihm gerade gefällt.

Major von der Groeben runzelt die Stirn. «Schaut Euch das an, Blonk, das ist eine Herde Schafe. Sergeant Flecker soll daraus gute kurfürstliche Soldaten machen.» Er wendet sich an den Unteroffizier: «Oder nicht?»

Der salutiert mit der Hand am Hut. «Sehr wohl, Herr Major! In dreimal vier Wochen will ich sie auf gut brandenburgisch einexerzieren!»

«Gut so! Werde es Seiner kurfürstlichen Durchlaucht vermelden! Wird Ihm ein Douceur schicken. Was möcht Er gern?»

«Wenn Eure Gnaden so frei sein würden, ein Mensche aus der Mark, so um die siebzehn herum, wäre das Richtigste!»

Die Brandenburger ringsum brechen in schallendes Gelächter aus; selbst Major von der Groeben muss trotz seiner Krankheit lächeln. Besonders Blonk gefällt der Spass des Sergeanten. «Sagt Seiner – sagt Seiner Durchlaucht – er soll – ein – ein ganzes Schiff voll Frauenzimmers herschicken!» Er lacht, dass ihm die Tränen über die Wangen laufen.

«Auf eine Festung gehört kein Frauenzimmer! Ist nicht gut für die Disziplin.» Von der Groeben ist ernst geworden. Er tritt vor, steigt auf eine Schiffskiste und blickt über die Leute. Selbst die Schwarzen stehen nun ruhig.

«Heisst auf die Flagge!» befiehlt der Major.

Draussen auf der Reede liegen die *Churprinz* und die *Morian*. Als sie oben am Grossen-Friedrichsberg die Fahne sehen, steigen auch dort die Flaggen und Wimpel, und aus jedem Schiff lösen sich fünf Kanonenschläge. Dumpf grollt der Donner zum Fort empor.

Groeben schaut die Reihen der Männer entlang, beginnt zu sprechen: «Ihr steht hier im Auftrag eures Fürsten. Erfüllt den Auftrag, so wie ihr es geschworen habt, zur Glorie Brandenburgs. Gehorcht eurem Kommandanten in guten und bösen Tagen. Wo der Rote Adler weht, ist Brandenburg, ist die Heimat. Die Fahne schützt euch, so wie ihr sie schützen sollt. Ein dreifaches Vivat unserem Herrn, dem durchlauchtigsten Kurfürsten Friedrich Wilhelm! Und ein dreifaches Vivat auf unsere Gross-Friedrichsburg, das für alle Zeiten in Ehren bestehen möge!»

«Vivat! Vivat! Vivat!» rufen die Soldaten. Jeder von ihnen würde gerne mit dem *Morian* Kurs Heimat gehen.

«Faktor Jansen! Lest den Schwarzen meine Abschiedsbotschaft!» Von der Groeben reicht ihm das Blatt Papier, und Jansen übersetzt den Schwarzen, dass der Abgesandte des grossen Monarchen nunmehr in das weisse Land zurückkehrt, um dort zu berichten, was er gesehen habe. Das Auge des grossen Monarchen werde mit Wohlgefallen auf seinen neuen Untertanen und Verbündeten ruhen, sofern sie ihrem mit dem Fetisch besiegelten Versprechen nachkommen.

Als Jansen geendet hat, tritt der Älteste der Schwarzen vor und macht über Major von der Groeben seltsame Kreise und Zeichen. Dann öffnet der alte Häuptling den Mund zu einer kurzen Rede, die Jansen übersetzt: «Sage unserem Herrn im weissen Land, dass wir ihm dienen. Er möge tausend Jahre leben und uns immer gnädig sein!»

Major von der Groeben steigt von der Kiste und reicht jedem Cabucir die Hand. Eine Auszeichnung, die den Schwarzen von keinem Weissen je widerfahren ist. Dann schreitet er, den Hut in der Hand, langsam an den präsentierenden Soldaten vorbei, jedem ins Gesicht blickend. «Gott mit euch, Brandenburger!»

Wenn Blonk noch immer seine stille Verstimmung nicht überwunden hat, zumindest kann er sie verbergen. Und er weis, was sich gehört: «Ein dreifaches Vivat unserem Major von der Groeben auf glückliche Heimkunft!»

Von der Groeben dankt lächelnd. Er wendet sich zu Blonk und Jansen: «Wollt Ihr mich begleiten?»

Gemeinsam schreiten sie zum Strand hinunter, wo die Schaluppe wartet. Ein paar knappe Worte noch, dann stösst das Boot ab. Blonk und Jansen heben grüssend die Hand, kehren um und steigen schweigend zum Fort hinauf. Von oben sehen sie auf die See hinaus, wo die beiden Schiffe eben die Anker hieven und ihre Segel setzen.

«Flagge zum Gruss dippen!» befiehlt Blonk.

Langsam senkt sich auf Gross-Friedrichsburg die kurbrandenburgische Flagge, und ebenso langsam steigt sie wieder in den Topp.

Churprinz und *Morian* grüssen auf die gleiche Weise zurück. Schon gewinnen die Schiffe Fahrt. Draussen auf See werden auch sie sich trennen. Nach drei Stunden taucht das letzte brandenburgische Segel unter den sonnenglitzernden Horizont.

Die sechzehn Mann auf Gross-Friedrichsburg sind nun ganz auf sich gestellt.

*

Die Tage steigen im Osten aus dem Urwald, runden und füllen sich, wandern hin über die brandenburgische Flagge und die Menschen, die unter ihr leben. Tag folgt auf Tag, einer wie der andere. Sergeant Jochen Flecker bemüht sich, den Schwarzen das kurfürstlich brandenburgische Exerzierreglement beizubringen. Er tut es mit viel Geschrei und wütenden Gebärden; es wird eine Weile brauchen, bis die Schwarzen und der Weisse sich verstehen. Würde Kommandant Blonk nicht mit seinen Sprachkenntnissen aushelfen, käme Flecker kaum voran. Der Unterfaktor Jansen kann nichts dazu beitragen; er nahm die Cargaisons nochmals genau auf und trug alles in das grosse *Livre d inventaire* ein. Auch hatte ein dänischer *Lordendreyer,* ein Schmugglerschiff, auf der Reede unter der Festung geankert und wollte Waren gegen Sklaven eintauschen. Arbeit in Hülle und Fülle! Kaum war sie halbwegs erledigt, rüstete Jansen eine Karawane aus, die sich durch den Urwald zu den Negerstämmen im Hinterland begeben sollte. Er wollte die Schwarzen von der neuen Handelsmöglichkeit unterrichten und ihnen schmackhaft machen, wo sie ihre Güter, vor allem Gold und Elefantenzähne, gegen begehrenswerte Waren aus dem fernen Europa – Branntwein, Waffen, Messer, Glasperlen, Spiegel und andere Gebrauchsgegenstände – eintauschen könnten.

Mit dreissig Trägern und zweiundzwanzig schwarzen Bewaffneten, begleitet von zwei brandenburgischen Musketieren und Tasso, dem Hannoveraner Schweisshund, brach Jansen einige Tage später auf. Der Pfad durch Busch und Urwald war schmal, die Leute konnten nur einzeln hintereinander gehen. Rotbraun leuchtete die Erde, Lianen hingen von den riesigen Bäumen herab, tropische Blüten verströmten süsse Düfte, tausend Geräusche des Urwalds! An der Spitze schritt ihr Führer, der Cabucir Akani, ihm folgten einige Bewaffnete, dann die Träger und die restlichen Bewaffneten, den Schluss bildeten die drei Weissen. Sie mussten das Gebiet der Adomer umgehen; die schwarzen Krieger können sich kaum bezähmen, ihre Musketen nicht abzuschiessen. Sie möchte die Feinde herausfordern, die hören sollen, wie nahe und überlegen ihr Gegner ist. Jansen und die beiden Musketiere konnten sie kaum zurückhalten und drohten mit den härtesten Strafen. Jeden Augenblick blieb einer stehen und möchte losballern. Aber dann gelang es doch, sich unbemerkt durchzuschleichen.

Die Nächte im Freien waren verhältnismässig kühl, obwohl der März der heisseste Monat ist. In der dritten Nacht hörten sie das Brüllen eines Löwen, das von irgendwoher aus dem Buschwerk kam. Tasso zerrte unruhig an der Leine und sie mussten ihn an einem Baum festbinden. Musketen wurden bereit gemacht, die Säbel, die kurzen Schwerter und die Speere. Das Brüllen kam näher. Dann auf einmal ein Knacken im Unterholz – ein Rudel Fleckhyänen brach durch und hastet vorbei. Noch einmal das Brüllen, doch nun schon entfernter.

Der Löwe hatte einen anderen Weg genommen. Der Hund zeigte keine Zeichen der Erregung mehr; er ringelte sich zusammen und knurrte verschlafen.

Am fünften Tage traf die Karawane auf Schwarze des Stammes der Nedoy. Nach vorsichtigem Abtasten, und nachdem ein paar Messer und Armreifen in den Besitz der nedoyischen Späher übergegangen waren, schwindet deren Misstrauen. Auf stundenlangem Marsch werden Jansen und seine Begleiter zu ihren Häuptlingen geführt. Harm Jansen hatte Erfahrung genug, um zu wissen, was sich für einen weissen Herrn gehört: Das letzte Stück Weges liess er sich von vier Schwarzen in der Hängematte tragen. Das war ein Zeichen hoher Würde. Weil zwei Kundschafter vorausgeeilt waren, wurde die Karawane von der Dorfbevölkerung schon erwartet. Jansen liess die Begrüssung durch die sieben Häuptlinge würdevoll über sich ergehen, nahm ihre Geschenke huldvoll entgegen, trank vom Palmwein, den sie ihm in einer riesigen Kalebasse kredenzten und stieg erst dann aus der Hängematte. Man nötigte ihn und seine Begleiter in die grösste Hütte, wo sich die Nedoyer erwartungsvoll zusammendrängten. Harm liess die Kisten und ein Fässchen Branntwein hereinbringen. Während ein Musketier die Kalebassen der Nedoyer füllte, verteilte Jansen die kleinen Spiegel.

Die Nedoyer tauschten Goldstaub und Elfenbein gegen Musketen, Pulver, Branntwein, Stoffe und Geschirr. Geschäftig und von lebhaftem Palaver begleitet ging der Handel vor sich. Als es dunkelte, lagen die meisten Schwarzen besoffen herum. Nur ihr ältester Cabucir hielt sich noch ganz ordentlich aufrecht.

Er neigte sich vertraulich zu Harm Jansen: «Grosser, weisser Häuptling! Hast du schon einmal von *Coomassie* gehört?»

Jansen wurde aufmerksam. «Ja», antwortete er bedächtig, «das ist die Hauptstadt der Aschantis.» Er hatte schon damals, als er noch in holländischen Diensten stand, wahre Wunder von der sagenhaften Stadt gehört, die weit drinnen gegen Norden liegen sollte.

«Ich sage dir», nuschelte der Alte trunken, und er legte – zum Zeichen, dass es die Wahrheit sei – feierlich seine Finger auf Stirn und Brust. «Ich sage dir, geh zum König der Aschantis. Er ist gross und mächtig, sein Land ist das reichste unter der Sonne!»

Jansen hörte es und zweifelte. Zuviel des Wunderbaren und Märchenhaften wird von den Aschantis und seiner Hauptstadt Coomassie erzählt, aber noch kein Weisser hatte sie betreten. «Elf Tagereisen von hier, grosser, weisser Häuptling. Gold und Sklaven soviel wie Bäume im Wald!»

Jansen prüfte die Worte des Alten bedächtig, überlegte, wägte ab, prüfte das Dafür und Dawider. Warum sollte der alte Cabucir lügen? Um sie los zu werden? Harm sah um sich, die Situation war schon etwas fragwürdig: ringsum lagen die betrunkenen Neger, lallten noch unverständliches Zeug oder schnarchten schon im Rausch, vom nahen Urwald drang das Geschrei der

Vögel, der alte Häuptling blickte vor sich hin und wartete geduldig. War er noch nüchtern genug? Jansen fragte nach, hörte, dass der in jungen Jahren dreimal als Bote seines Stammes in Coomassie gewesen war. Immer wieder betonte der Cabucir, wie reich und mächtig die Aschantis seien. Harm war es in dieser Nachtstunde, tief im afrikanischen Busch, völlig klar: Niemals konnte Brandenburg auf seine Festung an der afrikanischen Küste allein vertrauen, wenn es hier Bestand haben sollte. Niemals aber könnte es auch stark werden, wenn es sich nur mit den kleinen Stammesfürsten des Küstenstreifens verbündete. Zu eifersüchtig waren sie untereinander und zu unzuverlässig. Die Holländer, die Engländer, die Dänen, alle waren nahe – und keiner war Brandenburg freundlich gesinnt. Da drohte ein ewiger und ermüdender Kleinkrieg. Man musste es anders anpacken, musste Gross-Friedrichsburg mit dem Hinterland verbinden! Mit dem mächtigsten Fürsten des Landes musste man sich verbünden und einen Vertrag zu beiderseitigem Vorteil schliessen. Nur das konnte den Brandenburgern das unendlich grosse Land eröffnen, mit erschwinglichem Einsatz von Soldaten und Geld.

Mitternacht war längst vorüber, als der Cabucir seine drei weissen Gäste zur Nachtruhe in die Hütte führte, die man für sie freigemacht hatte.

*

Am dritten Tage des Heimweges kam Akani im dämmerigen Urwald plötzlich nach hinten zu Jansen: «Entweder Elefanten, Herr, oder es kommt der grosse Wind!» Die Affen in den riesigen Bäumen begannen absonderlich zu schreien; dicht rückten sie zusammen, drückten sich nahe an die Baumstämme. «Es wird der grosse Wind sein, Herr!»

Unter dem dichten Blätterdach des Urwalds war kaum ein Stück vom Himmel zu sehen, aber nun war es noch dämmeriger geworden, noch dicker und stickiger die Luft. Die Affen schrieen nicht mehr, nur ein leises, verzagtes Winseln war da und dort aus dem Geäst zu vernehmen. Unversehens verstummten die Geräusche des lärmigen Urwalds. Betroffen liess Harm Jansen anhalten. Die Schwarzen warfen sich hinter die breitesten Baumstämme und verkrochen sich unter riesigen Luftwurzeln. Auch Tasso war verschwunden. Häuptling Akani beschwor die drei Weissen mit aufgeregten Worten und Gesten, sich ebenfalls zu verkriechen. Er nahm Jansen an die Hand und zog ihn mit sich fort in die Höhlung unter die Luftwurzeln eines Mangobaumes. Fauchend sprang eine Wildkatze hervor und verschwand. Da ging auch schon das Getöse los, Blitz um Blitz zuckte nieder, mit ungeheuer heftigen Schlägen grollte der Donner; es war, als stürzte der Himmel ein. Stumm und beklommen drückten sich die Leute an die Stämme. Mit Urgewalt fuhr der Sturm über die riesigen Baumkronen, schüttelte die Wipfel und fiel ins Unterholz ein; krachend und splitternd brach das leichtere Gehölz. Ein Wirbel von Blättern und Ästen prasselte zu Boden, erstickte jeden Schrei.

Die Gewalt des Orkans steigerte sich unglaublich. Plötzlich neigte sich ein turmhoher Baumriese in der Nähe langsam und widerwillig unter dem Druck des Tropensturms, dann brach sich der riesige Stamm seinen Weg. Unter Jansen riss jäh und unvermittelt der Boden auf, die Wurzeln des Baumes schnellten hoch, peitschten eine gewaltige Menge Erdboden empor, wirbelte selbst faustgrosse Steine herum. Jansen spürte einen Schlag, hörte noch einen Ruf Akanis, wollte noch in das Wüten antworten, aber schon stürzte er in bewusstlose Nacht.

Das Unwetter wütete noch eine Weile weiter, aber so urplötzlich der Orkan über sie hergefallen war, so unvermittelt endete er. Brandgeruch wehte von irgendwo her und Regen strömte nieder. Der Sturm war abgeflaut, tropfend raschelte es im Blätterdach. Da und dort hörte man schon den Lockruf eines Tieres, das seine versprengten Gefährten suchte. Der Urwald sank in friedlich grünes Dämmern zurück. Die Menschen krochen hervor, auch Tasso tauchte schwanzwedelnd auf. Drei Schwarze hatte der grosse Baum erschlagen, ein vierter wurde vom Blitz getötet. Ihre Brüder wehklagten, warfen sich auf die nasse Erde, trommelten mit Fäusten auf die Brust. Akani und die beiden Musketiere mühten sich um Jansen. Branntwein war ihre einzige Arznei. Mit einem Messer öffnete man die aufeinandergepressten Kiefer und goss Schnaps in Harms Rachen. Über sein Gesicht rann Blut. Akani wischte es weg. Der weisse Mann schluckte und hustete. Er erwachte und schaute sich verwirrt um, erkannte sie nicht. Sie mussten ihn in die Hängematte legen.

Nachdem sie die Toten begraben hatten, setzten sie ihren Marsch fort. Zwei Tagesmärsche noch, dann würden sie an der Küste sein! Während des Nachtlagers hielt Akani Wache neben Jansen. Auch Tasso rollte sich dort zusammen. Harm stöhnte im Fieber, aber sein Bewusstsein war weit weg. Die Nordsee rollte in grauen Wogen heran, im kleinen Haus auf Borkum war die Mutter und neben ihr die junge Frau. Kurz war ihr Haar und schmal waren die Wangen. Sie trug ein schlafendes Kind im Arm. «Greta!» Stöhnend brachte er ihren Namen hervor, griff mit den Händen in die Luft, erwischte eine Liane, krampfte sich fest. Schweiss perlte in dicken Tropfen von seiner Stirne. «Greta!» brüllte er auf. «Greta! Bleib!» Er sah sie von den Dünen hinuntergehen. Akani und ein Musketier drückten ihn auf der Matte nieder, aber er schnellte immer wieder empor. Endlich liess er die Liane aus der Hand gleiten; erschöpft fiel er wie tot zurück.

Zwei Tage später brachten ihn die schwarzen Träger vor Blonk. Der polterte wieder wütend los und versprach, seinem Freund Raule einen groben Brief zu schreiben, weil man es noch nicht für nötig befunden hatte, einen Feldscher zu senden. Tag für Tag kamen die Schwarzen mit allen möglichen und unmöglichen Gebresten, in der sicheren Hoffnung, der weisse Kommandant werde sie heilen oder ihnen zumindest Branntwein geben. Was konnte er anderes machen? Sie besassen nur Branntwein als Medizin, ein wenig Wermutextrakt und etliche stinkende Salben. Mürrisch liess er Jansen entkleiden und untersuchte ihn. Ausser einer klaffenden Wunde auf dem Kopf konnte er nichts finden. «Ein Friesenschädel muss das aushalten!» sagte er zu Sergeant Flecker und schmierte von der Salbe, die am stärksten stank, eine halbe Handvoll in die Wunde. «Bringt ihn auf sein Lager und reibt ihn mit Branntwein ab!»

Vielleicht half die Salbe oder der Branntwein, jedenfalls stand Harm Jansen nach fünf Tagen zum ersten Mal wieder auf. Nach zwei weiteren Tagen sass er – noch etwas wackelig auf den Beinen – bei seinen Kaufmannsgütern und rechnete nach, was die schwarzen Träger auf dem Transport vom Dorf der Nedoy, während er bewusstlos lag, gestohlen hatten. Er wunderte sich, dass es nur Bagatellen waren und befragte Akani, wohin die Dinge verschwunden seien. «Der grosse Wind hat sie verschlungen, Herr!» sagte er demütig und kreuzte die Arme beschwörend auf der Brust.

*

Kürfürst Friedrich Wilhelm hatte die Denkschrift seines Marine-Generaldirekteurs nach dem Eintreffen sofort studiert und schickte ihm schon anderntags ein kurzes Schreiben: «*Sein Vorschlag behagt mir ausgezeichnet, lieber Raule! Wollen nach Kräften trachten, die Ostfriesen und die treffliche Stadt Emden für den Plan zu gewinnen. Meinders soll das Conceptum ausarbeiten und Ihr beratet uns dann!*»

Dank eines kaiserlichen Mandates war Friedrich Wilhelm von Brandenburg schon seit 1680 berechtigt und verpflichtet, die Unverletzlichkeit Ostfrieslands zu überwachen. Als Spione die Nachricht brachten, dass Christine Charlotte, Fürstin von Ostfriesland, die Welfenherzöge um Truppenhilfe gebeten hatte, galt es, ihr zuvor zu kommen. Eilig bewarb sich der Grosse Kurfürst beim Kaiser um seine Anwartschaft auf Ostfriesland für den Fall, dass das Ostfriesische Haus der Cirksena im Mannesstamm aussterben würde. Leopold I. stimmte dem Antrag Friedrich Wilhelms zu, und wenn dieses Verfahren auch geheim durchgeführt wurde, so war es doch verfassungsgemäss.

Gleichzeitig wurde der brandenburgische Geheimrat von Diest beauftragt, mit den ostfriesischen Ständen Verhandlungen aufzunehmen. Schon drei Wochen später lag der Vertragsentwurf für die ostfriesischen Stände vor. Friedrich Wilhelm lockte die Emdener und die Ostfriesen mit mancherlei Vergünstigungen. Dafür sollten die ostfriesischen Städte und die Stadt Emden versprechen, die kurfürstlichen Untertanen in allen Rechten gleichzustellen. Ausserdem sollte der Kurfürst während sechs Jahren ein Drittel des Mehrertrages aus den

Schiffszöllen erhalten. Die Emdener hätten sich überdies zu verpflichten, ihren gesamten Ostseehandel nur nach kurfürstlichen Häfen zu betreiben.

«Es ist nicht wenig auf einmal!» Der Kurfürst lachte. Er war in ausgezeichneter Laune. Seine Gicht machte ihm in diesen Vorfrühlingstagen merkwürdig wenig zu schaffen.

«Halten zu Gnaden, Durchlaucht, der Freiherr von Knyphausen wird es schon richten!» entgegnet Raule, und begleitet seine Worte mit einem vielsagenden Lächeln. Dieses Lächeln teilte sich allen Gesichtern des Ratskollegiums mit. Der fürstlich ostfriesische Hofrichter, Freiherr Dodo von In- und Knyphausen, vertrat im geheimen die kurfürstliche Sache. Friedrich Wilhelm hatte ihm versprochen, ihn zum Präsidenten der Kompanie zu machen. So also entwickelte sich, was bisher so kompliziert erschien, überaus rasch. Am 2. Mai unterzeichnete Knyphausen namens der Stadt Emden den Vertrag, der auch eine Beteiligung der Emdener an der Kompanie mit 6000 Talern vorsah.

Einen Tag nach Vertragsschluss erlebte der Kurfürst eine Überraschung, als Raule sich beim Kurfürsten in Privataudienz melden liess. Der General-Marinedirektor war gegen den Plan, den Emdenern an der Kompanie eine Beteiligung zu gewähren.

«Aber Raule, Ihr wolltet doch selbst, dass sie ihr Geld zu unserem legen!»

«Halten zu Gnaden, kurfürstliche Durchlaucht, da steckt nicht nur meine Arbeit und mein Ganzes drin, sondern auch das meiner Freunde zu Holland. Das ist mir aus besonderer Zuneigung anvertraut worden, und ich muss es hüten samt meinen eigenen Interessen, weil ich in alten Tagen nicht von der Luft leben kann!»

Betroffen schaut der Kurfürst auf. «Habt Ihr Sorge für die Zukunft, Raule?»

Es ist, als sinke der starke, grosse Mann vor ihm ein wenig zusammen. «Ja, Durchlaucht!»

«Aber es gerät Ihm doch alles zum Besten!»

«Solange kurfürstliche Durchlaucht mir gnädige Neigung entgegenbringen.» Es ist ein seltsamer Blick, den der Kurfürst aus Raules Augen auffängt. Und nun weiss er auch, wie alles zu deuten ist.

«Glaubt Ihr, Raule» – der Kurfürst erhob sich schwerfällig, «glaubt Ihr wahrhaftig, dass nach mir alles vorbei sein wird?»

Raule war betroffen. «Ich muss es glauben, Durchlaucht! Man trägt Euer kurfürstlichen Gnaden viel Widerwillen in allen Marinesachen nach – und mir noch mehr. Es geschieht jetzt meist von hinten herum, durch Sabotage und Verwirrung, durch geheime Spitzen und Stiche – aber einmal wird es. . .» Raule bricht jäh ab, als hätte er zuviel gesagt.

Einen Augenblick verharrte Friedrich Wilhelm in Schweigen. Dann liess er sich ächzend in seinen Stuhl nieder. Heftiger als sonst meldeten sich die

Schmerzen. «Ihr habt Recht, Raule! Meine Beamten verstehen mich nicht! Vielleicht halten sie mich für einen Narren. Mich und Euch dazu!»

«Halten zu Gnaden, Durchlaucht, soviel ich weiss, bin ich ein Verbrecher und Betrüger, der seinem Fürsten arg auf der Tasche liegt.»

Ein grimmiges Lächeln zog über das Gesicht des Kurfürsten. «Recht so! Ich ein Narr und Ihr ein Betrüger! Wir passen ausgezeichnet zusammen. Da nehmt meine Hand!» Er streckte Raule die Rechte hin, der General-Marinedirekteur ergriff sie mit festem Druck. «Aber über die Emdener Beteiligung», fuhr der Kurfürst fort, « müssen wir noch einmal reden, Raule.»

Im Verlauf der Unterredung brachte der Kurfürst Raule dahin, nachzugeben. Er werde keine Vermögenseinbusse erleiden, falls sich die Emdener beteiligten. Überdies sollte er selbst nach Emden reisen. «*Zur völligen Einrichtung der bewussten afrikanischen Compagnie und sonsten*» hiess es in dem Schreiben, das der Kurfürst unterzeichnete. Ende Juli reiste Raule mit Extrapost nach Emden ab. Es gelang ihm, Stadt und Stände zur Hergabe von 24 000 Talern zu bewegen.

Um sich für den vermeintlich verlorenen Einfluss schadlos zu halten, fand er einen Ausweg. «Erwarte für meine grosse Mühe, welche ich mit der Errichtung der Compagnie gehabt und wegen des Vorschusses, den ich gegeben habe, eine Recognition von 2400 Talern. Und weil die Compagnie jederzeit bei Seiner Churfürstlichen Durchlaucht einen Vertreter haben muss, der die Affaires verrichtet, will ich derjenige sein, gegen ein angemessenes Honorar.»

Der Kurfürst stutzte, als er die Stelle im Vertrag las. Geheimrat Meinders, der das Zögern seines Fürsten bemerkte, glaubte, schnell eine Bemerkung anbringen zu müssen. «Halten zu Gnaden – diese zwei *Puncti* sehen nicht unbedenklich aus!» Schon hoffte er, Raule eines versetzt zu haben. Aber der Kurfürst sah auf, schaute Meinders forschend ins Gesicht und sagte dann langsam, jedes Wort betonend: «Er ist ein vorsichtiger Mann, unser Raule. Mag es auch nicht rechtens scheinen, solch *Puncta* in den Vertrag zu nehmen, so weiss er doch, auf welchem Fuss der Gaul lahmt. Versteht Ihr, Meinders?»

Das «Versteht Ihr?» klang scharf; der Geheime Rat verbeugte sich und zog es vor, zu schweigen. Innerlich verzehrte er sich in Neid und Missgunst gegen Raule. Der Kurfürsten hatte sich wieder in den Vertrag vertieft. Es war alles erfreulich, was er las. Die Stadt Emden teilte der Kompanie eine Werft und das Stadthaus als Magazin zu und wird alles tun, um der Kompanie zum Gedeihen zu verhelfen.

«Ein schöner Erfolg, den wir Raule zu verdanken haben!» stellte der Kurfürst zufrieden fest.

«Die Räte Euer kurfürstlichen Durchlaucht dienen um der Ehre ihres Fürsten willen!» antwortete Meinders gehässig, weil der Kurfürst nur Raule nennt.

Friedrich Wilhelm lachte belustigt auf. «Aber Meinders! Wir wissen sehr wohl, wieviel unsere Räte dazu beigetragen haben! Das bleibt unvergessen!» Der Kurfürst liess sich nicht anmerken, wie er es eigentlich meinte.

Zweifelnd schaute Meinders auf seinen fürstlichen Herrn. Lag da nicht bitterer Spott in der Stimme? Oder hatte er sich verhört, wollte er es in seiner Wut auf Raule nur hören?

Friedrich Wilhelm lachte noch immer harmlos und schallend. Er reichte Meinders sogar die Hand, was ansonsten nur selten geschah. Beglückt zieht der Geheime Rat von dannen. Diese Marinesache ist nun einmal da, wider allen Widerstand – man muss sich wohl damit abfinden. Er unterstützte sie auch einigermassen, soweit er es verantworten konnte und soweit nicht die Staatsfinanzen berührt wurden. Aber dieser verdammte Raule, der sich über alle Räte des Fürsten hinwegsetzte und so tat, als hätte er allein zu sagen, was zu geschehen habe, machte ihn verdriesslich.

Von neuem erbost, stampfte Meinders im Vorzimmer mit dem Fuss. Eine Knieschnalle an seinen Beinkleidern sprang auf. Kein Lakai zeigte sich in der Nähe, die Schnalle zu schliessen. Ächzend bequemte sich der Geheime Rat, es selbst zu tun. Das Blut stieg ihm bei der ungewohnten Arbeit zu Kopf und die Perücke verrutschte. Das besserte die Laune durchaus nicht, die ihm von dem Mann verdorben wurde, der, erfüllt von neuen Plänen für des Kurfürsten Marine, um die gleiche Zeit auf dem Weg von Emden in die brandenburgische Mark im Postwagen sass: Raule!

*

Fürstin Charlotte Christine von Ostfriesland war empört. Über sie hinweg, in krassester Nichtachtung ihrer Souveränität, haben die Stände und die Stadt Emden mit ihrem Widersacher den Vertrag geschlossen. Mit dem Kurfürsten von Brandenburg, über den sie schon lange wütend war, seit dieser vom Deutschen Kaiser Anno 1680 zusammen mit dem Bischof von Münster zum Beaufsichtiger über Ostfriesland bestellt worden war. Jetzt soll sie auch in Emden den kurfürstlichen Einfluss spüren? Soll Ostfriesland brandenburgisch werden? Nein, lieber noch zu Holland!

Aus Aurich erliess sie im August 1683 scharfzüngige Schreiben. Eines an die ungetreue Stadt Emden, eines an die Deputierten des Fürstentums Ostfriesland, und das dritte geharnischte Schreiben landete auf dem mächtigen Schreibtisch des Kurfürsten im Schloss zu Potsdam. Mit bleiernem Lächeln und tiefer Zornesfalte zwischen den Augen las Friedrich Wilhelm den Protest der Fürstin. Zornig warf er den Brief hin, er flattert vom Tisch zu Boden. Kornmesser eilte, das Papier aufzuheben. Verfolgt von den Blicken des Kurfürsten legte er es schweigend auf den Tisch. «Habt Ihr», fuhr er seinen Kammerdiener an, «habt Ihr schon einmal ein durch und durch dummes Frauenzimmer gesehen?»

Kornmesser wagte nicht zu bejahen, denn das gälte der ostfriesischen Fürstin. Friedrich Wilhelm erwartete auch keine Antwort, sondern fuhr lauter als sonst fort: «Man stärkt das Kaufmannswesen einer fremden Stadt, bringt Schiffsvolk hin, das nicht wenig verzehren wird, verspricht, den ganzen Handel in Emden zu vereinigen – und sie reitet in die Quere! Gnade Gott den Ländern, die so regiert werden! Armut und Schande werden ewig dort ihre Heimstatt haben. Es kann keine Besserung erwartet werden, solange die Hirne klein bleiben! Ja, schaut nur, Kornmesser! Ich weiss genug Hirne, die nicht begreifen wollen, was die Zeit und die Zukunft fordern. Nicht nur zu Aurich in Friesland – auch zu Berlin, in der Mark Brandenburg!»

Kornmesser zog vor, weiter zu schweigen. Er kannte seinen Herrn! Der meinte immer wieder dieselben.

Friedrich Wilhelm antwortet der Fürstin. Er teilte ihr mit, wie sehr ihr Land und sie selbst Nutzen ziehen werden aus den Handelsplänen. Er gab sich Mühe, ihre Bedenken zu zerstreuen und war liebenswürdiger, als er vorhatte. Obwohl ihn sein kranker Fuss erheblich schmerzte, konnte er beim Diktate nicht stillsitzen. Er humpelte hin und her, bis er alles ausführlich dargelegt und in einem Schlussabsatz nochmals seine Meinung zusammengezogen hatte. Am selben Tag wurde ein Kurier mit dem Brief nach Aurich abgefertigt.

Aber die Fürstin ging auf seinen Vorschlag nicht ein. Vielmehr schickte sie ein Klageschreiben an Kaiser Leopold nach Wien. In heftigen Worten forderte sie vom Kaiser die Annullierung der Verträge, die der Kurfürst mit den Ostfriesen geschlossen hatte. Eine Abschrift ihrer Beschwerde gelangte nach Berlin. Friedrich Wilhelm besass auch in Wien einen Vertrauten.

Die Zornesausbrüche des Kurfürsten waren berüchtigt, und auch diesmal konnte er sich nicht zügeln. Als er wütend klingelte, wagte niemand, sein Zimmer zu betreten. Der Kurfürst erschien selbst unter der Tür zum Vorzimmer, die Tischglocke in der Hand, humpelnd, zornrot und fassungslos vor Wut. Er wollte losschreien – aber als er die weissen Gesichter dort sah, erkannte er die Unbeherrschtheit seines Zorns und riss sich zusammen.

«Ruft mir einen Schreiber!» befahl er. Dem zitternden Schreiber diktierte er einen Brief an Charlotte Christine voller Schärfe und Heftigkeit, und er musste nochmals alle Kraft zusammennehmen, um nicht gar zu unhöflich zu werden. Es war Friedrich Wilhelm ausserdem bewusst, dass sich die Sache hinziehen könnte. Schon seit einigen Monaten waren die vorher bereits locker vorhandenen Bindungen Brandenburgs zu den ostfriesischen Ständen systematisch verstärkt worden. Der Grosse Kurfürst beschloss, seine Interessen mit jenen Emdens zu vereinen. Er würde die Dinge auf seine Weise regeln

Doch auch jetzt gab die Fürstin von Ostfriesland nicht nach. Sie fand Helfer gegen den Kurfürsten, und sie beschwerte sich beim Kaiser ein zweites Mal, jetzt über «das harte und bedrohliche Schreiben aus Potsdam».Wien beschloss, den Brandenburger fürchtend, eine Kommission mit der Untersuchung der Frage zu beauftragen, wohl wissend, dass sich dieser Prozess jahrelang hinschleppen werde.

Die Fürstin war über die offenkundige Verzögerung nicht erfreut. Sie rief ihre Getreuen auf. Von Ort zu Ort trugen eilende Boten den Befehl, die Brandenburger seien als Eindringlinge zu behandeln. Bei Leibesstrafe sei es verboten, ihnen zu dienen, und alle, bereits in ihren Diensten stünden, hätten abzudanken oder den Verlust all ihres Hab und Guts zu gewärtigen. Aber die Emdener kümmerten sich nicht um die Botschaft der Fürstin.

Am Abend des 1. November 1682 landete ein brandenburgisches Truppenkontingent in Greetsiel. Ihr Kommandant, Obristleutnant von Brand, forderte den Befehlshaber der Burg, Hauptmann Nothstein, zur Übergabe auf, was Nothstein verweigerte. In der Nacht zum 5. November erkletterte ein brandenburgischer Stosstrupp bei strömenden Regen den Burggraben der Festung Greetsiel, überwältigte die Wache und öffnete den Brandenburgern die Festungstore von innen. Greetsiel war im Schlaf erobert worden.

Da Friedrich Wilhelm I. von Brandenburg die ständischen Freiheiten als weiterbestehend bestätigt hatte und sie den Ostfriesen garantierte, schlossen die Stände mit ihm ein Abkommen, als seien sie der Souverän in Ostfriesland. Schon am 8. November unterzeichneten Geheimrat von Diest und die ständischen Bevollmächtigten unter Freiherr von Knyphausen einen Vertrag, in dem der Grosse Kurfürst den Ständen seinen Schutz gegen alle Eingriffe in ihre Rechte und Privilegien, die Aufrechterhaltung der *Akkorde* und der kaiserlichen Entscheidungen zusicherte. Er wollte die Festung Greetsiel gegen alle Feinde halten und Männer und Waffen zum Schutz der *Akkorde* stellen. Die Stände hingegen anerkannten den Kurfürsten und verpflichteten sich, ohne sein Wissen (oder das seines Mitkonservators, des Bischofs von Münster) nicht mit fremden Fürsten zu verhandeln, den brandenburgischen Truppen im Notfall beizustehen und vom 1. November 1682 an für die Dauer ihrer Anwesenheit dem Kurfürsten und dem Bischof von Münster monatlich 800 Reichstaler zu bewilligen. Am 30. Dezember genehmigte der Landtag in Aurich diesen Vertrag, weil alle froh waren, in Kurfürst Friedrich Wilhelm von Brandenburg einen potenten Schutz zu haben.

*

Der Kurfürst liess Soldaten für die afrikanische Besitzung anwerben. Überall im Land, selbst im hintersten Dorf, tauchten die Kommandos auf, lockten die

Burschen und unruhigen jungen Männer, aber auch die Schuldenmacher und unglücklichen Ehemänner mit Branntwein und klingender Münze an. Tiefe Erregung erfasste die Leute; wer es satt hatte, als Bauernknecht hinter dem Pflug zu gehen, den Schemel einer Kanzlei zu drücken oder sich in hartem Gewerk plagen zu müssen, um doch niemals Meisterbrief und Zulassung zum Gewerbe zu erreichen, wer nicht mehr studieren wollte und sich lieber Abenteuer und verwegene Kriegsfahrt erwünschte, lief zu den Trommeln der Werber, die in den Dörfern, Märkten und kleinen Städten ohne Unterlass rollten und rasselten.

Welch eine Lockung, wenn auf schnell aufgeschlagener Tribüne auf dem Marktplatz ein Werber in Stulpenstiefeln, klingenden Sporenrädern, geplusterten Hosen und blitzendem Harnisch, mit wehendem Federhut und klirrendem Degengehenke erschien und die knatternde Fahne schwenkte! Welch eine Lockung für junges, stürmisches Blut, wenn der Wirbel auf dem Kalbsfell rasselte, den ein graubärtiger, vernarbter Feldweibel schlug.

Die Rechnung ging wieder auf. In Nedlitz, einem kleinen Dorf bei Potsdam, hatte man den Sammelplatz für die Angeworbenen eingerichtet. Auf der sandigen Heide der Umgebung mühten sich Unteroffiziere und alte Doppelsöldner, aus den wilden Haufen von unzufriedenen Handwerksgesellen und *Landstörzern*, aus den Bettlern, entlaufenen Familienvätern, Taugenichtsen und verlotterten Studenten brauchbare Soldaten zu machen. Hundertfünfzig Grenadiere und hundert Musketiere exerzierten gemeinsam, sie sollten zu einer gefechtsbereiten Kompanie zusammengeschweisst werden.

«Blast Pulver ab», brüllte der alte Feldweibel mit rauer Stimme, «schüttet auf und löset den Hahn!»

Schwitzend standen die Musketiere hinter den ungefügen Feuerrohren, die auf den Pulvergabeln ruhten; die Kriegsleute waren trotz der Wärme des sommerlichen Nachmittags feldmässig gerüstet: in pludrigen Landsknechtshosen, weitgeschweiften Röcken und Federhüten. Um die Schultern hatten sie *Bandeliere* mit den elf Ladekapseln geschlungen, am Gürtel hingen Pulverflaschen, Kugelbeutel und Werkzeugtasche. Es war eine rechte Plackerei, und manch einer der Rekruten verfluchte schon heimlich seinen Leichtsinn, dass er den Verlockungen der Werber nachgegeben hatte, die von Abenteuern und leichter Beute in Afrika prahlten.

Langsam trabte Hauptmann Georg Ernst Hintzpeter dem Feldlager in Nedlitz zu, das am Dorfrand ausgebreitet war. Zwischen Laubhütten, Zelten und zusammengefahrenen Wagen trieben sich dienstfreie Pikeniere herum; Gaukler, Dirnen, Lagerkinder und Zigeuner und Trossknechte schoben sich durch die Lagergassen. Soldaten lehnten in gestreiften, aufgeplusterten Hosen, deren manche bis zu achtzehn Ellen Tuch in Bauschen und Nestelungen verbraucht hatten, mit fransenverzierten, gelben Lederröcken und Spitzenkragen an den Ladenbrettern der Marketender. Aufgeputzte Mädchen schmiegten sich in ihre

Arme und liessen sich mit Konfekt verwöhnen, die Soldaten tauchten dampfendes Ochsenfleisch in gemeinsame Schüsseln mit Pilztunke.

Einen Mönch, der vor den Marketenderzelten mit einer Busspredigt beginnen wollte, begrüssten die Dirnen, Soldaten und Nichtsnutze mit lautem Gelächter. Ein Pikenier stimmte grölend eines der vielen Spottlieder an, wie man sie auf Landstrassen und in Schenken überall hören konnte:

«Lutherisch, päpstlich und calvinisch,
diese Glauben alle drei
sind vorhanden, doch auch Zweifel,
wo das Christentum wohl sei!»

Hintzpeter zügelte das Pferd vor seinem Zelt. Sein Bursche sprang herbei, ergriff den Zaum, um das Pferd in den Stall zu bringen. Der Hauptmann blickte noch einmal vom Sattel in die Runde des Lagers. Noch ein paar Wochen, dachte er, vielleicht, vier oder sechs, dann sind sie so weit, dann können wir sie nach Afrika einschiffen!

Doch es kam anders. Ludwig XIV. von Frankreich, der «Sonnenkönig», brach den Frieden. Seine Truppen fielen in die Grenzgebiete der spanischen Niederlande und ins reiche Luxemburg ein. In Italien rückte er nach Genua vor und zwang die Stadt nach langem Bombardement zur Kapitulation. Der Kaiser appellierte an die deutschen Fürsten und bat um Hilfe. Sie sollten ihm Truppen schicken. Als Ludwig XIV. seinen Kettenhund von Konstantinopel losliess, musste auch der Kurfürst von Brandenburg umdisponieren. Eine riesige Türkenarmee wälzte sich, von französischem Gelde unterstützt, donauaufwärts und belagerte Wien. Friedrich Wilhelm verfluchte die Türken und den französischen König, aber er kannte seine Pflicht: die für Gross-Friedrichsburg in Nedlitz ausgebildeten Soldaten mussten zur Unterstützung der Kaiserlichen gegen die Türken abkommandiert werden.

Wien! Die Zacken und Spitzen der Bastionen, Wassergräben, Wälle und Vorwerke zogen vom Ufer der Donau bis an den Rand der Hügel. Um den feuerspeienden, aus tausend Geschützen, von Dutzenden von Wehrgängen und Gräben schiessenden Kern der Stadt schlang sich weitverzackt über die Ebene der würgende Ring der Türken, der sich mit Sturmgräben, Erdschanzen und Faschinenwerken gegen die Mauern pressten.

Die Höhen des Kahlenberges waren gefurcht von den Laufgräben der türkischen Artilleristen, die hier ihre Schanzkörbe aufgebaut hatten, um Wien von oben zu bombardieren. Unablässig rollte der Donner der Kanonade über die Donauebene, weisslich-grauer Pulverdampf lagerte um die Hänge; bald zuckte es an dieser, bald an jener Stelle grell auf. Glutende Brandherde hüllten sich in braunen, qualmenden Rauch. In den Aussenvierteln der Stadt standen

Strassenzüge in Flammen, vor den Wällen brannten die Dörfer, und wie ein verstörtes Ameisenvolk strebten die Flüchtenden nach allen Seiten.

Drüben, am anderen Ufer des Stromes, breitete sich das unüberschaubare Lager der Türken. Auf den purpurnen Zelten der Paschas flatterten Rossschweife; Kamelkarawanen und lange Züge von Reiterei krochen aus den südöstlichen Lagerstrassen donauabwärts gegen Ofen und Pest: die Nachschubkolonnen Kara Mustaphas. Blöcke von Janitscharen marschierten im funkelnden Schmuck ihrer Waffen gegen die Mödlinger Schanzen. Die helle Sonne spiegelte sich auf den Bronzerohren der Artillerie, die dort zusammengezogen wurde.

Die Türken bereiten eine grosse Aktion vor, immer neue Truppenmassen verliessen das Lager und eilten unter schriller Flötenmusik, unter dem Rollen der Tamtams und dem Geschmetter der Zimbeln der Südflanke Wiens entlang gegen Liesing und den Kahlenberg. Die Batterien der hohen Bastionen spien Tod und Verderben, wie ständiger Donner lag es auf der Ebene.

In der Stadt herrschten Not und Todesfurcht. Seit fast sechzig Tagen wehrte sich die Bürgerschaft und die Besatzung mit wahrem Heldenmut. Der Kommandant Rüdiger von Starhemberg bot allen Anstürmen der Türken Trotz, er hoffte auf das versprochene Ersatzheer der Christenheit.

Die Christenheit! Gab es den Begriff überhaupt noch? Ob die Drohung aus dem Osten ihn noch einmal für eine kurze Zeit aufleben liess? Die Menschen in Wien fürchteten die wilden, ungezügelten Kriegshaufen des Feindes; lieber ertrugen sie alle Schrecken der Belagerung, Brand, Pest, Hunger und Faustrecht der Besatzung, als dass sie sich dem furchtbaren Schicksal der Verschleppung und Sklaverei aussetzten. Schon lebten viele vom Fleisch gefangener Hunde, Katzen und Ratten, das wenige Gras der Vorgarten und Grünplatze war schon restlos verbraucht.

Vor den Zugängen einiger Gassen standen Posten mit Gewehr, während Bauleute die Eingänge vermauerten. Da drinnen lagen die Choleraleichen unbestattet in ihren Häusern; der Tod schlich durch die dichtbevölkerten Viertel der Armen. Es gab keine Hilfe mehr! Oder doch? Jetzt, da die Not gross war, flüchteten die Frauen und Männer inbrünstig in die Kirchen.

Die Gotteshäuser waren Inseln in dieser Welt des Elends. Die Altäre mit ihren gewundenen, vergoldeten Säulen, dem farbenprächtigen Bild und den strahlenden Kerzen wurden von viel Volk, das sich unter den riesigen Gewölben versammelt hatten.

Auf einer der vielen Kanzeln, einem Thron aus Gold und Elfenbein, der unter scharlachrotem Baldachin gleichsam schwerelos im Raume zu schweben schien, stand ein Priester, ein Pater im Ordenskleid. Der gewaltige, rotgesichtige Mann, der berühmteste Domprediger Wiens, Abraham a Santa Clara, war trotz seines klangvollen Klosternamens ein Schwabe, der auf den Namen Ulrich

Megerle getauft war. Das Volk liebte ihn, weil er ein Mensch von echtem Schrot und Korn war, einer, der aus frommem und kraftvollem Herzen sprach, mochte er auch – wie viele in dieser Zeit – grobe Ausdrücke in verschwenderischer Fülle gebrauchen.

«Auf, auf, ihr Christen! Von den vielen Kriegen ist das römische Reich sehr arm geworden. Vor etlichen Jahren ist Niederland noch niederer geworden – durch den Krieg! Das Elsass ist ein Elendfass geworden – durch den Krieg! Der Rheinstrom ist ein Peinstrom – durch den Krieg; und viele andere Länder sind ins Elend gestürzt worden – durch den Krieg!»

Gewaltig donnerte sein Redefluss; mitreissend und leidenschaftlich wetterte er von der Kanzel, dass seine Zuhörer das ständige Rollen der Kanonade, das Dröhnen der Glocken und die Angst des Herzens schier vergassen.

«Was ist der Mensch angesichts der Ewigkeit? Was bedeutet Pest, was die Wut der Heiden dort vor den Mauern gegen den Zorn Gottes zur Stunde des Letzten Gerichtes? Soll er doch sterben, der Leib – im Feuer oder in der Luft oder im Wasser oder in der Erde, was liegt daran? Soll er sterben dieser Madensack, dieser Mistfink, dieses Wurmnest, dieser Kotbehälter, dieses Eitergeschirr! Lasst dieses garstige Rattenhaus sterben, diesen lebendigen Wust, diesen Laimlümmel, diesen Wildfang, diesen Sauwinkel, diese Gestankbüchse, diesen Unrat, dieses lebendige Aas, diesen geschwürsüchtigen Dummkopf, dieses sechs Schuh lange Nichts, lasst ihn sterben, lasst ihn verderben, er ist nicht zu bedauern!»

Am Eingang der Kirche entstand Geraune, Geschiebe, Soldaten drängten nach draussen, durch die aufgerissenen Portale hörte man Trompetenruf und Trommeln. Schreckensbleich raunten sich die Bürger die Nachricht zu: «Der Türke tritt zum Generalsturm an . . .»

Doch das Abendland wurde noch einmal gerettet. Aus Österreich, Ungarn und Polen zog ein Entsatzheer heran, darunter ein junger Offizier, der Jahre später Berühmtheit erlangen sollte. Seit seinem Knabenalter lebte er am Hofe von Versailles, ein entfernter Verwandter des verstorbenen Kardinals Mazarin: Prinz Eugen von Savoyen. Seine Erzieher hatten den Prinzen zur geistlichen Laufbahn bestimmt, denn er war schwächlichen und verwachsenen. Er aber wollte Soldat werden. Eines Tages – gerade achtzehn Jahre alt – hatte er den Sonnenkönig um eine Kompanie Dragoner gebeten. Als Angehöriger des hohen Adels stand ihm dieses Ansinnen zu.

«Prince de Savoye», lächelte der König, «ich halte es für besser – und für sicherer –, wenn Ihr für Euren König betet, anstatt für ihn zu fechten.»

Die Höflinge hatten dem spöttischen Bonmot applaudiert, Prinz Eugen war errötend abgetreten, mit Zorn wegen der Demütigung im Herzen. Er hatte dem Hof von Versail den Rücken gekehrt und war in die kaiserliche Armee eingetreten. Sein Vetter, Prinz Ludwig von Baden, ein Verbündeter Österreichs, nahm ihn in seinen Stab auf. Nun war die Stunde der Feuertaufe gekommen, der zwanzigjährige Prinz, der jüngste Offizier seiner Truppe, ritt im Dragoner-regiment Kufstein auf Nussdorf zu.

Achthundert Mann in roten Röcken mit schwarzen Aufschlägen trabten die staubige Strasse entlang; ihnen folgte das Dragonerregiment Heissler. Die Reiter waren die Vorhut des Heeres, das die Christenheit zu gemeinsamer Abwehr heranführte.

Hinter ihnen waren die Strassen meilenweit von Artillerie, Fussvolk und Reiterei blockiert: Max Emanuel, Kurfürst von Bayern, mit seinen weissblau uniformierten Regimentern, Kurfürst Johann Georg von Sachsen an der Spitze seiner grün-weiss gekleideten Reiter, General von Pöllnitz mit brandenburgi-schen Grenadieren und Musketieren sowie viel geworbenes oder freiwillig her-geströmtes Landsknechtsvolk. Aus dem Böhmischen rückte der Polenkönig Jo-hann Sobieski mit Ulanen, Lanzenreitern und Infanterie heran. Nun endlich, nach Jahrhunderten der Drohung, sollte der Türke seine Entscheidungsschlacht haben.

Vor den Schanzen von Nussdorf krachten die ersten Schüsse, wolkte der Rauch der Batterien auf, der Obrist hob den Degen, die Standarten flatterten im Wind und die Hörner schmetterten. Fächerförmig breiteten sich die Regimenter aus und galoppierten zur Attacke heran. Unter ihnen stürmte auch der noch un-bekannte Prinz Eugen gegen die Schanzen.

Die Schlacht um Wien war entbrannt. 64 500 Kaiserliche standen 174 000 Türken gegenüber.

Zuerst stiessen Dragoner durch den Belagerungsring und nahmen die Ver-bindung mit der abgeschnittenen Besatzung auf. Vom Kahlenberg aus wälzten sich die Armeen über Höhen und Täler. In der Nacht stand der Osten in Flam-men, die geschlagene türkische Armee strömte donauabwärts; das Lager Kara Mustaphas mit all seinen Schätzen, dem Tierpark, den Kaffeesäcken, Harems und Eunuchen fiel am 12. September 1683 in der Hand der Sieger.

Die Rettung kam im letzten Augenblick; keiner der Fürsten, keiner der Ge-neräle, der seine Truppen nicht persönlich angeführt hätte. Der König von Po-len, die Kurfürsten, der Herzog von Lothringen und alle übrigen Fürsten des Reichs hatten sich ohne Zögern dem feindlichen Feuer ausgesetzt und hatten an den Stellen der grössten Gefahr gestanden; so dass es in der Geschichte wenig Schlachten gibt, wo die Streitenden von so verschiedener Herkunft, die Führer von so hohem Rang, der Mut so allgemein und die Folgen des Sieges so wichtig gewesen wären.

An Toten hatte das Entsatzheer 1000 Mann, darunter viele Offiziere, verlo-ren; verwundet waren 3000 Mann. Die Verluste der Türken wurden mit 20 000 gezählt.

Der Triumph über die Türken entsprang wahrscheinlich nicht einmal so sehr der Feldherrnkunst der Sieger, als vielmehr seinem Mangel beim Gegner. Man konnte vermuten, dass der grössere Feldherr gar nicht der ist, welcher seinen Gegenspieler durch bedeutendere Fähigkeiten überragt, sondern vielmehr derjenige, der bloss weniger Fehler macht als der Feind. Zwar mag es auch Generäle geben, die über erhebliche Verstandeskräfte verfügen, aber sie sind selten, und der verständigste, der klügste wird so gut wie in jedem Falle der sein, der sich eher auf die Dummheit des Gegners, als auf die eigene Klugheit verlässt.

*

Unter dem Donner der grossen Stücke lief die *Morian* in Emden ein. Das Volk strömte zusammen. Die Brandenburger kamen aus Afrika! Aber solchen Gewinn, wie ihn Raule erwartet und den Emdenern in Aussicht gestellt hatte, brachten weder die *Morian* noch die *Churprinz*, der ein paar Wochen später von Westindien zurückkehrte.

Die Emdener Bürger waren nicht sonderlich erbaut. Hatten sie doch schon alle Truhen voll Gold gesehen. Nur das Volk, das auf Arbeit wartete, war begeistert. Viele Schauerleute begannen sofort, die Schiffe zu entladen, und abends waren die Schenken voller Menschen.

Nüchterner ging es in den Schreibstuben der Afrikanischen Kompanie zu. Zwei Schiffe wollte man wieder aussenden. Aber der Gesamtertrag der ersten Expedition reichte nicht aus, eine zweite abzufertigen. 44 000 Taler sind dazu notwendig.

«Kredit nehmen», schrieb Raule aus Berlin den Bewindthabern der Kompanie nach Emden. «Grosse Seevorhaben vermögen nicht von heut auf morgen in Schwung zu kommen. Man kann nicht Äpfel von einem Baum klauben, der nicht etliche Jahre alt geworden, also auch nicht von einer jungen Compagnie.»

16 000 Taler Kredit konnte die Kompanie aufnehmen. Anfangs September 1683 segelte der *Wasserhund,* der nur zehn Geschütze führte, nach Gross-Friedrichsburg ab. Schleppender ging es mit dem *Goldenen Löwen* voran. Er lud Material für den Festungsbau, der auf schweren Planwagen aus den brandenburgischen Städten gebracht worden ist, zum Teil auch mit Schiffen aus Kolberg und Pillau. So schickte der Kurfürst aus Kolberg zwei Sechzehnpfünder, Raule aus seinem Magazin in Pillau sechzehn Sechspfünder, aus dem kurfürstlichen Zeughaus zu Berlin langten zwei Zentner Mehlpulver an, ferner ein Zentner Salpeter, ein Zentner Schwefel, 400 Kartätschen, 1500 Handgranaten, 60 Musketen und 30 Piken. Kolberg lieferte 100 Zentner Musketenpulver, Königsberg 300 Pechkränze und 12 dazugehörende eiserne Leuchtpfannen. Spandau hatte sechs Zentner Pirschpulver gesandt, Küstrin schickte Sensen, aufrecht an Stangen gemacht, und 4000 Fussangeln.

Noch einmal traf ein Schiff aus Königsberg mit Dingen für Afrika ein. Es hat Kugelformen an Bord, Leim, Wachs, Zwirne, Laternen, Fackeln, Werg, Hanf und «*soviel Lichte, dass die Garnison 15 Monate damit zukommen kann, wie auch Öle, in den Häusern in Lampen zu brennen*».Die Stadt Wesel schickte Hacken, Schaufeln, Faschinenmesser, Brechstangen und Pfahleisen.

Raule und seine Leute hatten genug zu verbuchen. Aus dem Harz kamen Pallisantnägel, Brettnägel, dann Schlossnägel und Splettnägel, aus Leipzig allerhand Werkzeuge; Preussen lieferte Kalk, Mauersteine, Lehm, Kohle, spanische Reiter, Holz in verschiedenen Arten und Massen. Ganz Brandenburg war an den Lieferungen beteiligt und ebenso die benachbarten Länder.

Pferde wurden bei den ostfriesischen Marschbauern eingehandelt und auf den *Goldenen Löwen* gebracht. Hart- und Raufutter für die Tiere musste besorgt werden; Raule liess es in Emden einkaufen.

Die Emdener Geschäftsleute drängten sich in den Schreibstuben der Kompanie. Sie rechneten ab, empfahlen den Bewindthabern dies und jenes, Zelte, Brote, Branntwein, Roggenmehl, Bohnen, gesalzenen Speck. Draussen knarrten hochbeladene Wagen zum mitten in die Stadt reichenden Hafen. Die ehrsame Schneiderzunft erschien, dann die Schuhmacher. Jeder kurfürstliche Afrikafahrer erhielt zwei Paar Schuhe und einen leichten Anzug samt sechs Hemden. Das Volk johlte vor Begeisterung; leicht rollte nun das Geld, Emden verdiente! Weisses Zeug war ausverkauft, Mehl wurde knapp. Die Gasthöfe waren überfüllt, denn die Offiziere, Ingenieure und Schreiber, die nach Afrika fahren werden, wollten noch nicht auf dem Schiff wohnen.

In der zweiten Oktoberwoche war die *Goldene Löwe* endlich seeklar. Ausser der Schiffsbesatzung führte er für Gross-Friedrichsburg mit sich: Einen Major, einen Leutnant, zwei Fähnriche, einen Ingenieur, zwei Ingenieur-Assistenten, einen Oberchirurgen, einen Unterchirurgen, drei Assistenten, einen Schreiber, einen Konstabler, zwei Schneider, vier Schmiede, fünf Maurer, fünf Zimmerleute und einunddreissig Soldaten. Insgesamt 61 Mann, statt 250! Am 15. Oktober 1683 warf die *Goldene Löwe* die Vertäuung los zur Fahrt in das ferne brandenburgische Land in Afrika, das so gut war wie die Mark selbst.

Es hatte sich gezeigt, dass vorerst noch Geld in die afrikanische Unternehmung gesteckt werden musste. Deshalb schickte der Kurfürst eine Order nach Emden: der Krieg gegen die Türken sei kostspielig gewesen. Es dürfe kein Gewinnanteil ausbezahlt werden, alle müssten die Last des Feldzuges tragen helfen. Gleichzeitig konnte er mit Dänemark ein Abkommen treffen, wonach die Dänen auf St. Thomas in Westindien die «Errichtung einiger kurbrandenburgischer Negereien-Lager» als Zwischenhandelsplatz für den Export erlaubten. Anfangs zeigten die Dänen kein Entgegenkommen, aber dann kommt der Vertrag doch noch zustande und die brandenburgische Kompanie darf Land für die Unterbringung von 200 Sklaven übernehmen.

Kapitel 23: Briefe

Müde schleppte sich eine Kolonne schwarzer Träger durch den Busch. Auf den Köpfen lasteten schwer die Bündel von Elefantenzähnen und Ebenholz, wertvolle Handelsobjekte. Der Speer diente den Leuten als Stütze. Auf den schwarzen Leibern perlte der Schweiss, sie liefen in der dumpfen Wolke ihrer Ausdünstungen. Selbst die mit Feuerwaffen bewehrten Musketiere schleppten Lasten. Welche Gefahren sollten hier drohen? Man war seit vierzehn Tagen auf dem beschwerlichen Marsch durch Busch und Urwald. Und nichts war geschehen. Nachts brüllten ein paar Löwen, und die Hyänen musste man vom Lagerfeuer verscheuchen, weil sie zudringlich wurden. Ein Mann war von einer Schlange gebissen worden, als sie beim Stamm Assama lagerten. Heisse Milch mit Branntwein vermischt und Schiesspulver mit Urin von Buckelochsen milderten die Krämpfe, die seinen Körper schüttelten, nach drei Tagen war der Schwarze wieder wohlauf. Nun waren sie auf dem Heimweg, bald würden sie das Fort erreichen, den Durst löschen und sich ausruhen können.

Harm Jansen ritt als Letzter, mit Danqua und zwei weissen Musketieren. Die Weissen hatten Pferde, die *Wasserhund* und die *Goldene Löwe* hatten welche gebracht; nur Danqua eilte leichtfüssig nebenher. Danqua war ein Aschanti und Harms Sklave, er hatte ihn kürzlich bei den Assamas gekauft. Der Friese spürte jetzt noch die Freude, als vor mehr als drei Wochen die kleine *Wasserhund* bei gutem Wind über die Kimm gesegelt kam. Auf Gross-Friedrichsburg hielten sie das Schiff für alles andere als einen Brandenburger. Blonk schwor Kiel und Anker, es wäre ein englischer *Interlooper*, ein anderer meinte, ein Däne sei es, der schon einmal vor Gross-Friedrichsburg lag – und so behielten sie ihn scharf im Auge, als er immer näherkam. «Brandenburger kann es noch keiner sein! So schnell kommen die nicht, vielleicht im Mai, wenn es gerät!» versicherte Blonk sachkundig. Aber schon einen Augenblick später hatte Jansen mit seinem Fernrohr den roten Adler auf weissem Feld ausmachen können. «Schiesst! Schiesst!» brüllt er dem Stückmeister zu, und als der noch fragend zum Kommandanten schaute, war Jansen selbst zu dem nächsten Geschütz gesprungen und hatte den ersten Begrüssungsschuss gelöst. Blonk wollte in gewohnter Voreiligkeit wegen der Disziplinwidrigkeit ein böses Gesicht machen, doch nun erkannte auch er die brandenburgische Flagge, und liess sofort die restlichen vier Schüsse lösen.

Unter Geschrei und übermütigem Gelächter hatte man die *Wasserhund* entladen. Ja, es ging vorwärts in deutschen Landen! Der Kurfürst und sein Raule, sie schafften es!

Noch grösser war der Jubel, als die *Goldene Löwe* landete. Mehr als Bohnen, Speck und Branntwein dünken Jansen die Dinge für den Festungsbau.

Sauber hatte er alles aufschichten lassen: die Hölzer, die Ziegel, den Kalk, die Werkzeuge, Pulver, Blei und Pechkränze. Er nahm sich kaum Zeit, die neuen Offiziere und Mannschaften kennen zu lernen. Als das Material geborgen war, musste er mit den Trägern nach Assama, einen Teil der Rückfracht für die Schiffe abzuholen. Der weite Marsch in glühender Hitze wurde zur Qual! Aber er war notwendig. Gute Fracht sollten die beiden brandenburgischen Segler mit heimnehmen können. Die ersten Schritte aus der Befreiung vom Handelsmonopol der Holländer waren getan.

Eines Nachmittags waren drei fremde bewaffnete Schwarze vor Gross-Friedrichsburg erschienen und begehrten Einlass. «Hört sie an und fragt nach ihrem Begehr!» rief Major Carl Jakob Bühring, der neue, mit dem *Goldenen Löwen* eingetroffene Kommandant, Harm Jansen zu. Er wusste, dass sich der Unterfaktor gut (oder ausreichend – wieso sollte der Neuling das beurteilen können?) verständigen konnte. Harm hatte inzwischen genug von der einheimischen Sprache gelernt, um einfache Verhandlungen führen zu können. Als er am Tor vor sie trat, verbeugten sie sich tief. Sie seien Häuptlinge von Accada, sagte einer, sie hätten früher unter holländischem Schutz gestanden. Die Holländer kümmerten sich aber nicht mehr um sie. Sie kämen deshalb zu den Brandenburgern, um einen Schutzvertrag zu erlangen.

Gott meint es gut mit unserer Sache, dachte Jansen. Er bat die Häuptlinge in den Hof und unterrichtete den Major. Die Beratung der Offiziere war nur eine Formsache. Major Bühring erklärte schon nach wenigen Minuten: «*Sind zu keiner anderen Ursache hergekommen, als Seiner Churfürstlichen Durchlaucht Nutzen und Bestes zu suchen. So ist es angezeigt, den Negern von Accada den Wunsch zu erfüllen.*» Gleich darauf tranken die Brandenburger mit den Häuptlingen Fetisch.

Harm hatte die Häuptlinge ausgefragt. «Wie weit ist es nach Accada?»

«Drei Tagereisen, Herr.»

«Und wem gehört das Land dahinter?»

«Sie nennen sich Taccarary.»

«Taccarary?» Da fiel ihm die grausame Szene in Elmina wieder ein, wo er als Schiffsjunge zusehen musste, wie ein Schwarzer totgeprügelt wurde. Der Sklave war der Anführer einer Gruppe aus einem Dorf beim Combre-Fluss. Er war vom Stamm der Taccarary! Der Combre-Fluss ergoss sich unweit vom Fort ins Meer, er entsprang tief im Hinterland hinter dem Gebiet der Accada, vielleicht fünf oder sechs Tagesreisen von Gross-Friedrichsburg. Wenn man die Taccarary auch noch gewinnen könnte – Brandenburg wäre an der Goldküste bald so mächtig wie Holland. «Will mich einer von euch hinführen? Ein Fässchen Feuerwasser gibt's als Lohn.»

«Es geht nicht, Herr!» sagen ihm die Häuptlinge. «Die Holländer sitzen dort zu fest.»

Der unnachgiebige Friese überredete trotzdem einen von ihnen und machte sich mit zwei brandenburgischen Musketieren und fünf *Askaris,* bewaffneten Schwarzen, auf. In zwei grossen Kanus fuhren sie stromaufwärts nach Osten durch eine grossartige Landschaft. Der Urwald ging bald in Savanne mit schütterem Baumbestand über; nachts zogen sie ihre Boote auf das Ufer, assen mitgebrachtes Maisbrot oder ein Wildbret, das einer der Askaris erlegt hatte, und schliefen neben den Kanus. Fünf Tage später treffen die Brandenburger auf neugierige Eingeborene, die sie vom Ufer aus beobachten. Ihr Accada-Führer rief sie an. Zögernd kamen die Schwarzen herbei. Ja, hier sei das Gebiet der Häuptlinge von Taccarary, zum Reiche Anta gehörig, und die Holländer seien ihre Herren. Jansen verteilte Geschenke, ein paar Spiegel, Messer und andere Kleinigkeiten. Die Schwarzen freuten sich und erzählten freimütig. Sie seien nicht zufrieden mit ihren holländischen Herren, klagten sie. Sie werden von ihnen schlecht behandelt, wenn sie nicht genug Sklaven herbeischaffen könnten, und sie müssten harte Arbeit leisten ohne Entgelt. Gern würden sie unter dem Schutz anderer Weisser leben.

Der Unterfaktor von Gross-Friedrichsburg gab ihnen den Rat: «Sorgt dafür, dass ihr freikommt! Wenn ihr herrenlos seid, dann holt uns!»

Die Häuptlinge trugen bekümmerte Mienen zur Schau. «Wie sollen wir das? Die Holländer sind mächtig!»

«Wie steht der König von Anta mit dem von Adom?» fragte Jansen, plötzlich von einem Gedanken gepackt. Er hatte vor einiger Zeit gehört, dass die Holländer abseits gelegene kleine Forts sofort verlassen, wenn ein Krieg zwischen den dortigen Stämmen ausbricht und erst zurückkommen, wenn wieder Ruhe herrsche. In Auseinandersetzungen unter den Negerstämmen wollten sie nicht verwickelt werden; das war schädlich für den Handel.

«Oh, grosser Herr, wir haben geschworen, mit den Adomern ewig Frieden zu halten und Fetisch mit ihnen getrunken.»

Der Unterfaktor lachte und schenkte Branntwein ein. Das Fetischtrinken der Neger auf ewigen Frieden kannte er. Sie schwören heute, und morgen bekriegen sie sich wegen irgendeiner Nichtigkeit von neuem. «Und wollt ihr den Frieden einhalten?»

«Fetisch haben wir getrunken!» erwiderte ein alter Häuptling würdevoll.

«Dann kann ich euch nicht helfen!» Jansen schüttelte den Kopf und brummte verstimmt: «Da, sauft! Ist brandenburgisches Feuerwasser!» Die Schwarzen schwiegen – überlegten. Ihre Blicke streiften sich, blickten kurz und scheu zum Weissen, glitten vorüber und wanderten hinaus in die Weite des Landes, irgendwohin. Jansen ahnte, dass er halb gewonnen hatte. Wenn die Adomer und die von Anta wieder aufeinander losgingen, dann könnte Brandenburg ein weiteres Stück afrikanisches Land in den Schoss fallen!

Harm Jansen blieb rastlos. Auf seinen Streifzügen in den Urwald bahnte er Handelsbeziehungen zu den umliegenden Stämmen und Völkern an, kaufte Elfenbein, Sklaven und tauschte Gold gegen Branntwein, billige Stoffe und Gewehre, aber er heckte auch weitergehende Pläne aus. Raule im fernen Brandenburg hätte seine helle Freude, wüsste er, dass hier einer seinen Plänen praktisch vorauseilte. Immer wieder erwog Harm seine Lieblingsidee, tief in das Land einzudringen – zu den sagenhaften Leuten von Aschanti. Er sah zu dem behenden Danqua hinunter. Jansen hatte von dem schwarzen Burschen manch Neues gehört, das ihm wichtig schien. Danqua hatte viel gesehen. Er war in der Hauptstadt Coomassie Sklave eines Cabucirs, flüchtete, weil er vor Sehnsucht nach seiner Liebsten fast verging. Er wollte in sein Heimatdorf zurück, wurde aber von den Assamern gefangen und als Sklave an die Brandenburger verkauft.

Harm wollte schon vor einigen Wochen eine Expedition ausrüsten, um das ferne, reiche Land und dessen König für Brandenburg zu gewinnen. Aber der Gouverneur lehnte ab. «Das sind doch Märchen, von den Negern gut erfunden, um uns hineinzulocken. Unseren geringen Kräften stünden Tausende schwarze Krieger gegenüber; die würden uns bald erledigen!»

Harm gab nicht auf. «Macht einen Bericht zuhanden des Marine-Generaldirecteurs Raule!» verlangt der Unterfaktor. «Mit den Aschantis auf unserer Seite können wir der VOC in Afrika Trotz bieten.»

«Wir wollen uns doch nicht zum Narren machen, Jansen. Unsere Order lautet: Gute Geschäfte mit den Negern an dieser Küste! Ich habe schon mehr als erlaubt ist zu verantworten, wenn Ihr mehrere Tagereisen zur Erkundung ins Land reist. Es kostet auch nicht wenig an Präsenten für die Cabucirs und für den Lohn an die Träger.»

Damals hatte er die erste Ablehnung der weitgreifenden Pläne einstecken müssen; sie trug ihm auch sonst unverhohlenen Spott der Offiziere ein. Aber mit zäher Hartnäckigkeit verfolgt er sie weiter. Unruhe hatte ihn ergriffen, wie einst in den Tagen, als er auf der holländischen *Constantia* durch die Pflicht festgehalten war, während sein ganzes Denken den Seehandelsplänen eines deutschen Fürsten galt. Grösser, viel grösser muss der Kreis des brandenburgischen Einflusses werden, er muss sich an der Küste dauerhaft festsetzen und weit hinein in das Land greifen – so gehen seine Gedanken.

Das tief im Innern Afrikas liegende Reich der Aschantis galt ihm als das Land der Erfüllung für Brandenburgs Macht. Immer wieder hat er die Schwarzen verhört, die zum Reich der Aschantis Kontakt hatten. Alle Berichte, die er von ihnen erhielt, lauteten gleich: Der König der Aschantis ist reich und ungeheuer mächtig. Er residiert in der Hauptstadt Coomassie; unzählige Sklaven arbeiten für ihn und er hat vierhundert Frauen.

Danqua hatte voller Ehrfurcht erzählt, ein Stück pures Gold, so schwer, dass es vier starke Männer nicht heben können, diene ihm als Zaubermittel. Aber lang sei der Weg in das fremde Land und voll Gefahren. Achtzehn Tagreisen wären es, sagte er. Andere meinten, es seien noch mehr.

Es ginge sie nichts an, meinten Blonk und Bühring, was drinnen im Urwald sei. Dort sollten die schwarzen Könige nach Belieben hausen. Man habe die Küstenvölker als Mittler. Allein konnte Harm Jansen nicht in die Wildnis vordringen. Er brauchte Träger und Bewaffnete, er brauchte Geschenke für die Häuptlinge und Könige – das kostet Geld. Wen konnte er für sein Vorhaben gewinnen? Blonk – so war es Harm vorgekommen – hatte Bühring leicht säuerlich empfangen; er hatte sich wohl schon selbst als Kommandant von Gross-Friedrichsburg gesehen und die Ernennung erwartet. Aber statt ihrer kam Major Bühring. Ist ein Brandenburger, kein Holländer wie Blonk!

Harm hatte mit der Expedition nach Coomassie abwarten müssen. Noch war die Zeit dazu nicht reif. Aber wenn die Brandenburger einmal an der Küste festsitzen, dann will er den Marsch in das Innere wagen. Er hat Brandenburg viele Freunde unter den Nachbarstämmen geschaffen. Aber es musste mehr geschehen! Carl Jakob Bühring und Pieter Berend Blonk sammelten Taler, soffen Branntwein, brüllten die Leute an, holen sich schwarze Mädchen ins Logis. Bühring und Blonk trieben mit der Order des Kurfürsten Schindluder! «Die Brandenburger sind nicht besser als die Holländer», dachte Jansen. Die Tage und Ereignisse der letzten Zeit nährten seinen Verdacht, dass Bühring und Blonk zu eigenem Vorteil zuviel Handel mit den Schwarzen trieben. Für hundert Dukaten durfte jeder auf eigene Rechnung Geschäfte machen. Das war jedem vom Kurfürsten zugestanden worden. Nicht mehr. Er nahm sich vor, sie schärfer zu beobachten. «Die Vorgesetzten stehen für Brandenburg!» sagt er sich. «Wenn Blonk und Bühring in die eigene Tasche arbeiten, wie soll es dann geraten? Der Fisch fängt beim Kopf zu stinken an!»

*

Der blonde Friese blieb ein einsamer Idealist auf Gross-Friedrichsburg. Ständig wälzte er Gedanken, die anderen Leuten gar nicht in den Sinn kamen.

«Wie wäre es», schlug er eines Tages vor, «wenn wir einen Cabucir nach Berlin vor den Kurfürsten schickten? Wir könnten den Schwarzen unsere Macht und Stärke sinnfällig vor Augen führen. Das würde die Mohren mehr an Brandenburg binden und besser wirken als manches Geschenk.»

Bühring und Blonk brachen in schallendes Gelächter aus, als ihnen Jansen den Plan vortrug. «Wir haben Seiner Durchlaucht doch schon Schwarze als Sklaven gesandt. Wozu noch einen schwarzen Prinzen?» Sie konnten sich nicht vorstellen, dass es Jansen mit seiner Meinung ernst war. Aber der liess nicht locker und zählt weitere Gründe auf, bis den beiden das Lachen vergeht. Sie waren Soldaten, keine Diplomaten, aber an dem Vorschlag war doch etwas daran. Sie dachten nach und wägten ab; Blonk vergass sogar seinen geliebten Branntwein. Noch am gleichen Tag wurde der Unterfaktor Jansen beauftragt, mit den Negern zu verhandeln, ob einer der ihren nach Berlin zum grossen Herrn reisen wolle.

Er musste keine grossen Überredungskünste einsetzen, die Häuptlinge waren schnell einverstanden, einige gar begeistert. Die Brandenburger waren beliebt. Schnell konnte Jansen seinen Vorgesetzten das Einverständnis melden.

«Ihr geht aber ran, Jansen! Ich bin allerdings nicht sicher, ob es Seiner Durchlaucht gefallen wird!» Bühring kratzte sich den struppigen Schädel. Ja, der Jansen schafft nur Arbeit und Plage – dafür war der Major nicht nach Afrika gekommen! Man suchte einige Abenteuer, einen Ranzen voll Goldstaub, die Schwarzen, soweit sie widerspenstig waren, Gehorsam lehren, und sonst eigentlich nur ein bequemes Leben. Die Glorie seines Fürsten wahrte man schon damit, dass man überhaupt hier in fremdem Land war, die Feuerwaffen und die brandenburgische Flagge zeigte, Hiebe austeilte und zu gelegener Stunde auch Geschenke. Aber schliesslich: Jansen hatte wohl recht, auch wenn es einem nicht behagte. Darum wurden Boten ausgesandt, die die Häuptlinge zu einem Palaver in das Fort bestellen sollten.

Am 12. Mai 1685 waren alle gekommen. Bühring hatte Krüge mit dem begehrten Branntwein zur Begrüssung bringen lassen. Er wollte ›seine Schwarzen‹ bei guter Stimmung wissen. Mit vorgestreckten Hälsen lauschten die Häuptlinge den langsamen und klaren Worten Jansens. So oft der Name des Kurfürsten ertönte, schlugen sie die Hände über die Brust und neigen sich. Und lautes Zustimmungsgeschrei erhob sich, als er fragte, ob sie eine Ergebenheitsadresse an den weissen Monarchen unterzeichnen wollten. Sie drängten sich zum klobigen Tisch unterm Flaggenmast und malten ihre Handzeichen auf das Pergament.

Während Bühring die Krüge wieder mit Branntwein füllen und herumreichen liess, berieten die Schwarzen, wer zum grossen Monarchen reisen dürfte. Sie entschieden sich für Caotomi vom Stamm der Assama. Caotomi ist ein gescheiter Kopf, das wusste Jansen, er sprach etwas Portugiesisch, etwas Holländisch und auch ein paar Brocken Deutsch, er war muskulös und gut gewachsen und somit sicherlich geeignet, in Berlin Eindruck zu machen. Und er musste Eindruck machen! Längst war es Jansen klar, wie schwierig sich die Lage der Besatzung von Gross-Friedrichsburg inzwischen zeigte. Mit Glanz und Pracht soll sich der Hof zu Berlin dem Negerprinzen zeigen. Er ahnt nicht, dass sein Auftreten das Interesse am fremden, schwarzen Land wecken und fördern soll.

*

Wieder einmal war ganz Berlin auf den Beinen. Tausende drängten sich vor dem kurfürstlichen Schloss, sie stiessen und schrieen und schimpften, wenn sie unversehens angerempelt wurden. Unerhörtes war geschehen. Ein schwarzer Fürst, einer aus dem Negerland Afrika, wird heute Seiner Durchlaucht Aufwartung machen! Die Neugier der Leute war gross. Ob er nackt gehe oder in Goldstoffgewändern? Ob er auf einem Elefanten reite?

Kurfürstliche Dragoner bahnten den Weg durch die Menge vom Raule-Haus herüber. Und hinter ihnen kam wahrhaftig eine Staatskarosse zum Vorschein, mit vier Schimmeln bespannt!

Der Wagen fuhr in den Schlosshof ein, vorbei an der Wache im Gewehr. Zum ersten Mal im Leben präsentierte sie vor einem Negerfürsten. «Schwarzen sind als Sklaven gut, wie sollten wir stillstehen vor einem Schwarzen, von dem man nicht einmal weiss, ob er zu den Menschen zu zählen ist!» murrte der Sergeant der Wache.

Der schwarze Prinz war ausgestiegen und stieg, in Begleitung von Leutnant Graf Nostiz, die breiten Stiegen hinan. Der Kurfürst hatte die ganze Pracht des Hofes befohlen. Man sollte dem Abgesandten aus dem schwarzen Erdteile zeigen, welche Macht Brandenburg darstellte. Lakaien standen auf den Treppen Spalier und hielten (am hellen Tag!) riesige Leuchter mit brennenden Wachskerzen hoch. Teppiche waren ausgelegt, die den Schritt dämpften, Spiegel glänzten an den Wänden, lautlos öffneten sich die Türen zum grossen Saal, der in feierliche Lichterflut getaucht wurde. Blitzende Uniformen, kostbarer Schmuck der Damen, erwartungsvolle Augen! Der Kurfürst hatte alles eingeladen, was in seiner Residenz Rang und Namen trug. Der schwarze Fürst staunte, aber er konnte es gut verbergen und zeigte weder Zaudern noch Unsicherheit. Stolz durchschritt er die Reihen, gelangte vor den Kurfürsten und neigte sich tief zur Erde. Gelassen überreichte er die Ergebenheitsadresse, die am 12. Mai 1685 zwischen den Brandenburgern und allen Häuptlingen verfasst worden war. Interessiert verharrte der Blick Friedrich Wilhelms auf der dunkelhäutigen, selbstbewussten Gestalt. Er liess dem Schwarzen seinen Gruss und Dank sagen und nötigte ihn, mit ihm an der Tafel voller erlesener Gerichte Platz zu nehmen. Reserviert und sensationslüstern steckte das illustre Publikum die Köpfe zusammen. Wie er wohl essen werde, der Negerfürst? Ob er das Glas richtig zu gebrauchen wisse? Aber Häuptling Caotomi liess sich Zeit. Graf Nostiz hatte ihm längst schon Ratschläge gegeben, besonders jenen, auf Mund und Hände der anderen zu achten, bevor er selbst etwas beginne, das ihm neu sei. Caotomi hielt sich daran, lässig, als sei es die alltäglichste Sache der Welt, machte er jeden Griff den andern nach. Raunend muss man an der Tafel zur Kenntnis nehmen, dass man diesen Schwarzen unterschätzt habe.

Als das Hoforchester mit höfischer Musik einsetzte, lauschte der empfängliche Schwarze entrückt den unbekannten Klängen, verzückt beobachtete er die

Tanzenden, die edlen Kavaliere und die schönen, weisshäutigen Frauen in ihren kostbaren Gewändern. Und Graf Nostiz notierte für ihn die Adressen der Damen, die mit freundlichem Blick und sinnlichem Lächeln den Negerfürsten (und notgedrungen seinen gräflichen Begleiter) für die nächsten Tage zu Besuch laden. Dem Leutnant war von Anfang an klar, dass sie beide von einem Salon zum andern herumgereicht würden.

Der Kurfürst zog sich bald aus dem Festtrubel zurück, weil die Gicht ihn wieder zu plagen begann. Aber der Rat Meinders bat Graf Nostiz und Caotomi bald in das kurfürstliche Arbeitszimmer. Die Blicke des Schwarzen tasteten alle Gegenstände im Raum ab, während Graf Nostiz die Fragen beantwortete. Friedrich Wilhelm ist zufrieden mit dem Tag. «Ihr habt mein Wohlwollen, Leutnant von Nostiz! Zeigt ihm alles, lasst ihn alles sehen! Das Zeughaus, die Kasernen, die Bildergalerie, unsere Kirchen. Ihr wisst schon! Und die Gegengeschenke schicke ich ihm in sein Quartier. Behandelt ihn aufs beste!»

Mit feierlichem Ernst, ja fast ergriffen verabschiedete sich der schwarze Häuptling von seinem Fürsten. Caotomi war überzeugt, dass die Autorität und der Schutz des mächtigsten Gebieters im Lande der Weissen über seinem Volk schwebte. Lächelnd und mit klarem Blick sah ihm Friedrich Wilhelm nach.

Am 9. Dezember ging Caotomi, von ganz Emden bestaunt, an Bord eines Afrikafahrers, um in seine Heimat zurückzukehren. Sein Besuch war ein grosser Erfolg – doch scheinbar nicht für alle. Fluchend schrieb ein kurfürstlicher Finanzbeamter zu Berlin in das Hofrechnungsregister: «*Für den schwarzen Cabucir samth Diener 253 Taler an Zehrungskosten und Fuhrlohn ausgegeben!.*» Es war der letzte Posten, den der Besuch von Häuptling Caotomi verursacht hatte. Mehr als dreitausend Taler standen schon auf der Soll-Seite, soviel hatte der Aufenthalt des schwarzen Stammes-Regenten gekostet. Die Präsente noch gar nicht gerechnet. «Schade um das schöne Geld!» murrte der Fiskal Reinermann. Mit heftigem Knall schlug er das Buch zu.

*

Im nassen Watt vor Borkum grub Greta Jansen seit Stunden nach dem Pierwurm, der im Schlick lebt und den die Fischer zu Hunderten für den Fischfang brauchten. Eine harte und mühselige Arbeit; das Kreuz schmerzte bald von der ewig gebückten Haltung. Es war Frauenarbeit, der Fischfang Männersache. Greta hat sich weit nach draussen gewagt, hier waren die Würmer fetter und leichter zu finden. Im ewig säuselnden Wind konnte sie die Stimme nicht hören, die vom Heller aus wiederholt nach ihr rief.

«He, Ihr! Greta Jansen!»

Endlich vernahm sie den Ruf; die Stimme schien ihr fremd. Sie drehte sich um und hielt in ihrer Arbeit inne.

Ein langer, junger Mensch, dem die Haare weissblond um die Stirne wehten, kam durch den Schlick auf sie zu. Er lachte sie an. Sie verharrte still und plagte sich im Nachdenken, wer das wohl sei.

«Der Wind bläst seewärts, da konntet Ihr mich nicht hören, Greta. Eure Mutter schickt mich. ich komme von Hamburg über Emden und hab – he, nicht so!» Der Mann sprang rasch zu Greta, die leichenblass geworden war. Der Junge hatte lebhafte helle Augen, er war kaum älter als Greta.

Der Schlick spritzte unter seinem Sprung hoch. «Ihr wollt wohl umfallen?» Er stützte sie mit kräftiger Hand. Aber sie machte sich hastig los. «Ich danke Euch. Was bringt Ihr? Ist's von Harm? Gutes oder Schlechtes?» Sie hob fragend den Blick zum Mann.

Der starrte sie an und vergass, was er sagen wollte. Greta packte ihn mit schlicknassen Händen am Arm und rüttelte ihn. «Peinigt mich nicht! Redet!»

Da lachte er wieder. «Will hoffen, nur Gutes, Greta! Ich weiss doch nicht, was im Brief steht. Hab' ihn nur mitgebracht aus Emden. Er liegt bei Eurer Mutter, kommt schnell nach Hause!»

Greta Jansen lief schon davon, so schnell, wie der saugende Schlick es zuliess. «He – das Geschirr!» rief der Junge ihr nach. Das Geschirr, in dem sie die Piers geborgen hatte, war vergessen. Der junge Mensch sah ihr nach, bis der helle Weiberrock in den Dünen verschwunden ist. Da nahm er das Geschirr auf und stapfte dem Land zu. Er lachte vor sich hin und sang ein kleines Lied in den Wind.

Die Mutter sass in der Stube, hielt das grosse, gefaltete und gesiegelte Papier auf den Knien und hatte die Augen voller Tränen. Der eineinhalbjährige Hinnerk hockte auf dem Boden und verlangte mit patschigen Fingern nach dem Papier. Er krähte aus voller Lunge, weil die Grossmutter seine Hände immer wieder zurückschob. Da flog die Tür auf, atemlos stürzte Greta herein, war schon bei der Mutter und fingerte am Siegel.

«Du kannst lesen?» fragte die alte Frau verwundert und tat, als wüsste sie es nicht. Oft schon hatte sie Greta in der Bibel lesen sehen, aber als sie den Brief des Sohnes in Händen hielt, war ihr, als könnte diesen niemand entziffern als der Pastor oder der Vogt.

Greta wollte lesen, was Harm ihr geschrieben hatte. Aber zum ersten Mal sah sie seine Schrift. Wie benommen starrte sie das Briefblatt an, als zeigten diese braunschwarzen Zeichen das Gesicht des geliebten Mannes, als könnte sie aus ihnen sein Gesicht erkennen, könnte aus den Zeilen erkennen, wie es ihm ging, gut oder nicht.

«Lies!» forderte die Mutter ungeduldig.

«Ja!» Greta schrak zusammen. Es war ihr nicht bewusst, dass sie noch nicht gelesen hatte, sie glaubte, schon alles zu wissen, sein Gesicht sah sie vor sich, seinen Atem spürte sie, seine Hände, die sich in rauer Zärtlichkeit um sie schmiegten. Und nun musste sie lesen!

Sie las langsam, Wort für Wort. Und je tiefer sie in den Brief geriet, umso langsamer, ernster und leiser wurde ihre Stimme. Sein Brief war lang, Seltsames und Schauriges hatte er geschrieben, von unendlich weiten Wassern, vom Sommer, den sie zu gleicher Zeit dort hatten, wenn Borkum unter dem Eis begraben lag, von schwarzen Teufeln, von riesigen Bäumen, vom Urwald, von wilden Tieren und von Gold. «Wollen unserem gnädigsten Herrn ein grosses Reich gewinnen unter fremder Sonne und werden reichen Handel treiben. Brandenburg soll ein grosses Ansehen davon haben, und die andern, die so stolz sind wie die zu Holland, zu England und gar die Franzosen, werden uns nie mehr für tumbe Lümmel halten können. Du sollst mir schreiben, wie es zu Borkum geht. Wie hast Du das Kind getauft? Ich denke immer, dass es ein Junge worden ist, es soll aber mich und Dich nicht kränken, wenn es nur ein Mädchen ist. Sei gut zu ihm, Greta, und erziehe es zu einem aufrechten Menschen, auf dass es schon gross und stark ist, wenn ich wiederkomme. Wird für gewiss noch eine Zeit lang dauern, weil wir erst im Anfang stehen und die Brandenburger kaum jemand haben, der ihnen im Afrikanischen von Nutzen ist. Muss schon selbst zum Zeug schauen.»

Leise spricht Greta die letzten Worte. Müde liess sie die Hände mit dem Brief sinken.

«Er kommt nicht!» sagte die Mutter. «So sind sie!»

«Er kommt nicht!» wiederholte Greta dumpf. Sie konnte es nicht verstehen, warum es so war. Mutlos starrte sie zu Boden. Sie hatte nicht darauf geachtet, dass der kleine Hinnerk hergerutscht ist und ihr den Brief aus den Händen genommen hatte. Erst als das Papier in den kleinen Fäusten knisterte, fuhr sie erschreckt zusammen, bückte sich schnell und entriss dem Kind den Brief. Der Kleine begann wegen der ungewohnten Heftigkeit zu weinend, brach aber plötzlich ab, denn von draussen fiel ein Schatten in die Kammer und ein Schritt tappte näher.

«Habt Euern Pier im Watt gelassen!» lachte der junge Mann. Er hielt ihr das Geschirr hin.

Verwirrt nahm es Greta an sich. «Danke.»

Da trat die Mutter herzu. «Setzt Euch, Heiko. Werdet ein Glas Rum nicht abschlagen!»

«Niemals, Mutter Jansen!» lachte der Mann und schaute dabei auf Greta. Die sah mit flüchtigem Seitenblick in sein braunes Gesicht. Der lacht immer, dachte sie. Wie kann ein Mensch nur immer lachen? Sie wandte sich traurig ab.

«Was schreibt Harm, mein Freund und Bruder?» fragte er. Die Mutter war in die Kammer gegangen, um den Krug mit Rum zu holen.

Greta spürte, wie ihr das Blut in die Schläfen stieg. «Ihr kennt ihn?»

Da lachte der Mann wieder. Ach ja, das war auch eine dumme Frage! Es ist Heiko Korte, der vor ihr sass, der Sohn des Pastors, ihr Tischnachbar an ihrem Hochzeitstag. Damals weilten alle Borkumer Leute in der Jansen-Kate zu Gast. Sein Vater hatte wenig Freude mit ihm, weil er nicht Pastor werden wollte, sondern zur See gegangen war.

«Kennen?» lachte Heiko belustigt. «Und ob! ich war noch keine sieben Jahre alt, als er zum ersten Mal von Afrika nach Hause kam. Oder war es Indien – oder China? Na, jedenfalls hat mich der wilde Harm mitgenommen, wenn er mit den Fischern hier auf Fang ging. Den Vater hat's verdrossen. Waren zusammen in Sturm und Wetter. Und ich habe geflennt wie ein siebenseidener Backfisch, als er im Jahr darauf nach Hamburg auf Fahrt ging. Er konnte mich nicht mitnehmen, weil ich zu jung war. Aber jetzt habe ich ihm schon manches nachgemacht! Vier Jahre zu Hamburg, auf ostischen Schiffen, Pillau, Riga und noch weiter! – Danke, Mutter Jansen! Schenkt nur recht voll! Mit Zweiundzwanzig schmeckt einem alles doppelt gut!» Die alte Frau goss randvoll.

«So ist's recht, Mutter Jansen! Beim Vater Pastor gibt's das nicht. Der kennt nur dünnen Branntwein! Sollt leben!» Er hob das Glas in Richtung der Frauen und trank den Rum geniesserisch langsam aus.

«Du solltest mit Heiko zum Herrn Pastor gehen!» wandte sich die alte Frau an Greta. «Er wird den Brief lesen wollen!»

«Ja!» sagte die Junge und stand eine Weile in sich versunken da. Dann streifte sie langsam die Schürze ab; nass und schmutzig war sie vom Schlick. Denn so konnte sie nicht hinüber ins Pfarrhaus. Karl Korte, der alte Pastor, empfing sie freundlich. Es war ganz normal, dass die Leute mit allem Aussergewöhnlichem zu ihm kamen, und ein Brief von Harm war ohne Zweifel etwas Besonderes. Er hatte den Brief im letzten Tageslicht gelesen. Dann sassen sie beisammen, der Pastor und seine gebeugte, etwas verschrumpelte Frau, der älteste Sohn Hannes, auch Heiko, der heute über Emden aus Hamburg gekommen war, und schliesslich Greta Jansen.

«Es gefällt dem Herrn, seine Menschen zu prüfen», sagte Karl Korte, und es klang, als predige er in der Kirche. Seine Frau entzündete indessen mit zittrigen Fingern die Tranlampe. Der süsse brenzlige Geruch legte sich beklemmend auf die Lungen. Greta starrte in das trübe, schmale Licht, als sähe sie dort etwas Besonderes. Frau Korte servierte den üblichen Tee, der den Kandis zum Knistern brachte, als sie ihn in den flachen Tassen übergoss. Mit einem flachen Schöpflöffelchen *legte* sie frischen Rahm auf die Oberfläche. Die Bewegungen der unansehnlichen Frau waren feierlich und zeremoniell; alle sahen ihr andächtig zu und genossen den feinen Teeduft, der den Raum bald durchzog.

«Harm hat Grosses vor!» sagte Heiko, seine Stimme klang klar über die Köpfe der andern hinweg.

«Ein Blut, das fiebert! Er könnte auch zu Borkum Grosses schaffen!» verwies der Pastor.

«Was soll er schon hier? Mühselig fischen? Und nach Emden zinsen?» knurrte Heiko. Greta bemerkte sehr wohl, dass er diesmal nicht lachte.

«Das kann auch nicht ewig so weitergehen», warf Hannes ruhig ein. «Wir sollten ein Gesuch stellen, dass die Zinssteuer anders formuliert wird.»

«Das wollt ihr schon seit zwei Menschenaltern! Aber die zu Emden brauchen Kalk, und ihr müsst dazu den Schill an Abgaben liefern und Seeschollen zehnten, wie es im Steueredikt geschrieben steht: ›*Müssen ihrer sechsundzwanzig Schollen für jeden sein, so auf unseren Inseln wohnen.*‹ Was bleibt da noch übrig? Aber ihr glaubt wohl, man könnte auch noch Karnickel fangen und Eier von Möwen und Brandgänsen sammeln?» Unmutig sieht Heiko Korte in die Runde.

«Wo wird nicht gezehntet, mein Sohn?» fragte der Pastor mild. Er dachte dabei aber doch mit einiger Erbitterung an den Bruder Amtsgenossen zu Marienhafe, der allein zweihundert trockene Schollen im Jahr zu erhalten hatte. Auf Borkum war noch kein Pastor bei den hundert Seelen reich geworden. Wohl aber wurden die Söhne Fischer oder Seeleute, so wie es ihm mit seinen eigenen Kindern erging. Wozu hatte man zu Wittenberge studiert?

Greta hörte dem Reden von Zehent und Seeschollen teilnahmslos zu. Ihr brannte eine ganz andere Frage auf der Zunge, aber sie wollte nicht heraus damit. Scheu wanderte ihr Blick von einem zum anderen. Wer könnte ihr eine Antwort geben? Wann dürfe sie hoffen, dass Harm nach Hause kommt? Davon schrieb er nichts, nannte weder Tag noch Jahr. Werden noch Jahre vergehen? Was würde aus ihr? Gretas Augen blieben am Pastor hängen, der nun in ruhigen Worten von Harm, von Jan und dem längst toten Vater Jansen zu erzählen begann. Sie merkte nicht, dass der Pastor absichtlich davon sprach, er wollte sie mit dem Gedanken vertraut machen, dass sie vielleicht noch lange Zeit warten müsste. Karl Korte kennt die Jansens, er weiss um ihr Blut und um ihre Dickschädeligkeit. Auf Borkum gab es noch mehr, die gleichen Wesens waren.

Es wird spät, als der Pastor Gute Nacht wünscht. Seine Frau war in der Sofaecke eingeschlafen. Wie ein kleines verlorenes Etwas lehnte sie dort. Greta stand auf und sagte ihren Dank. Seltsam getröstet ging sie zur Tür.

Draussen war eine Brise aufgefrischt, sie blies kräftig um die Hausecken und knisterte im Rohrstroh der Dächer.

«Bring die Laterne!» befahl Pastor Korte zu Hannes. «Die Greta soll sich nicht im Finstern auf den Heimweg machen!»

«Ich werde sie begleiten!» sagte Heiko und atmete auf, als sich das Tor des Pastorhauses hinter ihnen schloss. Er mochte die kraftlos milden Reden seines Vaters nicht. Sie standen draussen in der Maiennacht, im Fauchen der Brise. Schmal ergoss sich das silberne Licht des Mondes über die Dünen und verlor sich irgendwo in der noch müden See, die nur widerwillig unter dem anschwellenden Wind lange Wellen mit verhaltenem Rauschen auf den Strand wälzte.

«Danke, Heiko, aber es ist nicht nötig! Ich finde den Weg alleine!» Greta wehrte leise, aber bestimmt ab. Sie wollte nicht mit dem jungen Mann an ihrer Seite durch die Nacht gehen. Da blieb er stehen und leuchtete ihr mit der Laterne ins Gesicht. «Was habt Ihr, Greta? Der Weg ist in einer Halbstunde kaum zu machen. Es ist kurzweiliger, jemand bei sich zu haben.»

Sie schüttelte den Kopf und sah ihn ernst an.

Heiko Korte lachte, aber es klang nicht so frei wie sonst. Er nahm das Licht herunter und wich ein wenig von ihrer Seite. «Kommt!» sagte er begütigend. «Es ist nicht gut für ein junges Frauenzimmer, meilenweit allein im Finstern zu hasten.»

Schweigend liefen sie hinaus in die Nacht. Einsam pendelte das kleine, schwelende Licht in der Dunkelheit zwischen den beiden jungen Menschen. Sie schlugen den Dünenweg ein, vorbei an dem tiefen Einschnitt, die die See in einem Wintersturm geschlagen hatte, dort rauschte es gewaltig auf.

«Müssen uns mehr rechts halten! Geraten sonst hinein!»

«Weiss es!» antwortete Greta.

Schweigend gingen sie Seite an Seite weiter. «Ich bin neunzehn», sagte er plötzlich und fügte gleich die Frage an:»Wie als bist du?»

Sie schwieg. Seit drei Jahren lebte sie jetzt schon auf dieser kargen Insel. Jansens waren arm, aber das quälte sie nicht, Armut war ihr Schicksal, seit sie denken konnte. Die Mutter und sie mussten nie Hunger leiden und hatten ein bescheidenes Auskommen. Arbeiten konnte Greta auch; nichts war ihr zu viel, nichts zu mühsam. Und doch – der Gedanke, dass es immer so weiter gehen sollte, immer im gleichen Trott, bis sie alt und verbraucht sei – wie die Mutter oder die verschrumpelte kleine Pastorsfrau –, nie ein bisschen mehr Wohlstand und keinen Nutzen aus eigener Arbeit, dieser Gedanke war unerträglich. Kommt er nie zurück, müsste sie immer alleine bleiben?

«Sag», bohrte er.

«Zwanzig. – Oder Hundert.»

Er warf ihr von der Seite her einen Blick zu. Sie ist gross und schmal und nicht so hellhaarig, wie die Mädchen der Insel. Schmuck sieht sie aus, dachte er. Sie sollte nur den Kopf ein wenig höher tragen. Die Sorge um Harm wird sie niederdrücken. Auch sieht sie viel zu ernst und traurig drein. Da tat sie ihm plötzlich leid, und er wollte ihr etwas Tröstliches, Freundliches sagen. Er begann er reden. Von Harm, von Afrika, von der Schifffahrt, und dass jeder rechte Kerl einer Aufgabe folgen müsse. «Harm, ja, der ist zum Seefahrer geboren, der muss mit beiden Füssen im Leben stehen, wo es am vollsten ist, das musst du verstehen.» So prahlte und redete er auf die junge Frau ein. Sie ging immer noch mit gesenktem Kopfe neben ihm her und hatte nur ein schwaches Lächeln für seine Trostworte. Eigentlich war es Heiko gar nicht darum, Harm Jansen zu loben. Und je mehr er es tat, umso grösser wuchs seine Abneigung. Weil er es aber nicht lange aushielt, sich zu verstellen, hörte er schliesslich auf, von Harm zu reden. «In einer Woche muss ich wieder in Emden sein!» sagte er plötzlich, und seine Stimme klang rau. «Ist doch schade! Oder?»

Greta schwieg.

Sie wollte ihm keine Antwort geben. Er bettelte wahrhaftig die ganze Zeit insgeheim um einen freundlichen Blick von ihr. Schön und stolz und traurig erschien ihm das junge Weib. Heiss stieg in ihm das Blut empor. «Keine Heuer könnte mich locken, gäbe es in Borkum eine so wie Ihr, Greta!» Er hatte sich im Gehen näher an sie gedrängt und die Laterne in die linke Hand genommen.

Greta schritt schneller aus. Unruhe und eine beklemmende Ahnung stieg in ihr hoch, die Glieder wurden schwer.

«Glaubt Ihr das auch, Greta?»

«Ja!» sagte sie leise und hoffte, es werde genügen.

Er packte sie im Gehen am Arm. «Solltest nicht so rennen, Greta!»

Sie wollte sich befreien, aber er hielt sie fest. «Lass mich los!» rief sie lauter.

Er tat, als hörte er nichts, hielt sie immer noch fest und blieb stehen. Er stellte die Lampe ab, so standen sie einsam mitten in den weiten Dünen. Das Dünengras sang leise in der Brise. Heiko Korte näherte sein Gesicht der Greta, beugte sich über sie und bemerkte den lockenden Duft ihrer Haut. Sie spürte seinen heissen Atem, wollte fliehen, aber die Knie waren kraftlos. Sein Gesicht war knapp vor ihrem.

«Schön bist du, Greta!» flüsterte er heiser und griff mit der zweiten Hand nach ihr. «Zu schön, um zu verdorren! Harm hat dich längst vergessen!» Er wollte sie an sich ziehen, aber der Name *Harm* traf sie wie ein Blitz. Jäh und mit Kraft, auf die der Mann nicht gefasst war, riss sie sich los – schon ist sie hinter der nächsten Düne verschwunden. Er griff nach der Laterne und wollte ihr nacheilen. Aber dann besann er sich und blieb stehen. Düne reihte sich an Düne, dunkel und still lag das Land, nur der Wind fuhr mit leisem Fauchen durch die Gräser und trieb den Sand vor sich her. Heiko stand eine Weile in dumpfer Benommenheit; sein Blut war voll Verlangen. «Greta!» rief er zweimal, dreimal in die Nacht. Er lauschte – ihm war, als höre er im Sand ihre flüchtigen Schritte. Aber der Wind narrte ihn.

*

Mit jagenden Pulsen langte Greta bei der Kate an. Argwöhnisch sah sie zurück. Nein, er folgte ihr nicht. Erschöpft lehnte sie an der Hauswand. Ein paar Atemzüge lang wollte sie zuwarten, ehe sie ins Haus trat. Sie musste erst ruhig werden, das Herzklopfen verlieren und die würgende Angst. Heiko war zurückgeblieben, aber die Vorsicht mahnte noch immer in ihr.

Dünn zitterte das Sternenlicht über der See und über Borkum. Der Mond stand weit und tief im Westen. Leise klagend sang der nun ersterbende Wind im Dach des kleinen Hauses und strich Greta über die heissen Wangen. Sie beruhigt sich langsam. Aus dem Haus drang die Kinderstimme, sie ging hinein und beugte sich über die Schlafbutze, in welcher der Knabe lag und vor dem Einschlafen noch vergnügt lallte. Sie presste ihn ungestüm an sich, dass er zu schreien begann.

« Lass ihn! Er will schlafen!» mahnte die Mutter und stellte die Grütze auf den Tisch, die sie für Greta auf dem Torffeuer warmgehalten hatte. Die Junge isst schweigend. Die alte Frau greift eifrig nach dem Brief, den Greta dort hingelegt hatte. Mit zittriger Hand glättete sie ihn auf dem rauen Tisch und betrachtete die Schriftzeichen aus alten, verbrauchten Augen. «So rede doch schon!» sagte sie plötzlich, weil sie durch Anstarren doch nichts erfährt. «Was weiss der Pastor?»

«Liegt alles in Gottes Hand! Das hat er mir zum Abschied gesagt. Soll alles recht werden!»

«Ja, ja!» nickte die Mutter. «Wir müssen warten! Immer nur warten!» Gebeugt und mit müden Schritten ging sie aus der Kammer in ihren Alkoven. Den Brief nahm sie mit sich. Greta wollte ihn an sich nehmen, aber die Alte war ihr zuvorgekommen. Sie wird den Brief unter das Kopfkissen stecken und darauf schlafen.

Mit verlorenem Blick, den Arm nach dem Brief noch ausgestreckt, sah Greta der Mutter nach. Trüb flackerte das Licht. Greta schnitt ein Stück Brot ab, bestreute es mit Salz und Asche und machte das Kreuzzeichen darüber. Sie ging zum Fenster, um das Brot auf die Fensterbank zu legen. Der alte magische Brauch soll ihr Schicksal prophezeien: Ist es am frühen Morgen noch da, dann wird alles gut. Ist es verschwunden, dann schwindet auch alles Glück. Die Flamme in der Lampe erlosch in der Zugluft, als Greta die kleine Luke öffnete und das Brot hinauslegte. Behutsam schloss sie das Fenster. Im Finstern entkleidete sie sich. Ihre Hände glitten über die Brüste, die prall und fest waren. Sie schmerzten ein wenig, aber es war ein wollüstiger Schmerz. Harm, dachte sie und schloss trotz der Dunkelheit die Augen, um das Bild des Mannes zu beschwören. Aber sie erschrak; was sie in ihrer Phantasie sah, war nicht Harm – ein anderes Antlitz wollte sich ihr aufdrängen. Greta zog den Vorhang ihrer Schlafbutze zu und vergrub sich in die Seegraspolster. Ihre Glieder waren schwer wie von Blei, und in den Handflächen juckte es wie von tausend Ameisen. Als sie endlich einschlief, verfolgten sie zwei lachende Augen.

Am Morgen schaute sie sofort nach der Brotschnitte. Halb angefressen lag sie in der regenträchtigen Maimorgenfrühe auf der Fensterbank. Von einem wilden Kaninchen vielleicht. Aber die junge Frau wusste das Orakel nicht zu deuten. Ratlos schaute sie auf das Brotstück. Glück oder Unglück? Jedes zur Hälfte? Heimlich beschämt begann sie ihr Tagewerk. Es war Ebbe und Zeit, nach dem Pier zu graben. Sie brachte die Würmer zu den Fischern am kleinen Hafen unten, dafür bekam sie Fische, soviel sie und die Mutter zu des Lebens Notdurft benötigten. Hannes Korte nahm die Pierwürmer gern, weil seine Mutter, die kleine schwache Pastorin, mit ihren geringen Kräften und dem erschöpften alten Körper nicht graben konnte. Hannes hatte noch keine Frau, aber selbst den Pier graben? Nein, das tat kein Mann auf Borkum! Es war Weiberarbeit, und das sollte so bleiben! Solange die beiden Jansen-Frauen den Pier lieferten, bekamen sie Fische dafür.

«Willst du in den Schlick?» fragte die Alte.

«Ja, Mutter!»

«Solltest ihm einen Brief schreiben, Greta! Heiko geht über ein paar Tage wieder nach Emden. Er kann ihn mitnehmen für Harm. Wird wohl ein Schiff nach Afrika fahren!»

Früher hatte Greta nichts Besonderes daran gefunden, dass sie nicht nur Lesen, sondern auch schreiben konnte. Nun erschien es ihr wie ein grosses Glück, dass sie ihm antworten und von sich erzählen könnte. Sie suchte nach einem Stück Papier und zitterte, als sie sich zum Schreiben niedersetzte.

Lange überlegte sie die richtige Anrede, dann setzte sie nur ein Wort hin: «Harm!» Die Mutter sass – Gretas Kunst aufmerksam bestaunend – mit gefalteten Händen neben ihr und schaute zu. Wenn Greta fragend aufsah, dann sagte sie einen Satz, oft auch nur ein Wort, das die Junge schreiben sollte. Der kleine Hinnerk kroch in der schmalen Stube umher. Als ein Huhn durch die offene Tür stelzte, jagte ihm der Knabe mit lautem Geschrei nach.

«Hast du von ihm schon geschrieben?» fragte die Mutter und deutete auf den Knaben.

Greta nickte. «Mit ihm hab' ich angefangen!»

«Schreib ihm», sagte die Mutter, «schreib ihm, dass die Frau Pastor schon alt und gebrechlich wird, dass Hannes noch immer nicht gefreit hat, obwohl drei Boote ihm gehören und er soviel Backsteine von Greetsiel hat bringen lassen, um das schönste Haus auf Borkum zu bauen.»

Zeile um Zeile malte Greta, mühsam und krampfhaft. Schreiben war ihr eine harte und ungewohnte Arbeit. Aber voller Ehrfurcht schaute die alte Frau zu. Nie spürte sie die Mysterien allen Lebens so stark und so nachdrücklich, als wenn sie jemandem beim Schreiben zusah – dem Pastor oder dem Vogt – oder jetzt unter ihrem eigenen Dach die Schwiegertochter. Schreiben und Lesen – ja, das war eine bewundernswerte Kunst! Ihr war, als sei ihr Haus nun um vieles mehr Wert.

«Schreib ihm auch», sagte sie eifrig, und ihre alten, gefurchten Wangen glühen fast mehr als Gretas, «schreib ihm, dass Heiko Korte seinen Brief gebracht hat. Er ist ein grosser Kerl geworden, schön und lustig und wild. Sein Grossvater war so, an den erinnere ich mich noch!»

Die alte Frau war ganz in ihre Gedanken versponnen. Sie merkte nicht, dass Greta im Schreiben innehielt, weil ihr plötzlich die Hände zitterten. «Weisst du, das war einer, sein Grossvater! Der ist, als schon die Flut im Kommen war, über das Watt geritten. Von Greetsiel her. Hat sich nicht geschert um den Seedaak und nicht um die bösen Geister. Sie haben ihm nichts anhaben können. Und hinter den Mädels war er her! Sind nur unser sieben gewesen damals zu Borkum, die noch ledig gingen. Das andere war alles Kindszeug. Bei fünfen ist er gewiss gelegen. Hat mich einmal vom Pastorhaus nächtens heimbringen wollen; hab's ihm gezeigt, aber anders als er es sich gedacht hatte.»

«Wir sollten den Brief fertig machen, Mutter!» unterbrach Greta, von plötzlicher Unruhe befallen.

«Steht das drinnen vom Heiko? Ist ein ranker Bursch geworden.»

Greta hatte nichts von des Pastors jüngstem Sohn in den Brief geschrieben. Sie faltete das Papier und siegelte es mit Wachs.

«Gib ihn Heiko!» forderte die Alte.

«Heiko? Wollt Ihr den Brief ihm selber geben, Mutter. Macht einen Spaziergang ins Pastorhaus! Ich muss nach den Schafen sehen.» Der fremde Ton in der Stimme der Schwiegertochter fiel ihr nicht auf, aber die Antwort war ihr willkommen. Sie schlug ein Tuch um, ergriff behutsam den Brief und trug ihn fast feierlich ins Dorf.

*

Greta streifte durch die Dünen, jagte die Schafe über den Heller, immer in Angst, Heiko könnte hinter ihr her sein. Weit draussen im Westen hockte sie dann neben den Brombeerhecken, die gerade aufbrachen und zarte Blätter trugen. Ihre Augen schweiften über die kargen Grasflächen. Es könnte sein, dass man Kühe hier halten könnte. Gleich beim Haus war ein Stück ackerbarer Boden, das man vielleicht beackern könnte. Auf Borkum gab es noch kein einziges Feld. Die Leute lebten hier nur vom Fischfang und von dem, was die Söhne schickten, die sich in Amsterdam oder Hamburg anwerben liessen – ja, auch in Berlin. Sie schüttelte den letzten Gedanken gewaltsam ab. Ein Stück Land ackern, Korn bauen, das müsste man tun! Schweine könnte man halten und Geflügel. Die Leute hier haben gelacht, weil sie sich aus Greetsiel drei Hühner hatte bringen lassen. Aber als sie Eier legten, wurde aus dem Spott bald Neid. Jetzt haben schon einige davon gesprochen, dass auch sie sich Hühner halten wollten – es wäre gut, Eier im Haus zu haben, besonders zur Zeit, wenn man keine wilden Gelege von Möwen, Kiebitzen und Brandgänsen findet.

Wenn sie erst einen Pflug hätte und zumindest eine Kuh zum Pflügen! Wenn Harm das dann sähe – den Acker, das Korn, Kuh und Kalb! Er würde bleiben, ging nicht mehr fort von Borkum! Dann würde alles gut werden; sie würde sich wieder geborgen fühlen und die sündhaften Gedanken loswerden, die seit gestern wie schwarze Schatten über sie gefallen sind. Greta stand auf und lief durch die Hecken an den Strand hinunter. Breit rollten die Wellen an, weit draussen sank der Himmel ins Meer. Es war ein lichter Maihimmel, von einem milden Wind reingefegt. Sie schaute empor in die Bläue, sah einigen Kormoranen zu, die ihrer Heimat im Norden zustrebten. Wird Harm eines Tages über dieses Meer zurückkommen? Ja, er wird kommen!

Es war ruhig geworden in ihr. Langsam trieb sie die Schafe heim. Daheim sagte die Mutter: «Heiko lässt einen Gruss bestellen. Er muss heute noch nach Emden zurück.» Es wundert sie nicht; das magische Brot war ja noch dagewesen. ER wird zurückkommen!

*

Atemlos, nach Schweiss stinkend, durchglüht von der mörderischen Sonne, lief ein halbes Dutzend Schwarze durch den Busch nach Gross-Friedrichsburg. Es sind Häuptlinge von Taccarary; brachten willkommene Botschaft: Die Adomer hatten ihren Fetisch-Schwur gebrochen und die Leute von Anta überfallen. Taccarary, das zur Landschaft Anta gehörte, war von den Holländern Hals über Kopf verlassen worden.

Major Bühring, der mit dem *Goldenen Löwen* kam, schaute zu Harm Jansen auf. «Habt eine feine Nase gehabt! Seid ein verfluchter Kerl!» Er lachte, und Blonk stimmt dröhnend in das Lachen ein. Die Schwarzen sahen einander verwundert an, sie verstanden nicht, was es zu lachen gab.

Bühring rief der Form halber den Kriegsrat zusammen. Der Beschluss ist schnell gefasst. «Haben im Sinne des Auftrages Seiner Churfürstlichen Durchlaucht beschlossen, unsere Flagge an jenem Ort, genannt Taccarary, zu hissen. Der Unterfaktor Harm Jansen wird mit einem Gefreiten, sechs Gemeinen und drei dreipfündigen eisernen Stücken sowie der nötigen Munition dorthin gesandt. Sie sollen ein kleines Bollwerk errichten.»

Noch am gleichen Tag kam ein Traktat mit den Cabucirs zum Abschluss, in dem diese bezeugen: «. . . sind geflohen zu Seiner Churfürstlichen Durchlaucht zu Brandenburg Festung Gross-Friedrichsburg und haben um Schutz gebeten wider unsere Feinde, indem wir sowohl von den Holländern als von den Englischen verlassen wurden. Wir schwören und trinken Fetisch darauf, dass, wenn Seiner Churfürstlichen Durchlaucht zu Brandenburg Leute uns wollten Schutz geben und eine kleine Forteresse bei uns anlegen, wir in Ewigkeit keine Holländer oder Englische mehr wollten annehmen, auch wenn die Holländer uns hundert Benten Goldes gäben, denn wir wurden so oft von denen Holländern betrogen. Wir glauben ihnen nicht.»

Vierzehn Tage später stand die kleine Bastion in Taccarary. Die Schwarzen haben eifrig geholfen. Auf hohem Flaggenmast flatterte der rote Adler auf weissem Feld. Und schon weitere vier Wochen später befand sich Jansen auf Kauffahrt, tief drinnen in der Landschaft Anta. Er handelte Gold und Zähne, Tierhäute und Gewürze ein. Der Krieg zwischen den Adomern und denen von Anta ging schnell zu Ende: gross war jetzt die Geltung, über die der kurbrandenburgische Einfluss reichte. Die Dörfer Epunana, Peneissere, Darracuny, Mankajanka, Ateru, Akqua und Agroma gehörten dazu. Es ist fruchtbares Land. Ob man das in Brandenburg verstehen wird, ob der greise Fürst begreift, was hier geschaffen wurde? Harm Jansen machte sich schon seit einiger Zeit Sorgen. Was ging in Berlin vor? Wie wichtig sind dem Fürstenhof die Angelegenheiten der *Afrikanisch-Brandenburgischen Compagnie* noch? An Geld mangelte es, und die kurfürstlichen Räte zeigten sich widerspenstiger denn je. Die Schiffe, die zuletzt aus der Heimat kamen, brachten schlechte Nachrichten. Die Gewinne fielen auch nicht so gross aus, wie man in Berlin erwartet hatte! Ja, das stand in den Briefen des Bewindthaberkollegiums, das stand auch in dem Briefen Raules an Pieter Blonk. «*Schaut dazu, Freund Blonk, dass Ihr uns die Cargaisons gut verhandelt.*» Grimmig lachte Jansen auf. Er dachte verärgert daran, dass Blonk zu seinem eigenen Vorteil gewirtschaftet hatte. Unredlichkeit hier, Missgunst dort! Und jetzt ertappte er sich bei ersten Zweifeln.Der Unterfaktor Harm Jansen schämte sich seines Wankelmuts.

Als er von Taccarary mit kostbaren Lasten nach Gross-Friedrichsburg zurückkehrte, lag ein dänischer Lordendreyer auf der Reede. Er übernahm Handelsware von den Brandenburgern. In drei Tagen würde er nach Kopenhagen in See gehen. Als der Unterfaktor Jansen mit dem Kapitän abrechnet, lernt er einen alten, befahrenen Seebären kennen, grob und polternd. Aber vielleicht gerade deshalb könnte man es wagen, ihm einen Brief an die Bewindthaber zu Emden mitzugeben – nein, vielleicht gleich an Raule. Es war ein Wagnis, denn im Kriegsartikel 24 wird jeder mit dem Galgen bedroht, «*der Briefe fortsendet, ohne sie vom Kommandanten visitiren zu lassen.*» Aber der Däne war ein erfahrener Mann. Er nickte, schweigend nahm er den Brief mit der Anschrift «An den Hochedlen Herrn Benjamin Raule, churfürstlich brandenburgischer General-Directeur de Marine zu Berlin» in Empfang. Er verschloss ihn vor den Augen Harms in der Dokumentenkiste, mit einem Handschlag versicherte er, dass alles gewissenhaft weiterleiten werde.

*

Das hölzerne Fort Gross-Friedrichsburg gibt es nicht mehr. Sie hatten in jahrelanger Plackerei eine steinerne Festung mit robusten Mauern geschaffen. In ihrem Inneren gab es Wohn- und Packhäuser, und die Rohre schwerer Artillerie drohten aus den Schiessscharten. Aber das war noch zu wenig. Das lang ersehnte Material für den weiteren Ausbau der Festung blieb aus. Auch die *Wasserhund*, der unter Kapitän Bakker nun schon zum zweiten Mal aus Emden eingetroffen war, hatte nur Tauschwaren gebracht.

«Der Blitz soll dreinschlagen!» schimpfte Major von Bühring. «Mit jedem Schiff erhalte ich Order, die Festung in richtigen Stand zu setzen – aber Eisen, Ziegel und Kalk schicken sie nicht!»

Kapitän Bakker schnitt eine Grimasse, die sein Lachen stets entstellte. Vor drei Jahren hatte er im Kampf mit Spaniern zwei tiefe Wunden über Stirn und Wange erhalten, seither wirkte sein Lachen wie ein entstelltes Zerrbild. «Ihr könnt nicht wissen, Kommandant, wie schwer sich die zu Emden und zu Berlin tun! Die Kassen sind leer wie die Wasserfässer nach acht Wochen Segelfahrt.»

«Wir schaffen genug an Gold, Zähnen, Sklaven und anderem! Es wäre nicht notwendig, so zu knausern!» knurrte Jansen schroff, mit einem seltsamen Blick gegen Bühring und Blonk.

«Lasst es gut sein, Jansen», begütigte Blonk, dem unbehaglich wurde, «unser Handel ist eben noch zu klein, als dass die Compagnie richtig in Schwung kommen könnte. Nur abwarten!»

«Ja! Immer nur abwarten!» grollte Jansen. «Drei Jahre fährt Brandenburg nun zur See, seit zwei Jahren schicken wir Schiff auf Schiff nach Hause. Warum floriert der Handel nicht? Feilschen sie zu wenig, verkaufen sie die Waren zu geringen Preisen?»

«Das müsstet Ihr doch wissen, Ihr seid der Kaufmann, Jansen, nicht ich.» Blonk stand auf und verliess ziemlich hastig den Raum.

Am Tag darauf ging die *Wasserhund* mit Waren im Werte von siebentausend Reichstalern ankerauf, um längs der Küste Tauschhandel zu treiben.

Siebzehn Tage später meldete der Wachtposten auf Gross-Friedrichsburg ein Segel. Die *Wasserhund* kehrte zurück, aber er trug trotz mässigem Wind nur halbe Leinwand, ragte mit dem Bauch weit aus dem Wasser und machte überhaupt einen jämmerlichen Eindruck. Die Offiziere sahen dem Schiff von der Brustwehr entgegen. Kapitän Blonk brach bei seinem Anblick in wütendes Gelächter aus: «Sie haben ihm den Bauch ausgeräumt! Siebentausend Taler! Freund Raule wird ihn loben!»

«Glaubt Ihr wahrhaftig?» Bühring wollte es nicht glauben, bevor er es selbst gesehen hatte.

«Wartet nur ab, Ihr seht ja, dass er den Bauch leer hat!» Blonk könnte vor Wut heulen. Er hatte Kapitän Bakker Waren für fünfhundert Taler mitgegeben, die er auf seine Rechnung verhandeln sollte. Die fünfhundert Taler sind jetzt beim Teufel.

Harm Jansen peilte durch das Teleskop zur *Wasserhund*. «Wir werden uns alles zurückholen! Auch aus Elmina, wenn es sein muss, mit Musketen und Enterbeilen!» grollte Jansen mit frostiger Stimme. Blonk streifte ihn mit lauerndem Seitenblick von der Seite. Ob er etwas weiss? Nein, der kann nichts wissen, der denkt nur an die siebentausend Taler des Kurfürsten.

Noch ehe das Schiff den Anker wirft, liessen sich die drei Männer von Eingeborenen hinausrudern. Voller Ungeduld kletterten sie die Strickleiter hinauf. «Wo ist euer Kommandant?» brüllte Blonk den Mann am Ruder an.

«In Elmina, Eure Gnaden! Alle sind in Elmina gefangen!»

«Wieso? Was ist passiert? Habt ihr euch übertölpeln lassen?» Sein Jähzorn brach wieder durch. Wütend stürzte er sich auf den Mann, aber Harm Jansen riss ihn zurück.

«Erzähle!», sagte er ruhig.

«Steuermann, das Ankermanöver . . .», stotterte der Rudergänger. «Wir haben keinen Offizier an Bord.»

Jansen übernahm das Kommando. Als der Anker Grund gefasst hatte und das Schiff in der leichten Küstenströmung an der Kette zerrte, erzählte der Matrose, wie die *Wasserhund* zehn Meilen östlich von Taccarary ahnungslos vor der Küste lag und nachts von dem holländischen VOC-Schiff *Constantia* überfallen und gekapert wurde. Die *Constantia* brachte die *Wasserhund* nach Elmina. «Alles haben sie mit Triumphgeschrei herausgeschleppt», meldete der Matrose, «und unsern Kapitän samt dreizehn Mann Schiffsvolk in die Festungverliesse geworfen.»

«Mit welchem Recht? Haben sie es begründet?»

«Sie sagten, einige unserer Leute wären holländische Untertanen. Der Kapitän von der *Constantia* hat auch nach Euch gefragt, Herr Jansen! Er muss Euch kennen!»

«Das glaube ich wohl, dass mich mein Herr Bruder kennt! Was wollte er wissen?»

«Ob uns Euer Name bekannt sei!»

«Und?»

Der Matrose lachte. «Wir haben ihm gesagt, Ihr seid der tüchtigste Kaufmann in ganz Guinea. Da ist er gelb geworden im Gesicht. Er lässt Euch mitteilen, dass er bald zu Besuch kommen werde mit Kugeln und Kanonen!»

Blonk hatte unterdessen die Ladeluken aufgerissen. Nun kam er herbeigestürmt «Leer! Ratzekahl leer!»

Jansen wandte sich ihm zu: «Ich dachte, das wüsstet Ihr, seit wir ihn über der Kimm kommen sahen?» Und wieder an den Matrosen gewandt, fragte er: «Wieviel seid ihr?»

«Da stehen sie alle!» Er deutete auf vier Leute. «Mit mir fünf. Die andern wollen sie aufhängen.»

Der Friese sah ihm mit harter Miene ins Gesicht. «Wir holen sie raus!»

«Das wird der Kriegsrat beschliessen!» verwies ihn Blonk ärgerlich. «Wir haben uns nach der Order Seiner kurfürstlichen Durchlaucht zu richten.»

Steuermann und Unterfaktor Jansen wandte den Kopf nicht, sondern starrte weiter den Rudergänger an. «Ihr habt recht, Kapitän! Wir alle haben uns an die Order unseres Herrn und Fürsten zu halten!»

«Ja, das will ich meinen!» bestätigte Blonk, aber in seinen Worten schwang ein unsicherer Ton. «Gehen wir an Land! Der Kasten hier ist leer von unten bis oben!»

Als der Kriegsrat tagte, war Jansen dafür, die *Wasserhund* gut zu rüsten und gegen Elmina zu laufen, zumal die Zurückgekommenen ausgesagt hatten, dass lediglich die *Constantia* dort läge.

«Wollt Ihr gegen den eigenen Bruder ziehen?» fragte Blonk lauernd.

«Nicht gegen den Bruder, sondern gegen die holländischen Räuber!»

«Es ist Euch bekannt, dass es uns durch die kurfürstliche Order verboten ist, mit den Holländern Streit anzufangen!»

«Die Order verbietet uns nicht die Verteidigung, sobald wir angegriffen werden!» beharrte der Friese.

Blonk versuchte, sich rauszuhalten. «Das geht den Bakker an! Er hätte sich verteidigen sollen.»

«Nein, das konnte er nicht, Bakker hat richtig gehandelt», mischte sich Bühring ein. «Mit siebentausend Talern Cargaisons und ein paar geringfügigen Kanonen an Bord? Da wären wohl alle drauf gegangen, und die *Wasserhund* auch. Besser, dass er sich aufbringen hat lassen! Die kurfürstliche Durchlaucht wird durch ihren Gesandten im Haag schon Rückgabe und Entschädigung fordern!»

«Und wir sollen zuschauen und nichts unternehmen?» Jansen war ärgerlich aufgesprungen; erregt starrte er von einem zum andern. «Da kann ich nicht zustimmen.»

«Nein!» entschied Major von Bühring. Er war der Kommandant, er hatte zu bestimmen, was geschehen sollte. «Wir leben der Order unseres Durchlauchtigsten Herrn nach! Schreibt ins Protokoll, Fiskal, dass wir es so halten wollen – gegen eine Stimme!»

Der Unterfaktor wollte noch etwas entgegnen, da stürzte ein Soldat mit der Meldung herein, von Westen her komme ein Segel.

*

Alle, die abkömmlich waren, warteten aufgeregt auf der Zinne von Gross-Friedrichsburg, bis sie die Flagge ausmachen konnten. Kamen die Holländer, war es ein Brandenburger? Dann aber, noch bevor die brandenburgische Flagge zu erkennen war, donnerten fünf Begrüssungsschüsse über die See: die Fregatte *Charlotte Sophie* war eingetroffen!

Nach der Begrüssung beginnen sie sofort mit dem Leichtern; die ganze Nacht hindurch laden die Schwarzen die mitgebrachten Güter aus. Endlich Eisen, Kalk und Ziegel! Man wird endlich wieder am Fort weiterbauen können!

In der grossen Schreibstube des Forts sassen sie mit den Neuankömmlingen zusammen und lauschten begierig, was es in Europa Neues gab. Der Franzosenkönig hielt es noch immer mit den Türken, Wien war eifersüchtig auf Seine Durchlaucht, Emden blühte auf, es gab schon viel mehr Häuser als noch vor wenigen Jahren. Auch Briefe hatte die *Charlotte Sophie an Bord*. Für Harm war auch einer dabei. Von Greta. Er las die Zeilen, die sie mühselig hingemalt hatte: Der kleine Kerl läuft also schon – natürlich ist es ein Junge. Und Hinnerk hat sie ihn taufen lassen? So hiess sein Grossvater, der 1666 in einer Sturmnacht ertrunken war, nachdem er zwei Fischer aus einem gestrandeten Boot ans Land gebracht und gerettet hatte. Die Mutter, sie lebt, sie ist gesund und lässt ihren Sohn grüssen. Sie warten auf ihn – die junge und die alte Frau.

Er liess die Hand mit dem Brief sinken und starrte über die See: Ja, sie warten daheim! Immerfort warten sie. Ihr ganzes Leben besteht aus nichts anderem. Die Mutter tut es seit Jahrzehnten. Das ist das Los der Frauen auf den Inseln. Zuerst hatte sie auf den Mann warten müssen, der sommers über beim Walfischfang war. Viele Sommer musste sie warten, immer kam er wieder nach Hause. Als Harms Vater ertrank, geschah es vor der Haustür auf dem Dollart, nicht im Eismeer. Und jetzt galt das Warten den Söhnen, die auf Jahre fortgingen.

Der Brief berührte ihn tief. Warm und sehnsüchtig quoll es in ihm auf. Viel zu selten dachte er an die Frauen zu Hause; er hatte für soviel anderes zu sorgen. Er glaubte, das kurfürstlich brandenburgische Afrika brauchte ihn. Was zählten seine heimlichen Wünsche, wenn er hier an einem grossen Werk mitbaut, dass allen Untertanen Friedrich Wilhelms Nutzen bringt? Gefühle müssen zurückstehen, heimliche Wünsche verdorren an der glühenden Sonne dieses schwarzen Landes. Später einmal, wenn die Aufgaben erfüllt sind, wird er sich die fremden Läuse aus dem Pelz klauben, ein frisches Wams anziehen und wieder den alten Harm in sich suchen. Dann werden sie eine Familie sein! Sein Sohn ist schon drei Jahre alt – und sie haben sich noch nie gesehen. Borkum! Ein Kind? So etwas Kleines, Schreiendes? Ja, man war selbst auch einmal ein plärrender, zappelnder Kerl und hockte im warmen Dünensand, wo der wilde Wermut mit seinem starken Duft in der Nase kitzelte, und die harten Gräser wogten wie Wellen im Wind auf und nieder. Ja, das war schön! Vielleicht spielt nun sein Kind auf jenen Plätzen.

«Sagtet Ihr etwas, Freund?» fragte ihn der Leutnant von der *Charlotte Sophie*.

Harm Jansen verneinte verlegen. Hatte er laut gedacht? Er muss Ostfriesland für später aufheben, Greta muss noch etwas warten. Alle müssen warten.

Am gleichen Abend rief Major von Bühring nochmals den Kriegsrat zusammengerufen. Er hat sich den Protest des Unterfaktors noch einmal durch den Kopf gehen lassen und möchte auch noch die Ansichten der Offiziere von der *Charlotte Sophie* hören Harm Jansen trat nun noch entschiedener als vorerst für Waffengewalt ein. «Wir haben jetzt die Fregatte und genug Geschütze, mit der *Wasserhund* muss es gelingen! Vierzehn Männer erwartet der Galgen! Siebentausend Taler haben uns die Holländer gestohlen!»

«Mit dem Hängen geht es nicht so schnell. In Elmina brauchen sie erst die Bestätigung von Amsterdam», hielt Blonk dagegen. «Das dauert noch etliche Wochen! Ich bin der Ansicht, die *Charlotte Sophie* sollte ihre Cargaisons bei uns lassen, dafür schleunigst mit der *Wasserhund* nach Emden aufbrechen, um unseren Bewindthabern zu melden, was hier geschehen ist, damit Seine Durchlaucht im Haag vorstellig werden kann.»

Jansen fährt sich mit beiden Händen verzweifelt in die Haare. Gnade Gott den Unternehmungen des Kurfürsten, gnade Gott allen, die gegen soviel Ignoranz ankämpfen müssen! Von Diplomatengewäsch und hundertfach verklausulierten Verordnungen hält er jetzt nichts! «Jetzt dürfen wir nicht zögern, die in Elmina trauen uns keinen Vergeltungsschlag zu, der Überraschungseffekt macht eine mögliche Unterlegenheit mehr als wett! Nur so können wir dafür sorgen, dass die VOC vor weiteren Überfällen zurückschreckt.» Aber wieder wurde er überstimmt; Blonk und Bühring setzten sich durch.

«Dann lasst wenigstens die *Wasserhund*» hier, wir brauchen das Schiff für den Küstenhandel.»

Aber auch davon wollte man nichts wissen; sollte einem Schiff etwas passieren, könnte doch das andere sein Ziel mit den wichtigen Meldungen erreichen. Als nach drei Tagen die Schiffe Abschied nahmen und Jansen die neuen Waren in seinen Büchern verzeichnet hatte; liess er sich beim Kommandant melden und teilte ihm mit, dass er nach Taccarary reisen wolle, um die dort inzwischen gestapelten Güter zu holen. In seiner Eigenschaft als kaufmännischer Vertretern der Bewindthaber war er für den afrikanischen Warenhandel verantwortlich und Major Bühring konnte ihm keine Vorschriften machen. Doch da wurde Alarm gegeben: In schneller Fahrt nähere sich ein grosser Segler der Reede von Gross-Friedrichsburg.

Durch eine Schiessscharte spähten sie hinaus. Was da herankam, war eine Fregatte. Vierzig Geschütze, wenn hinter jeder Stückpforte tatsächlich eine Kanone lauerte! Harm wusste seit seiner Zeit auf der *Den Helder,* dass die Bewaffnung der Schiffe oft geringer war, als ihr Aussehen vermuten liess. Dann erkannte er das Schiff. Es war die *Constantia*, die der Bruder kommandierte. Blau, weiss und rot wehte die grosse Flagge der Generalstaaten an der Besangaffel, unter der Saling war die weisse Fahne mit dem schwarzen VOC zu erkennen. Sollte das schon der angekündigte Besuch sein?

Bühring liess klar zum Gefecht machen, aber die *Constantia* nahm mit Ausnahme eines kleinen Klüversegels und des Besans alle Segel weg und drehte ausserhalb der Schussweiten bei.

«Was tut der Halunke?» fragte Major von Bühring Kapitän Blonk. Harm, der es hörte, dachte: Landratte! Blonk zuckte die Achseln. «Weiss es auch nicht! Er will uns vielleicht blockieren und den Handel mit anderen Schiffen unterbinden.»

«Wären die *Wasserhund* und die *Charlotte Sophie* hier, wir würden es den Holländern schon zeigen!» maulte Jansen.

«Wären! Wären!» höhnte Blonk. Er selbst ärgerte sich schon grün und blau, weil er selbst dafür war, die beiden Schiffe heimzusenden.

In der Nacht leuchtete die gelblichweisse Topplaterne der *Constantia* bis nach Gross-Friedrichsburg herauf. Das Schiff lag tatsächlich auf der Lauer und wollte alle fremden Fahrzeuge verjagen. «Haben wir Aussicht, dass ein kurbrandenburgisches Schiff eintrifft?» fragte von Bühring.

Blonk verneint unmutig. «Vor zwei, drei Monaten ist nichts zu erhoffen. Die Bewindthaber in Emden warten auf die Rückfrachten.»

«Die als leere Schachteln kommen!» spottete Jansen bitter. «Und wir sitzen in der Mausefalle!»

«Ich habe Euch nicht gefragt!» verwies Major von Bühring die Rede des Unbequemen. «Ihr wolltet doch nach Taccarary gehen, oder?»

«Werde ich auch! Morgen früh, falls mein Herr Bruder nicht seine Geschütze sprechen lässt. Dann bleib ich natürlich. Aber ich halte ihn nicht für so dumm, eine Angriff zu wagen. Die Blockade ist billiger und ungefährlicher.»

«Na, geht mit Gott!» brummte von Bühring.

«Und mit allen Teufeln!» gab Blonk polternd dazu.

«Nein, vielliebe Herren, nur mit denen drei Musketieren, die ihr mir bewilligt habt, und mit meinen Schwarzen.»

Lauernd fragte Blonk zurück: «Seine Neger? Seit wann hat der Herr eigene Schwarzen?»

Harm gelang es nur mit Mühe, sich zu beherrschen, aber dann rang er sich ein Lächeln ab. «Es sind Schwarze, keine Neger. Sie empfinden dieses Wort als verächtliche Beschimpfung. Habe viele kennen gelernt, die mehr Aufrichtigkeit zeigen, als manche unserer Herren, Kapitän. Wenn ich ›meine Schwarzen‹ sage, dann, weil sie mir als Askaris, Träger und Führer zugeteilt wurden. Ich habe sie als zuverlässig und treu kennengelernt – und sie vertrauen mir.»

Blonk wollte gehässig antworten, aber er hatte auch eine Warnung aus Jansens Worte herausgehört. «Ach, verschwindet endlich und lasst mich in Frieden.»

Auf der nächtlichen See draussen spiegelte sich silbrig zitternd der Sternenhimmel, aber gelb leuchtete das fremde Topplicht, das eine Meile draussen im Ozean schwamm – ein einsamer Punkt. Pieter Blonk wollte die Wache für diese Nacht übernehmen. Die Hälfte der Kanoniere musste mit brennenden Lunten bei den Stücken bereit bleiben. Aber es geschah nichts in dieser Nacht. Noch bevor der Tag heraufdämmerte, verliess Harm Jansen mit drei Soldaten und vierzehn schwarzen Trägern die Festung.

*

In Taccarary hielt Jansen mit seinen Leuten nur kurze Rast. Er musste nur noch die Musketiere einweihen. Sie sollten die Leute von der «*Wasserhund*» in Elmina befreien! Die Männer nickten und schwiegen. Noch in der gleichen Nacht brachen die vier auf und marschierten unter Führung eines Häuptlings aus Taccarary gegen Elmina. Er hatte sich freiwillig gemeldet und gesagt: «Herr, der zweite Sohn des Bruders meines Vaters arbeitet dort als Stauer. Seine Hütte steht ausserhalb der Festungsmauern. Vielleicht weiss er etwas von den gefangenen Männern.» Da hatte Harm ihn mitgenommen. Die Schwarzen hatten sie in Taccarary zurückgelassen.

Kein Licht brannte. Das Fort thronte dunkel auf dem Felsen. Harm liess die Musketiere im Schatten eines abseits gelegenen Verladeschuppens zurück; sie sollten sich still verhalten und warten. Der Cabucir führte ihn auf verschwiegenen Pfaden zur Hütte seines Neffen. Der lag auf seinem Lager und schlief nach des Tages Mühen tief und fest. Harm packte den Mann und hielt ihm den Mund zu, bevor er überhaupt begriff, was geschah. Der Mann zitterte unter den klammernden Fäusten, er rollte ängstlich mit den Augen, beruhigte sich aber sofort, als er seinen Onkel erkannte, der ihn auf Taccarary ansprach. Jansen versprach ihm das Leben und ein Fässchen Branntwein, wenn er auf alle Fragen antwortete.

Jansen wollte wissen, wo die gefangenen Weissen seien. Zögernd gab der Schwarze Auskunft. Sie seien im zweiten Packhaus am Strand untergebracht. Und im Hafen liege ausser einer Schnau kein Schiff. Es sei ein kleines Versorgungsschiff mit zwei Falconetten oder Feuerschlangen für die Selbsverteidigung; es hiesse *Rode Leeuw* und liege gut verkattet unweit der Südmole, denn die Besatzung schlafe an Land.

«Gut», beschied Jansen dem Taccarary-Häuptling, «sage ihm, dass er seinen Lohn in Gross-Friedrichsburg abholen müsse; er kann dort auch bleiben, es lebt sich bei den Brandenburgern doch besser als unter den Holländern. Aber wehe, er hat gelogen.»

Still, wie sie gekommen waren, schlichen sie wieder davon. Jansen und der Cabucir huschten durch die Hüttenreihen der Eingeborenen zu den wartenden Musketieren zurück. Ein paar Hunde kläfften auf, aber das war nichts Besonderes. Hyänen streiften oft beutehungrig herum. Das Gebell der vierbeinigen Wächter beunruhigte niemanden. Die kleine Schar tappte lautlos zum Strand hinunter und hinüber zu den Packhäusern.

«Dort – ein Posten!» flüsterte ein Musketier Jansen zu. Den Mann sieht man nicht, wohl aber das Glimmer der Tabakspfeife. Jansen kannte das: Tabakrauchen im Dienst wird auch bei der VOC schwer bestraft. Leise antwortete er: «Wird vielleicht nicht der einzige sein. Ich werde das Haus umrunden. Bleibt hier!» Auf der Rückseite entdeckte er einen zweiten Posten.

«Wir müssen sie gleichzeitig überwältigen, die Tore einrennen und dann alles auf die Schnau! Je schneller, um so besser. Ich nehme den mit der Pfeife, Ihr, Gildendal, werft Euch auf den andern, Melcher und Dittel, ihr schlagt das Tor ein, sobald wir die Posten erledigt haben!»

Die Nacht war schwarz und mondlos. In langen Wellen brandete die See gegen die Klippen am Strand. Prüfend witterte Jansen in den Wind. Er weht aus Südwest, keine gute Richtung. Sie werden mit dem Roten Löwen kreuzen müssen. Das kann Stunden dauern, aber von Elmina kann ihnen niemand folgen. Die *Constantia* aber liegt vor Gross-Friedrichsburg. Ein herrlicher Einfall von Jan Janszoon!

Dann ging alles ganz einfach. Die Posten wurden überrumpelt und niedergeschlagen, bevor sie noch den Mund aufmachen konnten, und das Tor liess sich beinahe lautlos öffnen.

«He Bakker! Zum Teufel, wo seid Ihr?» schreit Jansen in die Tiefe des Packlagers. Irgendwo meldeten sich verschlafene Stimmen. «Hie Brandenburg! Auf, auf!»

Da wurde es lebendig. «Was? Brandenburger?» fragte eine Stimme.

«Fragt nicht viel! Heraus mit allen, die brandenburgisch sind!»

«Ihr, Jansen?»

«Ja! Vorwärts jetzt, auf die Schnau! Ihr seid doch Seemänner! Anker auf, und los, ehe sie uns erwischen!»

Draussen in der Nacht bellten sich die Hunde heiser. Sie merkten, dass Fremde herumschlichen.

«Ist einer von euch angekettet?»

«Nein! Die Holländer waren höflich!» lachte Bakker überschwänglich.

«Vorwärts dann!» drängte Jansen. «Wo sind die Cargaisons von der *Wasserhund*?»

«Oben, im ersten Stock!»

«Auf mit den Türen!»

Sie schleppten Ballen und Kisten, was sie tragen konnten «Schnell, schnell!»

Da wird es ringsum lebendig. Im Kastell flammen Lichter auf, Waffen klirren, Rufe werden laut.

«An Bord! An Bord! Beeilt euch!»

Jansen stand bis zu den Knien im Wasser. Die Musketiere harrten schussbereit am Ufer, während die vierzehn Männ die Schnau erkletterten. Schnell sprang Jansen mit seinen drei Leuten und dem schwarzen Führer aus Taccarary nach. Bakker und seine Männer arbeiteten bereits am Ankerspill und in den Rahen, die Segel entrollten sich knallend und füllten sich mit Wind. Das Segelmanöver ging behender, als es sich jemand hätte träumen lassen – die *Rode Leeuw* fiel ab, nahm mit halbem Wind Fahrt auf und begann, unter der Sklaveninsel vorbei, aus der Bucht herauszukreuzen. Auf dem Land schrieen Stimmen durcheinander. Laternen wurden geschwungen, geisterhaft hüpften die Lichter umher, huschten auch zu den Packhäusern. Nun hatte man das offene Tor und die Flucht der Brandenburger entdeckt. Man rannte zum Strand. Ellenlange holländische Flüche hallten über die nachtdunkle See. Jemand gab den Befehl zum Schiessen. Bakker musste lachen. Aber im gleichen Augenblick ging vom Kastell eine Leuchtkugel hoch. In grellblauer Helle lagen Strand und Meer. Nur für wenige Sekunden, aber lange genug, um die Schnau vom Strand aus zu entdecken, dass sie sich noch im Schussfeld der Musketen befand. Die Kugeln fielen mit scharfem Zisch in die See oder fauchten böse durch das Takelwerk, ohne Schaden anzurichten.

«Hinlegen!» brüllte Jansen. Er stand am Ruder und lavierte das kleine Schiff ins Meer hinaus. Eine halbe Stunde, nur eine halbe Stunde, dann wäre das Spiel gewonnen! Der Friese zweifelte nicht an dem Gelingen. Noch einmal fuhr eine Leuchtkugel in den Nachthimmel, und gleich darauf klatschten neben der Schnau schwere Schläge in die See. «Mindestens Sechzehnpfünder», knurrte Jansen.

«Sie tun uns viel Ehre an!» meldete sich die Stimme Bakkers. «Gebt mir jetzt das Steuer, Jansen!»

«Bleibt liegen, wo Ihr . . .» Weiter kam er nicht. Er liess das Ruder fahren und schlug der Länge nach hin. Vergebens versuchte er aufzustehen.

«Hat es Euch erwischt?» Bakker übernahm das Ruder, hilfreiche Kameraden zerrten Jansen tiefer unter das Schanzkleid.

«Lasst! Ist nicht so schlimm!» Er spürte es warm aus dem Oberschenkel fliessen.

Noch ein halbes Dutzend Schüsse aus den schweren Stücken schwirrten herüber. Dann verstummte Elmina. Die Lichter des Kastells verblassten; die

Schnau segelte hart am Wind um das Kap aufs offene Meer. Sie waren den Holländern entwischt!

Weil die *Constantia* vor Gross-Friedrichsburg lag, war es ihnen unmöglich, die Festung bei Tag anzulaufen. «Steuert Taccarary an!» befahl Jansen. Die Wunde im Schenkel brannte, aber der notdürftig angebrachte Verband hatte die Blutung zum Stillstand gebracht.

Noch in der Nacht ankerte die Schnau vor Taccarary. Jansen liess sich an Land und in die Siedlung hinauftragen. Dort wurde er von einem seiner Musketiere, der sich in der Behandlung von Schusswunden auskannte, kunstgerecht verbunden. Die brandenburgischen Soldaten waren oft genug gegen Schweden und Franzosen, gegen die Polen und auch wider die Kaiserlichen in Gefechten gestanden. Da lernte man, ein angeschossenes Glied zusammenzuflicken. «Trinkt eine tüchtige Portion Branntwein, Herr Jansen, dann werden wir damit schon zurechtkommen», meinte der biedere Kerl.

Im Schatten schütteren Eukalyptus- und Uapacagebüschs hielt er mit Kapitän Bakker Kriegsrat. «Wir bleiben bis zur Nacht hier und lavieren mit Pauken und Trompeten an dem Kasten vorbei!» riet Bakker.

Der Unterfaktor Jansen grinste trotz der Schmerzen. «Die Pauken und Trompeten wollen wir uns sparen – es könnte uns schlecht bekommen! Aber sonst, wenn wir es geschickt anstellen und das Glück uns weiterhin zur Seite steht, könnte es klappen.»

Am Nachmittag gingen alle an Bord und in der hereinfallenden Nacht nahm die gekaperte holländische Schnau mit günstigem Landwind ihre Fahrt nach Westen auf. Sie hatten keine Lichter gesetzt und Jansen hatte unbedingtes Schweigen befohlen. Für den Notfall waren die beiden Feuerschlangen gefechtsklar gemacht worden, aber alle wussten, dass ihre Chance sehr klein ist wenn man sie auf der *Constantia* entdecken würde. Zwei erfahrene Matrosen sassen im Ausguck und suchten ständig den voraus liegenden Horizont ab. Ihr Glück hing sehr davon ab, ob die *Constantia* auch heute ihre Topplaterne und achtern das grosse Fanal zeigte! Um Mitternacht konnten sie die Lichter ausmachen; die beiden enterten ab und meldeten es den Offizieren an Deck. Kurz darauf waren die Lichter auch von der Kampanje aus sichtbar. Jansen und Bakker starrten durch ihre Teleskoprohre. Es kam ihnen vor, als käme die *Constantia* näher; deutlich sahen sie den Schiffsumriss der Schmalseite auf den Roten Löwen zukommen – war es Wirklichkeit oder Einbildung?

«Steuer durch – zwischen Schiff und Land!» befahl Jansen dem Rudergänger. Er setzte das Teleskop ab. Schwarz und undurchdringlich schien die Nacht. Da kam die *Constantia* geradenwegs auf die Schnau zu, immer näher, immer näher …

Sie hielten den Atem an, schon konnte man die Bugwelle phosphoreszieren sehen, auf der *Rode Leeuw* klammerten sich Fäuste um die Reling, die Männer schluckten leer, einer presste die Augen zu, ein anderer leckte die trockenen Lippen, einigen brach der Schweiss aus, aber keiner brachte einen Ton über die Lippen. «Ruhig», sagte Harm Jansen leise zum Rudergänger neben sich, der nickte nur, was niemand sah, hielt seinen Kurs aber unbeirrt bei. Immer näher segelte die *Constantia* heran. Sie war kaum noch eine halbe Kabellänge entfernt, als das Wunder geschah: die *Constantia* machte eine kleine Kurskorrektur nach Steuerbord und glitt ahnungslos an der Schnau vorbei. Während der Holländer noch ein Stück nach Osten ging und dort dann wendete, um seine alte Position vor Gross-Friedrichsburg einzunehmen, steuerte die *Rode Leeuw* dicht unter Land, wo die grosse Fregatte wegen ihren grösseren Tiefgangs auflaufen müsste.

Da hallte vom Strand her ein Musketenschuss durch die Nacht. Die Schildwache am Ufer schlief nicht. «Verdammt! Lasst das Schiessen!» brüllte Bakker hinüber. «Hier sind Brandenburger!»

«Dann gebt die Parole!» tönte es vom Lande zurück.

«Seid Ihr verrückt? Woher sollen wir die Parole kennen? Hier sind Jansen und Kapitän Bakker mit seinen Leuten! Weckt den Major und Blonk!»

Vom Fort herunter hörte man eilige Schritte, gleich darauf setzte die Schnau knrschend auf den Strand. Ein Musketier der Wache näherte sich vorsichtig. «He – Hannes, bist du es?» ruft Gildendal von der Schnau herüber. Der ist es. Wenige Minuten später starren Major von von Bühring und Kapitän Pieter Blonk fassungslos auf Harm Jansen und seine Begleiter,

Schiffssanduhr für 1 Glasen (30 Minuten)

Kapitel 24: Schimpf und Schande

Benjamin Raule war seit drei Tagen im Besitz des Briefes, den ihm Harm Jansen durch den dänischen Lordendreyer zukommen liess. Als er ihn las, konnte er's nicht glauben. «Infame Lügen!» war sein erster Gedanke. «Ist Jansen verrückt geworden?»Aber dem Brief lagen Abrechnungen bei, «... *Kopien, die ich nach meinen hiesigen Aufstellungen gefertigt habe. Ich bitte Euch, Mynheer, diese mit denen Abrechnungen, so Ihr von den Herren Major Carl Jakob von Bühring und Kapitän Pieter Philipp Blonk bekommen habt, zu vergleichen.»*

«Blonk!» Der Generalschiffsdirektor schlug mit der Faust auf den Tisch. «Ich kann's nicht glauben! Der Grünkopf wird missgünstig sein; er desertierte schon von der VOC, wahrscheinlich wurde dort sein Ehrgeiz nicht befriedigt. Den alten Blonk zu beschuldigen!» Wir lagen im Nordmeereis beim Walfischjagd, er und ich, dachte Raule, wir teilten den letzten Becher Branntwein und das letzte Stück Brot! Und jetzt sollte Blonk.?

Aber Raule war zu sehr Kaufmann, um die Rechnungen nicht zu prüfen. Widerwillig ging er daran und hatte das beschämende Gefühl, einen Vertrauensbruch an alten Freunden zu begehen. Die ganze Nacht sass er über den Blättern mit den endlosen Zahlenreihen. Er rechnete und verglich, nahm sich keine Zeit für essen und trinken, und wenn von Zeit zu Zeit sein Diener erschien, um das Licht zu putzen, damit es nicht zu arg qualmte, wartete er ungeduldig, bis der Mann seine kurze Arbeit beendet hatte und wieder gegangen war. Erst zur Frühstückszeit kam er übernächtigt aus seinem Arbeitszimmer. Mit schleppenden Schritten durchquerte er grusslos die Kanzlei, beachtete die Schreiber nicht und verschwand in seinem Schlafzimmer.

Die Beamten und Diener rätselten und flüsterten, schlürften mit sorgenvollen Gesichtern durch die Räume, aber niemand wusste das Verhalten des General-Marinedirecteurs zu deuten. Der Tag verging, ohne dass der Chef sich zeige, aber am nächsten Morgen stand Benjamin Raule, lange bevor die Beamten eintrafen, vor seinem Rechenpult. Die Befehlshaber von Gross-Friedrichsburg hatten die Kompanie um 36'000 Taler geschädigt. Das schien festzustehen, aber um der Ordnung willen rechnete er nochmals alles durch. Das Ergebnis änderte sich nicht. Raule kämpfte gegen den bitteren Groll, der in ihm aufgekeimt war, nachdem die Brücke des Vertrauens, der jahrelangen Kameradschaft zwischen ihm und dem früheren Weggefährten einstürzte. Er darf nicht mehr zögern. Er muss für Ordnung sorgen – um jeden Preis und ohne Rücksichtnahme. In einem Brief informierte er das Bewindthaberkollegium und forderte, dass Kapitän Blonk, Major Bühring sowie der Fiskal Reinermann ihres Amtes zu entheben wären. Der Unterfaktor Harm Jansen möge zum Faktor ernannt werden. *«Veruntreuungen sind brandenburgisch-preussischer Beamter unwürdig, weshalb die Genannten gefangen zurückzubringen sind. Es soll mit harter Hand Ordnung geschaffen werden.»*

*

Raule war nach Holland gereist, um eine Einigung zwischen der Vereenigden Oostindischen Compagnie und der Brandenburgisch-Afrikanischen Kompanie in die Wege zu leiten. Während seines Aufenthaltes im Haag erhält er die

Nachricht von der Konfiszierung der *Wasserhund*. Voller Empörung eilte er zu den Bewindthabern der Holländisch-Oostindischen Kompanie. Aber er protestierte vergebens! Die Eifersucht der Holländer auf die Brandenburger war grösser als ihre Vernunft. Der Provinzialstatthalter war zwar gewillt, dem Kurfürsten zum Recht zu verhelfen, aber gegen die VOC war auch er ohnmächtig. Die Heeren Seventien legten bei den Verhandlungen die Gesichter in abweisende Falten und taten alles, um eine Entscheidung hinauszuzögern. Raule musste wochenlang warten.

In dieser Zeit schickte ihm das Bewindthaberkollegium in Emden die Nachricht, dass Blonk, von Bühring und der Fiskal Reinermann aus Gross-Friedrichsburg eingetroffen seien. Man habe sie in der Fronfeste inhaftiert und möchte wissen, was mit den Männern zu geschehen habe, *«zumal ihre tägliche Zehrung erheblich viel koste»* Aber ohne kurfürstlichen Befehl will auch Raule nichts unternehmen, schon deshalb nicht, weil Friedrich Wilhelm, als er von den Unterschlagungen erfahren hatte, in hellen Zorn geraten war. So schrieb er nach Berlin und hielt neun Tage später die Antwort des Kurfürsten in Händen: Der kurfürstliche Kommissar Cuffeler werde mit dieser Angelegenheit betraut.

Die Veruntreuungen hatten auch die Emdener Teilhaber der Brandenburgisch-Afrikanischen Kompanie aufgeschreckt. Sie verfassten ellenlangen Schreiben. Bittend und drohend, wütend und weinerlich, teilten sie mit: *«Haben keine Lüsten, uns mit solcher Art zu vergnügen und runde Taler wegzuschieben, als seien es Kieselsteine. Bringt niemals den Gewinn, den man uns versprochen hat.»*

Ein Brief wie der andere! Geld! Geld! Zinsen! Zinsen! Sonst kein Gedanke, kein Ziel! Raule begann, um sein Werk zu fürchten. Die erfolglosen Verhandlungen mit den Holländern, der Ärger wegen der *Wasserhund,* die Sorgen wegen der Emdener, Trauer und Zorn wegen Blonk und dessen Spiessgesellen – alles zerrte an den Nerven. «Wäre ich doch zwanzig Jahre jünger, da hätte ich genug Kraft!» stöhnte er auf, als er sich schlaflos in der Herberge im Bett wälzt.

Dann bestürmte der Generalschiffsdirektor den Kurfürsten, die Emdener abzufinden und ihren Anteil selbst zu übernehmen, *«ansonsten sie uns die Arbeit so stören, dass es der Untergang der Compagnie sein möchte»* Zu seiner Überraschung war Friedrich Wilhelm mit der Abfindung der Emdener einverstanden. Zufrieden unterzeichneten die ostfriesischen Teilhaber und Stände den Austrittsvertrag, zumal ihnen zugesichert wurde, dass Emden der Sitz der Kompanie und des Bewindthaberkollegiums bleiben würde. Raule atmete erleichtert auf. Nun konnte es wieder vorwärts gehen. Raule reiste nach Emden, inspizierte alle Schiffe und die Marineanlagen.

*

Der Kurfürst genoss im Schlossgarten an windgeschützer Stelle die mild wärmende Maiensonne; die gichtgeschwollenen Beine waren in Felle eingerollt, und er hing seinen Gedanken nach. «Sie wollen uns nicht aufkommen lassen, die Holländer, obwohl uns der Prinz von Oranien, unser Herr Vetter, zugeneigt ist. Aber es wird ihnen nichts nützen! Sieben Schiffe hat unser Raule schon abgefertigt – nach Afrika und nach Amerika!» sagte er zu Hofrat Meinders, der mit unbehaglichem Gefühl abwartend beiseite stand.

«Doch kurfürstliche Durchlaucht belieben auch den Schaden mit der *Wasserhund* zu bedenken, und dass wir mit unseren Freunden im Haag fortwährend Reibereien heraufbeschwören.»

«Heraufbeschwören! Heraufbeschwören! Meinders, Ihr habt noch nicht begriffen, welch grosser Pläne Ihr Zeuge seid. Ist die Welt nicht gross genug für alle? Holländer, Dänen, Engländer, Franzosen – und Brandenburg? Nun, ich sehe, Ihr versteht das nicht, aber Raule wird es schaffen. Wir wollen ihm in Gnaden die oberste Aufsicht und uneingeschränkte Disposition in Kompanie- und Marinesachen geben.»

Meinders biss sich in stummem Zorn auf die Lippen.

«Habt Ihr etwas gesagt, mein lieber Geheimrat?»

«Durchlaucht, halten zu Gnaden, nein!»

«Dann ruft meinen Sekretarius, will an meinem Vetter und an unseren Raule schreiben. Wollet bitte hierbleiben mit Eurem Rat!»

Wieder legte der Kurfürst dem Prinzen von Oranien das Recht der Brandenburger auf freie Schifffahrt dar und verwahrte sich dagegen, dass die Holländisch-Ostindische wider die Brandenburgische Kompanie auftrete. «Was glaubt Ihr, Meinders, wird es helfen?»

«Gnädigster Herr! Helfen!» Der Geheimrat holte tief Atem. «Helfen kann nur eines!»

Mit einem Ruck wandte Friedrich Wilhelm den Kopf zu Meinders: «Und das wäre?» Seine Stimme klang messerscharf.

Geheimrat von Meinders sank ein wenig zusammen, sein Gesicht wurde unter dem Puder aschgrau. «Halten zu Gnaden, kurfürstliche Durchlaucht – die Meinung aller Eurer Räte, so Euer Hochdero untertänigste Knechte sind, geht dahin, dass . . .»

«Schluss damit!» lachte Friedrich Wilhelm. «Ich weiss, was Ihr alle wollt! Aufgeben sollte ich die Marine und die Compagnie. Das wird niemals geschehen!»

Meinders kroch noch mehr in sich zusammen. Er wagte kein Wort der Erwiderung mehr.

«Schreibt, Schulz!» Ohne Meinders noch zu beachten oder ihn, wie sonst, um seine Meinung zu befragen, diktierte Friedrich Wilhelm eine Order an Raule, mit der er ihm uneingeschränkte Vollmachten übertrug. Scharf betonte er jedes Wort. Immer wieder wollte er seine Beine massieren, die ihn ärger denn je schmerzten. Aber beherrscht zwang er sich, ruhig zu sitzen. Hingeduckt schrieb Schulz, so eilend es seine Finger vermochten. ».. . *thun kund und bekennen hiemit, dass Wir nach reiflicher Erwägung Unserm Rat und Directeur General de Marine Benjamin Raule in Anerkennung seiner in See-Dingen habenden Wissenschaft und Erfahrung, sowie seiner Uns bishero erwiesenen Treue, die oberste Aufsicht aller zur Compagnie und Marine gehörenden Verrichtungen in Gnaden auftragen. Er soll von nun an . . .*»

Friedrich Wilhelm drehte sich nun doch zu Meinders, aber er fragte wie im Spott: «Was meint Ihr, Geheimrat, zu dem, was jetzt kommt? Fahrt fort, Schulz, «*. . . von nun an und hinfür freie Macht und Gewalt haben in sämtlichen Dingen der Marine und Compagnie.*»

Der Geheimrat war tief verletzt. «Was Eure kurfürstliche Durchlaucht tun, wird erleuchtet sein. Wir sind nur Knechte!» Er bemerkte nicht den geringschätzigen Blick des Kurfürsten, der sich schon wieder zu Sekretär zuwandte. «Schreibt, Schulz! *Wir geloben und versprechen oben erwähntem Rat, dass Wir ihn gnädigst schützen, keinem Geschwätz wider ihn Gehör geben und ihn in seiner Funktion von niemandem* – hört Ihr, lieber Meinders! - *von niemandem, wer der auch sei, beeinträchtigen lassen wollen. Dessen zu Urkund Unser Gnadensiegel.*»

Nach steifer Verneigung entfernte sich der Geheimrat. Eine Stunde später sass er im Kreise von Gleichgesinnten, und noch in der Nacht ging ein Geheimkurier an einen Freund im Haag ab. Er möge um Gottes gnädigen Willen die Generalstaaten dahin zu überzeugen versuchen, dass es dem wahren Nutzen von Brandenburg diente, wenn sie in der Angelegenheit unnachgiebig blieben. «*Unser gnädigster Herr muss von allen Seesachen, die ungemessen viel Geld verschlingen und zu nichts taugen, geheilet werden, im Guten oder, es mag auch sein im Bösen. Wir als seine ergebenen Knechte können nicht ansehen, was dieser Raule ihm aus dem Sack stiehlt, für Schlösser, so in der Luft liegen.*»

*

Den Generalstaaten und der Holländisch-Oostindischen Compagnie war es Wasser auf die Mühle, als der Brief aus Brandenburg eintraf. «Die Deutschen werden nie zur Seefahrt taugen!» erklärte der allgewaltige Mynheer van Braakens befriedigt in öffentlicher Sitzung. Es brauchte keiner weiteren Beratung, denn die Brandenburger selber wiesen den Weg. In einer Resolution vom 30. Juni 1687 lehnten die Generalstaaten die Anerkennung der Besitzungen Gross-Friedrichsburg, Accada und Taccarary ab. Nur für den *Wasserhund* wollte man eine Entschädigung bewilligen, um dem Kurfürsten die bittere Nachricht etwas zu versüssen.

Der Brief mit dem Beschluss wurde sofort dem staatischen Gesandten am kurfürstlich brandenburgischen Hofe, Mynheer Houven zugestellt. Der eilte damit sofort zu Friedrich Wilhelm. Als er die Nachrichten vernimmt, kann er sich nur mit Mühe beherrschen, aber kaum, dass Houven entlassen ist, kam es, wie zu erwarten war, zu einem Wutausbruch des kränklichen Fürsten. «Der Kerl soll mir nur noch mit guter Botschaft vor Augen kommt. Die im Haag müssen unsere Besitztümer zu Afrika anerkennen!» brüllte er seinem Kammerdiener zu. Mynheer Houven konnte es draussen noch hören.

Aber die Staaten blieben dabei, dass der Kurfürst seine Ansprüche auf die Goldküste aufgeben müsse, und Houven musste neuerlich am 10. Dezember 1687 dem Kurfürsten die Nachricht überbringen. Friedrich Wilhelm war so empört, dass er dem Gesandten gegenüber Ausdrücke gebraucht, die nicht zum Vokabular der Diplomaten gehörten. Fast wäre er wäre handgreiflich geworden, weil er deutlich spürt, dass ihn seine eigene Umgebung an die Holländer verraten hatte. Als sein Sekretär Schulz versuchte, ihn zu beruhigen, meinte der Fürst: «Lass Er's, gut sein, Schulz! Er ist nicht schuld. Ich liege krank und steif zu Bett und muss mir solches sagen lassen? Wissen sie nicht, dass ich ein Zurück nicht kenne? Wissen sie nicht, dass die Ehre meiner Flagge nicht käuflich ist? Wir haben den Afrikahandel nicht aus Liebhaberei, sondern für die Wohlfahrt unseres Landes und unserer Untertanen auf den Weg gebracht! Wir lassen uns von keiner Kurzsichtigkeit meistern! Schreib Er, Schulz!» Er diktierte die schärfste Protestnote, die jemals an seinem Hof geschrieben wurde. Wenn die Generalstaaten nicht augenblicklich zur Umkehr zu bewegen seien, werde sich Brandenburg mit Gewalt sein Recht holen.

Nun lenkte Holland ein; man erinnerte sich dort, dass Friedrich Wilhelm noch immer Wort gehalten hatte, und so beschlossen sie am 28. Dezember 1687, in Zukunft jede Beeinträchtigung der Brandenburgisch-Afrikanischen Kompanie zu vermeiden und die von den Brandenburgern besetzten Plätze anzuerkennen. Diese Nachricht bereitete dem schwerleidenden Kurfürsten eine gute Stunde. Selbst die Räte standen plötzlich und zum ersten Mal mit etwas Sympathie der Kompanie positiv gegenüber. «Die Marinesache können unter Umständen doch noch etwas taugen», meinte Meinders gnädig zu Raule. Aber Raules Gesicht hellte sich nicht auf. «Müssen abwarten, was sich in der Praxis tut. Der Oostindischen ist nicht zu trauen!»

Er ahnte nicht, wie recht er haben sollte und was inzwischen schon in Afrika geschehen war.

*

Die Luft stand still. Es war, als sei der Urwald erstorben oder als hielte die Erde seit geraumer Weile den Atem an. Kobaltblau wuchs über den fernen, im

Dunst verschwimmenden Bergen eine Wolkenwand auf, schiefergrau an den Rändern, in der Höhe ging sie in fahles Gelb über. Dämmerung breitete sich über das Land. Irgendwo kreischte erschreckt ein Vogel.

Harm Jansen erwachte. Der Schlaf brachte ihm keine Entspannung.

«Hat Euch das Wetter nicht schlafen lassen, Herr Jansen?» fragte ein Musketier, der mit geladenem Gewehr in der Nähe hockte. «Es gibt ein Unwetter!»

Jetzt fand sich Harm in die Wirklichkeit zurück. «Ist Panda schon fort?»

«Vor zwei Stunden, mit allen Trägern!»

Der Faktor stand von seinem Lager auf, das unter dem offenen Vorbau der Kommandantenhütte in der Verteidigungsschanze zu Taccarary aufgeschlagen war. Er musste seine Leute, mit denen er drei Wochen hindurch den Urwald durchquert hatte, nach Gross-Friedrichsburg vorausschicken, weil ihn wieder das Fieber befallen hatte. Seit der Verwundung bei der Flucht aus Elmina fiel das Tropenfieber immer wieder über ihn her. Sie waren gestern aus dem Landesinnern zurückgekommen, mit Lasten an Goldstaub, Elfenbein und Fellen. Ein Schwarzer war auf der Reise nach dem Biss einer Viper gestorben. Nun sind sie in Taccarary, weil er sich nicht länger auf dem Pferd halten konnte. Der Sergeant, der hier kommandierte, hatte ihm heisses Fliederwasser gebracht. Morgen wird er vielleicht so weit sein, dass ihn ein paar Schwarze mit dem Kanu nach Gross-Friedrichsburg bringen könnten. Der neue Kommandant, Karl Ostendorp, der an Stelle Blonks und Bührings von Raule abkommandiert worden war, wird wohl inzwischen befriedigt die eingehandelten Güter übernommen haben.

Da brach der Sturm los. Aus der Höhe wirbelten riesige Staubwolken zur Erde, die Bäume im nahen Urwald beugen sich widerwillig als eine gespenstisch verfärbte blauschwarze Kronenmauer. Von der See her, die eben noch still und tot unter dem bleiernen Himmel lag, wälzten sich die Brecher ungebärdig gegen das Land. Die sechs weissen Männer der Besatzung schleppten ihren Anführer eilig unter den festen Palisadenbau, die Schwarzen verkrochen sich in den Hütten.

Aber genau so schnell, wie er über das Dorf herfiel, liess der Harmattan nach – auf Regen, den das Land so dringend brauchte, warteten sie vergeblich. Harm Jansen fühlte sich wieder besser, die Anfälle dauerten nie lange. Das nächste Mal. dachte er, das nächste Mal ziehen wir nach Norden in das unerforschte Land der Aschantis!

«Segel am Horizont! In der Kimm gegen Südost!» Der Sergeant deutete mit gestrecktem Arm aufs Meer hinaus und riss Jansen aus seinem Traum. Bleifarben und aufgewühlt vom abziehenden Sturm lag der Ozean unter dem schon wieder aufgehellten Himmel liegt. Die Leute, Weisse und Schwarze, krochen aus ihren Behausungen heraus und spähten auf die schäumende See.

Alle sahen von der kleinen Anhöhe auf die See hinaus. Es waren wahrscheinlich zwei Schiffe, die sich da näherten, aber noch weit draussen im Meere lagen. Sie würden Stunden brauchen, bis zur Küste aufgekreuzt sind – sofern sie dies überhaupt wollten.

Schon brannte die Sonne wieder heiss von einem fahlblauen Himmel. Die Schwarzen verzogen sich in ihre Hütten, der einzige Wachtposten lümmelte beim Tor, die vier anderen Musketiere bereiteten das Nachtessen vor. Aus dem Busch tönte das keifende Schreien von Affenherden herüber, die unter sich einen Streit auszufechten schienen. Der Tag, der schon ausgelöscht schien, war noch einmal erwacht; der letzte Saum der Wolkenwand, die erst vor kurzem Gewitter und Wolkenbruch versprochen hatte, hing fern im Westen als späte, verlorene Drohung.

Jansen richtete das Teleskop auf die beiden Schiffe, die in der milchigen Luft aussahen, als schwebten sie über dem Wasser. Er beobachtete sie lange, so lange, bis ihn die Augen schmerzten, versuchte Kurs und Fahrt, Grösse und Bewaffnung auszumachen, aber die Segler waren noch zu weit entfernt. Er wird sich gedulden müssen. Beissender Rauch zog von den Kochstellen herüber, aus den Negerhütten ausserhalb des winzigen, hölzernen Forts tönte Kindergeschrei herüber und dann der Tadel einer Frauenstimme.

Der Tag wollte vollends niederfallen und vergehen. Jansen liess seine sechs Leute ins Gewehr treten.

«Wir wissen nicht, was es mit den Schiffen draussen für eine Bewandtnis hat. Vielleicht sind es Kauffahrer nach Elmina – vielleicht verfolgen sie aber auch feindliche Absichten gegen uns. Um das herauszufinden, kommt uns die Nacht zuvor. Wir müssen wachsam sein.» Er musterte sein kleines Heer: die fünf Weissen und die sechs schwarzen Askaris. In geringer Entfernung schauten einige Bewohner Taccararys zu.

«Sergeant, lasst die Stücke laden – mit Kartätschen. Und nehmt grobes Schrapnell!»

Er bemerkte den verwunderten Blick des Unteroffiziers. «Ja, grobes Schrapnell! Und ruft die Schwarzen her, soweit sie Gewehre haben.»

«Aber, Herr Jansen – äh – Steuermann Jansen …», begann der Sergeant, doch Harm Jansen schnitt ihm das Wort ab. «Redet mich getrost mit ‹Herr› an. Aber tut, wie ich gesagt habe! Frisches Pulver auf die Pfannen und die Lunten bereit! Stellt doppelte Wachen auf, verstärkt durch drei Schwarze! Ich will jetzt schlafen. Weckt mich um Mitternacht, wenn es nicht früher notwendig sein sollte!»

«Ihr glaubt, die Schiffe seien holländisch?»

«Vielleicht!» Jansen ging zu seiner Hütte hinüber; jetzt spürte er wieder Müdigkeit und Fieber. «Narr!» sagte er sich selber. «Was soll das alles? Was für Sorge plagen dich?» Er legte sich sogleich hin, hörte noch die Befehle, die der Sergeant der Wache gab – hörte noch ein raues, belustigtes, sorgloses Lachen – und dann schlief er sofort ein.

*

Die Nacht klebte voll feuchter Wärme, dunstig und beklemmend. Missmutig gähnte der Musketier vor sich hin; er musste Wache halten, dabei wäre er erst nach Mitternacht an der Reihe. Die sechs schwarzen Askaris lungerten herum. Sie hatten die Musketen auf die Palisade gelegt und unterhielten sich in den schnellen, hastigen Wortwirbeln ihrer Sprache. Es machte ihnen nichts aus, Wache halten zu müssen, am Morgen würden sie wieder Branntwein, Brot und Speck bekommen, was macht da das bisschen Herumstehen aus? Ob sie sich hier die Neuigkeiten austauschen oder in der Hütte, war egal, schlafen würden sie doch noch nicht. Der zweite Musketier, der ohnehin mit dem Wachdienst an der Reihe war, ging mit langsamen Schritten in dem schmalen Dreieck der Bastion auf und nieder. Einmal auf dieser, dann auf jener Seite. Aufmerksam schaute er in die Schwärze der Nacht hinaus und lauschte. Ihm passte es, dass er nicht alleine war und in diesen sonst einsamen Stunden der Nachtwacht Gefährten hatte, die ebenso wenig wie er auf dem weichen Lager liegen konnten.

Auch der Sergeant war noch da. Immer wider schaute er über das nachtschwarze Meer. Dort draussen hatten sie die Schiffe gesehen. Faktor Jansen meinte, es könnten Holländer sein, die es auf Taccarary abgesehen hätten. Aber der Sergeant glaubte das nicht; die Holländer hätten sicher anderes zu tun, als die kleine und unbedeutende Niederlassung der Brandenburger zu behelligen. Vielleicht waren es dänische Lordendreyer; morgen kämen sie vielleicht, um Handel zu treiben – oder sie sind längst weitergesegelt, Europa zu. Ja, Europa! Dort im Norden, in Königsberg, wartete ein flachsblondes Mädel auf ihn. Nun schon das zweite Jahr. Aber bald würde es ein Ende haben, bald sind die zwei Jahre vorbei, auf die er sich für Afrika verpflichtet hatte, um zu Gold und Gut zu kommen. Dann wird er auf einem solchen Schiff.

Jemand zupfte an seinem Wams und riss ihn aus dem versunkenen Sinnen. Jäh wandte er sich um. Zähne glänzten ihm aus der Dunkelheit entgegen. «Gib Branntwein!» bettelte eine Stimme.

«Morgen früh!» wies der Sergeant den Schwarzen unmutig ab.

«Schwarze Männer haben jetzt Durst!» bettelte die Stimme wieder.

«Scher dich zum Teufel. Es gibt keinen Branntwein während der Wache!»

«Warum Wache?» bohrte die Stimme des Negers.

«Weiss selbst nicht. Und dich geht es nichts an. Verschwinde!» Er wollte in Ruhe gelassen werden. Mit beiden Ellbogen stützte er sich auf die niedere Brustwehr und tat, als sähe er angestrengt in die Finsternis, aber er hielt die Augen geschlossen. Hinter sich hörte er den Schritt des einzigen eifrigen

Wachtpostens. Wozu? Was ist los mit Jansen, bohrte es in seinem Gehirn. Dann aber fiel ihm ein, dass Jansen Fieber hatte – und wohl auch Angstzustände. Blödsinn! Er lachte in sich hinein. Der Schritt des Wachtpostens stockte, und das Gemurmel der Schwarzen erstarb. Freilich – Jansen ist krank! Zu dumm, dass er nicht früher daran gedacht hatte. Vielleicht hätte er ihn überreden können; seit Jahr und Tag genügte ein einziger Weisser als Wachtposten.

Der Sergeant löste sich von der Brustwehr und ging zur Vorratshütte. Er öffnete das Schloss, tappte ins dunkle Innere und fand den Krug.

«Trinkt!» sagte der Sergeant. «Aber besauft euch nicht! In zwei Stunden muss ich ihn wecken. Und er soll nichts merken – es ist gegen den Befehl!»

Der Sergeant selbst trank nicht. Er setzte sich in einen Winkel und sinnierte vor sich hin, dachte an Königsberg und liess sich vom Heimweh überwältigen. Es war ihm, als sei es ein böser Traum, dass er fern von den Ereignissen und Begebenheiten leben musste, auch von den lieben Gewohnheiten, die es in der Heimat gab und gibt. Er aber musste sich hier im fernen Afrika das Mark aus den Knochen saugen lassen. Als er sich damals anwerben liess, glaubte er den Werbern, dass man hier zu Glück und Reichtum kommen könnte. Aber das lag weit zurück. Er hat längst genug von den falschen Versprechungen. Er jedenfalls hatte die Überfülle hier nicht angetroffen. Wozu brauchte er auch viel Geld? Vom Sold hatte er einige Taler sparen können; hier konnte man ja kaum Geld ausgeben. Es würde schon reichen, dass er und sein flachshaariges Mädchen satt werden. Heimweh hatte er, ja, heim wollte er!

Die drei Askaris wurden laut und lustig. Der Sergeant warnte sie mit halblauten Worten und drohte, den Branntwein wieder wegzunehmen. Da blieben sie still. Etwas abseits der Schanzpalisade konnte er die rötliche Glut einer Tabakspfeife erkennen. «Komm Er mir den Stücken nicht zu nahe!» warnte der Unteroffizier den Musketier. Er hatte die Kanonen bereitmachen lassen, Pulver lag auf den Pfannen; ein Funke aus der Pfeife könnte den Schuss auslösen. Wäre doch schade um nutzlos vergeudete Munition.

Auf der Seeseite des Bollwerks ging der zweite Musketier unermüdlich auf und nieder. Er wird bis zur Ablösung um Mitternacht reichlich müde sein, dachte der Sergeant. Dann wandte er sich wieder zur Brustwehr, stützt wie vorhin die Ellenbogen auf, legte sein bärtiges Gesicht in die Handschalen und starrte ins Dunkel. Niedrig ist die Bastion, geht es ihm durch den Sinn. Ebenso niedrig wie in Gross-Friedrichsburg. Ein Feind kann von aussen leicht. . . Unvermittelt brach seine Überlegung ab. Er riss die Augen auf. Huschte da draussen nicht ein Schatten vorbei? Scharf spähte er hinaus, aber nichts regte sich. Nein, es war nichts. Was sollte es auch sein? Der Unteroffizier ärgerte sich – nun hatte er sich von den Hirngespinsten Jansens anstecken lassen! Trotzdem äugte er noch einen Moment ins dunkle Vorland, dann drehte er sich um und lehnte mit dem Rücken an die Brustwehr. Die Schritte des Musketiers tappten jetzt drüben auf der anderen Seite, links glühte noch immer matt die Pfeife des zweiten Musketiers, hinter der Hütte hörte man halbverloren das leise Geschwätz der Schwarzen, die den Branntwein getrunken haben und lieber schlafen möchten, als in der Nacht herumzusitzen. Er würde hinüber gehen und ein paar Fusstritte austeilen; vielleicht schläft schon einer.

Der Sergeant wollte sich von der Mauer lösen, da legte sich ein klammernder Griff um seine Kehle. Er wand sich, wollte schreien und in der Abwehr aufschnellen, mit beiden Händen schlug er auf den unsichtbaren Feind nach rückwärts, doch der Griff liess nicht locker, gnadenlos drückte ihm der Angreifer die Kehle zu. Schwarze Gestalten huschten lautlos über die Brustwehr. Hinten sprühten in weitem Bogen die Funken aus der Pfeife, der Sergeant bäumte nochmals sich mit letzter Anstrengung auf, dann sank der Sergeant aus Königsberg leblos auf die afrikanische Erde, auf der er nicht sterben wollte. Er hörte nicht mehr die Detonation des Geschützes, in dessen Pulverpfanne Funken aus der Pfeife geflogen waren, er hörte nicht mehr das Todesröcheln der Schwarzen und den Sturz des anderen Musketiers zur Erde.

Jansen war in der Hütte vom Knall des Geschützes aus dem Schlaf gerissen worden, fiebernd und schlaftrunken ergriff er ein Enterbeil und schlug den ersten der Eindringlinge nieder. Als er zum zweiten Schlage ausholen wollte, traf ihn ein gewaltiger Faustschlag, stumm stürzte er vornüber.

*

Gefesselt, die Hände und Beine nach hinten krummgeschlossen, fand sich Harm Jansen an der Palisadenmauer der Brustwehr wieder. Noch immer war es Nacht, aber aus den Hütten schwirrten Stimmen, Lachen und Gegröle – holländische Laute. Manchmal zuckte ein Lichtschein auf. Harm versuchte, die Gedanken zu sammeln, er strengte die Augen an, konnte aber nichts erkennen. Sein Blickfeld war begrenzt, da er sich nicht bewegen konnte, aber dann erkannte er ganz in der Nähe einen Stiefel. Wer lag da neben ihm? Mit zuckenden Bewegungen konnte er sich etwas in die Richtung des Schuhs drehen. Zwei Körper. Das sind doch die beiden Musketiere! – Da kehrte die Erinnerung wieder: also doch von Holländern überfallen! Mitten im Frieden.

Die raufaserigen Seile schnitten tief in seine Glieder. Da trat ein Mann aus einer der Hütten, die Muskete im Arm. Obwohl es noch finster war, erkannte Harm Jansen deutlich die holländische Uniform. Der Mann kam näher, beugte sich zu ihm und kontrollierte die Fesseln. Er roch nach Schnaps. «Ah – Er hat ausgeschlafen», sagte der Soldat befriedigt. Er wartete keine Antwort ab; eilig ging er zur Hütte zurück. Dort meldete er laut und vernehmlich irgend jemandem: «Er ist bei sich!»

Drinnen fiel ein Stuhl um, dann stand ein Mann unter der niederen Tür. Ein Offizier jedenfalls, denn ein Degen hing an seiner Seite. «Lockert ihm die Fessel!» befahl er.

«Gebt meine Leute frei und mich selbst!» begehrte Jansen auf. «Hier ist brandenburgischer Boden!»

Weitere Holländer traten aus der Hütte und begannen prustend zu lachen, als hätte der Gefesselte einen guten Witz erzählt.

«Ihr werdet wohl noch früh genug spüren, wessen Boden das ist», höhnte einer.

«In welcher Eigenschaft redet Ihr eigentlich – und in wessen Namen?» forderte ein anderer.

«Im Namen des Kurfürsten zu Brandenburg!»

«Der ist weit, lieber Freund! Und wer sein Ihr?»

«Faktor zu Gross-Friedrichsburg!»

«Name und woher?»

Harm Jansen stutzte. Plötzlich erkannte er die Gefahr – er war aus holländischen Diensten desertiert. Das war sechs Jahre her, aber wie leicht konnte ihn noch einer der Holländer kennen?

«Euern Namen will ich wissen!» wiederholte der andere schärfer.

«Ihr seid zu Besuch gekommen, Mynheer! An Euch ist es, sich zuerst vorzustellen!»

«Dreist wie eine Ratte!» hohnlachte der Mann. «Aber wenn Ihr schon so neugierig seid: Ihr redet mit dem General Nikolas van Berghen!»

Jansen zog die Lippen verächtlich herab. «Habt Ihr eine ganze Armee mobil gemacht, General, nur um sechs Weisse zu überrumpeln? Nennt Ihr das gut holländisch? Sieht mir arg nach Heckenreiterei aus. Strauchdiebe machen's auch so!»

«Was fällt Ihm ein?» fuhr ihn General van Berghen an, und für einen Augenblick schien es, als wollte er seinen Degen ziehen. Dann aber lachte er schallend auf: «Meine Heckenreiter haben sich heute Nacht auch Accada geholt.»

«Accada? Ihr Hunde ...» Sein Protest erstarb; Harm Jansen sah die Machtlosigkeit seiner Situation ein, aber er gäbe manches dafür geben, könnte er dem General an die Gurgel springen.

«Regt Euch nicht auf, mein lieber Herr, und noch dazu ganz umsonst – wir haben es wahrhaftig!»

Van Berghen schien die Wahrheit zu sagen, denn auf Accada waren nur sieben Weisse stationiert. So wie sie selber wurden sie wohl auch in Accada ahnungslos überrumpelt. Jansen wurde noch nachträglich wütend auf sich selber; wie hatte er nur so dämlich sein können und die Segelschiffe gestern Abend nicht ernster genommen? Dann erschrak er gleich noch einmal, und die Ungewissheit schien ihn schier zu erdrücken: was war mit Gross-Friedrichsburg?

Unstet forschten seine Augen im Gesicht des Generals. Einmal, zweimal öffnete er den Mund, aber er fragte nichts.

Breitspurig stand van Berghen vor ihm, genüsslich schob er die Unterlippe vor. «Nun, Brandenburger, wollt Ihr noch etwas wissen?»

«Nein!» antwortete Jansen brüsk und drehte den Kopf zur Mauer, damit keiner die Wut darin erblickte.

«Oh – stolz wie ein Spanier!» lästerte van Berghen. «Soll ich Euch mit einer Knute den Hintern kitzeln lassen, damit Ihr die Güte habt, mir endlich Euern Namen zu sagen?»

«Macht, was Ihr wollt. Was schert Euch mein Name? Ging's nach mir, dann könntet Ihr mir den Hintern lecken.»

Der General sah stumm auf den Gefangenen hinab, aber in seiner Stimme grollte verhaltener Zorn, als er endlich knurrte: «Ich werde Euch beim Kielholen lecken lassen! Dann könnt Ihr lecken, dass Euch Hören und Sehen vergeht. Aber Ihr könnt noch eine Weile die Vorfreude geniessen, weil Ihr warten müsst, bis wir von Gross-Friedrichsburg zurück sind!»

Da schwenkte Jansen nun doch den Kopf zurück und sagte mit zufriedenem Blick: «Danke, General! Jetzt weiss ich, wie es um Gross-Friedrichsburg steht!»

General van Berghen machte nur eine abwertende Handbewegung; was soll's – der Kerl kann nichts mehr ausrichten. «Gefreiter, nehmt sechs Mann und bringt ihn an Bord! Ich lass' dem Kapitein sagen, er soll ihm seinen Namen entlocken – egal wie! Und er soll doppelte Wachen aufstellen, damit der Satan nicht um seinen Braten kommt!»

«Und die beiden?» fragte der Gefreite, auf die zwei noch ohnmächtig liegenden Brandenburger weisend.

«Bleiben hier! Sie werden uns Auskunft geben über das, was dieser Herr nicht sagen will!» So erfuhr der brandenburgische Faktor, dass seine Musketiere noch lebten. Soldaten ergriffen ihn mit schwieligen Fäusten und schleppten ihn talwärts zum Strand.

«Holland allezeit!» tönte ihm hundertstimmig der Ruf von oben her nach. Jansen stöhnte auf. Die Soldaten lachten. Sie glaubten, ihr harter Griff schmerzte den Mann. Unten stiessen sie ihn in ein Boot, um ihn an Bord der holländischen Fregatte zu bringen, die weiter draussen hinter den Brandungswellen ankerte. Jansen sah dem Schiff entgegen, das wie ein schwarzer Schatten mit zwei oder drei baumelnden Lichtpunkten wenige Kabellängen seewärts lag.

Ein seltsam beklemmendes Gefühl überfiel ihn. Seit sie ihn herabschleppten, hatte er noch kein Wort gesprochen. Aber jetzt fragte er mit unsicherer Stimme: «Wohl die *Constantia*?»

Die Leute blickten in der Dunkelheit verdutzt zu ihm hin. «Ihr kennt Euch höllisch gut aus!» sagte einer.

«Und wer kommandiert sie?»

«Habt das erste gewusst, werdet Ihr wohl auch das zweite sagen können!»

«Jan Janszoon?» stöhnte der Gefangene leise.

«Habt Ihr in Elmina spioniert, dass Ihr das so genau wisst?» fragte einer voller Misstrauen.

«Vielleicht ist er ein alter Bekannter vom Kaptein!» kicherte ein anderer. «Der Baas wird sich freuen!»

Gross war unterdessen der Schatten gewachsen. Mit den letzten Ruderschlägen schob sich das Boot an die Fregatte heran.

«Ahoi – wer da?» rief die Deckwache von oben.

«Bringen einen leibhaftigen Brandenburger dem Kaptein zum Präsent.» Der Gefreite nahm dem Gefangenen die Fussfesseln ab. Mit leisem Knirschen legte sich das Boot an die Bordwand.

«He, auf!» Einer stiess Harm Jansen in den Rücken. Der schöpfte tief Atem. Er hatte den Bruder damals in eine schwierige Lage gebracht. Wie würde er jetzt reagieren? Harm hatte kaum einen freundlichen Empfang zu erwarten.

Trüb und ölig funzelte die Lampe beim Fallreep. Neugierig schaute der Mann am Fallreep den Ankommenden entgegen. Jansen spannte instinktiv die Muskeln, aber es blieb vergebens, die Umschnürung hielt zu fest. Er würde nicht zögern, sich kopfüber ins Meer zu stürzen. Schwimmend liesse sich die Küste erreichen und die Nacht würde seine Flucht begünstigen. Aber so wäre es Selbstmord. Mit einem ergebenen Seufzer setzte er den Fuss auf das wohlbekannte Deck. Dicht hinter ihm drängten seine Wächter nach. Vom Achterkastell näherte sich ein grossgewachsener Mensch mit einer Lampe. «Wen bringt ihr da?»

Harm Jansen durchzuckt es, als er die Stimme des Bruders hörte. Gleich müsste das Furchtbare geschehen; trotzig reckte er sich auf. Er erwartete keine Gnade vom Bruder, verlangte sie auch nicht.

«Ich glaube, er kennt Euch, Kapitein!» meldete der Gefreite. «Jedenfalls hat er die *Constantia* erkannt.»

«So? Na, lasst den Hecht einmal sehen!» Jan Janszoon trat näher, hob die Laterne, gelbrot flackerte ihr Schein über das fahle, eingefallene Gesicht des Gefangenen.

«Gott verdamm mich!» Jäh brach der Kapitän ab, jäh liess er die Hand mit der Laterne sinken.

«Ihr sollt ihn auf Herz und Nieren prüfen; hat seinen Namen nicht genannt!» sagte der Gefreite.

Der Kapitän der *Constantia* starrte den Bruder an. Seit Jahren hatte er nichts mehr von ihm gehört, damals war er einfach verschwunden, Jan hatte gehofft, dass Harm tot sei – und nun stand er plötzlich an Deck seines Schiffes. Unwillkürlich umklammerte seine linke Hand die Reling.

«Was sollen wir mit ihm?» fragte der Gefreite noch einmal.

Harm Jansen stand unbeweglich wie zuvor, den Blick auf den Bruder gerichtet. Der riss sich zusammen. Mit rauer Stimme befahl er, dem Gefangenen die Handfesseln zu lösen.

«Kapitein, der General hat's verboten!» warnte der Gefreite.

«Ist meine Sache! Macht, was ich befehle, und dann geht!»

Der Gefreite löste schweigend die Fesseln, während der Kapitän im blassen Licht der Laterne zusah, als hätte er ähnliches noch nie gesehen. Mit überraschendem Staunen beobachtete Harm Jansen den Bruder – sein hartes, narbiges, gnadenloses Gesicht, das unbewegt blieb wie eh und je.

Die Eskorte tappte über das Deck in ihr Quartier. Nur der Mann der Fallreepwache stand neugierig nebenher. Jetzt erst hob Jan Janszoon den Blick und schaute kalt und fremd in das bleiche Gesicht seines Bruders. Er zeigte keine Regung, weder Hass noch Freude oder Liebe. Sekundenlang dauerte dieser Blick.

«Ihr habt es weit gebracht, Mynheer!» sagte Jan Janszoon laut, ohne Spott, ohne Zorn, aber auch ohne Bedauern – als spräche er zu einem Fremden. Harm gab keine Antwort, was sollte er auch darauf sagen? Da wandte sich der Kapitän an die Fallreepwache: «Hol Er meinen Schildermann!»

Der Matrose enteilte in Richtung Achterdeck, rasch verhallten seine Schritte, sie sind allein. Plötzlich und mit grosser Heftigkeit packte Jan Janszoon den Bruder an beiden Schultern. Sein heisser Atem schlug ihm ins Gesicht. «Weisst du, was du mir angetan hast? Schande brachtest du über unseren ehrlichen Namen! Du bist ein niederträchtiger Überläufer und Deserteur! Weisst du, was mit Verrätern geschieht, kennst du noch die Disziplinarartikel der VOC? Hängen wirst du! Und was tust du mir jetzt noch an, jetzt, wo sie dich auf die *Constantia* gebracht haben? Ich muss dich auf meinem Schiff an die Rahe knüpfen lassen! Ist das die Ehre unserer Familie, ist das deine kurfürstliche Glorie?» Er stiess ihn zurück und zeigte mit der Hand über die Reling. «Schwimm oder sauf ab! Springe steuerbords – ich lass nach achtern schiessen! Fort, fort, verdammt noch mal!» Jan Janszoon gab ihm einen kräftigen Stoss an die Schulter, vom Achterdeck her näherten sich die Schritte der Fallreepwache und des Schildermanns. Sie hörten das Aufklatschen des Körpers im Wasser, gleich darauf ertönte der Alarmschrei ihres Kapitäns, sahen wie er seine Pistole zog und nach achtern in die schwarze See schoss. «Verdammter Halunke!» brüllte der Kapitän. «Los – schiesst! Dort draussen schwimmt er!» Soldaten stürzten aus ihren Quartieren herbei, heben die Musketen und schossen aufs Geratewohl. Die Fallreepwache entzündete Pechkränze an der Laterne und warf sie mit weitem Schwung in die See, wo sie hell aufflackernde Lichtkreise auf das leicht bewegte Wasser zeichnete. Immer mehr Leute erschienen bewaffnet auf Deck und feuerten blindlings in die angegebene Richtung.

Jan Janszoon sah mit grimmiger Miene zu; die Pistole in der herabhängenden Hand. «Lasst!» brüllte er endlich. «Er ist fort – oder tot!»

«Hab es gut gemeint!» meldete sich der Gefreite der Eskorte. Er sah den Kapitän mit zweifelndem Blick an. Der Vorfall kam ihm sehr merkwürdig vor.

«Sollen wir ihm mit dem Boot nachsetzen?» fragte die Fallreepwache.

«Hat keinen Zweck – ihr werdet ihn in der Nacht nicht finden! Vielleicht ist er ertrunken.» lehnte der Kapitän ab. «He, Willem, Er übernimmt die Fallreepwache! Bert und Schildermann, ihr kommt mit mir in die Kajüte, als Zeugen zum Verprotokollieren! Die andern ab in die Quartiere!» Mit langsamen, schweren Schritten ging Jan Janszoon in die Kajüte voran. Hier auf der *Constantia* hatte niemand den Flüchtigen erkannt, auch drüben auf dem Land bisher nicht. Da mochte es vielleicht gut ausgehen.

*

Nach Sonnenaufgang erschien General Nikolas van Berghen in Begleitung seines Adjutanten an Bord der *Constantia*. Die Fallreepwache wollte die Ehrenwache ins Gewehr treten und Salut pfeifen lassen, aber der General wehrte ab. Die Flucht des Gefangenen war ihm schon gemeldet worden. Mit schnellen Schritten eilte er finster und mürrisch in die Kapitänskajüte. Sein Adjutant, ein spitznasiges Männchen mit einer zu grossen Zopfperücke, wieselte hinter ihm her. Kaum klopfte van Berghen an, als er schon die Tür auf aufriss. Der Kapitän studierte gerade eine Seekarte und sah von seiner Arbeit auf; erstaunt betrachtete er den Ankömmling.

«Kapitein!» stiess van Berghen hervor, «ich habe Euch einen Gefangenen geschickt, wo habt Ihr ihn?»

Jan Janszoon sah ihm ohne Unruhe ins Gesicht: «Er ist über Bord gesprungen und wahrscheinlich ersoffen. Haben hinter ihm hergeschossen, können aber nichts über sein Schicksal sagen.»

«Wer bewachte ihn, als er über Bord sprang?»

«Nur ich. Es ging alles blitzschnell, ich konnte es nicht verhindern.»

«So? Ihr habt ihn nicht hindern können?»

«Nein!»

«Habt Ihr Euch den Mann angesehen?»

«Soweit die Schiffslampe dazu reichte.»

«Und Ihr habt ihn nicht erkannt?»

«Nein, war ein fremdes Gesicht!»

Der General machte eine ärgerliche Handbewegung und sah ihn kühl an. «So, ein fremdes Gesicht, Kapitein! Er muss Euch sehr fremd geworden sein, Euer Herr Bruder, der Deserteur Harm Jansen»

Jan Janszoon wich das Blut aus dem Gesicht, aber er gab keine Antwort. Sein Blick hielt dem des Generals weiterhin stand. Ein paar Atemzüge lang schwiegen die beiden Männer, dann fragte Jan Janszoon beherrscht: «Wer sagt, dass es mein Bruder war? Er muss sich arg verändert haben.»

«Ihr tut mir leid, Kapitein, ich hätte Euch nicht zugetraut, mich täuschen zu wollen.»

Jan blieb immer noch unerschütterlich, aber in seinem Inneren lag er in Widerstreit zwischen Pflicht und Familientreue. Da er noch nicht herausgefunden hatte, was der General im Schilde führte, zog er es vor, im Augenblick erst einmal zu schweigen. Doch die versteckte Häme im Gesicht des spitznasigen Adjudanten hätte ihn warnen sollen.

«Euer Herr Bruder hat das Maul wohlweislich nicht aufgemacht, aber seine Soldaten haben geredet, wir mussten nur ein wenig nachhelfen – wer hat schon gerne verbrannte Fussohlen?» General van Berghen trat ganz nahe an den Kapitän der *Constantia* heran. «Ihr habt doch Euern Bruder verachtet, oder?» fragte er maliziös, und der gefährliche Ton in seiner Stimme blieb Jan nicht verborgen.

«Ja, er hat Holland verraten!» murmelte Jan Janszoon mit bleierner Zunge.

Schnell und messerscharf zischte der General: «Und der andere Janszoon, gewesener Kapitein der *Constantia,* hat dasselbe getan!» Dann beschied er dem Adjutanten, den ersten Offizier und den Profos zu holen.

«Führt ihn unter sicheren Verschluss. Ihr haftet mir mit Eurem Kopf für ihn!» befahl Nikolas van Berghen dem aus allen Himmeln gefallenen Profosen. «Und Ihr lasst das Volk auftrommeln, Leutnant Meenhagen! Ich werde Euch vor allen Leuten zum Kapitän ernennen.»

Während der Profos den widerstandslosen Kapitän in den Schiffsarrest abführte, unterrichtete Kapitän van Berghen den ersten Offizier Meenhagen über das Vorgefallene. Stumm hörte der Mann zu, auf wessen Unglück er sein Kapitänsglück aufbauen sollte.

*

Keuchend kletterte Harm an das felsige Ufer. Die Brandung hatte ihm fast die letzten Kräfte gekostet, aber dann hatte er es doch geschafft. Erst lag er eine Zeitlang keuchend zwischen muschelbesetzten Steinen und horchte auf die Musketenschüsse, die noch immer in die See klatschten. Als er wieder etwas zu Kräften gekommen war, verkroch er sich im dornigen Gebüsch hinter der schmalen Strandlinie und lauschte ringsum. Bei der *Constantia* flackerten die Pechkränze, gelblicher Qualm trieb in Wolken auf die See hinaus. Er wartete, bis alle Feuer erloschen waren und machte sich dann vorsichtig auf und tastete sich weiter landeinwärts. Von Zeit zu Zeit verhielt er, um zu horchen, aber auch, weil er müde war und das Fieber ihn wieder schüttelte. Aber die Ungeduld trieb ihn bald weiter durch das unwegsame Land. Erst wollte er dem leicht ansteigenden Gelände folgen und die Höhe erklimmen, denn dort gab es einen Karawanenweg nach Accada, mehr ein Trampelpfad als ein Weg, doch dann fiel ihm ein, dass General van Berghen davon gesprochen hatte, sie hätten auch dieses Fort besetzt. Er musste es also umgehen.

Als der Morgen im Osten emporstieg und mit der Sonne sofort die Hitze kam, hatte Harm Jansen auch Accada hinter sich. Noch in der Dunkelheit war er vorbeigeschlichen; aus dem Fort hatte er holländisches Siegesgejohle vernommen, sah auf der Reede den Schatten eines Schiffes und am Strand standen ein paar Negersoldaten. Nun wollte er es wagen, den schmalen Weg zu nehmen, der durch Urwald und wilden Busch nach-Friedrichsburg führte. Zerrissen die Haut, zerrissen das Gewand, die Augen in tiefen Höhlen liegend, so marschierte er weiter, schlief bei hereinfallender Dunkelheit unter der Luftwurzel eines der riesigen Mammutbäume, trank Wasser aus langsam fliessenden Rinnsalen, vergass den Hunger und wankte verbissen voran, bis der Urwald plötzlich zurücktrat und Gross-Friedrichsburgauf der Höhe sichtbar wurde. Oben wehte die weisse Flagge mit dem roten Adler. Er war noch rechtzeitig angelangt!

*

General Nikolas van Berghen war mit sich selbst unzufrieden. Statt gleich vor Gross-Friedrichsburg zu segeln, musste er nach Elmina zurück. Alles wegen Jan Janszoon, mit dem er im ersten Zorn zu arg verfahren war. Aber es gab kein Zurück mehr, die Offiziere und sein Adjudant hatten alles bezeugt. Nun musste nach Vorschrift verfahren werden.

Im Kastell trat sofort das Kriegsgericht unter Vorsitz von General van Berghen zusammen; drei Offiziere und drei Kolonialräte bildeten das Konsortium; neben dem Schreiber stand eine grosse Sanduhr. Unter den Männern waren viele, die seit Jahren den Generalstaaten und der VOC dienen; als sie den Sachverhalt erfuhren, blickten sie ernst. Sie kennen Kapitän Janszoon und seine Verdienste; gerne würden sie ihm mildernde Umstände zubilligen, wenn er irgendwelche Ausreden vorbrächte.

Als Jan Janszoon in den Verhandlungssaal geführt wurde, blieb er bleich und gebeugt vor dem Tribunal stehen und bekannte sich ohne Einwand schuldig. Er war lange genug in holländischem Sold und kannte alle Konsequenzen. Oft genug hatte er selber an Bord seiner *Constantia* Urteile über fehlbare Seeleute sprechen müssen, er würde seinen Richtern hier kein Schauspiel bieten. Auf die Frage, ob er wisse, was er zu erwarten habe, hob er den Kopf: «Ja, ich weiss es – den Galgen!»

Der General sah ihn undurchdringlich an. «Könnt Ihr einen Grund für Euer Tun anführen?» Der General stellte der Vorschrift gemäss die Frage, hoffnungsvoll warteten die Offiziere und Räte des Kriegsgerichts, ob ihnen der Kapitän ein Hintertürlein öffne, durch das sie ihn schlüpfen und mit einer Ordnungsbusse davonkommen lassen könnten. Janszoon war ohne Zweifel ein Mann, der bis heute der Kompanie treu gedient hatte, der hundertmal sein Leben eingesetzt hatte und der mithalf, die VOC mächtig zu machen. Das alles waren Gründe genug, Gnade vor Recht zu gewähren. Gespannt sahen alle auf den Beschuldigten. Dessen Blick wanderte ausdruckslos von einem zum anderen.

General van Berghen wiederholte: «Habt Ihr meine Frage gehört? Welche Beweggründe könnt Ihr vorbringen?»

Jan Janszoon Augen blieben im Gesicht des Vorsitzenden haften; er zuckte mit der Schulter und sagte mehr für sich als für die andern: «Er ist mein Bruder!»

Enttäuschtes Raunen ging durch den Saal. Auf einen Blick des Generals führten ihn zwei Soldaten hinaus. Der Vorsitzende befahl: «Schreiber, dreh Er das Glas!»

Langsam begann der Sand in den unteren Glasballon zu rieseln; dreissig Minuten Beratungszeit war dem Gericht zugestanden. Laut und erregt beriet das Richterkollegium; einige setzten sich für den Kapitän ein, andere plädierten für die ausnahmslose Härte des Gesetzes. Mit gesenkten Augen hörte General van Berghen zu, vernahm Fürsprachen und Schuldsprüche; er selbst sagte kein Wort. Als das letzte Sandkorn nach unten gefallen war, befahl er, den Angeklagten wieder hereinzubringen.

Ruhig, aber mit starrem Blick wartete Jan Janszoon auf das Verdikt des Kriegsrats. Es konnte nur Tod durch den Strang bedeuten.

Van Berghen begann zu sprechen, seine Stimme klang brüchig. «Der gewesene Kapitän Jan Janszoon hat nach den Gesetzen der Holländisch-Oostindischen Compagnie den Tod verdient. Weil er aber besagter Compagnie in vielen Jahren treue Dienste geleistet hat, beschloss der Kriegsrat, dem Angeklagten die Todesstrafe zu erlassen. Der gewesene Kapitän Jan Janszoon wird aller Ränge und Begünstigungen für verlustig erklärt, seine restliche Heuer sowie sein bei der Compagnie angelegtes Vermögen ist beschlagnahmt und er selbst aus der Compagnie und aus holländischen Diensten mit Schimpf und Schande ausgestossen. Es hat besagter Jan Janszoon mit dem nächsten Schiff nach Europa in See zu gehen und es wird ihm bei Leib- und Lebensstrafe verboten, jemals wieder holländischen Boden zu betreten.» – Habt Ihr verstanden, Jan Janszoon?» fragt der General.

«Warum tut Ihr das?» Jan war bewusst, dass er eine törichte Frage stellte, aber es fiel ihm nichts anderes ein.»

«Ihr wisst es selbst.»

«Das ist härter als der Galgen!» kam es tonlos zurück. Mit steifen Schritten wankte er zur Tür, der Soldat dort riss die Flügel auf, der gewesene Kapitän Jan Janszoon ging hinaus. Stumm schauten ihm die Männer nach, die bisher seine Gefährten waren. Sie waren Zeuge, dass General van Berghen das mildeste Urteil gefällt hatte, das er sprechen durfte. Die Gesetze der *Vereenigden Oostindischen Compagnie* waren streng.

Anderntags segelte General van Berghen vor Gross-Friedrichsburg. Mit dem brandenburgischen Geschmeiss muss endlich Schluss gemacht werden, ein für allemal!» hatte er vor seinen Soldaten, Matrosen und Offizieren verkündet. «Holland allezeit!» dröhnte ihm die Antwort entgegen.

«Holland allezeit!» war auch der Schlachtruf zwei Tage später vor Gross-Friedrichsburg. Aber umsonst rannten die Holländer gegen die Festung an. Sechs Wochen später, als General van Berghen die Blockade abbrechen und mit Kurs Elmina davonsegeln musste, wehte der brandenburgische Adler noch immer auf seinem hohem Mast.

*

Scharf fegten die Frühjahrsstürme über den märkischen Sand, breite Regenfahnen vor sich hintreibend. Wie Bettlergestalten, dürr und krüppelig, standen die Bäume an der Landstrasse. Bedrohlich knirschte und knarrte eines der Räder.

«Schneller!» forderte der Mann im Wagen herrisch. «Wie weit ist es denn noch bis Potsdam?»

«Der Sturm ist stark, Herr General-Schiffsdirecteur, und der Dreck klebrig!» antwortet der Kutscher. Dann schlug er aber doch wieder auf die vier Pferde ein, und das Fahrzeug gewann um ein Geringes an Geschwindigkeit. Finster schaute der Mann im Wagen aus dem Fenster, aber er sah die nassen, windgezausten Felder nicht. Seine Gedanken waren ganz woanders und seine Finger klammerten sich krampfhaft um die Lederrolle, in der der Brief steckte. Gestern kam das Schreiben über Kopenhagen aus Afrika. Taccarary und Accada schon seit Oktober holländisch, Gross-Friedrichsburg von den sauberen Gesellen blockiert! Und das just in diesen Zeiten, da Kurbrandenburg seine Truppen rüstete, um dem Prinzen von Oranien zum englischen Thron zu verhelfen! So dankt Holland die Freundestreue! Was wird der Kurfürst sagen?

Friedrich Wilhelm lag im Bett. Der Vorfrühling setzte ihm heftig zu. Wassersucht und Gicht zehrten an seinen letzten Kräften. Sein sonst volles Gesicht war schwammig und eingefallen, die Grube im Kinn auffällig vertieft. Raule erschrak, als er seinen Fürsten so vorfand. Er ist vom Tod gezeichnet, ging es ihm durch den Sinn und er überlegte, ob er dem Kranken die böse Nachricht melden sollte, aber der Geist des Kurfürsten war rege wie eh und je.

«Ihr bringt nichts Gutes, Raule! Das seh' ich Euch an. Heraus damit! Mehr als mir im Leben schon geschehen ist, kann auch jetzt nicht passiert sein!»

Da erstattete Benjamin Raule Bericht. Mit ruhigen Worten berichtete er über die letzten Vorfälle in Afrika. Der Kurfürst sackte noch mehr in sich zusammen, seine Augen verloren allen Glanz, sein Atem ging keuchend. «Und das ist mein freundnachbarlicher Vetter Wilhelm Heinrich, für den brandenburgische Regimenter zu Engeland bluten sollen? Lasst mir gleich den Schulz kommen, Raule!» Friedrich Wilhelm versuchte, sich aufzusetzen, die Schmerzen warfen ihn aber zurück. «Elender Leib – das hat der Herrgott schlecht eingerichtet!»

Der Sekretär eilte herein. «Kurfürstliche Durchlaucht haben befohlen?»

«Ja, Schulz! Gebt mir zuerst den Höllentrunk dort!» Der Kranke zeigte auf einen Kristallbecher auf dem Tisch. «Drei *Doctores* haben ihr Wissen da zusammengebraut. Ein bitteres Zeug! Ich möchte es nicht einmal den Holländern gönnen!» Er trank die Medizin in einem Zug. «Los, Schulz! Ich wollte, ich könnte reiten, mit Spiess und Schwert gegen Amsterdam! Dafür muss es elendes, totes Papier tun!»

Mit scharfen Worten diktierte er seinem Vetter, dem Prinzen von Oranien, einen geharnischten Brief. Die Hände verkrampften sich zu Fäusten auf der damastenen Decke. «*Wir lassen*», schloss er die dreiseitige Epistel, «*Euer Liebden hochvernünftig urtheilen, wie tief Uns dergleichen Proceduren zu Gemüthe steigen müssen!*»

Schulz legte den Federkiel aus der Hand, aber der Kurfürst befahl, einen weiteren Brief an die Generalstaaten aufzunehmen. Raule verwunderte es nicht, er kannte seinen Herrn. Der stirbt noch nicht, dachte er, er ist ein Kämpfer, der nicht aufgibt. Er wird den Leib zwingen, ihm zu Willen zu sein. Er darf auch noch nicht sterben! Was sollte aus Brandenburg werden, wenn dieser Mann stirbt?

Der Kurfürst diktierte, achtete nicht der Schmerzen. Mit inständigen Worten verlangte er die Herausgabe der beiden Niederlassungen und der beschlagnahmten Waren, Freilassung der Gefangenen sowie eine angemessene Schadenvergütung. Sein Gesicht hatte während des Diktates das aufgeschwemmte Aussehen verloren; es straffte sich, das Feuer leuchtete wieder aus den alten Augen.

Zwei Tage später wies eine kurfürstliches Direktive den brandenburgischen Gesandten von Diest im Haag an, die Forderung mit allen Mitteln zu betreiben, «*widrigenfalls Wir genötiget sind, andere Massregeln zu ergreifen*».

Die Drohung wirkte im Haag. Man erkannte, was die «*anderen Massregeln*» bedeuteten: Krieg, zumindest aber keine brandenburgische Hilfe im bevorstehenden Krieg gegen Jakob II. von England. In Amsterdam strömten die mächtigen Kaufleute zu Sitzungen zusammen; wenn der Kurfürst zu Potsdam Nein sagte, dann wären die einbringlichen Armeelieferungen beim Teufel,

Millionengewinne fielen unrettbar ins Wasser. Die Handelsherren bestürmten den Rat der Stadt und den Bürgermeister, sie mögen Einfluss auf die Holländisch-Ostindische Compagnie nehmen. Die aber zeigte sich noch immer unzugänglich. Die Kompanie war allmächtig, auch der Prinz von Oranien blieb ihr gegenüber einflusslos.

Immer heftiger bestürmten die Handelsherren den Bürgermeister und den Rat der Stadt, und endlich bekamen sie ihren Willen. Am 23. April erschien der Bürgermeister von Amsterdam in Begleitung zweier Räte bei Freiherr von Diest und überreichten ihm die schriftliche Versicherung, die Stadt Amsterdam bürge für den Ersatz des Schadens, der Brandenburg in Afrika von Kräften der VOC zugefügt wurde; sie erklärten sich auch bereit, für die Rechte der kurfürstlichen Durchlaucht einzutreten. Herr von Diest verbarg seine Freude unter einer strengen Miene. Seine Dankesworte kamen höflich, kühl und klug, aber eine Stunde nach dem Umtrunk, der den wichtigen Bescheid nach altem Brauch besiegeln musste, ritt ein Kurier durch das Osttor gen Brandenburg, die gute Botschaft für den Fürsten in der Tasche.

Als der Kurier in Potsdam eintrabte, flackerten die Lebensgeister Friedrich Wilhelms noch einmal auf. Er, der trotz aller Schmerzen noch immer die Regierungsgeschäfte leitete, glaubte neuerdings daran, dass er wieder gesund werde. Diests Botschaft hatte diesen Glauben noch bestärkt. Holland würde in Afrika endlich Frieden geben und die brandenburgischen Ansprüche anerkennen. Das sagte er dem gesamten Geheimen Rat, der sich am Freitag, dem 7. Mai, wie jeden Freitag, im Krankenzimmer versammelte. Die Räte spürten mit Trauer und heimlichem Entsetzen, dass das Leben des Fürsten zur Neige ging. Es war, als wollte Friedrich Wilhelm dem Tod widersprechen. Am Schluss der Beratung sagte er, dass Brandenburgs roter Adler über afrikanischem Land unangetastet wehen würde.

Am nächsten Tag konnte er es vor Schmerzen kaum aushalten. Kein Mittel brachte mehr Linderung, aber Friedrich Wilhelm war zäh und wehrte sich. «Amsterdam!» hiess die Parole für den nächsten Tag, die er mit fieberglänzenden Augen ausgab. «Amsterdam!» blieb seine letzte Parole.

Am Morgen des 9. Mai 1688 kündeten die Geschütze vom Schloss zu Potsdam vom Ende eines grossen Lebens.

Schiffsschütz in
Stückpforte

Kapitel 25: Unheilvolle Jahre

Raule war grau und verfallen, seit der Stunde, als der Herzschlag seines Fürsten aussetzte. Er stand an der Bahre, und ihm schien, als sei er es selbst, der da tot und unbrauchbar lag. Müden Schritts war er gegangen, verfolgt von manch hämischem Höflingsblick.

In seinem Arbeitszimmer in der Berliner Admiralität schloss er sich ein, dumpf und nur eines Gedankens fähig: Jetzt stürzt alles mühsam Aufgebaute, jetzt wird der neue Herrscher Friedrich III. die Marine und die Kompanie aufgeben. Der unermüdliche Kämpfer an Brandenburgs Sache war erlahmt. Doch am dritten Tag nach dem Hinscheiden Friedrich Wilhelms brachte ein Sekretär mit devotem Bückling die Abschrift einer Order: «*Haben Seine kurfürstliche Durchlaucht soeben an Seine Exzellenz den Freiherrn von Diest im Haag abgehen lassen!*»

Raule las hastig, noch gab es Wunder! Der erste Erlass des jungen Herrschers gebot Diest, die Verhandlungen gemäss seinen bisherigen Instruktionen fortzuführen. Raule ist erlöst. Es geht, das Werk lebt! Der alternde Mann spürte neue Kräfte. Vorwärts, immer vorwärts! Wenn auch für einen neuen Herrn, so doch dem alten Ziel entgegen! Wenige Tage darauf bestätigte ihm Friedrich III. seinen Willen, dem Kolonialhandel treu zu bleiben. Raules Dankesworte kamen aus tiefster Seele.

Aber der Mai ging vorüber, ohne dass Freiherr von Diest eine Nachricht sendet. Noch einmal erhält er den Auftrag, nach besten Kräften *«um eine Resolution wegen der Restitution der beiden Forten nachzusehen»*, damit sie der Mitte Juni nach Afrika segelnden Fregatte Stadt Emden mitgegeben werden könnten. Zumindest sollte er trachten, eine Order für die VOC zu bekommen, *«dass die Blockade von Unserm Gross-Friedrichsburg samt allen widrigen Thätlichkeiten aufgehoben und Unserer afrikanischen Compagnie der freie Handel verstattet werde. Sollte man Euch aber Schwierigkeiten, so habet Ihr rundheraus zu erklären, dass Wir Unserer Gloire und Reputation zufolge Gewalt mit Gewalt begegnen werden!»*

Das war eine kräftige Sprache, die Raule gerne von seinem Fürsten hörte. Eine so kräftige Sprache, wie sie der in Gott ruhende Grosse Kurfürst nicht besser hätte führen können. Wohlan, mein Fürst, du bist deines Vaters Sohn!

Fast zur gleichen Zeit brachte die Schnellpost aus Hamburg eine schlechte Nachricht: Das der Kompanie gehörige Schiff *Die Stadt Berlin* wurde nordwestlich des grünen Kaps von den Holländern aufgebracht und zur Prise erklärt. «Sie benutzten den Vorwand, die Berlin wäre im holländischen Seeland ausgerüstet worden, so verboten ist.»

«Zeigt ihnen die bewaffnete Faust, kurfürstliche Durchlaucht! Es stinkt zum Himmel, was sich die zu Amsterdam herausnehmen!», forderte Raule.

Kurierreiten beförderten Order auf Order an Herrn von Diest, aber jedes Schreiben, das von dem Gesandten zurückkommt, berichtete von der Hartnäckigkeit der Holländer. *«Die Heeren Seventien der Vereenigden Oostindischen Compagnie»*, schreibt er endlich, *«bewegen Himmel und Erde, um die Sache zu traversiren oder in die Länge zu verschieben. Getraue mir nimmer zu, allein mit ihnen fertig zu werden.»*

«Raule, reist in den Haag und nach Amsterdam!», verlangte der Kurfürst.

*

Die Junisonne wanderte warm über die Nordsee und über das braungrüne Land von Borkum. Die Möwen segelten quarrend im lauen Wind. Es war auflaufende Tide, kaum füllte genügend Wasser den grossen Priel, als schon ein kleines Boot vom Festland her gegen Borkum segelte. Oben am Rande des Hellers hockte in der prallen Sonne ein Knabe, die Augen starr auf das heransegelnde Boot mit dem einzelnen rostroten Luggersegel gerichtet. «He, Moder!», rief er plötzlich. «Dat is keen van uns!»

Der Ruf galt der Frau, die landeinwärts einen kleinen Acker bepflanzte. Die junge Frau richtete sich auf, hielt sich dabei den schmerzenden Rücken. Sie hatte ein schönes, schmales Gesicht und blickte nun ebenfalls forschend über den Heller. «Ist keiner von hier! Hast recht, Hinnerk!»

«Wat will de?»

«Ich habe dir schon hundert Mal gesagt, dass du mit mir nach der Schrift reden sollst. Du lernst es sonst nie!» Dass der Junge mit den Einheimischen Platt sprach, war in Ordnung. Aber er würde nicht ewig auf Borkum leben, in der Fremde käme er mit dem Plattdeutschen nicht weit. Darum achtete sie darauf, dass Hinnerk das Schriftdeutsche beherrschte wie sie.

«Was will er?», wiederholte Hinnerk folgsam.

«Frage ihn, woher er kommt! Ist nur einer im Boot!»

Der Jung sprang auf und eilte über den Heller westwärts, dorthin, wo die Boote für gewöhnlich anlegen. Langsamen Schrittes folgte ihm die junge Frau, auf dem Boot wurde das Segel geborgen. Sie starrte hinüber, beoachtete die Handlangungen des Mannes, seemännischen Tätigkeiten, Heckleine belegen, Taue aufschiessen, dann sprang ein Mann auf die Mole. Ihr Herz begann beunruhigt zu pochen. Aber noch auf halbem Weg kam Hinnerk zurückgelaufen, atemlos und eingeschüchtert. «Ist ein fremder Mann! Sieht ganz wild aus! Gelb im Gesicht! Der Klabautermann!»

«Geh'!», lächelte die Mutter ungläubig. «Vielleicht der alte Claas, der Bote vom Deichgraf!»

«Da!» Der Junge zeigte mit der Hand nach vorne, wo mit schleppenden Schritten der Mann über dem Rand der Düne auftauchte. Gretas Herzschlag ging immer schneller, unwillkürlich legte sie die Hand auf die Brust, aber dann sah sie, dass es nicht Harm war. Tief lagen die Augen in dem bärtigen Gesichte, wirr standen die ergrauten Haare auf dem blossen Kopf. Über der Schulter hatte er den Tragegurt eines Seesacks gelegt, in der Linken trug er ein Bündel aus seltsam farbigem Tuch.

«Wohin wollt Ihr?», fragte die junge Frau beklommen. Der Knabe verkrampfte seine Finger in ihrer Schürze.

Der Mann war ungewöhnlich gross und hager. Sein Schritt stockte. Düster sah er auf die Frau und das Kind herab, dann schüttelte er den Kopf und ging weiter. Aber nach wenigen Schritten verhielt er und drehte sich um. Unschlüssig stand er da im Dünensand.

«Wollt Ihr zu jemandem?», redete ihn Greta noch einmal an.

«Wer seid Ihr, Jungfer, ich kenne Euch nicht!», murmelte er Mann in seinen Bart. «Ist Mutter Jansen . . .»Er stockte, unruhig, fast zaghaft gingen seine Augen über die Dünen und den Heller. «Treffe ich sie zu Hause an?»

«Das ist doch, o Gott! Ihr seid der Bruder von Harm?», stiess Greta erschrocken hervor und verbarg den Mund mit der Hand. Die Farbe wich ihr aus dem Gesicht, bleich stand sie vor Jan.

Das Gesicht des Mannes verzerrte sich. «Bruder? Ja, wenn Ihr es so nennen wollt! Sagt, wie es steht um meine Mutter?»

Greta brachte kein Wort über die Lippen. Ihre Hände sanken herunter, aber ihr Blick blieb starr und traurig, der Mann las die Nachricht darin. Er liess das Bündel fallen und griff heftig nach Gretas Handgelenken. Der Bub schrie vor Schreck und Zorn wild auf und begann, mit seinen kleinen Fäusten auf den Mann einzuschlagen. Der aber kümmerte sich nicht darum. «Sie ist tot?», fragte er heiser.

Die Frau versuchte nicht, sich von dem schmerzenden Griff freizumachen. «Samstag waren es drei Monate!», antwortete sie bedrückt.

Da löste der Mann seine Hände. Sie standen sich gegenüber.

«Kommt!», sagte die Junge nach einer Weile. «Gehen wir nach Hause!» Sie ging voran. In der einen Hand trug sie das Bündel, an der andern hielt sie den Knaben. Mit hängendem Kopf folgte ihr der Mann. So führte sie ihn zum kleinen hingeduckten Haus seiner Kindheit, das sich nicht verändert hatte, nur etwas windschiefer geworden war. Junge Bohnen rankten hoch, ja, das ist vielleicht das einzige Neue, und dort blühte Vogelgras. Dann erblickte er den neuen Stall hinterm Haus und vernahm das zufriedene Brummen von Kühen. Hinten gab es noch einen Pferch, in dem eine Koppel Schafe eingesperrt war. Also gab es doch Neues.

Drei Monate schon lag die Mutter auf dem Friedhof! Da stand er in der Kammer, sah den staunend forschenden Blick des Knaben auf sich gerichtet, die junge Frau blies das Torffeuer an und stellte Milch auf. «Wir haben drei Kühe! Die ersten auf Borkum!», sagte sie, nur um irgend etwas zu sagen, und war bemüht, ihrer Stimme Festigkeit zu geben.

Jetzt erst fiel dem Mann auf, dass die Fremde im Hause seiner Mutter wirtschaftete, als wäre sie hier zu Hause. «Wer seid Ihr?», fragte er misstrauisch.

Sie stellte Grütze und Milch auf den Tisch und warf ihm dabei einen ruhigen Blick zu. «Greta Jansen, und das ist unser Sohn Hinnerk!» Sie wusste, wie die Brüder zueinanderstanden und erwartete, dass er aufbrausen würde. Aber Jan ist müde geworden. Er legte den Holzlöffel mit einer Gebärde der Überraschung auf die Tischplatte zurück, seine Augen weiteten sich ein wenig und er reckte den Kopf forschend vor. «Sein Weib?», fragte er endlich.

Sie nickte. Stolz reckte sie den schönen Kopf hoch und sah ihn durchdringend an. Aber Jan schwieg und begann zu essen. Ihr Herz klopfte jetzt wieder zum Zerspringen. Sie nahm sich zusammen, wartete weiter. Als er den hölzernen Teller beiseiteschob und die Frau nur stumm ansah, hielt sie es nicht mehr aus. «Wisst Ihr etwas von ihm? Wo ist er?»Doch der Schwager starrte weiterhin wortlos auf die Tischplatte. Da stammelte sie beklommen: «Oder ist er tot?»

Jan hob langsam den Kopf und stiess ein heiseres Lachen aus. Der Bub drängte sich an die Mutter und starrte auf den fremden Mann. «Wo er ist, willst du wissen? Noch immer bei seinen verfluchten Brandenburgern!»

Greta überhörte den Zorn. Sie konnte sich seit jeher gut beherrschen und kämpfte ihre Erregung nieder. Er lebt! Das war das Wichtigste. «Habt Ihr ihn einmal gesehen?», fragte sie und schämte sich gleichzeitig, so eifrig nach Antworten zu bohren.

«Ja!», begann der Mann nach einer Weile; er war plötzlich ruhig geworden und Greta erkannte, dass auch er sich zusammennahm. «Ja, ich habe ihn gesehen, aber ich konnte mich nicht dran freuen. Der Herr Bruder war reif für den Galgen. Ich hatte ihn in der Gewalt, habe ihn aber laufen lassen.» Er hob den Kopf, aus dem schmerzhaften Blick las die junge Frau mühelos seine tiefe Verzweiflung. «Konnte ihn doch nicht aufhängen – meinen Bruder! Dafür bin ich jetzt da; sie haben mich mit Schimpf und Schande aus der Kompanie ausgestossen! Er hat mir meine Ehre gestohlen.» Greta lehnte, aschfahl bis in die Lippen, an der verrauchten Herdstelle und las dem Mann die kurzen Sätze vom Mund ab. Sie erfuhr vom Überfall auf Taccarary und von der Flucht Harms von der *Constantia*.

Sie spürte, dass ihr die Knie zitterten und wankte zum Tisch, liess sich ihm gegenüber auf dem Stuhl nieder. Während sie Jan weiter anstarrte und wieder um ihre Selbstbeherrschung kämpfen musste, stieg ein seltsames Gefühl der Sorge um Harm und Mitleid mit Jan in ihr hoch: «Habt Ihr nachher nichts mehr von ihm gehört?» Die feinfühlige Greta spürte: das tiefste Verhängnis war über den Mann hergefallen und hatte ihn vor ein schicksalhaftes Entweder-Oder gestellt. Ein kurzer Augenblick nur war ihm geblieben, um die Entscheidung seines Lebens zu treffen, und wie er auch entschieden hätte, Unglück war die sichere Folge. Welch unbeschreibliches Glück für sie und ihr Kind, dass er so und nicht anders. . . Jan musste den höchsten Preis zahlen.

Aber der Schicksalsschlag hatte ihn auch verändert. Jan, der früher so harte und unduldsame Mann, der Kapitän der VOC und unbedingte Parteigänger Hollands, fühlte sich seiner Geltung und Autorität beraubt und verunsichert. «Achtung und Ehre hat er mir genommen», flüsterte er.

Sie sah ihn fest an. «Von Achtung und Ehre wird das Herz nicht satt.» Ihre Antwort kam ganz ruhig, weder ein Vorwurf an ihn, noch eine Verteidigung für Harm lag in ihrer Stimme. Überrascht sah er hoch und spürte in ihren unbeirrten Worten die wartende Bänglichkeit. Wie sie so blass und schmal vor ihm sass, wollte er ihre Hoffnung nicht zerstören. «Ich weiss es nicht, ob er noch lebt. Er war ein guter Schwimmer, das Land lag nur eine halbe Meile weg. Wenn er durch die Brandung kommen ist, dann sitzt er wieder bei seinen brandenburgischen Halunken!»

«Und Ihr habt seinetwegen . . .»

«Lasst, das ist vorbei!» wandte er sich unmutig ab.

«Ich will es Euch zeitlebens danken!»

«Das müsst Ihr nicht! Sechshundert Taler habe ich von Amsterdam herüber-
gerettet. Das ging drauf auf die Tjalk, die unten steht, und für Netze. Wir werden
nicht verhungern. – Und du», wandte er sich zu dem Kleinen, der heftig ab-
wehrte, «komm mal her. Lass dir in die Topplichter gucken!» Er hob das Kinn
des trotzigen Knaben und schaute ihm prüfend in die Augen. «Ja!», sagte er
dann, «Er ist es!» Wie kraftlos liess er den Jungen wieder los.

Hinnerk blieb mutig vor ihm stehen. «Wer ist er, Mutter?»

«Jan Jansen, dein Onkel, der Bruder deines Vaters.»

«Kenne beide nicht.» Nun schaute Greta doch leicht verunsichert auf ihren
Sohn.

«Bleibt er jetzt hier?»

«Ja.»

«Warum?»

«Er ist hier zu Hause.»

Da mischte Jan sich wieder ein. «Lasst nur, er hat ja Recht. Wir werden
schon zusammenfinden – mit der Zeit.»

Greta hatte ihre Zweifel. «Ja», sagte sie.

«Wie steht es auf Borkum? Lebt Korte noch?»

Greta trat zum Herd, stocherte in der Glut und starrte in den verschwelenden
Torf. «Ja, Korte, der alte Pastor, fährt selbst noch hinaus zum Fischfang, denn
Hannes, sein Ältester, ist im letzten Winter vor Grönland umgekommen. Und
seitdem ist Korte still geworden. Werden wohl bald einen neuen Pastor brauchen. Wollt Ihr zu ihm?»

«Ja, das wird mir eben passen! Ich zeige mich im Dorf – die müssen ja wissen, dass ich wieder da bin. Werden sich wohl bald das Maul zerreissen! Und
dann. Sie liegt wohl . . .»

Die Frau erriet seine Gedanken. «Ja, oben, das letzte Grab zur rechten
Hand.» Impulsiv wollte sie ihn fragen, ob sie mitkommen sollte, aber sie besann
sich. Er wird allein sein wollen.

*

«Dreizehn Monate sind es jetzt her!», sagte Harm Jansen in den Kreis der
Männer, die im kurbrandenburgischen Fort Gross-Friedrichsburg im Hofe zur
Beratung unter dem Flaggenmast sassen.

«Dreizehn Monate und zwei Tage», bestätigte Gouverneur Karl Ostendorp
dumpf und hob unwillkürlich den Blick zur Flagge, die in der vollkommenen
Flaute schlaff an der Leine hing.

«Ja, guckt nur!» lachte Hauptmann Schöpps grimmig, «der rote Adler ist
flügellahm geworden!»

«Unser gnädigster Herr kann uns nicht vergessen haben!», warf Pastor Richter ein, der seit zwei Jahren im Fort lebte. Schon nach der Gründung von Gross-Friedrichsburg hatte Blonk scherzhaft einen Geistlichen hergewünscht, aber sie hatte noch fast sieben Jahre darauf warten müssen.

«Betet, Pastor! Auf dass es anders werde!», spottete Leutnant Brubeck von den Musketieren.

«Lasst das, Freunde!» verwies Ostendorp. «Die *Berlin* war unterwegs, aber sie liegt jetzt gekapert zu Elmina. Wir brauchen Nachschub und Ersatz jeder Art. Euer Kleid, Pastor, hat mehr Flecken als ein Bettler im reichen Königsberg. Meine Stiefel . . .», er streckte den Fuss vor, «meine Stiefel wollen aus den Nähten gehen. Pulver und Blei haben wir noch auf Jahre hinaus, aber unsere Neger können wir nicht mehr mit Geschirr und Stoffen versorgen. Von Gewehren und Branntwein für den Sklavenkauf ganz zu schweigen.»

«Das Geschäft machen jetzt die englischen und dänischen Schmuggler!», warf Schöpps achselzuckend hin.

«Eben, meine Herren und Freunde, darum habe ich den Kriegsrat zusammengerufen. Wir müssen uns nicht zwischen Gut und Böse entscheiden, sondern nur zwischen zwei Übeln: Sollten wir mit den Schmugglern gemeinsame Sache machen, um für Seine Durchlaucht zu retten, was es zu retten gibt, oder sollen wir abwarten und die Schmuggler mit den Negern arbeiten lassen. Das heisst aber auch, dass wir unseren Handelsvorteil aus der Hand geben und unser Prestige zu allen siebentausend Teufeln fährt!»

«Für mich versteht es sich von selbst, dass wir das kleinere Übel wählen, Oberst!», sagte Jansen. «Verbünden wir uns mit den Schmugglern, dann bleiben wir die Herren hier!»

«Dreizehn Monate kein Schiff von daheim. Sie haben keinen Krieg zu Europa, wie die letzten Kapitäne meldeten! Es muss schlecht um die Kompanie stehen!» Schöpps war verbittert.

Jansen streifte ihn mit einem gereizten Blick. «Das kann nicht sein, sie werden Schiffsschäden erlitten haben. Wer zur See gefahren ist, der kennt die Gewalt von Orkanen.»

«Oho – Ihr haltet aber viel auf die Admiralität!», spottete der Hauptmann. Er hatte viel getrunken, scharfen, englischen Schmugglerbranntwein. Und immer, wenn er zuviel in sich gegossen hatte, packte ihn heftiges Heimweh, über das er mit Hohn und Spott hinwegkommen wollte.

Jansen bezwang sich, weil er Schöpps' Art kannte. Darum sagt er nur abwehrend: «Auf die Admiralität halte ich nicht gar viel, aber alles auf Benjamin Raule!»

«Und auf Seine Durchlaucht!», ergänzte Ostendorp.

«Jawohl! Solange sie zu unserer Sache stehen . . .» Harm Jansen brach unvermittelt ab. «Solange sie zu unserer Sache stehen», wiederholte Oberst

Ostendorp nachdenklich und fuhr gedehnt fort: «Aber sie sind nicht die Jüngsten, der Fürst ist ausserdem nicht gesund – wir wissen es alle. Wenn sie einmal nicht mehr sind, dann weiss ich nicht, was kommt!»

«Sie können das begonnene Werk nicht unvollendet lassen, die zu Berlin!», beharrte Jansen stur.

Der Gouverneur von Gross-Friedrichsburg schüttelte bekümmert den Kopf «Der Kurprinz hat vom Afrikahandel bisher nichts wissen wollen!»

«Wir wollen beten, für unseren gnädigsten Herrn, auf dass ihm der allmächtige Gott ein langes Leben beschere.» Pastor Richter hob wie ein Patriarch segnend die Hände. Schöpps lachte dröhnend auf. «Da weiss ich Besseres!» Er griff nach dem Branntweinbecher. «Das hilft mehr! Ein Vivat Seiner Durchlaucht Friedrich Wilhelm, Kurfürst von Brandenburg!»

Widerwillig gaben sie ihm Bescheid. Nur der Pastor hatte sich gekränkt zurückgezogen. Sternenbeglänzt breitete sich bald blauschwarz und samten die Tropennacht über Land und Meer. Auf Gross-Friedrichsburg wurde es still. Die Leute waren in ihren Quartieren, drei Wachtposten wanderten langsam auf den Bastionen hin und her. Jeder Wache wurde Tag und Nacht eingeschärft, dass sie wachsam sein müssten; die Holländer gaben noch immer keine Ruhe. Wer weiss, ob sie nicht heute Nacht wieder versuchen würden, Gross-Friedrichsburg zu überrumpeln?

Nach Mitternacht, zur zweiten Wache, zog die schmale Sichel des Mondes herauf und legte ein silberig zitterndes Band auf den Ozean hinaus. Die See war ruhig. Von den Negerhütten her hörte man das dünne Geweine eines Säuglings. In der Savanne hinten begannen Hyänen zu heulen, vom Kral antwortete kläffend ein Hund.

Einer der Wachtposten stapfte zum Tor hinunter. Die Kontrolle, ob es auch gut geschlossen war, gehörte zu seinen Aufgaben. Ja, alles in Ordnung.

«He, guck 'mal!» Der leise Ruf des zweiten Postens liess ihn aufschauen. Der weist über die Brustwehr hinaus auf die See. «Dort!»

Der dritte Wachtposten trat herzu. Drei Augenpaare starrten in die silberflirrende Mondstrasse auf dem stillen Wasser.

«Ein Holländer», fragte der eine.

«Sollen wir Alarm machen?», meinte der zweite.

«Nein!», sagte der dritte. «Hol' den Sergeanten. Es wird ein Lordendreyer sein. Der da draussen hat keine Scheu vor uns, sonst würde er nicht so ungeniert im Mondschein daherkommen. Er will sicher schmuggeln!»

«Ungeniert? Und doch ohne Positionslichter?», zweifelte der erste. Er rief dem anderen nach, der schon unterwegs war, den Sergeanten zu holen. «Du, Fritze, weck' auch den Kaufmann Jansen! Er soll ihn sich ansehen!»

Langsam, kaum bemerkbar, näherte sich das fremde Schiff ohne Licht der Küste.

*

Noch im ersten Dämmerlicht, das in den Tropen nur kurz dem neuen Tag voraneilt, stieg Harm Jansen in das Kanu. Er wollte wissen, was es mit dem Schiff auf sich habe. Es war einer dieser neuartigen dreimastigen Gaffelschoner, der draussen auf der Reede vor Anker gegangen war, Harm Jansen hatte die gleichhohen Masten zweifelsfrei erkennen können. Seit er dort lag, zeigte er drei grüne Lichter im Dreieck. Das machten dänische Schmuggler. Kam er von Europa? Da müsste er Neues bringen!

Vier Schwarze ruderten ihn hinaus. Noch war die Sonne unter dem Horizont, aber sie stieg rasch der Kimm entgegen. Nun sah man den Segler schon deutlich. In der leichten Morgenbrise flatterte müde und halbmast eine Flagge. Das Zeichen der Trauer! Ein Toter an Bord? Seine Ruderer pullten näher, *København* konnte Jansen am Heck entziffern.

«Ahoi *København*!» preite er hinauf. «Hie Brandenburg zu Gross-Friedrichsburg!»

«Hie *København*! Kommen aus Glückstadt als gut Freund!» Von oben wurde eine Jakobsleiter entrollt.

«Gut Freund!», antwortete Jansen. Er gab den beiden Schwarzen das Zeichen, anzulegen. Trotz der frühen Stunde erwartete ihn der Kapitän in grosser Gala. Eine breite Seidenschärpe, blau und golden, lief von der Schulter zur Hüfte, der erste, frühe Sonnenstrahl verfing sich im silberausgelegten Degengehänge.

Jansen grüsste respektvoll, betroffen vom Ernst, der aus allen Augen schaute. «Harm Jansen, Faktor auf Gross-Friedrichsburg. Ihr habt einen Toten an Bord?»

«Wollt vorliebnehmen! Kapitän Erichsen!», stellte sich der Kommandant der *København* ruhig vor. «Wir haben keinen Toten, Herr Jansen! Ihr habt ihn!»

«Ich verstehe Euch nicht, Kapitän Erichsen!»

Der Kapitän der *København* zog feierlich seinen breitkrempigen Kapitänshut, die Leute rings umher, die der Szene beiwohnten, folgten seinem Beispiel mit scheuer Bewegung.

«Ich habe die traurige Pflicht, Euch zu melden», hob der Kapitän die Stimme, «Euer Herr und Fürst ist im Jahre des Herrn 1688, am Neunten des Monats Mai, in die ewige Seligkeit entschlafen!» Er neigte das Haupt und hielt mit bedaurender Geste den Schifferhut weit von sich.

«Tot?», sagte Jansen tonlos und nahm mechanisch den Hut vom Kopf. «Tot? Und das vor beinahe elf Monaten?»

«Tot!», bestätigte der Kapitän.

«Und wir liessen ihn gestern hochleben – bei Branntwein und Gelächter!»
Jansens Augen verdunkelten sich, und zum ersten Mal, seit er hier in Afrika
war, spürte er etwas wie Angst, etwas, das in sein Dasein eingriff.

«Das ist manchmal so!», antwortet der Däne. «Meinte, Euch die Ehre erweisen zu müssen, und habe unsere Flagge Halbstock setzen lassen!»

Jansen raffte sich zusammen. «Nehmt meinen Dank für Eure Ritterlichkeit!
Ich bitte Euch, mich zu entlassen. Ich muss die traurige Botschaft in Gross-
Friedrichsburg überbringen. Die Geschäfte – Ihr werdet verstehen – bereden wir
später.»

Schweigend verneigte sich der Kapitän und Jansen kletterte von Bord.

«Tschea!», rief er den beiden Schwarzen zu. «Schnell!» Die Riemen
peitschten das Wasser, doch als sie durch die Brandung auf den flachen den
Strand laufen, blieb der Weisse, wie vergessen und in sich selbst versunken, im
Kanu.

«Herr! Aussteigen», mahnte ihn einer der Schwarzen. Jäh sprang er auf und
stürzte die Anhöhe zur Festung hinauf. Eine Viertelstunde später sank langsam
und feierlich der rote Adler auf weissem Feld am Flaggenmast auf halbe Höhe.
Die Soldaten standen mit ernsten Mienen in Reih' und Glied, dumpf wirbelten
die Trommeln, verwundert und erschreckt sahen die Schwarzen zu. Dann schossen die Stücke ihren Trauersalut, Schuss auf Schuss donnerten über See und
Land. Afrika unter Kurbrandenburgs Flagge erwies seinem Herrscher elf Monate nach seinem Heimgang die letzte Ehre.

Die Trommler brachen ab, die Geschütze verstummten. «Unser gnädigster
Herr, Friedrich Wilhelm, Brandenburgs Grosser Kurfürst, ruhe in Gott!» Die
Stimme Karl Ostendorps schallte weit über das Fort. Mit ausgestrecktem Arm
neigte er den Degen zur Erde, Offiziere und Mannschaften nahmen Haltung an.
Einen Atemzug lang lag bleierne Stille über dem Fort. Dann fuhr die Hand
Ostendorps mit dem Degen hoch. «Vivat unserem gnädigsten Herrn, Fried-
rich III., Kurfürst zu Brandenburg!»

In das Vivat der Männer mischte sich nochmals der dumpfe Trommelnwir-
bel. Und noch einmal wurde Salut geschossen, dem neuen Herrscher Brandenburgs zu Ehren.

*

Während Benjamin Raule im Haag und zu Amsterdam sich mit den Holländern herumstritt, untergruben seine Feinde in Berlin mit kleinen, unzähligen
Stichen wieder seinen Ruf. Raule habe sich von den Schiffszimmerleuten «etz-
liche Möbles für sich selber» machen lassen und das Holz hierzu stamme aus
kurbrandenburgischem Besitz. So fing es an. Und dann ging es Schritt um

Schritt weiter. «*Besagter Raule habe bei allen Lieferungen einige Zugabe und einigen Profit gemacht*», wollte man ihm anhängen.

Obwohl die Feinde durch Tag und Stunde gegen Raule arbeiteten, geriet ihr Plan nicht. Der Kurfürst brauchte Raule dringender denn je. Er belagerte gerade Bonn und benötigte hierfür Geld, Pulver und Lunten. Schon nach vierzehn Tagen konnte Raule dem Kurfürsten helfen. Er hatte in Holland Leibrenten aufgenommen, und so flossen rasch 50 000 Taler in die kurfürstliche Schatulle. In seinem Dank für die überraschend schnelle Hilfe schrieb Friedrich III. an Raule: «*. . . nichts auf seine Missgönner und deren gehässige Anzeigen zu geben. Ihr müsst doch, Mein lieber Raule, Meine Gerechtigkeit liebendes Gemüth kennen und dahero wissen, dass von Mir niemand auf blosses Angeben ungehört verdammt wird!*»

Im Oktober konnten Raule und Diest die Staaten dazu bewegen, Accada zurückzugeben und den entstandenen Schaden zu ersetzen. Es wurde aber Januar, bis auch die Holländisch-Ostindische Kompanie nachzugeben beginnt. Und doch sah es aus, als sollte der eigentliche Erfolg ausbleiben.

«Es muss endlich ein Schiff nach-Friedrichsburg absegeln», schrieb Raule an Friedrich III. «Sonst leidet Euer Gloire, churfürstliche Durchlaucht! Die Neger werden abfallen. Seit fünfzehn Monaten ist kein brandenburgisches Schiff nach Gross-Friedrichsburg gekommen.» Doch der Kurfürst hatte andere Sorgen. Mittlerweile war Krieg zwischen Frankreich und Brandenburg ausgebrochen. Die Probleme um Afrika und Gross-Friedrichsburg traten in den Hintergrund. Raule spürt, dass sein Stern verblasst. «Vielle Hundt seind des Hasen Todt!», stand über der Tür zur Jagdkammer seines Gutes in Rosenfelde. Sollte das Sprichwort jetzt wahr werden?

Verbissen war er um die Rückgabe der brandenburgischen Festungen bemüht. Ohne Unterstützung musste er am 1. März 1690 auf einen Kompromiss eingehen. Die Ostindische gab Accada zurück, Taccarary jedoch blieb den Holländern.

Raule ging vom geringen Erfolg seiner Mission bedrückt umher, aber es gelingt ihm noch einmal, Geld aufzutreiben. In Emden liess er die *Churprinzess,* den *Salamander* und den *Drachen* ausrüsten. Tag und Nacht weilte er auf den Werften, überprüfte alles, liess reichlich Lebensmittel und Waren aller Art für den afrikanischen Handel an Bord bringen.

*

Die Inselglocke auf Borkum bimmelte mit dünnem Klang in den frischen Nordwest. Der fuhr wild in den jammernden Ton und nahm die windzerrissene Klage mit sich. Im kleinen Inselfriedhof polterten die Schollen auf den Sarg der Pastorin. Pastor Korte hielt die Hände verkrampft und vergass sein priesterliches Amt. Er ist ihr Gatte, nur die zurückbleibende Hälfte einer Gemeinschaft, die sich in guten und bösen Tagen bewährt hatte.

Sein trauriger Blick wanderte in die Runde, hilflos und qualvoll lag er auf der still harrenden Trauergemeinde. Heiko Korte musste ihm einen behutsamen Stoss geben, damit er sich nicht ganz vergesse. Mühselig suchte der Pastor seine Gedanken zusammen, müde stammelte er das Gebet, die Hände breiteten sich segnend und Abschied nehmend über das Grab. Heiko Korte stand jung, kräftig und ungebeugt neben dem Vater. Nur der Mund, der sonst so gerne lachte, war mit schmalen Lippen aufeinandergepresst.

Er ist zu spät gekommen, dachte Greta, die seitwärts stand und ihn heimlich betrachtete. Harm wird auch zu spät kommen! Jäh überfiel sie die alte Zerrissenheit wieder, und voller Bitternis empfand sie aufs Neue die Last des Wartens. Ja, Harm hatte geschrieben! Einmal im Jahr mag es gewesen sein, denn sechs Briefe sind es insgesamt, die sie von ihm besass. Sie kannte jedes Wort davon auswendig, auch wenn ihr der Sinn seiner Zeilen oftmals verborgen blieb. «Muss noch bleiben, wohin mich mein Fürst gestellt hat. Geschieht zur grösseren Ehre Brandenburgs und zur Glorie des Kurfürsten . . . Wird noch eine Zeitlang dauern . . .», stand in seinem letzten Schreiben. Seit er aber gefangen genommen und durch Jans Hilfe von der *Constantia* geflüchtet war, hatte sie nichts mehr von ihm erfahren. Schon oft, wenn die Fischer mit den Seemuscheln auf den Markt nach Emden segelten, gab sie ihnen die Bitte mit, im Kompaniehaus nachzufragen, ob nicht ein Brief für sie eingetroffen sei. Aber immer wieder zuckten die Männer mit den Schultern, wenn sie nach Tagen aus Emden zurückkehrten. Keine Kunde von Harm!

Manchmal dachte sie, er sei tot, aber immer noch wartete sie auf ihn. Den andern, der dort am Grabe stand, glaubte sie längst vergessen zu haben. Er hatte nicht heimgefunden seit damals, weil ihn der Vater mit Gewalt zum Pastor machen wollte. Da hatte ihm Pastor Korte einen Brief nach Kopenhagen geschrieben, in dem er ihm verbot, das Haus der Eltern je wieder zu betreten.

Der alte Pastor aber hatte die Rechnung ohne das Schicksal gemacht. Hannes, sein Ältester, war tot vom Walfang heimgekehrt, seine Mutter lag nun dort neben dem Sohn. Der väterliche Zorn des alten Pastors war zerbrochen, als die alte, kleine Frau todkrank in der Butze lag und traurig nach ihrem Jüngsten rief. Das ging sieben Wochen so fort, aber Pastor Korte hatte nur drei Tage lang anhören können, was sein Eheweib ihm vorwarf. Dann schrieb er einen Brief. Von Emden kam Antwort von der Reederei, die *Glück von Emden* mit Heiko Korte an Bord sei zu Riga, müsse aber alsbald zurückkommen. Wenn das Schiff einlaufe, werde man Heiko sofort schicken.

Er kam aber doch zu spät. Vor der kleinen Kirche verabschiedeten sich der Pastor und sein Sohn von den Trauergästen und sagten ihnen Dank für das Grabgeleit. Greta Jansen hielt den Kopf gesenkt, als sie Heiko Korte die Hand reichte. Sie spürte seinen Blick und den festen Druck seiner Rechten. Da schaute sie kurz auf und erschrak, als sie das Feuer in seinen Augen bemerkte; ein kleines, bittendes Lächeln stand um seinen Mund. Hatte er sich so rasch von der Toten gelöst? Sie wollte ihm die Hand entziehen, ihr war, als breche ihr der Schweiss aus, solange seine Hand die ihre umschloss. Aber er gab sie nicht frei. «Sollst nicht so hart sein, Greta!» sagte er leise. «Das Leben verrinnt so schnell!» Ihr zitterten die Knie. Sie schüttelte den Kopf, riss sich mit einem Ruck los und ging eilends davon.

*

Heiko Korte stapfte durch den Klei zur Kate der Jansens. «Moin, Käpten, wo steckt Greta?» Jan sass in der Sonne des Spätherbsttages und flickte Netze. Seinen Familiennamen hatte er wieder in Jansen geändert. Hier hiess seine Familie seit frühem Gedenken so, darum war es besser!

«Was schert dich Greta?» Die Frage war voller Abweisung. Er unterbrach seine Arbeit nicht, schaute nicht auf. Er war jetzt fünfunddreissig Jahre alt und verbittert. Heiko wusste, dass ihn Jan nicht leiden konnte. Seit sechs Monaten war der jüngere der Pastorssöhne wieder auf Borkum. Als wäre nie etwas geschehen, kam er bald nach seiner Rückkehr wie zufällig am Jansen-Haus vorbei, spielte mit dem Knaben und übersah das Erschrecken der jungen Frau. Gleichgültig hatte er ihr die Hand gereicht, von dem und jenem gesprochen und alsbald seine ganze Aufmerksamkeit Jan Jansen zugewendet, der eben vom Fang gekommen war.

Heiko war im Stillen hingerissen von der vollendeten Schönheit, zu der die Dreiundzwanzigjährige erblüht war. Dass sie ihm gegenüber scheu blieb, gefiel ihm besonders an ihr, zeigte es aber nicht. Ruhig sprach Heiko mit Jan über den Fang und über manches andere, nur nicht über die Vergangenheit des Kapitäns. Der Vater hatte davor gewarnt; der wolle nichts hören von dem, was war.

An jenem Abend blieb Heiko länger als sonst. Mit Greta wechselte er kaum ein Wort. Aber die bewundernden Blicke, mit denen er sie streifte, waren Jan nicht verborgen geblieben. Und von diesem Tag an fühlte er sich für Greta verantwortlich. Zu seiner eigenen Verwunderung musste er sich eingestehen, dass er die Frau seines Bruders gerne mochte, sie war eine Fremde, sprach nach all den Jahren noch immer mit dem fremdem Akzent der Gebirgler, aber ihre ruhige Art, ihr stolzer, aufrechter Gang, ihr Fleiss und ihre Art, den Haushalt zu führen – das behagte Jan. So oft Heiko kam, war auch Jan zugegen. Sie fuhren zusammen auf den Fischfang vor Borkum-Riff oder in die Oster-Ems, tranken zusammen ein Glas – rein äusserlich hatte sich nichts geändert. Der Alte zeigte sich mürrisch, der Junge war guter Dinge und lachte gern. Manchmal kam er laut singend von den Dünen her, hell und fröhlich meldete ihn seine Stimme in der Jansen-Kate an. Greta hob ein wenig den Kopf, Jan machte schmale, harte Augen. Sie wussten beide, wem das Singen galt. Ein paarmal war Heiko zwischendurch wieder fort gewesen. Und mit kaum verborgenem Groll hatte Jan bemerkt, dass ihm Greta heimlich nachtrauerte. Wenn sie nicht hinschaute, sah er sie misstrauisch an und las ihr die Gedanken von der Stirne.

Oft sass sie draussen in den Dünen, das Gesicht in die Hände gestützt, und schaute mit glanzlosen Augen über See und Watt, sah zu, wie Ebbe und Flut wechselten, wie die Sände trockenfielen oder vom Wasser allmählich wieder überflutet wurden. Nur wenige Briefe hatten den Weg zwischen ihnen hin und her gefunden, der letzte kam vor drei Jahren. Drei Jahre schon war sie ohne Nachricht von Harm! Das lange Warten hatte sie müde und unsicher gemacht. Die Erinnerungen zerrannen und zerfaserten, Harms Bild verblasste in ihr, sie konnte es nicht halten. Warum kam er nicht nach Hause? Hat er im schwarzen Land eine andere Frau gefunden? War er krank – oder gar tot? Sie hatte Andreas Lübben gebeten, sich bei der Kompanie in Emden zu erkundigen; der Fischer brachte regelmässig seinen Fang auf den Emdener Markt. Die zu Emden hatten mitgeteilt, Jansen lebe wie eh und je im brandenburgischen Fort, vielleicht seien seine Briefe verloren gegangen – aber wer weiss Genaues? Weit und gefahrvoll sei der Weg. . . Die Jahre rannen davon, nutzlos und zwecklos. Seit Heiko wieder da war, ging sie aufrechter durch die Tage. Sie bekam wieder rote Wangen, während sie ihre Arbeit machte, die Äcker bestellte oder nach dem Pier grub. Sie hatte nie etwas dazu getan, um Heiko Korte zu treffen. Aber wenn es geschah, dann wurde ihr Blick unsicher. Heiko hatte es längst bemerkt, und er lachte in sich hinein, wenn er bemerkte, dass sie scheu wurde. Greta betrog sich selbst. Sie wich dem jungen Mann aus, wo sie nur konnte, und war doch froh, seine Stimme, sein Lachen zu hören.

Jan Jansen ahnte den stillen Kampf, um das Werben und Verlangen des einen, um das Widerstreben und doch Hinneigen der anderen. Häufig genug lag sein Blick auf den beiden. Heiko hat heisses und leichtes Blut, dachte er, ich muss Greta beschützen, solange es geht.

Heiko stand noch immer langbeinig vor ihm. «Sagt, Käpten, wo ist sie? Wir haben keinen Pier im Pastorhaus!»

Da blickte Jan Jansen kurz auf. «Sie hat keine Zeit, den Pier zu graben. Draussen arbeitet sie auf dem Acker, der wenig trägt. Und im Stall hat sie Kühe stehen wie die Bäuerinnen auf dem Festland. Das ist ihre neue Art auf Borkum!»

«Ach, lasst sie, sie hat wohl Freude daran!», sagte Heiko entschuldigend. «Ich werde sie selber fragen, ob es kein Pier mehr für uns gibt. Hat uns immer damit versorgt im Pastorhaus.»

«Grab dir selber den Pier! Und renne nicht dem Weib eines andern nach! Du wirst Greta noch ins Gerede bringen!»

«Och, Käpten!» Der junge Mensch flammte auf. Aber unter dem Blick des Älteren neigte er ein wenig schuldbewusst den Kopf. «Man wird doch noch auf ehrliche Art mit den Leuten reden dürfen!», meinte er verlegen.

«Ehrliche Art ja! Aber es geht mir zu duster her bei dir! Dass ich dir's nur sage: Scharwenzel doch um die Trine von den Jörens. Der hängen die Augen aus nach dir, sobald sie dich sieht. Das ist eine zum Heiraten! Greta ist zu gut, dass du dich an ihr abwischst!» Jan Jansen erhob sich und ging ins Haus, ohne sich um Heiko zu kümmern. Der starrte ihm nach, machte eine Bewegung, als wollte er nacheilen, besann sich aber und nahm den Weg ins Dorf.

*

Sie hatte sich den ganzen Nachmittag im mageren Marschland bei den Süddeichen, wo sie die Felder angelegt hatte, geplagt. Aber die Arbeit befriedigte sie, denn seit drei Jahren wurde sie für ihre Mühen belohnt. Anfangs hatte sie es mit allerlei Gemüsen ihrer Heimat versucht (Dick Boosmann hatte ihr verschiedene Samen in Greetsiel besorgt), aber die Tomaten vertrugen den rauen Wind nicht und den Gurken missfiel der feuchte Boden, sie faulten schon am Kraut. Nur die Bohnen, der Weiss- und Grünkohl, die Zwiebeln und die gelben Rüben wuchsen zu annehmbarer Ernte heran.

Während sie Unkraut zupfte, freies Land umgrub und allen Arbeiten nachging, die ein Feld verlangte, sann sie noch einmal über das Gespräch nach, das sie gestern mit Pastor Korte hatte. Die Sehnsucht nach Harm hatte sie wieder einmal überrollt. Acht Jahre war sie nun schon hier – und allein! Er war in die Welt gezogen, war einem Traum nachgejagt und hat seine Frau in der Fremde zurückgelassen. Auch Hinnerk konnte sie nicht darüber hinwegtrösten, dass sie sich einsam und verlassen vorkam. Der Junge gedieh gut, war aufgeweckt und gesund, aber einen Vater hatte er nicht. Familie – sie waren keine Familie.

Greta richtete sich auf, stützte mit einer Hand den schmerzenden Rücken und sah zum Himmel empor. Himmelsbläue spannte sich von Horizont zu Horizont, nur hinter dem Turm im Westen hingen kleine weisse Windhaken am Himmel (Lämmerwölkchen hatten sie in Aschach gesagt), nach Norden zu war die Kimm von den Dünen verdeckt. Hier war die Arbeit für heute erledigt. Nach Hause zog es sie noch nicht, wahrscheinlich hockte Heiko wieder bei Jan, lachte bei flotten Sprüchen und liess die Augen rundum gehen, ob sie nach Hause käme. Greta war froh, dass der Schwager nun da war. Er war schweigsam und unglücklich, das war ihr nicht verborgen geblieben. Aber Jan war zuverlässig und gab ihr das Gefühl, nicht schutzlos zu sein.

Sie wandte sich um und ging zielstrebig dem Dünengebiet vor dem Nordstrand zu. Lange war sie nicht mehr an ihrem geheimen Platz gewesen, den ihr Harm vor Jahren gezeigt hatte und wo er immer wieder gesessen und von der

Weite seiner Welt geträumt hatte. Wie lange ist das her? Es muss in einem anderen Leben gewesen sein! Winter war's, überlegte sie, während sie nahe dem Nordstrand am Dünenrand entlang schritt. Jetzt kommt wieder ein Sommer. Der wievielte?

Es herrschte Niedrigwasser, der Strand war nun breit und trocken, und ein dunkler Streifen angetriebener Tang, Gras, Muschelschalen und kleiner Holzreste zeigte die Linie des Hochwassers an. Ja, dachte sie, das Meer kommt mit wenigen, tiefen Atemzügen am Tag aus; bei jedem Atemzug wechseln Sandbänke und Muschelfelder den Besitzer, gehören das eine Mal dem Meer, dann wieder dem Land. Dünen entstehen und Dünen verschwinden.

Greta war eine naturverbundene Frau und hatte sich seit den ersten Jahren ihres Lebens auf Borkum auch intensiv für die Pflanzenwelt in diesem abgeschiedenen Winkel der Welt interessiert. Sie hatte sich gefragt, warum die Sanddünen in dem ewigen Wind nicht davonfliegen und war dem Geheimnis bald auf die Spur gekommen. Die Dünen wurden von der Binsenquecke geschützt. Sie vertrug gelegentliche Überflutung ihres Lebensraumes durch Salzwasser, und ihr weitreichendes Wurzelsystem festigte den Sand im Windschatten ihrer Blätter konnten sich die Dünen bilden. Die Binsenquecke war nur schwer von anderen Gräsern zu unterscheiden, aber wenn sie blühte, erkannte man sie an der brüchigen Ähre, aus der die braunroten Staubbeutel weit herausragten. Sie ähnelte der Gartenquecke, gegen die sie in ihren Anpflanzungen als lästiges Unkraut ankämpfte. Erst wenn die Düne so hoch angewachsen war, dass sie vom Salzwasser nicht mehr überflutet werden konnte, oder wenn durch die Bildung einer weiter seewärts gelegenen Düne die alte dem Angriff des Meeres und des Windes nicht mehr unmittelbar ausgesetzt wurde, konnte der Strandhafer Fuss fassen. Er war der eigentliche Baumeister, ein Freund des Sandes. Wenn der Sand ihm bis zum Hals reichte, erstickte er nicht, denn er sandte seine Wurzeln bis 30 Fuss in die Tiefe und holte sich das kostbare Wasser herauf. Bei anhaltender Trockenheit rollte er seine Blätter einfach ein, damit nicht zuviel Wasser durch die Blattoberflächen verdunstet. Zerstörte aber ein Windriss die geschlossen Vegetationsdecke, dann erwachte der Strandhafer zu neuem Leben. Er konnte sich den harten Lebensbedingungen am besten von allen Pflanzen anpassen. Dann gab es noch den Strandroggen, den die Insulaner *Blauen Helm* nennen, wegen der blaugrünen Farbe seiner Blätter, den Meersenf, der auf dem übersandeten Spülsaum wuchs. Die Grasnelke wagte sich bis zur Sturmflutlinie vor und der gänsefussartige Queller wuchs bis weit ins Wattenmeer hinaus.

Greta keuchte die *Graue Düne* hinauf. Damals, als er sie hergebracht hatte, hatte sie Angst vor der unbekannten Welt. Er aber hatte gelacht und gesagt: «Auf Borkum gibt's viel Sonne. Du kannst im Sommer in den Dünen liegen. Blaue Distelblumen wachsen bei uns und der leuchtend gelbe Ginster, auch bunt blühend Bohnen!» Grau ist nur der Sand, davon hat die Düne ihren Namen.

Aber Greta hatte noch viele andere Pflanzen entdeckt, als nur Quecken, Strandhafer, Distelblumen und Ginster. Hier wuchs die Salzmiere und anspruchsloses Silbergras, doch wenn man näherkam, sah man dazwischen die gelben Blütensternchen des Scharfen Mauerpfeffers leuchten. Und immer wieder unterbrach jetzt im Juni das zarte Blau des Dünen-Hundsveilchens das eintönige Grau. Drüben, nicht weit, wuchs niedrige Kriechweide, daraus leuchteten Dänenveilchen fast das ganze Jahr hindurch. Unterm Weidengebüsch strebten die blütentragenden Stengel des Waldehrenpreises dem Licht entgegen, auch Stendelwurz, Sandröschen, geflecktes Knabenkraut, steifblättrige Kuckucksblumen, Wattflieder, Sanddorn und Inselstiefmütterchen.

Greta hatte den Scheitelpunkt der Düne erreicht. Ein mässiger Wind strich von See her und liess ein paar lose Strähnen ihres rotbraunen Haars seitwärts wehen. Sie sah sich um, blickte über die vier getrennten Dünengruppen im Südosten, die bei Sturmflut manchmal zu Einzelinseln wurden.

Am Ende der Insel, hinter Hohe Horn, blinkte die geschlossene Wasserfläche der Osterems, waren die Robbenbänke von Lütje Hörn und Memmertsand im Dunst gerade noch zu erkennen. Nach Süden, in Richtung Festland, lag der Heller, das begrünte, sandige Watt, und hinter der glitzernden Wattwasserfläche konnte sie das mächtige Wahrzeichen des Pilsumer Kirchturms ausmachen. Im Westen ragte der vierkantige Backsteinturm in den Himmel, davor – auch auf einer kleinen Dünenerhebung – stand seit 200 Jahren die Dorfkirche mit dem Friedhof. Um sie herum scharten sich die 40 kleinen strohgedeckten Häuser. Ihr eigenes Häuschen, die Jansen-Kate, lag verdeckt vom davor liegenden Dünengewell und war nicht zu sehen.

Wie alle Inseln im ostfriesischen Watt war auch Borkum eine Welt für sich. Die meisten Männer verdienten den Lebensunterhalt zur See, sie waren oft monatelang, manchmal jahrelang fort, und wenn sie für eine mehr oder weniger lange Zeit nach Hause kamen, dann liefen sie ziellos über die Insel, starrten übers Meer, oder sie hockten im Krug und führten grosse Reden. Greta hatte sich immer wieder das zweigeteilte Wappen Borkums angesehen, das, von einem lateinischen Spruch umgeben, über dem Eingang der Kirche angebracht war: zwei blasende Wale sowie die Silhouette des alten Turms, der sich dort hinten an der äussersten Westspitze der Insel, 15 Klafter hoch, erhob. Dieser rotbraune und viereckige Turm diente den von Borkum und Emden zum Walfang auslaufenden Schiffern als Monument der Hoffnung, in sechs oder sieben Monaten gesund zurückzukehren, und sie starrten immer wieder zurück, bis er unter der Kimm versunken war. Für die Heimkehrenden aber war er das Symbol der Freud und des Trostes, den Gefahren des Eises wieder für fünf Monate entronnen zu sein. Wer heimkam, konnte sich stolz als *Waler* bezeichnen.

Was trieb sie hinaus in die Weiten um Grönland?

Der Pastor hatte ihr auch den lateinischen Spruch übersetzt: «*Mediis transquillus in undis*» – Ruhig inmitten der Wogen. Ja, dachte sie: Ruhig inmitten der Wogen liegt die Insel, ruhig sind auch die Frauen. Was bleibt ihnen anderes übrig? Aber die Männer? Unruhige Phantome des Winters, die ihre Frauen schwängerten und sich – kaum bricht's Eis auf – aus dem Staub machen.

Nach dem Eisgang im Frühling – meist Ende März – fuhren sie hinaus, im Sommer waren nur Mädchen, Greise, Knaben und Frauen (viele davon in anderen Umständen) zu Hause, Hochzeiten gab's im November, nachdem die Schiffe im Oktober zurückgekehrt waren. Aber manche Braut wartete vergebens. Die Gefährlichkeit des Lebens eines Walers spiegelten die Eintragungen im Kirchenbuch wider. Pastor Korte hatte es ihr gezeigt: bei über 70 Toten vermerkt das Borkumer Kirchenbuch «*gebleven im iys*» oder «*erslagen vom Cachelot*». Starb unterwegs ein Waler, so übergab man seinen Leichnam nicht den Wellen, sondern brachte ihn – in Eis gebettet – mit nach Hause. Das ist der Grund, wenn hinter dem Namen «*overleden im july, begraven im october*» stand. Die Lebensgrundlagen für alle Bewohner in der Heimat waren kümmerlich. Einige Frauen trieben Ackerbau und konnten sich zwei oder vier Kühe halten. Aber für keinen Haushalt reichte der Ertrag aus Landbau und Viehwirtschaft. Die Männer mussten als Schiffer oder Matrosen ihren Lebensunterhalt verdienen.

Aber die meisten kamen nach Monaten immer wieder nach Hause. Greta war seit Jahren allein. Mit nicht wenig Geringschätzung sahen die Waler auf die Daheimgebliebenen herab; sie vermeinten, ihr Weltbild umfasse einen weiteren Horizont, als die hier jemals gewinnen könnten, und entsprechend angeberisch gaben sie ihre Vertellsels und Döntjes (Geschichten und Anekdoten) mit den gefahrvollen Erlebnisse und ihren heldenhaften Bewältigungen zum Besten. Und weil sie es nie lange zu Hause aushielten, fuhren sie bald auf der Tjalk von Cornelis Bokelmann nach Emden oder liessen sich von Dirk Boosmann nach Delfzijl oder Amsterdam hinüberbringen, wo meist eine kurze Heuer für den Sommer zu finden war.

Deshalb war Borkum eine matriarchalisch regierte Welt; während der langen Wochen, in denen die Männer abwesend waren, bildeten die Frauen mit ihren Kindern fast eine einzige grosse Familie. Alle hatten die gleichen Pflichten und Sorgen, alle bangten um den Mann. Deshalb war es für Greta ganz selbstverständlich, dass sie nach dem Tod der Mutter die Teekränzchen beibehielt, an denen sie alle paar Wochen die anderen Frauen – in ihrem schönsten Sonntagsgewand und mit der spitzenverbrämten Haube verheirateter Frauen – in der guten Stube empfing. Mehr als acht Jahre lebte sie schon hier, für die Frauen war Greta jetzt eine von ihnen, niemand sah sie mehr als Fremde an, obwohl das ziemlich verwunderlich war, denn sie verstand wohl das ostfriesische Platt, sprach es selbst aber nicht. Greta allerdings hatte manchmal immer wieder das Gefühl, nicht hierher zu gehören.

Nicht immer fiel es ihr leicht, sich in diese «Familie» einzufügen, besonders der blindwütig gepflegten Sauberkeit, der geradezu verzückten Leidenschaft mancher Nachbarin, mit Besen, Wasser, Scheuerlappen und Kernseife im Haus auch die Behaglichkeit wegzuputzen, konnte Greta kein Verständnis abgewinnen. Ordnung war hier ein fast puritanisch-sittliches Gesetz, eine beobachtete die andere, und jede fühlte sich von der anderen beobachtet. Das Leben dieser Frauen unterlag den Zeiten der Trennung von den Männern im Wechsel mit kurzen Abschnitten wiederkehrender Ehefreuden, aber es verlief im Grunde ruhiger als das ihre. Die Männer waren meist auf See und dann konnte man nach eigenem Belieben schalten und walten. Das konnte Gretas Mentalität nicht befriedigen. Sie sehnte sich nach ihrem Mann, wollte mit ihm und Hinnerk eine Familie sein – ob das je so sein wird? Die Frauen im Dorf akzeptierten sie, Jan war da, sie hatte Hinnerk – aber sie hatte keine Familie. Ihre Jugend ging dahin, schon war sie fünfundzwanzig Jahre alt, was soll aus ihr werden?

Häufig hatte sie schon versucht, in der kleinen Borkumer Kirche Trost zu finden, aber es fiel ihr schwer, in dem schlichten, schmucklosen Gotteshaus in eine erleichternde Andacht und ihre Schmerzen lindernde Betrachtung einzutauchen. Sie war katholisch aufgewachsen und erwartete immer noch die Sinne beschwörenden Symbole, wollte vor der Gottesmutter hinknien und ihr in stummem Bittgebet das Leid klagen, das sie kaum zu bewältigen vermochte. So hatte sie nur stets ein Vaterunser gebetet und versucht, innig an Harm zu denken. Natürlich war sie schon vor der Heirat zum reformierten Glauben Harms übergetreten, aber das war mehr eine Überlegung der Vernunft. Nach aussen benahm sie sich «reformiert» wie alle Leute hier, aber im Grunde hatte sie seit den traumatischen Erlebnissen in Aschach ihre eigenen Ansichten.

Seit einiger Zeit scheute sie sich, die Kirche aufzusuchen. Der alte Pastor Korte, der vom Fenster seiner Studierstube im Pfarrhäuschen zur Kirchentür herübersehen konnte, hatte sie einmal beobachtet und war ihr – neugierig oder hilfsbereit? – in das Gotteshaus gefolgt. Dabei hatte er sie überrascht, wie sie links vom Altar im Gebet versunken am Boden kniete. Dem erfahrenen und toleranten Diener Gottes war die Situation sofort klar, denn in katholischen Kirchen befand sich seit alters her ein Marienaltar links vom Hochaltar. Er ahnte, dass die abergläubische Überzeugung, Heilige und ihre Bilder zu verehren, noch in Greta schlummere, damit sie ihr aus der Not hülfen. Er seufzte insgeheim, als er die junge Frau dort knien sah, sie hatte – wie er hier feststellen konnte – nicht begriffen, dass die Reformatoren den Bilderkult aufgehoben hatten. Wenn doch die Heiligen die Zerstörung und Entfernung ihrer Bilder und Altäre in den Kirchen hingenommen haben, konnte es auch mit ihrer angeblichen Wundertätigkeit nicht weit her sein. Bilder und Figuren anzubeten – das war für die Kirche Calvins Abgötterei. Pastor Korte urteilte im Herzen etwas milder: nicht das Heiligenbild an sich war ihm verwerflich, sondern der falsche

Umgang damit. Nicht im Betrachten eines Bildes lag die Gefahr, sondern dass man es berührt, küsst, mit Kerzen beleuchtet oder an Gottes Stelle mit Weihrauch verehrt.

So hatte er ihr zu erklären versucht, wie die reformierte Kirche die Gottesverehrung verstand. «*Sola fide, sola gratia et sola scriptura*» hiesse die Losung: nur durch den *Glauben* und Gottes *Gnade* darf der Mensch auf Erlösung hoffen, wie sie ihm die *Heilige Schrift* verspricht. Es gab keine Hierarchie der Heiligen, die zwischen dem Menschen und Gott vermitteln könnten!» Wir Menschen sind Sünder», glaubte der Pastor, aber man finde seinen Seelenfrieden nicht durch Busse und gute Werke, und schon gar nicht durch einen Ablass aus dem Gnadenschatz der Kirche, sondern allein durch die Kraft seines Glaubens! «Du sollst dir kein Bild von Gott machen» hatte er erklärt, weil nur das Gebet den Kontakt zu Gott ermögliche.

Greta ging ihm seither aus dem Weg. Sie hatte begriffen, dass der alte Mann nichts von dem Verlust empfand, den sie durchlitt, und nicht die fast bodenlose Einsamkeit, in die sie gefallen war, seit der fern weilte, der ihr lieb war. Ja, sie liebte Harm nach wie vor, nichts hatte sie darin erschüttern können oder schwankend gemacht. Sie hatte zwar noch nie begriffen, was Harm glaubte, in Afrika tun zu müsse. Aber bei aller Verlassenheit wusste sie doch, dass es ihm wichtig war, selbst wenn es ihnen die Jahre stahl.

Greta wusste nicht mehr, wie lange sie dort gestanden und in die Ferne gestarrt hatte. Wie im Traum ging sie nun durch das Dünengras hinab, pflückte im Gehen ein Sandröschen, und kam zur gleichen, einsamen Stelle, die einst Harms Lieblingsplatz war. Das Rascheln der Halme und das leise, feine Rieseln des Sandes wurden zum Lied der Einsamkeit, der Sehnsucht. Sie hatte es unbewusst und ohne hinzuhorchen aufgenommen, ihre Gedanken eilten über die Wasser, weithin fort – zu ihm. Alle Sinne der Frau konzentrierten sich auf das Lied der Gräser und auf das Rieseln des Sandes, ferne Bilder stiegen in ihr hoch, immer, wenn sie in den Dünen verweilte, stiegen dieErlebnisse vergangener Tage in ihr auf.

Langsam setzte sie sich in der windgeschützten Mulde nieder und schlug die Beine unter sich. Am Rand der Senke lagen kleine Steine, runde und ovale, flache und etwas eckigere, die sie bei ihren Spaziergängen in den Dünen gesammelt hatte. Mit bedächtigen Bewegungen begann sie, die Steine im Kreis vor sich hinzuordnen; nichts anderes tat sie, legte nur konzentriert die Steine zurecht, hörte dem leisen Säuseln des Windes im Strandhafer und im Silbergras zu, sah, wo sie einen Stein aufnahm, dünnen Sand rinnen, und legte endlich das Sandröschen in das Zentrum des vollendeten Symbols der Ewigkeit. Ruhe überkam sie. Weit wurden ihre Gedanken. Katholisch war sie aufgewachsen. Die Heiligen hatten sie in ihrer Kindheit begleitet. Dann hatte man sie der Hexerei bezichtigt. Die Reformierten kannten keine Heiligen. Aber alle versprechen das

Paradies nach dem Tod oder drohen mit ewiger Verdammnis in der Hölle. Ein grosser, blonder Mann hatte sie gerettet und hierhergebracht.

Der grosse, blonde Mann – ihr Mann! War er es? Er hatte sie gerettet und hierhergebracht, aber er war nicht bei ihr geblieben, hat sie allein gelassen. Neun Jahre lebte sie nun hier, sie hatte seine Mutter begraben, hatte seinen Buben so gut es ging erzogen und führte seinem Bruder das Haus. Anfangs war sie sehr allein unter den fremden Menschen mit der fremden Sprache, dem rauen Klima und dem kargen Boden. Aber sie hatte sich durchgebissen. Sie hatte Hühner und Kühe angeschafft, auch Schafe, die im Heller weiden konnten, und aus einem kleinen Garten entwickelte sich mit der Zeit ein ansehnliches Feld mit vielerlei Gemüse und heilenden Kräutern. Sie war eine angesehene Frau auf Borkum – aber alleine!

Damals, in der Schweiz, hatte er gesagt, er liebe sie. Sie wusste noch jedes Wort aus jener Nacht. Sie hatte ihn gefragt, ›Wirst du mir immer treu sein?‹ – ›Ja, immer!‹, hatte er geantwortet. ›Und du?‹ – Da hatte sie erwähnt, was ihr die Mutter eingebläut hatte: ›Meine Mutter sagte immer, eine Frau müsse ehrlich und anständig sein, sonst taugt sie nichts. Männer könnten so unanständig sein, wie sie wollten. Das wäre der Unterschied zwischen einem Mann und einer Frau.‹ Sie hatte gelacht und hinzugefügt: ›Du kennst mich ja kaum, vielleicht tauge ich auch nichts.‹ – Da hatte er träge, schon halb schlafend, gebrummt: ›Kann schon sein, bist vielleicht doch eine Hexe! Hast auch mich verzaubert.‹

Das war nun Jahre her, aber sie wusste noch alle Einzelheiten um Harm, die niemand anders bemerkt hatte: sein schöner Kopf, die Gradheit seines Rückens, wenn er stand und auf etwas wartete, wie er das eine Bein am andern zu reiben pflegte, wenn er im Gespräch eifriger wurde, sein Lächeln, wobei der eine Mundwinkel sich mehr zu verziehen schien als der andere; das krause Lockengewirr seines Haares, wenn er ohne Mütze im Wind ging; die herrliche Kühle seiner Stirn, wenn er ihr erlaubte, die Hand darauf zu legen. Sie war sich dieser Dinge noch völlig bewusst, aber jetzt war ihr Selbstbewusstsein angeschlagen, das vertrauteste Gefühl ist nun die Angst. Sie war aussergewöhnlich fein empfindend und wusste, sie würde immer allein im Leben sein, wie viele Menschen auch um sie herum waren, und sie würde ihr Herz in leidenschaftlicher Hingabe einem oder zweien schenken, im Stillen wissend, dass es das Gesetz ihres Lebens sei, mehr zu geben, als sie selbst empfing.

Natürlich gab es Hexen. Sie war keine! Es gab Hexen und Zauberer und Feen und Gnomen, aber sie waren wirklich und lebendig und das wussten auch nüchterne Menschen wie der Pastor oder Jan. Greta behielt jedoch – und das würde sich niemals ändern – dies alles für sich.

›Ach, Harm! Wo bist du‹, dachte sie voller Unruhe, ›was machst du? Was hast du erlebt, nachdem dich die Schiffe übers grosse Meer forttrugen? Hast du alles gut überstanden, Tod und Krankheit, Hunger und Durst? Schreibe mir, wie alles war, ich möchte es gerne wissen! Du fehlst mir! Du bist meine Sonne, ich bin dein Mond – ohne dich kann ich nicht leuchten. Komm wieder, Harm, bleib' bei mir, ich fürcht' mich, wenn ich allein bin, wenn es dunkel wird, die Nacht droht, der Kauz ruft und der Wind ums Haus braust. Wenn du da bist, ich weiss es, kann mir niemand etwas antun, dann zählt nur die Nähe und dein Atem.‹

Aber um Greta beugte sich nur der Strandhafer im leichten Luftzug, ganz leise, kaum vernehmbar, rieselte der Sand am Dünenhang. Bleibe realistisch, sagte sie sich. Es hat keinen Zweck, den Träumen nachzuhängen. Sie winkelte die Arme an, hob beide Hände zur Sonne, schloss die Augen und atmete gleichmässig. Ruhe überkam sie. Hier ist Beseeltheit, hier ist Natur, hier sind Wind und Wasser, gibt es Pflanzen und Steine als Vermittler zur Göttlichkeit.

Lange verharrte sie meditierend. Dann öffnete sie die Augen und betrachtete das Sandröschen im Kreis der Steine. Du, schöne Blume, bist in der Kargheit dieser Einöde erblüht, hast der Kälte und der Trockenheit getrotzt und wirst welken – wie ich. Mögen sie reden, was sie wollen, die Pfarrer und Pastoren: das Heilige wohnt in der Natur, es ist in uns. Du, bezaubernde Blume, bist nicht nur der Bote des nahenden Sommers, sondern auch ein Symbol für Vergänglichkeit und Tod. Du musst keine heilige Schrift interpretieren, du brauchst keine Kirchen, in denen unterschieden wird, ob man knien darf oder nicht. Du bedarfst keiner Predigt, die dir anschaulich die Vergänglichkeit des Lebens und die unablässige Wiederkehr des Gleichen vor Augen führt. Du bist nicht an Heiligtümer gebunden, die von Menschen erdacht wurden.

Da – war da nicht ein Geräusch? Erschrocken fuhr Greta zusammen. Sie schaute hinter sich zum Dünenkamm empor, konnte oben einen Schatten hinter wogendem Düngengras erblicken: jemand spähte herab, verschwand aber sogleich aus Gretas Blickfeld. Während sie aufsprang, wischte ihr Fuss hastig durch den Steinkreis, um ihn zu zerstören; sie vernahm die sich hastig entfernende Schritte, rannte über vertrocknete Grasbuckel und durch den mahlenden Sand den Dünenhang empor, aber dort war nichts zu sehen als das wogende Gras und hinten das offene Meer.

*

In Gross-Friedrichsburg wusste man, dass Brandenburg trotz seiner eigenen Nöte die Kolonien nicht vergessen hatte. Seit Juni 1690 flatterte wieder der rote Adler auf weissem Feld über Accada. Mit kalter Höflichkeit hatten sich die Holländer empfohlen, als sie die Order aus Amsterdam in Händen hielten. Und noch am gleichen Tage waren acht Weisse und zweiundzwanzig brandenburgische Schwarze in das Fort eingerückt. Ja, das war endlich wieder ein Erfolg! Aber es ist ein schmerzender Stachel dabei: in Taccarary sassen weiterhin die Holländer! Und die versprochenen Schiffe liessen noch immer auf sich warten!

Doch im November 1690 ankerten drei brandenburgischen Schiffe, vollge-pfropft mit Waren und Lebensmitteln, auf der Reede vor Gross-Friedrichsburg und wurden vom Lärm der Kanonenschüsse, die vom Fort über die See dröhn-ten, freudig begrüsst. Zerlumpte Gestalten, Offiziere und Mannschaften der kur-brandenburgischen afrikanischen Festung fielen sich in die Arme, Tränen der Freude rannen in die Bärte – zum ersten Mal nach fast zwei Jahren kam wieder Botschaft aus der Heimat!

«Ihr habt recht gehabt, Freund Jansen!» lachte Schöpps; und seine schwere Pranke glitt liebkosend über das blaue Tuch der neuen Uniform. «Man hat uns nicht vergessen zu Berlin!»

*

Die kurbrandenburgischen Schiffsunternehmungen erlitten eine Pech-strähne. Der Kauffahrer *Stadt Emden* wurde auf der Heimreise mit einer Ladung im Wert von 57 000 Hollandgulden kurant von den Franzosen nach heftigem Kampf aufgebracht und nach Brest geschleppt; kurz danach gingen noch drei weitere Schiffe verloren. Die Emdener Bewindthaber schrieben Jammerbriefe nach Berlin, trauerten verlorenen Schiffen und verlorenen Talern nach. Die Her-ren der Oberadmiralität waren ratlos. Der Grosse Kurfürst hatte sie zu diesem Dienst bestellt, ohne dass sie mit den Angelegenheiten der Marine vertraut wa-ren. Sein Sohn, Friedrich III., der nun Kurfürst war, hatte es vorerst dabei be-lassen, aber sein Interesse am Afrika- und Westindienhandel schien sich nicht so brennend zu zeigen, wie das seines Vaters. Dafür wurde es am Kurfürstenhof Mode, sich französisch auszudrücken. Keiner der Marineräte war jemals zur See gefahren, es sei denn, dass er zufällig von Hamburg nach Glückstadt reiste. Sie waren Landbewohner, Binnenländer, elende Landratten und kamen in ihr Amt wie Pontius Pilatus ins Credo. Nun klammerten sie sich an Raule, trotz des geheimen Widerstandes, den sie ihm ständig bereiteten. Der *Directeur General de Marine* bewahrte als einziger seinen unverbrüchlichen Glauben an die Macht der Idee und an die wirtschaftliche und politische Grösse, die Brandenburg dadurch gewinnt. Es gelang ihm sogar, den jungen Kurforsten mitzureissen und ihn aus den sorgenvollen Überlegungen, die ihm die Höflinge einflüsterten, her-auszuholen.

Im Osten Europas schwelte unter der Asche der jahrelangen Feldzüge noch immer der Krieg mit den Türken. Die Belagerung Wiens unter Kara Mustapha im Jahr 1683 war die letzte bedrohliche Äusserung türkischen Machtwillens gewesen, doch an den europäischen Fürstenhöfen war allgemein bekannt, dass mit Ahmad II. ein genusssüchtiger Herrscher auf den Sultansthron in Konstan-tinopel gelangt war, der die Scharte gerne auswetzen wollte, um seinem Namen unsterblich zu verleihen.

Ein erneuter Krieg gegen die Türken schien wahrscheinlich. Der Kaiser hatte den Prinzen Eugen zum Feldmarschall ernannt, der Prinz von Savoyen siedelte kroatische Grenzer längs der Save als erste Verteidiger ihres Landes gegen die Türken an, damit man im Kriegsfall Zeit finde, Truppen unter ihrem Schutz zu mobilisieren und aufmarschieren zu lassen. Das müsse doch auch der gnädige Kurfürst von Brandenburg bedenken, flüsterten die Berater, da müssten Brandenburgs Truppen dem Kaiser und der ganzen Christenheit zur Seite stehen. Man dürfe kein Geld an die afrikanischen Fantasien verschwenden, das dann dringend gebraucht würde.

Aber im Dezember 1691 wollte es trotzdem fast zum Bankrott kommen. Wechsel liefen aus allen Himmelsrichtungen ein, aus Berlin, Königsberg, Hamburg, Glückstadt, Bremen, aus Amsterdam, London und Rotterdam. Die Kompanie war nicht imstande, die Schulden zu bezahlen, weil ausgesandte Schiffe noch nicht zurückgekehrt waren; weitere Handelsschiffe auszurüsten, könnte man nur mit Vorschüssen, die niemand geben wollte, auch der Kurfürst nicht. Immer drastischer wirkte sich der geheime Widerstand gegen die Churfürstlich Afrikanisch-Brandenburgische Compagnie aus. Die Bewindthaber waren in zwei Parteien gespalten, eine für und eine gegen Raule. Die Beamten in Emden arbeiteten unlustig, bald nach dieser, bald nach entgegengesetzter Weisung.

Raule fuhr mit der Eilpost nach Amsterdam, klopfte an die Türen seiner Freunde und Bekannten, um die Kompanie zu retten. Er kämpfte wie immer mit der zähen Entschlossenheit des Mannes, der sein Werk erhalten oder mit ihm sterben will. Und noch einmal gelang ihm das Unglaubliche: Er fand Leute, die der Kompanie mit neuen Einlagen aufhelfen wollten. Zweihundertsiebzigtausend Taler flossen noch einmal nach Emden; Johann van de Veen, der Präsident des Bewindthaberkollegiums, kann es fast nicht glauben.

Neues Leben regte sich wieder in der Stadt und auf den Werften. Alle – die Aktionäre, die Werftarbeiter und Handwerker – schöpfen Hoffnung. Im August 1692 segelten sechs Schiffe nach Afrika ab, im Dezember fünf. Mit Spanien konnte ein Sklavenlieferungsvertrag abgeschlossen werden, die Schiffswerft wurde vergrössert. Und das Wichtigste: in Emden trafen auch wieder Schiffe aus Afrika ein, beladen mit Gold, Fellen, Elefantenzähnen, mit köstlichsten und seltenen Spezereien.

Zum ersten Mal zeigt der junge Kurfürst Wohlwollen, der Directeur General de Marine Raule galt plötzlich wieder als ein Mann, um dessen Freundschaft und Wohlwollen man sich bewerben musste, auch wenn man ihn zu allen Teufeln wünschte.

*

Die Schiffe, die im August von Emden ausliefen, brachten für Harm Jansen die Ernennung zum Oberkaufmann und hatten ausserdem achtzig Mann, zehn schwere und fünfzehn leichte Geschütze sowie Munition als Verstärkung für die *Forteresse* Gross-Friedrichsburg an Bord. Sie wurden von Leutnant Otto von Hünecke kommandiert, ein sympathischer Mann Mitte Dreissig, der Harm Jansen sofort auffiel, weil er immer korrekt daherkam. Der schmale Schnurrbart war stets gepflegt und der Kinnbart kurz geschnitten, er trug immer eine saubere Uniform und hielt auch seine Männer zur Sauberkeit an. Sie kamen sich bald näher und Harm merkte, dass Leutnant von Hünecke über eine Bildung verfügte, die in dieser Umgebung hier nicht alltäglich war.

In ihren freien Stunden, wenn der Wind in den Wehrgängen raschelte, erzählte der Leutnant gerne von Problemen der Wissenschaft, über neue Ideen und Ziele, die allenthalben an den Universitäten diskutiert wurden. Harm hörte immer interessiert zu, aber er sagte ihm auch, dass er vieles nicht verstehe, weil er nur eine rudimentäre Ausbildung habe.

Aber von Hünecke widersprach: «Ihr seid bescheiden, Herr Jansen, wer Oberfaktor ist, kann kein Dummkopf sein.»

Harm machte eine wegwerfende Geste. «Ach, ich habe nur Glück gehabt – es wollten damals nicht viele nach Afrika gehen, und unter Blinden ist der Einäugige König.»

«Nun, ich habe schon von Euren Verdiensten vernommen . . .»

Harm wollte abwehren, aber der Leutnant fuhr eilig fort: ». . . und von Eurer mathematischen Begabung.»

«Mathematische Begabung, welch ein gewichtiges Wort.» Harm schnaubte peinlich berührt. «Addieren, Subtrahieren, Gewinn und Verlust ermitteln und in Prozenten darlegen: rechnen und nichts anderes! Das könnt Ihr auch.»

«Wie gesagt: Bescheidenheit ist eine Zier! Trotzdem möchte ich Euch eine Überlegung vortragen. Vor unserer Abreise hatte Major Hintzpeter Übungsschiessen in einer öden Gegend der märkischen Heide angeordnet. Da fiel mir auf, dass die Reichweiten der Schüsse immer falsch berechnet waren; erst nach mehreren Korrekturschüssen hatte man sich auf das Ziel eingeschossen. In der Langeweile des Lagers grübelte ich darüber nach, ob man die kurvenförmige Bahn eines Artilleriegeschosses, die doch zahlreichen Einflüssen ausgesetzt ist und die man heute nach Erfahrung, Gefühl und allerhand Hokuspokus bestimmt, ob man solche Bewegungen und ihre Einwirkungen durch eine mathematische Formel bändigen könne.»

Er zog eine primitive Skizze aus der kleinen Ledertasche, die er immer bei sich führte, und zeigte sie Harm. Auf vergilbtem Papier war eine Kanone gezeichnet; sie stand auf hoher Steilküste und feuerte in waagerechter Richtung aufs Meer hinaus. «Es ist klar, dass das Geschoss nicht in alle Ewigkeit diese Richtung beibehalten kann: die Kraft der Pulvergase jagt es zwar voran, aber zugleich wirkt die Kraft, die alles zur Erde zieht. Aus dem Ineinanderwirken dieser Kräfte entsteht die Ablenkung, die Gerade wird zur Kurve!»

Harm schaut auf das Papier. «Ja», antwortet er, «das ist bekannt, aber ich kann mir nicht vorstellen, dass beide Kräfte bestimmbar sind, denn eine grosse Kugel ist schwerer als eine kleine, und eine grosse Menge Pulver enthält mehr Sprenkraft als eine kleine.»

«Ihr irrt, Herr Jansen, man kann es berechnen.»

«Erklärt es, bitte!»

«Beim freien Fall der Körper erfolgt eine Beschleunigung, die Galilei bei seinen Versuchen am Schiefen Turm von Pisa vor gut fünfzig Jahren gemessen und in Formeln gefasst hat. Auch das abgefeuerte Geschoss unterliegt diesem Gesetz. Die Antriebskraft der Pulvergase, die zunächst das Geschoss fast waagerecht in den Raum jagt, wird allmählich aufgezehrt durch die Fallkräfte, so dass das Ende der Geschossbahn beinahe senkrecht verläuft. Die entstehende Kurve ist eine Parabel – einer der vier möglichen Kegelschnitte.»

«Aber wie wollt Ihr», wandte Harm ein, «die wechselnden Kräfte mathematisch bestimmen, die auf jeden Punkt der Geschossbahn einwirken? Ich kenne keine Rechenmethode, derartige Bewegungen auszudrücken, das kann man zeichnen, aber nicht in Formeln fassen.»

«Ich habe vor einigen Jahren in Berlin ein Buch in die Hände bekommen, in dem ein gewisser Descartes die fliehenden Kräfte zeichnerisch dargestellt hat; er hat sie quasi in einem Netz eingefangen und so eine Brücke zwischen Geometrie und Arithmetik geschlagen!»

Er zog ein anderes Blatt hervor, auf dem das Papier mit einem Quadratnetz von Linien bedeckt war, ein Achsenkreuz teilte es in vier Felder, der Schnittpunkt der waagerechten X-Achse mit der senkrechten Y-Achse war mit Null bezeichnet. «Von diesem Punkt aus werden die Teilstrecken nach allen vier Richtungen mit Ziffern bezeichnet, nach oben und rechts sind die Werte positiv, nach unten und links negativ», erklärt er. «Jeder Punkt der Geschossbahn wird, den Kräften entsprechend, die an dieser Stelle auf ihn einwirken, in das Netz der ›Koordinaten‹ eingetragen, und eine Linie verbindet schliesslich die einzelnen Punkte.»

Harm schaute interessiert auf das Papier, auf dem in grossem Bogen kleine Kreuze eingetragen sind. Die Kurve stieg zuerst an und zeigte offensichtlich die Kraft der Pulvergase, und sie fiel, wenn die Treibkraft des Pulvers sich erschöpfte und der freie Fall zur vollen Auswirkung kam.

«Die anschaulichen, geometrischen Figuren der Kurven», fuhr der Artillerist fort, «werden damit in den geistigen Bereich der Zahlen übertragen.»

«Wenn Eure Überlegungen stimmen . . .»

«Es sind die Theorien dieses Descartes!»

«Gut, Leutnant, wenn die Theorien dieses Descartes stimmen, dann könnte die neue Methode in der Lage sein, Bewegungen, Kurven und Kegelschnitte in mathematischen Formeln auszudrücken.»

«Die Formel zu finden – das ist mein Problem!»

Vom weiträumigen Hof der Festung schmettern die Trompeten zum Appell herüber; der Gouverneur, Major Karl Ostendorp, wollte die Besatzung Gross-Friedrichsburgs inspizieren und sich von ihrer Schlagkraft überzeugen.

«Wir werden versuchen, sie zu finden, Leutnant. Durch's Ausprobieren! Wir werden wiegen, messen, vergleichen und aufschreiben».

Als die beiden von den Wehrgängen über eine der Wendeltreppen hinuntereilten, sahen sie das Kriegsvolk bei den aufgepflanzten Feldzeichen in militärischen Formationen schon angetreten. Der jeweils zuständige Offizier wartete bei seiner Formation. Leutnant von Hünecke trat zu seinen Kanonieren; sie konnten nichts vorzeigen, ihre Waffen standen hinter der Brustwehr. Da trat auch schon Major Ostendorp aus dem Tor des Haupthauses. Ein Hauptmann machte Meldung. Wohlgefällig sah der Kommandant auf die Männer. «Lasst exerzieren, Hauptmann.»

Die Pikeniere standen in Brustpanzern und Halspergen, Blechschurzen und eisernen Sturmhauben, mit den achtzehn Fuss langen Piken in Reih und Glied und beherrschten jedes Kommando, das sie zu tiefgestaffeltem Karree, zu ausschwenkender Front und vorrückendem Keil befahl; die Musketiere verstanden es, in Eile zu laden und abzuschiessen, die Kürassiere exerzierten fehlerlos. Danach liess der Hauptmann die Männer unter wehenden Fahnen, die Hauptleute und Leutnante mit seidenen Feldbinden voraus, vor Major Ostendorp vorbeimarschieren, als paradierten sie vor dem Potsdamer Schloss. Einer stimmte ein Lied an, die andern fielen ein:

«Der Soldat soll nicht trauern,
das ehrt nicht seinen Stand,
hat es doch reiche Bauern
in unsrer Feinde Land.
Wir haben jetzt gebraten
Gänss', Hühner, feiste Schwein,
der Wein ist wohl geraten,
drum lasst uns lustig sein?

*

Im Juni waren die zehn Jahre abgelaufen, für die er den Afrikakontrakt abgeschlossen hatte. Ja, zehn Jahre hatte er hier gelebt – mit Entbehrungen und harter Arbeit, war inzwischen selbst halb verwildert unter den Wilden. Frau und

Kind schien er darüber schier vergessen zu haben. Kein Mensch, dachte er, kann ihn nun aufhalten, wenn er jetzt nach Europa zurückkehrte. Nun, da die Zeit der Verpflichtung abgelaufen war, griff die Heimat nach ihm. Borkum, ja, das ist wie ein freundlicher, halbverschollener Traum. Und Greta, wie wird sie ihn empfangen? Ob sie versteht, dass man Haus, Frau und Kind zurücklassen kann, jahrelang fernbleiben kann, weil man etwas Grosses zu seinem Ideal gemacht hatte. Selbst jetzt ist Brandenburgs Adler sich seiner Stärke noch nicht bewusst. Nein, wie sollte sie das verstehen? Er versuchte, sich vorzustellen, wie Greta aussehen könnte, aber das war fast unmöglich. Zehn Jahre lang schon hatte er keine weisse Frau mehr gesehen. Blutjung, ja, ein halbes Kind war sie damals. Sie erschrak leicht, und manchmal stöhnte sie nachts auf. Sie war schön und gut und zärtlich. Mehr wusste er eigentlich nicht mehr von ihr. Nein, wirklich nicht! Sie könnte noch etwas gewachsen sein! Merkwürdig, es war ihm nie eingefallen, sie zu fragen, was sie dachte, was sie erfreute und was sie schmerzte. Sie war ihm ja von Aschach ins ferne Ostfriesland auf eine einsame Insel gefolgt, hat auch nicht widersprochen, als er fort ging. Sie wird geweint haben, als sie sein Bett in der Frühe leer vorgefunden hatte, aber die Zeit hatte die Tränen getrocknet.

Als er sich so in Gedanken mit ihr beschäftigte, wurde ihm ganz heiss. Die meisten Männer, die mit ihm hergekommen waren, sind, soweit sie nicht einer Seuche zum Opfer fielen, wieder in ihre Heimat zurückgereist. Warum sollte er mehr als zehn Jahre hierbleiben? Friedrich Wilhelm ist tot, der neue Kurfürst wird noch andere Männer haben, die für seinen Ruhm eintreten. Er hatte in all den Jahren kaum Geld gebraucht, bekam hier alles, was nötig war. Zweitausendachthundert Reichstaler betrug sein Guthaben, damit könnte man schon etwas anfangen. Mehr als einmal war ihm in den vergangenen Wochen sein Jugendtraum wieder eingefallen. Schon damals, bevor ihn der Seelenverkäufer auf die *Den Helder* verschleppt hatte, wollte er auf einem Handelsschiff anheuern, um durchs Kattegatt in die Ostsee, nach Jütland und vielleicht weiter nach Russland zu kommen – vielleicht gar den Zaren kennen zu lernen!

Was konnte er mit zweitausendachthundert Reichstalern beginnen? Ein steinernes Haus kostete ungefähr fünfhundert Gulden. Greta würde sich sicher darüber freuen, hatte sie ihm doch vor Jahren geschrieben, dass Hannes Korte Steine für einen Hausbau vom Festland nach Borkum kommen liess. Das wird wohl inzwischen fertig sein. Noch besser allerdings wäre es, wenn er ein eigenes Schiff hätte. Dann könnte sich sein russischer Traum doch noch erfüllen. Ach was – Hirngespinste, für ein Schiff würde das Geld wohl nicht reichen, nicht einmal für einen kleinen Lugger.

Doch Afrika liess den Oberkaufmann Harm Jansen noch nicht los! Noch am gleichen Abend meldete Harm Jansen dem Gouverneur Karl Ostendorp, dass er noch in Gross-Friedrichsburg bleiben wolle, um am nötigen Aufschwung der

Kompanie mitzuarbeiten. Nur zu gern verlängerte Ostendorp den Kontrakt mit dem landes- und schiffskundigen Oberkaufmann um drei weitere Jahre.

Der rüstete auch bald neue Karawanen aus, wie einst in guten Tagen zogen sie tief durch Urwald und Savanne, von Stamm zu Stamm. Schwer keuchten die Träger unter den eingehandelten Lasten. Harm Jansen war bei den Eingeborenen bekannt, bis hin zu dem blauschieferigen Tafelgebirge; *Sterktowenner* nannten sie ihn, das bedeutete *Grosser Zauberer* und war verstümmeltes Holländisch. Er durchstreifte Gebiete, die grösser waren als Brandenburg mit Preussen, Pommern, Kamin und Cleve. Nur das ferne, fremde Land der Aschanti war noch nicht gewonnen worden, wenn das gelänge, welcher Reichtum müsste von Afrika in die Mark fliessen. Die Geldsorgen des Kurfürsten gehörten der Vergangenheit an! Aber Jansens Forderung, eine Expedition nach Aschanti auszurüsten, stiess immer wieder Ablehnung.

«Wir wurden von Seiner kurfürstlichen Durchlaucht hergeschickt, gute Geschäfte zu machen, Sklaven zu kaufen, Gold, Elefantenzähne, schöne Stoffe und kostbare Felle herzuschaffen. Sonst nichts. Wenn wir Euren Wünschen nachkommen würden, Freund Jansen, müssten wir hier eine Armee unterhalten und in den Urwäldern kostspielige Stützpunkte mit bewaffneten Mannschaften anlegen!»

«Nein», widersprach Jansen, «es würde genügen; wenn die Schwarzen unsere Flagge anerkennen. Man sollte die Neger auf den Kurfürsten vereidigen, sollte sie militärisch ausbilden, nicht nur die paar *Askaris* hier, wir müssten Schulen und Spitäler bauen, ein zweites Brandenburg erstünde in zwanzig oder dreissig Jahren, eine Fortsetzung des europäischen Reiches auf afrikanischem Land.»

Der Gouverneur lachte. «Das würde uns viel Mühe machen! Und wo wollt Ihr die Sklaven hernehmen, wenn es unter den Häuptlingen keine Kriege mehr gibt?»

«Glaubt Ihr, Gouverneur, dass es ewig Sklaven gibt! Der Handel mit dem schwarzen Elfenbein geht zu Ende, früher als wir denken!»

«Dann ist die ganze Churfürstlich Afrikanisch-Brandenburgische Compagnie nicht mehr viel Wert! – Und die Holländische auch nicht!»

Nach diesen immer wieder kehrenden Argumenten sagte Harm Jansen schliesslich nichts mehr.

*

Stille Sorgen hatten seit einiger Zeit von Jan Besitz ergriffen. Er hatte den ganzen Nachmittag vor der Hütte gesessen und Netze geflickt. Von Zeit zu Zeit hob er den Blick und sah verstohlen über die Insel hin. Die Insel breitete sich sichtbar nach Osten hin, endete im Westen hinter dem grossen Turm. Sandstaub stand in hellen Wolken überm Strand, Sand fegte über die Dünen und die Deiche, auf denen der *Blaue Helm* wuchs, von Menschenhand gesetzt, um den Küstenschutz zu verbessern. Im Schutz der Dünen bildete sich Humus. Bäume wurden angepflanzt, die die niedrigen Häuser vor dem Wind schützten, aber im unbesiedelten Teil bildeten Sanddorn, Ginster, duftendes Geissblatt, Brombeeren und Holunder ein fast undurchdringliches Gestrüpp. Greta hatte vor einigen Jahren im Garten halbwilde Zaunrosen gepflanzt, die den Sommer über blühten und im Herbst pralle rote, nicht nur den Vögeln wohlschmeckende Rosenäpfel trugen. Sie pflückte bittere Schlehen und süsse Brombeeren; was hier blühte und reifte, war ihr kostbar. Sie kannte alle die sandigen, verschlungenen Pfade im Windschutz der Dünen, in dieser buckligen Welt – für die Ausmasse des Menschen fast zu winzig, eher für Karnickel und Vögel geeignet.

Wieder tasteten seine Augen die Gegend ab. Wo mag sie bleiben? Der Heiko streunt zu viel um sie herum, und das war nicht gut. Jan hatte Hinnerk zu ihrem Feld geschickt, er solle die Mutter abholen, ihr vielleicht behilflich sein und die Hacke oder den Spaten heimtragen. Aber der Junge war bald unverrichteter Dinge zurückgekommen; die Mutter sei nicht mehr auf dem Feld. Nur die Forke, mit der sie die Erde gelockert habe, stand einsam im Ackerboden, er habe sie mit nach Hause gebracht. Nun sitzt Hinnerk bei ihm und hilft beim Netzflicken.

Langsam neigte sich die Sonne nach Westen. Am Vormittag, nachdem sie die Kühe gemolken hatte, war Greta zu ihrem Pflanzplatz gegangen. Sie hatte eine Schüssel mit Grütze in ein wärmendes Tuch gehüllt und in der Butze als ihre Mittagsmahlzeit bereitgestellt. Doch, sie sorgt gut für sie und das Haus.

Aus wachsender Sorge, eigentlich gegen seinen Willen, fragte er seinen Neffen: «Hast du Heiko gesehen?»

Der Junge schaute nicht auf, seine kleinen braunen Hände waren mit dem Netz beschäftigt und Jan sah nur von oben auf seinen blonden Strubbelkopf «Ja», antwortete er, «vorhin.»

«Wann – wie lange ist es her?»

«Weiss nicht – schon lange. Zehn Minuten oder eine Stunde.» Hinnerk kannte noch keine Uhrzeit.

Jan nahm sich vor, ihm bald den Tageslauf, die Zeit und die Uhr beizubringen. Er war alt genug, das zu begreifen, und als Neffe eines Kapitäns war es Ehrensache, das zu beherrschen. Aber jetzt brannten ihm andere Fragen auf der Seele. «Wo hast du Heiko gesehen?»

«Er kam vom Nordstrand her und ging zum Dorf. Hatte es ziemlich eilig, hat wohl Vogeleier in den Dünen gesucht – bei *Hohe Horn* nisten sie massenhaft, es kommt ja auch kaum ein Mensch hin.»

«Ja» sagte der Ältere gedehnt, «wird wohl so sein.»

*

Die Nacht war schwarzblau, warm und sinnlich. Der leichte Wind, der dem Sturm folgte, liess das Dünengras leise raunen. Wie ein zu Boden geducktes Tier lag die Jansensche Kate am Rande des Hellers. Einsam und verlassen. Hinten im Stall blökte ein Schaf im Schlaf leise auf. Ringsum war es still.

Greta fand keinen Schlaf. Die Lautlosigkeit der Nacht quälte sie. Als sie abends die Schafe heimgetrieben hatte, sah sie Heiko Korte am Rande des Hellers stehen. Sein Haar schimmerte im Schein der untergehenden Sonne und seine kräftige Brust wölbte sich dem Meer entgegen. Schön war er anzusehen. Sie wollte nicht, dass er sie sähe, darum hatte sie die Schafe schneller angetrieben, aber er hatte sie schon bemerkt, vielleicht auf sie gewartet. Plötzlich stand er neben ihr und fragte: «Warum fürchtest du dich, Greta? Will dir nichts zuleide tun!» Da wurde sie brennend rot im Gesicht und wusste keine Antwort. Aber dann, als er hinter ihr her lachte, ergriff sie Widerwillen gegen ihn.

Wenn der Wind an das bleigefasste Fenster stiess, richtete sie sich horchend auf und vermeinte, Heikos Lachen zu hören, und wenn es durch die dürren Bohnenranken rauschte, glaubt sie Heikos Schritte zu hören. Die Luft in der Kammer wurde ihr heiss und drückend. Sie stand auf und öffnete das Fenster. Kühl strich der Wind. Neben dem Fensterbrette kauernd, schlief sie ein.

«Greta!» Der leise Ruf dringt ihr wie ein Pfeil ins Gehirn. «Greta! Hab' es nicht ausgehalten zu Hause! Du kannst ja auch nicht schlafen! Hast du auf mich gewartet?»

Mit einer Gebärde des Entsetzens legte sie die Hände vor den Mund, blieb aber sonst unbeweglich sitzen und hörte, was Heiko Korte, der nun wirklich draussen in der Nacht vor ihrem Fenster stand, flüsterte.

«Nein!», stöhnte sie auf. «Nein, lass mich!»

«Greta! Bist so jung und schön und magst nicht leben! Komm!» In heftiger Leidenschaftlichkeit streckte er die Hände nach ihr aus. Sie sah im schmalen Mondlicht seinen hellen Schopf und darunter die sorglosen, liebestrunkenen Augen.

«Nein!», schrie sie wild und gellend auf. «Jan!»

Es knarrte im Hause, Schritte näherten sich. Die Tür zu Gretas Kammer flog auf. «Was ist los, Greta?» fragt Jan durch das Dunkel. Er bemühte sich, Feuer zu schlagen.

Greta vernahm Heikos Schritt, der sich rasch entfernte. «Nichts, Jan, gar nichts. Ich hab' nur schwer geträumt!»

Jan hatte einen Span entzündet. Er hob ihn hoch und sah das verstörte Gesicht der Schwägerin. Er bemerkte aber auch das offene Fenster. Ein prüfender Blick traf die junge Frau. Schweigend trat er zum Fenster und horchte hinaus.

Dann schloss er es sorgfältig. «Schlaf!», befahl er mit ruhiger Stimme. «Es tut nicht gut, die Fenster offen zu halten!»

Als er aus der Kammer geht, liess er die Tür offen. Und er nahm sich vor, dies nun alle Tage zu tun, damit er leichter höre, wenn Greta schlecht träume.

Am nächsten Tag vernahm Jan im Dorf, Heiko Korte sei schon in aller Herrgottsfrühe mit einem Schillsegler nach Emden zurück auf sein Schiff. Als sie mittags bei Grütze und Fisch am Tisch sassen, sagte er hart und trocken «Heiko ist heut fort!»

Greta sah auf ihren Teller nieder. Aber sie atmete erleichtert auf und drückte den kleinen Hinnerk an sich, dass der Junge erstaunt fragte: «Was is', Mama?»

Abends schloss Jan wieder wie sonst die Tür, wenn er in seine Kammer ging.

Ansicht der Stadt Emden an der Ems
(zeitgenössischer Stich)

Kapitel 26: Tod eines Freundes

März. Ein weiteres Jahr war vergangen. Den Oberfaktor Jansen hielt es nicht mehr. Im Innern Afrikas wartete ein unermesslich grosses und reiches Land, mit jedem Jahr, das verrann, wurde die Chance kleiner, neue Handelsgebiete für Brandenburg zu gewinnen. Die Holländer unterwarfen unermüdlich Landschaft für Landschaft, drüben im Osten sassen die Dänen und Engländer, die schon weit im wilden afrikanischen Land Befestigungen anlegten. Jansen war die ewigen Ablehnungen leid, die er für seine wiederholt vorgebrachten Pläne im

Offiziersrat gefunden hatte. Nichts wollten sie wagen, nichts unternehmen. Geld fehlte! Geld war das Ding, an dem alles scheiterte! Ja, an Geld fehlte es noch immer – in Emden und Berlin ging es schon so zu wie in Amsterdam. Sie stritten sich um die Lieferungen für die Kompanie, redeten von Wechseln und Tratten, von Gewinn und Zinsen, nicht um das, was Gross-Friedrichsburg brauchte, damit es ihnen die ersehnten Dinge beschaffen könnte. Anstatt gute Voraussetzungen zu schaffen und ein wenige Geld hineinzustecken, machte sich heimlich Furcht breit, viel zu verlieren und nichts mehr zu gewinnen. Es mangelte den Herren an geistiger Klarheit und Entschlusskraft; die Entscheidungen, die treffen sollten, könnten den Untergang beschleunigen.

«Gebt mir Urlaub, Gouverneur!», verlangte er. «Ich muss nach Emden! Vielleicht auch nach Berlin.»

«Urlaub könnt Ihr haben, Freund Jansen», lachte Karl Ostendorp. «Blamiert Euch mit Euren Ideen in Berlin und Emden! Fahrt nach Hause, hängt Afrika und Eure Aschantipläne an den Nagel, schliesslich seid Ihr lang genug hier gewesen!» Der starrköpfigen Friese wurde langsam lästig. So gut man seine Erfahrung gebrauchen konnte, so sehr er mit den *Schwarzen* umzugehen verstand, ebenso peinigte er den Offiziersrat unausgesetzt mit seinen Plänen, für die man weder Geld noch Lust noch Verständnis hatte.

*

«Er kommt nicht mehr, Greta!» Sie fuhr herum. Erschrocken starrte sie Heiko in die Augen. Der zeigte ein leises, verlegenes Lächeln und zeigte gegen die See: «Die See hat ihn geholt!»

Gretas Blick wurde unruhig. Sie suchte nach einem Fluchtweg. Einsam ist es hier in den Dünen. Immer wieder ging sie auf den Platz hinaus, der Harms Lieblingsaufenthalt war und der nun auch der ihre ist. Oft sah sie über die See, die manchmal ruhig und schweigend lag, ein andermal stürmisch ging. Es mochte sein, wie es wollte, so oft sie hier stand, brannten glühende Wünsche in ihr. Ihr war, als müsste er kommen, als müsste ihn die Kraft ihres Verlangens herbeiholen aus dem fremden Land.

Seit Heiko Korte wieder auf Borkum lebte, getraute sie sich nicht mehr so häufig in die Dünen, und eigentlich trieb sie auch nicht mehr das Denken an Harm hinaus. Manchmal sah sie Heiko dort stehen, und es schien ihr, als warte er auf sie. Regungslos sah sie zu ihm hinüber. Sie hatte keine Angst mehr vor ihm, sie hatte Angst vor sich selbst. Er umwarb sie still und voll heimlicher Glut. Seit er wusste, dass er den Verdacht Jan Jansens wachgerufen hatte, mied er das Haus. Nur zuweilen, wenn er die junge Frau längere Zeit nicht zu Gesicht bekommen hatte, trieb es ihn hin. Aber auch dann zwang er sich, seine Aufmerksamkeit dem Kapitän zuzuwenden.

Zuweilen geschah es, dass er Greta allein traf – auf dem Weg zur Kirche oder wenn sie zum Krämer ins Dorf ging. Aber sie wich ihm aus, setzte die Schritte schneller, und er konnte nichts wagen. Er kam kaum dazu, sie anzusprechen. Er lauerte ihr auf, wenn sie zu ihrem Pflanzplatz am Rand des Hellers ging, auf die kleinen Äcker, doch es kam nie so weit, wie er es sich vorgenommen hatte. Aber diesmal hatte er sie nun doch allein in den Dünen angetroffen.

«Greta! Höre mich an!»

«Nein!» sagte sie und wandte sich jäh zur Flucht. Einsam lag das weissbesandete Land, heiss leuchtete die Sonne, von weit her war das Rauschen der See zu vernehmen. Hier in den Dünen waren sie allein, und es war weit bis zum nächsten Haus. Irgendwo blökten die Schafe, ein warmer Wind säuselte über das Gras und heller Vogelschrei tönte von weitem her.

Greta hatte noch keinen Schritt machen können, da fasste Heiko sie am Arm. Sein Atem ging schnell und heiss. «Es sind schon Jahre, dass wir warten – du und ich!»

Die junge Frau wusste, woran sie war. Sie zog die Schultern hoch, ein rascher, hilfloser Blick glitt über den Mann vor ihr. «*Harm!*», möchte sie rufen, aber der Schrei erstickte unter seinen Zärtlichkeiten.

*

Harm Jansen war in Emden mit der *Seeland* eingelaufen, ein Däne, beladen mit Spezereien aus Afrika. Er stand auf Deck und hatte Emden beinahe nicht wiedererkannt. Seltsam heiss und eng wurde es ihm in seinen Kleidern, als er wieder den Boden betrat, der ihm seit Kindertagen vertraut war, den er aber mehr als elf Jahre nicht gesehen hatte. Er wunderte sich, dass der Tag so kühl war, es war doch Ende Mai, aber ihn fröstelte. In Emden gab es viel zu bestaunen. Er liess sich das Bewindthaberhaus der Brandenburgisch-Afrikanischen Kompanie zeigen und machte den Herren, deren Namen er bisher nur aus den Briefen kannte, seinen Besuch. Sie empfingen ihn mehr als freundlich und taten auch nicht sonderlich überrascht, als er Hals über Kopf von seinen Plänen zu reden begann, Land im Innern Afrikas in Besitz zu nehmen, da alle Küsten schon so gut wie vergeben seien. Sie lächelten höflich und meinten, sie hätten schon viel von seinen Plänen gehört. Es brauche nicht nur grosse Entschlusskraft dazu, die von Seiner Durchlaucht bestätigt werden müsse, sondern auch viel Geld. Aber sie wollten die Sache bereden und das gesamte Kollegium zusammenrufen, sobald es ihm recht sei.

Es wäre ihm jederzeit recht, sagte Harm Jansen, weder ermutigt noch enttäuscht. Sie möchten ihm nur Urlaub geben, damit er nach Borkum heimfahren könne, wo er Weib und Kind habe, von denen er seit Jahren nichts wisse.

«Die Briefe werden verloren gegangen sein. Das kommt nicht selten vor in diesen Zeiten!», tröstet Herr von Knyphausen, der Präsident. «Geht nach Borkum und kehrt zurück, wann es Euch beliebt.»

«Ich würde vorher gerne noch abrechnen. Es kommt mir nach elf Jahren auf einen Tag auch nicht mehr an!»

Der Oberbuchhalter sei im Augenblick nicht da. «Trinkt indes einen Humpen Bier!», gab Knyphausen einen Rat, den Jansen gern befolgen wollte. Als er aus dem Bewindthaberhaus trat und das bunte Treiben am Hafen betrachtet, befriedigt es ihn doch sehr. So anders, so fremd ist alles hier, gar nicht afrikanisch. Er blieb stehen und schaute über die Boote hin, die be- und entladen werden, Garnelen und Fische kamen an Land, Obst und Gemüse für das Hinterland standen bereit. Es war ein Geschrei wie vor Jahren im Amsterdam, man feilschte um jeden Stüwer, lachte und schimpfte, drängte und schob sich an der Hafenmauer hin und wollte den müssig dastehenden Mann fast mit sich reissen. Schon wollte er sich treiben lassen, wohlig und behaglich alles in sich aufnehmend. Auf dem Marktplatz fühlte er sich von einem, der in Fischerkleidung daherkam, mit sonderbar bekannten Augen angestarrt und sah sich plötzlich Klas Eilers gegenüber. «Der Deubel soll mich holen – du bist doch Harm?», fragte der Mann.

Die Begegnung kam ihm überraschend, denn Eilers hatte immer gesagt, dass er Borkum nicht verlassen würde. Klas Eilers gehörte seinem früheren Leben an, nicht dem jetzigen. Doch nun stand er vor ihm, und Harm erkannte ihn sogleich. Mit seiner hochgewachsenen, kräftigen Gestalt war Harm auch nicht leicht zu übersehen. Eilers Freude an diesem Wiedersehen war geradezu rührend.

«Mensch, Klas!», lachte Jansen. «Hast wohl Garnelen gebracht als Zehnten? Sonst wärst du doch nicht weg von Borkum.» Er klopfte ihm die Pranke auf die Schulter. «Wie ist es zu Hause?»

Sie hatten zusammen bei Pastor Korte lesen und schreiben gelernt, damals in längstvergangenen Tagen. Hatten sich um Möwengelege geprügelt, weil jeder die Eier heimtragen wollte. Und lieber hätte einer dem andern die Eier zerbrochen, als dass er sie ihm übergab. Aber sie hielten, wenn es sein musste, auch wieder zusammen wie Pech und Schwefel. Nur in einem waren sie verschieden: Harm dachte nie daran, auf Borkum zu bleiben, Klas Eilers hingegen konnte sich nicht vorstellen, jemals von Borkum wegzugehen. Für ihn war die Tagesfahrt nach Emden mit Garnelen oder Fischen schon eine grosse Reise. Nun sitzen sie in der Schenke, warteten auf den Humpen Wein, den Jansen bestellt hatte, und betrachteten einander ein wenig scheu und verlegen. Es war, als hätte jeder Hemmung, dem anderen Fragen zu stellen. Der Wein stand noch nicht auf dem klobigen Tisch, als Harm ein Ende bereiten wollte. «Wie geht es Mutter?»

Eilers Augen streiften ihn mit kurzem Blick. «Hat dir Greta nicht geschrieben?»

Bei der Gegenfrage wusste der Mann genug. Ihm war, als sei der Tag plötzlich grau und finster geworden. Eilers mühte sich zu rechnen. «Wohl an die vier Jahre ist es her, seit wir sie begraben haben.»

«Solang habe ich keine Nachricht gehabt von Borkum!», antwortet Jansen dumpf. «Und Greta?»

«Sie wartet sich zu Tode um dich!» Eilers erzählte, was er wusste. Hinnerk, der Junge, sei schon gross. Kühe gäbe es durch Greta auf Borkum, und Äcker sogar. Sie habe viel vollbracht, und es sei eine helle Lust, ihr zuzusehen, wenn sie ackerte.

«Sie hat es in ihrem letzten Brief vor Jahren geschrieben. Felder auf Borkum – Bauern sollt ihr werden!» Harm wollte lachen, aber er erinnerte sich der Mutter. Lang und breit musste ihm Eilers von Hinnerk erzählen. Harm fragte dies und das und war voller Neugier. Nur dem Bruder galt keine Frage, was Eilers recht war. Er kannte das Zerwürfnis und würde sich hüten, von sich aus zu sagen, dass Jan wieder im Elternhaus lebte. Als Eilers alles berichtet hatte, war gerade gute Flutzeit, so dass er absegeln musste, wenn er heute noch heimkommen wollte.

«Sag der Greta, ich komme morgen oder den andern Tag. So schnell ich die Abrechnungen hinter mich gebracht habe!», rief er Eilers nach, der schon in seinem Boot stand und das Segel aufholte.

«Geht in Ordnung, Harm!»

*

Zu später Nachmittagsstunde erhob sich Greta und strich mit ruhigen Händen die Röcke zurecht. Sie wusste nicht mehr, wie lange sie in den Armen Heikos gelegen hatte. «Geh!», hatte sie ihm gesagt, und nun sah sie suchend in die Weite, wo der junge Mann in einer Dünenmulde verschwand. Er – der den andern verdrängte und tot hiess.

Zögernd setzte sie sich in Bewegung, ging langsamen Schrittes nach Hause. Als ihr das Kind entgegentollte, erschrak sie. «Warum kommt er nicht?», fragte sie sich. «Elf Jahre – das ist eine Ewigkeit für eine junge Frau!» Sie kniete nieder, mitten im Sand, nahm Hinnerks schmalen Kopf zwischen die Hände und versenkte ihren Blick in seine Augen. Verwundert hielt der Knabe still. «Nein», dachte sie plötzlich enttäuscht, gab den Kopf frei und stand auf, «nein, du bist nicht er! Hast zuviel von mir!»

In der Nacht lag sie lange wach in ihrer Schlafbutze. Sie hatte zu beten versucht, aber sie brachte weder Andacht noch Konzentration auf. Als sie sich ausgezogen und ihre Hände den Leib berührten, war sie unwillkürlich erschauert, weil sie sich an die anderen Hände vom Nachmittag erinnerte. «Nie mehr will ich in die Dünen gehen!», nahm sie sich vor.

Als aber die Sonne wieder hoch über Borkum stand, sass sie voller Scham und Furcht draussen im Dünengras und wartete an der gleichen, einsamen Stelle, die einst Harm Lieblingsplatz war.

*

Der September 1693 liess sich mild an. Die See lag träge wie selten um diese Zeit. Über die Tage, die den Nächten entstiegen, wölbte sich ein klarblauer Himmel sondergleichen. Fern in Nordwest stand hin und wieder ein schmaler, weisser Wolkenstreif, dünn und durchsichtig wie ein Schleier. Abends freilich fielen zuweilen Nebel ein, klebten dick und unförmig auf See und Watt, aber am Morgen vergingen sie in der Sonne oder verwehten.

Gestern war Greta in den Dünen. Mit den Schafen, wie sie dem Schwager auf sein forschendes Wort sagte. Sie standen in der Stube, als er die Frage stellte, und glücklicherweise liegt die Stube auch an hellen Tagen in linder Dämmerung, die manches verbirgt. Jan Jansen hätte sonst die Unruhe in Gretas Gesicht sehen müssen, ihren schreckhaften Blick und ihr Erblassen. So aber begnügte er sich mit ihrer Antwort und ging hinaus, sein Fischerzeug zu richten.

Greta sank bedrückt auf einen Stuhl, unruhig rieb die Hände ineinander. Wie sollte es weitergehen? Gestern wollte sie es Heiko Korte sagen – seit Wochen will sie es ihm sagen, dass Schluss sein müsse mit dieser sündigen Beziehung. Sie hat dann doch kein Wort gesprochen. Was wäre, wenn Heiko Recht hätte, wenn den einen, der doch der einzige ist, der ein Anrecht auf sie hat, längst das Meer verschlungen hat? Oder dass er sie vergessen hat, um ferner, fremder Abenteuer willen. Wie quälte sie sich seit jenem Tag, da es geschehen war. Sie fand bis heute weder Ruhe noch Rat.

Heute Abend würde sie es Heiko bestimmt sagen – komme was wolle! Sie verrichtete ihre Hausarbeit und überlegte den ganzen Tag, wie sie es anstellen wollte, prüfte ihre Sätze, die sie sagen wollte, verwarf sie, formulierte neue . . . Darüber wurde es Nachmittag. Schon dämmerte es, als sich schnelle Schritte dem Hause näherten. Das ist Jan, dachte Greta; sie kannte seinen festen Schritt. Warum eilte er so? Mit heftigem Stoss flog die Tür auf. Die gelbe Flamme in der Lampe flackerte im jähen Luftzug hoch.

Erschrocken starrt Greta auf den Schwager. Finster sah Jan sie an. «Was ist geschehen, Jan?» Sie stellt die Frage in heller Angst, er könnte irgendwie von ihrem Verhältnis zu Heiko erfahren haben.

Er gab keine Antwort, riss die Tür zu seiner Kammer auf, stürzte hinein und begann seine Seemannskiste zu packen. Mit hängenden Armen stand sie unter der Tür und sah eingeschüchtert zu, wie er alles wild durcheinander in die Kiste warf, von dem er glaubte, es brauchen zu können. Plötzlich hielt er inne und richtete sich auf; sein Blick verfing sich in Gretas Gesicht. Er warf das Hemd, das er in der Hand hielt, zur Seite und trat einen Schritt auf sie zu. «Du», sagte er, «du wirst es jetzt schön haben! Morgen kommt er!»

Greta überlief es eiskalt. Sie hob wie abwehrend die Hände. «Wer kommt?», fragte sie, Angst stieg in ihr hoch. Schwach und elend wird ihr, sie musste sich an die Wand lehnen. «Wer kommt?», fragte sie noch einmal.

Jan Jansen packte seine Schifferkiste weiter. «Was fragst du noch? Siehst doch wohl, dass ich geh! Wer wird da kommen?»

«Harm!», sagte sie tonlos und leichenblass. Gross starrte sie den Schwager an. «Harm», wiederholt sie, und ihr Kopf sank nieder. «Nein – nein!», murmelte sie. «Ist es wahr? Es kann nicht wahr sein! Was tot ist, bleibt tot und kommt nicht mehr zurück!»

Jan starrte erstaunt, befremdet und misstrauisch auf die junge Frau.

«Heiko hat – auch du selbst hast gesagt – er muss tot sein!», beharrte sie.

Da wuchs eine scharfe Falte um den Mund des Mannes. «Heiko hat es gesagt?» Er sah in das hilflose Gesicht der Frau, und ihm war, als wisse er nun mehr, als er jemals hatte wissen wollen. «Er soll also tot sein, denkst du, hoffst du? Hingerafft vom schwarzen Fieber, gefressen von der afrikanischen Sonne?» Er nimmt ihr die Hände vom Leib, erbarmungslos forschend geht sein Blick über ihre Gestalt. Aber da war nichts zu sehen, Greta war schlank wie eh und je.

Der Mann lachte kurz auf. «Mir hat es gereicht, als ich hörte, er sei zurück. Hätte allerdings nicht geglaubt, es würde auch dir nicht passen! Vorgestern ist er in Emden angekommen, dein Mann. Eilers war mit Garnelen dort und hat ihn getroffen. Er will abrechnen mit der Kompanie, dann wird er nach Borkum kommen, lässt er seinem treuen Eheweib Greta sagen. Dem Eilers hat er einen Gulden gegeben, damit ihm die freudige Nachricht vorauseile.»

«Ist das wahr?» Fremd war Greta die eigene Stimme.

«Ja, das ist so, mag es dir auch nicht gut in den Ohren klingen! Eilers will wissen, dass er närrisch ist wie ein junger Hund, und dass er am liebsten gleich mitgesegelt wäre, müsste er nicht erst den Bewindthabern zu Emden lange Geschichten erzählen.» Jan warf den Kistendeckel zu, dass es knallte. «Du zeigst wenig Freude, Greta!», sagt er heftig und kniff die Augen zusammen, «dafür Angst und ein schlechtes Gewissen. – He, Hinnerk!» Der Ruf galt dem Knaben, der von draussen hereingekommen war und nicht wusste, was es gab. Dass aber dicke Luft war, spürte er sofort.

Jan warf seine Habseligkeiten wieder aus der Kiste. «Ich werde hierbleiben müssen, wer weiss, wie es sonst 'rauskommt!», knurrte er und mass Greta mit dunklem Blick. Er zeigte auf den Jungen. «Sag ihm, dass sein Vater kommt!» Dann schob er Greta von der Schwelle und schloss sich in seine Kammer ein.

Greta stand wie angewurzelt, unfähig, sich zu rühren. Hinnerk wollte wissen, warum nach ihm gerufen wurde. Sie sah den Knaben an und blieb stumm. Er war jetzt zehn, ein grosser, schmaler Junge und reichte ihr schon bis zur Schulter. Sein heller, fragender Blick bedrängte sie. Oft hatte sie dem Kind vom Vater erzählt, der weit weg sei, der aber einmal kommen werde. Der Bub hatte dann nie Freude gezeigt und nicht begriffen, warum man ihn herbeiwünschen sollte. Einen Vater zu haben, so wie die anderen Kinder auf Borkum auch, ja, das wäre schon etwas. Aber was mit ihm anfangen, wie sich mit ihm stellen? Mit Jan, da wusste man es. An den hatte er sich bald angeschlossen, war mit ihm zum Fischen gefahren und half ihm beim Netzeflicken. Oft gingen sie in die Dünen und schauten nach dem Gelege der Kiebitze und Möwen. Eier waren kostbares Gut. Im Herbst gab es Brombeeren. Und zu winterlichen Zeiten sass man in der torfwarmen Stube, spielte mit den Segelschiffen, die Jan zu schnitzen wusste, und hörte wohl auch manchmal von den seltsamen Reisen, die Ohm Jan gemacht hatte. Der Onkel sprach nicht gern davon, aber wenn er es tat, dann wusste er immer wieder zu betonen, um wie viel besser und vernünftiger es sei, auf Borkum zu bleiben, und wie jeder ein Narr wäre, davonzugehen. Immer, wenn Jan solche Geschichten erzählte, machte die Mutter traurige Augen. Kam die Rede auf den Vater, den Hinnerk nicht kannte, dann musste er hören, dass auch er zu den für immer Verlorenen gehöre. Das alles hatte ihn beeinflusst, seinen Vater bisher nie schmerzlich zu vermissen. Aber irgendwie fühlte Hinnerk sich doch mit dem fernen, fremden Manne verbunden, den man seinen Vater nannte – vielleicht war er auch nur von Neugier erfüllt.

Greta wusste nicht, was sie dem Jungen antworten sollte. Heiss stieg ihr mit einem Mal die Scham ins Gesicht. Sie schickte ihn hinaus: «Geh und schau, ob das Wetter schön bleibt!»

Sie war allein, dachte an Heiko Korte und wie sich alles entwickelt hatte. Sie hat sich Heiko nicht einfach hingegeben, nein, sie hat sich lange genug gewehrt – zuerst um ihrer Ehre willen, später nur noch wegen Harm. Warum hat er sie allein gelassen? Er war ihr fremd geworden in all diesen Jahren. Sie gab sich einer neuen Liebe hin, getrieben von ihrem Blut, das sich an der Leidenschaft des andern entzündet hatte. Nun stürzte der Himmel ein. Warum kam der Mann erst jetzt und forderte seine Rechte ein? Der Mann? Ihr Mann! Auch nach elf Jahren!

«Im Watt zieht der Nebel auf!», meldete die helle Stimme des Knaben, der wieder in die Stube trat. «Wo hast du die Lampe, Mama?»

Greta fuhr zusammen. Die Lampe ist erloschen, ohne dass sie es bemerkt hat. Sie stand auf und tastete sich zum glimmenden Torf im Herdfeuer. Zaghaft entzündet sie den Docht der Tranlampe. «Geh schlafen!», sagte sie. Dann wartete sie eine halbe Stunde, ging leise zur Butze, in der Hinnerk schlief, und schaute im blakenden Geflacker der Lampe auf sein Gesicht, das schmal ist und ohne sonderlich kindliche Züge. Aus der Kammer nebenan hörte sie, dass sich Jan auf seinem Lager hin und herwälzte.

*

Leise erhob sich Greta von ihrem Platz neben dem schlafenden Sohn. Sie konnte nicht mehr still liegen und musste etwas tun. Ob Jan ihr helfen könnte? Er war immer gut zu ihr gewesen, wenn auch nicht sonderlich freundlich. Aber sie konnte Jan nicht um Rat fragen, ein Rat wäre auch zu wenig. Was sie braucht, ist Hilfe, tatkräftige Hilfe. Aber wo und wie und von wem?

Heiko! Ja, er muss – er wird helfen! Sie griff nach dem Brusttuch, und während sie es um die Schultern legte, betrachtete sie den schlafenden Knaben. «Gleicht er Harm?» Sie kann sich kaum noch an das Gesicht ihres Mannes erinnern – zu lange war er fort. Ein Schauer durchbebte ihren Körper; traurig und in zärtlicher Aufwallung streichelte sie mit leichter Hand das Gesicht des Kindes. Aber dann hielt sie inne. «Hinnerk gehört ihm!», dachte sie, «mehr als mir!»

Der Knabe schlief ruhig und tief. Die Frau scharrte im Herd den glimmenden Torf zu einem Haufen und löschte die Kerze. Von der niederen Tür her schaut sie noch einmal zurück. Die Umrisse der Gegenstände waren kaum zu erkennen, so finster war es. Behutsam zog sie von aussen die Tür zu.

Die Nacht lag still. Greta nahm den schmal ausgetretenen Pfad zum Dorf. Er war kaum wahrzunehmen, aber sie kannte hier jeden Fussbreit Bodens. Es gab nur einen, zu dem sie jetzt gehen musste: Heiko Korte. Heiko Korte? Sie erschrak vor ihren eigenen Gedanken. Was konnte Heiko tun? Was sollte er tun? Würde er überhaupt etwas tun? Unschlüssig blieb sie auf dem schmalen Weg stehen, alleine, von keiner Menschenseele beobachtet. Finsternis lastete über allem – auch über Gretas Seele. Schuldbeladen war sie, sie sah sich selbst als Schuldige dort stehen, und es rechtfertigte nicht, dass sie glaubte, verlassen und vergessen zu sein von dem, dem sie nach Recht und Gelöbnis angehörte. Sie lebte jahrelang in bodenloser Verlassenheit, angekettet im Gefängnis der Resignation, hier in dieser Fremde!

Sie war tatsächlich Heikos Einflüsterungen erlegen, Harm sei tot. Mit siebzehn hat sie geheiratet, jetzt war sie achtundzwanzig, dazwischen lagen elf Jahre, in denen sie allein war. Greta war eine feinfühlige Frau, aber auch von einfacher Natur. Woher sollte sie wissen, dass es eine Jahrtausende alte Kraft war, die ihr Blut so begehrlich und heiss wallen liess. Vergessen, verlassen – ja, das war sie, aber nicht befreit von dem Schwur.

Gut, sie könnte alles verschweigen, Jan wusste nichts von ihrer sündigen Beziehung und Heiko würde aus berechtigter Annahme nichts sagen. Aber da ist ihre bodenlos tiefe Scham. Sie begann, die Kühle zu spüren und zog das

Tuch fester um sich. Hier niedersinken, dachte sie, vergehen, vergraben in tiefer Erde. Sie erschrak vor dem Gedanken. Erst letzten Sonntag hatte Pastor Korte davon gepredigt, es dürfe keiner sein Leben aus der Hand geben, ehe es der Herr selber nehme. Könnte sie doch beichten, dann wäre ihr wohler. Aber auf Borkum gab es nur Reformierte, Lutheraner! Trotzdem – ob Pfarrer oder Pastor, beide sind Geistliche. Nicht zu Heiko, nein, zu seinem Vater wollte sie gehen, zum Pastor der kleinen Gemeinde auf Borkum. Er musste helfen. Und wenn er es nicht kann, dann kann er vielleicht doch raten, raten!

Das Leben wurde ihr gegeben, ohne dass man sie gefragt hätte – weder über die Normen, nicht über die Regeln und schon gar nicht zu den Risiken. Am Anfang hatte sie kaum eine Wahl, und auch der Verlauf stand zu einem guten Teil ausserhalb ihres Willens. Die Menschen lebten in Zwängen: die Herren bestimmen, die anderen müssen sich einordnen! Nur manchmal – dachte sie – ganz selten, aber ich habe es doch erlebt, kommt dann einer, der eine andere Richtung bestimmt! Aschach kam ihr wieder in den Sinn, die fürchterlichen Verdächtigungen, die man ihr dort angedichtet hatte und wegen deren man sie dort quälte. Aber dann kam er, Sankt Michael gleich hatte er sie gerettet, hatte alles eingesetzt, seine Aufgabe, seine Freiheit, seinen Lohn als Leiter und Beaufsichtiger für die Schiffszüge. Sie sah das gütige Gesicht des alten Roggenhauser vor sich, erinnerte sich an den Pferdeburschen Jakob des Tuchhändlers Johannes Claudius Schimmelpenning aus Köln am Rhein, sah sich wieder Lieder singend vor Harm auf dem Pferderücken sitzend durch die Schweiz reisen, fuhr noch einmal mit ihm über einen Schweizer Fluss und zwei oder drei Seen in den Marktflecken, dessen Namen sie längst vergessen hatte, nicht aber das bunte Jahrmarktstreiben, das sie dort antrafen.

Da wuchs das Bild des uralten Mannes mit dem hageren Pergamentgesicht aus ihrer Erinnerung. Umgeben von ballwerfenden, schlitzäugigen Jünglingen in glänzenden Goldhosen und mit fettigen, entblössten Oberkörpern, sass er schweigend und einsam auf einem niedrigen runden Schemel. In seinem langen, steifen Gewand aus lila Brokat und sass er vollständig unbeweglich, als sei er mit den bunten Farben und dunklen Schatten der flatternden Vorhänge verwoben. Weder rechts noch nach links blickte der dreihundertjährige Chinese, schien die erregte, schwitzende Menge nicht zu bemerken. Sie hat es damals schon gefühlt: mit dreihundert Jahren schenkte man der Menschenmenge keine Beachtung mehr. Auch die vielen Bälle, mit denen die beiden jungen Chinesen jonglierten, schien der Alte nicht wahrzunehmen – ein Dutzend grüne, gelbe, und rote Bälle – tanzten als funkelnde Farbtupfen über dem Haupt des bewegungslos dasitzenden Greises. Der Alte schien nur ihr mit eindringlich in die Augen zu sehen. Wohin Greta auch den Kopf wendete, sie konnte diesem Blick nicht entrinnen! Sie hatte nie herausgefunden, welche Botschaft er für sie hatte. Aber jetzt stand es plötzlich klar vor ihr. Der Alte suggerierte ihr die ewig gültige Botschaft, dass unser Schicksal einem unausweichlichen Kreislauf folgt, einem ständigen Wechsel von Ordnung und Unordnung, Tugend und Laster, Gut und Böse. Nach Erfolg kommt Misserfolg. Auf Freude folgt Leid. Nichts bleibt ewig, nichts bleibt gleich; auf das Unglück wird einmal wieder das Glück folgen und auf das Glück das Unglück.

Harm hatte einfach alles aufgegeben für sie! Er hat sie nach Borkum gebracht, in Sicherheit, aber er war auch wieder gegangen – nach Afrika, ist einem Phantom nachgejagt, das ihr fremd blieb – und hat sich ihr entfremdet! Dann hatte Heiko sich um sie bemüht, Heiko war fröhlich, sorglos und lachte viel. Aber er war auch wie ein Gockel um sie herumstolziert, er wollte sie besitzen und hatte sein Ziel auch erreicht. Sie, Greta, war ihrem Mann untreu geworden und dem anderen nur ein Spielzeug gewesen. Abgrundtiefe war ihr Scham. Was war sie noch wert? Was war ihr Leben noch wert? Morgen würde Harm kommen, morgen oder übermorgen. Sie möchte tot sein.

Nimm es! betete sie inbrünstig. Nimm mein Leben, Herr! Lass den Himmel einstürzen, lass das Wasser kommen! Sie steht im kühlfeuchten, spätsommerlichen Gras und betete stumm, mit angstvoll abgerissenen Gedanken. Aber es brachte ihr keine Erleichterung. Mitten im Gebet hielt sie inne, starrte in die Finsternis ringsum, in die Stille der Nacht und in die Einsamkeit. Das war nicht der Weg ins Dorf. Gerade lag er noch als schmaler Schatten vor ihr, jetzt war alles schwarz und finster. Sie versuchte zu erkennen, von wo sie kam, hob das Gesicht prüfend in die Luft, längst hatte sie gelernt, sich nach dem Windhauch und nach dem Geruch der Luft zurechtzufinden. Aber die Nacht war unbewegt und still. Greta ging einige Schritte, doch sie fand den Pfad nicht mehr. Nun gut, dachte sie, komme, was will! Ohne Zögern, ohne Hast tappte sie weiter, sah nichts als Dunkelheit, spürte aber Sand und hartes Dünengras unter ihren Füssen. Von irgendwo vernahm sie zuweilen ein leises, fernes Rauschen, dort ist das Watt, das wusste sie. Irgendwo hinter ihr musste das Dorf liegen. Sie blieb stehen und horchte. Das Wasser in den Prielen musste es sein, das so rauschte, denn jetzt fliesst das Wasser ab, bald ist Niedrigwasser und das Watt trocken bis hinüber nach Greetsiel, bis an das Festland. Wer den Weg weiss, kann zu Fuss hinüber, vorbei an tiefen Prielen und an Löchern. Wer den Weg weiss – ja, sie kennt ihn vom Pier graben! Oft ist sie ihn in den Jahren gegangen, auch ein paar Mal bis Greetsiel. Hier ist das Watt, die Ebbe setzt ein, bald fällt es trocken, und es führt fort von Borkum, fort aus der Schande – irgendwohin.

Sie horchte in die Nacht, die kalt und seltsam feucht war. Tausend kleine Tropfen spürt sie in ihren Haaren. Linkerhand lag das Watt, dorthin musste sie gehen; nichts konnte sie mehr halten. Nichts? Ein jähes Erinnern befiel sie. «Hinnerk! Mein Kind!» Ihre Hände falteten sich, und sie stand noch einmal still, gewillt, den Schritt wieder inselwärts zu kehren. Tränen rannen ihr über das

Gesicht und sie wusste nichts davon. Es ist sein Kind, bohrte es in ihr. Und er hat mehr Recht darauf als ich. Morgen kommt er. Darum muss ich gehen.

Sie verharrte noch eine Weile still und unbeweglich, dann neigte sie sich nieder und tastete mit den Händen die Erde ab. Sie spürte Sand und nebelfeuchtes, riediges Dünengras. Es war der Boden ihrer zweiten Heimat, aus der sie nun fliehen wollte. So wie ihre Hände vorhin über die Wangen des schlafenden Knaben strichen, so glitten sie jetzt Abschied nehmend über den kargen Boden Borkums. Dann erhob sie sich und ging in stummer Entschlossenheit durch die Dunkelheit über den Heller zum Watt. Mond und Sterne waren hinter Wolken verborgen, die Einsamkeit dehnte sich weit und grenzenlos.

Eine Stunde schon oder vielleicht noch länger setzte die Frau Fuss vor Fuss. Sie ging über den Randzel-Sand, kam an den grossen Priel und wusste, dass sie nicht falsch ging. Sie musste sich vom gurgelnden Strudel der Osterems freihalten und den während der Ebbe trocken gefallenen Schuiten-Sand überqueren, dann aber auf das Pilsumer Watt zu halten. Wenn nur die Flut nicht käme! Sie versuchte zu rechnen, versucht sich in Erinnerung zu rufen, seit wann sie fort war! Nein, vor der Flut brauchte sie keine Angst zu haben. Die kommt erst gegen Morgen. Der Schlick ist kaltes und feucht. Tausend Gedanken und keiner gingen ihr durch den Kopf, nur fort von hier und auf sich selbst gestellt bleiben! Sie wollte keinen mehr sehen, weder Harm noch Jan noch Heiko.

Fest schritt sie aus. Ihr Blick reichte nicht weit in der Finsternis der Nacht, zwanzig oder dreissig Schritte vielleicht. Hin und wieder schaute sie um sich und zog die Schultern frierend hoch. Die Nacht war etwas heller geworden, einzelne Sterne blinzelten zwischen dahinfliegenden Wolkenfetzen, die Luft wurde noch feuchter, und das Glucksen des nahen Priels, an den sie sich um der Richtung willen hielt, kam ihr verhaltener und stiller vor.

Nebel! Das war vorerst nur ein Gedanke, ein Aufzucken im Gehirn. Nein, sagte sie sich und spürte, wie ihr Herz heftiger zu klopfen begann. Der Tag war klar und rein, was Hinnerk sah, hat keine Bedeutung. Sie hatte knapp die Hälfte des Weges hinter sich, drei Stunden etwa würde sie noch bis zum Festland brauchen. Prüfend schaute sie in die Runde. Es zog wahrhaftig der Seedaak über das Watt. Immer schon hatte es ihr Furcht eingeflösst, wenn sie den jähen Übergang vom Klaren in den dichten, undurchsichtigen Nebel erlebt hatte. Wer da im Watt war, musste selbst bei Tag mit den örtlichen Gegebenheiten des Watts gut vertraut sein, um zum Festland oder nach Borkum zu finden. Schon manchen hatten die Nebelfrauen in ihre weiten, grauen Mäntel genommen und der Flut zum Opfer gebracht.

Greta verhielt den Schritt. Was sollte sie tun? Weiter gehen oder umkehren? Schnell, schnell musste sie sich entscheiden. Instinktiv wählte sie zwischen zwei Möglichkeiten die Richtige, die auch im Fall eines negativen Ausgangs das kleinere Übel bedeutete. Greta kehrte um und begann zu laufen. Aber der

Nebel war schneller. Es dauerte nicht lange und sie verlor den Priel aus Augen und Ohren. Sie warf den Kopf ganz weit in den Nacken zurück, und zog die feuchtkalte Luft ein. Man könne die See riechen, riechen könne man auch das Land, sagten die Leute auf Borkum. Aber Greta kam zu keiner Gewissheit, ob sie den richtigen Weg eingeschlagen hatte. Schreien mochte sie vor Angst, doch die Kehle war wie zugeschnürt. Sie legte die Hände ans Gesicht und zuckte im gleichen Augenblick vor der Nebelnässe zurück, die ihr von den Haaren tropfte. Ihr ist kalt, das Umhängetuch hatte sie verloren. Keuchend verhielt sie den Schritt, kauerte angstvoll nieder und horchte. Dort rechts ist das Glucksen und Rauschen hörbar. Also dort hin!

Sie eilte weiter. Manchmal blieb sie einen Augenblick stehen, tief Atem schöpfend und starr vor sich hinsehend. Der Nebel war so dicht geworden, dass sie mehrmals in Schlickgräben stürzte. Wie lange hastete sie schon durch diese Undurchsichtigkeit? Dumpfe Beklemmung überfiel die junge Frau. Sie müsste doch längst die Insel wieder erreicht haben.

Plötzlich verfing sich ihr Fuss in etwas Weichem. Erschrocken hielt sie inne und bückte sich. Es war ihr Tuch, das sie vor ein oder zwei Stunden verloren hatte. Im jähen Erkennen gefror ihr das Blut: sie war im Kreis gegangen! Sie stand auf dem gleichen Fleck, auf dem sie vor Stunden stand!

Mit beiden Händen hielt sie das nasse, kleibeschmierte Tuch, kühl, nass und unbeteiligt an ihrer Not strich der Nebel über das Watt. Angst und Hilflosigkeit ergriff Greta. Leise klang ein Gurgeln von irgendwoher. Das Wasser stieg – sie hatte sich mit dem Gezeitenwechsel verrechnet. Stärker wird das Rauschen und Gurgeln, matt glänzte es im Nebel auf, die Flut kam zurück. Zweimal am Tage stiegen die Wasser mannshoch über das Watt, über dem jetzt dick und faul der Nebel klebte. Das wusste Greta wie alle Leute hier, aber ihr Schuldbewusstsein gaukelte ihr vor: «Das ist das Meer! Es will Harm rächen! Warum habe ich ihn verraten?» flüsterte sie vor sich hin und hielt horchend den Atem an.

*

Auf dem schmalen Uferstreifen waren sie sich begegnet. Heiko kam aus den Dünen, wo er an ihrem üblichen Platz nach Greta gesucht, sie aber nicht gefunden hatte. Er war dann nach Süden zum Watt hinunter gegangen, als plötzlich jemand vor ihm stand. Jan war nicht wohl zumute und er kam sich erbärmlich vor, die Frau seines Bruders zu verdächtigen, vielleicht gar auf frischer Tat zu ertappen. Schon seit einiger Zeit beobachtete er die beiden mit Argwohn. Heute hatte er Heiko vor Einbruch der Nacht davonschleichen sehen, und dass Greta leise das Haus verliess, war seinen scharfen Ohren nicht entgangen. So wollte er tun, was er tun musste, was er der Ehre der Familie schuldig war. Dann sah er den Schatten des anderen, beide blieben wie angewurzelt stehen und versuchten, einander zu erkennen.

«Wer bist du?», fragte Jan.

«Mann, hast du mich erschreckt.» Heiko lachte erleichtert auf.

«Woher kommst du?» In Jans Stimme schwang ein drohender Unterton.

«Was fragst du? Wollte nachsehen, ob's schon Möveneier gibt.»

«Möveneier», höhnte Jan, «in dieser stockfinsteren Dunkelheit! Hast dich wohl eher um deine eigenen Eier gekümmert.»

Heiko blieb die Antwort einen Moment schuldig. Nach einer Weile sagte er: «Hör zu, Jan. Es stimmt, die Greta gefällt mir. Sie ist eine schöne Frau und zu schade, ihre besten Jahre zu versauern.»

«Und ich sage dir, dass du ein Lump bist. Ja, sie ist eine schöne Frau, und du willst sie haben. Aber sie ist verheiratet – mit meinem Bruder verheiratet. Wenn ich dich mit ihr erwische, bringe ich dich um. Das ist mein heiliger Ernst. Lass also die Finger von ihr – ich warne dich nur einmal.»

Heiko gab nicht klein bei. «Harm hat Greta längst vergessen. Jahrelang hat man nichts von ihm gehört. Vielleicht ist er tot. Warum soll sie eine alte Frau werden, ohne Mann?»

Das Watt lag trocken und kleiig, nur wenig Wasser war in einigen Mulden zurückgeblieben, aber leises Gluckern verriet, dass das Wasser wieder zu steigen begann. Jan machte einen Schritt auf Heiko zu und stand nun nah vor ihm. «Und ich sage es noch einmal: lass die Finger von ihr, sie gehört dir nicht.»

Triumph schwang in Heikos Stimme, als er Jan entgegenschleuderte: «Doch, sie gehört mir! Sie gehört mir schon lange, ich wollte es und sie wollte es. Da kannst du alter Mann lange deinen verletzten Ehrgefühlen nachtrauern, aber du kannst es nicht mehr än . . .»

Weiter kam er nicht. Jan schlug ihm mit unvorhersehbarer Heftigkeit die Faust in den Magen, stürzte über ihn her und würgte ihn mit beiden Händen, bis Heiko leblos am Rande des Wassers zu Boden sank.

*

Die Tjalk, die von Emden her den Dollart verliess und – den Knock steuerbords lassend – im Fahrwasser der Emsmündung Kurs Borkum nahm, hatte frischen Wind in der Leinwand. Harm hatte Dirk Boosmann im Emdener Hafen getroffen, allerdings nicht gleich erkannt. Sein Bruder Jan war vor Jahren mit Boosmann zu seiner ersten Heuer nach Delfzijl hinübergefahren, aber inzwischen waren mindestens fünfundzwanzig Jahre vergangen – nein, genau siebenundzwanzig! Darüber waren Bootsmanns Haare grau und schütter geworden und er kam gebeugt daher. Jans freudige Erregung, nun schon den zweiten Inselbewohner hier zu treffen, war gross. Auch Dirk Bossmann begrüsste ihn freundlich, aber in seiner Freude entging ihm, dass der Alte eine gewisse Zurückhaltung beibehielt. Doch es war selbstverständlich, dass er Harms Wunsch, ihn nach Borkum mitzunehmen, nicht abschlug.

Mit der Flut waren sie ausgelaufen und zügig vorangekommen. Sie hatten die *Mövensteert* genannte Sandbank im Fahrwasser der Osterems erreicht und Borkum tauchte im Nordosten schon niedrig aus den Wassern. Der Mann am Steuer hielt die Augen auf die Insel gerichtet. «Letzte Nacht war starker Nebel», meint er ohne den Kopf zu wenden zu seinem Fahrgast. «Hat aber wieder aufgeklart, wie man es kaum glauben möchte! Sie werden Augen machen zu Borkum, wenn sie dich sehen, Harm!»

Da er keine Antwort erhielt, wendete er das Gesicht ins Boot. Dort sass Jansen, und schaute angespannt über Steuerbord.

«Siehst du 'was?»

«Ja!», antwortete Jansen und streckte den Arm, «dort drüben schwimmt es. Halt' drauf zu, Dirk!»

Der Mann am Steuer schaute prüfend über das Watt. «Hast recht!», sagte er kurz. Er wandte sich an den einzigen Matrosen: «Fier auf Fock- und Grossschot, Johann!» und warf das Steuer herum. Das Boot fiel nach steuerbord ab und näherte sich dem Rand des Fahrwassers am Watt. «Wir müssen wahrschauen, dass wir nicht im Schlick aufsitzen!»

Die Männer blickten gespannt auf das Treibgut. «Ein Fetzen Tuch!», sagte Boosmann.

«Fahr zu», antwortete Jansen, «wir sehen nach!»

Mit den aufgefierten Segeln machten sie nur kleine Fahrt; langsam kamen sie näher und erkennen gleichzeitig, dass dort eine Leiche schwamm. Das ist für die drei Seeleute nicht sonderlich erregend. Zu viele Opfer hat das Meer schon geholt.

«Holt ein!», befahl Jansen. Boosmann löste das Grossfall, Johann die Fockschot, die Segel fielen, das Boot drehte bei. Die Männer beugten sich über die Reling, und schon mit dem ersten Griff gelang es ihnen, den Leichnam zu fassen. «He – auf!» Gemeinsam holen sie ihn über die Reling in das Boot, Wasser tropft vom leblosen Körper, als er durch die Luft schwang. Der Tote lag mit dem Gesicht nach unten.

«Dreh' ihn um! Du wirst ihn kennen!» Johann setzte wieder die Fock, Jansen ergriff die Ruderpinne, um das Boot vom gefährlichen Watt wieder in die tiefere Fahrstrasse hinauszubringen. Er kümmerte sich auch um das Grosssegel während der Schiffer den Toten auf den Rücken drehte. Harm sah, nachdem er die Segeltrosse belegt hatte und das Boot gegen die Ausserems steuert, zum Schiffer hinüber. «Kennt Ihr ihn? Einer von Borkum?»

Der alte Mann, der seit Jahrzehnten jeden Menschen in Borkum kannte, antwortete tonlos: «Ja, es ist Heiko Korte.»

Harm erschrak. «Heiko? Der Sohn vom Pastor?»

«Ja. Der arme Mann! Erst ist der Älteste beim Walfang umgekommen, dann ist ihm die Frau gestorben, und jetzt hat er auch noch den letzten seiner Jungen verloren. Wie soll er das verwinden?»

«Wie ist er gestorben. Ist er ertrunken?»

«Wahrscheinlich. Er hat keine Wunde, wird ersoffen sein, die Nebelfrauen werden ihn geholt haben.»

Das erschien Harm zweifelhaft. Heiko war auf der Insel geboren, er ist dort aufgewachsen, sie waren als Jungen zusammen mehr als einmal übers Watt zur Vogelinsel Lüttje Horn hinübergelaufen, um Eier aus den Nestern zu holen. Heiko würde auch im nebeligen Watt zum Festland oder der Insel finden. Er liess das Ruder fahren und kniete beim Schiffer neben seinem toten Freund nieder. Das Gesicht vor ihm war blass und tot, strähnig klebte das nasse Haar am Kopf; er erkannte es, auch wenn er es mehr als zehn Jahre nicht mehr gesehen hatte. Hart verkrampfte sich seine Rechte in die Schulter des Schiffers, bis sich dieser mit einem Ruck freimachte. Laut klatschte das Segel des führerlosen Bootes an den Mast, eine Welle brach über Bord, als wollte sie nochmals nach dem Toten greifen, und die Wasser sprühten über die Lebenden, die neben dem Toten knien.

Der alte Schiffer hatte das Steuer übernommen und brachte das Boot wieder auf Kurs, während sich Johann mit Segelschot und Leinen abmühte. Harm untersuchte die Leiche, streifte ihr das Wams ab und öffnete das Hemd. Da sah er die dunklen Flecken am Hals: Hämatome! Wortlos und ohne lange zu überlegen knöpfte er das Hemd wieder bis zum Hals zu und deckte den Kopf mit dem Wams zu. «Hast Recht, er wird ertrunken sein, Dirk.» Er sah auf den Toten nieder. «Aber warum?», fragte er laut vor sich hin, «Heiko kannte sich doch aus?»

«Vielleicht weiss es dein Bruder?», antwortete Dirk Boosmann unvermutet. Harm fuhr herum. Sein Blick brannte, zweifelnd und forschend. «Was sagst du? Jan?»

Der Alte nickte und wandte den Blick in die See. «Was hat das mit Jan zu schaffen? Ist er auf Borkum?»

«Weisst du das nicht?» Nun ruhten die Augen des Schiffers mit ausdruckslosem Blick auf Harm.

«Nein!», sagte Jansen und schüttelte den Kopf. Er dachte an Klas Eilers, der in Emden über alles, nur nichts von Jan erzählt hatte. Nun würden sie unvermutet wieder gegenüberstehen, fremd und feindselig, durch Schuld getrennt. «Kannst du mir erklären, warum ich bei der Heimkehr einen toten Freund auffischen muss? Ich kann kaum glauben, dass es Zufall ist!»

«Bleib ruhig!», mahnte der Alte. Er kannte das heisse Blut der Jansen. «Eine Sache sieht oft anders aus, als sie ist!»

Harm gab keine Antwort.

Da setzte sich Harm neben dem Toten nieder und strich ihm die Haare aus dem Gesicht. Seine Augen waren geschlossen, die Wangen schmal und farblos, aber die Mundwinkel deuteten ein verborgenes Lächeln an. Harm erschrak. Zum ersten Mal in seinem Leben befiel ihn ein Gefühl, es sei alles, was er jemals getan, gelitten und gemeistert habe, umsonst gewesen, verloren und vertan. Und eine unheimliche Vorahnung sagte ihm, dass er die Welt, die er vor Jahren verliess, nicht mehr antreffen würde, dass der Tote hier mehr war als er vermeinte, und er erschrak zutiefst über das, was er getan hatte: er hatte Greta allein gelassen, hatte sie verlassen und vergessen.

In seiner Ratlosigkeit kniete er neben den Toten hin und strich ihm wieder die Haare aus dem Gesicht. ›Nein, du warst nicht vergessen, Greta‹, dachte er. ›Nur das andere, das ging vor. Oder war ich ein Narr?‹

Der Schiffer sah in den Horizont und hielt die Augen auf den schmalen Holzsteg gerichtet, der nun aus dem Wasser herauswuchs und zur Insel hinüberführt. «Komm nach achtern, damit wir nicht auf Grund geraten!»

Der alte, verwitterte Schiffer hatte eine ruhige Art zu sprechen. ›Wie Pastor Korte!‹, dachte Harm Jansen. Beim Gedanken an den Pastor wurde es friedlicher und besser in ihm. Er erhob sich und ging die wenigen Schritte nach achtern zum Schiffer. Der streifte ihn mit kurzem, prüfendem Blick. «Bist blass geworden!» wollte er sagen, aber er hielt die Worte zurück.

*

Jan Jansen hatte am Morgen Greta vermisst. Es wäre ihm nicht aufgefallen, sie nicht zu sehen, denn schon oft ging sie früh mit den Schafen nach Osten. Aber heute war alles anders: die Schweine quiekten jämmerlich, und die Kühe brüllten unausgesetzt. Als Jan, ahnungslos und mehr unwillig als besorgt, in den Stall trat, sah er, dass den Tieren noch kein Futter vorgeschüttet worden war. Da kehrte er in das Haus zurück und riss die Tür zu Gretas Kammer auf. In der Butze schlief der Knabe ruhig und mit gerötetem Gesicht, aber sonst war niemand da. Nun ging er um das Haus und rief ihren Namen. Die Tiere brüllten, als wollten sie auf diese Weise ihre Pflegerin herbeiholen. Jan sah auf das Watt hinaus, das klar im Morgendämmern lag; kein Nebelhauch war mehr zu sehen. Seine Augen suchten vergebens. Ein Gedanke kroch in ihm hoch, den er nicht zu Ende denken wollte, den er mit schnell herbeigeholten anderen Gedanken erstickte. «Sie ist ins Dorf gegangen und hat sich verspätet», beruhigte er sich.

Er ging in den Stall und gab den Tieren Futter, so gut er es vermochte. Die Schweine mussten kalt fressen, denn der Mann hatte niemals zugesehen, wie Greta das Futter mischte und wärmte, doch das schreckliche Brüllen verstummte, breites Plustern und Schmatzen trat an seine Stelle, ein Schlürfen und

Malmen, vielerlei Laute tierischer Behaglichkeit. Jan schüttete den Rindern noch Wasser vor, sah sich dann nach dem Melkzeug um, musste sich aber im gleichen Augenblick sagen, dass es nutzlos sein würde, sich zu bemühen. Er hatte keine Ahnung, wie man Kühe melkt. In das Dorf zu gehen und Greta zu holen, würde das einfachste sein, überlegte er. Wo anders könnte sie sein als in der Kirche, vielleicht auch beim alten Korte? Oder hatte sie es nicht erwarten können, ihren Mann zu sehen? Steht sie etwa auf dem Steg draussen und schaut, ob er schon kommt? Hatte er sich getäuscht, als er meinte, sie hätte etwas mit dem jungen Korte?

Zorn stieg in ihm auf, Zorn auf Greta, auf Harm, auf sich selber und auf Heiko. Er hatte ihn liegen gelassen in der Nacht und war nach Hause gestürmt, hatte sich noch lange in der Butze schlaflos herumgewälzt, von Selbstvorwürfen gequält, und schon früh haben ihn die unruhigen Tiere aus einem fieberhaften Schlaf geweckt.

Hinnerk kam in den Stall und fragte nach der Mutter, weil er nichts von einer Morgensuppe sah. Jan sagte dem Knaben, die Mutter sei im Dorf. Dann sah er nochmals in die Schlafbutze und erschrak. Erst jetzt bemerkte er, dass die eine Seite des Lagers, Gretas Seite, unbenutzt war. Warum ihm das nicht aufgefallen war, als er vorhin nach dem Knaben guckte? Nun hielt es ihn nicht länger. «Nimm dir Brot und melk die Kühe! Mutter hat es noch nicht getan! Ich geh' ins Dorf.»

Bevor der Zehnjährige etwas sagen konnte, war Jan draussen. Gewiss, Hinnerk konnte melken, das hatte ihm Greta beigebracht. Selbst mit dem Pflug zu gehen verstand er, auch wenn er ihn noch nicht so niederzudrücken vermochte, wie es sich gehörte: wird wohl eher ein Bauer als ein Fischer, und schon gar kein Seemann! Wo ist das Blut des Vaters und Grossvaters? Sein Neffe war gross und kräftig für sein Alter, Greta hatte ihn frühzeitig zu allen Arbeiten herangezogen und ihn überall angelernt, wenn er Interesse zeigte oder ihr dazu gross genug erschien. Aber sonst schlug er mit seiner störrischen Natur eher den Jansens nach als ihr.

Jans Gedanken liefen wirr durcheinander, als er hastig den Weg ins Dorf nahm. Alle seine Einbildungen wurden von der einen Frage überdeckt, die er sich noch immer nicht eingestehen wollte. Er sah von jeder Dünenhöhe spähend in die Runde. Als er nicht mehr weit vom Dorf eine Anhöhe hinauflief, wuchs auf dem Weg von der anderen Seite her eine Gestalt auf. Fast prallten sie zusammen. Unversehens standen sie voreinander.

«Mein Herr Bruder ist also wieder da!»

«Jan!», keuchte Harm mit heissem Atem. Die ganze Zeit hatte er an seinen Bruder gedacht. Der musste wissen, was hier los war, der musste sagen können, was die Andeutungen bedeuteten. Er streckte die Hände vor.

Jan trat unwillkürlich einen Schritt zur Seite. «Im Dorf muss sie sein!» sagte er keuchend und hob die Hand in die Richtung. Es war eine müde, hoffnungslose Gebärde. «Beim Pastor vielleicht oder in der Kirche.»

Harm zog die ausgestreckte Hand mit einem Ruck an sich, seine Lider schlossen sich zu schmalen Spalten, das Kinn schob sich vor, seine Nasenflügel zitterten vor Erregung. «Greta? Beim Pastor, sagst du? Oder in der Kirche?»

«Ja!», antwortet Jan, betroffen von der Leidenschaftlichkeit in der Stimme des Bruders. «Ich nehme es an!»

«Wieso beim Pastor? Ist sie nicht eher bei seinem Sohn?» Ein kurzes, bitteres Lachen stieg aus Harms Kehle. So jäh es begann, verstummte es wieder. Der Mann packte seinen Bruder am Rock, schüttelte ihn und schrie ihn an: «In der Kirche, sagst du? In der Kirche? Oder beim Pastor? – Bei seinem Sohn ist sie auch nicht, bei ihm wird sie nie mehr sein!»

Jan schüttelte langsam den Kopf und sah den Bruder ratlos an. Er griff nach den Fäusten, die noch immer sein Wams umklammert hielten, und öffnet sie. Willenlos liess es Harm geschehen. Sein Blick hatte das Fiebrige verloren, quälender, müder Zweifel legte sich über sein Gesicht. Jan bemerkte, dass Harm zutiefst erschöpft war. Die Augen waren rot umrandet und lagen tief in den Höhlen, die Haut war fahl und er stand gekrümmt vor ihm. Nervös verschränkte Jan die Finger ineinander und sagte tonlos: «Was meinst du?»

«Nichts weiss ich, aber gehört habe ich schon manches – doppelsinnige Bemerkungen, allerlei Anspielungen, nur Kleinigkeiten. Aber ich hab's verstanden.» Eine ungeheure Enttäuschung überkam ihn, sie nahm von ihm Besitz, erfüllte ihn mit unendlicher Trauer, und er fürchtete, in Tränen auszubrechen. «Es ist meine Schuld. Ich war zu lange fort.» Erschöpft, mit hängenden Armen, das Gewand verschoben, stand Harm vor Jan, der den Ansturm über sich hatte ergehen lassen wie eine Naturgewalt, der nicht auszuweichen ist. «Wo ist sie?», fragte Harm schliesslich, «wo ist Greta?»

Der Bruder blickte in das Gesicht Harms, in seine fiebrigen, ruhelosen Augen. «Sie ist nicht da. Ihre Butze heute Morgen.sie war leer.»

«Du weisst von Heiko?»

Jan erschrak. «Heiko?»

«Neben der Kirche liegt er! Ersoffen! Heute Nacht! Und du weisst nichts?»

Jan schüttelte langsam den Kopf. «Elf Jahre sind lang, Harm!» Zum ersten Mal in seinem Leben hatte Jan das Gefühl, den Bruder als Erwachsenen zu erblicken. Irgendwie hatte er in ihm bisher immer nur den jüngeren Bruder gesehen. Allerlei Drangsal und viele Entbehrungen hatten das einst so stolze und trotzige Gesicht geformt und ihm den Glanz der Jugendlichkeit genommen. «Nichts weiss ich», brummte er unwirsch. Er würde dem Bruder nichts über Greta und Heiko Korte sagen. Was sollte es noch nützen? Greta war verschwunden und Heiko tot, er hat sein Geheimnis mit sich genommen.

«Wo ist der Junge, wo ist Hinnerk?» Harm sah über die Dünen in die Richtung des Hauses.

«Er ist zu Hause!» sagte Jan müde.

Sie gingen zusammen den sandigen Weg zur Jansenkate, schweigend und doch voller finsterer, quälender Gedanken. Beide achteten sie darauf, einander nicht zu berühren. Nur hin und wieder warfen sie einander unauffällig-forschende Blicke zu. Ein frischer Wind kam von Nordwest herein und umspielte die Männer. Er liess Strandhafer und Dünengras leise singen und trieb feine Schwaden weissen Sandes über den Boden hin. Kühl und salzig war die Brise.

Wie erwachend blieb Harm plötzlich stehen und schöpfte tief Atem. Das hat ihm so lange gefehlt, diese kühle, salzige Feuchte, dieses Gehen dünenauf, dünenab im rieselnden Sand, das Singen der armseligen, dürren Gräser. Und rechterhand das Watt, wie liegt es still und vom Wasser überflutet. Nun laufen die Wasser wieder ab, geben die Sände und Priele frei, bald wird die flache Gezeitenküste wieder trockenfallen, den Meeresboden frei geben und Sand, Muschelschalen und Schlick ablagern. Im ewigen Auf und Ab, zweimal täglich. Die Natur hat kein Gefühl, kennt kein Mitleid und keine Härte. Und hat heute Nacht den Heiko.Nein, nicht daran denken.

Jan hatte auf ihn gewartet. Sein Gesicht blieb unbewegt. Schweigend gingen die Brüder weiter. Das Dach der Jansenkate, grau und geduckt, tauchte auf, Kühe weideten im Heller gegen das Watt zu und hinter dem Haus hörte man das Gemecker von Schafen. Jan streckte die Hand aus: «Dort – dein Sohn!»

Harms Augen wanderten der ausgestreckten Hand des Bruders nach. Ja, bei den Kühen, im grünen Gras des Hellers, hockte ein Knabe. Die Brüder blieben stehen. Jan hob die Hände hohl vor den Mund und rief in lang gezogenen Schiffertönen: «Hinnerk!»

Der Junge im Gras drehte den Kopf den Rufern entgegen, sprang auf und eilte in langen Sätzen herbei. «Ich hab' sie alle gemolken! Mutter ist in der Kammer.» Während er zu Jan sprach, gingen seine hellen Augen musternd über den fremden Mann, der schweigend dabeistand und sich seltsam angerührt fühlte, nach vielen Jahren seinen Sohn zu sehen.

«Gib ihm die Hand!» sagte Jan zu Hinnerk. Er wollte dem Bruder etwas Gutes antun. Am liebsten würde er ihm selbst die Hand entgegenstrecken, doch das ging nicht – noch nicht! So sollte Hinnerk es für ihn tun. Der Knabe aber hielt die Hände steif hinter dem Rücken.

«Wer ist er?» Misstrauisch sah er zu dem Fremden auf und trat einen Schritt zurück. Er fühlte das Trennende zwischen den Männern, fühlte eine Gefahr, ein missliches Geschehen. «Wer ist er?», fragte er mit fordernder Stimme, da beide schwiegen. Schmal war das sonnengebräunte Gesicht, hell und klar leuchteten die Augen.

Ungestüm beugte sich der Mann vor und streckte ihm die Hand hin. «Komm her, Hinnerk! Ich bin dein Vater!» Er wollte den Knaben fassen, der aber drängte sich an Jan, als suchte er bei ihm Schutz. Jan wollte ihn dem Bruder hinschieben, gleichsam als dessen Eigentum. Aber wie sie beide nach ihm griffen, schlug Hinnerk mit geballten Fäusten um sich. Dabei schrie er so gellend auf, dass beide Männer bestürzt von ihm liessen. Der Junge rannte in rasendem Lauf den Weg in die Dünen hinaus.

Harm schaute Hinnerk starren Blicks nach, bis dieser hinter der ersten Erhebung verschwunden war. Sein Gesicht hatte wieder den harten Ausdruck. Langsam wandte er sich Jan zu. Der Bruder machte eine gleichmütige Handbewegung.

«Lass ihn!», sagte er. «Er muss sich erst an dich gewöhnen. Kamst ihm zu plötzlich. – Ihr werdet euch beide aneinander gewöhnen müssen.»

›Auch das Kind hat er mir gestohlen!‹, dachte er und war über die Anschuldigung selbst betroffen. ›Nein, nicht er! Aber wer sonst?‹ Er wusste noch nicht, dass es die Zeit war, die lange Zeit von elf Jahren.

.

Holzkreuz, Anker und Gedenktafel: Friedhof der Heimatlosen auf Spiekeroog.
(Bildarchiv J. Meyer-Deepen).

Kapitel 27: Hinnerk

Mit untergeschlagenen Beinen sass Greta an ihrem geheimen Platz unter der Grauen Düne, wo vor Jahren Harms Platz gewesen war. Sie würde nicht zum Begräbnis gehen. Es war nicht nur Scham, die sie zurückhielt, sie fürchtete die Wiederholung längst vergessen geglaubter Alpträume. Die alte Angst hatte sie wieder überfallen hatte, war, als ihr eines Tages ein paar Dorfjungen auf ihrem Weg zu Jans Tjalk das böse Wort ›Hexe‹ nachgeschrien hatten. Schon seit längerem war gewispert worden, dass sie magische Kräfte besässe. In ihrem Garten zog sie allerlei Heilkräuter, wie sie in vielen Klostergärten wuchsen: Lein, Huflattich, Tausendgüldenkraut und Pfefferminze, Wermut, Kamille, Knoblauch, Sellerie und anderes. Hilfsbereit hatte sie ihr Wissen bei kleineren und grösseren Krankheiten oder Blessuren zur Verfügung gestellt, hatte eitrige Wunden mit Kamillenbädern gereinigt, Tee von Tausendgüldenkraut bei Magenbeschwerden gegeben, Leinsamenkompressen gegen starke Erkältungen aufgelegt und Fenchel- oder Kümmeltee gegen Blähungen gegeben. Sogar Wundsalben hatte sie selber hergestellt. In ihrer österreichischen Heimat nahmen die Leute Murmeltierfett als Grundlage, aber hier musste sie auf Schafsfett ausweichen. Kamillenblüten, Arnika, Osterluzei und Ringelblumen wurden in einem Mörser völlig verrieben, in etwas ungesalzener Butter vermengt und mit dem Schafsfett gut verrührt. Frida Westerbur, die von ihrem Mann, dem Walharpunier Jens Westerbur, vor einem Jahr wieder nicht schwanger wurde, hatte sie Tee von Frauenmantel und Hirtentäschelkraut verordnet, und prompt war Frida mit Zwillingen niedergekommen. So hatte es sich nach und nach eingebürgert, dass die Leute zu Greta kamen, wenn sie Probleme mit der Gesundheit hatten, denn der nächste Doktor wohnte in Greetsiel, aber der war teuer und wurde erst in letzter Minute geholt. Und ausserdem musste man dafür übers Watt.

Aber das Leben ist ein Kreis und die Dinge wiederholen sich. Greta musste erleben, dass die Leute hier nicht anders waren als in Aschach. Was man sich nicht erklären kann, ist des Teufels! Einige der Frauen, besonders Wiebke Peters, die von ihrem ewig besoffenen Mann ständig verprügelt wurde, neideten ihr ihre Unabhängigkeit – was wussten die schon davon, dass sie sich vor Sehnsucht nach Harm verzehrte? Nur einmal hatte sie aus Trotz ihre angeblichen Zauberkräfte erproben wollen. Sie hatte eine kleine hölzerne Figur des Säufers Peters angefertigt und langsam im Feuer verkohlen lassen: drei Tage danach war er tot.

Gretas Ruhm verbreitete sich rasch, als sie Ubbo Folts kuriert hatte. Der Krabbenfischer erschien eines Abends mit schiefem Hals und gebeugtem Kopf. Er drehte die Mütze verlegen in den Händen, zeigte auf seinem Hals und stotterte: «*Min Genick maakt mi Pien. Kann de Halsbunken haast nich dreihn.*

Amenne kannst mi helpen?» («Mein Genick schmerzt mich. Ich kann die Halswirbel fast nicht drehen. Vielleicht kannst du mir helfen.»).

Greta sah Ubbo nachdenklich an, der leicht gekrümmt vor ihr stand. «Wirst einen steifen Hals haben. Das kommt, weil du die Körbe mit Garnelen und Muscheln immer auf derselben Schulter von Bord trägst. Das drückt dir den Kopf zur Seite und verdreht die Halswirbel. Du musst deine Körbe mit beiden Händen vor dem Bauch tragen.» Sie ging um Ubbo herum und betrachtete ihn von allen Seiten.

«Wat is», fragte er in die besorgte Stille, *«kanst mi helpen?».*

Greta hob die Schultern: «Wer weiss? Vielleicht. Ich bin keine Heilerin», antwortete sie vorsichtig.

«Weet ick doch, man de Lüü . . .»

«Was sagen die Leute?»

«Na ja, dat du di utkennst.»

Greta liess nicht locker. «Was sagen die Leute, womit soll ich mich auskennen.»

Ubbo war ratlos. *«Greta, soll din Schaa nich wesen»* (soll dein Schaden nicht sein), stotterte er.

«Also gut, ich will es probieren. Sei aber nicht enttäuscht, wenn's nichts bringt. Setz dich dort auf den Stuhl und zieh Kittel und Hemd aus.»

Ubbo machte sich frei, sass gehorsam ab und starrte ergeben vor sich hin. Wie ein magerer Puter hockte er dort, den Kopf schief verrenkt, und Greta fühlte Mitleid mit dem abgearbeiteten Mann. Sie wandte sich zum Herd, nahm etwas Schmalz aus einem Steintopf und rieb sich damit die Hände ein. Dann ging sie hinter Ubbo, massierte ihn mit kräftigem Händedruck etwa zwanzig Mal von der Schulter zum Hinterkopf und spürte dabei die verhärteten Muskelstränge. Ubbo ächzte, aber Greta achtete nicht darauf. Sie packte Ubbos Hinterkopf links und rechts am Unterkiefer und zog den Schädel langsam, aber mit Kraft nach oben, verharrte einen Moment in dieser Position, dann drehte sie den Kopf langsam nach rechts bis zur Schulter, und während Ubbo aufschrie ging's dann auf die andere Seite nach links. *«Uphöllen, nalaaten»* (Aufhören, nachlassen), schrie Ubbo und zappelte mit den Armen. «Reiss' dich zusammen, Ubbo», sagte Greta resolut, drehte den Kopf wieder nach rechts, nach links zurück – etwa zehn Mal. Dann liess sie los.

«Greta – dat ist to groff» (Greta – das ist zu grob). Ubbo Folts wollte aufstehen, aber Greta drückte ihn auf den Stuhl zurück. «Du bleibst sitzen.» Noch mehrmals wiederholte sie die Prozedur, Ubbo zappelte mit den Armen und jammerte – aber plötzlich hielt er still, reckte die Schultern hoch und rief: *«Een Wunner, de Pien is weg! De Pien is weg!»* (Ein Wunder, der Schmerz ist weg).

Er war schmerzfrei, hielt den Kopf wieder gerade und konnte es vor Freude kaum fassen. *«Worst ok bedankt. Ick bring di Fisk, Mussels un Granaat – elke*

Week» («Danke, ich bringe dir Fisch, Muscheln und Granat – jede Woche!), stammelte er.

«Lass' mal gut sein, Ubbo. Kannst ja ein paar Schollen bringen, oder ein Körbchen mit Granat. Vielleicht brauche ich mal deine Hilfe, dann kannst du dich revanchieren.»

«*Alltieden, Greta, alltieden!*» (jederzeit). Glücklich zog er Hemd und Kittel an und stürmte davon. Greta rief ihm nach: «Und vergiss nicht: den Fang immer schön vor dem Bauch tragen!»

Wenn dann immer öfter die Leute zu ihr kamen, um sie zu bitten, ihr Vieh zu heilen, ihnen in Liebesdingen beizustehen, einen Feind zu vernichten, hatte sie sie stets wieder fortgeschickt. Sie kenne keine Zaubersprüche und Amulette und besitze auch keine geheimen Kräfte. Doch man glaubte ihr nicht – und sie glaubte es manchmal selbst nicht. Sie dachte an den Grobian Peters. Aber dann kam heraus, dass der Mann von Wiebke verdorbenes Fleisch gegessen hatte und daran gestorben war.

Sie starrte vor sich hin. Es war alles falsch, was sie gemacht hatte. Als sie damals nach Borkum gekommen war, geglaubt sie, hier mit ihrem Retter zu leben – ein ganz normales, friedliches, alltägliches Leben, mit den üblichen Sorgen und bescheidenen Freuden, wie es in diesem abgeschiedenen Winkel der Welt nicht anders zu erwarten war. Aber sie war einer Illusion erlegen. Sie hat einen hohen Preis gezahlt, hat ihre Jugend darüber verloren. Statt mit dem Mann zu leben, hatte sie seine Mutter begraben und das Kind alleine erzogen. Er hatte sie damals vor der Inquisition errettet und hierhergebracht, doch geheiratet hatte er sie nur aus Mitleid. Warum ist er sonst sogleich wieder nach Afrika verschwunden? Er hätte dort eine grosse Aufgabe zu erfüllen, hatte er gesagt, eine Aufgabe, die für das ganze Land von Nutzen wäre, da müssten die kleinen Wünsche zurückstehen. Über lauter Verzicht auf die ›kleinen Wünsche‹ hatte sie ihren Mann verloren – und er seine Frau. Was hat das alles gebracht, was genützt? Die Verzweiflung über ihre ewige Unzulänglichkeit schmerzte sie. Wo findet man das Glück? Im Tod? In der Resignation? Greta war jetzt nur müde, müde …

*

Zu ungewohnt früher Stunde hatte Pastor Korte die Inselglocke läuten lassen; ihr dünner, heller Klang rief die wenigen Leute von Borkum zusammen. Auf dem Friedhof, ganz an der Seeseite, begruben sie Heiko Korte. Harm hatte die Leute mit forschendem Blick gemustert, die gekommen waren, dem Toten die letzte Ehre zu geben. Ob sie auch kommt? Die Zweifel quälten ihn mehr als zuvor. Gerd Tiersen ist dort und seine Verlobte Frauke Volker, Klas Eilers – ein ehrlicher Kerl, auch wenn er ihm in Emden nichts von Heiko und Greta erzählt hatte. Der alte Pastor, blass im Gesicht und unsicher im Gebaren, stand gebeugt und tränenlos, angetan mit seinem Talar, bei der Grube. ›Der arme Mann, was muss er empfinden? Nun hat er den zweiten, den letzten Sohn verloren‹, dachte Harm. ›Die Kortes waren immer gut Freund mit uns.‹

Wieder ging sein Blick über die Leute, ob sie etwas wüssten von Greta, aber er kam zu keinem Schluss, alle sehen ausdruckslos vor sich hin, zwei oder drei Frauen schluchzten. Er streifte das Gesicht von Hinnerk, der neben Jan stand, und ihn anstarrte. Harm schickte ihm ein verstohlenes Lächeln hinüber, aber der Knabe blickte ihn weiter argwöhnisch an. Ihm war, als klagte der Junge ihn der Schuld am Unglück der Mutter an, und nun hasste er ihn. ›Ich werde mich um dich kümmern müssen‹, nahm sich Harm vor, ›wirst bald erwachsen sein, da ist es Zeit, die Welt draussen kennen zu lernen.‹ Die Augen des Jungen waren noch immer unverändert starr auf ihn gerichtet. ›Jan war Dreizehn, als er nach Amsterdam ging, und ich kam mit Vierzehn auf die *Den Helder*. Viele Borkumer Jungs gehen im Alter von zwölf Jahren erstmals mit auf den Walfang. Das soll auch für Hinnerk taugen.‹

Später gingen sie vom Friedhof den kurzen, sandigen Weg ins Dorf zurück. Die Frauen aus der Nachbarschaft gingen stumm, die Männer hinten begannen über Dinge zu reden, die ihr Leben beherrschte. Gutes Wetter wäre heute für den Fang. Prüfend sahen sie zum Himmel, in dessen blasser, herbstlicher Bläue dünne, weisse Wolken zogen, irgendwohin nach Südwest. «Wir sollten auf Schollen für den Zehnten fahren», meinte Johann Dierk. «Heuer sind es zweiundsiebzig weniger, weil die Frau vom Pastor, die alte Jansen und nun Heiko gestorben sind und keine Taufe ansteht.»

Ja, vierundzwanzig getrocknete Seeschollen für jeden Einwohner müssen sie als Zehnt dem Amtmann in Greetsiel abliefern. Das sind Sorgen, wichtiger als jene um den Toten. Mit ihm muss der Pastor fertig werden, Heiko steht nicht mehr auf, tut nichts Böses und nicht Gutes mehr.

Vor der Wohnung des Pastors trennten sie sich. Pastor Korte bedeutete Harm, mit ins Haus zu kommen. Der versuchte, Hinnerk an die Hand zu nehmen und mit in die Stube zu ziehen. Aber der Junge entzog sich ihm mit rascher Bewegung und lief Jan hinterher, der schon einige Schritte heimwärts gegangen war. Verloren schaute Harm ihm nach. Der Pastor hatte ihm die Bitternis angemerkt, denn er sagte: «Du musst ihm Zeit lassen, kannst seine Liebe nicht erzwingen! – Komm 'rein!»

Müde setzte sich Pastor Korte in den Lehnstuhl und legte die Arme auf die geschnitzten Seitenstützen. Sein Blick lag prüfend auf dem Gast. «Was willst du wissen, Harm?» fragte er, seine Stimme war alt und zittrig.

«Warum sie es taten?» Harm sah auf seine Hände.

Der alte Mann schwieg lange. Man hörte nur seinen pfeifenden Atem. Was sollte er Harm sagen? «Hör zu», rang er sich endlich zu einer Antwort durch.

«Es traf niemand eine Schuld. Sie hat gewartet, Jahr um Jahr! Ihr Leben hier war nicht leicht, Greta war sehr allein, aber sie wirtschaftete gut. Ihr gehören die meisten Kühe und Schafe auf Borkum, sie macht Butter und Käse, baut Gemüse an und verkauft alles auf dem Emdener Markt und zu Greetsiel. Klas Eilers und Ubbo Folts bringen's rüber aufs Festland. Sie hat alles alleine geschaffen, wurde unabhängig mit den Jahren.»

Harm starrte düster zu Boden. «Ich konnte kein Geld schicken. hatte selbst keins», murmelte er schuldbewusst.

«Ich mache dir keinen Vorwurf, Harm. Aber vielleicht kannst du dir vorstellen, wie das die Männer anzieht und wie die Leute über eine allein lebende Frau reden – wirst auch kein Engel gewesen sein in all' den Jahren in Afrika. Zum Glück kam Jan dann zurück – vor vier Jahren . . .

«Vor sechs Jahren», knurrte Harm, er wusste es besser.

Der Pastor fuhr sich mit zitternder Hand über die Stirn. «So, so, schon sechs Jahre ist er wieder da? Nun ja, es war ein Glück für Greta und deinen Sohn, dass wieder ein Mann im Hause war.»

Harm wurde ungeduldig. «Aber was war zwischen Greta und Heiko? Trauert Ihr gar nicht, Pastor?»

Der Alte sah ihn lang schweigend an, die dünnen Lippen aufeinandergepresst und tief atmend. Nach einer Weile antwortete er leise: «Der Herr hat's gegeben, der Herr hat's genommen – der Name des Herrn sei gepriesen.»

Harm sah den Pastor fassungslos an. Der Alte war senil geworden, was sollte der ihm noch helfen können. Doch da sprach Pastor Korte weiter: «Meine Seelennot, Harm, war abgrundtief. Alle meine Lieben liegen in Borkumer Erde. Ich habe mit Gott gehadert, wie Hiob, dessen Frömmigkeit mit vielen Heimsuchungen vom Herrn erprobt wurde. Aber dann hörte ich eine Stimme, sie sagte: ›Jacobus Korte, mein treuer Diener! Du bist alt, bald wirst du mit deiner Frau und deinen Söhnen wieder vereint sein. Gräme dich nicht, Jacobus, du hast dein Leben bald durchschritten, hast eine leuchtende Spur der Liebe gezeichnet; trauere nun nicht – das Dunkle, das dein Herz umfängt, wird bald neuen Freuden weichen!‹ Da, Harm, da wurde es mir wieder leichter ums Herz. Ich bin immer noch voller Trauer, aber auch wieder ruhig. Und weil ich auch voller Nachsicht bin, will ich dir meine Antwort auf deine Frage sagen: Nur Gott weiss, warum das gestern geschah. Ein Unglück vielleicht, der Nebel . . .» Der Pastor verstummte.

«Muss es wohl glauben, Pastor! Hab' zuerst geglaubt, es trüge einer die Schuld daran, mein eigener Bruder vielleicht . . .»

Da unterbrach ihn der alte Mann polternd: «Du schweigst!» Pastor Korte war aufgestanden. Der Blick seiner Augen hatte alles Wässerige verloren, seine Greisenhand legte sich auf Harms Schulter. «In meinem Hause wohnt der Friede und nicht die Verleumdung!»

Harm könnte die Hand, diese ausgemergelte, blaugeaderte Hand, mit einem Ruck abschütteln, aber er tat es nicht. Da fuhr der alte Pastor mit seltsamer Klarheit fort: «Hier ist die Welt, Harm. Hier! Von diesen Wassern umschlossen. Diese kleine Insel, dieser Fleck Erde enthält die ganze Welt. Als ich in jungen Jahren als Vikar auf dem Festland lebte, glaubte ich, dort sei die Welt. Aber in jedem Dorf, durch das ich seither gewandert bin, habe ich die ganze Welt wiedergefunden: allen Hass, alle Eitelkeit, alle Habsucht und jedes Gelüst, ja aber auch alle Wohltätigkeit und Güte und Reinheit der Seele. Doch ich habe ganz besonders hier alles, was die Welt birgt, gefunden. Hier verliert man völlig den Gedanken an andere, ferne Länder. Die See schliesst uns ein. Hier wirst auch du alles finden, Harm. Beide, Gott und der Teufel, wohnen auf dieser Insel – wie überall!»

«Und mein Bruder!»

«Du verdächtigst ihn zu Unrecht, Harm! Er trägt keine Schuld!» Die Stimme des Pastors war wieder gütig und alt. «Weisst du denn nicht, warum dein Bruder in Borkum lebt?»

«Er wird genug Gulden bei denen Holländern herausgeschlagen haben!», antwortete Harm bitter.

Der alte Korte hatte sich wieder in seinen Stuhl gesetzt. Was alt ist, kann nicht mit Kräften protzen. Aber seine Augen blickten unwillig auf Harm. Der Pastor war nach Greta der einzige Mensch auf Borkum, der wusste, warum Jan Jansen aus holländischem Dienst verbittert zurückkam. Und warum er nicht mehr zur See ging. Nach Holland durfte er nicht, und auf die Deutschen hielt er nichts. «Es ist zum Lachen, wenn die Preussen zur See fahren!», hatte Jan oft genug gesagt und dabei unmissverständlich mit einer verächtlichen Gebärde nach Südosten gewinkt, wo irgendwo Berlin liegen musste, die Hauptstadt der Brandenburger. «Ich habe Harm in Taccarary zur Flucht verholfen, aber sagt niemals etwas meinem Bruder von dieser Sache!», hatte Jan den Pastor gebeten. als er ihm von seiner Mithilfe zu Harms Flucht erzählte. «Er soll nicht denken, ich hätte es für die Brandenburger getan – und auch nicht für ihn.»

Es war Pastor Korte nie schwergefallen, über etwas schweigen zu müssen. Aber heute kann sich der alte Mann kaum halten. «Gulden herausgeschlagen in Holland?» hob er die Stimme. «Vielleicht fragst du ihn bald einmal, wo er sie hat, die Gulden?!»

Aber der Mann vor ihm schlug den Weg nicht ein, den Korte ihm zeigen wollte. «Fragen? Ihr erwartet zuviel von mir, Pastor! Habe nicht mehr viel Zeit zum Fragen, werde bald nach Emden zurückreisen!»

Pastor Korte hatte genug erfahren, er wusste nun, dass er sich vergeblich bemühte, und erhob sich mühselig. «Was machst du mit deinem Sohn?»

Ein Schatten flog über Harms Gesicht. «Ich habe es mir anders ausgemalt, hatte geglaubt, er würde mir zufliegen, weil er den Vater vermisste, sich auf mich gefreut hat, wie ich auf ihn. Ich wollte ihn mitnehmen nach Emden, aber er widerstrebt. Jan meint, dass Hinnerk auf Borkum bleiben sollte. Darf ich Euch bitten, dass Ihr ein Augenmerk auf ihn habt?»

«Will es tun, solange mir der Herr im Himmel noch Zeit lässt. Aber dein Bruder wird es besser richten als ich!»

Harm blickte betroffen auf. «Wieso Jan?» fragte er langsam und halblaut. «Wieso immer wieder Jan?» Er lacht heiser auf. «Habt recht, Pastor! Nur Jan.!» Er drehte sich um und ging geräuschvoll zur Tür.

«Harm!» Pastor Korte rief es gebieterisch. Harm wandte sich um. «Sie haben ihn davon gejagt. Die Herren Bewindthaber der VOC haben den verdienten Kapitän Jan Janszoon mit Schimpf und Schande entlassen. Der Kapitän Janszoon hat in vielen Jahren sein Können und sein Leben für die VOC eingesetzt, aber dann hatte er ihnen seinen Bruder nicht ausgeliefert, weil er ihn vor der Galeere oder vor Schlimmerem bewahren wollte. Sie haben Jan gnädigerweise nicht erhängt, sondern gnädig wie einen Hund davongejagt! So sieht das aus, Harm!»

Harm starrte den Pastor sprachlos an. Wie Schuppen fiel es ihm von den Augen. Dass er nicht selber darauf gekommen war – wieder war er der Narr. Er machte kehrt und ging hinaus. Der alte Mann hatte ihm die Hand zum Gruss geboten, schaute ihm nun verwirrt nach, bis die Tür sich schloss. Langsam sank er in den Stuhl. Warum liess Gott zu, dass sich die Menschen ständig das Leben schwer machten? Draussen verhallten Jansens Schritte.

*

Jan war nach ein paar gemurmelten Worten in den Stall gegangen, hatte aber noch beobachtet, dass der Bruder die Haustür von innen schloss. Harm trat in die Stube, atmete den vertrauten Geruch, der noch immer wie früher etwas stockig war, ein Geruch nach feuchtem Brot und heisser Torfasche. Sein Blick suchte durch das Halbdämmer. Es war fast alles noch wie einst. Hier war seine Heimat, trotz aller Jahre, die ihn von ihr trennten. Die Heimat hatte ausgehalten, nur ihre Menschen nicht. Die Mutter ruhte in der Inselerde, und jetzt liegt auch der Freund dort begraben, – der Freund, der ihn verraten hatte!

Die Tür zu Gretas Kammer war geschlossen. Es zog ihn dorthin, aber dann – er wusste nicht warum – wandte er sich ab. Ihn fröstelte, mit schnellen Schritten, wie gejagt, eilte er aus dem Haus. Das Watt lag silbern glänzend vor ihm, bedeckt mit abertausend winzigen, krausen Wellen. Harm Jansen wandte sich der anderen Seite zu, der Seeseite hin durch die Dünen. Er wollte nicht wissen, warum er es tat, wollte nicht wissen, wohin sein Fuss zielte, aber er wusste es dennoch. Das war der wohlbekannte weglose Pfad durch die Dünen, die von vielen Stürmen in diesen elf Jahren undeutlich gemacht und verwischt worden war. Irgendwo dort hinten wird noch immer der Platz sein, den er früher aufgesucht hatte, wenn er alleine sein wollte.

Von der Kuppe der grossen Grauen Düne sah er auf die freie See, sie rauschte und rollte schäumend heran, die Möwen schrieen über das Wasser hin. Ringsum standen Brombeersträucher und Sanddornbüsche; die reifen Früchte glänzen schwarz und rot wie Perlen und Korallen. Da vorne war der sanfte Einschnitt, wo das Dünengras reichlicher grünte als auf der ungeschützten Höhe. Eilig machte Harm die letzten Schritte und wollte mit einem Satz in die Mulde an den altvertrauten Platz springen. Da sah er sie und Hinnerk!

Harm blieb wie angewurzelt stehen. Sie sass im Sand mit untergeschlagenen Beinen, der Junge lag wie ein Schosskind in ihrem Arm – die Wange an ihrer Brust; er hatte die Augen geschlossen, sie aber sah liebevoll auf ihren Sohn hinab. Ihre Gesichter strahlten Ruhe und Zufriedenheit aus. Dem Mann auf dem Dünengrat wurde warm ums Herz! Wie schön sie ist! Heiss stieg es in ihm auf, er hatte vergessen, wie bildschön und begehrenswert seine Frau war. Harm machte unwillkürlich eine Bewegung, Sand rieselte, Greta sah hoch. Kam es ihm vor, als blickte sie erstaunt – oder erschrocken? Im gleichen Augenblick schnellte Hinnerk auf die Füsse, Greta sprang auch auf und setzte in weiten Sätzen, den Jungen an der Hand, davon. Sie war rank und schlank, ihr weiter Rock wippte, liess ihre braunen Beine und nackten Füsse sehen – und schon waren sie verschwunden!

Es kam ihm vor, als wäre er Zeuge eines Spuks gewesen und seine Sinne hätten ihn genarrt, würde er nicht die wippenden Zweige des Ginsters und nicht ihre Spuren im Sand sehen. Er stand noch immer wie angewurzelt an der gleichen Stelle und hatte vergessen, dass er ihr nacheilen könnte. Nun war es zu spät, sie war schon weit hinter irgendwelchen Dünen.

Harm machte mit beiden Armen eine jähe Bewegung. «Elf Jahre! Was für ein Narr war ich!», lachte er zornig auf.

Als er nach Einbruch der Nacht endlich zur Kate zurückfand, wartete jemand auf der Bank vor dem Haus. «Sie ist in ihrer Schlafkammer», sagte Jan. «Sie hatte sich mit dem Hochwasser verrechnet, sie wollte übers Watt nach Greetsiel zu ihrer Kräuterfrau laufen, Setzlinge holen. Dann hatte sie sich im Nebel verlaufen. Hinnerk fand sie ganz erschöpft. Jetzt schläft sie.»

Harm liess sich widerstrebend neben seinem Bruder nieder und schwieg. Er schwieg, weil er das rechte Wort nicht fand. Auch Jan wusste keinen Anfang, und doch war beiden klar, dass sie nicht ewig stumm nebeneinandersitzen konnten. Er räusperte sich verlegen. «Hast du den Dienst quittiert, bei den Brandenburgern?», fragte er schliesslich.

«Bin auf Urlaub», antwortete Harm. Undeutlich war der Bruder neben ihm zu erkennen. «Noch zwei Jahre läuft mein Kontrakt.» Er lachte bitter auf, weil ihm alles verloren schien, was ihm im Leben wichtig war. «Was dann wird? Wer weiss es? Die Mutter tot, der Freund tot, die Frau verloren.»

«Du hast sie nicht verloren. Mir scheint, sie hat dich verloren.»

Harm machte eine ärgerliche, wegwerfende Geste. «Nein, hat sie nicht . . .»

Jan wusste es anders, aber er glaubte, es sei besser, jetzt darüber zu schweigen. «Du bist durchgekommen – damals . . .», murmelte er dann verlegen.

Harm antwortete nicht. Er hatte keine Antwort, aber er wusste, dass er in Jans Schuld stand. Die Holländer hatten den Bruder aus der Kompanie ausgestossen, mit Schimpf und Schande davongejagt, weil er seinen Bruder hatte entfliehen lassen. Jan Jansen, der sich Janszoon nannte, der für Holland und die VOC sein Leben gegeben hätte – so wie Harm für Brandenburg. Treue wird immer nur von unten erwartet. Treue – was ist das? Loyalität, Anhänglichkeit, Anstand, unwandelbare Aufrichtigkeit, auch Beständigkeit! Jan war loyal, redlich und treu, das sah Harm mit seinem ausgeprägten Gerechtigkeitsgefühl ein, aber es war ihnen beiden nicht gegeben, ihre Gefühle dem Andern zu zeigen. Niemand hatte Harm gesagt, dass es zwischen Heiko und Greta eine Affäre gegeben hatte, aber er wusste es auch so. Elf Jahre! Harm hatte zuviel von seiner Frau verlangt! Er war jetzt vierzig Jahre alt und er liebte sie mehr als in früheren Jahren. Wie er da neben seinem Bruder sass, erkannte er mit plötzlicher Klarheit, dass Jan auch zum Hüter der Jansen-Ehre geworden war.

«Wir haben Heiko aufgefischt, Dirk Boosmann und ich – draussen beim Möven-Steert in der Osterems», sagte er plötzlich und sah zu seinem Bruder hin. Der hielt den Kopf gesenkt, sein Gesicht war nicht zu erkennen. Da er schwieg, fuhr Harm fort:

«Er hatte Würgemale am Hals.»

Jan schwieg beharrlich. Harm sagte: «Heiko war kräftig. Das kann keine Frau gewesen sein.»

Jan hob den Kopf. «Hat das Dirk auch gesagt?»

«Dirk hat es nicht gesehen. Ich habe das Hemd rasch zugeknöpft und seinen Kopf mit dem Wams zugedeckt. Er hat das Wissen um seinen Tod mit ins Grab genommen. Ich denke, wir sind quitt.» Er erhob sich und wollte ins Haus gehen, doch im selben Augenblick erkannte er die Erbärmlichkeit, mit der er den Bruder bedachte. Spontan ging er zum Bruder zurück und legte Jan die Rechte auf die Schulter. «Ach, Bruder!», sagte er verlegen.

«Ist gut, Harm, hättest du auch gemacht.» Und nach einer kurzen Pause: «Hast eine gute und tüchtige Frau, kannst es mir glauben.»

*

«Er ist von einer unheimlichen Ruhe – hast du es nicht auch bemerkt?» Greta sah Jan an.

«Ja», sagte der Schwager. «Er ist unglücklich.»

«Ich weiss, ich weiss!» Greta packte Jans Arm.»Ich kann diese Ruhe nicht mehr ertragen, jedenfalls nicht mehr lange. Wenn wir wenigstens noch darüber reden könnten. Doch seit er hier ist, hat er noch kein Wort mit mir gesprochen. Es hat eine furchtbare Szene gegeben. Er hat die Tür meines Zimmers eingetreten. Ich dachte, dass er mich umbringen würde. Auch das wäre mir gleichgültig gewesen. Aber der Anfall ging vorüber, und seither schämt er sich. Was ist schon dabei – eine Tür zu zertrümmern? Er hat in Afrika wahrscheinlich noch ganz andere Sachen gemacht. Was habe ich im Leben nicht alles über mich ergehen lassen? Fusstritte, Prügel und noch viel Ärgeres. Es hätte mir gar nichts ausgemacht, wenn er mich geschlagen hätte, statt sich plötzlich völlig zurückzuziehen, als hätte er ein Verbrechen begangen.

«Das tut er doch auch nur, weil er dich liebt», tröstete Jan.

Da sagte Greta, ihre Stimme zu einem Flüsterton dämpfend: «So kann es nicht weitergehen. Irgend etwas muss geschehen. Es wäre vielleicht besser für ihn, wenn ich nicht mehr da wäre.» Und dann, mit einem seltsamen Lächeln, Jan fest anblickend: «Am Ende bin ich auch gar nicht da, bin ich keine Frau. Die wahre Frau ist vielleicht ganz woanders und liebt ihn.»

Harm kam herein, und sie assen wortlos zu Abend. Nach dem Abendessen trat Harm vor das Haus, betrachtete die riesige, rote Mondscheibe, Jan stand scheinbar ruhig da und liess den Frieden der Insel auf sich wirken: Die im weissen Mondschein schimmernden Häuser des Dorfs, die behaglich warme Küche in ihrem Rücken, die lautlose Stille und den am wolkenlos klaren Himmel dahinziehenden Mond. Auf einmal brach es aus Harm hervor: «Ich will nichts mehr wissen von dieser Welt des Spuks und der Gespenster», sagte er halbaut. «Und von all dem Gerede von der göttlichen Planmässigkeit ebenso wenig! Was heisst das: ‹Er hat es so und so eingerichtet, nun sieh zu, wie du damit fertig wirst. Es ist gut für dich. Aber es ist eben nicht gut genug! Es ist alles Flickwerk, Irrtum, Lug und Trug. Doch eine einzige kleine Drehung: und das ganze Leben wäre richtig zu stellen. Verschiebe die Dinge nur ein klein wenig, sagt der Mensch, und ich werde glücklich sein. Aber Gott sagt: Ich denke gar nicht daran. Tu es selbst, wenn du kannst!›»

Jan sah den Bruder erstaunt an. Wortlos ging er ins Haus und sagte zu Greta: «Geh’ raus zu ihm, er braucht dich.» Greta, mit dem Abwasch beschäftigt, zögerte. «Nun geh schon», mahnte Jan.

Als sie vors Haus trat, zögernd und die Hände an der Schürze trocknend, sass Harm auf der Bank, den Hinterkopf an die Hauswand gelegt, die Hände lagen zu Fäusten geballt auf den Knien. Sie setzte sich neben ihren Mann. «Harm!», flüsterte sie flehend.

Er schwieg. Am liebsten hätte sie seine Hand genommen, seinen Kopf sanft zu sich gezogen und ihn zärtlich umarmt, aber aus traurigen Erfahrungen wusste sie, wie gefährlich derartige Gefühlsäusserungen sein konnten. So legte sie ihre Hand nur still auf die seine.

*

Fahles Mondlicht schimmerte schwach gegen die Scheiben. Harm ging zur Tür. Dort blieb er stehen und wandte sich plötzlich und überraschend an seinen Sohn: «Willst du mit mir hinauskommen, Hinnerk? Es ist Mondschein.»

Der Junge nickte; dann, mit einem scheuen Lächeln zu seinem Onkel gewandt, sagte er: «Wirst du nicht einsam sein, wenn wir etwas fortbleiben?» Da lächelten alle drei einander an. Frieden und Freundlichkeit waren wieder zurückgekehrt.

Harm und Hinnerk gingen hinaus. Dort war es völlig still, der einzige Laut war das Raunen der See und in der Ferne die Stimme irgendeines Betrunkenen, der einen Refrain in die Nacht hinausbrüllte. Das Mondlicht bildete hier nur schwache, graue Schatten, die Konturen der Hecken, Bäume und Häuser leicht verwischend. Am Strand wurde es heller. Der Mond flutete über dem Wasser und gab den fernen Dünen, die wie träge graue Wale dalagen, eine unwirkliche Grösse und Gestalt. Sie gingen zum Südstrand hinunter, wo ein kleines Boot, sanft von der Dünung geschaukelt, am Rande verankert lag.

«Wollen wir damit nach Lüttje Hörn hinüberrudern?» fragte Harm. «Es ist niemand da, der uns hindern könnte.»

«Man, Vadder», rief Hinnerk, «Lüttje Hörn! Mit 'nem Ruderboot? Dann sind wir erst am Morgen dort.»

«Hast recht, Hinnerk, War lange nicht hier, habe mich wohl in der Distanz verrechnet. Aber wir könnten etwas die Insel nach Osten raufrudern, es ist fast Springtide – also Zeit genug, zum Zurückzurudern.» Befriedigt hatte er das Vadder registriert.

Sie kletterten hinein, Harm ergriff die Riemen und ruderte schweigend über das Wasser. Es war nicht sehr kalt. Bald verteilten sich die Wolken, der Mond kam hervor und schwebte in einem dunstigen, sternenlosen Himmel. Hinnerk wunderte sich über das seltsame Tun seines Vaters. Irgend etwas trug er im Sinn. Hinnerk selbst spürte, wie sein Unabhängigkeitsempfinden sich immer stärker in ihm regte. Jede Scheu, die er seinem Vater gegenüber gehabt hatte, war verschwunden. Sie sprachen kein Wort, Harm ruderte fast eine Stunde den Strand entlang und setzte dann bei Hohe Horn, der Ostspitze Borkums, das Boot auf eine vorgelagerte kleine Sandbank und sie stiegen sie aus. Das Boot lag hier sicher, weil der Wasserstand seinen höchsten Stand erreicht hatte, sie durften aber auch nicht zu lange verweilen, denn wenn die Ebbe einsetzte, müssten sie es bis zum ablaufenden Wasser schleppen. Hart knirschte der Sand unter ihren Füssen: die Düne war vollständig nackt und kahl – nur ein klobiger, schwarzer

Pfosten ragte wie ein Finger in die Mondnacht auf. Sie gingen auf die andere Seite. Die Brandung war hier stärker; sie kam heftig von der Nordsee herangerauscht, um sich mit gewaltigem Knirschen unwillig wieder zurückzuziehen. Nebeneinander standen sie und sahen aufs Meer hinaus.

«Ich will nicht, dass du dich von deinem Onkel beeinflussen lässt», sagte Harm plötzlich. «Versteh' mich recht, du bist noch ein Kind.»

Hinnerk straffte die Schultern. «Ich bin kein Kind! Und lasse mich von ihm nicht beeinflussen. Er zeigt mir vieles und erklärt es mir.»

Harm hörte den anderen Ton in seines Jungen Stimme. «Du bist ja recht vertraulich mit ihm», sagte er ärgerlich. «Ich hätte wissen sollen, dass er es versteht.»

In beiden stieg der Zorn auf. Sie waren hier ganz allein in einer kahlen Welt, die nur aus Mondlicht und Wasser zu bestehen schien; das steigerte das Gefühl der Gegnerschaft.

«Ich bin kein Kind mehr, Vater», erwiderte Hinnerk, und es klang hart. «Ihr müsst mir erlauben, dass ich mir in diesen Dingen mein eignes Urteil bilde. Onkel Jan ist ein grosszügiger Mensch. Ihr liesset ihn den ganzen Nachmittag allein, obgleich er Euch sechs Jahre lang nicht gesehen hat.»

«Ach so, der Säugling ist herangewachsen!» Sein Vater drehte sich leidenschaftlich zu ihm hin. «Hol' mich der Teufel, wenn ich mir hier lammgeduldig von meinem Sohn eine Lektion erteilen lasse. Ist das Haar schon gewachsen an deinem Bauch? Wie viele Frauen hast du denn schon beglückt?»

Hinnerk wich nicht zurück. Aber seltsame und nur zu wohlbekannte Angstgefühle, die an frühere kindliche Alpträume erinnerten, kamen über die Dünen hergekrochen und umkrallten seine Füsse. «Ich bin bald ein Mann, und das solltet Ihr berücksichtigen, Vater. Ich habe Euch bis vor kurzem nicht gekannt, in Eurer Erinnerung war ich lange genug Kind. Wenn ich meinen Onkel verehre, dann, weil er es verdient. Es ist höchste Zeit, dass ich selbständig denken lerne. Ich achte Euch, Vater, aber es verbindet uns noch kein Band, das unlösbar sein soll. Doch ich habe auch einen eigenen Willen. Ich habe mein eignes Leben zu führen und opfere für niemand meine Freiheit.»

Harm lachte kurz auf: «Deine Freiheit? Wer beschränkt die denn? Du sprichst so kühn von Verehrung. Aber es gibt auch ein anderes Wort, das heisst: Pflicht. Wenn ich sage, du hast dich zu beugen, dann hast du dich zu beugen. Wenn ich dir etwas befehle, hast du es zu tun. Wie mir scheint, hat dir dein Onkel den Kopf verdreht, mein Junge. Aber ich dulde so etwas nicht. Komm her.»

Hinnerk trat dicht zu ihm. Harm riss ihn am Ohr und kniff hinein. «Du gehörst mir, mein Herr Sohn – herunter mit den Kleidern, angesichts des Mondes werde ich dich splitternackt ins Meer hinaustreiben – ein kaltes Bad für aufsässige Söhne. Das wird dir dein Mütchen schon kühlem. Los, los! Zieh' dich aus, sage ich.»

«Ich will nicht», sagte Hinnerk. Er zitterte von Kopf bis Fuss, doch weder vor Kälte noch vor Angst.

«Du willst nicht? Ich rate dir gut, zu gehorchen.»

«Ich will nicht», sagte Hinnerk noch einmal.

Harm hatte am Strand eine dünne Gerte aufgenommen – Strandgut. Er schlug dem Jungen damit ins Gesicht. Hinnerk packte das Stöckchen, warf es hinter sich, aber der Wind warf ihn leewärts zurück. Beide standen und starrten einander an.

«Tut das niemals wieder», sagte Hinnerk ruhig. Das Mondlicht liess einen roten Striemen, der ihm vom Auge bis zum Mundwinkel lief, erkennen. «Das war das letzte Mal.»

Harm stand wortlos. Dann drehte er sich um, ging fort über den Sand. Hinnerk schaute hinauf zum Mond. Er fühlte, dass etwas Grundlegendes, etwas, das sein ganzes Leben beeinflussen würde, geschehen sei. Er besass die Gabe, Nüchternheit bei Auseinandersetzungen zu bewahren. Das Unwirkliche einer Szene verleitete ihn nicht dazu, selbst unwirklich zu werden. Dies hier war unwirklich: der öde Strand, der blasse Mond, das Rauschen der brechenden Wellen am Nordstrand, der Ausfall seines Vaters, sein eigenes Auftreten – alles war unwirklich, und dennoch enthielt es im Kern eine tiefe Wirklichkeit: er war kein Kind mehr.

Er wartete. Sein Vater musste zurückkehren, wenn er nicht den langen Weg laufen wollte. Vielleicht würden sie dann Freunde werden.

Sein Vater kam auch zurück. Langsam kam er über den Strand gegangen, eine hagere, scharf umrissene Gestalt im linden Mondlicht. Als er nahe herangekommen war, ging Hinnerk auf ihn zu, streckte ihm lächelnd die Hand hin und sagte: «Ihr musstet doch wissen, dass das Wasser zu kalt ist, Vater.»

Harm packte ihn bei den Schultern und zog ihn an sich. Dann, seine Hand auf die verletzte Wange seines Sohnes legend und dicht neben ihm stehenbleibend, sagte er: «Du bist kein Kind mehr, hast recht. Aber ich war heute eifersüchtig auf dich. Doch ich dachte auch, er ist noch ein Kind! Er ist noch zu jung, um zu begreifen! Er kennt mich nicht, weiss nicht, wie sein Vater wahrhaft ist. Dann, wenn ich in zwei Jahren endgültig zurückkomme, werde ich auch das Letzte verloren haben.»

«Ihr wollt wieder fort?»

«Nenn' mich nicht ›Ihr‹ und ›Euch‹, sage ›du‹.»

«Ihr wollt – äh, du willst wieder fort?»

«Ich muss! Hab' nur Urlaub.»

«Aber warum.?»

«Weil ich es versprochen habe, weil es meine Pflicht ist! Verstehst du das nicht?»

«Du musst hierbleiben. Weggehen ist feige.»

«Nein. Hierbleiben wäre feige. Ich habe es geschworen.»

«Onkel Jan sagte einmal, dass ich wenig Phantasie besässe. Ich glaube, das ist wahr. Ich sehe, was vor mir ist, weiter nichts. Aber desto leichter ist es mir, treu zu sein. Ich habe festgestellt, dass diejenigen, die viel Phantasie haben, selten beständig sind. Wäre ich anders – klüger –, ich würde nicht so ausdauernd sein können.» Er sagte das mit so ernster Miene, als sei er schon lange erwachsen.

«Es liegen elf Jahre zwischen uns», gab ihm sein Vater zur Antwort, «und mit der Zeit wird der Zwischenraum immer kleiner werden. Bald werden wir uns vorkommen wie Gleichaltrige, dann aber wirst du mich hinter dir lassen und stark und tatkräftig sein, während ich alt und vielleicht auch weise bin. Doch eins vergiss nie», er berührte leicht des Jungen Arm, dabei ein wenig von ihm zurücktretend. «Was andere dir auch immer sagen mögen – ich habe schon das Zeug in mir, treu zu sein. Aber es gibt eine Hierarchie der Treue, verschiedene Rangfolgen der Treue. Zuerst kommt das Grosse, das Land in dem man lebt, und der Fürst, dem man dient. Diese Treue nützt allen. Dann kommt das Kleine, die Heimat und Familie, wo man aufgehoben sein kann. Diese Treue nützt nur uns: dir, deiner Mutter, mir und Onkel Jan. Das sage ich ohne Überheblichkeit. Ich kenne mich. Ich weiss, es ist nicht viel Rühmenswertes an mir. Auch das sage ich nicht aus übermässiger Bescheidenheit. Gott – wenn es einen gibt – mag hierzu die Antwort finden. Denn er war es, der den Menschen als ein morsches, brüchiges Ebenbild seines göttlichen Ehrgeizes schuf. In der Familie der Jansen hat es immer wieder einen oder den anderen gegeben, der weitersah, als er erreichen konnte, und der mehr vom Schicksal erhoffte, als er je erlangen würde.»

«Aber du wirst hier gebraucht, Vater! Ich brauche dich, auch Mutter! Und wir wollen hier nicht fort. Warum auch?»

Harm hatte es gehört: Mutter auch! Aber er ging nicht darauf ein. Er durfte jetzt nicht weich werden. «Es mag meine Bestimmung sein, jenes Schema zu durchbrechen, das Klas Eilers in so herrlicher Weise verkörpert, weil er nie von hier wegwollte. Ich aber habe eine Aufgabe, deren Tragweite – wie ich begriffen habe – hier nicht verstanden wird. Ich muss wieder zurück, muss noch das Land der Aschantis für Brandenburg gewinnen. Dann wird Brandenburg mächtig und reich – wie Holland!»

«Aber Vater, was nützt uns ein mächtiges Brandenburg? Brandenburg kümmert sich nicht um uns. Das ist auch gut so, wir brauchen es nicht, wir sind freie Friesen, unser Wahlspruch heisst ›Eala frya Fresena!‹ (Steht auf, freie Friesen). Was anderes brauchen wir nicht. Wir haben hier unser Auskommen!»

Während der Wind sich erneut erhob und die Wellen aufpeitschte, gingen sie zurück über die Dünen. «Was ich noch sagen wollte», sagte Harm nach einer Weile, durch den Sand stapfend, fort, «Komm' mit, Hinnerk! Eines Tages könnte ich vielleicht doch noch deine Treue kennen lernen, und dann werde ich mich revanchieren und bei dir bleiben.»

Hinnerk, der nur den wesentlichen Kern erfasste, dass sein Vater ihn brauchte, antwortete:

«Und bei Mutter?»

Sein Vater, ihn ein wenig spöttisch betrachtend, sagte: «Deine Einbildungskraft rettet dich, Hinnerk, – dass du keine hast, meine ich.» Er dachte an Greta und daran, wie schwer es sein würde, wieder die richtigen Worte zu finden. Aber weil der Junge ihn unverwandt ansah und auf Antwort wartete, sagte er endlich: «Ja, auch bei Mutter.»

*

Am sechsten Tag nach seiner Rückkehr wollte Harm Jansen Borkum wieder verlassen. Er hatte fünf Nächte mit dem Bruder, der ihm trotz der Gefühlsaufwallung neulich innerlich noch immer fremd war, unter dem gleichen Dach gelebt. Sie wichen sich aus, hatten einander kaum gesehen. Es war, als ginge einer den andern nichts an. Kein Warum und Wieso, kein Weshalb und Wozu klang in den kurzen unvermeidlichen Gesprächen auf. Sie dachten gewiss oft beide an die Nacht vor Taccarary. Aber Harm fand keine Dankesworte. Die Sache mit Heiko hatte Jan sicher auf seine Weise geregelt, damit nicht wieder ein Makel auf den Namen Jansen falle – genau wie vor Taccarary, als der Bruder ihm zur Flucht verholfen hatte. Nicht um Harm – um seiner selbst war es ihm gegangen. Und Jan wusste, wie stark die Brandung an der Küste vor Taccarary war, wie wenig Aussicht bestand, lebend hindurchzukommen.

Jan dagegen wusste allein, dass er Heiko nicht umbringen wollte, sondern dass ihn wieder einmal der Jähzorn der Jansens überwältigt hatte. Er bereute es tief, aber was geschehen war, war geschehen. Es war nicht mehr zu ändern, Heiko war nicht der erste, den er getötet hatte, damit musste er alleine fertig werden. Und aus der Flucht Harms vor Taccarary wollte er nicht als der Verstehende und damit als der Besiegte erscheinen. Es hätte ausgesehen, so sagte er sich hundert Mal, als gäbe ich ihm Recht zu seinen brandenburgischen Ideen.

Mehr noch als die Brüder war Hinnerk dem Vater ausgewichen. Er verkroch sich in der Futterhütte, höchst zuoben, oder wanderte mit den Schafen weit in die Dünen hinaus. Wenn er morgens die Kühe molk, bevor er sie in den Heller trieb, war er ständig in Sorge, der fremde Mann, den er Vater nennen und dem er Rechte über sich einräumen sollte, könnte in den Stall kommen. Am dritten Tage war es tatsächlich passiert. Sein Vater hatte ihn nichts gefragt, vielmehr nur erzählt, von fernen Ländern, wo die Sonne unvorstellbar heiss schien und die Menschen nicht weiss, sondern schwarz waren. Von der See hatte er gesprochen, von den Schiffen, die hundertmal grösser sind als die Kirche zu Borkum. Zuletzt sprach er von der Stadt Emden, während Hinnerk den Kopf immer tiefer unter die Kuh senkte, die er gerade molk. Er baute ihm in Worten die Stadt vor Augen, malte die Strassen hin, mit den vielen Häusern, den Läden, Toren und Kirchen. «Und wenn du willst, kannst du mitkommen, weg von Borkum!»

Der Junge hatte mit abgewandtem Gesicht, nah an der Flanke der Kuh, zugehört. Ohne sich umzusehen, schüttelte er so heftig den Kopf, dass das Tier unruhig wurde und in den Milcheimer trat. Das weisse Nass floss über die Beine des Knaben. Doch Hinnerk nahm den Kopf nicht von dem warmen, haarigen Leib. «Hat mir alles Mutter schon erzählt», antwortete er gepresst. Er liess die Hände hängen, und Harm sah, wie ein stummes Schluchzen den jungen Körper schüttelte. Da ging er aus dem Stall. ›Elf Jahre!‹ dachte er. ›Elf Jahre! Das war zu viel!‹

«Du kannst den Buben auf Borkum lassen», sagte Jan am gleichen Tag. «Brauchst nicht in Sorgen zu sein, dass ich ihn dir abspenstig mache. Er wird nicht holländisch werden bei mir. Soll er wachsen, wie er mag und nach welcher Seite er will. Er gerät der Mutter nach. Geht hinter dem Pflug wie ein Grosser, und was Erdboden ist, taugt ihm gut. Sollst ihn nicht zu etwas zwingen, was er nicht will. Das tut keinem gut!»

Harm schaute bei den Worten des Bruders starr aus dem kleinen Fenster. Er wusste seit seiner Ankunft, dass es so kommen musste. Und seit am Morgen der Junge im Stall an der haarigen Flanke der Kuh seine Tränen verbarg, war es für Harm unumstössliche Gewissheit, dass er auch das Letzte hier zu Borkum verloren hatte. Es war dann noch in knappen Worten gesagt worden, was zu sagen war. Das halbe Haus blieb Hinnerk verschrieben, ebenso die Tiere, die Greta aus dem Ersparten zugekauft hatte. Jan wird die alte Heike als Wirtschafterin nehmen, deren Mann im Vorjahr beim Fischen ertrunken ist. Und bei Pastor Korte soll Hinnerk etwas Lesen, Schreiben und Rechnen lernen. «Kann werden, wie er will! Ist dein Blut!», sagte Jan.

Harm war, als sie dies in ruhiger Rede vereinbarten, als hätte er dem andern etwas abzubitten. Er kannte ihn gut genug, dass er wusste, Jan würde sein Wort halten. Warum aber ist er für die zu Amsterdam? Warum? fragte er sich. Alles wäre gut, wenn er sich nicht denen verschrieben hätte! Er konnte nicht wissen, dass seinen Bruder ganz ähnliche Gedanken plagten, nur meinte er die Brandenburger, die kein Recht hätten, zur See zu fahren.

Harm reichte dem Bruder nicht die Hand. Er wandte sich zu ihm um und sagte nach einem langen Atemzug: «Da kann ich also morgen fahren!»

Jan wusste nicht, ob es eine Frage oder nur eine Bestätigung war. Er nickte nur und gab keine Antwort. Als kein Wort mehr fiel; ging er hinaus. Der Luftzug

warf mit leisem Knall das Bleigefasste Fenster zu. Harm blieb allein in der dämmerigen Stube zurück. Er fühlte sich fremd und ausgestossen. Von ferne hört er
eine Knabenstimme; Hinnerk, sein Sohn, trieb die Kühe aus dem Heller. Mit
müder Bewegung liess der Mann beide Hände auf den klobigen Tisch fallen. So
sass er noch, als es schon finster geworden war.

*

«Hinnerk! Hinnerk!» Jan Jansen hatte die Hände vor den Mund gelegt, wie
zu einer Trompete geformt, und rief den Namen hinaus über den Heller. Harm
stand daneben, seltsam berührt davon, dass der Bruder bestrebt ist, ihm den
Knaben zum Abschied herbeizurufen.

«Er will nicht. Lass ihn! Wird sich in den Dünen verkrochen haben!» Aber
Jan rief nochmals, und Harm harrte aus, noch immer in der leisen Hoffnung,
sein Sohn, werde kommen. Aber vergebens. «Sag ihm, dass ich will, er soll dir
gehorchen!», sagte Harm zögernd zum Bruder. Jan nickte stumm. Er tat, als
suche er mit den Augen noch immer den Jungen, nur um dem andern nicht in
das Gesicht schauen zu müssen.

«Und mach ihn nicht holländisch!», brach plötzlich in Harm noch einmal
die Sorge durch.

Da wandte sich Jan dem Bruder zu. In der Stirne stand eine Falte, und seine
Augen blitzten wie in früheren Jahren. «Gilt mein Wort nichts mehr?»

«War nicht so gemeint», knurrte Harm, wütend über sich selbst. «Lebewohl!»

«Gute Fahrt!», gab Jan zurück.

Einen halben Atemzug lang lagen die Blicke der beiden Männer ineinander,
prüfend und beobachtend – weiss Gott, es möchte jeder dem andern die Hand
hinhalten, aber sie brachten es nicht fertig. Gleichzeitig lösten sie sich voneinander: Harm nahm den Weg ins Dorf, Jan ging ins Haus zurück. Er schloss
hinter sich die Tür so sorgfältig, als gelte es, sie gegen einen Sturm zu sichern.
Und der andere stapfte die Dünenhöhe hinauf, von wo er einen letzten Blick auf
das niedere, geduckte Haus, auf die Insel ringsum – auf die Heimat werfen
konnte. Aber er sah sich nicht um.

Der Wind sang wieder in den Gräsern sein ewig verspieltes Lied, Wolken
zogen zerfetzt und zerwühlt unter dem blauen Herbsthimmel hin. Die Möwen
schrieen hoch in den Lüften und liessen sich mit ausgebreiteten Schwingen vom
Wind tragen. Klar lag das Land und klar die See, so weit man sehen konnte.
Das hätte er nicht gedacht, dass ihm der Abschied diesmal so schwerfallen
würde.

Der alte Bokelmann wartete schon an Bord seines Kutters; er würde ihn bei
leidlich gutem Wind nach Emden bringen. Als das Boot ein Stück vom

Landungsstege frei war, schaute Harm Jansen auf die Insel zurück, die arm und windig und doch voller Wärme zurückbleibt. Sein Blick fällt auf eine Gestalt, die plötzlich am Strand, wie aus dem Sand gewachsen, auftauchte. «Hinnerk!», durchzuckte es den Mann. Wie gebannt sieht er zum Knaben hin.

Blick ruhte in Blick. Der heisse, erregte, aus dem verwetterten Gesicht des Mannes, und ein grosses, ernstes Schauen aus schmalem Knabengesicht. Lange standen sie so, der Knabe am Strand, der Mann im Boot, das ihn immer weiter forttrug. Dem Mann kam es vor, als würde der Knabe dort die Hand zum Gruss heben. Da rief er dem Schiffer zu, er soll das Land wieder ansteuern.

Mit beiden Händen winkte er zurück und schrie: «Hinnerk! Hinnerk!»

Der aber erwachte aus seiner Starrheit, drehte sich um und floh eilig über den Strand imseleinwärts, ohne sich noch einmal umzusehen. Da sank Harm Jansen erschöpft auf die Ruderbank und legte selbst das Steuer herum, bis der Bug gegen Emden zeigte.

*

Wieder vergingen ereignislose Jahre. Harm Jansens Vertrag war ausgelaufen, aber kein brandenburgisches Schiff tauchte auf, kein Ersatz, kein Nachschub kam. Von den sechsundfünfzig Weissen mussten im letzten Jahr elf begraben werden, das schwarze Fieber hatte sie dahingerafft. Der Chirurgius lag auch in der roten Erde, und Gouverneur Visser erlag einem Giftpfeil aufständischer Neger. Sie haben keine Medikamente mehr im Fort. Die vorbeikommenden fremden Schiffe konnten nur selten Arzneien abgeben, sie brauchten sie selber. Die Schmuggler verlangten für ihre Waren immer mehr, und die Schwarzen handelten heimlich auf eigene Faust.

Von Emden, von Berlin kam nichts. Was in der Heimat passierte, gab hier in Afrika keinen Widerhall. Wie bisher wehte der rote Adler auf weissem Feld über Gross-Friedrichsburg. Man hatte zu Berlin vergessen, die neuen Flaggen nach Afrika zu schicken.

*

Die «Sophie Luise» ist vor Martinique leck geworden, der «Held Josua» scheiterte bei Plymouth. Die Bewindthaber sahen einander mit bleichen Gesichtern an, als die Unglücksbotschaften durch fremde Schiffe überbracht werden. Die Hoffnung auf Gewinn, auf neuen Aufstieg zerrann. Verlegen hüstelnd meldete der Oberbuchhalter zu Emden dem Kollegium, der Abgang betrage schon 295 590 Taler.

«Und wie viel Bares ist in der Kasse?» fragt Rat Johann van Twedde. Der Mann knickte zusammen. «Halten zu Gnaden, hundertvierundzwanzig Taler!»

Die Aussprache, die im Bewindthaberkollegium folgte, verlief heftig. Vier Fregatten liegen im Hafen von Emden. Die sollte man ausrüsten und auf Fahrt schicken. Aber mit hundertvierundzwanzig Talern? Fünfzigtausend wären zumindest vonnöten! Da ist guter Rat teuer! Wieder soll Raule, der verhasste Urheber der Kompanie, der in Spandau gefangen sitzt, helfend einspringen. Die Bewindthaber wenden sich an Friedrich I., er möge den ehemaligen Generalmarinedirektor nach Emden senden, damit er die Sachlage studiere und Vorschläge mache, wie der Kompanie aufzuhelfen sei.

Der König verlangte vom 68-jährigen Raule den Schwur, dass er nicht flüchten werde. Dann reiste er nach Emden. Dort arbeitete Benjamin Raule die Bücher der Kompanie durch. Es war eine ungeheure Arbeit, die bis in den Winter hinein dauerte und doch nur die trostlose Gewissheit brachte, dass die Kolonien verloren gehen werden, wenn nicht schleunigst Schiffe nach Afrika gesandt würden. Im Dezember hatte er den Status der Kompanie voll erfasst: «*Soll sich Seine Majestät entschliessen, noch hunderttausend Thaler an die Sache zu wagen. Müssen die vier Fregatten nach Gross-Friedrichsburg geschickt werden mit guten Waren.*» Zugleich mit dieser Nachricht traf ein Brief der Frauen und Witwen der nach Guinea beorderten Beamten und Soldaten. Sie forderten Auszahlung des «*blutsauer in Leib- und Lebensgefahr*» verdienten, seit Jahren rückständigen Soldes.

Und das Bewindthaberkollegium schrieb an den König: «Zeiget die Bilanz ein Minus von 362 807 Thalern. Die wenigen Schiffe, so noch uns gehören, müssen völlig zugrunde gehen, da kein Thaler für ihre Herrichtung vorhanden sind. Unsere Unterbedienten haben seit Monaten keinen Stüwer Sold, so dass sie mehrenteils vor Armuth und Noth krepieren wollen.»

Finsteren Blickes las Friedrich I. die Briefe. Und zum ersten Mal denkt er daran, die Kompanie, die ihm als Vermächtnis seines Vaters zugefallen war, zu verkaufen.

*

«Ihr seid schlecht informiert, mein lieber Jansen!», sagte Freiherr von Knyphausen und zog die Augenbrauen sorgenvoll hoch. «Der Status ist schlecht. War alles Leihgeld, mit dem wir die Fregatten zu Euch sandten. Und jetzt wollen die *Participanten* zu Berlin und Raules holländische Freunde ihre Taler und Gulden zurückbekommen.»

Das ist der Empfang für Harm Jansen, als er im Bewindthaberhaus zu Emden erschien. «Und meine Mission in das Land hinein?»

Freiherr von Knyphausen schüttelte den Kopf. Er verstand den Mann nicht. «Kostet Geld, Geld, Geld! Woher es nehmen?» Harm wurde von einer Enttäuschung in die andere gejagt! «Aber ich weiss Euch etwas anderes!», fuhr von

Knyphausen fort. «Bleibt bei uns in Emden, sorgt hier in den Büchern der Kompanie für Ordnung. Wenn das geschehen ist, dann können wir wieder über Eure Expedition reden!»

Der Friese überlegte. Als er in Afrika war, hatte er schon einmal den Wunsch, in Berlin oder Emden für seine Idee werben zu können. Damals musste er den Gedanken verwerfen. Heute wollte er ihn annehmen! Grosse Dinge baut man eher mit Geduld als mit anderem. Und vielleicht war es gut, hier in Emden zu arbeiten. Er hatte das schnell überlegt und bemerkte kaum das freudige Aufatmen Knyphausens, als er seine Zusage gab. Er wurde gnädig entlassen. «Fangt morgen gleich an, Jansen, die Sachlage zu prüfen!», rief ihm Knyphausen nach. Dann winkte er seinen Schreiber herein und diktierte ihm einen vertraulichen Bericht an das Geheime Ratskollegium in Berlin: «*Ist der Oberkaufmann Harm Jansen bei mir gewest. Hat wieder seine Pläne für Exkursiones in das hintere Land von Gross-Friedrichsburg vorgetragen. Wären, wie schon früher beschrieben, nicht schlechte Ideen, kosten aber zuviel Geld. Ist besagtem Jansen das ausgeredet worden damit, dass zuerst in Emden die Compagnie zur Entfaltung kommen müsse. Wird der vorbenannte Jansen, so ein sehr wohlbeschriebener Mann ist, hier zu Emden bleiben, und so keine Unruhe machen können in Africa. Habe gemeint, dies gehorsamst melden zu müssen.*»

*

Jansen prüfte die Bücher und Belege. Tagelang, wochenlang. Es war so, wie ihm Knyphausen gesagt hatte. Eine Million Gulden wäre notwendig, wollte man mit den gleichen Kräften weiterwerken wie bisher. Er schrieb Briefe, machte Reisen, stellte in einsamen, von Kerzen erleuchteten Nächten Berechnungen auf; es nützte nichts. Niemand wollte die Retourschiffe abwarten, niemand wollte neue Zuschüsse geben, alle verlangten ihr Geld zurück.

Ob man nicht doch noch einmal den Kurfürsten zur Aufnahme von Leibrenten gewinnen und damit die Kompanie retten könnte? Der Kurfürst hat schon viel geopfert! Die Bewindthaber lassen Jansen freie Hand. Er schrieb an Raule nach Berlin ohne jede Beschönigung. «Helft, gnädiger Herr, ansonsten bricht alles nieder! Es ist für Brandenburg, seine Reputation und seinen Ruhm! Wie soll Seine Durchlaucht Emden und Ostfriesland für sich gewinnen können, wenn die Kompanie zerfällt, die der Lebensfaden für die Stadt ist? Vergesst nicht Afrika!»

Siebzehn Tage später kommt die Antwort. Der Kurfürst hat die Bewilligung gegeben, hunderttausend Taler Leibrenten auf seinen Namen aufzunehmen. Noch einmal ist der Ruin der Kompanie verhindert worden. Aber sie trägt den Zerfall schon in sich. Ärger, Ränkesucht und gegenseitiges Ausspielen häuften sich. Die Partizipanten rauften um Anteil und Einfluss. Es war ein fruchtloser

Kampf, dem die Beamten der Kompanie machtlos zusehen mussten. Tatenlos verging 1693, tatenlos schloss sich 1694 an. Zwei bittere, verlorene Jahre!

Erst 1695 fuhren wieder Schiffe nach Gross-Friedrichsburg. Man hoffte, dass es nun Schluss sei mit der Not des Häufleins Brandenburger tief unten in afrikanischem Land. Schluss mit der zwangsläufigen Versorgung durch Schmuggler. Aber die Hoffnung erfüllte sich nur halb. Ein Kapitän brach seinen Eid und ging mit Schiff, Ladung und Besatzung als Pirat nach Amerika. Kaum war dieser Schlag verwunden, brachten dänische und holländische Segler die Nachricht, drei kurbrandenburgische Schiffe, reich beladen mit Rückfracht, seien von französischen Kapern aufgebracht worden. Zwar gelangten einige Schiffe glücklich nach Emden heim, und der Gewinn aus ihrer Ladung reichte auch aus, um den Verlust zu decken. Es blieb sogar noch ein geringer Überschuss, aber man hatte mit anderen, mit grossen Summen gerechnet, die die Kompanie in die Lage versetzen würden, eine geordnete Kolonialpolitik mit regem Schiffsverkehr zu betreiben.

Jansens Vertrag würde bald auslaufen. Aber wie könnte Harm sich nun abwenden, nun, da das grosse Werk, an dem er von Anfang an mitgearbeitet hatte, gefährdet war? Nach Borkum war er in diesen zwei Jahren kein einziges Mal gefahren. Wenn zuweilen einer der Inselschiffer nach Emden hereinfuhr, ging eine kurze Rede zwischen ihm und dem Oberfaktor. Der weiss dann, dass draussen vor dem Watt alles beim alten ist. Es entwickelte sich alles so, wie Jan es vorausgesagt hatte. Hinnerk zeigte immer deutlicher das Blut der Mutter, ihre erdverbundene Art. «Der Bursche will durchaus Bauer und Fischer werden!», sagte Klas Eilers einmal zu Harm, als sie im Ratskeller hinter rheinischem Wein sassen. «Er ackert und müht sich mit dem Boden ab und tut wie ein Bauer in den Marschen. Er hilft tüchtig seiner Mutter, hat auch den Stall schon vergrössert. Die Butter bringt er nach Greetsiel. Der Junge arbeitet mehr als ein Erwachsener. Er ist ein langer, magerer Kerl geworden!»

«Jetzt ist er im Vierzehnten!», rechnete Harm bedächtig. «Als ich in seinem Alter war, kam ich als Schiffsjunge auf die *Den* Helder zu meiner ersten Fahrt. Nicht ganz freiwillig, aber ich hätte es auf Borkum nicht ausgehalten!»

«Er ist kein ganzer Jansen», sagte Klas und spielte gedankenverloren mit seinem halbvollen Glas. Den zornigen Blick, der auf ihn gefallen war, hatte er nicht bemerkt. Harm hatte missmutig sein Glas genommen, aber wieder scharf hingestellt, dass der Wein hell hochspritzte und auf der Tischplatte zerrann. Klas setzte den Zeigefinger an die nasse Stelle und fuhr in der Lache gegen den Strich, dass es quietschte. Ohne aufzuschauen sagte er: «Solltest nicht so arg in Rage kommen! Es wundert mich, dass du so lange in Emden bleibst und zusehen kannst, wenn ein Kasten vor deiner Nase nach Afrika oder sonst wohin hinausschwimmt!»

Der Oberfaktor gab keine Antwort. Er müsste sagen, dass er sich diese Frage selber schon oft genug gestellt habe, seit er in Emden ist. Jedem Schiff, das hinausfuhr, hatte er nachgeschaut. Und wenn eins heim kam, dann war er es, der als erster an Bord kletterte und Fragen ohne Ende bereithielt. Nur die Pflicht hielt ihn in Emden. Vielleicht auch die Hoffnung, dass die Kompanie durch unermüdliche Arbeit trotz aller Fehlschläge wieder hochkommen könnte. In drei oder vier Jahren würde sie sich erholen. Er rechnete in Gedanken, wie alt er dann wäre – ob ihm das Leben noch Zeit liesse, seine Pläne in die Tat umzusetzen. «Vierundvierzig Jahre!», sagte er plötzlich. «Das geht an!»

«Was willst du mit vierundvierzig?» murmelte Klas Eilers vor sich hin.

Jansen sah den Fischer nicht an, sein Blick ging über ihn hinweg. «Was ich will?», fragte er ebenso leise, «was ich will? Afrika will ich – für uns Deutsche!» Er warf den Gulden für den Wein auf die Tischplatte. «Sag ihnen das, Klas! Sag es ihnen zu Borkum und überall, wohin du kommst! Wundre dich aber nicht, wenn sie es nicht verstehen!» Er erhob sich und ging grusslos hinaus. Klas Eilers schaute ihm verständnislos nach. «Deutsche», knurrte er verdriesslich.

*

«Was haltet Ihr davon, Jansen, wenn wir in Afrika nach Gold graben lassen?» Oberpräsident Eberhard von Dankelmann fragte es anfangs Januar bei einer Beratung des Bewindthaberkollegiums, zu der man den Oberfaktor Harm Jansen beigezogen hatte.

«War einer der vieledlen Herren schon einmal zu Afrika?» Er sah sich im Kreis um. Kühl und prüfend gingen seine Augen von einem zum andern. Die Bewindthaber blicken einander an. Nein, es war keiner von ihnen jemals ausserhalb Europas. Das Gesicht des Oberfaktors blieb unbeweglich. «So wollt Ihr bitte hören, Vieledle, dass es mit dem Gold nicht so ist, wie man es in Emdens Schenken erzählt. Die Schwarzen bringen den grösseren Teil von weit aus dem Hinterland. An der Küste findet sich kein Gold. Ich musste an die acht bis zehn Tagereisen durch kaum durchdringlichen Urwald und trockene Savannen nach Norden gehen, um die Gruben zu sehen, aus denen die Sklaven der Cabucirs das Gold graben.»

«Ihr selbst habt sie gesehen?» krächzte erregt der alte Hans Beekmanns, der am Ende der Tafel sass. Er wollte aufspringen, sein langer Bart hatte sich aber zwischen seinem reichlich gross geratenen Bauch und dem Tisch verklemmt, so dass der würdige Herr aus halber Höhe mit einem Schmerzenslaut zurückfuhr. Das brachte die Bewindthaber zum Lachen. Wütend strich Hans Beekmanns seinen zerzausten Bart und warf schiefe Blicke auf die Kollegen. Er hatte vergessen, dass er nach dem Gold fragen wollte.

«Ihr meint also», hob sich die Stimme Dankelmanns über den Lärm, «Ihr meint also, Oberfaktor Jansen, man sollte nicht selbst nach Gold suchen?»

Das Kollegium war wieder ruhig geworden. Die Blicke sammelten sich um Jansen. «Nicht selbst nach Gold suchen?», antwortete der langsam, «nein, viel-edle Herren, das wollte ich nicht gesagt haben. Aber mit Bergwerkssachen ist kein Staat zu machen. Die Gefahren der langen Reisewege zur Küste, die Be-schaffung von Sklaven als Arbeiter, der Schutz der Bergwerke vor Überfällen durch Holländer, Dänen und Engländer, auch einen Aufstand der Sklaven kann man nicht ausschliessen – bedenkt, Ihr Herren, welchen Aufwand wir dabei treiben müssten. Besser, hundert Mal besser ist der Rat, den ich schon oft vor-getragen habe: Wir könnten guten und gewinnträchtigen Handel treiben, könn-ten Land, Leute, Gold und mancherlei für immer gewinnen, wenn . . .»

Knyphausen unterbrach ihn säuerlich lächelnd: «Wir wissen es schon, Freund Jansen! Wenn wir die Exkursionen machten, die Ihr immer in Vorschlag bringt!»

Jansen biss sich auf die Lippen, denn auch die andern Bewindthaber lachten nun auf seine Kosten. Dankelmann war aufgestanden und zu Jansen getreten. «Viellieber Freund», sagte er und fasste ihn wohlwollend an der Schulter. «Ihr habt uns fast noch mehr Spass gemacht als unser lieber Beekmanns mit seinem eingeklemmten Bart. Ihr habt Ideen, die grossartig sind. Aber Ihr wisst selbst, wieviele Taler man dazu brauchte für Träger, Präsente, Soldaten und was sich dergleichen an solche Expeditionen anhängt. Wir wollen es jetzt der Abstim-mung überlassen, ob man für die Bergwerkssache ist oder nicht.»

Als die Bewindthaber auseinandergingen, war der Beschluss gefasst. Drei-tausend Taler will man in die Bergwerkssache stecken. Jansen zuckte gleich-mütig die Schultern. «Sind in den Wind geblasen! Mit dreitausend Talern ist nichts zu gewinnen!»

*

«Die Herren von Knyphausen und von Dankelmann lassen bitten!», meldete der Diener, devot an Jansens Schreibpult tretend.

«Was gibt's denn?»

Der alte Mann hob bedauernd die Hände. «Weiss es nicht, Euer Gnaden! Aber es will nichts Gutes scheinen, Herr Oberfaktor. Die Herren sind sehr echauffiert!»

Jansen eilte hinüber zu den beiden Mächtigen der Kompanie. Knyphausen reichte ihm einen Brief: «Soeben aus Amsterdam gekommen!»

«Ist unser Gouverneur Karl Ostendorp», liest Jansen, «von hier gegangen mit einem Seeländer-Schiff, ganz ohne Erlaubnis, und hat keine

Schlussrechnung zurückgelassen, hat vielmehr Bücher, Papiere und 19 200 Hollandgulden heimlich mit sich genommen.»

Fassungslos starrte Harm Jansen auf die beiden Präsidenten. «So ein elender Verräter!»

«Ja, es ist eine Schande!», meinte Dankelmann. «Schreibt gleich nach Vlissingen, damit man dort das Hab und Gut von Ostendorp in Beschlag lege. Wir werden prozessieren müssen um unser gutes Geld!»

Knyphausen raffte sich auf. «Jansen, in drei Wochen soll die ›Mary‹ von Gravesent aus in See gehen. Sie nimmt unseren Bergverwalter Dannies mit und seine Männer. Wollt Ihr nicht noch einmal für ein Jahr nach Gross-Friedrichsburg mitgehen? Ihr würdet uns sehr zu Gefallen sein!»

Der Oberfaktor sah ruhig von einem zum anderen. Längst schlug er sich selbst schon mit dem Gedanken herum. Was sollte er noch in Emden? Drei Jahre hatte er hier fast nutzlos vergeudet. In Afrika hätte er mehr leisten können, selbst ohne die Reise in das Landesinnere.

«Wollt Ihr, Jansen?»

«Ja, gut, ihr Herren! Ich will!» Endlich hatte er wieder ein Ziel vor sich. «Stelle aber die Bitte, es müsse mir gestattet sein, die schon oft beredte Exkursion in das Land hinein zu machen.»

«Oh!», meinte Dankelmann überrascht. Und Knyphausen trommelte nervös mit den Fingerspitzen auf die Tischplatte. «Seid hartnäckig wie selten einer. Da wird es besser sein, wir ersparen uns die Anfrage bei Seiner Durchlaucht.»

Der Oberfaktor verbarg ein Lächeln. «Mein Ersuchen bedeutet, dass ich es auf eigen Faust und Gefahr tun will. Die Kompanie muss nichts dazu tun, als dass sie mir ein paar Soldaten mit Pulver, Blei und Musketen gibt. Für Präsente will ich selber aufkommen.»

Die beiden Männer starrten ihn an, der eine fassungslos, der andere so, als verdächtige er ihn ähnlicher Dinge, wie sie Ostendorp getrieben hat. Jetzt konnte Jansen das Lächeln nicht mehr verbergen. Er verbeugte sich ein wenig und macht mit den Händen eine sanfte, dienernde Geste. «Viertausendeinhundert Taler habe ich erspart, hier und zu Afrika. Die will ich daran wagen.»

Verärgert fuhr Dankelmann auf: «Aber wir können Euch keine Sicherheit geben.»

«Habe keine verlangt, vieledle Herren! Wollt Ihr also vielleicht doch noch heute nach Berlin schreiben?»

«Ja, ja, wir werden schreiben!» Dankelmann griff sich an den Hals; es ist ihm eng geworden in der steifen Krause vor soviel Versessenheit auf einen irrsinnigen Plan.

*

Eine Woche nach dieser Aussprache wurde dem Oberfaktor Jansen ein Besuch gemeldet. «Wer ist es?» fragte er den Diener.

Der zog die Achseln hoch. «Will nicht den Namen sagen.»

«Und woher? Auch das nicht?»

«Aus Borkum, gnädiger Herr!»

Borkum! Der Gedanke an Borkum plagte ihn schon seit Tagen. Nun würde er nach Afrika gehen und wer weiss wann wiederkehren. Sicher kam jetzt Klas Eilers und brachte vielleicht gar wieder Butter, von der er nicht sagen will, wer sie ihm mitgegeben hatte. Als wäre das so schwer zu erraten! Der Mann starrte auf die Platte seines Arbeitstisches; es ist eine rohe, weissgraue Platte, aus gewöhnlicher Buche. Aber er sah dort mehr als das Holz, er sah die Heimatinsel, das Dorf, das Watt, den Heller, auf dem Kühe grasen, ein Haus am Dünenrand, und einen Knaben, der seinen hellen, schmalen Kopf in die nasshaarige, warme Flanke einer Kuh drückt und dort hineinschluchzt wie andere Kinder in die mütterliche Rockfalte. ›Muss doch Abschied nehmen und schauen, was geworden ist aus ihm‹, dachte er.

Der Diener räusperte sich. «Gnädiger Herr», sagte er, «der Besuch.» Seine lange, dürre Hand zeigte aus dem Ärmel der schäbigen Livree halb nach hinten zur Tür. Einen Augenblick lang musste sich Jansen besinnen. «Ja, ja, lass Er ihn herein!»

Der Diener ging schlürfenden Schrittes hinaus und Jansen drehte sich wieder zum Schreibpult, um rasch die wenigen Zahlen einzutragen, die noch einzutragen waren. Er hörte die Tür gehen, während er an den letzten Ziffern malt.

«Du weisst den Brauch, Klas Eilers. Nimm dir den Stuhl beim Kamin. Bin gleich fertig.»

Es fiel ihm zwar auf, dass er weder den schweren, tappigen Schritt Klas Eilers hörte noch das umständliche Stuhlrücken wahrnimmt, aber er war in die Arbeit so vertieft, dass er sich keine Rechenschaft darüber gab. Dann war er fertig. «So!» Er legte den Federkiel in die Schale, wandte ich dem Besuch zu und sah in das schmale, braune Jungengesicht seines Sohnes. Hinnerk sah ihn mit grossem, erwartungsvollem Blick an. Noch in der halben Wendung verharrte Harm überrascht. Er hob die Hand, aber da fiel ihm ein, dass Hinnerk diese Hand bisher zurückgestossen hatte. Da bezwang er sich und sagte nur: «Bist gross geworden, Hinnerk.» Aber er konnte nicht verhindern, dass ein wärmerer Ton als beabsichtigt in seinen Worten aufklang.

Der aufgeschossene Bursche machte eine eckige Bewegung, von der Jansen nicht wusste, ob sie Zustimmung war. «Ja, Herr Vater», sagte der Junge. Seine Stimme war fest und voll und in nichts mehr kindlich.

Harm Jansen war aufgestanden und trat mit forschendem Blick ganz nahe zu seinem Sohn, der ihm so wenig ähnlich war. Ein heimlicher Schmerz wallte in ihm auf. Mit verhaltener Zärtlichkeit fuhr er dem Jungen mit rauer Hand durch den hellen Schopf und klopfte ihm dann auf die Schulter. ›Er hat das Gesicht Gretas‹, denkt er dabei ›schmal und herb‹. Der Mann unterdrückt einen Seufzer. Er fühlte sich nicht als Vater ist; eher als Freund oder Bruder des Jungen vor ihm. «Warum bist du gekommen?», fragte er, weil er sich erinnerte, dass Hinnerk eine Pflicht, vielleicht auch eine Sorge hergeführt haben könnte. Nur aus Neugier zu kommen – nein, das macht einer wie Hinnerk nicht. Es ist eine Frage des Müssens, und Harm würde sie in diesem Augenblick lieber nicht gestellt haben, weil sie ihn aus einer wohligen Eingesponnenheit, aus dem Erinnern an Greta in die nüchterne Wirklichkeit zurückkriss.

«Klas Eilers ist heute zur Nacht mit der Flut nach Emden herein.» Dünn sind die Lippen, aber kräftig, und weiss die gesunden Zähne. Es zuckte ein wenig um den Mund des Jungen, als er fortfuhr: «Bin mit ihm. Wollte Emden sehen und – und . . .» Er sah scheu auf seinen Vater, Röte stieg in seine Wangen. «Wollte Euch gute Fahrt wünschen, Herr Vater, fürs Afrika!»

Der Oberfaktor erinnerte sich, dass er Klas Eilers bei seinem letzten Besuch davon erzählt hatte. Der Winter war mild, und es kündigte sich schon der Frühling an. Da lässt's gut segeln zwischen Emden und Borkum. «Ja, Afrika!», sagt er halblaut. Und zu Hinnerk gewandt fügte er hinzu: «Danke, Hinnerk. Danke, dass du daran gedacht hast. Aber sage nicht ›Herr Vater‹ zu mir, kannst den Herrn weglassen.» Der Junge stand wie angenagelt. Sein Haar war hell wie reifes Kornstroh. «Setz dich!», forderte Jansen ihn auf.

«Ich möchte jetzt lieber gehen», antwortete Hinnerk; es war ein Klang in seiner Stimme, als bereute er, überhaupt hergekommen zu sein.

Dem Mann gefiel die Art: widerspenstig und doch freiwillig schmiegsam. «Willst du mir nichts berichten über euer Leben zu Borkum? Habt wohl gar nichts mehr mit mir zu schaffen?»

Hinnerk hatte die Hände, die plötzlich feucht waren, in sein Wams verkrallt und zerrte an dem dicken derben Stoff. Sein Kopf zuckte mit einer kurzen Bewegung zur Seite, als wollte er etwas abschütteln. «Braucht nur zu fragen, Herr Vater!», sagte er knapp, aber es klang nicht nach Widerstand. Harm fasste ihn an der Schulter und führte ihn zu einem Stuhl. Er hätte seine Hand gerne noch fester um die noch schmale Schulter gespannt, aber eine Scheu, die er sich nicht deuten konnte, hielt ihn ab. «Du bist gross geworden und kräftig!», meinte der Vater. Sein Blick wanderte anerkennend über die junge Gestalt: schmal in den Hüften und breit in den Schultern. Freude wallt in ihm auf, wie er feststellt, dass Hinnerk den Kopf hoch und frei trägt.

«Ich habe die letzte Saat allein bestellt», sagte der Junge stolz. «Jetzt bringe ich den Pflug schon tief genug. Ein halbes Tagwerk Acker haben wir mehr als im vorigen Jahr.» Er brach jäh ab, als er den erstaunten Blick des Vaters bemerkte. Verlegen wanderte sein Blick zu einem Kupferstich an der Wand. Von neuem schoss ihm Röte ins Gesicht, in den Fingerspitzen spürte er ein leichtes Zittern. War es Ärger oder Verlegenheit?

«Die See magst du wohl nicht?» fragte Harm Jansen leichthin.

Hinnerks Augen blieben am Kupferstich haften: «Fahre gern zum Fang.» Es schien ihm nicht recht, davon weiter zu reden Mit knappem Kopfnicken deutete er zum Bild: «Das ist es sicher, wohin Ihr segelt, Herr – äh Vater?»

Der Stich zeigte Gross-Friedrichsburg mit der *Morian* und der *Wappen von Churbrandenburg*. «Ja, hier ist die Festung. Sie ist gross und schön!», bestätigte der brandenburgische Oberfaktor. «Da hausen die Schwarzen, ganz schwarze Menschen, fressen aber keinen. Auch schwarze Mädchen gibt es, ja klar, sie sind schlank und meistens fröhlich. Aber du kennst wohl noch nicht einmal ein weisses?» Jansen schaute prüfend auf Hinnerk, der nun zum drittenmal errötete und unruhig auf dem Stuhl wetzte. «Oder gibt es doch auch eine Deern auf Borkum?»

«Heike!», grollte Hinnerk kurz und widerborstig. Es ist, als würfe er dem Vater das Wort wie einen Stein hin, über den er stolpern sollte.

Der Vater macht eine wegwerfende Bewegung. «Ist doch eine alte Frau, eure Wirtschafterin!»

«Zu Mittsommer war sie dreizehn. Meine die junge und nicht die Mutter. Sie kann auch schon hinter dem Pfluge gehen und melken. Und hat Bohnen gezogen an der Stallwand vorigen Sommer; dicke, schöne Bohnen. Mutter ist ganz zufrieden mit ihr!» Der Junge schaute, während er die Sätze knapp und kurz, wie abgehackt, hinschleuderte, unverwandt auf den Stich. Er wollte um keinen Preis das Gesicht des Vaters sehen, in dem ein feines Lächeln stand.

«Und wenn sie siebzehn sein wird? Was ist dann?», warf Harm eine leichte Frage hin, wie beiläufig, um eine tote Sekunde zu überbrücken.

Das Rot in den Wangen des Jungen wird purpurner, er sprang hastig auf. «Möchte jetzt gehen, Herr Vater, wenn Ihr nichts dawider habt.»

Harm Jansen hatte sich vor seinen Sohn gestellt und sah ihn nun ernst an. «Willst du keine Antwort geben? Wenn sie siebzehn ist, sollst du ein Mann sein! Das kann einer aber nur in der Welt werden! Die Welt ist grösser als Borkum, hat mehr als einen Pflug und ein paar Kühe!» Der Vater hob die Hand und zeigte auf den Kupferstich. «Erst wenn man das hinter sich hat oder eine ähnliche Sache, dann erst ist man ein Mannsbild! Die Nase über die Kimm stecken! Tut er es nicht und löst er sich nicht von den Rockfalten, dann kann ihn jede über die Achsel anschauen. Auch wenn sie Heike heisst und nichts tut als Bohnen pflanzen und Kühe melken.»

Hinnerk war blass geworden. Er spürte, wie die Tränen in ihm aufstiegen – aus Ärger wie aus Verzagtheit. Aber das sähe albern aus. So aber presste er die Fäuste zusammen. «Sie hat nie was gesagt von der Schifferei.»

Der Vater lachte. «Das wird sie wohl nicht! Ist doch ein Mentsche! Frauen wollen immer, dass der Mann da ist. Aber im Stillen wollen auch sie einen Kerl, der schon andere Luft gerochen hat. Nur auf so einen können sie stolz sein. Solltest mitkommen nach Afrika!» Harm Jansen wusste selbst nicht, wie ihm das eingefallen ist, so rasch und unvermittelt. Wohl kaum, um sich für das Widerstreben Hinnerks vor drei Jahren zu rächen? Es war eher der Drang, einen Zeugen für seine Idee, einen Mitverfechter zu gewinnen? Er gab sich im Augenblick keine Rechenschaft darüber, aber erfüllt von dem plötzlich aufgetauchten Gedanken, den Sohn mitzunehmen, kramte er in den breiten Laden des Schrankes in der Ecke. Dort hat er seine Pläne und schüchterne Zeichnungen von Gross-Friedrichsburg, Taccarary und Accada. Auch bunte Bilder von seltsamen Pflanzen und Tieren des fernen Landes.

«Nach Afrika?» fragte Hinnerk, und es war ihm, als bliebe der Atem stehen.

Der Vater gab keine Antwort mehr, sondern erzählte und erklärte, schilderte Afrika in hundert Farben, bunt und abenteuerlich. Er beachtete nicht, ob ihm der Sohn zuhörte. Er redete, wie er noch nie in seinem Leben mit Worten geworben hatte. «Wir reisen im März ab. Ich will ein Reich aufsuchen, ein schwarzes Königreich – mächtig und grösser als Brandenburg. Und ich will es für uns gewinnen. Die Holländer müssen . . .» Er brach ab und sah forschend auf seinen Sohn. Dann fragte er lauernd: «Bist wohl auch holländisch worden bei Jan?»

Der Junge schüttelt den Kopf. «Onkel Jan hat mich nie geplagt. Wär' auch danebengeraten. Der Pastor.»

«Ja, der Korte!», atmete Harm Jansen auf. «Der alte Korte! Der weiss, was rechtens ist für die zu Borkum! Aber weisst du . . .» Er packte den Jungen, ihn zu sich drehend, an beiden Schultern, «. . . weisst du: wenn ich es nicht schaffe, dass es in Afrika recht kommt für Brandenburg, dann hätte ich zwanzig Jahre meines Lebens vertan. Dann ist es vorbei, dann war alles umsonst!»

Hinnerk war von der Flut der Worte ebenso benommen wie von der Unzahl der Bilder, des seltsam Geschauten. Schwarze Menschen? Durch Tag und Jahr glühender Sommer? Und nie Eis und Nordweststurm, der die Wasser das Land überfluten lässt, dass es Wunden zurückbleiben? Palmen, Affen und bunte Vögel, die man Papageien nennt? Wenn das Heike sähe! So hinfahren nach Afrika und dem Vater das Reich der Schwarzen erobern helfen, ja, das wäre nicht schlechter, als wenn man hinter dem Pflug herginge. Und eines Tages – in zwei, drei Jahren – käme man doch wieder zurück mit breitem Schifferhut, mit dem Degen und einer Pistole im Gürtel, bunte Bänder aus Seide angesteckt, braun und gross und stark wie der Vater. Da würde Heike wohl schon sehr stolz auf ihn sein. Hinnerk war so in seine Phantasien vertieft, dass er die Worte des Vaters nicht mehr hörte. Erst als der seine Frage: «Hältst du mit?» wiederholte, fuhr er auf. «Dann müsstest du heute über vierzehn Tagen hier sein!»

«Mit?» Halb lag der Entschluss schon in der Gegenfrage. «Wer ackert aber?»

Der Vater lachte. «Die Mutter, oder Jan. Du hast auch noch die alte Heike, und die junge Heike kann helfen, wenn sie dich mag!»

Hinnerk sah eine Weile vor sich hin. Wie hatte der Vater gesagt? Die Nase über die Kimm stecken? Anderes Wasser riechen? Es war still geworden im Raum, in dem es irgendwie moderig und nach Salzwasser roch. Wie auf Segelschiffen. Harm Jansen sah den Kampf, den der Junge mit sich ausfocht. Aus dem Wust der Zeichnungen und Stiche zog er ein Blatt hervor. Es zeigte das dreieckige Fort von Accada, mit bunter Kohle gezeichnet, leuchtend in den Farben, blau das Meer, blau der Himmel – lockend und werbend. Das legte er wortlos vor Hinnerk hin. Er beobachtete, wie sich Hinnerks Augen darin verfingen, wie sie gross und glänzend das Bild betrachteten.

Und dann, mitten in die Stille, in das dämmerige Licht des schlecht gelüfteten Raumes, sagte der Junge mit heisser, stockender Stimme: «Ich komme mit Euch, Vater – ins Afrikanische!» Heike sollte auch auf ihn stolz sein, wie die Mutter auf den Vater. Heike würde sich nicht über den Stubenhocker schämen müssen, und er errötet zum letzten Mal an diesem Tag.

Harm sah ihn lange an; sein Herz schlug vor Freude höher, aber – dann wäre Greta ganz alleine. Er besann sich und versank ins Grübeln. «Bleib bei der Mutter, Hinnerk», sagte er schliesslich, «sie braucht dich.» Und als der Sohn aufbegehrend von Neugier und Begeisterung sprach, lächelte der Vater, aber er dachte bitter an die Zeit vor elf Jahren. «Lass deine Liebe nicht zurück – du könntest sie verlieren. Du gehörst auf den weiten, grünen Heller, auf dem die Kühe weiden. Du musst dein Leben mit dem Pflug verdienen. Denke an das nette, sommersprossige Mädchengesicht, es lacht dir zu, strohgelb leuchtet ihr festes Haar. Es ist ein offenes Lachen, das nichts verbirgt, voller Lebensfreude und Vertrauen. Denk' nach, Hinnerk – und schlaf noch einmal darüber.»

*

Die Tage vergingen schneller als gedacht. Rau und kalt bliesen noch die Winde, aber Harm Jansen war wieder voller Tatendrang. Der Geheime Rat zu Berlin hatte die Bewilligung gegeben, *«dass der Oberfaktor Jansen als provisorischer Gouverneur nach Afrika abgehe, um den dortigen Gouverneur Engelbert Grobbe abzulösen. Besagter Grobbe hat altersbedingt um seine Rückorder gebeten, die ihm angesichts seiner Verdienste gnädiglich gewährt wird. Dem provisorischen Gouverneur Jansen sei von der Compagnie verstattet, seine amourösen Ideen, die sich in das Innere des unbekannten Landes richten, in die Tat umzusetzen, sofern er dies auf eigene Faust und Gefahr tun will. Können uns aber nicht entschliessen, besagten Jansen endgültig zum Gouverneur der dortigen churfürstlichen Forteressen zu machen, ehe er seine Ideen nicht gegen Eid und wohlgeschriebenen Revers aufgeben mag. Werdet vielmehr trachten müssen, eine practicable Person zu finden, die besagtem Jansen als Gouverneur nachfolgt.»* Im März 1703 segelte Harm Jansen von Emden wieder ab.

Wappen von Friedrich I.,
König in Preussen

Kapitel 28: Sai Tootoo

Der 1699 mit den Türken geschlossene Friede von Karlowitz hatte dem Unruheherd Europa eine kurze Atempause gebracht. Ungarn, Siebenbürgen, Kroatien und Slawonien fielen an Österreich, Podolien und die Ukraine zum Teil an Polen, die Halbinsel Morea an die Seemacht Venedig. Brandenburg ging leer aus. Zum Dank durfte sich 1701 der Kurfürst Friedrich III. als Friedrich I. zum *König in Preussen* krönen. Damit ging die Geschichte des Fürstentums im nun Preussen genannten brandenburgischen Gesamtstaat auf. Doch bald machte sich Grosstuerei breit, die kaum zur verdeckten Armut des Landes passte. Viele Leute fragten sich: Haben wir die Königskrone nötig? Der Grosse Kurfürst war auch ohne sie in aller Welt angesehen. Seit seinem Tode hatte man bereits siebenmal eine ausserordentliche Kopfsteuer erhoben, um sich vor dem Bankrott zu retten. Aber die Geldsorgen hatten kein Ende. Man brauchte Geld! Immer wieder Geld. Es fehlte für die grossspurigen Bauten, für die kolossalen Pläne einer Königsresidenz, und das, was hereinkam, warf der Hof scheffelweise zum Fenster hinaus. Die Krönung zu Königsberg hatte die Steuereinnahmen eines Jahres verschlungen; allein drei Diamantenagraffen, die den goldgestickten, mit Adlern geschmückten Purpurmantel des Königs zusammenhielten, haben einen Sack voll Gold gekostet.

*

«Wieder ein Jahr umsonst gelebt!», murmelte Korporal Ernst Lemke. Er stand im letzten Licht des heissen Silvestertages 1703 an der Brustwehr von Gross-Friedrichsburg und sah über das Meer. Wie verloren glitten die Worte von seinen Lippen. Aber sie klangen nach in denen, die in der Nähe standen. Sie hatten heute wieder einen Musketier begraben, den vierten schon im Dezember. Neunundzwanzig Weisse zählten sie noch. Ihre Uniformen waren längst zu Lumpen zerfallen, statt ihrer trugen viele von ihnen bizarre Kleider, die sie bei den Schmugglern eingehandelt hatten.

Bis in die Nacht sprachen sie von dem, was sie bewegte, was werden wird, wie es weitergehen sollte. Auch von dem, was zu geschehen habe. Die Nordbatterie brauchte einen vierten Pfeiler, und die Ostbatterie müsste neu aufgesetzt werden. Immer dringlicher wurden die Arbeiten, denn wie lange konnte es noch dauern, bis rebellische Schwarze einen Überfall versuchten? Es wäre auch gut, unten am Strand zwei Kanonen einzubauen, damit man auch zur Seeseite besser gesichert sei. Aber es fehlte das notwendige Eisen. Nur Kalk hatten sie, sonst nichts.

«Jansen, habt Ihr Eure Ideen von der Mission dorthin . . .», sagte Gouverneur Grobbe und machte mit der Rechten eine lässige, unbestimmte Bewegung nach Norden, « . . . habt Ihr sie nun doch ad acta gelegt?» Eigentlich war es ihm egal, was Jansen plante. Grobbe konnte mit dem nächsten Schiff in die Heimat zurückreisen; die Taler, die er in Berlin in die richtigen, weil einflussreichen Hände hatte wandern lassen, waren nicht verschwendet.

Jansens Blick ruhte auf dem vom Mondlicht überglänzten Meer. Er drehte sich um, aber in der Dunkelheit kann er im Gesicht Grobbes, der drei oder vier Schritte von ihm weg sitzt, nicht erkennen, wie das gemeint ist. Jahrelang hatte Harm Jansen den Plan in sich herumgetragen, er hat ihn mit jedem stillen Tag, der nichts brachte als irgendeinen nichtigen Negerhandel, weiter geplant. Inzwischen wusste er genau, was er wollte.

«Nein!», antwortete er, «aber das versteht Ihr wohl nicht. Wir werden es riskieren – es wird auch etwas einbringen. Das sollt Ihr sehen! Obwohl wenn man nicht alles nach Talern messen darf!»

Grobbe antwortete nichts. Es wagte auch keiner zu lachen, wie sie es früher manchmal taten, die ringsum in der Dunkelheit sassen. Es kommt ja doch, was kommen muss! Man ist nur Glied in der Kette, die aus der Vergangenheit kommt und abläuft durch die Klüse des Lebens, aus der Gegenwart hinein in eine Zukunft, die noch fremder und dunkler ist als Vergangenheit und Gegenwart. Wie soll man da einen Zweck erkennen? Und noch mehr: Wie sollte man etwas ändern an dem Lauf der Kette? Und dass der Oberfaktor Jansen verrückt ist – seit er von Deutschland zurück war noch mehr als früher – das wussten sowieso alle hier.

In dieser Nacht, die voll schwerer Schwarzbläue und süsser Stille lag, blieb Harm Jansen noch lange auf. Nur der einsame Schritt der Schildwache war zu hören. In der Südwestecke der Zinne, wo Jansen stand, lag seit der Erbauung des Forts ein flaches Felsstück. Die Wachen benutzten es oft als Stufe, um besser über die Brustwehr hinaussehen zu können. Harm Jansen glaubt, die Brust zerspränge ihm. ›Ich werde es tun – ich will es tun!‹ Mit jäher Bewegung packte er den Stein, den noch keiner zu heben vermochte, ein kurzes Ächzen unter Anstrengung, und dann polterte der Fels über die Bastion in die Tiefe.

Die Schildwache lief herbei und fragte, was geschehen sei. Der Oberfaktor lachte ein lautes, entspannendes Lachen. «Ein Stein!», ruft er dem Musketier zu. «Es war nur ein Stein!»

Er ging ins Haus. So ein befreiendes Gefühl hatte er schon lange nicht mehr gespürt.

*

Zu Anfang Februar 1704 steuerte ein dänisches Vollschiff Gross-Friedrichsburg an, dem der Grossmast und das Bugspriet fehlten und das auch sonst arg zerschlagen war. «Harmattan!», sagte der Kapitän kurz, als ihn Jansen, an Bord kommend, befragte. Das havarierte Schiff sollte in Indien neues Land für Dänemark nehmen. Deshalb sei ein verhältnismässig grosser Stab von Offizieren an Bord. Nun aber müsse man froh sein, das Schiff soweit seetüchtig zu machen, dass man die wertvollen Ladegüter, die für Geschenkzwecke an die Wilden bestimmt waren, heil heimbrächte.

«Lasst mich die Listen sehen!», sagte Jansen. Der dänische Kapitän sieht ihn aus grauen, kalten Augen an. «Was gehen sie euch an?» Er fürchtete, der Preusse könnte zu hohe Bezahlung für seine Hilfe fordern.

«Vielleicht kann ich Euch einige der Präsente abkaufen!», beruhigt ihn der Oberfaktor. Sein Plan stand fest: Fünftausendsiebenhundert Taler hat er nunmehr bei der Kompanie gut. Wenn er, aus dem Geld, das in der Kasse Gross-Friedrichsburg's liegt, dreitausend Taler nähme, dann wäre es nicht viel, aber es würde genügen, um endlich einmal einen Anfang zu machen. Gerät es gut, wird er sein Geld zurückbehalten und für die Gesellschaft noch gute Gewinne machen; gerät es schlecht, wären seine dreitausend Taler dahin. Der Kapitän hatte inzwischen die Ladelisten geholt. «Ich werde nur gegen Gold verkaufen!», erklärte er kurz.

Jansen nickte und blätterte eifrig in den Papieren. Der Däne hatte Dinge geladen, die man für die Aschantis sehr wohl brauchen könnte: ziselierte Musketen, Fernrohre, Schmuck, Seide, vielbegehrte Arzneien und anderes. Konzentriert stellte der Oberfaktor seine Wunschliste zusammen. Der Däne freute sich über das Gold, das von Jansen in kleinen Lederbeuteln an Bord gebracht wird; gemeinsam wiegen sie es aus. Harm liess die erstandenen Dinge in einen gesonderten Raum schaffen und sorgfältig in Kopflasten verpacken. Viel ist es eigentlich nicht, aber für den Anfang muss es reichen!

Kaum war das davonsegelnde Dänenschiff unter der Kimm verschwunden, als Paukenschläge die Rückkehr von Gouverneur Grobbe ankündigten, der neun Tage in Accada war, um Waren einzutauschen. Statt einer Begrüssung knurrte er nur missgelaunt: «Hat nicht viel gebracht, Jansen!» Grobbe stieg steifbeinig aus dem Tragsessel, den die vier Träger behutsam zur Erde gesetzt hatten. «Bring Branntwein!», befahl er einem Soldaten. «Die schwarzen Hunde wollen keine preussischen Waren mehr!»

In die Schreibstube erfuhr der Gouverneur von Jansen, dass dieser dreitausend Taler Gold gegen Präsente weggegeben hatte. Grobbes Blick verfinsterte sich, er schnauzte ihn wütend an. «Billige Waren hättet Ihr nehmen sollen, nicht sündteuren Luxus!»

«Es ist mein eigenes Geld!», wehrte sich Jansen. Er wusste, auf welch schwachen Füssen sein Argument steht.

«Euer Geld, Herr Oberfaktor? Euer Geld?» Grobbe lief blaurot an vor Aufregung und Ärger. «Anvertrautes Kompaniegeld ist es! Ich ziehe es vors Kriegsgericht! Zum Teufel! Ich kann Euch keine gute Nacht wünschen!» Er packte den Schnapskrug und schenkte sein Glas voll. In Berlin wird er den Bericht an der richtigen Stelle deponieren.

Aber im Morgenlicht, als die Offiziere und Beamten von Gross-Friedrichsburg zum Kriegsrat zusammentraten, zeigte sich alles friedlicher und ausgeglichener. Sie berieten den Vorfall. Keiner von ihnen hatte seinen Sold bekommen. Nur geringe Abschlagszahlungen waren bewilligt worden. Keiner aber stand auch schon so lange in Kompaniediensten wie Oberfaktor Harm Jansen, der zudem nach Grobbes Abreise den Gouverneursposten übernehmen würde. «Zweiundzwanzig Jahre, da muss es einem verstattet sein, nach seinem wohlverdienten Geld zu greifen. Ausserdem hat mir Berlin die Expedition zugestanden, sofern ich sie mit eigenem Geld finanziere.» Sie redeten hin und her, aber keiner wollte den Oberfaktor schuldig sprechen. Schliesslich schoben sie das ganze von sich ab; es sollte darüber nach Emden berichtet werden. Das hohe Bewindthaberkollegium möge selbst entscheiden, zumal Oberfaktor Jansen nicht nur die dreitausend Taler forderte, sondern auch den Rest seines in jahrelanger Arbeit und Mühen erworbenen Geldes.

Sie schüttelten ihm die Hände, nachdem der Spruch verkündet ist; und selbst Grobbe nennt ihn wieder «Freund Jansen»Harm zeigte weder Freude noch Missvergnügen; er war von seinem Plan erfüllt, der nun knapp vor der Verwirklichung stand. «Ich werde reisen, Gouverneur, und zwar in Kompaniesachen!»

«Ihr seid Faktor und kein Soldat, Ihr könnt auf eigene Faust und Gefahr tun, was Ihr meint!», antwortete Grobbe mit einem Achselzucken. «Das darf aber der Kompanie keinen Taler kosten!» Er versuchte nicht mehr, gegen den Plan zu reden, obwohl er nichts davon hielt.

Jansen lachte. «Wird es nicht, Gouverneur! Ich nehme Peukert mit. Sonst brauche ich nur die Träger wie sonst auch und die beiden Musketiere, die immer mit mir ziehen. Und Pferde für die Weissen.»

Grobbe war es gleichgültig. Er sah, dass alles am Niederbrechen war. Mag das Ding laufen, wie und solange es will! Wenn nur endlich ein Schiff käme, mit dem er nach Hause segeln könnte.

*

Mit vierzehn Trägern, elf Askaris, fünf Pferden, Unteroffizier Peukert, zwei Musketieren und von Danqua begleitet brach der Oberfaktor Harm Jansen am 22. April 1704 in den Urwald auf. Danqua, der schwarze Sklave, war ihr Führer. Er ritt das fünfte Pferd, das Jansen aus eigener Vollmacht hatte satteln lassen. Wenn sie zurückkehrten, ist Grobbe vielleicht schon nach Europa unterwegs. Aber Danqua kannte den Weg, und darum sollte er reiten. Er diente dem brandenburgischen Oberfaktor zuverlässig seit vielen Jahren. Er kannte seinen Herrn und wusste immer, was zu tun sei. Auf diesem Treck war er als Führer unersetzlich und im Lager als Koch.

Nach Mitternacht zogen sie los. Lustlos schloss hinter der Karawane der Posten das hohe Festungstor. Eine Weile noch spiegelte das bleiche Silber der unendlichen See herüber. Harm war voller Erwartung, er wusste, es ging um alles, er wusste auch, wie ungeheuer schwierig das Unternehmen sein würde und welche Gefahren es birgt. Die See entschwand hinter Büschen und Hügeln.

An der Spitze des Zuges reitend, schaute Jansen voraus in die Nacht. Hier kannte er noch jeden Baum, jeden Felsen. Er wollte versuchen, landeinwärts hinter Accada vorbeizukommen, dann weiter nach Norden, um Taccarary, Succondee, Assena, Commenda und insbesondere Elmina im Süden zu lassen, damit die Holländer nichts von seiner Expedition erfuhren.

Wie drohend schweigende Gespenster standen die Luftwurzeln der unförmigen Affenbrotbäume. Das Licht des Mondes flutete silbrig über das Land. Harm Jansen musste sich auf seinem Pferd tief bücken, um unter den Blättern eines Drachenblutbaumes durchzukommen. Sein leiser Zuruf hatte auch Peukert gewarnt. Ein böses Omen wäre es den nachfolgenden Schwarzen, wenn sie die Blätter dieses heiligen Baumes berührt hätten. Immer dichter wurde der Busch, Pinien, breit, düster und mit ausladenden Ästen, hell gefleckte Stämme riesiger Platanen schoben sich dazwischen, Guajanabäume, Seidenwollbäume, Ölpalmen. Dichtes, raues Gras und Erdnusskraut säumte den Pfad, der ihnen noch bekannt von früheren Unternehmungen ist. Irgendwo im Südosten musste Accada sein, weiter südöstlich Taccarary.

«Schade um die schöne Befestigung in Accada», sagte Harm und deutete in die Richtung, «die haben die holländischen Pfeffersäcke nicht mehr zurückgegeben.»

Unteroffizier Peukerts Blick folgte seiner Hand. «Wenn der Grosse Kurfürst noch leben würde!», sagte er, «der hätte es sich nicht gefallen lassen.»

Nach einigen Marschtagen kamen sie in unbekanntes Land, das noch kein Weisser betreten hatte. Sie marschierten hügelaufwärts, folgten einem stark verwachsenen Pfad und gelangten nach Stunden jenseits der Höhe in ein freundliches Tal – mitten drin ein Dorf. Kleine Hütten mit armselig aussehenden Bewohnern. Harm hatte Danqua vorausgeschickt, die Leute zu beruhigen, die sonst gewiss geflohen wären. Nun standen sie staunend am Wegrand und starrten die vorbeiziehenden vier Weissen wie das seltsamste Wunder an, das ihnen je begegnete.

Sie zogen ohne Aufenthalt weiter. Der Tag war heiss und dunstig, staubige Luft flimmerte über der Erde die vom tausendstimmigen Gesang der Zikaden erfüllt war. Grosse, blaugrüne, metallisch glänzende Falter gaukelten wie betrunken herum, ein süsslicher Hauch von Schweiss umgab die Reitergruppe. In wildem Buschwerke leuchtete Hibiskus, fremd und rot wie frisches Blut. Und tausend kleine, bunte Vögel umschwirrten aufgeregt ihre beutelartig von den Bäumen hängenden Nester. Um die siebente Stunde, als die Dämmerung einzufallen drohte, wies Danqua auf eine Reihe von Ölpalmen.

«Schau, Herr, die Rinden sind eingeschnitten, unter den Kerben hängen kleine, ausgehöhlte Kürbisse», sagte er. «Hier sammeln die Schwarzen den Saft der Palmen, den sie vergären, das gibt ein berauschendes Getränk. Das Dorf, in dem wir übernachten können, ist nicht mehr weit.» Harm kannte das Gesöff, es schmeckte widerlich, wenn es zu lange gegärt hatte, aber so gut wie Rheinwein, wenn man es zur rechten Zeit trank.

Ziegen lagerten am Weg und schauten gleichgültig wiederkäuend den Männern entgegen. Endlich aber, da die Pferde unbeirrt näherkamen, erhoben sie sich schwerfällig und trabten auf gnomenhaft kurzen Beinen vor den Pferden her. Der Weg weitete sich, das Gewirr der Schlingpflanzen wurde weniger dicht. Ein paar Affen kreischten hoch und laut in den Bäumen. Fast unvermittelt öffnete sich der Wald zu einer grossen, besiedelten Lichtung. Mehrere Schwarze kamen den Reitern entgegengelaufen, bewaffnet mit einem kurzen Schwert, Schild und Spiess. Zwei trugen sogar Musketen. Aber in ihrer Haltung lag nichts Feindseliges. Danqua ritt vor und bot den Willkomm. Die Verständigung war überraschend gut, obwohl Danqua später gestand, dass er anfangs die kehligen Laute der Leute nur mühsam verstand. Gastfreundlich bot der

Dorfälteste für die Träger Hütten an. Die Weissen mit Danqua sollten in seinem Haus wohnen.

Nach Sonnenuntergang kamen die Frauen und Kinder, die aus Angst in den Wald geflüchtet waren, zaghaft zurück. Das Geschrei, das sie machten, war fast unerträglich. Sie drängten sich neugierig vor der Hütte der beidenWeissen. Harm hatte zwei Wachen aufgestellt, er wusste, wie schnell dieses oder jenes Ding hier verschwinden konnte.

Vor Jansens Hütte hatte der alte Häuptling den einzigen stuhlartigen Gegenstand für Harm Jansen stellen lassen. Es ist der Staatssessel, behängt mit Talismanen und braun verkrustet an den Füssen. Jansen fragte nicht. Es war ihm bekannt, dass die Schwarzen an hohen Festtagen Sklaven opferten und mit dem Blut die Grabstätten, den Schmuck und die Staatssessel bestrichen. Sie machten das heimlich, sogar noch an der Küste, wenn sie auch seit Jahren statt der Sklaven lieber Ziegen oder Schafe nahmen. Sklaven lassen sich gewinnbringender an die weissen Männer verkaufen.

Schon bei früheren Urwaldzügen waren ihm die hohen, plumpen Götzenbilder aus Holz oder gebranntem, grellrot angemaltem Ton aufgefallen. Als er Danqua fragte, erklärte der: die Dorfbewohner wollten sich durch diese Figuren schützen, denn nachts ginge der Tod um und überlege sich, welchen von den Bewohnern des *Crooms* er sich holen sollte. Danqua erklärte: «Wenn er eine Gestalt vor den Hütten stehen sieht, dann packt er sie und meint, einen Lebenden zu haben. So prellten die Neger (Danqua sagte tatsächlich ›Neger‹) den Tod!»

Irgendwo draussen im nahen Wald heulten Hyänen. Im Schein des Feuers sass der alte Cabucir, umringt von seinen Frauen, die alle auffallend jung waren. Harm Jansen hatte ihm Rum eingeschenkt und forschte ihn über die Aschantis aus.

Aschantis? Ja, die hätten schon mehrmals von den Bergen her – der Alte zeigte nach Nordost – Überfälle begangen. Es seien furchtbare Krieger, die alles zerstörten und verbrannten. Während er erzählte, trat im Raum Stille ein. Die Gesichter der Frauen waren angespannt. Die Kinder, die eben noch unbekümmert gelärmt hatten, krochen schüchtern zu ihren Müttern. Der Alte war beim Thema Aschanti ins Sinnen gekommen, wozu wohl auch der Rum sein Teil beigetragen hatte. Er starrte ins flackernde Feuer, das hell und ohne Rauch brannte. Eine grosse Kalebasse voll Palmwein wurde den Weissen gereicht und ein Mädchen bot geröstete Maiskolben an, stumm verfolgt von den Blicken der anderen.

«Herr, kennst du die Tschaha, die Sage vom Unglück der schwarzen Männer?» lenkte der Alte seine Aufmerksamkeit wieder zum Thema zurück. Harm Jansen hatte zu lange unter Schwarzen gelebt, als dass er diese Sage nicht kennen würde. Er wollte aber den Alten nicht beleidigen und fragte neugierig, was es damit auf sich habe. Doch der Häuptling hatte gar nicht auf eine Antwort gewartet und fuhr fort: «Weisst du, Herr, es war zurzeit, als der grosse Gott am Anfang der Welt die Menschen machte. Er schuf drei weisse und drei schwarze Männer mit ebenso vielen Frauen. Damit sie sich nachher nicht beklagen sollten, beschloss er, sie sollten sich Gutes und Böses selbst wählen. Dafür setzte er einen grossen Kürbis auf die Erde und legte ein gerolltes Palmenblatt mit eingeschnittenen Zeichen daneben. Der oberste Gott verlangte, die schwarzen Männer sollten zuerst wählen. Sie haben – das blaue Feuer hätte sie zerschmettern sollen! – in Habsucht den Kürbis genommen. Vielleicht dachten sie, er sei das Bessere. Aber es waren nur ein Stück Gold darin, ein Stück Eisen und einige Dinge, die keiner von ihnen erkennen konnte. Als dann die weissen Männer die Palmblattrolle öffneten, sagten ihnen die eingeritzten Zeichen alle Weisheiten. Gott liess uns Schwarze im Wald zurück und führte die Weissen zum grossen Wasser. Er lehrte sie ein Schiff bauen, das sie in ein anderes Land führte. Von dort kehrten sie nach langer Zeit mit verschiedenen Waren zurück, um mit uns Tauschhandel zu treiben. Aber wir hätten das erste Volk sein können», schloss der Alte melancholisch.

Jansen wusste, was nun zu sagen war. «Es ist auch auf die Weissen ein Schatten gefallen und nicht nur das Licht!» Der Schwarze nickte und griff wieder zur Rumflasche. Mit glasigen Augen sah er in die Runde. «Alle Gunst des höchsten Gottes wurde den Weissen gegeben. Niedere Götter hat er uns überlassen. Und die stehen so weit unter dem höchsten Gott, wie wir Schwarzen unter den Weissen.»

Die Frauen rundum fielen mit klagenden Singsangs ein und legten zur Bestätigung des Häuptlingswortes die Finger an Stirne und Brust. Im Schein des Feuers leuchteten weiss die spitz zugefeilten Zähne in den dunklen Gesichtern. Sie trugen lederne Ringe, mit Zauberzeichen bemalt, um Arme und Beine, und hatten Amulett-Täschchen bei sich, in denen als Zaubermittel getrocknete Frösche, Schlangenköpfe oder Marabuschädel eingenäht waren. Auch die Männer hatten sie auf sich. Eigentlich war das nicht verwunderlich, denn an der Küste wurden sie von allen Schwarzen getragen. Als der grosse weisse Herr zum Schlafen mahnte, da sie am Morgen zeitig aufstehen müssten, bot der Dorfälteste mit listigem Augenzwinkern allen seinen Gästen Mädchen für die Nacht an. Aber Harm macht eine ablehnende Geste und bedankt sich für das freundliche Angebot.

*

Der Weg führte durch dichten Wald. Betäubender Geruch erfüllte die Luft. Oben in den Bäumen begleiteten Herden von Affen mit gewaltigen Sprüngen den Zug. Nach vier Nächten hatten die Leute von Gross-Friedrichsburg Glück, dass sie abends ein paar Hütten antrafen, in denen man ihnen unter vielem Staunen Gastfreundschaft gewährte.

In allen Dörfern hatten die schwarzen Männer und Frauen eitrige Beingeschwüre. Die fadendünnen Würmer in den Wunden wurden oft genug mehrere Ellen lang. Die Schwarzen sagten, man trinke sie mit dem Wasser, und im Körper wüchsen sie sich dann zu solcher Länge aus. Sie hatten über den Wunden dünne Stäbchen durch die Haut gesteckt, an denen sie das Ende des Wurmes aufrollten. Jeden Tag drehten sie das Hölzchen weiter, und manchmal gelang es ihnen auf diese unendlich langsame Art, den Wurm unverletzt aus dem Körper zu ziehen, sodass die Wunde verheilen konnte. Aber meist begann an einer anderen Stelle ein neuer Wurm seine verwüstende Arbeit.

Harm Jansen hätte in diesen vier Tagen seinen ganzen Vorrat an Salbe gegen die Guineawürmer loswerden können, wenn er jedem leidbehafteten Schwarzen von seiner Salbe überlassen hätte. Bei der sengenden Hitze war es verlockend, das klare Wasser aus den wenigen Bächen, die sie überquerten, zu trinken. Aber Harm hatte es streng untersagt, damit nicht auch seine Leute bei lebendigem Leib von den furchtbaren Würmern aufgefressen werden.

Nach langem, ermüdendem Ritt mussten sie einen Bach folgen. Klar und verführerisch plätscherte das Wasser. Ein Musketier konnte nicht widerstehen, das kühle Nass lockte, schon beugte er sich nieder, um mit einer Hand zu schöpfen. Aber Jansen fasste den Mann hart am Arm und schlug ihm das Wasser aus der Hand.

«Weisst du, was du tust?» herrschte er ihn an. «Wenn du nicht Palmwein oder Rum magst, dann siede dir das Wasser zuerst! Wir sind in Afrika und nicht daheim!»

Mit grossen Augen starrte der Soldat den Oberfaktor an. Nicht daheim? Nein, wahrhaftig nicht! Er sagte kein Wort, kletterte in den Sattel und trieb sein Pferd durch die Furt. Weiter ging der Ritt.

*

Mansue! So hiess der grosse Croom am Schnittpunkt des Weges. «Was wollen die bei uns?», fragte einer der Häuptlinge mit unergründlichem Lächeln. «Es ist nicht gut für weisse Männer, unsere Wälder zu durchstreifen.»

Die Nacht fiel schnell ein, die Leute der Karawane waren sehr müde, dass sie sich gern in den Hütten niederlegten, die ihnen zugewiesen wurden, zumal Jansen befohlen hatte, um 2 Uhr wieder aufzubrechen. Er wollte lieber die halbwegs kühle Nacht zur Reise benützen als den glühheissen Tag, an dem man jede Meile nur mühsam vorwärtskam. Die schwarzen Träger waren allerdings nicht damit einverstanden und packten unter Schelten und Schimpfen zur vorgeschriebene Zeit auf. Die Einwohner von Mansue standen trotz der frühen Stunde um sie herum. Sie können sich an den Gesichtern der Weissen nicht sattsehen.

Der Mond schien hell, die Leute kamen rasch voran, solange der Urwald sie nicht dicht umschloss. Dann wurde es schwierig. Der Pfad, der nun vollkommen im Finstern lag, war sumpfig. Im Gras glänzten Feuerfliegen wie winzige Laternen. Die schwarzen Träger gaben in der Finsternis schrille und in hohe Tönen von sich. Sie wollten sich Mut machen und fürchteten die bösen Geister des Urwalds

Der Oberfaktor liess Fackeln anzünden. Der schwarze Anführer der Träger opferte eine halbe Kalebasse Palmwein; unter geheimnisvollen Zeremonien und unverständlichem Gemurmel verspritzte er ihn in alle Richtungen. Dann vergrub er im sumpfigen Boden ein Geldstück, während ihm seine Genossen ehrfurchtsvoll zusahen. Als er ihnen unmittelbar darauf sagte, es wäre ein Reichstaler gewesen und sie müssten sich an den Kosten beteiligen, erhob sich wüstes Geschrei, ein Stüwer hätte es auch getan! Sie stürzten sich im Fackellicht auf die sumpfige Stelle, in der der Reichstaler vergraben sein soll, rauften und stiessen einander, fuhren mit den Händen in den Dreck, wühlten darin herum, fanden aber weder Taler noch Stüwer. Wütend schielten sie nach ihrem Anführer und nannten ihn insgeheim einen schlechten *Sika*, der sie betrügen wollte. Laut sagten sie es aber nicht, um den Zauber nicht zu brechen und die Dämonen nicht herauszufordern.

Harm Jansen musste einsehen, dass sich die Furcht der Schwarzen nicht legen würde, solange es dunkel war, sie sollten lagern. Eilends fuhren die breiten Messer ins Unterholz, grosse Haufen wurden aufgeschichtet, sie wollten Feuer machen. Aber das Zeug war grün und nass. Es qualmte, wollte nicht brennen. Die Weissen verbrachten die Stunden stehend, zu nass war der Boden, voller Würmer und Insekten. Harm Jansen fluchte vor sich hin. «Es ist Afrika und nicht Borkum!»

Am Morgen sah die Welt wieder freundlicher aus. Die Schwarzen hatten ihre Angst vergessen, mit Geschnatter und Geschrei legten sie sich die Lasten auf die Köpfe und ergriffen ihre mannshohen Wanderstäbe.

Der Pfad führte noch immer durch dichten Wald. Den ganzen Tag marschierten sie unter dem Laubdach durch grünen Dämmer. Zwei kleine, wasserarme Flüsse legten sich kurz nacheinander in den Weg. «Fliessen in den Owa und der Owa in den Boosempra», erklärte Danqua, stolz über sein Wissen. Harm Jansen vervollständigte und berichtigte täglich seine Karte, die er schon in Gross-Friedrichsburg begonnen hatte.

Einmal sahen sie menschliche Skelette seitwärts des Weges. Bleich leuchteten die Knochen aus dem Grün des Erdnusskrautes. «Herr, Aschantis sein grosse Krieger!», sagte Danqua ehrfürchtig und zeigte auf die Knochen. «Ja», knurrte Jansen, «scheint mir auch so.»

Dann erreichte die Karawane unvermittelt den Bosempra-Fluss. Der schwarze Führer wies mit grossartiger Geste über das Wasser. «Dort ist die Landschaft Assin, die schon zum Reich der Aschantis gehört!» Sie schaute von einer kleinen Anhöhe weit in das fremde Land, das sich vor ihnen auftat. Harm fand es freundlich. Kurz darauf waren Jansen und seine Leute von einer Schar neugieriger Eingeborener umring. «Prasoo», erklärte Danqua lakonisch, «ist erster Croom zu Assin.»

Während die Karawane rastete, schickte Jansen einen Boten an den König voraus. Ein junger Krieger sollte die Botschaft nach Coomassie bringen: weisse Männer wollen den König besuchen. Sie kommen friedlich, um Freundschaft mit ihm und seinem Volke zu schliessen. Ein paar Geschenke sollten den Gruss unterstreichen. Jansen prägte dem Schwarzen ein, was er dem König zu sagen hatte.

*

Am sechzehnten Reisetag überquerte die Karawane den Bohmen, einen acht Schritte breiten Fluss, der die Grenze von Aschanti bildete. Danqua erzählte, das Wasser dieses Flusses mache beredt. Einmal im Jahr kämen viele Aschantis hierher, um daraus zu trinken. Am achtzehnten Tag, als sie Dadawasee erreichten, empfing sie ein Gesandter des Königs. Er trug einen vergoldeten Bambusstab als Zeichen seiner Würde. Harm Jansen musste seine Ungeduld zügeln, bis die endlosen Höflichkeitsbezeigungen ausgetauscht waren. Der Bote brachte gute Kunde. Mit tiefer Verbeugung übergab er die Gastgeschenke, ein Schaf, vierzig Yamswurzeln und einen Beutel Goldstaub. Der König bedauere sehr, berichtete der Bote langatmig, dass die weissen Männer, von denen er schon gehört habe, solch ungeheuren Anstrengungen ausgesetzt seien. Er freue sich, sie in Frieden und Freundschaft zu sehen und heisse sie willkommen. Er habe den Pfad reinigen lassen und habe bestimmt, dass die Fremden jederzeit in Coomassie einziehen können. Der Oberfaktor war erleichtert.

Am nächsten Morgen brachen sie frühzeitig auf. Sie zogen durch fruchtbares Land. Nach acht Meilen zwang sie ein Gewittersturm, im kleinen Kral Assiminia Zuflucht zu nehmen. Er geriet in eine kleine Hütte. Eilfertig trug der Hausherr Palmwein heran. In der riesigen Kalebasse schwammen Holzstücke und kleine Käfer, die, angelockt vom Geruch, in das Nass gefallen waren. Mit gemurmelten Entschuldigungen fuhr der schwarze Hausvater mit der Hand durch den Wein, einmal, zweimal, dreimal. Die grösseren Holz- und Rindenstückchen sowie die Mehrzahl der Käfer konnte er fischen, mit starker Geste warf er sie auf den Hüttenboden. Dann blickte er in die Kalebasse. Noch immer schwammen Rindenstückchen und einige Käfer darin, aber das erschien ihm unbedeutend. Mit unendlich feierlicher und gastgeberischer Gebärde reichte er Harm Jansen die Kalebasse. Der nahm sie lächend an. Während das Rohrdach des Hauses unter der Gewalt des Sturmes aufrauschte und der Regen in Strömen niederpeitschte, kreiste das Gefäss mit Palmwein unter den Weissen. Auf einen Wink des Hausherrn brachte ein schwarzes Mädchen lebende Hühner. Der Mann erklärte, mit quarrender Stimme das Geschrei des Geflügels übertönend, dass die Hühner nicht zugerichtet werden könnten, solange das Unwetter andauerte.

Harm Jansen liess geräuchertes Fleisch auspacken. Der schwarze Gastgeber gab eine Art Brot dazu, das aus Bohnen und Mais bereitet war. Es war jedoch so höllisch gepfeffert, dass es den Weissen schon nach dem ersten Bissen im Halse wie Feuer brannte. Als Gegengeschenk gab der Oberfaktor Spiegel und Messer, zwei Tücher und eine Handvoll Salz. Die Augen des Schwarzen strahlten – Salz war ihm das kostbarste Gut. Während er die anderen Dinge freizügig an seine Frauen und Kinder verteilte, die neugierig herumstanden, schüttete er das Salz in eine zierliche Kalebasse und stellte sie vorsichtig auf das höchste Gesims der Zimmerwand. Seine Freude war so gross, dass er dem Unwetter zum Trotz Maiskolben für die Gäste in die Glut legte und sie zart rösten liess.

Draussen heulte der ungebärdige Sturm und rauschte der Regen. Aber am Morgen war die Landschaft klar und rein und in ein Sonnengold von unerhörter Pracht gekleidet.

*

Am neunzehnten Reisetag, zwei Meilen nach dem Croom Agagoo, liess Jansen seine Leute halten. Sie waren nur noch eine Meile von Coomassie entfernt. Der Einzug sollte feierlich und mit möglichst grossem Pomp vonstatten gehen. Während er den Königsboten vorausschickte, um die Ankunft zu melden, mussten sich alle in Gala werfen. Weisse und Schwarze wuschen sich im nahen Bach. Das Gepäck wurde aufgeschnürt und die besten Gewänder herausgesucht. Die Weissen kleideten sich in leuchtend bunte Farben mit breiten Schärpen um die Brust; die Degen glitzerten im Sonnlicht, ihre Enden klopften beim Gehen leise an die gewichsten Stulpenstiefel. Auch die Schwarzen zogen ihre roten Hosen an. Jansen hatte sie aus dem dänischen Stoff machen lassen. Über die nackten Oberkörper trugen sie Blusen aus blauem Zeug. Das kam noch aus dem Magazin in Gross-Friedrichsburg und hatte nicht viel gekostet. Aber es machte sich hier gut und würde grosse Wirkung erzielen.

Harm Jansen überblickte zufrieden seine Schar. Er hatte zwei gleichlange Bambusrohre schneiden lassen, dünne Stäbe, an jede wurde eine brandenburgische Flagge geknüpft. Dann gab er den beiden weissen Kavalleristen letzte

Anweisungen. Beim Einritt in Coomassie müssten sie die Bambusrohre, auf den Steigbügel stellten und mit dem linken Arm von sich halten, die Musketen sollten quer vor ihnen auf dem Pferd liegen, von der rechten Hand gehalten. «Von allem Anfang an sollen sie unserer Flagge Respekt erweisen!», sagte er.

Der vorausgesandte Bote kam eilends zurück. Sein erhabener König Sai Tootoo, der den Stamm Akim und den Stamm Assin vernichtet und sich das Land Tufel unterworfen habe – der Bote kündete die Siege seines Herrn, indem er sich immer wieder zu Boden warf –, Sai Tootoo begrüsse die fremden Gäste im Namen des Friedens, und er wünsche, Fetisch mit ihnen zu trinken. Sie mögen sich mit ihrem Einzug gedulden, bis er gebadet habe, worauf er ihnen seine Hauptleute entgegensenden werde.

Am frühen Nachmittag näherte sich eine ungeheure Schar Schwarzer. Schon von Ferne hörte man die ohrenbetäubende Musik, die sie mit hohlen Elefantenzähnen und Trommeln machten. Dumpf tönten dazwischen die schweren Schläge der Gonsgons. Harm Jansen sah der Menge mit gemichten Gefühlen entgegen. Das war eine bewusst kriegerische Selbstdarstellung, mit der die Aschantis anrückten. Aber er wusste auch, dass die Schwarzen dieses Getöse liebten.

In weitem Kreis umschlossen die Aschantis die Fremdlinge. Wild tanzend kamen sie näher. Sie gebärdeten sich mit ihren Sprüngen, Verrenkungen und Schreien wie toll. Einige Krieger trugen einen Art Kopfschmuck mit vergoldeten Widderhörnern und ungeheuren Büscheln Adlerfedern. Lange Leopardenschwänze hingen vom Rücken herab. An einem Leibgurt waren Schellen, Pferdeschwänze und unzählige Lederstückchen – heilige Amulette – befestigt. Über den Schultern trugen sie Bogen, am rechten Handgelenk Köcher mit Pfeilen, in der Linken schwangen sie einen leichten Speer, der mit bunten Quasten behangen war. Die Menge wogte heftig her und hin.

«Das sind Teufel und keine Menschen», entsetzt sich einer der Musketiere.

Jansen brüllte im Lärm zurück: «Bei den Schwarzen ist der Teufel von weisser Gestalt!»

Der Königsbote erklärte, dass die Besucher nun von der königlichen Garde in die Stadt Coomassie begleitet würden. Auf seinen Wink hin stellten sich die Männer mit den Leopardenschwänzen an die Spitze, dann setzte sich der Zug zur Stadt in Bewegung. Schweigend und mit gemischten Gefühlen ritten die drei Weissen, hinter ihnen kam Danqua und dann die Träger. Tausend neugierige Blicke lasteten auf den noch nie gesehenen hellen Gesichtern, auf den prunkvollen Gewändern, auf den Flaggen Brandenburgs und nicht zuletzt auf den blau-rot gekleideten Trägern.

*

Der Marktplatz von Coomassie war riesengross. Weit im Hintergrund harrte eine unübersehbare Zahl Menschen: der König und sein Hofstaat, seine Vasallen, Hauptleute, Musikanten, Diener, Narren und Krieger. Der Bote des Königs geleitete die Fremden. Und wieder begannen Begrüssungszeremonien: zuerst kamen die Grosshauptleuten, die Cabucirs. Sie trugen eine Art Toga aus Seide, die offensichtlich nicht europäischer Herkunft war. An hübsch gearbeiteten Halsbändern aus massivem Gold hingen unzählige Talismane, Zaubersprüche in kleinen Gehäusen aus Gold, Schlangenwirbel und andere rätselhafte Dinge. Armbänder und unbearbeitete Stücke von Gold, hängen von ihren linken Handgelenken herab; sie schienen so schwer, dass sich die Männer auf die Schultern von Sklaven stützen mussten. Die sichelförmigen Schwerter wurden von Dienern vorangetragen. Auf jedem Schwert haftete eingetrocknetes Blut.

Der Lärm der grossen Häuptlingstrommeln war ohrenbetäubend. Je ein Mann trug eine Trommel auf dem Kopf und zwei andere schlugen sie. Zur Seite jeder Trommel hingen die Schenkelknochen der jüngst getöteten Feinde und auch ihre gebleichten Schädel. Andere Schwarze kratzten mit den Fingern auf Leopardenfellen, mit denen ihre Pauken überspannt waren. Das gab einen schroffen, durchdringenden Ton. Wieder andere bliesen auf Hörnern aus Elefantenzähnen, die mit Gold beschlagen und mit den Kinnladen erschlagener Menschen geschmückt waren. Die Europäer und ihre *Küstenneger* verstanden in dem Getöse kein Wort vom Begrüssungsschwall, der sich vor jedem Cabucir wiederholte. Aber es schien den Schwarzen mehr auf den Lärm und die Gesten anzukommen als auf das gesprochene Wort. Alle Männer trugen an den Wangen lange Striche von weisser Farbe, in die sich Ringe aus roter Farbe mischten. Die Bemalung zog sich über den Arm bis zur Handwurzel hin fort.

Breit prunkten die brandenburgischen Flaggen von den schräggestellten Stangen – rot leuchtete der Adler auf weissem Feld. Jansens kleine Karawane zog stolz am Hofstaat des Aschantikönigs vorbei: am Goldhornbläser, am Häuptling der Boten, am königlichen Koch, hinter dem auf langer Tafel viele Gerichte in kleinen Schalen aufgereiht waren, am Aufseher über den königlichen Begräbnisplatz und am Scharfrichter, einem Kerl von ungeheurer Grösse, der ein massives goldenes Beil vor der Brust hielt. Der Armesünderblock stand neben ihm, auch er überdeckt mit geronnenem Blut und Fett.

Schliesslich gelangten die Fremdlinge vor den König der Aschantis. Er sass im Schatten eines riesigen Thronhimmels, getragen von dreissig Sklaven. Sai Tootoos konnte sein Erstaunen nicht verbergen. Harm Jansen stieg vom Pferd. Jäh und mit einem letzten schrillen Ton erstarb der Lärm. Nun herrschte Totenstille. Der Oberfaktor verbeugte sich höflich vor Sai Tootoo. Der König erhob sich, trat zwei Schritt vor und – ein Raunen ging durch die zuschauenden Aschantis – Sai Tootoo streckte Harm seine Rechte entgegen. Die weisse Hand legte sich in die schwarze, zwei Augenpaare trafen sich. Jansen hatte in den langen Jahren seines Afrikadienstes gelernt, im Gesicht der schwarzen Männer zu lesen. Was er sah, schien ihn gut. König Sai Tootoo hatte die Haltung eines wahren Monarchen, und er verlor sie nicht, als Jansen zu sprechen begann. Der Weisse sprach Aschanti, seine Sprache! Das erfüllte den König mit einem Anflug von Freude.

Der etwa dreissigjährige König war seiner Würde entsprechend noch viel reicher als seine Hauptleute mit Gold und Edelsteinen geschmückt. Sein schweres, grünseidenes Kleid trug goldene Pailletten, von der rechten Schulter hing eine rotseidene Schnur, an deren Ende drei grosse, goldgefasste Edelsteine schaukelen. Armbänder aus Koralle und Gold schmückten die kräftigen Arme, wertvolle Ringe zierten die Finger. Auf die Stirn war ihm mit weisser Farbe eine sternförmige Figur gemalt und sollte wohl eine Art Diadem vorstellen. An den Knien und Knöcheln trug er Bänder wie an den Armen, abwechselnd aus Gold und Korallen.

Harm Jansen winkte die Träger mit den Geschenken heran. Ein kunstvolles Werk dänischer Büchsenmacherkunst legte er vor den König hin, dazu zwei holländische Pistolen, zwei Spieldosen, einen runden Barockspiegel mit Stiel, ferner bunte, gläserne Kugeln, vier Ellen preussischen Drillichstoff, einige runde Spiegel und andere europäische Dinge.

Der Oberfaktor wies mit ausgestrecktem Arm und offener Handfläche auf die Geschenke. «Diese Dinge sendet dir der Kurfürst von Brandenburg, der ein mächtiges Volk regiert», sagte er. «Vor Jahren hat er uns, seine Diener, an die Küste des grossen Wassers gesandt, um eine starke Festung zu errichten und friedlichen Güteraustausch mit den schwarzen Völkern zu errichten. Und schon vor langer Zeit haben wir von Sai Tootoo, dem grossen König der Aschantis, vernommen. Weil wir ihn gerne als Freund gewinnen möchten, haben wir uns aufgemacht und sind nach einer Zeitspanne, in der die Sonne fünfundzwanzigmal auf- und untergeht, endlich hier eingetroffen, um dein kühnes Angesicht, o König, zu sehen.»

Der König nickte und betrachtete ruhig und würdevoll die Auswahl von meist noch nie gesehener Dingen, ein freudiges Leuchten in den Augen konnte er aber nicht verbergen. «Warum kommt ihr erst jetzt, da ihr doch schon viele Sonnen und Monde an der Küste lebt?»

«Wir mussten zuerst die starke Festung Gross-Friedrichsburg erbauen und uns zudem der Holländer, starker weisser Feinde, erwehren. Die Holländer sagen, sie alleine seien berechtigt, Fetisch mit den Königen und Cabucirs zu trinken und Handel zu treiben. Deshalb wollten sie uns hindern, dass wir hierherkommen und haben uns immer wieder bedrängt.» Es war ihm klar, dass er damit auch brandenburgische Niederlagen eingestand, aber er wusste, dass Sai Tootoo über die Verhältnisse an der Goldküste bestens informiert sei.

Der König schaute Jansen ruhig in die Augen. Wieder ergriff er seine Hand und versicherte ihm, dass er morgen die weissen Freunde im Palast empfangen wolle. Harm Jansen und seinen Leuten war es recht, sie waren vom langen Marsch und den stundenlangen Vorstellungshöflichkeiten zum Umfallen müde.

«Die Hauptleute werden Euch in eure Quartiere führen, sobald wir die Höflichkeit der Weissen erwidert haben. Jener Affenbrotbaum soll euch Schatten spenden», sagte der König freundlich, «setzt euch dort nieder und erwartet den Vorbeizug unserer Krieger.» Er zeigt dabei auf einen einzeln stehenden, ungeheuren Baum. «Jetzt wird das Spiel also umgekehrt gespielt» dachte Harm und schickte sich drein.

Wieder wütete die schrille Musik, die Thronhimmel begannen zu schwanken, Tausend schwarze Menschen setzten sich in Bewegung. Oben auf den Tragsesseln sassen die Cabucirs; dreissig Schritte vor den Weissen stiegen sie herab und defilierten, begleitet von ihren Dienern und Kriegern, am Affenbrotbaum vorbei. Ein wild-malerisch gekleideter Herold mit einem goldenen Stab in der Rechten rief jedes Mal die Namen und die vollführten Heldentaten der Häuptlinge in die Welt. Medizinmänner und Priester tanzten im Wirbel vorüber. Schon hatte der Abendwind leise aufgefrischt, und die Dunkelheit fiel ein. Auf dem Marktplatze zu Coomassie wälzte sich immer weiter der Zug der Schwarzen, von Geschrei und schriller Musik begleitet. Am schwarzblauen Himmel glitzerten längst die Sterne, Fackeln leuchteten gespenstisch rot, aber plötzlich formierte sich alles zu besserer Ordnung: der König nahte noch einmal, um zum zweiten Mal nach ihren Namen zu fragen und eine leichte Nacht zu wünschen. Dem König folgte eine Unmenge Frauen und dann wieder Krieger, Krieger, Krieger.

Endlich führten die Boten des Negerfürsten die Fremdlinge zu einer Anzahl hintereinanderstehender Hütten, in denen bequeme Felllager bereitet waren. Auch Speisen hatte der König bringen lassen und besonders guten Palmwein.

Harm Jansen sorgte noch für die Unterbringung des Gepäcks. Als er zurückkam, hatte sich Danqua schon auf die Felle geworfen. «Es waren sicher sechstausend!», sagte Harm. «Ein mächtiger Monarch, wenn ich den für Preussen gewinnen könnte!» Aber sein Diener gab keine Antwort mehr. Er war eingeschlafen; die Müdigkeit hatte ihn überwältigt.

*

In der Frühe des ersten Tages nach ihrer Ankunft gab Oberfaktor Harm Jansen in Coomassie das Kommando: «Heisst Flagge!». Die drei Weissen, Danqua, die preussischen Askaris und die Träger waren – wieder von einer grossen Zahl schwarzer Schaulustiger umringt – angetreten. Einer der Musketiere zog feierlich die kurbrandenburgische Flagge an einem schnell geschlagenen

Flaggenmast hoch, der vor Jansens Hütte in den Boden gerammt wurde. Der rote Adler auf weissem Feld wehte zum ersten Mal in der leichten Brise über Coomassie, über Aschanti!

Harm Jansen liess die Leute abtreten. «Wir werden», sagte er zu Peukert, «heute vor Sai Tootoo kommen. Er ist der Herrscher des mächtigsten Staates weit und breit. Verbündet er sich mit unserem gnädigsten Herrn, dann wird Preussen die erste Macht in Afrika.»

Peukert machte ein bedenkliches Gesicht. «Unser König weiss nichts von diesem Plan. Der Negerfürst wird Euch, Herr Jansen, nach einer Vollmacht von unserem König fragen. Was wollt Ihr ihm antworten?»

Da ist sie wieder, was Harm Jansen immer und immer spüren muss: die deutsche Gründlichkeit, die an allem Wenn und Aber klebt, der stille, innere Widerstand, der, wenn er sich sonst nicht zeigt, sich an irgendeine Geringfügigkeit klammert, an ein Gesetz oder Gebot, mag es geschrieben oder ungeschrieben sein. Harm Jansen schaute auf seinen Stellvertreter. Nur wegen dem ewigen Wenn und Aber geht es in deutschen Landen nicht vorwärts: die Franzosen spielen die Herren; der deutsche Kaiser zu Wien versteht es nicht, die Nation zusammenzuhalten; Holländer beherrschen den Handel der Welt! Nein, hier im tiefen Afrika gilt das Wenn und Aber nicht!

Er nimmt den Unteroffizier schärfer ins Auge. «Ich will Sai Tootoo sagen, es braucht nicht Brief und Siegel, wenn ich selbst hier bin als Offizier und Dolmetscher meines Königs! Peukert, wir stehen weit drinnen in Afrika, und wir brauchen dieses starke Reich als Verbündete für Preussen. Oder wir werden wieder die Letzten sein.»

«Ich glaube», sagte Peukert ruhig, «dass wir bereits die Letzten sind. Bevor wir hier das Vergebliche versuchen, sollten die Zuhause das Mögliche machen. Dort haben sie uns vergessen, seit zwei Jahren kam kein brandenburgisches Schiff mehr nach Gross-Friedrichsburg, wir verfaulen, anstatt für Brandenburg einen gewinnträchtigen Handel aufzurichten.»

Der grosse Mann fuhr herum. Der Hieb sass! Schon seit einiger Zeit glaubte er den Widerstand der Männer, hier und in Gross-Friedrichsburg, zu spüren. Aber jetzt hatte es der Unteroffizier zu ersten Mal gesagt, dass er von Afrika nichts mehr hielt, nichts für sich und nichts für Schwarzen. Jansen warf Peukert einen zornigen Blick zu. «Seid Ihr auch einer wie die zu Emden im Bewindthaberhaus, oder einer aus dem Geheimen Rat zu Berlin?» Wut und Schmerz mischten sich in seine Stimme. «Die sind zum Teil dumm, zum andern feige. Ich will das aber bei einem Unteroffizier der brandenburgisch-preussischen Armee nicht annehmen!»

Peukert war flammend rot geworden. Er hatte eine Entgegnung auf den Lippen, aber er besann sich und sagte ruhig: «Ich weiss, was ich meinem König zu

Berlin schuldig bin, und Euch, Herr Jansen, achte ich hoch. Aber Ihr solltet wissen, wie es um Ordnung und Moral der Männer steht.»

Harm gab keine Antwort; ihre Aufmerksamkeit wurde von Lärm und dem Anblick einer Szene, die sich jetzt bot, abgelenkt. Ein grosser Zug Schwarzer war zwischen den Hütten mit rhythmischem Geschrei, dumpfem Trommelwirbel und schrillem Trompetengetöne herangekommen. Ein Häuptling trat hervor und verneigte sich vor den Weissen. Der Zug teilte sich, und die Brandenburger erblickten acht gefesselte Schwarze. Sie hielten sich aufrecht, aber jedem war ein Messer durch die Wangen gestossen; das Blut rann ihnen über Schulter, Brust und Rücken. Jansen wartete ab, es war klar, dass hier etwas Bedeutsames geschah. Der Häuptling begann in singender Sprache und mit sichtlicher Freude über seinen Auftrag zu erklären, der König habe befohlen, zu Ehren der weissen Fremden je zwei Sklaven zu opfern.

«Dürfen wir das zulassen?», brummte Peukert.

Jansen zuckte die Achseln. «Wir können die Gebräuche nicht lächerlich machen, ebenso wenig steht es uns zu, hindernd einzugreifen!» Er weiss, wie man mit den Schwarzen verkehrt. Würde er hier einschreiten, könnte er alles verderben. Den Opfern ist so oder so nicht mehr zu helfen. Vielmehr würde es der gesamten Karawane das Leben kosten.

Das sah Peukert ein, aber der Widerstand stand ihm ins Gesicht geschrieben. Die Krieger schnitten jedem der Sklaven ein Ohr ab und trugen sie triumphierend vor sich her. Verquollenen Auges stierten die verstümmelten Opfer zu Boden. Sie konnten nicht schreien, da die Messer bei den Lippen herausragten, was sie stöhnten, wurde vom Lärm der Trommeln und Hörner überdeckt. Kaum hatte der Häuptling den Weissen seine Meldung übermittelt, trieben wüste Gestalten, in zottige, schwarze Häute gemummt, die Opfer weiter. Lauter wirbelten die Trommeln, schriller tönten die Hörner.

«Wir stehen still, und die sterben für uns auf so grausame Weise!», knurrte der Unteroffizier.

Harm Jansen wusste das auch, aber er blieb ungerührt. Er zwang sich, seinen Worten keinen Ton des Mitgefühls zu geben, um nicht zu verraten, wie es ihn selbst gepackt hatte. Wer weiss, wie es mit ihrer Expedition endet?

«Das ist Afrika?» rief Peukert aus und krampfte seine Faust um den Degen. Er glaubte, einen Versuch wagen zu müssen, die Gefangenen zu befreien. Aber Harm Jansen hatte ihn noch an der Schulter fassen können und riss ihn mit Gewalt zurück. Eisern umklammert seine Hand den Arm des Unteroffiziers. «Wollt Ihr, dass wir alle niedergemetzelt werden?» Peukert versuchte, sich den klammernden Griff zu entziehen. Er wartete still, aber mit keuchendem Atem. Sie sahen dem Zug der Schwarzen nach, bis er zwischen Hütten und Bäumen entschwand.

Danqua, der Führer, trat zu ihnen. «Es war gelogen, Herr!», sagte er.

«Was?» fragte der Oberfaktor.

«Der König opfert die Sklaven nicht zur Ehre der weissen Männer. Seine Priester werden aus dem Blut und den Eingeweiden der Opfer weissagen, ob der König recht tue, die fremden Männer gut zu behandeln.»

«Und ein solches Land wollt Ihr gewinnen, Herr Jansen?»

Harm Jansen schaute seinen Stellvertreter aus kalten Augen an. «Ja!», antwortete er. «Ihr müsst noch viel lernen!»

*

Der Bote des Königs kam nach zwei Stunden und brachte einen Beutel Goldstaub zum Geschenk, ein Schaf und dreissig Yamswurzeln. Er meldete, Sai Tootoo lasse die Fremdlinge zu sich auf den Marktplatz bitten, wo sie ihm angesichts des ganzen Volkes ihren Auftrag sagen sollen.

Die vier Weissen fanden den König von seinen Hofleuten und Cabucirs umgeben und werden gnädig empfangen. Aus dem Opferblut der acht Schwarze muss Gutes gelesen worden sein. Nach der Begrüssung erklärte Jansen dem schwarzen König, er sei gekommen, um zwischen dem mächtigen König der Preussen und dem König der Aschantis ein Band der Freundschaft, einen Kontrakt, zu schliessen. Mit beschwingten Worten redete er weitläufig über Brandenburgs gute Gesinnung für das Volk der Aschantis. Staunend erlebte Peukert die jugendliche Kraft seiner Gesten, mit denen er seine Worte unterstreicht. Und Peukert fühlte auch das Feuer, mit dem Jansen die jahrelang genährte Idee vertrat.

Der König, der aufmerksam zugehört hatte und sich dabei dauernd den langen Bart strich, antwortet mit etwas fettiger Stimme, es freue ihn, dass ihm der grosse, weisse König die schönen Geschenke gesandt habe. Die Weissen, die sich Deutsche nennen, wissen, was zu jeder Sache gehöre. Es scheine ihm, dass die Preussen ein grosses Volk seien, und er sehe deutlich, dass sie wünschten, seine Freunde zu sein. Er danke dem König der Weissen und seinen Offizieren für die Geschenke. Am meisten Freude mache ihm das lange Auge. (Er meint damit das Fernrohr, das sich unter den Geschenken befandt.) Es gösse aber Scham über sein Gesicht, dass er die Geschenke nicht nach Gebühr erwidern könne.

Gleichzeitig winkte er seinen Schatzmeister heran, und der überreichte jedem der vier Weissen einen grossen Beutel Goldstaub. Dann legte der König den Zeigefinger an Brust und Stirn und sagte, er sei willens, den weissen Männern aus dem Königreich der Preussen Gutes zu tun. Er werde durch seine Räte eine Schrift aufsetzen lassen, um dem weissen König zu beweisen, wie gern die Aschantis Freundschaft mit ihm halten wollen.

Gnädig reichte er Harm Jansen die Hand und sagte ihm, morgen oder übermorgen wolle er nochmals mit ihm allein im Palast sprechen.

*

Drei Tage vergingen. Aus dem Benehmen der Ehrenwachen erkannten die Weissen mit Sorge, dass sich die Gunst des Königs gewandelt haben muss. Der schwarze Kommandant der Ehrenwache kraulte seinen dichten Bart und sagte jeden Tag, sein König sei in wichtige Staatsgeschäfte vertieft. Morgen vielleicht werde er mit den weissen Männern sprechen.

«Sag deinem König», entschied am vierten Tag der preussisch-brandenburgische Oberfaktor nach kurzem Kampfe mit sich selbst, «ein Abgesandter des weissen Königs hat nicht Zeit zum Warten. Wenn mich dein Herr bis morgen um die Stunde, da die Sonne am höchsten steht, nicht empfangen hat, reisen wir ab!»

Der Schwarze verneigte sich erschrocken. Harm Jansen wusste, dass er ein waghalsiges Spiel trieb, an dem nicht nur sein jahrelang gehegter Plan zerschellen kann, sondern auch das Leben aller Weissen wie auch jenes der preussischen Schwarze in höchster Gefahr geriet. Offenbar hatten nun doch die Priester und Medizinmänner ihre Hand im Spiel, denn sie fürchteten den Einfluss der Weissen auf den König. Harm Jansen besprach sich mit Peukert, der schweigend zuhörte, aber zum Schluss sagte: «So leicht werden sie uns nicht kriegen; sie sollen sehen, dass wir schiessen und fechten können, bevor wir hier in diesem vergessenen Kaff sterben müssen!»

«Gut», antwortete er, «bleiben wir also wachsam.» Er rief die beiden weissen Soldaten herbei. Sie hielten abwechselnd mit der Muskete im Arm vor der hoch oben am Mast flatternden kurbrandenburgischen Flagge die Ehrenwache, tagsüber dauernd bestaunt von den Einwohnern Coomassies. Er befahl ihnen, sie sollten sich auch noch mit Pistolen und Säbeln versehen und sich jedes Angriffes bis zum äussersten erwehren.

Der Tag verging aber leidlich ruhig, nur von jenseits des Zaunes, hinter dem das neugierige Volk stand, klang manch böses Wort. Die Wache des Königs trieb einige besonders Dreiste, die sich über den Zaun wagten, mit Geschrei und Speerschlägen zurück.

Harm Jansen schrieb in seiner Hütte an den Gouverneur von Gross-Friedrichsburg. Auf alle Fälle wollte er das bisher Gesehene und Erlebte festhalten, vielleicht kämen die Beobachtungen doch noch an die richtige Stelle, wenn er selbst und seine Karawane hier ihr Ende finden sollten. Er würde Danqua den Brief übergeben, der alles versuchen sollte, falls man sein Leben schonte, das Schreiben an den Gouverneur zu leiten. Er war den ganzen Tag mit der Abfassung des Schreibens beschäftigt. An Hand seines Tagebuches schilderte er den

Weg, die Pflanzen, Tiere und Mineralien, die er gefunden hatte, die Sitten und Gebräuche, die hier üblich waren, und was er noch weiter über die im Innern Afrikas liegenden Orte gehört hatte. Genau und umständlich schreibt er alles nieder, in diesen Stunden mehr Gelehrter und Forschungsreisender als Faktor und Offizier. Er beschwor zum Schlusse den Gouverneur, keinen kriegerischen Zug in das Land der Aschantis zu unternehmen, etwa um ihn und seine Gefährten, falls man sie gefangen hielte, zu befreien oder ihren wahrscheinlichen Tod zu rächen. «Viel mehr solltet Ihr, Herr Gouverneur», schrieb er im Schlusssatz, «aus unserem Bericht ersehen, dass es wert ist, dieses Land für Preussen und die deutsche Nation zu gewinnen. War unser Versuch nicht von Glück begleitet, so wird es vielleicht der nächste sein. Möget Ihr unser Leben nicht so hochhalten wie die Ehre und den Vorteil Preussens!»

Das lange Schreiben war geschrieben, gesiegelt. Danqua schwor bei allen seinen Fetischen, es dem Gouverneur zu bringen, sofern er mit dem Leben davon und nach Gross-Friedrichsburg käme.

Aber am nächsten Morgen erschien ein Bote und bat Harm Jansen mit seinen Gefährten zum König. In voller Wehr und Waffen gingen die vier Männer zum königlichen Palast. Einer der Musketiere trug die Flagge Brandenburgs. Sie sprachen nicht, aber sie trugen eine ungeheure Spannung in sich, die keiner dem andern eingestehen wollte.

*

Der Palast war nichts anderes als eine riesige Hüttenreihe, durch Höfe unterbrochen. Zu manchen Hütten führten gedeckte Gänge. Das Rohrgeflecht der Wände war mit Lehm verschmiert, mit roter Farbe bestrichen und mit Verzierungen versehen. Alles machte einen sauberen, gefälligen Eindruck. In Harm Jansen, der mit seinen Begleitern von zwei Hauptleuten in den Palast geführt wurde, festigte sich die Überzeugung, von den Bewindthabern an einem wichtigen Werk gewaltsam gehindert worden zu sein. Wie war das doch herrlich ausgedacht! In zwanzig, dreissig Jahren könnte das ungeheuer weite und sichtlich auch ungeheuer reiche Land für Preussen gewonnen sein.

Ein königlicher Bote führte sie in einen mit Fellen und Waffen phantastisch ausgestatteten Raum und bat sie zu warten. Schweigend gab Harm Jansen mit einer Kopfbewegung seine Zustimmung. Er war jetzt hoffnungsvoller geworden. Zwanzig, dreissig Jahre! Andere werden ernten, was er nun sät! Trommelgedröhn reisst ihn aus dem Sinnen. Ein neuer Bote, reich geschmückt, holt die Weissen in die inneren Gemächer vor den König. Nur dessen Räte sind zugegen.

Sal Tootoo erhob sich und reichte Harm Jansen die Hand, aber auf eine kühle Art. Die Räte um ihn blicken unfreundlich. Es brauchte nicht den geschärften Sinn Jansens, um zu spüren, dass Schwerwiegendes vorgefallen sein müsse. Bevor er seine Gedanken ordnen konnte, begann der König zu sprechen. Er sagte, er habe erwartet, die weissen Männer seien gekommen, um Freundschaft mit den Aschantis zu schliessen. Nun aber wollen sie einen Traktat, in welchem nichts von dem steht, was sie mit den Feinden der Aschantis zu tun gedenken. Wenn Sai Tootoo gegen die Leute von Fantee oder Inba oder eines der anderen Völker in den Krieg ziehen müsse, was würden dann die weissen Freunde unternehmen? Aus dem Opferblut der geschlachteten Sklaven sei die Frage aufgestiegen.

Harm Jansen warf einen kurzen, schnellen Blick auf Unteroffizier Peukert, der genug von dem Gespräch verstanden hatte, dass gestern und heute wieder Menschen um der Weissen willen gestorben sind. Peukert presste die Zähne zusammen, dass die Backenknochen heraustraten.

«Mein König», sagte der preussische Oberfaktor, «hat mich gesandt, um neben der Freundschaft auch den Frieden zu pflegen. Es soll kein Krieg sein unter den schwarzen Männern und auch kein Krieg zwischen Weissen und Schwarzen.»

Die Räte erhoben ein wüstes Geschrei. Sie nahmen ihre Bärte in den Mund und bissen darauf, zum Zeichen der Verachtung und des Zornes. Sai Tootoos Augen wurden unwillig. Heftig stiess er hervor, er könne die Beleidigungen nicht ertragen, die ihm von einigen Nachbarvölkern immer wieder angetan würden. Er habe erwartet, die Weissen seien gekommen, ihm bei allen Streitigkeiten beizustehen, so aber wollten sie aus ihm – die Medizinmänner sahen dies aus dem Opferblut – einen Narren machen. Weisse Männer wissen viel. Sie wissen, wie viele Monate verflossen sind, wie viele Jahre sie leben, aber sie lügen, wenn sie vorgeben zu wissen, der König der Aschantis könne mit den barbarischen Leuten von Fantee und anderen Landschaften in Frieden leben. Noch heute werde er einen Hauptmann hinsenden und ihm sagen: Bringe mir die Köpfe meiner Feinde! Die weissen Männer werden dann sehen, wie die Köpfe fallen!

Erschöpft von der langen, zornigen Rede liess sich der König in seinen Tragsessel fallen. Bevor noch der Weisse ein Wort der Erwiderung sagen konnte, begann der erste Dolmetscher des Königs aufgebracht: «Wir wissen, die Fremdlinge, die sich Deutsche nennen, kommen, das Land auszukundschaften. Sie wollen nicht Freundschaft, sie wollen Krieg mit uns, sie wollen uns betrügen und uns alles nehmen, was wir haben!»

Der König fuhr wieder auf, seinen Bart wütend mit den Händen zausend. «Die weissen Männer haben sich verbündet mit den schwarzen Männern beim grossen Wasser. Sie wollen Scham über mein Gesicht giessen!»

In Harm Jansen kam mehr Wut als Erschrecken hoch, obwohl der Augenblick, das fühlten alle, entscheidend für die Zukunft des Unternehmens war. Es galt, die Machenschaften der Priester und Fetischmänner, die für ihre Macht fürchteten und Nachteile für die Aschantis prophezeiten, abzuwehren. Er trat einen Schritt näher zum König. Das Geschrei im Rat legte sich; die Aschantis waren offenbar betroffen, dass sich die Weissen nicht einschüchtern liessen.

Der Fremde verkündete mit lauter Stimme: «Mein König liebt den Frieden, aber er wird jeden strafen, der es wagt, seinen Freund zu beleidigen, mag es ein schwarzer oder ein weisser Mann sein.»

Sai Tootoo schaute aus grossen Augen und begann nach einer Weile des Nachdenkens wohlgefällig zu nicken. Das Geschrei der Räte war zu einem beratenden Murmeln herabgesunken. «Wir wollen lieber alles selbst verlieren», fuhr Jansen fort, «als dem grossen König der Aschantis die Meinung zu lassen, man habe uns hergesendet, um ihn zu beschimpfen oder zu betrügen. Nicht um das Land auszukundschaften, sondern um mit den Aschantis Freundschaft und Beistand zu pflegen, sind wir gekommen».

Der König hatte sich beruhigt. Er stand auf und reichte dem Weissen die Hand. Die Fetischmänner hatten Unrecht, sagte er, denn er sehe nun, dass es die weissen Männer gut meinen.

Der erste Dolmetscher verbeugte sich und wiederholte das Lob des Königs mit lauter Stimme. Und er fügte hinzu, Sai Tootoo wolle mit den weissen Männern einen Vertrag abschliessen, der die Aschantis für alle Zeiten zu ihren Freunden mache.

Schon glaubte der Oberfaktor von Gross-Friedrichsburg sein waghalsiges Spiel gewonnen. Aber während Sai Tootoo erneut zu sprechen begann und voller Stolz die neue Freundschaft pries, erhob sich in einem von den hinteren Höfen des Palastes lautes Geschrei. Zuerst war es nur eine schrille Frauenstimme, aber im Nu fielen zwei, drei Dutzend andere ein. Die Männer verstummten und horchten nach hinten. Ein Häuptling eilte fort, die Ursache zu erforschen. Schnell kehrte er zurück, umringt von einem Haufen Frauen, die sich mit wilden Gebärden die Haare rauften und heulend wehklagten. Er meldete dem König, O'lima, seine Lieblingstochter, habe mit einer Nadel gespielt, sie in den Mund gesteckt und verschluckt.

Sai Tootoo war erschrocken aufgesprungen. Er wollte zu seinem Kind, aber Frauen trugen sie schon herein. Das Mädchen, vielleicht zwölf oder dreizehn Jahre alt, hatte die Augen angstvoll aufgerissen, war aber anscheinend nicht arg von Schmerzen geplagt. Aus dem Mund hing dem Kind noch der Wollfaden, der an der Nadel war.

Sai Tootoo hat schon die Medizinmänner rufen lassen. Sie drängten herbei. Alles Leid komme von den Fremden, schrieen sie, die Nadel sei vor Wochen mit anderen Dingen von den Weissen beim grossen Wasser gegen Sklaven eingetauscht worden. Der Blick des Königs verfinsterte sich im Nu, die Räte und die Edlen des Hofes, die eilends von allen Seiten angelaufen kamen, stiessen

Schimpfworte gegen Jansen und seine Begleiter aus. Betroffen erkannten die Weissen, wie sich die Stimmung erneut gegen sie gewendet hatte. Alles drohte nun neuerdings zu Scheitern, einer europäischen Nähnadel und eines Negermädchens wegen.

Noch kümmerten sich der König und seine Räte mehr um das Kind als um die Weissen. Die Fetischmänner vollführten ihre geheimnisvollen Beschwörungen, legten dem Mädchen Lederamulette auf Kopf und Brust. Einer brachte ein Huhn herbei. Das Tier gackerte und schlug ängstlich mit den Flügeln. Der Medizinmann hielt das zappelnde Tier an den Beinen über das liegende Mädchen. Mit plötzlichem Schnitt trennt er den Kopf des Huhns ab und liess es zugleich frei. Der Kopf fiel nieder, die Flügel des Huhnes machten aber noch etliche Schläge, das kopflose Tier flog auf und sein Blut ergoss sich in rotem Strahl über das Mädchen und die Umstehenden. Mit vorgestrecktem Hals und stieren Augen starrte der Medizinmann auf das Kind, aber der Faden hing noch immer zum Mund heraus. Mit einer spinnenhaften Hand ergriff er den Faden, das Mädchen windet sich vor Angst und stöhnt. Der Medizinmann nahm den Faden in die Hand und zog daran, aber da wehrte sich das Mädchen, ihr Stöhnen wird heftiger.

Der Medizinmann gab deutlich gemurmelte Verwünschungen gegen die weissen Männer von sich, die nach dem Leben königlicher Kinder trachteten. Wie auf Kommando wandten sich alle den Fremden zu, wüstes, ohrenbetäubendes Geschrei erhob sich. Einige Häuptlinge liessen sich von Dienern Schwerter reichen und wiegten sie drohend in den Händen. Auch der König sah finsteren Blickes auf Jansen und seine Genossen und tat nichts, dem Toben Einhalt zu gebieten. Seine Leute warteten nur auf einen Wink von ihm, die Fremden zu zerstückeln. Peukert hatte dem Oberfaktor zugeflüstert, ob es nicht Zeit wäre, zu schiessen und dreinzuschlagen. Er hatte schon hat die Hand an der Pistole, aber Jansen, äusserlich ganz ruhig, zog mit schneller Bewegung die Hand des Unteroffiziers von der Waffe. Dann trat er vor und brüllte mit aller Lungenkraft die Schwarzen an, ruhig zu sein.

Der Lärm verebbte.

«Bringt eine zweite Nadel!», forderte Harm Jansen. Von neuem erhob sich fürchterliches Geheul. Der weisse Mann wolle nun auch den König töten! schrieen sie.

Aber Sai Tootoo gebot Ruhe. Was er mit der zweiten Nadel wolle, fragte er Jansen finster.

Der deutete auf das Mädchen, das vor Angst und Schmerzen starr lag. «Soll sie sterben oder leben? Schnell, eine Nadel!»

Auf Sai Tootoos Wink wurde im Nu eine der derben Stahlnadeln gebracht. Harm Jansen nahm aus seiner Pistole die Kugel heraus und begann, sie mit der Nadel zu durchbohren. Beängstigendes Schweigen lag über den Menschen, sie standen stumm und drohend. Nur das leidvolle Stöhnen des Mädchens war hörbar.

Das Blei der Kugel zeigte sich weicher, als der Mann zu hoffen gewagt hatte. Schnell war, unter Nachhilfe von Schlägen mit der Pistole, ein Loch durch die Kugel gebohrt. Harm arbeitete ruhig und konzentriert, aber sein Gesicht ist schweissnass und bleich vor Erregung. Gebannt hingen die Augen der Umstehenden verständnislos am weissen Mann.

Er gab einem Cabucir die Nadel zurück. Die Leute drängten näher, wollten sehen, was nun geschieht. Harm sah den König an. Der verstand und gab ein Zeichen. Schnell wurde um das stöhnende Mädchen und den hellhaarigen Mann genug Platz freigemacht: Nur der König wartete dort in finsterer Erwartung.

Unter dem Schwarm der zweihundert Menschen herrschte beklemmendes Schweigen, trotz der ungeheuren Aufregung und Spannung, von der alle ergriffen waren. Der weisse Mann fädelte den doppelten Faden, der dem Kinde aus dem Mund hing, durch das Loch der Bleikugel.

«Mach ganz auf!», befahl er auf Aschanti. Das Mädchen gehorchte. Die grossen, schwarzen Augen schauten scheu, aber auch voller Hoffnung auf den Fremdling. «Noch mehr!», sagte Jansen leise und blickt aufmerksam in den Kinderhals, den Faden mit der Kugel hochhebend. Das Mädchen hatte den Mund geöffnet, so weit es dies vermochte. Da liess Jansen die Kugel am Faden tief in den Hals fallen.

Der Medizinmann, der jede Bewegung des Weissen belauerte, stiess jammernd hervor, der Fremde morde das Mädchen nun vollends. Da ging der König zu dem Schreienden hinüber und versetzt ihm eine kräftige Ohrfeige. Sai Tootoo hatte erkannt, das Jansen helfen wollte. Ein Wink befahl den Leibwächtern, den Medizinmann fortzuschaffen. Das Wutgeheul der Schwarzen verstummte und ging in Gemurmel über. Sie sahen, wie der Weisse den Oberkörper des Mädchens aufrichtete, wie der Faden noch ein Stück weiter in den Hals rutschte, von des Weissen Hand aber gehalten und vorsichtig in ganz kleinen Bewegungen auf und nieder bewegt wurde. Dann zog der Fremde wahrhaftig unendlich behutsam den Faden hoch. «Weit auf!», befahl er nochmals und hebt den Faden aus dem Mund, mit ihm die Nadel. Das Gewicht der Kugel hatte die Nadel niedergedrückt und freigemacht. Weil die Kugel über dem Öhr zu liegen kam, war es möglich gewesen, die Nadel hochzuziehen, ohne dass sie sich verspiesste!

Aufatmend setzte sich Harm Jansen auf den Rand des Lagers, in der Rechten den Faden mit der Nadel hochhaltend.

Die Menge brach in verzücktem Beifall aus. Der König nahm seine Hand und schüttelte sie, Peukert drängte herzu, alle Häuptlinge und Räte des Königs wollen ebenfalls die Hand des weissen Mannes drücken. Jansen sieht und spürt das alles wie unter einem Schleier. Es war nichts, sagte er sich. Nicht viel. Nur eine Nadel an einem Faden. Aber an dem Faden hing für Preussen der Gewinn des Ashanti-Reichs. Er riss sich zusammen und winkte mit der Kugel am Faden gegen die Dankesbezeigungen. Der König war nun der Begeistertste von allen. Wenn der Weisse ein so guter Mann sei, sagte er, werde auch der weisse König in dem fernen Preussen gut sein – das gefalle ihm ausserordentlich.

Der Dolmetscher Sai Tootoos schrie über alle hin: «Der König sieht den weissen Fremdling gerne, die weissen Männer stehen den Göttern nahe.» Sai Tootoo hob bei diesen Worten seine Hände zum Himmel. Der Dolmetscher bedeckte sein Gesicht und fuhr fort: «Der König dankt den Göttern und seinem eigenen Fetisch, dass sie ihm diesen weissen Mann gesendet haben, der Hilfe brachte, wo alle Hilfe versagte, und er wünscht, die Aschantis und die Männer aus Preussen mögen immer gut in Freundschaft leben.»

«Ihr sollt eine Abmachung bekommen», wandte er sich an Jansen, «der König will sie in der ersten guten Woche mit Euch abschliessen.»

Trompeten und rasender Trommelwirbel schallten auf. Sai Tootoo gab den Fremden bis an den Ausgang des Palastes persönlich das Geleit.

Eine Stunde nach der Heimkunft der Weissen brachten Boten des Königs einen Stier, zwei Schweine und zwei handgrosse Beutel Gold für Harm Jansen, einen Beutel Gold und ein Schaf für Peukert, je ein Schaf für die beiden weissen Soldaten und für Danqua, jedem preussischen Schwarzen ein Huhn.

«Mit den Aschantis als Freunde haben wir uns zur Macht der Holländer aufgeschwungen!», sagte Harm Jansen zu seinem Stellvertreter und bereitete das Schreibzeug vor, um seine Aufzeichnungen zu ergänzen. Das Spiel war gewonnen, der Einsatz gering, aber im entscheidenden Moment vom Glück begünstigt! Nun haben die anderen das Wort! Die zu Emden und die zu Berlin!

*

«Man braucht allhier zu Coomassie einen ständigen preussischen Residenten, der also versteht, den König der Aschantis und seine Kriegshauptleute dauernd in Freundschaft zu halten.» Laut überlas der Oberfaktor von Gross-Friedrichsburg diesen Satz; den er eben in sein Tagebuch eingetragen hatte. Er trank einen Schluck Palmwein und warf einen flüchtigen Blick durch die offene Tür nach draussen. Blassblau wölbte sich der Himmel im Glanz der grellen Tropensonne. Vom hohen Bambusstab hing müde und verfaltet die Flagge Kurbrandenburgs mit dem roten Adler. Durch die glühend heisse, unbewegte Luft tönte das Summen und Zirpen unzähliger Insekten.

Wie er die Feder wieder eintauchte und den nächsten Satz überlegte, sah er einen Boten des Königs herbeieilen. Sai Tootoo liess seinem weissen Freunde melden, Läufer hätten eine Gesandtschaft angekündigt, die König Tomoi aus

Navrongo, dem im Norden angrenzenden Land, schickte. Sai Tootoo lasse fragen, ob sein weisser Freund die Sendlinge sehen und hören wolle.

Harm Jansen, Peukert und die beiden weissen Soldaten warfen sich rasch in ihre besten Gewänder, da kündeten schon Gonsgons, Trommeln und Trompeten das Nahen der Gesandtschaft an. Das Volk von Coomassie strömte vor dem Palast zusammen, alle wollten das Schauspiel sehen. Der Bote des Königs, der die Weissen geleitete, musste mit dem vergoldeten Bambusstab wiederholt kräftig zuschlagen, um den Weg freizubekommen.

Sai Tootoo erhob sich von seinem Tragsessel und reichte Harm Jansen die Hand. Kaum war die Begrüssung vorüber, zog schon die Gesandtschaft aus dem fremden Staat ein. Es sind drei phantastisch geschmückte alte Männer, denen zwanzig nackte Schwarze folgten, von denen zehn einen kleinen Krug auf dem kraushaarigen Kopf trugen. Das war alles, was sie brachten.

Bevor noch die drei Abgesandten ein Wort sagen konnten, verzerrte sich das Gesicht des Königs. Er griff mit der Linken nach seinem Bart, steckt ihn in den Mund und kaute ihn zornig. Die Umstehenden brachen in ein Heulen der Wut aus und liessen die Waffen klirren. Aber Sai Tootoo hob Ruhe fordernd die Hand, und Stille trat ein.

Die drei alten Gesandten warteten mit unbewegten Gesichtern, als hörten und sähen sie nichts von der Wut und der Gefahr, die um sie lauerte. Die Weissen konnten sich das Verhalten nicht erklären.

Da begann der König eine zornentflammte Rede: Die Männer aus dem Norden wollten ihm Scham über das Gesicht giessen. Eine so kleine Gesandtschaft alter Männer mit wenigen Geschenken schickte man ihm, als wäre er, König Sai Tootoo, nur Häuptling eines kleinen Crooms. Er brauchte nur einen einzigen Kriegshauptmann nach Norden abzusenden, der werde über ihr Land fegen und alle Leute samt dem König töten, der es wagte, solch eine kleine Gesandtschaft zu senden.

Die drei alten Schwarzen hörten mit unendlichem Gleichmut Sai Tootoos Rede an, die sein erster Dolmetscher wiederholte, da es die Würde des Königs nicht vertrug, dass er mit Fremden von Angesicht zu Angesicht rede.

Bei den letzten Worten kam es Jansen vor, der dem Ganzen noch verständnislos folgte, als zöge über das Gesicht des ältesten der fremden Männer für einen Augenblick ein höhnisches Lächeln.

«Sprecht!», forderte der Dolmetscher die Abgesandten auf.

Der Älteste trat vor. Jetzt war sein Gesicht ganz Hohn, ganz Schadenfreude. «O König», wandte er sich in grobem Verstoss gegen die Sitte des Landes direkt an Sai Tootoo, «du hast uns schon lange versprochen, mit deinen Kriegshauptleuten in unser Land einzufallen. Wir haben mit Spiessen und Speeren auf dich gewartet. Du aber kamst nicht. Wir glaubten, du habest dich mit deinen Kriegern in der Nacht im Walde verirrt. Nun schickt dir mein König zehn Krüge

Palmöl. Du mögest Feuer davon machen. Und du sollst mit dem Licht den Weg finden. Mein König wartet. Er will nicht sterben, bevor er nicht alle deine Krieger und dich selbst getötet hat!»

Die letzten Worte gingen im aufbrandenden Getöse der Wut unter. Sai Tootoo war aufgesprungen. Er raufte sich den Bart. Das Weisse seiner Augen quoll hervor, durchzogen von dünnen, roten Adern. Der Spott, den ihm der fremde Herrscher angetan hatte, war zu gross. Schon hatte er ein Zeichen gegeben – Schwerter sausten auf die fremden Gesandten nieder. Die Weissen standen festgewurzelt daneben und sahen mit Grausen, wie Vornehme und Mindere die bluttriefenden Fleischklumpen auflasen und damit des Königs Ehrenstuhl und ihre eigenen Tragstühle einrieben. Sai Tootoo nahm darin Platz, sein Zorn war verraucht, tiefe Befriedigung war aus seiner Miene zu lesen.

Peukert und die Musketiere warteten mit entsetzt aufgerissenen Augen auf den Oberfaktor, dass dieser etwas sage. «Sie halten sich für unverwundbar, wenn sie sich mit dem Blut ihrer Feinde einreiben», erklärte er. «Reisst euch zusammen, man sieht euch ja an, dass ihr Angst habt. Das wäre das Letzte, was wir brauchen könnten.»

«Bestien sind es, keine Menschen! Wir haben hier nichts verloren», knirschte der Unteroffizier. Er schüttelte sich vor Abscheu und Grauen.

Jansen lächelte schmal und müde.

Der König neigte sich Harm Jansen zu und sagte ihm, wie es ihn schmerzte, dass die weissen Männer mit ansehen mussten, welch grosser Spott über ihn gegossen worden sei. Aber die weissen Männer würden sehen, dass er alle seine Feinde töte. Morgen wolle er selbst zu einem grossen Kriegszug aufbrechen, zu dem er auf diese freche Art aufgefordert worden sei.

Das Toben und Tanzen ringsum nahmen kein Ende. Der Lärm verstärkte sich unerträglich, als der König seinen Entschluss verkünden liess, dass er am nächsten Tag in den Krieg zu ziehen gedenke.

Längst war es dunkel geworden, Fackeln beleuchteten die gespenstische Szene. Schweigend liessen die Weissen den Feuerschein, das Toben und Wüten hinter sich und suchten den Weg zu ihren Hütten. Das Essen, das der Koch bereitet hatte, blieb unbeachtet.

*

Das Blut klopfte in den Schläfen, trotz der Schwüle zitterten Harm Jansen die Glieder vor Frost, der tief in den Eingeweiden nistete. Das Herz raste. Nur mit Anstrengung gelang es dem Mann, die bleischweren Augenlider zu heben. Verwirrt starrte er in den Raum, der im ersten Morgendämmer lag. Wo bin ich? Gross-Friedrichsburg? Emden oder Borkum? Vier nackte Wände. Auf dem Lager drüben in der Ecke lag eine Gestalt. «Peukert!», ächzte Harm Jansen mit kälteklappernden Zähnen. Das Fieber hatte ihn wieder gepackt, wie schon so oft in diesen Jahren in Afrika. Schwerfällig erhob er sich, weil von dem anderen nur ein Stöhnen kommt. Tastend suchte Harm Jansen nach dem Arzneikasten. Er musste seinen ganzen Willen zusammenraffen, seine Hände zwingen, die Dose aufzumachen, in der er das fieberstillende *Schali-schali* weiss. Mit zittriger Hand fingerte er nach dem Pulver; Danqua stellt es aus geschnittenen, getrockneten und pulverisierten Rinden junger Weidenzweige her, und es hat ihm noch immer geholfen. Die Weide ist für Danqua ein Zauberbaum, er nennt ihn Schali-schali. Nach einigen Atemzügen vermochte Harm die Medizin zum Munde zu führen. Das Zeug schmeckte ekelhaft bitter, es klebte im Mund, die trockene, geschwollene Zunge machte ihn würgen. Er rutschte matt an der rauen Lehmwand zu Boden, kauerte im Winkel und bemühte sich um Speichel. Erst ausruhen. Ein Schluck Wasser oder Palmwein wäre gut. Aber der Krug auf dem Gesims an der gegenüberliegenden Seite des Zimmers stand zu weit weg. Drei oder vier Schritte für einen Gesunden, für ihn lag jetzt eine Welt dazwischen. Vor Jahren, als ihn das schleichende Gift zum erste Mal hingeworfen hatte, damals hatte er sich geschämt. Aber die Jahre hatten ihn gelehrt, dass keiner vor der Malaria gefeit bleibt, weder der Schwarze noch der Weisse. Viele sah er, aus deren Augen das Fieber leuchtete, deren Seelen in Flammen standen und sie von innen heraus verzehrten

Er wusste nicht, wie lange er in der Ecke kauerte, er wusste nur, dass vom anderen Lager wieder ein Stöhnen kommt. Und das riss ihn aus seiner Benommenheit. Mit schwachen, kalten Händen nahm er nach der Arzneidose auf und schleppte sich längs der Wand zum Unteroffizier. Nun war es schon hell geworden. Harm Jansen sah in die wirren Augen Peukerts. Mehr einem inneren Befehl als einem klaren Willen gehorchend drückte er mit zitternder linker Hand auf Peukerts Kiefer, öffnete den Mund und wollte ihm mit zwei Fingern der Rechten von der Medizin einschaufeln. Aber Peukert schlug mit dem Kopf hin und her, dass es nicht gelang. Der Unteroffizier fieberte noch nie so stark wie jetzt.

An der Wand weitertastend, gelangte er zur Tür, stiess den Vorhang aus dünnen Bambusstäbchen zur Seite und wurde vom prallen Sonnenlicht geblendet. Ihm war, als schütte es statt Hitze Eis über ihn. Die Schildwache starrte den Kommandanten an, der kraftlos an der Wand lehnte. Harm Jansen stammelte Unverständliches, der Soldat hatte auch nur ein Wort verstanden: «Danqua.» Aber er sah das Fieber in den Augen des Weissen und eilte, Danqua zu holen.

Danqua wusste, was zu tun war. Eilends mischt er Rum mit Wasser und gab Stücke von Zuckerrohr hinein. Bäuchlings legte er sich vor die Feuerstelle, auf die er den Topf gesetzt hatte, und blies in die Flammen. Das Gemisch sollte sieden und dann von den beiden Weissen getrunken werden. Er würde noch ein wenig Schiesspulver hinein rühren, obwohl es der Herr streng verboten hatte.

Aber ohne Schiesspulver ist ein Fetisch kein Fetisch und eine Arznei keine Arznei.

Um die zehnte Vormittagsstunde war Harm Jansen wieder so weit, dass er klar denken konnte. Danqua hatte ihn nicht fesseln müssen, wie schon manchmal, wenn ihn das Fieber zu sehr gepackt hatte. Aber diesmal gilt es Peukert. Mit stieren Augen hat Harm zugesehen, wie der riesige Danqua seine Muskeln spannen musste, um den Gefährten auf seinem Lager niederzuhalten und ihm die Fesseln anzulegen. Peukert wand sich und zuckte unter der Gewalt des Fiebers. Mit Händen und Füssen arbeitete er wie in wilder Verzweiflung, keuchend und in kaltem Schweiss gebadet. Danqua musste die Schildwache zu Hilfe rufen, um den Unteroffizier schnüren zu können.

In der Ferne schallten Hörner auf, vielhundertstimmiges Geschrei und der Lärm von Waffen mischten sich ein, Trompetenklänge und dumpfer Schall der Gonsgons. Fragend blickte der weisse Herr Danqua an. Der fletschte grinsend die Zähne:

«Herr, das sein der erste Trupp Krieger, der nach Norden geht», sagt er. Jähes Erinnern stieg in Harm auf. Er hatte die Schwierigkeiten überwunden, hier herzu gelangen. Nun sollte sich mit diesem Krieg ein neues Hindernis auftun? Er muss zum König! Danqua war dagegen, er wollte es seinem Herrn ausreden. «Herr, du noch zu schwach. Später, in einigen Stunden, nach der hohen Sonne vielleicht, jetzt Herr sich hinlegen und Fetischmedizin trinken.»

Harm Jansen nahm gehorsam Arznei, hörte aber nicht auf seinen schwarzen Diener. Er kleidete sich an und stampfte, nur von einem weissen Soldaten begleitet, in den Palast des Königs.

*

«Wir packen!», hörte Peukert, noch vom Fieber geschüttelt, aber doch schon leidlich besser beisammen, den Faktor vor dem Haus befehlen.

«Wir packen, Danqua, hast du gehört?» sagt Peukert. Danqua versteht den Mann, aber er muss ihn enttäuschen. Oberfaktor Harm Jansen wird nicht nach Gross-Friedrichsburg zurückgehen, sondern mit Sai Tootoo in den Krieg gegen Norden ziehen. Danqua schlich hinaus, als sein weisser Herr in den Raum trat.

«Ihr lasst packen, Herr Jansen?» Peukerts Wangen glühen rot.

«Ja», antwortete er. «Aber Ihr habt noch Fieber!»

«Es wird bald gut sein. Bis morgen! Wann wollen wir reisen?»

«Morgen! Wenn Euch aber noch das Fieber peinigt, bleibt Ihr hier, bis ich wiederkomme!»

«Was?» Peukert fuhr hoch, soviel Kraft war schon in ihm. «Ihr wollt mich unter den Bestien lassen? Ich kann reiten, sollt es nur sehen!»

Harm Jansen lächelte ungläubig. «Ihr könnt dem Fieber nicht befehlen. Aber so Gott will, wird es sein, dass ihr mitkommt. Zehn Tagreisen werden wir schon brauchen, bevor wir am Ziel sind.»

«Zehn?» fragte Peukert gedehnt. Es war, als müsse er nun erst seine Sinne zusammensuchen, um den Sinn zu verstehen. «Aber herwärts haben wir neunzehn gebraucht. Wie kommt Ihr zurück in zehn? Kennt Ihr einen kürzeren Weg?» fragte Peukert ein zweites Mal.

«Wir haben nur einen Weg!», antwortete der Mann unerbittlich: «Den Weg für Brandenburg!»

«Brandenburg heisst jetzt Preussen, und der Kurfürst ist jetzt König. Und der will solche Exkursionen nicht. Er gab nie Antwort auf Eure Briefe!» Ermattet sank Peukert auf das Lager zurück und sah hoffnungslos auf den Mann.

Als spräche er zu sich selbst, erklärte Harm Jansen mit einförmiger Stimme: «Morgen bricht Sai Tootoo auf, seinen Feind zu züchtigen. Wir werden mit ihm nach Norden ziehen und ihm im Namen des preussischen Königs unsere Kraft leihen. Vier weisse und vierzehn schwarze Preussen, achtzehn deutsche Musketen – ich will sehen, ob das dem König von Aschanti nicht hilft!»

«Ihr rennt ins Verderben! Alle sind gegen Euch, die zu Berlin und zu Emden und auch der Gouverneur von Gross-Friedrichsburg!», flüsterte Peukert erbittert.

«Ihr habt Fieber!», sagte Jansen begütigend und stand auf. «Wir marschieren morgen vor Sonnenaufgang.»

«Nein!», bäumt sich Peukert noch einmal in letzter erbitterter Abwehr auf.

Mit einem Ruck wandte sich der Faktor ihm zu und herrschte ihn an: «Zu befehlen habe hier ich! Und ich befehle im Namen Seiner Majestät des Königs, auf den auch Ihr vereidigt seid. Verstanden, Unteroffizier Peukert?» Dann ging er hinaus.

Peukert war zu zerschlagen, um noch eine Antwort geben zu können. Mit glasigen Augen sah er Jansen nach.

*

«Ich will dir Danqua lassen, damit er um dich sorgt.» Harm Jansen sitzt im Morgendunkel an dem Lager Peukerts und erzählt ihm in guten Worten, wie willkommen dieser Kriegszug ist, die Freundschaft mit dem schwarzen Fürsten zu vertiefen und zu festigen. Peukert aber wälzt sich in Fieberphantasien und versteht nichts von dem, was Jansen spricht, spürt nicht die Welle von Barmherzigkeit, die von dem einen ausgeht und zu ihm nicht dringen will. Danqua hält schon die Leinen bereit, den Kranken zu fesseln, falls es zu arg werden sollte. Aber Harm Jansen flösst ihm noch einmal Medizin ein und gibt Danqua Befehl, nur im äussersten Notfall die Leinen zu gebrauchen. Er lässt auch genug andere Anweisungen und Arzneien zurück. Als im Morgendämmern die Preussen aufbrechen, um mit einem grossen Kriegertrupp des Königs die Stadt zu verlassen, wirft sich Danqua vor Harm Jansen nieder und schwört bei seinem Fetisch, dass er den kranken weissen Mann hüten wolle wie seinen Augapfel.

Peukert hat erst nach Tagen begriffen, was geschehen ist. Zwischen den Fieberschüben geht er rastlos im kleinen Hofe seiner Hütte umher. Zu lesen versucht er, in der Bibel und in einigen Büchern über Pflanzen, Tiere und Mineralien, die der Oberfaktor als Hilfsmittel für seine Beobachtungen mitgenommen hatte. Das Gepäck schaut er durch, ordnet und sichtet es, damit er nützlich wäre, sollte es notwendig sein.

Sai Tootoo hat seinen Bruder Apookoo zum Regenten für die Zeit seiner Abwesenheit eingesetzt. Apookoo sendet täglich ein Geschenk von Palmwein, Schafen und Yamswurzeln an Peukert. Als er hört, der Weisse sei genesen, lädt er ihn zu sich in den Palast. Widerwillig geht Peukert hin. Da er die Sprache nur in Brocken versteht, schleppt sich die Unterhaltung elend fort. Peukert ist froh, als er im Abenddunkel, begleitet von fackeltragenden Soldaten, wieder den Weg in seine Hütte nehmen kann.

Danqua hat an einem Dachsparren täglich eine Kerbe gemacht. Peukert steht oft davor, ob er nun gesund sich fühlt oder ob das Fieber in ihm frisst, und zählt die Kerben. Zehn Tage hatte der Oberfaktor gemeint. Einunddreissig Tage sind es schon, seit Harm Jansen gegen Norden zog

Boten haben im königlichen Palast die Kunde von grossen Siegen gebracht, aber der Feind ist nicht vollständig geschlagen. Apookoo sendet die Nachricht zum Weissen hinüber. Er schickt Palmwein mit und Schafe, mehrmals auch ein wildes Schwein und immer wieder Yamswurzeln. Auch will er den Weissen sprechen. Aber Peukert entschuldigt sich stets mit Fieber. Selbst dann, wenn er sich wohlfühlt. Keinen Schritt geht er aus dem kleinen Zirkel der Hütten. Stundenlang hockt er im Schatten des Vorbaues seiner Wohnung und starrt nach Süden.

Seit Mittag schon lastet erdrückende Gewitterschwüle über Coomassie. «Ihr seid wieder fiebrig, junger Herr!», sagt Danqua gekränkt, als Peukert das vorgesetzte Abendessen nicht berührt.

Peukert starrt verwundert auf den Koch. Sein Blick verhaftet sich in diesen schwarzen Augen, aus denen ihn eine fremde Welt, ansieht. Unbeholfen wendet er den Blick weg von den forschenden Augen des Koches. «Ja, ich bin wieder krank», setzt er heftig hinzu. Wie eine Entschuldigung klingt es. Er will sich stärker zeigen, als er ist. Als Danqua fragt, ob er Zuckerrohr in Rum kochen solle, verneint er. Aber insgeheim nimmt er sich vor, wieder Medizin zu schlucken.

«Ihr müsst wenigstens schlafen!», beharrt Danqua ängstlich.

Peukert nickt und schickt den Koch mit einer Handbewegung fort. Er selbst setzt sich an den Rand seines Lagers. Fieberfrost schüttelt ihn. Es wird doch nicht ärger werden? Er hört noch, wie Danqua mit den Schalen klappert und wie seine schnellen Schritte vor dem Haus ersterben. Einen Augenblick lang denkt er daran, den Schwarzen zurückzuholen. Jetzt besitzt er noch die Kraft und den Verstand dazu. Wenn das Fieber ihn vollständig überwältigt hat, wird er hilflos sein. Aber er ruft ihn nicht. Mit zusammengebissenen Zähnen und geballten Fäusten sitzt er und wartet. Er will selbst mit allem fertig werden, mit der quälenden Einsamkeit, mit dem Fieber. Er presst die kaltschweissigen Hände gegen die klopfenden Schläfen. Es ist dunkel geworden. Düster sind die vier Wände des Zimmers um ihn her. Eine wüste, unbewohnte Einöde scheint ihm der Raum zu sein und verwunderlich, dass man ihm zumutet, hier zu leben.

Unbewusst tastet er nach dem Lager. Es muss hier sein – drei, vier Schritte entfernt. Er fröstelt. «Ich bin weit gegangen jetzt», sagt er laut, «aber ich habe mein Bett nicht gefunden, ich gehe in die Irre – es ist Nebel über der See.» Es wird ihm nicht klar, dass er nur in ganz engem Kreise herumgekrochen ist, immer wieder im Kreis. Er kriecht weiter und erreicht Jansens Bett. Mühselig schleppt er seinen Oberkörper aufhinauf. Die Beine bleiben auf dem Lehmboden. Erschöpft schläft er ein.

Als er um eine späte Nachmittagsstunde erwacht, steht Harm Jansen vor ihm. Ganz Coomassie ist von Trompetenklang, Trommelwirbel und vieltausendfachem Triumphgebrüll erfüllt. Die Menschen drängen sich auf dem Marktplatz, den siegreichen König und seine Krieger zu sehen, dabei zu sein, wenn die dreimal dreizehn gefangenen Feinde geschlachtet und den Göttern geopfert werden. Das Geheul schwillt immer mehr an. Noch halb verständnislos schaut und horcht Peukert. Hinter dem Oberfaktor sieht er die fragenden, schwarzen Augen Danquas. Da ist ihm, als sei etwas Furchtbares vorgefallen, was die Freude über die Wiederkehr Harms in ihm ersticken müsse. Auf seinem Gesicht schimmert ein Ausdruck hilfloser Frage.

Harm drückt Peukert in die Felle zurück. «Ihr habt schweres Fieber gehabt. Es sitzt Euch noch arg in den Knochen. Schlaft weiter! In zwei oder drei Tagen wollen wir zurück nach Gross-Friedrichsburg.»

«Gross-Friedrichsburg?» stammelt Peukert. «Ist das jetzt nicht zu spät?»

«Zu spät?» Harm Jansen lacht polternd. «Warum zu spät? Unsere Musketen waren dem König so lieb, dass er uns gleich den Traktat gibt. Und das will die Hauptsache sein!»

«Die Hauptsache sein . . .», wiederholt Peukert und stösst ein heiseres, gelles Lachen aus. Der sieht Jansen prüfend an. Ja, den peinigt noch immer das Fieber. «Schlaft!», fordert er, «auf dass Ihr beisammen seid, wenn wir nach Süden gehen.»

«Wird nimmer nichts nutzen! Wird nimmer nichts nutzen! Ist dennoch zu spät!»

Harm Jansen horcht nicht mehr auf die Rede. Er weiss, wie das mit Fiebernden ist. Und zudem fühlt er sich müde vom langen Marsch. Fast will ihm scheinen, das Fieber kehre auch bei ihm zurück. Er tritt vor das Haus, während Danqua das Lager für Peukert frisch bereiten will.

*

Da kam im Mai 1705 die alarmierende Kunde vom plötzlichen Tod des Kaisers und vom Regierungsantritt des tatkräftigen Joseph I. Bald machte sich ein neuer Wind bemerkbar; wie es schien, trug man sich in Wien mit dem Gedanken, das besetzte Bayern dauernd zu behalten und so das Haus Habsburg wieder fester im deutschen Reich zu verankern, nachdem sich sein Schwerpunkt durch die Eroberungen von der polnischen bis zur türkischen Grenze gleichsam nach Osten und Süden verschoben hatten.

Der neue Kaiser wollte wieder ein Heer aufstellen, aber wenn der Kaiser Soldaten brauchte, musste er erst die Einwilligung der Deutschen Reichsstände einholen und sie dann gut und pünktlich bezahlen. Traf der Sold nicht innerhalb von dreissig Tagen ein, liefen die Soldaten wieder davon, und der Kaiser konnte sie weder mit Bitten noch mit Drohungen zurückhalten. Die Länder und Städte schickten ihre Soldaten überdies wann und wie lange sie wollten. Auf dem Papier konnte der Kaiser über ein grosses Heer verfügen, aber in Wirklichkeit war es meist viel kleiner!

Brandenburg andererseits, um Geld in die leeren Kassen zu bringen, musste seine Armee an den Kaiser vermieten. Die Landeskinder setzten ihr Leben ein für kaiserliche Subsidien, die man vielleicht zum Ankauf eines holländischen Glockenspiels verwendete oder für die man sich portugiesische Zwerge, indische Affen oder amerikanische Papageien kaufte. Für das «afrikanische Abenteuer», wie man die *Afrikanisch-brandenburgische Compagnie* hinter vorgehaltener Hand bei Hofe nannte, war kein Geld übrig. Aber auf die Armee war man stolz, denn man sprach in ganz Europa mit Achtung von ihrem Drill und ihren Leistungen. Der Name ihres Helden, Fürst Leopold von Dessau, der «alte Dessauer», wie man ihn nannte, war bis ins letzte Dorf gedrungen. Denn es waren brandenburgische Truppen, die 1704 in der Schlacht von Höchstädt den Ausschlag für den Sieg der Kaiserlichen unter Prinz Eugen gegeben hatten. Bewundernd erzählte man sich überall von der hervorragenden Disziplin der brandenburgischen Soldaten, die angesichts einer anstürmenden Reiterattacke in völliger Ruhe ihre eingeübten Gewehrgriffe ausführten. Prinz Eugen hatte nachher dem Kaiser geschrieben: *«Fürst Leopold hat in keiner Weise seine Person geschont, sondern mit grosser Unerschrockenheit seine Leute ins Treffen geführt, wo es am härtesten war, so dass man ihm zur Erlangung des grossen Sieges grossenteils den Nachruhm zuzuschreiben hat. Wenn die Franzosen über den Rhein zurückgeworfen wurden, so haben preussische Soldaten dazu nicht das wenigste beigetragen . . .»*

Brandenburgische Fregatte «Churfürst»

Kapitel 29: Das Traktat

Die Feierlichkeit, mit der die Übergabe des Traktates verbunden werden soll, ist so bedeutungsvoll, dass Sai Tootoo nicht nur seine drei vornehmsten Boten sendet, die Weissen in den Palast zu bitten, sondern ihnen noch eine grosse Schar Trommler und Bläser und einen Trupp Krieger mitgibt.

Eine Unmasse neugierigen Volkes drängt herzu, als die drei Weissen zum Palast geleitet werden. Peukert leidet noch immer unter Fieber. Danqua betreut ihn in seiner Hütte und erzählt fortwährend von dem grossen Tag, der heute für die Leute von Gross-Friedrichsburg stattfände. Peukert gibt keine Antwort. Er starrt auf die gegenüberliegende, rotgefärbte Wand und lässt Danqua reden. Er hat für sich mit diesem Land abgeschlossen, mit ganz Afrika, mit all den ihm wahnsinnig scheinenden Ideen, weit draussen in der Welt sich zu vermarkten und zu verbluten. Den Traktat wird der Jansen heute bekommen. Was ist das

schon? Eine Anweisung auf Hoffnungen, nicht mehr. Vielleicht noch ein Frei-
brief für Abenteuerlust.

Abenteuer? Peukert spürt, wie Röte sein Gesicht überzieht. Schamgefühl
steigt hoch in ihm. Nein, er tut dem Oberfaktor unrecht. Der ist kein Abenteurer.
Er bringt nicht Jahrzehnte hin, gepeinigt von Fieber und Mangel, er setzt nicht
das Leben ein, nur für ein Abenteuer. Oft schon hat Peukert über Jansen nach-
gedacht. Was er ihm heimlich dabei zugestanden und dennoch in trotziger Abwehr verleugnet hat – hier zu Coomassie überfällt es ihn wieder: Was der Jansen
tut, ist mehr als ein Abenteuer! Es ist ein so ungeheures Unterfangen, dass es
eben bei einem Versuch bleiben wird. Herz und Seele hat der Oberfaktor dran-
gehängt, sein Leben geopfert, Arbeit, Krankheit, Enttäuschungen und Entbehrungen hingenommen. Mit dem Verstand ist der Sache nicht beizukommen!

*

Sai Tootoo ist dem Weissen bis in den äusseren Hof des Palastes entgegen-
gegangen und reicht ihm die Hand. In goldbeschlagenen Tragsesseln lassen sich
der König und der Gross-Friedrichsburg er nieder.

Laut verliest nun Harm Jansen den Wortlaut des Traktates: «Erstens: Es soll
stets Friede und Eintracht sein zwischen den Untertanen des mächtigen Königs
von Preussen und den Untertanen des grossen Königs von Ashantee. — Zweitens: Der König von Ashantee wünscht und erlaubt einem preussischen Untertanen, der die Vollmacht seines weissen Königs hat, als Resident in Coomassie
zu wohnen, um eine regelmässige Verbindung mit Gross-Friedrichsburg herzustellen, zu Nutz' und Vorteil beider Seiten. — Drittens: Der grosse König der
Ashantees wird einige seiner Kinder den Weissen zur Erziehung anvertrauen.
— Viertens: Da die weissen Männer mehr wissen als die schwarzen, wünscht
der König der Ashantees, dass viele Weisse kommen und in seinem Lande wohnen mögen, um die schwarzen Menschen zu unterrichten.»

Forschend sieht Harm Jansen in die Gesichter. Nur die Fetischmänner zeigen
unverhohlen, dass sie nicht einverstanden sind. Aber sie wagen keinen Einwand. Der erste Dolmetscher und Zeremonienmeister des Königs erhebt sich
und fordert den Weissen auf, vor den König zu treten und auf seinen eigenen
Degen zu schwören, dass er die Wahrheit gesagt und nichts verborgen, noch
anders gemeint habe.

Harm Jansen weiss, dass eine Zeremonie den Schwarzen mehr gilt als alles
andere. Trotz der tiefen, inneren Erregung, die ihn in diesem Augenblick erfüllt,
nun er sich dem grossen, jahrelang verfolgten Ziel nahe sieht, bleibt er gesammelt. Mit festen Schritten tritt er vor den König hin, und ihm ist, als stehe er
jetzt als Mächtiger hier und die Entscheidung sei in seine Hand gegeben. An
ihm liege es, ob er richtig entscheide. Er zieht den Degen und leistet ernst und

feierlich den Schwur. Er steht jetzt im Geiste nicht vor dem schwarzen Fürsten, sondern zu Potsdam im königlichen Schloss, und der Schwur gilt dem König Friedrich I.

Seine Worte sind verhallt, er steht aber noch immer wie verzaubert, die Augen ruhen auf der blitzenden Klinge des Degens.

Der Dolmetscher fordert ihn auf, wieder Platz zu nehmen, es würden jetzt die ältesten Häuptlinge schwören, und er möge die Schwüre hören im Namen des grossen, weissen Königs, der nun Bruder des mächtigen Königs der Ashantees sei.

Die Häuptlinge kommen herzu. Sie halten ihre breiten Ehrenschwerter dicht vor das bärtige Gesicht und sprechen mit lauter Stimme den Eid.

Nach den Häuptlingen steht Sai Tootoo auf, den Eid zu leisten. Er schwört sehr laut mit schreiender Stimme. Sein Wort soll Eindruck machen. Gott und seinen Fetisch ruft er an, ihn zu töten: Erstens, wenn er die Vereinbarungen nicht beobachte, im Falle der Weisse die Wahrheit geschworen habe, und zweitens, wenn er nicht die Ashantees vollkommen räche, im Falle die Weissen Böses im Sinne hätten und nicht aus den vorgegebenen guten Absichten gekommen wären.

Lautes Beifallgeheul erhebt sich, als Sai Tootoo endet.

Rundum drängen die Leute herzu, dabei zu sein, wenn der König sein Handzeichen auf das Schriftstück macht. Auch Harm Jansen unterschreibt.

Als sich die Weissen verabschieden, begleitet sie Sai Tootoo bis zum ersten Tor und sendet einen Trupp fackeltragender Krieger mit, die seine weissen Freunde bis in ihre Hütten bringen.

Die Nacht ist schwül und wird um eine späte Stunde gewitterig. Harm Jansen ist erfüllt von der schönsten und grössten Freude seines Lebens. Er liegt wachträumend auf seinem Lager. Niemandem kann er sich mitteilen, nicht einmal Peukert, der nach einem stärkeren abendlichen Fieberanfall nun fest und tief schläft.

*

Noch ist ein Abschiedsbesuch im Palast abzustatten. Auch Peukert nimmt daran teil. In feierlich ernster Weise versprechen der König der Ashantees und der preussische Oberfaktor, bis zum sechsten Yamsfest zu warten, also fünf Jahre. Weit ist der Weg über das grosse Wasser nach Norden, wo der mächtige weisse Herrscher wohnt. Viele Stürme und feindliche Gewalten bedrohen die Schiffe der weissen Männer. Weit ist auch der Weg zurück. Es mag sein, wenn nichts dawider ist, dass der Herrscher Preussens schon beim nächsten Yamsfest, in einem Jahre also, seinen Freundschaftsbrief und Ehrengeschenke schickt. Aber dem Oberfaktor scheint es sicherer zu sein, die gegenseitige Wartefrist auf fünf Jahre zu erstrecken. Für die drei schwarzen preussischen Soldaten, die im letzten Kampfe gefallen sind, gibt Sai Tootoo drei Ashantees als Träger. Sechs weitere Ashantees und einen kostbar mit Gold beschlagenen Tragsessel schenkt er Harm Jansen, damit dieser im Falle einer Krankheit dennoch weiterreisen könne.

Zu abendlicher Stunde beobachten Sai Tootoo und sein ganzer Hofstaat des Auszugs der Weissen. Die Ashantees sitzen in langer Reihe vom Palast bis an den Weg nach Süden. Die Waffen und der Schmuck der Häuptlinge blitzen Fackellicht, Hunderte Trommeln und Trompeten lärmen. Voran in der schmalen Gasse, die von den Schaulustigen freigegeben wird, reitet Peukert, hinter ihm Daquama, die beiden weissen Soldaten, und dann marschieren die Träger, preussische und ashanteeische. Peukert trägt die alte Flagge Kurbrandenburgs, den roten Adler auf weissem Felde. Nun steigt auch in Peukert ein stolzes, glückhaftes Gefühl auf, der einzige Stolz, den er bisher in diesen afrikanischen Jahren gefühlt hat. Und er dauert nicht lange: Als sie Coomassie hinter sich haben, die Fackeln verlöscht, das Geschrei und die Musik verweht und verschollen sind, als sie in, das Dunkel des Urwaldes treten und von dem wilden Getier umheult werden, das sich herumtreibt, da hat Peukert schon wieder die Frage in sich: «Wozu?» Die Luft schwül und bedrückend, der Wald beklemmend, eine unheimliche Welt.

*

Am dreiundzwanzigsten Marschtag, spät abends, vollkommen durchnässt vom strömenden Regen, der nun schon dreimal vierundzwanzig Stunden ohne Unterlass aus einem bleigrauen Himmel fällt, steht der preussische Oberfaktor mit seiner Schar in Sichtweite vor Gross-Friedrichsburg. Drei Männer hat ihm das Fieber weggerafft. Auch Peukert wird seit gestern wieder von der unheimlichen Krankheit geschüttelt. Er konnte sich nicht mehr auf dem Pferd halten. Harm Jansen liess ihn in den Tragsessel heben und festbinden. Man musste weiterkommen, heraus aus den Dämpfen des Urwalds und an die frische Luft der Küste.

Die Schwarzen sind vor Freude über die Heimkehr kaum zu halten. Ob sie schiessen dürfen, um sich bemerkbar zu machen, damit ihre Weiber ihnen entgegenliefen? Der Qberfaktor hat nichts dagegen. Die Schwarzen böllern wild durcheinander. Das wird auch im Fort seine Wirkung haben, denkt Jansen, Gouverneur Grobbe wird schleunigst in die Hosen fahren, Lemke und Schöpps werden nach den Musketieren brüllen, um sich noch zeitgerecht zum Empfang stellen zu können.

Ein kleines Stück Wegs noch, dann sind sie zurück. Im Fort werden sie derweil das grosse Tor öffnen. Die Schwarze sagen von ihm, es sei so gross, dass sich die Weissen hüten müssen, es möge ihnen die Festung nicht durch das Tor davonlaufen. Nun könnten aber wahrlich schon Fackeln brennen! Was machen die Posten? Schlafen alle?

Plötzlich blitzt Mündungsfeuer im Fort auf, gefolgt von einem dumpfen Schlag. Schwirrend fährt das Geschoss durchs Gesträuch. Holz splittert.

«Donner und Teufel!» brüllt Jansen. «Nieder!» Die Leute haben den Befehl gar nicht abgewartet, sondern die Lasten schon hingeworfen und sich auf die sumpfige Erde fallen lassen.

Wieder ein Kanonenschuss, gut auf den Weg gezielt, aber doch zu weit. Sind die verrückt? denkt Jansen. Schiessen mit Achtzehnpfündern! Was soll das? Da muss etwas vorgefallen sein. Man hält sie für Feinde. Wieder fällt ein Schuss. Nun zeigen sich auch Lichter an den Brustwehren.

«Hier gut Preussen!» schreit der Oberfaktor zur Brustwehr hinauf. Er bleibt hinter einem Baum. «Seid ihr des Teufels, Schöpps und Lemke? Eure Kanoniere schiessen auf die eigenen Leute! Habt wohl keinen besseren Empfang für uns, was?»

«Der Geist des Oberkaufmanns Jansen!», heult eine dunkle Gestalt entsetzt auf. Jansen erkennt die Stimme. Es ist der Kanonier Stanislav Smolka, ein kleiner, dicker Böhme, gestopft voll mit Aberglauben.

«Smolka, du feiger Hund! Hol Hauptmann Schöpps!»

«Sagt Parole!» fordert eine andere Stimme hinter der Brustwehr.

«Scher dich zum Satan! Waren fast ein halbes Jahr in der Wildnis. Wie soll da einer die Parole wissen!» brüllt Jansen.

Da hört er Schritte laufen hinter der Brustwehr. «Er ist's! Er ist's!» schreit Hauptmann Schöpps. «He, Freund Jansen?»

«Endlich einer, der etwas im Gehirn hat! Hört mit der Bumberei auf, Schöpps! Wir holen uns alle die Gicht, wenn wir noch lange im nassen Dreck liegen!»

Das grosse Tor geht knarrend auf. Soldaten kommen mit Lichtern und vorgehaltenen Musketen heraus. Oberfaktor Jansen gilt schon lange verschollen, tot und gefressen von seiner närrischen Sucht, in fremdes Land zu gehen.

«Lasst meine Leute ein!» sagt er zu den Wachposten «nehmt Fackeln mit!» Er reicht Schöpps die Hand, der sie schweigend drückt. Im Hof sieht Jansen eine Schar Schwarzer: Frauen, Kinder, Alte. «Was soll das heissen, Schöpps?» Er zieht den Hauptmann beiseite.

Der brummt unwillig. «Werdet Augen machen! Gouverneur Johann Münz erwartet Euch auf seinem Zimmer. Kommt!»

«Münz?» Jansen bleibt überrascht stehen. «Wieso der? Was ist mit Grobbe?»

«Nachher!» vertröstet Schöpps. «Geht hinein und sagt ihm zuerst Eure Meldung.»

*

Die schwarzen Träger legen ihre Last ab und werden im Hofe des Forts von ihren Weibern freudig umschrien. Andere schwarze Frauen klagen im Fackellicht um die Nichtwiedergekehrte. Der Chirurgius bemüht sich um den schwerfiebernden Peukert. Harm Jansen sitzt fiebernd und zähneklappern im Kreise seiner Kameraden. Er verspürt Schmerz in der Herzgegend, grauer Schleier hat seine Augen überzogen, es fällt ihm schwer, die Leute zu erkennen. Sie geben ihm heissen, gewürzten Wein und erzählen, was inzwischen passiert ist. Gouverneur Grobbe ermordet. Immer wieder Überfälle von Negerstämmen, die aus dem Holländischen herüberkommen, aber auch aus dem Nordwesten. Im Fort dauernd höchste Kampfbereitschaft.

Harm Jansen realisiert nicht, ob er das alles wirklich hört oder ob er im Fieber fantasiert. Sein Arm krallt sich Verstehen suchend in den Ärmel Schöpps'.

«Trinkt, Freund Jansen!» sagt der Hauptmann ernst. «Kommt noch mehr! Hat das schwarze Fieber zu Gross-Friedrichsburg sieben Weisse geholt. Bin selber drei Wochen gelegen.»

«Und Münz?» Harm Jansen lallt die Worte mehr, als er sie spricht.

Schöpps zuckt die Schultern. «Hatten keine Macht dagegen. Die Cabucirs sind zusammengestanden und wollten nur ihn. Es war auch kein anderer da, der von der Faktorschaft einiges verstand. Und Ihr, der Oberfaktor Harm Jansen, hättet ältere Rechte gehabt, aber Ihr ward verschollen. Hätte keiner einen Pfennig mehr für Euch gegeben. Aber wird das wohl anders, die Schwarzen werden Euch als Ersten haben wollen.»

Harm lacht ein heiseres Lachen. «Habt den Jansen totschiessen wollen!» sagt er. «Meinetwegen kann der jüngste Assistent Gouverneur spielen. Hab anderes vor.»

Aber es geht ihm doch wirr durch den Kopf. Johann Münz, der ist wohl nicht untüchtig, hockt auch schon seit vielen Jahren im Afrikanischen. Die zu Emden und zu Berlin werden zufrieden sein. Wie hat es geheissen? Harm Jansen dürfe niemals Gouverneur werden? Es wäre zu gefährlich!

Schöpps weiss nicht, wie er das aufnehmen soll. Er weicht aus und erzählt die Tatsachen: «Die Schwarzen von Fantin und Derowoa haben uns schon an die zwanzigmal nachts überfallen. Sie geben auf unsere Herrschaft nichts mehr. Heissen uns arme Hunde und wollen selber Herren sein in unseren Forteressen. Wenn es so weitergeht und die zu Emden uns vergessen, dann haben wir hier bald verspielt.»

Der Oberfaktor starrt nur noch vor sich hin und gibt keine Antwort mehr. Schöpps, der brennend gern wissen möchte, was Jansen zu Ashantee ausgerichtet hat, muss seine Neugierde zügelnen, als er die gläsernen Augen des Freundes sieht. Er hilft ihm, sich zu entkleiden, gibt ihm noch ein Passglas Würzwein und hüllt ihn in wärmende Decken. Morgen wird es besser sein! Der zähe Friese hat schon heftigere Fieberanfälle als diesen einen überstanden.

*

Bleich, die Augen tief in ihren Höhlen, schaut Harm Jansen in den nächsten Tag. Er hat sich aufgerafft und will unbedingt den Kriegsrat beisammenhaben und will berichten. Peukert aber ist eher kränker als gesünder.

Im Zimmer von Gouverneur Münz vernehmen sie Jansens Bericht. Er hat die Geschenke bringen lassen. Die Beutel mit Goldstaub und Goldkörnern, den goldbeschlagenen Tragsessel und die anderen Dinge. Sie beschauen alles genau, schätzen ab. Münz sagt Jansen einen Glückwunsch: «Ist mir sehr recht für Euch, Freund Jansen! Die zu Emden haben gewütet, weil Ihr die dreitausend Taler aus der Kasse nahmt. Aber was Ihr zurückbringt will wohl an die sechstausend wert sein!»

«Und der Traktat ist an die Millionen Taler wert!» antwortet Jansen stolz.

Sie lesen es aufmerksam. Münz nickt beifällig. «Ein schöner Erfolg! Aber die daheim haben uns vergessen! Sorgen nicht für das *Klein-Friedrichsburg*. Wie sollen sie es erst für das Reich der Ashantees?»

Betroffen sieht Harm Jansen dem Gouverneur ins Gesicht. Aber dann schüttelt er den Kopf und legt seine Hand auf den Traktat. «Es muss anders werden! Unser gnädigster Herr und die Bewindthaber können so eine grosse Sache nicht übergehen. Sie werden den Traktat unterschreiben! Wir haben eine Frist von fünf Jahren, das ist genug Zeit. Oder sollen wir die Engländer, Holländer - gar vielleicht die Dänen vorlassen?»

Gouverneur Münz zuckt mit den Schultern. «Liegt nicht an uns, Freund! Die zu Berlin und zu Emden haben das letzte Wort!»

Der Kriegsrat beschliesst, den Traktat mitsamt einem ausführlichen Begleitschreiben nach Emden zu schicken. Ein englischer Kauffahrer war vor Gross-Friedrichsburg und für eine Woche nach Elmina gesegelt. Morgen oder übermorgen wird er zurückkommen und dann Kurs nach Europa nehmen. Dem will man die Briefschaft mitgeben, gut eingeschlossen in eine eiserne Kassette.

*

Der englische Segler hat die Post für Emden und für Berlin mitgenommen. Auf Jansens Wunsch war der Kanzlei des Königs eine Abschrift des Traktates und der Briefe an die Bewindthaber beigelegt worden.

Neunzehnten Tage später kann Peukert das erstemal wieder aufstehen. Sein Gesicht ist schmal, die Haut blass, die Augen liegen tief, und sein Blick ist ganz in sich gekehrt. Abends, nachdem der rote Adler wie immer niedergeholt wurde, sitzen Peukert und Jansen an der Brustwehr. Der Wind weht warm von der See herüber, das gekräuselte Wasser glänzt in der sinkenden Sonne rotgolden auf. Trotz des Windes ist es heiss und schwül, wie es eben im Dezember an der Goldküste nicht anders sein kann. Im Gesträuch beginnen vielerlei Insekten ihren Abendgesang. Ein paar verlorene Vogelschreie tönen von irgendwo her.

Ein dänischer Segler liegt auf der Reede. Vor zwei Tagen kam er von Indien; er hat etwas Wasser gebunkert und morgen will er wieder nach Europa in See gehen.

«Nach Hause», beginnt Peukert langsam und wie abwägend, «die fahren nach Hause. Aber dort sind sie jetzt im Schnee vergraben.»

Sie schweigen etliche Minuten. Beide hängen ihren Gedanken nach. Harm will nicht in Peukert dringen, aber er weiss, dass der für Afrika verloren ist. Spontan fasst er Peukert am Arm und zeigt hinaus auf den Segler, der schon Lichter gesetzt hat. «Du kannst mit ihm reisen. Morgen!» Die Worte kommen heiser aus ihm.

Peukert bleibt ruhig. Er wundert sich selbst, bisher hat er geglaubt, er würde wie toll vor Freude aufschreien, wenn es wieder nach Europa ginge. Aber nun, da es so plötzlich auf ihn zukommt, nun freut er sich still. Er spürt ein frohes, heisses Gefühl in sich.

«Und Ihr wollt nicht mitkommen? Habt wahrlich genug ausgestanden in dieser Hölle!»

Harm Jansen schaut ihn gross an. «Hölle sagst du? Wenn ich es meinen würde, so wie du und alle andern, dann würde ich mit dir fahren. Aber es gilt mir mehr, als ihr alle glaubt! Ihr denkt, ich lebe zweihundert Jahre zu früh. Bis dann wird die Welt verteilt sein! Und dann ist es zu spät für uns!» Er schaut aufs Mer. «Die Holländer, die Franzosen, die Dänen, Engländer, Spanier und Portugiesen, alle werden sie ihren Teil haben. Und wir sollten leer danebenstehen? Verstehst du? Sag es ihnen zu Emden! Wegen ein paar hunderttausend Taler verspielen sie ein Königreich!»

Verbittert denkt Harm Jansen, mit wieviel Worten und mit wieviel Schriften er seit Jahren seinen Plan verficht und wie wenig Erfolg das alles brachte. Ja, wenn der Grosse Kurfürst noch leben würde, wenn wenigstens die Geheimen Räte des jetzigen Herrschers der grossen Sache aufgeschlossener und verständnisvoller gegenüberstünden! Was liesse sich alles erreichen!

Peukert antwortet nichts. Es ist die Freude, abreisen zu dürfen Aber bei den Worten Jansens ist die Abneigung gegen das afrikanische Land in ihm wieder da. Er bleibt ruhig, aber alles, was er an Ungutem und Grausamem erlebt hatte, zieht an ihm vorüber. Er spürt die Tage des Durstes wieder, er fühlt das Fieber in sich wüten, das ihn in diesen Jahren oft und oft überfiel, er sieht die

Brutalitäten, die es zuweilen gab, und ihm graut vor den vielen Menschenopfern zu Coomassie.

«Ich werde ein paar Briefe schreiben!» sagt der Oberfaktor. «Nimm sie mit nach Emden.» Da ist Peukert, als müsste er nun doch auch etwas sagen, obwohl er spürt, dass er vorbeiredet: «Und wann wollt Ihr nachkommen, Herr Jansen?»

Es war dunkel geworden, Peukert kann das müde Lächeln nicht sehen, das in Jansens Antlitz liegt. «Ich will hier einen guten Anfang machen. Hat man den Wagen auf dem Berg, dann findet sich bald ein Fuhrknecht, der damit talwärts fährt. Nur hinauf, da will selten einer; kostet zuviel Schweiss.»

Anderntags, um die Mittagsstunde, geht der Segler ankerauf. Peukert steht an Deck. Hauptmann Schöpps hat ihm am Morgen gesagt, Jansen habe ein Kistchen an Bord bringen lassen, er lasse ihn grüssen und wünsche ihm gute Fahrt. Der Oberfaktor sei nach Accada geritten, weil er dort zu tun habe. In dem Kistchen befänden sich afrikanische Seltenheiten und der Überschuss von den Geschenken zu Coomassie, Gold in Körnern und Staub, zweitausendachthundert Taler Münze wert. Jansen vertraue ihm das Kistchen zu treuen Händen an und bitte ihn, in Emden das Kistchen einem Fischer mit nach Borkum zu geben; sie sei für seinen Sohn und dessen Braut Heike zur Aussteuer.

Die Segel gehen hoch, fangen den Wind, der Däne läuft mit Kurs Süd aus der winzigen Bucht. Er salutiert mit drei Kanonenschlägen der kurbrandenburgischen Flagge, die hoch oben auf dem Turm von Gross-Friedrichsburg weht, und wird mit zweien Schüssen bedankt. Draussen in der freien See nimmt er Kurs West. Der Mann, der achtern steht und nach der entschwindenden Küste sieht, schämt sich nicht, dass er weint.

*

Im Bewindthaberhaus zu Emden wird Peukert misstrauisch empfangen. Hat der Eigenbrötler Jansen seine phantastischen Pläne noch nicht beiseitegelegt?

Sie hören kalt an, was Peukert von Ashantee erzählt: Der Traktat, den der schwarze König gegeben hat, müsse doch schon zu Emden liegen?

Nein, es sei noch nichts da, lassen die Bewindthaber ihn gleichgültig wissen. Der Engländer wird eben langsamer vor dem Wind gelaufen sein als der Däne, mit dem Peukert kam.

Peukert erkennt mit Erstaunen, dass die Männer kein Verständnis, ja, nicht einmal Interesse für das haben, was der Oberfaktor in Afrika unter Einsatz seines Lebens erreicht hat. Sie müssten sich dem doch mit Eifer annehmen. Wer sonst? Hilfesuchend schaut Peukert von einem zum anderen. Er findet kein Gesicht, das Interesse oder Anteil verrät. Da wird er zum Verteidiger Jansens. Er, der stets dagegen war, spricht nun in begeisterten Worten davon, wie Preussen zuvorderst in der Welt stehen könnte, wenn man jetzt zugriffe. Tausend zwingende Gründe findet Peukert. Er ist über sich selbst verwundert, wie ihm das Lob Afrikas nun so leicht von der Zunge kommt, eben jenem Land, aus dem er sich so sehr fortsehnte.

Die Bewindthaber hören ihn geduldig an, denn sie sind immer begierig, Neues aus dem fernen Land zu erfahren, in dem ein Teil ihres Vermögens in der preussischen Sache steckt. Sie wollen aber das Vermögen greifbar haben. Jahrelang schon steht es schlecht um die *Preussisch-Afrikanische Kompanie*. Man wird noch das letzte Geld daran verlieren. Und da kommt einer und fordert neuen Zuschuss?

Um ihn nicht ganz umsonst reden zu lassen, fragt einer:

«Ist wohl nur mit viel Unkosten zu machen, solch eine Mission nach Ashantee?»

«Nein, nicht viel, wenn man die grosse Sache bedenkt. Will meinen, dass es sich vielleicht schon mit ein paarmal hunderttausend Taler schaffen lässt.»

Einen Augenblick lang ist es totenstill, dann aber brüllt ein Lachen los, infernalisch und spottend.

Die Bewindthaber gehen ihren eigenen Geschäften nach und verfluchen sich selbst, weil sie Geld in die königliche Sache gesteckt haben. Geld, das nun endgültig verloren scheint! Aus Afrika kommen immer dringendere Briefe, und in jedem steht eine Todesnachricht. «*Haben uns nicht auf unser ganzes Leben verpflichtet; ist der Gouverneur Münz gegangen. Haben provisionaliter den Faktor Heinrich Lamy zum Gouverneur gewählt. Will nur einer bleiben, und das ist der Oberfaktor Harm Jansen. Wir andern bitten um Ablösung, bevor der Tod uns frisst!*»

Dreitausend Taler lässt der König aus der Chargenkasse anweisen. Das kleinste Kompanieschiff, die «Fortuna», wird damit ausgerüstet. Im Dezember 1705 geht sie unter Kapitän Maartens in See. Ein königliches Handschreiben führt sie mit, das «*nach Änderung der gegenwärtigen gefährlichen Zeiten*» die Hinsendung neuer Schiffe in Aussicht stellt und die königliche Erwartung ausspricht, dass die Offiziere und Soldaten ausharren werden auf ihren Posten, getreu dem Eid.

Aber bei Kap Finisterre wird die «Fortuna» von einem Franzosen gekapert.

*

Jansen ist wortkarg und finster geworden. Im Herbst 1704 war er aus dem Reich der Ashantees zurückgekehrt, nun schreibt man schon Juli 1706, und nichts geschieht, was die angebahnte Kolonisierung einem guten Ende zuführen könnte. Nicht einmal Antwort hat er aus Berlin und Emden bekommen, obwohl er eine Zweitschrift des Traktates mit einem Engländer an die Bewindthaber sandte, obwohl er mit fast jeder Schiffsgelegenheit einen Brief mitgehen lässt und dringlich die Erledigung fordert. Sai Tootoo wird ihn für wortbrüchig halten. Ein Vorwurf, der für ihn nicht ertragbar ist, schon gar nicht dann, wenn er aus dem Mund eines Schwarzen kommt!

Doch in Emden hat man die Briefe wohl erhalten, hat sie lächelnd studiert und dann beiseitegelegt. Man wäre froh, die Handlung und die Schifffahrt halbwegs *in Flor* zu sehen. Wer kann an die Hirngespinste eines Harm Jansen glauben! Ein guter Mann, der Jansen, ja – vortrefflich sogar! Aber mehr als zwanzig Jahre Afrika richten den Geist zugrunde! Und einen Traktat? Man hat nie einen in die Hand bekommen. Was würde er auch helfen, wenn die Taler fehlen!

*

Am Nachmittag hat sich Peukert mit dem Kistchen von Greetsiel nach Borkum segeln lassen. Still sass er im Boot und gab nur einsilbig Antwort auf die Fragen des Fischers. Still ging er vom Anlegeplatz hinauf durch das schlafende Dorf und dann hinaus nach Osten, bis zum einsamen Haus, so wie Jansen es ihm beschrieben hatte. Er kam ins Schwitzen; das Kistchen hat Gewicht. Harms Bruder lebt nicht mehr; das hat ihm der Fischer erzählt. Hinnerk und zwei Frauen wirtschaften in der Jansen-Kate.

Peukert ist's beklommen zumute, seine Hände zittern ein wenig. Er stellt das Kistchen ab, bevor er anklopft. Die junge Frau tut ihm auf. Sie trägt einen brennenden Span in der Hand und lässt sie vor Schreck sinken, als er sein Begehren aufsagt. Dass er ein Kamerad Harms sei, er komme von Emden herüber, um dem Sohn des Oberfaktors Jansen zu berichten und dieses Kistchen zu überbringen.

Sie sieht ihn schweigend an, geht ihm voran in das Haus, bläst am Herd die Torfglut an, entzündet mit dem Span eine Öllampe.

«Hinnerk, Euer Mann, ist er hier?» Peukert reibt verlegen die Hände an der Hose.

«Nein, er ist bei den Schafen – füttern. Wird bald kommen.» Sie stellt keine Fragen.

Die Mutter kommt im Nachtgewand aus ihrer Dönze, um nachzusehen, wer da wäre. Die Frau zeigt sich über den plötzlichen Besucher nicht verwundert. So, als hätte sie mit ihm gerechnet – eine Selbstverständlichkeit, über die es weiter nichts zu reden gibt.

«Stell Tee auf», sagt sie zu Heike. Auch Buttermilch aus der Speisekammer solle sie holen und Grütze aufkochen. Danach geht sie zurück, um sich umzuziehen. An all dem ist vielleicht zu erkennen, dass auch sie etwas Besonderes erwartet.

Peukert setzt das Kistchen ab; ihm ist's ungemütlich. Heike bringt einen Teller mit warmer Grütze. «Esst, damit Euch warm wird.» Während er isst, fasst sie sich, doch bevor sie etwas fragen kann, kommt Greta, in der alltäglichen Inseltracht gekleidet, zurück. Heike schweigt aus Respekt. Greta nimmt langsam Platz und fragt: «Harm, lebt er?»

«Ja, der Oberfaktor lebt. Und es geht ihm gut. Er hat grosse Verantwortung und viel zu tun. – Natürlich lässt er Euch von Herzen grüssen. Er hat einen Brief mitgegeben; liegt im Kasten.» Das trübe Tageslicht verbirgt, dass er wegen der Notlüge rot wird. «Ich soll noch nach Euem Schwager fragen, wie es ihm geht», Peukert fragt, wie Harm es ihm aufgetragen hat, «ob er gesund sei und Euch eine Hilfe . . .?»

«Ist tot!» Sie berichtet, was zu berichten sie für notwendig findet: Jan hat sich vor zwei Jahren beim letzten Fischfang vor Weihnacht das hitzige Fieber geholt. Sieben Tage hat er mit dem Tod gerungen, hat im Fieber laut nach Hinnerk gerufen und mit Harm viel und heftig geredet. Er wolle nunmehr auch mit den Preussen-Brandenburgern nach Afrika und niemals wieder mit den Holländischen. Am letzten Tag, als sie alle schon glaubten, nun werde es besser, weil er klar redete, da liess er vom Pastor aufsetzen, dass alles, was er habe, Hinnerk zu eigen sei. Am nächsten Morgen fanden sie ihn tot. «Sein Herz ist schwach geworden, hatte der Pastor gesagt.

Hinnerk kam herein, in rauer Arbeitskleidung, mit geröteten Wangen und windverwehtem Haar. Überrascht schaute er auf die Anwesenden, sah Peukert prüfend an, sein Blick ging über das Kistchen. Dann wechselte er mit seiner Mutter einen kurzen Blick und nahm am Tisch Platz. Heike brachte ihm einen Wasserkrug, Hinnerk trank, gab ihr den Krug zurück und legte die Hände auf dem rauen Tisch. Es ist eine schwere, müde Gelöstheit in ihm, lauschte in traumhaftem Erfassen dem Bericht aus dem Mund Peukerts. Dass der Vater lebt, dass er ins Innere Afrikas *expedirt* hat und Kontakt geknüpft zu einem mächtigen Negerkönig in Coomassie. Er sende das Kistchen: Afrikanische Seltenheiten seien darin, und der Überschuss von den Geschenken zu Coomassie, Gold in Körnern und Staub, zweitausendachthundert Taler Münze wert. Er, Peukert, überbringe alles zu treuen Händen. Eigentlich sollte er das Kistchen in Emden einem Fischer nach Borkum mitgeben, aber er sei lieber selber gekommen, weil Harm gesagt habe, sie sei für seinen Sohn Hinnerk und dessen Braut Heike zur Aussteuer. Nun könne er sich überzeugen, dass sie bereits verheiratet seien.»Da gratulier ich mal», meinte er verlegen.

Alle lächelten wie erlöst «Die vielen Jahre in Afrika . . .» sagte Greta und schaute ihn dabei eindringlich an. Peukert wurde es ungemütlich. «Ich werde Euch ein Lager richten für die Nacht», sagt sie dann.

«Nein, bitte nicht. Ihr seid freundlich, aber macht keine Umstände. Ich habe mit dem Schiffer verabredet, dass wir mit der Flut nach Emden zurücksegeln. Mein Schiff nach Guinea läuft morgen aus, habe noch einige Vorbereitungen zu treffen.»

«Wie Ihr meint. Berichtet ihm, dass sein Bruder gestorben ist, aber wir anderen wohlauf sind.» Greta verzieht keine Miene, aber sie glaubt ihm kein Wort. Doch sie lässt ihn am Nachmittag ziehen.

*

Die Grenzen verwischen sich, er weiss nicht mehr, wo die Wirklichkeit beginnt und der Traum endet. Er will es auch nicht wissen. Er weiss, dass er daheim ist. Hinnerk schaut aus dem Fenster. Draussen liegt, wie ein gerahmtes Bild und unendlich friedlich die Landschaft im Licht des späten Nachmittags: das Gattertor, die Baumgruppe, dahinter wogten die hohen Gräser der Dünen, hellgelb der Sand, golden der Ginster, grün der Strandhafer. Während er in Afrika war, hat Heike sich gekümmert, hat das Haus gut instandgehalten, die Ställe wurden noch von Jan vergrössert. Aber die Felder sind verdorben. Jedes Jahr werden sie vom Dünensand mehr verweht. Für Frauensleute war es zu schwer, brach liegenden Hellerboden zu ackern. Er war doch zu lange fort!

Anderntags, an einem regnerischen Morgen, geht er hinaus über sein Inselland. Wo vorher Felder waren, treibt jetzt Dünensand, vielfach schon zwei Ellen hoch. Und die Düne will darüber hinwandern, will alles verschütten. Weiter nach Südwest müsste man die Äcker verlegen, an den Hellerrand. Er blickt von der Dünenhöhe über das Watt. Im Süden schimmert schmal und dürftig die Küste von Greetsiel. Dort gäbe es Land, denkt Hinnerk. Dort gäbe es gute Erde, mag sie jetzt auch noch brach liegen, doch sie würde gute Frucht tragen dort drüben, ungefährdet von den Stürmen und Wassern der See. Hinnerk steht hochbeinig und hager im verwehten Sand. Auf Borkum könnte er die Rinder lassen und das Heimwesen, auf dem Festland ein kleines Haus und die Felder haben. So wie die Mutter sich einstens mühte, die erste Kuh nach Borkum brachte und auf der Fischerinsel eine Landwirtschaft begann, so wird er drüben auf günstigerem Boden schinden, um ihm Kornfelder abzugewinnen. Ja, er wird Land kaufen mit Vaters Geld!

Er fühlt neue Kräfte in sich. Der Zwiespalt, der ihn seit Emden bedrückte, zerrinnt. Das hat keine Art, mit sich in Hader zu sein. Der Mann in Afrika, der Vater weiss, was er will. Auch er selbst, der Junge, muss es wissen! Ihn drängts nach Land und Bauernschaft; er schlägt der Mutter nach.

Langsam geht er durch die Dünen zum Nordstrand. In breiten Wellen rollt die See an, schäumend und donnernd wirft sie sich ans Ufer. Drüberhin pfeift der Nordwest. Weisse Möwen segeln darüber, segeln auf dem Wind und schreien sich heiser. Draussen gegen die Kimm zieht eine *Golette* mit Kurs von Helgoland kommend; sie will offenbar nach Amsterdam. Würde sie Emden zum Ziel haben, müsste sie schon lange nach Südwest abgefallen sein. Der Kauffahrer dort draussen hat alle Segel gesetzt. Einen Augenblick lang glaubt Hinnerk, den Willen und die Sehnsucht nach der prallen Glut einer fremden Sonne zu spüren. Aber Heike ist nachgekommen. Sie steht neben ihm und überschattet mit der Hand die Augen.

«Der segelt vielleicht in das Afrikanische!» sagt sie und wendet sich mit klugem Blick fragend und prüfend an Hinnerk.

«Ja, muss jedes an sein' Ort! Ich werde jetzt Bauer. Das Fischen geht nebenbei. Der Heller gibt Futter für eine gute Zahl Rinder, und dort drüben», er streckt den Arm in die Richtung Greetsiel aus, « dort drüben will ich die Felder anlegen.»

Sie gehen durch das märzlich öde Dünengras nach Süden zurück auf die Dünenkrone und schauen gemeinsam hinüber nach Greetsiel. Schmal wächst das Ufer aus dem Wattenmeer. Dort irgendwo wird das Stück Land sein, wo das Brot wachsen soll für Borkum und noch für anderswo, denkt Hinnerk.

*

Hinnerk und Heike sind mit dem Frühjahrsanbau auf den Äckern bei Greetsiel noch zurechtgekommen. An die vierzig Morgen haben sie erworben, fünfzehn konnten sie noch bis Anfang April bestellen, da Hinnerk einen brauchbaren Knecht fand, der aus dem Sächsischen kam. Der war ihm beim Ackern und Säen sehr an die Hand gegangen.

Hinnerk Jansen ruft Mitte Mai alle dreiundzwanzig Männer der Insel zusammen. Dass sie kommen, ist fürwahr weniger eine besondere Gefälligkeit von ihnen, als Neugierde. Die ganze Seeseite der Insel geht der junge Jansen mit ihnen ab. Er weist auf die Einbrüche in das Land, zeigt, was erst in den letzten Jahren von der See an Boden verschlungen wurde, und wie ein tiefer Priel bestrebt ist, sich quer durch die Insel durchzuarbeiten und sie zu spalten.

Die Männer zucken die Achseln. Manche lachen, ein wenig polternd und spottend. Hinnerk sagt ihnen nichts Neues; sie wissen, dass ihnen das Meer das Land wegfrisst.

«Es will mir wenig scheinen, dass ihr das wisst!» meint Hinnerk gelassen. «Darum habe ich euch nicht hergeführt! Mein Vorschlag geht dahin, dass wir den Wassern dawider arbeiten!»

Ja, ja, man dachte auch schon daran. Aber was hat man davon? Nicht nur die Plage, denn sieht es einmal der Amtmann zu Emden, dann muss man es immer machen.

«So oft es notwendig sein wird», sagt Hinnerk trocken. Er weist auf den tiefen Priel, der die Insel teilen will: «Vor zwölf Jahren – könnt ihr mir sagen, wie weit er war?» Sie zögern mit der Antwort, weil sie wissen, wie recht er hat und wie wenig es einen Beweis braucht. Nur der alte Pastor Korte hebt die Hand und zeigt über das Wasser. «Dort war damals das Ende.» Das Meer hat sich in zwölf Jahren an die hundertzwanzig Ellen weit ins Land gefressen.

Sie diskutieren lange und eingehend, aber als die Männer auseinandergehen, sind sie sich einig, dass vor dem Dorf am Nordstrand Buhnen gebaut werden müssen. Morgen schon wird Hinnerk Jansen beginnen, und man wird mitmachen, weil es der junge Mann nicht alleine kann und weil man ja auch nicht tatenlos zusehen will, wie einem die See das Land unter den Füssen wegträgt.

So beginnen die Borkumer in den Maitagen des Jahres 1705, Buhnen zu bauen. Ihre Boote sind dauernd unterwegs, um von Greetsiel Steine herüberzuholen. Die Ein- und Durchbrüche, die Schlopps, werden mit Flaken oder Schlengen verschlagen. Tagelang flechten Männer und Frauen diese Zäune aus Busch- und Weidenruten, schlagen schwere Pfähle in die Priele, an denen sie das Flechtwerk befestigen, damit es sich allmählich mit Schlick fülle, sich auflagere und so den Wassern wehre. Die Helmbepflanzung der Dünen, wie sie zu Holland gebräuchlich ist, versucht Hinnerk Jansen ebenfalls. Hält einmal das Wurzelwerk den Sand zusammen, kann der Nordwest wüten, wie er mag, er wird nicht mehr viel ausrichten können. Hinnerk will auch der sommerlich längere Tag zu kurz werden; er arbeitet, als wollte er alles auf einmal schaffen.

*

Im August 1706 beschliesst Harm Jansen, auch ohne Vollmacht des preussischen Königs, nach Coomassie zu reisen. Doch woher soll er die Geschenke nehmen, ohne die er nicht reisen kann? Er spricht mit dem Gouverneur. Aber der lacht ihn aus. «Die Stämme rings im Land sind in Aufruhr. Es sagt Euch wohl nichts, dass die zu Fantin und die Axim, Anta, Adom, Jobi, Fetu, Saboe und noch andere im Kampf gegeneinander liegen? Ihr glaubt, an den Horden, die überall lauern, vorbeizukommen?»

«Ich muss! Das ist wichtig für Preussen-Brandenburg» sagt der Oberkaufrmann.

Ungern und nur aus alter Kameradschaft gibt der Gouverneur einiges aus den Vorräten, die er als Geschenk nach Coomassie mitbringen könnte. Tage später ist die kleine Kolonne marschbereit: Harm Jansen, Danquaund acht schwarze Träger. Der Gouverneur hat keine weissen Soldaten bewilligt. Er braucht sie im Fort. Schon mehrmals haben sich feindliche Stämme herangewagt. Die Zahl der Weissen beträgt insgesamt nur noch dreiundzwanzig Mann.

In Eilmärschen treibt der von Unrast erfüllte Harm seine Kolonne den fernen Bergen im Norden zu. Er will Coomassie erreichen und sein Wort einlösen. Aber nach elf Tagen bringen ihn fünf Schwarze in einer notdürftig geflochtenen Bahre nach Gross-Friedrichsburg zurück. Ihre Körper sind mit Wunden bedeckt, in ihren Augen flackert die Angst. Danqua und drei Träger liegen irgendwo tot. Das erzählen die fünf. Es waren Schwarze von Axim oder von Adom, die die kleine Karawane nächtlings überfallen haben. Dem weissen

Herrn hat eine Kugel den Fuss durchschlagen, und nur der Fetisch habe das grosse Wunder vollbracht, dass sie mit dem Oberfaktor überhaupt noch entkommen sind. Drei Tage und drei Nächte mussten sie in einem Croom verbringen, um ihre Wunden halbwegs zu pflegen. Weil ihr Herr nicht bei Sinnen war und fieberte, schlachteten sie eine Kuh, rissen ihr die Eingeweide heraus und nähten unter Zaubersprüchen den weissen Herrn in die noch heisse Kuhwampe ein. Nur das habe ihn am Leben erhalten!

Es braucht vier Tage, bis der Chirurgius Harm Jansen so weit bringt, dass er sprechen kann. Sein erstes Wort gilt der Expedition: «Ist Danqua weiter?» Ärgerlich brummt der Chirurgius ein Ja. Der Kerl soll erst mal gesund werden!

*

König Friedrich I. will trotz der Kaperung der «Fortuna» nicht nachgeben. Es ist ihm jetzt zur Ehrensache, zumindest Gross-Friedrichsburg zu halten. Nochmals bewilligt er Geld. Der greise Raule, der vierzig Monate lang in einer alten, faulen Fleute zu Emden gelebt hat, dann aber in Kompanieangelegenheiten nach Hamburg geschickt wurde, muss dort für 7600 hamburgische Mark die *Freundlichkeit* kaufen, eine kleine Galiot. Geführt von Kapitän Cornelius Neuvel, sticht sie am 20. November 1706 in See. Aber am 23. Dezember wird sie an der englischen Küste von einem französischer Kaper überfallen. Die Preussen wehren sich zwar verbissen, doch ihr Schiff ist klein, der Franzose viel schwerer bestückt. Als von der preussischen Besatzung der Kapitän und vier Mann schwer verwundet auf Deck liegen, gelingt den Franzosen die Enterung.

*

Im fernen Afrika warten indes die preussischen Männer unter der marternden Glut der fremden Sonne wieder ein Jahr länger. Dreimal hat Harm Jansen schon versucht, zu Pferd in den Urwald zu ziehen. Dreimal musste er zurück, weil sein zerschossenes Bein, nie ganz verheilte und grässlich zu eitern begann. Harm ist von Krankheit und den kräftezehrenden Rückschlägen abgemagert. Er zählt die Tage wie kaum jemals zuvor. Tief liegen die Augen, grau ist sein Haar. Zuweilen denkt er an Borkum. Ob Hinnerk und Heike geheiratet haben? Es kam nie ein Brief von ihnen. Wenn er an den Sohn und an die kleine Jansen-Kate denkt, packt ihn in letzter Zeit eine schier krankhafte Sehnsucht nach Frieden zu Hause. Er weiss, dass der Branntweinkrug nicht hilft, aber er bringt kurzfristiges Vergessen. «Man kann nicht tun, was man will, bevor man seine Ziele nicht erreicht hat!» schulmeistert er sich selber und hadert mit seinem Körper, der ihn durch Fieber und die immer wieder aufbrechende Fusswunde von seiner grossen Reise abhält.

*

Tausend Taler Jahresgehalt hat Friedrich I. Benjamin Raule bewilligt. Unablässig bat der alte Mann, ihm seinen früheren Titel wiederzugeben. Aber die
Hofschranzen flüsterten dem König ins Ohr, *«es könnte dies allerhand unglei-
che und verkleinerliche Judicia verursachen»*. Seit 1705 wohnte der Greis mit
königlicher Erlaubnis in Hamburg. *«Raule hat gestern einen Zerfall gehabt»*,
berichtet der königliche Rat Burchard am 19. März 1707, *«dass an seiner Auf-
kunft gezweifelt wird, wie er denn bereits seiner Sinne nicht mehr völlig Meister
ist»*.

Am 9. Mai 1707 hält Friedrich I. ein Schreiben des Hofrates von Nicolai in
Händen: «Euer Königliche Majestät berichten wir alleruntertänigst, dass Dero
gewesener General-Marine-Director Benjamin Raule am verwichenen Freitag
früh zwischen 6 und 7 Uhr zu Hamburg verstorben ist.»

Auch wenn Raule nun verstorben sei, mache ihm die Sorge um die Festungen in Afrika, zu schaffen, lässt Friedrich I. seine Räte wissen. Er wünscht
Gross-Friedrichsburg seinem Land zu erhalten und mietet von Privatreedern
zwei Schiffe, den *Prinz Eugen* und die *Maria*. Sie laden Proviant für zwei Jahre,
nehmen den vom Bewindthaberkollegium ausersehenen neuen Gouverneur
Franz de Lange, einen Seeländer, an Bord und verlassen am 7. Januar 1709 den
Hamburger Hafen.

Nach elf Wochen kommen sie der preussischen Festung so nahe, dass die
Leute des Forts die heimatliche Flagge erkennen. Jansen hinkt eilends zu
Schöpps, der in seiner Kammer auch mit dem Fieber zu kämpfen hat. Zwei
Musketiere schleppen auf einem Tragsessel den Gouverneur zur Mauerbrüs-
tung, damit auch er die ansegelnden Fregatten sehe.

Als die Schiffe auf Salutweite kommen und aus ihren Stücken der Pulverdampf aufquillt, da dröhnt ihnen kein Gegensalut aus Gross-Friedrichsburg entgegen. Die preussischen Soldaten, die weissen wie die schwarzen, heulen vor
Freude und eilen wie betrunken hinunter zum Strand. Dort raufen sich die verwilderten Männer um die wenigen Boote, um den Ankömmlingen entgegen zu
rudern. Einsam, ausgefranst und gebleicht weht der rote Adler auf weissem Feld
vom Mast auf Gross-Friedrichsburg, leer und offen steht das Fort, nur ein paar
Kranke wälzen sich unruhig auf ihren Lagern und warten auf die Ankömmlinge.

Einige Stunden später sieht das erhoffte Glück allerdings schmal und dürftig
aus. Die Leute der Schiffe können über den Stand der Kompanie nichts Erfreu-
liches erzählen. Der Gouverneur weiss nichts von einem Traktat. Die Bewindthaber haben nichts erwähnt.

Der Oberfaktor findet keine Erklärung, grübelt die ganze Nacht, aber im
ersten Grau des Morgens steht sein Entschluss fest: Er wird noch einmal auf

eigene Kosten mit ein paar schwarzen Trägern nach Coomassie reisen. Der *Eugen* und die *Maria* haben allerlei Dinge mitgebracht, die sich gut als Geschenke für den König der Aschantis eignen. Kaum hat der neue Gouverneur die Schlüssel übernommen, fordert Jansen viertausend Taler von den neu eingelangten Waren, um damit nach Coomassie zu ziehen.

Gouverneur de Lange, der Jahre hindurch in französischen Kolonialdiensten gestanden hat, gibt den Wünschen Jansens nach, trotz der Weisungen, die er in Emden erhalten hat. Aber er macht den Vorbehalt, dass erst die Schwarzen untereinander Frieden schliessen und ihre Häuptlinge ihm, dem neuen Gouverneur, respektvolle Aufwartung machen und dass überdies die sehr erneuerungsbedürftige Festung vorher instandzusetzen sei. Dazu ist jeder Mann nötig.

So ist frischeres, froheres Leben auf Gross-Friedrichsburg eingekehrt. Die Leute freuen sich über Speck und Bohnen, über die neuen Lampen, Messer, das Handwerkszeug und über die neuen Uniformen. Sie haben gebadet, sich gegenseitig die Haare gerichtet, den Zopf fein säuberlich eingeflochten, den Bart gebürstet und mit fast fröhlichem Übermut die neuen Uniformen aus buntem Tuch angelegt. Sie gehen hinter den Brustwehren spazieren und bewundern sich gegenseitig in kindlicher Freude.

Die Arbeit auf Gross-Friedrichsburg ist in vollem Gange, wie schon seit vielen Jahren nicht mehr. Altes Mauerwerk wird ausgebessert, die Häuser werden innen und aussen getüncht und die Brustwehren erhöht.

*

Heftig und unvermittelt tritt die Regenzeit Ende September ein. Jansen kann unmöglich reisen. Mit dem Regen kam auch wieder das Fieber. Es wirft gleich de Lange hin, den neuen Gouverneur, und dann innerhalb weniger Tage zwei Drittel der Weissen. Auch Harm Jansen. In den letzten Jahren hat ihn die Malaria nach immer kürzeren Pausen gepackt: «Ich bin alt geworden», sagt er sich ingrimmig. « Alt und verbraucht und noch immer nicht am Ziel!» Die Brust ist eingesunken und gelb sein Gesicht. Aber seine Sturheit hat er nicht verloren.

Anfang Dezember 1709 sind die Pfade trocken. Es ist Südsommer, das Wetter ist heiss. Harm Jansen redet mit dem Gouverneur, der ist einverstanden. Nicht so sehr um der aschantischen Sache willen, die ihm ziemlich gleichgültig lässt; er ist froh, Jansen längere Zeit nicht im Fort zu haben. Er will ihm sogar Hauptmann Schöpps mitgeben. Denn die beiden sind es, die ihm seine Gouverneurswürde vergällen. Noch nie war ein Gouverneur oder ein Offizier in Gross-Friedrichsburg, der den Branntwein derart wegsoff, wie es de Lange tut. Ihn nüchtern zu treffen, ist selten. Und das Regime, das er führt, findet weder bei den Weissen noch bei den Schwarzen Anklang. Eigenmächtig kürzt er die Gehälter, verordnet den Schwarzen brutale Strafen, die wegen der geringsten

Vergehen vollzogen werden. Jansen und Schöpps haben ihm erklärt, dass sie nach Emden berichten müssen, wie er die Schwarzen noch rebellischer mache, als sie es ohnehin schon sind. Aber de Lange hofft, noch mit allem fertig zu werden: mit Schöpps, Jansen, mit Conny sogar, dem obersten Häuptling der Schwarzen, den sie ihren König nennen.

Nun bringt er zumindest einen los, den gefährlichsten von allen: Am 7. Dezember 1709 bricht Harm Jansen nach Aschanti auf. Er ist in Sorge. Die fünf Jahre sind inzwischen vergangen, für die der Traktat galt. Was mag inzwischen geschehen sein, fragt er sich. Noch nie war das Ziel so ungewiss wie diesmal! Und die Geschenke? Zwölf Träger schleppen Waren, die Gouverneur de Lange mit 4700 Reichstalern in Rechnung stellen wollte, obwohl sie kaum 1500 Taler wert sind. Unter 3700 Taler ging er überhaupt nicht herunter. Es wäre ein grosses Wagnis, hatte er gemeint, darum müsse er den Warenwert höher rechnen. Jansen hat schliesslich Ja und Amen gesagt, nur um fortzukommen und der quälenden Ungewissheit zu entgehen. Für ihn steht ein grosses Land auf dem Spiel! Er spricht nicht mehr davon, zu niemandem, denn sie verstehen ihn nicht. Was ihn erfüllt, behält er für sich. Wenn nur sein Körper nicht versagt!

*

Es werden neunundzwanzig Reisetage, bis sie so weit vorgedrungen sind, dass man einen Boten nach Coomassie senden kann. Neunundzwanzig Tage, weil sie das Fieber noch einmal erwischt hatte, auch Harm Jansen lag acht Tage in einem Croom danieder und fantasierte in Delirien. Neunundzwanzig Tage! Und nun sind schon wieder fünf vergangen, seit der Bote mit dem vergoldeten Bambusstab vorausgeeilt ist. Die kleine Karawane ist langsam nachgereist. Zu Quesha musste sie erfahren, dass König Sai Tootoo in den Krieg gezogen sei. Deshalb könne der Bote noch nicht zurück sein.

Hastig treibt Jansen seine Leute zum Weitermarsch an, um endlich aus der folternden Ungewissheit herauszukommen. Am 12. Januar marschiert der kleine Trupp auf die Stadt Coomassie zu, die, nun schon in Sichtweite merkwürdig still unter der heissen Sonne liegt. Noch immer kein Bote! Erst als die Karawane den kleinen Sumpf durchwatet, der sich vor der Stadt befindet, eilen laut schreiend Aschantikrieger herzu, geführt von zwei Häuptlingen. Harm Jansen kann zwar verstehen, was die Schwarzen unausgesetzt rufen, aber er vermag es sich nicht zu erklären. «Beim Vorfesttag und Cormantee!» Was soll das denn heissen?

Wenige Minuten später weiss er es. Da steht er im Palast vor Apookoo, dem Bruder des Königs. Wie in ganz Coomassie ertönt auch im königlichen Palast der leidenschaftliche Ruf «Beim Vorfesttag und Cormantee!»Die furchtbare Ahnung, die Jansen auf dem letzten Stück Weges beschlichen hatte, erfüllt sich.

Apookoo reicht ihm die Hand und sagt ihm, sein grosser Freund, König Sai Tootoo, sei zu den Göttern gegangen. Vielhundertstimmiges Geheul des Hofstaates und der Frauen werden nur übertönt von den Trompeten aus Elefantenzähnen.

Als endlich der Klagelärmen verhallt, beginnt der Dolmetscher mit monotoner und dennoch leidenschaftlich anklagender Stimme seinen Bericht: «Der abscheuliche König von Aton hat den grossen, herrlichen Herrscher der Aschantis fortwährend herausgefordert und ihm Böses getan, Sklaven geraubt und Vieh. Sai Tootoo hat langmütig zugesehen, dann aber, vor drei Adai-Feiern, drei Wochen also, den Zug in das Land der Atoner begonnen, um sie zu züchtigen.

Sai Tootoo war gross und tapfer. Er sandte seine Krieger voraus. Mit nur dreihundert Leuten rückte er nach, durch dichten Wald und über gewaltige Berge. Die Fetischmänner zu Coomassie hatten gesagt, er werde seine Feinde aufs Haupt schlagen. Und zudem war es eine gute Woche, in der er seinen Kriegszug begonnen hatte. Aber die Atoner sind schlimmer als die Voraussagen der unsicheren Götter. Weil sie die tapferen Krieger Sai Tootoos in offener Schlacht nicht töten könnten, haben sie die Scharen der Aschantis beim Croom Cormantee umschlichen und sich am Vorfesttag auf den kleinen Trupp gestürzt, bei dem der grosse Herrscher weilte.

«Alle sind gemordet worden, auch der tapfere Sai Tootoo, der König der Könige, der Stern der Sterne, der Fetisch der Fetische. Nun wohnt er beim obersten Gott, ihm zur Seite, in ewig sich erneuerndem Prunk. Die Zahl der Diener, die ihm die Aschantis gesandt haben, ist gross wie die Zahl der Bäume des Urwaldes.»

Wieder setzt ungeheuer lärmendes Klagen ein, schrille Schreie hunderter Frauen, irre Töne aus Elefantenhörnern, klirrendes Schlagen der Waffen. Harm Jansen hat das alles bestürzt in sich aufgenommen, die bildhafte Erzählung des alten Dolmetschers vom Mord am König und von der Legion Menschen, zahlreich wie die Bäume im Urwald, die ihm zu Ehren geschlachtet worden ist. Nun versteht er auch den Fluch «Beim Vorfesttag und Cormantee!» Das ist jetzt der Kriegsruf der Aschantis. Jansen wagt nicht zu fragen, wie sich der Nachfolger Sai Tootoos zu dem Traktat stellen werde, dessenthalben er hergekommen ist. Er kennt die Empfindlichkeit der Schwarzen. Niemand, nur der König selbst oder seine vier ersten Dolmetscher dürfen über den Tod eines früheren Herrschers sprechen, denn das wäre fatal für das Leben des kommenden Königs. Es heisst zu schweigen und zu warten, bis es den Dolmetschern oder Apookoo gefallen mag. Apoko, der seinen Bruder einstweilen vertritt und sicherlich auch sein Nachfolger wird.

Apookoo entlässt den preussischen Oberfaktor mit einem Händedruck und sagt nur eines: Der gute, weisse Freund des grossen Königs sei lange nicht gekommen, und als er kam, war es zu spät. Nun bittet Apookoo den weissen Freund, er möge das Leid der Aschantis mit ihnen teilen und bei ihnen bleiben, um auf den Tag der Freude zu warten, da wieder ein Herrscher in Coomassie regiere. Ein Herrscher über alle Aschantis, der seine Feinde vernichten und in den Boden stampfen werde!

*

Unendlich lange und quälend scheint Jansen die Zeit des Wartens. Immer wieder werden Menschenopfer vorbeigetrieben und schrill tönen die Klagelaute der Aschantis bis in seine Hütte. So vergehen sechs Monate – bis Ende Juni, wenn die Regenzeit ihr Ende nimmt. Aber dann werden eines Tages viele gefesselte Menschenopfer nach Coomassie gebracht. Nicht mehr als Klage für den ermordeten König, sondern zur Ehre des neuen Herrschers.

Apookoo ist König der Aschantis geworden, gewählt von den Häuptlingen und ersten Würdenträgern. König Sai Apookoo!

Stolz liegt er auf seinem Tragsessel, der von Menschenfett und Menschenblut trieft, und reicht Harm Jansen, der ihn zu beglückwünschen kommt, die Hand. Ein Wink zu seiner Entourage, und schon verlassen die meisten den Raum, nur die vier Dolmetscher und die ältesten Räte bleiben. Sai Apookoo bittet den Weissen, Platz zu nehmen und zu sagen, was ihn hergeführt habe. Der König der Aschantis sei ihm in Freundschaft geneigt. Trotz der wohlwollenden Aufforderung fühlt Harm Jansen Widerstand der Räte und Dolmetscher.

Der Oberfaktor von Gross-Friedrichsburg weiss seine Worte gut zu setzen, und er meint, selten noch so klar und eindringlich gesprochen zu haben wie diesmal. Er redet auch von seinen Waren und den Waffen, die er ihnen mitgebracht habe. Aber als er in die Gesichter blickt, überkommt ihn eine unheilvolle Ahnung. Sai Apookoo erhebt sich. Er ist ruhig und gelassen und von jener stillen Heiterkeit erfüllt, welche Menschen haben, die über den Dingen stehen. «Du hast uns, mein kluger, weisser Freund, viele angenehme Dinge erzählt. Aber das rötet uns nicht die Wangen vor Freude und Erregung, denn wir sind nicht begierig, zu dem, was wir getan haben, noch ein Übriges zu tun. Wir wissen nicht, warum wir mehr kaufen sollten, und zwar an Dingen, die wir selbst nicht verwenden wollen. Vielleicht werden wir eine grössere Menge von Euren Stoffen nehmen und von jenen Spiegeln, in denen man seine eigenen Augen sieht. Wir wollen diese Dinge auf den Märkten zu Inta und Dagwumba eintauschen, Aber was brauchten wir sonst noch?»

Jansen will etwas entgegnen, aber der schwarze König hebt abwehrend die Hand und lässt ihn nicht zu Wort kommen. Immer schneller und nachdrücklicher erklärt Apookoo, unterstützt vom Beifallsgemurmel seiner Höflinge, dass er als Herrscher die Neigung zum Handeln, wenn eine solche bei seinen

Untertanen überhaupt vorhanden wäre, eher unterdrücken als unterstützen wolle. Ein Reich könne sich nur durch Eroberungen vergrössern. Reichtum durch Handel zu sammeln, bringe die Gefahr mit sich, dass der kriegerische Sinn der Untertanen verringert werde. Die Ehre und der Ehrgeiz seines Volkes würden dem Geiz und der Selbstsucht der Kaufleute aufgeopfert werden. Und wie sollte er, der König der Aschantis, dazu Anlass geben, dass seine eigenen Untertanen die mächtigen Nachbarn im Innern des Landes mit Waren und vielleicht gar mit Waffen versorgen, damit diese Nachbarn dann über sein Reich herfallen und es vernichten würden?

Harm Jansen sagt alles, was man in Europa in solchen Fällen zu sagen pflegt. Aber es bleibt vergebens. Sai Apookoo hat nur ein leises, abgründiges Lächeln für ihn. Und die Ratgeber des Königs blicken abweisend wie vorhin. Jedes Wort ist unnütz und verschwendet. Dennoch kämpft Jansen weiter. Er merkt nicht, wie es in ihm tobt und arbeitet, es wird ihm nicht klar, dass er ja ohnehin schon weiss, dass er verloren hat. Seine jahrzehntelang gehegten Pläne und Träume sind verloren und hoffnungslos vertan. Er kämpft weiter und preist die Arbeit, preist den Handel, die Rolle des Maklers zwischen Innerafrika und Europa, den die Aschantis zum Wohlgefallen der Götter betreiben sollen.

Sai Apookoo unterbricht ihn wieder lächelnd. Die Götter wollten es anders. Die Oberhäupter der Aschantis fänden ihren Unterhalt durch die Arbeit der Sklaven. Ihr Vermögen vermehre sich fortwährend. Wenn sie aber den Handel förderten, würden die reichgewordenen Kaufleute mit ihnen wetteifern und sich vielleicht sogar untereinander verbinden, um die Macht der Oberhäupter zu unterdrücken. Deshalb wünschten die Aschantis auch nicht, die weissen Männer in grosser Zahl bei sich zu sehen.

In dieser unglückseligen Stunde hört er kaum, wie der neue König seine Haltung begründet: Was die Aschantis zum Leben brauchen, das liessen die Götter in Menge wachsen, vor allem die Gooroo-Nuss. Nichts erfordere Arbeit. Salz werde von den ärmeren Völkern, die in der Nähe des grossen Wassers wohnen, hereingebracht, und der Sklavenhandel, das einzige Geschäft der Vornehmen, bringe nicht nur reichen Gewinn, sondern auch genug Bekanntschaft mit den Dingen der Weissen. Nein, mehr brauche man nicht. Die Götter hätten befohlen, es so zu halten und niemals anders.

Harm Jansen hört die Worte des Königs wie aus weiter Ferne. Er möchte fragen, was Sai Tootoo zu dieser Gesinnungswandlung sagen würde. Aber bei Todesstrafe darf vom toten König nicht gesprochen werden. Darum fragt Jansen so, als hätte alles, was Sai Tootoo tat, auch Sai Apookoo getan – eine Art der Auslegung, von der er weiss, dass sie den Aschantis eigen ist. Sie sprechen immer von den Taten der früheren Herrscher so, als wären es Taten des eben wirkenden Königs. «Ihr habt, König Sai Apookoo, mir doch den Traktat gegeben und ward für den Handel?»

Sai Apookoo lächelt mit offenem Mund, und es dünkt Harm Jansen ein höhnisches Grinsen. «Die Götter haben anders beschlossen, weisser Freund! Wir haben viele Sklaven geopfert darum!»

Weiter zu werben hat keinen Zweck mehr. Mit nur schwer bewahrter Beherrschung erhebt sich der Jansen vom Tragsessel. «Ihr habt mir, König Sai Apookoo, also nichts mehr zu sagen, bevor ich reise?»

Auch Sai Apookoo hat sich erhoben. «Wann will der weisse Freund von uns gehen?»

«Heute noch!» bringt Jansen hervor. Seine Geduld ist zu Ende. Er fühlt, wie das Blut in den Kopf steigt, wie es schon in den Schläfen klopft. Das Fieber kommt. Aber dennoch: Heute noch will er reisen. Zweitausend Musketiere sollte er hier haben, dann würde das Reich der Aschantis schnell preussisch-brandenburgisch sein und die blutigen Feste dieses Landes hätten ein Ende.

«Heute noch?» fragt Sai Apookoo überrascht zurück. Er will den Weissen nicht so schnell ziehen lassen. Tausend Versicherungen gibt er ihm, dass er ein Freund des grossen Königs in Preussen sei, und dass es ihn in Kopf und Brust schmerze, den Spruch der Götter nicht ändern zu können. Wann immer der Abgesandte des mächtigen, weissen Königs komme, werde er im Reiche der Aschantis freies Geleit, Wohnung, Nahrung und jeden Schutz gegen Feinde finden. Mehr aber lassen die Götter nicht zu.

Mit bleiernem Lächeln und höflichen Phrasen, er weiss selbst nicht, woher er die Kraft nimmt, verabschiedet sich Harm Jansen. Er merkt nicht, dass hinter ihm im beginnenden Abenddunkel, königliche Boten folgen Sie bringen reiche Geschenke des Königs und des Hofstaates nach. In seinem Hause weckt er seine Träger und befiehlt ihnen zu packen. Noch vor Mitternacht gilt es aufzubrechen. Schweigend und ängstlich schlagen die Leute Feuer und machen sich an die Arbeit.

Harm Jansen hat die Geschenke des Königs und der Oberhäuptlinge angenommen und die letzten Dinge, die ihm noch geblieben waren, als Gegengeschenke gegeben. Stoffe und Arzneien, einige schöne Degen, Musketen, Pulver und Blei. Die Boten haben sich empfohlen. Eine Weile klingt noch ihr Schritt aus dem Dunkel der Nacht zurück, dann hört man nur das Rumoren der eigenen Träger und das Schreien der Tiere aus dem Urwald.

Was die Aschantis ihm da gebracht haben, ist mehrere tausend Taler Wert. Aber es macht ihm keine Freude und gewinnt ihm keinen Dank ab. Es ist, als wirke in ihm nur noch eine Maschine, die die notwendigen Handgriffe steuert, um vor Mitternacht aufbruchbereit zu sein. Aber selbst das will nicht gut gelingen, denn mitten in der Arbeit gehorchen die Hände nicht mehr, der letzte Beutel mit Goldstaub entgleitet ihm, Harm lehnt, die Stirne voll Schweiss, an der Lehmwand, sackt langsam, Zoll für Zoll, zusammen.

Seine Träger wissen von früheren Zügen her, was sie zu tun haben: den erhaltenen Befehl auszuführen. Sie packen fertig, schnallen ihren schwerfiebernden und bewusstlosen weissen Herrn auf den Tragsessel und brechen eine Stunde vor Mitternacht auf, in Richtung Süden. Viele Tage und Nächte wandert die Karawane nach Süden

Erst jenseits der Grenze von Aschanti klingt Langsam das Fieber ab. Sie lösen ihn aus seinen Fesseln und stützen ihn, bei seinen Gehversuchen. «Wo sind wir?», fragt er mit heiserer Stimme.

«Zu Moisee, im Lande des Stammes Assin, Herr!» antwortet der Schwarze. Aber sofort befiehlt Harm: «Auf, nach Gross-Friedrichsburg!» Aber er sinkt gleich neben der Hütte wieder zusammen. Die erschrocken herbeieilenden Träger heben ihn auf und legen ihn auf das Lager. Sein Diener sucht die Fiebermedizin. Harm Jansen macht müde eine ablehnende Handbewegung. «Lass marschieren!» sagt er.

Sie binden ihn an die Lehne des Tragsessels, er würde sonst herunterfallen. So ziehen sie weiter durch den Urwald nach Süden.

Schwarze Träger, weisser Herr (frühe Fotografie, Togo, ca. 1885)

Kapitel 30: König Conny

«Nicht einmal sechstausend!» Gouverneur Franz de Lange ist wütend. Heftig nimmt er den letzten Beutel Goldstaub von der Waage und wirft ihn in die dickwandige, eisengefütterte Kiste zu den anderen. «Nicht einmal sechstausend!» wiederholt er lauter und blickt wütend auf Schöpps.

«Er hat viel mehr gebracht, als er mitnahm. Und er kann von Glück sagen, dass er noch aus dem Höllenloch entkommen ist!» verteidigt Hauptmann Schöpps den Freund; er weiss, dass der Gouverneur die mitgegebenen Waren zu hochgeschätzt hat.

«Seid Ihr des Satans, Hauptmann?» sagt de Lange drohend. Aber Schöpps schreckt das nicht. «Tät' nicht von Übel sein, Gouverneur! Muss sich der Teufel jedoch gedulden! Will noch manchen Wochentag die Augen dabeihaben, wenn Ihr Gold auswiegt, das der Jansen gebracht hat.»

Der Gouverneur, der die Zahl der Unzen auf einem Blatt Papier vermerkt hat, schaut scheel auf. «Wie meint Ihr das, Hauptmann?»

«Macht Euch keine sonderliche Mühe, das Wort auszulegen, Gouverneur! Bin Soldat, königlich preussischer Soldat!»

De Lange verbirgt den aufsteigenden Zorn. Deutlich genug lässt ihn Schöpps seit Monaten fühlen, dass er ihm misstraut. Die beiden hatten schon manch hartes Wortgefecht. Der Gouverneur glaubt auch, dass Schöpps heimlich Briefe nach Emden geschrieben habe. Diese Deutschen sind verdammte Hunde! Tölpelhaft ehrlich! Als ob es etwas nützte, sich hier zu rackern. Die in Emden verstehen doch nicht, wie man das Kompaniewesen in Gang bringt. Schicken ihn, den Holländer, nach Gross-Friedrichsburg und machen ihn zum Gouverneur der deutschen Festung! Gut, sie haben sich selbst die Läuse in den Pelz gesetzt, nun sollen sie auch spüren, wie die beissen können. Trotz eines Schöpps und eines Jansen! «Ihr könnt mir, Hauptmann, den Gefallen tun und nachwiegen, auf dass es richtig in die Bücher kommt. Ihr bringt vielleicht ein paar Unzen mehr heraus!» Er meckert ein höhnisches Lachen.

Schöpps kaut nachdenklich auf seinem Schnurrbart. Heute empfiehlt der Gouverneur das Nachwiegen, weil er ihm von Beginn an auf die Finger gesehen hat. Als die Schwarzen gestern mit dem todkrank im Sessel angeschnallten Jansen kamen, da hatte der Gouverneur sich um den Mann nicht gekümmert, sondern nur gierig die Kisten betrachtet, die die Schwarzen heranschleppten. Gleich wollte er sie in sein Zimmer stellen lassen, aber Harm Jansen, von Schöpps schnell beschworen, war so weit bei Kräften, den Trägern zu befehlen, sämtliches Gut in seinem eigenen Zimmer aufzustapeln. Gouverneur Franz de Lange hatte nichts dazu gesagt. Es hätte auch nichts genützt, denn die Schwarzen hassen ihn, seit er im Land ist. Ihr oberster Häuptling, König Conny, lehnt den Gouverneur ab. König Conny hatte schon im Januar jedem, der es hören wollte, erzählt, er habe einem englischen Interloper einen Brief mitgegeben an seinen mächtigen Herrn und Freund, den weissen König von Brandenburg Preussen, worin stünde, dass er und seine schwarzen Untertanen diesen Gouverneur nicht mehr dulden. Er mache dem weissen König Schande, nehme ungefragt die Töchter der schwarzen Untertanen, betrinke sich Tag und Nacht mit Branntwein und sei unbarmherzig in seinem Zorn, wie es einem weissen Mann nicht zukomme und seiner nicht würdig sei. Wenn der mächtige weisse König keinen anderen Gouverneur schicke, so werden sie diesen de Lange in Ewigkeit nicht wollen und fortziehen in ein anderes Land . . .

Der Respekt der Schwarzen ist endgültig dahin. Wäre nicht Schöpps, wären nicht Jansen und zwei, drei alte Preussen-Brandenburger, an denen die Schwarzen hängen, das ganze *Kommerzium*, die *Forteressen* und die weissen Soldaten hätte schon längst der Teufel geholt. Warum stellen die zu Emden und Berlin immer wieder Holländer an die Spitze? Warum nicht Jansen oder Schöpps? Ist immer nur der besser geeignet, der von draussen kommt?

Harm Jansen kann das Krankenlager seit seiner Rückkehr aus Coomassie wochenlang nicht verlassen. Neben dem immer wiederkehrenden Fieber macht ihm das zerschossene Bein arg zu schaffen. Narben brechen wieder auf, eitern und riechen übel; da mag Schöpps an Salben herbeischleppen, die im Laufe der Zeit von fremden Schiffen eingetauscht wurden. Wochenlang kümmert er sich um den Freund, aber zu Septemberbeginn, als die Regenzeit einsetzt und Jansens Fieber besonders stark wütet, gibt'schöpps die Hoffnung auf. Jansen ist erschreckend abgemagert, liegt tagelang ohne Bewusstsein, das wunde Bein ist gelähmt. Der Stückmeister und ein Musketier sterben hintereinander, da rafft sich Jansen wieder auf.

Conny, der Negerkönig, war gekommen, furchtlos, obwohl er wusste, dass der Gouverneur ihm übel gesinnt war. Er hatte eine Salbe für Jansen mitgebracht und sie ihm mit einem Schwall von deutsch-holländisch-portugiesischen Worten anempfohlen. War auch auf die Künste der Medizinmänner nichts zu geben, so verstanden sie es doch, gute Wundsalben zu bereiten. Jansen hatte Conny die Freude gemacht und sich von ihm das Bein salben lassen. Danach war Conny jeden Tag aus seinem Waldlager in die Festung gekommen, um Samariterdienst zu leisten. Und als es nun auf Ende Oktober zugeht, macht Harm Jansen humpelnd die ersten Spaziergänge. Kaum einer, Schöpps vielleicht ausgenommen, freut sich mehr darüber als Conny. Die Freude entspringt einer verständlichen Zuneigung, die der junge Oberhäuptling und König für den am längsten unter afrikanischer Sonne weilenden Weissen hegt.

*

Anfang Dezember 1710 kommt an einem glühendheissen Tag, Conny mit grosser, kriegerischer Begleitung in das Fort. Er geht aber nicht wie sonst zum Zimmer Harm Jansens. Befehlend lässt er sich bei Gouverneur Franz de Lange melden. Der Gouverneur hat die alten Dinge noch nicht vergessen und ist sofort erbost, weil Conny ihm nur äusserst selten seine Aufwartung macht. Er empfängt ihn widerwillig mit mit kalter Höflichkeit; Conny ist in jetziger Situation der Stärkere.

Der Negerkönig erklärt kalt, dass aus dem holländischen Axim ein Bote des Stammeshäuptlings Apré gekommen sei. Dieser Apré liess ihm sagen, er habe Audouro, Connys Cousin, entführt und versklavt. Das sei die tödlichste Beleidigung, die Conny je in seinem Leben erfahren habe, und die Scham verbrenne ihm das Gesicht. Conny zittert vor Wut und Angriffslust.

«Ihr wollt Krieg mit den holländischen Schwarzen?» fragt de Lange finster, im Voraus wissend, wie die Antwort ausfallen wird.»

«Ja, Krieg, Mynheer! Die Fetischmänner haben die Götter und Geister beschworen, und die lassen sagen, König Conny soll Krieg machen mit den Schwarzen zu Axim.»

Gouverneur de Lange überlegt. Das kann er nicht zulassen. Er ist selbst Holländer und will nicht, dass die holländische Kolonie in diesen Negerkonflikt hineingezogen wird. Überhaupt, warum sich durch das schwarze Gesindel stören zu lassen? Er war hergekommen, um Vermögen zu erwerben. Und jetzt sollte er sich in solche Händel mischen?

«Ist der Bote noch in deinem Croom?»

Conny bejaht.

«Lass ihn kommen! Ich will mit ihm zu deinen Gunsten verhandeln!»

Conny sieht misstrauisch auf den Gouverneur und schaut zu, wie de Lange sich ein Passglas Branntwein einschenkt und leertrinkt. «Ja», sagt er dann und erhebt sich, «ich will Euch den Boten hersenden, weil Ihr meines weissen Königs Stellvertreter seid.»

*

Der Urwald birgt viele Geheimnisse. Manches für immer. Das ist begraben unter seinen vielhundertjährigen Stämmen, verborgen im dichten Unterholz, in den Höhlen, Klüften und dampfigen Sümpfen. Auch verschwiegene Absprachen finden ihren Weg durch Lianenschlingen, Sumpf, Dickicht und umgestürzte Bäume. Schon nach sieben Tagen wusste Conny, was Gouverneur de Lange mit dem Boten besprochen hatte. Eine Woche nur brauchte es von Gross-Friedrichsburg nach Axim zu Apré und von dort zurück zu Conny. Man konnte glauben, die Tiere der Wildnis hätten es herübergebracht oder der Wind wäre der Bote gewesen, der von Axim nach Gross-Friedrichsburg streicht. Es blieb ein Geheimnis, wie Conny erfuhr, dass ihn sein Gouverneur verraten hatte. Die zu Axim wollten Audouro in einen Croom bringen, wohin König Conny niemals hingelangen könne, vielleicht würden sie seinen Cousin als Sklaven nach Westindien verkaufen.

Am achten Tag um die abendliche Stunde, in der der Wind aufzuziehen pflegt, mischt sich in das Rauschen des Waldes das Dröhnen der Gongongs, weit hörbar durch den dichten Wald. Und wie in Connys Dorf, wo die Gongongs unter Wutgeheul und Waffentanz angeschlagen werden, springt der Schlachtruf von Croom zu Croom und wird weitergegeben bis an die fernsten Grenzen von König Connys Reich.

Der nächtliche Urwald ist lebendig geworden. Fackeln lodern auf, Tiere fliehen erschreckt ins Dunkel, auf schmalen Negerpfaden folgen die schwarzen Gestalten mit Schwert, Speer, Assagai und Muskete ihrem König.

Der Gouverneur ist vor drei Tagen nach Accada gereist. Oberkaufmann Jansen hat in dieser Nacht das Kommando, da trifft ein Bote Connys mit der Nachricht ein, er lässt seinen weissen Freund Jansen grüssen und wünscht ihm Gesundheit. Der Gouverneur sei ein schlechter Mann, er verrate nicht nur die Schwarzen, sondern auch die Weissen an die Holländer. Jetzt müsse Conny mit seinen Leuten gegen die holländischen schwarzen Soldaten in den Krieg ziehen. Aber wenn er zurückkomme, dann wolle er mehr Ehre bei dem mächtigen weissen König einlegen, als der Gouverneur es jemals gemacht hätte.

Jansen bespricht sich mit Schöpps. Man müsse schleunigst den Gouverneur verständigen. Sie fertigen einen schwarzen preussischen Soldaten ab, der mit einem Kanu nach Accada fahren soll, um Franz de Lange zu warnen. Eine Warnung, die er nicht verdient! Darüber sind sich Jansen und Schöpps stillschweigend einig. Aber die Pflicht geht vor.

Schöpps hat die halbe Wache abtreten lassen; es dürfte keine unmittelbare Gefahr für das Fort bestehen. Aber wenn die preussischen Schwarzen nun wahrhaftig Ernst machen und wegen Audouro gegen die holländischen Schwarzen ziehen? Wir müssen um jeden Preis Frieden stiften, sonst geht das letzte Stück Land verloren, über dem der rote Adler weht.

*

Gouverneur Franz de Lange ist nicht mehr gekommen, nicht den ersten und auch nicht einen späteren Tag. Man sah ihn nie wieder. Der nach Accada geschickte Bote kehrte in der folgenden Nacht zurück und wunderte sich sehr, den weissen Gebieter in Gross-Friedrichsburg nicht zu treffen. De Lange hatte sich mit den drei schwarzen Soldaten seiner Begleitung sofort nach Gross-Friedrichsburg aufgemacht, als er aus dem Urwald die Gongongs hörte. Das hatte der

Faktor zu Accada gesagt, der übrigens Weisungen wünscht, wie er sich in dem beginnenden Krieg zwischen den preussischen und holländischen Schwarzen verhalten solle. Die schwarzen Holländer sind in den letzten Tagen schon nahe an das Fort gekommen.

Schöpps reitet aus, um den Gouverneur zu suchen; ein weisser Musketier und drei schwarze Soldaten begleiten ihn. Die Negerpfade sind leer, in den Crooms hausen nur Weiber, Kinder und ganz alte Männer. Überall wird er respektvoll begrüsst. Aber wo er auch nach dem Gouverneur fragt, weiss niemand Antwort. Sie schauen scheu und schütteln die Köpfe. Zu Moora, auf halbem Wege nach Accada, sagt ihm ein zahnloser Greis: «Oh, weisser Herr, der Wald ist tief und er erstickt jeden Schrei. Der Gouverneur hat böse Augen gehabt und eine harte Hand. Die Fetische aber leben und wachen über den schwarzen Mann!» Das war alles, was Schöpps hörte. Der Urwald gab seine Beute und sein Geheimnis nicht mehr heraus.

Sie beschliessen, dass Jansen vorerst den Gouverneursposten besetzen soll – bis andere Weisung der Bewindthaber eintrifft

*

Eine dänische Galiote, die in den ersten Januartagen 1711 auf der Reede von Gross-Friedrichsburg Anker wirft, um Trinkwasser zu holen, nimmt ein Schreiben Jansens für die Bewindthaber zu Emden mit, das auch Schöpps zeichnet. Das Schreiben verbirgt nichts. Fast bittend sind die letzten Sätze Jansens: «*Haben zu Accada drei weisse und sieben schwarze Männer, hier zu Gross-Friedrichsburg sind der Hauptmann Schöpps und ich, der Sergeant, fünf Musquetiers, vier Handwerksleute an Weissen, einunddreissig Schwarze als Soldaten. Alle sind auf unseren Herrn und König eingeschworen. Munition liegt noch genug hier, brauchen aber mehr als dringend Lebensmittel, Arzeneien, spanische Reiter, Pech, Nägel, Schuhwerk und Tuch. Und Leute, vielliebe, hochedle Herren! Schickt Soldaten und auch einen Chirurgius. Holt sonst das letzte Stück des brandenburger Lands in Afrika der Satan, so Holland heisst oder vielleicht auch England. Haben gehört, es wollen nun auch die engeländischen Negers gegen unsere ziehen. Lasst uns nicht elendiglich verkrepieren hier, sonst fällt die Flagge mit uns! Gebt Ihr das Land auf, ist es verspielt für immer. Gilt Euch Brandenburg nichts mehr? Lasset es nicht zum Spott der anderen werden!*»

Der Brief ist an die Bewindthaber der Kompanie zu Emden gerichtet, denn die preussischen Untertanen zu Afrika wissen nicht, was inzwischen in der Heimat geschehen ist: Das Bewindthaberkollegium hat aufgehört zu existieren, die Interessenten haben sich endgültig zerstritten.

Der König macht noch einen letzten Versuch, die Forts in Afrika zu halten und erklärt mit Order aus Potsdam vom 8. Mai 1711 die Kompanie für aufgelöst, alle erteilten *Oktroys* für aufgehoben, die auf Grund derselben erworbenen Aktien und sonstigen Ansprüche erloschen und die ganze Kompanie «*mit allen Effecten, Schiffen, Forten, Magazinen in und ausser Europa*» der königlichen Krone einverleibt.

Von keiner Seite erhebt sich Widerspruch. Der König ist nun Alleineigentümer des afrikanischen Unternehmens. Der Brief Harm Jansens, der Ende Mai nach Emden gelangt, wird von Marinerat Freytag übernommen und dem König nach Berlin gesandt.

Drei Tage lang kämpft der König um eine Entscheidung. Er will Schiffe ausrüsten und eine Flotte nach Afrika senden. Aber die Kriegsgefahr mit Frankreich lässt es nicht ratsam erscheinen, den Plan auszuführen Eine Sorge wächst hinter der anderen auf. Es gilt die schlesischen Pläne durchzuführen, es gilt den preussisch-brandenburgischen Bauern zu helfen, es gilt die ersten Industriegründungen zu fördern. Das alles scheint im Augenblick wichtiger als ein Stück Land irgendwo unten in Afrika.

Dennoch ergeht aus Berlin die Order an den königlichen Gesandten von Schmettau im Haag, sich um einen Mann von Wissenschaft und Experienz umzusehen, der imstande sei, der sonst verlorenen Sache wieder aufzuhelfen. Soldaten werde man nach dem Kriege senden. Schon vier Wochen später hat von Schmettau den Mann gefunden. Es ist Nikolaus Dubois, vormals zwölf Jahre Oberbuchhalter der Holländisch-Westindischen Compagnie zu Guinea. Am 24. September 1711 fährt er in Begleitung eines Chirurgen an Bord eines seeländischen Interloopers nach Afrika.

Köng Conny

Kapitel 31: Der Angriff

Am gleichen 24. September, an dem Nikolaus Dubois von Amsterdam abreist, erfahren Harm Jansen und Hauptmann Schöpps, dass Accada gefallen ist. Dreizehn Tage lang haben sich drei Weisse und sieben Schwarze heldenhaft gewehrt. Aber zu den vielleicht zweitausend holländischen Schwarzen hatte sich auch noch ein Haufen englischer Schwarze gesellt, still geduldet vom Gouverneur des englischen Forts hinter Axim. Das war keine schwere Rechnung, wer unterliegen wird. Einer der Verteidiger, ein schwarzer preussischer Musketier, ist nach dem Fall des Forts noch übriggeblieben. Verwundet erreicht er Gross-Friedrichsburg. Schweigend hören Jansen und Schöpps vom Fall der kleinen Festung, vom Tod der neun Verteidiger, alle waren königlich-preussisch. Schweigend geht Jansen zur Flagge und setzt sie auf halbstock. Er weiss, dass Accada das Kriegsglück angesichts der Übermacht nicht geneigt war.

Harm Jansen hätte am liebsten Conny mit seinen Kriegern hier, um vor dem Fort eine Schlacht zu erzwingen. Da könnten die Kanonen der Festung eingreifen und auch die Besatzung. Aber vernünftige Überlegungen lassen das nicht zu. War doch mit dem holländischen und dem englischen Gouverneur vereinbart worden, sich nicht in den Streit der Schwarzen einzumischen. Andernfalls würden die Holländer und die Engländer nicht zögern, Soldaten, Munition und Kriegsschiffe gegen das preussische Fort einzusetzen. Sie haben Mittel genug, Preussen aber hat keine Aussicht auf Hilfe.

Jansen hält Kriegsrat mit Schöpps und Sergeant Lemke, aber sie kommen zu keinem anderen Ergebniss. Jede Unternehmung ausserhalb des Forts hat zu unterbleiben, dafür aber ist die Festung in allerhöchste Bereitschaft und in bestmöglichen Verteidigungszustand zu setzen. Gross-Friedrichsburg muss gehalten werden. Zwei, drei schwarze Kundschafter hat Jansen weit draussen vor dem Fort im Urwald. Sie melden, dass kleinere Trupps vorsichtig durch den Urwald schleichen, aber das sei nichts Bemerkenswertes. Offenbar sucht man Conny und dessen Krieger.

Die Tage vergehen eintönig, werden zu Wochen. Einige Interloopers sind gekommen und ein paar Lordendreyer. Es gibt nichts zu handeln. Mit Mühe und Not kann Jansen ein wenig Arzneien eintauschen und anderen notwendigen Bedarf. Die Kapitäne wollen schnell wieder weitersegeln. Einige Kapitäne machen Jansen das Angebot, mitzufahren, alles sei doch verloren. Man könnte die restlichen Waren in den Schiffen bunkern, ebenso die Kanonen und was sonst noch Wert habe. Wegen der Passagegebühr nach Europa werde man sich einigen. AberJansen meint, er und seine Leute werden bleiben.

*

Im November 1711 kommt die Hitze. Von Tagesbeginn an wandert die Sonne über einen blaugläsernen, Himmel. Seit dem Ende der Regenzeit, die diesmal bis Anfang November dauerte, sind sie in Gross-Friedrichsburg damit beschäftigt, die Trinkwasservorräte des Forts zu ergänzen. Das Wasser aus dem Fluss ist nur im alleräussersten Fall zu brauchen, dann lauern das Fieber und der Guineawurm, der Mensch und Tier von inner zerfrisst.

Aber Harm Jansen hat schon vor Jahren gelernt, gutes Trinkwasser zu gewinnen. Kaum eine Viertelstunde gegen Norden steht eine Anzahl riesiger Baobabs. Viele hundert Jahre mögen diese Affenbrotbäume alt sein. Tausende Webervögel leben in ihrem Geäst. Fast jeder Baum teilt sich über dem Erdboden in zwei, drei Stämme von ungeheurer Mächtigkeit. Sie messen bis zu dreissig Fuss im Durchmesser und noch darüber. Fast alle bilden grosse Grotten. Harm Jansen hat sie vor Jahren aushöhlen lassen. Die Hohlräume wurden mit Teer gestrichen, das schadete den widerstandsfähigen Bäumen nichts. Sie wuchsen und grünten unbeirrt weiter. Die Schwarzen machten die Arbeit nur widerwillig, der Baobab war ein heiliger Baum und sie fürchteten den Zorn der Götter. Aber der weisse Mann sagte ihnen, nunmehr würde jeder Baobab, der so ausgehöhlt sei, noch heiliger werden. In der Regenzeit liess er rund um jeden Baum eine breite Erdmulde graben. Das Wasser, das sich darin sammelte, wurde mit ledernen Eimern aufgeschöpft und durch die schmale Öffnung von oben in den Baum gegossen, der solcherart zum Brunnen wurde. Innerhalb weniger Tage war das Wasser geklärt, der lebende Baum hielt es kühl und gesund. Harm Jansen hat die Wassermenge gemessen, die in diesen Baumbrunnen gelagert werden konnte. Die kleinste Höhlung barg etwa 3800 Gallonen, die grösste 8600 Gallonen. Seine weissen Freunde hatten gelacht, als er die Arbeit beginnen liess, sie hatten noch mehr gelacht, als er ihnen die Masse sagte. Sie sahen zwar die riesigen Höhlungen in den Stämmen – aber 8600 Gallonen? Später fanden sie die Rechnung bestätigt. Seither hat keiner mehr über Jansens Brunnenidee gelacht, denn schon die Trockenzeit brachte immer auch Wassermangel.

Seit vielen Jahren sind die Brunnen schon im Gebrauch, und die Baobabs, in denen sie geborgen sind, gelten den Schwarzen jetzt heiliger als zuvor. Seit sich aber immer häufiger holländische und englische Negertrupps zeigen, die auf Conny Jagd machen, muss die Verteidigungsbereitschaft des Forts gesichert sein. Gross-Friedrichsburg soll nicht das Schicksal Accadas teilen. So wird seit Tagen ununterbrochen das gute Wasser aus den Bäumen geschöpft und mit Hilfe der Pferde in die Felsenkeller der Festung geschafft. Die Handwerker haben die Felsenkeller abgedichtet, damit das kostbaren Nass nicht verlorengehe.

Immer wieder traben die Pferde mit dem leeren Geschirr zu den Baumbrunnen, begleitet von zwei weissen und einem Dutzend schwarzer Soldaten in voller Wehr und Waffen. Bisher hatte sie niemand behelligt, aber dann werden sie eines Tages doch überfallen. Kurt vor den Baobabs knallt es: einmal, zweimal, dreimal. Die Gross-Friedrichsburger werfen sich zur Erde, geben die Pferde frei, die schreckerfüllt den Weg zum Fort zurückrasen. Im Busch steigt weissblauer Pulverdampf auf und vielstimmiges Geheul tönt aus dem dichten Busch. Der preussische Zugführer gibt den Befehl zum gedeckten Rückzug in das Fort. Langsam, Schritt für Schritt, jeden Baum und Felsblock nützend, lösen sich die Gross-Friedrichsburg er von dem noch immer unsichtbaren Feind, der dem Kriegsgeschrei nach zu schliessen mehrere hundert Mann stark sein muss.

Um eine späte Abendstunde kommt ein Kundschafter nach Gross-Friedrichsburg zurück. Er meldet, dass sich von überall her holländische und englische Schwarze gegen die Festung vorschieben. Conny soll mit seinen Truppen gegen den Fluss Ankober gezogen sein. Offenbar hat man ihn dorthin gelockt, um hier an der Küste freie Hand zu haben

*

Verlassen sind die preussischen Offiziere und Soldaten. Hundselendig verlassen! Wer weiss, wie lange sie ihr Fort noch halten können? Vierundvierzig Kanonen hat Gross-Friedrichsburg. Aber nur mit sieben kann geschossen werden, weil es an Mannschaften fehlt. Todmüde von der Wache, legt sich Jansen auf sein Lager. Das kaputte Bein macht ihm derart zu schaffen, dass er nicht einschlafen kann.

Ob man nicht das zweite, ohnehin leere Packhaus abreissen sollte? Man könnte mit dem Material die seeseitige Brustwehr erhöhen, die verdammt niedrig ist. Da fällt ihm ein, dass er heute Geburtstag hat. Trotzdem muss er rechnen! Siebenundfünfzig Jahre? Und davon neunundzwanzig für Brandenburg-Preussen! Oder dreissig? Wird sich das bezahlt machen? Nicht für ihn, sondern für jene, denen er dient? Der Schmerz im Bein wird arg. Wenn er es mit der Hand abfühlt, spürt er die Wülste und Narben im Fleisch. Sie brennen und schmerzen. Siebenundfünfzig Jahre! Er half das Werk aufzurichten, sollte es jetzt einstürzen? Sollte das letzte Einfallstor nach Afrika verlorengehen?

Siebenundfünfzig Jahre – und schon an der Schwelle des Greisenalters? Müde und zerschlagen steht er trotz der Schmerzen im Morgengrauen auf, um Schöpps abzulösen.

*

Die holländischen und die englischen Schwarzen schiessen schlecht. Es dauert sieben Tage, bis sie den Gross-Friedrichsburgern den ersten Mann, einen Schwarzen, töten können. Greift der Feind auch nicht offen an, so baut er doch

Trancheen gegen den alten Laufgraben, der von der Festung zum Strand hinunterführen. Trancheen heissen die zur Deckung ausgehobenen Annäherungswege. Den Laufgraben will Schöpps aber nicht preisgeben. Es könnte vielleicht doch noch einmal ein preussisch-brandenburgisches Schiff kommen und Entsatz bringen. Während die Belagerer bei Tag die Trancheen von der Seeseite her bauen und das mit viel Faschinen recht geschickt machen, beraten die Belagerten, wie man die Trancheen zerstören und sich den Weg zum Ufer freihalten könnte. Ausfälle müssen vermieden werden, denn die Mannschaft ist klein. Aber mit Trancheekugeln will man es versuchen. Alle freien Leute werden herangezogen, aus kleinen Rumfässern Tranchekugeln zu machen. Ein Pulverschlag kommt zuunterst, darauf Kugeln, Nägel und Eisenstücke, und dann wird das Fass geschlossen; ein Loch auf dem Boden ist schnell geschlagen, es kommt noch eine Zündschnur hinein, dann werden die Fässer mit Draht umwickelt.

Nachts schleichen sechs Mann mit Trancheekugeln beladen im Laufgraben talab; von der Festung mit Geschrei und Gewehrfeuer gedeckt. Die Belagerer erwiedern mit starkem Gegenfeuer. Aber es gelingt, sechs Fässer aus dem Laufgraben in die Trancheen zu werfen. Sechs mächtige Detonationen zerreissen die Nacht, von den in tagelanger Arbeit mühselig gebauten Trancheen ist nichts mehr übrig.

Wutgeheul schallt von den Gegnern herüber dazwischen hört man Befehle. Plötzlich bricht alles jäh ab, es wird fast still. Die See glänzt matt und still im Mondlicht, schwarz heben sich Baum, Strauch und Fels auf dem Land ab.

«Auf einen halben Steinwurf lasst sie herkommen!» sagt Schöpps den Soldaten. Er eilt von Geschütz zu Geschütz, den Befehl wiederholend. In zweiundzwanzig Kanonen hat er Kartätschen laden lassen, Kettenkugeln in die anderen zweiundzwanzig. Je ein Soldat muss drei Stücke abbrennen. Wie man die Kanonen wieder laden soll, das weiss, der Himmel. Dann braucht man jeden Mann auf dem Wall, um mit Säbel und Muskete gegen die zu kämpfen, die trotz Kartätschen und Kettenkugeln an Gross-Friedrichsburg herankommen werden.

Den Kriegsruf schreien springen die schwarzen Körper von allen Seiten bergwärts gegen die Festung. Mit jedem Sprung verstärkt sich ihr Gebrüll. Es ist, als läge schon Siegesjubel darin. Da blitzen und brüllen die Geschütze auf, krachend mähen die Kartätschen nieder, was sich heranschleicht, Kettenkugeln klirren. Das Siegesgebrüll ist leiser, wird zum Wutgeschrei. Schwarze Gestalten fluten zurück, suchen Schutz hinter Felstrümmern und in der Nacht.

Harm Jansen und Schöpps lassen die Kanonen schnell wieder laden. Wer weiss, ob die Feinde nicht noch einen Angriff wagen. Die Atempause muss man nützen. Aber sie kommen nicht mehr in dieser Nacht. Auch die folgenden Tage wagen sie sich nicht mehr so nahe heran. Sie schiessen mit ihren Gewehren herüber, im Übrigen aber begnügen sie sich, Gross-Friedrichsburg umzingelt zu halten und von allen Seiten neue Trancheen gegen die Mauern vorzutreiben.

Mit Unbehagen verfolgen Jansen und Schöpps Tag für Tag die Grabarbeiten der Schwarzen. Immer näher schieben sie sich heran, obwohl sie die Gräben im Zickzack anlegen müssen. Man kann nichts dagegen tun, höchstens einen Ausfall wagen und wieder mit Trancheekugeln arbeiten. Aber nur Trancheekugeln werfen, ohne eine stärkere Ausfallmannschaft mitzugeben, ist unmöglich. Denn die Belagerer sind jetzt gewitzigt und passen auf. Man hört sie jede Nacht in den Trancheen reden. So fällt es Jansen und Schöpps nicht leicht, den Ausfall zu wagen; sie haben zu wenig Soldaten, schon der Verlust eines einzigen Mannes wiegt schwer. Zwei Tage lang versuchen sie, die Trancheen mit Geschützfeuer zu zerstören, aber die Schwarzen sind lange genug in die Schule der Holländer und Engländer gegangen und wissen, in welchem Winkel sie ihre Gräben anlegen müssen. Das Feuer der Belagerten richtet kaum nennenswerten Schaden an.

In der Nacht zum 21. Dezember 1711 sind sich Jansen und Schöpps einig, dass es nun sein müsse. Nur will jeder von ihnen das Kommando über die kleine Ausfalltruppe führen. Jansen beruft sich auf seine Befehlsgewalt als Gouverneur. Aber gerade wegen der Verantwortung müsse Jansen in der Festung bleiben, widerspricht Schöpps. Überdies würde der Gouverneur mit seinem kranken Fuss dem Ausfalltrupp mehr hinderlich als nützlich sein. Jansen weiss, dass er längst ein halber Krüppel ist. Seit zwei Stunden hat ihn auch wieder das Fieber gepackt.

Schöpps hat von Jansen keine Antwort erhalten, und keine erwartet. Er sagt den Soldaten, was sie zu tun haben, und wählt sich die zwölf Leute für den Ausfall aus. Trancheekugeln haben sie in den letzten Tagen vorbereitet, es scheint ein schier unfassbares Glück, dass sie genug Pulver, Blei und Eisen in Gross-Friedrichsburg haben.

Die Nacht ist sternenlos und finster. Von der See her weht ein südlicher Wind, der die Flagge Brandenburgs hoch oben am Mast leise knattern lässt. Jansen und Schöpps geben sich einen letzten Händedruck; sie haben alles durchbesprochen.

Die kleine Schar wartet. «‹Roter Adler› ist der Feldruf, falls einer von euch versprengt werden sollte und erst zurückschleichen kann; wenn das Tor schon geschlossen ist», sagt Harm Jansen eindringlich.

«Roter Adler», wiederholen die Leute ernsthaft und halblaut. Es ist ein fremdes, ein neues Gefühl, das Jansen beschleicht. Noch nie fiel es ihm auf, wie eigenartig die deutschen Laute im Mund der Schwarzen klingen. Sie opfern sich auf, die schwarzen Männer als preussische Soldaten. Schwarze kämpfen für die Preussen! In Europa tobt eine Diskussion, ob Neger überhaupt zur Menschenrasse gehören. Man kann sie wie Vieh kaufen und verkaufen, und jeder kann mit seinen Sklaven tun und lassen, was er will. Was wäre, wenn Preussen den

Anfang mache und Mensch eben Mensch sein liesse, mag er nun weiss oder schwarz sein?

*

Unbemerkt oder vermeintlich unbemerkt ist Schöpps mit seinen Leuten bis an die Trancheen herangekommen. Fast zu gleicher Zeit heben die sechs Männer die Trancheekugeln. Schöpps schwingt ein Fässchen hoch in die Luft und will es mit mächtigem Schwung aus dem Laufgraben hinüber in die Tranchee werfen. Da durchschlägt eine feindliche Musketenkugel das Holz, noch bevor der Hauptmann den Sprengkörper werfen kann, und die Bombe explodiert.

Mit Hauptmann Schöpps fallen drei Mann. Die anderen springen durch den Qualm und packen die Gefallenen. Einige Schritte schleppen sie die vier im Laufgraben mit sich bergauf, aber schon drängen die Belagerer nach und im Graben kommt es zum Kampf. Mit wilder Verzweiflung kämpfen sich die Preussen von den Verfolgern frei, erschöpft und verwundet bringen die neun übriggebliebenen Männer die vier Gefallenen mit. Zwei zeigen noch Leben, Hauptmann Schöpps und ein weiterer Soldat sind tot.

Der Gouverneur, der oben das Abwehrfeuer leitet, wird zum Tor gerufen. Die Soldaten treten ehrfürchtig zur Seite. Das schwache Licht der Öllampen zittert über die zerfetzten Leiber der Toten. In Harm Jansen arbeitet es – schmerzhaft und traurig. Tausend Tage Fieber möchte er ertragen, nur das eine hier sollte nicht wahr sein, aber es ist unabänderlich! Die Augen seiner Leute sind auf ihn gerichtet, forschend und ängstlich. Was wird jetzt sein, was wird er tun, der Gouverneur?

Der schwere, keuchende Atem der Männer, die vom Kampf kommen und wieder in den Kampf müssen, auch ihre starren Blicke, reissen Harm Jansen hoch. «Legt sie oben hin, am Flaggenmast! Setzt die Flagge halbtopp! Im Tageslicht wollen wir die Toten bestatten. Dann geht hinauf an die Kanonen.»

Aber die Belagerer hüten sich, den Feuerschlünden der Festung nahezukommen. Jansen lässt nach einer Stunde die halbe Mannschaft abtreten. Er selbst setzt sich Schöpps zu Füssen und sieht auf den toten Kampfgefährten. Über das Gesicht hat er ihm das alte Flaggentuch breiten lassen, das, bis es Sturm und Wetter zerfetzt haben, am Mast flatterte. Jetzt deckt es das zerschmetterte Gesicht des Freundes und soll mit ihm ins Grab sinken. Wer braucht noch Reliquien?

Später lässt er unter der Südbatterie im Begräbnisgewölb zwei Gruben ausheben. Eigentlich ist das Gewölbe nur als Ruhestätte der Gouverneure vorgesehen, aber was ist ein Gouverneur gegen einen gefallenen Kameraden? In der achten Morgenstunde holt er die Bibel aus seinem Zimmer und lässt die wachfreien Männer antreten. Mit belegter Stimme liesst er aus Lukas 16 die Epistel vom armen Lazarus vor, in dem Gott den Gerechten belohnt. Dann werden die beiden Leichname in die Gruben gelegt, und Harm Jansen bringt es zustande, einige Worte zu sprechen; bevor er das Kreuz macht und jedem eine Schaufel sandiger Erde nachwirft. Oft genug hat er Begräbnissen beigewohnt und hier in Afrika auch schon welche geleitet. Die seinerzeitige kurfürstliche Order verlangt dies von ihm, in Ermangelung eines Priesters. Aber noch nie ist er seinen Leuten so und ernst und unzugänglich erschienen wie diesmal.

Die Gräber sind noch nicht zur Hälfte zugeschaufelt, als wütendes Geschrei und heftiges Gewehrfeuer einsetzt. Sie lassen alles liegen und eilen auf die Gefechtsstände. Doch verwundert merken sie, dass die Schiesserei nicht der Festung gilt.

«Sie streiten miteinander!» sagt Sergeant Lemke.

«Nein» antwortet Harm Jansen bedächtig. «Conny ist im Anmarsch!» Und gleich darauf schreit er mit aller Macht: «Conny ist es!» Er rüttelt Lemke an dessen Wehrgehänge. «Warum ist er nicht gestern gekommen?»

Der Sergeant zuckt die Schultern: «War dem Hauptmann nicht der Sieg bestimmt!»

Harm Jansen schaut seinen Sergeanten starr an. «Ja», sagt er dann leise, «war ihm nicht bestimmt. Wird uns allen nicht bestimmt sein. Leben hundert Jahre zu früh!» Er wendet sein gelbes Gesicht ab und humpelt nach vorne, von wo aus er das Gelände besser beobachten kann.

Das Gewehrfeuer wird immer heftiger. Es kann nicht anders sein: Conny ist hier mit seinen Kriegern. Für Schöpps um einen halben Tag zu spät, nicht zu spät aber für Gross-Friedrichsburg. Und das soll noch etwas wert sein!

«Alle Geschütze nur Vollkugeln feuern!» befiehlt Jansen. Kann man die feindlichen Schwarzen auch kaum erreichen, so hören doch die mit Preussen herannahenden Verbündeten die Gewehrsalven. Jansen zählt seine Leute. Siebzehn kann er im alleräussersten Fall entbehren. Er ruft jene, die ihm am meisten taugen, übergibt Lemke das Kommando der Festung und bricht mit den siebzehn Soldaten in den Rücken des Feindes, der schon nach Westen zu weichen begonnen hat.

Nach einer Stunde ist der Kampf entschieden. Die holländischen und englischen schwarzen Soldaten flüchten, verschwinden im Urwald. Gross-Friedrichsburg ist frei!

Ankernder Segler vor Gross-Friedrichsburg

Kapitel 32: Unerwarteter Überfluss

Das grosse Haus mit seinem Wappen aus Stein, seinem Fries und den vier stattlichen Schornsteinen an den Ecken wirkt wie ein Stückchen Aristokratie inmitten des streng geometrisch gestalteten Gartens, umgeben von einem hohen,
schmiedeeisernen Zaun und zugänglich durch eine doppeltorige Einfahrt. Enno
hatte es etwas abseits von Emdens Stadtzentrums am Herrentor erbaut, da hatte
er es nicht weit zu den Hafenanlagen im Ortsteil Hilmarsum.

Schon früh am Morgen ging Enno, in einen schweren Wollmantel und mit
einem festen Filzhut gekleidet, von der Villa zum Ende des Binnenhafens am
Duckeldamm hinüber. Er hatte eine Mappe am Riemen über der Schulter bei
sich, kam aber wie ein Schiffer daher; nur der sorgfältig geflochtene Zopf verriet den gehobenen Bürger. Gestern hatte er im Hafen bei seinem Schiffsmeister
einen erfahrenen Matrosen bestellt, und so wartet ein Schiffsknecht schon beim
firmeneigenen Kutter. «Moin moin, Fietje, ausgeschlafen?», fragt er gut gelaunt
und springt von der Ufermauer in den Kahn.

«*Moin Mijnheer, bün al lang upstahn*», antwortet Fietje. «*Warhen söll's gahn?*» (Bin schon lange aufgestanden. Wohin soll es gehen?)

«*To'm Butenhoben, wi mutten na Borkum*» (Zum Aussenhafen, wir müssen nach Borkum.)

Der Schiffsknecht wriggt ihn sicher, am Heck der Schaluppe stehend, mit einem Riemen durch das Geäst verschiedener Hafenarme bis zur Seeschleuse, die den Binnenhafen vor dem Wechsel der Gezeiten schützt. Dort legen sie bei einer mit «Huismans» bezeichneten Steintreppe an, Fietje vertäut die Schaluppe. Sie überqueren die Schleuse seitwärts auf der Uferstrasse. Wenige Fuss auf der Seeseite liegt die Huismans'sche «*Schwalbe*», ein kleiner schneller Gaffelkutter – schwarz gepönt, mit rotem Streifen an der Bordkante und mit eingerolltem rostrotem Segel am Grossmast und einer Fock am Vorsteven. Es ist Flut; das Schiff liegt hoch an der Mole und sie können über eine Planke an Bord gehen.

«Die Tide läuft ab», meint Fietje, «Der Ebbstrom wird uns helfen, die offene See zu erreichen.»

«Na, dann wollen wir mal. Leinen los», antwortete Enno.

*

Enno hatte im Alter von fünfundzwanzig Jahren seinen Abschied bei der Marine genommen und war in seines Vaters *Contor* eingetreten Trotz seines Mannesalters beharrte Vater Huismans darauf, dass Enno sich gründlich und solide in das Kaufmannsgewerbe einarbeitete. Inzwischen leitet er die Niederlassung des *Reederei- und Handelskontors Huismans* nun schon seit dreiundzwanzig Jahren und ist ein erfahrener Kaufmann. Nach den erfolgreichen Kriegen der Holländer gegen England begann der Seehandel wieder zu rentieren und Ennos Vater, der Reeder, musste bald expandieren. Emden liegt an der Mündung der Ems. Der Ort bot sich an, denn mit den Niederlanden als Schutzmacht im Rücken und weitgehender Unabhängigkeit vom ostfriesischen Grafenhaus war Emden de facto eine freie Reichsstadt. Ausserdem war der preussische Kurfürst Friedrich Wilhelm mit der Prinzessin Luise Henriette, einer Tochter des niederländischen Statthalters Friedrich Heinrich von Oranien, verheiratet. Der preussische Kurfürst Friedrich Wilhelm hatte 1682 einen Konflikt zwischen dem Fürstenhaus und den ostfriesischen Ständen als Vorwand genutzt und liess seine Truppen in Ostfriesland einmarschieren. Nun war Preussen Schutzmacht von Ostfriesland und Emden wurde der Stammsitz der *Brandenburgisch-Afrikanischen Compagnie* und Vorposten Brandenburg-Preussens.

*

Sie kommen rasch voran. Die Strömung der Westerems und ein mässiger Südwestwind im steuerbords leicht aufgefiertem Gross trägt sie bald auf die offene See. Fietje entrollt nun noch die Fock und nahm das Gross dicht, auf dem oben neben dem Mast das Huismans'sche Wappen prangte. Die «*Schwalbe*» macht ihrem Namen alle Ehre und rauscht gut voran. Hin und wieder klatscht eine Welle am Bug hoch, feine Spritzer glänzen im Sonnenlicht, und Enno geniesst die Überfahrt. Er war jetzt ein ehrbarer Kaufmann und kam nicht mehr oft auf Schiffsplanken, die Geschäfte liessen wenig Zeit dazu.

Fietje konzentriert sich auf Ruder und Segel, hin und wieder einen scheuen Blick auf seinen Brotherrn werfend. Was will der auf Borkum? Er ist ja nicht der Jüngste, musste gegen die Sechzig gehen.

Ennos Gedanken wandern voraus. Was würde er antreffen? Harm hat eine Frau auf Borkum, Greta. Er hatte sie einmal gesehen, vor Jahren, als Harm erst kurze Zeit verheiratet war. Er, Enno, hatte drei Tage Urlaub, sein Schiff lag in Amsterdam, damals hatte er sie besucht. Aber Harm war unstet und zerstreut. Sprach davon, dass Preussen bald zur See fahre, wolle in Afrika Koloniehandel anfangen. Als Enno darüber lachte, – «das kleine Preussen?» hatte er ungläubig gesagt, da hatte Harm ärgerlich reagiert. Und nach Afrika ist er dann ja auch verschwunden . . .

Sie haben einige Mühe, bei der ablaufenden Tide in den seichten Hafen hinter der Schleuse zu gelangen. Zwei dort herumlungernde Männer nehmen die Leinen an und vertäuen die «Schwalbe» fachgerecht an kleinen Pollern.

«Da heww jo Glück hatt, dat jo nich op Schiet kweem. Dat goht faken!» (Da habt ihr Glück gehabt, dass ihrt nicht auf, Schiet' kamt. Das geht schnell!)

Enno wirft ihnen ein paar Münzen zu und fragte nach dem Weg.

Aber im Dorf hat man schon längst gesehen, dass ein Gaffelkutter mit roten Segeln vom Festland her gegen Borkum segelt, und die Nachricht verbreitet sich rasch. Als Enno ins Dorf gelangt, weiss er nicht, in welchem der wenigen Häuser Harms Frau wohnt, die Strasse ist menschenleer und er muss wohl irgendwo anklopfen, um sein Ziel zu erfragen. Ein paar Jungen kommen von der Schule her; sie zeigen ihm den Pfad zur Jansenkate. Ein weisser Holzzaun umgrenzt das Anwesen: das kleine Haus ist gepflegt, auf dem grasbewachsenen Umland weiden Schafe, Geranien auf der Fensterbank! Enno öffnet die Gartentür und geht auf die Haustür zu. Er will anklopfen, aber die Haustür wird bereits aufgetan. Eine ältere Frau in einfacher Kleidung erwartet ihn: langer Rock, Brusttuch, auf dem Haar eine Haube nach holländischer Art, kräftiger, leicht ergrauter Zopf.

Enno ist ein routinierter Geschäftsmann, aber nun überkommt ihn plötzlich eine leichte Unsicherheit und er spürt: diese Frau ist eine starke Persönlichkeit! Er nimmt die Schiffermütze vom Kopf. «Ihr seid – Harms Frau?»

Die Frau mustert ihn eindringlich. «Greta», sagt sie nach einer Weile.

«Ich bin Enno Huismans, komme von Emden herüber.»

«Und was wollt Ihr? Bringt Ihr Nachricht von Harm, meinem Mann?»

«Ja», antwortete Enno zögernd, «aber nicht direkt. Ich hoffte, ihn hier an-zutreffen. Ich sollte ihn sprechen – in einer Angelegenheit, die schon lange auf eine Klärung wartet.»

«Ich habe keine Nachricht von ihm, weiss nicht, wo er ist und ob er lebt.»

«Ja.» Einige Sekunden ist er ratlos. dann fragt er: «Darf ich hereinkom-men?»

Sie macht eine einladende Handbewegung und geht ihm voraus.

Enno folgt ihr; der hochgewachsene Mann muss sich unter der Tür ducken. Greta rückt ihm einen Stuhl zum grossen Tisch in der Raummitte. Er nimmt langsam Platz, legt die Tasche auf den Tisch, Greta stochert im Herd, einige Glutfunken stieben hoch, sie legt Torf nach und schliesst das Feuerloch mit ei-nem Wasserkessel. Dann wendet sie sich dem Fremden zu, mustert ihn ein-dringlich und fragt: «Woher kennt Ihr Harm?»

«Harm ist ein Freund. Wir fuhren vor vielen Jahren zusammen auf einem holländschen Kanonenboot. Heute leite ich in Emden eine Niederlassung der Reederei Huismans aus Amsterdam.» Enno schaut sich in der geräumigen Stube um: blau geädertes Porzellan auf den Wandbrettern, ein gerahmter Spiegel, in der Raummitte der stabile, schwere Tisch, Stühle für etwa zehn Personen, an der westlichen Wand eine friesische Pendeluhr mit schöner Bemalung, gegen-über vier gleich grosse quadratische Fenster, seitwärts ein hell gekachelte Ofen, darauf Szenen ostfriesischen Landlebens, ein fester Dielenboden, solide Vor-hänge an den Fenstern.

Sie hat Enno beobachtet. Er ist ein Herr aus der Stadt, denkt sie bei sich, und ein merkwürdiges Gefühl beschleicht sie. «Früher waren hier zwei Räume: eine kleine Wohnküche und die *gute Stube*. Aber dort wurde es im Winter nie warm; der Ofen schaffte es nicht. Ich habe alles herausreissen lassen, auch die Trennwand, dann haben wir es so wie jetzt umgebaut. Jan, mein Schwager, ist sehr geschickt. Wir haben gleich das Dachgebälk ersetzt und auch das Reetdach ist neu.»

«Aber das alles konnte doch Ihr Schwager nicht alleine. Ihr musstet doch auch andere Kräfte bezahlen? Maurer, Ofensetzer, Zimmerleute, Dachdecker …»

«Ja», sagt sie schlicht.

Enno zögert. ».. . und Ihr konntet das bezahlen?» Die Frage war ihm pein-lich. Man mischt sich nicht in anderer Leute Situation.

«Warum fragt Ihr das? Was geht's Euch an? Wir schulden niemandem was!» Ihre Stimme bleibt gelassen.

«Nun, ich bin sein Freund.»

«So, seid Ihr das?» Greta ist auf der Hut. Herren kommen nie ohne Grund. «Wir leiden keine Not. Harm hatte Geld geschickt, ein Kamerad von von ihm hat's gebracht.» Greta schaut ihn eindringlich an. «Doch nun zu Euch. Was ist Euer Begehr?»

Enno entnimmt seiner Tasche etliche Papiere. «Wie gesagt, Harm und ich waren Kameraden und Freunde. Aber die Zeitläufte trennten unsere Wege. Harm hat mir vor unserer Trennung 750 Gulden anvertraut. Das Geld stammt aus einer Belohnung. Wir waren noch jung und todesverachtend. Harm wollte neue Heuer nehmen und ich fuhr auf einem holländischen Orlogschiff. Bei unserem Abschied übergab Harm mir diese hübsche Summe, er benötige sie nicht, sagte er, und ich sollte es in Schiffspapieren der Reederei meines Vaters anlegen. Das ist jetzt schon achtunddreissig Jahre her.» Harm verstummt.

Greta stellt das Teegeschirr auf den Tisch, auch den *Stövchen* genannten Teeofen, bringt die Teekanne und schenkt ein. Der Kandis knistert unter dem heissen Getränk. Sie stellt die Kanne auf das Stövchen, rückt das Sahnekännchen mit dem Löffel zu Enno und setzt ich. Einem Besucher wird eine Tasse Tee angeboten, das ist alter Brauch!

«Wir hatten gute Jahre, seit der Brandenburger Fürst in Ostfriesland für Ruhe sorgte. Handel und Wandel entwickelten sich gut, die Verluste blieben verkraftbar. Um es geradeheraus zu sagen: Harms Geld hat sich bedeutend vermehrt! Ich wollte ihm schon seit einiger Zeit Rechenschaft ablegen, konnte ihn aber nie antreffen.»

«Habt Ihr Euch denn bemüht?» Enno glaubt, eine Spur von Ironie zu hören, aber Greta sitzt ausdruckslos und unbeweglich.

Enno rührt in seinem Tee und trinkt in kleinen Schlucken. Dabei mustert er Greta verstohlen. Sie sitzt am Tisch, ein Bild beständiger Gelassenheit. Eine stolze Frau, denkt er bei sich. Die ist von Kind auf gewöhnt, unabhängig zu leben. Der Mann immer auf See oder irgendwelchen kolonialen Irrwegen nachjagend. Diese Frau kennt die Wechfälle des Lebens, sie hat sich mit ihrer Welt abgefunden, sie hat alles für ein Dasein auf Borkum. Enno spürt, wie seine Achtung wächst. Mit dieser Frau kann man reden.

«Ihr sagtet, Ihr hättet kein Lebenszeichen mehr von ihm bekommen, und dass es fraglich sei, ob er noch am Leben ist. Darum will ich Euch meine Anwesenheit offenlegen. Also, das Handelsvermögen der Firma *Reederei und Handelskontor Huismans* hat sich den Jahren um 130 Prozent vermehrt. Aus Harms 750 Gulden wurde im Verlaufe der Zeit ebensolche 130 Prozent Gewinn geschöpft und sein Anteil beträgt nun 97 500 Gulden Courant. Euer Schwager kann aufhören, als Fischer hinauszufahren.»

«Mein Schwager fährt nicht zum Fischfang. Er ist krank – nicht im Körper, aber im Gemüt. Die Holländer . . .» Greta stockt mitten im Satz. Der Gast ist ein Holländer! Doch sie fängt sich und fährt unbeirrt fort: «Die *Oostindische*

Compagnie hat ihn in der Seele verwundet. Sie haben ihn ungerecht mit Schimpf und Schande davongejagt, geächtet, um sein Verdienst betrogen.»

Enno geht nicht darauf ein. «Das ist bedauerlich, doch ich kam zu Euch, um meine Schuld gegenüber Harm abzutragen und will Rechenschaft ablegen, wie seine Anlage in unserer Firma rentiert hat. Hier, ich übergebe Euch diese Papiere, die weitere Auskünfte geben.» Er schiebt die Dokumente über den Tisch Greta zu, aber die Frau rührt keinen Finger.

Sie sitzen eine Weile stumm, die Uhr tickt laut in ihr Schweigen. Greta steht auf, schenkt Tee nach, geht dann an ein Fenster und schaut hinaus. Enno stört sie nicht in ihren Überlegungen. Nach einer längeren Weile dreht sie sich um und sagt: «Das ist viel Geld – oder?»

«Ja, Ihr könntet Euch Dienstboten zulegen oder ein Geschäft eröffnen.»

«Geschäft eröffnen. Auf Borkum!» Ihre Ironie ist nicht zu überhören.

Langsam kommt sie an den Tisch zurück und nimmt wieder Platz. Fest sieht sie Enno in die Augen. «Und Harm hat Euch das Geld gegeben?»

«Ja, es mag nun bald 40 Jahre her sein. Es hat sich schön vermehrt, seither.»

«Wieviel ist's wert, was könnte man damit machen?»

Wieder war Schweigen zwischen beiden. Enno überlegte. Schliesslich sagte er: «Die 97 500 Gulden entsprechen gut 48 750 Reichstalern. Der Reichstaler wird heutzutags gegen zehn Mark gehandelt. Ihr bekommt also ungefähr 487 700 Mark.»

«Was?» Sie erblasste, ihre Hand ging zum Herz. Enno sprang auf, nahm Gretas Hand und streichelt sie verlegen. «Ihr müsst nicht erschrecken, höchstens aus Freude. Ihr werdet keine Sorgen mehr haben.»

«Schon gut, schon gut», murmelte sie. «So viel kann man nicht erwarten, das muss ich erst begreifen! Wie kann ich verstehen . . . begreifen? Ich kenne mich nicht aus.»

Enno, der noch immer ihre Hand hielt, legte sie nun behutsam auf ihren Schoss. «Mein Diener beispielsweise bekommt jedes Jahr auf Martini 18 Reichstaler, natürlich auch freie Wohnung und Kost.»

Greta starrte ihn lange an. Er hat meine Hand gehalten, denkt sie, er wollte meinen Schreck mildern. Seine Hand ist warm! Sie fasst Vertrauen. «Ich will Euch was erzählen», begann sie nach einer Weile. «Als junges Mädchen kam ich mit Harm auf diese Insel. Meine Heimat heisst Aschach, Ihr werdet Aschach nicht kennen, liegt an der Donau, ein grosser Fluss im Österreichischen. Ich war katholisch und eine Hexe. So sagten die Leute und liessen sich von mir ihre schmerzenden Rücken, Beine und andere Körperteile salben. Die Elixiere stellte ich selbst her – aus Pflanzen. Bis eines Tages ein Augstiner auftauchte, ein fanatisch nach Hexen suchender Mönch. Er bezichtigte mich, mit dem Teufel gebuhlt zu haben, bald wurde ich verhaftet, in Ketten gelegt und von einem geistlichen Gericht zum Scheiterhaufen verurteilt. Harm war auch geflohen. Vor der VOC! Er fühlte meine Not, rettete mich vor den Häschern und nahm mich mit.

Damals war ich sechszehn. Harms Mutter nahm mich gut auf, sie war eine einfache, aber lebenskluge Frau. So blieb ich hier, arbeitete mit, lernte alles, was man hier wissen muss. Doch im Dorf ging hinter meinem Rücken bald das Geflüster los; für einige Leute war ich auch hier bald eine Hexe, weil ich Kräuter sammelte, ordnete und trocknete. Ich rühre Salben an und massiere damit den älteren Kühen die Gelenke und Rückgrate, weil ich ihre Schmerzen beobachten konnte. So begann ich bald, Wunden zu pflegen, denn beim Vieh gibt's immer etwas Kaputtes. Dann – ich war inzwischen Harms Rat gefolgt und habe mich beim Pastor zum reformierten Glauben belehren lassen – kamen einige mit Rückenweh und anderen Gebresten und baten mich um Hilfe und Linderung. Bezahlung will ich keine, nehme aber, was sie geben. Ist aber selten Geld, mal ein Huhn oder eine Schüssel Blutsuppe vom Frischgeschlachteten, was man so hat. Heute bin ich respektiert und geachtet, zumindest von den meisten. Wir waren arm, die Insel bietet nur ein armseliges Dasein, aber wir arbeiteten wie alle hier. Hinter dem Rücken, das weiss ich wohl, flüstern immer noch welche von Zauberei und Kräuterhexe.

Heute leiden wir keine Not mehr. Dank Harms Gold, das dieser Peukert gebracht hat. Ich habe es Pastor Korte gebracht, der liess es wiegen und schätzen. Es war Goldstaub für 185 Gulden und 87 Goldpfennige, dann noch Goldkörner von guter Qualität im Wert von 325 Gulden, zusammen 511 Gulden oder 12 265 Preussische Mark. Die Hälfte ist für Heikes Aussteuer, und unsere Kosten konnten wir gut bezahlen. Sind noch etliche Taler beim Pastor hinterlegt – zur Not!»

«Solltet es nicht beim Pastor lassen. Es sind unruhige Zeiten, bringt es lieber auf's Festland zu einem Notar oder zu einer Bank.»

Greta sagt unbewegt: «Es waren noch afrikanische Raritäten dabei: ein Dolch mit geschnitztem Griff, Ohrringe der Frauen, grosse Löwenzähne. So konnten wir das Land ums Haus kultivieren, umgraben, Gras säen und einen Kräutergarten anlegen. Hinnerk hat die Zäune fürs Vieh gerichtet, repariert und erneuert, ich habe Schafe und Kühe gekauft und anderes, was nötig war. Und wie schon gesagt: Auch das Reetdach haben wir erneuert, war bitter nötig.»

Wieder nur das Ticken der Wanduhr. Greta hängt ihren Gedanken nach, Enno betrachtet sie verstohlen. Was er da von Greta hörte, hat ihn beeindruckt. Sie ist hier die Chefin, hinter ihrem bescheidenen und einfachen Gebaren steckt eine willensstarke Persönlichkeit, die weiss, was richtig für sie ist. Er ist sich plötzlich sicher: sie wird Harms Geldangelegenheit regeln! Wie alt mag sie sein? Er selber ist zwei Jahre älter als Harm, Greta wird etwa neun oder zehn Jahre jünger sein als Harm, also ist sie ungefähr 48 Jahre alt, aber trotzdem noch immer eine reizvolle Frau, sie pflegt sich, ist einfach gekleidet, alles sauber – die Schönheit ihrer jungen Jahre schimmert noch immer in ihrem Antlitz. Er wartet, lässt ihr Zeit.

Greta weckt ihn aus seinen Überlegungen. «Ich danke Euch. Was Ihr uns für Nachrichten gebracht habt, hat mich überwältigt. Das alles ist jetzt zuviel für mich. Nehmt die Papiere wieder mit. Ich muss alles mit Hinnerk und Heike besprechen. Wir werden uns alles überlegen, dann lasse ich von mir hören. Aber nun muss ich das Abendessen kochen. Hinnerk und Heike werden bald kommen; sind im Heller draussen beim Vieh. Muss jetzt gemolken werden. Ihr könnt bleiben, mache Grünkohl mit Pinkel.»

Aber Enno bedankt sich artig, sein Schiffsknecht wartet, sie wollen den Flutstrom nutzen und noch bei Taglicht nach Emden zurückkehren. So packt er die Papiere wieder in seine Tasche und verabschiedet sich. «Ihr seid jederzeit im Hause Huismans willkommen», sagt er noch unter der Tür.

Schiffsgeschütz mit Zubehör

Kapitel 33: Im Stich gelassen

König Conny schüttelt das Haupt. Nein, er kann nicht auf den Wunsch des weissen Freundes eingehen und mit den Engländern und Holländern Frieden machen. Die Holländer haben ihn listigerweise fortgelockt und mit ihrer Hauptmacht Gross-Friedrichsburg überfallen, während er weit in Nordwest im Urwald kämpfte. Nun will er sich rächen, damit ihnen für immer die Gelüste vergehen, Boden zu betreten, der ihnen nicht gehört. Niemand könne ihn daran hindern.

Am 22. Dezember 1711 zieht Conny mit seinen Kriegern gegen Westen, dem Heerhaufen nach, der die Verfolgung des Feindes gar nicht unterbrochen hatte.

Jansen kümmert sich um die Verwundeten und Kranken, befiehlt das Zuschütten der Trancheen und Reprochen und lässt das von den Flüchtigen zurückgelassene Vieh und sonstige Gut in das Fort bringen. Auch um die Baumbrunnen kümmert er sich und findet sie in gutem Zustand.

Die Tage vergehen mit vielerlei Arbeit. Von Conny kommt täglich Botschaft. Er zieht immer weiter nach Westen, ohne auf Widerstand zu stossen. Der Feind flieht Hals über Kopf.

Aus den Dörfern der preussischen Schwarzen treffen Flüchtlinge ein: Frauen, Kinder und Greise, die sich tief im Urwald versteckt hatten. Ihr ärmliches Besitztum wurde zerstört oder verbrannt. Jansen gibt aus den letzten Vorräten, was er geben kann: Sägen, Hacken, Geschirre, Nägel, Stoffe. Was verwüstet wurde, muss wiederaufgebaut werden, sonst verlassen die Stämme das Land.

Die Wache der Südbatterie meldet ein Schiff. Jansen humpelt zur Batterie hinauf und von dort über die Geschützbank zum Flaggenmast, wo man den weitesten Blick über die See hat.

Ja, ein Schiff! Bringt es diesmal Post, bringt es Nachricht? Jansen hofft inbrünstig, es möge ein preussisches Schiff sein, es möge aus Emden kommen und ein paar hundert Soldaten, gute Tauschwaren und die vielen Notwendigkeiten mitbringen, die sie hier zu Gross-Friedrichsburg schon so lange entbehren. Aber er verdrängt seine Hoffnung; er wäre schon froh, ausführliche Nachricht zu erhalten, wie es in Berlin und in Emden stehe; ja, und vielleicht auch zu Borkum!

Er hat sich nie zugestanden, wie sehr er auf einen Brief von Hinnerk wartet. Jahrelang ist der Junge schon fort. Harm hat seither nichts mehr hat von ihm gehört. Von allen vergessen, auch von seinem Sohn! Der Junge hat ihn ja nie begriffen. Während er, der Alte, eine Kolonie gründen wollte, stand der Sinn seines Sohnes nach ein paar Äckern. Und war doch ein ganzer Kerl! Jetzt weidet er Kühe auf Borkum. Ja, Borkum ist schön, das schönste Stück Land zwischen Europa und Afrika.

Das Schiff hat sich auf Sichtweite Gross-Friedrichsburg genähert. Es trägt die seeländische Flagge und schiesst fünf Schuss Salut. Zugleich holt ein Mann am Fockmast eine neue Flagge auf. Harm Jansen will seinen Augen nicht trauen: die preussische! Er schaut beim Sergeanten, der atemlos herangerast kommt, in feuchte Augen. «Wollt Ihr ein altes Weib sein, Lemke? Wegen eines Interloopers?» Aber seine Stimme ist heiser und er verschluckt fast das letzte Wort. «Will an Bord schauen, was er für uns hat! Ihr übernehmt die Wache, Sergeant!», sagt er mühsam beherrscht. Die wenigen Weissen der

Festungsbesatzung versammeln sich aufgeregt an der Brustwehr und starren zu der holländischen Fleute hinüber. Sie reden über die preussische Flagge, die das Schiff im Topp des Fockmasts führt und sind von erwartungsvolle Freude erfüllt. Der Antwortsalut hallt über die See. Das Kanu bringt Harm Jansen an Bord des Schiffes.

Zwei Stunden später kehrt es mit drei Personen zurück. Gross-Friedrichsburg hat seinen neuen Gouverneur und nach langen Jahren wieder einen Chirurgen.

Harm Jansen lässt verkniffenen Gesichts die Mannschaften vor der Barbette antreten. Nikolaus Dubois! Keine Minute lang hat Jansen gehofft, er werde unumschränkt Gouverneur bleiben. Zuviel Widersacher sitzen daheim, er ist Oberfaktor und nicht Offizier. In Emden fürchten sie seine Selbständigkeit. Aber es enttäuscht ihn doch, dass sie nicht Soldaten schickten, sondern nur daran dachten, die Gouverneursstelle neu zu besetzen. Wieder ein Nichtdeutscher, den sie zum obersten Herrn der deutschen Besitzung Gross-Friedrichsburg ausgewählt haben. Nikolaus Dubois, nun ja, wer kennt nicht seinen Namen in Afrika? Man weiss von ihm, dass er viele Jahre in Benin residiert hat. Später war er Kommandant in Elmina. Vom Kap der Drei Spitzen bis weit hinüber nach Osten, es mag über die dänischen Forts hinaus sein, kennen ihn Weisse und Schwarze. Ein tüchtiger Mann und ein ehrlicher, das wohl! Aber kein Preusse! Wird er der preussischen Sache dienen in solch harter Zeit? Diese Sorge ist es, die Harm Jansen drückt und die ihn noch gelber und vertrockneter aussehen lässt als sonst.

Er stellt die Mannschaft vor, führt Dubois humpelnd von Gebäude zu Gebäude, zeigt ihm die wenigen Vorräte, die nur noch wenige tausend Gulden wert sind, begeht mit ihm die Batterien, dies und jenes erklärend. Dann setzen sie sich im Gouverneurszimmer vor einen Humpen Rheinwein, von dem Dubois ein Fass mitgebracht hat, und reden vom Krieg, der unter den Schwarzen wütet. Sie kommen zum Schluss, dass sie mit all ihren beschränkten Mitteln versuchen müssen, einen dauernden Frieden unter den Schwarzen herzustellen. Erst spät in seinem Zimmer findet Harm Zeit, das Paket zu betrachten, das ihm Dubois mitgebracht hat. «Für den Oberfaktor Harm Jansen aus Borkum, derzeit in Diensten der Afrikanisch-Preussischen Compagnie», steht auf dem kleinen Behältnis, das vielleicht an die fünf Pfund wiegen mag.

Seine Hand zittert, als er die Schnüre und Siegel löst. Ist er wirklich schon so alt? Bedächtiger als ihm zumute ist, packt er das Paket aus seiner Umhüllung. Eine Blechschachtel kommt zum Vorschein, ein Brief obenauf. In der Schachtel aber ist nichts als sandige Erde.

«Herr Vater!» beginnt Jansen im kargen Öllicht zu lesen. «Herr Vater! Wir wünschen Euch, dass Euch der Brief bei guter Gesundheit antreffe. Weilen Ihr noch immer nicht kommen wollt nach unserem Borkum, nehmt diese Erden. Es ist Borkumer Erden mitten aus dem Heller, so zum Hause gehöret, in dem wir von früh bis spät schaffen. Ist es eine schlechte Erde, Herr Vater? Sagt sie Euch nicht, Ihr müsstet auf Borkum sein, um zu sehen, wie das Futter auf ihr wachst? Kommt, Herr Vater, eine Dönze ist bereitet!»

Harm Jansens Finger wühlt unstet in der Erde. Dann lässt er die Hände sinken. Stumm starrt er in die gelbe, rauchgesäumte Flamme der kleinen Lampe. Borkum? Nein er kann nicht hier alles im Stiche lassen, er kann nicht das aufgeben, was Preussen noch als Letztes geblieben ist. Dubois hat gesagt, der König will Schiffe, Waren und Soldaten schicken, sobald in Europa Frieden sein wird. Dann soll das Fort ausgebaut werden, da will Jansen mit dabei sein.

*

In offener Feldschlacht, die vom frühen Morgen des 25. Januar 1712 bis spät in die Nacht wütete, hat Conny am Fluss Ankober die holländischen und engländischen Kolonialtruppen entscheidend geschlagen. Die Botschaft vom grossen Sieg, durch einen Boten nach Gross-Friedrichsburg gebracht, eifert Harm Jansen an, den Versuch zu machen, Accada zu stürmen, das noch immer von feindlichen Schwarzen besetzt ist.

Mit neunzehn seiner schwarzen Soldaten zieht er im Eilmarsch gegen Accada. Er spürt nicht die sechsundfünfzig Jahre, er spürt nicht die Wunden im Bein, die niemals mehr heilen werden, er spürt nicht das Fieber, das seit dem Ende der Regenzeit heimlich in ihm bohrt. Das Fieber ist immer am schlimmste, wenn die Regenzeit endet. Da hat es überall Tümpel, trüb und stinkend, Millionen Insekten tragen Fieber zu den Menschen und bringen häufig den Tod. Harm Jansen beachtet das alles nicht mehr. Er will Accada zurückerobern und dem roten Adler auf weissem Feld wiedergeben, was ihm genommen wurde.

Noch in der Nacht lässt er die kleine Festung stürmen. Der Morgen des 2. Februar 1712 findet Accada im Besitz der Preussen, die es gegen eine überraschte Übermacht eingenommen haben. Von der Barbette der Ostbatterie weht der rote Adler. Zwei Tote und vier Verwundete hat der Sturm gekostet. Die Feinde hatten ähnliche Verluste.

*

Noch ein halbes Jahr hindurch währt das Ringen der holländischen gegen die preussischen Schwarzen, und wahrscheinlich wäre der Streit um Connys Cousin Audouro viel weitergeführt worden, wäre es nicht Jansen und Dubois eines Tages gelungen, die Gouverneure der englischen und holländischen Festungen nach Gross-Friedrichsburg einzuladen. Nach tagelanger Verhandlung hatte man am 20. Oktober 1712 einen Vertrag unterschrieben, der besagte: *«Zwischen den drei Nationen und ihren schwarzen Untertanen wird ein beständiger Friede geschlossen. Die preussischen Neger haben je vierzig Benten Goldes als Kriegsentschädigung an den holländischen und an den englischen Obergouverneur zu zahlen, die englischen und holländischen Neger sind verhalten, für den Schaden an preussischem Gut je fünfzig Benten Goldes an den Gouverneur von Gross-Friedrichsburg zu zahlen.»* Die gegenseitigen Gefangenen werden ausgeliefert, und Audouro, um den der Krieg entstanden ist, wird Conny zugesprochen.

*

König Friedrich I. hat inzwischen im Haag wie in London wegen der in seinen Kolonien begangenen Gewalttaten ernstliche Vorstellung machen lassen, doch wollen die Verhandlungen zu keinem Ende führen. Nachdem Friedrich I. den wenig aussichtsreichen Schlussbericht seines Residenten in London, Friedrich Bonet, las, hatte er eine schlechte Nacht. Muss alles mit dem Schwert errungen werden? In Afrika wie in Europa? Er ruft nach seinem Geheimen Rat, Heinrich Rüdiger von Ilgen. Sie sprechen und beraten stundenlang. Am Am 21. Februar 1713 geht mit Eilpost die königliche Order an Bonet nach London, in der auf einer gerechten Austragung des guineischen Zwistes beharrt wird. Der König sollte nicht mehr erfahren, dass zu Guinea Frieden war, denn vier Tage nach seiner Unterredung mit Ilgen lag er auf dem Totenbett, und aus den Geschützen des Schlosses zu Potsdam dröhnte der Trauersalut.

*

Mit der ersten Order, die Preussens neuer König, Friedrich Wilhelm I., gibt, bricht er mit der Marine- und Kolonialpolitik seiner Väter. An die Residenten zu Hamburg, London und Amsterdam ergeht schon am 6. März 1713 die Order, nach einem Käufer für die Kompanie zu suchen: *«Weil mit diesem Werk gar nicht fortzukommen ist, will ich nichts mehr von der Sache wissen. Verlange 200 000 Thaler für das, vor das mindeste aber 150 000 Thaler.»*

Aber es meldet sich kein Käufer. Der preussisch-guineische Handel ist lahmgelegt ist, Jahr und Tag sind darüber hinweggegangen. Mühevoll werden in dieser Zeit kleine Summen Geldes durch Verkauf von Schiffsgütern aufgebracht, die im Kompaniehause zu Emden liegen, um die allernotwendigsten Dinge nach Gross-Friedrichsburg zu schaffen. Sie werden englischen oder auch dänischen Schiffen mitgegeben, und man hofft damit der ärgsten Not zu steuern und den preussischen Untertanen in Afrika Mut zu machen.

Die Kommissäre des Königs selbst stellen nun das Verlangen: *«Wäre unsere unterthänigste Meinung, auf Gross-Friedrichsburg und Accada nicht zu verzichten, vielmehren wollet Euer Königliche Majestät zur Aufbesserung des Handels zwei Schiffe hinschicken.»*

Friedrich Wilhelm erlässt eine ungnädige Gegenorder: *«Es bleibt Unsere einmal gefasste, unveränderliche Resolution, dass Wir Unser Africanisches Commercium zwar nicht wegschenken, aber doch auch daran kein Geld verwenden und Uns desshalb in einige Kosten setzen wollten. Dass Wir zwei oder drei Schiffe auf Unsere Kosten ausrüsten und nach selbiger Küste senden sollten, dazu werden Wir Uns nimmer entschliessen!»*

*

Das ist das Todesurteil für Gross-Friedrichsburg, für die Festung, Offiziere und Mannschaften. Es kommt kein preussisches Schiff mehr, es kommt keine Verstärkung, es kommen keine Lebensmittel. Die Gross-Friedrichsburger wissen nichts davon. Mühselig fristen sie ihr Leben. Seit dem Friedensschluss der Schwarzen haben sie wieder begonnen, vermehrt den Tauschhandel anzukurbeln. Mit dem letzte Gold bezaht Gouverneur Dubois die fremden Schmuggelsegler, die Lordendreyer und Interloopers gute, gangbare Ware, die sie benötigen. Seinen und Jansens reichen Erfahrungen ist es zu danken, dass sie trotz schlechter Einkaufsverhältnisse für ihren Unterhalt sorgen können und dem König noch einen bescheidenen Gewinn herauswirtschaften.

Monat um Monat rinnt dahin. Harm Jansen hat versucht, kleine Expeditionen in das Landesinnere zu unternehmen, so wie einst. Nach Aschanti zieht er allerdings nicht mehr – der Traum ist ausgeträumt. Es gibt genug näher gelegene Dörfer und Krale, in denen man Waren eintauschen kann. Harm Jansen ist noch immer derjenige unter den Weissen, den die Schwarzen der umliegenden Dörfer am meisten achten. Es gibt aber auch viele, die die weisse Herrschaft gerne abschütteln möchten. Mit jeder Reise wird dem alten Mann mehr und mehr bewusst, dass sie hier weniger die Herren als die Geduldeten sind. Kaum eine Fahrt in den Urwald vergeht, bei der seine kleine Karawane nicht angegriffen wird, und fast immer gibt es Todesopfer. Zwei Verwundungen hat er selbst erlitten, die erste im August 1713, die zweite im Februar 1714. Sie waren nicht sonderlich gefährlich und heilten rasch. Aber dennoch fühlt er, dass er körperlich immer weniger taugt. Er lässt sich die meiste Zeit tragen, sonst könnte er die Reisen nicht mehr unternehmen.

*

Es findet sich kein Käufer für die Kompanie. *«Habe jede Lust verloren zu sotanen Compagniedingen. Ist aller Wind und Schelmerei!»* sagt der König unmutig zu Rat Ilgen, und an den Gesandten Meinertzhagen im Haag schreibt er:

«Es ist Unser beständiger Vorsatz, dass Wir keinen Thaler weiter auf dieses Werk verwenden! Habet das zwar geheim zu halten, daneben aber fleissig zu trachten, Unser Africanisches Commercium *in Verkauf zu bringen. Wollet allen menschenmöglichen Fleiss anwenden, die Westindische Compagnie davor zu bekommen, dass sie Unsere Forten kaufet.»*

Aus Emden meldet der königlich preussische Kriegskommissar Iwatzhoff: *«Seind die Schiffstau und Segel durch das fast sechszehenjährige Stilleliegen sehr verdorben. Das im Magazin befindliche Eisenwerk ist ganz verrostet, weilen das Saltzwasser von den Fluthen, so solche kommen, alles auffrisst. Das Compagniehaus stehet dem Einsturz nahe. Wollet Eure Königl. Majestät gnädigst erlauben, die beiden letzten Schiffe, so auch zur Hälfte unter dem Wasser liegen, zu verkaufen, damit man Maurersleute dingen kann, das Haus zu reparieren.»*

Aber auch diese Ausgabe will Friedrich Wilhelm nicht machen. Als Iwatzhoff ein paar Wochen später schreibt, ein Teil des Hintergiebels wäre eingestürzt, befiehlt ihm der König, das noch Verkäufliche zu verkaufen und das Haus abzureissen.

*

Mit jedem fremden Schiff, das auf der Reede von Gross-Friedrichsburg Anker wirft, gehen Briefe nach Berlin. Und aus jedem Brief klingt immer dringender der Hilferuf: Sendet Mannschaften, sendet Arzneien, sendet Waren! Nur gelegentlich bringt irgendein Interlooper eine Kiste mit Arzneien, ein paar Ballen Stoffe oder sonst etwas, was die Besatzung selbst dringend braucht und nicht weiterverhandeln kann. Klein ist der Gewinn aus dem Schleichhandel, und er wird von Monat zu Monat kleiner, denn die Schwarzen reissen immer mehr an sich. Zu Ende 1714 sind nur noch sieben Weisse in der preussischen Kolonie. Eben so viel, dass man den Wachtdienst nicht ganz den schwarzen Soldaten überlassen muss. Fahrten in entfernt gelegenen Ortschaften sind unmöglich geworden. Dubois kann keinen Weissen im Fort entbehren, zumal Harm Jansen auf seinen letzten drei Zügen von rebellischen Schwarzen überfallen worden war und mit zwei toten Trägern auch einen Teil der Waren im Urwald hat lassen müssen. Wenn sie schon Jansen überfallen, der weit im Land geachtet und bekannt ist, wie könnte dann erst ein anderer Weisser eine Expedition wagen? Woher die Bedeckung nehmen, wenn der König keine Soldaten schickt? Den letzten Weissen von Accada hat Dubois nach Gross-Friedrichsburg zurückberufen. In Accada sind nur noch schwarze preussische Soldaten stationiert.

«Geduldet Euch!» steht in einem der seltenen Briefe, die von den königlichen Kommissarien den Interloopern mitgegeben werden. *«Geduldet Euch! Wenn die Kriegsgefahr zuende, senden wir Schiffe!»* Das schreiben sie nun

schon seit Jahren! *«Würden uns gern in Geduld schicken, vielliebe Herren»*, hat Harm Jansen einmal geantwortet, *«. . . wenn uns der Herrgott Zeit dazu lasset. Meinen aber, dass uns eher der Teufel holt, bevor wir unsere Geduld honoriret sehen.»*

Der Oberfaktor hat auf seine Briefe keine Antwort bekommen, wohl aber Nikolaus Dubois, dem die Kommissarien *«sehr zu Hertzen legen, Ihr wollet besagten Oberfaktor Jansen von der eigentlichen Führung der Handlung fernhalten, so gut als solches angehe, weilen er alt und in seinen Idees starr ist, so nicht gut sein kann für Sr. Majestät des Königs Interessen.»*

Dubois bekommt den Brief just an einem Tage, da ihm ein weisser Handwerker stirbt. Er erwähnt gegenüber Jansen den Brief nicht. Vielmehr beschliesst er, den Oberfaktor wieder einmal, wie schon oft, zur Heimreise zu bewegen. Ja, der Mann ist alt, sein schlechter Fuss macht ihn gebrechlich. Was soll er noch viel ausrichten? Aber Jansen mag vom Heimfahren nichts wissen. «Will bleiben, bis die Ablöse kommt, so unser guädiger Herr versprochen hat!» Der Gouverneur gibt keine Antwort, was will man gegen diesen alten, treuen Narren machen?

Zu Beginn 1716 liegt Jansen fünf Tage im Fieber. Dubois sitzt an seinem Bett und sagt ihm, dass sie jetzt nur noch vier Weisse seien – ein Musketier habe vorgestern ins Gras gebissen, und der andere Tote sei der Chirurgius. Gestern früh noch frisch, hat er einen Gang in das nahe Dorf gemacht, ist fiebrig zurückgekommen und trotz aller Medizinen um Mitternacht in die Ewigkeit gereist.

«Mag wohl keinem erspart bleiben!» gibt Jansen dumpf zur Antwort. «Wollt es gern ertragen, wenn nur unsere Fregatten auf der Reede stünden! Früher ganz und gar nicht!»

Dubois zuckt die Schultern. «Kann es sich einer nicht aussuchen, wie es ihm am besten taugt. Muss es nehmen, wie es kommt!»

Der Kranke liegt erschöpft auf seinem Lager. Sein Blick wandert unruhig über die dürftigen Einrichtungsgegenstände des Zimmers und kehrt dann, wie Hilfe suchend, zu dem Gouverneur zurück. «Wir zu Guinea müssen es rennen lassen, wie es rennt – aber die zu Berlin, die haben das Zaumzeug in Händen, die könnten den Gaul leiten!»

«Wie oft haben wir geschrieben?» fragt Dubois dumpf.

«Nutzt kein Pfund Federn! Ist alles Schreiben umsonst!»

Dubois hakt ein: «Solltet nach Berlin fahren, Jansen! Könntet Euch daheim kurieren und unsere Situation zusammenfassend und zu allgemeiner Bedeutung vor Seiner Majestät anbringen – und vor hochdero Räten!»

Jansen lacht leise auf. «Ich gelte nichts mehr in Berlin. Nennen mich gelinde einen Narren und einen, der sie um die Taler bringen will! Müsst wohl selber nach Berlin, Gouverneur!»

Dubois gab keine Antwort, aber aus dem Kopf geht es ihm nicht mehr. Selber nach Berlin? Ja, vielleicht würde es nützen! Es wäre am Ende gerade noch recht, um die Katastrophe zu verhindern.

Conny, der sich unmittelbar beim Fort angesiedelt hat, ist Preussen treu ergeben. Der Handel, der so gut wie eingeschlafen ist, kann von Jansen und den beiden letzten Weissen besorgt werden. Und es liesse sich schaffen, innerhalb eines Jahres wieder zurück zu sein mit Schiffen, mit Waren und Soldaten. Was hundert Briefe nicht konnten, das wird das gesprochene Wort vielleicht imstande sein. «Ja», sagt er nach einigen Wochen, «ja, ich fahre!»

Stundenlang sitzt Jansen in seinem Zimmer und schreibt mit einer selbst zusammengebrauten Tinte die Punkte nieder, über die Dubois ausführlich mit dem König und den Räten sprechen soll. Es wird eine lange Denkschrift, und die Länge lockt den beiden Männern ein müdes Lächeln ab. «Häuften sich viele Missstände in den Jahren!» entschuldigt sich Jansen.

«Werde alles in Summa und auch einzeln vorbringen! Könnt' Euch drauf verlassen, Jansen!»

*

Im November 1716 bietet sich Gelegenheit. Auf der Reede liegt ein seeländisches Schiff, das nach Europa fährt. Gouverneur Dubois hat schon vor Tagen den Kriegsrat zusammengerufen, dem drei Weisse angehören: Er selbst, Jansen und Sergeant Lemke. Sie werden in diesem Kriegsrat ein ordentliches Protokoll aufsetzen und betonen, dass der Gouverneur Nikolaus Dubois die Gouverneursgewalt an den hochachtbaren Oberfaktor Harm Jansen übergeben hat. Dubois soll nach Berlin reisen, um Verständnis und Hilfe für die königlich preussische Kolonie zu erbitten.

Auch König Conny war geholt worden. Vor versammeltem Kriegsrat hat ihn Dubois von seinem Vorhaben unterrichtet und ihn gefragt, ob er bereit sei, mit seinen Kriegern den militärischen Schutz für Gross-Friedrichsburg und Accada zu übernehmen. Die drei Soldaten in Accada würden seiner Befehlsgewalt unterstellt, da er nun königlich preussischer Befehlshaber werde.

Stolz und voller Würde erklärt Conny, sein Blut gehöre dem König und er wolle es gern einsetzen für die Festung. Für wann er seine Krieger bestellen solle?

Für übermorgen, bedeutet ihm Dubois.

Das Dröhnen der Gongons hat am Morgen des 7. November 1716 mehr als vierhundert Krieger vor Gross-Friedrichsburg versammelt. Die vier Weissen haben in ihren gewaschenen und geflickten Uniformen auf der Barbette Aufstellung genommen, die wenigen schwarzen preussischen Soldaten stehen im Gewehr und an den feuerbereiten Geschützen. Ernst schreitet Conny in

Begleitung seiner Häuptlinge durch das grosse Tor, von grellbemalten Bläsern und Trompetern umgeben. Er betritt die Barbette, Dubois gibt Befehl an die Kanoniere und drei Schüsse dröhnen über See und Land. Der rote Adler weht am Mast.‹ Jetzt ist es so weit, dass wir sie schwarzen Kriegern überlassen müssen›, denkt Jansen. Connys Krieger sehen mit Staunen auf ihre schwarzen Kameraden, die des weissen Königs Soldaten sind.

«Holt ein!» befiehlt Dubois.

Die Flagge sinkt. Der Gouverneur geht zum Mast, knüpft die alte, zerschlissene Flagge von der Leine und überreicht sie mit feierlicher Gebärde Conny, der sie in seine ausgebreiteten Hände entgegennimmt und an sein Herz drückt.

Laut und ernst begnnt Gouverneur Dubois zu sprechen. Alle Krieger Connys sollen ihn hören, alle verstehen. Heim nach Preussen will er fahren, um Schiffe und Waren zu holen. Übers Jahr zum Yamsfest werde er wieder hier sein. Die Flagge und die Festung sei nun König Conny, dem vortrefflichen Freund des grossen Königs der Preussen, anvertraut. Er dürfe sie nur ihm oder einem anderen Weissen, der Untertan des Königs von Preussen sei, zurückgeben – und sonst niemandem, sei es, wer immer.

Laut brandet das Zustimmungsgeschrei der Krieger Connys auf. Sie schlagen mit Speeren und Schildern zum Zeichen des Beifalles aufeinander. Der Sturm steigert sich, als Conny zum Mast tritt, die Flagge an die Leine gibt und sie langsam und feierlich aufholt. Wieder krachen drei Geschützsalven, die Trommler und Bläser fallen mit ohrenbetäubender Musik ein. Stumm aber stehen die Weissen. In Harm Jansen ist etwas zerbrochen, wider die bessere Vernunft, die ihm sagt, dass dies, was sie jetzt tun, die einzig richtige Lösung sei. Ein Jahr nur, dann werden weisse Soldaten auf den Wällen und in den Batterien stehe. Ein Jahr nur, das ist schnell um!

Danach begeben sich Dubois und Jansen in Zimmer des Gouverneurs und unterschreiben das Warenprotokoll mit der Schlussbemerkung, dass noch Waren im Wert von viertausendzweihundert Hollandgulden im Packhaus eingelagert seien.

«Schlagt mit der Faust auf den Tisch!» mahnt Jansen noch einmal.

«Will es machen! Fürwahr, wenn es nötig sein sollte! Und ich komm' mit Schiffen, mit Soldaten, mit Cargaisons! Verlasst Euch darauf!»

«Wird ein hartes Warten, Gouverneur! Kommt bald!» Von der Barbette sieht Harm Jansen eine Stunde später, wie das Schiff die Anker einholt. Fünf Schüsse dröhnen als Abschiedssalut, von Connys Kriegern mit drei Schüssen bedankt.

*

Die Bewindthaber der *Holländisch-Westindischen Compagnie* sind sich über die Anfrage des preussischen Gesandten einig geworden. Man will die Gebiete um Accada und Gross-Friedrichsburg kaufen, um den preussischen Handel, der zwar seit dem letzten Jahrzehnt kaum noch spürbar ist, sich aber doch wieder einmal ausbreiten könnte, zu ersticken.

Fünfzigtausend Gulden! Das ist ihr erstes Angebot. Dann aber gehen Gerüchte herum, der Negerkönig Conny, der nun in Gross-Friedrichsburg herrsche, sei erklärter Feind der Holländer. Er würde das Fort nicht freiwillig herausgeben. Sofort ermässigt die Westindische ihr Gebot auf zwanzigstausend Gulden.

Noch wehrt sich Meinertzhagen im Auftrage des Königs und sucht die Gerüchte zu entkräften.

Der König hatte Meinertzhagen geschrieben, «*ob es nicht dennoch zu stipulieren sei, dass Uns oder Unseren Nachkommen freistehen sollte, nach Ablauf gewisser Jahre gegen Wiedererstattung der sechstausend Dukaten die Forten in dem Stande, worin selbige sich jetzo befinden, wieder an Uns zu lösen.*»

Gesandter von Meinertzhagen erkennt in dem Schreiben seines Königs den Hohenzollern wieder, der nur unter dem Zwang der Verhältnisse den von seinen Vätern erworbenen Besitz aus der Hand gibt, aber immer noch hofft, ihn später einmal rückerwerben zu können.

Inzwischen ist Gouverneur Dubois nach Amsterdam gekommen. Er reist nach dem Haag, um dem preussischen Gesandten die Denkschrift zu bringen und ihn für die Pläne zu gewinnen. Aber Meinertzhagen hört ihn gar nicht an. Er verweist ihn nach Emden an die königlichen Kommissarien, denen soll er die Schrift überreichen. Mit einem Kornschiff, das über Emden nach Königsberg segelt, verlässt Dubois Holland. Vielleicht ginge alles noch gut aus, könnte Dubois Jansens Mahnung und Hilferuf bis vor den König bringen. Aber es scheint alles gegen Gross-Friedrichsburg verschworen zu sein. Das Schiff gerät in einen wilden Frühjahrssturm. Der Segler passiert gerade Borkum, als die Sturmflut aufspringt. Der Nordwest heult in Masten und Rahen, Brecher über Brecher schmettern über das kleine Schiff. Sie sind auf Legerwall, immer näher treibt der Segler dem Land zu.

Sturmflut! Hochwasser!

Die Matrosen rufen es sich durch das Toben zu und fluchen nicht mehr. Der Treibanker, den sie auswerfen, nützt nichts. Dubois klammert sich auf dem Achterkastell fest. Drüben im Osten muss irgendwo Borkum sein, die Heimat des alten und kranken Jansen. Vielleicht ist es gut, dass Jansen nichts von der aussichtslosen Lage weiss, dass er seine Tage noch eine Zeitlang in freudiger Hoffnung verbringen kann. Immer näher treibt der Frachter dem Land zu. Als es Nacht wird und das Schiff auf eine Untiefe läuft, wissen sie, dass sie verloren haben.

Am Morgen finden die Borkumer ein paar Leichen und Schiffshölzer am Nordstrand. Das ist alles.

*

Die Tage in Gross-Friedrichsburg nehmen ihren eintönigen Lauf. Im Dezember 1716 ist Krampe, der weisse Artillerist, gestorben. Aus dem Magdeburgischen war er. Sterbend stammelte er, sie sollten ihn nach dem Dorf heimschicken, wo er früher als Bauernknecht gelebt hatte. Er wollte in heimischer Erde begraben werden. Harm Jansen holte das kleine Behältnis mit der Erde von Borkum, um ihm das Sterben leichter zu machen. Zitternd wühlten die schweissbedeckten Finger des Kranken in den Krumen. Steil setzte er sich auf, sah mit irren Augen hilflos von einem zum andern. «Ist nicht magdeburgisch!» stiess er heiser hervor, fiel zurück und starb.

Jansen lässt den Kanonier Karl Krampe im Begräbnisgewölbe für die Gouverneure unter der Südbatterie beisetzen. «Nun sind wir nicht mehr viele; da hat jeder von uns das Recht wie ein Gouverneur beerdigt zu werden!» sagt er zu Lemke.

Sie können nichts tun, als warten. Lemke exerziert die Negertruppen ein, hat Abwechslung und etwas Freude daran, wenn die Schwarzen «Gewehr über!» und «Präsentiert!» begreifen. Die Wachablösung im königlichen Schloss zu Potsdam kann nicht schöner sein als jene zu Gross-Friedrichsburg. Die Flagge wird beim morgendlichen Aufholen und abends beim Einholen von der schwarzen Besatzung gegrüsst. Der Gouverneur ist immer dabei. Wenn ihn das Fieber packt, lässt er sich von Lemke stützen.

«Habt Ihr noch keine Fregatte gesehen, Lemke?»

Lemke meint trösten zu müssen: «Ist erst Juni, Gouverneur.» Er rechnet Jansen umständlich vor, dass Dubois frühestens im März in Europa angekommen ist. Vier Wochen mag es gedauert haben, bis er mit dem König sprechen konnte. Vier weitere Wochen sei das mindeste, was man nach erhaltener Order zur Ausrüstung einer oder zweier Fregatten benötige. Und der Wind müsse schon mächtig gut sein, dass ein Schiff in zehn Wochen von Emden bis Gross-Friedrichsburg gelangt. Das wäre ungefähr Ende September. Bis dahin werde man sich gedulden müssen.

«Ihr seid jünger, Lemke, und könnet warten! Ihr zählt nach Jahren, wo unsereins nach Tagen rechnet!» stösst Jansen hervor. «Wenn mich der Teufel holt, müsst Ihr das Regiment hier halten, bis unsere Leute kommen! Wollt Ihr mir das versprechen?»

Lemke legt seine Hand in die hagere Rechte des Gouverneurs. Er versteht, dass er bleiben müsse, und er würde es auch ohne den geforderten Handschlag tun. Pflicht ist Pflicht. Was Lemke aber nicht versteht, ist Jansens sture

Beharrlichkeit. Den Platz halten – gut, das tut man als Soldat. Aber tot ist tot. Was soll's einen noch kümmern, was nachher kommt

*

Als der September 1717 zu Ende geht und immer noch kein preussisches Schiff eingetroffen ist, starb ganz plötzlich Sergeant Lemke. Lemke hatte wieder einmal einen Fieberanfall, da setzte einfach das Herz aus. Am Morgen wehte die brandenburgische Flagge halbmast, und unter dem dumpfen Wirbel der Negertrommeln wurde auch der Sergeant im Gouverneursgewölbe begraben. Die Schwarzenen schauten verstört. Conny kommandierte zu den Ehrenbezeigungen und zum Salut. Jansens Blick ruhte verstohlen auf Conny. «Das ist der Mann, dem das Schicksal der Flagge Brandenburgs anvertraut ist, wenn der Tod mich holt. Wird er den Schwur halten?»

*

Wieder wandern Monate hin – vergebens. Jansen sitzt zu vielen Tageszeiten in seinen Lumpen auf der Barbette und starrt über das Meer. Am 27. Mai 1718 segeln von Osten her drei Schiffe auf Gross-Friedrichsburg zu. Sie kommen wohl von Ostindien, von Batavia oder so, denkt er gleichgültig. Sie werden auf dem Heimweg nach Europa sein und Frischwasser brauchen. Das ist immer so und bringt keine Aufregung. Anders wäre es, kämen sie von Westen; der Kurs, der von Europa herführt. Harm lässt sich in sein Zimmer hinuntertragen, weil ihn oben auf der Batterie die Hitze zu sehr plagt. Kaum eine Stunde später reisst ihn ein Trommeln und Dröhnen aus dem Halbschlaf. Er fährt empor und horcht. Draussen hört er die Soldaten laufen, hört die Kriegsgongs und das dumpfe Geräusch der Stückkugeln, die aus den Kammern geworfen und zu den Batterien gerollt werden.

Jansen ruft und schellt mit der Glocke, die an seinem Lager steht. Er steht mühsam auf und humpelt zur Tür, da kommt einer seiner schwarzen Diener gelaufen, atemlos und voll wilder Begeisterung. «Holländer!» stösst er hervor. «Holländer! Gouverneur!» Er fasst Harm mit starken Armen unter und schleppt ihn mehr als er ihn stützt zur seeseitigen Batterie, dorthin, von wo die Befehle Connys zu hören sind.

«Holländer!» ruft König Conny dem bleichen Jansen zu und zeigt mit ausgestrecktem Arm auf die See. Drei holländische Fregatten ankern vor Gross-Friedrichsburg, in allen Toppen ist die Orlogsflaggen gesetzt. Das ist kein Zufall! Das kann eine besondere Mission ebenso ankünden wie den Krieg.

Krieg? Wie solche Gedanken in Conys Gehirn spuken können. Als er aber das wutverzerrte Antlitz Connys sieht und ringsum den Lärm hört, wächst ein

Verdacht. Hat Conny in seiner noch immer unheimlichen Wut auf eigene Faust etwas gegen die Holländer unternommen? Soll nun Gross-Friedrichsburg dafür einstehen? Ruhe und Frieden waren nie notwendiger als jetzt!

«Habt Ihr etwas mit denen?» Die Hand des Weissen macht eine Geste gegen die See hinaus. «Etwas, von dem ich nicht weiss? Händel, vielleicht wieder wegen einer Negresse?»

«Nein, Herr und Freund! Aber die Holländer sind der böse Feind für mich, König Conny! Wenn sie mit drei Orlogschiffen ansegeln, wollen sie unsere Männer fangen und als Sklaven verschleppen. Meine Krieger werden die Holländer vertreiben oder töten, sonst führen sie uns und unsere Frauen fort und schlachten unser Vieh!»

«Nein, Conny!» befiehlt Jansen: «Frieden ist! Wir haben das beschworen und und Ihr habt Fetisch genommen! Es gibt keinen Krieg!»

Unwillig schüttelt der schwarze König den Kopf. «Mein weisser Freund, Ihr meint, die Schiffe kommen in friedlicher Absicht? Warum geben sie keinen Salut?»

Das ist eine einfache Frage, sie macht sie Jansen stutzig, aber Conny fährt ruhig fort «Sie werden nicht Salut schiessen!»

Jansen gibt keine Antwort, und Conny macht sich davon. Von Ferne hört er bald darauf die mächtige Stimme. Conny befiehlt seinen Kriegern, sich nicht zu zeigen; auch schiessen dürfen sie nur auf seinen Befehl. Er will jeden töten lassen, der früher schiesst.

Schiessen? Aber das ist Wahnsinn!

Hinter den Mauern und Brustwehren kauern die schwarzen Krieger Connys, von überall her blicken kampfbegeisterte Augen auf ihn – prüfen, fragen, forschen. Hat er nichts mehr zu sagen als Gouverneur, nichts mehr zu befehlen? Wenn die Holländer da draussen Salut schiessen, jagt er die Schwarzen auf und davon. Noch ist er Herr auf Gross-Friedrichsburg und jede kriegerische Handlung untersteht seinem Befehl!

Kein Schuss löst sich. Die drei Fregatten haben Anker geworfen, jedoch so weit draussen, wo sie keine preussische Kanone erreicht. Selbst nicht von den beiden Achtzehnpfündern.

Auf der grössten Fregatte weht die Kommandeurflagge vom Grossmast. Eine kleine Schaluppe stösst ab, besetzt mit Schwarzen, und nimmt Kurs auf den Bootsanleger von Gross-Friedrichsburg. Am Bug steht ein Schwarzer, den vergoldeten Botschafterstab in der Hand.

Conny erkennt ihn. «Cabucir Bosman aus Elmina!» sagt er heiss vor Erregung zu Harm Jansen. Sie stehen beobachtend an der Scharte eines Achtzehnpfünders.

Der Cabucir steigt aus der Schaluppe und hält den Bambusstab und eine Briefrolle hoch in die Luft gegen die Festung hin. Alle sollen sehen, dass er als Botschafter komme und als solcher freies Geleit fordere.

Auf Gross-Friedrichsburg wird das Tor nur einen Spalt geöffnet, gerade nur einen Mann breit. Harm Jansen tritt hinaus und geht dem Boten ein halb Dutzend Schritte entgegen. In die Festung will er ihn nicht einlassen, bevor er nicht weiss, was es gibt.

«Was wollt Ihr von Conny?» fragt er Bosman. Der steht erstaunt und erschrocken, als er den Weissen sieht.

«Mynheer Jansen?» Man hört Enttäuschung und ehrlichste Verwunderung zugleich. «Hat geheissen zu Elmina, es seien alle Weissen fort, Ihr wäret . . .» Er stockt.

«Täte Euren Herren eine besondere Freude machen, wenn der Jansen aus Afrika ginge» sagt Jansen. «Wollt Euch den Salut sparen, tut Euch das Pulver leid für eine königlich preussische Festung und sein Flaggentuch?»

Bosman verbeugt sich mit hämischem Gesicht. «Nein, Mynheer, niemals würde eine holländische Fregatte eine königlich preussische Festung ohne Salut passieren!»

«Wollt Ihr sagen, Ihr habt Salut geschossen?» fragt Jansen ironisch. Der Degen an seiner Seite klirrt leise.

Bosman tritt vorsichtig einen halben Schritt zurück. «Will nur sagen, Mynheer Jansen – will nur sagen, dass es . . .» Er spricht langsam und muss allen Mut zusammennehmen, «dass es zu Guinea königlich preussische Festungen nicht mehr gibt!»

Bosman weiss, dass der Oberfaktor ein heisses Temperament hat. Aber es geschieht nichts. Gar nichts. Vielleicht ist Jansens Gesicht noch um einen Schein gelber und eingefallener. Aber dann bricht Harm Jansen in Lachen aus.

Conny eilt vor das Tor, begleitet von zwei Kriegern. Sein Blick funkelt vor Mordlust. Den Boten aber schützt das geheiligte Bambusrohr.

Warum lacht der weisse Herr? Harm Jansen wankt auf Conny zu und stützt sich ab. Schweissperlen stehen auf seiner Stirn, er blickt starr und gläsern, atmet schwer und versucht mit schwachem Griff, seine Jacke zu öffnen. Ihm ist, als müsse er ersticken.

«Sie haben Lust zu sonderbaren Scherzen in Elmina! Sagen, es gebe keine königlich preussische Festung mehr in Guinea!» klärt er Conny auf.

Conny hat noch nicht ganz verstanden, was sich hier abspielt. Misstrauisch schaut er auf Bosman, der seinen Botschafterstab vor sich hinhält und nun das Wort an ihn richtet. Er fordert ihn schnellzüngig auf, an Bord der Kommandeursfregatte zu fahren. «Hat Euch der Kommandeur wichtige Orders zu überbringen!

Connys wendet sich mit unaussprechlicher Gebärde der Verachtung an einen seiner beiden Krieger: «Sag ihm, König Conny ist preussischer Offizier! Er nimmt niemals Orders von Holländern!»

Bosman wendet sich nun an Jansen: «Ihr wollt gegen den Wind segeln, Mynheer! Ihr müsset längst schon Order haben, uns die Festung zu übergeben.»

Harm Jansen schaut ihn dringend an, holt tief Luft: «Was wollt Ihr in Wahrheit sagen?» fragt er Bosman grob. Er spürt Connys Blick auf sich. «In Wahrheit!» wiederholt er drohend und starrt mit gläsernem Blick auf Bosman.

Der schwarze Botschafter streckt seine Hand mit dem Bambusrohr vor.»Nichts anderes, Mynheer, als dass Euer grosser König die afrikanischen Forteressen samt allem Lande an Holland verkauft hat!»

Jansen glaubt, seinen Ohren nicht zu trauen, hat aber dennoch soviel Beherrschung, Conny, der sein kurzes, krummes Schwert herausreiss, zurückzuhalten. Und als Conny seinen beiden Soldaten schreiend den Befehl zum Schiessen gibt, da ist es der alte, humpelnde Weisse, der ihnen mit dem Degen die Muskete aus der Hand schlägt. Beschämt und ratlos stehen alle drei, der schwarze König mit seinen Leibsoldaten. Aber Hass und Mordlust können sie nicht verbergen.

«Habt den Buckel voll Lügen!» brüllt Jansen den Botschafter an.

«Tötet ihn, Gouverneur!» zischt Conny. «Er betrügt uns!»

Bosman überreicht dem Gouverneur zögernd das Schreiben. «Gilt eigentlich für den!» sagt er und zeigt auf Conny. «Hat der Kommandeur nicht wissen können, dass noch ein Weisser zu Gross-Friedrichsburg lebt!»

Jansens hat sogleich das Siegel der Holländisch-Westindischen Compagnie erkannt und hakt sich dann mitten in den weitläufigen Text des Pergamentes ein.

Conny starrt in brennender Erwartung in das Gesicht des Weissen, sieht dessen ungläubigen Blick. Er hätte nie gedacht, dass weisse Männer auch so schauen können, aber er fragt nicht, was da geschrieben steht. Seine Augen lasten auf dem eingefallenen Gesicht des Gouverneurs.

Harm kann es nicht glauben! Was für ein Narrenspiel wird hier getrieben oder ist's ein Verbrechen? Gross-Friedrichsburg verkauft?

Dem holländischen Text sind am Ende noch ein paar deutsche Sätze angefügt. Jansen liest weiter: *«S.K.M. in Preussen, Unser Allergnädigster Herr authorisiren hiemit kraft dieses den Commandeur van der Hoeven von Dero Afrikanischen Forten die nötige Dispositiones zu machen, befehlen auch Dero in gedachten Forten noch etwa habenden Bedienten sambt und sonders dem, was derselbe dieserwegen anordnen wird, in allem gebührend nachzukommen. Berlin, den 22. November 1717.»* Es folgen die Unterschriften eines Jansen nicht bekannten Kanzlers und zwei Siegel der Königlich Preussische Kriegskommission in Emden und der Königlich-Preussischen Kanzlei zu Berlin.

«Nein, das kann ich nicht glauben!» schreit Jansen und lässt die Hand mit der Schriftrolle sinken. «Nein! Das ist gelogen! Das ist nicht meines Königs Anweisung! Schiesst auf die Hunde!» Conny und seine Krieger waren auf diesen Ausbruch nicht gefasst. Sie schauen starr, aber da hat sich Jansen schon wieder gefangen. «Nicht schiessen!» winkt er ab, als die Krieger zu den Kanonen rennen wollen.

Die Schriftrolle ist zu Boden gefallen. Einer der schwarzen Krieger hebt sie auf und hält ihn scheu dem Gouverneur hin. Der nimmt sie voller Unglauben. Mit fiebrigen Augen beginnt er von vorne zu lesen. Sein Herz krampft sich zusammen, und alle Himmel stürzen ein – nun auch noch das königliche Versprechen, niemals wieder in Afrika Schifffahrt und Handel zu treiben!

«Was tun Euch die Holländer Schlechtes?» fragt Conny beunruhigt.

Jansen schaut den schwarzen Fürsten verständnislos an. Nur ein Wort bringt er über die Lippen: «Verkauft!»

«Und Ihr glaubt das?» Grenzenlose Enttäuschung malt sich in Connys Gesicht. «Mein Freund, der grosse, weisse König, ahnt nicht, wie ihn die Holländer betrügen! Sie wollen ihm die Festung nehmen. Aber meine Krieger werden seine Feinde töten und die Köpfe dem grossen, weissen König schicken. Glaubt den Holländern nicht, sie lügen. Sie fälschen des grossen Königs Handzeichen!»

Der Governeur und Oberfaktor wendet sich an Bosman: «Welchen Preis waren der *Vereenigden Oostindische Compagnie* das brandenburgische Fort Gross-Friedrichsburg wert?»

Bosman starrt auf Harm Jansen und schweigt.

«Heraus damit!» herrscht ihn Jansen an.

Zögernd kommt die Antwort: «7200 Dukaten und 12 Mohren.»

Harm Jansen schaut Conny sprachlos an. Erst nach einer Weile sagt er mit ruhiger Stimme: «Nein – ich glaube es nicht! *7200 Dukaten und 12 Mohren*. Ich kann nicht glauben, dass mein König Gross-Friedrichsburg für so wenig hergibt! Ich kann es nicht glauben, dass er es überhaupt hergibt!»

Aber er weiss, dass er sich selbst belügt, er weiss, dass die Siegel echt sind und dass es den Holländern unmöglich einfallen würde, das preussische Königswort zu fälschen. Der neue König von Preussen hat seine Unterschrift unter einen Vertrag gesetzt, mit dem er seine Kolonie preisgibt! Harm weiss, dass es mit Gross-Friedrichsburg aus ist, mit allem, wofür er gekämpft, gerungen und gelitten hat. Verkauft! Um Geld hinweggegeben! Unter fremder Flagge lässt der König die Knochen seiner Soldaten verrotten. Es waren königlich-preussische Soldaten, die mit eigener Hand das Fort bauten und die für Gross-Friedrichsburg ihr Leben gaben. Wofür war all die Mühe? Nicht für Brandenburg? Nicht für Preussen?

Harm Jansen wird dem Befehl seines Königs nicht gehorchen. Fünfunddreissig Jahre hat er gehorcht und pünktlich jede Order erfüllt. Jetzt will er dagegenhandeln. Was Preussens König unbedacht tat, wozu ihm seine Räte ohne Verständnis und in alter Feindschaft gegen die Marine geraten haben, hofft der gealterte Mann noch wenden zu können. Niemand kann ihn und Conny zwingen, die Order des Königs und den Vertrag als echt anzuerkennen. Eine faule Ausrede, fürwahr! Aber doch eine Ausrede, die eine letzte Frist gewährt – ein Jahr noch, vielleicht gerät es.

«Hier nehmt Euern Brief wieder!» sagt Harm Jansen kalt zu Bosmann. «Meldet Euerm Kommandeur, dass wir zu Gross-Friedrichsburg nichts anerkennen ausser unseres Königs eigene Unterschrift und Siegel. Jeder Seeschäumer könnte kommen und unsere Festung verlangen mit so einem Fetzen Papier! Daran glauben wir nicht!» Er weist hinauf zur Barbette. «Seht Ihr den roten Adler? Sagt Euerm Kommandeur, die Flagge bleibt Nacht und Tag am Mast, bis der König von Preussen uns selbst Order gibt, die Flagge einzuholen!»

Bosman starrt dem graubärtigen Mann in das düster-leidenschaftliche Gesicht. «Dann wird unser Kommandeur Euer Fort mit Gewalt nehmen müssen!» antwortet er ernst.

«Tut wie ihr meint! Geht jetzt!»

Der Gouverneur von Gross-Friedrichsburg verhandelt mit Eingeborenen

Kapitel 34: Der Adler ermattet

Die Feldschlangen, die Jansen unter seinen Geschützen noch einsetzen kann, lässt er an der Seeseite der äusseren Mauer aufstellen, die Conny seinerzeit bauen liess. Er selbst bleibt mit dem König bei den Schwarzen an dieser äusseren Mauer.

Die Nacht ist still herübergekommen. Sie hat sich hingebreitet über das Land und die See, ruhig und freundlich. Die Brandungswellen sind winzig klein geworden, und es scheint, dass sie in längeren Zeitabständen am Ufer ausrollen als am Tag. Harm Jansen schaut aufmerksam aufs Meer hinaus. Die Lichter der holländischen Fregatten werden zusehends grösser. «Nun kommen sie!» hört er die Stimme Connys neben sich. Er gibt keine Antwort. Was zu sagen war, ist schon gesagt worden. Jeder weiss, was zu tun ist.

Jansen wirft einen Blick hinter sich auf den grossen, schwarzen Schatten des Forts. Diese Mauern hier half er bauen, in jahrzehntelanger Arbeit, nun sind sie sein geworden, und er kann nicht leben, wenn er die Burg in fremde Hand geben und eine fremde Flagge dulden müsste. Sie gehörte meinem König! Ich habe es für ihn verteidigt – mit vielen Dutzend anderen, von denen ich der letzte bin. Wieso kann er es verkaufen? Das, was für ihn gebaut ist, zuerst für Brandenburg, auch für Preussen? Der König weiss nicht, was er tut, und seine Order gilt nicht! Nein, sie gilt nicht! Der König muss sie widerrufen!»

Aufgeregt vor Kampfgier liegen die Schwarzen hinter der niederen Mauer, die Musketen vor sich, die Messer und kurzen Schwerter bereit. Vom Strand her hört man ein Knirschen, und gleich darauf springt ein preussischer Kundschafter aus der Nacht. «Die Holländer rudern in drei Schaluppen heran!» stösst er keuchend hervor.

Die Feinde sollen nahe an die Aussenmauer herankommen. Die Nacht ist zu finster, als dass man sich auf die Musketen verlassen kann. Dolch und Schwert werden besser taugen, wenn sie über die Mauer wollen.

Schritte nähern sich leise, aber der Sand auf dem Weg vor dem Tor knirscht. Viele Schritte! Eine Kompanie, denkt Harm Jansen und lugt in die Nacht. Ja; jetzt ist ihm, als sehe er schon die Schatten. Er steigt beim Tor auf die Mauer und ruft holländisch: «Halt! Gebt Parole!»

Das Knirschen der Schritte wird leiser. Jansen dünkt, die Gegner fächern sich nach rechts und links auf.

«Gebt Parole!» fordert er nochmals mit lautem Ruf.

«Hie gut Holland!» schallt es zurück. «Macht den Weg frei, Gouverneur Jansen!»

«Niemals, wenn Ihr als Angreifer kommt!»

Da bellt ein Schuss auf, das Zündungsfeuer ist ganz in der Nähe. Höhnisch lacht eine Stimme aus der Finsternis: «Da habt Ihr unsere Parole! Macht Ihr nun den Weg frei?»

«Nein!» ruft Jansen. Er will noch den Befehl zum Feuern geben, aber Conny ist schneller. «Gebt Feuer in Salven!»

Es flammt aus vielen Rohren, grellrot und gelb. Pulverdampf wallt auf, weht gegen die Verteidiger, brennt in den Augen. Im Fort oben werden gleich darauf die zwei Achtzehnpfünder gelöst. Die Kugeln zischen irgendwo ins Meer, ohne zu treffen.

Wütend feuern die Holländer zurück. Sie kommen immer näher. Manchmal gellt der Schrei eines Verwundeten auf. Die grellen Flammen des Mündungsfeuers aus den Musketen zucken durch die Nacht und der Pulverdampf würgt in den Kehlen.

Harm Jansen hat mit seinen Pistolen in Richtung der Mündungsfeuer geschossen. Dann wirft er sie weg, das Laden dauert zu lange. Gleich werden die Holländer an der Mauer sein, da wird man den Degen gebrauchen.

Aber der Gegner zieht es vor, hinter Felsstücken in Deckung zu bleien. Er will sich wohl noch besser über die Stärke der Besatzung unterrichten, bevor er den entscheidenden Sturm wagt. Wie so oft in Augenblicken grosser Gefahr, spürt Jansen kein Fieber, auch der kranke Fuss schmerzt nicht. Die Zeit vergeht langsam, sie warten. Die Wolken sind nun aufgelockert und es ist nicht mehr so stockfinster.

«Auf! Jagt sie davon!» schreit Jansen den schwarzen Kriegern zu. Nach rechts und links geht sein Schlachtruf Er selbst klettert mit dem Degen in der Faust auf die Mauer, Conny kommt herzu, nimmt eine der Musketen auf, die schussbereit an der Wand lehnen, und springt hinter Jansen her. Die schwarzen Krieger stürmen talab in die dämmerige Finsternis. Sie kämpfen, Schlagen und Stechen, Schreien vor Wut oder vor Schmerz. Aber sie sind in der Überzahl. Die Musketen dienen als Hiebwaffen. Das Gefecht geht hin und her, erst gegen Morgen sind sie die Sieger.

Ein Holländer ist entkommen. Harm Jansen hatte noch während des Gefechts einem Dutzend schwarzer Krieger befohlen, die Gefechtslinie zu umgehen und vom Strand her dem Feind in den Rücken zu fallen. Aber einen, der sich in das Wasser stürzte und zu den Schiffen hinüberschwamm, konnten sie nicht fassen.

Laut tönt das Siegesgeheul durch die Morgendämmerung. Sie tragen die Toten zusammen. Schnell kommt der tropische Tag, am Strand zählen sie neunundvierzig Leichen der Gegner und siebzehn schwarze preussische Soldaten.

*

Conny steht an einem der Feuer und sucht in dem Trubel vergeblich den Gouverneur. Er schickt einen Krieger ins Fort, ob der Gouverneur oben sei. Da ihn niemand gesehen hat, geht er mit ein paar Kriegern in den Klippen auf die Suche. Sie finden ihn in einem der Gräben. Gemeinsam tragen sie ihn zu den Feuern am Strand. Der Siegesjubel ist verstummt. Conny kniet neben Jansen nieder und horcht am Herz. Es schlägt noch matt. Conny ruft ihn beim Namen. Harm rührt sich nicht, aus dem Mund sickert Blut. Als er ihn vorsichtig auf die Seite dreht, klafft ihm die Wunde entgegen. Conny hat im Lauf der Jahre bei den Brandenbugern viel gesehen und gelernt. Nun will er versuchen, Harm Jansen zu verbinden.

Sie tragen ihn ins Fort. Dort wäscht er dem Ohnmächtigen die Wunde mit Alkohol, legt Scharpie auf und einen Leinenlappen darüber, die er mit brauner Wundsalbe bestreicht. Dann wickelt er einen baumwollenen Verband fest um Harms Oberkörper. Das hat er den Weissen abgeschaut. Nun sollen die Fetischmänner helfen. Sie kommen, gespenstisch vermummt, tanzen im Kreis, senden verdammende Flüche hinaus auf die See, wo die drei holländischen Schiffe ankern, zeichnen gestikulierend Zauberzeichen in die Luft und in den trockenen Erdboden, murmeln mit offenen Armen magische Sprüche über die eigenen Toten und Verwundeten. Dann sammeln sie sich um den bewusstlosen Weissen und beschwören die Geister mit seltsamen Formeln und Gesten.

Conny hat aus der Festung Bastmatten bringen lassen, auf die Jansen gebettet wird. Die Krieger kauern ringsum und bewachen den Bewusstlosen. Das eingesunkene, graubärtige Gesicht leuchtet fremd im Schein des Feuers. Der schwarze König hockt neben dem Lager und schaut unverwand auf das verfallene Antlitz seines Freundes. Wenn die Wachen kommen und ihm Meldung machen, antwortet er nicht, macht nur müde Handbewegungen. Von Zeit zu Zeit träufelt er dem Bewusstlosen Alkohol auf Stirn und Wangen. Er legt immer wieder sein Ohr auf die Harms Brust und glaubt, dass das Herz lauter und regelmässiger schlage. Den Verband nachzusehen, getraut er sich nicht. Er erinnert sich, dass bei früheren Fällen die Weissen das immer verboten hatten. Langsam verrinnen die Stunden. Die Brandung der See rauscht laut auf, draussen ist ein Wind aufgesprungen. Von den holländischen Schiffen hören die mehrmals fernen, verworrenen Lärm. Aber der Feind macht keinen zweiten Angriff.

Über das Meer hin wird es sichtiger, die Sonne steht am Vormittagshimmel, da wallt Nebel hoch. Conny schickt Späher hinunter zum Strand. Kurz darauf trifft bereits ein Läufer ein, er reisst mit Siegesrufen die müden Krieger hoch. Sie rennen schreiend zum Strand, selbst Conny hat es gepackt und eilt hinunter. Alle jubeln und einige schiessen vor Freude mit ihren Musketen in die Luft: Die Holländer haben die Anker gelichtet und segeln davon! Vergessen ist das betretene Schweigen um den schwer verletzten Gouverneur.

Der weisse Mann ist zu sich gekommen. Er hört das Feuer knistern, hört Schreie und Schüsse. Er glaubte zu träumen, aber es ist kein Traum. Ein Kampf? Er versucht, sich aufzurichten, sinkt aber gleich wieder zurück. Im Mund ist ein widerlich süsser Geschmack. Noch hält er benommen die Augen geschlossen, doch als er sie aufschlägt, findet er sich nicht zurecht. «Das Meer», denkt er. «Hier bin ich am Meer, aber es scheint auch müde zu sein – wie ich.» Er spürt ein Brennen auf der Brust, tastet dort hin, spürt die warme Nässe, da sehen seine forschenden Augen das Blut an den Fingern. Nun weiss er, warum er hier liegt. Krampfhaft bemüht er sich, seine Gedanken zu ordnen. Und jetzt versteht er auch die Jubelschreie der Schwarzen am Strand. Es wird klar in ihm. Gross-Friedrichsburg ist frei! Frei für den König von Preussen!

Gut, dass er unter einem dicht belaubten Baum liegt, da wird er Schatten haben, wenn die Hitze kommt. Doch wie ein Faustschlag kommt auch die Erinnerung zurück! «König Friedrich Wilhelm I. hat Gross-Friedrichsburg verkauft! Um welchen Preis? 7200 Dukaten!» Nun spürt er den Schmerz auch im Rücken. Sein König war untreu und liess die Entscheidung durch irgendwelche Tintenklekser in Potsdam unter einem holländisch abgefassten Brief bekanntmachen! «Habe ich denn keine Ehre als königlich preussischer Oberfaktor und Offizier?»

Er schaut hinauf in den Himmel, an dem kleine Federwolken dahinziehen. «Da war Jan besser dran. Er hat es richtig gemacht und war seit seiner Jugend auf holländischer Seite.» Er spürt den grausamen Schmerz in der Brust und ächzst leise. Aber dem Bruder ist's auch nicht gelungen. «Die *Heere Sevetien* haben Jan zum Kapitän gemacht, treu hat er ihnen gedient, haben ihn aber davongejagt, die Holländer, weil er mich, seinen Bruder, hat laufen lassen!»

Langsam kann er wieder klarer denken. «Ja gut, etwas anders war es schon. Ich war damals für die Holländer ein dringend gesuchter Verbrecher und Jan war mehr ein Holländischer als ein Ostfriesischer. Ich habe ihn in die Situation gebracht. Er hatte keine Zeit klar zu entscheiden. Da war dann das Familienblut ausschlaggebend. Und jetzt hockt er unglücklich auf der Insel. Auch ein alter Mann – wie ich.»

Der Totkranke stöhnt. «Ach Jan, wir haben beide einen überteuerten Preis bezahlt!» Ob Jan noch lebt? «Sind in die Welt gefahren, bis auf die andere Seite der Erde, für fremde Herren, er und ich. Habe Gross-Friedrichsburg für Brandenburg Preussen erhalten wollen . . . und eine afrikanische Kolonie dazu. Conny nennt sich selber einen Preussen! Aber mein König war treulos, hat uns im Stich gelassen! . . .» Ich war zu stur, hatte auch keine Einsicht in das Berliner Denken! . . .» Nein, die haben keine Ahnung, welche Chancen sich hier bieten . . .» Habe doch alles berichtet, habe gefleht, sie sollen Schiffe, Soldaten und Tauschwaren schicken . . .» .Was würde Pastor Korte dazu sagen?» Harm stockt. «Wie komme ich jetzt auf den Pastor? War auch so ein Träumer wie ich.

Hat immer von der Würde des Menschen gefaselt – und von seiner Erhabenheit . . . er sei ein Kunstwerk Gottes!» Harm stöhnt. «Jetzt liege ich hier, bald ein Kunstwerk für die Maden . . .» Der Rücken brennt wie Feuer, er versucht, sich auf die Seite zu legen, hat aber kaum noch Kraft. «Der König hat uns im Stich gelassen. Im Stich gelassen und vergessen. . . . Da war der Kurfürst ein anderes Kaliber; klug und mutig. Hatte Ausdauer und Nervenstärke. . . . Bis zu jenem bitteren Moment, da das Schicksal stärker war . . . Dann gings bergab mit Gross-Friedrichsburg . . .»

Harm Jansen geht mit sich zu Gericht. «Es war Wahnsinn, den Platz zu halten, im Namen des Königs die alte Flagge verteidigen zu wollen. Hätte nie geglaubt, dass mein König Verrat übt. Warum? Habe nichts geahnt. War ich unfähig zu vernünftigen Überlegungen? Zu richtigen Einschätzungen? Habe ich Warnungen übersehen? Hab' mich hergestellt mit meinen treuen Schwarzen, in Verteidigung den Gegner erwartend, damit sie die Flagge nicht herunterholen.»

Harm will sich auf die Seite legen, aber auf der Brust und im Rücken sticht und brennt es wie Feuer, mit einem Schmerzenslaut rollt er wieder zurück. Harm Jansen hört nichts vom Siegeslärm der Schwarzen, er ist in einer fernen Vergangenheit.

«Und nun? Jetzt sterbe ich an einem fernen Strand.» Er überlegt. «Hier ist früher Vormittag – im Mai, da haben sie schon kurze Nächte auf Borkum, dürfen aber noch etwas schlafen . . . Wie mag es Greta ergehen? Ob sie noch lebt?» Harm erschrickt, sie ist ja so viel jünger als er. «Damals im Baierischen, als ich sie den Hexenverfolgern genommen habe, war sie Sechzehn. Da waren wir glücklich und sind durch halb Europa nach Borkum gezogen. Das war im Jahr 81, dann ist sie . . .», er rechnet langsam, «dann ist sie jetzt 53 und wird nach dem Frühstück in ihrem Garten arbeiten oder beim Vieh!» Der grausame Schmerz in der Brust lässt ihn kaum klar denken. «Greta! Ich habe dich geliebt . . . War dir aber kein guter Ehemann . . . könnte ich doch jetzt bei dir sein . . . könnte ich dir Lebewohl sagen. Wann ist denn der richtige Augenblick, um Abschied zu nehmen? Jetzt ist's zu spät! Ach Greta, – habe zuviel falsch gemacht. Ich glaubte an die grosse Aufgabe, aber es war nur Schall und Rauch, nur ein Traum!»

«Das Leben ist . . . wie Ebbe und Flut!»

Man strebt und fällt, steigt wieder auf, sinkt ab! Nichts bleibt von all dem, wofür man gelebt hat, was man geliebt hat. Die unerfüllten Hoffnungen und Wünsche, die Harm heiss geträumt hat, vergehen mit ihm. – «. . . Ebbe . . . und . . . Flut!»

Er hustet, ächzt und atmet schwer. Ein Blutstoss tritt aus dem Mund. Als sie nach ihm schauen, finden sie ihn tot.

Karte Ostfriesland

Ostfriesland mit Dollartbucht und den Inseln
(Ausschnitt aus Nieuwe Caerte, Atlas von J. Janssonius, 1634)

Kapitel 35: Ebbe und Flut

In Borkum ist ein sonniger Tag. Der Wind fällt warm und verheissend aus Südwest über das Inselland. Hinnerk Jansen ist in aller Morgenfrühe von Greetsiel herübergekommen. Drei Tage war er in den Feldern. «Die Saat steht schön!», sagt er zu Heike und zieht das Boot mit Hilfe de Knaben auf den Hellerrain. «Es wächst alles gut auf dem Land!»

Sie kommen hinauf zum Haus. Hinnerk bleibt stehen und atmet in den Wind, den Kopf forschend erhoben, als sähe er weit hinter den Horizont. «Mit solch’ einem Wind muss er einmal kommen.» Eine Wolke segelt vor die Sonne, es schattet zwei, drei Atemzüge lang, und gleich ist's kühler.

«Ist eine arme Seel’ zu Gott gegangen!» sagt Heike leise.

Hinnerk hört nicht hin. «Ob er einmal heimkommen wird?» fragt er mehr für sich als für die andern. Aber Jan, sein Ältester frohlockt: «Kann ihn bald holen, den Herrn Grossvater, wenn er nicht selber kommt!» Die grau-blauen Augen klammern sich weit draussen in Südwest über der See irgendwo fest.

Hinnerk Jansen betrachtet seinen Sohn. Ja, der ist wie Vater Harm – das gleiche Gesicht, die Augen mit dem Blick ins Ungemessene. «Willst du wirklich nicht Bauer und Fischer auf Borkum und Greetsiel werden?», fragt er ganz leichthin.

Der Junge nimmt den verlangenden Blick von der See zurück und wendet ihn seinem Vater zu. «Wahrschaue nach dem Grossvater!»

Hinnerk Jansen weiss den Blick seines Jungen zu deuten. Er macht ihn irgendwie glücklich. Tief atmet er ein. ‹Bauer sein und Fischer ist recht!› denkt er. ‹Ja, aber er ist wie er! Auch wenn er nicht mehr nach Borkum findet und vielleicht gar schon zugedeckt ist mit fremder Erde. Es muss auch solche wie Vater geben! – Solche wie er, die erforschen das Land. Unsereiner pflegt es. Ist keiner schlechter als der andere!› Er schaut auf seinen Buben, dessen heisser Blick noch immer an seinem Antlitz hängt. «Zu Ostern über zwei Jahr kannst Heuer nehmen, Jan, zu Emden oder im Hamburgischen!»

*

Zierlich wie fast verblichene Schrift auf grau gewordenem Papier werden die Inseln durch den Frühnebel sichtbar. Die Segel stehen voll, es riecht nach Tang und Muscheln und die Wellen haben die Farbe von grauem Schlamm. Gegen Abend erkennen sie den Leuchtturm von Skagen, und weil der Wind sich nach Nordwesten dreht, lässt der Schiffer von der Küste abfallen. Jan bemerkte, wie die Sterne hinter einer immer dichter werdenden Wolkendecke verschwanden, und während der Hundewache gibt er den Befehl, die Bram- und Marssegel zu reffen. In der Morgendämmerung bricht der Wind mit voller Kraft los, das Schiff liegt mit einem Minimum an aufgefierten Segeln gut vor dem Wind. Die Wogen kommen von Island her, sind durch kein Hindernis aufgehalten worden, wie Reiter in breiten Formationen und bäumen sie sich mit weissen Schaumkronen gegen die Luvseite der *Phönix*. Langsam wird es heller, aber die Sicht ist schlecht, und es ist unmöglich, den Sonnenstand zu bestimmen. Der aufspritzende Schaum, der sich mit tief niederhängenden Wolken und dichtem Sturzregen vermengt, nimmt jede Sicht. Drei Tage und drei Nächte ist das Schiffsvolk nicht aus den Kleidern gekommen, die Marsrahe des Vormastes ist gebrochen und sie muss unter Lebensgefahr entfernt werden. Jan hat sich am Besanmast festbinden lassen, um nicht über Bord gespült zu werden. In den Nächten friert es, und die Männer, die von der Wache kommen, müssen ihr steif gefrorenes Ölzeug in der Kombüse zuerst auftauen.

Aber Jan ist glücklich. Enno Holtmans hat ihm die Heuer als Steuermann auf der *Phönix* mit Heimathafen Bremen verschafft, das siebeneinhalb deutsche

Meilen nach der Wesereinfahrt flussaufwärts liegt. Die *Phönix* ist ein älterer zweimastiger Ewer, einfach gebaut, ohne Gallione, mit einem offenen Gewölbe achtern, in dem die riesige Ruderpinne untergebracht ist. Das Schiff ist kaum grösser als eine ordentliche Heringsbüchse, seine Länge zählt 62 Fuss, aber nur 13 Fuss in der mittigen Breite, gerade drei Fuss Tiefgang, gaffelgetakelt an Grossmast und Besan, vorne Klüver und Fock, flaches Unterwasserschiff für Fluss und Küste gut geeiegnet, dazu Seitenschwerter, die bei Am-Wind-Kurs und halbem Wind die Abdrift verringern. Nichts was nicht nötig wäre, nichts was fehlt – ein guter Segler, ein gutes Boot!

Die Bemannung zählt sechzehn Köpfe, meist ältere Seeleute, geführt von einem Schiffer, der schon 1656 unter den Grossen Kurfürst an der Schlacht bei Warschau teilgenommen hat. Die Verhältnisse auf der *Phönix* sind so, dass wenig gesprochen wird und alle beschäftigt sind. Man muss wenige Befehle geben, denn jeder weiss, was seine Arbeit ist, und wenn die Matrosen keine Wache haben, sitzen sie aus freien Stücken in der Kombüse, um Taue zu knüpfen und zu spleissen.

Der Schiffer überlässt Jan die meiste Arbeit nachdem er ihm ein paar Tage bei der Arbeit zugeschaut hatte. Er ist ein alter, rheumageplagter Mann, der still und stundenlang in seiner Koje liegt und in der Bibel liest. Wenn Jan oder der Bootsmann hinunterkommen, fragt er sie nach Wetter, Kurs und Stand der Segel, nickt schweigend und setzt seine Lektüre fort. Er kommt erst wieder an Deck, als sie Frederiksvaerk querab haben und in den Öresund einlaufen können. *«Good maakt»* (gut gemacht) knurrt er zu Jan hin, was als grosses Lob gilt.

*

Greta war eine wohlhabende Frau geworden. Auf Borkum hat sich das bald herumgesprochen: erst kam der korpulente Preusse mit seiner geheimnisvollen Kiste (aus dem Kästchen ist bereits eine Kiste geworden!), die er nicht mehr bei sich trug, als er sich zum Festland zurücksegeln liess. Bald darauf tauchte der geheimnisvolle, vornehm gekleidete Fremde auf. Hein Bohnsack und Joost Mattes, die am Hafen herumsassen, hatten den Schiffsknecht der Schaluppe behutsam ausgefragt, aber nicht viel erfahren. Nur soviel: dass sein Herr ein Schiffskaufmann aus Emden sei und zu den Harms wollte. Aber was dort sein Begehr war, wisse auch er nicht. Bald bauschten sich allerlei nebelhafte Gerüchte auf, die aber alle keinen rechten Gehalt hatten

Aber Greta spürt die Veränderungen. Sie hat sich anfangs unbefangen gegeben, aber bald war es unmöglich, den früheren herzlichen Ton mit den Leuten auf Borkum beizubehalten. Wie immer sie sich auch gab, stets hörte sie den Ton abweisender Ehrfurcht, sogar des Neides heraus. Sie gehörte nicht mehr zu ihnen. In den Augen vieler Inselbewohner ist sie eine *gnädige Frau*, eine

Madame geworden, der man die eigenen Sorgen, Kümmernisse und Krankheiten nicht mehr so einfach preisgibt. Aber trotzdem – es gab doch immer noch einige, die ihr in Treue die Freundschaft hielten – wie Klas Eilers und Ubbo Folts.

Aber für die anderen war es rätselhaft, dass sie mehrmals zum Festland hinüber, wohl nach Emden fuhr; und immer hat sie der Schiffsknecht des Kaufmanns Huismans abgeholt und später wieder zurückgebracht. Denn dass es sich um den bekannten Reederssohn aus den Niederlanden handelte, hatten sie auch bald heraus. Mehrmals war sie gar über Nacht fortgeblieben. Warum wohl? Hat sie sich auf ihre alten Tage noch einen angelacht? Vielleicht den Reeder? Das war den meisten undenkbar – aber wer weiss? Doch viele glaubten, dass Harm diverse Reichtümer aus Afrika geschickt habe und dass Greta nun ihren Profit daraus zog.

Greta hatte in Wirklichkeit ihren Wechsel nach Emden vorbereitet. Den beim Pastor hinterlegten Goldstaub und die Münzen hatte sie schon länger ins Bankhaus Huismans mitgenommen. Aber Ennos nur so hingesagte Bemerkung, dass sie ein Geschäft eröffnen könne, liess sie nicht mehr los. Allein der Gedanke wirkte wie ein Samenkorn in fruchtbarem Boden, bis sie sich eines Tages bei Enno anmelden liess und darauf zurückkam. Sie hatte sich zu Hause gründlich gewaschen, ihren besten Rock angezogen, dazu die hellblaue, hochgeschlossene Bluse, und sie sah trotz ihrer Jahre noch immer apart und jünger aus, als ihre Jahre zählten. Zwar schämte sie sich ihres von Feldarbeit, Wind und Sonne gebräunten Gesichts, aber sie hatte Mut genug, so vor Enno hinzutreten.

Als sie sich in der *Schwalbe* unter Fietjes erfahrener Seemannschaft Emden näherte, dachte sie an ihre erste Begegnung – als er mit den wertvollen Papieren zu ihr gekommen war, um abzurechnen. Er sieht gut aus, und immer war er respektvoll und höflich. Das war Greta nicht so gewöhnt. Auch auf Borkum genoss sie Respekt aber anders, vorsichtiger! Seine Hand war warm. Ich musste damals weinen, er nahm meine Hand, streichelte sie vorsichtig und zart, und legte sie mir in den Schoss. Ja, seine Hand war warm!

Der Tag war windig, mit weissen Wolken, die im bewegten Wasser bizarre Spiegelbilder widergaben. Ebenso weiss waren die Segel der vorbeifahrenden Schiffe. Auf der blaugrauen Silhouette der Stadt mit ihren Türmen zeichneten sich die Masten, Spieren und Takelungen von vielen Grossseglern ab, als feines Gezweig, in dem, dunklen Käfern gleich, die Matrosen hingen. Greta war auch überwältigt vom Verkehr auf den Kais, den noch nie gesehenen Stapeln von Kisten und Ballen, das Geschrei der Händler und Fuhrleute und dem Gerassel der vorbeijagenden Karossen. Arbeiter schleppten schwere Säcke auf krummen Rücken – kurz, Eindrücke für Greta, die ein erfüllteres und inhaltlich reicheres Leben zu versprechen schienen, als es auf Borkum möglich wäre.

Fietje behandelt sie stets sehr ehrerbietig, antwortet höflich auf ihre Fragen, erklärt was notwendig ist, und er ist für Greta ein angenehmer Fährmann. Sie legen am Duckeldamm an und Fietje begleitet sie zum Huismans'schen Anwesen am Herrentor. Als sie zum ersten Mal das stattliche Haus mit seinem Wappen aus Stein gesehen hatte, war sie doch sehr unsicher geworden, schwitzte in den Händen, und die Knie zitterten leicht – nur für sie bemerkbar. Betrat man Ennos *Bureau,* kam man in eine andere Welt. Schwere orientalische Teppiche dämpften jeden Schritt, der Strassenlärm war nur gedämpft zu vernehmen, schwere Schränke, solide Tische, gepolsterte, mit Schnitzwerk verzierte Stühle, ein grosser Schreibtisch und ein Stehpult, mehrere Sessel um einen niedrigen runden Tisch, Seidentapeten an den Wänden und Gemälde reich gekleideter Herren und Damen mit würdevoll blickenden Gesichtern – eine Welt von Wohlstand und Geschmack. Greta wäre nicht Greta, wenn sie nicht schnell erkannt hätte, dass hier drinnen eine fremde, herrschaftliche Atmosphäre herrscht.

Enno begrüsste sie warmherzig und ritterlich, half ihr aus dem Mantel, klingelte nach dem Mädchen und bestellte Tee. Da fand sie schnell wieder ihre Sicherheit zurück. Er erkundigte sich nach ihrem Befinden und sagte, dass er sich freue, sie in seinem Haus willkommen zu heissen.

Das war vor einigen Wochen. Inzwischen verkehren sie distanziert-freundschaftlich miteinander. Enno berät sie in allen Belangen ihres Umzugs und der Geschäftsgründung. Sie hatte nach längerem Zögern seinem wiederholt geäusserten Angebot, im leerstehenden Ostflügel des Huismans-Hauses Wohnung zu beziehen, entsprochen. Das Haus war für Enno viel zu gross, er war froh, nicht mehr alleine darin zu wohnen, obwohl er nach wie vor sein unverzichtbares Hagestolzdasein leben kann. . . Aber seit er damals in Borkum war, zweifelte selbst er, ob sein Junggesellenleben wirklich das Richtige für ihn sei. Man muss Geduld haben!

Greta könne natürlich kommen und gehen, wie es ihr beliebte; das Anwesen sei von Dienern und Angestellten stets bewacht.

Auf Borkum war es anders. Im Hinterhaus stand die obere Hälfte der Tür meist offen, da konnte jeder durch den Schafstall ins Haus, um zu rufen oder an der Trenntür zur Küche zu klopfen (aber die stand tagsüber sowieso meist offen). Es kamen Leute, die kleine gesundheitliche Gebresten oder Wunden hatten, Nachbarn, Frauen aus dem Dorf oder der Mann, der den Torf brachte, gewöhnlich kamen sie ohne andere Formalitäten als ein «*Moin*» in die Küche, wo sie alle Neuigkeiten abluden: wieviel Scheffel Schollen gefangen wurden und zu welchem Preis sie in Emden oder Amsterdam verkauft worden waren, wieviel die Kuh wog, die der alte Jessen schlachten musste, weil sie sonst krepiert wäre, wer krank war, wer heiraten wollte, wer geboren oder gestorben und so weiter. Dort erlebte man die ganze *Ebbe und Flut des Lebens.* So war es einmal!

Nun ist sie für die Inselleute die reiche Fremde geworden, vielleicht doch auch eine Hexe? Man hatte ja früher immer wieder einmal darüber geflüstert. Vielleicht scheint es geboten, über schlechten Fischfang, missratene Ernte und mageres Einkommen zu klagen und lieber den Niedrigeren zu spielen, als dass man durch ein unvorsichtiges Wort etwas Ungewolltes heraufbeschwört.

Mit Hinnerk und Heike war Greta im Reinen. Materiell war auch für die junge Familie gesorgt, dazu waren die beiden ein fleissiges Bauernpaar, sie würden auch Gretas Hühner und die Schafe übernehmen – die Kühe waren längst auf ihrem Festland bei Greetsiel. Greta hingegen behielt den Kräutergarten, sie käme von Zeit zu Zeit nach Borkum, um ihn zu pflegen, zu ernten und die Familie zu besuchen. Sie hat Klas Eilers und Ubbo Folts engagiert, dass sie Gretas Habseligkeiten von Borkum nach Emden herüberschafften, die beiden Treuen würden ihr auch weiterhin hilfreich zur Seite stehen. Nach einem Abschiedsbesuch bei Pfarrer Korte reist sie ab.

*

Jan durfte schon ein Jahr nach Vaters Versprechen als Schiffsjunge auf der *Meike* beim alten Borkumer Schiffer Elert Freesemann anheuern, der ihm mit Schutz, Strenge und Nachsicht alles beibrachte, was ein Seemann auf Fluss- und Küstenschifffahrt wissen muss. Zwei Jahre später, 1722, war er als Leichtmatrose bei einem Emdener Logger zum Heringfang in Nordsee und Atlantik. Im Winter, wenn der Fischfang ruhte, verdingte er sich auf eigene Faust bei einer Reparaturwerft. Er half wo es nötig war, er fragte und fragte und hinterfragte die geometrischen Formen der Schiffsrümpfe, Linienrisse, Wasserlinien, horizontale Schnitte, Konstruktionsspanten und vieles mehr – und er lernte nebenbei vieles, worauf die Seefahrt beruht. Jan verliess sein Elternhaus als gesunder Jüngling und kehrte, wiederum nach zwei Jahren, als kräftiger Mann zurück. Er hatte fleissig gespart und finanzierte mit Vaters Hilfe (auch mit Grossmutters) ab 1724 seine zweijährige Steuermannsausbildumg an der «Nautischen Akademie in den Docks zu Hamburg», der Seefahrtsschule, an der bereits sein Grossvater Harm gerne gelernt hätte, was damals finanziell nicht möglich war. Aber Jan plante, in wenigen Jahren die Kapitänsschule zu besuchen! – Er hat keine Ahnung, dass seines Grossvaters Lebensaufgabe im gleichen Jahr endgültig untergeht.

Nun war er Steuermann auf der *Phönix*! Sie hatten das gefürchtete Skagerrak zwischen Schweden und Dänemark problemlos und rasch dank des raumen und kräftigen Windes passiert und gelangten anderntags zum Roskildefjord, wo sie von kräftigen Pferden bis zum Hafen von Roskilde getreidelt wurden. Sie lieferten ihre Ladung Tauwerk für den dortigen Schiffbau ab, der Schiffer hatte Glück und konnte nach zwei Tagen bei der Kanonengiesserei J. F. Classen vier

Geschützrohre für Amsterdam übernehmen. Es wäre noch Platz für ein fünftes gewesen, aber die *Phönix* lag schon bedenklich tief im Wasser!

Doch die Reise verlief ohne Zwischenfall und sie kamen glücklich ohne Zwischenfall zurück in ihren Heimathafen Bremen.

*

Seit sie zum Erstenmal den Emdener Gemüsemarkt besucht hatte, fand sie ein reges Kommen und Gehen vor, aber einen Verkaufsstand mit Heilkräutern, Ziegenbutter, Tees, schmerzlindernden Salben, Tinkturen und ähnliches, suchte sie vergeblich.

Greta kennt viele Heilkräuter, die geheime Kräfte gegen Krankheiten und Gebresten beherbergen. Sie hat Erfahrung, wie man sie zubereitet, weiss über ihre Wirkung und kennt die ihr innewohnenden Grenzen. Sie hatte schon längst herausgefunden, dass viele Pflanzen, in denen die meisten Leute eine Gefahr vermuten, wirksame Heilmittel beherbergen. Pastor Korte hatte ihr vor längerer Zeit ein Buch zu lesen gegeben, das von einem gewissen Paracelsus geschrieben worden war; der lebte als Pflanzendoktor vor zweihundert Jahren. Er hatte die Kräfte der Natur erkannt und gesagt, dass Gott in jedem Land die dort vorkommenden Pflanzen gegen Krankheiten geschaffen habe: «*Gott hat seine Macht in Kräutern gegeben, in Stein gelegt, in den Samen verborgen, und die sollen wir nehmen und suchen.*» Sollte man sie bei einem Leiden nicht einnehmen, versündige man sich gegen Gott, weil man ein Geschenk des Schöpfers missachte.

Auf Borkum hatte sie immer an diesen Paracelsus denken müssen und durch Versuche die unterschiedlichen Wesen der Pflanzen gesucht. Mit der Zeit war ihre Fähigkeit zum sicheren Bestimmen und bewussten Sammeln der Heilkräuter gereift. Sie weiss viel über die Herstellung von Tees, Ölauszügen, Salben, Blütenessenzen und Tinkturen und kennt die wesenhaften Entsprechungen ihrer Inhaltsstoffe und der Anwendungen und Aufbewahrungen von Pflanzenarzneien. Und mit Blick auf die Heilkräuter beachtet sie den Kreislauf des Mondes im Rhythmus des Jahres.

In ihrem Borkumer Garten wachsen Sternminze, Ehrenpreis, Arnika, Gundelrebe, Kamille, gelbes Johanniskraut, Thymian und weitere Kräuter. Andere kann man suchen, Löwenzahn, Brenn- und Taubnessel, Farn und wilde Kamille findet sie auf mageren Wiesen, an Feld- und Wegrändern.

Plötzlich wusste sie, was sie wollte: Sie würde ihre Inselkräuter, die wild wachsenden und die gepflanzten, ihre schmerzlindernden Honigsalben und ihre aus Giftpflanzen erzeugten Heilmittel hier anbieten. Sie kennt sich aus mit den kleinen Gebresten der Leute, sie weiss, was zu tun ist bei Bettnässen oder Durchfall, bei Frauenleiden, Magenbeschwerden, Brandwunden oder Kopfweh.

Häufig hilft ein Tee, manchmal braucht man Kompressen oder Salben – Mittel, die auf der Insel als *Hexenzeug»*verdächtigt wurden.

Die alte Sehnsucht nach einem guten Leben nimmt wieder von ihr Besitz, ein gutes Leben mit der Natur und den Menschen. Erinnerungen an Aschach in Oberösterreich kommen wieder, damals hatte sie schon davon geträumt, sie wusste es nur noch nicht, und wäre fast auf dem Scheiterhaufen gestorben. Doch dann war Harm da! Nun würde sie das Richtige tun, das Richtige, das fast ein Leben lang in ihr schlummerte. Hier in Emden war sie vor dem abergläubischen Hexenwahn sicher. Sie wird auf dem Gemüsemarkt einen Stand mit heilenden und lindernden Kräutern eröffnen, sie wird allerlei Teemischungen zur Blutreinigung, bei Darmkatarrh, Blasen- oder Lungenleiden, Asthma, Entzündungen, gegen Schlaflosigkeit, Verstopfung und vielen anderen Übeln anbieten. Vielleicht kann sie nebenbei auch ihr Wissen über Aufgüsse, Tinkturen, Umschläge, Bäder und noch vieles mehr einbringen. Wenn es nötig sei, würde sie auch einmal eine Verrenkung einkugeln. Dann müsste sich ihre Idee nur noch erfolgversprechend anlassen und sie könnte auch über an ein Ladengeschäft denken. Enno hat das doch damals im Scherz vorgeschlagen, als er mit Harms Geldanlage zum erstenmal zu ihr auf die Insel kam.

Ach, Enno!

*

Das werden sechs lange Jahre; während der die Holländer immer wieder versuchen, Gross-Friedrichsburg zu erobern. Immer wieder kommen sie mit Schiffen und Kriegsvolk und greifen an Aber immer weht weiterhin auf der Festung die Flagge Brandenburgs.

Das Vorland und die Palisaden ringsum sind ein einziger grosser Friedhof. Ein grosser Schädel, in Silber gefasst, dient Conny als Trinkgefäss! Sechs lange Jahre! Immer wieder segeln die Holländer vor Gross-Friedrichsburg und greifen an, immer wieder versuchen sie es mit Unterhandlungen, mit Güte und mit List. Alles vergeblich.

Da kommt der Herbst 1724 und mit ihm das Ende. Connys Krieger verschiessen die letzten Kugeln aus Musketen und Kanonen. Noch einmal wird der Sturm abgeschlagen, noch einmal weht die alte kurbrandenburgische Flagge zerfetzt und verwittert oben am Mast.

Als die Holländer am 21. September wieder zum Sturm antreten, ist die Flagge verschwunden. Leer ist der Mast, leer das Fort. Ohne einen Schuss nehmen sie Besitz davon.

*

Auf heimlichen Pfaden war König Conny im Schutz der Nacht mit seinen Getreuen aufgebrochen. Sie wanderten dorthin, woher einst ihr Stamm kam: tief hinein in den Urwald und weiter in die dahinter sich dehnende Steppe hinein. Conny trug das Heiligtum am Körper. Sein toter weisser Freund hatte sie ihm anvertraut. Die Flagge Brandenburgs, die jahrzehntelang über afrikanischem Land geweht hatte.

Schonerbrigg

Anhang

Zeittafel

1651 Jan Jansen (genannt Janszon) in Borkum geboren.
1654 Harm Jansen in Borkum geboren.
1664 Kapitulation der Dieler Schanze.
1665 Greta Born in Aschach (Oberösterreich) geboren.
1665 Tod von Jans und Harms Vater.
1666 Jan geht nach Amsterdam, erste Heuer.
1667 Harm nach Amsterdam, wird gekidnappt.
1667–1669 Harm auf der *Den Helder,* als Schiffbrüchiger mit Kameraden Flucht nach Batavia
1670–1671 Jan Jansen auf der Steuermannsschule, wird von de Sweers protegiert.
1670–1673 Harm dient sich bei der VOC zum Unterfaktor empor.
1671–1672 Jan als Steuermann auf der *Post von Haarlem.*
1673 Harm im Dienste Hamburgs.

1674–1681 Jan (Janszon) als Kapitän auf der *Constantia,* Harm als zweiter Steuermann und Unterfaktor.

17.09.1680 Die Wappen *von Churbrandenburg* und die *Morian,* die beiden ersten brandenburgischen Schiffe, gehen auf die Reise nach Afrika und treffen dort im Februar 1681 ein; die *Wappen* wird von holländischen Kriegsschiffen gekapert.

1681 Harm desertiert in Guinea und reist auf abenteuerlichen Wegen nach Borkum.

Januar 1682 Harm und Greta heiraten.

Mai 1682 Harm in Berlin.

Nov. 1682 Harms Ankunft in Guinea / Besetzung Greetsiels durch brandenburgische Truppen.

01.01.1683 Major Groeben und 100 Mann in Guinea; Gründung des Forts Gross-Friedrichsburg.

1683–1699 Geburt von Harms und Gretas Sohn Hinnerk / Die Türken vor Wien. Prinz Eugen tritt in österreichische Dienste. Türkenkriege (Eroberung Belgrads 1688).

Febr. 1685 Harm Jansen baut eine kleine Bastion in Taccarary (heute Takoradi).

Dez. 1687 Nach langem Widerstand anerkennen die Niederlande die brandenburgischen Niederlassungen an der Goldküste / Jan Janszoon lässt seinen Bruder aus der Gefangenschaft entkommen.

09.05.1688 Friedrich Wilhelm, der Grosse Kurfürst, stirbt in Potsdam; sein Sohn Friedrich III. wird Kurfürst von Brandenburg.

1702 Aus Brandenburg und Preussen entsteht das Königreich Preussen; der Kurfürst Friedrich III. wird als Friedrich I. König *in* Preussen gekrönt.

1704 Geburt von Hinnerks und Heikes Sohn Jan, Enkel von Harm Jansen.

1716 König Friedrich I. verkauft die letzte brandenburgische Festung Gross-Friedrichsburg an die VOC.

1718 Harm Jansen stirbt an einer Verwundung auf Gross-Friedrichsburg.

1718 Jan Jansen, Enkel von Harm, heuerte mit 14 Jahren bei Elert Freesemann an, fuhrt mit 16 auf einem Heringslogger, arbeitete in einer Schiffswerft und geht mit 18 Jahren in Hamburg auf die Steuermannsschule.

1724 Jan heuert als Steuermann auf der «Phönix» an.

Glossar

Schiffsnamen sind im englisch- und deutschsprachigen Raum in der Regel weiblich; z. B. die «Holstein», die «Prinz Heinrich» oder die «Frosch». Ausnahmen finden sich häufig bei männlichen Vornamen, diese bleiben maskulin: der «Fritz».

Weitere Erklärungen, die hier nicht verzeichnet sind, findet man in anderen seemännischen Worterbüchern und vielfach auch im Duden.

A

abbandonieren (auch abandoniren: etwas verlassen, aufgeben, auf etwas verzichten.

Abogado: Advokat, Anwalt.

Achterkastell: früher gebräuchliche Aufbauten am Achterdeck der Kriegsschiffe.

Achterlicher Wind: der Wind fällt in einem grösseren Winkel als 90 Grad zum Schiffskurs ein. Raumer Kurs: der Wind kommt schräg von hinten. Vorwindkurs: der Wind kommt genau von hinten.

achtern: der hintere Schiffsteil.

Anker: Wein- und Branntweinmass, in Dänemark 37,4 Liter, in Preussen 34,35 Liter.

Ankerwinsch, Ankerwinde: Gerät zum Hieven, also Heben des Schiffsankers.

Anschütt: Landungsplatz zum Anlegen der Schiffe (Anschütt angeschüttetes, also künstlich angelegtes Ufer).

attendieren: auf etwas achtbaben, genau aufmerken.

Avantage: Glück, Vorteil, Nutzen.

B

Baas: Chef, hier: respektvoll Kapitän

Back gesetztes Segel: das Segel erhält den Wind von der falschen Seite.

Backbord: von achter (hinten) nach vorne gesehen die linke Schiffsseite.

Baiern: alte Schreibweise. Ab 1825 Bayern.

Ballen: im Leinwand- und Stoffhandel zirka 10 Stück Tuch zu je 32 Ellen.

Barbette: ein erhabenes Stück des Walles, das bessere Aussicht bot, auch in besonderen Fällen bessere Schussmöglichkeit gegen den Angreifer.

Barrel: zirka 200 kg.

Bastonade: Prügelstrafe.

Beidrehen: Manöver zum kurzzeitigen Stoppen eines Schiffes. Dauert der Zustand des Beidrehens länger, so spricht man von Beiliegen.

Bente: eine Bente Gold waren 8o Gulden holländisch, 2½ Hollandgulden waren ein Reichstaler.

Besanmast: bei mehrmastigen Schiffen der hintere Mast.

Bewindthaber (Bewindhebber): die Direktoren der Holländisch-Westindischen Compagnie. Ein Titel, den auch die Brandenburger übernahmen.

Bilge: Kielraum, tiefster Raum im Schiffsrumpf, wo sich das Schmutz- und Leckwasser sammelt.

Blanker Hans: das stürmische Meer, auch Sturmflut

Bonnet: Verlängerungssegel, das unter dem Vorsegel angebracht ist, um bei gutem Wetter den Wind besser zu fangen.

Bramsegel: das oberste Segel (Bramstenge: die zweite Verlängerung eines Mastes).

Brassen: an den Enden der Raaen befestigte Taue, um die Segel vom Deck aus entsprechend der Windrichtung stellen zu können.

Brigantinen: niedere Schiffe, mit 10 bis 15 Rudern (ausser den Segeln) auf jeder Seite. Jedes Ruder war von einem Mann zu bedienen, der auch zum Gewehr zu greifen hatte.

Bugspriet: am Bug des Schiffes nach vorne ragender Stummelmast.

C

Cabucir: das Wort bedeutet Hauptling oder Genieindeältester und stammt aus dem Portugiesischen. Es taucht in frühen Büchern und Berichten in verschiedenen Schreibweisen auf, so z. B. Capocer, Cabiser, Capiscier, Capuzier usw.

Cargaisons: Waren aller Art.

Commiss: im Auftrag eines anderen (Fürsten) segeln, mit bestimmtem Ziel.

D

Dassie, Dasch, Dascha: Trinkgeld, Gefälligkeitsentlohnung.

Deern: plattdeutsch für Mädchen, junge unverheiratete Frau.

defensieren: heute soviel wie verteidigen; seinerzeit jedoch das Bestreben, mit dem Feind überhaupt nicht in Berührung zu kommen, sich ohne Kampf von ihm zu lösen.

Deklination (»Abweichung«): nördliche oder südliche Abweichung der Sonne über dem Äquator, jahreszeitlich begrenzt von den Wendekreisen.

dicht: eine Schot dichtholen (ein Tau straffziehen),

Dollbord: verstärkte obere Rand eines offenen Bootes bzw. der Bordwand eines grossen Schiffes.

Douceur (Süsse): Schmeichelei, der Hauptsache nach aber «Trinkgeld».

Ducht: Querbank in einem offenen Boot.

Dukaten: siehe unter Dublone.

E

Eichtl: Oberösterreichischer Dialektausdruck für kleine Weile.

eingedeichtes Land: Koog.

Elle: Längenmass (unterschiedlich je nach Land), abgeleitet vom menschlichen Unter-armknochen, nach heutiger Definition etwa 48 Zentimeter.

Elmina: seit 1642 Niederlassung der Holländer in Westaftika.

entern: von einem Schiff auf ein anderes dringen.

Entersäbel: Kurze, an der Spitze hakenförmig gebogene Säbel.

Equipage: Schiffsausrüstung.

Establieren: Errichten.

Estat (Etat): Voranschlag.

Etmal: Dauer eines astronomischen Tages sowie die in diesen 24 Stunden zurückgelegte Distanz in Seemeilen.

F

Faden: nautisches Längenmass, 1 Faden = 6 engl. Fuss = 1,829 m.

Faktor: Geschäftsführer.

Fallreep: eine Art Treppe, die an Seilen (Ketten) an der Bordwand niedergelassen wird, damit man sich von aussen her auf das Schiff begeben kann.

Fanal: grosse Schiffslaterne am Heck des Schiffes.

Fetisch: hat verschiedene, oft schwammige Bedeutungen wie magische Beschwörung, magisches Ritual, Zauberei, Schwur, Freundschaft, kultischer Gegenstand, Amulett, Talisman, Götzenbild, Zusammengehörigkeit, Ähnlichkeit, Kongruenz und weitere.

Feuer: Schiffslaternen an den Masten.

Flaute: Windstille

Flibustier: ursprünglich die Seeräuber Westindiens, später auch allgemeiner Name für Seeräuber.

Flüten, auch Fleuten: Holländische Segelschiffsart, besonders schlanker Bau, hohe Bese-gelung, geringer Tiefgang; sehr schnelle Segler. auf dem Vorschiff am Fockstag gesetztes Segel; auf den Rahseglern ist es das unterste Segel des (vorderen) Fock-mastes.

Fockstag: ein Stahlseil oder ein kräftiges Tau, das von der Mastspitze zum Schiffsbug gespannt ist.

Fuss, nautisches Längenmass: 1 ft = 30,48 cm (12 Zoll).

G

Gaffelsegel: Viereckiges Segel, dessen Unterkante an einem Rundholz am Mast (»Baum«) befestigt ist, während die Oberkante durch einen schräg nach oben laufenden »Gaffelbaum« gehalten wird.

Gallione: Figur am Bug eines Schoffes.

Gasten: allgemeine Bezeichnung

Gig: kleineres Ruderboot mit dem der Kapitän an Land gerudert wird.

Gissung: Schätzung des geographischen Schiffsortes aufgrund von Kurs, Schiffsgeschwindigkeit, Abdrift durch Strom und Windeinfluss (siehe auch Koppeln).

Glasen: vor der Erfindung des Chronometers wurde die Zeit an Bord von Schiffen mit Sanduhren gemessen, die eine Durchlaufdauer von 30 Minuten hatten. Die Wachdauer betrug vier Stunden, und die Sanduhr musste alle halbe Stunde umgedreht werden. Dazu wurde die Schiffsglocke angeschlagen: ein Anschlag 30 Minuten nach Wachbeginn, zwei Glockenschläge nach 60 Minuten usw. alle halbe Stunde. Begann z.B. eine Wache um 8 Uhr, dann war 10 Uhr vier Glasen.

Grad, der 360. Teil des Kreises. Auf die Erdkugel bezogen: 60 Bogenminuten (60 Seemeilen à 1852 Meter bzw. 111 km). Zu Kolumbus' und Magellans Zeiten entsprach 1 Grad nur 56,7 katalanischen Meilen (à 1480 Meter) bzw. zirka 15 spanischen Leguas (à 5556 Meter).

H

Heeren Seventien (Siebzehn Herren): Die VOC wurde von den Vorsitzenden der 17 Handelskammern in den Niederlanden im Jahr 1602 gegründet, um die Konkurrenz untereinander auszuschalten. Sie wuchs zum grössten Handelsunternehmen des 17./18. Jahrhunderts.

hieven: eigentlich ein Tau auf ein Spill (Trommel) aufwinden, im Allgemeinen aber auch «eine Last heben».

Holländisch-Ostindische Kompanie (eigentlich: Vereenigde Oostindische Compagnie, VOC): seit 1602 vom Staat privilegierte Privatgesellschaft für den Handel mit Ostindien und den Ländern der pazifischen Hemisphäre.

I, J

Inquisition (auch Sanctum Officium): von kirchliche Behörden unter dem Vorsitz eines Inquisitors (meist Angehörige des Ordens der Dominikaner) seit dem 13. Jh. durchgeführte gerichtliche Untersuchung zur Bekämpfung der Häresie und zur Reinerhaltung der dogmatischen Glaubenslehren; seit 1352 war durch Papst Innozenz IV. die Folter erlaubt.

Interlooper (auch Enterlooper): ein Schiff, das keiner privilegierten Gesellschaft, sondern einem Privatreeder gehörte und von diesem zum Handel in Gebiete ausgeschickt wurde, in denen eigentlich nur die privilegierte Compagnie das «Recht» dazu gehabt hätte. Es waren also sozusagen Schmugglerschiffe.

Jakobsleiter: eine Strickleiter, die an einer seitlich von der Bordwand ausgebrachten Spiere (Balken) hängt und auf der man auf das Schiff klettern kann.

Jeffrouw: Fräulein (höfliche Anrede).

Jolle: kleines Beiboot, das auf Kriegs- und Handelsschiffen neben den grösseren Kuttern, Schaluppen und Pinassen als ruderbares Strandboot benutzt wurde.

K

Kabelkammer (Kabelgatt). der Raum, in dem die Ankerseile aufbewahrt wurden. Ketten waren damals für den Anker noch nicht gebräuchlich. In der Kabelkammer schliefen oft die Soldaten.

Kalebasse: Kürbisart, aus deren Früchten man Gefässe fertigt, die ebenfalls Kalebassen heissen.

Kalfatern: die Fugen des Decks und der hölzernen Aussenwände eines Schiffes mit Werg und Teer oder einem dafür vorgesehenen Kitt abdichten. Auch: jemanden kalfatern, d. h. jemand erziehen, zurechtkriegen.

Kampanje: der oberste, achtere Teil des Schiffes über der Hütte, wo beim Salutieren der Flagge oder im Gefecht der Trompeter stand und auch die Heckflagge gesetzt wurde.

Kaperschiff: in der neueren Zeit wird allgemein gewöhnliche Seeräuberei unter «kapern» verstanden. Früher waren es Privatschiffe, die von einem kriegführenden Fürsten die schriftliche Erlaubnis (Kaperbrief) erhielten, feindliche Schiffe wegzunehmen, zu kapern, oder «Prisen» zu machen.

Karavelle: Schiffe der Entdeckerzeit (15. Jh.) mit glatten Aussenplanken und viereckigem Achterschiff, das hohe Aufbauten trug. Stammt aus Portugal.

Kate: ärmliche Hütte ohne viel Grundzubehör.

Kettenkugeln: zwei ausgehöhlte und mit einer Kette verbundene Halbkugeln. Man schoss solche

Ketsch: Segelanordnung auf einem Anderthalbmaster mit Schratsegeln, bei dem der vordere Mast der grössere ist; der niedrigere Besan steht vor dem Steuerruder. In der Regel kann eine Ketsch auch noch ein bis zwei Vorsegel führen.

Ketzerei: seit dem Mittelalter die Abweichung von der offiziellen Kirchenlehre; sie wurde von den Organen der Inquisition verfolgt.

Kimm: Der Seehorizont, die Linie, wo Himmel und Wasser sich zu berühren scheinen.

Klafter: Längenmass, ursprünglich die Spanne zwischen den ausgestreckten Armen eines Mannes, wurde traditionell mit 6 Fuss definiert, entsprach also etwa 1,80 m. Es gab auch minimale lokale Abweichungen

Klei: schlammiger Erdboden.

Klüse: Öffnung in der Bordwand zur Durchführung von Tauwerk (oft Festmachertrossen) oder Ketten.

Kolderstock (Kollerstock): Teil der Rudereinrichtung.

Kompass: Navigationsgerät zur Bestimmung der Himmelsrichtung und der entsprechenden horizontalen Bezugsrichtung auf der Erdoberfläche. Er wird an Bord von Schiffen kardanisch aufgehängt, damit er durch die Krängung des Schiffes (Schräglage) in seiner Drehfähigkeit nicht gestört wird.

Kompassrose, Kompassscheibe (Windrose): Kreiseinteilung des Kompasses; im germanisch-sprachigen Seegebiet, ist der Vollkreis in 32 Teile zu je 11¼ Grad (= 1 Strich) eingeteilt, sie werden nach ihren geographischen Richtungen bezeichnet: N (Nord), NzE (Nord zu Ost), NNE (Nordnordost), NEzN (Nordost zu Ost), NE, NEzE, ENE, EzN, E usw. Im lateinischen Kulturkreis, also im europäischen Mittelmeerraum von Griechenland bis Portugal, behalf man sich für die Benennung der verschiedenen Himmelsrichtungen mit Windnamen, weshalb die Rose hier Windrose heisst. Noch heute kennen wir die Winde, die als Synonym für Himmelsrichtungen gelten: Tramontana für Nord, Greco (NE), Levante (E), Scirocco (SE), Ostro (S), Libecco

(SW), Ponente (W), Maestro (NW). Weitere ergaben sich aus Zusammensetzungen der Windnamen, z.B. Greco-Tramontana für NNE, Greco-Levante für ENE usw.

Konservatorien: Erhaltungsverträge.

Koog: dem Meer abgewonnenes eingedeichtes Land (Polder).

Koppeln: Eintragen jedes gefahrenen Kurses mit der Richtung, der Dauer und der Strecke (z.B. 225°, 35 Minuten, 3 Seemeilen; 240°, 40 Minuten, 4 Seemeilen).

Korsaren: Seeräuber, vor allem jene aus Marokko.

Krummschliessen: Körperstrafe; der Delinquent liegt mit dem Magen auf einem erhöht angebrachten Rundholz oder Bock, die Hände sind dabei mit den Füssen zusammengebunden.

Kugeln aus gewöhnlichen Geschützen gegen anstürmende Feinde.

Kurant: veraltet für eine Währungsmünze, deren Metallwert dem aufgeprägten Wert entspricht (z. B. zwei Mark Kurant); eigentlich Bargeld.

Kutter: grösseres Beiboot mit 10 bis 14 Riemen sowie mit zwei Luggersegeln in Ketschtakelung.

L

Last: Menge, die ein zweispänniger Wagen befördern konnte. Die Danziger Roggenlast hatte etwa 2000 kg. Handelte es sich um Flüssiggut, wurde in Weinfässern («tons») gemessen, was der halben Danziger Roggenlast entsprach. eine Schiffslast war in Bremen und Hamburg 6000 Pfund (3000 Kilo), in Dänemark 5200 Pfund, in Holland 4000 Pfund.

Lee: die Richtung, in die der Wind weht; Windschatten (Gegenteil: Luv).

Leesegel: Segel, die an den Rahsegeln zusätzlich angebracht werden und über die Bordwand ragen, um den raum oder achterlich einfallenden Wind besser ausnützen zu können.

Legerwall: Schiff vor einer Küste, auf die der Wind weht. Dabei besteht oft die Gefahr, dass das Schiff auf die Küste getrieben wird.

Leichter: kleine, stabile Boote, in der Regel ohne Segel und Riemen, welche die Ladung von Schiffen übernehmen und an Land bringen, bzw. umgekehrt, die Ladung für das weiter draussen liegende Schiff vom Land an Bord schaffen.

Lenzen: 1. Wasser aus dem Schiffsrumpf pumpen oder schöpfen; 2. im Sturm ohne oder mit kleinstem Segel laufen oder treiben.

Lordendreyer (Lorrendreyer): Schmugglerschiff.

Lot: altes deutsches Gewicht: 1 Pfund = 0,5 kg. 1/120000 Last = 1/3000 Zentner = 1/30 Pfund = 1 Lot = 10 Quentchen = 100 Cent = 1000 Korn.

Luv: die Richtung, aus der der Wind weht (Gegenteil: Lee).

M

Macker: seemännisch für guter Kumpel, Kamerad.

Meile (preussische: 7532 Meter.

Mefrouw: Frau (Anrede), «Meine Dame».

Meile: nautisches und terrestrisches Längenmass unterschiedlicher Länge; eine römische Meile entsprach 1480 Meter, nach dem Aufschwung Venedigs und Genuas kam die italienische (mittelmeerische) Miglia mit 1343 Meter in Gebrauch, und im Entdeckungszeitalter galt die katalanische (atlantische) Meile mit 1480 Meter. Pigafetta erwähnt seinerseits einige Male italienische Meilen (leghe); auf eine deutsche Meile

(7500 Meter) gehen vier italienische Meilen mit 1875 Meter, sie kommen der Seemeile schon sehr nahe.

Mijnheer: Herr (Anrede), «Mein Herr».

Mit dem Wind: Vorwindkurs (der Wind kommt genau von hinten), raumer Wind (der Wind kommt schräg von hinten) oder achterlicher Wind (der Wind fällt in einem grösseren Winkel als 90 Grad zum Schiffskurs ein).

Mit derselben Quaste geteert (Sprichwort): alle mit gleichem Charakter.

Mitternachtsquart, auch «andere Wache» oder «Hundewache» genannt: Schiffswache von Mitternacht bis 4 Uhr früh.

Muck: kleiner Tringkrug mit Henkel.

N, O

Nauförg: Nauen sind flache Flussschiffe; Förg oder Ferg bedeutet Fährmann. Nauförg heisst Frachtschifflotse.

Negotien, Negocie, auch Negociation: Handel, Geschäfte betreiben.

Neunschwänzige Katze: Riemenpeitsche.

Orlog: Krieg (niederländisch).

P

Pad: Dünenweg.

Padrão: Steinsäule mit dem Wappen Portugals und einem Kreuz an der Spitze. Auf den Säulen stand in lateinischer und portugiesischer Sprache das Jahr der Aufstellung, der Name des entdeckenden Seefahrers und des regierenden Königs.

Pardune: Abspannseil für freistehende Masten.

particulier: abonderlich, sonderbar.

Pavillon: frühere Bezeichnung für Flagge.

Pier: Sandwurmart; als Fischköder benutzt.

Pinne (Ruderpinne): einarmiger Steuerhebel, der direkt auf das Ruderblatt wirkt.

Plakat: in damaliger Zeit ein durch Anschlag bekanntgemachtes Gesetz.

Polder: dem Meer abgewonnenes Land.

Pönen: anstreichen, auch malen.

Poop: Aufbau auf dem hinteren Schiffsteil (Achterschiff), auf dem sich auch Steuerstand und Kartenhaus befinden; unter dem Poopdeck liegen die Wohnräume der Offiziere.

Prätensionen: der Anspruch, den ein Herrscher aus irgendeinem Titel auf fremdes Gebiet erhebt.

Preien: ein Schiff anrufen.

Preiweite: einem Schiff auf Rufmöglichkeit nahekommen.

Preussische Meile: 7532 Meter.

Priel: schmale Fahrtrinne (Stromrinne) im Watt.

Prise: feindliche oder neutrale Handelsschiffe, die mit ihrer Ladung beschlagnahmt werden.

Pütz: Eimer (seemännisch), früher häufig aus derbem Leder

Profos: für die Strafvollstreckung zuständiges Besatzungsmitglied, meist ein Maat oder Bootsmann.

Q, R

Quart: die Zeit einer Wache (meist vier Stunden).

Quartier: Wohnbereich an Bord der Schiffe. Die Offiziere waren in ›Kammern‹

untergebracht, die Mannschaft im ›Logis‹

Rah: waagrechte, an den Masten angebrachte Hölzer, die die Segel halten.

Rahsegel: viereckige Segel als Hauptsegel eines Schiffes; die Oberkante des Rahsegels war an einem Querholz, der Rah, befestigt. Die grossen Handelsschiffe der Vergangenheit trugen als Hauptsegel die chrakteristischen Rahsegel.

Rappier: Degen zum Hieb- und Stossfechten.

Raumer Wind: der Wind kommt schräg von hinten. Achterlicher Wind: der Wind fällt in einem grösseren Winkel als 90 Grad zum Schiffskurs ein. Vorwindkurs: der Wind kommt genau von hinten.

Recognition: Anerkennungsbetrag, Wiedervergütung.

Redoute: geschlossenes Festungswerk, mit ausspringenden Winkeln, jedoch seinerzeit nicht sonderlich stark gebaut, vor allem gegen Beschiessung mit Kanonen nicht widerstandsfähig. In der damaligen Zeit eigentlich nur eine etwas bessere Feldschanze. Erst später baute man die Redouten stärker.

Reede: Ankerplatz.

Reffen: bei starken Winden die Segelfläche verkleinern, um dem Wind geringere Angriffsflächen zu geben.

«Reise, Reise!»: Weckruf; die Wache aus der Koje rufen (aus dem Englischen ‹to raise›).

Reling: Brüstung rings um das Oberdeck eines Schiffes.

Reprochen: im Zickzack angelegte Vorrückungsgräben.

Restitution: Wiedererstattung, Rückgabe.

Riemen: Ruder zum manuellen Fortbewegen (pullen) von Booten. (Nicht zu verwechseln mit dem Steuerruder.)

Rollen: siehe unter Schlingern.

Ruder: Steuerruder mit Steuerrad oder Pinne. (Nicht zu verwechseln mit Riemen.)

Ruderkoker: wasserdichte Rohrdurchführung durch das Achterschiff des Schiffsrumpfes für den Ruderschaft.

S

Schanzkleid: eine vollständige oder in Teilen verbaute Bordwand des Oberdecks eines Segelschiffs; aus Holz oder steifer Leinwand gebaut. War eine Schutzfunktion vor starkem Seegang und ist somit auch heute noch auf vielen Schiffen anzutreffen.

scheren: plötzlich aus dem bisherigen Kurs absteuern; auch knapp an einem anderen Schiff vorbeifahren.

Schildermann: Wachtposten, vornehmlich der bei der Kapitänskajüte.

Schlafbutze: verschliessbare Bettstatt in der Schlafstube (Schrankbett).

Schlingern: Bootsbewegung von Backbord nach Steuerbord in der Längsachse des Schiffes, auch rollen oder geigen genannt.

Schnau (Snauw, Schaw, Senau): barkenähnlicher kleiner Segler, meist mit 8 bis 25 Mann Besatzung.

Schober: kleine Feldscheune.

Schörpfknecht: Schinderknecht, Gehilfe des Henkers.

Schute: Leichterboot, zur Fortbringung der Lasten auf Flüssen und im Hafen.

Schwojen: Hin- und Herdrehen eines vor Anker liegenden Schiffes im Wind.

Sechter: kleineres, kübelartiges Gefäss mit nur einem seitlich angebrachten Henkel

Seebriefe: Bescheinigungen, die ein Herrscher oder eine Obrigkeit einem Kapitän gab und in denen die Rechte des Kapitäns und sein Auftrag beschrieben waren. Ebenso die nähere Kennzeichnung des Schiffes, sein Name, seine Ladung usw. Entspricht den heutigen Schiffspapieren.

Seedaak: Nebel.

Seemeile: 1 Bogenminute auf dem Erdäquator, heute 1852 m (360° x 60' = 21'600 sm oder 40'003 km). Die Distanzen auf See wurden schon seit dem Mittelalter in Seemeilen gemessen; allerdings hatten historische Seemeilen, entsprechend dem angenommenen Erdumfang, andere Abmessungen. Beispielsweise glaubte Kolumbus aufgrund von Berechnungen des Ptolemäus noch an einen um 27,5 % geringeren Äquatorumfang von 29'000 km, seine Seemeile mass daher nur 1343 m. Die Seemeile des Eratosthenes (zirka 275 bis 194 v. Chr.) betrug 1825 Meter und kam der wahren Seemeile am nächsten. Die Entdecker rechneten meist mit katalanischen Meilen zu 1480 Meter.

Seeschäumer: Seeräuber; auch für schnell segelnde Schiffe gebräuchlich.

Spaken: hölzerner Hebebaum.

Speigatt: Öffnung in der Seereling (Schanzkleid), durch die das Spritz-, Spül- und Regenwasser abfliessen kann.

Spiere: Rundhölzer grösseren Ausmasses, als Rahen, Ausleger, Stengen usw. zu gebrauchen.

Staaten von Holland: Siehe unter Generalstaaten.

stabilieret: fest begründet.

Stek: Sammelbezeichnung für seemännische Knoten.

Steuerbord: von achter nach vorne gesehen die rechte Schiffsseite.

Stückpforten: verschliessbare Luken in der Bordwand; die Mündungsrohre der auf Lafetten montierten Bordartillerie werden durch die Stückpforten ausgefahren und befinden sich während der Salve ausserhalb der Bordwand.

Stundenglas, Sanduhr; wurde auch in der Bedeutung von Glasen benutzt (siehe dort).

Stüwer (Stüber): holländische Scheidemünze, ein Zwanzigstel des Guldens. Der Stüber war auch im brandenburgischen Einflussgebiet gebräuchlich. Vor allem in Cleve, Jülich und Berg.

Subsidien: Hilfszahlung, Beisteuer. Solche Gelder wurden von einzelnen Staaten als Unterstützung an andere gezahlt, bei Kriegen aber auch als Entgelt für andere Vorteile.

T

Tau ausstecken: mehr Ankertau (oder Kette) geben, als das Schiff unbedingt nötig hat, damit bei stürmischem Wetter durch die verlängerte Taulänge ein grösserer Spielraum und damit eine gewisse Federung erreicht wird (damals verwendete man noch keine Ketten für die Anker.) Ist das Ankertau zu kurz, kann es bei heftigem Seegang brechen.

Teufels Gebetbuch: Spielkarten.

Tjalk: plattbodiges Küstenfahrzeug.

Topp: das oberste Ende, die Spitze des Mastes, überhaupt das oberste Ende eines aufrechtstehenden Gegenstandes.

Top und Takel: In schwerer See mit dem Mast als einziger "Segelfläche" auf Vorwindkurs vor einem Sturm ablaufen. Zum Schutz gegen Querschlagen mit anschließender Kenterung müssen Leinen nachgeschleppt werden, die das Schiff bremsen und das Heck zuverlässig im Wind halten. («Lenzen vor Top und Takel»).

trafiquieren: verkehren, handeln.

Traid: Getreide (österreichisch).

Traktat: Abhandlung, in der damaligen Zeit auch Vorvereinbarung.

Trancheekugeln: ein hölzerner Hohlkörper, mit Sprengmitteln ausgefüllt, unter die man Nägel und anderen Eisenabfall, im Notfall auch Steine mischte. Fest mit Draht oder Eisenbändern überwickelt, wurden sie mit einer Lunte oder einem sogenannten Brand angezündet und von der Festung aus in die Trancheen geworfen, um dort die Angreifer zu vernichten.

Trancheen: Gänge, die man gegen eine Festung gräbt, um sich ihr zu nähern.

Tríste: um eine Stange aufgehäuftes Heu oder Stroh (bayerisch, österreichisch und schweizerisch).

Umländische Reise: Bezeichnung für den Handel an der Küste von Oberguinea (von Sierra Leone über die Elfenbein-, Gold- und Sklavenküste bis Fernando Poo.)

U, V

Unze: früher sehr verbreitetes Gewicht, ein sechzehntel Pfund.

Verkatten: einen Hauptanker durch einen zweiten, an derselben Kette befestigten Anker verstärken; eine Massnahme, wenn bei starkem Seegang oder Sturm der Ankerplatz unsicher wird.

Vivres: Lebensmittel.

VOC: Vereenigde Oostindische Compagnie; siehe unter Holländisch-Ostindische Kompanie.

Wake: Öffnung in der Eisdecke.

Vorpiek (Bugruderraum): bezeichnet den vordersten wasserdichten Bereich eines Schiffes, wird im Allgemeinen als Lagerraum für Gerätschaften oder als Ballastwassertank benutzt.

Vorwindkurs: der Wind kommt genau von hinten. Raumer Wind: der Wind kommt schräg von hinten. Achterlicher Wind: der Wind fällt in einem grösseren Winkel als 90 Grad zum Schiffskurs ein.

Wahrschauen: genaue Ausschau halten («wahr schauen», beobachten).

W – Z

Wahrschauer:

Wanten: seitliche, an der Backbord- und Steuerbordseite der Schiffe befestigte Verspannungsseile der Masten; sie sind mit Webleinen verbunden, das sind querlaufende Taue, auf denen man in die Marsen hochsteigen kann.

Wind: siehe Achterlicher Wind.

Yamsfest: bei den Ashantees (Aschantis) und anderen westafrikanischen Völkern das Erntefest anlässlich der Reife der Yamswurzel. Das bedeutendste und wichtigste Fest des Jahres.

Yamswurzeln: knollenartige Gebilde der Schlingpflanzengattung Yam (kartoffelähnlich), in den Tropen beheimatet.

Zeitung: im damaligen Sinn «Nachricht». Eine Zeitung bringen hiess, eine Nachricht überbringen.

Zoll, nautisches Längenmass: 2.54 cm = ein Zwölftel von 1 Fuss (30.48 cm).

Literaturhinweise

Bücher

Ballmann, J.: «Die Linthkorrektion 1807–1823», in: Jubiläumsbuch 1250 Jahre Benken, Kaltbrunn, 1991.

Behre, K. -E., und van Lengen, H. (Hsg.): «Ostfriesland, Geschichte und Gestalt einer Kulturlandschaft», Aurich, 1996.

Beuys, B.: «Der Grosse Kurfürst», Reinbeck, 1979.

Black, Jeremy: »Geschichte der Landkarte«, Koehler & Amelang, Leipzig.

Breusing, Arthur: »Die Catena a Poppa bei Pigafetta und die Logge«; in: Zeitschrift der Gesellschaft für Erdkunde, Berlin, Jg. 4, 1869.

Breusing, Arthur: »Der Jakobsstab als Hilfsmittel geographischer Ortsbestimmung«; in: Zeitschrift der Gesellschaft für Erdkunde, Berlin, Jg.4, 1869.

Breusing, Arthur: »Flavio Gioja und der Schiffskompaß«; in: Zeitschrift der Gesellschaft für Erdkunde, Berlin, Jg. 4, 1869.

Dapper, Olfert: »Umständliche und Eigentliche Beschreibung von Africa Anno 1668«, Fines Mundi, Saarbrücken, 2009.

Dudszus, Alfred; Henriot, Ernest; Köpcke, Alfred; Krumrey, Friedrich (Hrsg.): »Das große Buch der Schiffstypen«; Weltbild Verlag, Augsburg, 1995.

de Vries, G.: «Ostfriesisches Wörterbuch», Leer, 2000.

Hartlap, D., und Rast, F.: «Ostfriesland», München, 1999.

Hertwig, Hugo: «Knaurs Heilpflanzenbuch. Ein Hausbuch der Naturheilkunde», Würzburg, 1954.

Howarth, D.: «Die Kriegsschiffe», Amsterdam, 1979.

Jobe, Joseph (Hrsg.): »Der Segelschiffe grosse Zeit«, Delius, Klasing & Co., Bielefeld, 1991.

Kay, B.: «Ans Ende der Welt und darüber hinaus», Frankfurt a. M., 1995.

Kirsch, P.: «Deutsche Reiseberichte des 17. Jahrhunderts als Quelle für die niederländische Ostindienfahrt», o. O. u. J.

Kurowski, F.: «Die Friesen. Das Volk am Meer», Augsburg, 1996.

Melchers, Th.: «Ostfriesland: Preussens atypische Provinz? Preussische Integrationspolitik im 18. Jahrhundert» (Dissertation), Universität Oldenburg, 2002.

Meyer, Helmut: «Wider den Strom – Pferde in der Binnenschifffahrt», in: Pferdeheilkunde 19/2002.

Puhle, H. -J., und Wehler, H. U. (Hsg.): «Preussen im Rückblick», Göttingen, 1980.

Roeck, Bernd: Der Morgen der Welt, C.H.Beck, München 2018.

Schmidt, W.: «Friedrich I., Kurfürst von Brandenburg, König in Preussen», München 1998.

Schück, Albert: »Der Kompaß«, Hamburg, 1911/1915.

Schult, J.: «Segler-Lexikon», Bielefeld,1978.

Schweiz. Bankgesellschaft (Hsg.): «Der Taler prägte die Geschichte von fünf Jahrhunderten», o. O., 1986.

Strobach, H. (Hsg.): «Shanties», Bielefeld, 1966.

Trapp, W.: «Masse, Kleines Handbuch der Zahlen und Gewichte und der Zeitrechnung», Stuttgart, 1992.

van der Heyden, U.: «Roter Adler an Afrikas Küste. Die brandenburgisch-preussische Kolonie Gross-Friedrichsburg in Westafrika», Berlin, 2001.

Internet-Recherche

Informationen zu Vereenigde Oostindische Compagnie (u. a. Gründungsgeschichte, Handelkammern, Schiffe, Überseekontore, Produkte, Karten).

Jansz, Lukas: Im Dienst der Niederländischen Ostindien-Kompanie, Kammer Amsterdam, Open Archives.

Masse und Gewichte des 17. bis 19. Jahrhunderts.

Münzen des 17. Jahrhunderts in England, den Niederlanden, Deutschland und der Schweiz.

Die 1662 bekannte Welt

Ebenfalls von Kay erschien:

«Ans Ende der Welt und darüber hinaus». 5000 Jahre Weltentdeckung durch die Seefahrt, 1. Auflage 1995, gebunden, reich illustriert, ISBN 7820-0715-8.
Taschenbuch, 1. Aufl. 1995, ISBN 3-404-64182-5 (vergriffen).

«Der Navigator», zirka 700 Seiten (vergleichbar mit Druckseiten),
Historischer Roman über Ferdinand Magelan und die erste Weltumsegelung, Druckausgabe im Schuber, 1 bis 4 Auflage 2000-2004, ISBN 3-404-14441-4, (vergriffen).
Taschenbuch, 1. Auflage 2000, ISBN-13: 978-3-404-15649-8 (vergriffen).
eBook 2016, ISBN 978-3-404-14441-9.

«Der Nopalbaum», eBook, zirka 850 Seiten (vergleichbar mit Druckseiten), Roman über die Eroberung und Zerstörung Mexicos durch Hernàdo Cortéz, ISBN 978-3-033-06003-6.
*

Hinweis:

Die eBook-Lesegeräte erlauben Veränderungen von Schriftart und Schriftgrösse, deshalb sind die Seitenzahlen jeweils *relativ zu den realen Druckseiten* wiedergegeben. So haben beispielsweise 800 Druckseiten oft die doppelte eBook-Seitenzahl, je nach der am Gerät eingestellten Schriftgrösse und Zeilenbreite.

Satzfehler, typographische und andere Flüchtigkeitsfehler vorbehalten.

Allegorische Bilderkomposition mit der Lage des Forts Gross-Friedrichsburg am Golf von Guinea und der Porträts des Grossen Kurfürsten Friedrich Wilhelm (1620–1688) sowie des ersten Kommandanten der Festung, von der Groeben (1657–1728). Darunter die Schiffe «Churprinz» und «Morian» mit dem Preussen-Adler.   (deutsche-schutzgebiete)

www.ingramcontent.com/pod-product-compliance
Lightning Source LLC
Chambersburg PA
CBHW060207030726
47499CB00004B/947